PABELLONES LEJANOS

M. M. KAYE

PABELLONES LEJANOS

Consulte nuestra página web: https://www.edhasa.es
En ella encontrará el catálogo completo de Edhasa comentado.

Título original: *The Far Pavilions*

Diseño de la cubierta: Edhasa, basado en un diseño de Pepe Far

Traducción de José Bellver,
cedida por Penguin Random House Grupo Editorial, S.A.U.

Primera edición: octubre de 2025

Diputación, 262, 2.º1.ª
08007 Barcelona
Tel. 93 494 97 20
España
E-mail: info@edhasa.es

ISBN: ISBN: 978-84-350-1178-5

Impreso en Huertas Industrias Gráficas, S.A.

Dep.Leg.: B 2848-2025

Impreso en España

A todos los oficiales y hombres de distintas razas y credos que, desde 1846, han servido con tanto orgullo y devoción en el CUERPO DE GUÍAS. *Entre ellos, el teniente Walter Hamilton, V. C., mi esposo, el general de división Goff Hamilton y su padre, el coronel Bill Hamilton.*

«Somos los peregrinos, Señor: siempre iremos
un poco más adelante. Quizá
detrás de las últimas montañas azules con cumbres nevadas.
A través de ese mar proceloso o deslumbrante
blanco en un trono, o protegido en una caverna,
vive un profeta capaz de entender
por qué nacen los hombres...»,

James Elroy Flecker

«No es demasiado tarde para buscar un nuevo mundo»,

Tennyson

Inolvidables pabellones del amor y la aventura

Jacinto Antón

Recupero mi manoseado ejemplar de *Pabellones lejanos*, de M. M. Kaye, en la primera edición en castellano de 1980 de Plaza & Janés, y la vieja fascinación sigue ahí, desde la cubierta. El dibujo muestra un palacio fortaleza oriental de altos muros y torres que se alza sobre un peñasco y se recorta contra el perfil dentado de unas colosales montañas nevadas y un cielo de un azul purísimo. Toda la portada, en los inenarrables tonos pastel de un atardecer exótico en tierras remotas, te hace suspirar. *Pabellones lejanos*: es difícil explicar lo que esa novela significó para muchos lectores que en su momento caímos completamente seducidos por su maravillosa mezcla de amor romántico desaforado (el del oficial británico Ashton Pelham-Martyn *Ash* y la princesa india Anjuli-Bai *Kairi)*, aventuras e historia. El título y el resplandor que parecía desprender el libro me cautivaron desde el momento en que lo vi expuesto en el escaparate de la librería Áncora y Delfín. Tuve que aguardar unos días –yo era entonces, en 1980, un joven con más perspectivas que bolsillo– para reunir el dinero y poder comprarlo. Había leído ya un somero resumen del argumento en la contraportada, tras pedir que me lo dejaran examinar, y el corazón me latía con fuerza en la obligada espera: «Es una magnífica novela de los principescos Estados indios y del cuerpo británico de Guías –los guardianes de la Frontera Noroccidental–, cuya acción cubre el cuarto de siglo desde la rebelión [el motín de los cipayos] hasta la catástrofe de la Segunda Guerra afgana». Y añadía una frase rotunda de Paul Scott, el autor del *Cuarteto del Raj* (él mismo soldado durante la Segunda Guerra Mundial en la India, Birmania y Malasia): «En mi opinión, su capacidad descriptiva del ambiente de la India es superior a la de Kipling».

Yo entonces no sabía lo que eran los Guías (con el tiempo ya es como si fuera uno de ellos, de rango bajo) ni la Segunda Guerra afgana (ni la primera ni la tercera, ya que estamos) ni quién era Paul Scott (para mí el único cuarteto era el de Alejandría), pero tenía bien leído a Kipling (*El libro de las tierras vírgenes, El hombre que pudo ser rey,* y sobre todo *Kim,* con el que guarda paralelismos *Pabellones lejanos).* Cuando adquirí por fin el libro y lo tuve, ya mío, en mis manos temblorosas, me embarqué en su lectura como si no hubiera un mañana, cautivado desde la primera página y sin poder abandonarlo hasta la última de las más de setecientas. Y mira que tenía cosas que hacer (y leer) yo en 1980, pues estudiaba Periodismo en la Autónoma y Arte Dramático en el Institut del Teatre.

Probablemente, el secreto de *Pabellones lejanos* (publicada originalmente en 1978 como *The Far Pavilions* y comparada con *Lo que el viento se llevó* en versión Raj) sea lo bien que engarzan el romance de esos dos seres culturalmente mestizos y desubicados que son Ash/Ashok y Anjuli y el relato histórico. La reconstrucción de la India, la frontera del noroeste y el turbulento Afganistán que recrea la autora, Mary Margaret *Mollie* Kaye, es sensacional. Nos sumerge en ese mundo de la segunda mitad del siglo XIX, devolviéndolo a la vida con una emoción, un detalle y un conocimiento como si hubiera estado allí.

Y, en cierta manera, lo estuvo. Nacida en 1908 en Simla, la capital de verano del Raj, la India bajo dominación británica, Kaye vivió muy desde dentro la gran aventura de los Guías (Queen Victoria's Own Corps of Guides), esa unidad militar, creada en 1846 en Kalu Khan, en la zona del Khyber y Peshawar, que rivaliza en romanticismo con los mismísimos lanceros de Bengala y que, sobre todo, desde su legendaria base del fuerte de Mardan, se batió el cobre en la difícil frontera combatiendo de tú a tú a las hostiles tribus rebeldes pastunes, granjeándose el respeto de los más fieros guerreros. Eso hasta 1947, y la independencia y la partición, cuando, tras marcharse los británicos, el regimiento, amalgamado con otras fuerzas de la frontera, pasó a formar parte del ejército de Pakistán. El suegro y el marido de la escritora fueron miembros de los Guías (que fue la primera unidad británica en vestir de caqui), como Ash. El primero, Bill Hamilton, alcanzó el rango de coronel, y el segundo, el afamado y condecorado (DSO) Godfrey John Hamilton, conocido como Goff, el de general. Ambos eran parientes de uno de los grandes héroes victorianos, nada menos que del teniente de los Guías Walter Hamilton, Wally, ganador de la Cruz Victoria y personaje central de la novela como el mejor amigo del protagonista y su reverso. Dudo de si puede considerarse un espóiler, dado que es un conocidísimo hecho histórico, recordar que el joven oficial murió valerosamente en la defensa de la Residencia británica en Kabul, un episodio de tanta resonancia épica como la resistencia en Rorke's Drift contra los zulúes, narrado magistralmente Kaye en el tramo final de la novela.

Si la parte de reconstrucción histórica de *Pabellones lejanos* es una de las grandes bazas de la novela, que la autora enriquece con su extraordinario e impresionante conocimiento de episodios, usos, costumbres, geografía, términos –*jemadar, tulwar, jezail, sutee*– y expresiones dialectales –*Stare-Mah-Sheh, Wah-Illah*–, el complicado y arrebatador romance entre Ash y Anjuli es lo más inolvidable, y tiene momentos que aún hoy, cuarenta años después de la primera lectura, a mí me siguen llevando al borde de las lágrimas (y, lo reconozco, incluso un poco más allá). Ay, y mira que ya lo advierte uno de los personajes, Kaka-ji, el sabio y amistoso tío de las princesas: «El pasado es el último refugio de los derrotados».

La novela, pormenorizada, llena de personajes –entre los reales, además de Hamilton, Sam Browne (VC), George Skinner, de los Skinner's Horse, y Louis Cavagnari– y sucesos, es increíblemente prolija en descripciones y detalles. Sigue la vida de Ash, un niño inglés hijo de un lingüista, etnólogo y viajero (y espía) británico y una muchacha rebelde de la misma nacionalidad y hermana de un oficial de los Guías. El niño, con muchos rasgos ciertamente del Kim de Kipling, queda al cuidado de una nodriza india y es educado entre musulmanes e hindúes al morir sus padres, de manera que nunca acaba de tener muy claro adonde pertenece, aunque, eso sí, lleva consigo lo mejor de los dos mundos. Ash, que habla pastún, punjabí, hindi, gujerati y otras lenguas además de inglés, vive de niño el caos y las matanzas salvajes del Motín (Kaye nos explica, de pasada, que los Guías participan en el sitio de Delhi), y con su madre adoptiva va a parar –tras encontrarse cara a cara con cipayos sedientos de sangre y con un tigre– al principado independiente de Gulkote, cerca de la frontera norte del Punjab. Hallan cobijo en la capital del mismo nombre del Estado, caracterizada por su palacio-fortaleza, el Hawa Mahal, el Palacio de los Vientos (efectivamente, el de la portada del libro original), cuya antigüedad se remonta a tiempos de Sikundar Dulhan (Alejandro Magno) y cuyos paramentos miran al norte, hacia las montañas de la vasta cordillera del Dur Khaima, «los Pabellones lejanos», bella y misteriosa. Ash, todavía un niño, un «pilluelo de mercado», como Kim, entra al servicio del príncipe heredero tras salvarlo de un accidente y conoce a la hija del rajá y una de sus esposas fallecida, hija a su vez de un mercenario ruso, exoficial de cosacos, y princesa de Rajput. La niña es Anjuli, y ella y Ash, ambos *outsiders* en el mundo palaciego, porque la chiquilla no cuenta en la sucesión y además, como nieta de cosaco, tiene fuertes facciones eslavas, se hacen amigos y juegan en su refugio secreto de un balcón del Mor Minar, la torre del Pavo Real. Allí se esconden de las letales intrigas de la corte: Ash es amigo del heredero, pero ha de sufrir su ira cuando el principito mata a una mangosta (otro guiño a Kipling), que es su mascota favorita, y lo hace marcar con la boca de una pistola incandescente que le aplica el malvado cortesano Biju-Ram, el Mola Ram de la función, al que sólo le faltaría ser thug. Y el niño y la niña contemplan las montañas, «hermoso macizo de muchos picos», donde imaginan un reino al que un día huirán juntos. Kaye las describe, las Dur Khaima, en su belleza cambiante a lo largo del día con un lirismo que te inunda el corazón: «Una llama brillante a la luz del amanecer y un resplandor de plata al mediodía. Dorado y rosado en el crepúsculo, lila y lavanda con las primeras sombras de la noche. Violeta contra las nubes de la tormenta u oscuro contra las estrellas. Y, en los meses del mozón, se retiraban bajo un velo tras otro de neblina y la cortina acerada de la lluvia».

La historia continúa con Ash creciendo, viviendo en el palacio intentos de asesinato con veneno y hasta con una cobra, y teniendo que huir *in extremis* de Gulkote. Posteriormente, revelados sus orígenes británicos, se convierte en oficial de los Guías, tras una estancia previa en Inglaterra, donde se siente un extraño pese a graduarse con excelencia en la academia militar de Sandhurst. Resulta ser un soldado muy especial, indisciplinado, rebelde e imaginativo, con ideas propias, una experiencia fenomenal del mundo hindú y una capacidad de infiltrarse en él que interesan sobremanera a sus mandos, aunque desconfían de sus lealtades cruzadas. En esta segunda parte del libro, Kaye vierte sus profundos conocimientos sobre el regimiento del que formaron parte su marido y su suegro, y *Pabellones lejanos* se convierte en aventura militar y a ratos casi en *western*, con Ash embarcado en la misión de recuperar unos rifles robados para devolver con ellos el honor perdido de sus tropas nativas. El pasaje en que aparece en el cuartel vestido con ropa tribal, demacrado, y cargando las armas recuperadas tras dos años de penalidades en la frontera es antológico. Las deja caer al suelo, cuestiona si ha valido la pena, y el comandante, muy seco, le dice que todo sea por el honor; entonces, él contesta: «¡Ah, el honor!», antes de desplomarse a causa de las heridas. Una escena digna de *Lawrence de Arabia*. Aunque la acción de la novela es arrolladora, hay que fijarse en los detalles, como la explicación de la autora del desprecio que sentían muchos oficiales tradicionales del Ejército inglés por sus compatriotas que servían en el Ejército de la India: apunta que Lord Cardigan ni siquiera comía en su compañía, como si fueran parias o intocables.

Hay que destacar que M. M. Kaye, por más que viviera la vida de los soldados del Raj (el primo de su abuelo, John Kaye, fue el autor de la gran historia sobre el Motín; historia que Ash lee en la novela en un guiño de la escritora) y que nos cuente principalmente las aventuras de un miembro de los Guías, nunca abandona no sólo la perspectiva india –a eso ayuda mucho la personalidad doble de Ash–, sino tampoco la mirada detallista sobre la sociedad en que transcurre la novela, con atención especial a las mujeres, las grandes olvidadas habitualmente. A ratos surge algún pasaje tipo Jane Austen (a la medida de un *Sentido y sensibilidad* en Peshawar) o *Los Bridgerton,* como el episodio tragicómico, casi vodevilesco, del romance pasajero entre el protagonista y Belinda Harlowe, la señorita casadera que se cruza brevemente en su vida.

La propia trayectoria vital de Kaye (una mujer muy atractiva, por cierto) explica esos contenidos de *Pabellones lejanos.* Ya hemos dicho que la escritora nació en Simla y que por matrimonio se vinculó a los Guías, pero su existencia no fue tan sencilla como podría parecer, para nada la vida de una típica esposa de militar. Su padre, Cecil Kaye, era un empleado civil del Raj, lingüista y experto en cifrado, implicado en los servicios de inteligencia, que de niña le leía las historias de Kipling, que además se veían complementadas por los relatos populares que escuchaba. Como Ash, Kaye fue criada por sirvientes indios, habló indostaní antes que inglés y se sentía simplemente miembro de otra casta más en la India. A los diez años, la enviaron a Inglaterra para que recibiera la educación «adecuada» para una jovencita inglesa. En 1926, su padre la hizo volver, y lo acompañó en su misión gubernamental de revisar tratados con los Estados principescos indios, experiencia que le sirvió luego para su creación del ficticio Gulkote de *Pabellones lejanos*. Por su parte, su madre, Margaret Sarah Bryson, quería casarla con algún oficial, a lo que ella se resistía. Al morir su padre, se marchó a Londres, donde vivió una existencia bastante humilde y austera dibujando ilustraciones para libros (había estudiado arte), y, tras conseguir algo de dinero escribiendo ella misma cuentos infantiles, regresó a la India, a casa de su hermana Bet, en Simla. Allí, un día, en 1941, como cuenta en sus extensas memorias en tres tomos, en las que tanto resuenan *Pabellones lejanos,* llamó a la puerta Goff Hamilton, resplandeciente y valiente oficial de los Guías, y fue «amor a primera vista», aunque él, vaya, estaba casado. Eso no fue óbice para que Mollie, una mujer no menos valiente y resuelta, se quedara embarazada.

Mucha de la vida de M. M. Kaye y de las dificultades que hubo de arrostrar están vertidas entre líneas en su gran novela. Dio a luz a su primera hija en una pequeña estación de montaña, más o menos ayudada por un ordenanza médico borracho que luego hubo de matar a un tigre que se había comido un búfalo allí cerca. La chica contrajo malaria, y todo el episodio recuerda el nacimiento de Ash y la muerte de su madre en *Pabellones lejanos.* Goff se divorció por fin, y pudieron casarse justo al acabar la Segunda Guerra Mundial. Hamilton fue transferido al Ejército británico y sirvió en diferentes lugares, trasladándose una y otra vez con su nueva mujer, con la que tuvo una segunda hija. Kaye aprovechó la experiencia viajera –Cachemira, Berlín, Chipre, Kenia, donde Goff combatió a un enemigo no menos correosos que las tribus pastunes de la frontera india, la guerrilla del Mau-Mau– para escribir una serie de novelas de detectives ambientadas en cada uno de esos lugares. Su agente literario no era otro que el mencionado Paul Scott, a quien Kaye ayudó con detalles para su propio cuarteto indio. A cambio, él la animó a escribir su primera novela de gran envergadura, *La sombra de la luna* (1957), enmarcada en el Motín, una historia mucho menos lograda que *Pabellones lejanos* –fue un poco decepcionante cuando la leímos después, con tantas expectativas–, pero que además sufrió en su primera edición unos cortes que afectaban a la línea sentimental del relato para dejarla en lo puramente aventurero y militar. Sólo después del éxito de *Pabellones lejanos,* y visto el éxito precisamente del romance, se pudo publicar esa primera novela tal y como la había escrito Kaye.

Tras pasar Goff al retiro, se instalaron en Sussex, y a lo largo de quince años Kaye escribió su obra magna, insuflándola de sus recuerdos indios en la plácida campiña inglesa. Fue un éxito, aunque al parecer el final se cambió a uno más feliz para los protagonistas a fin de satisfacer a los editores (y sin duda a los millones de lectores, que no hubiéramos aceptado otra cosa, después de tanto sufrir).

La historia de Ash, el *sahib* demediado entre dos culturas, y Anjuli, no menos perseguida por los prejuicios de ambos mundos, que a mí me parece tan emocionante, y perdón por el entusiasmo, como la de Tristán e Isolda, Lanzarote y Ginebra o Romeo y Julieta, con el aderezo del envoltorio indio, tiene su punto culminante en el momento en que ambos personajes se reencuentran inesperadamente. Ash se había marchado de Gulkote para salvar la vida siendo todavía un niño de once años, y Anjuli, aún más pequeña, de seis, quedó allí tras una escena preciosa en la que ella le regala su única posesión, un pececito de madreperla, y él lo parte en dos y le entrega la mitad a la niña como amuleto para ambos y la promesa de volver a verse. Eso sucede, por una jugarreta del destino, cuando doce años después, el ya oficial de los Guías Ash ha de escoltar a dos princesas hermanas del maharajá de Karidkote para que se desposen con el *rana* de Bhitor. Invisibles las chicas a causa de su rango y condición en la enorme comitiva nupcial, Ash acaba descubriendo que Karidkote es en realidad el reino de Gulkote de su infancia, que ha cambiado de nombre al haberse fusionado los dos Estados, y que una de las dos muchachas es Anjuli. La criaturita desaliñada se ha convertido en una mujer espléndida de «ojos del color del agua pantanosa con estrías doradas» que deja patidifuso y rendidamente enamorado al oficial, pese a que para los indios su sangre mixta (rusa e india, recordemos) la aleja de los cánones de belleza orientales, y por tanto resulta menos deseable.

El romance, un amor prohibido, estalla de tal forma que arrastra a los protagonistas, y a nosotros con ellos, y está descrito con una sutileza y una sensibilidad extraordinarios y a la vez con una fuerza torrencial. Pocas veces se ha expresado así la pasión en una novela. Es cierto que Kaye peca a ratos de ralentizar la acción y de hacerla avanzar acumulando hechos y con repeticiones, una forma de narrar muy de las actuales series. Y es el momento de recordar que *Pabellones lejanos* tuvo traslación a la pequeña pantalla, en una miniserie de 1984 (guion de Julian Bond y la propia Kaye), con Ben Cross y Amy Irving en los papeles protagonistas y con la presencia de actores veteranos como Christopher Lee, Omar Sharif y John Gielgud. La producción estaba bastante bien y no traicionaba a la novela, aunque Cross resultaba algo envarado y circunspecto e Irving no acababa de conseguir la arrebatadora personalidad de Anjuli. Benedict Taylor, que previamente había encarnado en otra miniserie a Beau Geste y que luego aparecería en la dedicada al fusilero Sharpe, hacía del héroe Walter Hamilton.

El sentido del deber de Ash, pero sobre todo el de la responsabilidad de Anjuli hacia su hermanastra pequeña (que se revelará una víbora), y la constatación de que su amor es imposible provocan una nueva separación, no antes de que asistamos a lo que es realmente la hoguera de la que irradia el fuego en el centro de la novela: la escena ya legendaria en la que la caravana sufre el embate de una violenta tormenta de arena y los dos amantes pueden encontrarse a solas y consumar su amor refugiados en una cueva. Probablemente no hay una tormenta de arena como ésta en la historia de la relación de una pareja si exceptuamos, palabras mayores, la de *El paciente inglés.* La delicadeza y a la vez el vulcanismo con que Kaye describe el encuentro convierten la lectura en un torbellino emocional, como si la propia tempestad se te desatara en el corazón. Pasado el momento, Anjuli le hace ver a Ash que no pueden permitirse un futuro, y la forma a la vez sentimental y racional en que se expresa hace pensar que ahí está poniendo algo de su propia personalidad, sus experiencias y penas, Mollie Kaye.

La aventura y el romance no acaban aquí, por supuesto, sino que, como las montañas del Himalaya y su prolongación del Hindu Kush, una cima sucede a otra, convirtiendo el libro en una cordillera de emociones. Anjuli y Ash vuelven desgarrados a sus vidas, de nuevo separados; vidas que vuelven a enredarse en el mundo de las intrigas palaciegas de la una y las peripecias militares del otro. Sería prolijo (y una faena para el lector) explicar aquí todo lo muchísimo que ocurre (incluso aparece una fabulosa perla negra tan mortífera como el *ankh*, el aguijón para conducir elefantes de Kipling). Baste con señalar que Ash tendrá que acudir al rescate de Anjuli mientras en Afganistán, la tierra de Caín, como apunta Kaye recordando la tradición de que los huesos del primer asesino están enterrados bajo una colina al sur de Kabul, ciudad que se dice que él fundó, se levanta una ola de salvaje violencia que amenaza la (in)estabilidad del país, de la frontera y acaso de toda la India. *Pabellones lejanos* entronca entonces con los sucesos históricos de la imposición británica de un enviado en el revuelto Afganistán, Louis Cavagnari. Los ingleses no han aprendido las lecciones de la Primera Guerra afgana –ni aprenderán las de la segunda ni, es obvio, aprendieron las de la tercera–, y la novela nos explica con detalle no sólo la geopolítica del asunto, sino también cómo se materializó ese brutal episodio que fue la masacre de la Residencia, donde fueron escabechinados el enviado y su escolta, formada de Guías; precisamente, con Hamilton, ese chico que parece salido directamente de Brandon Abbas, como uno de los protagonistas y héroe principal de la acción.

Una de las cosas más relevantes de *Pabellones lejanos* es que Kaye, que parecía destinada a glorificar a Hamilton, aunque sólo fuera por el parentesco, nos explica el ataque a la Residencia de Kabul en el Bala Hissar con toda su intensidad y una emoción digna de la mejor película, pero, pese al respeto y el cariño por la figura del joven oficial, que podría haberse comido la novela, ella no está con él. El personaje al que ama de corazón y con el que se identifica es Ash, el enamorado de la India y sus gentes, al que hace vivir el cruento episodio afgano y la muerte de su amigo desde otro ángulo. Probablemente, de todo lo que nos contó la escritora en su monumental relato lo más sorprendente es cómo consiguió hacernos entender la diferencia entre los héroes de una pieza y los, mucho más interesantes, hechos de costurones, llenos de dudas y de sombras. La lectura de *Pabellones lejanos* nos lleva no sólo a una hermosísima historia de amor en una tierra encantada, misteriosa, salvaje y maravillosa, sino a revisar todo lo que creíamos saber de la novela de aventuras, y en última instancia, a plantearnos cuál queremos que sea nuestro lugar en el mundo. Nada menos. Al acabar el libro, con Ash colocando el cadáver de su amigo sobre la cureña del cañón que ha defendido con su vida de los afilados tulwar de los afganos, nuestra idea de lo heroico ha cambiado.

Se lo dice alguien que soñó siempre con ser un abnegado oficial y que se emociona ante la épica estatua de bronce de Hamilton en su postrer combate, la misma que se exhibe en el National Army Museum de Londres, en Chelsea; alguien que no tiene ninguna duda de que, de haber un destino, por Dios, que sea con una Anjuli y bien vivo, a salvo del mundo e intoxicado de belleza y felicidad, en el reino perdido de los Pabellones lejanos.

LIBRO UNO
La rama se dobla

1

Ashton Hilary Akbar Pelham-Martyn nació en un campamento, cerca de la cima más elevada de un paso de los montes Himalaya; después fue bautizado en un cubo de lona impermeable.

Su primer llanto compitió virilmente con el rugido de un leopardo en la ladera de la montaña. Lo primero que entró en sus pulmones fue el aire frío que soplaba desde un lejano precipicio: traía el aroma limpio de la nieve y de las agujas de los pinos para combatir el olor del humo de la lámpara de petróleo, el del sudor y la sangre, y también el más penetrante de los ponis de carga.

Isobel había temblado con la gélida corriente de aire que levantaba el borde de la tienda de campaña y agitaba la llama de la humeante lámpara de petróleo. Al oír el llanto de su hijo, murmuró con voz débil:

–No parece un niño prematuro, ¿verdad? Supongo que... me equivoqué en el cálculo...

Y, en efecto, así había sucedido. Un error de cálculo que le iba a costar muy caro. En realidad, no son muchos los que pagan esos errores con su vida.

Según las normas de su época, que eran las de la reina Victoria y su esposo, Albert, se consideraba que Isobel era una muchacha escandalosamente despreocupada, por lo que hubo muchos comentarios reprobatorios y de censura cuando llegó al campamento de Peshawar, en la frontera noroeste de la India, en el año de la Gran Exposición. La joven era huérfana y soltera, tenía sólo veintiún años y había venido para cuidar de la casa de su único pariente, su hermano William, un solterón que recientemente había sido destinado al nuevo Cuerpo de Guías.

Sufrió una reprobación aún mayor cuando un año después se casó con el profesor Hilary Pelham-Martyn, el conocido lingüista, etnólogo y botánico, y partió con él para realizar una exploración imprevista y sin prisa por las llanuras y colinas del Indostán, sin contar siquiera con la compañía de una criada.

Hilary era un individuo excéntrico, de mediana edad, y nadie (y mucho menos él mismo) pudo explicar jamás por qué, de pronto, eligió por esposa a una muchacha sin dote, aunque realmente muy bonita, a la que doblaba la edad y que no conocía en absoluto el Oriente. En realidad, no tenía explicación que se casara con nadie después de tantos años de soltería. Las razones de Isobel, en opinión de la sociedad de Peshawar, podían explicarse mucho más fácilmente: Hilary era lo bastante rico para hacer lo que le diera la gana con su vida, además de que sus trabajos publicados habían dado a conocer su nombre en los círculos eruditos de todo el mundo civilizado. Así que decidieron que la señorita Ashton había buscado su propio beneficio.

Pero Isobel no se había casado por dinero ni por ambición. A pesar de sus modales directos, era impetuosa y sumamente romántica. ¿Qué podía ser más fascinante que una existencia despreocupada y un tanto nómada, trasladándose de un lugar a otro, explorando parajes extraños y las ruinas de imperios olvidados, durmiendo en tiendas de campaña o al aire libre, despreciando los convencionalismos y restricciones del mundo moderno? Y también existía otro motivo, quizá más poderoso: la necesidad de escapar de una situación intolerable.

Resultó muy desalentador para ella llegar a la India, sin anunciar su viaje, y descubrir que su hermano, lejos de alegrarse de verla, no sólo se mostraba disgustado ante la perspectiva de tener que hacerse cargo de ella, sino que ni siquiera podía ofrecerle un techo bajo el que cobijarse. En aquella época, los Guías pasaban casi todo el tiempo en acciones de guerra contra las tribus de la frontera, y en muy raras ocasiones podían permanecer tranquilamente algunos días en su cuartel de Mardan; así que tanto William como el regimiento se trastornaron con la llegada de Isobel. Temporalmente, le encontraron alojamiento en casa del coronel Pemberthy y su esposa, en Peshawar. Pero esto resultó desastroso.

Los Pemberthy eran personas bienintencionadas, pero mortalmente aburridas. Además, no ocultaron su desaprobación a la conducta de la señorita Ashton al viajar sola a Oriente, e hicieron lo posible por aconsejarla y darle buenos ejemplos para paliar la lamentable impresión causada por su llegada. Isobel comprendió enseguida que se esperaba de ella una conducta de fastidioso decoro. No debía hacer esto, no era aconsejable que hiciera aquello... La lista de prohibiciones parecía interminable.

Edith Pemberthy no mostraba interés alguno por el país donde ella y su marido habían vivido la mayor parte de su vida. Además, consideraba a los nativos paganos incivilizados que, con paciencia y severidad, podían ser enseñados para convertirse en criados excelentes. No concebía que pudiera establecerse una comunicación real con ellos a ningún nivel, y tampoco comprendía el entusiasmo de Isobel por recorrer los mercados y la ciudad nativa, y viajar por los campos que se extendían al sur de los ríos Indo y Kabul, o hacia el norte, hasta las agrestes colonias del Khyber.

–No hay nada que ver –decía la señora Pemberthy–, y la gente de las tribus son salvajes asesinos... No se puede confiar en ellos en absoluto.

Su marido apoyaba totalmente esta opinión. Ocho meses viviendo en casa de los Pemberthy comenzaban a pesar como años sobre la pobre Isobel.

No trabó amistades porque, lamentablemente, las damas de la guarnición, quc la criticaban mientras tomaban el té, decidieron que la señorita Ashton no era una buena chica y que, muy probablemente, su intención primordial al viajar a la India era conseguir un marido. Una opinión que, a fuerza de ser repetida, llegó a ser generalmente aceptada por los solteros del lugar, quienes, por más que admiraran la belleza, los modales sencillos y la excelente forma de montar a caballo de Isobel, no deseaban convertirse en víctimas de una cazadora de maridos, por lo que escapaban de su lado. Por tanto, no era raro que la joven estuviese harta de Peshawar cuando el profesor Pelham-Martyn llegó al puesto militar acompañado de su viejo amigo y compañero de viajes, el *sirdar bahadur* Akbar Khan, un grupo heterogéneo de sirvientes y miembros de su campamento, y cuatro *yakdans* (baúles) que contenían especímenes botánicos, el manuscrito para un tratado sobre los orígenes del sánscrito y un informe detallado, en código, de toda una serie de acontecimientos oficiales, semioficiales y no oficiales en los dominios de la East India Company.

Hilary Pelham-Martyn tenía un gran parecido con el fallecido señor Ashton, un caballero amable e igualmente excéntrico a quien Isobel adoraba. Probablemente, esto influyó en el interés que de inmediato mostró por el profesor y la cálida sensación de seguridad y tranquilidad que le brindaba su compañía. Todo en Hilary atraía intensamente a Isobel: su estilo de vida, su enorme interés por la India y sus gentes, y la total indiferencia que mostraba por las reglas que regulaban la conducta y las opiniones de gente como los Pemberthy, aparte de su amigo Akbar Khan, cojo y canoso, que lo acompañaba a todas partes.

De manera paradójica, Hilary representaba a la vez la evasión y la seguridad, por lo cual la joven se embarcó en el matrimonio con tanta ligereza como lo hizo en el *S. S. Gordon Castle* para efectuar el largo viaje a la India. Pero esta vez no quedaría desilusionada.

Bien es verdad que Hilary la trataba más como a una hija predilecta que como a una esposa, pero esto le resultaba muy agradable y familiar, y le prestaba estabilidad y continuidad a la vida azarosa de campamento que sería su destino en los dos años siguientes. Y, como carecía de experiencia acerca de lo que significaba enamorarse, no podía calibrar el afecto que sentía por su esposo, un hombre tranquilo y despreocupado. Así que estaba todo lo satisfecha que un ser humano tiene derecho a estar. Hilary le permitía montar a horcajadas, por lo que se sintió feliz durante los dos años en que viajaron por toda la India, explorando al pie del Himalaya y a lo largo del camino del emperador Akbar a Cachemira, para luego regresar a pasar los inviernos en las llanuras, entre tumbas y palacios derruidos de ciudades perdidas. Durante la mayor parte de ese tiempo, Isobel no disfrutó de compañía femenina, pero no lamentó su ausencia. Siempre tenía libros para leer y ejemplares de botánica de Hilary para conservar y catalogar. En esas tareas ocupaba las veladas, mientras Hilary y Akbar

Khan jugaban al ajedrez o discutían sobre delicadas cuestiones de política, religión, predestinación y raza.

El *sirdar bahadur* Akbar Khan era exoficial de un famoso regimiento de caballería. Había resultado herido en la batalla de Mianee, y luego se había retirado a sus tierras solariegas a orillas del río Ravi para pasar allí el resto de sus días dedicado a tareas pacíficas, como la agricultura y el estudio del Corán. Los dos hombres se habían conocido cuando Hilary instaló su campamento en las proximidades del pueblo natal de Akbar Khan, y enseguida se sintieron atraídos por una mutua simpatía. Eran parecidos en su carácter y en sus opiniones, y Akbar se sentía inquieto y desazonado ante la perspectiva de permanecer en el mismo lugar hasta el día de su muerte.

–Soy un hombre viejo, ya sin esposa ni hijos, pues los mayores murieron al servicio de la compañía y mi hija está casada. ¿Qué me retiene aquí? Viajemos juntos –declaró Akbar Khan–. Una tienda de campaña es mejor que las cuatro paredes de una casa solitaria para alguien que ya dejó atrás la juventud.

Desde entonces viajaron juntos y se hicieron muy buenos amigos. Pero Akbar Khan no tardó en darse cuenta de que el interés de su amigo por la botánica, las ruinas y los dialectos del país ocultaba admirablemente otra actividad: recopilar datos sobre la administración de la East India Company en beneficio de algunos miembros del Gobierno de su majestad que tenían motivos para sospechar que no todo marchaba bien en la India, como querían hacerles creer los informes oficiales. Era un trabajo que Akbar Khan aprobaba y al que prestó su inapreciable ayuda, ya que el conocimiento de sus compatriotas le permitía valorar la importancia de la evidencia verbal con más exactitud que el propio Hilary. Entre los dos recogieron y enviaron a Gran Bretaña cientos de folios sobre hechos y sucesos, así como advertencias de indudable valor, gran parte de los cuales fueron publicados por la prensa británica y sirvieron como tema de debate en ambas cámaras del Parlamento... Aunque, por los resultados conseguidos, lo mismo habría sido que Hilary y su amigo Akbar se dedicaran exclusivamente al estudio de la botánica, ya que, al parecer, el público británico prefería creer lo que perturbaba menos e ignorar las informaciones inquietantes. Un defecto que comparten todas las naciones.

Hacía cinco años que Hilary y su amigo viajaban juntos, cuando, inesperadamente, el primero agregó una mujer a la expedición. Akbar Khan aceptó su presencia con una tranquila actitud realista que reconocía el lugar de Isobel entre las demás cosas, sin considerarla demasiado importante en cualquier caso. Fue el único de los tres que no se sintió desagradablemente sorprendido al enterarse de que la joven estaba embarazada. Al fin y al cabo, el deber de las mujeres era engendrar hijos, y, por supuesto, éste debía ser varón.

–Lo haremos oficial de los Guías, como su tío –dijo Akbar Khan, mientras meditaba ante el tablero de ajedrez–. O gobernador de una provincia.

Isobel, como casi todas las mujeres de su generación, carecía de experiencia en cuanto se refiere al proceso del embarazo y posterior nacimiento de un hijo. Sólo descubrió su estado después de pasado bastante tiempo, y entonces quedó sumamente desconcertada, aunque no sintió miedo alguno. Sin duda, un niño representaría una complicación en el campamento; requeriría cuidados y atenciones, una niñera, alimento especial... Realmente, algo muy molesto.

Hilary, también muy sorprendido, manifestó su esperanza de que Isobel estuviese equivocada con respecto a su estado, pero, cuando se convenció de que era cierto, preguntó cuándo nacería el niño. Isobel no tenía una idea concreta, pero trató de recordar los meses transcurridos, contó con los dedos, frunció el ceño, volvió a contar y aventuró una fecha que resultó totalmente equivocada.

–Será mejor que vayamos a Peshawar –decidió Hilary–. Allí creo que habrá un médico. Y otras mujeres. Será suficiente con que lleguemos con un mes de anticipación. O, mejor, seis semanas, para mayor seguridad.

Así fue como el niño nació en las montañas, sin asistencia médica, ni comadrona, ni medicamentos. Aparte de las esposas de dos sirvientes y algunas parientes de los miembros del campamento, sólo había una mujer a quien pudieran llamar para que los ayudara: Sita, la esposa del *syce* (criado) principal de Hilary, Daya Ram; una montañesa del camino de Kangan que había sufrido la desgracia de dar a luz y perder consecutivamente cinco hijas en cinco años. La última de ellas había muerto la semana anterior, después de vivir menos de tres días.

–Creo que no puede tener hijos varones –dijo Daya Ram con disgusto–. Pero los dioses saben que al menos posee los conocimientos suficientes para ayudar a traer uno al mundo.

Así fue como la pobre, tímida y atribulada Sita, la esposa del sirviente, actuó como comadrona. Y realmente supo lo suficiente para ayudar al nacimiento de un varón.

No tuvo la culpa de que Isobel muriese. A la joven la mató el viento, aquel viento frío que soplaba desde altas cumbres nevadas más allá de los pasos. Levantaba el polvo y las agujas secas de los pinos que entraban formando remolinos en la tienda, donde la lámpara oscilaba con el aire y había gérmenes, infección y suciedad. Suciedad que no se habría encontrado en un dormitorio del campamento de Peshawar, con un médico británico que atendiera a la parturienta.

Tres días después, un misionero que pasaba por allí con su carromato, a través de las montañas, en su viaje hacia el Punjab, se detuvo en el campamento. Le pidieron que bautizara al recién nacido y lo hizo en un cubo de tela impermeable, a petición del padre, imponiéndole el nombre de Ashton Hilary Akbar. Se marchó enseguida, sin haber visto a la madre del niño. Le dijeron que se sentía mal, lo cual no lo sorprendió, ya que la desdichada señora no podía haber recibido la atención adecuada en aquel lugar.

Si hubiese podido retrasar su marcha un par de días, habría podido oficiar en el funeral de la señora Pelham-Martyn, que falleció veinticuatro horas después del bautizo de su hijo y fue enterrada por su marido y el amigo de éste, Akbar Khan, en la parte más alta del paso frente a las tiendas. Todo el personal del campamento asistió a la ceremonia y dio muestras de aflicción.

Hilary también se sentía apesadumbrado. Y preocupado. ¿Qué iba a hacer él con un recién nacido ahora que su esposa había muerto? No sabía nada de niños, aparte de que solían chillar y había que alimentarlos noche y día.

–¿Qué diablos haremos con él? –preguntó Hilary a su amigo Akbar Khan, contemplando al niño con resentimiento.

Akbar acercó un dedo al pequeño y rio cuando éste se aferró a él.

–¡Ah, es un chico fuerte y atrevido! Será un buen soldado..., un valiente capitán. No te preocupes, amigo mío. La esposa de Daya Ram lo amamantará, como ha hecho desde el día que nació, ya que perdió a su propio hijo. Algo sin duda decidido por Alá, que ordena todas las cosas.

–Pero no podemos tenerlo en el campamento –replicó Hilary–. Debemos encontrar a alguien que regrese a Inglaterra y se lo lleve. Supongo que los Pemberthy conocerán a alguna persona. O mi cuñado William. Creo que eso será lo mejor. Tengo un hermano en Inglaterra; su mujer podrá cuidar del niño hasta que yo regrese.

Una vez tomada esa decisión, Hilary siguió los consejos de Akbar Khan y dejó de preocuparse. Y, como el pequeño se criaba bien y raras veces lloraba, decidieron que, al fin y al cabo, no tenían prisa en volver a Peshawar. Así que grabaron el nombre de Isobel en una piedra sobre la sepultura y avanzaron hacia el este, hacia Garwal.

Hilary nunca regresó a Peshawar. Y, como era sumamente descuidado, se olvidó de comunicar a su cuñado William Ashton y a sus parientes en Inglaterra que ahora era padre... y viudo. Cuando llegaba alguna carta destinada a su mujer, recordaba lo que debía hacer, pero estaba tan ocupado que aplazaba para otro día contestar las cartas e invariablemente se volvía a olvidar de todo. Así fue como llegó a olvidarse de Isobel, y muchas veces de que tenía un hijo.

Ash-Baba, como lo llamaban su madre adoptiva, Sita, y los demás miembros del campamento, pasó los dieciocho primeros meses de su vida en las altas montañas, y dio sus primeros pasos en una resbaladiza ladera verde desde donde se divisaban el pico del Nanda Devi y sus grandes cumbres nevadas. Al verlo avanzar tambaleándose por el campamento, se le hubiese creído hijo de Sita, porque Isobel era una belleza morena de piel dorada, cabellos negros y ojos grises, y su hijo había heredado todas esas características físicas, además de parte de su hermosura. Akbar decía que algún día sería un joven apuesto.

El campamento nunca permanecía mucho tiempo en el mismo lugar, porque Hilary se dedicaba a estudiar los dialectos de las montañas y a coleccionar flores silvestres. Pero, en cierto momento, debió abandonar ese trabajo para dedicarse a asuntos más importantes: dejó atrás las montañas y marchó hacia el sur, pasando por Jhansi y Sattara, hasta la exuberante vegetación y las largas playas blancas de la costa de Coromandel.

El calor de las llanuras y la humedad del sur no sentaban a Ash-Baba tan bien como el aire fresco de las montañas, por lo que Sita, que procedía de la zona montañosa, ansiaba regresar a ellas y contaba al niño historias de su tierra natal, al norte, entre las grandes cadenas de Hindu Kush. Historias de glaciares y aludes, de valles ocultos con ríos repletos de truchas y el suelo cubierto de flores, donde el aroma de las frutas perfumaba el aire en primavera y las manzanas y las nueces maduraban en los tranquilos veranos dorados. Con el tiempo, aquellas historias se convirtieron en las favoritas del niño, así que Sita inventó un valle que sería de ellos dos solos, donde algún día ella construiría una casa de barro y madera de pino, con un tejado plano, un terrado, donde pondrían a secar maíz y pimientos, y un jardín en el que crecerían almendros y melocotoneros, y donde podrían tener una cabra, un perrito y un gato.

Ni ella ni ningún otro miembro del campamento hablaban inglés, por lo que Ash llegó a los cuatro años de edad sin darse cuenta de que la lengua en la que a veces le hablaba su padre era, o debía haber sido, su lengua natal. Pero había heredado la facilidad de Hilary para los idiomas, y así aprendió una serie de lenguas y dialectos en aquel campamento políglota: el *pushtu* de Swab Gul, el hindi de Ram Chand y Tamil, y el *gujerati* y el *telegu* de los sureños. Empleaba, por propia decisión, el punjabí que hablaban Akbar Khan, Sita y su esposo, Daya Ram. Raras veces vestía ropa europea, porque en muy pocas ocasiones estaba Hilary en lugares donde era posible obtener tales cosas. Y, en cualquier caso, esa indumentaria habría sido completamente inadecuada para el clima y la vida del campamento.

Por tanto, solía ir vestido como un hindú o un musulmán. La diferencia de opinión entre Sita y Akbar Khan sobre la ropa que debía usar el niño se resolvió así: una semana debía vestir como musulmán y la siguiente como hindú. Aunque siempre como musulmán el viernes.

Habían pasado el otoño de 1855 en las colinas de Sceoni, aparentemente dedicados a estudiar el dialecto de los gonds. Allí fue donde Hilary redactó un informe sobre los acontecimientos que siguieron a la anexión (él la llamó «robo») por parte de la East India Company de los principados de Nagpur, Jhansi y Tanjore. Su relato de cómo la compañía despidiera al desafortunado delegado y expresidente de Nagpur, el señor Mansel, quien cometió el error de sugerir un arreglo más generoso con la familia del fallecido rajá (y que fue lo bastante audaz como para protestar por la dureza de la acción llevada a cabo), no omitió ningún detalle.

Toda la política de anexión y prescripción de derechos (la compañía se apoderaba de cualquier estado nativo que no tuviese heredero directo, desafiando una tradición secular que permitía que un hombre sin hijos adoptara un heredero entre sus parientes) era, según declaró Hilary, nada más que una denominación hipócrita para un acto inicuo y reprobable: un robo descarado y una estafa a viudas y huérfanos. Los gobernantes en cuestión (y Hilary señalaba que Nagpur, Jhansi y Tanjore eran sólo tres de los estados que sufrían esta política infame), habían sido leales a la compañía, pero su lealtad no había logrado evitar que dicha compañía privara a sus viudas y parientes de sus derechos hereditarios, sus joyas y otros bienes de la familia. En el caso de la soberanía de Tanjore, anexionada por la prescripción de derechos a la muerte del rajá, existía una hija, pero no un hijo varón; con admirable valentía (considerando el tratamiento recibido por el señor Mansel), el presidente, un tal señor Forbes, apoyó la causa de la princesa, aduciendo que, por los términos del Tratado de Tanjore con la compañía, la sucesión había sido prometida a los «herederos» en general y no expresamente a los de sexo masculino. Pero sus argumentos fueron ignorados. Repentinamente, un batallón de *sepoys* (cipayos, soldados de infantería) invadió el palacio y se apoderó de todas las propiedades, reales y personales; pusieron el sello de la compañía en todas las joyas y objetos de valor, desarmaron a las tropas del fallecido rajá y enajenaron las tierras de su madre.

«Lo que siguió fue peor aún», escribía Hilary, «porque amenazaba las vidas y la subsistencia de muchas personas». En todo el distrito, el ocupante de cada trozo de tierra que en algún momento hubiese pertenecido al rajá de Tanjore fue expulsado de sus posesiones y obligado a presentarse ante el delegado inglés para adquirir un título; y todos los que dependían de la Administración Pública fueron presa del pánico ante la perspectiva de quedarse sin empleo. En el plazo de una semana, Tanjore, que había sido la región más tranquila dentro de los dominios de la compañía, se transformó en un semillero de descontento. El pueblo veneraba a la familia gobernante y se enfureció por su supresión; los cipayos mismos se negaban a recibir sus pensiones. En Jhansi también había un miembro de la casa real (era sólo un primo lejano, pero adoptado por el rajá), y Lakshmi Bai, la bella esposa del rajá, apeló a la antigua lealtad de su marido a la compañía, pero sin éxito. Jhansi fue «anexionado al Gobierno británico» y colocado bajo la jurisdicción del gobernador de las Provincias del Noroeste; sus instituciones fueron abolidas, los establecimientos del Gobierno del rajá suspendidos, y todas las tropas al servicio del Estado recibieron inmediatamente su paga y fueron licenciadas.

Hilary escribió: «Nada podía despertar más odio, amargura y resentimiento que este vil y despiadado sistema de robo». Pero el gran Imperio británico tenía otras cosas en que pensar. La guerra de Crimea era un asunto costoso y difícil; la India estaba lejos, no se la veía ni se pensaba en ella. Los pocos que chasquearon la lengua con desaprobación al leer los informes los olvidaron pocos días después, mientras que los consejeros principales de la honorable East India Company declararon que quien los había escrito era un «maniático desorientado», y trataron de descubrir su identidad y evitar que continuara usando el correo.

No lograron ninguno de sus dos propósitos, porque Hilary enviaba los informes por vías no ortodoxas. Y, aunque algunos funcionarios tenían sospechas sobre sus procedimientos (en particular, su íntima amistad con un «nativo»), carecían de evidencia. Las sospechas no eran una prueba. Hilary siguió viajando por la India y tratando de inculcar a su hijo que el peor pecado que podía cometer un hombre era la injusticia, y que siempre había que luchar contra ella con uñas y dientes, aun cuando no hubiera esperanzas de triunfar.

–Nunca lo olvides, Ashton. Seas lo que seas, sé justo. No hagas a los demás lo que no te gustaría que te hicieran a ti. Eso significa que nunca debes ser injusto. Nunca. En ninguna circunstancia. Con nadie. ¿Comprendes?

Por supuesto que Ashton no lo comprendía, porque aún era muy pequeño. Pero le repitieron la lección todos los días hasta que, por fin, entendió lo que *burra-sahib* (hombre grande; nunca llamó a su padre de otra manera) quería decir. Porque el tío Akbar también hablaba de lo mismo, le contaba historias y citaba el libro sagrado: «Un hombre es más grande que los reyes»; y añadía que cuando Ashton fuera un hombre descubriría que aquello era cierto. De manera que debía tratar de ser justo en todo lo que hacía, porque en aquellos momentos, en el país, los hombres que tenían el poder y se habían intoxicado con él cometían muchas y terribles injusticias.

–¿Por qué la gente las tolera? –preguntaba Hilary a Akbar Khan–. Son millones, y los de la compañía apenas un puñado. ¿Por qué no hacen algo? ¿Por qué no se defienden?

–Lo harán. Algún día –respondía con tranquilidad Akbar Khan.

–Entonces, cuanto antes mejor –replicaba Hilary.

Y agregaba que, en realidad, había muchos buenos *sahibs* en el país: Lawrence, Nicholson y Burns; hombres como Mansel y Forbes, y el joven Randall, en Lunjore, y muchos cientos más. Eran los de Simla y Calcuta los que había que eliminar: los vanidosos, voraces y tercos caballeros con un pie en la sepultura, mareados por el sol y el esnobismo, e hinchados con su propia importancia. En cuanto al Ejército, casi no había oficiales de alto rango en la India con menos de setenta años.

–No es que yo no sea patriota –insistía Hilary–. Pero no veo nada admirable en la estupidez, la injusticia y la incompetencia en los altos cargos, y hay mucho de las tres cosas en la actual Administración.

–No discutiré el asunto –respondía Akbar Khan–. Pero pasará, y los hijos de tus hijos olvidarán la culpa y recordarán sólo la gloria, mientras que los nuestros recordarán la opresión y os negarán todo lo bueno. Sin embargo, hay mucho bueno.

–Lo sé, lo sé. –La sonrisa de Hilary era bastante irónica–. Quizá yo también soy un viejo tonto, vanidoso y presumido. Y quizá si estos tontos de quienes me quejo fueran franceses, holandeses o alemanes no me importaría tanto, porque entonces podría decir: «Bien, ¿qué se puede esperar?», y sentirme superior. Es porque son hombres de mi propia raza por lo que querría que fuesen todos buenos.

–Sólo Dios lo es –respondió Akbar Khan en tono burlón–. Nosotros, sus criaturas, somos todos malos e imperfectos, cualquiera que sea el color de nuestra piel. Pero algunos luchamos por el bien, y en eso hay esperanza.

Hilary no escribió más informes sobre la East India Company, el gobernador general ni el consejo, y se dedicó a los temas que más le interesaban. Los manuscritos correspondientes, a diferencia de sus informes en código, eran enviados por correo ordinario, donde los abrían y examinaban, lo que sirvió para confirmar a las autoridades que el profesor Pelham-Martyn era, al fin y al cabo, nada más que un excéntrico erudito libre de toda sospecha.

De nuevo levantaron el campamento, y, dando la espalda a las palmeras y los templos del sur, avanzaron lentamente hacia el norte. Ashton Hilary Akbar celebró su cuarto cumpleaños en la capital de los mogoles, la ciudad amurallada de Delhi, donde Hilary había ido a completar, corregir y despachar el manuscrito de su último libro, que fue además el último de su vida. El tío Akbar celebró la ocasión vistiendo a Ashton con sus mejores ropas de musulmán y llevándolo a orar al Juma Masjid, la espléndida mezquita que el emperador Shah Jehan había construido frente a los muros del Lal Kila, el gran «Fuerte Rojo» a orillas del río Jumna.

La mezquita estaba llena de fieles porque era viernes. Tanto que algunas personas que no encontraron sitio en el patio treparon a la parte superior de la entrada, y dos cayeron empujados por los demás y se mataron.

–Fue ordenado –dijo el tío Akbar, y continuó con sus plegarias.

Ash se inclinaba, se arrodillaba y se levantaba imitando a los otros fieles; luego, el tío Akbar le enseñó la plegaria de Shah Jahan, el *Khutba,* que comienza diciendo:

«¡Ah, Señor! Haz gran honor a la fe del Islam y a los que enseñan esa fe, a través del perpetuo poder y la majestad de tu esclavo, el sultán, el emperador, el hijo del emperador, el gobernante de los dos continentes y jefe de los dos mares, guerrero en la causa de Dios, el emperador Abdul Muzaffar Shahabuddin Muhammad Shah Jahan Ghazi...».

Ash preguntó qué era un mar. Y por qué sólo se hablaba de dos mares. Y quién había ordenado que aquellas dos personas se cayeran de la puerta.

Sita replicó vistiendo a su hijo adoptivo como a un hindú y llevándolo a un templo en la ciudad, donde, a cambio de unas monedas, un sacerdote de ropajes amarillos le marcó la frente con una manchita de pasta roja. Allí vio a Daya Ram hacer *pujah* (rendir culto) a una antigua piedra alargada, el símbolo de la diosa Siva.

Akbar Khan tenía muchos amigos en Delhi, por lo que normalmente le habría gustado continuar algún tiempo más allí. Pero ese año sentía corrientes ocultas, extrañas e inquietantes, y la conversación con sus amigos lo perturbaba. La ciudad estaba llena de extraños rumores, y flotaba en el ambiente una tensión y una ominosa sensación de entusiasmo reprimido en las estrechas calles ruidosas y en los atestados mercados. Experimentaba aprensión y presentía que iba a suceder algo malo.

–Algo anda mal. Se siente en el mismo aire –dijo Akbar Khan–. No anuncia nada bueno para la gente de tu raza, amigo mío, y no deseo que os suceda nada a ti ni a nuestro niño. Vayámonos de aquí, a cualquier lugar donde el aire sea más puro. No me gustan las ciudades. Crían suciedad como un montón de estiércol cría moscas y gusanos, y aquí se está gestando algo que es peor aún.

–¿Una revuelta, quizá? –respondió Hilary sin perturbarse–. Eso sucede en media India. Y, a mi juicio, cuanto antes llegue, mejor: necesitamos una explosión para limpiar el aire y hacer saltar a esos estúpidos aletargados de Calcuta y Simla de su complacencia.

–Es cierto. Pero las explosiones pueden matar, y no deseo que «mi hijo» pague los errores de sus compatriotas.

–Mi hijo, querrás decir –lo corrigió Hilary con cierta aspereza.

–Nuestro, entonces. Aunque me quiere más a mí que a ti.

–Sólo porque lo consientes demasiado.

–No. Es porque lo amo, y él lo sabe. Es el hijo de tu cuerpo, pero es el hijo de mi corazón, y no deseo que le causen daño cuando estalle la tormenta..., que estallará. ¿Has advertido a tus amigos ingleses del campamento?

Hilary dijo que lo había hecho muchas veces, pero que nunca le hacían caso, y el problema era que no sólo los hombres que ocupaban altos cargos, los miembros del Consejo de Calcuta y los funcionarios públicos de Simla, sabían muy poco de las mentes de aquellos a quienes gobernaban, sino que muchos oficiales del Ejército se mantenían en la misma ignorancia.

–No era así en otros tiempos –replicó Akbar Khan con pena–. Pero ahora los generales son viejos y gordos, y están cansados; y los oficiales son trasladados con tanta frecuencia que no llegan a conocer las costumbres de sus hombres ni advierten que sus cipayos se están poniendo inquietos. No me gusta la historia de Barrackpore. Es verdad que sólo se rebeló un cipayo, pero, cuando mató a su oficial y amenazó con matar también al *sahib* general, sus compañeros cipayos lo contemplaron en silencio y no hicieron nada para impedirlo. Sin embargo, pienso que no fue acertado dispersar el regimiento después de ahorcar al rebelde, porque ahora hay otros trescientos hombres sin jefe para sumarse al descontento de muchos otros. Esto provocará problemas, y creo que pronto.

–Yo también. Y, cuando suceda, mis compatriotas se asombrarán y se enfurecerán ante tanta deslealtad e ingratitud. Ya verás.

–Quizá..., si vivimos para verlo –respondió Akbar Khan–. Por eso digo que nos vayamos a las montañas.

Hilary empaquetó sus cajas y dejó muchas de ellas en casa de un conocido en el campamento. Tenía intención, antes de salir de Delhi, de contestar una serie de cartas recibidas años atrás. Pero una vez más demoró su propósito, porque Akbar Khan estaba deseando marcharse y habría tiempo para esa tediosa tarea cuando llegaran a la paz y la quietud de las montañas. Además, ya que la correspondencia llevaba tanto tiempo esperando, un mes o dos no supondría demasiado retraso. Consolado con este pensamiento, guardó un montón de cartas sin contestar, incluyendo media docena dirigidas a su esposa, en una caja que decía «Urgente», y se dedicó a tareas más interesantes.

Un libro, publicado en la primavera de 1856 *(Dialectos poco conocidos del Indostán*, vol. I, por el profesor H. F. Pelham-Martyn, B. A., D. S. C., F. R. G. S., F. S. A., etcétera) está dedicado «A la memoria de mi querida esposa Isobel». El segundo tomo de la obra sólo se publicó en el otoño del siguiente año y mostraba una inscripción más larga: «Para Ashton Hilary Akbar, con la esperanza de que despierte su interés en un tema que ha dado infinita satisfacción a su autor H. F. P.-M.». Pero, para entonces, ya hacía seis meses que Hilary y Akbar Khan estaban enterrados, y nadie se preocupó por averiguar quién era Ashton Hilary Akbar.

El campamento había sido trasladado hacia el norte, en dirección a los Terai y al pie de los Doon, y allí fue donde, a principios de abril, cuando la temperatura comenzó a ascender y las noches ya no eran frescas, los alcanzó el desastre.

Un pequeño grupo de peregrinos de Hardwar, a quienes se ofreció hospitalidad por una noche, estaban enfermos de cólera. Uno de ellos murió antes del amanecer y sus compañeros escaparon abandonando el cadáver, que fue hallado por un criado a la mañana. Para la noche, tres de los hombres de Hilary habían contraído la enfermedad, que causó sus horribles estragos con tal rapidez que ninguno de ellos vivió para ver el día siguiente. El campamento fue invadido por el pánico, y muchos sirvientes tomaron sus mochilas y desaparecieron sin esperar su paga. Al día siguiente enfermó Akbar Khan.

–Márchate –dijo Akbar Khan a Hilary–. Llévate al niño y vete antes de que también enferméis. No sientas pena por mí. Soy viejo y tullido, sin esposa y sin hijos. ¿Por qué habría de temer a la muerte? Pero tú tienes un niño... y un hijo necesita de su padre.

–Tú has sido mejor padre para él que yo –respondió Hilary, tomando la mano de su amigo.

Akbar Khan sonrió.

–Lo sé, porque tiene mi corazón, y yo le habría enseñado... le habría enseñado... Es demasiado tarde. Márchate ya.

–No tenemos adónde ir. ¿Quién puede alejarse del cólera negro? Si nos marchamos nos acompañará, y he oído decir que en Hardwar mueren más de mil personas cada día. Estamos mejor aquí que en las ciudades, y tú pronto estarás bien... Eres fuerte y te repondrás.

Pero Akbar Khan murió.

Hilary lloró a su amigo como no había llorado a su esposa. Después de enterrarlo, fue a su tienda y escribió una carta a su hermano en Inglaterra y otra a su abogado. Junto con otros papeles y daguerrotipos, hizo un paquetito y lo envolvió cuidadosamente con un cuadrado de hule. Hecho esto, selló el paquete con cera, volvió a tomar la pluma y comenzó una tercera carta, la que tenía pendiente para el hermano de Isobel, William Ashton. La carta que llevaba años pensando escribir y que, por uno u otro motivo, nunca había escrito. Pero había dejado pasar demasiado tiempo. El cólera que había matado a su amigo extendió su huesuda mano y lo tocó en el hombro; su pluma vaciló y cayó al suelo.

Una hora después, al salir de un acceso agónico, Hilary dobló la carta sin terminar y, tras escribir trabajosamente una dirección, llamó a su mensajero, Karim Bux; pero éste también se estaba muriendo, y finalmente fue Sita, la esposa de Daya Ram, quien atravesó apresuradamente la oscuridad del campamento desolado con una lámpara para tormentas y comida para *burra-sahib,* porque el cocinero y sus pinches habían huido horas antes.

El niño la acompañaba, pero cuando Sita vio lo que le ocurría a Hilary lo apartó rápidamente de la tienda infectada y no le permitió entrar.

–Está bien –jadeó el moribundo, aprobando la acción–. Eres una mujer sensata..., siempre lo he dicho. Cuídalo, Sita. Llévalo con su gente. No permitas que... –Sintió que no podía terminar la última frase, buscó a tientas la hoja de papel y el paquete sellado, y se los arrojó.

–Hay dinero en esa caja..., tómalo. Eso es. Debe alcanzar para que lleguéis a...

Sufrió otra convulsión, y Sita, tras esconder el dinero y los papeles entre los pliegues de su sari, tomó al niño de la mano y lo condujo rápidamente a su tienda. Allí lo acostó, por una vez y con gran indignación de Ashton, sin las canciones y los cuentos de hadas que eran el acompañamiento habitual a la hora de irse a la cama. Hilary murió por la noche, y a media tarde del día siguiente el cólera se había cobrado otras cuatro vidas. Entre ellas, la de Daya Ram. Los que quedaban (un reducido grupo de personas) saquearon las tiendas, apoderándose de lo que tenía algún valor, y escaparon con los caballos y camellos hacia el sur, por el Terai. Dejaron allí sola a Sita, por temor a que hubiese contraído la enfermedad de su marido fallecido, y al huérfano de cuatro años, Ash-Baba.

Años después, cuando ya había olvidado mucho de aquella época, Ash seguía recordando lo sucedido aquella noche. El calor y la luz de la luna, los horribles aullidos de los chacales y las hienas que se peleaban y rugían a pocos metros de la pequeña tienda donde Sita estaba acurrucada junto a él escuchando, temblando y dándole palmaditas en el hombro en un intento de calmar sus temores y conseguir que se durmiera. El aleteo y los graznidos de los buitres posados en los *sal*, el hedor de la putrefacción, y la espantosa sensación de desconsuelo ante una situación que no podía comprender y que nadie le había explicado.

No sintió temor alguno, porque hasta entonces nunca había tenido oportunidad de sentirlo. Además, el tío Akbar le había dicho que un hombre no debía mostrar miedo por nada. Aparte de eso, era por temperamento un niño valiente, y la vida en un campamento que se desplazaba a través de junglas, desiertos y cadenas de montañas inexploradas lo había familiarizado con las costumbres de los animales salvajes. Pero no sabía por qué Sita sollozaba ni por qué no le había permitido acercarse al *burra-sahib*; tampoco entendía lo que les había sucedido al tío Akbar y a los demás. Sabía que estaban muertos porque había visto la muerte antes. Había presenciado cacerías de tigres; se había sentado en un *machan* (una plataforma colgada en un árbol) con el tío Akbar. Había visto verdaderas matanzas de cabras y jóvenes búfalos que un tigre había derribado y devorado parcialmente el día anterior; cervatillos, patos y perdices que se mataban para comerlos. Esos seres estaban muertos. Pero no era posible que el tío Akbar estuviese muerto como lo estaban aquellos animales. Debía de haber algo indestructible, algo que quedara de los hombres que le habían contado cuentos; hombres a quienes él amaba y de quienes dependía. Pero, ¿dónde se habían ido? Ashton no entendía nada.

Sita quitó ramas de espinos de la *boma* que protegía el campamento y los apiló formando un círculo alrededor de la tienda, en altos montones. Y fue una suerte que lo hiciera, porque hacia medianoche un par de leopardos espantaron a los chacales y las hienas para apropiarse del festín, y antes de la madrugada rugió un tigre en la jungla entre los *sal*. La luz del día reveló sus huellas a menos de un metro de la frágil barrera de espinos.

Aquella mañana no hubo leche. Pero Sita dio al niño lo que quedaba de un *chuppatti* (pan sin levadura de la India) y después hizo un bulto con sus escasas pertenencias, tomó a Ashton de la mano, y lo alejó del horror y la desolación del campamento.

2

Sita no tendría más de veinticinco años, pero representaba el doble de esa edad a causa del duro trabajo y los embarazos, los cinco hijos que había dado a luz y la amargura que le causó su pérdida. Todo había contribuido a envejecerla prematuramente. No sabía leer ni escribir y no era muy inteligente, pero tenía valor, lealtad y un corazón tierno. Y jamás se le ocurrió guardar para ella el dinero que le había dado Hilary ni desobedecer sus órdenes. Había amado al hijo de aquel hombre desde el momento de su nacimiento, y ahora él le había entregado al niño con el encargo de devolvérselo a su familia. Sólo quedaba ella para cuidar de Ash-Baba: toda la responsabilidad había caído sobre sus hombros y no la eludiría.

No tenía idea de quiénes eran las personas relacionadas con el niño ni de cómo podría encontrarlas, pero aquello no la preocupaba demasiado porque recordaba el número de la casa, en el acantonamiento de Delhi, donde el padre de Ash-Baba había dejado la mayor parte de su equipaje, y también el nombre del *sahib* coronel que vivía allí. Llevaría al niño a aquel lugar, a Abuthnot-*sahib* y a su *memsahib*, quienes se ocuparían de todo. Seguramente necesitarían una *ayah* para el chiquillo, de manera que ella, Sita, no tendría que separarse de él. Delhi quedaba hacia el sur, a gran distancia, pero Sita no dudaba de que podrían llegar allí sin problemas. Sin embargo, como la suma de dinero que había tomado de la caja era muy superior a todo lo que había visto en su vida, tuvo miedo de atraer demasiado la atención por el camino y vistió a Ash con la ropa más vieja que tenía, advirtiéndolo de que en ningún caso debía hablar con extraños.

En mayo consiguieron llegar cerca de la ciudad de los mogoles. Ash era demasiado pesado para llevarlo en brazos, salvo en cortas distancias, y aunque era un niño robusto sólo podía caminar unos kilómetros al día. Además, el tiempo, que solía ser fresco en esa época del año, se estaba volviendo más caluroso, y los largos días abrasadores hacían más lenta la marcha. Ash había aceptado el viaje sin hacer preguntas, porque nunca había conocido otra cosa y el constante cambio no era nuevo para él. La única estabilidad que había conocido en su vida era la presencia de las mismas personas: Sita, el tío Akbar y el *burra-sahib*; Daya Ram, Kartar Singh, Swab Gul, Tara Chand, Dunno y unas veinte personas más. Y aunque ahora todos habían desaparecido menos Sita, al menos ella seguía estando a su lado, junto con la India.

Viajaban despacio, comprando la comida en los pueblos por los que pasaban y, en general, durmiendo al aire libre para evitar preguntas. Los dos estaban muy cansados cuando los muros, las cúpulas y los minaretes de Delhi aparecieron en el horizonte, espectrales en el anochecer polvoriento y dorado. Sita esperaba llegar a la ciudad antes de que oscureciera: pensaba pasar la noche en casa de un pariente lejano de Daya Ram que tenía una tienda de granos en una calle lateral del Chandi Chowk. Allí podría lavar y planchar la ropa inglesa que había escondido en el bulto, y vestir correctamente a Ash-Baba antes de llevarlo al acantonamiento. Pero aquel día habían recorrido casi nueve kilómetros, y aunque las murallas de Delhi no parecían estar a gran distancia, el sol se había puesto cuando aún les faltaba un trecho para alcanzar el puente de barcas por el que debían cruzar el Jumna.

Para llegar a la tienda de granos debían andar aún otros quinientos metros, y pronto estaría demasiado oscuro para seguir. Pero tenían suficiente comida y bebida para la cena, y como el niño estaba cansado y soñoliento, Sita lo llevó hasta un *peepul* que asomaba por encima de una pared derruida. Después de darle de comer, extendió una manta entre las raíces de un árbol y le cantó una vieja canción infantil del Punjab, *Arré Ko-ko, jarré Koko*, y esa canción de cuna tan amada que dice:

Nini baba, nini
Mackham, roti, cheene,
Mackham, roti hoa gia,
Soja baba soja.
Mera baba soja,
Ninnie Nina
baba so gaya, gaya.*

La noche era tibia y estrellada, sin viento. Desde donde se encontraba, rodeando con el brazo el cuerpecito del niño, Sita veía parpadear las luces de Delhi más allá de la llanura, como un resplandor de oro en la oscuridad. Los chacales aullaban entre las ruinas de otras Delhis más antiguas, los murciélagos y las aves nocturnas de gritos ásperos bajaban y se agitaban de rama en rama; una hiena lanzó su espantosa risa desde una zona de pasto gigante, y una mangosta emitió su furiosa respuesta en las sombras. Pero todos eran sonidos familiares, tan familiares como los tam-tam que se oían desde la ciudad distante y el agudo zumbido de las cigarras. Sita se cubrió la cara con un extremo de su *chuddah* y se durmió.

Se despertó con las primeras luces del alba, arrancada bruscamente del sueño por un sonido menos familiar: el rápido golpeteo de cascos de caballos, el ruido de las armas de fuego y las voces de hombres que gritaban. Se aproximaban jinetes por el camino, en la dirección de Meerut, y cabalgaban como endemoniados; el polvo que levantaban formaba una nube de humo blanco en la llanura iluminada por la luz del amanecer. Pasaron como un relámpago a pocos metros del *pee-*

* «Duerme, bebé, duerme. Mantequilla, pan, azúcar. El pan y la mantequilla se han terminado; duerme, bebé, duerme. Mi bebé duerme, mi bebé se ha dormido».

pul, disparando al aire y aullando como lo hacen los hombres cuando compiten en una carrera. Sita vio sus ojos fijos y sus rostros frenéticos, y la espuma que volaba desde los cuellos y los flancos tensos de los caballos al galope. Eran *sowars* (jinetes) que vestían el uniforme de uno de los regimientos de caballería de Bengala: *sowars* de Meerut. Pero sus ropas se veían desgarradas y cubiertas de polvo, y sucias por las oscuras e inconfundibles manchas de sangre.

Una bala perdida pasó entre las ramas del *peepul* y Sita se agachó, abrazando a Ash, que se había despertado por el ruido. Poco después, los jinetes habían pasado y el remolino de polvo los envolvió en una nube asfixiante. Sita tosió y jadeó, y se cubrió la cara con los pliegues del sari. Cuando el polvo se disipó y pudo ver nuevamente, los jinetes habían llegado al río y se oyó, débil pero clara, la hueca resonancia de los cascos que cruzaban el puente de los botes.

La impresión de ver hombres desesperados que huían fue tan intensa que Sita tomó en brazos al niño, corrió a refugiarse entre las altas hierbas y quedó allí acurrucada, esperando el clamor y los gritos que seguramente se producirían.

Permaneció allí casi una hora, acallando al niño y rogándole en susurros que estuviera quieto y en silencio; pero, aunque no oyó más ruido de caballos por el camino de Meerut, la calma de la mañana permitía captar con claridad una zona lejana de disparos y voces de hombres que gritaban bajo las murallas de Delhi. Enseguida, también esos ruidos cesaron, o bien fueron absorbidos por los normales de un día de trabajo de la ciudad que despertaba, y los de una mañana en la India: el chirrido de la garrucha de un pozo; las perdices que cantaban en la llanura y el graznido de las grullas junto al río; el áspero chillido de un pavo real entre las plantaciones y el parloteo de los pájaros tejedores. Más allá, una tropa de monos se colgó de las ramas de un *peepul*, a la vez que una brisa débil y suave agitó las hierbas con un susurro monótono que ahogaba cualquier otro sonido.

–¿Es un tigre? –susurró Ash, que había presenciado muchas cacerías al lado del tío Akbar.

–No, pero no debemos hablar. Tenemos que estar callados –le recomendó Sita.

No podía explicar el temor que le habían causado los jinetes ni sabía exactamente de qué tenía miedo. Pero su corazón continuaba latiendo agitadamente, y sentía que ni siquiera el cólera ni las horas terribles de la última noche en el campamento la habían atemorizado como la visión de aquellos hombres. Al fin y al cabo, conocía los estragos del cólera como conocía la enfermedad, la muerte y las costumbres de los animales salvajes. Pero esto era otra cosa: algo inexplicable y aterrador.

Un carro arrastrado por un par de bueyes perezosos avanzaba dando tumbos por el camino, y aquel ruido familiar y tranquilo le devolvió la calma. El sol lamió el borde del horizonte y de pronto se hizo de día. La respiración de Sita se normalizó. Se puso en pie con cautela y, mirando por encima de las hierbas, vio que el camino, iluminado por el sol, aparecía desierto. No se divisaba el menor movimiento, lo cual también era extraño: generalmente, en el camino de Meerut reinaba gran actividad, ya que conducía el tráfico principal de Rohilkhand y Oude a Delhi. Pero a Sita la soledad y el silencio le infundieron valor; sin embargo, como no deseaba seguir de cerca a aquellos jinetes enloquecidos, consideró más acertado esperar un rato. Aún le quedaba un poco de comida, pero se le había terminado la leche la noche anterior y los dos tenían sed.

–Espera aquí –dijo a Ash–. Iré al río a por agua, no tardaré. No te muevas de aquí, cariño. Quédate quieto y no te pasará nada.

Ash obedeció, porque se había contagiado del pánico de Sita y, por primera vez en su vida, sentía miedo. Como ella, no podía explicar a qué obedecían sus temores.

La espera fue larga, porque Sita se desvió y se acercó al río más allá del punto en que el camino llevaba al puente de barcas, que habría sido el trayecto más corto. Desde allí podía ver los bancos de arena y los canales móviles del Jumma hasta las puertas de Calcuta, y el largo muro que conducía más allá del arsenal y del fuerte. También podía oír mejor el ruido de la ciudad, que semejaba el rugido de una colmena en plena actividad ampliado mil veces.

Mezclado con ese sonido, se escuchaba el de los disparos, a veces aislados y otras en descarga cerrada. El suelo sobre los tejados aparecía lleno de pájaros, halcones, bandadas de cuervos y palomas asustadas, que describían giros, bajaban bruscamente y volvían a ascender como si algo los trastornara. Sí, aquella mañana sucedía algo grave en Delhi, por lo que sería mejor mantenerse a distancia y no intentar entrar en la ciudad antes de averiguarlo. Era lamentable que les quedara tan poca comida, pero sería suficiente para alimentar al niño. Y al menos tendrían agua.

Sita llenó de agua su recipiente de bronce y regresó sigilosamente a la seguridad de las altas hierbas junto al camino de Meerut, tratando de mantenerse al resguardo de los *kikares,* las rocas y los arbustos para no ser descubierta. Decidió que permanecerían allí hasta que se hiciera de noche y luego cruzarían el puente, recorriendo las afueras de la ciudad para llegar directamente a los acantonamientos. Sería una larga caminata para Ash-Baba, pero quizá si descansaba todo el día... Sita abrió un hueco más cómodo para el niño en medio de las hierbas, aunque el lugar era polvoriento, no llegaba el aire y el calor abrasaba. Ash, que había perdido ya el miedo, se mostraba aburrido e inquieto, pero poco después de mediodía se quedó profundamente dormido: la forzosa inactividad le había dado modorra.

Sita también dormitó a ratos, tranquilizada por el lento chirrido de las carretas que avanzaban por el camino. De vez en cuando, podía escuchar el alegre sonido de la campanilla de una *ekka* (un carruaje ligero de dos ruedas) que pasaba por allí. Todo parecía anunciar que se había restablecido el tráfico normal, de manera que el posible peligro ya había pasado, y lo que había visto sólo eran mensajeros que corrían a la residencia del *bahadur* Shah, el mogol, con noticias que habían causado gran excitación en la ciudad. Tal vez una gran victoria obtenida por el Ejército de Bengala en algún lejano campo de batalla, o el nacimiento de un hijo de algún monarca amigo... ¿Quizá de la *padishah* Victoria en Belait, Inglaterra?

Esas conjeturas y otras igualmente tranquilizadoras calmaron un tanto los temores de Sita. Ahora ya no se oía el tumulto de la ciudad, porque, aunque la débil corriente de aire que agitaba la arena y las aguas de las orillas del río Jumma no llegaba a levantar el polvo del camino, tenía fuerza suficiente para mover las puntas de las hierbas altas. «Partiremos cuando se despierte el niño», pensó. Pero, en el mismo momento de pensarlo, su ilusión de paz y tranquilidad saltó por los aires. Un salvaje estremecimiento sacudió la llanura como una ola invisible, hizo temblar los árboles y movió hasta el suelo donde estaba sentada. Tras él llegó un ruido aterrador, espantoso, que rompió el silencio de la tarde calurosa como un rayo que abate a un pino.

El estruendo despertó bruscamente a Ash mientras Sita se ponía en pie de un salto. Al mirar por encima de las hierbas, vio una gran columna de humo que se elevaba por encima de los muros distantes de Delhi: una columna retorcida, con la parte superior en forma de hongo, que brillaba con el resplandor rojizo del atardecer. No tenía idea de lo que significaba, y nunca supo que lo que había visto era la explosión del polvorín de Delhi, volado por un reducido grupo de supervivientes británicos para evitar que cayera en manos de las turbas.

Horas después aún continuaba en el cielo la columna de humo, ahora de color rosado. Cuando por fin Sita y el niño se aventuraron a salir de su escondite, los primeros rayos de la luna bañaban los contornos de las cosas, cada vez más difuminados.

Volverse atrás ahora que estaban tan cerca de su destino resultaba inconcebible, aunque, si hubiera habido otro camino para llegar a los acantonamientos, Sita lo habría tomado. Pero no se atrevía a atravesar el Jumma y no había otro puente en muchos kilómetros. Tendrían que cruzar el río por el puente de barcas, y así lo hicieron, avanzando a toda prisa a la luz de la luna detrás del cortejo de una boda; pero unos hombres armados los detuvieron al otro lado. Al ver una mujer sola con un niño, les permitieron el paso, aunque los vigilantes interrogaron a los de la boda. De aquellas preguntas y respuestas, Sita obtuvo la primera información sobre los acontecimientos del día.

Hilary tenía razón. Y Akbar Khan también. Había muchos agravios sin reparar, muchas injusticias no reconocidas ni enmendadas, y los hombres no podían tolerar eternamente estas cosas. El motivo que había desencadenado los acontecimientos carecía de importancia: una polémica sobre unos cartuchos engrasados que se habían entregado al Ejército de Bengala para que los usara en sus nuevos rifles. Se sospechaba que la grasa era de vaca y de cerdo... El contacto con la vaca destruía la casta de un hindú y el contacto con el cerdo profanaba a un mahometano. Pero eso sólo era una excusa.

Desde el día, medio siglo antes, en que estalló el primer motín y hubo derramamiento de sangre porque la compañía intentó imponer el uso de una cartuchera de cuero y un nuevo modelo de gorra a las tropas de Vellore, en Madrás, los cipayos sospechaban que se estaba tramando una conspiración para privarlos de la casta, la más apreciada de las instituciones hindúes. El motín de Vellore fue sofocado con rapidez y ferocidad, como había sucedido con insurrecciones similares en años anteriores. Pero la compañía hizo caso omiso de aquellas advertencias y se indignó ante la protesta por los cartuchos engrasados.

En Barrackpore, un cipayo enfurecido, Mangal Pandy, del 34.º Regimiento de Tropas Indígenas, disparó contra el residente británico y lo hirió, después de incitar a sus compañeros a la rebelión. El soldado fue ahorcado, y sus compañeros cipayos, que lo habían observado todo en silencio, fueron desarmados. El regimiento se dispersó. Y, como el gobernador general se encontró un descontento aún mayor, no tuvo más opción que ordenar la retirada de los nuevos cartuchos.

Pero ya era demasiado tarde: los cipayos consideraron que la orden demostraba que ellos tenían razón y, lejos de disminuir la tensión, la elevaron hasta límites insospechados. De toda la India llegaron noticias de incendios provocados, pero, a pesar de lo explosivo de la situación y del hecho de que hombres de prestigio estuviesen al corriente del inminente desastre, el comandante del 3.er Regimiento de Caballería, estacionado en Meerut, decidió dar una lección a los miembros de su unidad obligándolos a usar los cartuchos motivo de la polémica. Ochenta y cinco de sus *sowars* se negaron cortésmente, pero con firmeza: fueron arrestados y juzgados en un consejo de guerra, que los condenó a trabajos forzados a perpetuidad.

El general Hewitt, obeso, torpe y con más de setenta años, ordenó de mala gana que todas las fuerzas de Meerut se concentraran para escuchar la lectura de las sentencias. Los ochenta y cinco *sowars* fueron despojados públicamente de sus uniformes, se les colocaron grilletes en los pies y luego fueron trasladados a la prisión donde debían pasar el resto de sus días. Pero ese acto prolongado y sin gloria resultó ser un error aún mayor que las propias sentencias, pues la multitud sintió simpatía por los *sowars* encadenados y, durante aquella noche, los hombres, en los cuarteles y mercados de Meerut, hirvieron de furia y de vergüenza. Y prepararon el desquite.

A la mañana siguiente estalló la tormenta que amenazaba desde hacía tanto tiempo: una turba de cipayos enardecidos asaltó la cárcel, liberó a los presos y se volvió contra los británicos. Después de un día de revuelta, asesinatos y violencia, los *sowars* del 3.er Regimiento de Caballería prendieron fuego a las casas saqueadas y obligaron a la guarnición de Delhi a alzarse en rebeldía y poner sus armas al servicio del *bahadur* Shah, el verdadero rey de Delhi y último de los mogoles. Aquéllos habían sido los hombres que había visto Sita al amanecer y que reconoció, con fatídico presentimiento, como mensajeros del desastre.

Al parecer, el mogol no les hizo mucho caso al principio, pues había muchos regimientos británicos en Meerut y esperaba que, en cualquier momento, se lanzaran al ataque contra los insubordinados. Sólo cuando no hizo acto de presencia ningún soldado, se convenció de que los cipayos del 3.er Regimiento habían dicho la verdad al afirmar que todos los *sahib-log* de Meerut estaban muertos. Después corrió la voz de que habían hecho una matanza similar con todos los europeos residentes en Delhi. Algunos británicos se encerraron en el polvorín, y, cuando comprendieron que no podrían defenderlo, lo volaron con ellos dentro. Otros fueron asesinados por las tropas amotinadas o por las turbas que se habían levantado en favor de los héroes de Meerut. A aquella hora aún continuaban buscando europeos por las calles de la ciudad.

Al escuchar el relato de los acontecimientos, Sita apartó al niño de la luz de las antorchas y lo arrastró hacia las sombras, temerosa de que pudieran reconocerlo como *angrezi* (inglés) y los soldados lo destrozaran con sus sables. El rugido de la multitud y el estruendo de los edificios que se derrumbaban y ardían eran una advertencia más clara que cualquier palabra sobre los peligros que podrían esperarles en la ciudad. Apartándose de las puertas de Calcuta, Sita se deslizó en la oscuridad en dirección al fuerte, siguiendo por la estrecha franja de tierra desierta que se extendía entre el río y las murallas de Delhi.

El suelo era irregular y lleno de piedras; las cortas piernas de Ash, trotando junto a ella, se cansaron pronto. Pero ahora la luna estaba alta, y el resplandor de las casas en llamas iluminaba la noche con una claridad diurna. Habían andado menos de quinientos metros cuando encontraron un asno que vagaba sin rumbo entre los montones de basura, y se lo apropiaron. Probablemente, pertenecía a un lavandero o un cortador de hierba que no lo había atado bien, o que lo había olvidado al lanzarse hacia la ciudad para participar en el saqueo de tiendas y casas de europeos. Pero para Sita representaba un regalo del cielo y lo aceptó como tal. Colocó a Ash sobre el lomo del animal y montó detrás de él. El asno, seguramente acostumbrado a cargas más pesadas, salió al trote en cuanto sintió el toque del talón de Sita. Tomó alguna senda desconocida entre las rocas y la basura amontonada en la explanada del otro lado del foso de la ciudad.

Los cascos del asno hacían muy poco ruido en el suelo arenoso, y el sari de Sita se perdía entre las sombras; pero aquella noche había hombres en las murallas que sospechaban de todo sonido o movimiento, y dos veces los llamaron con voces agresivas o les hicieron disparos que repicaron en las piedras o silbaron sobre sus cabezas para luego perderse en el río. Por fin pasaron el fuerte y la contraescarpa, y siguieron por el estrecho espacio abierto que separaba la puerta de Cachemira de los oscuros y tranquilizadores matorrales de Kudsia Bagh.

Aún les dispararon de nuevo, sin acierto, y diez minutos después estaban entre los árboles con Delhi detrás de ellos: una franja negra, irregular, de muros y almenas, tejados y árboles, de la que emergían los delicados minaretes de las mezquitas, todo bien visible gracias al resplandor de los incendios. A la derecha, quedaba el río, y más adelante, a la izquierda, la larga línea negra de los riscos, una barrera natural de roca entre los acantonamientos y la ciudad.

Siempre había luces en los acantonamientos; en los bungalós, los cuarteles, los comedores y los dormitorios de la tropa. La luminosidad que creaban en el cielo de la noche era familiar, pero aquella noche resultaba mucho más intensa y menos constante; aumentaba y disminuía como si también allí hubiera incendios. Sita pensó que el *sahib-log* habría mandado encender fogatas alrededor del acantonamiento para impedir ataques desde la oscuridad, y le pareció una idea sensata. Una idea que la obligaría a avanzar con más lentitud, porque había hombres armados en el camino que unía la ciudad con los riscos y los acantonamientos, figuras que andaban apresuradamente a pie o a caballo y que supuso serían saqueadores o amotinados. Debía llegar cuanto antes con el niño a la seguridad de la casa de Abuthnot-*sahib,* pero sería más sensato esperar a que los árboles y los matorrales proporcionaran un escondite y hubiera menos actividad en el camino.

El asno dio un salto tan de repente que faltó muy poco para que los arrojara al suelo. Se quedó inmóvil, resoplando con alarma, y, cuando Sita le clavó los talones, el animal retrocedió en lugar de avanzar; de modo que se vio obligada a apearse.

–¡Mira! –dijo Ash, que veía en la oscuridad casi tan bien como el asno–. Hay alguien allí, entre los arbustos.

Su voz revelaba más interés que alarma, y si no había hablado antes fue porque nunca había sido muy charlatán, excepto, ocasionalmente, con Akbar Khan. Los disparos y los gritos lo habían excitado, pero poco más, porque el tío Akbar lo había llevado a las cacerías antes de que aprendiera a caminar y lo único alarmante en la situación actual era el miedo de Sita; y el hecho de que tampoco ella explicaba el cambio de circunstancias y por qué todos aquellos que había conocido en su corta vida, todos menos ella, lo habían abandonado. Pero, como la mayoría de los niños del mundo, se resignaba a la extraña conducta de los adultos y la aceptaba como parte de la marcha de las cosas. Ahora sabía que Sita estaba nuevamente asustada, y esta vez de la persona que yacía entre los arbustos. También el asno tenía miedo, por lo que Ash le palmeó el lomo y le dijo:

–No temas. Es sólo una *memsahib* dormida.

La mujer que había entre los arbustos estaba tendida en una actitud extraña, como si se hubiera arrastrado a gatas entre la vegetación enmarañada y se hubiese quedado dormida, exhausta. La rojiza luz de los edificios en llamas revelaba que era una persona muy gruesa, con miriñaque y enaguas bajo un voluminoso vestido de alepín a rayas blancas y grises que la hacía aún más gorda. Pero no estaba dormida, sino muerta. Apartándose con horror de la vasta forma silenciosa, Sita pensó que seguramente era una de los *sahib-log* que intentaron escapar de la matanza en la ciudad y había muerto de terror o de un ataque al corazón, porque no mostraba señales de heridas. Quizás ella también tratara de llegar a los acantonamientos, y tal vez había otros fugitivos ingleses ocultos en las sombras... o rebeldes que los buscaban.

Este último pensamiento era alarmante, pero Sita se convenció de que cualquier ruido de persecución sería perfectamente audible entre los matorrales del jardín en ruinas, y de que no se realizaría una búsqueda sin antorchas. La noche era tranquila y los únicos movimientos que se oían procedían del lado del camino. Podían esperar tranquilamente allí.

Sita trabó al asno para que no se escapara, hizo un hueco entre la hierba para el niño, lo alimentó con los últimos restos de comida que le quedaban, le contó, para que se durmiera, la historia sobre el valle entre las montañas donde algún día vivirían en una casa de tejado plano entre los árboles frutales, y donde tendrían una cabra y una vaca, un perrito y un gatito...

–Y el asno –agregó Ash con voz soñolienta–. Debemos llevar al asno.

–Claro que llevaremos al asno. Nos ayudará a traer las cántaras desde el río y la leña para el fuego, porque cuando cae la noche refresca en los altos valles... El ambiente es fresco y agradable, y el viento que sopla a través de los bosques tiene olor a pino y a nieve, y hace este sonido: shhh... shhh... shhhh... –Ash suspiró, feliz, y se quedó dormido.

Sita esperó pacientemente una hora tras otra, hasta que el resplandor del cielo se apagó, y al intuir la proximidad de la mañana despertó al niño y salió furtivamente del Kudsia Bagh para completar el último trecho hasta los acantonamientos de Delhi.

Ahora el camino aparecía desierto, gris y profundo en medio del polvo, y, aunque llegaba aire fresco del río y de las largas extensiones de arena húmeda, estaba cargado de olor a humo y de un leve hedor de corrupción, y el silencio ampliaba cada pequeño ruido: el crujido de una ramita que pisaban, una piedra bajo el casco del asno o la respiración entrecortada de Sita.

La última vez que ella y el niño habían venido hasta aquí habían hecho el viaje en carruaje y la distancia parecía mucho más corta; pero ahora era interminable, y mucho antes de que llegaran a lo alto de los riscos el cielo adquirió una tonalidad grisácea con el primer anuncio del amanecer. Las masas negras informes, a derecha e izquierda, se transformaron en rocas y espinos achaparrados. Avanzaron con más facilidad cuando el camino comenzó a descender. El silencio reinante tranquilizaba a Sita, pues, si los habitantes del acantonamiento podían dormir con tanta despreocupación, era que nada grave sucedía y ya no habría más problemas... O tal vez nunca habían llegado allí.

No brillaban luces a esa hora, y los caminos, bungalós y jardines aparecían silenciosos. Pero, de pronto, el olor a quemado se intensificó, y no era el habitual de los fuegos de carbón o del estiércol, sino el de vigas y paja carbonizadas; el de tierra y ladrillos chamuscados.

Todavía estaba demasiado oscuro para distinguir más que las siluetas de los árboles y las casas, y, aunque ahora el paso del asno era perfectamente audible en la superficie más dura del camino, nadie los detuvo. Parecía que también los centinelas dormitaban.

La casa de los Abuthnot se encontraba en el lado más cercano del acantonamiento, en un camino sombreado de árboles. Sita la localizó fácilmente. Se apeó ante la verja de la entrada, bajó al niño del asno y comenzó a desanudar los extremos de su bulto.

–¿Qué haces? –preguntó Ash, interesado. Esperaba que Sita sacara algo para darle de comer porque tenía hambre. Pero lo que estaba sacando era el trajecito de marinero que pensaba ponerle en casa del primo de Daya Ram, el comerciante en granos. No era correcto que el hijo de un *burra-sahib* se presentara a las amistades de su padre vestido con la ropa polvorienta de un árabe de la calle; al menos se encargaría de que se mostrase bien vestido. El traje estaba arrugado, pero limpio, y los zapatos bien lustrados; seguramente la *memsahib* disculparía la falta de planchado.

Ash suspiró con resignación y permitió que le pusieran el odiado traje de marinero sin protestar. Parecía haber crecido mucho desde la última vez que lo usara, porque le quedaba incómodamente apretado, y cuando llegó el momento de ponerse los zapatos europeos con cordones, le resultó imposible introducir los pies en ellos.

–Haz un esfuerzo, querido –lo regañó Sita, casi llorando por el cansancio y la frustración–. Empuja más..., un poco más.

Pero fue imposible, y tuvo que permitirle que apoyara el talón en la parte de atrás y los usara como zapatillas. La gorra blanca de marinero, con su ancha cinta azul, no había mejorado con su largo encierro en el bulto, pero Sita la alisó con sus manos ansiosas y le anudó cuidadosamente la cinta bajo el mentón.

–Ahora pareces un verdadero *sahib,* cariño –susurró Sita, besándolo. Se secó una lágrima con el borde del sari, guardó las ropas viejas en el bulto, se puso en pie y condujo al niño por el sendero hacia la casa.

El jardín ya tenía un color gris plateado a la pálida luz del amanecer, y se veía con gran nitidez la casa de los Abuthnot... en absoluto silencio. Tan silenciosa que, cuando se acercaron, oyeron el rápido repiqueteo de unas patas en el felpudo, a la vez que una sombra negra escapaba por una puerta abierta, y, después de deslizarse por la galería, huía por el césped. No era el perro de *sahib,* ni siquiera uno de esos perros vagabundos que vagaban por los mercadillos del acantonamiento, sino una hiena, con su característico lomo alto y encorvado y su parte trasera ridículamente pequeña, inconfundible con la luz cada vez más clara.

Sita quedó inmóvil, invadida por el pánico. Oía el ruido de las hojas mientras la hiena se deslizaba entre los arbustos, y el masticar del asno junto al portón. Pero de la casa no llegaba ningún sonido. ¿Dónde estaba el *chowkidar,* el sereno nocturno que debía vigilar el bungaló? De repente, vio un pequeño objeto blanco en la grava, casi junto a su pie, y se agachó a recogerlo. Era un zapato de raso de tacón alto, como los que usaban las *memsahibs* en las noches de baile o las grandes cenas, un objeto que resultaba absurdo encontrar tirado a aquella hora, o a cualquier otra, en el sendero de entrada...

Los ojos asustados de Sita recorrieron velozmente el césped y los macizos de arbustos, y vio entonces que había otros objetos en el jardín: libros, pedazos de porcelana rota, fragmentos de ropas desgarradas, una media... Dejó caer el zapato de raso, dio media vuelta y corrió hacia la verja de entrada arrastrando a Ash, y lo empujó a la sombra de un pimentero.

–Quédate aquí, querido –ordenó Sita con una voz que Ash jamás le había oído antes–. Échate hacia atrás... Quédate a la sombra y no hagas ningún ruido. Veré primero quién hay en la casa y luego vendré a buscarte. Por el amor de Dios, no hagas ruido.

–¿Me traerás algo de comer? –preguntó ansiosamente Ash, agregando con un suspiro–: Tengo tanta hambre...

–Sí, sí. Encontraré algo. Te lo prometo. Pero quédate quieto.

Lo dejó, cruzó el jardín, y, armándose de valor, subió los peldaños de la galería y entró en la casa silenciosa. No había nadie. Las habitaciones, oscuras y vacías, estaban llenas de muebles hechos pedazos y de los restos abandonados por los hombres que habían saqueado los objetos de valor y destruido caprichosamente todo lo demás. También la parte destinada a los sirvientes estaba desierta, y evidentemente habían intentado sin éxito prender fuego al bungaló. Detrás de la puerta rota de la despensa aún había bastante comida que nadie había pensado en llevarse, tal vez porque la casta de los saqueadores les prohibía tocarla.

En otras circunstancias, Sita habría mostrado precauciones similares. Pero ahora llenó un pedazo de mantel con todo lo que pudo: había pan y curri frío, un recipiente de *dal* y restos de un budín de arroz, patatas hervidas, gran cantidad de fruta fresca, una lata de mermelada y media de melocotones y varias clases de galletitas. También había leche, pero estaba agria, y diversas latas de conservas demasiado pesadas para llevarlas. Pero entre algunas botellas de vino rotas quedaba una que había escapado de la destrucción. Estaba vacía, pero Sita encontró corchos y la llenó de agua de un recipiente de barro que había en la cocina. Luego se apresuró a reunirse con Ash.

El cielo se aclaraba rápidamente y pronto los saqueadores de la víspera, los *budmarshes* (gente de baja calaña) de los mercados, se despertarían tras la noche de tumulto y volverían a ver si habían pasado algo por alto. Era peligroso permanecer allí, pero antes de nada debía quitarle al niño el revelador trajecito de marinero. Mientras lo hacía, le temblaban las manos de ansiedad.

Ash no entendía para qué se había tomado tanto trabajo en ponérselo y ahora se lo quitaba, pero estaba aliviado por no tener que volver a usarlo, porque Sita lo dejó bajo el pimentero. Comió con gran apetito, completando la comida con un trozo de budín de arroz, mientras ella iba a buscar agua en su *lotah* de bronce al pozo que había junto a las adelfas pisoteadas. También recogió agua para el asno en un caldero de cuero. Luego montaron otra vez y partieron a la luz grisácea del nuevo día hacia el gran camino principal que conducía hacia Karnal y el Punjab.

El asno habría seguido por el camino llano del acantonamiento, pero, ahora que había más luz del día, Sita veía que casi todos los bungalós estaban destruidos por el fuego, y que aún salían horribles columnas de humo de muchas ruinas y ascendían por encima de los árboles medio quemados. El catastrófico espectáculo aumentaba su miedo, por lo que prefirió no cruzar el acantonamiento, sino marchar hacia las colinas y el bulto oscuro de la torre Flagstaff, donde el camino de Delhi torcía hacia el norte para unirse con el principal.

Al mirar atrás desde la cima de la colina era difícil creer que lo que una vez fuera un activo centro poblado era ahora una cáscara vacía, porque los árboles formaban una pantalla que tapaba esa realidad y el lento humo que subía hasta formar una bruma podría haber sido el de las cocinas en que se preparaba el desayuno para la guarnición del lado más lejano. El terreno descendía hasta unirse con la planicie por la que ondulaba la cinta de plata del Jumma entre orillas blancas y una amplia franja de tierras de cultivo. A más de dos kilómetros estaban las cúpulas de Delhi, que flotaban en la neblina surgida del río. Un largo camino blanco, recto como la hoja de una espada, llevaba desde la torre Flagstaff hasta las puertas de Cachemira, pero a aquella hora nada se movía en él, ni siquiera el viento. El aire estaba inmóvil y el mundo tan quieto que Sita oía, a lo lejos, el canto de un gallo en algún pueblecito más allá del canal de Najafgarh.

Las colinas también aparecían desiertas, aunque incluso ahí el suelo mostraba huellas del pánico: un zapato de niño, una muñeca, un sombrero de mujer adornado con rosas colgado de un espino, juguetes, libros, bultos y cajas perdidos en la oscuridad o abandonados en el frenesí de la huida, y un carruaje caído de costado en la cuneta, con una rueda rota y los ejes destrozados. Todo se hallaba cubierto del abundante rocío nocturno, que ponía diamantes sobre el desastre y una película blanca en la hierba; pero el primer aliento cálido del día ya estaba secándolo, y los pájaros comenzaban a gorjear en los árboles.

No había ninguna persona en la torre Flagstaff, pero sí más desechos. A su alrededor, el suelo pisoteado indicaba que un grupo de mujeres, niños, oficiales, sirvientes y vehículos a caballo habían acampado en aquel lugar durante horas y se habían marchado poco antes, pues había lámparas en el coche caído en la cuneta y una de ellas aún ardía. Las marcas de las ruedas, de los cascos de los caballos y de pisadas humanas demostraban que aquel grupo había escapado hacia Karnal. Sita los habría seguido, pero algo la detuvo...

Cincuenta metros más allá de la torre, en el camino que llevaba al norte pasando el mercado de Sudder, se veía un carruaje abandonado cargado con lo que a primera vista parecían ropas de mujer. Y nuevamente, como la noche anterior, el asno se negó a continuar. Eso fue lo que llevó a Sita a observar la escena más de cerca y ver que había cuerpos en el carro: los cadáveres de cuatro *sahibs* vestidos con uniforme escarlata y horriblemente mutilados. Alguien había arrojado apresuradamente un vestido de muselina floreada y una enagua con volantes sobre los cuerpos, en un vano intento de ocultarlos. Las flores del vestido eran nomeolvides y capullos de rosa, y la enagua alguna vez había sido blanca; pero ahora estaban cubiertos de manchas color marrón oscuro, porque los uniformes habían quedado destrozados por los sablazos y endurecidos por la sangre reseca.

Una mano a la que faltaba el pulgar, pero que conservaba un anillo de sello que nadie había pensado en llevarse, asomaba rígidamente entre los pliegues de muselina. Con los ojos clavados en ella, apartándose, como el animal en que cabalgaba, del olor de la muerte, Sita abandonó cualquier idea de ir detrás de los británicos.

Las historias de los hombres en el puente, la *memsahib* muerta en Kudsia Bagh e incluso la desolación de los acantonamientos no habían logrado hacerle captar la realidad de la situación. Era un levantamiento; revueltas, incendios y *gurrh burrh* (desorden). Sita había oído hablar sobre acontecimientos similares muchas veces, pero nunca se había mezclado en ellos. Los *sahib-log* siempre los habían sofocado, y luego los provocadores eran ahorcados o deportados, y los *sahib-log* continuaban allí, con poder y en mayor número que antes. Pero los muertos del carruaje eran *sahibs*, oficiales del ejército de la compañía, y sus compañeros *sahibs* ni siquiera se habían detenido a enterrarlos antes de continuar la huida. Sólo arrojaron ropas de mujer sobre los cadáveres para cubrir sus rostros, dejando los cuerpos a merced de cuervos y buitres y de cualquier rufián que pasara y los despojara de sus uniformes. Ya no había seguridad en ninguna parte con los *sahib-log*, y Sita debía llevarse a Ash-Baba; alejarlo de Delhi y de los británicos.

Regresaron al camino por el que habían venido y cruzaron los acantonamientos en ruinas, pasando frente a bungalós ennegrecidos y sin techo, jardines pisoteados, cuarteles y polvorines devastados, y el tranquilo cementerio donde los británicos descansaban en cuidadas hileras bajo tierra extranjera. Los pequeños cascos del asno sonaron huecos en el puente sobre el río Najafgarh, y una bandada de cotorras que habían estado bebiendo en un charco levantó el vuelo en una explosión verde y estrepitosa. Pero ahora ya habían salido del acantonamiento y se encontraban en campo abierto: de pronto, el mundo ya no estaba gris, sino amarillo por el amanecer y arrullado por el ruido de pájaros y ardillas.

Más allá del canal, el sendero se estrechaba hasta convertirse en una breve franja entre plantaciones de caña de azúcar y hierbas altas, y pronto se unió con el amplio camino principal. Pero, en lugar de seguir por él, Sita y el niño lo cruzaron y tomaron una senda que conducía al pueblecito de Dahipur. Sin el asno no habrían podido ir lejos, pero, al llegar a la carretera, Sita se apeó y siguió a pie; y así se alejaron varios kilómetros de Delhi antes de que el sol calentara demasiado. Su avance fue más lento de lo que podría haber sido, porque Sita aún tenía sensación de peligro y daba largos rodeos para evitar pueblos y posibles viajeros. Era verdad que Ash-Baba había heredado el cabello negro de su madre y que la vida al aire libre había dado a su piel originalmente oscura el color de cualquier indio, pero sus ojos tenían un color gris ágata, y ¿quién podía asegurar que algún suspicaz no lo reconocería como blanco y lo mataría para cobrar la recompensa? Además, nadie podía estar seguro de lo que un niño llegaría a decir o hacer, y Sita no se sentiría tranquila hasta que Delhi y los rebeldes de Meerut estuvieran a muchos días de marcha a sus espaldas.

Hasta ese momento, las plantaciones brindaban poca protección, pero la llanura aparecía bordeada de hondonadas secas y había matorrales de arbustos y espinos que ofrecían buenos escondites, incluso para el asno. Sin embargo, también por allí habían pasado los ingleses, porque una zumbadora nube de moscas reveló la presencia del cadáver de un euroasiático de bastante edad, probablemente empleado de las oficinas del Gobierno. También él, como la mujer gruesa en el Kudsia Bagh, se había arrastrado hasta las hierbas para morir, pero, a diferencia de ella, tenía heridas tan terribles que resultaba asombroso que hubiera llegado tan lejos.

A Sita la trastornó que también otros hubiesen intentado escapar a través de los campos en lugar de tomar el camino a Karnal. La visión de esos desdichados fugitivos sólo serviría para llevar las noticias del levantamiento a pueblos que hasta entonces estaban en paz, encender el odio a los extranjeros y apoyar a los cipayos rebeldes. Sita esperaba que siguiendo esa ruta se alejarían de los acontecimientos de Delhi. Ahora le parecía haberse impuesto una tarea imposible, porque el hombre muerto evidentemente estaba allí desde el día anterior, y era muy probable que alguien lo hubiese ayudado a llegar tan lejos... La misma persona que se preocupó de extender un pañuelo sobre su cara antes de abandonarlo a las moscas y los devoradores de carroña. Sita obligó a seguir andando al asno, y distrajo la atención de Ash y sus propios pensamientos angustiosos embarcándose en su historia favorita del valle secreto, que un día encontrarían y donde vivirían felices.

Hacia el anochecer estaban bastante lejos de la ruta transitada, y Sita pensó que podían detenerse sin peligro en un pueblo cuyas luces parpadeantes prometían un mercado y la perspectiva de comida caliente y leche fresca. Ash-Baba estaba cansado y con sueño, y por tanto era menos probable que hablara; además, también el asno necesitaba comer y beber, y ella misma se encontraba muy fatigada. Aquella noche durmieron en el cobertizo de un agricultor hospitalario, a quien Sita dijo que era la mujer de un herrero del camino a Jullunder, que volvía de Agrá con un sobrino huérfano, hijo de un hermano de su marido. Compró comida caliente y leche de búfalo en un mercado donde oyó una serie de rumores muy inquietantes. Más tarde, cuando Ash dormía, se reunió con un grupo de gente del pueblo que hablaba junto a las eras.

Sentada en las sombras, escuchó historias de la rebelión: el relato había llegado al pueblo aquella mañana, traído por un grupo de *gujars*, y en las últimas horas de la tarde lo confirmaron cinco cipayos del 54.º Regimiento de Tropas Indígenas, que se habían unido a los rebeldes en las puertas de Cachemira el día anterior. Ahora iban camino de Sirdana y Mazafnagar para llevar la noticia de que por fin había sido aplastado el poder de la compañía y nuevamente un mogol era rey de Delhi. No se omitían detalles en la historia, y al oírla repetir por los ancianos del pueblo, después de haber visto por sí misma a los hombres del 3.º de Caballería galopando en el camino a Meerut, Sita la creyó.

Los ancianos dijeron que todos los ingleses de Meerut habían muerto, con lo cual confirmaban lo dicho por los *sowars* en el puente de barcas, y que también en Delhi los habían matado a todos, tanto en la ciudad como en los acantonamientos. Y no solamente en Delhi y en Meerut, porque los regimientos se habían sublevado en toda la India, y pronto no quedarían extranjeros vivos en el país..., ni siquiera un niño. Los que habían tratado de huir eran buscados y asesinados, mientras que los que intentaban esconderse en la jungla serían exterminados por los animales salvajes, si no morían antes de hambre y sed. Para ellos todo había terminado. Se habían volatilizado como el polvo en el viento, y no quedaría ni uno para hablar de aquello. La vergüenza de Plassey* estaba vengada y habían concluido los cien años de dominación. Ahora ya no había que pagar impuestos.

* La batalla con la que Clive y la East India Company conquistaron la India en 1757. (Según una leyenda, el gobierno de la compañía sólo duraría cien años a partir de esa fecha).

–¿Esh-Mitt-*sahib* también está muerto, entonces? –preguntó una voz asustada, refiriéndose tal vez al funcionario local del distrito, que, muy probablemente, era el único hombre blanco que habían visto en su vida los habitantes del lugar.

–Sin duda. Porque el viernes, así lo dijo Durga Dass, fue a Delhi a ver al *sahib* alcalde. El cipayo con la cara marcada de viruela ¿no dijo que habían asesinado a todos los *angrezi-log* de Delhi? Seguro que está muerto. Él y todos los demás de su maldita raza.

Sita atendió a las conversaciones. Luego, deslizándose en la oscuridad, volvió rápidamente al mercado, donde compró un pequeño recipiente de barro para preparar una tintura que era igualmente eficaz y duradera para la piel humana que para la tela de algodón. La dejó reposar durante la noche y por la mañana estaba a punto; mucho antes de que el pueblo despertara, hizo levantar a Ash, lo condujo a un lugar detrás de un macizo de cactus, y allí le quitó la ropa y le aplicó la tintura con un pedazo de tela de algodón. Le rogó que no se lo contara a nadie y que recordara que desde ese momento su nombre era Ashok.

–¿No lo olvidarás, cariño? Ashok... ¿Me prometes que no lo olvidarás?

–¿Es un juego? –preguntó Ash, intrigado.

–Sí, es un juego. Juguemos a que tu nombre es Ashok y a que eres mi hijo. Mi verdadero hijo: tu padre está muerto..., los dioses saben que es cierto. ¿Cómo te llamas, hijo?

–Ashok.

Sita lo besó apasionadamente, le ordenó que jamás contestara preguntas, y volvió a llevarlo al cobertizo. Después de una comida frugal, Sita pagó su alojamiento y enseguida marcharon por los campos. A mediodía habían dejado muy atrás el pueblo, y Delhi y el camino de Meerut no eran más que un recuerdo desagradable.

–Iremos al norte. Tal vez a Mardan. En el norte estaremos seguros.

–¿En el valle? –preguntó Ash–. ¿Vamos a nuestro valle?

–Todavía no, mi rey. Algún día, seguramente. Pero eso también está al norte, de manera que marcharemos en esa dirección.

Fue muy acertado que lo hicieran, porque lo que dejaban detrás era una tierra asolada por la violencia y el terror. En Agrá y Alipore,

Neemuch, Nusserabad y Lucknow, por todo Rohilkhand, India Central y Bundelkhand, en ciudades y acantonamientos de todo el país, los nativos se levantaban contra los británicos.

En Cawnpore, el Nana, hijo adoptivo del fallecido Peshwa, a quien las autoridades se habían negado a reconocer, se rebeló contra sus opresores y los sitió en sus trincheras trágicamente inadecuadas. Cuando, después de veinte días, los supervivientes aceptaron su ofrecimiento de salvoconducto, fueron conducidos a unos botes que, según les dijeron, los llevarían a Allahabad; pero los incendiaron desde la orilla. Los que lograron volver a tierra fueron apresados: fusilaron a los hombres, y unas doscientas personas, entre mujeres y niños (las que quedaban de una guarnición que originariamente contaba con mil miembros), fueron encerradas en una pequeña construcción, el *Bibi-gurh*, donde más tarde las mataron a hachazos cumpliendo órdenes del Nana. Luego arrojaron sus cadáveres a un pozo cercano, junto con los moribundos.

En Jhansi, la misma viuda del rey, sobre cuyos problemas Hilary había escrito su último informe (Lakshmi-Bai, la hermosa *rani* sin hijos a quien se negó el derecho de adoptar y que fue desheredada por la East India Company), se vengó de las afrentas mandando asesinar a otra guarnición británica que cometió la insensatez de rendirse a ella confiando en su promesa de que salvarían la vida.

–¿Por qué la gente...? –había preguntado Hilary a Akbar Khan–. ¿Por qué no hace algo?

Lakshmi-Bai, que no perdonó, hizo algo. Devolvió la amarga injusticia que le habían causado el gobernador general y el Consejo de la honorable East India Company con una acción no menos injusta. Porque no sólo los hombres, sino también las mujeres y los niños que habían aceptado su ofrecimiento de salvoconducto, fueron atados y asesinados en público: los niños, las mujeres y los hombres, en ese orden.

La John Company había sembrado el viento. Pero los que debían cosechar las tempestades eran seres tan inocentes y atribulados como Sita y Ash-Baba, arrastrados por el huracán como dos pajarillos insignificantes en un día de tormenta.

3

Corría el mes de octubre y las hojas se volvían doradas cuando llegaron a Gulkote, un pequeño principado cerca de la frontera del norte de Punjab, donde las praderas se perdían en las colinas que rodean el Pir Panjal.

Habían caminado despacio, la mayor parte del camino a pie, porque en los últimos días de mayo un grupo de cipayos les había ordenado que les entregaran el asno. Y con el tiempo caluroso sólo era posible andar durante las primeras horas de la mañana y las últimas de la tarde.

Los cipayos pertenecían al 34.º Regimiento de Tropas Indígenas, que se dispersó el día en que los *sowars* del 3.º de Caballería llegaron de Meerut. Volvían a sus casas cargados con el producto del saqueo y contaban multitud de historias sobre el levantamiento, entre ellas cómo habían sido exterminados los últimos *feringhis*, extranjeros, de Delhi: dos hombres y cincuenta mujeres y niños.

–Es necesario limpiar todo el país de extranjeros –explicaba el relator–, pero nosotros, los del Ejército, nos negábamos a convertirnos en carniceros y asesinar a mujeres y niños que ya estaban medio muertos de miedo y de hambre tras muchos días de encierro. Algunos miembros de la casa real también se oponían, diciendo que era contrario a la ley musulmana matar a mujeres, niños y prisioneros de guerra, pero cuando Miza Majhli trató de salvarlos la multitud reclamó su sangre; y finalmente, los servidores del rey los mataron a todos a sablazos.

–¿A todos? –preguntó Sita con voz temblorosa–. Pero, ¿qué mal podían hacer los niños? ¿Al menos no podrían haberles perdonado la vida a los más pequeños?

–¡Bah! Es tonto dejar vivo al retoño de una serpiente –se mofó el cipayo.

Sita volvió a temer por Ash-Baba, aquel embrión de serpiente que jugaba alegremente en el suelo a un par de metros de distancia.

–Es verdad –declaró uno de los compañeros del cipayo–. Porque luego crecen y engendran más de su clase. Fue estupendo que nos libráramos de tantos que en el futuro se convertirían en ladrones y opresores.

Luego exigió a Sita que les entregara el asno, y cuando ella protestó la arrojó al suelo con la culata de su rifle, mientras otro hombre levantaba a Ash, que se había acercado a defender a Sita como un gato montés, y lo arrojaba contra unos espinos. El niño sufrió serios arañazos, y cuando por fin se puso de pie, golpeado, lastimado y lloroso, encontró a Sita inconsciente junto al camino y pudo ver a los cipayos y el asno perderse a lo lejos.

Fue un día nefasto. Pero al menos los hombres no se llevaron el bulto de Sita, y eso era un consuelo. Probablemente, no se les ocurrió pensar que las humildes posesiones de un chiquillo harapiento y una mujer sola podían contener algo que valiera la pena, y no podían saber que la mitad de las monedas que Hilary guardaba en una caja de lata bajo su cama estaban en una bolsita de cuero en el fondo del bulto. Sita la sacó de allí en cuanto recuperó la consciencia y pudo pensar otra vez con claridad, y las juntó con la otra mitad, que llevaba anudadas en un pedazo de tela bajo el sari. Era un cinturón pesado e incómodo, pero probablemente las monedas estaban más seguras allí que en el bulto. Ahora que se habían llevado el asno, de todas maneras tendría que cargar con ambas cosas.

El robo del animal representó un duro golpe, por motivos sentimentales y prácticos. Ash se había encariñado con el asno y lloró su pérdida mucho después de que hubiera sanado el último de sus rasguños. Pero ese incidente, y los relatos del cipayo, les sirvieron para entender los peligros de emplear las carreteras que iban de una ciudad a otra, y lo aconsejable de elegir las sendas para ganado del Mofussil y las aldeas perdidas, donde la vida seguía su lento curso centenario y adonde rara vez llegaban noticias del mundo exterior.

Ocasionalmente, algún ramalazo de la lejana tormenta alcanzaba aquellos reductos remotos, y se oían historias de *sahib-log* heridos y hambrientos que se escondían en la jungla o entre las rocas, y se arrastraban para implorar alimento al más miserable caminante. Una vez, después de un rumor sobre levantamientos por todo Oude y Rohilkhand, escucharon un relato de rebelión y asesinatos en Ferozepore y en el lejano Sialkot, y eso terminó con un nebuloso plan de Sita para llevar a Ash-Baba a Mardan, donde William, el tío del chico, se encontraría con los Guías. Porque, si los regimientos en Ferozepore y Sialkot también se habían rebelado, ¿qué esperanzas habría para los británicos en ninguna ciudad? Si aún quedaban algunos vivos, lo cual parecía dudoso, pronto estarían muertos: todos excepto Ash-Baba, que ahora era su hijo Ashok.

Sita nunca volvió a hablar de él llamándolo de otra manera que «mi hijo», y Ash aceptó la relación sin objetar nada. En una semana se olvidó de que era un juego y de que antes no llamaba «mamá» a Sita.

Mientras seguían hacia el norte, bordeando las montañas, disminuyeron los rumores de levantamientos y revueltas, y sólo se hablaba de plantaciones y cosechas, problemas locales y pequeñeces de las comunidades rurales cuyos horizontes están limitados por sus propios campos. Los tórridos días de junio terminaron en una lluvia torrencial mientras el monzón barría las llanuras resecas de la India convirtiéndolas en pantanos y formando un río en cada zanja y cada lecho. El trayecto recorrido cada día se redujo al mínimo; ya no era posible dormir al aire libre y había que encontrar un techo... y pagarlo.

Sita cuidaba mucho el dinero, porque era una responsabilidad sagrada y no podía gastarlo con ligereza. Pertenecía a Ash-Baba y debía guardarlo para cuando él fuese mayor. Además, existía el riesgo de parecer demasiado ricos y tentar a los ladrones, de modo que sólo podían usar las monedas más pequeñas y regatear mucho en cada cosa que compraban. Compró también un metro de *puttoo* (*tweed*) tosco, de origen campesino, para proteger a Ash de la lluvia, aunque sabía que el niño preferiría no usarlo y andar sin nada que le cubriera la cabeza, así como caminaba sin zapatos. La abuela paterna de Ash era una escocesa de la costa oeste de Argyll, y probablemente era aquella sangre la que le proporcionaba un especial placer en sentir la lluvia en la cara; o tal vez no era más que el gusto de cualquier niño en chapotear por el barro y los charcos.

La exposición permanente al monzón borró casi todo el tinte aplicado a su piel, y su color volvía a parecerse al de Hilary y al de Akbar Khan. Sita lo advirtió, pero no renovó el tinte porque ya estaban cerca del pie del Himalaya y los montañeses eran de piel más clara que los hombres del sur (muchos de ellos tenían ojos azules, grises o color avellana, y cabellos rojizos en lugar de castaños o negros). Su hijo Ashok no llamaba la atención, pues en realidad tenía la piel más oscura que muchos niños de los pueblos por donde pasaban. Los temores de Sita con respecto a la seguridad del niño fueron disminuyendo poco a poco, y ya no vivía con el temor de que se traicionara hablando del *burra-sahib* y de los viejos tiempos, porque parecía haberlos olvidado.

Pero Ash no había olvidado; sencillamente, no deseaba pensar en el pasado ni hablar de él. En muchos sentidos, era un niño precoz, pues los niños maduran antes en Oriente porque se les considera adultos a edades en que sus equivalentes occidentales están en los primeros años del colegio. Siempre lo habían tratado como a un igual y nunca fue protegido del mundo en una guardería. Había recorrido el campamento de su padre desde que aprendió a gatear, y vivido su corta vida entre adultos que lo trataban, en términos generales, como a un adulto; aunque como a un adulto privilegiado, porque lo amaban. Si no hubiera sido por Hilary y por Akbar Khan, lo habrían mimado. Aunque sus métodos eran diferentes, los dos se habían preocupado porque no se convirtiera en un niño consentido: Hilary, porque no toleraba llantos ni rabietas y deseaba que su hijo se comportara desde el principio como un ser humano inteligente; y Akbar Khan, porque esperaba que el niño llegara a mandar ejércitos, que se convirtiera en un hombre a quien algún día otros seguirían hasta la muerte, y esos individuos no son el producto de una infancia superprotegida.

Sita fue la única que le habló en media lengua y le cantó canciones infantiles, porque Akbar Khan lo había convencido desde pequeño de que era un hombre y no debía permitir que lo trataran como a un crío. De manera que las canciones y la media lengua eran un secreto entre Sita y su hijo adoptivo, y haber aceptado este secreto le permitió después aceptar otros, y no traicionó a Sita ni a sí mismo en los comienzos de su desdichado viaje a Delhi. Sita le había dicho que no debía hablar del *burra-sahib* ni del tío Akbar, ni del campamento ni de todo lo que dejaban atrás, y él obedeció, no sólo por acceder a los deseos de Sita, sino sacudido por la conmoción y el desconcierto.

La rapidez con que se había disuelto ese mundo, y lo incomprensible de que desapareciera, era un negro pozo de sombras al que prefería no asomarse por temor de encontrar en él cosas que no quería recordar. Cosas horribles, como el momento en que arrojaron al tío Akbar a un agujero en el suelo y le echaron tierra encima, y como la peor impresión de todas: ver al *burra-sahib* llorando frente a aquel montículo de tierra, porque ¿cuántas veces habían dicho el *burra-sahib* y el tío Akbar que las lágrimas eran cosa de mujeres?

Era mejor olvidarse de tales cosas y renunciar a evocarlas, y eso había hecho Ash. Las instrucciones de Sita eran inútiles, porque aunque hubiese querido hablar del pasado no habría podido hacerlo. Sita pensó que lo había olvidado, y se alegró de la poca memoria de los niños.

Su anhelo principal ahora era encontrar algún rincón tranquilo, lejos de las carreteras principales, donde pudiera permanecer en la ignorancia de los avatares de la compañía. Un lugar lo bastante grande, donde la llegada de una mujer y un niño no atrajera atención ni despertara curiosidad. Un lugar donde pudiera encontrar trabajo y liberarse del miedo. Su propio pueblo no encajaba en esa categoría, porque allí todos la conocían y le harían interminables preguntas, tanto su propia familia como la de su marido, e inevitablemente se sabría la verdad. No podía correr el riesgo por la seguridad del niño y por la suya propia. Difícilmente podría ocultar a los familiares de su esposo la muerte de éste, y, una vez que lo supieran, ella debería comportarse como una viuda, como una viuda sin hijos. Y había pocos destinos peores en la India, porque a esas mujeres se las consideraba responsables de la muerte de su esposo: se creía que alguna mala acción de ellas en vida de sus maridos había atraído una desgracia.

Una viuda no podía usar ropa de color ni joyas; debía afeitarse la cabeza y vestir únicamente de blanco. No podía casarse de nuevo, debía terminar sus días como una sirvienta sin paga de la familia de su marido, despreciada a causa de su sexo y mirada con desconfianza porque se creía que podía traer mala suerte. No era sorprendente que, en la época anterior a la prohibición de la compañía al respecto, muchas mujeres hubiesen preferido convertirse en *suttees* y quemarse vivas en las piras funerarias de sus esposos, antes que enfrentarse a las calamidades de largos años de servidumbre y humillación. Pero un extraño en una ciudad desconocida podía adoptar la identidad que quisiera, y ¿quién podía averiguar que Sita era viuda, o a quién le importaría? Podía contar que su marido se hallaba trabajando en el sur, o que la había abandonado. ¿Qué importaba? Podía vivir con dignidad como madre de su hijo, usar ropas de colores alegres y brazaletes de vidrio y sus pocas y modestas joyas.

Y cuando encontrara trabajo, lo haría para el niño y ella, y no como esclava sin sueldo para la familia de Daya Ram.

Varias veces después de su huida de Delhi, Sita creyó haber encontrado el lugar adecuado: el puerto donde podrían terminar su viaje y encontrar trabajo y seguridad. Pero en cada ocasión hubo algo que la empujó a seguir adelante: la llegada de una banda armada de cipayos que se habían rebelado contra sus jefes y que vagaban por el país en busca de fugitivos ingleses; el espectáculo de una familia de *feringhis* hambrientos, a quienes algún granjero bondadoso había albergado, que eran arrancados de sus refugios y asesinados por una turba enfurecida; un viajero que vestía el uniforme de un oficial muerto; media docena de *sowars* cabalgando entre las plantaciones...

–¿No nos detendremos en ninguna parte? –preguntaba Ash con ansiedad.

Pasaron los meses de junio y julio, y llegó agosto. Ahora habían quedado atrás las plantaciones y frente a ellos sólo tenían la jungla. Pero Sita y Ash estaban acostumbrados a la jungla. El silencio y los matorrales calurosos y húmedos eran menos peligrosos para ellos que los pueblos, y la jungla les proporcionaba raíces y bayas comestibles, agua y leña, sombra para protegerse del calor y cobijo para la lluvia.

Una vez, cuando avanzaban por un sendero de cazadores entre altas hierbas, se encontraron frente a un tigre. Pero el fiero animal estaba bien alimentado y se mostró pacífico; después de intercambiar una larga mirada de sorpresa con los intrusos, se apartó despacio y desapareció entre los matorrales. Sita no se movió de su lugar durante cinco minutos, hasta que los gritos de un ave le indicaron en qué dirección se marchaba el tigre; luego volvió atrás y dio un rodeo que la apartó de los matorrales. Fue un milagro que no se extraviaran en aquel largo trayecto sin camino entre árboles y matorrales, hierbas gigantes, bambúes, rocas y enredaderas. Pero los ayudó el certero sentido de la orientación de Sita, y que como no se dirigían a ninguna meta en particular, sino, así lo esperaban, hacia el norte, no importaba demasiado qué camino elegían.

A finales de agosto habían atravesado la jungla y se encontraban otra vez en campo abierto, y en septiembre amainó el monzón. Otra vez brillaba cruelmente el sol, y cada anochecer se levantaban nubes de mosquitos de los *jheels* inundados y de los estanques y zanjas desbordados. Pero en el extremo de la llanura y más allá de las colinas se elevaban nítidamente las altas cumbres del Himalaya, rosadas y azules sobre la bruma de calor, y en el aire de la noche había un comienzo de frescura. Allí no se oían rumores de insurrección porque había pocos senderos y ningún camino, y la tierra estaba muy poco poblada. Las escasas aldeas consistían en algunas cabañas y unas pocas hectáreas cultivadas, rodeadas de kilómetros cuadrados de tierras de pastos llenas de rocas, limitadas a un lado por la jungla y al otro por el pie de las montañas.

En los días claros veían las cimas nevadas, que inevitablemente le recordaban a Sita que los días eran cada vez más cortos y se acercaba el invierno, y que sería necesario encontrar un techo antes de que comenzara el frío. Pero en la zona era muy difícil conseguir un trabajo para ella y un futuro para Ashok, y no deseaba quedarse allí. Habían recorrido una gran distancia desde el día en que dejaran el campamento de Hilary camino a Delhi, y ambos tenían una apremiante necesidad de descanso. Luego, en octubre, cuando las hojas se volvieron doradas, llegaron a Gulkote, y Sita se dio cuenta de que por fin habían encontrado el lugar que buscaban. Un lugar donde podían estar ocultos y seguros.

El estado independiente de Gulkote era demasiado pequeño, de acceso demasiado difícil y muy poco interesante como para atraer al gobernador general y a los funcionarios de la East India Company. Su ejército estable contaba con menos de cien soldados, y como la mayoría de ellos eran hombres de mediana edad, equipados con *tulwars* (sables curvos) y mosquetes oxidados, y su jefe, que parecía ser popular entre sus subordinados, no mostraba hostilidad hacia la compañía, ésta los dejó en paz. La capital, de la que había tomado su nombre el estado, se encontraba a unos mil quinientos metros sobre el nivel del mar, en el vértice de una gran planicie triangular entre las colinas. En otra época había sido una ciudad amurallada, y aún estaba rodeada por una gruesa muralla que encerraba una ratonera de casas con una sola calle principal, la puerta de Lahori al sur, la puerta Roja al norte, tres templos, una mezquita y un laberinto de callejuelas. Sobre el conjunto se elevaba un complejo palacio-fortaleza: el Hawa Mahal o «palacio de los Vientos», que coronaba un promontorio de rocas a poco menos de un kilómetro de los muros de la ciudad.

La casa gobernante descendía de un jefe *rajput*, que llegó al norte durante el reinado de Sikander Lodi, y se quedó para crear un imperio para sí mismo y para sus seguidores. El reino se fue reduciendo con los siglos, y cuando el Punjab cayó en manos de los *sikhs* bajo Rangit Singh, se limitaba a unos pocos pueblos en un territorio que se podía recorrer a caballo en un solo día. Había sobrevivido gracias a que una de sus fronteras estaba limitada a un lado por un río sin puente, a otro por una densa extensión de bosques, y a otro por tierras yermas y rocosas con profundos barrancos, mientras que, al fondo, las colinas rugosas ascendían hacia los picos del Dur Khaima y la gran cadena nevada que protegía Gulkote por el norte. Era difícil trasladar un ejército hasta un lugar tan estratégicamente protegido, y, como nunca había habido necesidad urgente de hacerlo, escapó a la atención de los mogoles, los *mahrattas*, los *sikhs* y la East India Company, y vivía serenamente alejado del mundo cambiante del siglo XIX.

La mísera ciudad celebraba un día de fiesta cuando Ash y Sita llegaron a ella: desde el palacio habían distribuido alimentos y golosinas para los pobres, para festejar el nacimiento de un hijo de la *rani* principal. Fue una celebración modesta porque el recién nacido era una niña, pero los ciudadanos estaban dispuestos a aprovechar la ocasión para disfrutar de un día así: hubo festejos y alegría, y decoraron sus casas con guirnaldas y banderitas de papel. Los niños arrojaban petardos de fabricación casera entre los pies de los que andaban por las atestadas calles, y, cuando oscureció, las llamaradas de los cohetes se elevaron en el cielo de la noche por encima de azoteas donde las mujeres se arracimaban como bandadas de cotorras.

A Sita y Ash, acostumbrados durante largos meses al silencio y la soledad, o a lo sumo a la escasa compañía que encontraban en los pueblos, el colorido y el ruido de aquellas gentes, apretadas y alegres, les daban una alegría que no podía expresarse en palabras; comieron los regalos del rajá, admiraron los fuegos artificiales y encontraron alojamiento en la casa de un vendedor de fruta en una callejuela del mercado de Chandi.

–¿Podemos quedarnos aquí? –preguntó Ash con voz soñolienta, vencido por tantas golosinas y excitación–. Me gusta este lugar.

–A mí también, hijito. Sí, nos quedaremos aquí. Encontraré trabajo, nos quedaremos y seremos felices. Sin embargo, desearía... –Sita se interrumpió con un suspiro. La remordía la conciencia porque no había cumplido la orden de *burra-sahib* de devolver a Ash a su gente. Pero, ¿qué otra cosa podía haber hecho? Quizás un día, cuando el niño fuera un hombre... Pero ahora estaban cansados de vagar, y al menos allí se encontrarían entre las montañas, y seguros. Un par de horas en la ciudad la convencieron de ello, porque, en las conversaciones de los mercados y entre la gente ociosa, no se mencionaban en absoluto los problemas que azotaban a la India: ni una referencia a rebeliones ni a *sahib-log*.

Gulkote sólo estaba interesada en sus propios asuntos y los últimos escándalos de palacio. Prestaba poca o ninguna atención a lo que sucedía más allá de sus fronteras, y en ese momento el principal tema de conversación (aparte del habitual de las cosechas y los impuestos) era el eclipse de la *rani* principal a causa de una concubina, Janoo, una bailarina de Cachemira con tanta influencia sobre el monarca que lo había convencido para que se casara con ella.

Se sospechaba que Janoo-Bai practicaba la magia y la brujería. De otro modo, ¿cómo era posible que una simple bailarina se hubiera elevado al rango de *rani*, y hubiese privado de sus privilegios a la madre de la princesita, que había reinado sin discusión los tres últimos años?

Se sabía que era a la vez hermosa y cruel, y el sexo del niño nacido en el palacio se consideraba obra de sus poderes malignos.

–Es una bruja –decía el pueblo de Gulkote–. Sin duda es una bruja. En el palacio comentan que la comida y las golosinas se distribuyeron cumpliendo sus órdenes para celebrar el nacimiento, porque ella se regocija de que no sea un varón, y quiere que su rival lo sepa. Pero si ella llegara a tener un hijo varón...

Sita escuchaba las conversaciones y se tranquilizaba: allí no había ningún peligro para Ashok, hijo de Daya Ram, mozo de caballeriza que (eso contó Sita a la mujer del frutero) se había escapado con una gitana desvergonzada, viéndose ella obligada a luchar por su subsistencia y la de su hijo.

Nadie dudó de su historia. Más tarde consiguió trabajo en una tienda en el canal de Khanna Lal, detrás del templo de Ganesh, ayudando a fabricar las cintas y flores de papel usadas en las guirnaldas y en las decoraciones de bodas y otras fiestas. Le pagaban poco, pero alcanzaba para satisfacer las necesidades de ella y el niño, y como siempre había sido hábil con las manos no le resultaba difícil. Siempre podía ganar un poco más tejiendo cestos para el frutero y ayudando de vez en cuando en la tienda.

En cuanto se instalaron, Sita cavó un agujero en el suelo del cuartito y enterró allí el dinero que le quedaba del que le había dado Hilary; luego apisonó la tierra y la alisó con estiércol de vaca para que nadie notara el lugar del escondite. Sólo quedaba el paquetito de cartas y papeles en su viejo envoltorio de hule, y Sita habría preferido quemarlos. Porque, a pesar de que no podía leerlos, sabía que debían constituir una prueba del origen de Ash, y el miedo y los celos la empujaban a destruirlos. Si alguien los encontraba, podía matar al niño, como habían matado niños de los *sahib-log* en Delhi, en Jhansi, en Cawnpore y en tantas otras ciudades, y su propia vida también podría peligrar por haber tratado de salvarlo. Aunque no sucediera nada de eso, de todas maneras los papeles probaban que el niño no era su hijo, y ahora ya no podía tolerar aquel pensamiento. No obstante, no se atrevía a destruirlos, porque representaban una confianza sagrada: el *burra-sahib* se los había entregado con sus propias manos y, si los quemaba, el espíritu o el dios de Hilary se enfurecería con ella y se vengaría. Era mejor conservarlos, pero nunca debían ser vistos por otros ojos; y si las hormigas blancas los destruían, no sería culpa suya.

Sita hizo una cavidad pequeña en la parte baja de la pared del rincón más oscuro del cuarto, introdujo allí el envoltorio, cubrió el escondite, como había hecho con el del dinero, con arcilla y estiércol de vaca, y hecho esto sintió que le habían quitado un peso terrible de los hombros y que ahora Ashok era realmente suyo.

Los ojos grises y la piel rosada del niño no provocaron comentarios en Gulkote, porque muchos de los súbditos del rajá procedían de Cachemira, de Kulu y del Hindu Kush, y Sita misma era montañesa. Ash confraternizó con los hijos y nietos de aquellas gentes, y pronto fue imposible distinguirlo, excepto por los ojos, de un centenar de muchachitos de los mercados que gritaban, jugaban y se peleaban en las calles de Gulkote; y Sita estaba contenta. Aún creía lo que le habían dicho los cipayos: que todos los ingleses estaban muertos y que el poder de la compañía se había desmoronado para siempre. Delhi quedaba lejos, y más allá de Gulkote estaba el Punjab, que había permanecido en relativa calma, y aunque a veces por los mercados corrían rumores, eran siempre vagos, confusos y con meses de antigüedad; y, en general, relacionados con los desastres sucedidos a los británicos.

Nadie hablaba del ejército que se había reunido apresuradamente en Ambala. De la larga marcha de los Guías (mil doscientos kilómetros en catorce días en lo peor del verano desde Mardan hasta Delhi, para participar en el sitio de esa ciudad), de la muerte de Nicholson o de la rendición del último mogol y del asesinato de sus hijos por William Hodson del Hodson's Horse. Ni de que Lucknow continuaba sitiada, y que el Gran Levantamiento que comenzara con la rebelión del 3.° de Caballería de ningún modo había terminado.

El *shaitan-ke-hawa* (viento del demonio) aún soplaba con fuerza en la India; pero, mientras morían millares, los días eran tranquilos y apacibles en el protegido Gulkote.

Ash cumplió cinco años aquel mes de octubre, y sólo en otoño del año siguiente Sita se enteró, por un *sadhu* ambulante, de algo de lo que sucedía en el mundo exterior. Delhi y Lucknow habían sido reconquistados, el Nana era un fugitivo, y la valiente *rani* de Jhansi había muerto en combate, vestida de hombre y luchando hasta el final. Se había quebrantado el poder de la compañía, pero los *feringhis*, contaba el *sadhu*, habían vuelto al poder más fuertes que nunca y ejerciendo brutales represalias contra los que habían luchado contra ellos en el Gran Levantamiento. Y, aunque la compañía ya no existía, su gobierno había sido reemplazado por el de la *rani* Victoria, y ahora toda la India era posesión de la Corona británica, con un virrey británico y tropas británicas que mandaban en el país.

Sita trató de persuadirse de que el hombre estaba equivocado, o mentía. Porque, si la historia era cierta, debería llevar a Ashok con su propia gente, y ahora no podía soportar esa idea. No podía ser cierto... o tal vez no lo era. Esperaría. Y no haría nada hasta estar segura. Aún no había necesidad de hacer nada.

Sita esperó todo el invierno, y en primavera llegaron noticias que confirmaban lo que había dicho el *sadhu*; sin embargo, no emprendió ninguna acción. Ashok era de ella, y no renunciaría a él, no quería renunciar. En una época podría haberlo hecho, pero eso había sido antes de que empezara a considerarlo su propio hijo por derecho, y a que él se viera como tal. Además, no era como si privara a un padre o a una madre de sus derechos: Ash había perdido a los dos, y si alguien tenía derecho a él, sin duda era Sita. ¿No lo había amado y cuidado desde su nacimiento? ¿No lo había sacado del vientre de su madre y luego lo había criado con sus propios pechos? Ash no conocía ninguna otra madre y creía que era su hijo; Sita no se lo robaba a nadie... A nadie. Ya no era Ash-Baba, sino su hijo Ashok. Sita quemaría los papeles escondidos en la pared y no diría nada, y nadie sabría nada jamás.

De modo que se quedaron en Gulkote y fueron felices. Pero Sita no quemó los papeles de Hilary, porque temía más lo que podía hacer el espíritu del *burra-sahib* que lo que podían probar los papeles.

Una vez más hubo festejos y fuegos artificiales en la ciudad, pero esta vez para celebrar el nacimiento del hijo varón de Janoo-Bai, la *rani* (en otra época bailarina) que era ahora virtual gobernante de Gulkote, pues dominaba al rajá hasta el punto de que éste satisfacía el más pequeño de sus deseos.

Los súbditos del rajá recibieron la orden de celebrar festejos y la cumplieron, aunque sin mucho entusiasmo: la *nautch* no era muy popular entre los ciudadanos, y la perspectiva de un príncipe nacido de ella los disgustaba. No es que fuese el heredero, porque la primera esposa del rajá, que había muerto en un parto, había dado un hijo varón a su señor: Lalji, el bienamado, el *yuveraj*, de ocho años de edad, favorito de su padre y orgullo de todo Gulkote. Pero la vida en la India era incierta. ¿Quién podía asegurar que el niño viviría hasta convertirse en un hombre? La madre, en quince años de matrimonio, había dado a luz nada menos que nueve hijos, todos los cuales, con excepción de Lalji, murieron en la primera infancia. Ella misma no sobrevivió al último parto, y su marido pronto volvió a casarse tomando por esposa a la hija de un mercenario extranjero, una muchacha joven y hermosa a quien llamaban en Gulkote *Feringhi-Rani* (reina extranjera).

El padre de la *Feringhi-Rani* era un aventurero ruso que sirviera en los ejércitos de varios príncipes guerreros de la India. Bajo el reinado del último de éstos, Ranjit Singh, el León del Punjab, ascendió mucho, y a su muerte se retiró prudentemente para terminar sus días en el remoto y soberano estado de Gulkote. Corrían rumores de que una vez había sido oficial de cosacos y condenado a cadena perpetua por su mala conducta, pero tras escapar de sus carceleros había llegado a la India por los pasos del norte. No mostró, por cierto, deseos de volver a su tierra natal cuando a la muerte de Ranjit perdió su cargo en el Punjab, sino que vivió cómodamente de las riquezas acumuladas en diez años de poder junto a sus concubinas y su esposa india, Kumaridevi, hija de un príncipe de Rajput a quien había vencido en el campo de batalla. La joven había sido pedida a su padre como parte del botín del conquistador; ambos se conocieron durante el saqueo de la ciudad y se enamoraron de inmediato.

La *Feringhi-Rani* era la última hija de Kumaridevi y la única superviviente: nació a costa de la vida de su madre, que ya no era joven y había tenido numerosos abortos, debido, en gran parte, a las privaciones soportadas al acompañar a su marido en tantas campañas. Su hija se crio con un montón de hermanos y hermanas ilegítimos, todos los cuales consideraron un triunfo que llegaran rumores de su belleza a los oídos del rajá de Gulkote. Éste pidió su mano para desposarla sabiendo que no se trataría de una alianza con alguien inferior, ya que, por parte de madre, la ascendencia de su mujer era de linaje superior al suyo.

Durante un tiempo, la *Feringhi-Rani* fue feliz. Ninguno de sus medio hermanos ni las diversas madres de éstos habían sido muy bondadosos con ella, y se alegró de cambiar su casa por el esplendor del palacio de los Vientos. La enemistad con las mujeres del Hawa Mahal no la preocupaba demasiado porque estaba acostumbrada a las intrigas en las *zenanas*, y el rajá parecía encaprichado con ella y no podía negarle nada. Tampoco la apenó mucho la muerte de su padre un año después de su boda, pues él nunca había prestado mucha atención a su numerosa prole. Su único problema era la falta de hijos, pero no los deseaba con la intensidad de las mujeres orientales, y pensaba que en todo caso era cuestión de tiempo. Pero el ávido interés, los celos y el triunfo de otras mujeres en este penoso aspecto (junto con el placer maligno que mostraban en sus insinuaciones de que la «mestiza» era estéril) la aguijoneaban, y comenzó a esperar con angustia e impaciencia el día en que también ella diera a luz una criatura... Un varón. Porque, naturalmente, debía ser un hijo varón.

Hasta entonces, sólo una de las mujeres del rajá le había dado hijos varones, y de éstos no vivía más que uno. Pero un hijo varón no era suficiente para un hombre: debía tener varios, de manera que ante cualquier cosa que ocurriese estuviera asegurada la sucesión. Por tanto, era su deber darle hijos varones, como dama principal del palacio y del corazón del rajá, y se alegró inmensamente cuando por fin se quedó embarazada. Pero, quizá por su raza diferente, no le sentó tan bien el embarazo como a las otras mujeres; tuvo molestias y vómitos, y en pocas semanas se convirtió en un ser agotado, sin belleza y sin alegría.

El rajá le tenía realmente mucho cariño, pero, como a la mayoría de los hombres, no le gustaba presenciar la enfermedad y la invalidez, y prefirió mantenerse aparte con la esperanza de que pronto mejoraría. Fue doblemente desafortunado para ella que, en esa coyuntura, uno de los ministros del rajá decidiera dar un banquete en su honor y que un conjunto de bailarinas distrajese a los huéspedes, porque entre ellas estaba la muchacha de Cachemira, Janoo. Una bruja seductora de piel dorada y ojos oscuros, bella y voraz como una pantera negra.

La cabeza de Janoo apenas llegaba a la altura del corazón de un hombre, porque era de pequeña estatura y probablemente algún día tendría muy mal genio. Pero ahora era joven, y para los hombres que la veían contonearse al son de la música de tambores y cítaras era una réplica viva de las diosas voluptuosas que sonreían desde los frescos de Ajanta o las esculturas de piedra del templo negro de Konarak. Poseía en abundancia lo que una generación aún no nacida por entonces llamaría *sex-appeal*, y además de hermosa era inteligente: tres condiciones valiosísimas que usó tan hábilmente que veinticuatro horas más tarde estaba instalada en el palacio, y una semana después resultaba evidente para todos que se apagaba la estrella de la *Feringhi-Rani* y que aquellos que desearan obtener favores debían halagar y adular a la nueva favorita.

Nadie pensó entonces que sería más que un capricho pasajero, que pasaría tan rápidamente como en ocasiones anteriores: no apreciaban la habilidad de la muchacha *nautch*. Pero Janoo era ambiciosa, y desde pequeña la habían adiestrado en el arte de agradar y divertir a los hombres. Ya no se conformaba con un puñado de monedas o alguna chuchería de vez en cuando; vio la posibilidad del trono, jugó astutamente sus cartas y ganó. El rajá se casó con ella.

Dos semanas después dio a luz la *Feringhi-Rani*, pero, en lugar del hijo varón que podría haberle devuelto parte de su prestigio, tuvo a una niña pequeña, pálida y fea.

Janoo no dudó ni un momento de que su primer hijo sería varón: un varón fuerte y voraz de quien su padre se enorgullecería. Estallaron cohetes que llenaron la noche de estrellas mientras resonaban los cuernos y atronaban los tambores en los templos, y los pobres comían opíparamente en honor del nuevo príncipe; entre ellos, Ashok y su madre, Sita, cuyos hábiles dedos habían ayudado a hacer las guirnaldas que decoraban las calles ese día.

El hijo de seis años de Isobel e Hilary se hartó de *halwa* y *jellabies*, arrojó *patarkars* con sus amigos y deseó que el rajá tuviera un hijo varón todos los días. Ash no se quejaba de su vida, pero había que admitir que los recursos de Sita no eran demasiado abundantes, y que las pocas golosinas que conseguía eran generalmente hurtadas en los mercados, con peligro de ser atrapado y recibir una paliza del enojado comerciante. Era un chico fuerte y bien desarrollado, alto para su edad y ágil como un mono. La dieta espartana de los pobres lo mantenía flaco, y los juegos con sus amigos en las azoteas de la ciudad (por no hablar del robo de fruta y golosinas y las consiguientes carreras para eludir la persecución) fortalecieron sus músculos y lo ayudaron a adquirir gran velocidad en los pies.

En el otro extremo del mundo, en las cómodas guarderías de los niños de clase media y alta de la Inglaterra victoriana, a los chicos de cinco o seis años se les consideraba demasiado pequeños para hacer otra cosa que aprender el alfabeto con ayuda de dados de colores o jugar con un aro en el jardín vigilados por sus niñeras; pero en las minas, las fábricas y las granjas, los hijos de los pobres trabajaban junto a sus padres, y, en el lejano Gulkote, Ash también se convirtió en un trabajador a sueldo.

Apenas contaba seis años y medio cuando fue a cuidar caballos en los establos de Duni Chand, un rico terrateniente que poseía una casa cerca del templo de Visnú y varias granjas en las afueras de la ciudad.

Duni Chand tenía caballos para visitar sus campos y para cazar con halcón en las tierras pantanosas junto al río. El trabajo de Ash consistía en transportar pienso y sacar agua del pozo, limpiar los arneses y ayudar en lo que fuera, desde cortar la hierba hasta moler el curri. La labor era dura y el salario escaso, pero, como había pasado su infancia entre caballos (su supuesto padre, Daya Ram, lo había puesto tempranamente en contacto con ellos), jamás les tuvo miedo. No sólo le agradaba trabajar con ellos, sino que las pocas *annas* que ganaba lo hacían sentir sumamente importante. Ahora era un hombre que ganaba un sueldo, y, si lo deseaba, podía permitirse comprar *halwa* en la tienda de golosinas en lugar de robarlo. Eso fue un paso adelante en el mundo, y Ash informó a Sita de que pensaba llegar a ser *syce* y ganar suficiente dinero para el día en que decidieran salir a buscar el valle. Se decía que Mohammed Sherif, jefe de los *syces,* ganaba doce rupias mensuales, una suma respetable sin contar el *dustori* (el *anna* por cada rupia que se cobraba como tributo por cada alimento o equipo comprado para usar en los establos), lo que casi duplicaba su salario.

–Cuando yo sea jefe de *syces* –declaraba Ash con orgullo–, nos mudaremos a una casa grande y tendremos un sirviente para cocinar, y tú nunca volverás a trabajar, Mata-ji.

Era posible que llevara a cabo sus planes y pasara su vida trabajando en el establo de algún pequeño aristócrata. Porque, en cuanto vio que Ash sabía montar cualquier cosa que tuviera cuatro patas, Mohammed Sherif, reconociendo en él a un jinete innato, le permitió ejercitarse y le enseñó valiosos secretos sobre los caballos; de manera que durante el año que el chico pasó en el establo de Duni Chand fue muy feliz. Pero el destino, junto con cierta colaboración humana, tenía otros planes para Ash; y la caída de un trozo de piedra deteriorada por la intemperie había de cambiar el curso de su vida.

Sucedió una mañana de abril, casi tres años después de aquella otra en que Sita lo alejara del terrible campamento lleno de buitres en Terai, comenzando con él la larga travesía hacia Delhi. El joven príncipe de la corona, Lalji, heredero del trono de Gulkote, cruzó la ciudad para realizar ofrendas en el templo de Visnú. Y mientras pasaba bajo el arco de la antigua puerta de Charbagh, en el cruce del mercado de Chudni y la calle de los Caldereros, un pedazo de piedra se desprendió de su lugar y cayó al camino.

Ash se encontraba en primera fila entre la multitud, a donde había llegado deslizándose como una anguila entre las piernas de los adultos, y observó un ligero movimiento antes de ver cómo la piedra se desprendía y caía en el mismo momento en que la cabeza del caballo del *yuveraj* surgía de las sombras del arco. Casi sin pensarlo, porque no hubo tiempo para eso, saltó hasta las bridas, se aferró a ellas, detuvo al animal y la piedra se estrelló en el suelo deshaciéndose en mil aristas cortantes ante los cascos nerviosos de la bestia. Ash y el caballo, junto con varios espectadores, fueron alcanzados por fragmentos y la sangre corrió por todas partes: en el caliente polvo blanco, en las ropas de colores brillantes de los espectadores y en la silla ceremonial de la cabalgadura.

Los presentes gritaron, se agitaron y lucharon por avanzar; y el caballo, enloquecido de dolor y miedo, habría salido disparado si Ash no le hubiese abrazado la cabeza, además de hablarle y calmarlo hasta que los miembros estupefactos de la escolta se adelantaron, tomaron las riendas ellos mismos y, reuniéndose alrededor de su príncipe, lo apartaron a un lado. Siguieron momentos de caos, llenos de dudas, mientras la escolta hacía retroceder a la multitud y contemplaba la piedra rota. Un jinete de barba blanca arrojó a Ash una moneda de oro y dijo:

–¡Bravo, pequeño! Muy bien hecho.

La muchedumbre, al ver que nadie había recibido heridas graves, expresó su aprobación a gritos, y la comitiva prosiguió su camino con el acompañamiento de frenéticos vivas. El *yuveraj*, erguido en su montura, sostenía las riendas con manos visiblemente temblorosas. Se había mantenido sobre el animal con gran habilidad, y sus futuros súbditos estaban orgullosos de él. Pero su carita, bajo el turbante enjoyado, parecía tensa y pálida mientras miraba por encima del hombro, buscando entre aquel mar de rostros el del niño que tan providencialmente había saltado hasta la cabeza de su caballo.

Un desconocido espectador había colocado a Ash sobre sus hombros para que viera partir al séquito, y durante un momento los dos chiquillos se miraron: los asustados ojos negros del principito se encontraron con los grises y atentos del mozo del establo de Duni Chand. Luego, la multitud se interpuso entre ambos y poco después la comitiva llegaba al final de la calle de los Artesanos del Cobre y se perdía de vista.

Sita quedó agradablemente impresionada por la moneda de oro, y más aún por el relato de los hechos. Después de discutirlo mucho, decidieron llevar la moneda al joyero, Borgwan Lal, que tenía fama de hombre honesto, y la cambiaron por varios adornos de plata que Sita podía usar hasta que tuviera necesidad de cambiarlos por dinero en efectivo. Ninguno de los dos esperaba oír hablar más sobre el asunto (aparte de los inevitables comentarios y felicitaciones de los vecinos), pero a la mañana siguiente un pálido y pomposo oficial del palacio llamó a la puerta de la casa de Duni Chand. Su alteza el *yuveraj*, explicó el oficial ceremoniosamente, deseaba la presencia en el palacio de aquel insignificante chico enseguida; allí se le asignaría un lugar donde dormir y algún puesto menor en la casa de su alteza.

–No, no puedo –replicó Ash, asombrado–. A mi madre no le gustaría vivir sola, y yo no puedo abandonarla. Ella no querría... –Lo interrumpieron bruscamente.

–Lo que quiera tu madre no importa. Su alteza ordena que trabajes para él, de manera que apresúrate y lávate. No puedes venir con esos harapos.

Sólo cabía obedecer. Ash fue escoltado hasta la frutería, donde se cambió apresuradamente la ropa por el único otro atuendo que poseía, y consoló a la desesperada Sita, diciéndole que no se preocupara; que volvería pronto. Muy pronto.

–No llores, madre. No hay por qué llorar. Le diré al *yuveraj* que prefiero quedarme aquí, y como lo salvé de que se hiriera, me permitirá volver. Ya verás. Además, no pueden retenerme contra mi voluntad.

Seguro de lo que decía, abrazó a su madre y siguió a los sirvientes del *yuveraj* por la puerta de la ciudad hasta el Hawa Mahal, el palacio-fortaleza de los rajás de Gulkote.

4

Al palacio se llegaba por un sendero empinado, pavimentado con losas de granito llenas de grietas y agujeros abiertos por generaciones de hombres, elefantes y caballos que lo transitaron. La piedra estaba fría para los pies desnudos de Ash, que caminaba siguiendo a los sirvientes del *yuveraj*, y, al levantar la mirada hacia los altos muros de roca, sintió miedo.

No quería vivir en una fortaleza. Deseaba continuar en la ciudad donde estaban sus amigos, cuidar los caballos de Duni Chand y aprender lo que podía enseñarle Mohammed Sherif, jefe de las caballerizas. El Hawa Mahal parecía un lugar sombrío y poco acogedor, y la puerta del Rey, por la que entró, no mejoró su impresión. Las grandes puertas claveteadas de hierro se abrían a la oscuridad, y en las sombras, bajo el dintel de piedra, había guardias armados con *tulwars* y *jezails*. El corredor continuaba bajo una galería donde asomaban las bocas de los cañones dirigidas hacia ellos, y el sol quedaba cortado como por una espada al penetrar en un largo túnel, con nichos y calabozos a ambos lados que se elevaban hasta el corazón de la roca.

La transición entre el cálido sol y las frías sombras, y el eco pavoroso bajo la bóveda negra del techo, aumentaron los temores de Ash, que miró por encima del hombro hacia la entrada que enmarcaba un fragmento de ciudad y sintió ganas de escapar. De pronto le pareció que entraba en una prisión de la que nunca podría salir, y que, si no huía ahora, inmediatamente perdería la libertad, los amigos y la felicidad, y pasaría el resto de su vida entre rejas, como las *minahs* charlatanas enjauladas frente a la puerta de la tienda del ceramista. Era un pensamiento nuevo y perturbador, que lo hizo temblar como si tuviera frío. Obviamente, no sería tarea fácil esquivar tantos guardias, y resultaría humillante que lo capturaran y lo trajeran al palacio a la fuerza. Además, sentía curiosidad por ver el interior del Hawa Mahal; nadie que él conociera había estado jamás dentro, y sería algo de lo que podría alardear ante sus amigos. Pero, en cuanto a quedarse allí y trabajar para el *yuveraj*, ni siquiera lo pensaba, y si creían que podían obligarlo se equivocaban. Saltaría por encima de los muros y volvería a la ciudad, y si lo seguían se escaparía con su madre. El mundo era grande, y en algún lugar más allá de las montañas estaba su valle..., el lugar seguro donde podrían vivir como quisiesen.

El túnel doblaba bruscamente a la derecha y salía a un pequeño patio donde había más guardias y más cañones de bronce. En el extremo más distante, otra arcada conducía a un vasto cuadrado donde dos de los elefantes del rajá hacían oscilar los postes a los que estaban atados a la sombra de un *chenar;* y una docena de mujeres parlanchinas lavaban ropa en las aguas verdes de un estanque de piedra. Más allá se levantaba el cuerpo principal del palacio: un fantástico complejo de paredes, almenas y balcones de madera, ventanas caladas, elegantes torrecillas y galerías talladas. La mayor parte quedaba oculta a la ciudad por el bastión exterior.

Nadie sabía de cuándo databa la fortaleza original, aunque la leyenda decía que había desafiado a los ejércitos de Alejandro el Grande cuando el joven conquistador descendió a la India por los pasos del norte. Pero una parte sustancial de la actual ciudadela había sido construida en el siglo XV, por un jefe de ladrones que necesitaba una fortificación inexpugnable desde donde él y sus bandas pudieran salir a asolar las tierras fértiles del otro lado del río, y a la que retirarse en tiempos difíciles. En esa época se conocía como Kala-Kila (el fuerte negro); no por su color, ya que la construyeron con la misma tosca piedra gris que formaba el promontorio donde se asentaba, sino por su oscura reputación. Más tarde, cuando el territorio cayó en manos de un aventurero de Rajput, fue considerablemente ampliado, y su hijo, que construyó la ciudad amurallada en la llanura, allá abajo, y se convirtió en el primer rajá de Gulkote, transformó el Kala-Kila en una vasta y lujosa residencia real que, a causa de su posición elevada, se llamó Hawa Mahal, el palacio de los Vientos.

Allí vivía el actual rajá en medio del esplendor y el despilfarro, en un laberinto de habitaciones con alfombras persas, colgaduras polvorientas en las que brillaban bordados de oro y ornamentos de jade o plata con rubíes y turquesas. Allí residía también, en las habitaciones de la reina del sector *zenana,* más allá de las persianas de madera que separaban el salón de audiencias de un jardín lleno de árboles frutales y rosas, Janoo-Bai. Su rival, la *Feringhi-Rani,* había muerto de unas fiebres (algunos decían que envenenada) el verano anterior. Y en otro laberinto de estancias que ocupaban toda un ala del palacio, el pequeño *yuveraj*, familiarmente conocido como Lalji, pasaba sus días entre una corte de servidores, subalternos y aduladores asignados a su servicio por su padre.

Cuando lo condujeron ante su presencia a través de un impresionante número de pasillos y antecámaras, Ash encontró al heredero de Gulkote sentado con las piernas cruzadas en un almohadón de terciopelo, dedicado a molestar a una cacatúa encrespada que parecía estar de tan mal humor como su atormentador. El brillante atuendo ceremonial del día anterior había sido sustituido por pantalones ajustados de muselina y un simple *achkan* (chaqueta tres cuartos de corte ceñido); y con tal indumentaria se veía mucho más pequeño que cuando iba montado en el caballo blanco en medio de la comitiva. Entonces parecía un verdadero príncipe, y más alto de lo que era a causa del turbante adornado con una larga pluma y un centelleante broche de diamantes. Pero ahora no era más que un niño. Un niño regordete de cara redonda que parecía dos años menor, en vez de dos mayor, que Ash, y que estaba más asustado que enojado.

Eso fue lo que disipó el miedo de Ash y le dio serenidad, porque también él se defendía a veces del miedo con un ataque de mal humor, y reconocía una emoción que probablemente no percibían los adultos reunidos en la habitación. Albergó un sentimiento de amistosa camaradería hacia aquel chico que un día sería sultán de Gulkote. Y a la vez se puso inmediatamente en contra de los adultos poco comprensivos que hacían tantas reverencias y hablaban en voces tan falsas y halagadoras, mientras sus rostros permanecían fríos y astutos.

No parecían muy amistosos, pensó Ash, mirándolos con cautela. Eran todos gordos, untuosos y demasiado satisfechos de sí mismos, y uno de ellos, un individuo vestido lujosamente y con expresión depravada que lucía un solo aro de diamantes en una oreja, se llevó ostensiblemente un pañuelo perfumado a la nariz como si temiera que aquel granuja de la ciudad trajera con él olor a establos y a pobreza. Ash apartó la mirada e hizo una reverencia al principito, inclinándose mucho con las manos en la frente como ordenaba el protocolo, pero ahora su mirada era amistosa y atenta, y, al observarlo, el rostro del *yuveraj* perdió parte de su mal humor.

–Retírense. Todos –ordenó el príncipe, echando imperiosamente a sus cortesanos con un gesto de su mano real–. Quiero hablar a solas con este muchacho.

El petimetre del aro de diamantes se inclinó a tomarlo de un brazo y susurrar algo en su oído, pero el *yuveraj* lo apartó y dijo con voz audible y furiosa:

–Eso es una estupidez, Biju-Ram. ¿Por qué habría de hacerme daño si me salvó la vida? Además, no está armado. Vete y no seas imbécil.

El joven retrocedió e hizo una reverencia con una sumisión que contrastaba muchísimo con el repentino desagrado en su rostro. Ash se sorprendió de recibir un comentario tan insidioso y tan desproporcionado con la ocasión. Era evidente que a aquel Biju-Ram no le gustaba que lo contradijeran y le echaba la culpa de ello; lo cual era muy injusto considerando que Ash no había pronunciado ni una palabra, y que además nunca había deseado venir a palacio.

El *yuveraj* hizo un gesto de impaciencia mientras los hombres se retiraban para dejar que los dos niños se conocieran. Pero Ash no habló, y fue el heredero quien rompió el breve silencio. Dijo bruscamente:

–Le conté a mi padre cómo me salvaste la vida, y me dijo que puedo tenerte como sirviente. Se te pagará, y... yo no tengo con quién jugar aquí. Sólo mujeres y adultos. ¿Te quedarás?

Ash pensaba negarse de plano, pero ahora vaciló y respondió en forma entrecortada:

–Mi madre... no puedo abandonarla, y no creo que ella...

–Eso se arregla fácilmente. Puede vivir aquí y atender a mi hermanita, la princesa. ¿Entonces la quieres?

–Claro –respondió Ash, asombrado–. Es mi madre.

–Ajá. Tienes suerte. Yo no tengo madre. Mi madre era la *rani*, ¿sabes? Pero murió al nacer yo, de manera que no la recuerdo. Tal vez si no hubiese muerto... La madre de mi hermana Anjuli también murió; dicen que fue por brujería, o que la envenenaron; pero era una *feringhi* y siempre estaba enferma, de manera que quizás «aquélla» no tuvo que usar brujerías, ni veneno, ni... –Se interrumpió, miró rápidamente por encima de su hombro y dijo–: Ven, vayamos al jardín. Aquí nos escuchan demasiados oídos.

Dejó la cacatúa en su aro y salió por una puerta cubierta con pesados cortinajes; pasó entre unos cuantos cortesanos zalameros, que quisieron retenerlo, y entró en un jardín con nogales y fuentes, donde un pequeño pabellón se reflejaba en un estanque lleno de lirios y carpas doradas. Ash lo seguía. En el lado más alejado del jardín sólo había un parapeto bajo de piedra entre el césped y un murallón de sesenta metros que bajaba hasta la llanura; en los otros tres lados se alzaba el palacio: piedra tallada y madera calada con cientos de ventanas sobre las copas de los árboles y la ciudad, y hacia el lejano horizonte.

Lalji se sentó en el borde del estanque y comenzó a arrojar piedrecillas a las carpas; luego preguntó:

–¿Viste quién fue el que empujó la piedra?

–¿Qué piedra? –replicó Ash, sorprendido.

–La que habría caído sobre mí si tú no hubieses contenido mi caballo.

–Ah, ésa. Nadie la empujó. Se cayó sola.

–Alguien la empujó –insistió Lalji en un áspero susurro–. Dunmaya, que es... que fue mi nodriza, siempre ha dicho que si «aquélla» tuviera un hijo varón encontraría la forma de que él fuera el heredero. Y yo..., yo tengo...

Cerró la boca antes de pronunciar la palabra, porque incluso ante otro niño se negaba a admitir que tenía miedo. Pero se percibió en el temblor de sus labios y de las manos que arrojaban guijarros a las aguas tranquilas. Ash frunció el ceño, recordando el movimiento que había entrevisto antes de que se deslizara la piedra, y preguntándose ahora por qué habría caído en aquel preciso momento, y si realmente alguna mano la habría empujado.

–Biju-Ram dice que imagino cosas –confesó el *yuveraj* en voz baja–. Dice que nadie se atrevería. Ni siquiera «aquélla». Pero cuando cayó la piedra recordé lo que dice mi nodriza, y pensé... Dunmaya dice que no debo confiar en nadie, pero tú me salvaste la vida, y si te quedas conmigo quizá puedas protegerme.

–No comprendo –respondió Ash, desconcertado–. ¿Protegerte de qué? Eres el *yuveraj*, tienes sirvientes y guardias, y un día serás rajá.

Lalji soltó una risita sin alegría.

–Hasta hace poco eso era cierto. Pero ahora mi padre tiene otro hijo varón. El hijo de «aquélla»... La *nautch*. Dunmaya dice que no descansará hasta que lo haya puesto en mi lugar, porque desea el trono para su propio hijo y tiene a mi padre en un puño... Así...

Cerró la mano hasta que los nudillos se le pusieron blancos, la aflojó, y miró la pequeña piedra que sostenía con el rostro endurecido como el de un adulto.

–Yo soy su hijo. Su hijo mayor. Pero él haría cualquier cosa por complacerla, y...

Su voz se debilitó y se perdió en el ruido del agua de las fuentes. Y, de pronto, Ash recordó otra voz, de alguien casi olvidado, que mucho tiempo atrás, en otra vida y en otro idioma, le había dicho: «Lo peor que hay en el mundo es la injusticia. Injusticia significa no dar a cada cual lo que le corresponde». Esto era injusto y no había que permitirlo. Había que hacer algo.

–Muy bien. Me quedaré –declaró Ash, abandonando heroicamente la vida despreocupada de la ciudad y las felices perspectivas para el futuro como jefe de *syces* en la caballeriza de Duni Chand. Habían terminado los años sencillos.

Aquella noche envió un mensaje a Sita, quien sacó de sus escondites el dinero y los papeles, hizo un bulto con sus escasas pertenencias, y partió hacia el Hawa Mahal. A la mañana siguiente, Ash fue incorporado formalmente como miembro del personal de la casa del *yuveraj*, con un sueldo de no menos de cinco rupias de plata mensuales, mientras Sita comenzaba su trabajo como niñera extra de la hijita de la *Feringhi-Rani* muerta, la princesa Anjuli.

Considerando la riqueza del palacio, los aposentos que les asignaron eran humildes: tres habitaciones pequeñas, sin ventanas, una de las cuales era una cocina. Pero comparados con la estancia única en la ciudad representaban un lujo extraordinario, y la falta de ventanas estaba compensada por el hecho de que las tres habitaciones daban a un patio protegido por una pared de dos metros y medio, a la sombra de un pino. Sita estaba encantada y pronto comprendió que aquél era su hogar, aunque la apenaba que Ashok no pudiera dormir allí. Pero las obligaciones de Ash, que consistían principalmente en servir al *yuveraj* algunas horas al día, le exigían dormir en una antecámara contigua al dormitorio real.

Nadie habría dicho que era un trabajo duro, pero pronto Ash comenzó a sentirlo un poco irritante. En parte se debía al mal genio y los caprichos de su joven amo, pero principalmente al petimetre Biju-Ram, quien por algún motivo lo detestaba. El sobrenombre que Lalji había dado a Biju-Ram era *Bichchhu* (escorpión), o, más familiarmente, *Bichchhuji*, aunque nadie más se atrevía a llamarlo así porque era demasiado apropiado: el petimetre era una persona venenosa que podía morder ante la menor provocación.

En el caso de Ash, no parecía necesario que hubiese provocación; Biju-Ram se deleitaba en atormentarlo. Pronto se convirtió en el suplicio de la vida del niño, porque no perdía oportunidad de ponerlo en ridículo con bromas malignas cuyo único fin era infligirle dolor y humillación, y como las burlas eran impúdicas, además de crueles, Lalji sentía cierta complacencia en ellas y los cortesanos que las presenciaban estallaban en carcajadas lisonjeras.

El mal humor de Lalji era a menudo intenso y siempre impredecible, porque hasta la llegada de la bailarina *nautch* él era el mimado de palacio, el favorito de su padre y de las mujeres de la *zenana*, y vivía halagado por cortesanos y sirvientes. La primera madrastra de Lalji, la *Feringhi-Rani*, había sentido pena del niño sin madre y lo había amado como si fuera su propio hijo. Pero, como ni ella ni ningún otro intentaron someterlo a la menor disciplina, no era extraño que el pequeñín adorable se hubiese convertido en un niño insoportable, sin preparación para tolerar la atmósfera diferente del palacio cuando la favorita dio a luz un varón y murió la *Feringhi-Rani*. Porque, de pronto, el pequeño *yuveraj* tenía menos importancia y hasta los sirvientes se volvieron notablemente menos serviles, mientras que los cortesanos que antes lo halagaban y adulaban se ocupaban ahora de congraciarse con el nuevo poder que había detrás del trono.

Las habitaciones y las actividades diarias de Lalji se deterioraron; no todas sus imperiosas órdenes eran obedecidas, y las continuas advertencias de su niñera, que seguía siéndole fiel (la vieja Dunmaya, que también había sido niñera de su madre y acompañó a la reina principal de Gulkote cuando ésta llegó al palacio para casarse con el rajá), no lograban calmar su angustia ni mejorar la situación. Dunmaya habría dado la vida por el niño, y probablemente sus temores por él estaban justificados, pero expresarlos y señalar constantemente que su padre le prestaba menos atención sólo servía para aumentar la infelicidad de Lalji, y para llevarlo a veces al borde de la histeria. No podía entender lo que pasaba y sentía más miedo que furia. Pero, como el orgullo le impedía mostrar su temor, se refugiaba en la ira, y los que lo servían sufrían del mismo modo.

A pesar de su corta edad, Ash percibía algo de todo eso. Aunque comprender el problema lo ayudaba, quizá, a perdonar la conducta de Lalji, no lo ayudaba a soportarla. Además, no se adaptaba bien al sometimiento que el *yuveraj* esperaba de todos los miembros de la casa: estaba acostumbrado a que todos lo obedecieran, incluso los adultos y los ancianos. Al principio, a Ash lo había impresionado la importancia del heredero; y también sus propias obligaciones como paje de ese príncipe que, a la manera de los niños, tomaba medio en serio y medio como un juego. Lamentablemente, la familiaridad lo condujo al desprecio y luego al aburrimiento, y había momentos en que odiaba a Lalji y se habría escapado si no hubiera sido por Sita. Pero sabía que ella se sentía feliz allí, y que si él se escapaba ella se iría con él, no sólo porque no podía quedarse sola, sino también porque pensaba que Lalji se vengaría de su deserción tratándola con dureza. Pero, paradójicamente, no sólo se quedaba por Sita, sino también por simpatía hacia Lalji.

Los niños tenían poco en común y había muchos factores que impedían que se hiciesen amigos: la casta, la crianza y el ambiente; la herencia y el abismo social que separaba a un heredero del trono del hijo de una sirvienta. Además, estaban alejados por un gran contraste de temperamento y en cierto modo por la diferencia de edad, aunque esto importaba menos, porque, aunque Lalji tenía dos años más, Ash se sentía mayor que él, y por ese motivo obligado a proteger al más frágil de las fuerzas del mal que se movían en el enorme palacio en ruinas.

Ash nunca había sido insensible, y aunque al principio consideró los temores de Dunmaya chismorreos de vieja, pronto comenzó a pensar de otra manera. Los días ociosos y vacíos parecían pasar plácidamente, pero bajo la calma superficial bullían conspiraciones y contraconspiraciones, y no era sólo el viento lo que susurraba en los interminables pasillos y reductos del Hawa Mahal.

El soborno, la intriga y la ambición ocupaban las habitaciones polvorientas, y hasta un niño debía notarlo. Sin embargo, Ash no se tomó nada de ello en serio hasta el día que encontró un plato con los dulces favoritos del *yuveraj* en el pequeño pabellón junto al estanque, en el jardín privado del heredero.

Lalji estaba persiguiendo a una gacela y fue Ash quien encontró los dulces, partió uno en trocitos y se lo arrojó a las grandes carpas del estanque, que lo devoraron de inmediato. Minutos después, las carpas flotaban panza arriba entre las hojas de los lirios, y Ash las miraba con ojos muy abiertos, dándose cuenta de que estaban muertas... y entendiendo qué era lo que las había matado.

Lalji tenía un «probador» especial, y habitualmente no comía nada que el hombre no hubiese probado previamente, pero de haber encontrado esos dulces tentadores en el pabellón se los habría comido tan ávidamente como las carpas. Ash tomó el plato, corrió hasta el parapeto y arrojó el contenido al vacío. Un cuervo cazó uno de los dulces al vuelo y se lo tragó; un momento después, el ave caía al abismo convertida en un puñado de plumas sin vida.

Ash no contó a nadie el incidente, porque, aunque habría parecido natural hablar de ello con todos los que encontrara, un contacto temprano con el peligro le había enseñado a ser cauto y estaba seguro de que era mejor callarse aquello. Si se lo contaba a Lalji, sólo lograría aumentar sus temores y poner aún más frenética a Dunmaya, y si se hacían más investigaciones era seguro que no se encontraría al verdadero culpable, e igualmente seguro que algún chivo expiatorio sufriría las consecuencias. La experiencia de Ash en el palacio le decía que era difícil obtener justicia si Janoo-Bai estaba mezclada en los hechos, en especial porque durante los últimos tiempos su posición se había fortalecido con el nacimiento de su segundo hijo varón.

En ningún momento se le ocurrió pensar que el chivo expiatorio podía ser él, y que los dulces del pabellón estaban destinados a él, y no, como pensaba, a Lalji.

Por tanto, continuó tranquilo, porque los niños no pueden hacer otra cosa que tomar el mundo como lo encuentran y aceptar que sus mayores tienen todo el poder, aunque no toda la sabiduría. Trató de olvidar el incidente, y, admitiendo la servidumbre en el Hawa Mahal como un mal necesario y por el momento inevitable, se resignó a soportarlo hasta que el *yuveraj* fuese mayor de edad y ya no necesitara de sus servicios. Al menos, ahora disponía de comida en abundancia y ropa limpia, aunque el sueldo prometido no se materializó debido a la rapacidad de la *nautch*, que redujo los fondos del rajá a un nivel peligrosamente bajo. Pero llevaba una existencia monótona hasta la llegada de Tuku, una pequeña mangosta que andaba por el patio de Sita, y que Ash, como entretenimiento, había domesticado y entrenado.

Tuku era el primer ser viviente totalmente suyo, porque, aunque Ash sabía que Sita se desvivía por él, no podía conseguir su presencia cada vez que lo deseaba. Ella tenía sus propias obligaciones, por lo que Ash sólo podía verla en ciertos momentos del día; pero Tuku lo seguía, se paraba en su hombro, dormía hecha un ovillo sobre el pecho de Ash por las noches y respondía a su llamada; y él amaba a la criatura comprendiendo que ella lo sabía y le devolvía su aprecio. Era una camaradería muy satisfactoria y duró más de seis meses, hasta el día negro en que Lalji, cansado y de mal humor, insistió en que Ash le diera a Tuku para jugar. Trató al animal con crueldad, y como respuesta recibió un fuerte mordisco.

Los minutos que siguieron fueron una pesadilla que persiguió a Ash durante muchos meses y que nunca olvidó por completo.

Lalji, con el dedo sangrando, aulló de dolor y llamó a un sirviente para que matara a la mangosta de inmediato... Y lo hicieron antes de que Ash pudiese intervenir. Un solo golpe de espada rompió la columna de Tuku, que se retorció y gimió unos momentos, y luego se extinguió, dejando a Ash un puñado de piel mustia en las manos.

No era posible que estuviera muerta, pensó Ash. Sólo un minuto antes meneaba la cola y parloteaba furiosamente por las impertinencias de Lalji, y ahora...

Lalji gritó con ira:

–¡No me mires así! ¿Qué importancia tiene? No era más que un animal... Un animal salvaje, de mal genio. ¿Ves cómo me ha mordido?

–Tú la estabas molestando –respondió Ash en un susurro–. Tú eres el animal salvaje de mal genio. –Quería llorar, gritar, aullar. La furia crecía en él. Dejó caer el cuerpo de Tuku y se arrojó sobre Lalji.

Fue un forcejeo más que una pelea. Un forcejeo degradante en que Lalji escupió, pateó y chilló hasta que fue rescatado por una docena de sirvientes que llegaron al lugar desde todas direcciones y separaron a los niños.

–Me voy –jadeó Ash, retenido por varios hombres horrorizados, con actitud desafiante–. No me quedaré contigo ni trabajaré un minuto más para ti. Me iré ahora mismo, y no volveré nunca.

–¡Y yo digo que no te irás! –gritó Lalji, fuera de sí–. No te irás sin mi permiso, y si lo intentas verás que no puedes. Yo me ocuparé de eso.

Biju-Ram, quien para defender al *yuveraj* había tomado una pistola de largo cañón (afortunadamente descargada), agitó el arma con negligencia en dirección a Ash y dijo lánguidamente:

–Su alteza debería marcar a fuego al muchacho del establo, como se hace con los caballos... o con los esclavos que se rebelan. Entonces, si llega a escapar, alguien lo reconocerá enseguida como de su propiedad y se lo devolverá.

Quizá no fuera una sugerencia para tomar en serio; pero Lalji estaba demasiado furioso para pensar con claridad y, enloquecido por la rabia, la aceptó de inmediato. Nadie protestó, porque, lamentablemente, el único miembro de la casa que podría haberlo hecho estaba en cama con fiebre. El hecho fue consumado en aquel lugar por el propio Biju-Ram. Había un brasero con carbones encendidos en la habitación, pues era pleno invierno y en el palacio hacía mucho frío; Biju-Ram soltó una carcajada e introdujo el cañón de la pistola en las brasas. Ash sólo tenía ocho años, pero se necesitaron cuatro hombres para sujetarlo porque era fuerte y ágil, y, cuando se dio cuenta de lo que sucedería luchó, como un gato salvaje, mordiendo y arañando hasta que ninguno de los cuatro quedó sin marcas; aunque era una lucha inútil.

Biju-Ram tenía intenciones de marcarlo en la frente, lo cual probablemente lo hubiese matado. Pero Lalji, a pesar de toda su furia, pensó que tal vez su padre no aprobaría el acto y que sería preferible marcar a Ash en algún lugar donde fuera menos probable que el rajá lo viera. Por tanto, Biju-Ram debió contentarse con apretar el hierro al rojo sobre el pecho desnudo de su víctima. Se escuchó un extraño chirrido y olió a carne quemada, y aunque Ash había resuelto que moriría antes que dar al *Bichchhu* la satisfacción de oírlo gritar, fue incapaz de contenerse. Su aullido provocó otra carcajada burlona del petimetre, pero el efecto en Lalji fue inesperado: se despertó en él la compasión que anidaba en su corazón y se arrojó sobre Biju-Ram, empujándolo hacia atrás y gritando que todo era culpa suya y que Ashok no era responsable. En ese momento, Ash se desmayó.

–Se muere –gritó Lalji, invadido por el remordimiento–. Tú lo mataste, *Bichchhu.* ¡Haced algo, vosotros! Llamad a un médico. Llamad a Dunmaya. Ay, Ashok, no te mueras. Por favor, no te mueras...

Ash no se estaba muriendo, sino que se recuperó muy pronto. La grave quemadura se curó completamente gracias a los cuidados de Sita y Dunmaya y a la buena salud del niño, aunque le dejó una cicatriz indeleble: no era un círculo, sino una especie de luna en cuarto creciente, porque Ash se había echado a un lado al sentir el calor y el cañón de la pistola no había sido aplicado de manera uniforme. Además, Lalji había apartado a Biju-Ram antes de que pudiese corregir su error.

–Te habría marcado con un sol –dijo Biju-Ram–, pero creo que te hubiese hecho demasiado honor. Está bien que al encogerte hayas convertido el sol en una luna. –Tuvo el cuidado de no decirlo delante de Lalji, que no deseaba recordar la historia.

Lo curioso fue que los dos niños se hicieron buenos amigos después de ese episodio, porque Ash conocía muy bien la gravedad de su ofensa, y sabía que en épocas anteriores lo habrían estrangulado o habrían hecho que los elefantes del rajá lo pisotearan hasta matarlo. Lo menos que había esperado ahora era perder un ojo, un brazo o una pierna, porque no era un crimen pequeño poner las manos sobre el heredero del trono, y hombres adultos habían pagado con la vida agravios menores que ése; de manera que se sintió aliviado de que su castigo no fuese peor, y asombrado de que el *yuveraj* hubiese intervenido para detenerlo. El hecho de que no sólo hiciera eso, sino que además reconociese públicamente que se había equivocado, causó una impresión profunda en Ash; se daba cuenta de lo que debía de haberle costado a Lalji admitirlo.

Echaba terriblemente de menos a Tuku, pero no intentó domesticar otra mangosta. Tampoco tuvo otros animalitos, porque sabía que nunca podría volver a confiar en el *yuveraj*, y que tomarle cariño a otra criatura significaría darle un arma que él podría usar la próxima vez que se pusiera de mal humor o deseara castigarlo. Pero, a pesar de todo (y realmente no por deseo suyo), adquiriría un sustituto inesperado de Tuku. Esta vez no sería un animal, sino un ser humano muy pequeño: Anjuli-Bai, la tímida y abandonada hijita de la desgraciada *Feringhi-Rani*.

Una de las buenas cualidades de Lalji (tenía muchas, y en circunstancias apropiadas bien podrían haber superado a las malas) era su intenso afecto por su hermanita. La niña visitaba con frecuencia los aposentos de su hermano, porque, como aún era muy pequeña para estar confinada en el sector de las *zenanas*, iba y venía por donde quería. Era una criatura delgada y menuda, que parecía desnutrida, y vestida con tal descuido que hasta avergonzaría a una familia de campesinos. Aquello se debía, sin duda, a la hostilidad de la *nautch*, quien no veía razón para derrochar dinero o atenciones en la hija de su rival muerta.

Janoo-Rani no podía estar segura de que la niña no desarrollara algo de la belleza y el encanto que una vez cautivaran al rajá, y no tenía intención de permitirle a éste que sintiera cariño u orgullo por su hija si ella podía evitarlo; para eso la recluyó en un ala alejada del palacio y la dejó al cuidado de unos cuantos sirvientes apáticos que no recibían sueldo y guardaban para sí los escasos fondos destinados a la niña.

El rajá rara vez preguntaba por su hija, y con el tiempo casi llegó a olvidarse de que tenía una. Janoo-Rani le había asegurado que la niña estaba bien cuidada, y agregó algunos comentarios sobre su fealdad, lo que haría difícil concertarle un buen matrimonio.

–Tan pequeña, con una expresión tan agria –suspiraba Janoo con fingida simpatía. Le puso un sobrenombre que se refería a un mango pequeño y no maduro aún (Kairi-Bai), y reía encantada al ver que su ocurrencia era adoptada en el palacio.

Kairi-Bai prefería los aposentos de su hermano a los suyos; tenían más luz y estaban mejor amueblados. Además, a veces él le daba golosinas y la dejaba jugar con sus monos o con la cacatúa y la gacela mansa. Los sirvientes de Lalji eran menos impacientes con ella que las mujeres que habitualmente la cuidaban, y se había encariñado mucho con el más joven de ellos, Ashok, que un día la encontró llorando en silencio en un rincón del jardín de su hermano: un mono la había mordido porque ella le había tirado de la cola. Ash la llevó con Sita para que la calmara y la mimara; ella le lavó y vendó la herida, dio a la niña un trozo de caña de azúcar y le contó la historia de Rama, cuya bella esposa fue raptada por el rey demonio de Lanka y rescatada con ayuda de Hanuman, el dios mono.

–De manera que ya ves, nunca debes tirarle de la cola a un mono porque no sólo hiere sus sentimientos, sino que Hanuman podría enfadarse. Y ahora recogeremos unas flores para hacer una guirnalda... Mira, te enseñaré cómo se hace y la llevarás a su santuario para que vea que estás arrepentida. Mi hijo Ashok te acompañará.

La historia y la confección de la guirnalda distrajeron eficazmente a la niña del dolor de la herida, y se fue muy contenta con Ash, cogida de su mano, a presentar sus excusas a Hanuman en el santuario cerca de las filas de elefantes, donde una figura de yeso del dios mono danzaba en la penumbra. Después de aquello, la niña iba a menudo a las habitaciones de Sita, aunque no era con ella, sino con Ash, con quien estaba muy encariñada: trotaba tras él como un perrito vagabundo que ha elegido a su amo y a quien nada convencerá de que se aparte de él. En realidad, Ash no trató de alejarla porque Sita le dijo que debía ser especialmente amable con la abandonada niñita; no porque fuera una princesa, ni porque hubiese quedado huérfana y desamparada, sino porque había nacido en un día que era doblemente favorable para Ash: el aniversario de su propio nacimiento y el día de su llegada a Gulkote.

Era eso, más que nada, lo que lo hacía sentirse responsable de Kairi; así que se resignó a ser el objeto de su devoción, y era, además, la única persona que no le aplicaba el apodo. La llamaba Juli (la versión que daba la niña de su propio nombre, porque aún hablaba con media lengua), o, en raras ocasiones, Larla, que significaba «querida». Pero en general la trataba con el afecto tolerante que habría dispensado a un gato inoportuno, protegiéndola lo mejor que podía de las burlas y la insolencia de los sirvientes del palacio.

Los criados del *yuveraj* se vengaron riéndose de él por hacer de niñera, y lo llamaban *Ayah-ji*, hasta que Lalji les recordó enfadado que Anjuli-Bai era su hermana. Después de eso aceptaron la situación, y se acostumbraron tanto a ella que probablemente ya ni siquiera notaban su presencia. De todas maneras, la niña no tenía importancia y con seguridad no viviría mucho tiempo, ya que era pequeña y débil, incapaz de sobrevivir a las enfermedades comunes de la infancia. En cuanto a Ashok, no tenía relevancia para nadie; ni siquiera, parecía, para el *yuveraj*.

Pero en esto último se equivocaban. Lalji aún confiaba en Ashok (aunque él mismo no habría podido explicar muy bien por qué) y no tenía intención de dejarlo ir. El destino de Tuku y la violencia del episodio nunca volvieron a mencionarse, pero Ash pronto descubrió que la amenaza de Lalji de no permitirle marchar del palacio iba en serio. Sólo había una puerta de acceso a la fortaleza, la Badshai Darwaza, y después de ese día ya no se le permitió atravesarla solo, sino en compañía de sirvientes seleccionados u oficiales que lo vigilaban para que no se alejara o diera muestras de que no pensaba volver.

–Tenemos una orden –decían blandamente los centinelas, y lo obligaban a volver.

Lo mismo sucedió al día siguiente y todos los días, y, cuando Ash interrogó a Lalji, éste respondió:

–¿Por qué querrías irte? ¿No estás cómodo aquí? Si te falta algo, no tienes más que decírselo a Ram Dass y te lo mandará buscar. No es necesario que vayas a los mercados.

–Sólo deseo ver a mis amigos –protestó Ash.

–¿No soy yo tu amigo? –preguntó el *yuveraj*.

Para eso no había respuesta, y Ash nunca supo quién había dado la orden de no permitirle salir: si el rajá o el mismo Lalji (que lo negó, pero no había por qué creerle). ¿O quizá Janoo-Rani, por sus propias razones? El hecho es que la orden jamás fue anulada, y Ash siempre la tenía presente. Era un prisionero en la fortaleza, aunque dentro de sus muros podía ir más o menos donde quisiera, y como el Hawa Mahal ocupaba una enorme superficie no podía considerarse encerrado. Tampoco le faltaban amigos, porque ya contaba con dos en el palacio, y encontró al menos un aliado entre los miembros de la servidumbre de Lalji.

Sin embargo, sentía agudamente la pérdida de su libertad, porque, desde las torres medio derruidas y los pabellones de madera que las coronaban, veía el mundo exterior ante él como un mapa en colores que apuntaba hacia los horizontes lejanos. Al sudoeste estaba la ciudad, y más allá la gran extensión de la llanura, cuyo extremo más alejado descendía suavemente hacia el río y las ricas tierras del Punjab; de manera que a veces, en días claros, Ash llegaba a ver sus planicies. Pero rara vez miraba hacia ese lado, porque al norte estaban las colinas, y más allá, abarcando el horizonte de este a oeste, las verdaderas montañas y la vasta cadena recortada del Dur Khaima, bella y misteriosa, cubierta de bosques de rododendros y deodaras y coronada de nieve.

Ash no sabía que había nacido cerca de aquellas nieves, ni que había pasado sus primeros años entre las estribaciones del Himalaya, y se dormía contemplando cómo se ponían de color rosado al atardecer y plateado bajo la luna, de color damasco al despertarse y ámbar o blanco a media mañana. Eran parte de su subconsciente, porque alguna vez, mucho tiempo atrás, las había conocido de memoria como otros niños conocen el friso pintado en la pared de su cuarto. Pero al mirarlas ahora pensaba que más allá de aquellas montañas estaba el valle del que Sita hablaba a la hora de acostarse: el valle de los dos. Ese lugar seguro y escondido al que llegarían después de una larga travesía por caminos elevados y pasos donde aúlla el viento entre rocas negras y glaciares verdes, deslumbrados a veces por el resplandor de la nieve.

Sita hablaba poco del valle últimamente; estaba demasiado atareada, y por la noche Ash dormía en las habitaciones del *yuveraj*. Pero la vieja historia de su infancia seguía viva en su imaginación, y había olvidado (o quizá nunca lo había sabido) que no se trataba de un lugar real. Para él era real entonces, y por la mañana y por la noche, siempre que podía desligarse de sus obligaciones (o durante las largas horas del mediodía en que todo el palacio se adormecía bajo un sol ardiente), trepaba a un pequeño balcón cubierto que sobresalía de la pared del Mor Minar, la torre del Pavo Real. Tendido en la piedra caliente, contemplaba las montañas y pensaba en el valle. Y hacía planes.

La existencia de ese balcón era un secreto que sólo compartía con Kairi, y su descubrimiento fue un accidente feliz porque no se veía desde el interior de la fortaleza: lo ocultaban las curvas del Mor Minar, que era parte del fuerte original. Servía como torre de guardia y mirador, y daba a las montañas. Pero el techo y la escalera se habían derrumbado hacía tiempo, y la entrada estaba bloqueada por los escombros. El balcón pertenecía a una época posterior y probablemente había sido construido para complacer a alguna *rani* muerta mucho tiempo atrás, porque era algo superfluo: un pequeño pabellón elegante de mármol y piedra roja, calado y tallado como un encaje y coronado por una cúpula hindú redondeada.

Aún había fragmentos de madera adheridos a las oxidadas bisagras, pero las persianas, aparentemente frágiles, seguían allí, excepto donde alguna vez había existido una ventana recortada en el mármol desde la que la *rani* y sus damas podían contemplar las montañas. Ahora, enfrente del balcón, entre las elegantes arcadas, sólo había un espacio abierto y restos de madera, desde los cuales bajaba una pared de doce metros que terminaba entre arbustos y rocas, que a su vez continuaban hacia abajo cuatro veces esa distancia hasta la meseta. Había senderos de cabras en el monte, pero pocos seres humanos se atreverían a trepar tan alto, y aunque lo hubiesen hecho tal vez no habrían advertido el pabellón, porque su perfil se perdía contra la masa deteriorada del Mor Minar.

Ash y Kairi, persiguiendo a un mono tití travieso, avanzaron sobre los escombros que cubrían la torre derruida, y, al mirar por la chimenea rota, vieron que el fugitivo había escalado ya la mitad. Alguna vez habría habido habitaciones en la torre, pero aunque no quedaba nada del piso se veían huellas de una escalera que llegaba a él: pedazos de piedra rota, algunos lo bastante grandes como para servir de apoyo a un mono. Pero donde puede ir un mono puede llegar también un chico ágil, y Ash tenía mucha práctica con los tejados de la ciudad y nunca sufría vértigo. Kairi también trepaba como una ardilla, y la escalera rota resultó fácil cuando retiraron los montones de ramitas y cáscaras de huevo depositadas allí por generaciones de lechuzas y grajos. Ascendieron por la escalera, y, siguiendo al mono por el hueco de una puerta, se encontraron en un balcón tallado y cubierto que colgaba sobre el vacío, tan seguro e inaccesible como el nido de una golondrina.

Ash estaba encantado con el descubrimiento. Por fin tenía un lugar oculto donde retirarse en momentos difíciles, desde el cual podía mirar el mundo y soñar con el futuro... Y estar solo. La atmósfera claustrofóbica del palacio, con sus intrigas, sus maquinaciones y sus luchas por el poder, se esfumaba en el aire limpio que acariciaba la tracería de mármol y mantenía el pequeño pabellón barrido e impecable; y lo mejor de todo era que nadie le disputaba su posesión de aquel lugar, porque, aparte de los monos y las lechuzas, los cuervos de la montaña y los pequeños bulbuls de cresta amarilla, nadie lo había pisado en cincuenta años. Seguramente ninguna persona recordaba ya su existencia.

Si le hubiesen dado a elegir, Ash habría cambiado el balcón por un permiso para visitar la ciudad siempre que quisiera; y si lo hubiera obtenido no lo habría usado para escaparse... Por Sita. Aunque sólo fuera por ella. Pero, ya que estaba privado de la libertad, era estupendo tener donde encontrarse a salvo de peleas y habladurías. Las humildes habitaciones que compartía con Sita no gozaban de estos privilegios, pues en cualquier momento podía llegar un sirviente a buscarlo. El descubrimiento del balcón de la reina hizo más tolerable su vida en el Hawa Mahal. Y contar con dos amigos como Koda Dad Khan, el jefe de caballerizas, y su hijo menor, Zarin, casi lo reconciliaba con la idea de quedarse allí para siempre.

Koda Dad era un *pathan* que había abandonado su tierra natal en las montañas para recorrer los límites del norte del Punjab en busca de fortuna. Llegó por casualidad a Gulkote, donde su habilidad en la caza con halcón atrajo la atención del joven rajá, quien había accedido al trono tras la muerte de su padre dos meses atrás. Esto había sucedido treinta años antes, y, excepto algunas visitas ocasionales a su tierra, Koda Dad nunca había vuelto a vivir allí. Permaneció en Gulkote al servicio del rajá, y ahora, como jefe de caballerizas, gozaba de considerable reputación en el estado. Era un gran experto en caballos: se decía que sabía hablar en su idioma y que hasta el más indócil e intratable se volvía manso cuando él le susurraba. Sabía disparar tan bien como cabalgar, y como su pericia en la caza con halcón igualaba a sus conocimientos sobre caballos, el rajá mismo, que también era una autoridad en ambos campos, le pedía consejos que invariablemente seguía. Después de su primera visita a su pueblo, había vuelto con una esposa que le daría tres hijos. Y ahora, Koda Khan, orgulloso abuelo de varios nietos varones, hablaba a veces con Ash de aquellos descendientes suyos.

–Son como yo cuando era joven; al menos eso dice mi madre, que los ve a menudo. Nuestro hogar está en el país de Yusafzai, no lejos de Hoti Mardan,* donde mi hijo Awal Shah sirve en el regimiento. Y también mi hijo Afzal.

Los hijos mayores de Koda Khan servían a los británicos en el mismo Cuerpo de Guías al que pertenecía el tío William de Ash. Ahora sólo el menor, Zarin Khan, vivía con sus padres, pero también manifestaba deseos de seguir la carrera militar.

Zarin era casi seis años mayor que Ash, un adulto según las pautas asiáticas. Pero, aparte de la diferencia de estatura, ambos eran muy parecidos en constitución física y color; porque Zarin, como muchos *pathanes*, tenía ojos grises y piel más bien blanca. Podían pasar por hermanos, y realmente Koda Dad los trataba como si lo fueran; llamaba a los dos «hijo mío», y les daba un tortazo con imparcialidad cuando creía que lo merecían. Una atención que Ash consideraba un honor, porque Koda Dad Khan era una reencarnación del amigo y héroe de su primera infancia, la figura nebulosa, pero jamás olvidada, del sabio y bondadoso tío Akbar.

Fue Koda Dad quien enseñó a Ash a entrenar a un halcón y a domar un potrillo salvaje; a sacar de la tierra una estaquilla de tienda de campaña con una lanza, al galope; a disparar a un objetivo en movimiento y acertar nueve veces de cada diez, y a uno fijo y no errar jamás. También fue Koda Dad quien lo aleccionó sobre la conveniencia

* Se pronuncia «Ma-darn».

de mantener la calma y los peligros de la impulsividad, y lo reprendió por actuar o hablar antes de pensar; un ejemplo era su ataque al *yuveraj* y su amenaza de marcharse del palacio.

–Si te hubieras callado la boca, podrías marcharte cuando quisieras, en lugar de estar acorralado de esta manera –lo reprendió severamente Koda Dad.

Zarin también era bondadoso con Ash y lo trataba como a un hermano menor, lo amonestaba y estimulaba; y lo mejor de todo era que a veces permitían a Ash que los acompañara fuera del Hawa Mahal, lo cual era casi tan bueno como ir solo. Porque, aunque se les ordenaba vigilar al chico para que no escapara, sus actitudes, a diferencia de las de los sirvientes del *yuveraj*, no se parecían a las de un carcelero. Con ellos disfrutaba de la ilusión de la libertad.

Ash había olvidado el *pushtu* aprendido en el campamento de su padre, pero ahora lo había vuelto a aprender porque era la lengua nativa de Koda Dad y Zarin, y él, como todos los niños, quería imitar en todo a sus héroes. Cuando estaba en su compañía, sólo hablaba en *pushtu*, y eso divertía a Koda Dad y molestaba a Sita, que tenía celos del viejo *pathan* como en otra época los había tenido de Akbar Khan.

–No rinde culto a los dioses –reprobó severamente Sita–. Además, todos saben que los *pathanes* viven de la violencia. Son ladrones, asesinos, matan vacas..., y me preocupa, Ashok, que pases tanto tiempo en compañía de esos bárbaros. No te enseñarán nada bueno.

–¿Es malo cabalgar, aprender a tirar y a entrenar un halcón, madre? –preguntó Ash, quien pensaba que estas habilidades compensaban pequeñeces tales como el asesinato y el robo, y que nunca había entendido por qué las vacas debían considerarse sagradas a pesar de las enseñanzas de Sita y las admoniciones de los sacerdotes. Si se considerasen sagrados los caballos, o los elefantes, o los tigres, podría haberlo comprendido. Pero las vacas...

Era difícil para un niño recordar a todos los dioses, habiendo tantos: Brahma, Visnú, Indra y Siva, que eran los mismos y sin embargo no lo eran: Mitra, dios del día, y Kali, de las calaveras y la sangre, que era también Parvati, la bondadosa y la bella; Krishna, el bienamado; Hanuman, el simio, y el obeso Ganesh, con su cabeza de elefante, quien, extrañamente, era hijo de Siva y de Parvati... Éstos y un centenar de otros dioses y deidades debían ser adorados con ofrendas por los sacerdotes. Pero Koda Dad decía que había un solo dios, cuyo profeta era Mahoma. Sin duda, eso era más simple, excepto que no se sabía a quién adoraba realmente Koda Dad, si a Dios o a Mahoma, porque Dios, según Koda Dad, vivía en el cielo, pero sus fieles no debían pronunciar sus plegarias si no se colocaban en dirección de La Meca, la ciudad donde había nacido Mahoma. Y aunque Koda Dad hablaba con desprecio de los ídolos y los idólatras, le contó a Ash acerca de una piedra sagrada en La Meca que era considerada santa por todos los musulmanes, y a la que se rendía una veneración no comparable con nada que ofrecieran los hindúes a los emblemas pétreos de Visnú. Ash veía poca diferencia entre los dos: si aquéllos eran ídolos, también lo era la piedra.

Reflexionando sobre el asunto, y como no deseaba ponerse contra Sita ni contra Koda Dad, decidió que sería mejor elegir su propio ídolo. Lo autorizaba a ello una plegaria (o al menos así lo creía) que había oído recitar al sacerdote de un templo de la ciudad ante los dioses:

> Ah, Señor, perdona tres pecados que nacen de mis limitaciones humanas.
> Tú estás en todas partes, pero yo te adoro aquí.
> Tú no tienes forma, pero yo te adoro en estas formas.
> Tú no necesitas elogios, y, sin embargo, yo te ofrezco estas plegarias
> [e inclinaciones.
> Señor, perdona tres pecados que nacen de mis limitaciones humanas.

Esto le pareció bastante sensato a Ash, y después de algunas reflexiones eligió un grupo de cumbres nevadas ante el balcón de la reina: una corona de pináculos que se elevaban sobre las cadenas distantes como las torres y cúpulas de una ciudad fabulosa, y que se conocían en Gulkote con el nombre de Dur Khaima: los Pabellones lejanos. La montaña le pareció un objeto de devoción más satisfactorio que el feo *lingam* embadurnado de rojo al que Sita hacía ofrendas, y podía mirar en dirección al destinatario de sus plegarias mientras las recitaba, así como Koda Dad miraba hacia La Meca. Además, razonaba

Ash, alguien debía de haberlo hecho. ¿Quizás el mismo que reconocían Sita y sus sacerdotes, y también Koda Dad y sus *maulvies*? Como manifestación de los poderes de ese ser, era digno de veneración. Y era suyo. El delegado, protector y benefactor de Ash, personalmente elegido por él, hijo de Sita y servidor de su alteza el *yuveraj* de Gulkote.

–Ah, Señor –murmuraba Ash, dirigiéndose al Dur Khaima–, tú estás en todas partes, pero yo te adoro aquí...

Una vez adoptado, el hermoso macizo de muchos picos adquirió una personalidad propia, y Ash terminó por sentir que era un ser vivo, una diosa con cien rostros, que, a diferencia de las imágenes de piedra de Visnú y la roca cubierta de La Meca, variaba de aspecto con cada cambio y circunstancia meteorológica: con cada estación y cada hora del día. Una llama brillante a la luz del amanecer y un resplandor de plata al mediodía; dorado y rosado en el crepúsculo, lila y lavanda con las primeras sombras de la noche. Violeta contra las nubes de la tormenta y oscuro contra las estrellas. Y en los meses del monzón se retiraba bajo un velo de neblina y la cortina acerada de la lluvia.

Ahora, cada vez que visitaba el balcón de la reina, Ash llevaba un puñado de cereal o unas flores para colocar en el alféizar roto como ofrenda al Dur Khaima. Los pájaros y las ardillas apreciaban el cereal y con el tiempo se tornaron sorprendentemente amistosos; saltaban y revoloteaban alrededor del chico acostado en el suelo como si él fuera parte de la construcción de piedra, y pedían comida con la insistencia de los mendigos.

–¿Dónde has estado, *piara*? –lo regañaba Sita–. Te buscaban, y les dije que seguramente estarías con ese pillo del *pathan* y sus halcones, o en los establos con el inútil de su hijo. Ahora que perteneces a la casa del príncipe, no está bien que andes con esas personas.

–Parece que los sirvientes del *yuveraj* creen que soy tu tutor –gruñía Koda Dad Khan–. Vienen a preguntar: «¿Dónde está? ¿Qué está haciendo? ¿Por qué no está aquí?».

–¿Dónde has estado? –preguntaba Lalji con petulancia–. Biju y Mohan te han buscado por todas partes. No toleraré que desaparezcas de esta manera. Eres mi servidor. Yo quería jugar al *chaupur*.

Ash se disculpaba y decía que había estado paseando por uno de los jardines, o en los establos o entre las filas de elefantes; jugaba al *chaupur* y el asunto quedaba olvidado... hasta la siguiente vez. El Hawa Mahal era tan grande que era fácil perderse en él, y Lalji sabía que Ash no podía salir de allí sin ser visto y que finalmente lo encontrarían. Pero, de todas maneras, le gustaba sentir que Ash estaba cerca, porque el instinto le decía que era una persona que no podía comprarse con sobornos ni inducirse a la traición; aunque, como no hubo más accidentes, comenzó a pensar que quizá los temores de Dunmaya por su seguridad eran obra de su imaginación y que nadie, ni siquiera la *nautch*, se atrevería a causarle daño. Si era así, ya no había motivo para retener a Ashok como sirviente, en particular porque el chico no era una compañía tan divertida como la de Pran, Mohan o Biju-Ram, quien, aunque probablemente no era digno de confianza y le llevaba diez años (Biju-Ram acababa de cumplir los veinte), siempre estaba presto para entretenerlo con historias escandalosas del mundo de las mujeres o iniciarlo en vicios placenteros. En realidad, si no hubiera sido por una fuerte sensación de que Ashok era un milagroso talismán contra el peligro, habría intentado despedirlo, porque había un cierto desprecio en la mirada inflexible del niño, y su negativa a divertirse con el ingenio procaz de Biju o las divertidas crueldades de Punwa implicaba una crítica que afectaba a la autoestima de Lalji. Además, comenzaba a estar celoso de él.

La cosa comenzó con Anjuli, aunque se trató de una irritación menor, porque Anjuli era sólo una chiquita tonta y ni siquiera linda. Si hubiera sido hermosa o atractiva la habría sentido como rival en el afecto de su padre y la hubiera odiado, como odiaba a la *nautch* y al hijo mayor de ésta, su medio hermano Nandu. Pero recordaba la bondad de la *Feringhi-Rani* con él, y se la devolvía tratando bien a su hija y confirmando tácitamente a Ashok en su papel de mentor no oficial, guía de viajes y protector de aquel pequeño mango sin madurar, Kairi-Bai. Sin embargo, lo disgustó que uno de sus palafreneros le tomara simpatía al muchacho, y más aún cuando Koda Dad Khan, que era una especie de leyenda para los jóvenes del palacio, también le prestó atención. Porque el rajá escuchaba a Koda Dad, y éste le habló bien de Ashok.

El gobernante de Gulkote era un hombre corpulento y apático con excesiva inclinación por el vino, las mujeres y el opio, que lo habían degradado hasta el extremo de convertir en un viejo a una persona de poco más de cincuenta años. Quería a su hijo mayor, y le habría causado una violenta conmoción la sola idea de que alguien pudiera desear hacer daño a su heredero; hubiese condenado a muerte a la propia *nautch* si se hubiera enterado de que ésta intentaba acabar con la vida del *yuveraj*. Pero, al avanzar en edad y en peso, se apartaba cada vez más de todo lo que pudiera significar un problema, y descubrió que cada vez que prestaba atención especial a Lalji invariablemente surgían problemas con Janoo-Rani. De ahí que, en aras de la paz, viera muy poco a su hijo Lalji, que amaba a su padre con un cariño ardiente y celoso, y estaba profundamente resentido por el abandono como se resentía por cualquier palabra que su padre dijera a otro durante sus brevísimas visitas.

El rajá sólo había hablado con Ash porque Koda Dad le había dicho que valdría la pena entrenar al muchacho y, además, porque recordaba vagamente que alguna vez le había salvado la vida a su hijo, lo cual lo hacía merecedor de cierta atención. Por esas razones fue amable con él, y a veces pedía que lo acompañara cuando salía a probar un nuevo halcón con las aves de caza que abundaban en las tierras de la meseta. En esas ocasiones, Lalji se enfadaba y fruncía el ceño, y luego se tomaba una pequeña venganza cruel, como hacer que Ash lo atendiera durante horas sin permitirle comer, beber ni sentarse hasta que el chico quedara mareado de fatiga; o, más cruelmente aún, lo enfurecía torturando a algún animalito y luego hacía que azotaran a Ash si éste reaccionaba con un estallido de furia.

Los cortesanos de Lalji, siguiendo la línea marcada por su amo, se esmeraban por hacer la vida imposible al despierto muchacho de las caballerizas, cuyo repentino ascenso siempre los había molestado. La única excepción era Hira Lal, cuyas funciones estaban vagamente definidas en la expresión «palafrenero del *yuveraj*».

Hira Lal era el único de todos ellos que demostraba cierta amabilidad hacia Ash, y sólo él se abstenía de aplaudir la estupidez sádica de Biju-Ram y reírse de sus chistes malignos. Por el contrario, bostezaba, o jugueteaba con la perla negra que colgaba de su oreja derecha con cierto aire de resignación y disgusto. El gesto no era más que un hábito suyo, pero en esas ocasiones nunca dejaba de enfurecer a Biju-Ram, quien sospechaba, correctamente, que Hira Lal usaba la gran perla como parodia deliberada del aro único que él lucía, y que por su rareza (la joya tenía la forma exacta de una pera y la iridiscencia de la pluma de una paloma) sólo servía para que su propio diamante pareciera ostentoso y chillón. Del mismo modo, los sobrios *achkanes* grises del palafrenero hacían que sus chaquetas de colores más vivos resultaran vulgares y no demasiado bien cortadas.

Hita Lal daba la impresión de no trabajar nunca y siempre parecía estar a punto de quedarse dormido, pero sus ojos de párpados pesados no eran tan distraídos como parecían: era muy poco lo que se les escapaba. Aquél era un hombre bondadoso y tranquilo, con una reputación de ocioso que se había convertido en un chiste en el palacio y que le daba cierto aire de bufón de la corte, cuyas palabras nunca deben tomarse en serio.

–No dejes que te molesten, muchacho –decía a Ash para darle ánimos–. Están aburridos, pobres cabezas huecas, y a falta de otras diversiones deben buscar alguna criatura que atormentar. Observar el sufrimiento de otro los hace sentirse más importantes, aunque el otro sea un niño o una gacela domesticada. Si les demuestras que no te afecta, pronto se cansarán del juego. ¿No es verdad, *Bichchhu*?

El emplear el sobrenombre era un insulto más, y Biju-Ram lo miraba con ira en sus ojos entrecerrados mientras los demás ponían mala cara y murmuraban. Pero Lalji fingía no haber oído, porque sabía que no podía castigar ni despedir a Hira Lal, que había sido puesto a su servicio por el rajá mismo (instigado, sospechaba a veces, por su odiada madrastra, la *nautch*); así que en esas oportunidades era preferible hacerse el sordo. Y no podía negarse que, fuera espía o no, el palafrenero podía ser ingenioso y entretenido, contar chistes e inventar juegos tontos que hacían reír hasta en el día más aburrido, y que la vida sería mucho menos divertida sin él.

Ash también estaba agradecido a Hira Lal, y aprovechó su consejo, que resultó bueno. Aprendió a ocultar sus emociones y aceptar sus castigos con estoicismo. Pero, aunque en el momento lograra dar una impresión convincente de indiferencia, sus emociones seguían allí, invariables y mucho más intensas, porque como no tenían salida debían permanecer ocultas y hacerse más profundas. Sin embargo, fue Hira Lal quien le hizo ver que Lalji era mucho más digno de lástima que de odio, y que su posición era infinitamente superior a la de aquel furioso y desorientado principito.

–Cuando te oprime, sólo es para vengarse de la falta de cariño que necesita y nadie le da. Si nunca hubiese tenido cariño importaría menos, porque muchos viven toda una vida sin él y no saben lo que se han perdido. Pero, como él lo tuvo, sabe lo que es perderlo. Y es eso lo que lo hace desdichado. Cuando te ha molestado y atormentado, y te ha hecho castigar injustamente, tú puedes correr a tu madre, que te consolará y llorará sobre tus heridas. Pero él no puede ir en busca de nadie, excepto de esa vieja Dunmaya, que sólo sabe cacarear y asustarlo hasta de su propia sombra. Ten paciencia con él, Ashok, porque tú eres más afortunado que él.

Ash luchaba por tener paciencia, pero era un trabajo duro. Aunque, sin duda, lo ayudaba a entender con más claridad las dificultades del heredero, y por eso le estaba agradecido a Hira Lal.

Lalji se casó al año siguiente y las hostilidades se olvidaron en medio del bullicio y los preparativos para la fiesta. El vasto palacio amodorrado cobró vida y zumbaba como una colmena cuando los pintores y decoradores lo invadieron todo con sus baldes de cal y de pintura, y paredes, cielorrasos y arcadas llenos del polvo del abandono recibieron capas de colores y adornos dorados. La *nautch,* celosa, como era de esperar por tanta atención brindada a su hijastro, mostraba mala cara y hacía escenas alternativamente. Los parientes de la novia formaron un escándalo tremendo la víspera misma de la boda pidiendo el doble del precio acordado en un principio por la muchacha, lo cual enfureció de tal manera al padre del novio que estuvo a punto de cancelar el enlace. Pero como eso habría sido una terrible vergüenza para todos los implicados, después de horas de discusión, adulaciones y regateos, se llegó a un acuerdo y continuaron los preparativos.

La novia era la hija de ocho años de un pequeño rajá de las montañas, y después de la boda volvería con sus padres hasta que tuviera edad para que se consumara el matrimonio. Pero eso no establecía diferencias en las largas y elaboradas ceremonias. Era un asunto interminable y tedioso, y costó al rajá enormes sumas de dinero que podría haber utilizado para aliviar la miseria de sus súbditos o construir caminos en Gulkote, pero esa idea jamás le pasó por la cabeza a él ni a aquéllos, quienes en todo caso la habrían rechazado unánimemente en favor de la diversión y la alegría ofrecidos por una boda fastuosa.

Todo Gulkote disfrutó del espectáculo y de los regalos de comida y dinero para los pobres. Fuegos artificiales, bandas de música, procesiones con antorchas al templo de la ciudad, pruebas de equitación y desfiles de elefantes ataviados con brocados que transportaban *howdahs* llenas de invitados enjoyados, fascinaban a los ciudadanos y drenaban el tesoro. Al rajá nada de esto le importaba lo más mínimo, aunque sí a la *nautch*, que se quejaba de que todo aquello representaba un gran despilfarro, y que sólo pudo ser aplacada con un regalo de rubíes y diamantes de los fondos del Estado.

5

Ash disfrutó de los festejos lo mismo que los demás, y por primera vez en su corta vida se le permitió participar a Kairi, como princesa de Gulkote, en una ceremonia oficial.

Como hermana del *yuveraj*, tuvo el privilegio de presentar los primeros regalos a la novia, y lo hizo vestida con lujo desacostumbrado y cubierta de joyas que primero le encantaron por su color y su brillo, y luego la cansaron por su peso y sus bordes ásperos. Pero, como hasta el momento su único adorno había sido un pececito de madreperla que llevaba colgado al cuello para darle buena suerte (había sido de su madre y pertenecía a un antiguo contable chino), disfrutó enormemente de la dignidad que se le confería. Era bueno sentirse importante alguna vez, y cumplió sus deberes con la seriedad requerida.

Las ceremonias y los festejos continuaron durante una semana, y cuando por fin terminaron, y la novia y los invitados regresaron a sus hogares, las lujosas ropas de Kairi volvieron a los cajones del tesoro del rajá. Sólo los adornos estropeados, las guirnaldas marchitas y un pesado olor a incienso recordaban que la gran ocasión había llegado y había pasado. El Hawa Mahal y el palacio volvieron a su apatía, y Janoo-Bai, la *rani*, se puso a planear alianzas mucho más espectaculares para sus propios hijos.

En cuanto a Lalji, no bien terminaron los festejos se dio cuenta de que su matrimonio no había cambiado en nada su situación, y que bien podría haber prescindido de las largas y agotadoras ceremonias. Pensaba que su esposa era una niñita estúpida y no demasiado guapa, y sólo podía esperar que mejorase con la edad. Con la partida de los invitados, su padre perdió interés por él, y otra vez no sabía qué hacer con su tiempo y se sentía más furioso y desdichado que nunca. Se peleaba con todos sus sirvientes y le hacía la vida tan penosa a Ash que por primera vez, en los meses insoportables que siguieron a la boda, éste habló con Sita de la posibilidad de dejar Gulkote.

A Sita la espantaba la idea. No por ella misma, ya que lo habría sacrificado todo por él, sino porque pensaba que Ash no sería más feliz en ninguna otra parte, y que su actitud era la reacción natural de un niño ante la conducta difícil del *yuveraj*, que ya mejoraría. Sita comprendía perfectamente los problemas del heredero; había pocos secretos en el palacio, y aunque la molestaba que Lalji descargara su mal humor en su hijo, no podía dejar de sentir cierta simpatía por el chico sin madre y abandonado por un padre demasiado abúlico para defenderlo, y cuya madrastra deseaba su muerte. Sus accesos de mal humor y sus esporádicas manifestaciones de crueldad eran, sin duda, lo que podía esperarse de un niño inmerso en circunstancias tan lamentables, y Ashok debía aprender a entenderlos y perdonarlos. Además, era seguro que el *yuveraj* nunca daría su consentimiento para que se marcharan, y que Ash no debía pensar en escaparse; sería imposible, y aun si lo lograban, ¿adónde irían? ¿En qué otro lugar vivirían tan cómodos y protegidos como en el palacio de un rajá y con el salario y la condición de los servidores reales?

–¿Acaso te pagan, mamá? –preguntó Ash con amargura–. A mí no, aunque me lo prometieron. Sí, me dan ropa y comida. Pero dinero, jamás. Y si lo pido me responden: «Más tarde. En otro momento. El mes que viene». No tengo ni un *pice* para dar o para gastar.

–Pero, *piara*, nos alimentan y nos visten –insistía Sita–. Y tenemos un techo, y un fuego para calentarnos. Además, no olvides que un día el *yuveraj* será rajá, y entonces tendrás tu recompensa y sus favores. No es más que un niño, Ashok, un niño pequeño y desdichado. Por eso a veces es injusto. Pero cuando sea mayor será más comprensivo. Ya verás. Sólo debes ser paciente y esperar un poco más.

–¿Cuánto más? ¿Un año? ¿Dos años? ¿Tres? ¡Ay, mamá!

–Ya sé, hijo, ya sé... Pero yo ya no soy tan joven, y...

No terminó la frase. Ash la miró atentamente y por primera vez observó que estaba mucho más delgada y que los cabellos grises, cada vez más numerosos, dominaban ahora en su cabellera. También parecía cansada, y Ash se preguntó si no la harían trabajar demasiado en el ala del palacio de Kairi. Debía hablar con Kairi y decirle que no había que molestar ni encargar demasiadas tareas a su madre. Pero ahora era él quien creaba preocupaciones. Al comprenderlo, la abrazó impulsivamente con un repentino acceso de remordimiento, y le dijo que, por supuesto, se quedarían... Él sólo bromeaba, y mientras Sita fuera feliz permanecerían en el Hawa Mahal.

No volvió a abordar el tema, y en adelante fingió que todo marchaba bien en la casa del *yuveraj*, e hizo lo posible para que Sita no estuviera ansiosa y no sufriera por nada. Cuando reprendió a Kairi por dar demasiado trabajo a su madre, la niña replicó que las tareas de Sita no eran pesadas.

–Creo que sólo se cansa porque es vieja –se aventuró a opinar ella, reflexionando sobre el asunto–. Las señoras viejas se cansan, ¿sabes? Dunmaya siempre está diciendo que se siente muy cansada.

Pero la madre de Ash no era vieja..., no era como Dunmaya, arrugada y con los cabellos blancos, pensó Ash. Y tuvo miedo otra vez. A causa de ese temor habló con dureza a Kairi; le dijo que era una niña tonta que no entendía nada, y que no sabía por qué le permitía seguirlo todo el tiempo como un gatito sarnoso, sin darle un momento de paz.

–¡Miau! ¡Miau! ¡Al diablo con las niñas! –exclamó Ash con desprecio masculino, y agregó, con tono desagradable, que se alegraba de no tener hermanas.

Kairi lloró, y Ash tuvo que consolarla y permitir que le pusiera en la muñeca una cinta de seda que lo convertía en su «hermano de brazalete», una antigua costumbre según la cual una mujer puede dar o enviar a cualquier hombre un brazalete, y si él lo acepta queda obligado por una cuestión de honor a ayudarla y protegerla si se requiere; como si esa mujer fuera su hermana.

Pero, aunque la adoración de la niñita lo exasperaba con frecuencia, Ash le había tomado cariño y abrigaba hacia ella un sentimiento fuertemente posesivo, algo que no había sentido desde la muerte de Tuku. Kairi era un animalito doméstico más satisfactorio que Tuku porque se podía hablar con ella. Y, como Tuku, lo amaba, lo seguía y dependía de él, de manera que, con el tiempo, vino a llenar el vacío dejado en su corazón por la mangosta. Era bueno saber que por fin había un ser a quien podía mimar y proteger sin temor a que le provocara un daño a Lalji o a algún otro. Pero, por precaución, pidió a Kairi que no demostrara demasiado sus sentimientos hacia él.

–Soy servidor de tu hermano, de modo que él u otros podrían enfadarse –explicó.

A pesar de ser tan pequeña, ella comprendió; y después de aquello rara vez le hablaba directamente, salvo que estuvieran solos o con Sita. Idearon una manera de comunicarse a través de frases que aparentemente estaban dirigidas a otra persona, y su relación era tan estrecha que pronto aprendieron a traducir el significado real de unas palabras casuales dirigidas a Lalji o a cualquiera de quienes lo rodeaban, o, más frecuentemente, a un mono. Era un juego que divertía a los dos, y adquirieron tanta pericia al practicarlo que nadie, excepto Hira Lal (quien rara vez pasaba por alto algo importante), sospechó jamás que el parloteo de la niña y los comentarios ocasionales del chico tenían dos significados y ocultaban un diálogo entre ellos. De esa manera acordaban un encuentro secreto en determinados momentos y en ciertos lugares para los que habían inventado palabras en código: en el patio de Sita o, con más frecuencia, en el balcón de la reina, donde alimentaban a los pájaros y a las ardillas, hablaban sobre los sucesos del palacio o permanecían en silenciosa camaradería mientras contemplaban las lejanas nieves.

Ese año, Ash perdió a uno de sus amigos: Zarin fue a unirse a sus hermanos mayores, que eran *sowars* en el Cuerpo de Guías.

–Le he enseñado todo lo que sé de tiro y de espada, y es un jinete nato –comentaba Koda Khan–. Ya es hora de que se abra camino solo en el mundo. Pelear es oficio de hombres, y siempre hay guerra en la frontera.

Koda Khan se ocupó de que su hijo tuviera el mejor caballo de Gulkote, porque las plazas en el Cuerpo de Guías eran muy buscadas y sólo las obtenían los mejores jinetes y tiradores de una larga lista de aspirantes. Ni Ash ni Zarin dudaron nunca de que obtendría una plaza. Y Zarin partió confiado, asegurando a Ash que volvería en su primera licencia.

–Cuando seas mayor, vendrás a Mardan y también serás *sowar* –prometió Zarin–; participaremos en las cargas de caballería y en el saqueo de las ciudades. De manera que debes aprender bien todo lo que te enseña mi padre, para que no me avergüence de ti cuando vengas como recluta.

La vida en el Hawa Mahal se hizo más intolerable que nunca después de la partida de Zarin, y cuando llegó el mensaje de Mardan diciendo que había obtenido una plaza en la caballería, y que ahora era *sowar* en los Guías, aumentó la inquietud de Ash; y con ella, la determinación de imitar a su amigo y hacerse soldado. En consecuencia, no perdía oportunidad de salir a caballo o tirar al blanco con Koda Dad, aunque Sita hacía lo imposible por desalentar tales planes para el futuro. La sola mención de los Guías aterrorizaba a Sita, y una gran parte de su hostilidad hacia Koda Dad y su hijo surgía de la vinculación de éstos con el regimiento. Fue un duro golpe para ella descubrir que aun allí, en Gulkote, donde se creía segura, Ashok se había hecho amigo de hombres que algún día podrían ponerlo en contacto con su tío *angrezi*, aunque ella había hecho todo lo posible por evitar esa calamidad.

Los soldados, aseguraba Sita, eran hombres brutales, mal remunerados, que vivían en forma peligrosa y desorganizada, durmiendo en tiendas de campaña y sin un techo para cobijarlos a ellos o a su familia. ¿Por qué, de pronto, Ashok quería ser soldado?

Sita demostraba tanta pesadumbre que Ash abandonó el tema y dejó que ella creyera que se trataba de una broma. Imaginaba que el disgusto de Sita por la idea provenía de que había sido sugerida por Koda Dad y Zarin, a ninguno de los cuales aprobaba, y no sospechaba que hubiera otras razones para su oposición. Pero, aunque no volvió a mencionárselo a ella, siguió hablando del asunto con Koda Dad, y a menudo también con Kairi, que, a pesar de su tierna edad y su poca capacidad de comprensión, representaba un público admirable y nada crítico.

Kairi escuchaba sin cansarse todo lo que decía Ash, y no pedía explicaciones porque parecía entenderlo todo por instinto; aunque era dudoso que recordara algo durante mucho tiempo..., excepto cuando él hablaba del valle. Kairi prefería ese tema a cualquier otro, porque ya el valle se había vuelto tan real para ella como para Ash, y estaba segura de que ella también iría y ayudaría a construir la casa. Los dos niños proyectaban juntos la construcción, estancia por estancia, le agregaban cosas y la embellecían, la transformaban en un palacio, hasta que, hartos de grandeza, la demolían con un ademán y empezaban a construirla otra vez, ahora como una miniatura de techos bajos cubiertos de paja.

–Aunque eso también costará mucho dinero –decía ansiosamente Ash–, decenas y decenas de rupias. –De todos modos, Kairi sólo sabía contar hasta diez.

Un día, la pequeña le trajo una moneda de plata de cuatro *annas* para comenzar, diciendo que había que ahorrar para la casa. La monedita era más dinero del que Ash había tenido en sus manos en mucho tiempo, y para él, mucho más que para Kairi, representaba algo que se aproximaba a las riquezas. Había muchas cosas en que le habría gustado gastarla, pero la escondió bajo una piedra suelta en el piso del balcón de la reina, y dijo a Kairi que agregarían otras cuando las tuvieran. Eso nunca fue posible, porque era muy difícil conseguir dinero en el Hawa Mahal, y aunque siempre había suficiente comida, y se conseguía ropa si uno probaba que la necesitaba, Ash recordaba su época en la ciudad como un período de riqueza, no sólo de libertad, con su modesto sueldo como ayudante de caballerizo en los establos de Duni Chand.

Era humillante pensar que ahora ni siquiera podía contribuir con una suma como la de Kairi, y que aunque alguna vez obtuviera permiso para abandonar el servicio del *yuveraj*, y venciera los prejuicios de Sita contra la carrera de soldado, no podría reunirse con Zarin. Porque Koda Dad le explicó que la caballería de los Guías se reclutaba con el sistema *silladar*, según el cual cada recluta aportaba su caballo y una cantidad de dinero para comprar su equipo; esa suma se devolvía cuando el soldado era dado de baja. Zarin había tenido el caballo y el dinero, pero Ash veía pocas probabilidades de conseguirlos.

–Cuando me case, te daré todo el dinero que necesitas –lo consoló Kairi, que pronto sería prometida a un futuro esposo.

–¿De qué nos servirá? –respondía Ash con ingratitud–. Entonces será demasiado tarde. Tú tardarás muchos años en casarte..., no eres más que una niña.

–Pronto tendré seis años –replicaba ella–. Aruna dice que ya tengo edad para casarme.

–Entonces te llevarán lejos, a días y días de camino de aquí, y, por más rica que seas, no podrás enviar el dinero a Gulkote –dijo Ash, decidido a ver el lado malo de las cosas–. Y, de todas maneras, es probable que tu marido no te dé el dinero.

–Claro que me lo dará. Si llego a ser una maharaní, tendré *crores* y *crores* de rupias para mandarte..., como Janoo-Bai. Y diamantes, y perlas, y elefantes y...

–Y un marido viejo, gordo y malhumorado que te pegará, y luego se morirá muchísimos años antes que tú, de manera que te convertirás en *suttee* y te quemarán viva con él.

–No digas eso.

A Kairi le tembló la voz y palideció, porque la puerta de las Suttees, con sus patéticas marcas rojas de manos humanas, la llenaba de horror, y no podía tolerar el recuerdo de tantas mujeres que habían hecho esas marcas... Las esposas y concubinas quemadas vivas junto con los cadáveres de los rajás muertos en Gulkote. Las mujeres sumergían sus manos en tintura roja y las apretaban contra la piedra al pasar por la puerta de las Suttees en su último viaje hacia la pira funeraria. Manos finas, delicadas, a veces no mucho más grandes que las suyas. Los británicos habían prohibido la costumbre bárbara del *suttee*, pero todos sabían que seguía practicándose en pequeños estados remotos e independientes, donde rara vez se veían hombres blancos, y la mitad de la población de Gulkote recordaba la inmolación de la vieja *rani*, la abuela de Kairi, en las llamas que consumían el cadáver de su marido, junto con tres esposas menores y diecisiete mujeres de la *zenana*.

–Yo, en tu lugar, Juli –dijo Ash, meditando sobre el asunto–, jamás me casaría. Es demasiado peligroso.

Pocos europeos habían visitado nunca Gulkote, porque, aunque ahora el estado pertenecía oficialmente a la jurisdicción de la Corona británica, después de la rebelión de los cipayos de 1857, su falta de caminos y puentes seguía desanimando a los viajeros. Y, como no creaba dificultades, las autoridades preferían dejarlos solos hasta que hubieran resuelto problemas más urgentes del subcontinente. En el otoño de 1859, el rajá, que preveía complicaciones, envió prudentemente a su primer ministro y una delegación de nobles a negociar un tratado de alianza con los nuevos gobernantes, pero, sólo en la primavera de 1863, el coronel Frederick Byng, del Departamento Político, hizo una visita formal a su alteza el rajá de Gulkote. Fue acompañado de varios secretarios y una escolta de caballería *sikh* al mando de un oficial británico.

El acontecimiento despertó un considerable interés en los súbditos de su alteza, cuyo contacto con los europeos se había limitado hasta entonces a aquel atractivo cosaco aventurero, Sergei Vodvichenko, y a su desventurada hija mestiza, la *Feringhi-Rani*. Tenían curiosidad por ver cómo eran los *sahib-log* y cómo se comportaban. Y deseaban participar en las fiestas que se celebrarían a su llegada. Sería un espectáculo principesco que nadie esperaba con tanto entusiasmo como Ash, aunque Sita desaprobaba que el reino fuese visitado por extranjeros e hizo lo posible por disuadir al chico de que asistiera a las ceremonias; incluso de que apareciera en la corte mientras los ingleses estuvieran presentes.

–¿Por qué desean venir a inmiscuirse en nuestros asuntos? –protestaba Sita–. No queremos *feringhis* aquí que vengan a decirnos lo que debemos y lo que no debemos hacer, crear preocupaciones y problemas a todos, y hacer preguntas... Prométeme, Ashok, que nunca tendrás nada que ver con ellos.

Tanta vehemencia intrigó a Ash, que nunca había olvidado a cierto hombre alto, de cabellos grises, que a menudo lo aleccionaba sobre el crimen de ser injusto... No recordaba nada más de ese hombre, excepto una curiosa y vaga imagen de su rostro visto fugazmente a la luz de la lámpara, vacío de vida y color; y después el grito de los chacales que reñían a la luz de la luna. Un sonido que, por alguna razón, le había dejado una impresión tan fuerte que no podía oírlo sin estremecerse. Pero pronto había descubierto que a su madre la disgustaba toda mención del pasado y que no había forma de persuadirla de que hablara de él. Quizá los *feringhi* la habían tratado mal, y por eso se afanaba tanto porque él no tuviera contacto con los visitantes ingleses. Sin embargo, no era razonable que Sita le pidiera que no atendiese sus deberes durante la visita.

Pero, en la víspera de la llegada del coronel Byng, Ash enfermó inexplicablemente después de comer algo preparado por su madre, y durante los días siguientes debió permanecer en cama en el cuarto de Sita, incapaz de interesarse por nada debido a un agudo malestar en la cabeza y el estómago. Sita lo atendió con gran cariño, acusándose entre lágrimas y lamentaciones de haberle dado comida en mal estado; y, aunque se negó a que el médico enviado por Hira Lal viera a Ash, le dio infusiones de hierbas preparadas por ella misma que tuvieron el efecto de amodorrarlo. Cuando pudo volver a levantarse, los visitantes se habían marchado, por lo que Ash debió contentarse con el relato de segunda mano de los festejos que le hicieron Kairi, Koda Dad y Hira Lal.

–No te has perdido gran cosa –dijo Hira Lal en tono burlón–. El coronel era viejo y gordo; sus secretarios, jóvenes y tontos, y sólo el oficial al mando de su escolta hablaba bien nuestro idioma. Sus *sikhs* dijeron que era un demonio *pucka*, y se suponía que eso era un cumplido. ¿Ya estás bien? Kairi-Bai dijo que estaba segura de que te habían dado veneno para impedirte ver el espectáculo, pero le dijimos que no fuera ave de mal agüero, porque ¿a quién le importaría que lo vieras o no? Seguro que no a Lalji, a pesar de lo que piensa su hermanita. Nuestro amado *yuveraj* está demasiado imbuido de su propia importancia estos días como para preocuparse por cosas así.

Eso era cierto, porque, como heredero de su padre, Lalji desempeñó un papel importante en los actos oficiales en honor del coronel Byng, y le encantó el fasto de la ocasión. Todo resultó mucho más entretenido y menos fatigoso que las ceremonias de su casamiento, y, como parte del plan de su padre de deslumbrar a los bárbaros, las ropas y joyas que le entregaron para que las luciera eran más valiosas que las de su boda. Lalji mostraba gran afición por las ropas lujosas y por exhibirse, y contaba con pocas oportunidades de hacerlo, de manera que disfrutó como un pavo real junto a su padre, ataviado con capas bordadas con oro y plata, vistosos turbantes de gasa, collares y joyas fastuosas, y llevando un sable con tahalí de terciopelo bordado con perlas.

El inglés gordo que hablaba pésimamente el indostano fue muy afable y lo trató como si fuera un verdadero hombre. Y aunque su padre presentó también a las visitas al hijo mayor de la *nautch*, el pequeño Nandu no causó muy buena impresión porque como era un niño mimado lloró y gritó, y se portó tan mal que el rajá perdió la paciencia y mandó que lo retiraran en mitad de la primera recepción. No se le permitió volver a aparecer, de modo que fue Lalji, y sólo él, quien se sentó, estuvo a su lado en los desfiles militares y cabalgó junto a su padre durante los cuatro días de festejos. Cuando todo terminó, no le quitaron las espléndidas vestiduras y las joyas, sino que las dejaron a su cuidado, y su padre siguió requiriendo su presencia y tratándolo con un afecto poco común.

Lalji era más feliz de lo que jamás había sido, y demostraba su felicidad de mil maneras. Dejó de molestar a su hermanita y de atormentar a sus animales, y se tornó generoso y amable con los miembros de su casa. Era un cambio muy agradable que abandonara sus rabietas, y sólo Hira Lal predijo problemas para el futuro. Pero, como se sabía, Hira Lal era un cínico. Los demás miembros de la casa gozaban de la atmósfera más tranquila creada por el cambio de humor del joven amo, y lo consideraron una señal de que el niño se transformaba en hombre y se preparaba, por fin, para abandonar sus actitudes infantiles. Además, estaban agradablemente sorprendidos de la continua preferencia del rajá por la compañía de su hijo; no esperaban que prosiguiera más allá de la estancia de los visitantes, y se asombraban de que ahora el joven *yuveraj* pasara la mayor parte del día en compañía de su padre y de que se le estuviera instruyendo sobre asuntos de Estado. Todo esto complacía enormemente a los enemigos de la *nautch*, que eran muchos, porque consideraban la situación como señal del declive del poder de la favorita (en particular, porque el tercer hijo que ofreció a su señor fue una niña pequeña y enfermiza). Pero, como demostraron los acontecimientos posteriores, la subestimaban una vez más.

Janoo-Rani tuvo un ataque de furia imperial a causa de que su hijito fuera retirado de la sala *durbar* y de la impresión favorable causada por su odiado hijastro, el heredero. Estuvo histérica durante dos días y con mala cara los siete siguientes. Pero esta vez sin el efecto esperado. El rajá se vengó no visitando sus aposentos y permaneciendo en su propia ala del palacio hasta que ella recuperara el buen humor, y esta reacción inesperada la asustó tanto como deleitó a sus enemigos.

Janoo se miró al espejo y vio algo que hasta entonces se había negado a admitir: había perdido su figura y estaba engordando. El tiempo, los embarazos y la vida ociosa habían hecho su obra, y la seductora muchacha de piel dorada de unos años atrás había desaparecido dejando paso a una mujer regordeta, de baja estatura, con una piel que comenzaba a oscurecerse, y que pronto sería obesa, pero que hasta el momento no había perdido nada de su ingenio ni de su atractivo. Haciéndose cargo de la situación, se apresuró a buscar una reconciliación con tanto éxito que pronto estuvo nuevamente consolidada en su posición. Pero no olvidó el sabor fugaz del terror, y se dedicó a atraerse la amistad de su hijastro.

No fue tarea fácil, porque el odio del muchacho hacia la mujer que había reemplazado a la *Feringhi-Rani* y esclavizado a su padre tenía raíces muy profundas. Pero Lalji siempre había sido fatalmente vulnerable a los halagos, y ahora la *nautch* alimentaba su vanidad con grandes cumplidos y regalos fastuosos. Renunciando a su política anterior, estimuló al rajá para que prestara más atención a su hijo mayor y logró, si no una amistad, al menos una tregua.

Sin impresionarse por el aparente cambio de sentimientos de la *rani*, Koda Dad dijo:

–Alguien debería recordar a ese chico la historia del tigre de Teetagunje, que fingía ser vegetariano e invitó a comer al hijito del búfalo.

La corte también vio con gran escepticismo la nueva situación y pensaron que no duraría. Pero, a medida que pasaban las semanas y continuaba la buena relación de la *rani* con su hijastro, el asunto perdió novedad y finalmente llegó a aceptarse como normal; esto encantó al rajá y agradó a los miembros de la casa del *yuveraj*..., con excepción de la vieja Dunmaya, que no podía llegar a confiar en la *nautch*, y de Hira Lal, quien por una vez estuvo de acuerdo con ella.

–No hay que confiar jamás en una serpiente ni en una prostituta –declaró Hira Lal con sarcasmo.

Ash también se benefició brevemente con el cambio de ambiente, porque la felicidad y el buen ánimo de Lalji lo llevaron a tratar de enmendar su dureza con alguien que, al fin y al cabo, una vez le había salvado la vida; aunque Lalji ya no creía que su madrastra pudiera haber estado vinculada con aquel accidente. Ahora se sentía seguro de que había sido eso, un accidente, y también de que no había debido retener a Ashok en el palacio sin ninguna razón válida. Lo que obviamente correspondía ahora era dejarlo entrar y salir cuando quisiera. Pero Lalji era muy obstinado y su orgullo le impedía retractarse de órdenes que alguna vez había dado. Sin embargo, decidió ser más amable con Ashok en el futuro.

Durante un tiempo, casi parecía que Ash estaba nuevamente instalado en la posición de compañero y confidente del *yuveraj*. Pero eso no duró. Ash no recordaba haberlo ofendido y no comprendía esta segunda pérdida de los favores de Lalji, o no más de lo que había comprendido la también repentina recuperación de su amistad. El hecho fue que una vez más, y sin previo aviso, Lalji se volvió contra él, y a partir de ese momento lo trató con incomprensible y creciente hostilidad. Una chuchería que se perdía, un adorno roto, una cortina rasgada o una cotorra enferma..., de todo se le echaba la culpa y por todo era castigado.

–Pero, ¿por qué yo? –preguntaba Ash, desconcertado ante el inexplicable cambio de actitud de Lalji, y llevando como siempre sus problemas a Koda Dad–. ¿Qué he hecho yo? ¡No es justo! ¿Por qué me trata así? ¿Qué le ha sucedido?

–Sólo Alá lo sabe –respondía Koda Dad, encogiéndose de hombros–. Tal vez alguien del palacio se puso celoso por los renovados favores que te dispensaba, y le ha contado falsedades para perjudicarte. El favor de los príncipes provoca envidia y crea enemigos, y hay algunos que no te quieren. Por ejemplo, ése que llaman *Bichchhu*.

–Ah, sí. Biju-Ram siempre me ha odiado, aunque no sé por qué, ya que nunca le he hecho daño ni me he interpuesto en su camino.

–De eso no estoy seguro –contestó Koda Dad.

Ash lo miró con gesto interrogativo, y Koda Dad respondió con ironía:

–¿Nunca se te ocurrió pensar que tal vez está al servicio de la *rani*?

–¿Biju? Pero... pero no puede ser –tartamudeó Ash, estupefacto–. No podría... Lalji lo prefiere tanto, y le hace regalos tan valiosos... Él jamás...

–¿Por qué? ¿No fue el *yuveraj* mismo quien lo llamó *Bichchhu*? ¿Y con buenas razones? Te aseguro que la sangre de Biju-Ram es tan fría como la del animal que le da su apodo. Además, en el país que se extiende más allá del Khyber tenemos un proverbio que dice: «Una serpiente, un escorpión y un *shinwari* son imposibles de amansar» (y Alá sabe que es verdad con respecto a un *shinwari*). Escucha, hijo: he oído decir en algunos barrios de la ciudad, y también aquí, en el Hawa Mahal, que es un hombre de la *rani* y que le paga por trabajar para ella. Si es así, y creo que lo es, tanto él como la *nautch* tienen razones para odiarte.

–Sí. –La voz del chico era casi inaudible, y se estremeció como si se moviera el suelo bajo sus pies–. ¡Pobre Lalji!

–Ya lo creo, pobre Lalji –asintió Koda Dad, muy serio–. ¿No te he dicho muchas veces que la vida no es fácil para los que están arriba?

–Sí; pero últimamente se mostraba mucho más amable, mucho más contento, con todos, no sólo conmigo. Y de pronto parece que soy el único a quien trata con dureza, y siempre por cosas que no he hecho. No es justo, Koda Dad. No es justo.

–¡Bah! Ésas son cosas de niños –gruñó Koda Dad–. Los hombres no son justos, ni los jóvenes ni los viejos. Tú ya deberías saberlo, hijo mío. ¿Qué dice Hira Lal?

Pero Hira Lal sólo se dio un tironcito del aro, y declaró:

–Yo te dije que habría problemas. –Y, como se negó a agregar nada a ese comentario, no resultó muy útil.

Unos días después, Ash fue acusado de estropear el arco favorito de Lalji, que se rompió durante un ejercicio de tiro. Ash aseguró que no lo había tocado, pero no lo creyeron y le aplicaron unos cuantos azotes; fue después de esto cuando pidió permiso para renunciar a servir al *yuveraj* y marcharse del Hawa Mahal. No se lo concedieron. En cambio, le dijeron que no sólo permanecería al servicio de su alteza, sino que en ninguna circunstancia se le permitiría salir de la fortaleza, lo cual significaba que ya no podría acompañar a Lalji o al rajá cuando salían a cazar, o a cazar con halcón en la meseta o en las montañas; ni ir a la ciudad con Koda Dad ni con nadie. El Hawa Mahal se había convertido, al fin, en la prisión en que pensara cuando entró por primera vez allí; sus puertas se cerraron y ya no había forma de escapar.

Al llegar el tiempo frío, Sita contrajo un enfriamiento y una tos seca. En ello no había nada nuevo, pues ya había padecido antes esos males. Pero esta vez no terminaba de curarse, aunque se negaba a recibir atención del *hakim* y aseguraba a Ash que no era nada; que pasaría en cuanto el viento puro del invierno se llevara la humedad y el calor del monzón. Sin embargo, ya no hacía calor en la meseta y el aire que venía de las montañas traía el leve aroma fresco de los pinos y la nieve.

Llegaron noticias de Zarin desde Mardan, pero no eran buenas: los Guías habían emprendido una acción contra las tribus de la frontera, y en la lucha había perdido la vida su hermano Afzal, el segundo hijo de Koda Dad.

–Es la voluntad de Alá –dijo Koda Dad–. Lo que está escrito, escrito está. Pero era el favorito de su madre...

Fue un otoño triste para Ash, y habría sido aún más triste si no hubiese contado con el inalterable apoyo de su pequeña fiel aliada: Kairi-Bai. Ni la desaprobación ni las órdenes directas causaban el menor efecto a Kairi-Bai, que eludía la vigilancia de sus sirvientas con la facilidad que daba la larga práctica, y todos los días se escapaba para encontrarse con Ash en el balcón del Mor Minar; a veces traía frutas o golosinas robadas de sus propias comidas o de las de Lalji.

Allí tendidos, mirando hacia los blancos picos del Dur Khaima, los dos niños ideaban interminables planes para que Ashok escapara del palacio; o, más bien, Ash hacía proyectos mientras Kairi escuchaba. Pero los planes no eran serios porque ambos sabían que Ashok no abandonaría a su madre, que cada día estaba más delicada. Ella, tan activa y trabajadora, se quedaba ahora con frecuencia sentada en el patio de sus habitaciones, fatigada, con la espalda apoyada contra un pino y las manos sobre la falda. Por común acuerdo, los niños nunca le contaban los problemas de Ash, aunque eran muchos: uno de los más importantes, que sabía que alguien trataba de asesinar al heredero de Gulkote.

Tres años son mucho tiempo en la vida de un niño, y Ash casi había olvidado las golosinas envenenadas encontradas en el jardín de Lalji, hasta que un incidente similar se las recordó de pronto en forma nítida y desagradable.

En uno de los asientos de mármol del pabellón, cerca del estanque de los lirios, apareció una caja del *halwa* especial con nueces molidas que deleitaba especialmente al *yuveraj*. Éste se abalanzó sobre ella pensando que alguno de sus sirvientes la había dejado allí. Pero Ash tuvo en ese momento el penoso recuerdo de las tres carpas flotando panza arriba entre las hojas de los lirios. Dio un salto y arrancó la caja de las manos del *yuveraj*.

El acto fue puramente instintivo. Después, ante la exigencia de explicaciones por parte de Lalji, Ash se encontró cogido en una trampa. Como nunca había contado a nadie lo de aquellas golosinas, era posible que ahora no lo creyesen, o lo acusaran de ocultar un intento de quitarle la vida al *yuveraj*; en cualquier caso, la verdad no sería creída, de manera que se refugió en una mentira. Contestó que las golosinas eran suyas, pero que no eran adecuadas para comer porque, por error, habían sido tocadas por un hombre de la limpieza (perteneciente a la casta más baja), y que él las había traído para alimentar a las palomas. Lalji retrocedió, horrorizado, y Ash fue castigado por llevar los dulces al jardín. Sin embargo, el recuerdo de tres años atrás no lo había traicionado, porque aquella noche arrojó un trozo de dulce a un cuervo y el animal murió. Pero como no había hablado antes no se atrevió a hacerlo entonces.

La semana siguiente ocurrió otro incidente terrible: sin saber cómo, entró una cobra en el dormitorio de Lalji. Una docena de sirvientes juraron que no podía haberse deslizado allí antes de que se acostara el *yuveraj*, pero era indudable que estaba en aquel lugar después de medianoche, porque algo despertó a Ash, y pocos minutos después oyó que el reloj daba las dos. Su jergón atravesaba el umbral de la habitación del *yuveraj*, y nadie podía pasar por allí sin que él se diera cuenta. Ni siquiera una serpiente. Sin embargo, ya despierto y escuchando en la oscuridad, oyó un sonido inconfundible: el de las escamas resbaladizas que se movían sobre el piso sin alfombra.

Ash sentía el mismo terror por las serpientes que todos los europeos, y el instinto lo mantuvo inmóvil, sin hacer el menor movimiento que pudiera atraer la atención del ofidio. Pero el sonido venía del interior de la habitación del *yuveraj*, y Ash sabía que el sueño de Lalji era inquieto y que en cualquier momento podía extender un brazo o darse la vuelta con una brusquedad que invitara al ataque. Así que se levantó, temblando de pánico, y pasó a tientas por las cortinas que conducían a la habitación contigua. Allí había una lámpara de petróleo con la llama baja. Ash subió la llama y despertó a los sirvientes.

La cobra estaba explorando las frutas y bebidas que había en una mesita junto a la cama de Lalji. La mataron en medio de los gritos del heredero y un gran tumulto formado por criados, cortesanos y guardias. Nadie descubrió jamás cómo había entrado en la habitación, aunque supusieron que podría haberlo hecho por el desagüe del baño, y sólo Dunmaya lo consideró un complot contra su querido Lalji.

–Es una vieja tonta –dijo Sita cuando le contaron lo sucedido durante la noche–. ¿Quién se atrevería a cazar una cobra viva y llevarla al palacio? Y si hubieran podido hacer una cosa así, los habrían visto, porque no se trataba de una cobra pequeña. Además, ¿quién, aquí, en Gulkote, desea hacer daño al niño? La *rani* no; le ha tomado mucho cariño. Lo trata con tanto afecto como si fuera su propio hijo, y te aseguro que se puede querer como propio a un hijo que no se ha dado a luz. Dunmaya no dio a luz al *yuveraj*, y sin embargo también lo quiere..., aunque vea conspiraciones por todas partes. Está loca.

Ash guardó silencio y no le habló de aquellos dulces de tres años atrás ni del *halwa* que había aparecido recientemente en el jardín y que también estaba envenenado; ni de lo que Koda Dad le había contado sobre la *rani* y sobre Biju-Ram. Sabía que esas desagradables historias no harían otra cosa que asustarla y no tenía intención de ello. Pero llegó un día en que ya no pudo ocultárselas, porque Kairi encontró algo que trastornaría sus vidas en manera tan drástica como el cólera en aquella terrible primavera en que habían muerto Hilary y Akbar Khan.

La princesa Anjuli (Kairi-Bai, el pequeño mango sin madurar) apenas tenía seis años entonces, y si hubiera nacido en un país occidental se la habría considerado una niñita. Pero no sólo había nacido en Asia, sino en un palacio oriental, y sus tempranas experiencias con las conspiraciones e intrigas de una corte india habían aguzado su entendimiento, que era superior al que correspondía a sus pocos años.

Prestando atención a las advertencias de Ashok, y sabiendo que éste no gozaba de los favores de su hermano Lalji, Kairi ya no le hablaba ni lo trataba en público. Pero el sistema de signos y palabras en código con que se comunicaban bajo la mirada de todos les servía perfectamente, y, tres días después del incidente de la cobra, la niña corrió a las habitaciones del *yuveraj* y consiguió transmitir una señal urgente a Ash. Era la que habían convenido para usar únicamente en casos extremos. Obedeciéndola, Ash se escapó en cuanto pudo y fue al balcón de la reina, donde lo esperaba Kairi, pálida y deshecha en lágrimas.

–Es culpa tuya –dijo Kairi entre sollozos–. Ella dijo que tú tiraste unas golosinas y lo salvaste de la cobra. En realidad, yo no quería escuchar, pero tuve miedo de que se enojara si me encontraba en su jardín, y Mian Mittau había volado allí y tenía que atraparlo..., tenía que atraparlo. Entonces, cuando la oí llegar, me escondí en los arbustos detrás del pabellón y oí... oí lo que dijo. ¡Ay, Ashok, qué mala es! Mala y perversa. Quería matar a Lalji, y ahora está furiosa contigo por lo de las golosinas y lo de la cobra. Dijo que eso probaba que sabías demasiado, y que había que matarte pronto, no importaba cómo, porque cuando los cuervos y los milanos terminaran contigo nadie podría saberlo, y a nadie le importaría la muerte de un pilluelo de mercado... Hablaba de ti, Ashok, de ti. Luego les dijo que te arrojaran por el murallón, para que la gente creyera que habías trepado allí y te habías caído. Lo que te cuento es cierto. Te matarán, Ashok. ¡Ay! ¿Qué haremos? ¿Qué haremos?

Kairi se arrojó sobre Ash gimiendo de terror, y él la rodeó con sus brazos y la meció mecánicamente mientras sus pensamientos giraban en círculos enloquecidos. Sí, era cierto..., estaba seguro, porque Juli jamás podría haber inventado tal conversación. Janoo siempre había querido matar a Lalji para poner a su propio hijo en su lugar y, por lo que sabía, Ashok se le había interpuesto tres veces..., cuatro, si se había dado cuenta de que también él había tirado los dulces. ¿Lo sabría? No creía que nadie lo hubiese visto. Pero ahora daba lo mismo. La *rani* se proponía conseguir que Ash no se interpusiera, y él sería un objetivo mucho más fácil que Lalji: nadie averiguaría demasiado sobre la desaparición de una persona tan insignificante como el hijo de una sirviente de la casa de la abandonada Kairi-Bai. Ash nunca había contado a Lalji la verdad sobre aquellos dulces, ni sobre el *halwa*, y ahora era demasiado tarde para decírselo. Especialmente porque hacía ya tiempo que Lalji estaba convencido de que la caída de la piedra había sido un accidente, y apenas dos días atrás le había dicho a Dunmaya que era una vieja malintencionada, que sólo quería crear problemas y que merecía que le cortaran la lengua, porque la mujer había manifestado sospechas con respecto al incidente de la cobra. No podía esperar ninguna ayuda del *yuveraj*.

«Juli tiene razón», pensó Ash con desesperación. «Es culpa mía por no haberle contado a Lalji la verdad sobre la muerte de las carpas hace años, y cómo los dulces envenenaron a un cuervo». Ahora carecía de pruebas, y aunque las tuviera no le servirían de nada, porque Lalji estaba seguro de que la *rani* era su amiga, y él, Ashok, no podía demostrar que era ella quien lo había hecho. Tampoco podía repetir lo que Juli había escuchado, porque dirían que eran inventos de una mocosa. Pero la *rani* sabía que no era un invento, y quizá querría matar también a la niña..., y a la madre de Ash, si Sita hacía demasiadas preguntas después de la muerte de su hijo.

Atardecía bajo la cúpula del balcón de la reina, y Kairi lloró hasta cansarse y luego se quedó inmóvil y exhausta, tranquilizada por los movimientos rítmicos de Ash al mecerla mientras contemplaba las nieves lejanas por encima de su cabeza. La brisa era fría por la llegada del invierno, octubre estaba terminando y los días se acortaban. El sol casi había desaparecido y los picos distantes del Dur Khaima formaban un friso rosa pálido y ámbar contra un cielo color ópalo en el que brillaba una sola estrella como uno de los diamantes de Janoo-Rani. Ash tembló, y soltando a Kairi, dijo:

–Vamos. Está oscureciendo, y deben de estar buscándome. –Pero no se fue hasta que las montañas pasaron del rosa al violeta y sólo quedó un resto de crepúsculo en la torre de la Estrella.

Ash no había traído arroz esta vez, pero Kairi llevaba un pequeño brazalete de capullitos de rosa en una muñeca; Ash se lo quitó y esparció los pétalos en el balcón, esperando que el Dur Khaima comprendería la urgencia del caso y lo perdonaría por no traer una ofrenda propia.

–Ayúdame –rogó Ash a su divinidad personal–. ¡Por favor, ayúdame! No quiero morir...

Desapareció la luz del pico más alto, y ahora la cadena no era más que una silueta de color lila contra el cielo cada vez más oscuro: ya no había una estrella, sino mil. El viento fuerte de la noche se llevó los pétalos de rosa, y Ash quedó satisfecho al sentir que el Dur Khaima había aceptado su ofrenda. Los dos niños se dirigieron a tientas al patio de Sita, tomados de la mano y con los ojos y los oídos alerta para captar el menor sonido o movimiento de alguien que se ocultara en las sombras.

Sita había preparado la comida de la noche, y Ash dejó a Kairi con ella y corrió a las habitaciones del *yuveraj* por el laberinto de corredores y patios que formaban un tercio del Hawa Mahal; el corazón le latía furiosamente y notaba una rara sensación de frío entre los omóplatos, en el lugar donde sería más fácil hundir un puñal. Fue un gran alivio saber que no lo habían estado buscando, porque Lalji tenía un juego de ajedrez con piedras preciosas, regalo de la *rani*, y estaba jugando con Biju-Ram.

Media docena de cortesanos ociosos los rodeaban y aplaudían cada jugada de su joven amo. En el otro extremo del recinto había una figura solitaria, sentada con las piernas cruzadas bajo una lámpara, absorta en un libro y sin prestar atención al juego. Ash se acercó de puntillas y le pidió que accediera a hablar con él en privado. Los ojos de Hira Lal estudiaron un momento la cara del muchacho antes de volver al libro.

–No. Dímelo aquí –respondió Hira Lal con rapidez y en voz baja de manera que no pudieran oírlo los cortesanos–. Si es importante, será mejor que no nos apartemos, porque entonces alguien podría seguirnos para averiguar qué es lo que no queremos que oigan. Dales la espalda para que no te vean la cara, y no hables en murmullos. Jamás creerán que estás contando secretos en un lugar tan público, de manera que puedes decir lo que quieras.

Ash obedeció. Necesitaba consejo, y en toda la casa del *yuveraj* sólo Hira Lal se había hecho amigo suyo. Debía confiar en él ahora, porque llegaba la noche y Ash no sabía cuántos en la casa estaban a sueldo de la *nautch*. Quizá la mitad... o todos. Pero Hira Lal no. El instinto le decía que podía confiar en él, y el instinto no se equivocaba. Hira Lal lo escuchó sin hacer comentarios, tirándose del aro y echando miradas por la habitación que sugerían que lo aburría la charla y que prestaba poca atención. Pero, cuando Ash terminó, dijo en voz baja:

–Hiciste bien en contármelo. Yo me ocuparé de que no te suceda nada esta noche. Pero la *rani* es una mujer poderosa y puede pagar mucho para conseguir sus fines. Tendrás que irte de Gulkote... Tú y también tu madre. No hay otra forma.

–No puedo... –A Ash se le quebró la voz–. El *yuveraj* no me dará permiso, y los guardias no me dejarán pasar la puerta solo.

–No pedirás permiso. En cuanto a la puerta, encontraremos otro camino. Mañana ve a ver al jefe de las caballerizas y cuéntale lo que me has contado a mí. Koda Dad es un hombre sensato y se le ocurrirá algo. Y ahora creo que ya hemos hablado bastante los dos solos; es la segunda vez que Biju-Ram nos mira.

Bostezó largamente, cerró su libro de un golpe y dijo en voz alta:

–Tolero los caballos, pero no los halcones. No esperes de mí que me interese por seres que muerden, despiden mal olor y dejan plumas y pulgas por todas partes. Debes crecer, muchacho, y estudiar la obra de los poetas. Eso mejorará tu mente..., si es que tienes mente.

Arrojó el libro a Ash y fue a unirse al grupo que rodeaba a los jugadores de ajedrez. Pero cumplió su palabra. Aquella noche, uno de los guardaespaldas personales del rajá permaneció en la antecámara con Ash. La explicación que se dio fue que su alteza desaprobaba el descuido de dejar entrar una cobra en la habitación de su hijo.

No hubo motivos de alarma durante la noche, pero Ash no durmió bien, y a la mañana siguiente fue a ver a Koda Dad Khan en cuanto pudo escaparse. Hira Lal había ido antes que él.

–Está todo arreglado –anunció Koda Dad, interrumpiendo a Ash con un ademán–. Estamos de acuerdo en que debes marcharte esta noche; como no puedes pasar por la puerta, tendrás que saltar por encima de la pared. Para eso necesitamos una cuerda; una cuerda muy larga, porque la pared es muy alta. Pero en los establos hay de sobra, de modo que eso será fácil. Lo duro será la última parte, porque deberás bajar por piedras y senderos de cabras, que son difíciles de encontrar durante el día y mucho más por la noche. Afortunadamente, hay luna.

–Pero... ¿y mi madre? Ella no es muy fuerte... No podrá...

–No, no, ella saldrá por la puerta. No hay ninguna orden que lo prohíba. Dirá que quiere comprar ropa o chucherías en el mercado, y que pasará una o dos noches con una vieja amiga. Nadie sospechará nada. Por tu parte, fingirás estar enfermo, de modo que no tendrás que dormir en las habitaciones del *yuveraj*. Sólo debes toser y simular que te duele la garganta, y enseguida te permitirán dormir en otra parte por miedo al contagio. Luego, en cuanto todos se hayan acostado en el palacio, yo mismo te ayudaré a bajar con la cuerda. Después debéis marcharos rápidamente. ¿Tu madre sabe montar a caballo?

–No lo sé. No creo. Nunca...

–No importa. Entre los dos no debéis de pesar más que un hombre normal; puede montar detrás de ti. Hira Lal hará que os esperen con un caballo entre los *chenares* junto a la tumba de Lal Beg, en las afueras de la ciudad. Tú conoces el lugar. No puedes entrar en la ciudad, porque las puertas están cerradas por la noche, de manera que tu madre debe salir por la tarde, cuando hay mucha gente y nadie presta atención a quiénes entran o salen. Dile que lleve comida y ropa de abrigo, porque se aproxima el invierno y las noches son frías. Y, una vez que estéis los dos montados en el caballo, marchad directamente hacia el norte porque es seguro que os buscarán por el sur, donde el clima es mejor y hay más aldeas. Con suerte, no te buscarán durante un día o dos, porque al principio el *yuveraj* pensará que estás enfermo, y cuando descubra que te has marchado ya estaréis lejos. Sin embargo, no es a él, sino a la *rani*, a quien debes temer. Ella sabrá muy bien por qué has huido, y deseará aún más tu muerte por miedo a lo que sabes y a quién puedes contárselo. La *nautch* es una enemiga cruel y peligrosa. No lo olvides.

El rostro de Ash se puso blanco, y dijo con voz ronca:

–Pero Juli también sabe... Kairi-Bai lo sabe. Si la *rani* se entera de quién me lo contó, la hará matar también. Tendré que llevarla conmigo.

–¡Silencio! –saltó Koda Dad, enfadado–. Hablas como un niño, Ashok. Ahora debes ser un hombre, y pensar y actuar como tal. Sólo debes decir a Kairi-Bai que se calle la boca y ni siquiera la *nautch* sospechará de ella, porque esa chiquilla anda de acá para allá como un gorrión y nadie le presta atención. Pero, si te escapas con la hija del rajá, ¿crees que él soportaría esa afrenta a su honor? Por Dios, te buscaría hasta darte muerte, y no habría hombre en la India que no pensara como él y no lo ayudara. ¡De manera que basta de decir tonterías!

–Perdón –se disculpó Ash–. No pensé en ello.

–Ése es tu gran defecto, hijo mío –gruñó Koda Dad–. Actúas primero y piensas después. ¿Cuántas veces te lo he dicho? Bien, ahora piensa si hay algún lugar seguro desde donde puedas bajar por el muro del lado norte, pues por allí el terreno es más accidentado y hay arbustos y senderos de cabras entre las rocas. Pero no será fácil, porque no conozco ningún sitio de ese lado donde no pueda verte un hombre desde una ventana o por encima de la pared.

–Hay un lugar –respondió Ash–, un balcón...

Así que por primera vez fue de noche al balcón de la reina, para abandonarlo para siempre. Se aferró al extremo de una cuerda que Koda Khan y Hira Lal hicieron bajar por la pendiente de doce metros hasta las rocas, donde los espinos formaban manchas negras a la luz de la luna de octubre, y los empinados senderos de cabras ondulaban hacia las zonas lechosas de la meseta.

Ash se había despedido de Kairi-Bai, y no esperaba volver a verla, pero la encontró en el balcón de la reina como una pequeña sombra nocturna.

–No saben que estoy aquí –explicó apresuradamente, temiendo sus reproches–. Creen que duermo. Dejé un bulto en mi cama por si iba alguien a mirar, pero las dos mujeres roncaban cuando salí y no me oyeron. De verdad que no me oyeron. Quería hacerte un regalo, porque eres mi hermano de brazalete y porque te vas. Toma... Esto es para ti, Ashok. Para... para que te dé suerte.

Abrió la pequeña palma de su mano y la luz de la luna resplandeció sobre un trocito de madreperla tallado como un pez. Ash sabía que era lo único que poseía para dar, su único adorno y su más querido tesoro. Visto de esa manera era, quizás, el obsequio más valioso que alguien podía ofrecerle. Ash lo tomó sin saber qué hacer, desconcertado por la importancia del regalo.

–No, Juli... Yo no tengo nada que darte. –De pronto sintió vergüenza de no poder ofrecer nada a cambio–. Yo no tengo nada –agregó con amargura.

–Ahora tienes el pez –lo consoló Kairi.

–Sí, tengo el pez.

Lo miró y se dio cuenta de que no lo veía bien porque tenía los ojos llenos de lágrimas. Pero los hombres no deben llorar. Respondiendo a una repentina inspiración, partió el pez de madreperla en dos pedazos y dio uno a Kairi.

–Toma. Ahora los dos tenemos un amuleto contra la mala suerte. Y algún día, cuando yo vuelva, uniremos los dos pedazos y...

–¡Silencio! –intervino con rudeza Koda Dad–. Vuelve a la cama, Kairi-Baba. Si descubren que no estás y cunde la alarma, nos arruinarás a todos. El muchacho debe irse ya. Tiene que recorrer un largo camino antes de que desaparezca la luna. Ahora dile adiós y vete.

La carita de Kairi se contrajo penosamente y las lágrimas ahogaron las palabras que quería decir. Ash prometió entrecortadamente:

–Volveré algún día, Juli. No llores.

La abrazó un instante, la empujó hacia Hira Lal, que permanecía en silencio entre las sombras, y dijo:

–Procura que vuelva sin dificultades, por favor, Hira Lal. Las mujeres que la atienden no deben saber que ha salido durante la noche, porque se enteraría la *rani*, y cuando sepa que me he marchado...

–Sí, sí, muchacho, lo sé. Me ocuparé de eso. Ahora márchate.

Hira Lal salió a la luz de la luna y la seda gris de su *achkan* se confundió con el cielo de la noche, y sus manos y su cara adquirieron el tono neutro de la piedra. Por un momento, a Ash le pareció que veía un fantasma y que Hira Lal era ya sólo un recuerdo. La idea le provocó un escalofrío, y por primera vez se dio cuenta de todo lo que aquel hombre que le brindaba su amistad había significado para él. Y cuánto le debía a Kairi, y a los demás que habían sido buenos con él: los halconeros, los *syces*, los *mahouts* cuidadores de elefantes, y, en una época anterior, sus compañeros de juegos y sus amigos de los días felices en la ciudad. Era extraño que sólo ahora que abandonaba Gulkote comprendiera que allí había vivido tantos momentos buenos como malos.

La gran perla negra que colgaba de una oreja de Hira Lal brillaba débilmente al moverse su dueño, y cuando la luz de la luna caía sobre ella centelleaba como un trozo de ópalo, o como una lágrima que cae. Ash la miró fijamente, esforzándose por no llorar y preguntándose si alguna vez volvería a verla...

Hira Lal dijo secamente:

–Date prisa, muchacho. Se hace tarde, y no tienes tiempo que perder. Vete ahora... y quizá los dioses te acompañen. *Namaste.*

–He bajado el lazo. Coloca el pie en él, y aférrate a la cuerda –indicó Koda Dad–. Y, cuando llegues a las rocas, asegúrate de que pisas sobre algo firme antes de soltarte. Desde allí, tu camino será más difícil, pero, si avanzas con lentitud y no resbalas en los senderos de cabras, no tendrás problemas. Que el Todopoderoso permita que tú y tu madre os pongáis a salvo. No nos olvides. Adiós, hijo mío. ¡Que Dios te proteja!

Abrazó al muchacho. Ash se inclinó para tocarle los pies con manos temblorosas y luego fingió que se ocupaba de ajustar el pesado bulto de ropas por temor a que Koda Dad viera sus lágrimas. A sus espaldas oía a Kairi que sollozaba con su desvalido dolor infantil, y, al mirar hacia abajo, de repente sintió temor ante la brusca bajada que tenía ante sí: las rocas y los arbustos que caían verticalmente hasta el llano.

–No mires abajo –ordenó Koda Dad–. ¡Mira al cielo!

Ash apartó rápidamente la mirada del precipicio y la dirigió hacia delante, y a través de los espacios de la noche bañados por la luz de la luna vio los Pabellones lejanos, los picos resplandecientes, altos y serenos contra el cielo en calma. Con los ojos puestos en ellos, buscó el lazo colgante con el pie, y, sujeto a la cuerda, lo hicieron descender desde el borde del balcón, girando y balanceándose en el vértigo del precipicio mientras las lágrimas le quemaban los ojos y Kairi lo llamaba desde arriba en un susurro lastimoso que se oía claramente en el silencio de la noche:

–Adiós, Ashok. Adiós. Volverás, ¿verdad? *Khuda Hafiz...! Khuda Hafiz...! Jeete Rabo...! Jeete Rabo...!* ¡Que Dios te proteja! ¡Que vivas mucho tiempo!

Sus lágrimas cayeron en la cara de Ash cuando se inclinó sobre la barandilla del balcón de la reina. Por fin, el muchacho tocó las rocas al pie del muro, se deshizo de la cuerda y vio cómo la subían nuevamente. Por última vez, saludó con la mano a sus tres amigos que lo miraban desde arriba, y luego comenzó a alejarse, avanzando entre rocas y arbustos espinosos en busca de un borroso sendero que había divisado aquella misma tarde cuando planeaba su ruta desde el balcón.

6

La distancia entre el pie del muro y el llano era inferior a los doscientos metros, pero Ash tardó casi una hora en atravesarla. Estuvo a punto de perder el equilibrio en una rampa lisa de pizarra, y le llevó mucho tiempo volver a terreno firme. Pero después de eso fue más cauteloso, y finalmente, lleno de arañazos y golpes, y sin aliento, llegó a la llanura.

Al mirar hacia arriba, pudo divisar la escarpadura vertical de la fortaleza y el bulto negro de la torre del Pavo Real. Pero ya no veía el balcón, oculto en las sombras, y sabía que allí ya no habría nadie. Quizá nadie volviera a entrar en él, excepto Juli, que tal vez lo hiciera por razones sentimentales. Pero seguramente no lo haría a menudo; no era más que una niña pequeña que con el tiempo olvidaría, y el camino al balcón se perdería como antes de que él y Juli lo encontraran. Lalji se haría hombre y la *nautch* se volvería vieja y gorda, y perdería su belleza y su poder; Koda Dad se retiraría y un hombre más joven lo reemplazaría como jefe de caballerizas. Hira Lal también envejecería, y algún día el rajá moriría y Lalji sería el jefe de Gulkote. Lo único que no cambiaría sería el Dur Khaima. Pasarían meses, años, siglos, y, cuando ya no existiera el palacio de los Vientos, los Pabellones lejanos seguirían allí, intactos.

Ash se arrodilló en el suelo pedregoso y los adoró por última vez, inclinándose hasta tocar la tierra con la cabeza, como Koda Dad cuando hacía sus oraciones a Alá. Luego se incorporó, volvió a cargar con sus cosas y se dirigió hacia el monte de *chenares* del otro lado de la ciudad.

Sita cumplió lo acordado, lo mismo que Hira Lal. En las sombras había una vigorosa yegua de labranza. Ella lo esperaba ansiosamente, con un pesado bulto que contenía la comida y las ropas para el viaje, comprados aquella misma tarde en el mercado. Había un hombre al cuidado del caballo, un desconocido que no dio su nombre, pero puso un pequeño envoltorio en la mano de Ash diciendo que se lo enviaba Hira Lal.

–Dijo que necesitarías dinero y que esto te ayudará durante el camino. La yegua es mejor de lo que parece –agregó, ajustando la cincha–. Puede recorrer muchos kilómetros diarios y mantenerse al trote dos o tres horas seguidas, porque ha tirado de un carro y no se cansa fácilmente. Tu mejor camino es hacia allí... –Señaló con su flaco dedo índice, y luego se inclinó a dibujar un mapa en una zona iluminada por la luna–. Así. No hay puente sobre el río, y el pontón principal sería demasiado peligroso, pero hay uno pequeño aquí, en el lado sur, que sólo usan algunos granjeros. Pero aun después de haberlo cruzado ten cuidado, porque Hira Lal dice que la *rani* es capaz de perseguirte más allá de las fronteras de Gulkote. Que los dioses te protejan. Cabalga a buen paso. –Y, cuando Ash empuñó las riendas, impulsó a la yegua hacia delante con una palmada.

Fue una suerte que Ash, además de tener dotes para orientarse, hubiera salido a menudo a cazar con el rajá, con Lalji y con Koda Dad. En otro caso, se habría perdido veinte veces antes de llegar la noche. Pero aun de noche pudo seguir la ruta que le había marcado el hombre en el monte de *chenares*, y al llegar el amanecer reconoció un círculo de piedras en la ladera de la colina desde donde había visto al rajá matar a un leopardo. Supo que estaba en el camino correcto.

El dramatismo de lo sucedido y la excitación del día anterior habían dejado exhausta a Sita, quien durmió profundamente, con la cabeza apoyada en el hombro de Ash y atada a él con un pedazo de tela de turbante para impedir que se cayera de la silla. Cuando por fin la despertaron las primeras luces del alba, divisaron el río en el extremo más alejado de un pequeño valle pedregoso entre las montañas. Sita insistió en que tomaran el desayuno antes de aproximarse al pontón, porque aparecer demasiado temprano y mostrando ansiedad podía despertar sospechas.

–Y, como pronto interrogarán a todos los que hayan pasado por este camino, te vestiremos de mujer, hijo mío. Los que vengan a buscarnos preguntarán por una mujer y un muchacho a pie, no por una mujer y una niña a caballo.

Envuelto en uno de los saris de Sita y con unos cuantos adornos baratos, Ash realmente parecía una niña. Sita lo advirtió de que llevara la cabeza baja, con aire modesto, con el sari echado hacia delante para ocultar la cara, y que la dejara hablar a ella. La única dificultad fue el caballo, porque no le gustó la idea de entrar en la barcaza de fondo plano, medio anegada, que era el único medio de cruzar el río, y al principio el encargado pidió una suma exorbitante para trasladarlos a la otra orilla. Pero, aunque el envoltorio de Hira contenía cinco rupias en monedas de cobre y plata, Sita no tenía intención de derrochar el dinero ni de hacer ostentación de tanta abundancia, de manera que regateó con el hombre hasta que el asunto quedó arreglado para satisfacción de ambos. Luego, convencieron a la yegua de que subiera a bordo.

–Ahora estamos a salvo –dijo Sita mirando hacia atrás desde la orilla.

Pero Ash recordaba las palabras de Koda Dad y del hombre en el monte de *chenares*, y sabía que sólo habían superado la primera etapa. La *rani* haría su juego, y con dados cargados; así que Ash se dirigió hacia el norte, hacia la tierra inhóspita donde pronto las montañas estarían cubiertas de nieve, en lugar de marchar al sur con su aire cálido y sus abundantes cosechas; era hacia donde se pensaría que irían en sus circunstancias.

Tenía que haber algún lugar, en alguna parte, donde la gente no fuese tan cruel e injusta y no se entrometiera tanto en sus vidas. Donde pudieran vivir en paz y ser felices.

«Algún lugar donde no nos molesten, donde nos dejen solos», pensó Ash con desesperación.

Había dormido menos de tres horas desde el momento en que Kairi le contara lo que había oído decir en el jardín de la *rani*. Tenía once años y estaba muy cansado.

A medida que avanzaban hacia el norte, las noches se hacían más frías y la tos de Sita empeoraba notablemente. O quizás Ash la notaba más porque estaba constantemente a su lado. Siguiendo los consejos de Hira Lal, vendió la yegua en cuanto atravesaron la frontera de Gulkote, porque sabía que así podrían pasar inadvertidos. Pero nada más hacerlo se arrepintió, porque Sita sólo podía andar un corto trayecto diario; a veces caminaban menos de un kilómetro.

Ash no se había dado cuenta de la debilidad de Sita, y lo preocupaba. De todas maneras, no debían marchar todo el tiempo a pie, porque con el dinero de la venta de la yegua y el que les había dado Hira Lal podían permitirse viajar en *tonga* o en carreta de bueyes. Pero esos viajes, además de tener que realizarse en compañía de otras personas, resultaban una oportunidad ideal para las preguntas y las habladurías. Después de soportar la amable charla de sus compañeros de viaje durante un largo día en una carreta, decidieron que era más seguro continuar lentamente a pie.

A medida que pasaban los días sin señales de persecución, Ash comenzó a pensar que habían engañado a la *rani* y que podían tranquilizarse y hacer planes para el futuro. Resultaba evidente que no podían viajar incesantemente, pues sus recursos no eran inagotables y Sita necesitaba descanso y la paz de tener un techo... Un techo propio, no uno diferente todas las noches o el cielo sobre sus cabezas cuando no encontraban refugio. Ash debía encontrar trabajo y una cabaña para vivir, y cuanto antes mejor, porque aun a mediodía el aire era muy frío y había nieve en las montañas hacia el norte. Ya habían puesto suficiente distancia entre ellos y Gulkote como para dejar de correr, y la *rani* se daría cuenta de que Ash ya no podía hacerle mucho daño, porque, aunque contara todo lo que sabía, ¿a quién le interesarían los asuntos de un pequeño estado remoto, y quién daría crédito a las historias de un muchacho vagabundo?

Pero Ash subestimaba a los agentes de la *rani*, y además no comprendía el verdadero motivo de su decisión de acabar con él. No era por su miedo al rajá, sino a los ingleses...

En la vieja época de la feliz independencia, a Janoo-Rani le habría bastado saber que el chico había escapado del estado. Pero esa época había concluido y los *angrezis* eran todopoderosos en Gulkote; hacían y deshacían a placer. Janoo-Rani aún intentaba situar a su hijo en el trono y hacer cuanto fuese necesario para eliminar al hermano que la estorbaba. No se preocupaba demasiado por haber fracasado varias veces en sus intentos; había otros métodos y finalmente encontraría alguno satisfactorio. Pero era vital que nadie, salvo sus más adeptos fieles, estuviese al corriente de ello, por lo que se enfureció al saber que uno de los sirvientes de Lalji, un pequeño pordiosero traído al palacio por aquél, quizás un espía, había llegado a enterarse. Lo único que cabía hacer era lograr que muriera antes de que se lo contara al rajá, quien lamentablemente le tenía simpatía y podía llegar a creerlo. Dio las órdenes necesarias, pero el chico y la madre se habían escapado antes de que se cumplieran, y ahora Janoo-Rani no sólo estaba furiosa: estaba además asustada.

Lalji también se enfadó y envió grupos de hombres a buscar a Ash y traerlo de vuelta. Pero, cuando se enteró de que no encontraban ningún rastro de los fugitivos, perdió interés y declaró que era mejor que Ashok se hubiese marchado; una opinión que la *rani* habría compartido de no ser por los británicos. Ella no había olvidado la poco deseada visita del coronel Frederick Byng, del Departamento Político, a quien su marido se había visto obligado a recibir con honores, y también había oído contar historias de príncipes depuestos por el rajá británico por asesinar a familiares o rivales. Si algún día Ashok se enteraba de que el heredero de Gulkote había muerto en un accidente, podía ir con cuentos a las autoridades, y luego quizá se harían indagaciones. Y ¿quién sabía qué podía descubrirse con interrogatorios e investigaciones? Aquel chico no podía seguir viviendo, porque, mientras viviera, representaba un peligro para ella y un obstáculo para el ascenso de su hijo.

–Hay que encontrarlo a cualquier precio –ordenó Janoo-Rani–. A él y a su madre, porque debe de haberle contado lo que sabe, y hasta que esté muerto no podemos hacer nada contra el *yuveraj*.

Ash consiguió trabajo con un herrero en un pueblo cerca del camino principal, donde le proporcionaron un depósito medio derruido como vivienda para él y Sita. El trabajo era duro y mal pagado, y la habitación pequeña y sin ventanas ni muebles. Pero era algo para comenzar, y gastaron lo que les quedaba del dinero de Hira Lal para comprar una cama con somier de segunda mano, una colcha barata y algunos utensilios de cocina. Sita escondió las últimas monedas de la venta de la yegua en un agujero bajo la cama. Cuando Ash salió, cavó un segundo agujero en la pared para el paquete sellado y las bolsas de hule que había traído de sus habitaciones en el Hawa Mahal. No intentó encontrar trabajo para ella, lo cual resultaba extraño en Sita, sino que se conformaba con sentarse al sol junto a la puerta de su habitación, cocinar la escasa comida y escuchar por la noche los relatos de lo que había hecho Ashok. Nunca le había pedido mucho a la vida y no lamentó perder el Hawa Mahal; allí veía muy poco a su muchacho y sabía que era desdichado.

Ahora, Ash era sin duda más feliz de lo que había sido mientras estaba al servicio del *yuveraj*, y su poco salario lo cobraba en monedas contantes y sonantes, que era más de lo que obtenía en el palacio de los Vientos. Por fin sentía que era un hombre, y aunque no había abandonado sus grandiosos planes para el futuro, se había conformado con la idea de quedarse en el pueblo uno o dos años. Pero un día llegaron dos hombres preguntando por una mujer y un chico de ojos grises que, dijeron, podía viajar disfrazado de niña. Se buscaba a la pareja por un robo de joyas propiedad del estado de Gulkote, y había una recompensa de quinientas rupias por su captura y de cincuenta por proporcionar información que condujera a su arresto.

Los hombres llegaron de noche, y por suerte para Ash se alojaron en casa del *tehsildar* (jefe del pueblo), un hijo del cual era amigo suyo. El muchacho oyó la conversación de los recién llegados con su padre, y, como en el pueblo sólo Ash y su madre respondían a la descripción, salió sigilosamente de su casa y atravesó las calles oscuras para despertar a su amigo, que dormía en el suelo junto a la puerta de Sita. Media hora después, Ash y Sita avanzaban a toda prisa por un sendero, a la luz incierta de las estrellas, hacia el camino principal. Tenían la intención de pedir a alguna carreta de bueyes que los llevara, ya que era evidente que Sita no podía viajar con rapidez a pie. Tuvieron suerte, porque el amable dueño de una *tonga* los llevó unos ocho kilómetros hasta las afueras de un pueblecito, desde donde salieron a campo abierto, caminando de manera lenta y penosa hacia el sur con la esperanza de despistar a sus perseguidores.

Durante los dos meses siguientes vivieron precariamente, siempre asaltados por el temor de que los persiguieran y no deteniéndose nunca en ninguna parte por temor a llamar la atención. Las grandes ciudades parecían más seguras que los pueblos donde los forasteros despertaban curiosidad, pero no era fácil encontrar trabajo y la vida era cara. Sus pequeñas reservas de dinero disminuían, y el aire de las ciudades atestadas no sentaba bien a Sita, que añoraba las montañas. Nunca le había gustado la llanura, y ahora le tenía miedo. Luego, una noche, mientras hablaba con un grupo de *coolies* frente a un aserradero, Ash volvió a oír la historia de la recompensa ofrecida por la captura de dos ladrones que habían robado las joyas del rajá, y comenzó a desalentarse. ¿Nunca lograrían escapar?

–Volvamos hacia el norte, hacia las montañas –rogaba Sita–. En las montañas estaremos seguros; hay pocos caminos y muchos lugares para ocultarse. Pero, ¿dónde puede uno esconderse en estas tierras llanas donde hay cien caminos que conducen al mismo pueblo?

De manera que, una vez más, se dirigieron al norte, pero a pie y muy lentamente. No tenían suficiente dinero para subir a *tongas* o carretas de bueyes, y poco para comida; y, como no podían pagar alojamiento, dormían en las calles de las ciudades o bajo los árboles al aire libre. Hasta que llegó el día en que Sita ya no pudo continuar.

Habían pasado la noche anterior refugiados junto a unos promontorios de rocas en las orillas del río Jhelum, desde donde se veían las nieves de Cachemira. Cuando amaneció sobre la pradera cubierta de rocío, vieron las montañas que se elevaban sobre las brumas de la madrugada, rosadas bajo los primeros rayos del día.

En el aire claro de la mañana parecía que era posible alcanzarlas en un día de marcha, pero Sita, apoyándose en un codo para contemplarlas, supo que jamás lo conseguiría.

Aquella mañana no tenían nada que comer excepto un puñado de cereal seco, cuidadosamente guardado para una emergencia. Ash lo molió entre dos piedras y lo convirtió en una pasta con un poco de agua, pero Sita no podía tragarlo. Y cuando Ash le propuso seguir adelante, pues el refugio en que estaban era demasiado precario, sacudió la cabeza.

–No puedo, *piara* –susurró Sita–. Estoy demasiado cansada... ¡Demasiado cansada!

–Lo sé, madre querida, lo sé. Pero no podemos quedarnos aquí. Es demasiado peligroso. No hay otro refugio cerca, y si alguien viene caeremos como ratas en una trampa. Y... creo que pueden llegar pronto. Yo... –vaciló porque no quería afligir más a Sita, pero sabía que no podían esperar–. No te lo he dicho, pero vi a alguien en el *serai* donde nos detuvimos ayer. Un hombre de Gulkote. Por eso no puedo consentir que nos quedemos aquí. Debemos seguir río abajo y ver si encontramos algún vado en el río, o un barquero que nos cruce; luego podremos descansar un rato. Apóyate en mí. Es un trayecto corto, querida madre.

–No puedo, cariño. Debes marcharte solo. Sin mí irás más rápido y estarás más seguro. Buscan a una mujer y a un muchacho que viajan juntos, y sé que debí haberme separado de ti hace tiempo, pero... no podía soportarlo.

–¡Qué tontería! Sabes que no te habría dejado sola –respondió Ash con indignación–. ¿Quién te habría cuidado, entonces? Madre, por favor, levántate. ¡Por favor! Andaremos muy despacio.

Se arrodilló al lado de Sita y tiró de sus manos frías tratando de convencerla.

–Tú quieres ir a las montañas, ¿verdad? El aire de las montañas te curará la tos y buscaremos nuestro valle... –De pronto le tembló la voz y tiró una vez más de las manos de Sita–. Sólo un poquito más, te lo prometo.

Pero Sita sabía que había llegado al final de su camino, y debía usar las últimas fuerzas que le quedaban para cumplir con una amarga tarea, y pronto, antes de que fuese demasiado tarde. Se liberó de las manos de Ash y buscó en su sari un pequeño paquete sellado y cuatro pesadas bolsitas de hule atadas a su cintura con un pedazo de tela. Al mirarlas, se le llenaron los ojos de lágrimas que rodaron lentamente por sus mejillas marchitas. Que Ashok hubiese creído que era su hijo le había resultado tan dulce que aun ahora, cuando sabía que la verdad podía salvarlo, no soportaba decírselo. Pero debía hacerlo. No había otra forma de ayudarlo a escapar, y aun ésta podía fallar...

–No soy tu madre, no eres mi hijo –susurró Sita con labios temblorosos y esforzándose por pronunciar las palabras–. Eres el hijo de un *angrezi*..., un *sahib*...

Las palabras no tenían sentido para Ash, pero las lágrimas de Sita lo asustaban más que todo lo acontecido en el Hawa Mahal y en las últimas semanas desde la huida: la muerte de Tuku, el veneno y la cobra, el terror de la persecución... Nada había sido tan terrible como esto. La abrazó, le rogó que no llorara y le dijo que la llevaría en sus brazos si no podía caminar. Ash era fuerte, y si Sita se ponía a cuestas estaba seguro de poder llevarla. No entendía lo que decía ella, y lo único que le hizo tomar contacto con la realidad fue ver el dinero. Nunca en su vida había visto tanto junto. Al principio, sólo significó una cosa para él: podían permitirse alquilar un carro..., comprarlo, si era necesario. Ahora su madre no necesitaba caminar; dejarían atrás a sus perseguidores y encontrarían médicos y medicinas que curarían a Sita. Eran ricos.

–¿Por qué no me lo dijiste antes, mamá?

–No quería que supieras que no eres mi hijo..., mi propio hijo –sollozó Sita–. Si me hubiese atrevido, lo habría tirado..., pero no me atreví por temor a que algún día lo necesitaras. Ese día ha llegado, porque los hombres de la *rani* nos pisan los talones y si quieres huir de ellos debes dejarme y continuar solo; refugiarte con los tuyos en lugares donde ella no se atreverá a seguirte. Con ellos estarás seguro. No hay otro camino...

–¿Los míos? Siempre me dijiste que no teníamos a nadie. Y por supuesto que soy tu hijo. No debes decir esas cosas. Lo que sucede es que no tienes nada que comer y te sientes enferma, pero ahora podemos comprar comida, y un carro, y un caballo, y...

–¡Ashok! Escúchame. –El miedo y la urgencia fortalecían la voz de Sita, que aferró las muñecas de Ash con inusitada energía–. No puedes volver al pueblo a comprar comida, y si muestras el dinero dirán que lo robaste, porque es una cantidad demasiado elevada para que la posea un niño como tú. Debes esconderlo como hice yo, y conservarlo hasta que te encuentres con tu propia gente. En este paquete hay muchas cosas escritas, y en ese papel, más. Debes encontrar a alguien que sepa leer en *angrezi* y te diga dónde llevarlo. Tu padre lo escribió antes de morir y... yo habría cumplido sus órdenes, llevándote con su gente, si no hubiera sido por el Gran Levantamiento y la matanza de los *sahib-log* en Delhi. Pero guardé los papeles y el dinero para ti, e hice lo que él pedía: te cuidé. Él dijo: «Cuida al niño, Sita». Lo he hecho. Por cariño..., porque, Dios mío, por desgracia no soy tu madre. Ella también era *angrezi*, pero murió al nacer tú y yo te tomé de sus brazos y te amamanté... Yo te cuidé desde el principio... Pero ya no puedo seguir haciéndolo. Así que ahora debo enviarte con tu gente, porque con ellos estarás a salvo. Y, como no puedo continuar, tendrás que seguir solo. ¿Comprendes?

–No –respondió Ash–. Aún eres mi madre y no te abandonaré. ¡No me obligarás a ello! Y no creo nada de lo que dices. Y si es cierto no me importa, porque podemos quemar esos papeles y nadie lo sabrá, y seguiré siendo tu hijo.

–Si eres mi hijo, me obedecerás... No te estoy pidiendo que hagas esto. Soy tu madre: te lo ordeno. Si quieres, quédate conmigo hasta que yo me vaya. Pero después toma el dinero y los papeles y márchate enseguida. No los destruyas. Si me quieres, prométeme que no los destruirás, sino que los usarás y volverás con tu gente. Y si no lo haces por ti..., hazlo porque soy..., porque he sido tu madre. ¿Lo prometes, Ashok?

–Lo... prometo –susurró Ash. No era posible que se estuviese muriendo... No era cierto. Si pudiese ayudarla..., traer un *hakim*. O un poco de comida caliente. Eso la reanimaría. Pero parecía tan enferma..., y si él la dejaba y corría al pueblo cercano, ¿no lo atraparían?

No se atrevió a intentarlo, pues Sita estaba demasiado débil para moverse y se moriría de hambre y sed. Pero si iba morirían los dos, porque pronto alguien los encontraría y no había ningún refugio en dos kilómetros a la redonda... Sólo la tierra llana, sin árboles, y las grandes extensiones del río. Jamás se habría refugiado en aquel lugar, pero estaba oscuro cuando habían huido del *serai*, y por miedo a quedarse cerca del camino principal salieron a campo abierto. Habían llegado a las rocas junto al río una hora después de salir la luna, y habían tenido que quedarse allí porque Sita no podía seguir. Sin embargo, reconociendo el peligro de permanecer en aquel lugar, pensaba abandonarlo en cuanto amaneciera. Y ahora era de día y su madre se moría.

«No es cierto. ¡No puede ser cierto!», pensaba Ash con desesperación, abrazando a Sita como para protegerla. Tenía el corazón destrozado de pena y de terror; escondió la cara en el hombro de Sita y lloró convulsivamente, como llora un niño, temblando y jadeando. Sentía las frágiles manos de ella que lo acariciaban, y su querida voz en el oído, murmurando palabras cariñosas y diciéndole que no debía llorar porque ahora era un hombre. Debía ser fuerte y valiente, y burlar a sus enemigos. Debía convertirse en un *burra-sahib bahadur*, como su padre y como el viejo Akbar Khan, cuyo nombre llevaba. ¿No se acordaba del tío Akbar, que lo había llevado a ver una cacería de tigres? Entonces era apenas un arrapiezo, pero no tuvo miedo y todos estaban orgullosos de él. Ahora debía ser valiente y recordar que la muerte llegaba finalmente para todos... Para el rajá y para el pordiosero, para el brahmín y para el intocable, para el hombre y para la mujer. Todos pasaban por la misma puerta y volvían a nacer.

–Yo no me muero, *piara*... Sólo descanso y espero para volver a nacer. Y en esa otra vida, si los dioses lo permiten, volveremos a encontrarnos. Sí, seguramente volveremos a encontrarnos... Quizás en ese valle...

Comenzó a hablar en un lento susurro entrecortado, casi sin aliento, y de pronto, mientras se calmaban sus sollozos, pasó de la vieja historia conocida a una canción de cuna que solía cantar a Ash para que se durmiera...

–Nini baba, nini mackham, roti cheene –cantaba Sita–. *Roti, mackham roti hoa gia,... Soja.. baba... so gaya...*

Su voz se apagó con tanta suavidad que pasó mucho tiempo antes de que Ash se diera cuenta de que estaba solo.

* * *

Pronto sería de noche, y tendría que marcharse, pensó con dificultad. Había prometido hacerlo y no había ningún motivo para quedarse.

Se levantó con lentitud y torpeza, porque todo el día había estado arrodillado junto al cadáver de Sita, con una mano entre las suyas, esa mano desfigurada por el trabajo que se ponía cada vez más rígida. Tenía los músculos agarrotados y la mente invadida por el dolor y la conmoción. No recordaba cuándo había comido por última vez, pero no tenía hambre, sólo mucha sed.

El río brillaba en el atardecer cuando se arrodilló en la arena húmeda y bebió con avidez; luego se arrojó agua en la cabeza dolorida y en los ojos ardientes y secos. No había llorado después de la muerte de Sita y no volvió a llorar ahora, porque el niño que había sollozado tan amargamente aquella mañana también estaba muerto. Porque no sólo había perdido a su madre, sino también su identidad. No había ninguna persona, nunca la había habido, que fuera Ashok, hijo de Sita, que había sido esposa de Daya Ram, *syce*. Sólo había un chico cuyos padres estaban muertos y que ni siquiera sabía su propio nombre ni dónde encontrar a sus familiares. Un chico inglés..., un *feringhi*. Era un extranjero, y ésta ni siquiera era su propia tierra...

El frío del agua le aclaró la cabeza y comenzó a preguntarse qué debía hacer ahora. No podía marcharse y dejar allí a su madre, porque lo invadía un recuerdo terrible del pasado casi olvidado: se puso a temblar al recordar una noche cálida que se volvió espantosa por el ruido que hacían los chacales y las hienas peleando a la luz de la luna.

En la tranquila superficie del río se movió algo. Era sólo un trozo de madera que flotaba corriente abajo, pero, al verlo pasar, Ash recordó que su gente (no, la gente de su madre, Sita) quemaba a sus muertos y arrojaba las cenizas al río para que finalmente llegaran al mar.

No podía hacer una pira para Sita porque no disponía de leña. Pero estaba el río. El río fresco, profundo, de curso lento, que la llevaría suavemente hasta el mar. El sol poniente se reflejaba en sus aguas con un brillo deslumbrador, más intenso que el del fuego. Ash volvió a las rocas, envolvió el cuerpo consumido de Sita como para abrigarla, lo llevó hasta la orilla y caminó por el agua hasta llegar a una profundidad en que el cadáver flotaba. Ya estaba rígido, y tan lastimosamente ligero que la tarea resultó más fácil de lo que Ash suponía. Cuando lo soltó, flotó alejándose de él, rodeado por la manta.

La corriente lo llevó hacia abajo. Ash quedó inmóvil, con el agua hasta la cintura, esforzándose por verla, hasta que su pequeña forma se perdió en el resplandor y ya no la vio más. Cuando el brillo se apagó y el río pasó del dorado al ópalo, Sita se había marchado.

Ash regresó a la orilla, con las piernas entumecidas de frío y apretando los dientes para que no le castañetearan. Ahora tenía hambre, pero le resultaba imposible comer la pasta de cereal y agua que Sita no había podido tragar, y la tiró. Tendría que encontrar algo que comer, o no estaría lo bastante fuerte para llegar muy lejos, y había prometido... Tomó el paquete sellado y las bolsitas con monedas, y las sopesó en sus manos, deseando dejarlas, aunque sabía que no debía hacerlo. Todo aquello era suyo y debía conservarlo. Cogió sólo una rupia para sus necesidades inmediatas; el resto lo envolvió nuevamente en el pedazo de tela y se lo ató a la cintura, como había hecho Sita, ocultándolo bajo sus ropas harapientas. Escondió en el turbante la hoja de papel doblada con la escritura en caracteres extraños que no sabía leer; ahora no quedaba nada en la cueva que denunciara la presencia de alguien..., sólo las huellas y una leve depresión en el suelo en el que Sita había dormido la noche anterior y donde había muerto al amanecer. Ash tocó la tierra muy suavemente, como si Sita aún estuviera allí y temiera despertarla.

En ese momento llegó del río la primera ráfaga del aire de la noche, removió la arena seca y plateada y la alisó.

Ashton Hilary Akbar Pelham-Martyn se puso al hombro el bulto y el resto de sus pertenencias, y, dando la espalda al pasado, partió a la luz del anochecer en busca de su propia gente.

7

–Es para un *sahib* capitán. Un *sahib* capitán de los Guías –dijo el escribiente de cartas de mercado, estudiando la carta de Hilary a través de unos anteojos con cristales rayados–. ¿Ves? Aquí dice «Mardan». Eso queda junto a Hoti Mardan, adonde se llega por el camino de Malakand. Más allá de Attock y del Indo, cruzando el río Kabul.

–Los Guías –murmuró Ash con asombro.

Habría ido a Mardan mucho tiempo atrás si se hubiera atrevido, pero sabía que los hombres de la *rani* esperaban que fuera allí y que estarían aguardándolo, porque su amistad con Koda Dad no era un secreto en el Hawa Mahal. Pero en aquellos momentos quizá sus perseguidores habían comprendido que Ash era demasiado astuto como para dirigirse allí, y lo estarían buscando en otros lugares. Y aunque no fuera así, la situación había cambiado drásticamente por el hecho de que ya no era un golfillo de los mercados, sin amigos, que esperaba obtener protección de un *sowar* de los Guías, sino un *sahib* que podía exigir protección de sus compatriotas *sahibs*. No sólo para él, sino para Zarin. Y, si era necesario, para Koda Dad también.

–Los Guías –repitió en voz baja. Y de pronto le brillaron los ojos, y la oscura desesperación que había llenado su mente y su corazón durante tantos días comenzó a esfumarse como la niebla en la mañana. Por fin había cambiado su suerte.

–Es el nombre de un regimiento con base en Mardan –explicó con aire importante el escribiente de cartas–, y el nombre del *sahib* es As-esh-tarn. Capitán Ash-tarn. En cuanto a lo demás... –Hizo ademán de abrir el papel doblado, pero Ash se lo arrancó de la mano explicando que sólo deseaba saber el nombre del *sahib* y su dirección, y que el resto no tenía importancia.

–Si es una recomendación, sería bueno saber lo que dice –sugirió astutamente el escribiente–. Si se han escrito cosas inconvenientes, puedes romperla y decir que la perdiste. Pero si es positiva puede venderse por mucho dinero. Pagan buenos precios por estas cosas en los mercados. ¿Entonces piensas entrar al servicio de ese *sahib*?

–No, yo... quiero visitar al hermano de la mujer de mi primo, que es su sirviente –improvisó rápidamente Ash–. Me dieron su dirección, pero la olvidé y no sé leer en *angrezi*.

Pagó la media *anna* que le pidieron y, una vez que se aseguró de haber memorizado bien el nombre, volvió a esconder el papel entre los pliegues de su turbante y gastó la otra media *anna* en un puñado de *chunna* tostado y un trozo de caña de azúcar pelada.

Ash había recorrido un largo camino desde la noche en que partiera de las orillas del río Jhelum. No le llevó mucho tiempo descubrir cuánto más rápidamente avanzaba ahora que viajaba solo, y cuánta razón tenía Sita al decirle que sin ella estaría mucho más seguro, porque había oído rumores en los pueblos y sabía que la persecución continuaba. Pero, como los hombres que lo buscaban sabían que nunca abandonaría a su madre, seguían buscando a una mujer montañesa y un muchacho de ojos grises que viajaban juntos. No se detenían a observar a un chico harapiento, solo, en el noroeste de la India, donde se veían las montañas del Khyber en el horizonte, con un color de piel que no era raro en la región.

Nadie le hizo preguntas, pero, como tenía miedo de hacer algo que pudiera llamar la atención, no se atrevió a pedir una traducción de aquel papel en pueblos pequeños donde podía despertar interés. Sólo se arriesgó a hacerlo cuando llegó a uno lo bastante grande como para tener media docena de escribientes de cartas. El nombre y la dirección resultaron pertenecer a un oficial de los Guías..., el regimiento de Zarin. Casi demasiado bueno para creerlo.

Ash recordaba que su madre decía que no sabía lo que había escrito en el papel. Pero pensaba que ella debía de tener alguna sospecha, y que eso explicaba su antipatía hacia Koda Dad y su hijo, y su oposición a su plan de unirse con Zarin algún día y alistarse en el mismo cuerpo. Sin embargo, finalmente fue ella quien lo puso en el camino de Mardan, donde se encontraría con Zarin y se convertiría en *sowar* de los Guías... o incluso en oficial, si aquel *sahib* capitán era pariente suyo y estaba dispuesto a ayudarlo. Nunca llegaría a saberlo, porque William Ashton había muerto.

Los Guías habían tomado parte en la expedición a Ambeyla, una campaña lanzada contra ciertas tribus hostiles de la frontera en el otoño anterior, y William, que aún no sabía que tenía un sobrino, había muerto en la lucha sólo unas semanas después que el chico escapara sobre el muro del Hawa Mahal. Pero ahora era primavera. Los almendros estaban en flor y los sauces llenos de brotes cuando Ash tomó el camino de Attock a Peshawar.

Se desvió unos dieciocho kilómetros para evitar cruzar el Indo por el paso de Attack, porque se le ocurrió que habría sido fácil para un hombre solo vigilar a todos los que pasaban por allí. Cruzó a más de siete kilómetros de distancia corriente abajo, en la balsa de un granjero, y desde allí se dirigió al sendero de Peshawar.

De manera que hacia la noche del mismo día, cubierto de polvo, con los pies doloridos y muy fatigado, llegó al acantonamiento de Mardan y preguntó por el *sowar* Zarin Khan de los Guías.

El cuerpo había regresado nuevamente a sus cuarteles después de meses de arduas campañas y luchas aún más duras en el país de Yusafzai. Dieciocho meses de servicio activo habían cambiado a Zarin de tal manera que casi no se reconocía en él al joven alegre que había partido con tanto entusiasmo de Gulkote. Había crecido mucho y parecía más corpulento, incluso lucía un espeso bigote en lugar de la incipiente pelusa que recordaba Ash. Pero era el mismo Zarin, y le encantó ver a Ashok.

–Mi padre me mandó decir que te habías marchado de Gulkote, por lo que suponía que llegarías aquí algún día –dijo Zarin, abrazándolo–. Tendrás que esperar a crecer para poder ser un *sowar*, pero hablaré con mi hermano mayor, que es *jemadar* desde la batalla en el camino a Ambeyla, y te encontrará trabajo. ¿Tu madre está aquí?

–Ha muerto –respondió brevemente Ash.

Se dio cuenta de que no podía hablar de ella ni con un buen amigo como Zarin, pero éste pareció comprender; no hizo preguntas y sólo dijo:

–Lo siento. Era una buena madre para ti, y creo que también debe de ser duro perder a una mala madre, porque sólo tenemos una.

–Parece que yo tuve dos –dijo Ash sombríamente.

Se sentó con las piernas cruzadas para calentarse junto al fuego de Zarin, y contó la historia de su huida del Hawa Mahal y de las cosas que le había revelado Sita en la caverna junto al río. Por último, como prueba, mostró el papel con la dirección de un oficial de los Guías.

Zarin tampoco sabía leer el papel, pero no pudo sino creer la historia al ver el dinero, ya que las monedas hablaban por sí solas y no necesitaban traducción. Había más de doscientas; menos de cincuenta eran rupias de plata y el resto soberanos y *mohures* de oro. Algo habría de cierto en el relato si Sita había ocultado aquella pequeña fortuna durante tantos años.

–Creo que lo mejor será que se lo mostremos a mi hermano –dijo Zarin, mirando con expresión dubitativa el papel que Ash había puesto en su mano–. Quizás él pueda aconsejarte, porque yo no sé cómo hacerlo. Esto es demasiado oscuro para mí.

El hermano de Zarin, el *jemadar*, no tuvo ninguna duda. Sólo había un camino que tomar. Como Ashton-*sahib* había muerto, todo el asunto debería presentarse al coronel Browne-*sahib*, el comandante, que sabría qué hacer. Él, Awal Shah, acompañaría de inmediato al muchacho a las habitaciones del coronel *sahib*, porque, si había algo de cierto en aquella extraordinaria historia, había que poner el dinero y los papeles en manos seguras lo antes posible.

–Y tú, Zarin, no hables nada de esto con nadie. Porque, si la *rani* de Gulkote desea la muerte del muchacho, se vengará de quienes lo ayudaron a escapar, y si se entera de que está con nosotros sospechará que nuestro padre participó en el asunto. De manera que es mejor para todos que se pierda la huella. Yo iré ahora a ver al coronel *sahib*, y tú, Ashok, me seguirás a cierta distancia, para que no vean que vamos juntos, y esperarás fuera hasta que te llamen. Vamos.

El *jemadar* se guardó los documentos en el bolsillo y echó a andar a la luz del atardecer. Ash lo siguió a prudente distancia y pasó la siguiente media hora en el borde de un estanque, arrojando piedrecillas al agua y observando las ventanas del coronel mientras caían las sombras en el camino del acantonamiento y el fresco de la noche primaveral se llenaba con el olor de las fogatas.

Aunque él no lo sabía, era su última hora de independencia. La última hora en muchos años de paz, libertad y ocio, y quizá, si lo hubiese advertido, habría roto su promesa a Sita y se hubiera escapado cuando aún tenía tiempo. Pero aunque hubiera huido de los asesinos de la *rani* era dudoso que hubiese podido llegar muy lejos. Porque el coronel Sam Browne, comandante en jefe del Cuerpo de Guías, tras leer la carta inconclusa escrita a su cuñado William Ashton, estaba quitando los sellos de un paquete de hule confeccionado siete años atrás. Ya era tarde para que el hijo de Hilary escapara.

Tres semanas más tarde, Ash estaba en Bombay, vestido con un incómodo traje europeo y calzado con unas botas más fastidiosas aún, *en route* hacia la tierra de sus antepasados.

Su pasaje había sido conseguido y pagado por los oficiales del regimiento de su tío, todos los cuales, después de negarse rotundamente a creer que aquel pilluelo pudiera ser el sobrino del pobre William, se convencieron finalmente por las pruebas evidentes contenidas en el paquete. Éste incluía un daguerrotipo de Isobel, cuyo parecido con su hijo era sorprendente, y otro de Ash sentado en la falda de Sita tomado en Delhi el día en que cumplió cuatro años, ambas identificadas sin vacilar por Zarin; también un cuidadoso examen verbal y físico del muchacho. Una vez convencidos, los amigos de William se desvivieron por ayudar al sobrino de un oficial que había servido en el cuerpo desde que Hodson construyera el fuerte en Mardan, y a quien todos querían. Aunque su sobrino no estuviese agradecido en absoluto por esa ayuda.

Ash había obedecido las últimas órdenes de su madre adoptiva. Entregó a los *sahib-log* los documentos y el dinero que ella le había dado. Luego habría preferido vivir en el Ejército con Zarin y Awal Shah, y ganarse la vida como mozo de establo o cortador de hierba hasta que tuviera edad suficiente para ingresar en el regimiento. Pero no se lo permitieron. ¿Por qué no lo dejaban tranquilo?, pensó con resentimiento. ¿Por qué, siempre y en todas partes, había gente que le daba órdenes dictatoriales, restringía su libertad e ignoraba sus deseos, y otros que ante una palabra de una mujer malvada estaban listos para perseguirlo por toda la India y quitarle la vida, aunque no tenían nada contra él y él no les había hecho daño alguno? ¡No era justo!

Ash era feliz en los mercados de Gulkote, y no deseaba abandonar la ciudad y trasladarse al Hawa Mahal. Pero no pudo elegir.

Y ahora, por lo visto, debía abandonar a sus amigos y su país natal para ir al de su padre; nuevamente no tenía opción ni posibilidad de protestar. Había caído en una trampa igual que el día en que entró en el Hawa Mahal, y era demasiado tarde para escapar porque las puertas ya se estaban cerrando a sus espaldas. Tal vez cuando creciera podría hacer lo que deseara..., aunque, en un mundo lleno de opresión, asesinos y entrometidos, comenzaba a pensar que sería poco probable. Pero al menos los *sahibs* habían prometido que, cuando terminaran los años de servidumbre en Belait, se le permitiría regresar al Hind.

El coronel Sam Browne lo informó de que había cursado un telegrama a los familiares de su padre, quienes lo enviarían a la escuela y lo convertirían en un *sahib*. También de que si estudiaba mucho y tenía éxito en los exámenes conseguiría que el Ejército lo enviara a Mardan como oficial de los Guías, y fue esa esperanza, más que su promesa a Sita o su temor a los hombres de la *rani*, lo que reprimió el impulso de Ash de recuperar su libertad. Eso, y el hecho de que se marcharía a Inglaterra al cuidado de un *sahib* que llevaba dos sirvientes indios a su país, lo cual significaba que no estaría completamente solo y sin amigos. Algo debido en gran parte a un comentario casual del *jemadar* Awal Shah.

«Es una lástima –había dicho Awal Shah a su comandante en jefe– que el muchacho olvide la lengua y las costumbres de su tierra, porque un *sahib* que supiera hablar y pensar como uno de nosotros, y pasar por un *pathan* o un punjabí sin dejar lugar a dudas, sería muy importante en nuestro regimiento. Pero en Belait lo olvidará y se volverá como los otros *sahibs*, lo cual representará una gran pérdida».

El comandante tomó muy en cuenta la observación porque, aunque todos los ingleses al servicio del Gobierno de la India debían hablar con fluidez uno o más de los idiomas del país, muy pocos aprendían a hacerlo lo suficientemente bien para pasar por nativos. Y esos pocos eran mestizos cuya sangre mixta es impedía ocupar cargos en los niveles más altos del Ejército o de la Administración Pública. Incluso un soldado tan capacitado como el coronel George Skinner, del Skinner's Horse, el afamado *sahib* Sikundar, no había podido obtener un mando en el Ejército de Bengala porque su madre era una señora india. Pero estaba claro que el sobrino de William Ashton era oriundo de la India en todo menos en la sangre, y uno de los pocos que poseían algo más que la piel. Como tal, podía resultar de valor inestimable alguna vez en un país en que la información exacta a menudo significaba la diferencia entre la supervivencia y el desastre, y Awal Shah tenía razón: no había que desperdiciar aquel material potencialmente valioso.

El comandante meditó sobre el problema, y finalmente llegó a una buena solución. El coronel Ronald Anderson, comisario del distrito, que se veía obligado a retirarse por razones de salud, partía hacia Inglaterra el jueves siguiente, y llevaba con él a su asistente *pathan*, Ala Yar, y a su cocinero Mahdoo, que procedía de las montañas del otro lado de Abbottabad. Ambos estaban a su servicio desde hacía veinte años. Anderson había sido amigo de John Nicholson y de sir Henry Lawrence, y en su juventud había pasado varios años en Afganistán con el desdichado Macnaghton. Hablaba media docena de dialectos y poseía un conocimiento exhaustivo. Sentía un profundo amor por la provincia de la frontera noroeste y las tierras del otro lado de esa frontera, de manera que sería la persona ideal para vigilar al joven Ashton durante el largo viaje a Inglaterra y las vacaciones que concediesen los Pelham-Martyn; siempre suponiendo que consintiera en asumir esa tarea. El comandante del Cuerpo de Guías no perdió el tiempo; pidió su caballo y aquel mismo día fue a presentar el asunto al coronel Anderson. Y el comisario a punto de retirarse, intrigado por la historia, accedió de inmediato.

–Pero, por supuesto, volverás –dijo Zarin para animar al ansioso Ash–. Sólo que primero es necesario que adquieras conocimientos, y dicen que eso hay que hacerlo en Belait. Aunque yo mismo no... Bien, no importa. Pero aún es más importante seguir vivo, y sin duda no estás seguro en este país en que han puesto precio a tu cabeza. No puedes tener la certeza de que los espías de la *rani* hayan perdido tu rastro, pero al menos sabemos que no te seguirán por el mar, y que mucho antes de que vuelvas tanto ella como sus espías te habrán olvidado. Mi hermano Awal Shah y yo hemos jurado guardar el secreto, y ni siquiera le escribiremos a mi padre que te hemos visto porque es posible que abran las cartas y que los curiosos las lean; será mejor mantenerlo en la ignorancia que correr el riesgo de revelar el cambio en tu fortuna y el lugar donde te encuentras a quienes te desean el mal. Más adelante, cuando se acabe el *gurrh burrh*, si el *sahib* coronel cree que no hay peligro en hacerlo, te escribiré a Belait. Y recuerda que no vas allí solo. Anderson-*sahib* es un hombre bueno y en quien puedes confiar. Él y sus sirvientes harán que no te olvides del todo de nosotros mientras te conviertes en un *sahib*..., y ya verás qué pronto pasan los años, Ashok.

Pero Zarin se equivocó en eso, porque no pasaron pronto. Se arrastraban con tanta lentitud que cada semana parecía un mes y cada mes un año. Sin embargo, tuvo razón con respecto al coronel Anderson. El excomisario del distrito sentía simpatía por el muchacho y le enseñó una asombrosa cantidad de palabras inglesas durante el largo y tedioso viaje, explicándole que no poder hablar en tierra extranjera sería un inconveniente y una humillación para su orgullo.

Ash comprendió el problema y, habiendo heredado la capacidad de su padre para aprender idiomas, se aplicó con tal diligencia a la nueva lengua que un año después nadie habría creído que había hablado otras. Con el don de imitación de los jóvenes, llegó a adquirir el mismo acento y la misma inflexión de la clase alta británica: el tono de los tutores pedantes y de los viejos Pelham-Martyn. Pero, por más que se esforzó, no logró pensar jamás que él era uno de ellos, ni para ellos era fácil aceptarlo como tal.

Fue un extranjero en tierra extranjera, e Inglaterra nunca sería «su país» para él, porque su país era la India. Aún era y siempre sería el hijo de Sita, y había muchísimas cosas en esa nueva vida que no sólo le resultaban ajenas, sino aterradoras. Cosas triviales en opinión de los ingleses, pero que para alguien criado en la religión de su madre adoptiva resultaban increíblemente aborrecibles. Por ejemplo, comer carne de vaca y de cerdo, la segunda una abominación y la primera un sacrilegio: el cerdo era un animal impuro y la vaca un animal sagrado.

No menos espantosa era la costumbre europea de usar un cepillo de dientes, no una, sino muchas veces, en lugar de una ramita o un palito que podían arrancarse diariamente de una planta y tirarse después de usados. Como todos sabían, la saliva era lo más contaminante que existía. Aparentemente, los ingleses lo ignoraban, y hubo agrias discusiones hasta que Ash aceptó ésta y otras costumbres bárbaras.

Aquel primer año fue difícil para todos los afectados, en especial para los parientes de Ash, que estaban igualmente horrorizados por las costumbres y el aspecto del joven «pagano» de Oriente. Rígidamente conservadores y con la insularidad intrínseca de su raza, se acobardaban ante la perspectiva de presentar a Hilary a la mirada crítica de sus amigos y vecinos, y modificaron rápidamente sus planes originales, que incluían enviarlo al famoso colegio que había educado a siete generaciones de Pelham-Martyn. En cambio, contrataron a un tutor en casa y concertaron una reunión semanal con un sacerdote y un exprofesor de Oxford para «ponerlo en forma»; también aceptaron agradecidos una invitación para que pasara las vacaciones con el coronel Anderson.

* * *

Pelham Abbas, residencia del hermano mayor de Hilary, sir Matthew Pelham-Martyn, Bart, era una imponente propiedad. Consistía en una gran casa cuadrada, estilo reina Ana, levantada en el terreno de una anterior estilo Tudor que había sido destruida por los hombres de Cromwell en 1644, y rodeada por extensiones de césped escalonadas, jardines con muros, establos e invernaderos. También había un lago ornamental, un gran parque donde se permitía cabalgar a Ash, un arroyo con truchas, y, en el lado más alejado, un cinturón de bosques en los que el cuidador de sir Matthew criaba faisanes. Una casa de campo en una propiedad de unas ciento sesenta hectáreas. La casa misma estaba llena de retratos de familia y muebles estilo Regencia, y los Pelham-Martyn, que pensaban que su sobrino quedaría impresionado con todo aquello, tuvieron la desagradable sorpresa de descubrir que la consideraba fría e incómoda, incomparable en tamaño y magnificencia con cierto palacio de la India, de nombre imposible de pronunciar, en el que, según él, había vivido muchos años.

Fue la primera de varias sorpresas, no todas desagradables: no esperaban que el chico manejase con la misma facilidad un caballo y un arma, y estaban profundamente agradecidos por ello.

–Mientras sepa tirar y montar a caballo, supongo que irá adelante –dijo su primo Humphrey–. Pero es una pena que no lo hayamos recibido antes. Sus ideas no son las correctas.

Las ideas de Ash siguieron siendo poco ortodoxas, y a menudo le causaban problemas; por ejemplo, su negativa a comer carne de vaca en ninguna forma. Éste fue el último y el más fuerte residuo de la crianza de Sita, y el que más tiempo le costó superar a pesar de las muchas dificultades que implicaba, por no mencionar los discursos y castigos que recibió por ello de sus maestros y preceptores, y el enojo, la irritación y el resentimiento que provocaba a sus familiares. Además, no entendía por qué no podía ofrecerse a enseñar a cabalgar a Willie Higgins, el limpiabotas, o invitar a Annie Mott, la delgada muchachita de doce años que tanto trabajaba en el fregadero, a tomar el té con él en el salón de clases.

–Pero es mi té, ¿verdad, tía Millicent? –preguntaba Ash.

O bien decía:

–Pero el tío Matthew me dio a Blue Moon para que fuera mi caballo, entonces no entiendo por qué...

–Son criados, querido mío, y no se trata a los sirvientes como iguales. No lo comprenderían –explicó la tía Millicent, desconcertada por aquel imposible retoño de su cuñado que protestaba en un inglés algo entrecortado. Igual que Hilary. Siempre había sido un problema, y ahora que estaba muerto seguía causando trastornos.

–Pero cuando yo era sirviente de Lalji, montaba en sus caballos y...

–Eso era en la India, Ashton. Ahora estás en Inglaterra y debes aprender a comportarte bien. En Inglaterra no jugamos con los criados ni los invitamos a compartir nuestras comidas. Y verás que Annie come muy bien en la cocina.

–No, no es cierto. Siempre tiene hambre, y no es justo, porque la señora Mott...

–Suficiente, Ashton. He dicho que no, y si vuelvo a oír hablar de esto tendré que dar órdenes de que no te permitan acercarte a la cocina ni tratar con los sirvientes de menor categoría. ¿Entiendes?

Ash no entendía. Pero sus parientes tampoco. Más tarde, cuando ya sabía escribir en inglés además de leerlo, su tío, en un encomiable intento de estimularlo y disminuir el aburrimiento de las lecciones, le dio una docena de libros sobre la India, diciéndole que, por supuesto, tendrían gran interés para él. Los libros incluían algunos de los últimos trabajos de Hilary, junto con relatos tan atractivos como *La conquista de Bengala*, el informe de Sleeman sobre la supresión de Thuggery y la *Historia de la guerra de los cipayos*, de sir John Kaye. Ash se interesó, efectivamente, pero no en la forma que esperaba su tío. Los libros de su padre le parecieron secos y eruditos, y sus reacciones ante los otros preocuparon seriamente a sir Matthew, que fue lo bastante audaz como para pedirle su opinión.

–¡Pero usted me preguntó qué pensaba! –protestó Ash con indignación–. Y eso es lo que pienso. Al fin y al cabo, era el país de ellos y no les hacían a ustedes..., es decir, no nos hacían ningún daño. No me parece justo.

–¡Las huellas de Hilary! –pensó sir Matthew con cierta exasperación.

Y le explicó rápidamente que, por el contrario, habían hecho mucho daño. Con los asesinatos, la opresión y las guerras entre ellos, estrangulando a viajeros inocentes como sacrificio a sus dioses paganos, quemando vivas a las viudas, y, en general, obstruyendo el comercio y el progreso. Tales horrores no podían continuar sin control, y era deber y responsabilidad de los británicos, como nación cristiana, oponerse a esas barbaridades y llevar paz y tranquilidad a los millones de sufrientes en la India.

–¿Pero por qué es responsabilidad de ustedes? –preguntó Ash, desconcertado–. No veo que tenga nada que ver con ustedes... es decir, con nosotros. La India ni siquiera está cerca de nosotros. Se halla en el otro extremo del mundo.

–Querido muchacho, no has prestado suficiente atención a esos libros –respondió sir Matthew, luchando por conservar la paciencia–.

Si lo hubieras hecho, habrías visto que teníamos actividades comerciales allí. Y el comercio es vital no sólo para nosotros, sino para la prosperidad de todo el mundo. No podíamos permitir que fuera alterado por luchas mezquinas entre príncipes rivales.

»Era necesario conservar el orden, y lo hemos hecho. Con la ayuda de Dios, se ha logrado llevar paz y prosperidad a ese desdichado país, y la bendición del progreso a un pueblo que sufrió durante siglos las atrocidades de la persecución y la opresión en manos de sacerdotes voraces y señores poderosos que siempre estaban en guerra. Es algo de lo que podemos enorgullecernos, y lo hicimos con un grave costo para nosotros, en trabajo y en vidas. Pero no se puede detener la marcha del progreso. Estamos en el siglo XIX, y el mundo se vuelve demasiado pequeño como para mantener una gran parte de él en estado de corrupción y barbarie medieval.

Ash tuvo una repentina visión del Dur Khaima y de la amplia meseta donde salía a caballo a cazar con halcón con Lalji y Koda Dad, y sintió una terrible angustia: era horrible pensar que pronto no habría lugares salvajes y bellos como aquéllos en aras de lo que el tío Matthew y sus amigos llamaban «el progreso». Se había formado una opinión desfavorable del «progreso», y no continuó la conversación, ya que era evidente que él y su tío nunca opinarían lo mismo sobre ciertos temas.

Ash se daba cuenta (el tío Matthew no) de muchas cosas que requerían reformas en Pelham Abbas: el despilfarro y prodigalidad; los conflictos entre los criados; la tiranía de los sirvientes de mayor categoría y el miserable salario, a todas luces insuficiente, que se consideraba bastante por largas horas de trabajo duro; las buhardillas sin calefacción donde dormían los seres más despreciados, como las criadas del lavadero y la cocina, los limpiabotas y los sirvientes de menor categoría; los largos tramos de escaleras incómodas que las camareras debían subir y bajar veinte veces al día con cubos de agua o bandejas cargadas, con la sombra del despido inmediato sin indemnización ni referencias pendiendo sobre ellas si cometían una falta.

La única diferencia que veía Ash entre los sirvientes de Pelham Abbas y los del Hawa Mahal era que los del segundo lugar llevaban existencias más placenteras y trabajaban menos. Pero se preguntaba qué pensaría su tío si Hira Lal o Koda Dad (los dos hombres sensatos e incorruptibles) aparecieran ante las puertas de Pelham Abbas acompañados de las armas, los elefantes de guerra y los soldados de las tropas de Gulkote, y se hicieran cargo del manejo de la casa y las propiedades, modificándolo según sus propias ideas...

Ash no estaba contento. No había deseado venir a Belait a convertirse en un señor. Habría preferido mil veces quedarse en Mardan y llegar a ser *sowar* como Zarin. Pero no le permitieron elegir, y, en consecuencia, pensaba que sabía más sobre lo que sienten las razas sometidas que el tío Matthew, quien hablaba en forma tan paternal de «brindar los beneficios de la paz y la prosperidad a los millones de sufrientes de la India».

«Supongo que me verán como a uno de los "millones de sufrientes" –pensaba Ash con amargura–, pero preferiría encontrarme allí trabajando de *coolie* a estar aquí y que me digan todo lo que tengo que hacer».

Las vacaciones eran un oasis en el seco desierto de las lecciones. Sin ellas, Ash sentía que no habría podido soportar su nueva vida, porque, aunque lo animaban a salir a cabalgar al parque, nunca podía hacerlo solo, sino acompañado por el ojo vigilante de un tutor o un sirviente. Y como el parque estaba rodeado de una alta pared de piedra y no se le permitía atravesar la verja, en muchos sentidos su mundo era tan restringido como el de un prisionero o un enfermo mental. Sin embargo, la pérdida de libertad no fue lo peor de esos años, porque Ash también la sufría en el Hawa Mahal. Pero allí estaba Sita, y tenía amigos, y, al menos, Lalji era joven.

La edad de sus carceleros actuales lo irritaba, y, después del desorden multicolor de una corte india, el decoroso e inflexible ritual de la vida en una casa de campo victoriana le resultaba árido y carente de significado... e indescriptiblemente ajeno. Pero, como el dinero que le daban para pequeños gastos, igual que el sueldo de los sirvientes, era demasiado escaso para pensar en escapar, y de todas maneras Inglaterra era una isla y la India estaba a nueve mil kilómetros, no podía hacer otra cosa que soportarlo y esperar el día en que pudiera volver al Cuerpo de Guías. Sólo la obediencia y el trabajo intenso podían apresurar la llegada de ese día, de manera que obedeció y se aplicó en los estudios. Su recompensa fue que se acabaron los tutores y la vida en Pelham Abbas, y pasó cuatro años en el colegio al que su padre, su abuelo y su bisabuelo habían asistido antes que él.

Nada en los primeros años de vida del chico lo había preparado para un colegio inglés, por lo que detestaba todos sus aspectos: la reglamentación, la monotonía y la falta de vida privada, la necesidad de someterse y la persecución y la brutalidad de que eran objeto los débiles y todos aquellos cuyas opiniones diferían de las de la mayoría; también los juegos obligatorios y la reverencia a dioses tales como el director de juegos y el capitán de críquet. Ash no solía hablar de sí mismo, pero el hecho de que se llamara Akbar suscitó preguntas, y como sus respuestas revelaron algunos de sus antecedentes, pronto lo llamaron Pandy, nombre aplicado durante muchos años por los soldados británicos a todos los indios. El mote de Pandy provenía del cipayo Mangel Pandy, quien había hecho el primer disparo en la rebelión india.

El joven Pandy Martyn fue tratado como una especie de extranjero bárbaro a quien hay que enseñar a comportarse en un país civilizado, y el proceso fue doloroso. Ash no lo aceptó con el talante requerido, sino que atacó a sus torturadores con uñas y dientes al estilo de los mercados de Gulkote, lo cual, aparentemente, no era civilizado y revelaba que «no tenía espíritu deportivo», aunque no pareció incorrecto que cinco o seis de sus oponentes se lanzaran contra él cuando se observó que en cuestión de músculos podía enfrentarse a dos al mismo tiempo. Pero el número se impone siempre, y, durante un tiempo, Ash pensó seriamente en escapar, idea que finalmente rechazó por poco práctica. Tendría que soportar aquello como había soportado los males menores de Pelham Abbas. Pero al menos les mostraría a aquellos *feringhis* que en sus campos de juego era igual o mejor que ellos.

El entrenamiento de Koda Dad en puntería había mejorado sus buenas condiciones naturales, y los compañeros de Pandy pronto descubrieron que el joven se desenvolvía más que regularmente en cualquier tipo de deporte, lo que cambió muchísimo su actitud hacia él.

En especial, después de que aprendiera a boxear. Cuando por fin terminó su primer período escolar y pasó al segundo, jugó al fútbol con su curso y luego con el equipo del colegio; se convirtió en héroe de los cursos elementales, aunque sus contemporáneos no lo comprendían del todo. No era antipático, pero no parecía interesado en ninguna de las cosas en las que ellos creían, por ejemplo, la supremacía de las razas anglosajonas, la importancia de ser de buena estirpe y el derecho divino de los británicos a gobernar a toda la gente de color (que por ese motivo no era ilustrada).

Ni siquiera el coronel Anderson, que en la mayor parte de las cosas era tan sensato y comprensivo, simpatizaba con las ideas de Ash, porque sus propias opiniones se inclinaban más en el sentido de las de sir Matthew. Él también señaló que, con el triunfo de la máquina de vapor y el progreso en la medicina, el mundo se volvía cada vez más pequeño y más superpoblado. Las naciones ya no podían actuar con independencia y hacer cada una lo que se le ocurría, porque el resultado no sería la satisfacción, sino la anarquía y el caos.

–Si quieres vivir tu vida sin que nadie interfiera en ella, tendrás que encontrar una isla desierta, Ash. Y no creo que queden muchas.

El clima inglés no mejoró mucho la salud del coronel Anderson, como él esperaba, pero, como debía resignarse a una vida de semiinvalidez, siguió interesándose activamente por Ash, que aún pasaba en su casa la mayor parte de sus vacaciones escolares. La casa del coronel era pequeña y estaba situada en las afueras de Torquay, y, aunque no podía compararse con Pelham Abbas, Ash habría preferido permanecer allí durante todo su tiempo libre, ya que la parte de las vacaciones que debía pasar en casa de su tío seguía representando una dura prueba para ambos. A sir Matthew lo molestaba ver que, excepto en deportes, su sobrino no daba señales de convertirse en un motivo de orgullo para él, y, en cambio, tenía la misma intransigencia que su padre Hilary. Ash, por su parte, se sentía mal e irritado con su tío, sus parientes y los amigos de sus parientes. Por ejemplo, ¿por qué insistían en preguntarle sus opiniones para luego sentirse insultados cuando las expresaba?

–¿Qué piensas tú, Ashton?

Era una pregunta bienintencionada, pero sumamente estúpida si no esperaban una respuesta honesta. Nunca entendería a los ingleses ni se sentiría como en su país.

El coronel Anderson nunca hacía preguntas estúpidas y su conversación era sencilla y estimulante. Amaba la India con la absoluta devoción que algunos hombres brindan a su trabajo o a sus esposas, y hablaba durante horas de su historia, su cultura, sus problemas y su política, y del conocimiento y la astucia que debían adquirir quienes aspiraban a servir y gobernar a sus pueblos. En esas ocasiones, invariablemente usaba el indostano o el *pushtu*, y, como ni Ala Yar ni Mahdoo hablaban jamás a su protegido en inglés, pudo informar a Mardan de que el muchacho seguía manejando los dos idiomas con la fluidez de siempre.

El coronel estuvo enfermo en el invierno de 1868. Por tal motivo, Ash pasó las vacaciones en Pelham Abbas, donde su educación (si podía llamársela educación), tomó un nuevo giro. Fue seducido por una criada, recién llegada al servicio de la casa, llamada Lily Briggs; una muchacha audaz de cabello cobrizo y cinco años mayor que él, que había causado considerable alboroto y rivalidades entre los criados.

Lily era un tanto descarada y muy astuta, y tomó la costumbre de entrar a última hora de la noche para asegurarse de que las ventanas de Ash estuviesen abiertas y las cortinas bien corridas. Sus pesadas trenzas de color trigo le llegaban casi hasta las rodillas. Una noche las soltó y se sentó en el borde de la cama de Ash para mostrarle, dijo, que podía sentarse sobre sus propios cabellos. A partir de ese momento, todo sucedió velozmente y Ash nunca recordó bien cómo fue que la muchacha se metió en su cama y apagó la luz, pero el hecho resultó fascinante. Su propia inexperiencia fue más que compensada por la pericia de Lily, y resultó un discípulo tan aventajado que ella disfrutó inmensamente y se las arregló para pasar las seis noches siguientes en la cama de Ash. Sin duda habría pasado también la séptima si no los hubiese descubierto in fraganti la señora Parrot, el ama de llaves, que no usó precisamente esa expresión cuando se lo contó a la tía Millicent...

A Lily Briggs la despidieron inmediatamente; por su parte, Ash recibió una buena paliza y una reprimenda verbal del tío Matthew sobre los males de la concupiscencia, además de un ojo a la funerala y una herida en el labio de un criado de segunda categoría, que había sido uno de los más fervientes admiradores de la infiel Lily. El resto de las vacaciones pasó sin más incidentes, y las siguientes fue de nuevo a casa del coronel Anderson.

Una o dos veces por año llegaba carta de Zarin. Pero, en general, contaba pocas noticias; él no sabía escribir, y el escribiente de cartas del mercado que se ocupaba de ello tenía un estilo florido y el hábito de comenzar y terminar cada carta con corteses y prolongadas preguntas sobre la salud del destinatario, y largas plegarias a «Dios Todopoderoso» por su continuo bienestar. En medio de todo esto, intercalaba algunas noticias sueltas; y fue así como Ash supo que Zarin se había casado con una prima segunda de la esposa de Awal Shah; que un oficial del 2.º Escuadrón, el teniente Ommaney, había sido asesinado por un fanático mientras asistía a las prácticas de tiro de su sección en Mardan; y que los Guías habían luchado contra los *utman khel,* quienes habían invadido pueblos en territorio británico.

Durante aquellos primeros años murió la madre de Zarin, y poco después Koda Dad Khan renunció a su puesto y se marchó de Gulkote. El rajá no deseaba separarse de su viejo y fiel sirviente, pero Koda Dad adujo razones de salud y manifestó que deseaba terminar sus días entre los suyos, en el pueblo donde había nacido. Sin embargo, los verdaderos motivos eran que sentía una profunda desconfianza de Janoo-Rani, quien no ocultaba sus sospechas de que Koda Dad había sido cómplice de la huida de Ashok. Hizo lo posible por enemistar al rajá con él, pero sin resultado. El rajá apreciaba mucho al anciano caballerizo y respondió secamente a Janoo-Rani. Koda Dad sabía que no tenía nada que temer mientras gozara del favor y la protección del rajá.

Pero, un buen día, el rajá decidió hacer un viaje a Calcuta para ver al virrey y presentar personalmente su reclamación del vecino estado de Karidarra, cuyo gobernante fallecido, un primo lejano, no había dejado heredero. Anunció que lo acompañaría su hijo mayor, el *yuveraj*, y que durante su ausencia la *rani* actuaría como regente: una estupidez que, en opinión de Koda Dad, mucha gente tendría que lamentar, además de él mismo. La lista de oficiales que acompañarían al rajá a Calcuta no incluía al jefe de las caballerizas. Al advertir la omisión, Koda Dad supo que le había llegado el momento de abandonar Gulkote.

No lamentaba marcharse, porque ahora que su esposa había muerto y sus hijos eran soldados en el norte, no había muchas cosas que lo retuvieran: algunos amigos, sus caballos y sus halcones; eso era todo. El rajá fue generoso con él, y Koda Dad partió en el mejor animal de los establos reales, con su halcón favorito en la muñeca y sus alforjas llenas de monedas para asegurarse una vejez tranquila.

–Haces bien en irte –declaró Hira Lal–. Si no fuera por el *yuveraj*, que necesita al menos un sirviente que no esté pagado por la *nautch*, seguiría tu ejemplo. Pero debo ir a Calcuta con él, y no creo que ella sospeche de mí porque he sido muy precavido.

Pero Hira Lal no había sido suficientemente prudente. Olvidó que Lalji, mimado, vanidoso y crédulo, nunca había sabido distinguir entre amigos y enemigos, y que era más probable que prefiriera a estos últimos porque se inclinaban ante él y lo halagaban. Los favoritos de Lalji, Biju y Puram, eran ambos espías de la *rani*, y nunca habían confiado en Hira Lal. Al parecer, una noche calurosa, durante el largo viaje a Calcuta, Hira Lal salió de su tienda para tomar aire fresco y fue atacado y apresado por un tigre. No había señales de lucha, pero se encontró un fragmento de sus ropas manchadas de sangre en un espino a unos cien metros del campamento, y se sabía que en la zona había un tigre que comía carne humana. El rajá ofreció cien rupias a quien recuperara el cadáver, pero la región alrededor del campamento estaba llena de matorrales, hierbas gigantes y profundas hondonadas. No se hallaron huellas de él.

Hira Lal desapareció. Pero, como los amigos de Koda Dad no solían escribirle cartas, él nunca se enteró de la historia, ni supo nada más de Gulkote. Tampoco Ash, ya que con la partida de Koda Dad se cortaba su último vínculo con dicho lugar. Inevitablemente, el pasado quedó atrás, ya que su vida en Inglaterra le dejaba poco tiempo para evocaciones. Siempre había trabajo y juegos, la escuela que soportar y las vacaciones para disfrutar. Con el tiempo, el recuerdo de Gulkote se hizo borroso y un tanto irreal, y rara vez pensaba en ello; aunque en el fondo de su mente, ignorada pero siempre presente, persistía una sensación de vacío y de pérdida, de estar incompleto, porque algo que le era vitalmente necesario había desaparecido de su vida. No sabía cuánto tiempo hacía que ese sentimiento anidaba en él, y no indagaba mucho por temor a que lo llevara al día de la muerte de Sita. Pero estaba convencido de que desaparecería no bien regresara a su país y volviera a ver a Zarin y a Koda Dad. Entretanto, lo aceptaría como un hombre a quien falta un brazo o una pierna acepta su problema y aprende a vivir con él.

No hizo amigos íntimos y nunca fue muy popular entre los de su edad, quienes encontraban difícil conocerlo y seguían considerándolo un tipo raro o solitario. Pero, en un mundo en que la capacidad de marcar un gol o ganar una carrera se valoraba más que los conocimientos intelectuales, sus proezas en los deportes al menos le granjearon respeto (y en el caso de los más pequeños, incluso admiración).

Después de los tres exámenes finales, sintió como un retroceso encontrarse una vez más en la posición de novato en la Royal Military Academy, al pie de una nueva escalera. Pero, en general, prefería la Academia al colegio y le fue bien allí, lo bastante bien, en realidad, como para que algunos de sus compañeros cadetes trataran de disuadirlo de que ingresara en el Ejército de la India; especialmente ahora que estaban a punto de abolir la compra de nombramientos, lo cual significaba que, en el futuro, los hijos de los ricos deberían mostrar su capacidad y no su dinero para obtener la promoción. Con esta dificultad, pocos caballeros desearían ahora arrojarse a una carrera militar, y quienes aconsejaban a Ash profetizaron (correctamente, según se comprobó luego) que se produciría una enorme disminución en el número de cadetes; su grupo fue el último en ingresar antes de implantarse la nueva ley. Ya era bastante malo estar en un regimiento como para además mezclarse con un montón de provincianos de clase baja.

–Y tú no quieres eso, ¿verdad? Al fin y al cabo, dinero no te falta. Entonces, ¿para qué ir a enterrarte en las colonias con un montón de negros y gente de segunda clase? Papá dice...

Ash replicó un tanto enfadado que si el que hablaba, su padre y sus amigos realmente pensaban así, cuanto antes los británicos se fueran de la India y la dejaran hacerse cargo de sus propios asuntos, mejor: probablemente lo haría con más éxito con su propia gente de primera clase que con la de segunda de otra parte.

–¡Pandy se subió al elefante otra vez! –se burlaron en su compañía (el sobrenombre lo había seguido a la Academia Militar). Pero un instructor que oyó el diálogo y lo repitió al comandante se inclinaba a coincidir con él.

–Es la actitud de los viejos guardias de caballería –dijo–. Todos esos tipos vivían tan pendientes de la casta como los hindúes, y consideraban como alguna forma de intocable a un oficial del Ejército de la India. ¡Cardigan ni siquiera comía en su compañía! Pero, si queremos tener un imperio, necesitamos que nuestros mejores hombres sirvan en ultramar, no los peores. Y gracias a Dios todavía hay bastantes de los buenos que quieren ir.

–¿Pondrías a Pandy Martyn entre los mejores? –preguntó con escepticismo el comandante de la compañía.

–En mi opinión, es salvaje como un halcón y en cualquier momento se escapa por la tangente. Además, no acepta fácilmente la disciplina, a pesar de su apariencia de docilidad. No me inspira confianza. El Ejército no es lugar para gente de ideas avanzadas, en especial el Ejército de la India. En realidad, constituyen un peligro, y si fuera por mí ni ingresarían en él. ¡Y eso se aplica al joven Pandy!

–Tonterías. Terminará como otro Nicholson. O como un Hodson, en todo caso.

–Precisamente eso es lo que me temo. O lo que temería si fuese su futuro comandante. Ésos eran dos charlatanes. Charlatanes útiles, es cierto, pero sólo por las circunstancias especiales. Probablemente, es afortunado que hayan muerto cuando murieron. Por lo que se dice, deben de haber sido bastante insufribles.

–Bien, quizá tenga razón –concedió el instructor, que se estaba aburriendo con el tema.

Lo mismo que en el colegio, Ash no hizo amigos en Sandhurst, a pesar de que gustaba a los demás, y en cierta medida era admirado, aunque esto último sólo por su éxito como atleta. Ganó el pentatlón, jugó al fútbol y al críquet para la Academia, se clasificó el primero en las pruebas de equitación y tiro, y se graduó en el puesto veintisiete en una lista de doscientos cuatro cadetes.

El tío Matthew, la tía Millicent, el primo Humphrey y dos ancianas Pelham-Martyn presenciaron el desfile de graduación. Pero el coronel Anderson no estuvo presente. Había muerto la semana anterior, dejando una pequeña herencia a cada uno de sus dos sirvientes indios, además de una suma suficiente para que regresaran a su país sin problemas. Un sobrino suyo recibió como herencia la casa del coronel y todo lo que ésta contenía. Ash, Ala Yar y Mahdoo pasaron su último mes en Inglaterra, en Pelham Abbas, y a finales de junio se embarcaron en el *S. S. Canterbury Castle* con destino a Bombay. Habían terminado los años de exilio y los tres regresaban a su tierra natal.

–Será estupendo volver a ver Lahore –dijo Mahdoo–. En Belait habrá ciudades más grandes, pero, excepto en tamaño, ninguna puede rivalizar con Lahore.

–Ni con Peshawar... o Kabul –gruñó Ala Yar–. Será agradable volver a comprar buena comida en los mercados y aspirar el olor de la mañana entre las montañas del Khyber.

Ash no dijo nada. Inclinado sobre la barandilla, miraba el agua espumosa que se ensanchaba entre el barco y la costa, y veía abrirse la vida ante él como una gran pradera soleada que se extendía hasta horizontes inimaginables.

Por fin era libre. Volvía a su país, y su futuro le pertenecía. El regimiento, en primer lugar: los Guías y Zarin, la vida de soldado entre las montañas agrestes de la frontera noroeste... Quizás un día sería comandante de los Guías; después, de una división. Con el tiempo..., ¿quién podía saberlo? Hasta podría convertirse en *Jung-i-Lat Sahib*, comandante en jefe de todos los Ejércitos de la India. Pero para eso faltaba mucho. Entonces sería viejo y todo esto pertenecería al pasado. Ahora no debía pensar en el pasado: sólo en el futuro.

LIBRO DOS
Belinda

8

Ash volvió a la India a finales del verano de 1871.

Fue un año interesante para muchos millones de personas. Francia presenció la capitulación de París, vio proclamar emperador de Alemania al príncipe Guillermo de Prusia en Versalles, y, una vez más, se declaró república. En Inglaterra, el Parlamento legalizó finalmente los sindicatos y puso fin al viejo e indigno sistema de vender los nombramientos en el Ejército de la India al mejor postor, sin tener en cuenta los méritos. Pero ninguno de estos acontecimientos tenía el menor interés para Ashton Hilary Akbar comparado con el hecho de que, tras siete largos años de exilio, por fin volvía al lugar donde había nacido.

Estaba de nuevo en su tierra. Tenía dieciocho años y un compromiso de matrimonio.

Hasta hacía poco, Ash no había tenido mucha relación con muchachas de su clase, porque, después de Lily Briggs, las hermanas y las primas de sus compañeros de buenas familias le resultaron penosamente afectadas y macilentas, e hizo todo lo posible por evitarlas. Lily tuvo sucesoras, pero no le produjeron impresiones duraderas y ya sus nombres y rostros comenzaban a borrarse de su memoria. En su época de cadete se ganó una reputación de misógino negándose a asistir a tés, excursiones y bailes, y anunciando con pedantería que «no disponía de tiempo para mujeres». Pero había tenido mucho tiempo, horas, días, semanas, en el largo viaje por mar de Londres a Bombay. Y la señorita Belinda Harlowe no sólo era una señorita, sino la muchacha más bonita a bordo.

Belinda no tenía nada de afectada ni de macilenta. Era tan rosada, blanca y dorada como el recuerdo idealizado de Lily; tan alegre como Dolly Develaine, de «The Seaside Follies», y de formas tan seductoras como las de Ivy Markins, que trabajaba en una sombrerería en Camberley y era tan generosa con sus favores. Además tenía dulzura, inocencia y juventud (dos años menos que Ash), y poseía un rostro encantador e intenso, enmarcado por abundantes rizos de color oro pálido, y una naricita recta que se arrugaba deliciosamente cuando reía; sus dos grandes ojos del color de la flor de lino brillaban de interés y entusiasmo por la vida, y su boca resultaba especialmente tentadora a causa de los hoyuelos en sus comisuras.

Ninguna de estas cualidades habría despertado muchas emociones en Ash (aparte del natural sentimiento de admiración por una muchacha bonita), si no hubiese descubierto que la señorita Harlowe, quien, como él, había nacido en la India, estaba encantada ante la perspectiva de volver allí. Lo dijo una noche, cuando ya hacía diez días que el *Canterbury Castle* navegaba, y varias de las señoras mayores, incluyendo la madre de Belinda, se lamentaban de tener que viajar otra vez a Oriente. Se estaban quejando de las excesivas incomodidades de la vida en la India: el calor, el polvo, las enfermedades, el desastroso estado de los caminos y las dificultades para viajar..., cuando intervino Belinda con una protesta entre risas:

–¡Ay, no, mamá! ¿Cómo puedes decir eso? Es un país encantador. Lo recuerdo claramente... El hermoso bungaló fresco con la enredadera púrpura que crecía en el porche, y todas las bellas flores del jardín; aquellas que parecían lirios con manchas, y otras rojas, altas, que siempre estaban cubiertas de mariposas. Y cabalgar en mi poni por el Mail y ver las filas de camellos. Y cuando me llevaban en silla de manos para pasar el verano en las montañas... Y los altos pinos, y las rosas salvajes perfumadas... y las nieves; kilómetros y kilómetros de montañas nevadas... No te imaginas qué feo me pareció Nelbury y la casa de la tía Lizzie; y sus sirvientes siempre me regañaban, en lugar de mimarme como Ayah y Abdul y mi *syce*. Estoy deseando llegar.

Ese inocente discurso disgustó a una tal señora Chiverton, a quien pareció incorrecto que una jovencita interviniera en una conversación de las personas mayores, y comentó que nadie que hubiese pasado por los horrores de la rebelión podría volver a confiar en un indio, y que envidiaba la feliz ignorancia de la querida Belinda sobre los peligros con que se enfrentaba cualquier mujer inglesa sensible al tener que vivir en un país bárbaro. Sin arredrarse en absoluto, Belinda rio, echó una mirada a los hombres sentados a la mesa y respondió:

–Pero piense cuántos hombres valientes hay para defendernos. ¿Quién puede tener miedo? Además, estoy segura de que no puede volver a suceder nada de esa naturaleza. –Inclinándose hacia delante, apeló a Ash, que escuchaba con interés desde el lado opuesto de la mesa–: ¿No cree usted, señor Pelham-Martyn?

–No lo sé –replicó Ash, con su acostumbrada honestidad–. Supongo que dependerá de nosotros.

–¿De nosotros? –repitió la señora Chiverton en un tono que indicó a Ash que no sólo encontraba su respuesta totalmente inaceptable, sino que, viniendo de un oficial tan joven, era insultante.

Ash vaciló, porque no deseaba seguir ofendiéndola, pero la señorita Harlowe entró alegremente en el terreno peligroso.

–El señor Pelham-Martyn quiere decir que si los tratamos con justicia no tendrán razones para otro levantamiento. –Entonces se volvió hacia Ash y preguntó–: Eso es lo que usted quería decir, ¿verdad?

No era exactamente lo que Ash quería decir, pero fue la forma en que Belinda pronunció «con justicia» lo que hizo que desde ese momento la considerara algo más que una muchacha bonita. Después de eso, a pesar de que la estricta vigilancia, un montón de admiradores y el exceso de gente a bordo le hacían imposible charlar con ella a solas, Ash aprovechaba cualquier oportunidad para tratarla o escucharla hablar de la tierra a la que ambos volvían con tantas esperanzas y expectativas.

* * *

La madre de Belinda, la señora Harlowe, era una mujer gruesa, bondadosa y de cabeza hueca que alguna vez había sido tan bonita como su hija, pero el clima y las condiciones imperantes en la India, junto con su desconfianza de «los nativos» y su temor a una segunda rebelión, no habían resultado propicios para su salud ni para su temperamento. El calor y los constantes embarazos engrosaron una figura que alguna vez fue admirable; su marido, que se acercaba a los setenta años, sólo había llegado a mayor de un regimiento de infantería de la India; tres de los siete hijos que ella le dio habían muerto en la primera infancia, y un año atrás se había visto obligada a llevar a sus mellizos de cinco años, Harry y Teddy, a Inglaterra para dejarlos al cuidado de su hermana Lizzie. La India seguía considerándose una trampa mortal para los niños; los cementerios de los acantonamientos en todo el país estaban llenos de tumbas de niños que habían muerto de cólera, golpes de calor, fiebre tifoidea o mordeduras de víboras.

Nada habría complacido más a la señora Harlowe que quedarse en Inglaterra con sus queridos hijos, pero después de exhaustivas conversaciones con su hermana se convenció de que, sin duda, su obligación era volver a la India; no sólo como un deber hacia su marido, sino también hacia su hija Belinda, que a los siete años había sido puesta al cuidado de Lizzie. De eso hacía diez años, y, como decía Lizzie, las posibilidades de que la muchacha encontrara un buen partido en un pueblecito provinciano como Nerbury eran escasas. En la India británica, en cambio, sobraban hombres solteros elegibles, de manera que había que dar a Belinda la oportunidad de conocer a algún caballero adecuado y casarse con él. Luego, mamá podría volver con sus adorados niños y vivir con la querida Lizzie hasta que Archibald ascendiera a jefe de su regimiento o se retirara.

Nadie (excepto, quizá, el mayor Harlowe) podía oponerse a ese proyecto, y la confianza de la señora Harlowe en su decisión se fortaleció rápidamente cuando no menos de once caballeros que viajaban en el *S. S. Canterbury Castle* comenzaron a prestar gran atención a su bonita hija. Es verdad que la mayoría eran muy jóvenes, militares de baja graduación y sin un céntimo, empleados públicos o jóvenes que se dedicarían al comercio, y que las otras cinco muchachas casaderas del barco no eran especialmente atractivas. Pero entre los caballeros había un capitán de infantería de más de treinta años, un viudo rico de edad madura, que era el socio principal de una empresa exportadora de yute, y el joven militar Pelham-Martyn, quien (según la señora Chiverton, la chismosa del barco) no sólo era sobrino de un noble, sino único heredero de la apreciable fortuna dejada por su padre, un distinguido erudito de reputación mundial.

Desde el punto de vista puramente financiero, la señora Harlowe consideraba que el señor Joseph Tilbery, el viudo, era quizás el candidato más idóneo. Pero, aunque dispensaba gran atención a su hija, aún no había hecho declaración alguna, y Belinda se refería a él y al capitán de infantería como «dos vejestorios». Le gustaban mucho más los militares y los empleados públicos jóvenes; flirteaba alegremente con ellos y se divertía muchísimo fomentando rivalidades entre los jóvenes y sintiéndose bella y admirada.

La atmósfera intensa del largo viaje se hizo aún más excitante para Belinda por un acontecimiento romántico: una boda en el mar. El capitán, a quien se pidió que ejerciera sus facultades como comandante de un navío que cruzaba el océano, casó al sargento Alfred Biggs con la señorita Mabel Timmins, que viajaba a Bombay para reunirse con su hermano. La boda tuvo lugar en el salón de primera clase, en presencia de todos los pasajeros que lograron entrar, y fue seguida de discursos y brindis con champaña ofrecido por el capitán. Luego, todos bailaron en cubierta, y no menos de tres de los pretendientes de Belinda le pidieron que siguiera el ejemplo de la novia y pasara el resto del viaje en luna de miel.

La transición de la atmósfera enclaustrada y aburrida de la casa de la tía Lizzie a la deliciosa libertad de la vida en un transatlántico y la atención de una docena de jóvenes admiradores, fue una experiencia encantadora para Belinda, que se sentía en el colmo de la felicidad. Su única dificultad era decidir a cuál de sus admiradores prefería, pero cuando el barco llegó a Alejandría ya no le quedaba ninguna duda.

Ashton Pelham-Martyn no era tan apuesto como George Garforth, ni tan agudo e ingenioso como el subteniente Augustus Blain, ni tan rico como el señor Joseph Tilbery, de Tilbery, Patterson y Compañía. En realidad, era un joven bastante silencioso excepto cuando hablaba de la India, y Belinda lo estimulaba a hacerlo siempre que sus inoportunos admiradores les permitían conversar en privado, porque le parecía estar escuchando sus propios recuerdos de niña en un lugar mágico. Belinda descubrió que el joven podía ser encantador cuando quería, y había algo en él que la fascinaba; algo distinto y excitante..., y un poco perturbador: la diferencia que existe entre un halcón salvaje y un manso pajarillo enjaulado. Además, era indiscutiblemente apuesto con su tipo moreno de rostro delgado, y contaban que se había criado en un palacio de la India. La chismosa señora Chiverton había sugerido que su piel y su cabello oscuros podían provenir de una mezcla... Pero todos sabían que la señora Chiverton era una hiena y que habría estado encantada si el joven se hubiera fijado en su hija Amy, que no era nada bonita.

Belinda dedicó sus más adorables sonrisas al subteniente Pelham-Martyn, quien terminó por enamorarse perdidamente de ella, y hacia el final del viaje reunió valor suficiente para acercarse a la señora Harlowe y pedirle permiso para cortejar a su hija.

Ash temía ser rechazado por su juventud y su poca categoría, y no podía creer su buena suerte cuando la madre de Belinda le respondió que no había inconveniente, y que estaba segura de que el padre de la querida muchacha estaría de acuerdo, pues opinaba que la gente debía casarse joven. Esto estaba muy lejos de ser cierto; el mayor Harlowe, como casi todos los oficiales de edad, desaprobaba que los oficiales jóvenes arruinaran su carrera y redujeran su utilidad a los regimientos atándose demasiado pronto a alguna chica que, inevitablemente, distraería su atención del trabajo y los envolvería en trivialidades domésticas en detrimento de los hombres bajo su mando.

El propio mayor tenía bastantes más años que su esposa, pues al casarse con ella frisaba en los cuarenta. Pero, aunque la señora Harlowe no desconocía sus opiniones, no vaciló en comprometer el consentimiento de su esposo, porque se convenció a sí misma de que Archie sólo podría alegrarse de ver a su hija tan bien situada. Después de todo, los jóvenes no tendrían que vivir del sueldo de Ash como subteniente: Ashton contaba con una buena renta, y en poco más de dos años sería mayor de edad y heredaría toda la fortuna de su padre. De manera que, por supuesto, Archie debía autorizar aquellas relaciones. Si bien Ashton era todavía un adolescente, cualquiera se daría cuenta de que era maduro para su edad. Un joven tan tranquilo, con tan buenos modales, tan enamorado de Belinda..., tan adecuado.

La señora Harlowe derramó unas lágrimas de emoción, y media hora más tarde, en un rincón tranquilo de la cubierta delantera, Ash declaró su amor a Belinda y fue aceptado.

No tenían intención de revelar el noviazgo, pero de alguna manera la gente se enteró. Apenas terminó la cena, Ash comenzó a recibir las envidiosas felicitaciones de sus rivales y las frías miradas de las damas; muchas de ellas habían dicho ya que la señorita Harlowe flirteaba descaradamente y que ahora estaban convencidas de que su mamá no era la persona tonta y bonachona que pensaban, sino una intrigante desvergonzada, corruptora de menores.

El señor Tilbery y el capitán de infantería se mostraron especialmente adustos, pero sólo George Garforth manifestó una protesta ruidosa.

George se puso blanco como el papel, y, después de intentar ahogar sus penas en alcohol, propuso batirse en duelo con el pretendiente afortunado, aunque, por suerte para todos, cayó oprobiosamente enfermo antes de que le aceptaran el desafío. Belinda se retiró temprano, George fue llevado a su camarote y Ash subió a una cubierta desierta, donde pasó la noche tendido en una hamaca mareado por el champaña y la felicidad.

Parecía increíble que, con tantos pretendientes para elegir, Belinda lo hubiese escogido a él. Era el hombre más afortunado del mundo, y mañana..., no, hoy, porque ya había pasado la medianoche, estaría de regreso en su país. Pronto cruzaría el río Ravi y vería las montañas, y a Zarin...

Zarin...

Ash se preguntó con cierta incomodidad si Zarin habría cambiado mucho en los últimos años, y si lo reconocería a primera vista. No había nada de él en las cartas convencionales y floridas que le llegaban con tan poca frecuencia y le decían tan poco. Sabía que ahora era un *daffadar* y padre de tres niños, pero eso era todo. El resto era una breve crónica de acontecimientos en el regimiento, y Ash ya no sabía cómo pensaba o sentía. ¿Podrían reanudar la antigua relación interrumpida siete años atrás?

Nunca se le había ocurrido que quizá no, pero ahora le surgía una duda al recordar que sus posiciones se invertirían. Él volvía como oficial británico, y Zarin Khan, el «hermano mayor» a quien tanto había admirado y envidiado, y a quien deseaba emular, estaría bajo su mando. ¿Qué diferencia se produciría? Ninguna, en lo que de él dependiera, pero las circunstancias podían influir mucho... Cosas como las costumbres o la disciplina del regimiento. Y sus camaradas y oficiales, y aun Belinda... No, Belinda no; ella lo amaba, sentiría igual que él. Pero, al principio, las cosas podían ser difíciles para él y Zarin.

Deseó que fuera posible que se encontrasen en terreno neutral, en lugar de la atmósfera estrictamente militar de Mardan, pues allí estarían bajo la mirada crítica de una docena de hombres que sabían algo de su historia y observarían cómo se comportaban. De todas maneras, ya era tarde para preocuparse por eso; debería actuar con sensatez y no impulsivamente (esto último era su peor defecto, según Koda Dad y el tío Matthew). Y entretanto tenía ante él un largo viaje al norte y la triste perspectiva de separarse de Ala Yar y Mahdoo; ésta era la única nube negra en su brillante horizonte.

Al recordarlo, sintió una punzada de culpa, porque su preocupación por Belinda había hecho que los hubiese olvidado un tanto, y aparte de algún paseo con uno u otro antes de que se levantaran los demás pasajeros, y unas palabras cada día cuando Ala entraba en su camarote a traer ropa limpia o poner gemelos en su camisa, los veía muy poco. Y ahora era tarde para enmendar su conducta, porque al día siguiente..., hoy..., le dirían adiós. Los tres tomarían caminos diferentes. Ash sabía que los echaría de menos más de lo que podía expresar con palabras. Eran un vínculo entre los días de su niñez y la nueva vida que comenzaría al salir el sol, que sería muy pronto, porque ya las estrellas perdían su brillo y el cielo mostraba hacia el este un verde pálido con el primer resplandor del amanecer.

Bombay se hallaba aún más allá del horizonte, pero el viento de la madrugada traía los efluvios de la ciudad. Ash percibía los olores mezclados del polvo y las cloacas, los mercados atestados y la vegetación en descomposición, y un leve aroma de flores..., caléndulas, jazmines y azahares. El olor del hogar.

9

El *daffadar* Zarin Khan, de los Guías, pidió tres semanas de permiso para «urgentes asuntos privados» y viajó a Bombay por su cuenta para recibir al *S. S. Canterbury Castle*, llevando consigo un asistente para Ash: Gul Baz, un *pathan* recientemente elegido para el cargo por Awal Shah.

Los años no habían dejado muchas huellas en Zarin, y en una primera mirada no se advertían grandes diferencias entre el hombre que esperaba el barco y el joven *sowar* que había despedido a un muchacho desconsolado casi siete años antes. Estaba más alto y más corpulento, y con bigote más espeso. También mostraba arrugas junto a su boca y sus ojos que antes no estaban allí; además, en lugar del uniforme color arena y las polainas que usaba la última vez que lo había visto Ash, llevaba el grisáceo atuendo de paseo de un *pathan*: pantalones amplios, chaleco floreado y una camisa blanca con bordados.

El sol bañaba el muelle gris con su multitud bulliciosa de *coolies*, funcionarios del puerto, hombres que ofrecían hoteles, y amigos y familiares que esperaban el buque. Mientras los remolcadores maniobraban a un costado y bajaban las planchas, los ojos de Zarin examinaban las hileras de rostros asomados a las barandillas de las cubiertas, y por primera vez pensó que si Ashok no tenía dificultad en reconocerlo, tal vez a él tampoco le costaría identificar a un muchacho que ya sería un hombre. Casi en el mismo momento, su mirada se clavó en una cara y lanzó un suspiro de alivio. Sí, sin duda aquél era Ashok. No había manera de confundirlo.

No parecía tan alto como esperaba Zarin: medía algo menos de un metro ochenta; pero era de estatura respetable, delgado y elegante como un hombre del norte o un *pathan*. Sus ropas proclamaban su condición de *sahib*, pero su piel, que siempre había sido morena, era ahora oscura como la de un asiático después de tantos días soleados y ociosos a bordo; y su cabello era negro. Con las ropas apropiadas, aún pasaría por un *pathan* o un montañés, decidió Zarin con una sonrisa irónica... Siempre que los años no lo hubiesen cambiado de muchas otras maneras.

Eso sólo el tiempo lo diría, porque, aunque había escrito con gran frecuencia y sus cartas, excepto las primeras, estaban redactadas en caracteres urdu (que le había enseñado el coronel Anderson), Zarin tenía que hacérselas traducir por un *munshi*, y se perdía mucho en el proceso. Pero al menos probaban que el muchacho no había olvidado a sus amigos. Quedaba por ver si podrían entablar una nueva amistad. Zarin observó que Ash no esperaba que lo recibiese nadie, porque, a diferencia de muchos otros pasajeros, no examinaba las caras de la multitud en busca de rasgos familiares, sino que miraba, por encima de los techos y los lujuriosos jardines verdes, la bella y pujante ciudad. A pesar de la distancia, Zarin veía su expresión y le resultó satisfactoria. Era realmente Ashok y no un extraño el que había regresado a su tierra.

–Allí está Pelham-*sahib* –dijo Zarin, señalándoselo a Gul Baz.

Levantó una mano para saludar a su amigo, pero inmediatamente la bajó porque una mujer había ido a detenerse junto a Ashok; una mujer muy joven, que lo tomó del brazo y se aferró a él como si le perteneciera, riendo y exigiendo su atención. Ashok se volvió y cambió su expresión, y, al advertirlo, Zarin frunció el ceño. Una *memsahib*..., una joven *memsahib.* Una complicación que no había previsto.

Desde el principio habían sido las *memsahibs* las que crearon desconfianza y levantaron barreras sociales entre los hombres blancos y los morenos en los territorios del Raj. En los viejos tiempos, los tiempos de la John Company que vieran nacer al Ejército de Bengala, había pocas *memsahibs* en la India, porque el clima no se consideraba adecuado para ellas y la duración y las incomodidades de los viajes en barco desalentaban a muchas y las mantenían a distancia. Privados de su sociedad, los *sahibs* se casaron y tomaron como amantes a las mujeres de la población indígena, y, en consecuencia, llegaron a amar y comprender al país y a su propia gente..., y a hablar sus idiomas con gran fluidez. En aquellos días había amistad y hermandad entre los hombres blancos y los morenos, y una gran medida de respeto mutuo. Pero, cuando la máquina de vapor hizo más rápidos y más cómodos los viajes por mar, las *memsahibs* llegaron a montones a la India, trayendo con ellas un bagaje de esnobismo, insularidad e intolerancia.

Los indios, que hasta ese momento eran tratados como iguales, se convirtieron en «nativos», y esta misma palabra perdió su significado original y adquirió un carácter de afrenta, pues ahora significaba «miembros de una clase inferior»... y de color. Las *memsahibs* preferían no tener ningún contacto personal con ellos, aunque no despreciaban la generosa hospitalidad de los príncipes indios y se enorgullecían de ser pacientes con su numerosa servidumbre. Pero rara vez invitaban a los indios a sus casas o se esforzaban por entablar amistad con ellos, y pocas mostraban algún interés en la historia y la cultura de un país que casi todas ellas consideraban pagano y bárbaro. Sus hombres ya no se casaban con mujeres indias ni las tenían como amantes, y las *memsahibs* miraban con el mayor desprecio a los numerosos mestizos, hijos de sus propios compatriotas en épocas más felices, y les daban la despectiva denominación de «eurasianos», o «blanquinegros», haciendo el vacío a cualquiera de quien sospecharan que tenía un «tinte de alquitrán». Por supuesto, había muchas excepciones, pero quedaban ahogadas por la mayoría, y, a medida que disminuía el contacto social entre las razas, se esfumaban la simpatía y la comprensión, y se perdía gran parte de la camaradería de otros tiempos para ser reemplazada por la desconfianza, la suspicacia y el resentimiento.

Zarin Khan, parado al sol en el muelle de Bombay y viendo cómo su amigo de otra época ayudaba solícitamente a una muchacha de cabellos rubios a bajar por la pasarela, sintió que algo extraño le atenazaba el corazón. No sabía lo que le habían hecho a Ashok los años en Belait, pero no esperaba complicaciones de este tipo, y lo mejor que podía desear era que se tratase de un asunto pasajero que terminara en unas semanas. Pero no le gustó la expresión complaciente y posesiva en el rostro de la *memsahib* bajita y rolliza, que seguramente era la madre de la muchacha, y a quien reconocía como la esposa de Harlowe *sahib*, segundo comandante de un regimiento ahora con base en Peshawar. La perspectiva no era buena: Peshawar estaba a menos de cuatro horas de camino de Mardan, y la muchacha haría que Ashok se dedicara a ella cuando debía consagrarse a asuntos más importantes. Zarin frunció el ceño y de pronto no se sintió seguro de querer dar la bienvenida a Ashok.

El mayor Harlowe no había podido esperar a su familia en Bombay, porque los regimientos de la frontera se preparaban para las maniobras de otoño y había demasiado trabajo para concederle permiso en esas circunstancias. Pero envió a su asistente y al *ayah* de su mujer para que se encargaran de atenderlas en el largo viaje al norte. Y estaba seguro de que encontrarían a algunos conocidos en el tren y no se aburrirían.

–Claro que no nos aburriremos –gritó Belinda, mirando a su alrededor con ojos brillantes–. Ash viajará con nosotras. Además, hay tanto para ver... Junglas, tigres y elefantes... Ah, mira ese chiquillo adorable. Sólo lleva puesto un brazalete. ¡Imagínate si alguien llevara a Inglaterra un pequeñuelo que sólo tuviese puesto un brazalete! ¿Por qué tiene todas esas guirnaldas alrededor del cuello el señor Tilbery...? Qué cómico está, ahogado en flores y lentejuelas. La señora Chiverton también las tiene: me gustaría... Ash, allí hay un nativo que no nos quita los ojos de encima. Ese hombre alto con bordes dorados en el turbante. Creo que te conoce.

Ash se volvió a mirar, luego quedó inmóvil. Zarin...

Los años retrocedieron, y de pronto fue un chico otra vez, escuchando a Zarin que le decía que debía ir a Inglaterra y que un día regresaría: «Los años pasarán rápidamente, Ashok». No lo habían hecho rápidamente, pero habían pasado. Había vuelto a casa, y allí, esperándolo como había prometido, estaba Zarin. Trató de llamarlo, pero se le había formado un nudo en la garganta y sólo pudo sonreír tontamente.

–¿Qué te pasa, Ash? –preguntó Belinda, tirándolo de la manga–. ¿Por qué miras así? ¿Quién es ese hombre?

Ash logró hablar.

–Zarin. Es Zarin...

Se desprendió de la mano de Belinda y salió corriendo. Belinda se quedó mirándolo, desconcertada y bastante estupefacta al ver a su prometido abrazando a un nativo con un entusiasmo que habría considerado excesivo aunque hubiesen sido franceses. ¡Pero si se estrechaban en un abrazo! Belinda se volvió bruscamente, con las mejillas rojas de vergüenza, y encontró la mirada maliciosa de Amy Chiverton, que también había sido testigo del encuentro.

–Mamá siempre dijo que había algo que no le gustaba en el señor Pelham-Martyn –comentó malignamente la señorita Chiverton–. ¿Crees que ese hombre será su hermanastro, o un primo, o algo así? Realmente, se parecen mucho. Ah, olvidaba que es tu prometido. Soy una bestia, lo siento tanto... Pero en realidad bromeaba. Supongo que no es más que uno de sus viejos sirvientes que ha venido a recibirlo. Los nuestros también han venido. E imagino que los de ustedes también.

«¿Pero acaso uno abrazaba a sus antiguos criados?», pensó Belinda. Y, de todas maneras, aquel hombre no era viejo. Se volvió a mirarlos nuevamente y, con intenso disgusto, admitió que Amy Chiverton tenía razón al menos en una cosa: los dos hombres mostraban cierto parecido; si Ashton se dejara el bigote, casi podrían pasar por hermanos...

–Por Dios, querida Belinda –la regañó la señora Harlowe, que acababa de despedirse del coronel Philpot y su esposa, que ocupaban el camarote contiguo–, ¿cuántas veces tengo que decirte que no debes estar al sol sin sombrilla? Te estropearás el cutis. ¿Dónde está Ashton?

–Tuvo que... ocuparse de su equipaje –mintió Belinda, tomando del brazo a su madre y conduciéndola hacia la aduana–. Volverá enseguida. Vamos a la sombra.

De pronto le resultaba intolerable que su madre viera a Ashton abrazándose con un nativo, porque, aunque ella jamás soñaría en decir, ni siquiera en pensar, la clase de cosas que acababa de decir Amy Chiverton, sin duda lo desaprobaría, y en ese momento Belinda notaba que no soportaría oír nada más sobre el tema. Probablemente, Ashton tendría una explicación muy razonable, pero no debería haberla abandonado así. No tenía derecho a salir corriendo y dejarla sola en medio de una multitud de *coolies* que se empujaban unos a otros, como si ella no tuviera ninguna importancia. Si era así como pensaba tratarla...

Los ojos de Belinda se llenaron de lágrimas furiosas, y de pronto toda la colorida escena a su alrededor perdió encanto y sólo sintió el calor, la incomodidad y la transpiración que empapaba la tela de su vestido de muselina floreada y la pegaba a sus omóplatos. Ash se había comportado de forma incalificable y la India era horrible.

Al menos por el momento, Ash se había olvidado totalmente de ella. Y también había olvidado, mientras reía y lanzaba exclamaciones y abrazaba a su amigo, que ahora era *sahib* y oficial.

–Zarin... Zarin, ¿por qué nadie me dijo que estarías aquí?

–No lo sabían. Solicité permiso y vine, pero no le dije a nadie adónde iba.

–¿Ni siquiera a Awal Shah? ¿Cómo está? ¿Me reconociste enseguida, o no estabas seguro? ¿He cambiado mucho? Tú no, Zarin. No has cambiado nada. Bueno, un poco tal vez. Pero muy poco. ¿Y tu padre? ¿Está bien? ¿Lo veré en Mardan?

–No lo creo. Está bien, pero su pueblo queda tres kilómetros más allá de la frontera, y rara vez sale de allí porque está viejo.

–Entonces deberemos pedir permiso para ir a visitarlo. ¡Ah, Zarin, qué alegría volver a verte!

–Yo también me alegro. A veces temía que te alejaras de nosotros y no tuvieras ganas de volver, pero ya veo que eres el mismo Ashok con quien yo lanzaba cometas y robaba melones en el Hawa Mahal. ¿Te han parecido muy largos los años pasados en Belait?

–Sí –respondió brevemente Ash–. Pero, gracias a Dios, han terminado. Háblame de ti y del regimiento.

El tema pasó a ser los Guías y los rumores de una campaña de invierno contra ciertas tribus de la frontera que habían invadido pueblos y robado mujeres y ganado. Zarin presentó a Gul Baz, y Ash, a su vez, presentó a Ala Yar y Mahdoo. Uno o dos pasajeros del barco se detuvieron un instante, sorprendidos de ver al joven Pelham-Martyn charlando y riendo tan animadamente con un grupo de «nativos», porque a bordo había sido poco conversador y se le catalogaba de «aburrido», aunque su romance con la señorita Harlowe sugería que había algo más en él de lo que se veía a simple vista. En ese momento no había rastros de reserva en sus modales, y los pasajeros, que por un momento habían prestado atención al extraño grupo, arqueaban las cejas con desaprobación y seguían rápidamente su camino, sintiéndose vagamente insultados.

La multitud en el muelle y las montañas de equipaje comenzaron a disminuir. Belinda y su madre seguían esperando el regreso de Ash. Sus compañeros de los dos anteriores meses se alejaron en carruajes en dirección a la ciudad. El sol daba de plano sobre el tejado de planchas de hierro de la aduana y la temperatura subía. Pero Ash había perdido la noción del tiempo; tenía tanto que hablar y que decir... Cuando, finalmente, Zarin envió a Gul Baz a buscar su equipaje y contratar *coolies* para que lo sacaran del puerto, Ala Yar anunció inesperadamente que él y Mahdoo acompañarían a Ash a Mardan.

–No necesitarás al nuevo asistente –explicó Ala Yar–, porque prometí a *sahib* Anderson antes de su muerte que me encargaría de tu bienestar. Mahdoo también desea estar a tu servicio. Hemos hablado del asunto entre los dos, y aunque somos viejos, no deseamos retirarnos a una vida ociosa. Tampoco deseamos buscar empleo con algún *sahib* cuyas costumbres nos resulten extrañas. Por tanto, seré tu asistente y Mahdoo tu cocinero, y no te preocupes por el sueldo, porque *sahib* Anderson ha pensado generosamente en nosotros y nuestras necesidades son pequeñas. Con unas pocas rupias nos arreglamos.

No hubo argumento que los hiciera cambiar de decisión, y cuando Zarin explicó que un oficial de baja graduación no necesitaría cocinero, Mahdoo respondió tranquilamente que entonces sería su *khidmatgar* (mayordomo). ¿Qué importancia tenía? Pero él y Ala Yar habían trabajado juntos durante muchos años y estaban acostumbrados el uno al otro, y también al *sahib* Ash, así que preferían seguir juntos.

La idea era estupenda para Ash, porque la perspectiva de separarse de ellos era lo único que entristecía su regreso a la India. Estaba encantado de aceptar su propuesta, así como la sugerencia de conservar a Gul Baz como «segundo asistente».

–Lo mandaré a la estación a sacar los billetes y a reservar un departamento para nosotros lo más cerca posible del tuyo –dijo Zarin–. No, no podemos viajar contigo... Ni tú irás con nosotros. No sería conveniente. Tú eres un *sahib*, y si no te comportas como tal nos causarás problemas a todos, porque hay muchos que no lo entienden.

–Tiene razón –asintió Ala Yar–. Además, hay que pensar en las *memsahibs*.

–Bah, al diablo con... –comenzó Ash, y se interrumpió con una exclamación ahogada–. ¡Belinda! Dios mío, me olvidaba de ella. Mira... te veré en la estación, Zarin. Dile a Gul Baz que traiga mi equipaje. Ala Yar, tú tienes las llaves, ¿verdad?, conoces mis maletas... Debo irme.

Corrió al lugar donde había dejado a Belinda, pero la joven se había ido. El *S. S. Canterbury Castle* aparecía silencioso y desierto bajo el calor del mediodía. Un oficial de la aduana explicó que dos señoras habían esperado allí casi una hora y luego se habían marchado. No, no sabía adónde, probablemente a un hotel en Malabar Hill, o al Yacht Club, o al Byculla. Tal vez alguno de los cocheros que esperaban afuera podría decírselo. Las dos señoras, agregó el funcionario con poca amabilidad, parecían muy alteradas.

Ash alquiló una *tonga*, pero, como el poni parecía famélico e incapaz de andar con rapidez, no logró alcanzarlas. Después de pasar una tarde ansiosa y agotadora haciendo averiguaciones en una serie de hoteles y clubes, a Ash no le quedaba otra alternativa que ir a la estación y esperarlas allí.

El tren correo saldría a última hora de la tarde, de manera que Ash pasó las horas que faltaban vagando con aire desdichado por el vestíbulo de la entrada y culpándose de ser un estúpido egoísta e irreflexivo, totalmente indigno de una criatura tan adorable como Belinda. ¿Qué pensaría ella y adónde habría ido?

Belinda y su madre habían ido a casa de unos amigos cerca del puerto, donde pasaron el día, pues hacía demasiado calor para dedicarse a pasear, en opinión de la señora Harlowe. Y, por supuesto, no había ni que pensar en que Belinda pudiese salir sola. Se marcharon a la estación después de cenar temprano, y encontraron a Ash en la plataforma, pero, para desgracia del joven, no estaba solo. Aquel día no lo acompañaba la suerte, porque si hubieran llegado cinco minutos antes lo habrían encontrado paseando con aspecto preocupado frente a la taquilla. Pero Ala Yar tenía amigos en la ciudad y había llevado a Zarin y Mahdoo a visitarlos, dejando que Gul Baz realizase todos los trámites necesarios en la estación. Los tres hombres habían llegado en una *tonga* apenas cinco minutos antes que la muchacha y su madre. Belinda, al ver a su prometido en animada conversación con los nativos, supuso que había pasado el día con ellos, sin haber hecho el menor esfuerzo por encontrarla.

La ira y las lágrimas contenidas le formaban un nudo en la garganta, y a pesar de su educación y de que la plataforma estaba llena de pasajeros, *coolies* y vendedores de bebida y comida, si hubiera tenido un anillo de compromiso se lo habría arrojado en la cara a Ash. Como no contaba con ese recurso para expresar sus emociones, estaba a punto de pasar al lado de Ashton sin mirarlo, cuando el maligno destino le proporcionó un arma que pocas mujeres, en sus circunstancias, se hubieran resistido a usar.

Con el paso del tiempo se convertiría en uno de esos incidentes triviales que pueden cambiar el carácter y el curso de los acontecimientos en las vidas de varias personas, aparte de las directamente implicadas, aunque nadie, y Belinda menos que nadie, podía saberlo. Ella sólo vio la oportunidad de devolver a Ash la afrenta y la aprovechó. El joven George Garforth, el del perfil griego y los rizos byronianos, que avanzaba rápidamente por la plataforma en busca de su equipaje, se sorprendió agradablemente ante el cálido saludo que le dedicó la muchacha a quien había entregado su corazón. Desconcertado ante tal recepción, perdió la cabeza.

Una combinación de amor, timidez y aguda sensación de inferioridad le habían impedido expresar su veneración hasta ese momento, y, aunque Belinda admiraba su aspecto, lo consideraba terriblemente aburrido y estaba de acuerdo con la afirmación de la maliciosa Amy

Chiverton de que «el pobre señor Garforth serviría perfectamente de maniquí a un sastre». Ese físico debería haber inspirado confianza y hasta orgullo a su dueño. Pero era obvio que a George Garforth le faltaban por completo esas cualidades, y que no sólo tenía una penosa inseguridad, sino que a veces se consideraba increíblemente torpe, con un comportamiento demasiado audaz en momentos erróneos, que luego lo llevaba a un estado de confusión aún más violento. Ash, que le tenía cierta simpatía, había comentado:

–El problema con George es que parece que no tuviera piel, de manera que todo lo toca en carne viva.

Y aquí llegaba Belinda, avanzando hacia George con la mano tendida y una expresión tan dulce que el pobre George miró a su alrededor pensando que se dirigía a algún otro que estaba cerca de él.

–Señor Garforth, qué encantadora sorpresa. ¿Viaja en este tren? El viaje será mucho más agradable si lo hacemos con amigos.

George la miró sin poder creerlo, y luego, dejando caer el paquete de cartas que llevaba, estrechó la mano de Belinda como un ahogado que se aferra a la cuerda salvadora. Se puso pálido y no pudo pronunciar una palabra, pero su incapacidad de hablar no pareció molestar a su diosa, quien se liberó de la mano de George y se cogió de su brazo, pidiéndole que la llevara a su coche.

–Si hubiera sabido que usted viajaba en este tren, no me habría preocupado –declaró alegremente Belinda–. Pero me ofendió un poco que ni siquiera se despidiese de mí esta mañana. Lo busqué por todas partes, pero en el puerto hacía tanto calor y había tanta gente...

–De... ¿de verdad? –tartamudeó George–. ¿Realmente me... me buscó?

Estaban acercándose a Ash y a sus amigos de clase baja, y Belinda rio mirando a la cara a su tímido acompañante.

–Claro, de verdad.

A George le volvieron los colores y aspiró un aire que pareció llenar no sólo sus pulmones, sino todo su cuerpo con una sensación de dicha que ningún licor le había proporcionado jamás.

De pronto se sintió más alto y más corpulento, y, por primera vez en su vida, lleno de confianza.

–¡Pero qué bien! –exclamó George. Se echó a reír.

Ash se volvió en ese instante y lo vio del brazo con Belinda; los dos reían como si no sintieran la menor preocupación por nada. Ash dio un paso hacia ellos y Belinda dijo:

–Ah, hola, Ashton –y pasó a su lado con una distraída inclinación de cabeza, infinitamente más hiriente que un ataque directo.

Ash los siguió hasta el coche de los Harlowe, donde debió presentar sus disculpas y dar explicaciones a la señora Harlowe, ya que Belinda parecía demasiado ocupada con George como para prestar atención a lo que decía él, aparte de advertirlo de que no debía disculparse: lo sucedido carecía de importancia. Con esto, Ash quedó totalmente abatido y se sintió muy estúpido.

En los días que siguieron se sentiría aún peor, porque Belinda continuó tratándolo con cortesía irritante cada vez que entraba en su compartimento en las frecuentes paradas del tren, y jamás lo invitó a sentarse con ellas, ni a caminar por el pasillo del coche durante las pausas nocturnas. Esta conducta afligía a Ash y alarmaba a la pobre señora Harlowe, pero su efecto en George era electrizante. Nadie que hubiese viajado con él en el *S. S. Canterbury Castle* habría creído que el joven retraído, callado e hipersensible del viaje podía convertirse tan rápidamente en aquel caballero conversador y seguro de sí mismo, que erguía los hombros y sacaba el pecho mientras paseaba en el atardecer con Belinda del brazo, o monopolizaba la charla en el compartimento.

Ash se sentía demasiado abrumado y culpable como para ofenderse por la conducta de su amada o advertir los crecientes celos y la malignidad de George, pues se acusaba de los peores crímenes que podía cometer un hombre con una mujer, y sentía que no había castigo bastante severo, excepto la inimaginable pena de perderla. En cuanto a Zarin, al ver que no podía hacer nada por aliviar el malestar de Ashok, abandonó el intento y se concentró en la compañía más amable de sus compatriotas hasta que su amigo se recuperara.

Los barrancos cubiertos de árboles y helechos y la lujuriosa vegetación del sur dieron paso a la aridez de las rocas y la arena del norte; a la jungla y los campos sembrados; a las aldeas perdidas y las ruinas de ciudades muertas; a los anchos ríos ondulantes con cocodrilos y tortugas al sol y garzas blancas que pescaban en sus orillas. Al atardecer, los matorrales y las altas hierbas brillaban de luciérnagas, y al amanecer chillaban los pavos reales y el cielo amarillo se reflejaba en estanques y arroyos llenos de lirios. Pero Ash, tendido de espaldas, miraba el techo y ensayaba discursos para ablandar el corazón de Belinda, o alguna vez replicaba a los esfuerzos por conversar de sus compañeros.

Como era de esperar, la señora Harlowe tampoco disfrutaba del trayecto. Sabía por experiencia que los viajes por la India eran calurosos, llenos de polvo e incomodidades; pero en esta oportunidad no la molestaban esos problemas, sino la conducta de Ashton y Belinda, que finalmente demostraban no ser más que unos niños. Muchas chicas se casaban a los diecisiete años; ella misma lo había hecho, pero con hombres maduros, que sabían hacerse cargo de ellas, y no con adolescentes atolondrados como Ashton, que había abandonado a su prometida en un puerto atestado de gente para hablar con unos nativos.

La excusa que presentó sólo sirvió para empeorar las cosas. Explicar que uno de ellos (apenas un *daffadar*, ni siquiera un oficial de la India) era un viejo amigo que había viajado de Khyber a Bombay para recibirlo, y que se había alegrado tanto de verlo que perdió toda noción del tiempo, hablaba en favor de su sinceridad, pero revelaba que carecía de madurez y tacto, y la señora Harlowe estaba de acuerdo con su hija en rechazar una disculpa tan torpemente expresada. En realidad, Ashton no sabía comportarse. Debía saber que no podía mantener relaciones tan amistosas con cipayos y sirvientes. Era algo inadmisible, que además probaba que ella sabía muy poco de él. En realidad, lo había elegido por su cuna y su fortuna, ansiosa de ver a su hija bien situada, pero no había tenido suficiente cautela y buen sentido. Y ahora Belinda flirteaba con todo descaro con otro joven que no era elegible en absoluto, y la señora Harlowe estaba sumamente preocupada.

Considerándose culpable, se refugió en las lágrimas y en un acceso de melancolía. Después de tres días con esa atmósfera, Belinda comenzó a descubrir que, por más insultada que se sintiera, no podía soportar el aburrimiento de interminables horas encerrada en un vagón de ferrocarril caluroso y polvoriento sin otra cosa que hacer que escuchar los llorosos comentarios de su madre. Ashton se había comportado de forma abominable, es cierto, pero ya estaba suficientemente castigado. Además, Belinda comenzaba a cansarse de George Garforth, cada vez más presumido y con actitud posesiva, y pensaba que ya era hora de ponerlo en su lugar.

Cuando el tren se detuvo en la estación siguiente, Ash golpeó humildemente en la puerta del compartimento y fue admitido, mientras que el desdichado George se encontró repentinamente desplazado y obligado a pasear solo por los pasillos o conversar con la madre de su diosa. Para Ash y Belinda, sin embargo, el resto del viaje fue muy agradable, excepto una pequeña discusión en Delhi, donde el tren terminaba su recorrido y todos los que deseaban seguir hacia el norte debían recurrir a medios más anticuados: el transporte de correo, el palanquín, la carreta de bueyes o la marcha a pie. Los viajeros se alojaron en el *dâk-bungalow* de Delhi. Y Ash, después de dedicar dos tardes a visitar la ciudad, se ausentó durante todo un día.

En realidad, estuvo ausente durante veinticuatro horas completas, pero la señora y la señorita Harlowe no se dieron cuenta, porque Ash había aprendido a comportarse y esta vez justificó su ausencia presentando un hermoso anillo de perlas y diamantes, y explicando que había tenido que visitar por lo menos veinte o treinta tiendas en la parte vieja de la ciudad y en Chandi Chowk, la famosa calle de la Plata de Delhi, antes de encontrar algo suficientemente bueno para Belinda. Las dos damas quedaron encantadas con el anillo, aunque Belinda no podía usarlo antes de que su padre diera su consentimiento. Y como George Garforth había aprovechado la oportunidad para llevarlas de excursión al Kutab Minar, pasaron el día muy gratamente. Ash fue perdonado, y nadie pensó en hacerle más preguntas a pesar de que en realidad sólo había dedicado una hora a buscar el anillo, y el resto del tiempo a otra cosa.

Mahdoo tenía amigos en Delhi, y la noche anterior Ash se había puesto un traje de *pathan* (que Gul Baz le prestó para la ocasión) y vagó por la ciudad hasta el amanecer, comiendo, bebiendo y divirtiéndose con los parientes de Mahdoo. Más tarde disfrutó de la vida nocturna de los atestados mercados con Zarin. Estaba poseído de una regocijante sensación de libertad, como si acabara de escapar de la cárcel. El disfraz occidental penosamente adquirido en los fríos años de colegio y en Pelham Abbas se le cayó tan fácilmente como si hubiera sido un abrigo de invierno que se descarta con el primer aire cálido de la primavera, y volvió con toda facilidad a la lengua y las costumbres de su infancia. La comida sustanciosa y muy condimentada era como ambrosía después de la dieta de carne hervida con zanahorias, repollo aguado y budines insípidos, y el calor y el olor de la ciudad lo embriagaban de placer. Se olvidó de Inglaterra, de que era un *sahib* de los Guías y de Belinda; y fue una vez más Ashok, hijo de Sita, que había vuelto a su tierra y había heredado un reino.

No tenía idea de cuál era el templo al que lo llevaba Sita (y aunque la hubiese tenido no habría podido entrar con su indumentaria), pero dio limosnas a varios *sadhus* manchados de ceniza y a unos cuantos mendigos hindúes en nombre de ella. Y a la mañana siguiente, acompañado por Zarin, Ala Yar, Mahdoo y Gul Baz, se unió a una nutrida congregación en el gran patio del Juma Masjid y murmuró una plegaria por Sita y otra por el tío Akbar (la primera era una oración hindú ortodoxa y la segunda un devoto rezo musulmán), confiando en que el único Dios, para quien todos los credos son uno, las escuchara y no se sintiera ofendido.

En la galería sobre la gran entrada había un grupo de turistas, hombres y mujeres europeos que observaban a la multitud en su servicio religioso allá abajo, y reían y hablaban como si presenciaran las travesuras de unos animales en el zoológico. Sus voces estridentes se mezclaban con las plegarias susurradas, y Ash se preguntó con furia qué pensarían si un grupo de indios se comportara de la misma manera durante un oficio religioso en Westminster Abbey, cuando percibió, desconcertado, que una de esas voces pertenecía a la señora Harlowe y otra a su prometida. Las disculpó diciéndose a sí mismo:

«No es más que ignorancia... No quieren hacer daño; no entienden».

La ciudad rodeada de murallas rojas era tan apasionante de día como de noche, pero, al atardecer, su conciencia le recordó, por fin, la enorme falta que estaba cometiendo y sus probables consecuencias. Así que pasó la siguiente media hora en una joyería en el Chandi Chowk antes de presentarse en el *dâk-bungalow*.

Sólo algunos pasajeros que habían viajado en el tren correo desde Bombay continuaron hacia el norte, al Punjab; el resto del viaje se hizo en *dâk-gharis*, desvencijados vehículos arrastrados por un caballo que parecían cajones cerrados sobre ruedas. Esta vez, Ash sólo compartía su transporte con otra persona, pero como se trataba de George Garforth habría preferido viajar solo o con un montón de pasajeros.

George no tenía intención de renunciar a las esperanzas que Belinda había alentado en los tres primeros días de viaje desde Bombay. El hecho de que ella se considerara comprometida con Pelham-Martyn no cambiaba los sentimientos de George (y, además, agregaba celos y desesperación a las emociones que ya experimentaba por ella); y como George no se privaba de hablar de los sufrimientos de su corazón herido por Belinda, Ash apenas lograba contener su irritación.

No sabía cómo hacer callar a George sin ser grosero, de manera que resolvió el asunto pasando la mayor parte del día en compañía de Zarin, Ala Yar y Mahdoo, no sólo porque prefería infinitamente su compañía a la de George, sino porque ya no tenía acceso a Belinda: la madre de ésta había invitado a una antigua conocida, una tal señora Viccary, a compartir su *dâk-ghari*.

La presencia de la señora terminaba con toda esperanza de que Ash fuese invitado a viajar un rato en el carruaje de las Harlowe. Tampoco podía pasar mucho tiempo con ellas en las paradas donde podían conseguirse habitaciones para descansar y comida, y se cambiaban los caballos. A pesar de ello, a Ash no le disgustaba la intrusa, que resultó ser una persona encantadora, tolerante y comprensiva, con gran capacidad para hacer amigos y que mostraba un genuino interés por los demás.

Edith Viccary estaba acostumbrada a escuchar confidencias y jamás las traicionaba; tal vez por eso recibía tantas. Además, en este caso, después de escuchar un relato superficial de la futura suegra sobre Pelham-Martyn y las perspectivas, los antecedentes y los familiares del joven, lo hizo hablar a él: no sólo comprendía, sino que compartía su pasión por su país de nacimiento, porque también ella había nacido en la India. Allí había pasado la mayor parte de su vida. Había sido enviada a Inglaterra a los ocho años, regresando a la India a los dieciséis para reunirse con sus padres, que entonces vivían en Delhi. En la capital de los mogoles conoció un año después al joven ingeniero con quien se casaría, Charles Viccary.

Eso había ocurrido en el invierno de 1849, y desde entonces el trabajo de su marido la llevó a casi todas partes en el vasto territorio en que habían servido tres generaciones de ambas familias, los Carroll y los Viccary, primero en la East India Company y luego con la Corona. Y cuanto más lo conocía, más respetaba al país y a sus pueblos, donde tenía muchos amigos. Porque, a diferencia de la señora Harlowe, hablaba con fluidez por lo menos cuatro de los principales idiomas de la India. Cuando el cólera se llevó a su único hijo y el Gran Levantamiento de los cipayos de 1857 acabó con la vida de sus padres, de su hermana Sarah y de los tres hijos de ésta, que murieron en el terrible *Bibi-gurh* de Cawnpore, no se entregó a la desesperación ni perdió su sentido de la proporción y la justicia; a pesar de los terribles resultados del levantamiento, no se permitió odiar.

En eso, como en todo lo demás, la señora Viccary no constituía una excepción. Pero, como era la primera persona de su clase que conocía Ash, le ayudó a borrar la sospecha que comenzaba a tener últimamente: que la señora Harlowe y los demás turistas que se habían comportado tan groseramente durante el oficio religioso en el Juma-Masjid eran un ejemplo típico de todas las *memsahibs* nacidas en la India. Sólo por ello le habría perdonado todo, incluso el hecho de ser, sin saberlo, la causa de que él no pudiera estar con Belinda todo el tiempo que esperaba en el viaje al norte.

Aparte de eso, los días pasaban agradablemente. Era bueno volver a ver a Zarin y escuchar las conversaciones familiares mientras las escenas recordadas se desplegaban ante la ventanilla; y comer las cosas que compraba Gul Baz a los vendedores de los pueblos, curri, *dal,* arroz, *chuppattis* y golosinas pegajosas, a menudo servidos sobre hojas verdes y acompañados de leche de búfalo o agua de los pozos que había en cada aldea. Los nombres de los pueblos y los ríos le resultaban familiares, porque éstas eran las tierras por las que vagaran él y Sita en los meses que siguieron a su huida de Gulkote.

Karnal, Ambala, Ludhiana, Jullundar, Amritsar y Lahore, los ríos Sutlej y Ravi... Los conocía todos. Desde media mañana y la mayor parte de la tarde, la temperatura era elevada y el sol resquebrajaba la pintura de los techos y los costados de los *gharis*. Pero, a medida que los ponis famélicos los conducían a las ricas tierras del Punjab, el aire se iba volviendo fresco, y llegó el día en que Ash, al bajar en la madrugada a estirar las piernas a un lado del camino, vio sobre el horizonte, hacia el norte, una hilera dentada color rosa pálido que brillaba contra el verde claro del cielo: los Himalaya.

Le dio un brinco el corazón y se le llenaron los ojos de lágrimas. Tuvo ganas de reír, llorar y rezar al mismo tiempo, como hacían Zarin y Ala Yar y un grupo de compatriotas. Sólo que no miraría hacia La Meca, sino hacia sus montañas, a cuya sombra había nacido el Dur Khaima, al que oraba cuando niño. Allá, en alguna parte, estaban los Pabellones lejanos, y Tarakalas (la torre de la Estrella), que recibía los primeros rayos de luz del amanecer. Y también el valle que Sita tanto deseaba alcanzar antes de morir, y al que él llegaría algún día.

La noche anterior se habían detenido en las afueras de un pueblecito; Ash comprara en un tenderete un puñado de arroz cocido, y, recordando las ofrendas que hacía al Dur Khaima desde el balcón de la reina en Gulkote, lo esparció en el suelo mojado por el rocío. Un cuervo de la llanura y un perro vagabundo se dieron un festín, y el aspecto del animal famélico trajo a Ash un vívido recuerdo del pasado. Olvidó Gulkote y el Dur Khaima, y fue Ashton Pelham-Martyn quien compró media docena de *chuppattis* para alimentar a un perro hambriento; fue el hijo de Isobel, no el de Sita, quien volvió a subir al *ghari* con las manos en los bolsillos silbando *John Peel* mientras el sol ascendía en el horizonte y bañaba la llanura con su luz brillante.

–¡Ah! Vuelvo a sentir el olor de mi país –exclamó Ala Yar, oliendo el viento como un caballo viejo huele su establo–. Ahora no me importa si estos *gharis* se hacen pedazos, porque si es necesario podemos hacer el resto del camino a pie.

Ala Yar desconfiaba de los vehículos alquilados y estaba convencido de que las frecuentes paradas se debían a que no eran bien conducidos.

Los *gharis* no se rompieron, pero un albañal y casi un kilómetro de camino arrasado por una inundación causaron un retraso de dos días, y los viajeros debieron alojarse en un *dâk-bungalow* cercano hasta que reparasen la ruta.

Si no hubiese estado George Garforth, Ash no habría resistido la tentación de escaparse con Zarin y Ala Yar. Pero no había olvidado la amabilidad de Belinda hacia George, de manera que, con gran disgusto de Zarin, pasó la mayor parte de esos dos días en compañía de su prometida.

De todas maneras, el señor Garforth fue muy asiduo, pero tuvo que dedicar casi todo su tiempo a hacer compañía a la señora Harlowe, cuya voluntad se ganó contándole la historia de su vida mientras sostenía la madeja de lana de tejer para que ella hiciera un ovillo. Pero las facciones byronianas, los rizos y los ojos castaños de Garforth no compensaban su falta de medios económicos, de modo que seguía siendo un candidato poco elegible.

Como socio nuevo y joven de una empresa de vinos, cerveza y licores, su sueldo era modesto y su posición social aún más; porque, excepto en los grandes puertos como Calcuta, Bombay y Madrás, donde el comercio era el rey de las actividades, la sociedad angloindia colocaba a los *boxwallah* (un término despectivo aplicado a todos los que se dedicaban comerciar) muy por debajo de las dos castas dominantes: el Ejército y la Administración Pública; y en una fortaleza militar como Peshawar, un *boxwallah* joven tendría muy poca importancia. Y era una lástima, pensaba la señora Harlowe, porque un yerno como el joven Garforth la haría más feliz que Ashton Pelham-Martyn, que era tan... tan... Era difícil explicar qué sentía la señora Harlowe con respecto a Ashton. En el barco parecía un muchacho tranquilo y digno de confianza, y además rico, y con ese tío que tenía un solo hijo..., de modo que Ashton era candidato a heredar un título nobiliario; pero desde aquel día espantoso en Bombay habían surgido muchas dudas en su mente.

Si George hubiera sido un candidato tan apetecible como Ashton, suspiraba la señora Harlowe, cuánto más feliz se habría sentido ella con respecto al futuro de su hija. A pesar de ser tan apuesto, George era normal y sin complicaciones, y sus padres parecían gozar de buena posición económica; la forma en que describía su hogar revelaba que vivían con más elegancia que la que jamás había conocido la señora Harlowe. Dos carruajes, nada menos... ¿No sería George mejor candidato de lo que parecía? Había contado que su padre era de ascendencia irlandesa, y su madre, una dama griega de cuna noble (eso explicaba su romántico perfil). George deseaba seguir la carrera militar, pero su madre se oponía a ello, de manera que, por complacerla, se había dedicado al comercio. El atractivo de Oriente para el espíritu aventurero de George lo había llevado a aceptar el puesto en la empresa Brown & MacDonald en lugar de un empleo bien remunerado, conseguido con la influencia de su familia en Inglaterra. Porque, aunque él quería mucho a sus padres, deseaba ser independiente y empezar por su cuenta desde el escalón más bajo, un sentimiento que le granjeó la simpatía de la señora Harlowe.

¡Qué muchacho tan agradable! En cambio, Ashton nunca mencionaba a sus padres, y lo poco que contaba de su infancia era tan extraño que la señora Harlowe se había visto obligada a sugerirle que no continuara, porque esa historia podía ser..., en fin, malinterpretada. ¡Una madre adoptiva hindú, esposa de un *syce* común, y él solía llamarla «mi madre», como si hubiera sido la verdadera! La señora Harlowe se estremecía al pensar qué diría la gente si lo supiera, y deseaba no haberse precipitado tanto en aceptarlo como prometido de Belinda. Jamás lo hubiese hecho si no fuera por sus hijitos Harry y Teddy, a quienes tanto anhelaba volver a ver. Sólo quería que Belinda se casara «bien» y esperaba que Archie no se enfadara. Al fin y al cabo, ella había actuado lo mejor que había podido.

Hacia el atardecer del segundo día, el camino quedó reparado; los pasajeros se reunieron y volvieron a subir a los carruajes, y poco después de salir la luna, los *gharis* emprendieron el último tramo hasta Jhelum, donde había un acantonamiento militar británico bastante numeroso.

El río Jhelum corría rápidamente, con su caudal aumentado por las fuertes lluvias de otoño en la lejana Cachemira; en aquella corriente turbulenta no había nada que recordase a Ash las aguas tranquilas que se llevaran a Sita muchos años atrás. La ciudad, junto con los acantonamientos, estaba en el lado más distante, pero, como aquel día se llevaba a cabo un ejercicio militar, muchos oficiales británicos paseaban por la orilla del río esperando las embarcaciones que los llevarían de regreso. Belinda contempló con interés a los más jóvenes, y pensó qué diferentes (y cuánto más atractivos) eran esos oficiales, alegres y tostados por el sol, de los hombres vestidos discretamente de Nelbury, quienes, vistos retrospectivamente, parecían pertenecer a otra raza. Éstos se parecían más a los pieles rojas o a los *cowboys* de Texas.

Al verlos, Belinda recuperó el buen humor que había perdido en los dos últimos días. Ninguna muchacha bonita podía aburrirse ni sentirse abandonada con tantos hombres para llevarla a excursiones y bailes, y casi era una lástima que se hubiese comprometido con Ashton. Claro que estaba enamorada de Ash y quería casarse con él, aunque quizá no demasiado pronto. No sería mala idea continuar libre unos años más y disfrutar de las atenciones de media docena de hombres en lugar de uno solo; además, Ash no permanecería siempre en el mismo lugar. Estaría a kilómetros de distancia de Mardan y quizá no podría ir a verla más de una vez por semana, pero una muchacha comprometida no podía aceptar invitaciones de otros; si lo hacía, pensarían muy mal de ella.

Belinda suspiró, admirando las chaquetas rojas y los espesos bigotes de los oficiales jóvenes, y no dedicó una sola mirada a los mayores, ya que no esperaba ver a su padre. De todas formas, no lo habría reconocido. Cuando ella tenía siete años, su padre le parecía un gigante, mientras que el anciano caballero de pequeña estatura que apareció en la puerta del *ghari* no le causó ninguna impresión, y quedó desconcertada cuando oyó a su madre gritar «¡Archie!» y abrazar efusivamente al desconocido. ¿Sería realmente aquél el inquietante autócrata de quien su madre y su tía Lizzie tan a menudo decían: «Tu padre jamás lo permitiría»?

Pero, si Belinda quedó desilusionada con su padre, él no quedó en absoluto desilusionado con su hija. Era, le dijo, «la viva imagen de su madre» a esa edad, y le parecía una pena que la brigada saliera tan pronto de maniobras, porque Peshawar resultaría un poco aburrido con todos los jóvenes ausentes. Pero, para Navidad, las unidades estarían de regreso y Belinda no tendría de qué quejarse, porque Peshawar era un lugar muy alegre.

El mayor Harlowe pellizcó a su hija en el mentón y agregó que pronto verían hacer cola a los jóvenes para invitar a su hija a pasear a caballo y a bailar..., un comentario que hizo sonrojar con incomodidad a Belinda. Su madre deseó que la señora Viccary no revelara nada indiscreto, y que Ashton no apareciera antes de que ella pudiera explicar las cosas a Archie. Realmente, era muy molesto que a él se le hubiese ocurrido ir a buscarlas a Jhelum, porque la señora Harlowe contaba con poder elegir el momento de hablar del tema con Archie en la intimidad de su casa; antes de que tuviera ocasión de conocer a Pelham-Martyn, que se separaría de ellas en Nowshera.

El siguiente cuarto de hora fue muy difícil, pero la señora Viccary no dijo nada inconveniente, y, cuando Ash apareció, el joven Garforth lo seguía tan de cerca que no hubo dificultad en presentarlos a los dos como compañeros del viaje en barco, y quitárselos de encima con la excusa de que ella, su marido y la querida Bella tenían mucho que hablar después de una separación tan larga... Estaba segura de que ellos comprenderían...

Ash, en efecto, comprendió que no era el momento ni el lugar de presentarse al mayor Harlowe en calidad de futuro yerno. Se retiró al comedor del *dâk-bungalow* a dar cuenta de la comida, mientras Zarin hacía los trámites necesarios para el resto del viaje y George se paseaba por la galería con la esperanza de obtener una mirada de los ojos azules de Belinda.

–No te comprendo –dijo George con amargura, sentándose a la mesa de Ash después de la partida de los Harlowe–. Si tuviera la suerte que tienes tú, estaría con ellos ahora, abordando al viejo y defendiendo mis derechos ante todo el mundo. No mereces a ese ángel, y si otro te la quita te estará bien empleado. Estoy seguro de que hay montones que envidian tu puesto en Peshawar.

–Había no menos de doce en el barco –respondió Ash amablemente–, y si crees que éste es el lugar para hacer cola ante un desconocido y pedirle la mano de su hija, el que está loco eres tú. Caramba, no la ve desde que era una niñita. No puedo embarcarme en ese tema cinco minutos después del reencuentro, y menos en un *dâk-bungalow* lleno de gente. Deja de decir tonterías.

–Creo que estoy loco –replicó George, golpeándose la frente al estilo de Henry Irving–. Pero no puedo evitar amarla. Sé que no tengo esperanzas, pero eso no cambia las cosas. La amo, y si tú la abandonas...

–¡Bueno, basta, George! Acabas de decir que ella puede dejarme por otros. ¿En qué quedamos? Pide a un *khidmatgar* que te traiga algo de comer y déjame seguir con mi cena.

Ash comprendía al pretendiente rechazado, y, como candidato aceptado, sentía que era una cuestión de honor tratarlo bien; pero el estilo dramático de George comenzaba a cansarlo y lamentaba que se estableciera en Peshawar, donde, si Ash pensaba frecuentar la casa de los Harlowe, fatalmente se encontraría con él. Ash no albergaba el menor temor de que Belinda cambiara de idea. Ella le había asegurado que lo amaba, y dudar de ese amor era como un insulto para ambos. Aún era lo bastante joven como para dar un carácter solemne a las emociones.

Además, como no era presuntuoso, no se sorprendió de que ni Belinda ni su madre dieran el menor paso para demostrarle atención o hacer que su futuro suegro reparara en él cuando se detenían en diversos *dâk-bungalows* para comer, descansar o cambiar de caballos en el camino de Jhelum a Nowshera. George podía decir lo que quisiera (y realmente decía bastante, ya que, por desgracia, seguían compartiendo el *dâk-ghari),* pero a Ash le parecía razonable que una hija que había estado tanto tiempo separada de su padre no se apresurara a estropear el encuentro informándolo de que pensaba dejarlo poco tiempo después. Una vez que los Harlowe estuvieran instalados en su casa y se hubiesen recuperado de las fatigas del viaje, Belinda le escribiría para decirle cuándo podía visitarlo; entonces él iría a Peshawar, hablaría con su padre y... ¿quién sabe? Tal vez podrían casarse en la primavera siguiente.

En realidad, nunca se le había ocurrido esa idea, porque pensaba que el padre de Belinda insistiría en que esperaran a que él fuese mayor de edad, y no tenía intención de discutir ese punto. Pero su encuentro con el mayor Harlowe hizo que comenzara a revisar sus planes. También Ash había imaginado que el padre de Belinda sería alguien más imponente que el delgado anciano a quien fuera presentado en Jhelum, pero, ahora que lo había visto, no lo sorprendía que la señora Harlowe hubiese consentido el compromiso por su cuenta en lugar de responder a Ash (como éste esperaba) que tendría que consultar con su esposo; porque, a juzgar por su aspecto, el mayor Archibald Harlowe era de la clase de hombres que se dejan manejar por las decisiones de las mujeres de su familia. Y en tal caso sería fácil persuadirlo de que aprobara un matrimonio a temprana edad de los novios.

El mayor Harlowe, por su parte, sólo percibió que su bella hija había traído a dos pretendientes. Olvidó los nombres de Ash y de Garforth no bien su esposa hizo las presentaciones, pero siempre que se encontraba con los jóvenes los saludaba con una inclinación de cabeza, y bromeaba con su hija por haber conseguido ya un par de admiradores.

Los viajeros descendieron en el fuerte Attock, pagaron a los cocheros, cruzaron el río en barcaza y siguieron en nuevos *dâk-gharis* por un camino paralelo al río Kabul.

Ahora, las montañas se veían más cerca, y el horizonte estaba limitado por promontorios y acantilados de roca que cambiaban de color a cada hora del día: en ciertos momentos parecían estar a más de setenta kilómetros y eran azules y transparentes como el cristal; en otros, la distancia parecía mucho menor, tenían color marrón rojizo y mostraban las sombras negras de innumerables hondonadas. Más allá de las rocas se alzaban las montañas de Malakand, en cadenas escarpadas que recortaban el borde de la llanura; guardianes de una tierra agreste habitada por unas veinte tribus turbulentas que no reconocían otra ley que la de la fuerza, vivían en pueblos amurallados y mantenían constantes luchas sanguinarias entre sí o contra los británicos. Ésa era la frontera noroeste: la entrada a la India que Alejandro Magno y sus legiones habían atravesado cuando el mundo era joven. Más allá de los pasos inhóspitos estaba el reino de Sher Ali, emir de Afganistán. Y aún más allá, el vasto y amenazador territorio de los zares.

Para Belinda, el campo era tristemente árido y vacío, pero al menos no faltaba tránsito en el camino de Peshawar, y mirando por la ventana del *dâk-ghari* veía de vez en cuando un inglés a caballo o arrastrando un carrito, coches de campesinos o gente que andaba a pie. También pasó una columna de soldados británicos seguida por una fila de elefantes cargados; el polvo daba un tono grisáceo a sus chaquetas rojas.

Se veían largas filas de camellos, que Belinda recordaba de su infancia, con bultos que se balanceaban sobre sus lomos, y las inevitables cabras y el ganado que los nativos llevaban de un pueblo a otro. Al llegar a las afueras de Nowshera, el tráfico se hizo más denso y los cocheros azuzaban a sus animales para llegar antes que los otros carruajes, haciendo saltar a los peatones como gallinas asustadas y levantando una nube de polvo que ahogaba a los pasajeros. Era un pueblo pequeño con un *dâk-bungalow* igual que tantos que habían encontrado en el camino, y sólo cuando Ash fue a despedirse de Belinda se dio cuenta de que allí debían separarse.

Ash se quedó quieto con el sombrero en la mano, incapaz de decir nada de lo que tenía preparado, porque los padres de Belinda estaban escuchando y porque la expresión ansiosa de la señora Harlowe y el aire indiferente de su marido le revelaron que hasta ese momento no se había tratado el tema que le interesaba. Sólo podía estrechar la mano de Belinda y asegurar que iría a Peshawar en la primera oportunidad para tener el gusto de visitarla. La señora Harlowe respondió que les agradaría recibirlo, pero no antes de una semana o así, porque tenían tanto que desempaquetar y ordenar... ¿El mes siguiente, tal vez?

–Claro, claro... –asintió vagamente su marido.

Después añadió que para Navidad los jóvenes obtenían unos días de permiso, y que el señor... eh... seguramente también los conseguiría y les daría un gran placer si los visitaba. Belinda se ruborizó y balbuceó algo que podía significar que esperaba que el joven Ashton fuera a Peshawar mucho antes de Navidad, y entonces el cochero de los Harlowe, que había estado vigilando un cambio de caballos, anunció que ya podían partir.

El mayor Harlowe subió al carruaje con su familia, la puerta se cerró de un golpe y se pusieron en marcha en medio de una nube de polvo, dejando al joven Ash en el camino, deprimido e incómodo, y deseando haber tenido valor suficiente para besar a Belinda en público y revelar así la situación. La sugerencia de la señora Harlowe de «verlo el mes siguiente» no le resultaba alentadora, pero el comentario de su marido sobre «unos días en Navidad» lo afectó desagradablemente, porque pensaba ir a Peshawar uno o dos días después de su llegada, y hasta ese momento no se le había ocurrido que no darían permiso para ello a un nuevo subalterno sin una razón muy poderosa que lo justificara, y no podía hablar con sus superiores de su compromiso con Belinda antes de haberlo tratado con el padre de la muchacha. Sólo podía esperar que una vez que la señora Harlowe hubiese comentado el asunto con su marido, el mayor Harlowe lo mandase llamar a Peshawar, o fuera él mismo a Mardan. Pero eso dependería, en gran medida, de cómo recibiera la noticia; de pronto, Ash tuvo mucha menos confianza en su aprobación.

–El regimiento ha enviado una *tonga* –dijo Zarin, que apareció bruscamente a su lado–. No nos llevará a todos; ya he ordenado a Gul Baz que alquilara otra para él y Mahdoo. Viajarán delante con el equipaje. Se hace tarde y hay que recorrer más de diez *koss* para llegar a Mardan. Vamos.

10

Las noches caen rápidamente en Oriente, pues no hay atardeceres prolongados que suavicen la transición entre la luz del día y la oscuridad. El río Kabul aparecía dorado por el sol cuando Ash y sus compañeros cruzaron el puente de barcazas en Nowshera, pero mucho antes de que llegaran a Mardan la luna estaba alta y en la pradera se destacaba la figura negra del fuerte en forma de estrella construido por Hodson en los años anteriores al Gran Levantamiento.

En los viejos tiempos, cuando la Tierra de los cinco ríos (el Punjab) aún era una provincia del Sikh, y las únicas tropas británicas dentro de sus fronteras eran las fuerzas de la East India Company estacionadas en Lahore para apoyar la autoridad de un residente británico, sir Henry Lawrence, el juicioso administrador que moriría como un héroe durante el levantamiento en la residencia de Lucknow, concibió la idea de una fuerza de hombres capaz de trasladarse al instante a cualquier lugar donde surgiesen problemas.

Esta «brigada de fuego» consistiría en un escuadrón de caballería y dos compañías de infantería, liberadas de los prejuicios tradicionales y organizadas con un criterio enteramente nuevo que combinaría la acción militar con un trabajo de información. Sus miembros (hombres seleccionados por oficiales también seleccionados) llevarían un cómodo uniforme de color caqui que se disimularía en el paisaje polvoriento de las montañas de la frontera, en lugar de las guerreras escarlata y los pantalones ajustados que usaban la mayor parte de los regimientos y representaban un tormento con aquellas temperaturas, además de verse a kilómetros de distancia. Rompiendo una vez más con la tradición, sir Henry llamó Cuerpo de Guías a su creación y confió su desarrollo a Harry Lumsden, un joven de capacidad excepcional y gran valentía que resultó una muy acertada elección.

Los cuarteles originales del nuevo cuerpo estaban en Peshawar, y al principio sus obligaciones consistían en enfrentarse a las tribus de la frontera, que atacaban a la gente pacífica del pueblo y se llevaban mujeres, niños y ganado a las inhóspitas montañas de la región, desafiando a los *sikh durbar*, que nominalmente controlaban el Punjab y en nombre del cual ejercían la autoridad una serie de oficiales británicos. Más tarde, el cuerpo fue enviado al sur a luchar en las llanuras que rodeaban Ferzapore, Mooltan y Lahore, y actuó con eficacia en las sangrientas batallas de la segunda guerra *sikh*.

Sólo cuando terminó la guerra y el Punjab fue anexionado por el gobierno de la compañía, los Guías volvieron, una vez más, a la frontera, pero no a Peshawar. Cuando la frontera se apaciguó un poco, eligieron un lugar cerca del río Kalpani, donde se cruzan los senderos de Swat y Buner, y cambiaron sus tiendas de campaña por un fuerte de paredes de barro en Mardan, en la llanura de Yusafzai. Era un lugar desolado y sin árboles cuando Hodson comenzó a trabajar en la construcción del fuerte; y su esposa, Sophia, en una carta escrita en enero de 1845, decía: «Imagínate una inmensa llanura, plana como una mesa de billar, pero no tan verde, con matorrales de espinos de cuarenta centímetros de alto aquí y allá como única vegetación. Esto, hasta donde alcanza la mirada hacia el oeste y hacia el sur, pero hacia el norte se elevan las imponentes cimas del Himalaya por encima de la cadena de sierras más bajas que están cerca de nuestro campamento».

El paisaje continuaba siendo el mismo, pero el cuerpo había crecido y los Guías habían plantado árboles para dar sombra a su campamento. Aquella noche de otoño, el jardín que Hodson había creado para su mujer y su único y amado hijo, que moriría en la infancia, olía a jazmines y a rosas. En el cementerio donde yacían los muertos de la campaña de Ambeyla, una docena de lápidas brillaban a la luz de la luna; y cerca de allí, una morera proyectaba una mancha negra de sombra sobre el lugar donde el coronel Spottiswood, comandante del Regimiento de Infantería de Bengala, enviado para relevar a los Guías en el año fatídico de 1857, se mató de un balazo al amotinarse su unidad.

Los perfumes y sonidos del acantonamiento llegaban a Ash como un saludo.

–Es agradable estar de vuelta –dijo Zarin, aspirando con aprobación el aire de la noche–. Esto es mejor que el calor y el ruido de los trenes.

Ash no contestó. Estaba mirando a su alrededor y comprendiendo que aquel pequeño oasis creado por el hombre al pie del Himalaya y la gran extensión de la llanura serían su hogar durante muchos años. Desde aquí saldría con su regimiento a mantener la paz en la frontera y a librar batallas entre las sierras que parecían trozos de tela arrugada, o a bailar, cazar y hacer carreras en cualquiera de las alegres aldeas entre Delhi y Peshawar. Pero cualquiera que fuese la razón de que se alejara de Mardan, obligación o placer, mientras sirviera con los Guías volvería allí.

Se volvió a sonreír a Zarin y estaba a punto de hablar cuando distinguió una figura, junto a un *neem* cerca del camino, que salía a la luz de la luna y detenía la *tonga*.

–¿Quién es? –preguntó Ash en su lengua. Pero, antes de recibir respuesta, recordó otra noche de luna, bajó al camino polvoriento y se inclinó a tocar los pies de un anciano detenido junto a la cabeza del caballo.

–¡Koda Dad! Eres tú..., mi padre... –La voz de Ash se quebró mientras lo asaltaban ráfagas del pasado.

El viejo rio y lo abrazó.

–Así que no me has olvidado, hijo mío. Menos mal, porque creo que no te habría reconocido. El muchachito se ha convertido en un hombre grande y fuerte, casi tan alto como yo... ¿O me habré encogido con la edad? Mis hijos me comunicaron que vendrías, de manera que hice el trayecto a Mardan, y Awal Shah y yo esperamos junto al camino tres largas noches, sin saber cuándo llegarías.

Awal Shah salió de las sombras y levantó la mano para hacer el saludo, pues su padre y Zarin podían olvidar que Ash era un oficial, pero el *jemadar* Awal Shah, no.

–*Salaam, sahib* –saludó Awal Shah–. Como los *gharis* estaban retrasados, no sabíamos si llegarías aquí. Pero mi padre quería verte antes de que hicieras tus *salaams* al coronel *sahib*. Por tanto, esperamos.

–Sí, sí –confirmó Koda Dad–. Porque mañana ya no será posible. Mañana serás un *sahib* oficial con muchas obligaciones que atender, y no tendrás tiempo. Pero esta noche, antes de presentarte a las autoridades, aún eres Ashok, y si quieres puedes dedicar media hora a hablar con un viejo amigo.

–Con mucho gusto, padre mío. Dile al *tonga-wallah* que esperaré, Zarin. ¿Vamos a tus habitaciones, *sahib jemadar*?

–No. No estaría bien, no sería adecuado. Pero hemos traído comida, y detrás de esos árboles hay un lugar donde podemos sentarnos juntos sin que nos vean desde el camino.

El *jemadar* se volvió e indicó el camino hasta un lugar ennegrecido por las fogatas del campamento, donde ardían unos carbones rojos entre las raíces de los *neemes*. Alguien había colocado allí varias ollas para cocinar tapadas, y una *hookah.* Koda Dad se sentó cómodamente con las piernas cruzadas en la penumbra, y gruñó en señal de aprobación cuando Ash hizo lo mismo, porque pocos europeos saben adoptar esta posición característicamente oriental... El corte de sus ropas la dificulta, y los hombres occidentales no están acostumbrados a sentarse así para comer, charlar o no hacer nada. Pero el coronel Anderson, como Awal Shah y el comandante de los Guías, tenía sus propias ideas sobre la educación y la formación de Ashton Pelham-Martyn, y había cuidado de que el muchacho no olvidara cosas que podían serle útiles cuando fuese hombre.

–Mi hijo Zarin envió un recado desde Delhi diciendo que todo marchaba bien y que no te habías convertido en un extraño para nosotros. Por eso crucé la frontera para darte la bienvenida –explicó Koda Dad, aspirando largamente la *hookah.*

–¿Y si hubiera dicho que yo me había convertido totalmente en un *sahib*? –preguntó Ash, aceptando un *chuppatti* con una gruesa capa de *pilau* que comenzó a comer vorazmente.

–Entonces no hubiese venido, porque no habría tenido nada que decir. Pero ahora debemos hablar.

Había algo en su voz que hizo preguntar a Ash:

–¿Sobre qué debemos hablar? ¿Hay malas noticias? ¿Tienes problemas?

–No, no. Es que Zarin y Ala Yar dicen que en muchos sentidos aún eres el Ashok de los días de Gulkote, y me alegro. Pero... –El viejo hizo una pausa para mirar a sus hijos, quienes asintieron con la cabeza como respondiendo a una pregunta, y Ash paseó la mirada de Koda Dad a Zarin y de Zarin a Awal Shah, y al ver la misma expresión en los tres rostros preguntó bruscamente:

–¿De qué se trata?

–Nada que deba perturbarte –respondió tranquilamente Koda Dad–. Sólo que aquí en Mardan, o donde te envíen los Guías, tú y mi hijo ya no podéis ser Zarin y Ashok, como en los viejos días, porque no sería correcto que un *daffadar* y un oficial *angrezi* se comportasen como hermanos de sangre. Daría mucho que hablar. Y además..., ¿quién sabe? El temor del favoritismo entre los hombres. Hay *pathanes* de diferentes tribus en los Guías, y también hombres de muchas creencias, como los *sikhs* y los hindúes, todos iguales a la vista de sus oficiales, lo cual es justo y correcto. Por tanto, sólo cuando tú y Zarin estéis solos, o con permiso, podéis ser los mismos que erais en el pasado; pero no aquí y ahora, en presencia del regimiento. ¿Comprendido?

Esta última palabra fue pronunciada con suavidad, pero era más una orden que una pregunta, y el tono le recordó a Ash los viejos tiempos. Lo entendía y actuaría en consecuencia, aunque sin desearlo. Le parecía absurdo no poder tratar a Zarin como a un amigo y un hermano sin dar lugar a críticas. Pero muchas cosas que hacían sus mayores y sus superiores le parecían absurdas, y casi nunca servía de nada discutirlas con ellos. En esas circunstancias, probablemente el consejo de Koda Dad era bueno y debía aceptarlo, de modo que respondió con lentitud:

–Comprendido. Pero...

–No hay peros –interrumpió vivamente Awal Shah–. Mi padre y yo hemos hablado de este asunto y estamos de acuerdo. Zarin también. El pasado pasó, y lo mejor será olvidarlo. El muchacho hindú de Gulkote ha muerto y en su lugar hay un *sahib*..., un *sahib* oficial de los Guías. Eso no puedes cambiarlo, ni tratar de ser dos personas a la vez.

–Soy dos personas –replicó Ash con ironía–. Tu hermano contribuyó a ello cuando me dijo que debía ir a Belait a reunirme con la gente de mi padre, y a aprender a ser un *sahib*. Bien, he aprendido. Sin embargo, sigo siendo Ashok, y no puedo modificar ninguna de las dos cosas, porque el haber sido hijo de esta tierra durante once años me liga a ella con lazos de sangre, y seré dos personas con la misma piel, lo cual no es nada cómodo.

De pronto, hubo una nota de amargura en su voz. Koda Dad le puso una mano en el hombro y dijo con suavidad:

–Eso lo comprendo. Pero todo te resultará más fácil si las mantienes separadas y no tratas de ser las dos al mismo tiempo. Y algún día..., ¿quién sabe?, descubrirás en ti una tercera persona que no es

Ashok ni Pelham-Martyn, sino alguien íntegro y completo: tú mismo. Ahora hablemos de otras cosas. Dame la *hookah.*

Awal Shah le alcanzó la pipa, y el ruidito familiar y el olor del tabaco del país llevó a Ashok a noches del pasado en las habitaciones de Koda Dad, en el palacio de los Vientos. Pero, mientras circulaba la pipa, el anciano no habló del pasado, sino del presente y el futuro. Habló de la frontera, que en los últimos tiempos gozaba de una paz poco habitual. Entretanto, la luna dejó de iluminar las copas de los árboles y proyectó una luz fría sobre los carbones encendidos. Desde el camino llegó el tintineo de las campanillas de la *tonga* causado por los movimientos del poni, impaciente por volver a su establo, y la tos del cochero, que les recordaba discretamente que hacía casi una hora que esperaba.

–Se hace tarde –dijo Koda Dad–, y debo irme para poder dormir un poco, porque mañana partiré hacia mi pueblo antes del amanecer. No, no, ya lo he decidido. Sólo quería verte, Ashok, y ahora volveré a casa... –Apoyó pesadamente la mano en el hombro de Ash al levantarse–. Los viejos son como los caballos: prefieren estar en su propio establo. Adiós, hijo mío. Me alegro de haber vuelto a verte. Cuando te concedan tu próximo permiso, Zarin te llevará a visitarme.

Abrazó a Ash y se fue, internándose en la oscuridad y desdeñando la ayuda que le ofrecía su hijo mayor. Éste dijo unas palabras a Zarin, hizo el saludo a Ash y siguió a su padre.

Zarin apagó lo que quedaba del fuego, recogió las ollas y la *hookah*, y anunció:

–Yo también debo irme. El permiso ha terminado y mi padre tiene razón: es mejor que no lleguemos juntos. La *tonga* te llevará al despacho del *sahib* ayudante, donde anunciarás tu llegada. Nos veremos, pero sólo por razones de trabajo.

–Pero disfrutaremos de otros permisos.

–¡Claro! Cuando estemos de permiso podremos ser lo que queramos. Pero ahora estamos en actividad, al servicio del *sirkar. Salaam, sahib.*

Desapareció entre las sombras de los árboles y Ash volvió al camino donde lo esperaba la *tonga,* que lo condujo rápidamente al fuerte para presentarse al ayudante del regimiento.

* * *

Por supuesto, tendría que haberlo previsto todo, aunque el hecho de que no fuera así no era totalmente culpa suya. Por lo menos tres personas más eran responsables en parte: su tío Matthew, a quien jamás se le habría ocurrido advertir a su sobrino que no se comprometiera para casarse antes de ingresar en el regimiento; el coronel Anderson, que le dio muchos buenos consejos, pero jamás tocó el tema del matrimonio (él era un soltero empedernido), y la señora Harlowe, quien debió haber rechazado la idea en lugar de aceptarla con tanto entusiasmo concediendo de inmediato su aprobación y la de su esposo. No podía culparse a Ash por pensar que el único motivo de que se desaconsejara a los oficiales casarse al principio de su carrera era la carencia de medios, y no su juventud; como él tenía medios, no veía ninguna objeción seria a su matrimonio.

La desilusión llegó muy pronto, porque los peores temores de la señora Harlowe se materializaron. A su marido le gustó muy poco todo el asunto cuando se enteró, y lo mismo sucedió con el comandante de los Guías. La intención de Ash de viajar a Peshawar pocos días después no pudo materializarse porque el mayor Harlowe fue a Mardan y habló en privado con el comandante.

Ambos hombres coincidieron totalmente sobre el tema de los matrimonios a temprana edad y las consecuencias fatales que acarreaban. Llamaron a Ash y le endosaron una filípica que lo dejó lastimado y humillado, y sobre todo lo hizo sentir joven y estúpido. No le negaron permiso para ver a Belinda (quizás habría sido menos cruel que se lo negaran), pero el mayor Harlowe explicó con meridiana claridad que no habría compromiso, oficial ni extraoficial, y que para volver a hablar del asunto tendrían que esperar varios años, hasta que los dos jóvenes hubieran adquirido más experiencia y sentido común (o sea, cuando Belinda ya hubiera conocido y se hubiese casado con un hombre mayor y más apropiado). Si eso quedaba bien entendido, el mayor Harlowe no tenía inconveniente en que Ash visitara su casa cuando fuese a Peshawar.

—No debe usted pensar que soy cruel, muchacho —dijo el padre de Belinda—. Comprendo sus sentimientos. Pero esto no resultaría bien. Sé que desde el punto de vista financiero usted puede mantener a una esposa, pero no altera el hecho de que los dos son muy jóvenes para pensar en casamiento. O tal vez Bella no lo es tanto, pero usted sí. Primero tiene que cambiar los dientes de leche, muchacho, y aprender su oficio; y, si es sensato, dejará pasar ocho o diez años antes de atarse a enaguas y cochecitos de niño. Ése es mi consejo.

También era el consejo del comandante. Cuando Ash intentó defender su causa, le dijo que no fuera bobo, y que si no podía soportar vivir sin la señorita Harlowe significaba que no estaba preparado para servir en los Guías, y sería mejor que pidiera el traslado a algún sector del servicio más sedentario. Entretanto, como parecía que se había hablado de un compromiso, le concedía permiso para que fuese el próximo fin de semana a Peshawar para hablar con la señorita Harlowe y aclarar las cosas.

De pronto, Ash sintió que, efectivamente, no podía vivir sin Belinda, y pensó que lo único que le quedaba por hacer era fugarse con ella. Si se escapaban juntos, el padre de la joven no tendría más remedio que aceptar la boda, y si no podía quedarse en los Guías, bien, había otros regimientos.

Más adelante, al evocar esa época, Ash nunca pudo recordar muy bien su primera semana en Mardan: tanto había que hacer y que aprender. Pero, aunque los días estaban llenos de interés, las noches se convirtieron en largas batallas por conciliar el sueño, porque entonces tenía tiempo para pensar en Belinda.

También lo perturbaba que, aunque estaba de nuevo en su tierra natal y había vuelto a ver a Zarin y a Koda Dad, no había perdido la insistente sensación de vacío de sus años en el exilio. Aún estaba allí, pero Ash pensaba que si Belinda se atrevía a desafiar a su padre y se casaban, con permiso o sin él, se liberaría para siempre de esa sensación, y de toda inquietud, ansiedad o duda. Las noches alargaban la semana, pero pronto llegó el sábado.

Salió de Mardan bastante antes del amanecer con Gul Baz; desayunaron cerca de Nowshera *chuppattis* y curri de *dal*, comprados a un vendedor junto al camino de Peshawar.

Ash había enviado una carta a Belinda diciéndole que iría a Peshawar y que esperaba llegar allí antes del mediodía, y una más larga y formal a la señora Harlowe, pidiéndole permiso para visitarlos. Pero, aunque llegó al bungaló un poco antes de la hora anunciada para la visita, sólo encontró allí a un corpulento sirviente musulmán, quien lo informó de que el *sahib* mayor había partido con su regimiento el día anterior, y de que las *memsahibs* habían salido de compras y regresarían a las tres, ya que tomarían el almuerzo con la esposa del comisario. Pero había una nota para Ash.

Belinda escribía que lamentaban mucho no estar en casa, pero no podían cancelar el compromiso del almuerzo, y la tienda de Mohan Lal había recibido tela de algodón estampada de Calcuta, de modo que habían tenido que salir temprano. Estaba segura de que Ash comprendería, y lo esperaban a tomar el té a las cuatro.

En la nota había tres errores de ortografía y era evidente que había sido escrita apresuradamente, pero, como estaba firmada por «Belinda, con mucho cariño», Ash la guardó cuidadosamente en el bolsillo de su guerrera y dijo que volvería a la hora del té; montó en su caballo y fue al *dâk-bungalow.* Allí tomó una habitación para esa noche, dejó a Gul Baz y a los caballos, pidió una *tonga* y fue al club. Al menos allí estaría fresco y tranquilo, no como en el *dâk-bungalow*. Pero fue una elección desafortunada.

El club estaba realmente fresco y cómodo, y aparecía vacío, excepto algunos aburridos *khidmatgares* y dos ingleses de edad mediana que bebían café en un rincón del salón. Ash se sentó en el otro extremo con un jarro de cerveza y un número del *Punch* de seis meses atrás, pero las voces de las mujeres le impedían concentrarse; enseguida se levantó bruscamente, salió del salón y fue a refugiarse en el bar. Como casi toda la guarnición estaba de maniobras, era el único ocupante del lugar y se hundió en sus pensamientos, ninguno de los cuales era especialmente agradable.

Una medida de su ansiedad fue que, un cuarto de hora después, recibió con cierto alivio la entrada de George Garforth, aunque normalmente habría tratado de evitar su compañía y pocos minutos después lamentó no haberla evitado. Porque George, que aceptó tomar una copa, se embarcó de inmediato en una torturante descripción del impacto de Belinda en la sociedad de Peshawar y en las atenciones que recibía de varios solteros elegibles, quienes, pensaba George, podrían dejar tranquila a una criatura tan joven e inocente.

–Es sencillamente repugnante, si se piensa que tanto Foley como Robinson podrían ser su padre... o sus tíos, en todo caso –agregó George con amargura–. Y Claude Parberry, todos saben que no es más que un *roué* y que nadie le confiaría a su hermana para que la llevara a pasear. No sé por qué su madre lo permite, o por qué lo consientes tú.

Miró con resentimiento a Ash y tomó un buen trago de su copa, lo cual mejoró algo su ánimo. Comentó que sabía que a Belinda la molestaban las atenciones de esos hombres (él no los llamaría «caballeros»), pero que la pobre niña era demasiado inexperta como para tratarlos según se merecían. Sólo podía desear que Belinda diera a Ash la oportunidad de encargarse de ellos.

–Además te diré –continuó George– que como no usa tu anillo no la considero formalmente comprometida contigo y haré lo que pueda para que cambie de idea. Al fin y al cabo, en el amor y en la guerra todo está permitido, y yo me enamoré de Belinda antes que tú. ¿Quieres otra copa?

Ash la rechazó, diciendo que había pedido el almuerzo y no quería retrasarlo. George replicó que lo acompañaría, ya que también tenía apetito. La comida no fue muy amena; Ash no pronunciaba palabra y George hablaba todo el tiempo: por lo que contaba, era «persona grata» en el bungaló de los Harlowe. Ya había acompañado a Belinda a una excursión, había salido de compras con ella y su madre, y aquella misma noche cenaría con ellas y luego las acompañaría a la velada del sábado en el club.

–Belinda dice que soy el mejor bailarín de Peshawar –observó George con complacencia–. Creo que yo... –Se detuvo bruscamente porque lo asaltó un pensamiento desagradable–. Ah, supongo que estarás allí esta noche. Bien, no encontrarás mucha gente. Supongo que hay una multitud cuando los militares están en la ciudad, pero en estos momentos la mayoría está en la llanura de Kajuri; las veladas no son grandes acontecimientos. No sé por qué Belinda no mencionó que vendrías. ¿Pero quizá tú no bailas? Creo que algunos de los muchachos no bailan; yo, por mi parte...

George siguió hablando sin cesar mientras comían los cuatro platos, y Ash se sintió profundamente aliviado cuando su acompañante se marchó.

La señora Harlowe lo esperaba en la sala, y, aunque lo saludó amablemente, no parecía cómoda y se embarcó enseguida en una charla insustancial. Resultaba evidente que no pensaba tocar temas personales y que trataría a Ash como a un visitante casual. Parecía muy agitada cuando entró su hija con un vestido de muselina blanca, encantadoramente joven y bonita.

Ash se olvidó de los convencionalismos y de la presencia de la madre de Belinda, ignoró la mano tendida de la muchacha y la tomó en sus brazos; y la habría besado si ella no hubiese apartado la cabeza y se hubiera desprendido de él.

–¡Ashton! –Belinda se arregló el cabello, retrocedió, ruborizándose vivamente, y, sin saber si echarse a reír o escandalizarse, exclamó–: ¿Qué pensará mamá? Si te comportas así me marcharé. Por favor, siéntate y deja de hacer tonterías. No, allí no. Aquí, al lado de mamá. Las dos queremos que nos cuentes cosas sobre tu regimiento y Mardan, y lo que has estado haciendo.

Ash abrió la boca para protestar, porque no había venido a hablar de aquello, pero la señora Harlowe se lo impidió tocando la campanilla para pedir el té; y en presencia del *khidmatgar*, que no daba señales de marcharse, sólo le quedaba dar un breve informe de lo que hacía, mientras Belinda servía el té y el sirviente presentaba platos de pastas y bocadillos.

Escuchando su propia voz, Ash sentía que el día había tomado un aspecto de sueño en que nada parecía real. Todo el futuro de él y de Belinda estaba en juego, y aquí estaban bebiendo té, mordisqueando pastas y hablando de trivialidades como si ninguna otra cosa importara. Todo el día había sido una pesadilla, desde que había llegado a casa de Belinda y se enteró de que había salido de compras: la desagradable conversación con George, las lentas horas de espera, la charla nerviosa de la señora Harlowe, y ahora esto. La habitación parecía estar llena de una sustancia pegajosa en la que Ash se revolvía como una mosca en un tarro de mermelada, mientras la señora Harlowe hablaba y Belinda enumeraba todas sus diversiones de la semana anterior, y mostraba a Ash la impresionante cantidad de tarjetas de invitación colocadas en fila en la repisa de la chimenea.

Ash les echó una mirada y dijo bruscamente:

–Me encontré con George Garforth en el club. Me contó que te había visto con mucha frecuencia la semana pasada.

Belinda se rio e hizo un mohín.

–Si es así, es sólo porque todos los hombres presentables están en maniobras, de manera que es casi el único de los que quedan que puede bailar con una sin pisarle el vestido.

–Entonces quizá me concedas algunas piezas esta noche. Sé que hay baile en el club, y aunque yo no bailo tan bien como George, al menos trataré de no pisarte el vestido.

–Ah, pero... –Belinda se interrumpió y miró a su madre esperando ayuda de ella.

La pobre señora Harlowe, alterada por la situación e incapaz de manejarla, invitó entrecortadamente a Ash a ir al baile con ellas aquella noche, cosa que no tenía la menor intención de hacer. Sólo lo había invitado a tomar el té para dar a la joven pareja una oportunidad de hablar en el jardín y decidir (como sin duda debían decidir) que no tenía sentido continuar viéndose y que sería mejor separarse. Luego Belinda podía devolver el anillo a Ashton y, naturalmente, el pobre muchacho querría marcharse de inmediato de Peshawar, ya que lo último que desearía sería volver más tarde a cenar con ellas. La señora Harlowe sabía muy bien para qué lo había invitado, pero esperaba que él tuviera el buen sentido de rechazar la invitación.

Ash la decepcionó: aceptó con entusiasmo la invitación, con la impresión errónea de que la señora Harlowe aún estaba de su parte y pensaba apoyarlo; y cuando ella sugirió que él y Belinda salieran al jardín, lo tomó como otra muestra de buena voluntad. Ilusionado, siguió a Belinda al exterior y la besó detrás de unos pimenteros, henchido de amor y optimismo. Pero lo que siguió fue peor que lo soportado o imaginado en los penosos días después de su entrevista con el mayor Harlowe y el comandante...

Belinda respondió al beso, pero después le devolvió el anillo y no le dejó ninguna duda sobre la oposición de sus padres al matrimonio. Ash se enteró de que la señora Harlowe, lejos de apoyarlo, se había pasado al enemigo y ahora estaba convencida de que todo el asunto era una locura. No había esperanzas de que el padre ni la madre cedieran, y, como faltaban cuatro años para que su hija alcanzara la mayoría de edad, nada se ganaría con discutir o protestar.

La propuesta de Ash de que se fugaran fue recibida con espanto y una enfática negativa a considerar la posibilidad ni por un segundo.

–Yo ni soñaría con hacer algo tan... tan tonto e inadmisible. Realmente, Ashton, creo que estás loco. Te expulsarían de tu regimiento y todos sabrían por qué, sería un escándalo vulgar y caerías en desgracia, y yo también. Jamás podría recuperar mi dignidad, y me parece horrible que te atrevas a... a mencionar siquiera una cosa así.

Belinda empezó a llorar. Ash tuvo que disculparse hasta la humillación para conseguir que no corriera a la casa y se negara a volver a verlo. Pero, aunque finalmente lo perdonó, el daño ya estaba hecho y ella no aceptó ninguna propuesta de encuentros en privado.

–No es que no te ame –explicó entre lágrimas–. Te amo y me casaría contigo mañana mismo si papá lo aprobara. Pero, ¿cómo puedo saber lo que sentiré cuando tenga veintiún años? ¿O si tú seguirás enamorado de mí?

–¡Siempre estaré enamorado de ti! –juró apasionadamente Ash.

–Bien, si es así, y si yo sigo enamorada de ti, por supuesto nos casaremos porque habremos probado que somos el uno para el otro.

Ash insistió en que eso ya lo sabía, y dijo que, por su parte, estaba dispuesto a esperar el tiempo que fuese necesario si ella prometía casarse con él algún día. Pero Belinda no quería prometer nada. Tampoco aceptaba volver a recibir el anillo. Ashton debía guardarlo, y quizás algún día, si su padre y el comandante daban su aprobación, y ellos seguían sintiendo de la misma manera...

–Si... si... si... –interrumpió salvajemente Ash–. ¿Eso es todo lo que tienes para ofrecerme? «Si tus padres aprueban». «Si mi comandante aprueba». Pero, ¿y nosotros, querida? Es nuestra vida y nuestro amor y nuestro futuro lo que se decide. Si me amaras...

Se detuvo, derrotado. Belinda parecía herida y molesta, y si Ash continuaba en aquella actitud sólo provocaría otra pelea y nuevas lágrimas, y la posibilidad de una ruptura inmediata y permanente. Esto último era algo que no podía tolerar; por tanto, le tomó una mano, se la besó y dijo con aire contrito:

–Perdóname, querida, no debía haber dicho eso. Sé que me amas y que nada de esto es culpa tuya. Guardaré el anillo y algún día, cuando haya probado que soy digno de ti, te pediré que lo aceptes nuevamente. Lo sabes, ¿verdad?

–Ay, Ashton, claro que lo sé. Yo también lo lamento. Pero papá dice... Bueno, no hablemos más de eso, porque es desagradable.

Belinda se enjugó los ojos con un pañuelito ajado; se la veía tan desvalida que Ash la habría besado otra vez. Pero ella no se lo permitió, porque ya le había devuelto el anillo y, por tanto, el compromiso había sido roto: no sería correcto. De todas maneras, ella esperaba que continuaran siendo amigos, y que Ash no dejara de ir a la fiesta aquella noche, porque estaba segura de que bailaría maravillosamente, y siempre vendría bien que hubiera un hombre más. Así terminó la conversación y Ash acompañó a Belinda al bungaló con expresión trágica de cortarse las venas... o emborracharse.

El comentario de que su presencia en el baile de aquella noche sería «útil» como «un hombre más» no calmaba sus sentimientos de pretendiente rechazado. Pero, como no podía tolerar perder un solo momento de la compañía de Belinda, se tragó su orgullo y asistió a la fiesta.

La muchacha, en traje de gala, era un espectáculo tan maravilloso que Ash se sintió indigno de ella y más enamorado que antes, si eso era posible. La idea de tener que esperarla, aunque significara servir siete años, como Jacob a Raquel, ya no le parecía una injusticia intolerable, sino algo razonable y correcto. Premios así había que ganarlos, no arrebatarlos con descuido y apresuramiento.

La señora Harlowe, que temía que la presencia del pretendiente descartado creara una atmósfera melancólica en la fiesta, se tranquilizó al ver que Ash se comportaba a la perfección y que más bien contribuía al éxito de la velada; todos estuvieron de acuerdo en que era un joven encantador y una adquisición para cualquier fiesta. En cuanto a Belinda misma, no dejó de observar la impresión causada por él en las otras muchachas. Confiaba en la devoción de Ash, la complacía sentir que poseía algo que las demás encontraban deseable, y al despedirse de él le devolvió la presión de la mano con tanta calidez y una mirada tan elocuente de sus ojos azules que Ash volvió al *dâk-bungalow* flotando por el aire.

La madre de Belinda también estuvo sumamente amable y dijo que esperaba volver a ver a Ash en Peshawar, aunque lamentaba que, por compromisos anteriores, no pudiesen coincidir al día siguiente. Pero esto no lo deprimió, porque, mientras su carruaje recorría el oscuro camino hacia el acantonamiento, Ash miraba lo que Belinda le había dejado disimuladamente en la mano al despedirse de él: un capullo de rosa amarillo, ahora marchito y ajado, que llevaba en el escote.

11

Mardan le pareció agradable y familiar a la luz del anochecer, y se sorprendió de alegrarse de estar de regreso. Los sonidos y olores de las filas de caballería, el pequeño fuerte en forma de estrella y la larga hilera de sierras del Yusafzai, rosadas en el crepúsculo, ya representaban un hogar para él; y, aunque no lo esperaba hasta más tarde, Ala Yar lo aguardaba en la galería dispuesto a hablar o a guardar silencio según el ánimo de Ash.

En los meses que siguieron tuvo escaso tiempo para pensar en Belinda y el estado poco satisfactorio de sus amores, y hubo días, a veces varios seguidos, en que no pensó en ella para nada; y si soñaba con ella por la noche no la recordaba a la mañana siguiente. Porque Ash estaba descubriendo, como otros antes que él, que las normas del

Ejército de la India, y en particular las del Cuerpo de Guías, diferían mucho del modelo expuesto en la Academia Militar de Sandhurst. La diferencia lo complacía mucho, y si no hubiera sido por Belinda habría tenido mucho que elogiar y nada de que quejarse.

Como oficial joven de los Guías, debía dedicar una buena parte del día a estudiar el *pushtu* y el indostano; el primero era el idioma de la frontera y el segundo la lengua común de la India. Aunque Ash no necesitaba que se los enseñaran, no sabía leerlos o escribirlos con la facilidad con que los hablaba, y ahora los estudiaba aplicadamente con un viejo *munshi* (maestro), y, como hijo de Hilary que era, hacía grandes progresos. Pero no le valieron de mucho, porque en el examen correspondiente fracasó con gran decepción por su parte y el enfado de su *munshi*, quien habló con el comandante. Nunca había tenido un alumno tan bueno; los examinadores debían de estar equivocados. ¿Algún error de imprenta, quizá? Los exámenes escritos no se mostraban, pero el comandante tenía un amigo en Calcuta que, con la promesa de que no se emprendería ninguna acción, los sacó de los archivos y descubrió este comentario: «Ningún error. Sin duda, este oficial ha copiado su examen».

–Diga al muchacho que la próxima vez cometa algunos errores –aconsejó el amigo del comandante. Pero Ash nunca volvió a presentarse al examen.

En noviembre comenzó el entrenamiento del escuadrón, y Ash cambió su calurosa habitación en el fuerte por una tienda de campaña al otro lado del río. La vida de campamento, con sus largas horas en la montaña y sus noches frías en la tienda o al aire libre, le gustaba mucho más que la rutina del acantonamiento; y después del crepúsculo, cuando el cansado escuadrón terminaba de cenar y sus compañeros, tranquilizados por el aire fresco y el intenso ejercicio, se quedaban dormidos, Ash se reunía con un grupo alrededor del fuego y escuchaba la conversación.

Para él era la mejor hora del día; en esos momentos aprendía mucho más acerca de sus hombres que durante el curso normal de las tareas, no sólo sobre sus familias y sus problemas personales, sino sobre sus diferencias de carácter. Porque cuando los soldados están descansados y cómodos muestran una parte de sí mismos diferente a la que aparece en horas de trabajo, y al disminuir la luz, cuando las caras se tornaban irreconocibles, hablaban de muchas cosas que normalmente no se mencionaban en presencia de un *feringhi*. Los temas de conversación eran muy variados: desde asuntos tribales hasta teología. En una oportunidad, un *sowar pathan* que poco tiempo antes había hablado con un misionero (con gran confusión e incomprensión por parte de ambos), pidió a Ash una explicación de la Trinidad.

–Porque el *sahib* misionero –dijo el *sowar*– declara que cree en un solo Dios, pero que en realidad son tres dioses en una sola persona. Bien, ¿cómo puede ser eso?

Ash vaciló un momento, y luego tomó la tapa de una lata de galletitas que alguien había usado como plato, dejó caer una gota de agua en tres de sus ángulos y dijo:

–Mira, aquí hay tres cosas, ¿no es cierto? Tres cosas separadas. –Una vez que los presentes observaron y asintieron, movió la tapa de manera que las tres gotas resbalaron y formaron una sola, más grande–. Ahora, decidme –prosiguió Ash–, ¿cuál de ellas es una de las tres? Ahora hay una sola; sin embargo, las tres están en ella. –Su público lo aplaudió y la tapa pasó de mano en mano para que todos pudieran ver y discutir, y aquella noche Ash adquirió reputación de gran sabiduría.

Lamentó que el campamento se disolviera y volviesen al acantonamiento, pero, aparte de haber perdido las esperanzas de casarse pronto, disfrutaba mucho de los primeros fríos en Mardan. Se llevaba bien con los demás oficiales y mantenía excelente relación con sus hombres, todos los cuales, por las misteriosas comunicaciones de la India (ya que ni Zarin ni Awal Shah habían hablado), sabían algo de su historia y tenían cierto interés personal en su progreso. Por este motivo, sus tropas pronto adquirieron la reputación de ser las más rápidas y disciplinadas del escuadrón, por lo cual Ash recibía más aprecio del que merecía, ya que en realidad eran sus antecedentes los que creaban ese estado de cosas, y no un talento especial para el liderazgo o una gran fuerza de carácter. Los hombres sabían que el «*sahib* Pelham» no sólo hablaba, sino que también pensaba igual que ellos, y, por tanto, no se dejaría engañar por mentiras o tretas que ocasionalmente serían útiles con otros *sahibs.* Además, sabían que podían confiarle con tranquilidad sus discusiones privadas, porque él admitiría ciertos factores que no podría comprender alguien nacido y criado en Occidente. Fue Ash, por ejemplo, quien en un destacamento donde se encontraba con sus hombres emitió una sentencia que se recordó y apreció muchos años en la frontera.

Ash había ordenado a sus hombres que buscaran un poni gris de polo robado a un oficial destinado en Risalpur, y la noche siguiente, un médico misionero que cabalgaba en un caballo gris fue avistado a la luz de la luna: un centinela le dio el alto. El caballo se asustó y salió disparado, y el centinela, suponiendo que se trataba del ladrón que intentaba huir, disparó al médico y afortunadamente erró el disparo.

Pero la bala pasó muy cerca, y el médico, un hombre mayor y colérico, se enfureció y presentó una queja contra el centinela. El hombre se presentó al juicio a la mañana siguiente. Ash, usando la facultad judicial de comandante del destacamento, lo condenó a quince días de arresto con pérdida de sus haberes: dos días por disparar a un *sahib*, y el resto, por haber fallado el disparo. La sentencia fue recibida con gran aprobación, y el hecho de que luego el comandante la dejara sin efecto porque el *sowar* había actuado de buena fe no disminuyó la popularidad del veredicto; los hombres sabían muy bien que Ash no podía aplicarlo, y que, simplemente, mostraba su desaprobación a la mala puntería. Sin embargo, el caso no resultó divertido para sus superiores.

–Habrá que vigilar a ese muchacho –dijo el comandante del escuadrón–. Tiene buena pasta, pero le falta equilibrio.

–Demasiado impulsivo, demasiado independiente, demasiado brusco –declaró el teniente Battye–. Pero ya aprenderá.

–Supongo que sí, aunque por momentos lo dudo. Si al menos fuera más tranquilo y un poco más firme, sería material de primera para un cuerpo como éste. Pero muestra demasiada tendencia a abandonar las cosas por la mitad. Francamente, me preocupa, Wigram.

–¿Por qué? Los hombres lo aprecian muchísimo. Puede hacer lo que quiera con ellos.

–Lo sé. Lo tratan como si fuera casi una divinidad, y creo que lo seguirían a cualquier parte.

–Bien, ¿y qué hay de malo en eso? –preguntó el teniente, desconcertado por el tono de su superior.

El comandante del escuadrón frunció el ceño y se tiró del bigote con expresión irritada.

–Aparentemente, nada. Sin embargo, entre usted y yo, creo que en una crisis procedería de forma irreflexiva y podría conducirlos a algo de lo que difícilmente lograrían salir. Es muy valiente, sin duda. Quizá demasiado. Pero creo que a menudo lo guían sus emociones, que... Y hay otra cosa: en una situación de apremio, y suponiendo que tuviera que tomar una decisión, ¿a quién sería leal? ¿A Inglaterra o a la India?

–¡Dios mío! –exclamó el teniente, realmente conmocionado–. ¿No está sugiriendo que es un traidor, verdad?

–No, por supuesto que no. Bien, no exactamente. Pero una persona así... con sus antecedentes... no sé cómo podría tomarlo. Para nosotros es mucho más simple, Wigram. Siempre supondremos que nuestro lado de la cuestión es el correcto, porque es el nuestro. Pero, ¿cuál es su lado? ¿Me entiende?

–Creo que no –admitió con incomodidad el teniente–. Después de todo, no tiene nada de sangre india, ¿verdad? Su padre y su madre eran absolutamente británicos. El solo hecho de que haya nacido aquí... Bien, hay muchos que nacen aquí. Usted, por ejemplo.

–¡Sí, pero yo jamás pensé que era un indio! Él sí, y ésa es la diferencia. Bien, el tiempo dirá quién tiene la razón. Pero no estoy seguro de que no hayamos cometido un gran error al haberlo hecho regresar a este país.

–No habría podido impedirse –respondió el teniente con convicción–. Habría vuelto, aunque tuviese que venir caminando... o nadando. Creo que siente que aquí está su hogar.

–Eso es exactamente lo que le decía..., pero no lo es, en realidad. Y algún día lo descubrirá, y cuando lo descubra se dará cuenta de que él no pertenece a ninguna parte, excepto al limbo, que por lo que sé está cerca de las fronteras del infierno. Le aseguro, Wigs, que por nada del mundo querría estar en el lugar de ese muchacho, y probablemente no me habría importado en absoluto si hubiese querido volver aquí por sus propios medios; eso habría sido asunto suyo. Pero nosotros..., el cuerpo..., somos los responsables de su presencia, y eso me preocupa. Aunque, en realidad, me gusta el chico.

–Ah, está muy bien –respondió tranquilamente el teniente–. No es fácil conocerlo a fondo, es verdad. Uno llega hasta cierto punto y nada más. Pero nadie niega que es el mejor deportista que hemos tenido en muchos años, y en la *gymkhana* del mes que viene debemos ganar al resto de la brigada.

Ni Awal Shah ni Zarin estaban en el escuadrón de Ash, por lo que los veía relativamente poco en Mardan, aunque siempre que podían uno u otro lo acompañaban a cazar. Cuando ninguno de los dos podía, iba solo o llevaba a uno de sus *sowares*, Malik Shah o Lal Mast, miembros de una tribu de las tierras del otro lado del Panjkora. Disfrutaba de su compañía y aprendía mucho de ellos.

Malik Shah era un excelente *shikari,* capaz de acechar a una manada de *gurral* con tanta astucia que ninguno lo veía hasta que estaba a corta distancia, y en esto su primo (el parentesco era tan lejano que era imposible establecer el grado) era casi igual que él. Pero, aunque Ash pasaba muchas horas en las montañas con ambos cuando Zarin tenía otras ocupaciones, nunca aprendió a moverse en forma tan hábil y silenciosa como ellos, ni a confundirse tan perfectamente con el paisaje que cualquiera hubiese jurado que no había un ser humano en muchos kilómetros a la redonda.

–Hay que aprenderlo de pequeño –decía Malik Shah para consolarlo, cuando el gamo que habían estado acechando levantaba la cabeza y salía a toda carrera por la llanura–. En mi país, moverse sin ser visto, aprovechando cada ramita y cada brizna de hierba, a veces es cuestión de vida o muerte, porque todos tiramos bien y hacemos muchos enemigos. Pero, en su caso, *sahib*, es diferente; usted nunca tuvo que quedarse inmóvil como una piedra, ni deslizarse de una a otra roca tan silenciosamente como una serpiente, porque al otro lado de la pendiente lo espera un enemigo... o porque usted persigue a otro para matarlo. Si yo tuviera un arma como ésta (había estado disparando con su carabina del Ejército), me convertiría en jefe de mi valle y de veinte hombres de las montañas. Espere aquí, *sahib*, y yo atraeré nuevamente a ese gamo entre la *nullah* y esos espinos que hay allí. Entonces usted podrá disparar.

Ash hizo muchos amigos en los pueblos y pasó muchas noches como huésped de los jefes del otro lado de la frontera, donde pocos habitantes habían visto a un hombre blanco.

Habría pasado con mucho gusto la mayor parte de su tiempo con Belinda en Peshawar. Pero el mayor Harlowe no le permitía más que una visita al mes, y sólo para tomar el té, y ni siquiera la señora Viccary, que solía invitarlo a cenar y escuchaba sus lamentaciones, admitía que la conducta del mayor era arbitraria, sino que le aconsejaba que se pusiera en el lugar del padre preocupado por su hija. Sólo en Navidad, proverbialmente una época de paz y buena voluntad, la actitud se tornó menos rígida, pero entonces la Brigada de Peshawar regresó a la ciudad y Belinda se vio envuelta en un montón de fiestas, reuniones y bailes.

Después de Navidad, Ash no volvió a asistir a bailes en Peshawar. Recibió el Año Nuevo de 1872 con Zarin, y en un ambiente muy diferente, porque se tomaron dos días de permiso y los pasaron con Koda Dad.

Enero y febrero fueron meses muy fríos aquel año. La nieve cubrió las montañas de la frontera, el regimiento usaba chaquetas de piel de oveja y Ala Yar mantenía un fuego de leña encendido todo el día en la habitación de Ash en el fuerte, adonde el *munshi* iba diariamente a enseñar a leer y escribir al *sahib*. A principios de abril, los álamos y los sauces del camino a Peshawar se llenaron de brotes, y en los cultivos de árboles frutales florecieron los almendros. Durante toda la primavera, la frontera continuó sin problemas y, al menos aparentemente, las tribus siguieron en paz entre ellas y con los británicos.

En Mardan, los Guías practicaban un nuevo juego llamado polo e instruían a los reclutas novatos como habían hecho en temporadas anteriores; la rutina del regimiento se tornó tan familiar para Ash como las paredes de su habitación o la galería de la tropa. El día comenzaba con el jarro de té muy caliente, endulzado con *gur* y con un leve olor a humo, que Ala Yar le traía a la cama; y, mientras se afeitaba y se vestía, el viejo *pathan* hablaba sobre los hechos del día anterior o le contaba las noticias de Mardan y de la frontera o las habladurías de los mercados. Después había práctica en el campo de tiro, desayuno con la tropa, visita a los establos, una reunión en la oficina, y, de cuando en cuando, *durbar*, el parlamento del regimiento donde se presentaban quejas, solicitudes de permiso y los demás asuntos relativos a la política y la justicia, ante un *panchayat* («cinco hombres mayores»). Éste era el sistema por el cual se gobernaban las aldeas de la India desde tiempo inmemorial. Aquí, el *panchayat* estaba compuesto por el oficial comandante, el segundo comandante, el ayudante y dos oficiales indios de alta graduación. Los hombres asistían no sólo como espectadores, sino también para asegurarse de que se hacía justicia, porque bajo el sistema del *silladar* cada hombre de la unidad era, en todo sentido, un accionista de una compañía privada, dueño de su caballo y sus arreos como un aprendiz es dueño de las herramientas de su oficio. Ninguno de los Guías era un hombre sin tierras propias, pero eran de origen campesino. Se enrolaban por honor y por amor a la lucha, y al saqueo, si había oportunidad; y cuando se cansaban de la vida militar, se retiraban a cultivar sus granjas... y enviaban a sus hijos a incorporarse al regimiento.

Cuando terminaba el trabajo, Ash pasaba la mayor parte de su tiempo libre jugando al polo y cazando con halcón. Una vez por semana escribía a Belinda, a quien no se le permitía responder, y una vez al mes iba a caballo a Peshawar a hacer la visita formal permitida por el mayor Harlowe.

En cierto momento, tuvo la ilusión de que sería sencillo burlar la restricción asistiendo a diversos entretenimientos donde sin duda encontraría a Belinda, como bailes de club, cacerías o carreras. Pero no tuvo éxito; la vigilaban de tal modo que no podía cambiar una sola palabra con ella. Esto lo deprimió tanto que casi fue un alivio cuando su comandante, enterado de esas visitas, las prohibió y redujo su permiso para ir a Peshawar al único día del mes autorizado por el padre de la chica.

Ash sentía unos celos terribles de George, lo cual era un gasto de emociones innecesario. Los padres de Belinda permitían que Garforth visitara su casa con gran frecuencia, y no se oponían a que saliera a cabalgar o bailar con su hija, pero eran lo bastante astutos como para percibir que no había peligro de que Belinda se enamorara de él; y, en circunstancias normales, probablemente no lo habrían invitado a su casa en absoluto. Pero George tuvo la ventaja de que su llegada coincidió con las maniobras de otoño, y, en consecuencia, con una escasez de compañeros de baile, y además su atractivo físico impresionaba a todas las muchachas del lugar. Eso, junto con su desenvoltura recién adquirida y sus historias sobre una abuela con título nobiliario, hija, según se decía, de una *liaison* entre una bella condesa griega y nada menos que George Gordon, lord Byron, lo elevó por encima de los demás. Y Belinda, que al fin y al cabo era un ser humano, no podía dejar de regocijarse en recibir atenciones de alguien tan admirado por las demás muchachas.

Por tanto, continuó viéndolo aun después que las tropas volvieran a Peshawar, porque su padre no se oponía a que la acompañara un joven con quien ella nunca pensaría en casarse, y esperaba que la ayudara a olvidar su ridículo compromiso. En cuanto a los sentimientos de George, jamás les dio la más mínima importancia: en opinión del mayor Harlowe, todos los jóvenes se enamoraban y luego quedaban con el corazón destrozado, y eso volvía a sucederles media docena de veces. Tampoco le importaban los sentimientos de Ash: ¡matrimonio a los diecinueve años! El muchacho debía de ser tonto.

Ash hacía lo posible por complacerlo, pero le resultaba muy duro. Las mismas cualidades que nueve años atrás eran consideradas positivas por Awal Shah y el entonces comandante de los Guías, ahora demostraban tener ciertos inconvenientes, por lo que Ashton envidiaba a menudo a sus compañeros oficiales, que tomaban decisiones con tan alegre confianza. Para ellos, ciertas cosas estaban bien y otras mal, eran necesarias o innecesarias, obvias, o sensatas, o lo único que cabía hacer: todo era así de simple. Pero para Ash no era siempre de esa manera, porque solía considerar un problema desde el punto de vista de Lance-Naik Chaudri Ram o el *sowar* Malik Shah, y también desde el punto de vista de un producto del sistema de los colegios aristocráticos británicos o de un cadete de la Royal Military Academy. Esto complicaba las cosas en lugar de simplificarlas, porque saber lo que pasaba en la mente de un *sowar* juzgado por algún crimen, y comprender además los procesos mentales que lo habían llevado a cometer ese crimen, no siempre lo ayudaba a dar un veredicto rápido y correcto.

Con demasiada frecuencia, Ash sentía simpatía por un hombre por la única razón de que muchas veces él podía pensar, y realmente pensaba, como nativo del país. Y existe una diferencia grande y fundamental entre el razonamiento de Oriente y el de Occidente, un hecho que ha confundido a muchos misioneros bienintencionados y a administradores honestos, y que los ha llevado a condenar a naciones enteras como inmorales y corruptas, porque sus leyes y sus pautas, sus hábitos y sus costumbres difieren de las que se han desarrollado en el Occidente cristiano.

«Un *sahib,* por ejemplo –explicaba el *munshi*, tratando de dar un ejemplo de las diferencias a sus alumnos–, siempre dará una respuesta veraz a una pregunta, sin considerar primero si no sería más conveniente responder con una mentira. Entre nosotros es a la inversa, lo cual finalmente causa menos problemas. En este país reconocemos que la verdad puede causar un gran daño y que, por lo tanto, no hay que emplearla descuidadamente, sino con gran cautela».

Sus alumnos, jóvenes oficiales a quienes padre y maestros habían enseñado que mentir es un pecado mortal, se escandalizaban ante esta abierta aceptación por parte de un maestro de edad madura de que en la India una mentira era totalmente permisible, y por razones que para un inglés parecían tortuosas y cínicas. Con el tiempo cambiarían de idea, como otros funcionarios, oficiales y hombres de negocios ingleses que los precedieran. Y, en la medida en que aumentara esa comprensión, se incrementaría su utilidad para el país y para el imperio que lo gobernaba. Pero lo más probable era que, con la mejor voluntad del mundo, sólo llegaran a comprender una pequeña parte de los motivos que dictaban el razonamiento asiático: únicamente la parte visible del iceberg. Algunos verían un poco más lejos, otros imaginarían que veían más lejos, y aun muchos más serían totalmente incapaces de hacer ningún esfuerzo en ese sentido. Los separaban la sangre, el ambiente, las costumbres, la cultura y la religión, y los puentes para atravesar estos abismos eran aún muy pocos, o resultaban estructuras débiles que se quebraban cuando se confiaba demasiado en ellas.

La vida habría sido más fácil para Ash si, como los otros oficiales, se hubiera concentrado en construir y usar esos puentes en lugar de pararse con un pie en cada orilla, mal equilibrado entre ambas y sin decidirse a cargar su peso en una o en otra. Era una posición penosa que no le causaba ningún placer.

Sus momentos más felices los pasaba con Zarin, a pesar de que también éste había cambiado la antigua relación: aquélla que ambos creían haber recuperado pero era alterada por circunstancias que no podían controlar. A Zarin le resultaba muy difícil olvidar que Ash era un *sahib* y un oficial con autoridad sobre él, y eso, inevitablemente, levantaba una barrera entre los dos, aunque no una muy importante: Ash ni siquiera la notaba. Pero, a causa de sus años en Inglaterra, su posición oficial en el regimiento y ciertas cosas que decía o hacía Zarin, ya no estaba seguro de cuáles serían las reacciones de su amigo en ciertas circunstancias, y, por tanto, le parecía mejor ser cauteloso. Porque Ashok también era *sahib* Pelham, y ¿quién podía estar seguro de cuál de los dos estaba frente a él en un momento determinado? ¿El hijo de Sita o el oficial británico?

En lo referente a Zarin, Ash habría preferido lo primero, pero tampoco estaba seguro de que la relación con Zarin pudiera volver a ser lo que era. El respetado hermano mayor y el muchachito de Gulkote enamorado de los héroes habían superado el pasado. Y en el proceso se habían nivelado. La amistad continuaba, pero ahora con reservas que antes no existían.

El único que no había cambiado era Koda Dad, y Ash pasaba largas horas con él, cabalgando o cazando con halcón, o, simplemente, sentado con las piernas cruzadas ante la chimenea del anciano, hablando del presente o del pasado. Sólo con Koda Dad se sentía totalmente cómodo, porque, aunque hubiese negado firmemente tener alguna diferencia con Zarin, sabía que había algo entre los dos, una pequeña nubecita.

Ala Yar y Mahdoo, y también Awal Shah, lo trataban como a un *sahib*, ya que ninguno de ellos lo conocía de la época en que era simplemente Ashok. Pero Koda Dad nunca había tenido contacto con los *sahib-log*, y en su larga vida había conocido a pocos. Todo lo que sabía de ellos lo había aprendido de segunda mano, de manera que la influencia que tenían sobre él era mínima, y el hecho de que los padres de Ashok hubieran sido *angrezis,* y Ashok mismo un *sahib,* no alteraba para nada su amistad con él. El muchacho era el mismo muchacho, y nadie es responsable de quiénes son sus padres. Para Koda Dad, Ashok sería siempre Ashok, y no *sahib* Pelham.

La rutina del regimiento cambió cuando llegó el calor: los hombres se levantaban antes del amanecer para aprovechar las horas más frescas, permanecían en el interior en las de calor más intenso, a mediodía y al principio de la tarde, y volvían a salir cuando el sol se ponía. Ash ya no iba a Peshawar, porque la señora Harlowe y su hija se habían ido a disfrutar del fresco de las montañas, y sólo mantenía contacto con Belinda por carta, aunque ella no respondía. Una sola vez, Ash recibió una escueta respuesta, severamente controlada por la señora Harlowe, en que la muchacha informaba de que lo estaba pasando muy bien en Murree. No era la clase de noticias que deseaba recibir Ash. Belinda no mencionó nombres, pero él se enteró por casualidad, a través de un oficial de Razmak, de que la empresa Brown & MacDonald, donde estaba empleado George Garforth, tenía una sucursal en Murree; y de que George, que había sufrido un golpe de calor en Peshawar, había sido trasladado allí durante el verano.

La idea de que su rival pasara el tiempo haciendo excursiones con Belinda o acompañándola a los bailes le resultó intolerable. Pero no podía hacer nada al respecto, porque, cuando pidió autorización para tomar su permiso de verano en Murree, el ayudante le dijo con brusquedad que si quería un permiso podía ir a cazar a Cachemira... Y vía Abbottabad, no vía Murree, lo cual sería mucho mejor que hacer el tonto en tertulias sociales.

Zarin opinaba lo mismo. Correr como un perrito faldero detrás de una mujer que no quería casarse ni acostarse con uno era una falta de dignidad y una pérdida de tiempo que podía emplearse mejor en otras cosas. Aconsejó a Ash que abandonara todo intento de matrimonio durante cinco años por lo menos, y le sugirió que visitara las casas de mala fama más conocidas de Peshawar o Rawalpindi.

Ash tuvo la fuerte tentación de aceptar, y probablemente le habría hecho mucho bien, porque la vida de un subalterno soltero en la India era realmente monástica. La mayoría de sus compañeros oficiales ponían freno a sus apetitos sexuales con un violento ritmo de ejercicio físico, mientras que otros se exponían a contraer enfermedades desagradables o a que les robaran sus pertenencias en las visitas furtivas a los burdeles; o bien se entregaban a prácticas menos ortodoxas con los jóvenes del lugar, siguiendo la costumbre de los hombres de las tribus fronterizas, quienes nunca habían visto nada malo en ese comportamiento. Pero Ash no sentía inclinación por la homosexualidad, y como estaba enamorado de Belinda no toleraba comprar favores a las prostitutas..., ni siquiera a seductoras tan notables como Masumah, la más despierta y bonita *kasbi*. En vez de eso, iba a pescar al valle Kangan.

En septiembre, las noches comenzaron a ser más frescas, aunque los días seguían sumamente calurosos. A mediados de octubre, la temperatura refrescó y volvieron a aparecer el pato y la cerceta en los *jheels* y en los lugares más tranquilos de los ríos; también se veían volar grandes bandadas de gansos que se dirigían hacia los sitios donde podían alimentarse, en la India Central y Meridional. Zarin pasó a la categoría de *jemadar,* y Belinda y su madre regresaron a Peshawar.

Ash fue una tarde a tomar el té con los Harlowe. No veía a Belinda desde la primavera: casi seis meses que le parecían seis años, y podrían haberlo sido porque la muchacha estaba muy cambiada. Seguía tan bonita como siempre, pero ya no era la colegiala que acababa de dejar los libros y se complacía con la libertad recién adquirida y el primer goce de la vida. Se la veía mucho más segura; ahora era una señorita. Y, aunque continuaba siendo alegre, Ash pensó que no parecía una alegría espontánea, y que su risa, sus movimientos y gracias, antes totalmente encantadores y naturales, tenían ahora un asomo de artificialidad.

El cambio de Belinda lo perturbó y trató de pensar que era obra de su imaginación, o que, después de esa larga separación, ella se sentía tímida y posiblemente un poco azorada al encontrarse con él; y que, una vez que eso se disipara, volvería a ser la dulce persona que él conocía.

El único pequeño consuelo en aquella tarde lamentable fue que George Garforth, quien también había sido invitado, recibía aún menos atención que él. Por otra parte, era evidente que George estaba en muy buenos términos con la señora Harlowe (en varias ocasiones ella lo llamó «mi querido muchacho»), mientras, por cortesía, Belinda se veía obligada a atender a un paisano de edad madura, Podmore-Smyth, que era amigo de su padre.

Sería interesante saber qué curso habría tomado la vida de Ash si nunca hubiese conocido a Belinda, o si, habiéndola conocido, no la hubiera inducido a flirtear con George Garforth. Sólo uno de los tres habría de escapar al sufrimiento de sus vidas enlazadas. Ahora, George y Belinda desempeñarían un papel (aunque decididamente uno muy pequeño) en desencadenar algo que cambiaría de manera radical el futuro de Ash, porque los dos eran responsables del estado de ánimo con que él volvió a Peshawar, y fue por pensar en ellos por lo que salió luego a pasear a la luz de la luna.

Se había acostado temprano, y cuando se durmió tuvo enseguida el sueño que lo perseguía desde su llegada a Mardan. Una vez más, se encontró cruzando al galope una llanura pedregosa entre sierras bajas y sin vegetación, mientras oía crecer a sus espaldas el ruido de los cascos de los caballos de sus perseguidores. Al despertarse, comprobaba que aquel ruido procedía de su propio corazón.

La noche era fresca, pero Ash estaba empapado de sudor; arrojó la manta y se quedó quieto, esperando que sus latidos se calmaran, y escuchando aún subconscientemente el fragor de la persecución. Al otro lado de la ventana abierta se veía el fuerte, pero hasta los perros sin dueño y los chacales estaban en silencio, y todos parecían dormir excepto los centinelas del acantonamiento. Ash se levantó, salió a la galería y enseguida, con cierta inquietud, volvió a ponerse una bata y las *chupplis* (las pesadas sandalias de cuero que eran el calzado habitual de la frontera) y salió a pasear para calmar su ansiedad con el aire de la noche. El centinela lo reconoció y lo dejó pasar murmurando la consigna habitual; se dirigió hacia la zona donde formaban las tropas y luego al campo abierto que se extendía hasta las montañas; su sombra oscura lo precedía en el camino.

Había una serie de patrullas alrededor de Mardan para dar la alarma en caso de ataque, pero Ash sabía exactamente dónde estaban situadas y no tuvo dificultad en evitarlas. Pronto dejó atrás el acantonamiento y se dirigió hacia las montañas. La llanura estaba llena de hondonadas, piedras y rocas en las que las suelas claveteadas de sus sandalias hacían un ruido que perturbaba sus pensamientos y lo irritaba. Pero alcanzó un sendero de cabras donde la tierra tenía alguna profundidad y pudo seguir avanzando en silencio.

El sendero continuaba por una planicie ondulada, como suele suceder con los caminos de cabras; Ash lo siguió durante más de un kilómetro hasta que por fin se detuvo a un lado, sobre un montículo de tierra donde una roca chata le ofrecía asiento. Sentado en la roca, con la espalda apoyada en una piedra, contempló la llanura bañada por la luna y tuvo la ilusión de que estaba muy por encima, tan alto y protegido como en el balcón de la reina, en la torre del Pavo Real.

El día anterior había llovido un poco, y en el aire limpio y frío los picos de las montañas parecían distantes; quizás a un día de marcha... o a una hora. Al mirarlos, Ash dejó de pensar en Belinda y en George y comenzó a recordar otras cosas: otra noche de luna, mucho tiempo atrás, cuando cruzara una llanura como ésta hacia un monte de *chenares* junto al camino de Gulkote. Se preguntó qué habría sido de Hira Lal. Pensó que le gustaría volver a encontrarse con Hira Lal y pagarle parte de la deuda que tenía con él por el caballo y el dinero. Uno de esos días pediría permiso y... De pronto, sus pensamientos abandonaron el pasado y sus ojos se entrecerraron para mirar con atención.

Algo se movía en la llanura, y no podía ser ganado porque no había ningún pueblo cerca. Quizá ciervos; ¿*chinkara*, tal vez? Era difícil saberlo, porque la luna engañaba a los ojos. Pero, como avanzaban hacia él y no había viento que llevara el olor de Ash hacia ellos, pronto se enteraría. Sólo debía permanecer inmóvil y pasarían junto a él, porque su ropa era del mismo color de las rocas: si se mantenía quieto en las sombras, resultaría invisible incluso para los ojos de un animal salvaje.

Al principio, su interés era sólo superficial. Pero pronto dejó de serlo, pues la luna iluminó algo que no eran cuernos, sino metal. Los que se acercaban eran hombres, no animales; hombres armados que llevaban cascos.

Cuando se aproximaron, Ash observó que sólo eran tres, y su tensión disminuyó. Por un momento, imaginó que era un grupo de invasores del otro lado de la frontera, que venían a atacar alguna aldea para llevarse el ganado y las mujeres. Pero tres hombres no podían hacer mucho daño y seguramente eran *powindas*, gentes nómadas como los gitanos, que siempre estaban trasladándose de un lugar a otro. Aunque no le pareció muy probable, porque ahora que los días eran frescos poca gente elegía la noche para caminar. Fueran quienes fuesen, Ash prefería no tropezarse con ellos, ya que sus razones para estar fuera de sus tierras no inspiraban mucha confianza, y los ladrones de ganado y otros delincuentes solían disparar antes de hacer preguntas. Por tanto, se quedó muy quieto y se alegró de que las sombras se alargaran, y de que la luna estuviera a sus espaldas y diera en los ojos a los hombres que avanzaban.

Con la seguridad de que si no se movía era muy improbable que lo vieran, Ash se relajó y los vio venir con curiosidad y un poco de impaciencia. Empezaba a tener frío y deseó que los desconocidos apresuraran el paso, porque hasta que llegaran cerca de él y se alejaran bastante no podría moverse. Bostezó, y un momento después estaba tenso, escuchando.

El sonido que había oído era muy leve, pero no lo habían hecho los hombres que caminaban hacia él. Procedía de mucho más cerca y desde atrás, a no más de veinte o treinta metros, aunque en el silencio podía provenir de mucho más lejos. No parecía más que el ruido de una piedra que había rodado, pero, excepto el montículo donde él estaba sentado, la llanura se extendía varios cientos de metros en todas direcciones y ningún objeto podía haberse movido en ella sin ayuda, ni haber golpeado contra otro con tanta fuerza. Contuvo el aliento y oyó otro sonido que también le resultó fácil discernir: el de la suela claveteada de una *chuppli* contra una piedra. Había por lo menos un hombre más que se acercaba al montículo, pero desde otra dirección.

Varias posibilidades diferentes pasaron como relámpagos por la mente de Ash, todas desagradables. Las luchas sangrientas perturbaban la frontera, y el hombre o los hombres a sus espaldas podían estar tendiendo una trampa a los que se acercaban por delante. ¿O él mismo era la presa y había sido seguido por alguien que odiaba a los Guías? Era un error salir desarmado. Pero ahora era tarde para lamentarlo, porque una vez más se oyó ruido de metal sobre una roca y rodó una piedrecilla. Ash se volvió cautelosamente hacia el lugar de donde provenía y esperó con cada músculo de su cuerpo tenso y preparado.

Algo crujió cerca, contra un espino al pie del montículo, y luego pasó un hombre y se alejó a toda prisa, sin volverse. Ash sólo tuvo la impresión fugaz de una figura alta, envuelta en una burda manta de lana y protegida del frío por un pedazo de tela atado a la cabeza y el cuello. Después de pasar no fue más que una forma que se movía velozmente, y, si estaba armado, con seguridad no llevaba rifle, aunque quizá sus ropas ocultaban un cuchillo *pathan*. También era claro que no había visto a Ash ni sospechado su presencia. Pero daba una impresión indefinible de furtivo, y sus espaldas encorvadas y su cabeza, que se movía nerviosamente hacia uno y otro lado, revelaban el temor de que lo siguieran.

Los cuatro hombres se encontraron a unos cincuenta metros del montículo y hablaron unos minutos. Enseguida se sentaron con las piernas cruzadas para continuar la conversación con más comodidad, y Ash vio la llama de un mechero cuando encendieron una *hookah* y la pasaron en círculo. Estaban demasiado lejos como para que él llegara a oír algo más que un murmullo de voces y alguna risa, pero sabía que si trataba de irse lo descubrirían, y no les gustaría comprobar que los habían estado espiando. La hora y el lugar en que habían elegido encontrarse sugerían que no deseaban divulgar el asunto, y en tales circunstancias era menos arriesgado que Ash se quedara donde estaba.

Pasó cerca de una hora y Ash continuaba en el mismo lugar, sintiendo cada vez más frío y más irritación y maldiciéndose por haber tenido la estúpida idea de salir a vagabundear de noche. Pero por fin terminó la espera. Los cuatro hombres se levantaron y partieron en direcciones diferentes: tres hacia las montañas y uno por el mismo camino por el que había venido, pasando a menos de dos metros del montículo. Esta vez, la luna le daba de lleno en la cara, pero se había tapado la boca con el lienzo, de modo que sólo su nariz aguileña y sus ojos hundidos quedaban a la vista. A pesar de ello, el rostro le resultó familiar a Ash: estaba seguro de conocer a aquel hombre, aunque no sabía por qué. Antes de que tuviera tiempo de pensarlo, el tipo ya estaba lejos.

Ash esperó un momento antes de echar una mirada cautelosa sobre las piedras y ver aquella figura avanzando en dirección a Mardan; sólo cuando lo perdió de vista se puso de pie, acalambrado, entumecido y sin rastro de pensamientos sobre Belinda, y comenzó la larga caminata de regreso al fuerte.

Al recordarlo a la mañana siguiente, a la luz de un día de otoño azul y dorado, el incidente perdió los matices siniestros que había tenido de noche y le pareció algo sin importancia. Probablemente, los cuatro hombres se habían reunido a discutir algún asunto urgente de interés puramente tribal, y si preferían hacerlo por la noche era cosa suya. Ash se olvidó del asunto, y quizá no habría vuelto a pensar en él de no haber sido por un encuentro casual que tuvo unos seis días después, al atardecer...

Aquella tarde no había polo y salió a cazar perdices en las praderas junto al río. A la vuelta, poco después del anochecer, se encontró con un hombre en el camino del acantonamiento junto a las líneas de caballería: un *sowar* de su propio escuadrón. Oscurecía rápidamente y Ash sólo lo reconoció cuando estuvieron muy cerca el uno del otro. Devolvió el saludo y siguió andando, pero algo lo hizo detenerse enseguida. En parte era la forma de caminar del hombre: movía levemente un hombro para acompañar la marcha. Pero había algo más: una cicatriz que le dividía en dos una ceja y que Ash había visto, sin prestarle atención, en un rostro fugazmente iluminado por la luna.

–Dilasah Khan.

–*Sahib?*

El hombre se volvió y se acercó a Ash. Era un *pathan* de los *afridis*; una de tantas tribus que teóricamente eran aliadas del emir de Afganistán, pero que, en la práctica, no reconocían otra ley que la propia. Al recordarlo, se le ocurrió a Ash que aquéllos con quienes se había encontrado Dilasah Khan serían, casi con seguridad, hombres que le traían noticias de su pueblo, y que probablemente estaban mezclados en alguna pelea sangrienta con una tribu vecina, uno o más de cuyos miembros podían estar de servicio con los Guías.

Se consideraba que el territorio británico era neutral y en él no podía haber luchas sangrientas. Pero un paso más allá de la frontera las cosas eran diferentes, y los compañeros de tribu de Dilasah no querrían que los viesen allí. De todas maneras, no había violado la ley, y Ash pensó que no era justo reprenderlo por algo que obviamente deseaba mantener en secreto. Como él mismo había sufrido injerencias de ese tipo en el pasado, y lo habían molestado, no dijo lo que pensaba decir, lo cual tal vez fue un error, porque si Dilasah se hubiese asustado quizás habría cambiado sus planes y salvado, entre otras cosas, su propia vida. Aunque como sus creencias le enseñaban que su destino estaba atado a su cuello y no podía evitarse, es de suponer que se habría negado a creer que una acción suya o de otros podría haberlo alterado.

Ash no mencionó que lo había visto en la llanura con otros hombres, sino que le comentó un asunto trivial referente a la escuela de equitación, y luego lo dejó marchar. Pero el incidente, ahora que lo había recordado, ya no abandonaba sus pensamientos, y lo molestaba como una mosca que insiste en posarse sobre la cara de un hombre amodorrado. Aquello le hizo prestar más atención al *sowar* Dilasah Khan de la que le habría dedicado en circunstancias normales, y decidió que el hombre no le gustaba. Era un buen soldado y excelente jinete; en esos aspectos no podía criticarlo. Pero había algo en él que le parecía «cambiante». Algo en su actitud teñida de servilismo, una cualidad poco común en un hombre de tribu, y en la forma en que desviaba la mirada, evitando dirigirla a los ojos de quien le hablaba.

–Ese Dilasah no me inspira confianza –confesó Ash al hablar de los hombres de la tropa con el comandante de su escuadrón–. He visto un par de caballos con esa clase de mirada, y no aceptaría uno aunque me lo regalaran.

–¿Dilasah? Tonterías –replicó el comandante–. ¿Qué ha estado haciendo?

–Nada. Sólo que... No sé. Me provoca escalofríos, eso es todo. Lo vi en la llanura, una noche...

Ash describió el incidente y el comandante del escuadrón se rio y se encogió de hombros, e hizo una interpretación similar a la primitiva de Ash:

–Apuesto a que hubo una pelea entre su gente y sus vecinos, y querían advertirlo de que tuviese cuidado la próxima vez que vaya de permiso, porque su primo Habib acaba de matar al hijo del jefe Alí, y los parientes de Alí están dispuestos a matar a todos los familiares de Habib. Seguro que es eso.

–Yo también lo pensé, pero no puede ser, porque él fue a encontrarse con ellos. O sea, que todo fue concertado de antemano. El encuentro, quiero decir.

–Bien, ¿por qué no? Probablemente le enviaron un recado diciendo que tenían malas noticias que comunicarle. Si era sobre una muerte, no podían arriesgarse a decir nada más.

–Supongo que tiene razón. De todas maneras, creo que debemos vigilar a ese tipo.

–Ocúpese de eso. –Lo dijo en el tono de «vete a jugar»; Ash se sonrojó y abandonó el tema. Pero no lo olvidó y le interesó lo suficiente como para pedir a Ala Yar que hiciese algunas averiguaciones sobre la historia y los antecedentes del *sowar* Dilasah Khan.

–Hay otros cinco hombres de su clan en la caballería –le explicó Ala Yar–. Todos valientes y orgullosos, *afridis* que han ingresado en los Guías por honor y porque les gusta pelear. Y quizá también porque su clan está destrozado por tantas rencillas sangrientas, y aquí no hay peligro de que les tiendan una emboscada y los maten de un tiro sin advertencia. En su unidad hay dos de ellos: Malik Shah y Lal Mast.

–Lo sé. Y son dos hombres excelentes..., los mejores. He salido de *shikar* con Malik media docena de veces, y en cuanto a Lal Mast...

Ala Yar levantó una mano.

–Escuche, no he terminado. Su clan es pequeño y casi todos tienen lazos de sangre; son primos terceros, o cuartos... Pero ninguno de ellos siente simpatía por su pariente Dilasah. Dicen que es astuto y tramposo; no le tienen confianza.

–¿Por qué? ¿En qué forma?

–Por algunas cosas que hizo en su infancia. Usted sabe cómo son los chicos: hay uno en el grupo que miente o hace trampas o va con historias a los mayores, y los demás le toman antipatía. Cuando crecen y se hacen hombres, esa antipatía persiste. A los otros les desagradó que ingresara en los Guías, y dicen que no entienden por qué lo hizo, ya que no parecía propio de él. Pero vino con un buen caballo y cabalga bien, y, además, es buen tirador; se ganó su puesto en competencia honesta con otros, y como sus oficiales hablan bien de él, sus parientes no pueden quejarse y lo defienden por orgullo de clan. Pero de todas maneras no lo quieren, porque a cada uno de ellos le ha hecho algo malo... Cosas de chicos solamente; pero, como le digo, los hombres no olvidan. Pregunte a Malik o a Lal Mast la próxima vez que salga a cazar con ellos.

Ash lo hizo. Pero no se enteró de otras cosas que las que le había contado Ala Yar.

–¿Dilasah? Es un reptil –dijo Malik Shah–. La sangre le corre lentamente y tiene veneno en la lengua. Cuando éramos niños...

Contó una larga historia de una travesura de infancia que terminó con castigos y lágrimas para todos menos para Dilasah, quien había instigado el asunto y luego se lo contó todo a los mayores y evitó las consecuencias con alguna hábil mentira. Parecía que el episodio aún tenía vigencia, pero Malik admitió que un año en el regimiento había hecho mucho bien a Dilasah.

–Se ha convertido en un buen soldado, y cuando los Guías seamos nuevamente llamados a librar batallas hasta puede hacernos honor a nosotros y a nuestro clan. Sin embargo, es extraño que haya querido servir en los *sirkar* y someterse a una disciplina; me parece el último hombre en el mundo que habría querido elegir este modo de vida. Pero... ¿quién sabe? Tal vez mató a alguien y eso le ha hecho la vida demasiado peligrosa en nuestras montañas, y por eso busca seguridad aquí. ¡No sería el único!

Malik rio, y Ash, que sabía que esto último era muy cierto, no continuó con el tema. Pero menos de una semana después se supo la verdadera razón del ingreso de Dilasah Khan en los Guías. Y también quedó claro que la desconfianza de sus parientes y las sospechas de Ash eran fundadas.

12

No había luna la noche que Dilasah desapareció de Mardan, llevándose su propio rifle de caballería y otro más perteneciente al Ejército. Nadie lo vio irse porque él, como Malik, sabía moverse como una sombra cuando lo deseaba.

Había estado de guardia en el último turno, antes del amanecer, junto con otro hombre. Probablemente no acuchilló a su compañero por evitar verse envuelto en más hechos de sangre, no por respeto a la vida humana. Pero aquél sufrió una conmoción grave y pasó bastante tiempo antes de que pudiese contar la historia. Naturalmente, no se esperaba el ataque y no recordaba de dónde le había venido, pero parecía evidente que Dilasah lo había golpeado con la culata de su carabina antes de amordazarlo y atarlo con su propio turbante, y arrastrarlo después a las sombras para que no pudiesen oírlo desde el dormido campamento. Luego, el agresor había huido, y seguramente pasó una hora hasta que los gemidos del amordazado despertaron a alguien que fue a investigar. Salieron patrullas a caballo para buscarlo por los alrededores, pero no lograron hallarlo.

Al caer la noche, aún no había rastros de él, y a la mañana siguiente el comandante quiso saber cuántos otros miembros de su clan servían en el regimiento. Los llamó a su oficina y ordenó que se quitaran las prendas del uniforme y dejaran todas las piezas del equipamiento que eran propiedad del regimiento. Ellos obedecieron en silencio, colocando las cosas en el montón formado sobre el piso cubierto de esteras, y luego volvieron a su lugar y se quedaron en posición de firmes.

–Ahora váyanse –ordenó el comandante–, y que no les vuelva a ver las caras hasta que hayan traído los dos rifles.

Los hombres salieron sin pronunciar palabra, y nadie discutió la actitud del comandante en jefe, excepto Ash, a quien le llegó la noticia como culminación de una semana muy difícil.

–Pero no puede hacer eso –protestó Ash al comandante de su escuadrón, pálido de furia–. ¿Qué tiene que ver con ellos? No es culpa suya. Si... ¡si ni siquiera le tenían simpatía! Nunca lo han querido.

–Pertenecen al mismo clan –explicó pacientemente el otro–. Y el comandante en jefe es un tipo muy astuto que sabe lo que hace. Quiere que devuelvan los rifles para que no usen esas armas en los desfiladeros, y porque tampoco puede permitir que esos hombres se las lleven. Otros muchos podrían pensar que... No, ha hecho lo único que podía hacer. Es una cuestión de *izzat*. Dilasah ha traicionado a su clan y sus compañeros usarán esas armas para sus propios fines. Ya verá. Probablemente saben muy bien adónde se dirige, y en cuarenta y ocho horas estarán de vuelta con los rifles.

–¿Y qué? Les han quitado sus uniformes y los han echado... Castigados y públicamente degradados por algo que nada tenía que ver con ellos. Si hubiera justicia, soy yo quien debería ser castigado... ¡O usted! Yo sabía que ese hombre no andaba en nada bueno, y usted también. Se lo dije, y le prestó tanta atención como si fuera un cuento de hadas. Pero yo pude haber hecho algo para evitarlo, y Malik y los otros no. ¡No es justo!

–¡Por Dios, trate de crecer un poco, Pandy! –saltó el comandante del escuadrón, perdiendo la paciencia–. Se comporta como un chico de dos años. ¿Qué le pasa? Hace varios días que está intratable. ¿No se siente bien?

–Estoy perfectamente, gracias –respondió Ash, enfadado–. Pero no me gusta la injusticia e iré yo mismo a ver al comandante en jefe.

–Bien, será mejor que vaya usted. En estos momentos no está del mejor humor, así que cuando oiga su respuesta se dará cuenta de que debería haberlo pensado mejor.

Pero era inútil tratar de razonar con Ash, no sólo por la deserción de Dilasah y el despido de sus compañeros de clan, sino porque ése había sido el último, y no el peor, de una serie de incidentes en una semana que, al recordarla en el futuro, le parecería el período más negro de su vida. En lo sucesivo, nada llegaría a resultarle tan malo, porque él ya no volvería a ser la persona que había sido hasta entonces.

Todo había comenzado con una carta que recibió en el correo de la mañana. Abrió el sobre distraídamente, sin siquiera reconocer la escritura de quien lo enviaba, y suponiendo que se trataba de una invitación a una cena o un baile. La bienintencionada carta de la señora Harlowe, quien lo informaba de que su hija estaba comprometida para casarse, fue tan inesperada como la primera sacudida de un terremoto.

Belinda estaba tan, tan contenta, escribía la señora Harlowe, que ella esperaba de todo corazón que Ash no hiciera nada para estropear esa dicha, porque ya debía darse cuenta de que Belinda y él no estaban hechos el uno para el otro, y en todo caso él era demasiado joven para pensar en casarse. Ambrose resultaba, en todo sentido, una elección mucho más sensata para Belinda, y la señora Harlowe no dudaba de que Ash era lo bastante generoso como para alegrarse de esa felicidad y desear a Belinda la mejor suerte para el futuro. Belinda había pedido a la señora Harlowe que comunicara la noticia a Ashton, a causa de todas las tontas habladurías que había sobre los dos.

Ash se quedó mirando la carta durante tanto tiempo que, finalmente, uno de sus compañeros le preguntó si se sentía bien, y tuvo que repetir tres veces la pregunta antes de recibir una respuesta.

–No..., es decir, sí –respondió confusamente Ash–. No es nada.

–¿Malas noticias? –preguntó Wigram Battye, amablemente.

–No. Me duele la cabeza..., supongo que estuve mucho al sol. Creo que iré a acostarme un rato –dijo Ash. Y agregó de repente–: ¡No puedo creerlo!

–¿Creer qué? Oye, Ash, ¿no sería conveniente que visitaras al médico? Se te ve muy mal –observó cándidamente Wigram–. Si es una insolación...

–Bah, no seas tonto –respondió bruscamente Ash. Fue a su cuarto, se sentó en el borde de la cama y releyó la carta de la señora Harlowe.

Cada vez le resultaba más difícil creerla. Si Belinda se hubiera enamorado de otro, él tendría que haberse dado cuenta cuando la vio, sólo tres semanas atrás... Pero sus últimas palabras no indicaban que hubiesen cambiado sus sentimientos, y Ash no podía entender que, después de todo lo sucedido entre los dos, pudiera pedir a su madre que escribiera aquella carta. Si fuera verdad, la habría escrito ella misma; siempre había sido honesta con él. Ambrose... ¿Quién diablos era Ambrose? Era una maquinación de los padres de Belinda. Algo tramado para separarlos.

O bien la estaban forzando a casarse con alguien que no quería, contra su voluntad.

La carta de la señora Harlowe llegó un viernes, y aún faltaban ocho días para que Ash pudiera ver a Belinda con permiso oficial. Pero al día siguiente desafió las órdenes y fue a caballo a Peshawar.

Como en su primera visita, el bungaló estaba vacío y un sirviente lo informó de que el *sahib* y las *memsahibs* habían salido a almorzar y no regresarían hasta media tarde. Igual que la otra vez, Ash se fue al club, y allí también se repitió la historia; aunque el local no estaba vacío, sino abarrotado de una alegre multitud de sábado por la mañana. La primera persona en acercársele fue George Garforth.

–¡Ash! –gritó, tomándolo de un brazo–. Debo hablar contigo. No te vayas. Vamos a tomar una copa...

Ash no tenía ningún deseo de hablar con George y se habría alejado, pero dos cosas lo detuvieron. Primero, que George estaba un poco borracho, y segundo, que era la única persona que podía decirle si había algo de cierto en aquella historia del compromiso. Aunque el solo hecho de que George estuviera borracho a tal hora de la mañana le llenó el corazón de negros presentimientos.

–Tú eres la... la persona con quien quería hablar –balbuceó George–. Pero no aquí. Esto está lleno de asquerosos fatuos. Ven a tomar el *tiffin* a casa.

En tales circunstancias, parecía lo mejor, ya que Ash no deseaba oír lo que le diría George (si, como parecía, tenía que ver con Belinda) ante la mitad de los socios del club de Peshawar. Además, sería mejor que el señor Garforth se fuera cuanto antes de aquel lugar público, porque su conducta estaba atrayendo demasiada atención y podía acarrearle problemas. Ash mandó traer una *tonga* y llevó a George a su bungaló, que resultó ser una construcción grande y cuadrada, parcialmente dedicada a oficinas, que pertenecía a la empresa.

La parte que ocupaba George en la casa era modesta: un dormitorio al fondo y un tramo de una galería, separada del resto por una cortina de cañas, que servía de sala y comedor. El lugar tenía un aspecto depresivo que recordaba al de un *dâk-bungalow*, pero el sirviente que apareció al oír la campanilla de la *tonga* se las arregló para servir un almuerzo de tres platos acompañado por dos botellas de cerveza ligera Brown & MacDonald, de manera que, a pesar de sus tristes sospechas, Ash comió medianamente bien. George rechazó todos los platos con expresión de asco, y permaneció derrumbado en su asiento murmurando cosas agresivas y regañando al *khidmatgar*. Sólo cuando éste recogió la mesa y se retiró, George abandonó su actitud de forma desconcertante.

Nada más cerrarse el *chik* de la galería después de retirarse el *khidmatgar*, George se inclinó hacia delante, apoyó los brazos cruzados en la mesa, dejó caer la cabeza sobre ellos y rompió a llorar.

Ante tal espectáculo, la irritación de Ash se diluyó en simpatía, y, resignándose al papel de confidente y paño de lágrimas, se levantó, sirvió café y dijo con cierto esfuerzo:

–Será mejor que me cuentes. ¿Se trata de ese compromiso?

–¿Qué compromiso? –preguntó George en tono inexpresivo.

El corazón de Ash dio un brinco en su pecho y le aumentaron violentamente las pulsaciones hasta el punto de derramar el café. Así que tenía razón: la señora Harlowe le había mentido, no era verdad.

–El compromiso de Belinda. Creí que era por eso que... Es decir... –El alivio lo volvía incoherente–. Me habían dicho que estaba comprometida para casarse.

–Ah, eso –respondió George, como quitándole importancia.

–¿Es que no es cierto? Su madre dijo...

–No fue realmente ella... –continuó George, entrecortadamente–. Ella, la señora Harlowe, trató de arreglar las cosas, creo. Realmente me tenía simpatía, ¿sabes? Pero Belinda... Yo... yo nunca pensé que nadie... No, no es cierto; seguramente lo creí, y por eso traté de que no se supiera. Pero debí imaginar que alguien se enteraría algún día.

–¿Se enteraría de qué? ¿Qué diablos estás mascullando? ¿Está comprometida o no?

–¿Quién? Ah, Belinda. Sí. Se comprometieron después del baile de los solteros, creo. Escucha, Ash, quiero hablarte de algo. Mira, no sé qué hacer. Si revelarlo todo, o renunciar y marcharme, o... no puedo seguir aquí. No lo haré. Prefiero pegarme un tiro. Se lo contará a todos... Ya ha comenzado. ¿No viste cómo me miraban y murmuraban sobre mí en el club esta mañana? Tienes que haberte dado cuenta. Y la cosa se pondrá peor. Mucho peor. No creo que pueda...

Pero Ash no escuchaba. Dejó la taza sobre la mesa con pulso tembloroso y se sentó bruscamente. No quería oír nada ni hablar con nadie. Al menos, no con George... Y, sin embargo, dijo de pronto:

–Pero no puede ser cierto. El baile de los solteros fue a principios de mes, hace casi seis semanas, y yo la he visto después. Tomé el té con ella, y si fuera cierto me lo habría dicho entonces. Ella o su madre. O alguien.

–No querían anunciarlo demasiado pronto. Lo mantuvieron en secreto hasta que le llegó el nombramiento. Supongo que para que resultara más importante. Casarse con un residente, te das cuenta...

–¿Residente? Pero... –estalló Ash, y miró con desprecio a George, quien debía de estar más borracho de lo que pensaba, porque la residencia era un título para hombres mayores, un «premio» en la Administración Pública de la India. Sólo los hombres que habían estado mucho tiempo en ese departamento eran enviados por el Gobierno a algún estado nativo independiente con el título de «residente».

–Bholapore..., uno de los estados del sur... –comentó George con indiferencia–. Salió en los periódicos la semana pasada.

–¿Bholapore? –repitió estúpidamente Ash–. Pero... debe de ser un error. Estás borracho. Eso es. ¿Cómo podría Belinda conocer a alguien así, y mucho menos casarse con él?

–Bien, así es –replicó secamente George, como si no importara mucho–. Un amigo de su padre. Debes de haberlo visto: un tipo corpulento de cara colorada y bigote gris. Estaba tomando el té con ellos la última vez que tú fuiste, y Belinda le atendía mucho.

–¡Podmore-Smyth! –exclamó Ash, horrorizado.

–Ése es el hombre. Un tipo aburrido y vanidoso, pero que no pierde oportunidad de ascender. Pronto recibirá un título nobiliario y terminará como subgobernador. Su esposa murió el año pasado, y sus hijas son mayores que Belinda, pero a ella no parece importarle. Tiene mucho dinero, por supuesto... Su padre fue uno de esos ricachones de Calcuta, así que te imaginas...Y supongo que a Belinda le gusta la idea de ser lady Podmore-Smyth. O su excelencia la gobernadora. O quizá la baronesa Podmore de Poop, algún día. –George lanzó una carcajada hueca y se sirvió más café.

–No creo nada de esto –replicó Ash con violencia–. Es un invento tuyo. Belinda no haría eso. Tú no la conoces como yo. Es una muchacha dulce y honesta y...

–Es honesta, sin duda –asintió George con amargura. Le temblaron los labios y se le llenaron los ojos de lágrimas.

Ash no le prestó atención.

–Si se ha comprometido con él es porque la han obligado. Sus padres están detrás de esto...

–Te equivocas. A sus padres no les gustaba mucho la idea, pero Belinda los convenció. Es una seductora, como tú bien sabes. Pero, en realidad, no la conoces. Yo tampoco la conocía. Creía que sí, aunque nunca hubiera pensado... ¡Ah, Dios mío, qué puedo hacer!

El desvergonzado sufrimiento de George exasperaba a Ash. ¿Qué derecho tenía a comportarse así? Se lo dijo con bastante dureza, y eso le brindó una especie de consuelo perverso. Pero sus palabras no molestaron a George.

–No es eso –dijo George con lentitud–. Tú no entiendes. Claro que yo sabía que nunca se casaría conmigo, no soy tonto. Yo era demasiado joven y sin perspectivas. ¡No tenía... nada! Supongo que por eso inventé toda la historia. Pero nunca pensé que... la descubriría.

–¿Qué descubrió? –preguntó Ash, desconcertado.

–Todo sobre mí.

Una tal señora Gidney, íntima de la madre de Belinda, mencionó casualmente el nombre de George en una carta escrita a una querida amiga de Rangún, que por una lamentable coincidencia conocía a un tal señor Frisby que trabajaba en el negocio de las maderas. Y así fue como se supo todo.

La abuela de George, lejos de ser una condesa griega, había sido una mujer india de origen humilde, que tuvo una unión de carácter estrictamente temporal con un sargento de color de un regimiento británico con sede en Agrá; y de esa unión nació una hija que fue internada en un orfanato para niños de ascendencia mixta. A los quince años, la muchacha consiguió trabajo como niñera en casa de un militar, y se casó luego con un joven cabo del regimiento de su patrón, llamado Alfred Garforth. Su hijo George, nacido en Bareilly, fue el único de la familia que sobrevivió al levantamiento de 1857. Sus padres, un hermanito de pocos meses y sus tres hermanas fueron asesinados en quince minutos de frenesí caótico.

George estaba pasando aquel día con la familia de un comerciante amigo que escapó de la matanza, quien durante los años que siguieron, antes de que el regimiento regresara a Inglaterra, le brindó un hogar, porque como el padre del chico también era huérfano no tenía parientes que se hicieran cargo de él. Fue en esa época cuando George aprendió de sus compañeros de juego que un «mestizo» era objeto de escarnio. Había algunos entre los niños de los cuarteles, y George, como ellos, era despreciado por los chicos blancos y también por los que descendían de indios por ambas ramas. Sin embargo, por una ironía del destino, él era más rubio que muchos de sus atormentadores, y si hubiera poseído un carácter más fuerte, o hubiese sido menos guapo, podría haber superado a su abuela desconocida. Pero no sólo era un niño muy hermoso, sino sumamente tímido, una combinación que atraía a los adultos pero hacía que sus propios compañeros lo trataran mal.

George adquirió una seria tartamudez y un odio profundo por sus compañeros de escuela, por los cuarteles y por todo lo que tuviera que ver con la vida militar. Así que cuando el regimiento partió hacia Inglaterra, llevándolos con ellos, sólo la bondad del comerciante y su esposa, Fred y Annie Mullens, lo salvó de ser enviado a un orfanato del Ejército. Porque ellos se encargaron de que fuese educado en un pequeño internado cerca de Bristol, al que sólo asistían niños cuyos padres estaban fuera del país. Muchos habían nacido en el extranjero, para desgracia de George, porque también hablaban con desprecio de los mestizos. El que tenía la desdicha de ser moreno y de ojos oscuros era objeto de crueles burlas por ese motivo, y George, para vergüenza suya, estaba entre los escarnecedores. Porque, con la posible excepción del director, en la escuela nadie sabía nada sobre él, y, por lo tanto, podía inventarse el árbol genealógico que quisiera.

Al principio inventó uno modesto. Pero, a medida que avanzaba en edad, lo agrandó, le agregó abuelos y bisabuelos míticos, y una variedad de antepasados pintorescos. Y como siempre temía que sus ojos y su piel oscurecieran delatando su origen, como sucedió con sus rizos, que eran rubios en sus primeros años, inventó un abuelo irlandés, pues los irlandeses solían tener cabello oscuro; y agregó una abuela griega para equilibrar las cosas. Más tarde, descubrió que la mayoría de los camareros y pequeños comerciantes del Soho eran griegos, y, como ya no podía cambiar la nacionalidad de esa mujer mítica, decidió hacerla condesa.

Hacia el final de sus días de colegio, su benefactor, el señor Mullens, que tenía un amigo en Brown & MacDonald, hizo entrar a su protegido como empleado de la empresa, imaginando que proporcionaba a George una excelente oportunidad al iniciarlo en lo que algún día podría ser una provechosa carrera en el negocio de los vinos. Lamentablemente, George no se alegró por la noticia, ya que jamás habría vuelto a la India por su propia voluntad, pero no tenía el valor ni los medios para rechazar la propuesta. Cuando terminó el período de aprendizaje y recibió la orden de ir a Peshawar, lo único que iluminaba su horizonte era que Peshawar quedaba a no menos de seiscientos kilómetros de Bareilly, y que, en todo caso, no se vería obligado a visitar a los Mullens, pues apenas un mes antes de su partida se enteró de que el señor Mullens había muerto de fiebre tifoidea. Su desconsolada viuda vendió el negocio y partió hacia Rangún, donde su yerno era un floreciente comerciante en maderas.

El señor Mullens, caritativo hasta el fin, dejó a George cincuenta libras y un reloj de oro. George gastó el dinero en ropa y dijo a la dueña de la pensión donde vivía que el reloj había sido de su abuelo. De su abuelo irlandés..., el O'Garforth del castillo de Garforth...

–Jamás pensé que lo descubrirían –confesó George, destrozado–. Pero la señora Gidney tiene una amiga cuyo marido trabaja en maderas y conoce al yerno del viejo Mullens. Al parecer, un día la amiga se encontró con la señora Mullens y se pusieron a hablar del levantamiento y todo eso. La señora Mullens le habló de mí y de cómo su marido pagó mi educación y me consiguió trabajo, y lo bien que me iba, y... Bueno, se lo contó todo. Hasta tenía una fotografía mía. Yo les escribía, ¿sabes? Y luego esta señora escribió a la señora Gidney...

Aparentemente, la señora Gidney consideró que era su deber «advertir» a su querida amiga, la señora Harlowe, quien naturalmente se lo contó a su hija. Las dos señoras quedaron conmocionadas, pero Belinda se puso furiosa, no tanto porque le habían mentido, sino porque la habían hecho pasar por tonta: éste era el hombre que ella, Belinda, había ayudado a entrar en la sociedad de Peshawar. Ahora todas las demás muchachas se reirían de ella y no podría soportarlo. Nunca.

–Estaba tan furiosa –murmuró George–, dijo cosas tan terribles... Que todos los mestizos decían mentiras, y que no quería volver a verme nunca, y... y que si me atrevía a dirigirle la palabra me dejaría plantado. No... no sabía que se podía ser tan... cruel. Ya no me parecía bonita, estaba fea. Y su voz... Su madre repetía: «No lo dices en serio, querida. No lo dices en serio». Pero lo decía en serio. Y ahora ha empezado a contárselo a todo el mundo. Lo sé porque me miran como si fuera un bicho, y... ¿qué puedo hacer, Ash? Me ma... mataría si pudiera, pero no tengo co... coraje. Ni siquiera cuando estoy borracho. Pero no puedo seguir aquí. ¡No puedo! ¿Crees que si hablara de esto francamente con mi jefe me enviaría a otra parte? ¿Si se lo rogara?

Ash no respondió. Se sentía mareado y enfermo, y, a pesar de todo, no podía creer lo que había oído. No podía creer aquello de Belinda. De George, sí. La historia explicaba muchas cosas de George:

su exagerada susceptibilidad y falta de confianza; su brusca transformación de un ser tímido en otro arrojado y teatral cuando Belinda lo sedujo y la señora Harlowe comenzó a tratarlo con consideración, y por fin comenzó a creer en sí mismo; y sobre todo su absoluto colapso moral y físico ahora que todas sus fantásticas historias se revelaban falsas. Pero Belinda no podía haberse comportado en la forma expuesta por él. George inventaba nuevamente, y ponía en boca de Belinda sentimientos que él experimentaba por sí mismo. Porque ésas eran las cosas que él temía que contara y se castigaba imaginando que realmente las había dicho..., y también con la idea de que estaba comprometida con Podmore-Smyth, algo que Ash no creería hasta que lo oyera de los propios labios de Belinda. Luego, si sus padres realmente la obligaban a casarse con algún viejo inmundo por conveniencia, él los denunciaría.

Se puso de pie, apartó bruscamente el *chik* y llamó a gritos al criado para que le pidiera una *tonga.*

–¡Te vas! –gimió George, aterrorizado–. No te vayas, por favor, no te vayas. Si te vas, volveré a emborracharme y...

–¡Por Dios, George, deja de compadecerte tanto! Si imaginas por un segundo que Belinda contará historias sobre ti, estás loco. ¿Sabes lo que pasa, George? Has exagerado monstruosamente todo el asunto, y estás tan ocupado en sentir lástima de ti mismo, que no puedes pensar con cordura.

–Tú no oíste lo que Belinda me... me dijo –balbuceó George–. Si la hubieras oído...

–Supongo que estaba furiosa porque le contaste un montón de mentiras absurdas y sólo deseaba castigarte por eso. Usa tu cabeza por un instante y deja de comportarte como un histérico. Si Belinda es la persona que yo creo que es, se callará la boca para no perjudicarte; si es como tú piensas, se callará para no perjudicarse a sí misma. A las señoras Gidney y Harlowe tampoco les conviene aparecer como dos viejas chismosas.

–No lo había pensado –replicó George, animándose un poco–. Pero esta mañana, en el club, nadie me dirigió la palabra, excepto la señora Viccary. Los demás me miraron con desprecio, y...

–¡Ah, cállate, George! Te presentas en el club un sábado por la mañana, borracho como una cuba, y te sorprende que la gente lo advierta. ¡Por el amor de Dios, deja de dramatizar y vuelve a la realidad!

Ash tomó su sombrero cuando oyó el trote de los caballos y la campanilla que anunciaba la llegada de la *tonga*.

George dijo con ansiedad:

–Esperaba que te quedaras un rato más, y me aconsejaras. Fue horrible estar solo, pensando; si al menos pudiera hablar de esto...

–Hace una hora que hablas de esto –observó secamente Ash–. Te aconsejo que te olvides del asunto y dejes de hablar sobre tus abuelas o tus tías abuelas o lo que sean, y sigas comportándote como si nada hubiera sucedido, en lugar de hacer una exhibición pública que provoque los comentarios. Nadie más oirá hablar del asunto si conservas la calma y cierras la boca.

–¿De... de verdad lo crees? –tartamudeó George–. Quizá tengas razón. Quizá no trascienda. Creo que no... podría soportarlo... Ash, honestamente, ¿tú qué harías en mi lugar?

–Me pegaría un tiro –respondió Ash con dureza–. Adiós, George.

Bajó en dos saltos los escalones de la galería y volvió al club, donde tomó su caballo y se dirigió al bungaló de los Harlowe. Por una vez lo acompañó la suerte, porque los padres de Belinda aún no habían regresado, pero ella sí, y estaba descansando. El sirviente, a quien Ash despertó de la siesta, no quería molestarla, pero cuando Ash amenazó con entrar él mismo fue a tocar a su puerta y le dijo que un *sahib* preguntaba por ella y no se iría hasta que lo atendiera. Cuando, cinco minutos después, Belinda entró en la sala, dio la penosa impresión de que esperaba ver a otra persona. Llegó a la habitación corriendo alegremente y se detuvo en seco; la sonrisa se borró en su hermoso rostro y se le agrandaron los ojos de recelo y cólera.

–¡Ashton! ¿Qué haces aquí?

Algo en su expresión y en su voz intimidaron a Ash, quien dijo con inseguridad, tartamudeando un poco:

–Te... tenía que verte, querida. Tu madre me escribió. Dice que... que estás comprometida para casarte. Supongo que no es verdad.

Belinda no respondió a la pregunta. En cambio, dijo:

–No deberías haber venido aquí, y lo sabes. Por favor, vete, Ashton. Papá se enfadará si vuelve y te encuentra. Abdul no debió haberte dejado entrar. Ahora, vete.

–¿Es verdad? –insistió Ash, ignorando la súplica de la joven.

Belinda dio un golpe en el piso con el pie.

–Te he pedido que te vayas, Ashton. No tienes derecho a entrar aquí por la fuerza e interrogarme cuando sabes que estoy sola y... –Retrocedió cuando Ash avanzó hacia ella, pero él pasó junto a Belinda sin tocarla, cerró la puerta con llave, se la guardó en el bolsillo y se plantó entre ella y la salida.

Belinda abrió la boca para llamar al criado, pero volvió a cerrarla, temiendo implicar a uno de los sirvientes en una situación violenta. Una entrevista con Ashton parecía ser el menor de los males, y, puesto que tarde o temprano tendría que enfrentarse con él, sería mejor terminar lo antes posible. Entonces sonrió y pidió en actitud seductora:

–Por favor, no hagamos una escena, Ashton. Supongo que esto te hace sentir muy mal. Por eso le pedí a mamá que te escribiera..., porque no quería ser yo quien te lastimara. Pero tienes que admitir que cuando nos conocimos éramos demasiado jóvenes para saber lo que queríamos, y que lo superaríamos, como dijo papá.

–¿Te casarás con ese Podmore? –preguntó Ash sin inmutarse.

–¿Te refieres al señor Podmore-Smyth? Sí, me casaré con él. Y no tienes por qué usar ese tono de voz, ya que...

–Pero, querida, no debes permitir que te empujen a esto. ¿Crees que no sé que todo es obra de tu padre? Tú estabas enamorada de mí... y ahora él te obliga a esto. ¿Por qué no defiendes tus derechos? Ay, Belinda, ¿es que no entiendes?

–Sí, entiendo –respondió ella con ira–. Entiendo que no sabes nada de esto, porque, ya que quieres enterarte, papá se opuso a ello. Y mamá también. Pero yo ya no tengo diecisiete años. Este año cumpliré diecinueve y soy lo bastante mayor como para hacer lo que quiera, de manera que ellos no pudieron hacer nada y finalmente tuvieron que aceptarlo, porque Ambrose...

–¿Vas a hacerme creer que estás enamorada de él? –interrumpió rudamente Ash.

–Por supuesto que estoy enamorada de él. ¿No pensarás que me casaría con él si no lo estuviera?

–No es posible. No es cierto. Ese viejo gordo, charlatán y vanidoso que debe de tener la edad de tu padre...

Ella se puso roja de furia, y de pronto Ash recordó lo que había dicho George sobre los momentos en que Belinda dejaba de ser bella y se volvía fea. Ahora le sucedía eso y su voz sonaba estridente y furiosa.

–¡No tiene la edad de mi padre! No es así. ¿Cómo te atreves a hablarme de esa manera? Tienes celos de él porque es un hombre de mundo..., porque es maduro e interesante, y tiene éxito. Porque es alguien en quien puedo apoyarme y confiar, no un muchacho tonto e inexperto que... –Se interrumpió y se mordió el labio; controlándose con esfuerzo, dijo en un tono más razonable–: Perdona, Ashton, pero me enfurezco cuando la gente dice cosas así. Al fin y al cabo, tú te enfadaste de la misma manera cuando papá te dijo que eras muy joven. Respondiste que la edad no tiene nada que ver, ¿recuerdas? Y es cierto. Ambrose me comprende, y es bueno, generoso e inteligente, y todos dicen que llegará a ser gobernador. Hasta puede ser virrey algún día.

–Y según he oído también es rico.

Belinda pasó por alto el sarcasmo y, aceptando el comentario en sus estrictos términos, replicó:

–Sí, lo es. Me ha hecho regalos magníficos, mira.

Extendió la mano izquierda con ingenuo placer, y Ash observó, con una punzada de dolor, que estaba adornada con un anillo de diamantes enormes, de doble tamaño que el de cualquiera de los del bonito anillo, nada pretencioso, que él le había comprado en Delhi año y medio antes. Tenía la sensación de que habían pasado no menos de cinco años. Demasiado tiempo para Belinda, que iba a casarse con un hombre que podía ser su padre.

Ya no había mucho que decir. Al ver aquellos diamantes en el dedo de Belinda, Ash sintió que ningún argumento ni ruego valdría de nada; sólo le quedaba desearle que fuera feliz y marcharse. Era extraño pensar que había planeado pasar toda su vida con ella y ahora quizá la veía por última vez. Exteriormente, Belinda era tan blanca, rosada y bonita como siempre, pero era evidente que él nunca había sabido qué pasaba dentro de aquella cabeza rubia y que se había enamorado de alguien que, en gran medida, sólo existía en su imaginación.

Ash dijo con calma:

–Supongo que yo también lo hice. Inventar historias que me complacieran y me hicieran sentir más cómodo, como George.

Belinda se puso tensa, y otra vez su rostro adquirió un desagradable tono escarlata a causa de la furia. Su voz sonó aguda y maligna:

–No me hables de George. Es un hipócrita mentiroso de baja calaña. Todas esas historias sobre su abuela griega...

Algo en el rostro de Ash la contuvo y lanzó una carcajada tan malsonante como su voz.

–Ah, olvidaba que tú no sabías eso. Bien, te lo contaré. Su abuela no era más griega que yo. Era una mujer del mercado, y si George piensa que me callaré está equivocado.

Ash respondió entrecortadamente, con los labios apretados:

–No. No hablas en serio. Tú no podrías...

Belinda volvió a reír, con los ojos brillantes de ira y maldad.

–Claro que puedo. Y ya lo hice. ¿Crees que me quedaré esperando que lo cuenten otros, y se rían de mí y de mamá, o nos tengan lástima por dejarnos embaucar? ¡Antes me moriría! Se lo contaré yo misma; les diré que siempre lo sospeché y que le tendí una trampa para que lo admitiera, y...

Le temblaba la voz de resentimiento y vanidad herida. Ash se quedó mirándola, espantado, mientras aquella boquita rosada seguía fabricando crueldades y vertiendo veneno como si no pudiera detenerse. Si Ash hubiera sido mayor y más experimentado, y no se hubiera sentido tan herido él mismo, habría reconocido la escena como lo que era: una rabieta de niña mimada que ha sido cortejada, halagada y consentida hasta el punto en que el buen sentido y la alegría de la juventud se vuelven vanidad y engreimiento, y cualquier oposición, o cualquier ofensa fantaseada, se amplían hasta convertirse en un daño imperdonable. El patetismo de las mentiras y fingimientos de George, la tragedia personal que había tras ellos y la humillación que debía de estar sufriendo ahora eran aspectos del asunto en los que Belinda ni siquiera había pensado, porque, con la conmoción del descubrimiento, sólo pensó en cómo podían afectar a la señorita Belinda Harlowe.

Ash no habló ni hizo nada por interrumpirla, pero su rechazo debió de aparecer con mucha claridad en su cara, porque la voz de Belinda se elevó repentinamente y su mano voló con la rapidez de la zarpa de un gato. Abofeteó la mejilla de Ash con una violencia que le echó hacia atrás la cabeza y le dolió en la palma a Belinda.

La acción los sorprendió a los dos. Por un momento, se miraron con horror, demasiado desconcertados para hablar. Luego, Ash dijo con gran compostura:

–Gracias.

Y Belinda rompió a llorar y se lanzó hacia la puerta, que, por supuesto, estaba cerrada con llave.

Entonces se oyó el crujido de ruedas sobre las piedrecillas del sendero que anunciaban el inoportuno regreso del mayor y su esposa. Los diez minutos siguientes fueron, por decir algo, confusos. Cuando Ash logró sacar la llave de su bolsillo y abrir la puerta, Belinda era presa del histerismo y recibió a sus padres con sollozos y chillidos; luego salió corriendo de la sala y se metió en su dormitorio dando un portazo que resonó en todo el bungaló.

El mayor Harlowe fue el primero en recuperarse, y no sería agradable repetir lo que dijo sobre los modales y la actitud de Ash. La señora Harlowe no contribuyó en nada a la entrevista, porque fue a consolar a su afligida hija, y el cortante resumen de su marido sobre la personalidad de Ash tuvo un fondo de gemidos y ansiosas preguntas maternales sobre qué le había hecho a Belinda el «odioso muchacho».

–Hablaré de esto con su comandante –concluyó el mayor Harlowe–. Y le advierto de que si intenta hablar con mi hija otra vez, le daré con mucho placer la paliza que se merece. Ahora, retírese.

No dio a Ash oportunidad de hablar, y, aunque lo hubiese hecho, había poco que decir que no hubiese agravado la situación, aparte de una disculpa abyecta que habría sido aceptada pero no habría cambiado nada. Pero Ash no tenía intención de disculparse. Consideró que era mejor dejar las cosas así, y confirmó la opinión que el mayor tenía de él tomando una actitud de caballero ofendido que no le habría salido mejor al tío Matthew: se marchó sin una palabra de explicación ni de pesar.

–Un chiquilín insufrible –exclamó el mayor, furioso, y se retiró a su despacho a redactar una carta para el comandante del Cuerpo de Guías, mientras Ash regresaba a Mardan con un torbellino de cólera y amargura en su mente.

No era el compromiso de Belinda lo que lo incomodaba. Para eso habría encontrado excusas: la era victoriana aprobaba el matrimonio de muchachas muy jóvenes con hombres mucho mayores, y no era raro que una joven de dieciséis o diecisiete años se casara con un hombre de cuarenta. El señor Podmore-Smyth, a pesar de ser mucho más viejo, era rico, respetado y afortunado; Belinda se había sentido halagada por sus atenciones hasta confundirlas con algo más cálido, y se convenció de que era amor. Al fin y al cabo, era joven e impresionable, y siempre había sido impulsiva. Ash podría haber perdonado su actitud, pero no podía perdonar ni justificar su conducta con George.

George quedaría arruinado socialmente: la sociedad angloindia era muy cerrada y la historia lo seguiría por todo el país. Todos se volverían contra él como una jauría de lobos. El desagrado y la injusticia de la situación ahogaban de furia a Ash, y lo hacían sentirse enfermo de asco.

Volvió a Mardan amargado y decepcionado. Y pocos días después Dilasah desapareció con los rifles, y cinco *sowars* de su clan, incluidos Malik Shah y Lal Mast, fueron despojados de sus uniformes y expulsados del regimiento con órdenes de traer las armas robadas o no volver a aparecer por Mardan...

Ash pensaba pedir una entrevista con el comandante para protestar contra la acción adoptada. Pero llegó una carta retrasada del mayor Harlowe y, en cambio, le ordenaron que se presentase a dar explicaciones. La reprimenda que recibió del mayor no fue nada al lado de la del comandante, pero le prestó poca atención porque estaba obsesionado por otro problema de injusticia. No era justo que cinco hombres de la tribu de Dilasah, con hojas de servicios impecables, hombres que ni siquiera querían a Dilasah..., ¡que ni pensarían en ayudarlo!, fueran expulsados de los Guías como criminales.

–Si hay algún responsable, soy yo –declaró Ash–. Soy yo quien debería ser echado o enviado a buscar a Dilasah, porque yo sabía que algo iba mal y tendría que haberme encargado de que él no tuviera la oportunidad de hacer esto. Pero Malik y los demás nada tienen que ver en el asunto, y es injusto que sufran este oprobio. No es culpa suya que él pertenezca a su tribu, y es totalmente injusto que...

No siguió adelante. El comandante le dijo en una sola frase punzante lo que otros ya le habían dicho en forma más extensa, aunque con menos claridad, y le ordenó retirarse de su presencia. Ash llevó su problema a Zarin, pero tampoco recibió apoyo de éste porque Zarin consideraba que el comandante había actuado bien. Lo mismo el *risaldar* Awal Shah.

–¿Cómo haría, si no, para recuperar los rifles? –preguntó Awal Shah–. Todo el Cuerpo de Guías ha recorrido los campos sin encontrar huellas de Dilasah. Pero es posible que los suyos sepan qué se proponía y puedan seguirle el rastro, y en dos o tres días vuelvan con los rifles. Así salvarán su honor y el nuestro.

Zarin gruñó en señal de asentimiento, y Koda Dad, que estaba haciendo una de sus espaciadas visitas a sus hijos, no sólo pensaba como ellos, sino que se ocupó especialmente de sermonear a Ash.

–Hablas como un *sahib* –le dijo coléricamente–. Hablar de injusticia en este asunto es una estupidez. El *sahib* comandante es más inteligente: no habla como un *angrezi*, sino como un *pathan*, mientras que tú..., tú, que una vez fuiste Ashok, ves el asunto como si jamás hubieras sido otra cosa que el *sahib* Pelham. *Chut!* ¿Cuántas veces te he dicho que sólo los niños dicen «¡No es justo!»? Los niños y los *sahib-log*... Ahora, finalmente –agregó con acritud Koda Dad–, veo que eres realmente un *sahib*.

Ash volvió a sus habitaciones abatido e incómodo, y tan furioso como antes. Pero aun entonces podría haberse salvado de una tontería si no hubiese sido por George..., por George y Belinda.

Al entrar en el comedor aquella noche, Ash se encontró con un compañero que acababa de regresar de una visita a los cuarteles de Peshawar.

–¿Te enteraste de la noticia sobre ese tipo, Garforth? –preguntó Cooke-Collis.

–No, y no quiero enterarme. Gracias, de todos modos –respondió groseramente Ash. No esperaba que la historia se difundiera tan pronto, y la perspectiva de oírla de segunda o tercera mano le daba náuseas.

–¿Por qué? ¿No le tenías simpatía?

Ash ignoró la pregunta, dio la espalda al joven, llamó a un *khidmatgar* y le pidió un brandi doble. Pero Cooke-Collis no pensaba callarse.

–Creo que yo también tomaré uno... Para mí también, Imán Din. Por Dios, lo necesito. Es un asunto feo en cualquier caso, pero cuando se trata de alguien que conoces te impresiona, aunque no lo conozcas mucho, como en mi caso. Nos encontramos en algunas cenas y bailes, porque a él lo invitaban a todas partes. Muy popular con las chicas, aunque sólo era un *boxwallah* principiante. No es que yo tenga nada contra los *boxwallahs*, ¿sabes? Al contrario, me resultan simpáticos. Pero Garforth era el único a quien uno encontraba en todas partes, y te aseguro que me impresionó mucho enterarme de que...

–De que era un mestizo –terminó Ash con impaciencia–. Sí, lo sé. Y no creo que eso te interese, ni a ti ni a ningún otro; así que no continúes con el tema.

–¿Era un mestizo? No lo sabía. ¿Estás seguro? No lo parecía.

–¿Entonces de qué diablos estás hablando? –preguntó Ash, furioso consigo mismo por haber traicionado el secreto de George ante alguien que evidentemente lo ignoraba y que ahora lo difundiría.

–De Garforth, por supuesto. Se pegó un tiro esta tarde.

–¿Qué? –exclamó Ash, y siguió con voz entrecortada–: No lo creo.

–Me temo que es la verdad. No sé en qué andaba, pero parece que algunos socios se negaron a hablar con él anoche, en el club. Luego, esta mañana, recibió un par de cartas cancelando invitaciones que ya había aceptado. A la hora del almuerzo, se llevó dos botellas de brandi, se las bebió y luego se pegó un tiro, ¡pobre diablo! Me lo contó Billy Carddock, que acababa de ver salir al médico del bungaló de la empresa. Dijo que no tenían idea de los motivos.

–Yo sí –murmuró Ash, con la cara gris y sobrecogido por la conmoción–. Me preguntó qué haría yo en su lugar, y yo le contesté..., le contesté... –Se estremeció y, apartando el pensamiento intolerable, agregó en voz alta–: Belinda estaba detrás de esto. Belinda y todos esos fatuos burgueses, de mentalidad estrecha, que lo adulaban cuando creían que su abuela era una condesa y le retiraron el saludo cuando supieron que era una mujer del mercado de Agrá. ¡Los muy...! –El final de la frase fue dicho en lengua nativa y afortunadamente resultó incomprensible para el joven Cooke-Collis, pero su virulenta obscenidad sobresaltó al *khidmatgar*, que dejó caer una caja de cigarros, y a un mayor de edad madura que llegó a oír a Ash.

–Por favor –observó el mayor–. No se puede hablar así en el comedor, Ashton. Si tiene que vomitar groserías, vaya a hacerlo a otra parte, ¿quiere?

–No se preocupe –respondió Ash en tono falsamente suave–. Ya me voy.

Levantó su copa como si hiciera un brindis, la vació y la arrojó sobre su hombro a la manera de épocas anteriores, cuando era costumbre en algunos regimientos beber a la salud de una joven reina y romper la copa.

–¡Qué jovencito imbécil! –manifestó sin mucho interés el mayor–. Tendré que sermonearlo mañana por la mañana.

Pero Ash no estaba allí a la mañana siguiente.

Su cuarto estaba vacío y la cama intacta. El centinela que había tomado la guardia a medianoche informó de que el *sahib* Pelham había salido del fuerte poco después de esa hora diciendo que no podía dormir, y que daría un paseo. Llevaba puesto un blusón y un par de pantalones *pathanes*, pero el centinela no recordaba que llevara nada más. Sus caballos estaban en los establos, y Ala Yar, interrogado por el ayudante, declaró que aparte del blusón, un par de *chupplis* y algún dinero, lo único que faltaba en su habitación eran algunas ropas de *pathan* y un cuchillo afgano que su *sahib* siempre guardaba en una caja con llave sobre el armario. La caja no estaba en su lugar acostumbrado cuando Ala Yar había entrado aquella mañana con el desayuno, sino que se hallaba en el suelo, abierta y vacía. En cuanto al dinero, sólo faltaban algunas rupias y estaba seguro de que no se las había llevado un ladrón, porque los gemelos de oro y los cepillos con mango de plata de su *sahib* estaban sobre el tocador, donde nadie podría haber dejado de verlos. Ala Yar opinaba que su *sahib* estaba muy perturbado y que había ido a ver al padre del *risaldar* Awal Shah y el *jemadar* Zarin Khan, que había venido a visitar a sus hijos y se había marchado a su pueblo a última hora de la tarde del día anterior .

–Koda Dad Khan es como un padre para mi *sahib*, le tiene mucho afecto –explicó Ala Yar–. Pero ayer hubo una pequeña desavenencia entre los dos, y es posible que mi *sahib* quisiera hacer las paces con el viejo; luego volverá. No le sucederá nada al otro lado de la frontera.

–Todo está muy bien, pero no tiene por qué pasar al otro lado de la frontera –respondió el ayudante, olvidando por un momento a quién se dirigía–. Espera a que tenga en mis manos a ese...

Recobró el control y despidió a Ala Yar, quien volvió al cuarto de Ash a retirar la bandeja con el desayuno que había colocado en la mesilla de noche al amanecer y había olvidado llevarse. Sólo entonces vio la carta bajo la bandeja; con la poca luz de la mañana no había advertido el sobre en la carpeta blanca que todos los días cambiaba para su *sahib*.

Ala Yar había aprendido a leer un poco de inglés en Belait. Diez minutos más tarde, después de descifrar a quién iba dirigida la carta, estaba en el despacho del comandante.

Realmente, Ash había cruzado la frontera. Pero no para visitar a Koda Dad. Había ido a reunirse con Malik Shah, Lal Mast y los otros miembros de su clan, quienes debían dar con Dilasah y traerlo de vuelta junto con los rifles robados. Se enviaron grupos a buscarlo, pero no encontraron huellas de él. Desapareció tan misteriosamente como Dilasah, y no volvería a saberse de él durante casi dos años.

Aquella tarde, Zarin fue a ver al comandante y pidió un permiso especial para ir a buscar al *sahib* Pelham. Pero se lo negaron. Horas más tarde, después de una larga conversación con Mahdoo, Ala Yar tuvo otra más breve y algo agria con Zarin.

–Yo soy el sirviente del *sahib*, y aún no me ha despedido –dijo Ala Yar–. Y además le prometí a *sahib* Anderson que al muchacho no le sucedería nada malo; como vosotros no podéis ir a buscarlo, debo ir yo. Eso es todo.

–Yo iría si pudiera –gruñó Zarin–. Pero también soy un sirviente. Sirvo al *sirkar* y no puedo hacer lo que se me antoje.

–Lo sé. Por eso iré en tu lugar.

–Eres un viejo tonto –replicó Zarin, enfadado.

–Quizá –dijo Ala Yar sin rencor.

Salió de Mardan una hora antes del anochecer. Mahdoo lo acompañó más de un kilómetro por el camino que conducía a Afganistán y lo vio hacerse cada vez más pequeño en la llanura vasta y desolada, y luego entre las montañas de la frontera, hasta que por fin se puso el sol y desapareció en el polvoriento crepúsculo color púrpura.

LIBRO TRES
Un mundo fuera del tiempo

13

–Hay hombres allí. Más allá de la *nullah*, a la izquierda –anunció uno de los centinelas, observando la llanura iluminada por la luna–. Mira..., vienen hacia aquí.

Su compañero se detuvo a mirar en la dirección que indicaba, y un momento después los dos rieron y sacudieron la cabeza.

–Gacelas. Con esta sequía, las *chinkara* se han vuelto tan audaces que son capaces de acercarse a pocos metros. Pero si esas nubes no nos fallan pronto habrá pastos en abundancia.

El verano de 1874 fue particularmente difícil. El monzón llegó tarde y por poco tiempo, y las llanuras que rodeaban Mardan mostraban un color marrón dorado sin huellas de verde. Todo el día danzaban los remolinos de polvo en los manantiales secos y entre los espinos, y los ríos arrastraban su escaso caudal entre orillas de deslumbrante arena blanca.

Tampoco en las montañas había pastos, por lo que los animales de caza se retiraron a valles distantes en busca de alimento. Sólo quedaban algunos jabalíes y *chinkara* que invadían los campos por las noches, y, a veces, hasta se aventuraban a entrar en el acantonamiento a comer ramitas de los arbustos del jardín de Hodson, o a mordisquear las hojas de la morera que señalaba el lugar donde el coronel Spottiswood se había quitado la vida diecisiete años antes. Los centinelas se acostumbraron tanto a verlas que ya no respondían a una sombra que se movía en la oscuridad con un disparo de carabina. Además, aquel sector de la frontera estaba tranquilo desde hacía tanto tiempo que los hombres se habían habituado a la paz.

Hacía más de cinco años que no se producían «incidentes en la frontera», y los Guías no tenían actividades militares que realizar. Escoltaron al nuevo enviado, que había de desempeñar una misión en Kashgar, y un año más tarde, dos miembros de la escolta llevaron el tratado firmado desde Kashgar hasta Calcuta en sesenta días. Se designó a un cipayo de la infantería de los Guías para acompañar a un mensajero por el Oxus y desde allí, por el camino de Badakhshan y Kabul, hasta la India. Un *sowar* de caballería, que había sido enviado a Persia con un oficial británico en misión especial, fue asesinado en el camino a Teherán mientras se defendía de una banda de ladrones. Todas las tropas realizaron maniobras de un año de duración en Hasan Abdal, desde donde volvieron a Mardan en febrero del mismo año para dedicarse a la rutina del acantonamiento, y a rogar por una lluvia que suavizara el verano implacable.

Septiembre fue tan abrasador como julio. Ahora era casi el final de octubre y el termómetro que colgaba de la galería del comedor descendía a diario. Los hombres volvieron a salir al mediodía, y el viento que soplaba desde las montañas al atardecer era más fresco. Pero, aparte de algunos chaparrones aislados, no había habido señales de las lluvias de otoño... hasta aquella noche, en que por primera vez en muchos meses se veían algunas nubes en el cielo.

–Esta vez, *Shukr Allah*, no nos fallarán –dijo devotamente el centinela–. Traen viento y lluvia.

–Así es –asintió su compañero.

Los dos hombres olfatearon el aire, y, mientras una ráfaga repentina levantaba el polvo y oscurecía la llanura, se volvieron al mismo tiempo y continuaron su recorrido.

Un cuarto de hora después comenzaron a caer las primeras gotas, seguidas de una lluvia torrencial que en pocos segundos convirtió el polvo del largo y ardoroso verano en un mar de barro y transformó cada *nullah* y hondonada seca en un río caudaloso.

Amparados en la oscuridad y en la confusión de ruido y agua, los hombres que los centinelas habían confundido con *chinkara* intentaron alcanzar las líneas de caballería sin ser descubiertos. Pero equivocaron el camino a causa de la lluvia y el viento, y fueron detenidos por el guardia a la entrada del fuerte.

No figuraba en sus planes entrevistarse con las autoridades militares aquella noche. Esperaban llegar a las líneas de caballería y permanecer allí hasta la mañana siguiente, pero el *havildar* a cargo de la guardia hizo llamar al oficial indio de turno. Enseguida fueron a buscar al ayudante, que estaba jugando al *whist* en el comedor, y al segundo comandante, que se había acostado temprano.

El comandante en jefe también se había retirado pronto, pero no a dormir. Estaba escribiendo sus cartas semanales a Inglaterra cuando fue interrumpido por la entrada de dos de sus oficiales, acompañados de un individuo en el estado más lastimoso que había visto en su vida. Un indígena flaco, con barba y la cabeza vendada, envuelto en una manta raída que llevaba como una capa, al estilo de la frontera, y que dejó una serie de regueros rojos en la preciada alfombra de Shiraz del comandante. También chorreaba sangre de una mejilla herida, sin afeitar, y la manta que colgaba sobre el esquelético cuerpo del hombre no disimulaba entre sus pliegues algo largo y abultado. Él bajó los brazos y los rifles que llevaba cayeron con estrépito en el círculo de luz proyectada por la lámpara de aceite.

–Ahí están, señor –dijo Ash–. Lo siento..., nos ha costado demasiado tiempo... No fue tan fácil como pensábamos.

Al principio, el comandante lo miró sin decir palabra. Le resultaba difícil creer que ése era el joven oficial que había entrado furioso en su oficina dos años atrás. Éste era un verdadero hombre. Ya había alcanzado su estatura definitiva y aparecía delgado, con la delgadez de los músculos endurecidos y la vida ruda. Tenía los ojos hundidos; estaba harapiento, desgreñado, herido y exhausto. Pero se mantenía erguido y se esforzaba por hablar el inglés que no había usado durante tanto tiempo.

–Debo... disculparme, señor... –dijo Ash entrecortadamente, articulando mal a causa del agotamiento–, por permitir que usted nos vea así. No pensábamos... Íbamos a pasar la noche con Zarin; nos pondríamos presentables, y por la mañana... Pero la tormenta... –Le falló la voz e hizo un gesto vago y completamente oriental con una mano.

El comandante se volvió hacia el ayudante y preguntó con sequedad:

–¿Los otros están ahí afuera?

–Sí, señor. Todos, excepto Malik Shah.

–Está muerto –indicó cansadamente Ash.

–¿Y Dilasah Khan?

–También. Recuperamos casi todas las municiones. No había usado muchas. Las tiene Lal Mast... –Ash contempló los rifles y dijo con repentina amargura–: Espero que haya valido la pena. Costaron tres vidas. Es un precio alto por cualquier cosa.

–¿Por el honor? –preguntó el comandante en el mismo tono seco.

–¡Ah, el honor! –exclamó Ash, y rio sin alegría–. Malik y Ala Yar... Ala Yar. –Le tembló la voz y los ojos se le llenaron de lágrimas. Agregó con dureza–: ¿Puedo retirarme ahora, señor? –No había terminado de decirlo cuando se desplomó hacia delante, como lo hace un árbol, sobre los rifles robados dos años atrás y recuperados al precio de tres vidas. Una de ellas, la de Ala Yar.

* * *

–Habrá que destituirlo, por supuesto –dijo el segundo comandante.

Su tono era más bien interrogativo, y el comandante en jefe, que estaba haciendo complicados dibujos sobre un papel secante, levantó rápidamente la cabeza.

–Bien... Es una pena –opinó el mayor–. Al fin y al cabo, si recapacitamos un poco, ha sido una tarea estupenda. He hablado con Lal Mast y los otros, y ellos...

–Curiosamente, yo también he hablado con ellos –lo interrumpió con cierta aspereza el comandante–. Y, si piensa actuar como abogado del diablo, pierde usted el tiempo. No lo necesito.

Habían pasado dos días desde que Ash y sus cuatro compañeros llegaran a Mardan, pero la lluvia continuaba y en el pequeño fuerte sonaba el agua golpeando sobre los tejados planos y corriendo en cascadas por canaletas y alcantarillas; salpicaba el barro de dos o tres centímetros que había reemplazado a los polvorientos senderos y praderas secas de la semana anterior. La familia de Malik Shah recibiría una pensión, y sus cuatro compañeros de tribu fueron felicitados y reincorporados al servicio; se les devolvieron sus uniformes y se les abonaron los haberes de los dos años transcurridos. Pero el teniente Pelham-Martyn, a quien se acusaba de haberse ausentado sin permiso durante veintitrés meses y dos días, se encontraba oficialmente arrestado e incomunicado, aunque, en realidad, estaba postrado en una cama de la enfermería, con fiebre alta a causa de una herida en la cabeza que se había infectado. Su destino y su futuro aún estaban en el aire.

–¿Es decir, que está usted de acuerdo conmigo? –preguntó el mayor, desconcertado.

–Claro que sí. ¿Por qué me habría molestado en ir a Peshawar ayer? Ashton es un maldito jovenzuelo insubordinado, pero es demasiado valioso para expulsarlo. Mire... ¿Qué es lo más beneficioso para un comandante que planea una campaña o trata de mantener el orden en un país como éste? ¡La información! La información rápida y exacta vale más que todas las armas y municiones que puedan pedirse, y por eso lucharé para conservar a ese idiota. No creo que fuera posible en otro cuerpo, pero nosotros no somos como los demás. Siempre hemos sido muy poco ortodoxos, y si uno de nuestros oficiales puede pasar un par de años al otro lado de la frontera sin que lo descubran como inglés, o como prisionero o como espía, es demasiado útil para perderlo; y no hay nada más que decir. Aunque, entiéndanme bien: lo que se merece es un consejo de guerra. Y que lo degraden.

–Pero, ¿qué diablos haremos con él? –preguntó el mayor–. No podemos permitir que continúe como si nada hubiera sucedido, ¿verdad?

–No. Claro que no. Cuanto antes se marche de Mardan, mejor –replicó el comandante–. Intentaré ver si puedo trasladarlo a otra unidad durante un par de años. Preferiblemente, a una británica, donde se apacigüe y se vincule con su propia gente, para variar un poco. Necesita apartarse por un tiempo de sus amigos y de la frontera. No le vendrá mal una temporada en el sur.

–Es posible que allí se mezcle en más complicaciones todavía –observó el mayor con pesimismo–. Al fin y al cabo, lo criaron como a un hindú, ¿verdad?

–¿Y qué? El hecho es que ahora no puede quedarse aquí. Causaría mal efecto en la disciplina.

Así fue como Ashton Pelham-Martyn fue enviado a Rawalpindi aquel invierno.

Si hubiera sido por el comandante en jefe, lo habrían mandado aún más lejos. Porque, aunque Rawalpindi mal puede llamarse tierra de frontera (en el noroeste se dice que comienza en Hasan Abdal, en otra época lugar de descanso de los emperadores mogoles en sus viajes a Cachemira), sólo está a unos ciento cincuenta kilómetros al sudeste de Mardan. Pero, como el principal objetivo de las autoridades militares era alejar al culpable del regimiento lo antes posible, y como la Brigada de Pindi no podía ofrecer ninguna vacante, Ash se habría sorprendido de conocer el gran número de resortes que se movieron para conseguir un traslado tan poco ortodoxo. Por el momento, habría que conformarse con eso. Entretanto, el comandante de los Guías obtuvo la promesa de que, a la primera oportunidad, el joven Pelham-Martyn sería trasladado más al sur, y que de ningún modo se le permitiría poner el pie en la provincia de la frontera noroeste, o volver por el Indo.

En el improbable caso de que alguien recordara haberlo visto cuando se había detenido en el *dâk-bungalow* de Pindi, en el camino de Bombay a Mardan, más de tres años antes, no le habría reconocido por lo cambiado que estaba...Y no sólo externamente. En los días de su infancia en Gulkote, según las pautas europeas, se le habría considerado muy maduro para su edad; la ciudad y el Hawa Mahal hacían pocas concesiones a la juventud, y Ash conoció muy pronto las verdades de la vida, la muerte y el mal. Sin embargo, más tarde, siendo un niño entre los de su propia sangre, curiosamente parecía pequeño; porque conservaba la manera infantil de ver los problemas en la forma más simple posible, sin darse cuenta, o quizá simplemente ignorando, el hecho de que toda cuestión suele tener más de dos aspectos.

Al llegar a Rawalpindi aquel invierno sólo tenía veintidós años, pero por fin se había hecho hombre. Aunque siempre conservaría huellas del niño, el muchacho y el joven que había sido una vez, y a pesar de las advertencias de Koda Dad, seguía viendo las cosas como «justas» o «injustas». Pero había aprendido mucho en las tierras del otro lado de la frontera; especialmente a controlar su genio, pensar más cuidadosamente antes de hablar, dominar su impaciencia y (esto era lo más sorprendente) reír.

Superficialmente, el cambio en Ash era más notable todavía. Porque, aunque se había afeitado la barba y el bigote, el aspecto juvenil había desaparecido de su cara para siempre: mostraba líneas profundas, adultas, marcadas por el hambre, el sufrimiento y la vida difícil. También presentaba una larga cicatriz de aspecto fiero que corría desde el nacimiento de los cabellos hasta la sien izquierda, levantándole una ceja. Aquello le daba una expresión enigmática que, sin embargo, resultaba atractiva. Al mirarlo, se podía decir que era un hombre muy apuesto, y también, en cierta forma indefinible, peligroso; alguien de quien había que tener cuidado.

Acompañado por Gul Baz y Mahdoo, que ahora estaban algo envejecidos y comenzaban a sentir el peso de los años, Ash llegó a Rawalpindi y encontró que le habían asignado parte de un pequeño bungaló deteriorado, destinado principalmente a oficinas y archivos. Las habitaciones eran oscuras y estaban abarrotadas de cosas, pero, comparadas con los lugares donde había dormido los anteriores dos años, parecían principescas; y, como durante meses había vivido en estrecha comunidad con sus compañeros, no tenía inconveniente en compartirlas con ellos. En el acantonamiento había una falta de comodidades crónica. Ash tuvo suerte de que no lo obligaran a compartir una tienda, y más suerte aún con el compañero que le tocó, a pesar de que un joven subteniente recién llegado de Inglaterra, con aficiones poéticas, era la última persona que él habría elegido para compartir cuarto. Sin embargo, curiosamente resultó un éxito. Los dos sintieron mutua simpatía desde el principio y pronto descubrieron que tenían mucho en común.

El subteniente Walter Richard Pollock Hamilton, del 70.° Regimiento de Infantería, tenía en aquella época sólo un año menos de los que contaba Ash al desembarcar en Bombay. Y, como él, veía la India como un país pleno de maravillas y misterio, de posibilidades de placer y aventura. Era un joven agradable, de excelente carácter, animoso e intensamente romántico, y también él se había enamorado con todo su ser de una rubita de dieciséis años durante el viaje. La muchacha no tuvo inconveniente en flirtear con aquel joven alto y apuesto, pero su propuesta matrimonial fue rechazada en razón de su extrema juventud. Dos días después de salir de Bombay, la chica se comprometió con un caballero que le doblaba la edad.

–Por lo menos treinta –declaró Walter con disgusto–. Y, además, un civil. Algún aburrido del Departamento Político. ¿Podrás creerlo?

–Fácilmente –respondió Ash–. Te diré, Belinda...

Pero la historia, tal como la contaba ahora, estaba desprovista de amargura, excepto en lo referente a George Garforth. Porque también eso había cambiado en aquellos dos años, y al evocar su romance malogrado, Ash no sólo lo veía como algo efímero y tonto, sino que también percibía su lado cómico. Al contárselo a Walter, la crónica de su desdicha perdió todo rastro de tragedia y llegó a convertirse en algo tan gracioso que el fantasma de Belinda quedó exorcizado para siempre, barrido por un huracán de risas hacia el limbo reservado para los amores olvidados. La cabeza hueca de dieciséis años siguió a Belinda allí, y Walter celebró el hecho escribiendo un poema obsceno titulado *Oda a los subalternos rechazados*, que habría sorprendido y molestado a sus cariñosos familiares, acostumbrados a muestras más elevadas del talento del «querido Wally».

Wally estaba convencido de que era un poeta. Era lo único en que fallaba su sentido del humor. Las cartas que escribía a su familia solían contener deplorables poemas de aficionado que se leían en el círculo de sus parientes y otros críticos igualmente incompetentes, quienes los consideraban tan buenos como los del «querido señor Tennyson». Y se lo escribían. Pero la *Oda* era de un estilo muy diferente. Y Ash la tradujo al urdu y encargó a un cantante de Cachemira que le pusiera música. Luego se hizo muy popular en el mercado de Pindi, y durante muchos años se cantaron versiones de ella en todo el Punjab.

Wally mismo era bastante buen cantante, aunque las canciones que interpretaba eran menos profanas. Había sido miembro del coro del colegio durante varios años, y ahora, cuando sentía necesidad de cantar (lo cual le sucedía a menudo, porque cantaba siempre que se sentía contento o entusiasmado), atacaba uno de los himnos más belicosos de su vida estudiantil: «Pelead en la buena pelea» o «Adelante, soldados de Cristo». Su predilección por estas marciales piezas significaba que, en el bungaló, el día comenzaba invariablemente con el sonido de una voz de barítono acompañada de grandes salpicaduras de agua y proclamando que «el tiempo, como un río incesante, se lleva a todos sus hijos».

Ésas y otras características de Wally, además del uso ocasional del dialecto, eran una inagotable fuente de diversión para Ash. En cualquier otra persona le habrían resultado fastidiosas o las habría ignorado, pero Wally era... Wally... *fidus Achates.*

Aparte de Zarin, que había sido más bien su hermano mayor, Ash nunca había tenido realmente un amigo íntimo. Parecía carecer de aptitudes para entablar amistad con los de su propia sangre. En el colegio y en la academia militar, y luego en el regimiento, siempre había sido un solitario, un observador más que un participante, y, aun en la cúspide de sus triunfos como atleta, nadie pudo decir que lo conocía bien o que era muy amigo de él, aunque a muchos les habría gustado. Pero, en realidad, no le importaba si la gente lo quería o no, y, aunque en general era estimado, él lo experimentaba como una emoción superficial, en gran parte por culpa suya. Pero ahora, inesperadamente, encontraba al amigo que le había faltado todos aquellos años.

Se sintió cómodo con Walter desde el momento de conocerlo, y por eso le contó lo que ni siquiera había referido a Zarin: el relato completo de la difícil búsqueda de Dilasah Khan; la muerte de éste y las de Ala Yar y Malik; la salvaje venganza de los perseguidores contra el ladrón y asesino; el largo y terrible camino de regreso por un territorio donde tribus hostiles los acosaron, y la emboscada que les tendieron en la frontera varios hombres del *utman khel* que habían visto y codiciado los rifles, y de quienes a duras penas escaparon con vida y después de resultar heridos Ash y Lal Mast.

Era una historia que el comandante de los Guías había oído, en parte, de labios de los cuatro hombres de la tribu de Dilasah, aunque no de Ash, que al principio estaba demasiado enfermo para responder a los interrogatorios y luego se limitó a contestar las preguntas con el menor número de palabras. El informe que dio Ash sobre aquellos dos años era muy vago. Pero la historia en sí era cualquier cosa menos imprecisa, y Walter, que tenía madera de héroe, la escuchó fascinado y se convirtió, a su vez, en un adorador de héroes. ¡No había nadie como Ash! Y, naturalmente, no había regimiento como el de los Guías.

Walter siempre había querido ser soldado, y soñaba con la gloria militar. Eran sueños secretos que nunca había pensado en confiar a nadie. Pero le habló de ellos a Ash, sin avergonzarse, y aceptó sus burlas con buen humor.

–Tu problema –dijo Ash– es que naciste demasiado tarde. Tendrías que haber sido un caballero. Uno de los caballeros de Ricardo Corazón de León. Pero ya no quedan mundos por conquistar..., y en la guerra moderna no hay mucho atractivo ni nobleza...

–Tal vez no en Europa –respondió Wally–. Pero por eso he venido aquí. En la India es diferente.

–No creas.

–¡Tiene que ser diferente! Es un país donde las armas aún son transportadas por elefantes, y los mejores de un regimiento como el tuyo han competido por el honor de servir en él. Los *sowars* y cipayos no son hombres que no tienen otra alternativa, ni escoria de los arrabales de las grandes ciudades, como Lahore y Peshawar. Son campesinos..., caballeros amantes de la aventura que se han alistado por honor. Es magnífico.

–Eres un idealista sin remedio –opinó Ash con ironía.

–Y tú un maldito cínico –replicó Wally–. ¿Nunca deseaste conquistar una posición inexpugnable o defender una posición insostenible? Yo sí. Me gustaría dirigir una carga de caballería o realizar una empresa peligrosa. Y desearía que mis compatriotas me recordaran como recuerdan a Philip Sidney y a sir John Moore. Y a ése de allí: «Nikalseyne»...

Cabalgaban por campo abierto al oeste de Pindi, y Wally señaló una colina rocosa en el horizonte. Estaba coronada por un obelisco de granito que conmemoraba el nombre de John Nicholson, muerto diecisiete años antes mientras dirigía un ataque en la batalla por la conquista de Delhi.

–Así me gustaría morir. Con gloria, con una espada en la mano y a la cabeza de mis hombres.

Ash hizo la desalentadora observación de que los hombres de Nicholson lo habían abandonado y él sufrió una agonía de al menos tres días después de recibir los disparos.

–¿Y qué? No lo recordarán por eso. Alejandro habló de todo esto hace más de dos mil años. –Al joven le brillaban los ojos y su rostro estaba enrojecido como el de una muchachita–: «Es hermoso vivir con valentía, y morir dejando gloria imperecedera». Lo leí cuando tenía diez años y nunca lo he olvidado. Eso es exactamente...

Se interrumpió con un repentino estremecimiento que le hizo castañetear los dientes. Ash dijo:

–Jugando al escondite con la muerte... y te la merecerías. Yo prefiero caminar por terreno seguro y gozar de una buena vejez, aunque nada distinguida.

–¡Ah, vamos! –exclamó Wally, convencido de que su amigo era un héroe–. Se está poniendo muy frío aquí. Te desafío a una carrera hasta el camino.

A Ash no le resultaba extraño que lo compararan con un héroe. Ya le había sucedido con los alumnos de los primeros cursos cuando jugaba en el equipo de su colegio, y luego en la academia militar; y una vez, mucho tiempo atrás, con una chiquilla, una cosita pequeña con cara triste, como un mango sin madurar. Nunca lo tomó en serio y más bien le resultaba incómodo o irritante, y a veces ambas cosas. Pero en el caso de Wally lo recibía de otra manera, porque era el tributo de un amigo y no la adulación por una mera proeza física o la destreza en los deportes, sin considerar si quien las poseía tenía una personalidad admirable o despreciable.

En Rawalpindi llegaron a llamarlos «los inseparables», y si veían a uno sin el otro siempre había alguien que preguntaba: «Eh, David, ¿qué has hecho con Jonathan?», o «¡Pero si es Wally! No lo reconocía sin Pandy... Parece como si te hubieses olvidado de ponerte alguna prenda». Éstas y otras bromas igualmente tontas provocaron al principio la desaprobación de varios oficiales de alto rango, ninguno de los cuales habría objetado demasiado que los jóvenes tuviesen una amante de «media casta» o visitaran el prostíbulo, pero que sentían verdadero horror hacia lo que llamaban «vicio antinatural».

Para esos hombres maduros, cualquier amistad entre dos jóvenes era sospechosa y temían lo peor, pero unas cuidadosas pesquisas no revelaron nada que pudiera considerarse «antinatural» en los vicios de los dos jóvenes. En ese sentido, al menos, ambos eran completamente «normales»..., como podría haber atestiguado Lalun (la más seductora y cara cortesana de la ciudad). No es que sus visitas a estos establecimientos fuesen demasiado frecuentes; los gustos de los jóvenes tenían otras direcciones y Lalun y las de su especie sólo representaban una experiencia entre muchas. Cabalgaban juntos, hacían carreras y jugaban al polo, cazaban perdices en las llanuras y *chikor* en las montañas, pescaban o nadaban en los ríos, y gastaban más de lo que podían en comprar caballos.

Leían vorazmente: historia militar, memorias, poesía, ensayos, novelas: De Quincey, Dickens, Thackeray y Walter Scott; Shakespeare, Eurípides y Marlowe; *Historia de la decadencia y caída del Imperio romano*, de Gibbon, *La comedia humana*, de Balzac, y *El origen del hombre*, de Darwin... Tácito y el Corán, y toda la literatura del país que llegaba a sus manos... Sus gustos eran universales y todo era agua para su molino. Wally se preparaba para ser ascendido a teniente y Ash lo ayudaba con su *pushtu* y el indostano, y pasaba horas hablándole de la India y sus pueblos; no de la India británica de los acantonamientos y los clubes, o el mundo artificial de los lugares de vacaciones en la montaña y los espectáculos de equitación, sino esa otra India: esa mezcla de atracción y superficialidad, malignidad y nobleza. Una tierra llena de dioses, oro y hambre. Horrible como un cadáver que se pudre e increíblemente bella.

–Yo sigo pensando que éste es mi país y que a él pertenezco –confesó Ash–, aunque he aprendido que decir que uno pertenece a algo o a alguien no significa mucho si esa pertenencia no es admitida; a mí no me admiten aquí, excepto Koda Dad, y a veces algunos extraños que no conocen mi historia. Para quienes la conocen, parece que soy y seré siempre un *sahib*. Aunque de niño fui, o al menos creí ser, durante siete años, un indio... Toda la vida para un niño. Por aquel entonces jamás se me ocurrió, ni a nadie, que no lo era; sin embargo, ahora ningún hindú de casta alta querría sentarse a la mesa conmigo, y muchos deberían tirar su comida si mi sombra cayera sobre ella, y lavarse si llegara a tocarlos. Hasta los más humildes romperían una taza o un plato que yo hubiera usado, para que nada se mancillara con su contacto. Entre los mahometanos no pasan esas cosas, por supuesto, pero, cuando buscábamos a Dilasah Khan y yo vivía y peleaba y pensaba igual que ellos, creo que ninguno de los hombres que sabían quién era yo lo olvidó por un solo momento. Y, como parece que no puedo aprender a pensar que soy un *sahib* ni un inglés, supongo que en el Ministerio de Relaciones Exteriores me consideran «una persona sin país». Un ciudadano de la tierra de nadie.

–«Ese Paraíso de los Tontos, que pocos desconocen» –citó Wally.

–¿Qué es eso?

–El limbo..., según Milton.

–Ah, sí. Quizá tengas razón. Aunque yo no lo describiría como un paraíso.

–Puede tener sus ventajas –sugirió Wally.

–Tal vez. Pero a mí no se me ocurre ninguna –respondió Ash con ironía.

Una vez, sentados en la noche cálida entre las ruinas de Taxila (la Brigada de Pindi había acampado allí), Ash habló de Sita, otro tema del que nunca había querido hablar antes con nadie. Ni siquiera con Zarin y Koda Dad, que la habían conocido.

–De manera que ya ves, Wally. La gente dirá lo que quiera, pero ella fue mi verdadera madre. Nunca conocí a la que me trajo al mundo y, en cierto modo, no creo en ella, aunque he visto su retrato. Debió de ser muy bonita, y no creo que Sita lo fuera. Pero yo siempre la vi hermosa, y supongo que por ella siento que éste es mi país, y no Inglaterra. De todos modos, los ingleses no hablan de sus madres. Se considera de mal gusto o poco cortés; no recuerdo.

–Ambas cosas, creo –respondió Wally, y agregó con complacencia–: A mí me está permitido. Es uno de los privilegios de ser irlandés. Se supone que somos sentimentales. Es un gran alivio. Tu madre adoptiva debe de haber sido una mujer notable.

–Lo era. Sólo comprendí hasta qué punto mucho más tarde. Cuando uno es joven, acepta tantas cosas sin analizarlas... Sita era más valiente que nadie que yo haya conocido. Valiente de la mejor manera, porque siempre tenía miedo. Yo sé eso ahora, aunque lo ignoraba entonces. Y era tan pequeña... Era tan pequeña como yo...

Se interrumpió y se quedó contemplando la llanura, al recordar qué fácil había sido para un chico de once años alzarla y llevarla hasta el río...

El viento nocturno traía el olor del humo de las hogueras del campamento mezclado con el perfume de los pinos de las sierras cercanas, que parecían de terciopelo ajado a la luz de la luna. Quizá fue esto último lo que le hizo evocar el fantasma de Sita.

–Ella solía hablarme de un valle entre las montañas –dijo Ash–. Supongo que sería su tierra, el lugar donde nació. Procedía de las montañas, ¿sabes? Algún día iríamos a vivir allí; construiríamos una casa y plantaríamos árboles frutales, y tendríamos una cabra y un asno. Me gustaría saber dónde está ese valle.

–¿Nunca te lo dijo? –preguntó Wally.

–Es posible que alguna vez me lo dijera. En todo caso, lo he olvidado. Pero supongo que está en algún lugar en el Pir Panjal; aunque siempre pensé que debía de encontrarse en las montañas bajo el Dur Khaima. No sabes lo que es el Dur Khaima, ¿verdad? Es la montaña más alta en la cadena que se ve desde Gulkote: una gran corona de picos nevados. Yo solía rezar a esa montaña. Qué tontería, ¿no?

–No es una tontería. ¿Leíste alguna vez *Aurora Leigh*? «La tierra está llena de cielo, y cada pequeño arbusto arde por Dios; pero sólo el que lo ve se quita los zapatos». Tú, simplemente, te quitabas los zapatos, eso es todo. Y no eres el único: en el mundo debe de haber millones de personas que ven montañas sagradas. Y luego también está David: *Levavi oculos...*

Ash rio.

–Lo sé. Es gracioso que lo digas. Yo pensaba en el Dur Khaima cada vez que cantábamos eso en la capilla. –Ash se volvió a mirar las sierras y el contorno lejano de las montañas que se elevaban a espaldas de ellos, y recitó en voz baja–: «Alzaré mis ojos a las montañas de donde me llegará la ayuda». ¿Sabes, Wally? Cuando llegué a Inglaterra y no había aprendido ninguna otra cosa, trataba de averiguar en qué dirección estaba el Himalaya para poder decir mis plegarias con el rostro vuelto hacia allí, como Koda Dad y Zarin, que siempre miraban hacia La Meca. Recuerdo que mi tía se horrorizaba. Le dijo al vicario que yo era no sólo un pagano, sino un idólatra del demonio.

–Es comprensible –respondió Wally–. Yo tuve más suerte. Durante años, mi familia no descubrió que yo pensaba que le rezaba a mi padrino..., por alguna confusión entre «padrino» y «Padrenuestro»... En particular, porque el viejo tenía unos impresionantes bigotes blancos y un reloj con cadena de oro, e infundía temor a todo el mundo. Te diré que me impresionó bastante enterarme de que él no era Dios y yo había estado enviando mis plegarias a un domicilio equivocado. Todos esos años de ardientes súplicas echados a la basura... Fue un desastre, realmente.

La carcajada de Ash despertó al ocupante de la tienda de al lado, quien, airadamente, les gritó que se callaran y lo dejaran dormir.

Wally sonrió y bajó la voz.

–No, ahora hablo en serio, lo que más me preocupaba era haberlas desperdiciado. Pero he llegado a la conclusión de que lo que vale es la intención. Mis plegarias eran perfectamente auténticas, como supongo que lo eran las tuyas, de manera que el hecho de que estuvieran mal dirigidas fue un error del que no creo que el Todopoderoso nos haga responsables.

–Espero que tengas razón. ¿Tú todavía rezas, Wally?

–Claro –respondió Wally, genuinamente sorprendido–. ¿Tú no?

–A veces, aunque no sé bien a quién van dirigidas mis plegarias. –Ash se puso de pie y sacudió el polvo y las briznas de hierba seca de sus ropas–. Vamos, Galahad, es hora de que entremos. Esas malditas maniobras comenzarán a las tres de la mañana.

En tales circunstancias, no era sorprendente que Wally deseara con toda su alma ingresar en los Guías, aunque por el momento no podía hacer mucho al respecto. Primero debía aprobar los exámenes para ascender a teniente. Ash estaba casi seguro de que una recomendación suya serviría más para dificultar que para facilitar las posibilidades de su amigo, de manera que usó un recurso oblicuo y lo presentó al teniente Wigram Battye, de los Guías, que fue dos veces a Rawalpindi enviado por el regimiento. Y, más tarde, a Zarin.

Zarin tomó un corto permiso en la época calurosa, en julio, y viajó a Pindi para traer noticias de su hermano y su padre, así como del regimiento y de la frontera. No pudo quedarse mucho tiempo porque pronto llegaría el monzón, y una vez que comenzara sería imposible atravesar los barrancos y el viaje se haría muy largo; pero se quedó lo suficiente como para recibir una excelente impresión del nuevo amigo de Ashok. Éste se ocupó de que Zarin comprobara que el muchacho era un experto tirador y jinete, sabiendo que, con su propia instrucción poco ortodoxa y los métodos más eruditos de un *munshi*, Wally ya había logrado grandes progresos en las dos lenguas principales de la frontera. Y aunque Ash no hizo elogios de él en ningún sentido, Mahdoo dijo bastante:

–Ése es un buen *sahib* –declaró mientras charlaba con Zarin en la galería del fondo–. A la antigua, como el *sahib* Anderson en su juventud. Cortés y amable, y con el porte y el valor de un rey. Nuestro muchacho está muy cambiado desde que se conocieron. Otra vez alegre, se ríe y hace chistes. Sí, los dos son buenos chicos.

Zarin había aprendido a respetar los juicios del viejo, y el carácter y la personalidad de Wally hicieron el resto. Wigram Battye también observaba, escuchaba y aprobaba; tanto él como Zarin llevaron informes favorables a Mardan, con el resultado de que los Guías, siempre en busca de buen material, tomaron nota del subteniente Walter Hamilton, del 70.° Regimiento de Infantería, como futuro miembro de su cuerpo.

Aquel verano el calor fue tan horrible como el anterior, pero para Wally era el primero, por lo que sufrió todos los tormentos que pueden caer sobre alguien que por primera vez experimenta temperaturas extremas. Tuvo erupciones, forúnculos, fiebres, disentería, gripe y otras enfermedades a causa del calor; una vez sufrió una insolación seria y pasó varios días en una habitación oscura, convencido de que se moría... sin haber hecho ninguna de las cosas que deseaba. Por consejo del oficial médico, su coronel lo envió a las montañas a recuperarse, y Ash consiguió un permiso y lo acompañó.

Junto con Mahdoo y Gul Baz, salieron en una *tonga* hacia Murree, donde les habían reservado habitaciones en un hotel que en esa época del año estaba lleno de visitantes que huían del calor insufrible de la llanura.

Wally celebró su escapada enamorándose de tres señoritas al mismo tiempo: una bonita muchacha que se sentaba a una mesa vecina en el comedor, y dos mellizas, hijas de un magistrado, que vivían en un chalé en terrenos del hotel. Como le resultaba imposible elegir entre ellas, ninguno de esos flirteos se convirtió en algo serio, pero lo inspiraron para escribir muchos poemas de amor, todos ellos deplorables, y aceptó tantas invitaciones a cenar, bailar o tomar el té que, si Ash no hubiera intervenido, prácticamente no habría tenido opción de disfrutar del descanso y la tranquilidad prescritos por el médico. Pero Ash no tenía intención de desperdiciar su permiso atendiendo a «un montón de muchachas tontas y divorciadas ligeras de cascos», y lo dijo con firmeza, agregando que, en su opinión, los objetos de la devoción de Wally eran tres de las más insípidas damiselas que había conocido y que los pésimos poemas de Wally eran dignos de ellas.

–Tu problema –respondió el furioso poeta, lastimado donde más le dolía– es que no tienes alma. Y, además, si has de hacerte el misógino por el resto de tu vida porque alguna niñita estúpida destrozó tus ilusiones juveniles hace unos años, realmente estás loco. Es hora de que te olvides de Bertha, o Bella, o Belinda, o comoquiera que se llamase, y te des cuenta de que hay otras mujeres en el mundo..., y muy encantadoras, además. No es que piense que debas casarte con ellas –concedió generosamente–. No creo que un soldado deba casarse antes de los treinta y cinco años, por lo menos.

–¡Daniel llama a la razón! –se burló Ash–. Bien, en ese caso, es mejor alejarnos de la tentación.

Se trasladaron a Cachemira, dejando la mayor parte de su equipaje en el hotel. Alquilaron ponis para recorrer el largo camino entre Murree y Baramullah, y cerca de allí cazaron patos en el lago Wula y osos y *barasingh* en las montañas junto al lago.

Era la primera experiencia de Wally en la alta montaña. Contemplando la cresta blanca del Nanga Parbat, la Montaña Desnuda, alta e imponente sobre la larga cadena de nieves que rodean el fabuloso valle de Lalla Rookh, comprendió la impresión sobrecogedora que había movido a Ash, cuando niño, a orar al Dur Khaima. Toda la zona la encontraba extraordinariamente hermosa. No deseaba abandonarla, y Pindi le pareció más caluroso, polvoriento y desagradable que nunca cuando la *tonga* llegó al camino del acantonamiento en el último día de permiso, llevándolos de regreso al bungaló. Pero el aire de las alturas y los largos días pasados a la intemperie habían cumplido su misión. Wally volvió sano y fuerte, y no tuvo más problemas durante el resto de la temporada de calor.

Ese calor no molestaba a Ash, pero el trabajo de oficina lo aburría hasta la desesperación, y había demasiado de ello en Rawalpindi. Zarin vino desde Mardan y le dijo que los Guías proporcionarían una escolta para el hijo mayor de la reina cuando visitara Lahore, durante un recorrido por la India en el invierno.

–Es un gran honor –explicó Zarin–, y lamento mucho que no participes en esto. ¿Cuánto tiempo más piensan tenerte aquí, atado a un escritorio? Ya llevas así casi un año. Pronto hará tres desde que serviste por última vez en el Cuerpo de Guías; es mucho tiempo. Ya es hora de que vuelvas con nosotros.

Pero las autoridades no estaban de acuerdo con tal opinión. Habían prometido enviar a Pelham-Martyn a mayor distancia de la frontera en cuanto se presentara una buena oportunidad, y ahora, casi once meses después, despertaban del letargo provocado por el tiempo bochornoso y se disponían a cumplir la promesa.

Había llegado una carta del primer secretario del gobernador del Punjab que solicitaba, en nombre de su excelencia, la designación de un oficial británico para escoltar a las dos hermanas de su alteza, el maharajá de Karidkote, a Rajputana, donde debían contraer matrimonio con el *rana* de Bhithor. La principal misión del oficial durante el trayecto sería vigilar que las hermanas de su alteza fueran recibidas con los debidos honores y honras militares por todas las guarniciones británicas que encontraran a su paso, y que su campamento estuviese adecuadamente provisto. Al llegar a Bhithor, debía verificar que se pagara el precio estipulado por las novias y que los matrimonios se realizaran sin inconvenientes, para luego acompañarlas en su viaje de regreso hasta la frontera de Karidkote. Considerando todo esto, y teniendo en cuenta que el campamento probablemente sería grande, era esencial que el oficial elegido no sólo fuera un lingüista fluido, sino que conociera a fondo el carácter de los indígenas y las costumbres del lugar.

El último párrafo los hizo pensar en el teniente Pelham-Martyn; y el asunto se decidió rápidamente porque la misión lo llevaría lejos de la frontera noroeste. A Ash no se le pidió su opinión ni se le dio oportunidad de rechazar la designación. Simplemente lo llamaron y le dieron las órdenes.

–Lo que parece que quieren –dijo Ash disgustado, describiendo la entrevista a Wally– es alguien que actúe como una combinación de perro ovejero, oficial encargado de pertrechos y niñera con un grupo de mujeres chillonas y parásitos de palacio: yo seré eso. Bien, adiós al polo por esta temporada. ¿A quién se le ocurre ser soldado en tiempos de paz?

–Mira, yo creo que tienes mucha suerte –declaró Wally con envidia–. Ojalá me hubieran elegido a mí. Imagínate... paseando por la India con dos hermosas princesas.

–Es más probable que sean dos adefesios mal vestidos –replicó Ash con acritud–. Seguramente son gordas, malcriadas y caprichosas, y aún están aprendiendo a leer y escribir.

–¡Tonterías! Todas las princesas son arrebatadoramente hermosas. O deben serlo. Ya las veo, con los dedos de las manos llenos de anillos y campanillas en los dedos de los pies, y cabellos como el de Rapunzel... No, ella era rubia, ¿verdad? Serán morenas. Adoro a las morenas. ¿No te animarías a preguntar si puedo ir contigo? Como ayudante principal: jefe de cocina y limpieza. Sin duda necesitarás a alguien así.

–¡Vete al diablo! –respondió Ash.

Quince días después se despidió de Wally, y acompañado por Gul Baz, su *syce* jefe, Kulu-Ram, un cortador de hierba y media docena de servidores de menor categoría, partió hacia Deenajung, un pueblecito de la India británica donde la comitiva de las bodas, en ese momento a cargo de un oficial del distrito, esperaba su llegada.

14

Deenajung estaba situada al pie de las montañas, a un día de marcha del estado independiente de Karidkote y a unos treinta kilómetros de la guarnición británica más cercana.

Era apenas una aldea que en nada se distinguía de otras cien en la mitad norte del territorio irrigado por los ríos Chenab, Ravi y Beas, con una población que rara vez pasaba de los dos mil habitantes. En aquellos momentos, sin embargo, la cifra se había elevado de manera desastrosa, porque el secretario del gobernador había equivocado la calificación al decir que el campamento de las novias era «grande». En realidad, era «enorme».

El grupo enviado por el maharajá de Karidkote para escoltar a sus hermanas superaba al de habitantes de Deenajung en una proporción de casi cuatro a uno. Ash, al llegar, encontró que la población local era más bien un anexo del campamento: en el mercado se habían vendido todas las existencias de alimentos para personas y animales, y pronto se quedarían sin agua; las autoridades de la ciudad estaban próximas a la histeria y el oficial del distrito, nominalmente director del campamento, enfermo de malaria.

Era una situación que habría atemorizado a muchos hombres de más edad y con más experiencia que Ash. Pero, al fin y al cabo, las autoridades militares no habían elegido tan mal al designar al teniente Pelham-Martyn, ascendido temporalmente al grado de capitán en virtud de su cargo, para esta misión particular. El tumulto y la confusión que, desde el punto de vista de un extranjero, hubiesen sido equivalentes a una revuelta, no desesperaron a alguien criado en los mercados de una ciudad india, y acostumbrado desde edad temprana al despilfarro, el desorden y las intrigas de la vida en el palacio de un príncipe indio.

Así que el tamaño y el caos del campamento no asombraron a Ash, que no había olvidado el casamiento de Lalji y el ejército de cortesanos que acompañaron a la novia a Gulkote y se instalaron como una plaga de langostas en la ciudad y en el Hawa Mahal. Pero la novia de Lalji sólo era la hija de un pequeño rajá de las montañas, mientras que el hermano de las princesas de Karidkote era un maharajá y gobernaba un estado nada pequeño, por lo que era de esperar que su escolta fuera proporcionalmente más grande. Se necesitaba alguien que tomara decisiones y diera las órdenes necesarias, y Ash aprovechó lo aprendido durante su servicio en los Guías y las enseñanzas de los hijos de Koda Dad. Estaba en un terreno familiar.

Envió a Gul Baz a buscar un guía que los llevara hasta el oficial del distrito, y ahora cabalgaban a través de la barahúnda conducidos por un individuo maduro de uniforme, seguramente el de las Fuerzas del Estado de Karidkote.

La tienda del oficial del distrito había sido montada bajo un *sal*, y su ocupante estaba postrado en cama, temblando a causa de la fiebre. Tenía treinta y nueve grados, que debía de ser, más o menos, la temperatura en el interior de la tienda, y no ocultó su alegría al saber que tenía un sustituto. El señor Carter era joven y nuevo en la región, de modo que no era raro que considerara esta primera experiencia como una especie de pesadilla. La interminable serie de peticiones, quejas y acusaciones, el caos, el calor y el ruido (especialmente el ruido), le hacían sentir que su cabeza era un yunque sobre el que los martillos golpeaban sin descanso. La aparición de Ash, que lo aliviaría de sus responsabilidades, era como encontrar agua en el desierto.

–Lo lamento mucho –balbuceó el oficial del distrito–. ¡Qué asunto más atroz...! Me temo que encontrará usted que las cosas están... un poco revueltas aquí. Gente sin disciplina... Será mejor que los ponga en camino otra vez, lo más pronto que pueda, antes de que se produzca una batalla campal. Además, el problema del muchacho, también... Jhoti..., el hermano... El presunto heredero. Llegó anoche. Debería decirle que...

Hizo lo que pudo por facilitar a Ash un informe de la situación y alguna idea de las responsabilidades y problemas consiguientes, pero era evidente que no lograba ordenar sus pensamientos ni hacer que su lengua lo obedeciera. Finalmente, abandonó el esfuerzo y mandó llamar a un empleado nativo, quien presentó un inventario de la dote que transportaban en unos veinte arcones de hierro y la cantidad de dinero para el viaje. Mostró listas de criados, camareras, doncellas, animales, tiendas de campaña, provisiones y cuidadores del campamento, pero admitió que las cifras eran sólo aproximadas y que probablemente el total exacto era un poco más alto. Aun con las cifras escritas resultaba enorme, pues incluía una batería de artillería y dos regimientos de soldados del maharajá, además de veinticinco elefantes, quinientos camellos y al menos seis mil acompañantes.

–No era necesario enviar tantos. Ostentación, eso es todo –murmuró con voz ronca el oficial del distrito–. Pero, claro, él no es más que un chico..., aún no tiene diecisiete años... Me refiero al presunto heredero. El padre murió hace unos años, y ésta... ésta es una oportunidad de alardear ante los demás..., los otros príncipes. Y ante nosotros, por supuesto. Un despilfarro de dinero, pero es inútil discutir con él. Un muchacho difícil..., tramposo.

Al parecer, el joven maharajá había escoltado a sus hermanas hasta la frontera de su estado, y luego regresó para dedicarse a cazar. Dejó el enorme campamento a cargo del oficial del distrito, que tenía órdenes de acompañarlo hasta Deenajung, donde lo entregaría al capitán Pelham-Martyn, de la caballería de los Guías. Pero ni su excelencia el gobernador del Punjab, ni las autoridades militares de Rawalpindi, se habían dado cuenta de las verdaderas dimensiones de aquello.

Tampoco sabían que, en el último momento, se agregaría alguien al grupo: Jhoti, el hermano de su alteza, de diez años de edad.

–No sé por qué lo mandaron. Aunque puedo suponerlo –balbuceó el oficial del distrito–. Una molestia, aunque... no supe que estaba aquí hasta anoche... Más responsabilidad. Bien, ahora esta joyita es suya. Lo siento por usted...

Aún quedaban numerosas formalidades que completar, y cuando se resolvieron ya habían transcurrido muchas horas. Pero el enfermo insistía en retirarse, no sólo porque ansiaba tranquilidad y aire fresco para respirar, sino porque conocía las dificultades de la autoridad compartida. Ya el campamento no era «su joyita» y, por tanto, cuanto antes se marchara, mejor. Sus sirvientes lo trasladaron a un palanquín y se alejaron en las sombras polvorientas del anochecer mientras Ash salía a tomar el mando.

Aquella primera noche fue caótica. En cuanto el palanquín del oficial del distrito desapareció de la vista, una horda clamorosa rodeó a su sucesor para presentar exigencias de pago, acusaciones de robo, brutalidad y otras formas de *zulum* (opresión), y protestas a viva voz sobre una cantidad de asuntos que iban desde la instalación inadecuada hasta una discusión sobre la forma de alimentar a los camellos y los elefantes. Su comportamiento era comprensible, porque la edad y el rango del nuevo *sahib* que había sustituido al *sahib* Carter presuponían inexperiencia. Los miembros del campamento, y también los jefes del pueblo, pensaban que el *sirkar* había enviado a un representante tan bisoño que resultaba un insulto, para que actuara como «perro ovejero, encargado de provisiones y niñera». Pero descubrieron su error en menos de cinco minutos.

«Hablé con ellos –escribió Ash, describiendo la escena a Wally–, y así conseguimos aclarar el asunto». Era una buena descripción de lo sucedido, pero no transmitía el impacto que su personalidad y sus palabras causaron en la ruidosa asamblea en el campamento de Karidkote. Ninguno de los *sahibs* que habían conocido manejaba su lengua en forma tan fluida y pintoresca, ni sabía combinar tanta autoridad con sentido común en media docena de frases enérgicas. Los pocos *angrezi-log* con quienes se habían cruzado hasta entonces eran funcionarios corteses, que se esforzaban honestamente por comprender un punto de vista ajeno a ellos, o, en ocasiones, algún *sahib* menos cortés que hacía un control o un *shikar* que perdía la paciencia y les gritaba. El *sahib* Pelham no hizo ninguna de estas cosas. Les habló a la manera de un jefe experimentado, conocedor de las costumbres de sus hombres y de la zona, y habituado a ser obedecido. Ash había aprendido mucho de sus *durbars* del regimiento.

El campamento escuchó y aprobó: éste era alguien que los comprendía y a quien podían comprender. Cuando, a la mañana siguiente, se levantaron las tiendas y todo estuvo preparado para continuar el viaje, se habían pagado las cuentas a los habitantes del lugar, casi todas las disputas habían sido solucionadas, y Ash había logrado trabar relación e intercambiar cortesías con la mayoría de los miembros de más edad de la comitiva de las novias, aunque no tuvo tiempo de individualizarlos, y sólo retuvo una impresión confusa de montones de rostros. Más tarde los conocería a todos, pero en ese momento lo principal era poner en movimiento al campamento. En ese aspecto, el consejo del oficial del distrito había sido bueno: Ash decidió ponerlos en marcha lo más rápidamente posible, y tratar de no permanecer en el mismo lugar más de una o dos noches, para no repetir el error de cansar a la gente del pueblo como habían hecho en Deenajung. Casi ocho mil personas y más de la mitad de ese número de animales de carga eran peor que una plaga de langostas, y resultaba evidente que, sin planificación y previsión, su efecto sobre las zonas por donde pasaban podía ser igualmente devastador y desastroso.

No pudo dedicar mucha atención a los individuos en el primer día de marcha porque recorrió de arriba abajo la larga columna, tomando nota de sus miembros y su composición, y estimando sus posibilidades de velocidad; desempeñó así, inconscientemente, una de las misiones que había mencionado a Wally: la de perro ovejero. Fue fácil porque el avance era calmoso. La columna, de un kilómetro y medio, avanzaba por la tierra con el ritmo lento de los elefantes y con frecuencia se detenía a descansar, charlar o discutir, a esperar a los rezagados o a sacar agua de los pozos al borde del camino. Por lo menos un tercio de los elefantes llevaba carga, y el resto, a excepción de los cuatro elefantes de gala, transportaba a un gran número de las fuerzas de Karidkote y una extraña variedad de armas que incluía pesadas piezas de artillería.

Los cuatro elefantes de gala llevaban magníficos *howdahs* de oro y plata cincelada. En ellos montarían las *rajkumaris* (princesas) y sus damas de honor, junto con su hermano menor y algunos miembros de más edad de la comitiva nupcial. Se pensaba que las novias viajarían en ellos todo el camino, pero el andar pesado y cadencioso de las grandes bestias hacía tambalearse a los *howdahs*, y la novia más joven, que era la más importante por ser hermana del maharajá por padre y madre, se quejó de que se mareaba. Exigió que ella y su hermana, de quien se negaba a separarse, fueran trasladadas a un *ruth*, un carro tirado por bueyes con techo en forma de cúpula y cortinas bordadas.

–Su alteza está muy nerviosa –explicó el eunuco principal, disculpándose ante Ash por el retraso que causó el cambio en la organización del viaje–. Es la primera vez que sale de su *zenana*, desea volver a casa y está muy asustada.

Aquel día recorrieron menos de trece kilómetros (no más de tres en línea recta, porque el camino descendía con grandes ondulaciones entre colinas cubiertas de arbustos que apenas eran repliegues del suelo). Era evidente que otros días harían aún menos, y Ash, estudiando aquella noche el mapa local a gran escala y calculando el avance semanal a un promedio de ochenta o noventa kilómetros, se dio cuenta de que a ese paso tardaría muchos meses en volver a ver Rawalpindi. La idea no lo deprimió; aquella vida nómada al aire libre, con su constante cambio, era muy de su gusto, y le encantaba estar libre de supervisión y de oficiales de más edad: él solo a cargo de varios millares de personas y sin tener que dar cuenta a nadie de lo que hacía.

A mediodía del día siguiente, recordó, un poco tarde, que había llegado el hermano del maharajá, pero cuando preguntó si debía presentar sus respetos al joven príncipe le respondieron que su alteza no se encontraba bien (resultado, según le dijeron, de haber comido demasiadas golosinas), y que sería mejor esperar un día o dos. Se informaría al *sahib* en cuanto el niño se encontrara completamente recuperado. Entretanto, como favor especial, se le invitaba a conocer a las hermanas del príncipe.

La tienda de las novias era la más grande del campamento, y como siempre era la primera que se armaba, las otras se colocaban a su alrededor: las del círculo más próximo pertenecían a las damas de honor, doncellas y eunucos, y las del siguiente, a los altos oficiales, los guardias del palacio, y al principito y a sus sirvientes personales. Ash habría tenido derecho a que su tienda se incluyera en este último círculo, pero prefería una posición más tranquila: había ordenado que se la montaran en el círculo exterior del campamento, que aquella noche en especial estaba muy lejos del pabellón de las novias. Fue escoltado al lugar de reunión por dos oficiales de la guardia y un caballero de edad madura que le había sido presentado la noche anterior como *sahib* Rao, hermano del fallecido maharajá y tío de las dos princesas.

La costumbre del *purdah*, el uso del velo y la reclusión de las mujeres fue copiada por la India hindú de los conquistadores musulmanes y no tenía tradición muy antigua en el país, de modo que no era sorprendente que se permitiera a Ash conocer a las princesas. Como *sahib* y extranjero, y más particularmente como representante del rajá, cuya obligación era velar por su seguridad y comodidad en el viaje, merecía un tratamiento especial, y por tanto se le concedió el honor de hablar con ellas; un privilegio que no se le habría otorgado a otro que no fuese un pariente cercano. De todas maneras, la entrevista fue breve y de ninguna manera privada, sino en presencia del tío de las novias y otro pariente de edad madura, Maldeo Rai; también de su dueña y prima distante Unpora-Bai, varias doncellas, un eunuco y media docena de niños. El recato se mantenía porque los rostros de las novias y el de Unpora-Bai estaban parcialmente cubiertos por los saris llenos de frunces y bordados, que ellas usaban de tal manera que sólo sus ojos y un pequeño trozo de la frente eran visibles. Pero como los saris eran de la gasa de seda más fina de Benarés, aquello era más una actitud que otra cosa, y Ash obtuvo una idea bastante exacta de su aspecto.

«Tenías razón con respecto a ellas –escribió a Wally en una larga posdata a la carta que describía su llegada al campamento–. Son muy bonitas. Al menos la más joven. Aún no tiene catorce años, y es como esa miniatura de la emperatriz del Shah Jehan, la dama del Taj. Pude verla bien porque uno de los niños trató de atraer su atención tirándole del sari y se lo arrancó de la mano. Es la cosa más bonita que se ha visto, y me tranquiliza bastante que no la veas tú, celta susceptible, porque te enamorarías de ella de inmediato y no habría quien te contuviera. Te pasarías el día rimando "corazón" con "pasión" y "amor" con "dolor" desde aquí hasta Bhithor, y no podría soportarlo. ¡Por suerte, soy un misántropo amargado e insensible! La otra hermana permanece en la retaguardia y es mucho mayor; tiene unos dieciocho años, que en este país es casi como ser una solterona, y entiendo por qué no la casaron hace años; supongo que sólo es hija de alguna esposa secundaria, o quizá de una concubina del fallecido maharajá, y, por lo que pude ver de ella, no es lo que se llama una belleza al gusto indio. Ni al mío tampoco. Demasiado alta, y con cara cuadrada. Prefiero los rostros ovalados. Pero sus ojos son maravillosos "como los estanques de peces en Heshbon junto a la puerta de Beth-Rabbin...". No son negros como los de su hermana, sino del color del agua pantanosa, con estrías doradas. ¿No te gustaría estar en mi lugar?».

Aunque Ash se describiera a sí mismo como un amargado insensible, el hecho de que las princesas de Karidkote estuvieran lejos de ser feas agregaba sabor a la situación, aunque, como era improbable que las viera mucho, su impaciencia personal no era muy importante. De todas maneras, escoltar a dos jóvenes encantadoras a sus bodas en lugar de hacerlo con un par de «adefesios», hacía que todo el asunto le pareciera más romántico. Hasta compensaba con un poco de excitación el ruido, la suciedad y los inconvenientes del enorme campamento. Ash volvió a su tienda tarareando una antigua canción infantil sobre una dama que iba a Banbury Cross «con anillos en las manos y ajorcas en los pies», y recordando los nombres de bellezas legendarias cuyas historias se narran en el *Rajasthan* de Tod: la esposa de Humayan, Hamedu, que tenía catorce años; la adorable Padmini, «la más bella de toda la carne de la Tierra», cuya belleza fatal condujo al primero y más terrible saqueo de Chitor; Mumtaz Mahal, «Esplendor del Palacio», en memoria de la cual su acongojado marido erigió esa maravilla de mármol blanco, el Taj Mahal... Quizá, al fin y al cabo, Wally tenía razón: todas las princesas eran hermosas.

Ash estaba demasiado interesado en las novias como para reparar excesivamente en las damas de honor, varias de las cuales habrían merecido un poco más de atención. Y como el siguiente día de marcha terminaría en las afueras de una ciudad donde había una pequeña guarnición de tropas británicas, continuó su camino adelantándose al campamento para hablar con el oficial al mando. Así que aquel día no pudo ver a nadie de la comitiva, pues el comandante lo invitó a cenar con sus hombres.

A diferencia de Wally, el comandante pensaba que un oficial británico que debía desempeñar la tarea asignada a Ash debía ser compadecido, y eso dijo mientras bebían oporto y fumaban cigarros.

–Realmente no le envidio la tarea. ¡Gracias a Dios, a mí nunca me ordenarán hacer algo así! Debe de ser imposible vivir entre esa gente sin meter la pata veinte veces al día; francamente, no sé cómo se las arregla usted.

–¿Cómo me las arreglo en qué? –preguntó Ash, desconcertado.

–Con ese asunto de la casta. Con los musulmanes no hay problema; no parece importarles con quién comen o beben y les da lo mismo quién cocina o sirve la comida; no parecen tener tantos tabúes religiosos. Pero los hindúes de casta pueden presentar los problemas más espantosos: lo he aprendido a la fuerza. Están tan acosados por sus complicadas reglas y costumbres y las restricciones que les impone la religión, que un extraño entre ellos tiene que caminar con mucho cuidado para evitar ofenderlos o incomodarlos. Para mí, es un serio problema.

El comandante ilustró los extremos del sistema de castas con la historia de un joven gravemente herido en la batalla a quien dieron por muerto, pero que se recuperó y vagó durante días por la jungla, hambriento, delirando y medio loco de sed, y aceptó un sorbo de leche que le ofreció una niña que cuidaba ovejas. Después de una larga estancia en un hospital, volvió a su hogar y narró cómo se había salvado. Su padre le dijo que seguramente aquella niña era una intocable y que él no tenía derecho a estar en su hogar. Después de complicadas ceremonias religiosas, se consideró que había recuperado la «pureza» y se le permitió volver con su familia.

Ash conocía el problema desde hacía muchos años. Pero se abstuvo de decirlo, y sólo comentó que pensaba que en ese aspecto únicamente los sacerdotes conservaban un respeto fanático por la ley y un terror obsesivo a la contaminación, y también la clase media. La nobleza tendía a estar menos atada a eso, y la realeza, segura de su propia superioridad sobre hombres de ascendencia más baja, generalmente se sentía libre de modificar las reglas para que se adaptaran a ellos; sin duda los animaba la convicción de que si sobrepasaban los límites podrían pagar a los brahmines para que volvieran a ponerlos en buenas relaciones con los dioses.

–No es que tengan criterio más amplio –dijo Ash–, sino que creen firmemente en el derecho divino de los reyes; no es sorprendente, si se piensa que muchas familias de príncipes creen descender de un dios... o del sol o la luna. Si uno cree eso, realmente no puede sentir que es igual a los demás hombres, y puede permitirse hacer cosas que están prohibidas a otros con antepasados menos ilustres. No es que los nobles no sean religiosos; al contrario. Pueden ser muy devotos. Pero menos obcecados.

–Es posible que tenga usted razón –respondió el comandante–. Pero debo admitir que no conozco a ninguno de los príncipes gobernantes. ¿Un poco más de oporto?

La conversación pasó al tema de la caza de jabalíes y los caballos, y Ash no volvió a su tienda hasta bastante después de medianoche.

La mañana siguiente se presentó ventosa y húmeda, y Ash pudo dormir hasta más tarde porque en tales condiciones el campamento tardaba más en ponerse en movimiento. Tampoco pudo ver mucho a sus compañeros de viaje, que estaban envueltos en abrigos y mantas para protegerse de la humedad. Pero eso no lo molestaba; ya habría tiempo de verlos más tarde, y se sentía feliz de avanzar en silencio. Hasta la incomodidad de pasar el día sobre una silla húmeda, con la cabeza agachada ante las ráfagas de viento que le agitaban la capa mojada y llevaban la lluvia a sus ojos, le parecía mejor que estar atado a un escritorio en Rawalpindi. La ausencia casi total de trabajo burocrático era, en su opinión, una de las principales ventajas de su misión actual; otra, que la mayor parte de los problemas que surgían eran bien conocidos por él; sólo diferían en intensidad de los que solían aparecer en cualquier *durbar* del regimiento, y era igualmente fácil resolverlos.

Pero en esto se equivocaba. Porque aquella misma noche se presentaría un problema no sólo desconocido para él, sino muy difícil de resolver. Y, potencialmente, muy peligroso.

El hecho de no estar preparado en absoluto para afrontarlo era en gran medida culpa suya, aunque también de una consulta insuficiente entre los cuarteles del Ejército de Rawalpindi y el comandante del Cuerpo de Guías, junto con un informe inexacto del Departamento Político y la enfermedad del oficial del distrito. Pero fue la actitud original de Ash hacia su misión (despreciarla como un trabajo para un perro ovejero o una niñera) lo que lo llevó al viejo error de sus años de colegio: no hacer los deberes.

El único culpable era él, porque no se preocupó de averiguar nada sobre los antecedentes y la historia del estado al que pertenecían las princesas que debía escoltar. Las autoridades de Rawalpindi, por su parte, no le facilitaron información en ese sentido porque suponían que el señor Carter, el oficial del distrito, se encargaría de ello, y no podían adivinar que éste sufriría un ataque de paludismo y no haría nada al respecto. El resultado fue que Ash asumió el mando en un estado de total ignorancia y sin la menor conciencia de los problemas que le esperaban. Incluso la noticia de que en el último momento se había elegido a un joven hermano del maharajá para que viajara con el campamento no despertó mayor interés por su parte. Al fin y al cabo, ¿por qué no iba a acompañar un niño a sus hermanas a la ceremonia de su matrimonio? Consideró la presencia de Jhoti como un hecho sin importancia, y aparte de enviar un mensaje para interesarse por su salud no pensó más en el asunto. Pero aquel día, al caer la noche, un sirviente vino a comunicarle que el principito se había recuperado completamente de su enfermedad y quería verlo.

La lluvia había cesado y el cielo aparecía de nuevo despejado cuando Ash, con uniforme de gala en honor de la ocasión, fue conducido, una vez más, a través del ruidoso campamento iluminado con lámparas hasta una tienda próxima a la de las princesas. Un centinela armado con un antiguo *tulwar* le entregó un distintivo y designó a un sirviente soñoliento para que lo llevara a presencia del principito. Una sola lámpara colgaba de un soporte de hierro en el exterior, pero, al entrar en la tienda, Ash quedó deslumbrado por las luces: el interior estaba iluminado por media docena de lámparas de estilo europeo, diseñadas para usar con pantallas de seda o terciopelo pero carentes de ellas, y colocadas en mesitas bajas dispuestas en semicírculo alrededor de una pila de almohadones sobre los cuales estaba sentado un niño regordete y pálido.

Se trataba de un chico guapo, a pesar de su exceso de peso y de su piel grasa; y, de pronto, Ash recordó a Lalji tal como lo había visto por primera vez en el Hawa Mahal. Ese niño debía de tener la misma edad que Lalji entonces, y se parecía tanto a su recuerdo del *yuveraj* que ambos podrían haber sido hermanos; aunque Lalji, pensó

Ash, era un niño mucho menos atractivo que ése, y sin duda no se habría puesto de pie para recibir a su visitante, como hacía Jhoti. El parecido se debía más bien a la indumentaria y la expresión, porque Lalji también llevaba ropas como ésas, y también se le veía de mal humor... y muy asustado.

Ash pensó, mientras hacía una reverencia para responder al saludo del príncipe, que si, como Wally sostenía, todas las princesas eran hermosas, era una pena que todos los principitos fuesen gordos, malhumorados y miedosos. Al menos los que a él le había tocado conocer hasta el momento.

Lo absurdo de tales pensamientos lo hizo sonreír, y aún sonreía cuando, al enderezarse, sus ojos se encontraron con un rostro que reconoció de inmediato: el del hombre que estaba detrás del principito, a menos de tres pasos de éste, cuyos ojos entrecerrados mostraban la misma maldad, la misma expresión fría y calculadora que el cortesano favorito de Lalji y espía de la *nautch*.

Era Biju-Ram.

La sonrisa se congeló en el rostro de Ash y tuvo la sensación de que su corazón se saltaba un latido. No podía ser cierto... Tenía que ser un error. Pero no lo era. Inmediatamente supo, sin sombra de duda, por qué el pequeño Jhoti le recordaba a Lalji. Porque Jhoti era hermano o primo de Lalji.

No podía ser Nandu: Nandu debía de tener más edad. Pero había por lo menos otros dos niños, y era posible que la *nautch* hubiese tenido más en los años posteriores. ¿O sería éste un hijo de Lalji? No, era improbable. ¿Un primo, entonces? ¿El hijo o nieto de uno de los hermanos del viejo rajá de Gulkote...?

Ash notó que algunos de los presentes comenzaban a mirarlo con curiosidad, y también que no había señales de reconocimiento en los ojos de Biju-Ram. Su expresión astuta y maligna era habitual. En cuanto a la actitud calculadora, probablemente significaba que estaba evaluando el calibre de ese nuevo *sahib* y preguntándose si sería necesario aplacarlo, porque en ninguna circunstancia lo habría reconocido como el «chico de los establos» que había salvado la vida al *yuveraj* de Gulkote muchos años atrás.

Ash se obligó a apartar la mirada de Biju-Ram y responder a las preguntas corteses del principito; enseguida se le normalizó el pulso y pudo echar un vistazo por la tienda y asegurarse de que no había allí ninguna otra persona que conociera. Pero no había peligro de que lo descubriesen porque, aparte de Koda Dad (que jamás lo había contado), no había nadie en Gulkote que pudiera haber averiguado que el hijo de Sita era un *angrezi*. No había nada que relacionara a aquel pequeño Ashok con el capitán Ashton Pelham-Martyn de los Guías, y poco parecido existía entre los dos. El único que no había cambiado era Biju-Ram. Es verdad que estaba más gordo y empezaba a encanecer, y que las líneas que la vida disipada había comenzado a marcar en su rostro cuando joven aparecían ahora mucho más profundas; pero eso era todo. Aún se mostraba atildado, suave y astuto, y seguía usando el gran diamante en la oreja. Pero, ¿por qué estaba allí, y cuál era la relación entre el *yuveraj* de Gulkote y ese Jhoti de diez años? ¿Y de quién, o de qué, tenía miedo el chico?

Ash había visto el miedo demasiadas veces como para no reconocerlo, y allí estaban las señales: los ojos muy abiertos, demasiado brillantes, y las rápidas miradas que echaba a izquierda y derecha y por encima del hombro; los músculos tensos y la forma brusca de volver la cabeza; el temblor incontrolable de las manos y la forma en que cerraba los puños.

Así se mostraba Lalji, y con buenas razones. Pero ese niño no era heredero de un trono. Era sólo un hermano menor, de manera que resultaba inconcebible que alguien quisiera hacerle daño. La única explicación posible era que se había escapado para unirse a la caravana contra los deseos de sus mayores, y ahora temía las consecuencias de su travesura.

«Seguramente es algún niño mimado que ha ido demasiado lejos con sus diabluras y ahora tiene miedo de recibir una paliza –pensó Ash–. Si es así, estoy seguro de que Biju-Ram lo estimuló... Debo averiguar cosas sobre su familia... Sobre todos ellos. Debí haberlo hecho antes...».

El príncipe había comenzado a hacer presentaciones, y Ash se encontró saludando a Biju-Ram e intercambiando algunas frases formales antes de pasar al siguiente. Diez minutos después, la entrevista había terminado y salió al aire temblando un poco, no sólo por el frío que hacía fuera de la tienda. Aspiró con alivio como si hubiera escapado de una trampa, y observó con vergüenza que tenía las palmas de las manos irritadas de apretar las uñas contra ellas.

Aquella noche, su tienda estaba bajo un *banyan*, a cincuenta metros del perímetro del campamento y aislada de éste por el grupo de tiendas más pequeñas donde se alojaban sus servidores personales. Al pasar junto a ellas, decidió no llamar a uno de los empleados de Karidkote, porque Mahdoo estaba sentado fuera fumando su *hookah*. Ash pensó que, probablemente, el viejo ya había recogido tanta información sobre la familia real de Karidkote como cualquier habitante de ese estado. A Mahdoo le encantaban los chismorreos, y al ponerse en contacto con mucha gente que Ash no conocía oía cosas de las que generalmente no se hablaba con los *sahibs*.

Ash se detuvo junto al viejo y dijo en voz baja:

–Ven a hablar conmigo en mi tienda, *cha-cha*; necesito consejo. Además, hay muchas cosas que quizá puedas decirme. Dame la mano. Llevaré tu *hookah*.

En la tienda de Ash habían colgado una lámpara con la mecha baja, pero prefirió sentarse fuera, bajo el estrecho toldo. Mahdoo se acomodó en el suelo con las piernas cruzadas. Ash no podía hacerlo a causa de su uniforme, de modo que se sentó en una silla.

–¿Qué quieres saber, hijo? –preguntó el viejo, empleando el tratamiento familiar de mucho tiempo atrás, que rara vez usaba ya.

Ash no respondió de inmediato. Guardó silencio, escuchando el gorgoteo de la *hookah* y ordenando sus pensamientos. Luego habló con calma:

–En primer lugar, deseo saber qué relación hay entre el maharajá de Karidkote y un cierto rajá de Gulkote. Estoy seguro de que debe de haber alguna.

–Por supuesto –replicó Mahdoo, sorprendido–. Son la misma persona. Los territorios de su alteza de Karidarra lindaban con los de su primo, el rajá de Gulkote. Cuando su alteza murió sin dejar herederos, el rajá fue a Calcuta a reclamar al *sahib Lat* las tierras y títulos de su primo. Como no había ningún pariente más cercano, se los concedieron, y los dos estados se fusionaron en uno llamado Karidkote. ¿Cómo es que no lo sabías?

–¡Porque soy un ciego... y un estúpido! –La voz de Ash era apenas un murmullo, pero con una amargura concentrada que sorprendió a Mahdoo–. Estaba furioso porque los generales de Rawalpindi usaban esta oportunidad para alejarme de la frontera y no me preocupé de hacer preguntas ni de averiguar nada. ¡Nada!

–Pero, ¿por qué habría de importarte quiénes son los miembros de la realeza? ¿Qué diferencia hay? –preguntó el viejo, preocupado por la vehemencia de Ash. Mahdoo no conocía la historia de Gulkote. El coronel Anderson había aconsejado a Ash no difundirla: cuantas menos personas la conocieran, mejor, ya que la vida del muchacho podía depender de que se perdiera su rastro. Era lo único que se le había prohibido mencionar y no deseaba hablar del tema ahora. En cambio, replicó:

–Uno debe saberlo todo sobre las personas que tiene a su cargo, para no ofenderlas por ignorancia. Pero esta noche me han demostrado que no sé nada. Ni siquiera... ¿Cuándo murió el viejo rajá, Mahdoo? ¿Y quién es este hombre que dicen que es su hermano?

–¿El *sahib* Rao? Es sólo un medio hermano: el hijo mayor, y le lleva dos años, pero como es hijo de una concubina no podía heredar el trono, que fue ocupado por un hijo más joven cuya madre era la *rani*. Pero toda la familia le ha tenido siempre gran afecto y respeto. En cuanto al rajá..., el maharajá..., murió hace unos tres años, creo. Su hijo, el hermano de las *rajkumaris*, es quien ocupa ahora el trono.

–Lalji –murmuró Ash.

–¿Cómo?

–El hijo mayor. Ése era su sobrenombre. Pero habría sido... –Ash se interrumpió bruscamente, recordando, de pronto, que el oficial del distrito había dicho que el maharajá de Karidkote era «apenas un chico» que aún no tenía diecisiete años.

–No, no. Éste no es hijo de la primera esposa, sino de la segunda. El primero murió de una caída, unos años antes que su padre. Estaba jugando con un mono en los muros del palacio, cayó y se mató. Un accidente. –Y Mahdoo agregó–: Al menos eso dicen.

«Un accidente», pensó Ash. La misma clase de accidente que estuvo a punto de suceder antes. ¿Habría sido Biju-Ram quien lo empujó hacia la muerte? O Panwa... o... ¡Pobre Lalji! Ash se estremeció imaginando los últimos momentos de terror, y la larga e interminable caída hasta las rocas de abajo. ¡Pobre Lalji..., pobre pequeño *yuveraj*! Así que finalmente lo había logrado; la *nautch* había ganado. Ahora su hijo, Nandu, aquel mocoso malcriado a quien habían echado por comportarse mal durante la visita del coronel Byng a Gulkote, era maharajá del nuevo estado de Karidkote. Y Lalji estaba muerto.

–Parece que la familia sufrió muchas desgracias en los últimos años –continuó Mahdoo con tono reflexivo y volviendo a chupar su pipa–. El viejo maharajá también murió de una caída. Me contaron que estaba cazando con halcón cuando él y su caballo cayeron en una *nullah*, y los dos se desnucaron. Suponen que el caballo fue picado por una abeja. Resultó muy triste para su nueva esposa... ¿Te he dicho que había vuelto a casarse? Sí, era la cuarta; las dos primeras habían muerto. Dicen que era joven y muy hermosa, la hija de un rico *zemindar*... –La *hookah* gorgoteó otra vez y a Ash le pareció que era una risita maliciosa–. Se cuenta –continuó Mahdoo– que la tercera *rani* estaba muy enojada y que había amenazado con suicidarse. Pero no fue necesario, porque su marido murió y la nueva esposa ardió con él en la pira.

–*Suttee?* –preguntó Ash vivamente–. Pero está prohibido. Es ilegal.

–Puede ser. Pero los príncipes aún se rigen por su propia ley, y en muchos estados hacen lo que quieren y nadie se entera hasta que es demasiado tarde. La muchacha se convirtió en cenizas mucho antes de que nadie pudiera intervenir. Parece que la *rani* mayor también lo habría hecho, pero sus damas la encerraron con llave en su habitación y enviaron un mensaje al *sahib* político, quien estaba de viaje y no recibió el aviso a tiempo para evitar que la joven reina se convirtiera en una *suttee*.

–Muy conveniente para la *rani* mayor... Supongo que pasó a ejercer el poder detrás del trono en Karidkote –observó Ash con ironía.

–Eso creo –admitió Mahdoo–. Lo cual es bastante extraño, porque dicen que en otra época fue bailarina en Cachemira. Pero, por lo menos durante dos años, fue el verdadero gobernante del estado, y al menos murió siendo una maharaní.

–¿Murió? –preguntó Ash, sobresaltado. Nunca había visto a Janoo-Rani, pero su presencia era tan poderosa en el palacio que no podía creer que aquella mujer violenta y cruel que dominaba al anciano rajá y tramaba la muerte de Lalji y la suya, ya no estuviera viva. Era como si hubiera caído la fortaleza misma del palacio, porque aquella mujer parecía indestructible–. ¿Te contaron cómo murió, *cha-cha*?

Los ojos inteligentes de Mahdoo brillaron en el suave resplandor de la *hookah* cuando miró de reojo a Ash, y bajó la voz:

–Discutió con su hijo mayor, y poco después murió... por comer uvas envenenadas.

Ash respondió casi sin aliento:

–¿Quieres decir que...? No. Eso no puedo creerlo. ¡A su propia madre!

–¿Acaso he dicho que lo hizo él? *Nahin, nahin* –Mahdoo hizo un gesto de desaprobación–. Por supuesto, hubo una investigación y se probó que fue un accidente; ella misma había envenenado las uvas para eliminar una plaga de cuervos del jardín, y por error dejó un racimo en su plato...

La *hookah* emitió nuevamente un gorgoteo irónico, pero Mahdoo no había terminado.

–¿No te dije que el gobernante de Karidkote ha sufrido muchas desgracias? Primero, su hermano mayor; luego, su padre, y dos años después, su madre. Y antes hubo dos hermanitos y otra hermana que murieron cuando eran muy pequeños en un año de epidemia, cuando el cólera mató a tantos niños..., y también a muchos hombres y mujeres grandes. Ahora, al maharajá sólo le queda un hermano..., el principito que está aquí, en el campamento. Y sólo una hermana por padre y madre, la menor de las dos *rajkumaris* que van a casarse; porque la mayor es sólo una hermana de padre, hija de la segunda esposa del rajá, de quien se dice que era extranjera.

«¡Juli!», pensó Ash, estupefacto ante el descubrimiento. Aquella mujer alta con velo, que había visto en el pabellón de las novias dos días antes, era la hijita abandonada de la *Feringhi-Rani*, Anjuli, la niña que la *nautch* había comparado malignamente con un mango sin madurar, y que desde entonces fue conocida por todo el palacio como Kairi-Bai. Era Juli... y él no la había reconocido.

Se quedó allí sentado largo tiempo, mirando las estrellas y reviviendo el pasado mientras el campamento se disponía a dormir a sus espaldas. Las voces de hombres y animales se convirtieron en un murmullo que se confundió con el de la brisa de la noche que soplaba entre las hojas del *banyan*, y junto a él, la *hookah* de Mahdoo acompañaba rítmicamente los golpes de un tam-tam lejano y el aullido de unos chacales en la llanura. Pero Ash no oía ninguno de estos sonidos. Estaba a gran distancia en el espacio y en el tiempo, hablando a una niñita en un balcón de una torre derruida que miraba a las nieves del Dur Khaima.

¿Cómo podía haber llegado a olvidarla tan por completo, si ella había sido una parte tan importante de sus años en el Hawa Mahal? No..., no la había olvidado. No había olvidado nada. Simplemente la había relegado al fondo de su mente y no había pensado en ella, tal vez porque estaba seguro de que...

Más tarde, después que se marchara Mahdoo, Ash abrió la pequeña caja metálica comprada con el primer dinero que le dieran para sus gastos, en la que había guardado sus más preciadas posesiones: un anillito de plata que había usado Sita, la larga carta inconclusa de su padre, el reloj que le había regalado el coronel Anderson el día que llegaron a Pelham Abbas, su primer par de gemelos y otras chucherías. Las revolvió, buscando algo, y finalmente vació el contenido de la caja sobre su catre. Sí, allí estaba. Un cuadradito de papel que comenzaba a amarillear.

Lo puso bajo la lámpara, lo desplegó y se quedó mirando lo que contenía: un trocito de madreperla con forma de pez que era parte de un contador chino. Alguien... ¿la *Feringhi-Rani*, tal vez?, había hecho un orificio a través del ojo del pez para que pudiera emplearse como colgante, como lo había usado Juli. Era la posesión más querida de Juli, y se lo había dado como recuerdo para que no la olvidara; y él nunca había vuelto a pensar en ella... Había tenido tantas otras cosas urgentes en que pensar... Además, cuando Koda Dad dejó Gulkote no quedó nadie que le enviara noticias del palacio, porque nadie más (ni siquiera Hira Lal) supo qué había sido de Ash ni dónde había ido.

Ash durmió poco aquella noche. Tendido de espaldas, con los ojos abiertos, volvieron a su mente cientos de incidentes triviales que se habían perdido con los años.

Las estrellas comenzaban a palidecer cuando se adormeció, y al cerrar los ojos sintió volver del pasado un antiguo fragmento de conversación..., algo que él había dicho alguna vez, aunque no podía recordar cuándo ni por qué:

«En tu lugar, Juli, yo no me casaría. Es demasiado peligroso».

«¿Por qué peligroso?».

15

–*Ashti! Ashti! Khabadar, Premkulli. Shabash, mera moti... ab ek or. Bas, bas! Kya kurta, ooloo...? Arré! Arré! Hai...!*

La comitiva nupcial vadeaba un río con el habitual acompañamiento de gritos, chillidos y confusión, y, como siempre sucedía, se había atascado un carro en mitad del cauce y trataban de sacarlo con uno de los elefantes.

Mulraj, que iba al mando del contingente de las Fuerzas del Estado de Karidkote, había cruzado primero con Ash para medir la profundidad del río, y ahora los dos estaban cómodamente sentados en la orilla opuesta, en la posición estratégica de un montículo, y observaban la desordenada multitud que trataba de cruzar.

–Si no se dan prisa –observó Mulraj–, oscurecerá antes de que terminen. *Hai-mai*, ¡cómo complican las cosas!

Ash asintió con aire ausente, con la mirada aún puesta en los hombres que chapoteaban en las orillas o se metían en el agua hasta las rodillas en medio del río. Habían pasado tres días desde que se encontrara cara a cara con Biju-Ram y se enterara de que el principado de Karidkote era el mismo Gulkote de su niñez; desde entonces, había observado con más atención a los hombres que lo rodeaban e identificado a algunos. Sólo entre los *mahouts* conocía a más de media docena; hombres que trabajaban con los elefantes en el Hawa Mahal. Y había también otros: funcionarios de palacio, *syces*, miembros de las Fuerzas del Estado y unos cuantos sirvientes y cortesanos que cuatro días antes no habrían llamado su atención, pero que con lo que sabía ahora le resultaban familiares. Hasta el elefante, Premkulli, a quien el *mahout* exhortaba a ser cuidadoso, era un viejo amigo que él había alimentado con caña de azúcar. Los últimos rayos de sol cayeron sobre el río, y brillaban con un resplandor dorado que deslumbró a Ash hasta impedirle ver las caras de los que cruzaban. Se volvió para discutir asuntos administrativos con Mulraj.

Los sirvientes y los vivanderos, con los animales de carga, fueron los primeros en cruzar porque había que armar las tiendas, encender el fuego y preparar la comida. Pero las novias y su comitiva preferían seguirlos a paso más lento y retrasar su llegada hasta que todo estuviera listo para ellas. Aquel día habían almorzado en un monte a menos de un kilómetro del río, y, como sabían que sus tiendas serían levantadas en el primer lugar adecuado que se encontrara en la otra orilla, pasaron allí la tarde, esperando la indicación de seguir adelante. Pero, cuando al fin llegó un mensajero para avisar de que podían continuar, el sol se había ocultado detrás del horizonte. Acompañadas por una escolta de unos treinta hombres, se pusieron en marcha despacio y llegaron al río al anochecer.

Un carro cerrado lleno de doncellas seguía habitualmente al adornado *ruth* en que viajaban las novias, pero aquella noche se había quedado atrás, y cuando el *ruth* entró en el agua fue escoltado por varios soldados y sirvientes, y por el tío de las novias, quien había anunciado su intención de ir a pie el último kilómetro pero descubrió que el río era más profundo de lo que suponía.

En la otra orilla, Ash ya había montado a su caballo y avanzaba cuando oyó un nueva explosión de chillidos y maldiciones procedentes del río que la oscuridad cubría. Se puso en pie en los estribos y vio que el primer buey del *ruth* se había caído en mitad de la corriente, rompiendo su atalaje y arrojando al agua a uno de los cocheros. Firmemente sujeto por los tirantes, el animal forcejeaba en un desesperado intento de no ahogarse, y el *ruth* se inclinaba ya sobre un costado.

Tras las cortinas cerradas, se oían agudos gritos de una de las ocupantes, mientras una docena de hombres vociferaban y se afanaban en la oscuridad, empujando y tirando, porque el buey arrastraba el carruaje hacia la parte profunda.

Ya era casi de noche y a los que estaban en el río les resultaba difícil ver qué había sucedido, pero, desde su posición más alta, Ash tenía una imagen clara de la escena. Se lanzó al agua con su caballo, dispersando a los hombres que rodeaban el *ruth*, quienes se hicieron a un lado para dejarle paso. Ash se agachó para romper las cortinas.

Una mujer empapada, que no cesaba de gritar, pareció saltar hacia él en la oscuridad. Ash la retuvo mientras la rueda se rompía y el *ruth* caía de costado y comenzaba a llenarse de agua.

–¡Rápido, Juli! ¡Vamos, sal de ahí!

Ash no se dio cuenta de que había llamado por su nombre a la otra ocupante del *ruth*, pero sus palabras se perdieron en el ruido, porque la jovencita que tenía en sus brazos se aferraba a él con frenesí y aún aullaba con todas sus fuerzas. Él se desprendió de sus manos y la puso en brazos del hombre más próximo, que por suerte era el tío de las muchachas, aunque podría haber sido un *sowar* o uno de los que llevaban el buey. Un segundo después, Ash bajó de su caballo y se metió en el agua hasta la cintura.

–¡Sal de ahí, muchacha!

Se oyó un ruido en la oscuridad, como de alguien que traga agua, y apareció una mano entre las cortinas. Ash la aferró y arrastró a su dueña hacia fuera, la ayudó a incorporarse y la condujo a la orilla.

Ésta no era una criatura frágil y ligera como su hermana, a quien ella misma había arrojado a los brazos de Ash; tampoco gritaba ni se aferró a él como la más pequeña. Pero, aunque no emitía ningún sonido, Ash sentía cómo su pecho subía y bajaba contra el suyo; y el peso de su cuerpo cálido y húmedo, y cada una de sus suaves curvas hablaban elocuentemente de una mujer y no de una niña.

Cuando llegó a tierra firme, Ash también respiraba con cierta dificultad, aunque sus razones eran más físicas que emocionales. El trayecto hasta la orilla le pareció largo, y cuando llegó allí no encontró a nadie a quien entregar su carga. Pidió a gritos que trajeran antorchas y que vinieran las doncellas de las *rajkumaris*, estrechando el cuerpo empapado de Anjuli mientras su *syce* iba a recoger su caballo. Un montón de hombres ayudaba a desenganchar los bueyes y sacar del camino el *ruth* accidentado, de modo que el carruaje de las princesas pudiera cruzar sin peligro.

Pronto empezó a soplar un fuerte viento desde el río, por lo que la joven que tenía en los brazos se puso a temblar de frío y Ash pidió una manta para abrigarla. Con un extremo de la manta le cubrió la cabeza, para defenderla de las miradas de la multitud ahora que empezaban a encenderse las antorchas y por fin se veía el carruaje de las mujeres.

A juzgar por el ruido, la novia más joven ya estaba en el vehículo. Sus chillidos habían dado paso a un llanto histérico. Pero Ash no se detuvo a preguntar por ella. Comenzaban a dolerle los músculos cuando envolvió a Anjuli en la manta sin ceremonias, y retrocedió para dejar pasar el carruaje hacia el campamento, notando por primera vez que tenía la ropa mojada y que el aire de la noche era bastante frío.

–Bien hecho, *sahib* –aprobó Mulraj, apareciendo entre las sombras–. Creo que te debo la vida. Yo y otros muchos, porque, si no hubieras estado aquí, probablemente las *rajkumaris* se habrían ahogado, y entonces, ¿quién sabe qué venganza habrían tomado contra nosotros su alteza y sus servidores?

–Tonterías –replicó Ash–. Nunca estuvieron en peligro de ahogarse. Sólo de mojarse. El río no tiene demasiada profundidad allí.

–El conductor del *ruth* se ha ahogado –respondió sucintamente Mulraj–. La corriente se lo llevó a aguas profundas y parece que no sabía nadar. Las *rajkumaris* habrían quedado atrapadas por las cortinas cerradas y también se habrían ahogado, pero, por suerte, tú estabas a caballo y vigilando..., y lo más importante es que eres un *sahib*, porque ningún otro hombre, excepto su propio tío, que es viejo y torpe, se habría atrevido a poner las manos sobre las hijas del maharajá.

Cuando vi lo que sucedía y monté a caballo, todo había terminado. Deberían llenarte las manos de oro por tu acción de esta noche.

–En este momento desearía darme un baño caliente y ponerme ropa seca –rio Ash–. Y si alguien merece elogios es Anjuli-Bai, por no perder la cabeza y hacer salir a su hermana, en lugar de ponerse a gritar y tratar de salir ella misma, sabiendo que el *ruth* estaba llenándose de agua. ¿Dónde diablos está mi *syce?* ¡*Ohé*, Kulu-Ram!

–Aquí, *sahib* –respondió una voz a su lado. Los cascos de los caballos no habían hecho ruido sobre el terreno arenoso. Ash tomó las riendas y montó, y tras saludar a Mulraj se alejó entre las hierbas y los espinosos *kikares* hacia el campamento, cuyas luces proyectaban un resplandor anaranjado en el cielo de la noche.

Se acostó temprano. Al día siguiente partió a caballo de madrugada, con Jhoti, Mulraj y Tarak Nath, miembro del *panchayat* del campamento, y una escolta armada de seis *sowars*, a examinar el siguiente vado. El niño se había incorporado a la expedición sin previo aviso; aparentemente había usado alguna triquiñuela para convencer a Mulraj de que lo llevara. Pero como resultó ser un excelente jinete, y obviamente estaba ansioso de llevarse bien con los demás, no representaba un problema para nadie. A Ash se le ocurrió que no le vendría mal apartarse de sus sirvientes y salir al aire libre, a caballo, con la máxima frecuencia posible, porque un día fuera de su tienda le había hecho mucho bien. No parecía ya el mismo niño pálido y ansioso que había visto cuando se conocieron.

El vado que inspeccionaron resultaba impracticable, y, como era necesario comprobar personalmente dos alternativas para el cruce y decidir cuál era la más segura y rápida, el sol ya se ponía cuando regresaron al campamento. Ash pensaba partir temprano la mañana siguiente, pero no fue posible porque Shushila-Bai, la princesa más joven, envió un recado para comunicar que se sentía mal a causa del accidente y la conmoción, y que no deseaba moverse del lugar durante por lo menos dos o tres días, o quizá más.

Su decisión no creó tantos problemas como si hubiera sido tomada dos días atrás, porque contaban con abundante provisión de comida y el río ofrecía una cantidad ilimitada de agua. A Ash mismo no le disgustaba permanecer varios días en el lugar, porque había gamos y *chinkara* en la llanura, y también había visto ciertas aves en su *jheel* cercano, y gran número de perdices entre los matorrales. Pensó que sería agradable salir a cazar con Mulraj en lugar de seguir conduciendo el rebaño por el campo.

Después de saber que la *rajkumari* Shushila estaba enferma, lo sorprendió recibir un segundo recado con la invitación de que hiciera el honor de visitar a las hermanas del maharajá. Y como en esta ocasión el mensajero era nada menos que el tío de las novias, cariñosamente llamado Kaka-ji Rao (tío paterno), Ash no pudo negarse, aunque le habría gustado más irse a la cama que asistir a una reunión social. Pero no le quedaba otro remedio: se puso el uniforme de gala y, espontáneamente, deslizó en su bolsillo el trocito de pez de madreperla antes de acompañar al *sahib* Rao a través del campamento iluminado por las lámparas.

La tienda *durbar* donde las princesas recibían a los invitados era amplia y cómoda, y estaba forrada con tela de vivos colores adornada con espejitos que destellaban cuando el viento lo movía todo. En el suelo había alfombras persas y almohadones de brocado que servían de asientos. Pero excepto Kaka-ji Rao, la dueña, Unpora-Bai, y dos doncellas sentadas fuera del círculo de luz, sólo estaban allí las novias y su hermano menor, Jhoti.

Las *rajkumaris* estaban vestidas de forma muy similar a la vez anterior, pero con una diferencia notable: ninguna de las dos llevaba velo.

–Es porque te deben la vida –dijo el principito, adelantándose para saludar a Ash en nombre de sus hermanas–. Si no hubiera sido por ti, las dos se habrían ahogado. Hoy mismo hubiesen ardido sus piras y el río hubiera recibido sus cenizas, y mañana los demás habríamos vuelto a casa con los rostros ennegrecidos. Tenemos mucho que agradecerte, y de ahora en adelante eres como nuestro hermano.

Hizo un gesto para interrumpir las protestas de Ash explicando que nunca había existido tal peligro, y las hermanas se pusieron de pie para saludar mientras Unpora-Bai hacía ruidos de aprobación desde detrás de su velo. Kaka-ji observó que la modestia era una virtud más apreciada que el valor, y que era evidente que el *sahib*

Pelham poseía ambas en sumo grado. Luego, una de las doncellas se acercó con una bandeja de plata en la que portaba dos guirnaldas de ceremonia de cinta brillante, adornadas con medallones bordados en hilo de oro. Primero Shushila y luego Anjuli procedieron solemnemente a colgar la correspondiente guirnalda en el cuello de Ash, donde destacaban de manera extraña sobre el apagado color caqui del uniforme, dándole el aspecto de un general con exceso de condecoraciones. Después lo invitaron a sentarse y le ofrecieron un refrigerio, y como favor singular (para los de clase alta es contaminante comer con un hombre sin casta) todos comieron con él, aunque no de las mismas fuentes.

Cuando lograron que Shushila-Bai venciera su timidez, el grupo se sintió más cómodo y pasaron una hora muy agradable comiendo *halwa*, bebiendo refrescos y charlando. Hasta la prima Unpora-Bai, a pesar de permanecer todo el tiempo con el velo puesto, intervino en la conversación. No fue fácil conseguir que la princesa más joven hablara, pero Ash tenía sus recursos cuando se lo proponía; hizo que la niña nerviosa se sintiera tranquila, y finalmente recibió la recompensa de una tímida sonrisa y luego de una carcajada. Enseguida la princesa se puso a reír y parlotear como si lo conociese de toda la vida, y como si Ash fuera realmente su hermano mayor. Sólo entonces él se atrevió a volver su atención a su medio hermana, Anjuli-Bai, y lo asombró lo que vio.

Anjuli estaba sentada un poco detrás de su hermana; por eso, cuando Ash había entrado en la tienda, había quedado un tanto oculta en el cono de sombra proyectado por la lámpara colgante. Y aun cuando se levantó para saludarlo y colocarle la guirnalda, realmente no pudo observarla porque tenía la cabeza inclinada y el extremo del sari colgando sobre la frente, de manera que el borde de encaje ocultaba lo poco que se podía ver de su rostro. Más tarde, cuando todos estaban ya sentados, Ash se había concentrado en conseguir que la princesa más joven participara en la conversación, y no había podido dedicar demasiada atención a la hermana mayor. Ya habría tiempo para ello. A pesar de que hasta entonces Anjuli apenas había hablado, su silencio no sugería la timidez nerviosa que parecía afectar a su joven hermana, ni daba la impresión de que no le interesaba lo que se decía. Permaneció callada, observando y escuchando, con alguna señal de asentimiento de vez en cuando, o un gesto de que no estaba de acuerdo. Ash recordó que Kairi-Bai siempre había sabido escuchar.

Por fin la miró de frente, y lo primero que pensó fue que se había equivocado. No era Kairi. No era posible que aquella criaturita delgada, fea, desaliñada, que siempre parecía estar desnutrida y que, como él mismo solía decir, lo seguía como un gatito hambriento, se hubiera convertido en una mujer como ésa. Mahdoo se había equivocado. Ésta no era la hija de la segunda mujer del viejo rajá, la *Feringhi-Rani*, sino de alguna otra.

Sin embargo, como ya no inclinaba la cabeza y tenía el sari un poco echado hacia atrás, se veían claramente las señales de su sangre mixta. Aparecían en el color de su piel y la estructura de sus huesos, en las largas y graciosas líneas de su cuerpo, en la amplitud de los hombros y las caderas y en el pequeño rostro de mandíbula cuadrada, con sus altos pómulos y su frente despejada. En sus ojos separados, del color del agua estancada, en la nariz respingona y la bonita boca, excesivamente grande para las normas de belleza convencionales que tan admirablemente se materializaban en su medio hermana.

Por contraste, Shushila-Bai era pequeña y exquisita como una figurilla de Tanagra o la miniatura de alguna legendaria belleza india; de piel dorada y ojos negros, el rostro perfectamente ovalado y la boca como un pétalo de rosa. Su cuerpo delgado hacía pensar que estaba hecha de una arcilla diferente a la de su hermana, sentada un poco detrás de ella y no tan alta como le había parecido a Ash al principio. Al ponerse de pie, él le llevaba media cabeza. Pero Ash era de estatura elevada, y la otra novia, Shushila, medía menos de un metro cincuenta con sus chinelas sin tacones. La princesa mayor carecía de la delicadeza de Oriente, pero eso no probaba que fuera la hija de la *Feringhi-Rani*.

La mirada de Ash se posó en un brazo desnudo del color del marfil. Entre los brazaletes se veía una pequeña cicatriz en forma de luna en cuarto creciente: la mordedura de un mono, muchos años atrás... «Es Juli», pensó. «Juli, que ha crecido y se ha convertido en una hermosa mujer».

En un tiempo ya lejano, durante su primer año en el colegio inglés, Ash había leído un verso de una obra de Marlowe que cautivó su imaginación y se fijó en su memoria para siempre: las palabras de Fausto al ver a Helena de Troya: «¡Oh, eres más bella que el aire de la noche, envuelta en la hermosura de un millar de estrellas!». Entonces Ash pensó, y lo seguía pensando, que aquélla era una descripción perfecta de la belleza, y más tarde se la dedicó a Lily Briggs, quien se rio y respondió: «No es ni la mitad». Luego a Belinda, quien reaccionó de forma similar, aunque expresó su comentario de manera un poco diferente. Sin embargo, ninguna de ellas tenía el menor parecido con la medio hermana del maharajá de Karidkote, para quien esos versos, pensó Ash estupefacto, podrían haberse escrito expresamente.

Al mirar a Juli, le pareció que por primera vez en su vida veía la belleza, y que también por vez primera sabía lo que significaba. Lily era burdamente atractiva, y Belinda sin duda muy bonita, más que cualquiera de sus anteriores enamoradas; pero el ideal de la belleza femenina de Ash se había formado durante su niñez en la India, e inconscientemente estaba influido por la moda de la Inglaterra victoriana, tal como aparecía en incontables cuadros, tarjetas postales e ilustraciones de los libros de entonces. Admiraba los ojos grandes y las boquitas de rosa en rostros perfectamente ovalados, y también los hombros redondeados y las cinturas de cuarenta y ocho centímetros. Anjuli se percató de la atención de Ash y se sintió incómoda; se apartó de él, y volvió a bajar el extremo del sari hasta dejar su rostro en sombras. Él se dio cuenta de que la había estado mirando con fijeza, y también de que Jhoti acababa de hacerle una pregunta que él no había escuchado. Se giró rápidamente hacia el muchacho, y durante los diez minutos siguientes se enfrascó en una discusión sobre la caza con halcón. Sólo cuando Jhoti y Shushila empezaron a insistir en que su tío les permitiera salir a cazar en la zona más alejada del río, pudo volverse otra vez hacia Anjuli. Las dos doncellas comenzaron a bostezar y a demostrar cansancio. Se estaba haciendo tarde. Ash sabía que debía despedirse, pero quería hacer algo antes de marcharse. Metió la mano en el bolsillo y después se inclinó, fingiendo recoger algo de la alfombra.

–A su alteza se le ha caído algo –dijo, presentando el objeto a Anjuli–. Esto es suyo, ¿verdad?

Ash esperaba que ella se sorprendiera o se desconcertara; más bien esto último, porque no creía que después de tantos años recordara el amuleto o el niño al que se lo había dado. Pero Anjuli no se sorprendió ni se desconcertó. Volvió la cabeza, y, al ver el trocito de madreperla en la palma de Ash, lo tomó con una sonrisa y un breve murmullo de agradecimiento.

–*Shukr-guzari*. Sí, es mío. No sé cómo puede haberse...

Se interrumpió con un gesto de sorpresa al llevarse una mano al pecho. En ese momento, Ash supo que se había equivocado. Juli no sólo recordaba, sino que seguía usando su mitad del amuleto como lo llevaba hacía años: colgado de un hilo de seda del cuello. Y acababa de darse cuenta de que seguía allí.

Ash percibió una mezcla turbadora de emociones. Se volvió hacia Shushila-Bai, le pidió disculpas por haberse quedado tanto tiempo y solicitó permiso para retirarse.

–Sí, sí –aprobó Kaka-ji con presteza. Agregó que ya era hora de que todos se fueran a la cama, porque aunque la gente joven no necesitaba dormir, él sí.

–Ha sido una velada muy agradable. Debemos repetirla –dijo Kaka-ji Rao.

Anjuli no dijo nada. Se quedó inmóvil, con la mitad del amuleto apretada en la mano y los ojos clavados en Ash. Él ya estaba arrepentido del impulso que lo había llevado a darle el objeto, por lo que evitó mirarla al despedirse.

Al salir de la tienda, volvió a atravesar el campamento, furioso consigo mismo, deseando haberse desprendido antes de aquel trozo de madreperla o haber tenido el buen sentido de no utilizarlo. Lo invadía la incómoda sensación de haber desencadenado algo cuyas consecuencias no podía prever, como aquel que hace rodar descuidadamente una piedrecilla desde el borde nevado de una pendiente, iniciando una avalancha que puede sepultar a un pueblo en un valle.

¿Y si Juli hablaba del extraño retorno de la otra mitad de su amuleto? Ash no tenía forma de saber en quiénes confiaba Anjuli, ni cuánto había cambiado, ni a quiénes era leal. Aquella Kairi-Bai de los días de Gulkote no parecía tener nada en común con esta princesa de Karidkote, a quien llevaban a casarse con tanta pompa y esplendor; y era obvio que sus circunstancias habían cambiado de manera sorprendente.

En cuanto a Ash, no deseaba identificarse en modo alguno con aquel chiquillo que había sido el criado del hermano de Anjuli. Janoo-Rani podía estar muerta, pero Biju-Ram seguía vivo; y con toda seguridad no era menos peligroso que antes. Él, al menos, no habría olvidado a Ashok, y, si se enteraba de la historia del amuleto de Juli, tal vez se asustara y decidiera eliminar a ese *sahib*, como él y Janoo-Rani habían planeado hacer tantos años atrás con Ashok. Por la misma razón: por temor a lo que pudiera saber o adivinar. Y, ahora que Lalji había muerto, también de los fantasmas que pudiera revivir...

Al pensar en todo ello, Ash tuvo una sensación de vacío en el estómago. Había sido un tonto y otra vez había actuado siguiendo un impulso sin pensar en sus consecuencias, a pesar de haberse prometido no volver a caer en el mismo error.

Aquella noche durmió con la entrada de la tienda bien cerrada y un revólver debajo de la almohada. Pensó que debía estudiar mejor la posición de su tienda, a la que podía llegarse sin dificultades y sin llamar la atención de Gul Baz ni de Mahdoo, ni de ninguno de sus sirvientes personales. De ahora en adelante, las tiendas de sus servidores se colocarían en forma de media luna detrás de la suya, con las cuerdas entrelazadas y los caballos atados a izquierda y derecha, no agrupados detrás.

–Me ocuparé de eso por la mañana –se dijo.

Pero aún faltaban varias horas para el amanecer cuando lo despertó una mano que trataba de abrir la entrada de su tienda.

Ash tenía el sueño ligero y el ruido furtivo lo espabiló al instante. Escuchó atentamente: el sonido se repitió. Alguien trataba de entrar, y no era uno de sus hombres, que habría tosido o hablado para llamarle la atención. Tampoco era un perro vagabundo o un chacal, porque el ruido no llegaba del suelo, sino de más arriba. Ash metió la mano debajo de la almohada, y estaba a punto de sacar el revólver cuando alguien arañó suavemente la tela de la tienda y habló en voz baja, pero con tono imperativo:

–*Sahib, sahib...*

–¿Quién es? ¿Qué quiere?

–Nada malo, *sahib*. Realmente, nada malo. Sólo hablar unas palabras... –Los dientes del que hablaba castañeteaban de frío, o tal vez de miedo o nerviosismo.

Ash respondió brevemente:

–Hable, entonces. Lo escucho.

–La *rajkumari*, señor..., mi ama..., dice...

–Espere.

Ash buscó la cuerda para abrir la entrada de la tienda y descubrió que su visitante era una mujer; una mujer con velo y envuelta en chales, seguramente una doncella de la princesa. Ash llevaba puesta poca ropa; sólo unos pantalones de algodón. La mujer retrocedió ante el *sahib* medio desnudo y con un revólver en la mano.

–Bien, ¿qué sucede? –preguntó Ash con impaciencia. No le gustaba ser molestado a tales horas y se avergonzaba del miedo que había sentido al despertar–. ¿Qué quiere saber tu señora?

–Desea..., le ruega que le diga quién le dio ese trocito de madreperla, y pregunta si puede darle noticias de esa persona..., y también de su madre; y si sabe dónde pueden encontrarse. Eso es todo.

«Y no es poco», pensó Ash con dureza. ¿Sería realmente Juli quien deseaba la información, o el retorno del trozo de madreperla ya era conocido por otros en el campamento y era Biju-Ram quien enviaba a esa mujer a interrogarlo?

Respondió bruscamente:

–No puedo ayudar a la *rajkumari*. Dile que lo siento, pero no sé nada.

Hizo ademán de cerrar la puerta de la tienda, pero la mujer le tomó un brazo y dijo, casi sin aliento:

–Eso no es cierto. Usted debe de saber quién se lo dio, y si es así... *Sahib*, ¡se lo ruego! Por caridad, dígame si están vivos y gozan de buena salud.

Ash miró la mano apoyada en su brazo. La luna estaba en cuarto menguante, pero su luz era lo bastante intensa como para revelar la forma de aquella mano; la tomó por la muñeca y, sosteniéndola firmemente, apartó con brusquedad el *chuddah* que ocultaba la cara de la mujer. Ella hizo un intento desesperado de liberarse, y al ver que no podía se quedó inmóvil, con los ojos clavados en Ash y respirando entrecortadamente.

Ash rio e hizo una profunda reverencia.

–Es un gran honor, alteza. Pero, ¿está bien lo que usted hace? Como ve, no estoy vestido para recibir visitas, y si la encontraran aquí a estas horas resultaría muy desagradable para los dos. Además, no debió atravesar el campamento sola. Es demasiado peligroso. Habría hecho mejor en enviarme a una de sus criadas. Permítame aconsejarle que vuelva enseguida, antes de que noten su ausencia y despierten a los guardias.

–Tiene miedo de usted mismo –respondió Anjuli con dulzura–. Yo duermo sola y nadie notará mi ausencia. Y si temiera por mi persona, no estaría aquí.

Su voz era aún poco más que un susurro, pero había en ella un tono de burla que enfureció a Ash, quien apretó un poco más la muñeca de la joven.

–¡Vamos, hija de puta! –masculló en inglés y en voz baja. Se rio, le soltó el brazo, retrocedió y dijo–: Sí, tengo miedo. Y si a su alteza no le sucede lo mismo, sólo me cabe advertirla de que debería tenerlo. Por mi parte, creo que su tío o sus hermanos no tomarían en broma esta escapada, ni su novio. Considerarían que, en cierto modo, afecta su honor, y como confieso que no me gustaría sentir un cuchillo entre mis costillas una de estas noches, le ruego nuevamente, y con todo respeto, que se marche cuanto antes.

–No me iré antes de que me diga lo que quiero saber –replicó Anjuli con terquedad–. Me quedaré aquí hasta que lo haga, aunque, como usted bien sabe, lo pasaría mal si me descubrieran. Ni mi peor enemigo podría desearme tanto mal, y usted me ha salvado la vida. Sólo le pido que responda a mi pregunta, y no lo molestaré más. Lo juro.

–¿Por qué quiere saberlo?

–Porque lo que usted me ha dado esta noche es la mitad de un amuleto que una vez, hace mucho tiempo, yo misma entregué a un amigo, y cuando lo vi... –Un ruido la hizo volverse bruscamente: golpecitos y crujidos en la oscuridad–. ¡Hay alguien allí...!

–Es sólo una hiena –respondió Ash.

La figura sombría que cruzaba el campamento se deslizó junto a ellos y siguió su carrera por la llanura. La muchacha respiró con alivio.

–Pensé que... que me habían seguido.

–De manera que tiene miedo... –comentó Ash con dureza–. Bien, si quiere hablar será mejor que entre. No será más peligroso que permanecer ahí fuera y que la vean.

Se apartó para dejarla entrar, y, tras un instante de vacilación, Anjuli lo siguió. Ash cerró la entrada de la tienda.

–No se mueva. Encenderé una lámpara.

Ella lo oyó buscar los fósforos a tientas. Una vez encendida la lámpara, Ash le acercó una silla, y, sin mirar si ella se sentaba o no, se apartó para ponerse la bata y unas zapatillas.

–Si nos sorprenden hablando a esta hora de la noche –observó Ash–, será mejor que yo tenga alguna ropa puesta. ¿Por qué no se sienta? ¿No? Entonces no le molestará si yo lo hago. –Se sentó en un extremo del catre y levantó el rostro hacia ella, esperando.

El reloj que había sobre la mesa dejaba oír su tictac, y una mariposa nocturna revoloteaba alrededor de la lámpara proyectando sombras en la tienda.

–Yo... –comenzó Anjuli, y se mordió el labio de una manera que resultó familiar a Ash. Era un hábito que tenía de niña, y su madre le regañaba por eso, pensando que le deformaría la boca.

–Bien... –dijo Ash, con pocas ganas de ayudarla.

–Ya se lo he dicho. Yo entregué la mitad de ese amuleto a un amigo hace muchos años, y desearía saber qué ha sido de él y de su madre, y dónde están ahora. ¿Es tan difícil de entender?

–No, pero no es suficiente. Debe de haber algo más que eso, o usted no se habría atrevido a venir aquí esta noche. Quiero saberlo todo. Además, antes de contestar sus preguntas, deseo saber si le contará esto a alguien.

—¿A quién se lo iba a contar? No comprendo.

—¿No? Piense... ¿No hay otros, además de usted, a quienes les gustaría saber dónde está ese amigo suyo?

Anjuli sacudió la cabeza.

—Ahora no. Antes sí, porque vivía una mujer malvada que lo odiaba y habría querido matarlo. Pero ahora está muerta y ya no puede hacerle daño; además, creo que hace mucho tiempo que se había olvidado de él. En cuanto a sus amigos, excepto yo, todos se marcharon de Gulkote y no sé dónde están, ni si ellos saben dónde está él o qué fue de él. Es posible que también ellos hayan muerto. O que se hayan olvidado de él como todos los demás.

—Excepto usted —replicó Ash con lentitud.

—Excepto yo..., pero es que..., ¿sabe usted? Él fue un hermano para mí..., un verdadero hermano, como no lo fueron los verdaderos..., y no recuerdo a mi madre. Cayó en desgracia antes de morir, y mi madrastra se encargó de apartarme de mi padre, de modo que se convirtió en un extraño para mí. Hasta los sirvientes sabían que no debían tratarme bien, y sólo dos me demostraban cariño: una de mis servidoras y su hijo Ashok, un chico que era unos años mayor que yo y estaba al servicio de mi hermano, el *yuveraj*. Si no hubiera sido por Ashok y su madre, yo no hubiese tenido un solo amigo, y no sabe usted lo que eso significaba para una niña como yo...

La voz de Anjuli tembló y Ash apartó la mirada de ella, porque había lágrimas en los ojos de la joven. Una vez más, Ash sintió vergüenza de haberse permitido olvidar a una niña que había amado a Sita y que lo consideraba a él un amigo y un héroe, y a quien había abandonado, sola y sin amigos, en Gulkote, y nunca había vuelto a ver...

—¿Comprende? —prosiguió Anjuli—. Yo no tenía a nadie más a quien querer, y cuando se fueron pensé que me moriría de tristeza y soledad. Ellos no tenían más remedio que marcharse... Pero no le contaré la historia, porque creo que usted la conoce. De otro modo, ¿cómo sabría quién tenía la otra mitad del amuleto? Lo único que le diré es que, cuando Ashok se fue, partió el amuleto en dos mitades y me dio una de ellas para que la guardara como recuerdo, asegurándome que las dos partes se reunirían cuando volviéramos a encontrarnos. Pero nunca he sabido qué fue de él ni de su madre, y muchas veces pensé que habrían muerto, porque no podía creer que si vivían no me enviaran un mensaje, o que Ashok no regresara. Porque... lo prometió. Y esta noche..., cuando usted me dio la mitad del amuleto y vi que no era la mía, supe que está vivo y que debe de haberle pedido que me la entregara. Entonces esperé a que todos durmieran en el campamento y vine a pedirle noticias de él.

La mariposa había caído dentro del tubo de la lámpara, avivando la llama, y otro insecto atontado golpeaba contra el vidrio produciendo un sonido monótono que se oía muy claramente ahora que Anjuli se había callado. Ash se levantó bruscamente y fue a arreglar la llama, concentrando aparentemente toda su atención en la tarea y dando la espalda a Juli. No había hecho ningún comentario, y, como el silencio se prolongaba, ella preguntó con voz angustiada:

–Entonces, ¿están muertos?

Ash habló sin darse vuelta.

–Su madre murió hace mucho tiempo. Poco después de salir ellos de Gulkote.

–¿Y Ashok? –Anjuli tuvo que repetir la pregunta.

–Está aquí –respondió Ash finalmente, y se volvió hacia ella. La luz que tenía a sus espaldas daba de lleno en el rostro de Anjuli y dejaba el suyo en sombras.

–Quiere decir... ¿aquí, en el campamento? –La voz de Anjuli era un susurro agitado–. ¿Entonces por qué...? ¿Dónde está? ¿Qué está haciendo? Dígale...

Ash dijo:

–¿No me reconoces, Juli?

–¿Reconocerlo? Ah, no se burle de mí, *sahib*. Es cruel...

Se retorció las manos en un gesto de desesperación y Ash replicó:

–No me burlo de ti. Mírame, Juli. –Tomó la lámpara e iluminó su cara–. Mírame bien. ¿He cambiado tanto? ¿De verdad no me reconoces?

Anjuli se apartó de él, con los ojos fijos en su rostro.

–¡Ay, no, no, no! –murmuró con voz casi inaudible.

–Sí, me reconoces. No puedo haber cambiado tanto. Entonces tenía once años; tú sólo seis. ¿O siete? Yo nunca te habría reconocido si no hubiese sabido que eras tú. Pero aún tienes la cicatriz de la mordedura del mono. ¿Recuerdas que mi madre te lavó y te vendó la herida, y te contó la historia de Rama y Suta, y cómo los ayudaron Hanuman y sus monos? ¿Y que luego te llevé al templo de Hanuman cerca de las filas de elefantes? ¿Has olvidado el día en que se escapó el tití de Lalji y lo seguimos hasta el Mor Minar, y descubrimos el balcón de la reina?

–No –jadeó Anjuli–. No. No puede ser cierto. Es una trampa. No lo creo.

–¿Por qué trataría de engañarte? Pregúntame cualquier cosa; algo que sólo Ashok podría saber. Y si no puedo responderte...

–Él podría habérselo dicho –interrumpió Anjuli sin aliento–. Usted podría estar repitiendo cosas que él le contó. ¡Sí, eso es!

–Pero ¿para qué? ¿Qué ganaría con eso? ¿Para qué me molestaría en decirte esto si no fuese cierto?

–Pero... usted es un *sahib*. Un *sahib angrezi*. ¿Cómo puede ser Ashok? Yo conocí a su madre. Ashok era el hijo de mi niñera, de Sita.

Ash volvió a poner la lámpara sobre la mesa y se sentó en el catre. Habló lentamente:

–Eso creía él también. Pero no era cierto. Al morir, Sita le reveló que era hijo de una *angrezi*, esposa de un *angrezi*, que murió al nacer él, y ella, Sita, cuyo marido era el *syce* jefe del padre de Ash, fue su madre adoptiva. Era algo que él, que yo, habría preferido no saber, porque Sita fue, en todas las formas menos en una, su verdadera madre. Y, aun sabiéndolo, esto no era menos cierto, porque la verdad es la verdad. Yo era y soy Ashok. Si no me crees, puedes escribirle a Koda Dad Khan, que ahora vive en su propio pueblo, en el país de los *yusufzais*, a quien seguramente recuerdas. O a su hijo Zarin, que es *jemadar* de los Guías, en Mardan. Ellos te confirmarán que lo que te digo es cierto.

–¡Ay, no! –susurró Anjuli.

Apoyó la cabeza en una de las estacas de la tienda y lloró como si se le destrozara el corazón.

Tal vez ésa era la única reacción para la que Ash no estaba preparado, y no sólo lo desconcertó, sino que lo fastidió, pues no sabía qué hacer; y estaba indignado.

¿Por qué diablos tenía que llorar? «¡Ah, las mujeres!», se dijo, y deseó haberse callado. Había tenido la intención de hacerlo, aunque sólo después de pensar que otros, además de Anjuli-Bai, podían estar interesados en el destino de aquel niño olvidado tanto tiempo atrás. Pero el hecho de que Juli recordara a su madre con afecto después de tantos años lo había ablandado, y de pronto le pareció cruel no confesarle la verdad y permitir que creyera, si le servía de consuelo, que él guardaba una promesa que en realidad hacía mucho tiempo que había olvidado. Supuso que le gustaría. No esperaba que se asustara y llorase.

¿Qué esperaba ella?, pensó con resentimiento. ¿Qué otra cosa podría haber hecho él? ¿Quitársela de encima con alguna historia sobre un extraño que le había dado el trocito de madreperla? O negarse a decirle nada y mandarla a paseo como merecía por comportarse de manera tan desagradable... Ash miró con el ceño fruncido la nube de insectos que ahora revoloteaban alrededor de la luz y trató de cerrar sus oídos a los sollozos ahogados.

El reloj dio las tres, y las breves campanadas le produjeron un profundo sobresalto, no sólo porque le recordaban qué tarde era, sino porque tenía los nervios de punta. Hasta ese momento no había notado la intensidad del temblor que lo agitaba, pero entonces recordó los peligros de la situación y el enorme riesgo que había corrido Juli al ir a verlo. Ella no le había concedido mucha importancia, pero no por eso era menos real. Si notaban su ausencia y la encontraban allí, las consecuencias para ambos eran inimaginables.

Por segunda vez aquella noche, Ash se encontró pensando con cuánta facilidad podían asesinarlo (y a Juli también, en cualquier caso) sin que nadie se enterara, y su desesperación aumentó. ¡Qué típico de una mujer llevarlos a los dos a esa situación peligrosa y ridícula, y luego empeorar las cosas sumiéndose en un mar de lágrimas! Tenía ganas de golpearla. ¿No se daba cuenta...?

Se volvió para mirarla, siempre con el ceño fruncido, pero su expresión cambió porque ahora el llanto de Juli era diferente; le recordó la última vez que la había visto llorar. También entonces lloraba por él, porque estaba en peligro y debía escaparse, y no por su propia tristeza y soledad. Y ahora, otra vez, él la había hecho llorar. ¡Pobre Juli...! ¡Pobre Kairi-Bai! Ash se puso en pie y se acercó a ella; le dijo con timidez:

–No llores, Juli. No tienes por qué llorar.

Ella no contestó, pero sacudió la cabeza en una actitud desvalida que tanto podía ser de asentimiento como de disgusto, y por algún motivo ese pequeño gesto le atenazó el corazón y la rodeó con sus brazos. La apretó contra él, murmurando palabras torpes de consuelo y repitiendo, una y otra vez:

–No llores, Juli. Por favor, no llores. Ahora todo está bien. Estoy aquí. He vuelto. No tienes por qué llorar...

Durante un minuto, el cuerpo esbelto y tembloroso no ofreció resistencia. Apoyó la cabeza en el hombro de Ash y sus lágrimas empaparon la fina seda de su bata. Luego, de pronto, se puso rígida y se liberó del abrazo. Su rostro ya no parecía hermoso; la luz de la lámpara lo mostraba hinchado y desfigurado por el dolor. Sus bellos ojos se veían enrojecidos de llanto. No habló; sólo lo miró. Fue una mirada fría y despreciativa, hiriente como un latigazo. Se apartó de él, abrió bruscamente la entrada de la tienda y se perdió corriendo en la noche.

Carecía de sentido seguirla y Ash no lo intentó. Escuchó unos segundos, y, al no oír voces ni ningún otro ruido procedente del campamento, volvió a entrar en su tienda y se sentó, trastornado y respirando agitadamente.

–No –susurró Ash, discutiendo consigo mismo–. No puede suceder así, de un momento a otro. Es ridículo... No es posible...

Pero sabía que era posible. Porque acababa de suceder.

16

Obedeciendo los deseos de la novia más joven, no se levantaron las tiendas a la mañana siguiente. Se comunicó que no viajarían en tres días por lo menos, lo cual representó un alivio para todos, pues permitía lavar la ropa, preparar comidas con más cuidado y hacer reparaciones en las tiendas, los arreos y las monturas.

Pronto la orilla del río se llenó de *dhobis* con pilas de ropa para lavar, *mahouts* que bañaban a sus elefantes, y multitud de chicos que chapoteaban y jugaban. Grupos de hombres salieron a cortar hierba para los animales y otros a cazar; Jhoti y Shushila convencieron a su tío de que les permitiera ir a cazar con halcón todo el día sin observar estrictamente el *purdah*.

Kaka-ji no fue fácil de convencer, pero finalmente accedió con la condición de que no se alejaran excesivamente del campamento. Se formó un grupo que incluía a Ash y a Mulraj, media docena de cazadores con halcón, tres de las doncellas de las novias y una pequeña escolta de guardias y sirvientes de palacio. También formaban parte de ella Biju-Ram, que atendería a Jhoti, y Kaka-ji Rao, quien anunció que sólo iría para vigilar a sus sobrinas, pero no engañó a nadie, porque todos sabían que sentía verdadera pasión por la caza con halcón y que por nada del mundo se la habría perdido. Y también que habría preferido ir sin sus sobrinas.

–No es que no sepan montar a caballo –explicó a Ash en un impulso confidencial–, pero conocen poco de la caza con halcón, que es deporte de hombres. La muñeca de una mujer no es lo bastante fuerte para soportar el peso de esas aves. Al menos, no la de Shushila; su medio hermana es distinta. Pero a Anjuli-Bai no le interesa este deporte y Shushila se cansa fácilmente. No comprendo por qué habrán querido venir con nosotros.

–Kaki no quería hacerlo –intervino Jhoti, que había estado escuchando la conversación–. Prefería quedarse. Pero Shu-Shu dijo que estaba tan cansada del ruido y el olor del campamento, y de estar encerrada en una tienda o en un *ruth*, que si no podía apartarse un poco de eso se moriría. Ya saben cómo es. Entonces Kaki accedió. Ah, aquí vienen. Ahora quizá podremos ponernos en marcha.

Salieron a la llanura, manteniendo los caballos a un ritmo tranquilo para no dejar demasiado atrás al carruaje que llevaba a las doncellas, que no sabían montar a caballo, y a Shushila. Ésta cabalgaba, pero sus riendas las llevaba un anciano sirviente.

Las dos princesas llevaban pañuelos en la cabeza que les cubrían los rostros y sólo dejaban ver los ojos, pero en cuanto se alejaron del campamento se los quitaron y los dejaron flotar al viento. Ash observó con interés que, salvo Jhoti y Kaka-ji, ninguno de los hombres (ni siquiera Mulraj, que estaba emparentado con la familia real) las miraba de frente, aunque estuvieran respondiendo a una pregunta: una demostración de buenos modales que lo impresionó, pero que no imitó. Como se le había concedido el honor de considerarlo miembro de la familia, no veía razones para no mirarlas con tanta intensidad y durante todo el tiempo que quisiera, y así lo hizo. Pero miró más a Anjuli que a Shushila, aunque la pequeña princesa, divertida y excitada por el deporte y el sabor de la libertad, merecía ser mirada. Era una princesa de un cuento de hadas, toda de oro, rosa y ébano, y desbordante de alegría.

–Esta noche se pondrá enferma, ya verán –dijo Jhoti con buen humor–. Siempre le ocurre cuando se excita mucho. Es como un columpio. Al aire, al suelo: ¡plaf! Qué tontas son las muchachas, ¿verdad? Imagínate tener que casarse con una de ellas.

–¿Cómo? –dijo Ash, que no había estado escuchando.

–Mi madre –le confió Jhoti– había concertado un casamiento para mí, pero cuando ella murió mi hermano Nandu lo deshizo; y fue estupendo, porque yo no quería casarme. Él lo hizo para molestarme..., lo sé. Quiso hacerme daño y me hizo un bien por equivocación, el muy estúpido. Pero supongo que algún día tendré que casarme. Hay que tener una esposa para que te dé hijos varones, ¿verdad? ¿La tuya ya te ha dado hijos?

Ash emitió un sonido indefinido, y Mulraj, que cabalgaba a su lado, respondió por él:

–El *sahib* no tiene esposa, príncipe. Entre los suyos no se casan jóvenes. Esperan a ser mayores y más sensatos. ¿No es así, *sahib*?

–¿Qué? –preguntó Ash–. Perdona, no te he oído.

Mulraj rio y levantó una mano en ademán de protesta.

–¿Ves, mi príncipe? No ha oído nada. Sus pensamientos están lejos. ¿Qué sucede, *sahib*? ¿Está preocupado por algo?

–No, claro que no –se apresuró a responder Ash–. Estaba pensando en otra cosa.

–Eso es evidente... Perdió tres aves por ese motivo. *Ohé!* Allí va otra. Una buena paloma gorda. No..., ya es tarde. Se le adelantó el príncipe.

En realidad, Jhoti había sido el primero en ver la paloma, y, antes de que Mulraj terminara de hablar, su halcón ya estaba en el aire y él clavaba las espuelas para seguirlo.

–Está bien entrenado –comentó Mulraj con aprobación, viendo galopar al chico–. Y cabalga como un *rajput*. Pero no me gusta su montura... Perdón, *sahib*...

Aguijoneó a su caballo y salió a la carrera, dejando a Ash solo con sus pensamientos y agradecido por ello. Aquella mañana se sentía poco sociable y no especialmente interesado en el deporte, a pesar de que él también estaba bien entrenado y el halcón que llevaba atado a la muñeca era un regalo de Kaka-ji Rao. Normalmente, nada lo habría complacido más que un día así, pero su mente estaba ocupada en otras cosas.

La princesa más joven parecía haber superado una buena parte de su timidez, porque le hablaba alegremente y resultaba claro que lo aceptaba como amigo, pero Anjuli no decía nada. Ash comprendía que con su silencio trataba de mantenerlo a distancia y ni siquiera podía conseguir que lo mirara. Trató de obligarla a conversar, pero ella respondía a sus preguntas con un leve gesto de la cabeza o una leve sonrisa cortés, y su mirada seguía lejana, como si él no estuviera allí. Y no tenía buen aspecto. Su cara aparecía hinchada y pálida, y daba la impresión de no haber dormido bien, cosa nada sorprendente considerando que se había marchado de la tienda de Ash después de las tres de la madrugada. Ash pensó que su belleza era profunda y que nunca llegaría a parecer fea: conservaba el atractivo de su rostro cuadrado sobre la columna de su cuello, el labio superior breve y la separación entre los ojos. Pero en ese momento, cabalgando al lado de su hermana, realmente no parecía bonita. Y Ash se preguntó por qué sería que para él resultaba siempre atractiva.

Meses atrás le había dicho a Wally que no volvería a enamorarse porque estaba curado del amor para siempre, inmunizado como alguien que ha tenido la viruela y jamás volverá a contraer esa enfermedad. Apenas unas horas antes habría repetido esa afirmación creyéndola cierta. Aún no comprendía por qué ya no era así ni cómo había sucedido. Sus sentimientos hacia Juli cuando niña, aunque protectores, no habían sido muy cariñosos ni sentimentales (los niños pequeños rara vez se interesan por niñitas menores que ellos, y mucho menos se ligan hondamente a ellas); y si le hubieran dado a elegir, habría escogido a un chico de su edad para jugar con él. Además, sabía quién era al sacarla del río y mantenerla abrazada durante un tiempo más largo de lo razonable; pero entonces su emoción era sólo impaciencia.

Dos noches después, al mirarla en la tienda *durbar* y descubrir con asombro que era hermosa, no se le aceleró el pulso ni se emocionó; y al volver a su tienda sentía desconfianza e incomodidad. ¿Por qué, entonces, esos pocos minutos en que la había tenido en los brazos y vio su rostro húmedo, desencajado, habían cambiado el mundo para él? No tenía sentido... Pero el caso es que había sucedido.

Durante un momento había estado furioso con ella por haber venido a su tienda, deseando que dejara de llorar y se marchara enseguida. Y treinta segundos después, mientras la abrazaba, sintió, sin la menor duda, que había encontrado la respuesta a la insistente sensación de vacío que lo acosaba desde hacía tanto tiempo. Se había marchado para siempre, y él estaba completo otra vez, porque había encontrado lo que le faltaba... Estaba allí, en sus brazos: Juli. Su Juli. No una parte de su pasado, sino, de pronto, y para siempre, una parte de su corazón.

Por el momento, no tenía idea de qué haría. La prudencia aconsejaba apartarla de sus pensamientos e intentar no volver a hablar con ella ni verla, porque eso sólo los conduciría al desastre: lo había visto con claridad la noche anterior y resultaba aún más claro, si era posible, a la luz del día. La *rajkumari* Anjuli era la hija de un príncipe, medio hermana de otro, y pronto sería la esposa de un tercero. Nada de eso podía alterarse, de manera que lo más sensato era estar agradecido porque algo que él había dicho o hecho la noche anterior la había ofendido tan profundamente que no quería saber nada más de él.

Pero Ash nunca era demasiado prudente ni cauteloso. Sólo pensaba que debía hablarle, aunque eso sería difícil incluso con la colaboración de Anjuli, e imposible sin ella. Pero de alguna forma se las arreglaría; debía encontrar el medio. Faltaban semanas de camino, y aunque hasta el momento Ash había hecho todo lo posible por abreviar el tiempo de viaje, eso podría alterarse ahora.

En adelante, todo se haría a ritmo más lento, y las esperas en cada lugar de descanso serían más largas, por lo menos un día o dos, lo cual representaría varias semanas más de trayecto. Y, para asegurarse de que Juli no lo evitara, procuraría entablar buena amistad con Shushila, Jhoti y Kaka-ji, quienes lo invitarían a la tienda *durbar,* donde Juli tendría que reunirse con ellos. Porque, observando la forma en que dependía de ella su hermana menor, no le sería fácil encontrar una razón para negarse, pues Ash pensaba que ella no estaba en condiciones de explicar los verdaderos motivos a su hermana ni a nadie.

–*Hat-mai!* –suspiró Ash, y sólo se dio cuenta de que lo había dicho en voz alta cuando Kaka-ji, que se había acercado a él, le preguntó:

–¿Qué le sucede?

–Nada importante, *sahib* Rao –respondió Ash, sonrojándose.

–¿No? –El tono de Kaka-ji era levemente burlón–. Por su tono, hubiese dicho que está usted enamorado y que ha dejado a su amada en Rawalpindi. Porque así hablan y suspiran los jóvenes enamorados.

–Es usted muy agudo, *sahib* Rao –dijo Ash.

–Bien, yo también he sido joven, aunque al verme ahora nadie lo creería.

Ash rio.

–¿Estuvo casado alguna vez, *sahib* Rao?

–Claro que sí, cuando era mucho más joven que usted. Pero mi esposa murió del cólera cinco años después, y me dejó dos hijas; y ahora tengo siete nietas, todas niñas, aunque con el tiempo sin duda me darán muchos bisnietos varones. Al menos eso espero.

–Debería haberse vuelto a casar –comentó Ash con severidad.

–Eso dicen mis amigos, y mis familiares. Pero en esa época yo no quería agregar otra mujer a la casa, que ya estaba llena de mujeres. Luego, más tarde, mucho más tarde, me enamoré...

Dijo estas palabras con tono tan lúgubre que Ash volvió a reírse y comentó:

–Al oírlo parecería que es la peor de las desgracias.

–Para mí lo fue –suspiró Kaka-ji–, porque, como no era de mi raza, yo sabía que no podía pensar en ella y que mi familia y mis sacerdotes se opondrían. Y, mientras dudaba, su padre la dio en matrimonio a otro hombre a quien esas cuestiones importaban menos que a mí. Y después..., después supe que ninguna otra mujer podía ocupar el lugar de ella en mi corazón ni borrar su rostro de mi mente. Por eso no pude volver a casarme, y tal vez fue mejor así, porque las mujeres pueden causar muchos problemas y complicaciones, y cuando uno es viejo necesita paz y tranquilidad.

–Y tiempo para cazar con halcón –agregó Ash con una sonrisa.

–Claro, claro. Con el tiempo disminuye la habilidad para esas cosas. Veamos cómo se las arregla ahora, *sahib*...

No hablaron más de amor y Ash concentró su atención en la caza. En la hora siguiente ganó elogios de Kaka-ji por su manejo del halcón. La comida del mediodía se sirvió en un monte de *jheels*, y luego las novias y sus doncellas se retiraron a echar una siesta en una tienda montada para la ocasión, mientras los hombres se tendían a la sombra para dormir durante las horas más calurosas del día.

La brisa de la mañana se había convertido en un leve soplo que susurraba entre las ramas, pero no movía el polvo, y no se oía el parloteo de los *shat-bai* ni de las pequeñas ardillas. La suave combinación de murmullos era suficiente para hacer dormir a cualquier adulto, y sólo Jhoti, que, como la mayoría de los chicos de diez años, pensaba que dormir por la tarde era una inconcebible pérdida de tiempo, estaba alerta y despierto.

Pero no todos los mayores dormían. El capitán Pelham-Martyn estaba también despierto.

Cómodamente sentado entre las raíces de un viejo árbol, Ash se concentraba nuevamente en los problemas que le presentaba Juli, mientras escuchaba una conversación en voz baja entre dos personas a quienes no veía, y que quizá no sabían que había alguien del otro lado del árbol. El diálogo no era nada interesante, y sólo por su contenido supo Ash que uno de los que hablaban era Jhoti, quien aparentemente deseaba salir solo a probar su halcón en el lado más lejano del *jheel*. Un adulto poco dispuesto a colaborar con él trataba de disuadirlo. Como Ash no deseaba hacer notar su presencia, porque seguramente le pedirían que diera su opinión y apoyara a uno o a otro, guardó silencio esperando que los dos se marcharan y lo dejasen en paz. Las voces interferían con sus ideas y no le permitían concentrarse; las escuchó con creciente irritación.

–Pero yo quiero ir –decía Jhoti–. ¿Para qué perder toda la tarde roncando? Si no quieres venir conmigo, no lo hagas. De todas maneras, no te necesito. Prefiero ir solo. Estoy cansado de que me sigan como si fuera un recién nacido y nunca me dejen hacer nada por mi cuenta. Y tampoco iré con Gian Chand. Sé hacer volar un halcón igual que él; no necesito que me indique cómo hacerlo.

–Sí, sí, mi príncipe, por supuesto. –La otra voz era suave, como para aplacarlo–. Todos lo saben. Pero usted no puede andar por ahí sin vigilancia. No está bien; su hermano jamás lo permitiría. Quizá cuando sea mayor...

–Ya soy bastante mayor –interrumpió Jhoti–. En cuanto a mi hermano, sabes muy bien que hará cualquier cosa para impedir que me divierta. Siempre lo ha hecho. Sabía cuánto deseaba acompañar a mis hermanas a Bhithor, y por supuesto me prohibió venir con tal de molestarme. Pero me las arreglé para escapar.

–Sí, mi príncipe. Pero yo lo advertí de que era una acción aventurada, y que pudiera ser que todos tuviésemos que lamentarla, porque quizás él mande a buscarlo y se vengue de los que lo acompañamos. Esta travesura suya me ha puesto en grave peligro, y si le sucediera algo malo durante el viaje seguramente lo pagaría con mi cabeza.

–¡Bah! Tonterías. Tú dijiste que no me haría regresar porque eso despertaría muchos rumores, y él aparecería como un tonto porque me burlé de él. Además, estuviste a su servicio antes de estar al mío, de modo que...

–No, príncipe, estuve al servicio de su madre, la maharaní. Sólo por cumplir sus órdenes entré a servirlo. También la obedecía cuando me encargué de cuidarlo, alteza. Ah, qué gran dama, la maharaní.

–No hace falta que me lo digas a mí –replicó Jhoti, celoso–. Era mi madre, y me quería más que a nadie..., lo sé. Pero, ya que una vez estuviste en la casa de Nandu, puedes alegar que sólo viniste para cuidar de que no me sucediera nada malo.

La respuesta fue una risita que instantáneamente identificó al compañero de Jhoti y puso alerta a Ash, porque a pesar de los años transcurridos recordaba perfectamente aquel sonido. Biju-Ram siempre se reía de esa manera de los chistes de Lalji y de sus propias obscenidades, o del espectáculo de cualquier persona o animal a quien estuviesen atormentando.

–¿De qué te ríes? –preguntó Jhoti, resentido, levantando la voz.

–Silencio, príncipe... Despertarás a los que duermen. Me reía porque pensaba qué diría tu hermano si yo le diera esa explicación. No la creería, aunque los dioses saben que son ciertas. Sin embargo, le has demostrado que eres capaz de pensar y actuar por tu cuenta, y que no puede atarte de una pata como a uno de sus monitos mansos, ni hacerte seguir por mujeres y viejos que te griten «¡Cuidado! ¡Ten cuidado! ¡No te canses! ¡No toques!». *Hi-ya!* Eres un verdadero hijo de tu madre. Ella siempre seguía su propio camino y nadie se atrevía a contradecirla..., ¡ni siquiera tu padre!

–A mí tampoco me impedirán hacer lo que quiero –alardeó Jhoti–. Ni me seguirán a todas partes. Iré solo a cazar con mi halcón; ahora, ya mismo, en lugar de tenderme a roncar. Y tú no me lo impedirás.

–Pero puedo despertar a tu *syce*, y también a Gian Chand. Ellos cuidarán de que no te pase nada.

–¡No te atrevas! –dijo Jhoti con furia–. Creía que eras mi amigo.

–¡Mi príncipe! Te ruego...

–¡No! Me voy. Y me iré solo.

–Alteza –suspiró Biju-Ram, capitulando–. Bien, si no me permite ir con usted ni llevar a Gian Chand, al menos no monte a Bulbul; hoy está demasiado inquieto y podría causarle problemas. Llévese a Mela, que es más tranquila, y, por favor, no corra. Cabalgue sólo al trote y no se pierda de vista, porque si llegara a caerse...

–¡Caerme! –exclamó Jhoti, como si lo hubieran insultado–. ¡Jamás en mi vida me he caído de un caballo!

–Alguna vez será la primera –observó sentenciosamente Biju-Ram, y volvió a reírse como para borrar la ofensa.

Jhoti también se rio. Poco después, Ash los oyó moverse entre los árboles. Pero aunque ahora reinaba el silencio se sintió extrañamente inquieto. Había algo en la conversación que acababa de oír que no le parecía cierto. Por ejemplo, ¿por qué había decidido Biju-Ram ponerse de parte del hijo menor contra el hijo mayor, y llevar esa complicidad al punto de ayudar a Jhoti a escaparse de Karidkote desafiando las órdenes del maharajá? No había duda de que sus motivos no eran altruistas, a menos que durante la última década hubiese cambiado totalmente. Y Ash no estaba dispuesto a creer eso: Biju-Ram siempre había sabido qué le convenía más, y ahora también debía de saberlo. Pero había pasado muchos años de su vida bajo el dominio de Janoo-Rani, y, si las maliciosas sugerencias de Mahdoo contenían algo de verdad, era posible que se hubiera vuelto contra el parricida y se hubiese aliado con el hijo más joven. Pero únicamente, decidió Ash, si había una buena probabilidad de que ese hijo lo recompensara debidamente en el futuro.

Entonces ¿habría quizás algún plan para eliminar al maharajá y poner al hijo menor en su lugar? Así se explicaría perfectamente la conducta de Biju-Ram y su ansia por proteger al muchacho de cualquier riesgo. Porque, si se tramaba una conspiración contra el maharajá, tal vez éste lo sabría y podría matar a su hermano privando a los rebeldes de un motivo central para atacarlo. Si la tarea de Biju-Ram era llevar al heredero a un lugar seguro hasta que el trono estuviese vacante, era lógico que se preocupara porque no le sucediera nada malo.

Ash cruzó las manos sobre las rodillas, apoyó en ellas el mentón y pensó en Biju-Ram y en Karidkote. ¿Tal vez debería enviar un mensaje de advertencia al señor Carter, el oficial del distrito? ¿O quizá mejor, al residente británico en Karidkote? (Ahora seguramente había uno).

Pero no tenía pruebas. No bastaba con decir «conozco a Biju-Ram, y sé que si se muestra amistoso con Jhoti es porque sabe que asesinarán a su hermano y que pronto Jhoti será maharajá». Nadie lo creería. Y de todas maneras podía no ser cierto. Tal vez todo era producto de su imaginación, aunque Mahdoo había dicho... Pero eso también era sólo un rumor, resultado de una charla con uno de los ayudantes del campamento, y, por tanto, no más seguro que sus propias sospechas al azar. Obviamente no podía hacer nada, y los asuntos internos de Karidkote no eran de su incumbencia.

Ash bostezó y, siguiendo el ejemplo de los demás en el campamento, se dispuso a dormir. Pero aquella tarde no estaba destinada a ser tranquila. Oyó el ruido apagado de los cascos de un caballo. Era apenas audible en el silencio, pero suficiente para atraer su atención; y vio pasar a Jhoti con un halcón en la muñeca, muy despacio para no despertar a la gente. Montaba a Bulbul e iba solo: suficiente prueba de que había ganado en la discusión con Biju-Ram.

Ash simpatizaba con el deseo del chico de ir sin vigilancia, pero al verlo apartarse del *jheel* y salir al campo no pudo menos que estar de acuerdo con Biju-Ram. Quizás ésa era la primera vez que Jhoti salía a cabalgar solo; hasta ahora siempre lo habían acompañado varios hombres; uno de ellos lo precedía para asegurarse de que no se internaba en lugares donde podía haber trampas como *nullahs* o pozos ocultos, lugares pantanosos o inesperados montículos de rocas.

«Es peligroso», pensó Ash. «¡Alguien tendría que haber ido con él!». ¿Mahdoo no había dicho algo sobre un accidente ocurrido al padre de Lalji mientras cabalgaba? ¿Que el maharajá estaba cazando con halcón cuando su caballo cayó en un *nullah* y los dos se desnucaron? Cada vez más preocupado, se puso de pie y echó a andar rápidamente entre los árboles hasta donde estaba atado su propio caballo, Cardenal.

No se veía a Biju-Ram por parte alguna, y los halconeros, *syces* y guardias estaban todos durmiendo. Pero Mulraj, que se mantenía despierto, lo vio pasar y le preguntó adónde iba con tanta prisa. Ash se detuvo brevemente a explicarlo y Mulraj quedó desconcertado.

–¿De verdad? Iré con usted. Fingiremos que vamos de caza mientras los demás duermen, y que por casualidad tomamos el mismo camino que el chico. Así no pensará que lo estamos siguiendo. Apresurémonos.

Aparentemente, Ash había transmitido parte de su inquietud a Mulraj, que echó a correr. Enseguida ensillaron sus caballos, y para evitar despertar a los demás cruzaron el bosquecillo al paso, como había hecho Jhoti; sólo cuando estuvieron lejos de los árboles comenzaron a galopar. Al principio, no veían señales del chico, pero pronto avistaron su pequeña figura y aminoraron el paso.

Bulbul sacudía la cabeza y se movía con impaciencia, pero Jhoti no parecía tener dificultades en controlarlo. Cabalgaba despacio entre unos matorrales, seguramente persiguiendo a una liebre o una perdiz, y Ash respiró con alivio. El chico era más cuidadoso de lo que se creía, y quizá tenía razón al declarar que ya era lo bastante mayor para salir solo. No había necesidad de que él y Mulraj lo siguieran como dos niñeras ansiosas, ya que, evidentemente, se sentía muy seguro en el caballo. Si lograban convencerlo de que comiera menos *halwa* y adelgazara un poco, con seguridad podría convertirse en un buen jinete; y, como decía Mulraj, sabía manejar un halcón.

–Estamos perdiendo el tiempo –observó Ash, irritado–. Ese chico sabe lo que hace y tú y yo nos estamos comportando como dos viejas. Él se queja de eso, y tiene razón.

–Mire –dijo Mulraj, que no había estado escuchando–. Ahí tiene una perdiz... No, creo que es una paloma. ¡Dios!

–Son cercetas –corrigió Ash, que tenía mejor vista–. Debe de haber hierbas entre esos arbustos.

Vieron cómo Jhoti detenía su caballo y oyeron su agudo *Hai-ai* mientras se incorporaba en la silla y ayudaba a su halcón a levantar vuelo. Por un instante, el ave y el niño quedaron inmóviles: Jhoti, elevado en los estribos para mirar hacia arriba, y el halcón sobre él, cortando el aire con sus alas como un nadador en el agua, hasta que al ver su presa bajó como una flecha. El chico volvió a sentarse y casi se cayó cuando el caballo se lanzó a una desenfrenada carrera y enfiló hacia los arbustos fuera de la llanura rocosa.

–Pero, ¿qué diablos...? –exclamó Ash, desconcertado. No tuvo tiempo de terminar la frase porque él y Mulraj se lanzaron también a la carrera para tratar de alcanzar a Jhoti.

No hacía falta preguntar nada; veían claramente lo que había sucedido: Jhoti había ensillado su propio caballo para no despertar a los *syces* y no había ajustado bien los arreos, porque ahora la silla se ladeaba, y él con ella; ya no podía controlar la carrera de Bulbul. Pero el chico era de buena raza (sangre de *rajput*, mejor que cualquier otra) y su madre, aunque de cuna baja, poseía valor y una mente rápida. El hijo menor había heredado ambas cosas. Al sentir que la silla se deslizaba hacia la derecha, soltó su pie de ese lado y se apoyó en el izquierdo, lo utilizó como palanca y se abrazó al cuello del caballo como un mono. La silla se desprendió y cayó, chocando con uno de los cascos de Bulbul y acrecentando el pánico del animal.

–¡*Shabash, sahib* rajá! –gritó Ash para animarlo–. ¡Bien hecho!

Jhoti volvió la cabeza y forzó una sonrisa. Su rostro estaba pálido de terror, pero a la vez lleno de decisión y de orgullo: el caballo no lo arrojaría al suelo si podía evitarlo. Una caída significaría romperse un brazo o una pierna, o la columna vertebral, porque el suelo era duro como el hierro y los pocos arbustos que veía a su paso tenían espinas que podían herirlo en los ojos. Sólo le quedaba agarrarse con fuerza al caballo, y lo hizo con la energía de un animal salvaje. Pero, como llevaba la mejilla apoyada en el cuello de la bestia y las crines le tapaban la visión, no pudo observar lo que Ash y Mulraj sí veían: la trampa mortal que se abría ante él. Una gran *nullah* de paredes empinadas, abierta por las lluvias de muchos monzones, y ahora seca y llena de piedras y cantos rodados.

Tampoco el caballo la había visto, porque como todos los caballos espantados podría haberse lanzado contra una alambrada de púas o un precipicio. Además, llevaba mucha distancia a sus perseguidores y una carga mucho más ligera. Pero la cabeza del chico, apretada contra su cuello, lo hacía desviarse hacia la izquierda; eso concedía una ventaja a Ash y Mulraj, que avanzaban en línea recta y con caballos mucho mejores. Cardenal, el roano de Ash, acababa de ganar dos carreras en Rawalpindi, y la yegua de Mulraj, Dulhan, se consideraba el mejor caballo del campamento.

Recortaron la distancia metro a metro, y el caballo de Jhoti estaba a pocos pasos de la *nullah* cuando Mulraj se puso a su altura y tiró de las riendas. Guiando a Dulhan sólo con las rodillas, se inclinó, aferró al niño por la cintura y lo arrancó del lomo de su montura, mientras Ash, por el lado opuesto, atrapaba las riendas sueltas de Bulbul e intentaba hacerlo volver.

Como jinete, Mulraj no tenía parangón. Casi nadie lo superaba. Pero si hubiera montado otro caballo todo podría haber terminado en desastre o en tragedia. Hacía años que hombre y bruto se conocían, y formaban una extraña unidad, mitad humana y mitad equina. Mulraj había hecho sus cálculos y saliendo por la izquierda del animal desbocado había logrado situarse paralelamente a la *nullah*. Así, a pesar de la dificultad de llevar al niño en sus brazos, logró apartar a Dulhan del borde.

Pero Ash no pudo contener a Cardenal, y el bayo y el roano, juntos, se despeñaron por el borde de la *nullah* y terminaron en un remolino entre las piedras, tres metros más abajo.

17

Ash no volvió en sí hasta pasado bastante tiempo. Además de recibir gran número de golpes y heridas cortantes, había sufrido fractura de una vértebra y luxación de varias costillas y una muñeca. En esas circunstancias, un viaje de más de cuatro kilómetros en carreta de bueyes habría sido tan penoso como la reducción de las fracturas sin anestesia. Afortunadamente, pasó ambas torturas inconsciente.

Fue aún más afortunado que Kaka-ji Rao ofreciera los servicios de su *hakim* personal, porque Ash había sido puesto en manos del médico de las *rajkumaris* a propuesta de Shushila-Bai, y dicho médico sólo recurría a hierbas y encantamientos. Gobind, el *hakim* de Kaka-ji Rao, actuó con eficacia; sabía lo que hacía y pocos de sus colegas europeos habrían procedido mejor. Ayudado por Mahdoo, Gul Baz y una de las doncellas de la *rajkumari* Anjuli, Geeta, que era una enfermera notable, logró que su paciente saliera de los dos días de fiebre alta que siguieron al período de inconsciencia. Éste tampoco había resultado sencillo, pues el enfermo se retorcía y gemía, y era necesario contenerlo por la fuerza para que no se lesionara más.

Ash no se dio mucha cuenta de lo sucedido en aquellos días, pero recordó haber oído preguntar a alguien:

–¿Se morirá?

Y al abrir los ojos vio a una mujer situada entre él y la lámpara. Una silueta oscura a contraluz. Ash percibió una cara que no veía bien y murmuró:

–Perdóname, Juli. No quise ofenderte. Es que yo...

Pero se le trabó la lengua y ya no sabía qué quería decir, ni a quién. Y, de todas maneras, la mujer ya no estaba allí; Ash tenía ante sus ojos la luz desnuda que lo deslumbraba, y volvió a perder el conocimiento.

La fiebre desapareció y Ash durmió todo el día. Cuando despertó, era nuevamente de noche y la lámpara estaba velada por algo que proyectaba rayas de sombra sobre la cama. Ash se preguntó por qué no la habría apagado, y aún meditaba sobre ese hecho trivial cuando descubrió que tenía la boca seca como la arena y mucha sed; pero al intentar moverse sintió un dolor tan agudo que le arrancó un gemido. La franja de sombra que atravesaba la parte superior de su cama se movió al instante.

–Quieto, muchacho –dijo Mahdoo con suavidad–. Estoy aquí, quédate quieto, hijo mío.

El anciano hablaba con la voz de un adulto que tranquiliza a un niño cuando éste se despierta de una pesadilla. Ash lo miró, fascinado por el tono y por la presencia de Mahdoo en su tienda a esas horas.

–¿Qué diablos...? ¿Qué haces aquí, *cha-cha-ji*?

El sonido de su propia voz lo sorprendió tanto como el de la de Mahdoo, porque era apenas un ronquido sordo. Pero la expresión del viejo cambió sorprendentemente; alzó los brazos y gritó:

–¡Gracias a Alá! Me reconoce... Gul Baz, ve a decir al *hakim* que el *sahib* está despierto y en su sano juicio. Rápido. Gracias a Alá, el misericordioso, el compasivo...

Las lágrimas rodaban por las mejillas de Mahdoo y brillaban a la luz de la lámpara. Ash dijo débilmente:

–No seas tonto, *cha-cha*. Por supuesto que te reconozco. Por favor, deja de decir tonterías y dame algo de beber.

Pero fue Gobind Dass, a quien despertaron bruscamente, quien le dio de beber. Seguramente la bebida contenía una droga, porque Ash volvió a dormirse y sólo se despertó, por tercera vez, a última hora de la tarde.

La entrada de la tienda estaba abierta y se veía el sol poniente y las largas sombras; y, a lo lejos, la llanura polvorienta, ya teñida de rosa. Frente a la tienda había un hombre en cuclillas jugando solo con unos dados. Ash se alegró de que al menos Mulraj no hubiese caído en la *nullah*. Por fin su cerebro se había despejado y podía recordar lo sucedido. Trató de evaluar la gravedad de sus heridas y lo tranquilizó darse cuenta de que no se había roto las piernas; además, el brazo vendado era el izquierdo, prueba de que, al fin y al cabo, había logrado caer sobre el hombro de ese lado. Recordaba que durante la caída con Cardenal había pensado que no podía permitirse perder el brazo derecho y debía arrojarse sobre el izquierdo; era un pequeño consuelo descubrir que lo había logrado.

Mulraj lanzó un gruñido de satisfacción al ver cómo habían caído sus dados, y, al levantar la cabeza, vio que Ash tenía los ojos abiertos y estaba consciente.

–¡Ah! –exclamó mientras recogía los dados. Luego fue junto a la cama de Ash–. De modo que por fin está despierto. ¿Cómo se siente?

–Tengo hambre –respondió Ash, esbozando una sonrisa.

–Buena señal. Mandaré llamar enseguida al *hakim* del *sahib* Rao, y es posible que permita que le den un poco de caldo de cordero o una taza de leche tibia.

Rio ante la mueca de asco de Ash. Se iba a apartar para llamar a un sirviente, pero Ash extendió su brazo sano y lo tomó por la chaqueta.

–El muchacho, Jhoti. ¿Está bien?

Mulraj pareció vacilar un momento y luego respondió que el niño estaba bien y que Ash no debía preocuparse por él.

–Ahora piense en usted. Debe reponerse pronto; no podremos movernos hasta que haya recuperado las fuerzas, y ya llevamos aquí casi una semana.

–¡Una semana!

–Estuvo sin conocimiento toda una noche y un día, y durante los tres siguientes deliró como un loco. Desde entonces duerme como un recién nacido.

–¡Dios mío! –exclamó Ash, estupefacto–. Con razón tengo hambre. ¿Qué pasó con los caballos?

–Bulbul, el caballo de Jhoti, se desnucó.

–¿Y el mío?

–Lo maté de un tiro –respondió escuetamente Mulraj.

Ash no hizo comentarios, pero Mulraj lo vio parpadear y dijo con dulzura:

–Lo siento, pero no podía hacer otra cosa. Se había roto las dos patas delanteras.

–Fue culpa mía –se acusó Ash–. Yo debí comprender que no podría contener al caballo de Jhoti. Era demasiado tarde...

Otro hombre habría negado lo que decía para darle ánimos, pero Mulraj le había tomado afecto y no quería mentirle. Asintió con la cabeza.

–Todos cometemos errores. Pero una vez que se han cometido no tiene sentido lamentarse por ello. Olvídese del asunto, *sahib* Pelham, y agradezca a los dioses que está vivo, porque hubo momentos en que realmente se temió que muriera.

Estas últimas palabras le recordaron algo a Ash, que frunció el ceño en un esfuerzo por descubrir qué era. Luego preguntó bruscamente:

–¿Una noche vino una mujer aquí?

–Claro. La *dai*. Es una de las damas de las *rajkumaris* y viene todas las noches. Y vendrá muchas más porque es experta en masajes y en curar ligamentos y músculos lesionados. Le debe mucho..., y al *hakim* Gobind mucho más...

–Ah –respondió Ash, desilusionado.

Teniendo en cuenta la gravedad de las heridas y contusiones que había sufrido, se repuso muy pronto gracias a los cuidados de Gobind y a su robusta constitución. Los duros años pasados en las montañas lo habían fortalecido como ninguna otra cosa. Se consideraba afortunado, y con razón, porque, como había señalado Kaka-ji, podría haberse matado o quedar inválido para el resto de su vida.

–¡A quién se le ocurre cometer esa estupidez! ¿No era mil veces preferible dejar morir un caballo que matar dos, y salvar la propia vida por milagro? Pero todos los jóvenes son iguales: no piensan. De todas maneras, fue un acto muy arrojado, *sahib*; yo cambiaría con gusto toda la prudencia y la sabiduría que me han proporcionado los años por un poco de ese arrojo y ese valor.

Kaka-ji Rao no fue de ningún modo el único visitante de Ash. Hubo otros, miembros del *panchayat* del campamento, como Tarak Nath, Jabar Singh y el viejo Maldeo Rai, que era primo tercero de Kaka-ji; demasiadas visitas, según Mahdoo y Gul Baz, que desaprobaban ese desfile de personas y trataban de mantenerlos a raya. Gobind también había indicado tranquilidad, pero cambió de idea al ver que el paciente estaba menos inquieto cuando escuchaba historias de Karidkote o cualquier conversación que lo mantuviese al día de los acontecimientos cotidianos del campamento.

El visitante más asiduo de Ash era Jhoti. El chico se quedaba horas enteras charlando, sentado en el suelo con las piernas cruzadas. Él fue quien le confirmó a Ash algo que al principio sólo era una idea que le había pasado por la imaginación. Que Biju-Ram, quien durante tantos años había disfrutado de la protección de Janoo-Rani, y amasado una fortuna considerable con sobornos, regalos y pagos por servicios no especificados, había caído en desgracia.

Aparentemente, después de la muerte de la *nautch*, muchos que habían gozado de su preferencia fueron relegados por su hijo Nandu a posiciones de menor importancia y privados de sus prerrogativas anteriores. Esto enfureció a Biju-Ram, que se envanecía y vivía confiado bajo la protección de la *rani*. Cometió el error de mostrar su resentimiento, y como consecuencia se le amenazó con arrestarlo y confiscarle todos sus bienes. Sólo se salvó recurriendo al coronel Pyecroft, el residente británico, que intercedió por él.

El coronel habló con Nandu, quien soltó una buena cantidad de groserías sobre el espía de su madre, pero finalmente aceptó una disculpa servil y el pago de una elevada suma por olvidar el asunto. Sin embargo, era evidente que Biju-Ram no confiaba en la promesa de Nandu. Cuando una semana después de aceptar su humillante disculpa pública negó permiso a Jhoti para acompañar a la comitiva nupcial, no vaciló en inducir al chico a que se rebelara y planeó escaparse en su compañía...

Porque en eso tampoco se había equivocado Ash. La idea era de Biju-Ram. Junto con otros dos favoritos de la *rani* fallecida, también caídos en desgracia, había preparado y llevado a cabo la huida.

–Dijo que era porque yo le daba pena –explicó Jhoti–, y porque él, Mohun y Pran Kishna siempre habían sido leales a mi padre. Y porque sabía que yo querría asistir a la boda de Shu-Shu. Pero, por supuesto, no era por nada de eso.

–¿No? ¿Y por qué era? –preguntó Ash, que cada vez sentía más respeto por su joven visitante. Jhoti era jovencito, pero evidentemente nada fácil de dominar.

–Ah, por la pelea. A mi hermano Nandu no le gusta que nadie le lleve la contraria. Además, aunque haya fingido perdonar a Biju-Ram, en realidad no lo perdonará nunca. Así que Biju-Ram pensó que era más seguro marcharse de Karidkote, y permanecer lejos el mayor tiempo posible. Supongo que cree que, con el tiempo, el disgusto de Nandu pasará, pero no lo creo. Pran y Mohun sólo vinieron conmigo porque ahora Nandu no quiere a ninguna de las personas que protegían a mi madre, y, por tanto, también se sienten más seguros aquí. Han traído todo el dinero posible para el caso de que no puedan volver. Ojalá yo no tuviera que regresar. Creo que me quedaré en Bhithor con Kairi y Shu-Shu. O volveré a escaparme y seré jefe de una banda de ladrones, como Khale Khan.

–A Khale Khan lo capturaron y lo ahorcaron –observó Ash en tono desalentador.

No pensaba estimular a Jhoti a ninguna otra forma de rebelión, y en todo caso imaginaba que Biju-Ram y sus amigos estarían encantados de que Jhoti prolongara su estancia en Bhithor todo el tiempo que el *rana* lo permitiera. A menos que Nandu muriera de repente y tuviesen que regresar rápidamente al subir al trono el nuevo maharajá.

Pero Jhoti no hablaba a menudo de Karidkote. Prefería oír historias sobre la vida en la frontera noroeste, o mejor aún en Inglaterra. Era un compañero agotador, porque su sed de conocimientos obligaba a Ash a hablar mucho, y representaba un gran esfuerzo para él. Y, aunque a Ash le habría gustado responder a las incesantes preguntas de Jhoti, era una forma de que no se metiera en dificultades. Una perturbadora conversación con Mulraj había despertado en él inquietudes con respecto al chico.

Mulraj no pensaba tocar el tema hasta que Ash se sintiera más fuerte, pero se vio forzado a hacerlo porque Ash no se dejaba distraer e insistía en hablar del accidente y especular sobre sus causas.

–Aún no me explico cómo se soltó la silla del caballo. Supongo que fue culpa de Jhoti por no ajustarla bien. A menos que lo hiciera Biju-Ram o uno de los *syces*. ¿Quién fue? ¿Tú lo sabes?

Mulraj no respondió de inmediato y Ash se dio cuenta de que habría querido evitar el tema. Pero estaba cansado de que lo trataran como a un inválido, de modo que puso mala cara y repitió la pregunta con cierta acritud; Mulraj se encogió de hombros y, rindiéndose ante lo inevitable, declaró:

–El chico dice que él ensilló el caballo, porque Biju-Ram se negó a ayudarlo y se marchó creyendo que no podría hacerlo por sí mismo y que sería un medio de impedir que saliera solo; o bien que despertaría a uno de los *syces*, quien a su vez despertaría a algún sirviente, y así Jhoti no podría impedir que lo siguieran.

–Pequeño imbécil. Así aprenderá –comentó Ash.

–¿Aprenderá qué? –preguntó Mulraj con ironía–. ¿A comprobar que la silla esté bien ajustada? ¿O a mirar primero, y con mucho cuidado, la parte inferior de la montura?

–¿Qué quieres decir? –preguntó Ash, sobresaltado más por algo que vio en la cara de Mulraj que por sus palabras.

–Quiero decir que las correas estaban bien seguras, pero se rompió la cincha. Se había gastado... en cuestión de horas. Porque, por pura casualidad, había examinado la silla unas horas antes. ¿Recuerda cuando el chico vio una paloma de la que usted no se dio cuenta porque sus pensamientos estaban en otra parte, pero yo vi algo raro en la montura y corrí hacia él?

–Sí, ahora que lo mencionas. Recuerdo que dijiste que había algo que no te gustaba. Bien..., adelante.

–Cuando recuperamos su halcón y su paloma –continuó Mulraj–, los habíamos dejado muy atrás a ustedes y estábamos solos, de manera que yo mismo ajusté la cincha, y le aseguro, *sahib*, que, aparte del hecho de que debía quedar más ajustada, en ese momento estaba en orden. Pero sólo unas horas más tarde se había adelgazado tanto que el caballo la pudo romper al galopar.

–Pero eso es imposible.

–Así es –asintió Mulraj con una mueca–. Es imposible. Sin embargo, sucedió. Y sólo puede haber dos explicaciones: o bien no era la misma cincha, sino que habría sido sustituida por otra vieja y podrida, o (y creo que esto es más probable) mientras almorzábamos alguien la cortó con un cuchillo, o la raspó hasta adelgazarla, y lo hizo con tanta habilidad que no se notara al ajustarla; pero debía partirse si se la forzaba mucho..., por ejemplo, si se la sometía a la tensión que produciría un caballo desbocado.

Ash lo miró con el ceño fruncido, y observó que, si el accidente hubiera ocurrido estando el niño rodeado por varias personas, las consecuencias no habrían sido las mismas, y que nadie podía saber que saldría solo. Sólo Biju-Ram, que por una vez estaba del lado de los buenos y trató de detenerlo.

Mulraj se encogió de hombros, asintiendo, pero dijo que había muchas cosas que el *sahib* ignoraba: entre ellas, que a Jhoti le encantaba galopar detrás de su halcón, y que no le gustaba llevar a nadie tras sus talones mientras lo hacía. Así que, aunque lo rodearan muchas personas, él se habría lanzado al galope y nadie lo hubiese seguido, con lo cual todo habría ocurrido exactamente igual.

–Y ser lanzado desde un caballo en aquellos parajes puede resultar fatal para un hombre, no sólo para un niño. Pero quienes planearon esto no tuvieron en cuenta la habilidad y el coraje del chico, y el hecho de que por su poco peso pudo aferrarse a cosas que de nada servirían a un hombre.

Ash preguntó con impaciencia cómo podían prever «ellos», quienesquiera que fuesen, que el caballo se espantaría. Todo dependía de eso, y era imposible predecirlo.

Mulraj suspiró, se puso de pie y miró a Ash con las manos metidas en su cinturón y una expresión repentinamente amarga. Dijo con gran calma:

–Se equivoca usted: eso también estaba preparado. Yo no podía suponer que se iba a espantar el caballo, ya que Jhoti tiene la costumbre de elevarse en los estribos y gritar cuando el halcón levanta vuelo, así que Bulbul estaba tan acostumbrado a ello como el chico mismo. Sin embargo, en esta ocasión vimos saltar al caballo hacia delante como si le hubieran disparado un tiro. ¿Recuerda?

Ash asintió, y el dolor que le produjo el movimiento repentino en el cuello lo hizo responder con más aspereza que la que pensaba emplear.

–Sí, recuerdo. Y también recuerdo que no había nadie a la vista ni se oyó ningún ruido de disparo. Yo creo que estás...

Se detuvo bruscamente porque recordó algo: lo mismo que cuando corrió a buscar su caballo al saber que Jhoti saldría a cabalgar solo. La historia de Mahdoo sobre cómo el anciano rajá había encontrado la muerte mientras cazaba con halcón, y la mirada astuta, oblicua, del viejo al decir: «¿Cree que tal vez le picó una abeja?».

Mulraj pareció haber seguido el hilo de sus pensamientos, porque replicó con ironía:

–Veo que le han contado la historia. Bien, hasta puede ser cierta... ¿Quién lo sabe? Pero esta vez quería estar seguro, y por eso, cuando lo saqué a usted de debajo de su caballo y vi que no estaba muerto, no fui a buscar ayuda, sino que envié a Jhoti. Era un riesgo, es cierto, pero muy pequeño porque montaba a Dulhan, que, como usted sabe, es un animal de excepción y puede ser montado sin peligro por un niño... Y, cuando se alejó, fui a buscar la silla caída...

–Sigue –ordenó Ash, porque Mulraj se había interrumpido y volvía la cabeza como si hubiera oído acercarse a alguien–. Es Mahdoo, que no está lo bastante cerca para escuchar y toserá si se aproxima alguien.

Mulraj hizo un movimiento con la cabeza como para indicar que se tranquilizaba. Pero cuando reanudó la historia lo hizo con una voz que no podía atravesar la tela de la tienda.

–Esta vez no fue una abeja, sino la doble espina de un *kikar* lo que el chico se clavó al sentarse bruscamente en la silla después de lanzar el halcón. Estaba hábilmente escondida en el relleno, de manera que los movimientos naturales de un jinete la harían descender poco a poco, hasta que finalmente penetrara en las carnes del caballo. Uno de estos días, cuando se levante de la cama, le mostraré cómo se hace. Es una vieja treta, y muy maligna, porque nadie puede jurar que la espina no estaba allí por casualidad. ¿Quién de nosotros no ha encontrado alguna en su manta, en sus ropas o en su montura? Pero apuesto mi yegua a cambio del asno de un *dhobi* a que esa espina no llegó allí por casualidad. Ni la espina ni la cincha rota. Ninguna de las dos cosas.

Se hizo un largo silencio en la tienda, sólo interrumpido por el zumbido de las moscas. Por fin sonó la voz de Ash, que ahora ya no mostraba escepticismo:

–¿Qué hiciste al saber todo esto?

–Nada –respondió brevemente Mulraj–, excepto vigilar al chico, lo cual no es tarea fácil, porque tiene a su propia gente a su alrededor y yo no soy uno de ellos. Dejé la silla donde estaba y no mencioné lo de la espina, ya que era algo que podía no haber descubierto. En cuanto a la cincha, que usted y yo vimos romperse, formé un gran escándalo al respecto, culpando a los *syces* del príncipe y diciendo que debían ser despedidos. Si no lo hubiera hecho, muchos se habrían preguntado por qué guardaba silencio, y eso es algo que no deseo.

–¿Es decir que no se lo has contado a nadie? –preguntó Ash con incredulidad.

–¿A quién se lo podría contar? ¿Cómo puedo saber cuántas personas están involucradas en este asunto? ¿O por qué razón lo han hecho? *Sahib*, usted no conoce Karidkote, no sabe nada de las intrigas que invaden el palacio como una plaga de hormigas voladoras durante el monzón. Tampoco estamos libres de ellas aquí, en el campamento. No pensaba hablar de esto con usted hasta que estuviera más fuerte, ya que no es conveniente causar preocupaciones a un enfermo, pero ahora que lo he hecho estoy contento, porque dos cabezas piensan mejor que una y podremos idear algún medio para proteger al niño de sus enemigos.

Aquel día no pudieron hablar más del tema, porque la llegada de Gobind y Kaka-ji puso fin a la conversación. Gobind observó que su paciente tenía fiebre y prohibió las visitas durante el resto del día, de modo que Ash pasó esas horas profundamente preocupado por Jhoti. Al menos, así dejaba de preocuparse por Juli, pero eso no mejoraba su salud ni su humor. Le resultaba intolerable estar postrado en cama en momentos como aquéllos, y así fue como estimuló a Jhoti a visitarlo con la mayor frecuencia y durante el tiempo más largo posible. Una decisión que hizo valer con considerable oposición de Gobind, Mahdoo y Kaka-ji.

18

–Nos has dado mucho que hacer, ¿sabes? –comentó Jhoti con tono trivial.

–*Afsos*, alteza –murmuró Ash, y, juntando las manos en un gesto burlón de sometimiento, agregó que estaba haciendo lo posible por mejorar y quc en unos días se levantaría de la cama.

–No, no me refiero a eso –respondió Jhoti–. Me refiero a los sacerdotes.

–¿Los sacerdotes? –Ash no entendía nada.

–Sí. Se enfadaron mucho con mis hermanas. Y también conmigo y con Mulraj, y sobre todo con mi tío. ¿Y sabes por qué? Porque se enteraron de que cuando venías a la tienda *durbar* te sentabas en la misma alfombra que nosotros, y cuando te ofrecíamos de comer y beber realmente comías y bebías en lugar de sólo fingir hacerlo. Eso no les gusta, ¿sabes?, porque son muy severos y armaron un gran escándalo al respecto.

–¿Ah, sí? –Ash frunció el ceño–. Sí..., supongo que debí haberlo pensado. ¿Es decir que no me invitarán más a la tienda *durbar*?

–Ah, sí, porque mi tío se enfadó mucho más que ellos y les dijo que recordaran que tú nos salvaste de una gran desgracia y una vergüenza... porque, por supuesto, para nosotros habría sido terrible que Shu-Shu se ahogara..., y que, de todos modos, él se hacía totalmente responsable de esto. Después, los sacerdotes ya no tenían nada que decir, porque saben muy bien que mi tío es muy devoto y dedica horas a sus devociones, y da limosnas a los pobres, y dinero y valiosos regalos a los templos. Además, es el hermano de nuestro padre. Yo también me enfadé mucho... con Biju-Ram.

–¿Por qué con Biju-Ram?

–Porque me hizo un montón de preguntas sobre lo que hicimos cuando tú viniste a la tienda *durbar*, y se lo conté; y enseguida fue a decírselo a los sacerdotes. Dijo que sólo lo hacía para protegerme, porque, si llegaba a oídos de Nandu, él lo difundiría para desprestigiarme y todos se enfurecerían conmigo por permitirlo. ¡Como si a mí me importara lo que piensan Nandu y los *log* del mercado! Biju-Ram se entromete demasiado. Se comporta como si fuera mi niñera, y no lo toleraré... Ah, aquí está mi tío, que viene a visitarte. *Salaam*, Kaka-ji.

–Debí de haber imaginado que estarías aquí, fatigando al *sahib* con tu charla –dijo Kaka-ji en tono de reprobación–. Ahora vete, muchacho. Mulraj te espera para ir a cabalgar.

Hizo un gesto para apresurar la partida de Jhoti. Al verlo alejarse, levantó un dedo acusador hacia el herido.

–Es usted demasiado paciente con ese chico. ¿Cuántas veces se lo he dicho?

–He perdido la cuenta. ¿Sólo ha venido aquí a regañarme, *sahib* Rao?

–Lo merece.

–Parece que sí; su sobrino me ha dicho que he causado problemas con los sacerdotes.

–*Chut!* –exclamó Kaka-ji, molesto–. Ese chico habla demasiado. No había motivo para preocuparse por eso. Me he encargado personalmente del asunto y ya está resuelto.

–¿Está seguro? No querría crear problemas entre usted y...

–He dicho que está resuelto –insistió Kaka-ji con firmeza–. Si desea complacerme, olvídese del asunto y no permita que Jhoti lo moleste. Usted deja que el chico lo preocupe y no da descanso a su mente.

En realidad, eso era cierto, aunque no en el sentido que pensaba Kaka-ji. Pero Ash no estaba preparado para discutir ese punto. Últimamente sus temores por Jhoti se habían acrecentado, y más aún por ciertas cosas que Kaka-ji había deslizado en sus frecuentes visitas.

El anciano tenía excelentes intenciones, y se habría espantado al darse cuenta de que sus esfuerzos por aliviar el aburrimiento del enfermo lo habían perturbado más que todas las preguntas de Jhoti. Pero no podía negarse que al tío de Jhoti le encantaba hablar, y Ash, inmovilizado por vendas y entablillado, era un receptor excelente. Kaka-ji nunca había tenido un oyente tan atento, ni Ash había recibido nunca información tan valiosa con el simple recurso de mantener la boca cerrada y manifestar interés con su expresión. Por ejemplo, acerca de Nandu, maharajá de Karidkote, Ash se enteró de muchísimas cosas, porque aunque el parlanchín anciano fuera discreto no resultaba difícil leer entre líneas en lo que decía.

Janoo-Rani había demostrado sin duda inteligencia, pero como madre parecía haber sido singularmente tonta. Adoraba a sus hijos y no permitía que nadie los corrigiera ni los castigara. El primogénito, Nandu, fue malcriado hasta extremos increíbles, y su padre era demasiado débil como para someterlo a ninguna disciplina.

–Creo que a mi hermano no le gustaban los niños, ni siquiera los propios –comentó Kaka-ji–. Cuando se portaban mal, ordenaba que se los llevaran de su presencia y no los veía durante días, con la idea de que eso representaba un castigo; aunque creo que ninguno se lo tomó así, excepto Lalji, su primogénito, que murió hace años. Los hijos lo veían demasiado poco como para sentir cariño por él, y aunque Jhoti podría haber ocupado el lugar de su hermano muerto en el afecto de su padre, Nandu no sabía cabalgar...

Aparentemente, esto era culpa de Janoo-Rani y no del muchacho, que a los tres años se cayó de un poni y se lamentó con grandes aspavientos por unos cuantos rasguños. En adelante, su madre prohibió que volviera a montar temiendo que pudiera matarse. Aún ahora, Nandu evitaba en todo lo posible montar a caballo.

–En cambio, monta en elefantes... o viaja en carruajes como una mujer.

Janoo habría procedido de la misma manera con su segundo hijo si éste no hubiera sido de carácter diferente, porque la primera vez que Jhoti tuvo una caída también gritó y lloró. Pero luego insistió en volver a montar enseguida y no permitió que llevaran el caballo de las riendas. Esto deleitó a su padre, que lo estaba mirando, aunque no tanto a Nandu.

–Creo que siempre hubo celos entre ellos... Es corriente entre hermanos, sobre todo cuando uno posee aptitudes de las que el otro carece.

Evidentemente, la suerte favoreció a Nandu. En primer lugar, era el favorito de su madre porque era el primogénito. Y en segundo lugar, la muerte de Lalji lo había llevado al trono y ahora era maharajá de Karidkote. Pero sin duda seguía sintiendo celos, y era la viva imagen de su madre en el temperamento y en lo físico. Como ella, tenía un carácter violento e ingobernable, y nadie se atrevía a intervenir cuando lo acometía un acceso de furia, porque su madre los consideraba principescos y reveladores de una gran personalidad, y su padre ni siquiera se daba cuenta. No sobresalía en ningún deporte ni tenía la constitución física necesaria, pues era bajo y regordete como su madre, pero sin nada de su belleza, y de piel extrañamente oscura para un hombre del norte.

–Un *Kala-admi* –decían con sarcasmo los habitantes de Karidkote–. Un negro.

Y saludaban con vivas a Jhoti cuando lo veían pasar, mientras que mostraban indiferencia hacia Nandu cuando andaba por la ciudad o por el campo.

–Los celos son una cosa muy fea –reflexionaba Kaka-ji–, pero, lamentablemente, nadie está libre de ellos. Yo sufrí mucho por celos en mi juventud, y ahora que soy viejo y ya debería estar libre de ellos, aún los siento clavar sus garras en mi carne. Por eso temo por Jhoti, pues su hermano es celoso y poderoso...

El anciano se interrumpió para servirse un hermoso melocotón maduro de una caja que le habían regalado al enfermo. Ash aprovechó la ocasión para preguntar en tono casual:

–Y estaría dispuesto a quitárselo de encima, ¿verdad?

–¡No, no, no! –exclamó Kaka-ji, atragantándose con el melocotón.

Tuvo que beber un sorbo de agua, y Ash comprendió que había cometido un grave error empujando al anciano a decir cosas que prefería callar. Con ese método no se ganaba nada; era preferible dejarlo charlar sin estimularlo. Pero si Kaka-ji temía por Jhoti, ¿qué era exactamente lo que temía? ¿Hasta qué extremos pensaba que llegaría su sobrino, el maharajá, en perjudicar a un hermano menor de quien estaba celoso y que había cometido la temeridad de burlarse de él?

Ash sabía muy bien que Jhoti se había unido a la comitiva nupcial sin permiso de su hermano y contra los expresos deseos de éste. Pero el solo hecho de que Jhoti lograra seguir al campamento, acompañado de por lo menos ocho personas y con una cantidad enorme de equipaje, probaba que no podía haber restricciones serias a su libertad. En aquel asunto había algo que Ash no entendía; algo que no coincidía con su imagen de un gobernante joven y tiránico que, por el solo placer de molestar a su hermano, le impedía acompañar a sus hermanas a sus bodas, y que al enterarse de que lo habían contrariado planeaba su asesinato. Por ejemplo, estaba la cuestión del tiempo.

Debieron de pasar varios días hasta que el maharajá se enteró de la travesura de Jhoti; no podía llamársela «huida». Tal vez más, porque la razón de Nandu para acompañar a sus hermanas hasta la frontera de su estado, según Kaka-ji, no fue tanto un gesto fraternal como algo que le convenía, ya que estaba en camino a la zona de caza donde pensaba pasar dos semanas escoltado por un pequeño grupo de hombres. Era improbable que hubiese recibido noticias de su hermano menor por algún tiempo. Jhoti lo sabía muy bien, pensó Ash, y también los hombres que lo acompañaron en su huida de Karidkote, porque no podían arriesgarse a que los capturaran cerca de la frontera y los llevaran de vuelta ante el maharajá, que en esos momentos debía de estar furioso.

Ash opinaba que en modo alguno debieron escapar de palacio, pero Kaka-ji tenía otra idea: todos eran miembros leales de la casa de Jhoti, designados para servirlo por su madre, la difunta maharaní; no sólo tenían el deber de obedecerlo, sino que también les convenía; su suerte estaba ligada a la del niño.

–Además –agregó Kaka-ji–, Jhoti es muy obcecado. Al parecer, cuando intentaron disuadirlo, replicó que se marcharía solo, cosa que ellos no podían permitir. Como el chico estaba a su cuidado, no podían dejarlo ir solo y sin servidores, pero no habrían venido de no haber estado seguros de que el maharajá se enteraría demasiado tarde para detenerlos. Una vez aquí, pueden estar tranquilos por un tiempo, porque ya no es territorio del maharajá, sino del Raj. Además, están bajo su protección, *sahib*, y piensan que su alteza no se atrevería a arrastrar al chico contra su voluntad a Karidkote para castigarlo, separándolo del cortejo nupcial de sus hermanas. Por lo tanto, creen que su alteza se dará cuenta de que no tiene sentido arrestar al niño, ya que sólo hace falta esperar a que se celebren las bodas, y entonces, naturalmente, Jhoti regresará. Pero para entonces suponemos que la furia del maharajá se habrá apaciguado y no será demasiado severo para castigar algo que, al fin y al cabo, no es más que una travesura de muchacho.

Las palabras de Kaka-ji eran optimistas, pero su tono no lo era tanto y cambió bruscamente de tema para hablar de otras cosas. Sin embargo, había dado a Ash suficiente material para entretener las horas de insomnio durante la noche, cuando la incomodidad de vendajes y entablillados le impedía dormir.

Las dificultades que Ash había previsto, o que le habían advertido en la prosaica atmósfera oficial de Rawalpindi, tenían que ver más bien con cuestiones de aprovisionamiento y protocolo, y la posibilidad, muy remota, de que el campamento fuese atacado por asaltantes en las partes más alejadas del país que debían atravesar. Pero ni él ni sus superiores militares habían previsto los problemas mucho más complicados y peligrosos con que ahora se enfrentaba y que, al menos por el momento, no tenía idea de cómo resolver.

Aunque sólo fuera por esa razón, se alegraba de estar postrado en cama y tener tiempo para pensar, y posponer la necesidad de acción. Por el momento, lo único que podía hacer era estimular a Jhoti a que pasara el mayor número de horas en su compañía, y dejar su vigilancia en manos de Mulraj durante el resto del día. Aunque siempre estaba la noche..., si bien, según Kaka-ji, era el momento menos peligroso porque el chico dormía rodeado de sus sirvientes personales, todos los cuales le eran muy fieles. O si no a él, pensaba Ash con cinismo, al menos a sus intereses, que debían de coincidir con los suyos.

Considerando todo esto, esos hombres habían corrido un grave riesgo para permitir que el chico se divirtiera un día o dos, si habían enviado un grupo a buscarlo, o a lo sumo unos meses, ya que después él y sus sirvientes deberían volver. ¿Cómo esperarían ser recibidos a su regreso? ¿Pensaban, como Kaka-ji, que el tiempo habría calmado la ira de Nandu? ¿O planearían asesinarlo, ya que al no tener hijos varones su sucesor sería su hermano menor, Jhoti?

Pero no había sido Nandu, sino Jhoti quien había estado a punto de ser asesinado..., y allí, en el campamento. Aunque, por lo que sabía Ash (y se había tomado el trabajo de averiguarlo), nadie se había incorporado desde el momento de tomar él el mando en Deenajung, ni habían llegado mensajeros de Karidkote. Esto sugería que el intento de matarlo no tenía nada que ver con la huida del chico, sino que era obra de algún miembro del bando opuesto. Alguien que, como Ash, pensara que en la huida del chico había algo más que una travesura, y decidiera no correr riesgos y detener futuras maquinaciones con el simple recurso de matar al heredero.

–Si al menos pudiera hablar con Juli –pensaba Ash. De todos, ella era quien mejor podía saber lo que sucedía detrás de los muros y las persianas cerradas del Hawa Mahal. Las cosas que se murmuraban en el laberinto de habitaciones y corredores o se comentaban detrás de los *purdahs* en el sector de la *zenana*... Juli debía de saberlas, pero no había forma de llegar hasta ella; y, como Kaka-ji se había asustado, tendría que apelar a Mulraj. Al menos, Mulraj sabría a quién vigilar, porque el número de sospechosos debía de estar limitado a alguien que había salido ese día con el grupo a cazar con halcón. No eran muchos, y los que tenían coartadas podían ser eliminados.

Sin embargo, Mulraj no resultó útil.

–¿Cómo que eran «pocos»? –preguntó–. Tal vez a usted le pareció un grupo pequeño, pero ese día usted estaba ausente y ni siquiera vio la cantidad de piezas que cobramos..., ni el número de personas que había. ¿Sabe cuántos había? Ciento dieciocho, no menos, y dos tercios de ellos eran sirvientes pagados por el Estado, es decir, por el maharajá. ¿De qué sirve interrogarlos? No oiríamos más que mentiras y pondríamos en guardia a los verdaderos asesinos.

–Bien, ¿por qué no? –preguntó Ash, molesto por la impaciencia en la voz de Mulraj–. Una vez que sepan que nos hemos dado cuenta de que hubo un intento de asesinar a Jhoti, lo pensarán dos veces antes de volver a hacerlo. Sería demasiado peligroso sabiendo que los vigilan.

–Claro –respondió Mulraj con ironía–. Eso estaría muy bien si tratara usted con su propia gente. No he tenido contacto con muchos *sahibs*, pero me han dicho que van directamente hacia su meta, sin mirar ni a derecha ni a izquierda. Entre nosotros no es así. Usted no lograría asustar a quienes intentaron asesinar al muchacho; sólo los pondría en guardia. Y, al estar advertidos, no volverían a poner trampas, sino que usarían métodos de los que es mucho más difícil defenderse.

–¿Por ejemplo? –preguntó Ash.

–Veneno. O un cuchillo. O quizás una bala. Cualquiera de esas cosas da resultados seguros.

–No se atreverían. Estamos en territorio británico y se iniciaría una minuciosa investigación. Las autoridades...

Mulraj hizo una mueca irónica y explicó que naturalmente preferirían algún método más discreto, ya que el asesinato puro y simple exigiría buscar un chivo expiatorio a quien culpar, y también una razón para el crimen que no tuviera relación alguna con la verdadera, y que al tiempo resultara aceptable. En su opinión, ninguna de estas cosas era imposible, pero serían un poco más difíciles de organizar, y como quienes deseaban la muerte del niño no querrían ser interrogados, un accidente les resultaría mucho más conveniente.

–Y estoy plenamente seguro de que planearán otro, ya que el primero no ha despertado sospechas. Es nuestra mejor opción. Quizá la única.

Ash tuvo que mostrarse de acuerdo. La razón le decía que Mulraj no se equivocaba, y, como su estado de salud le impedía emprender ninguna acción, decidió que lo único que podía hacer era recoger más información de quienes estaban mejor enterados del carácter y los hábitos del hermano mayor de Jhoti; esto parecía bastante simple, pero resultó más difícil de lo que imaginaba. A medida que se sentía más fuerte, aumentó el número de visitas que recibía, y en su mayoría se quedaban un rato a charlar; pero, aunque casi todas las conversaciones versaban sobre la tierra natal de sus visitantes, y realmente aumentaron sus conocimientos sobre la política y los escándalos de Karidkote, Ash no se enteró de muchas cosas que no supiera sobre su gobernante, y simplemente le impedían hablar más con Kaka-ji o con Mulraj... De todas maneras, ellos tampoco parecían tener muchas ganas de hablar del maharajá.

A Jhoti, en cambio, le habría encantado hablar de su hermano, pero en tono tan agresivo que era imprudente permitírselo. Quedaba la *dai*, Geeta, una anciana flaca y con la cara llena de cicatrices de viruelas, que cumpliendo órdenes de Gobind seguía cuidando la luxación de muñeca y los músculos distendidos de Ash. Cada noche se quedaba en la tienda, sentada en el suelo durante muchas horas, por si su paciente se despertaba y sentía dolor.

Era una pariente pobre, que tenía una lejana vinculación con la primera esposa del rajá muerto, y debía de conocer todas las habladurías de la *zenana* y ser una mina de información. Pero constituyó toda una desilusión para Ash por su timidez; ni una orden directa de Shushila-Bai pudo persuadirla de salir antes de que el campamento estuviera en sombras, a una hora en que con seguridad todos dormían, y aun entonces únicamente envuelta en un burka como el que usan las mujeres mahometanas, por temor a que un hombre extraño llegara a ver su rostro. Ash, que había tenido ese privilegio, consideraba que eran precauciones innecesarias, ya que ningún hombre en su sano juicio le dedicaría más que una mirada pasajera. De todas maneras, le gustaba que viniese tan tarde, porque tenía dificultades para dormirse al final del día y la aparición de la *dai* y su tratamiento siempre lo ayudaban a relajarse. Pero por más que se esforzaba no conseguía hacerla hablar. Las manos huesudas de la mujer eran firmes y seguras, pero era demasiado tímida y la perturbaba la presencia del *sahib*, de modo que sólo respondía a sus preguntas con un tartamudeo nervioso, o con monosílabos.

Ash abandonó el intento, y al verse privado de fuentes más directas de información recurrió a Mahdoo, que sabía callarse cuando convenía y al mismo tiempo recogía habladurías en todo el campamento. Luego se las transmitía por las noches, mientras fumaba su *hookah* y llegaba el olor de las fogatas y la comida, y Gul Baz permanecía fuera vigilando para que nadie se acercara a escuchar.

Mucho de lo que relataba podía ser falso, y el resto era una mezcla de murmuraciones, especulaciones y exageraciones; la charla habitual de los mercados, poco creíble en general. Pero en medio de todo eso aparecía alguna información útil que se agregaba a la que Ash ya tenía sobre el que fuera estado de Gulkote, y sobre el carácter y la actitud de su actual gobernante. Un montón de anécdotas hablaban de su vanidad y su gusto por alardear, y otras indicaban astucia y sangre fría que se habían manifestado en su infancia y habían aumentado con el correr de los años; con que una sola fracción de éstas fuera cierta, el cuadro estaba lejos de ser agradable.

Entre la cantidad de rumores y suposiciones, dos cosas destacaban con claridad: Nandu no toleraba que lo derrotaran y trataba muy mal a quienes lo molestaban.

–El maharajá es joven –dijo Mahdoo–, pero su pueblo ya le tiene mucho miedo. Sin embargo, sería un error decir que todos lo odian, porque a la gente de Karidkote nunca le gustaron los débiles, y muchos se alegran de que su nuevo gobernante sea astuto y cruel; eso les asegura que no serán absorbidos por los británicos, como sucedió en otros principados. También hay muchos que lo admiran por esas mismas cualidades que lo convierten en un joven malvado.

–Y supongo que hay muchos otros –comentó Ash– que lo odian lo suficiente como para querer eliminarlo y poner a otro en su lugar.

–¿Se refiere al joven príncipe? –Había escepticismo en la expresión de Mahdoo–. Bien, puede ser, pero no he oído hablar de eso en las tiendas; por mi parte creo que a ninguno de los que protestan contra él le gustaría ser gobernado por un niño.

–Ah, pero no lo serían, ésa es la cuestión. Los gobernarían los asesores del niño, y sin duda esos asesores serían quienes planearían llevarlo al trono. Serían ellos, y no el niño, los que gobernasen Karidkote.

–Biju-Ram –murmuró Mahdoo, como si meditara en el nombre.

–¿Por qué lo dices? –preguntó vivamente Ash–. ¿Has oído algo sobre él?

–Nada bueno. Nadie lo quiere, y le llaman muchas cosas desagradables: escorpión, serpiente, chacal, espía, alcahuete y muchas más. Dicen que era un hombre de la fallecida maharaní y hay una historia... Pero eso pasó hace muchos años y ya no importa.

–¿Qué historia?

Mahdoo se encogió de hombros y chupó su pipa. Se negó a decir nada más sobre el tema. Pero, cuando Gul Baz vino a preparar a Ash para la noche y él se levantó para irse, volvió a tratar el asunto.

–Con respecto al tema de que hablábamos, haré averiguaciones. –Y se marchó a recoger su cuota diaria de informaciones alrededor de las hogueras que ya brillaban en la oscuridad.

Pero las charlas del campamento no dieron más de sí. Ash comprendió que debía obtener datos de otra fuente, preferentemente de los familiares inmediatos de Nandu. La mejor sería la *rajkumari* Anjuli. Era apenas unos meses mayor que Nandu, de manera que debía de conocer su naturaleza mejor que cualquier otra persona en el campamento. También hacía muchos años que conocía a Biju-Ram, y no habría olvidado a Lalji...

–Si sólo pudiera hablar con ella –se dijo Ash por vigésima vez–. Juli debe de saber. Debo lograrlo de alguna manera. No será imposible... En cuanto pueda levantarme...

Pero no tuvo que esperar tanto tiempo.

19

–Mi hermana Shushila –anunció Jhoti, presentándose dos días después en la tienda del capitán Pelham-Martyn– dice que desea verte.

–¿Sí? –preguntó Ash sin mucho interés–. ¿Para qué?

–Ah, creo que sólo para charlar un rato –respondió Jhoti sin darle importancia–. Quería venir conmigo a visitarte, pero mi tío le dijo que no le parecía correcto. Aseguró que hablaría con Gobind esta tarde, y que si él lo aprobaba podían llevarte esta noche a nuestra tienda *durbar*. Y que allí cenaremos y charlaremos todos juntos.

Ash se puso alerta.

–¿Y qué dijo Gobind?

–Que sí, que podían llevarte en un *dhooli*. Le dije a mi hermana que tú seguramente no querrías ir, porque las muchachas parlotean como cotorras y nunca hablan de cosas serias. Pero ella me respondió que quiere oírte hablar a ti. Mi tío opina que es porque está aburrida y asustada, y las cosas que tú cuentas le interesan y la hacen reír, de manera que olvida sus temores. Shu-Shu es muy poco decidida. Tiene miedo hasta de los ratones.

–¿Y tu otra hermana?

–Ah, Kairi es diferente. Pero ella es mayor, y su madre era una *feringhi*. Además es fuerte y más alta que mi hermano Nandu, cinco centímetros más. Nandu dice que tendría que haber sido un hombre, y yo pienso que ojalá lo hubiese sido: entonces sería maharajá en lugar de él. Kairi jamás me habría impedido asistir a las bodas como mi hermano..., ese torito gordo y maligno.

Nada habría interesado más a Ash que hablar de Kairi-Bai, pero no permitiría a Jhoti hacer comentarios desagradables sobre el maharajá en su presencia, en particular cuando estaban rodeados de sirvientes. Por lo tanto, llevó la conversación a un terreno menos peligroso y pasó el resto de la mañana contestando innumerables preguntas sobre el críquet, el fútbol y pasatiempos similares de los *angrezi-log* hasta que Biju-Ram vino a buscar a Jhoti para almorzar.

Biju-Ram no se quedó mucho tiempo, pero esos minutos fueron interminables para Ash. Una cosa era sentir ese escrutinio frío y hostil a la luz de una lámpara en una tienda llena de gente, y vestido con su uniforme y con aspecto extranjero, de *sahib*; otra muy diferente soportarlo a plena luz del día y sin poder moverse de la cama, mientras miraba el rostro familiar de su viejo enemigo y escuchaba los tonos suaves de aquella voz que tan bien recordaba, haciendo cumplidos e interesándose por su salud. Ash no podía creer que aquel hombre no lo hubiese reconocido.

Pero, aunque los ojos de Biju-Ram eran tan agudos como siempre, aún no había señales en ellos de reconocimiento, y si podía creerse lo que decía estaba muy agradecido de que Ash hubiese salvado a Jhoti. Esto no era sorprendente si efectivamente estaba en desgracia con el maharajá y esperaba dirigir un grupo rival, porque Jhoti vivo podría ser algún día un as en la manga, mientras que muerto sólo significaría un desastre para el grupo de personas que lo acompañara al salir de Karidkote.

A Ash se le ocurrió que quizás el aspecto más extraño de la cuestión era que él y Biju-Ram se encontraran del mismo lado de la valla, cualquiera fuese ésta. Pero, aunque habría preferido no tener semejante aliado, no podía negarse que la ambición de Biju-Ram, combinada con sus temores por su propia piel, resultarían finalmente mejor garantía para la seguridad de Jhoti que la que él y Mulraj podían brindarle.

Ash estaba seguro de que Juli haría lo posible por evitar un encuentro con él. Pero estaba igualmente convencido de que no lo conseguiría: Shushila se ocuparía de ello, porque era evidente que la muchacha más joven dependía mucho de su hermana y no hacía ningún movimiento sin ella. Por lo tanto, no se sorprendió de ver entrar a ambas momentos después de ser él trasladado a la tienda *durbar*, aunque sí lo sorprendió que Juli no esquivara su mirada, sino que lo mirase a su vez con expresión grave y un interés tan grande como el suyo.

Le devolvió el saludo sin ninguna timidez, y al inclinarse en el gesto convencional del *namaste*, con las palmas unidas y alzadas para tocarse la frente, la ligera inclinación de su cabeza y la forma de sus manos, firmes y angulosas, distintas de las delicadas de la mayoría de mujeres de la India, le resultaron de pronto tan familiares que se asombró de no haberla reconocido a la primera.

Al pensar en la entrevista, Ash había temido que ella estuviera fría con él, o abiertamente hostil, y había pensado cómo hacer frente a la situación. Pero no existían frialdad ni animosidad en aquellos ojos que Ash había comparado con los «estanques de peces de Heshbon», y no demostraban miedo sino interés. Evidentemente, Juli admitía que él era Ashok, o que lo había sido, y buscaba en los rasgos de este inglés extraño el rostro del niño hindú que había conocido. A medida que avanzaba la noche, Ash advirtió que ella escuchaba no tanto lo que él decía como el sonido de su voz: tal vez lo comparaba con su recuerdo de la de aquel chico que hablaba con ella en el balcón de la reina.

Ash no tenía mucha conciencia de lo que decía en los comienzos de la reunión y sentía una vaga sensación de hablar al azar. Juli siempre había sido una niña algo solemne, modesta, que parecía mayor de lo que era, y conservaba bastante de esa gravedad. Cualquiera se daba cuenta de que era una mujer con una vida rígida y ajetreada, que había perdido la costumbre (si alguna vez la había tenido) de dar importancia a sus propios sentimientos y deseos, porque las necesidades de los otros la presionaban y absorbían con exclusión de todo lo demás. Una joven poco segura, sin conciencia de su propia belleza y, a juzgar por su actitud hacia Shushila, sobrecargada con una responsabilidad que más se parecía a la de una madre o una niñera que a la de una hermana mayor.

Ash no se sorprendía de que su aspecto poco común no fuera apreciado por su gente ni por ella misma, ya que divergía tanto del ideal de belleza de la India, pero lo perturbaba su aceptación de la dependencia de Shushila y todo lo que ésta implicaba, aunque no sabía por qué lo ponía tan incómodo. ¿Sería posible que tuviera miedo de Shushila? Descartó el pensamiento casi antes de formularlo, y decidió que era porque lo ofendía pensar que Juli ocupaba el segundo lugar después de la hija de la *nautch*, y mimaba y se preocupaba por una criatura malcriada y nerviosa que la obligaba a hacer cosas que no deseaba con el recurso de las lágrimas o la extorsión moral caprichosa. Sin embargo, no había nada débil en la firme línea del mentón de Juli ni en sus cejas rectas. Y el episodio del río probaba, además, que era rápida en sus decisiones y valiente.

A Ash le resultaba difícil apartar la mirada de ella, y no lo intentaba porque le hacía bien. Sólo cuando Jhoti le tiró de la manga y le preguntó en voz baja por qué no hacía más que mirar a Kairi, se dio cuenta de lo insensato de su conducta, y a partir de ese momento fue más cuidadoso. La hora permitida por Kaka-ji fue un intervalo muy agradable después de estar tanto tiempo tendido en el catre de su tienda.

–Mañana vendrá usted otra vez –dijo Shushila en un tono que indicaba una orden más que un ruego–. Para su sorpresa, Kaka-ji apoyó la invitación, aunque las razones del anciano para ello eran muy simples.

Kaka-ji estaba cansado de escuchar las lamentaciones de su sobrina. Y cansado también de calmar sus temores nerviosos, que ella había olvidado temporalmente ante la novedad de conocer a un extranjero y la excitación posterior de saber que le había salvado la vida a Jhoti, escapando a duras penas de la muerte. Pero ahora los temores habían vuelto, como resultado del aburrimiento y la inactividad de los días anteriores.

Su sobrina Kairi estaba acostumbrada a trabajar, e incluso en el campamento debía ocuparse de muchas cosas como tratar con los criados, escuchar quejas y hacer lo posible por resolver los problemas, supervisar a las mujeres de servicio, ordenar las comidas, cocinar y coser... Las tareas no tenían fin. Pero con Shushila era diferente, porque siempre la habían atendido en todo y encontraba intolerable la situación actual. Mientras el campamento avanzaba, veía algo nuevo todos los días y al menos se movían, aunque fuera hacia un futuro que temía. Pero a causa de la salud de Ash se habían detenido durante demasiado tiempo, y no había muchas actividades para una princesa mimada que debía pasar los días en tiendas calurosas y soportar corrientes de aire por las noches.

Anjuli hacía lo que podía por entretener a su hermana, pero juegos tales como el *chaupur* y el *pachesi* pronto la cansaron, por lo que Shushila se quejaba de que la música le producía dolor de cabeza, de que no quería casarse y de que su prima Umi, la nieta de Kaka-ji, había muerto de parto, y ella no quería morirse en un país extraño, o, más bien, no quería morirse de ninguna manera.

Kaka-ji, como su hermano el difunto maharajá, era un hombre apacible, pero pronto llegó al límite de la exasperación con las lágrimas, los temores y las quejas de la hija menor de su hermano, y ahora estaba dispuesto a apelar a cualquier recurso para aliviarlos. Por eso, a pesar de que en circunstancias normales no le habría parecido correcto que el joven visitara a sus sobrinas con tanta frecuencia, apoyó la orden de Shushila de que el *sahib* repitiera su visita al día siguiente.

El *sahib* la repitió, y luego, aunque Kaka-ji nunca llegó a saber muy bien cómo había sucedido, se convirtió en algo aceptado que lo llevaran a la tienda *durbar* todas las tardes, donde él, Jhoti, Kaka-ji y a veces Maldeo Rai o Mulraj, quien por su parentesco y su cargo tenía el privilegio de entrar, conversaban con las novias y sus doncellas, o se entretenían con juegos inocentes. Todo servía para pasar el tiempo y calmar la tensión nerviosa de Shushila; y ella, como Jhoti, se deleitaba con los relatos sobre Belait, muchos de los cuales le parecían sumamente cómicos.

Los dos estallaban en carcajadas ante cosas como los bailes y el absurdo de hombres y mujeres haciendo piruetas al compás de la música; los londinenses avanzando medio a ciegas en la niebla, las familias que se bañaban en el mar de Brighton, o las descripciones de las ropas ridículamente incómodas de las mujeres *angrezi*: sus zapatos estrechos, de tacones altos, y sus corsés aún más ajustados, verdaderas armaduras con acero y ballenas que las sofocaban; el relleno de crinolina bajo innumerables enaguas, los rellenos que usaban para recoger sus cabellos en rodetes y los sombreros fijados en lo alto de esos edificios con un montón de alfileres, y decorados con flores, plumas y pieles, y a veces hasta con un pájaro embalsamado completo.

La que casi nunca hablaba era Anjuli-Bai. Pero escuchaba, y a veces se reía; y aunque visiblemente Ash narraba para todos los presentes, en realidad su conversación iba dirigida a Anjuli. Se esforzaba por complacerla, y para ella trataba de describir algo de su vida en Inglaterra: para que supiera qué le había sucedido y cómo había pasado esos años desde su huida de Gulkote.

A Ash le resultaba increíblemente fácil decir cosas que tuvieran cierto significado sólo comprensible para Anjuli, y a veces una sonrisa o un leve movimiento de cabeza le indicaban que ella había comprendido una alusión que a los otros se les escapaba. Era como si el tiempo hubiese retrocedido y una vez más, como en presencia de Lalji y sus cortesanos, hablasen entre ellos en código y usando un lenguaje que sólo los dos entendían. Aunque sólo fuera en ese aspecto, subsistía la relación que habían tenido desde niños.

La última vez que habían jugado a eso Juli era apenas una niñita, y, hasta poco tiempo atrás, Ash también había olvidado la forma en que hablaban a Lalji, o fingían hablar a un monito o a otro animal cuando en realidad lo hacían entre ellos, intercambiando noticias o acordando el lugar de un encuentro. Hasta recordó la palabra en código que usaban para referirse al balcón de la reina: *zamurrad* (esmeralda), que era el nombre que también daban al pavo real que vivía con su harén en el jardín del *yuveraj*. La relación con la torre del Pavo Real era fácil de entender; encontraban cien maneras de introducir esa palabra en la conversación.

También tenían una expresión para designar las habitaciones de la madre de Ash, pero no la recordaba; porque, aunque le quedaba una borrosa imagen de ella, el paso del tiempo la había hundido entre otras ruinas y no podía recuperarla. Sólo cuando renunció al intento se despertó una noche con la palabra olvidada en la cabeza: Hanuman. Claro, Hanuman, el dios mono cuyas legiones formaron un puente viviente a través del mar hasta Lanka, cogiéndose uno a otro por la cola para que Rama pudiera cruzar sin peligro a rescatar a su esposa Sita, secuestrada y encerrada allí por un demonio.

¿Juli recordaría eso? ¿O era demasiado pequeña? Sin embargo, recordaba tanto..., mucho más que él, y su respuesta a la conversación oblicua revelaba que no había olvidado el viejo método de comunicación que tenían entre los dos cuando no estaban solos. Quizá podría volver a usarlo y avanzar un poco más. Valía la pena intentarlo, pensó Ash, y lo hizo la noche siguiente. Pero esta vez Juli no dio señales de haber entendido o de recordar, y aunque no evitó su mirada, no podía decirse que la devolviera.

Ash regresó a su tienda sintiéndose cansado y derrotado; trató con grosería a Mahdoo y con sequedad a Gul Baz. Cuando aquella noche la *dai* anunció su presencia desde el otro lado de la tienda, Ash le respondió que se marchara porque ya no necesitaba tratamiento ni deseaba ver a nadie. Para probarlo apagó su lámpara, pensando que ella no podría trabajar en la oscuridad y que debía aceptar ser despedida sin discusión... Tampoco se le ocurrió que lo discutiría. Pero, por lo visto, la *dai* era más obstinada de lo que él pensaba, porque la entrada de la tienda se abrió y penetró la luz de la luna acompañando a su figura velada.

Ash se incorporó sobre un hombro y repitió con cólera que aquella noche no la necesitaba, y que se fuera y lo dejara en paz, pero la mujer respondió:

–Si tú mismo me mandaste venir...

El corazón de Ash pareció saltar en su pecho y exclamó:

–¡Juli!

Se oyó una carcajada ahogada, una risa familiar, pero con un toque extraño, y Ash se aferró con su mano sana a un pliegue de algodón tosco, por miedo a que ella desapareciera tan silenciosamente como había llegado.

–¿No querías que viniera? –preguntó Anjuli–. Hablaste de Hanuman, y ése era el nombre que usabas para hablar de tu patio.

–El de mi madre.

–También tuyo. Y como ella ya no está, sólo podía referirse a una cosa: tu tienda. ¿Me equivoco?

–No. Pero eras apenas una niñita. ¿Cómo es posible que lo hayas recordado?

–No fue difícil. Después de que os marchaseis lo único que me quedaba para hacer era recordar.

Anjuli habló con tono sereno, pero esa frase le recordó a Ash qué solitarios debían de haber sido todos aquellos años para ella, y se le hizo un nudo en la garganta.

Anjuli no podía verle la cara, pero pareció leer sus pensamientos, porque dijo:

–No te aflijas. He aprendido a que nada me importe.

Quizá fuera así, pero a él le importaba, le importaba terriblemente. Lo aterraba pensar en la niña Juli sola y abandonada, sin otra cosa para vivir que recuerdos y la esperanza de que él cumpliera su promesa de volver. ¿Cuánto tiempo haría que había perdido esa esperanza?

–Y tú también recordabas –dijo Anjuli.

Pero eso no era totalmente cierto. En realidad, si no hubiera sido por Biju-Ram, aún no sabría quién era ella, y, por supuesto, no recordaría el juego de palabras con doble sentido y en código que él mismo había inventado. Ash se aclaró la garganta y habló con esfuerzo.

–Sí, pero no sabía si tú recordarías... o comprenderías.

Y de pronto lo asaltó el pánico por su egoísmo y la estupidez que había cometido.

–No debiste haber venido. Es demasiado peligroso.

–¿Entonces para qué me llamaste?

–Porque ni en sueños creí que vendrías. Que podrías venir.

–Pero fue muy simple –explicó Juli–. Sólo tuve que pedir a Geeta que me prestara un burka y me permitiera venir en su lugar. Me quiere porque una vez le hice un favor. Y yo ya he estado antes aquí, ¿recuerdas?

–Así que eras tú... la primera noche después del accidente. Estaba seguro de que eras tú, pero Mulraj dijo que era sólo la *dai*, y...

–Él no lo sabía –respondió Anjuli–. Vine con Geeta porque estaba enfadada contigo por... por tratarme como un *sahib*. Y porque durante años no pensaste en mí, mientras yo...

–Lo sé. Lo siento, Juli. Creí que no querrías volver a hablarme.

–Tal vez nunca habría vuelto a hacerlo si no hubieras resultado herido. Pero pensé que podías morir, y por eso le pedí a Geeta que me trajera. Vine con ella más de una vez, pero me quedaba sentada en la oscuridad mientras ella te atendía.

–¿Por qué, Juli? ¿Por qué? –Ash dio un tirón imperativo al pliegue de tela que aferraba en la mano, y Anjuli respondió con lentitud:

–Supongo que... para oír tu voz. Para estar segura de que realmente eras quien decías ser.

–Ashok.

–Sí. Mi hermano Ashok. Mi hermano de siempre.

–¿Tu...?

–Mi hermano de brazalete. ¿Te habías olvidado de eso? Yo no. Para mí, Ashok siempre fue un hermano más verdadero que Lalji... o que Nandu o Jhoti. Siempre fuiste mi hermano.

–¿De veras? –Ash parecía curiosamente desconcertado–. ¿Y ahora estás segura de que soy el mismo Ashok?

–Por supuesto. Si no, no estaría aquí.

Ash tiró del burka para acercarla a él, y dijo con impaciencia:

–Quítate eso y enciende la lámpara. Quiero mirarte.

Pero Anjuli sólo se rio y sacudió la cabeza.

–No. Eso realmente sería peligroso, y muy tonto también. Si alguien nos sorprendiera pensaría que soy la vieja Geeta, y como ella rara vez habla no habría peligro. Suéltame y me sentaré aquí un rato. Es más fácil hablar así, en la oscuridad, porque, como no me ves la cara, ni yo veo la tuya, podemos intentar creer que somos otra vez Kairi y Ashok, y no el capitán Pelham-Martyn, que es un *angrezi*, o la *rajkumari* Anjuli-Bai, que será...

Se detuvo un poco bruscamente, y sin terminar la frase se dejó caer en la alfombra, donde se sentó con las piernas cruzadas junto al catre: una forma pálida de contornos poco definidos que podría haber sido un fantasma... o un montón de ropa para lavar.

Más tarde, tratando de recordar qué se habían contado, a Ash le pareció que habían hablado de todo. Sin embargo, tan pronto como ella se fue, recordó cien cosas que habría querido preguntarle o había olvidado decirle, y hubiese dado cualquier cosa por llamarla para que volviera. Pero estaba seguro de que volvería a verla, y eso representaba un enorme consuelo.

No tenía idea de cuánto rato había permanecido Juli allí, porque con tanto que decir había perdido la noción del tiempo.

Hablaron en susurros por temor a despertar a los sirvientes de Ash, y si no hubiera sido por la intervención de la *dai*, Geeta, quien había tenido el valor de atravesar el campamento silencioso para averiguar por qué no había vuelto su señora, es posible que hubiesen continuado charlando hasta el amanecer sin darse cuenta. Pero la voz ansiosa de Geeta los despertó bruscamente, sacándolos del pasado; y entonces se dieron cuenta de que era muy tarde y del riesgo que corrían, porque ninguno de ellos la había oído aproximarse y muy bien podría haber sido otra persona quien se acercase de puntillas a la puerta de la tienda mientras estaban absortos en la conversación.

Anjuli se puso de pie enseguida y fue hacia la entrada.

–Ya voy, Geeta. Buenas noches, hermano mío. Que duermas bien.

–Pero volverás, ¿verdad?

–Si puedo. Pero aunque no pueda nos veremos en la tienda *durbar.*

–¿De qué sirve eso? Allí no puedo hablarte.

–Sí que puedes. Como lo hacíamos en los viejos tiempos, y como lo hiciste esta noche. Es tarde, hermano. Debo irme.

–Juli, espera... –Su mano se tendió en la oscuridad, pero ella ya no estaba a su alcance. Un momento después, Ash volvió a ver la luz de las estrellas a través de la puerta de la tienda, y aunque no oyó sonido alguno supo que Juli se había ido.

20

Ash se apoyó en las almohadas y contempló el cielo de la noche, meditando con desesperación en la palabra «hermano». ¿Era realmente así como ella pensaba de él? Ash suponía que sí. Pero él no abrigaba sentimientos fraternales hacia ella, aunque la honestidad lo obligaba a admitir que la había tratado como a una hermana, por haber descuidado sus sentimientos y por haberse olvidado de su existencia. Sin embargo, lo último que deseaba ahora de ella era un afecto fraternal, aunque se daba cuenta de que mientras Juli pensara en él como en un hermano la situación no era muy peligrosa; pero, si su relación se transformaba en algo más profundo, los peligros que les esperaban eran incalculables.

Permaneció despierto largo tiempo haciendo planes y descartándolos, y para cuando se durmió sólo una cosa le parecía clara: la necesidad de tomar precauciones. Tendría que ser muy cuidadoso..., por Juli más que por sí mismo, aunque era consciente del peligro en que se encontraría si alguien sospechaba que sus sentimientos hacia una de las novias que debía entregar a su futuro esposo estaban lejos de ser neutros.

No había necesitado que Mulraj le señalara qué fácil resultaría matar al joven Jhoti durante la marcha, aparentando un accidente y sin que las autoridades británicas hicieran ninguna investigación; y sabía que sería igualmente fácil planear su propia muerte. En la India, un hombre podía morir de muchas maneras, y si eso sucedía en alguna etapa del viaje en que el campamento estuviera convenientemente fuera del alcance de un médico inglés, o de cualquiera capaz de emitir una opinión profesional sobre su cadáver antes de que el calor, los buitres y los chacales se hubieran hecho cargo de él, sus asesinos no correrían riesgo de ser descubiertos. Su muerte tampoco exigiría mucho tiempo, porque a los demás les convenía que fuera rápida. Pero con Juli sería diferente.

Ash recordaba la historia de la *cheetah* que Nandu había quemado viva porque le hizo perder una apuesta, y se estremeció al pensar en lo que podían hacerle a Juli. Sucediera lo que sucediese, ella no debía arriesgarse a volver a la tienda de Ash. Tendrían que encontrar alguna otra forma de verse, porque si ella suponía, por un solo momento, que él se conformaría con verla únicamente en presencia de sus familiares y sus mujeres en la tienda *durbar*, se equivocaba.

Al despertarse con la luz de otra mañana ociosa y sin nubes, Ash abandonó tales pensamientos de inmediato.

Los peligros que tan fácilmente veía en la oscuridad parecían mucho menos amenazadores a la luz del día. Cuando por la noche lo llevaron a la reunión en la tienda *durbar* y vio la sonrisa de Juli dirigida hacia él al esbozar el gesto familiar del saludo, Ash olvidó sus buenas resoluciones y decidió que ella debía ir a su tienda una vez más aunque sólo fuera para que él le explicara por qué no debía volver, ya que resultaba difícil transmitir eso por medios indirectos y tortuosos.

Tres horas más tarde, Juli estaba sentada en un extremo de su catre mientras la vieja Geeta esperaba entre las sombras fuera de la tienda y vigilaba, temblando de ansiedad y murmurando plegarias a toda clase de dioses. Pero Ash no logró que Juli comprendiera el riesgo de su conducta.

–¿Tienes miedo de que Geeta hable? Te prometo que no lo hará. Y es tan sorda que tendríamos que hablar mucho más fuerte para que oyera lo que estamos diciendo.

–No es eso y lo sabes –replicó Ash–. Lo importante es que estás aquí y que no debes volver. ¿Qué dirían si te descubrieran?

Anjuli se rio y dijo con ligereza que no había el menor peligro de que la descubrieran allí, pero que en caso de que sucediera no provocaría un gran daño.

–¿Acaso no están todos de acuerdo en que ahora eres nuestro hermano, porque nos prestaste un gran servicio al salvarnos a mi hermana y a mí en el río, y al herirte tratando de salvar a nuestro hermanito de la muerte? ¿Y a una hermana no se le permite visitar a su hermano enfermo? En particular, si viene cuando ya es noche cerrada y los extraños no se asombrarán de su presencia, y además va acompañada por una viuda mayor y respetable...

–Pero yo no soy tu hermano –respondió Ash con furia. Le habría gustado agregar que no deseaba serlo, pero, como no le pareció el momento apropiado para decirlo, continuó–: ¡Hablas como una criatura! Y si aún lo fueras no importaría, pero ya eres una mujer y no es correcto que vengas a mi tienda sola. Debes saberlo.

–Por supuesto –asintió Anjuli. Aunque Ash no le veía la cara a causa de la oscuridad y el burka, sabía que estaba sonriendo–. No soy tan tonta. Pero si me descubren aquí puedo fingir que lo soy. Declararé exactamente lo que acabo de decirte, y, aunque seguramente me regañarán y me prohibirán volver, eso será lo peor que puede suceder.

–Contigo, quizá –replicó Ash–. Pero, ¿y yo? ¿Alguien creería que yo, o cualquier hombre, puede no ver nada malo en recibir a una mujer en la intimidad de su tienda y por la noche?

–Pero es que no eres un hombre –respondió Anjuli con dulzura.

–Que no soy... ¿Qué diablos quieres decir? –preguntó Ash, enojado.

–No en el sentido al que te refieres –explicó ella tratando de tranquilizarlo–. O no en este momento. Mi propio tío ha dicho que ninguna mujer podría considerarse en peligro en presencia de un inválido a quien tienen envuelto en tablillas y vendajes y que es incapaz de moverse libremente.

–Muchas gracias –observó Ash en tono cáustico.

–Pero es cierto. Cuando estés recuperado será diferente. Pero en estos momentos es difícil sospechar que puedas dañar mi virtud, aun cuando lo desearas.

A él no se le ocurrió ninguna réplica adecuada, a pesar de que sabía que las cosas no eran tan simples, y que ni el amable Kaka-ji sería muy condescendiente ante la conducta de su sobrina, o la de Ash. Pero la tentación de permitir a Juli que se quedara era demasiado grande y no intentó de nuevo convencerla para que se fuera o desalentar futuras visitas. Esa noche, no se quedó mucho tiempo ni permitió a Ash que suspendiera el tratamiento de la *dai*. Hizo entrar a la anciana para que le diera un masaje mientras ella esperaba fuera a la luz de la luna. Luego, las dos se marcharon juntas. Pero, a pesar del tratamiento de Geeta, Ash no pudo dormir aquella noche.

No tenía ninguna prisa por hacer que el campamento se pusiera nuevamente en marcha, pero había serios inconvenientes en permitir que permaneciera mucho tiempo en el mismo lugar; uno de ellos era el riesgo de agotar los alimentos y el forraje en los campos circundantes. No deseaba arriesgarse a que se repitiera la situación que había encontrado al llegar a Deenajung, y sabía también que la presencia de un número tan elevado de hombres y animales acampados en un lugar sería perjudicial para la localidad en un grado que pronto se haría sumamente desagradable. El viento que llegaba a través de la abertura de su tienda ya se lo advertía. Sin embargo, mientras estuvieran allí, probablemente Juli continuaría visitándolo, pero quizá no sería tan fácil una vez reemprendieran la marcha. Por esa sola razón habría dado cualquier cosa por quedarse, pero no podía olvidar sus responsabilidades con respecto al campamento. Así que a la mañana siguiente habló del asunto con Mulraj e informó a Gobind de que se sentía perfectamente capaz de viajar; quizá no a caballo, pero sí en uno de los carruajes para transportar equipaje o sobre un elefante.

Gobind no parecía muy seguro de lo que debía hacer, pero después de cierta discusión cedió con la condición de que el *sahib* Pelham permitiera que lo llevaran en un *palkee* y buscaran una manera cómoda de transportarlo. Por tanto, se dio la orden de que el campamento se pusiera en marcha al día siguiente.

En general, todos aprobaron con alegría la decisión, excepto la novia más joven, que días atrás se quejaba de la inactividad, pero que ahora que reemprenderían la marcha anticipaba, por el ruido y los preparativos, lo que le esperaba al final del viaje. Al pensar en ello sollozaba y se aferraba a su hermana en busca de consuelo, lamentándose de que se sentía enferma y de que la idea de viajar en aquel *ruth* caluroso y mal ventilado era superior a lo que podía soportar.

Por la noche no hubo reunión en la tienda *durbar*; más tarde, la *dai* llegó sola y logró superar su timidez lo suficiente como para murmurar que Anjuli-Bai enviaba sus *salaams* y lamentaba no poder visitar al *sahib* aquella noche ni la siguiente. Pero durante la semana posterior fue todas las noches, aunque sus visitas eran cortas y siempre acompañada de Geeta, que atendía a Ash y luego se retiraba para que su ama y el *sahib* hablaran.

La anciana era bastante sorda, pero aún tenía una vista excelente, y sus temores resultaban útiles porque el menor movimiento atraía su atención. Su tosecita nerviosa señalaba que alguien se acercaba y los dos ocupantes de la tienda debían guardar silencio. Pero nadie los interrumpía, y los sirvientes de Ash, que no habrían permitido acercarse a nadie sin detenerlo, estaban habituados a ver a la *dai* y a que viniera tarde. Como conocían la timidez de la mujer, no se sorprendían de que hubiera tomado la costumbre de traer una compañera. Las veían llegar y marcharse sin extrañeza.

Las amistosas reuniones en la tienda *durbar* ya eran una parte aceptada de cada día, aunque, después de las largas horas que pasaban en un *ruth* cerrado, Shushila a menudo estaba demasiado cansada como para desear compañía. Los caminos, cuando existían, eran rodadas de carros entre los pueblos, y donde no los había casi era preferible el suelo de la llanura. En ambos casos pisaban una espesa capa de polvo, y las pezuñas de los bueyes levantaban nubes asfixiantes que traspasaban las cortinas cerradas del *ruth* y cubrían de gris todo lo que había dentro: ropas, almohadones, manos, rostros y cabellos.

Shushila tosía y gemía, y se quejaba sin cesar del polvo, de las sacudidas y de la incomodidad, de manera que al final del día Anjuli estaba agotada, y a veces a punto de perder la paciencia y dar una paliza a su hermanita. Que no lo hiciera se debía a un hábito de muchos años, más que al afecto y la simpatía por Shushila, porque Juli había aprendido desde su infancia a controlar sus emociones y a reprimirse. Y a soportar sin quejas cargas que muchos adultos habrían encontrado difíciles de tolerar.

Juli tenía seis años cuando Ashok y Sita escaparon de Gulkote, y durante los meses siguientes su posición en el palacio no fue nada envidiable. Pero llegó un día en que, por casualidad, logró tranquilizar a la pequeña Shushila, que estaba echando un diente y había llorado durante horas, cuando todos habían fracasado en calmarla. Su éxito se debió, probablemente, a que levantó en brazos a la niñita en un momento en que ésta ya estaba agotada de llorar y de todas maneras se habría callado. Pero la *zenana*, exhausta, pensaba de otra manera, y Janoo-Rani, a pesar de que adoraba a sus hijos varones y no se interesaba por una simple niña, dijo que quizás en el futuro Kairi-Bai podría ser útil ayudando a cuidar a su medio hermana.

Sin duda, la *nautch* sentía una cierta satisfacción maligna al ver a la hija de la *Feringhi-Rani* atendiendo a su propia hija, pero a Kairi-Bai le gustó la repentina sensación de responsabilidad. Sus días ya no estaban vacíos, porque la hija de Janoo era una criatura enfermiza y nerviosa y quienes la atendían estaban encantados de que alguien hiciera el trabajo por ellos, aunque ese alguien fuera una niña de seis años. Kairi-Bai estaba ocupada todo el tiempo, y no fue sorprendente que, a medida que pasaron los años, Shushila llegara a verla menos como a una hermana mayor que como una combinación de niñera, compañera de juegos y esclava.

Kairi había sido todas esas cosas, pero su recompensa fue el amor. Un amor egoísta y exigente, sin duda; pero amor de todas maneras, algo que ella nunca había tenido antes... La pobre *Feringhi-Rani* había muerto tan pronto que no la recordaba; y aunque Ash había sido amable con ella y Sita le había brindado su afecto y su comprensión, sabía que ellos sólo se querían entre sí, mientras que Shushila, en cambio, no sólo la amaba, sino que la necesitaba. Que la necesitaran era también una experiencia nueva, y tan consoladora que no le importaron las largas horas de servidumbre que el descuido de los criados de la niña arrojaba sobre sus hombros.

Si Kairi hubiese hecho su voluntad, incluso es posible que hubiera logrado que su hermanita se convirtiera en una mujer bastante sana y equilibrada. Pero era demasiado pequeña e inexperta como para poder combatir la influencia perniciosa de las mujeres de la *zenana*, cuya ansia por atraerse los favores de Janoo-Rani las llevaba a halagar demasiado a la pequeña Shushila, y a competir entre ellas por mimar y malcriar a la niña.

El propio trato de la *nautch* a su hija estaba totalmente gobernado por sus estados de ánimo. Como éstos eran impredecibles, la pequeña Shushila nunca podía estar segura de si sería recibida con una caricia o una bofetada, y el resultado fue que desarrolló un sentimiento enfermizo de inseguridad, agravado por el hecho de que admiraba a su madre aún más de lo que la temía, y ansiaba su atención; las caricias descuidadas no podían compensar la tragedia de ser rechazada. Esto creó en ella una devoción apasionada por todo lo que era seguro y familiar: la intimidad y la protección de las paredes de la *zenana*, los rostros y las voces de todos aquellos que poblaban su pequeño mundo y la rutina invariable de cada día. No mostraba interés por nada que estuviera más allá del sector de las mujeres o en el mundo externo al palacio de los Vientos, ni deseos de aventurarse a entrar en él.

Kairi, que la había visto crecer, se daba cuenta de todo esto y percibía con claridad las causas, aunque la propia Shushila nunca habría podido expresarlo ni reconociendo los motivos que la impulsaban.

La conducta de Shushila cuando murió su madre fue tan frenética que la *zenana* predijo con toda seguridad que moriría de dolor: gimió, gritó y trató de arrojarse desde una de las ventanas. Cuando Kairi se lo impidió, se volvió hacia su medio hermana como un gato salvaje y le clavó las uñas en la cara hasta que le brotó la sangre. La encerraron en una habitación con ventanas enrejadas y se negó a comer. El hecho de que resistiera cinco días probó de manera concluyente que tenía más energía de la que permitían suponer su aspecto frágil y sus frecuentes enfermedades. Hizo oídos sordos a todos los esfuerzos de Kairi por consolarla, y finalmente fue Nandu quien puso fin a todo el enojoso asunto entrando en el cuarto como un ciclón y hablando a su hermana pequeña en términos que sólo usaría un hermano furioso y exasperado.

Para asombro de todos, el método dio resultado; en parte, porque como maharajá de Karidkote, y como hermano mayor, sin duda tenía autoridad sobre ella; pero principalmente porque era un hombre, y como tal un ser magnífico y todopoderoso cuyos deseos cualquier mujer debía respetar como leyes. Toda mujer india aprendía que su primera obligación era la obediencia. Y no había mujer ni *zenana* en toda la tierra que no estuviera bajo el control indiscutible de algún hombre. Shushila se sometió mansamente a las órdenes de su hermano y la cólera de éste triunfó donde había fallado la amante paciencia de Kairi-Bai, así que la paz volvió a la *zenana*. Pero, como resultado del violento tratamiento recibido de Nandu, Shushila le transfirió de alguna manera la obsesiva admiración que había sentido por su madre, y las mujeres de la *zenana*, que esperaban que la influencia de su hermana se acrecentase como resultado de la muerte de la *rani*, se sorprendieron, y en algunos casos se aliviaron, al descubrir que no era así. La posición de Kairi-Bai a este respecto no sufrió cambios, aunque en otros sentidos mejoró mucho, porque Nandu tenía un claro sentido de su propia posición y consideraba cualquier falta de respeto a un miembro de su familia inmediata como un menoscabo de su propia dignidad; y Kairi-Bai era una princesa de la casa real y su propia hermana.

Kairi no se preocupaba por nada más, porque hacía mucho tiempo que había aprendido que era mejor vivir para el presente y dejar el futuro en manos de los dioses, aunque estaba segura de que algún día se casaría... Al fin y al cabo, el matrimonio era el destino de toda muchacha. Pero su padre había sido demasiado indolente para preocuparse del asunto, y su madrastra demasiado celosa para buscarle un buen partido... Sin embargo, su miedo al rajá le impedía permitir que la hija mayor de éste se casara con alguien sin importancia. Por lo tanto, se archivó el problema de buscar un marido a Kairi-Bai, y con el tiempo fue pareciendo improbable que alguna vez le encontraran alguno. Después de todo, se estaba volviendo vieja: demasiado para ser una novia.

Cuando su padre murió, y luego su madrastra, el problema seguía sin resolver; sólo que ahora era el orgullo de Nandu el que no le permitía soportar la idea de entregar en matrimonio a su hermana a alguien de rango inferior. Tampoco pensaba permitir que se desposara antes que su hermana por padre y madre: Shushila debía casarse antes, y con un príncipe gobernante. Cuando esto se hubiera logrado, daría a Kairi en matrimonio a algún personaje menos relevante, aunque se daba cuenta de que quizá no sería fácil, porque, además de tener bastantes años, Kairi no era una belleza: una mujer alta, delgada, con pómulos prominentes, boca grande y manos de trabajadora... o de europea. Sin embargo, era hija del mismo padre que Nandu.

La pequeña Shushila, en cambio, prometía ser una belleza excepcional y ya le habían hecho varias ofertas matrimoniales, aunque hasta entonces su hermano no las había aprobado. El rango o las riquezas de los candidatos no eran suficientemente impresionantes, y en dos casos en que eso no era el obstáculo, las tierras de los pretendientes estaban demasiado cerca de Karidkote.

Nandu no había olvidado la forma en que su padre adquiriera el disputado estado de Karidarra, y no tenía intención de permitir que algún día un descendiente de su hermana Shushila reclamara sus propios territorios. Él era una persona cuidadosa. Pero cuando llegó una propuesta del *rana* de Bhithor la aceptó, aunque no podía decirse que fuera un candidato espléndido: Bhithor era un pequeño estado atrasado, con riquezas nada espectaculares, y su monarca, un hombre de mediana edad que ya se había casado y enviudado dos veces y que tenía siete hijas. Sus dos esposas anteriores habían muerto de parto, la última sólo hacía un año, aunque corrían rumores de que la habían envenenado; y de sus siete hijas, las cinco que habían sobrevivido a la infancia eran todas muchísimo mayores que Shushila. Pero su alcurnia era superior a la de Nandu, y los regalos que envió resultaron de una riqueza extraordinaria.Y lo mejor era que su reino estaba a más de setecientos kilómetros al sur, lo bastante lejos de Karidkote como para que cualquier futuro *rana* no soñara en anexionárselo. En opinión de Nandu, era una proposición sensata y satisfactoria. Pero su hermanita estaba horrorizada.

Shushila siempre había sabido que algún día debería casarse, pero ese día realmente había llegado y aquello la aterrorizaba. La idea de abandonar a todas las personas que conocía y el ambiente familiar en que había crecido le daba un gran temor, y le resultaba insoportable la perspectiva de viajar cientos de kilómetros a través de la India hacia un lugar y un hombre extraños... Hacia un viudo de edad madura. No podía enfrentarse con aquello. No lo haría... No lo haría. Prefería morirse.

Una vez más, sus chillidos y lamentaciones histéricas sacudieron la *zenana*, y ni siquiera Nandu y su cólera lograron convencerla, aunque él amenazó con hacerla azotar casi hasta la muerte si no obedecía. Pero Nandu no comprendía, como lo hacía Anjuli, que en el fondo del terror y la resistencia de Shushila estaba el miedo a una muerte mucho peor. La muerte por fuego. Comparado con eso, unos azotes parecían algo trivial.

Anjuli explicó, durante una de sus visitas a la tienda de Ash, que Janoo-Rani había dado órdenes de que se instruyera severamente a su hija en todas las cosas que debe saber una mujer bien nacida, no sólo en materia de ritos religiosos y el uso adecuado de la *pujah*, sino en todos los asuntos de ceremonia y etiqueta, y las obligaciones de una esposa hacia su marido. Shushila supo esto casi desde que aprendió a hablar, y sólo tenía cinco años cuando la llevaron a ver las huellas de manos en el portón del Suttee.Y se le dijo que si alguna vez quedaba viuda debía quemarse viva en la pira funeraria de su marido. Luego la obligaban a introducir el dedo pequeño en arroz hirviente, para enseñarle a soportar el fuego sin flaquear.

El comentario de Ash fue salvaje e irreproducible, y, aunque lo expresó en inglés, Anjuli no necesitó traducción; bastaba con el tono. Anjuli asintió con la cabeza y agregó con aire pensativo:

–Sí, fue cruel, y no sirvió de nada, porque lo único que se logró fue que Shu-Shu se asustara más todavía. La aterrorizaba el dolor. No puede soportarlo.

Ash observó cáusticamente que Janoo-Rani tampoco podía soportarlo, porque no había llevado a la práctica lo que predicaba cuando murió su propio marido, y él no creía, ni por un momento, que nadie la hubiese encerrado en una habitación contra sus deseos. Ni que la hubieran impedido hacer nada que deseara hacer.

–Es verdad –asintió Anjuli–. Creo que no quiso arrojarse a la pira porque estaba muy enojada con mi padre, que se casó con otra mujer, y odiaba tanto a esa mujer que no quiso arder con ella porque se habrían mezclado sus cenizas.

Ash emitió un ruido grosero y dijo que ésa era una buena historia, pero que parecía evidente que Janoo-Rani nunca había tenido intenciones de quemarse viva. En cuanto a Shushila, no había de qué preocuparse, ya que ahora el *suttee* estaba prohibido por ley.

–Una ley inglesa –se burló Anjuli–. ¿Realmente te has vuelto tan *angrezi* que crees que basta con que tu gente diga «está prohibido» para que estas antiguas costumbres cesen de inmediato? ¡Bah...! Hace siglos que las viudas se queman junto con sus maridos, y la tradición no morirá en un día, en un año ni en veinte porque lo ordenen los *feringhis.* En lugares donde hay muchos *angrezis*, policías y *pultons* para hacer cumplir la ley habrá quienes la obedezcan. Pero muchos otros no la obedecerán, y tu Raj nunca se enterará; porque éste es un país muy extenso para que lo vigilen un puñado de *feringhis*. Esta costumbre sólo se abandonará cuando las mujeres se nieguen a someterse a ella.

Sin embargo, Anjuli sabía que Shushila nunca se negaría. Esa enseñanza de sus primeros años había causado en ella una profunda impresión, y aunque el pensamiento de semejante muerte la aterrorizaba más allá de las palabras, no se le ocurriría evitarla porque sabía que ninguno de los predecesores de su padre había ardido solo (las huellas trágicas en el portón del Suttee eran prueba de ello), y su padre mismo había sido acompañado a la pira por su última esposa, la pequeña intrigante Lakshmi-Bai. Era el deber ineludible de una esposa real.

Si su futuro esposo hubiera sido un muchacho de su propia edad, o al menos un adolescente, la reacción de Shushila ante la noticia de su casamiento probablemente hubiese sido muy diferente. Pero el *rana* tenía casi cuarenta años y podía morir en cualquier momento, y entonces su peor pesadilla se convertiría en realidad y la quemarían viva. El dedo que la habían obligado a introducir en arroz hirviente estaba consumido hasta el hueso, y ella había aprendido a ocultarlo muy hábilmente, con el borde de su sari, de manera que nadie lo advirtiera. Pero, aunque ahora carecía de sensibilidad, Shushila nunca había olvidado la agonía de aquellos primeros días; y si se podía sentir semejante dolor en el dedo pequeño, ¿qué sería sentirlo en el cuerpo entero al ser arrojada al fuego? Era esta idea la que la conducía a un frenesí histérico y le hacía declarar ferozmente que no se casaría con el *rana* ni con ningún otro.

Quizá si le hubiera explicado esto a Nandu, éste hubiese sentido lástima de ella, aunque no habría cambiado sus planes. Pero Shushila no admitiría nunca que lo que la aterrorizaba no era el matrimonio, sino la viudez, porque esto significaría que ella, una *rajkumari*, hija de la familia real, se negaba a aceptar un destino que millones de mujeres más humildes habían aceptado sin discusión, y no quería caer en desgracia admitiendo su propia cobardía. Si Anjuli lo sabía no era porque Shushila se lo hubiese confiado, sino porque la quería, y por tanto no necesitaba palabras para explicar la causa real de su terca negativa a casarse con un hombre que Nandu había elegido para ella.

Fue una época difícil para casi todos en el palacio, y especialmente para Anjuli. Pronto, los demás perdieron la simpatía y la paciencia por ella, y a medida que continuaban las escenas de histeria se encresparon los ánimos. Intentaron intimidarla, sobornarla y conquistar su voluntad sin ningún resultado. Finalmente, Nandu cumplió su amenaza e hizo azotar a su hermana. La violencia física tuvo éxito porque Shushila, como decía Anjuli, no soportaba el dolor, y aunque no existía comparación entre una paliza y ser quemada viva, esta última calamidad pertenecía, al fin y al cabo, al futuro, y quizá podría evitarse, pero los golpes con una vara de bambú que dejaban marcas en su carne tierna estaban sucediendo ahora, y Shushila no podía aguantarlos. Capituló casi de inmediato. Pero no de manera incondicional. Obedecería a su querido hermano y se casaría con el *rana*... sólo si Kairi iba y se quedaba con ella. Si le aseguraban esto, prometía no crear más problemas y ser una buena esposa, y hacer todo lo que pudiera por agradar a su marido y a su hermano. Pero si no...

La perspectiva de más escenas de nervios resultaba intolerable. Nandu tenía inteligencia suficiente como para reconocer que, a pesar de su apariencia frágil, la belleza no era la única herencia que Shushila había recibido de su madre: en aquella niñita malcriada, histérica y excesivamente imaginativa se ocultaba el temple de acero de Janoo, y si le exigían demasiado era posible que se quitara la vida. No con veneno o con un arma, ni con nada que implicara demasiado dolor, sino saltando desde una ventana o lanzándose al fondo de un pozo, lo que consideraría una muerte más rápida y fácil..., o, sencillamente, dejando de comer. Era obstinada hasta la exasperación cuando se lo proponía, por lo que, una vez que saliera de Karidkote y quedase fuera de la vigilancia de Nandu, era imposible saber qué haría si se había marchado contra sus deseos. Por lo tanto, era mejor que lo hiciera por su voluntad; y si era posible persuadir al *rana* de que tomara dos esposas en vez de una, se lograría una rápida solución a otro problema: el de encontrar un marido para Kairi-Bai.

Los emisarios del *rana* fueron agradables, y Nandu experimentó la satisfacción del que mata dos pájaros de un tiro, aunque había que admitir que la dote exigida por Kairi-Bai excedía en gran medida a la que él había pensado, y hubo muchas discusiones sobre el tema, algunas bastante agrias. Finalmente, el asunto se solucionó con ventaja para el *rana*, porque, como señaló la favorita de Nandu en esos momentos, era justo que la deficiencia de Kairi-Bai en materia de crianza, edad y belleza fuera compensada por una dote sustancial. Y, además, el costo de una doble boda sería mucho menor que el de dos bodas por separado.

Esto era sin duda cierto, porque Nandu pudo economizar para la boda de su medio hermana dando como excusa que era adecuado que su ajuar fuera más pequeño y menos valioso que el de la novia más importante, Shushila-Bai. Además, la comitiva que envió para escoltar a sus dos hermanas a Bhithor sería igualmente numerosa y lujosa si iba una sola de ellas, ya que, en realidad, era menos una comitiva de bodas que una demostración pública del poder, esplendor e importancia de su alteza el maharajá de Karidkote. Nandu, como el oficial del distrito había señalado, estaba haciendo exhibición de su riqueza.

Pero organizar todo esto llevó tiempo, ya que el *rana* permaneció en Bhithor y los enviados que debían negociar el matrimonio no podían aceptar a una novia más sin consultar previamente. Los mensajeros recorrieron varias veces la distancia que separaba los dos alejados estados, y, como el viaje era lento y arduo incluso para un jinete con caballos veloces, pasaron muchos meses antes de que las hermanas partieran finalmente. Anjuli no tenía voz ni voto en todo esto: su futuro fue decidido por su medio hermano y los favoritos de éste, y ella no pudo decir nada al respecto. Aunque se hubieran tenido en cuenta sus deseos, jamás habría soñado con abandonar a Shushila. Shu-Shu siempre la había necesitado, y ahora la necesitaba más que nunca. No se podía pensar en dejarla marchar sola, y Anjuli, sencillamente, no lo consideró. Tampoco pensó mucho en el futuro marido, o en cuáles serían sus sentimientos hacia un hombre que estaba decidido a casarse con ella sólo para poder tener por esposa a su hermana menor. El convenio no le anunciaba un futuro muy feliz, pero eso tenía poca importancia porque Anjuli nunca había esperado demasiado del matrimonio. Le parecía un juego de azar con los dados muy cargados en favor del sexo opuesto, pues ninguna mujer podía elegir a su marido; sin embargo, una vez casada con él, aunque su marido resultara ser cruel e injusto con ella, o físicamente repulsivo, debía idolatrarlo como a un dios, sirviendo y cumpliendo su voluntad hasta el fin de su vida; y si él moría antes que ella, inmolándose en su pira. Si un novio se sentía desilusionado al levantar el velo de su esposa y ver por primera vez el rostro de la muchacha con quien se había casado, podía consolarse con otras mujeres, pero una novia decepcionada sólo tenía su sentimiento del deber y la esperanza de dar a luz hijos que la confortaran.

En esas circunstancias carecía de sentido confiar en un matrimonio feliz, y Anjuli no lo hizo; en parte, seguramente, porque en algún rincón de su mente vivía la esperanza de que algún día Ashok y su madre volvieran a buscarla, y pudiera irse con ellos a vivir el resto de su vida en un valle entre las montañas.

Esa ilusión nunca se esfumó del todo, aunque se fue debilitando a medida que pasaban los años y Ash y su madre no volvían. Pero, en tanto Juli no se casaba, tenía la sensación de que le quedaba una puerta abierta. Según crecía y dejaba atrás la infancia, y aún no se hablaba de un marido para ella, comenzó a pensar que quizá nunca lo tendría.

En el caso de Shushila, por supuesto, las cosas eran diferentes. Shu-Shu sería tan hermosa como su madre; eso ya resultaba evidente. Además, era una persona de importancia considerable, de modo que sin duda dispondría de un casamiento temprano y espléndido. Anjuli se había resignado hacía mucho tiempo al hecho de que ese casamiento las separaría quizá para siempre, y la noticia de que no sería así, y de que permanecerían juntas, la compensó por muchas otras cosas: por que esa puerta se cerrara y finalmente tuviera que abandonar un sueño; por abandonar Karidkote y terminar sus días en un país caluroso y árido y muy alejado hacia el sur, donde nadie había visto jamás un deodara o un pino, donde no había montañas ni nieve...

Jamás volvería a ver el Dur Khaima ni aspiraría el perfume de las agujas de los pinos cuando el viento soplaba del norte. Y si Ashok cumplía su promesa y volvía, sería demasiado tarde, porque ella ya se habría marchado.

21

En el campamento eran pocos los que podían levantarse tarde. Había mucho trabajo que hacer, y la mayoría de la gente madrugaba para alimentar y dar de beber a los animales, ordeñar las vacas y las cabras, encender fuegos y preparar la comida de la mañana. O, como Mahdoo y Kaka-ji, para orar.

Las plegarias de Mahdoo no requerían mucho tiempo, pero el *pujah* de Kaka-ji era un asunto prolongado. El anciano tenía una profunda conciencia de la existencia de Dios, aunque confesaba que no estaba seguro de que Dios tuviera conciencia de la existencia de él.

–Pero hay que tener esperanzas –decía Kaka-ji–. Hay que vivir en la esperanza.

El invisible era muy real para él, y no permitiría que un viaje interfiriera en sus prácticas religiosas; se levantaba antes del alba para dedicar las dos horas acostumbradas a su *pujah*.

Su sobrina Shushila era una de las pocas personas que se quedaban en la cama hasta tarde, pero su hermana, Anjuli-Bai, se levantaba casi tan temprano como Kaka-ji, aunque por una razón diferente. En parte era cuestión de hábito, pero durante los primeros días de la marcha se había levantado al amanecer para contemplar las montañas.

Por un tiempo, las cumbres nevadas de los Himalaya fueron claramente visibles al alba; se las veía plateadas y serenas en el aire fresco de la mañana. Y, aunque a mediodía las ocultaba el polvo, al atardecer resurgían con sus cumbres rosadas contra el tono verdoso del cielo del crepúsculo. A medida que pasaban las semanas, las cimas nevadas se fueron alejando y difuminando hasta que finalmente desaparecieron. Y Anjuli ya no trató de divisarlas.

Ahora se encontraban ya en Rajputana, un país muy distinto al Punjab fértil y densamente poblado. Los pueblos y aldeas ya no estaban cerca unos de otros, sino muy dispersos, y la misma región era en su mayor parte llana y poco atrayente. Un lugar con horizontes sin límites y poca sombra, donde la luz parecía más intensa que en el norte, y los hombres, como para compensar la falta de color del entorno, pintaban sus casas de blanco y rosado y decoraban paredes y entradas con alegres murales de elefantes en lucha o héroes legendarios. Hasta los cuernos de sus animales estaban a menudo pintados de tonos brillantes, y las campesinas no usaban sari sino voluminosas faldas de colores vivos, zafiro, escarlata, cereza, naranja, verde hierba y azafrán, estampadas y con bordes negros. Con sus blusas ajustadas y coloridos pañuelos en la cabeza, parecían bandadas de cotorras y caminaban como reinas, balanceando con gracia sus grandes ollas de bronce, sus *chattis* para el agua o sus cargas de forraje en la cabeza; también con un tintineo de plata, pues sus tobillos y muñecas estaban adornados con brazaletes.

–Como bailarinas –dijo Mahdoo en tono desaprobatorio.

–Como huríes –replicó Ash–. Como peonías, o como tulipanes holandeses.

La aridez del paisaje lo deprimía, pero le agradaba el atuendo alegre de sus mujeres y el hecho de que la tierra arenosa y pedregosa no fuera en modo alguno estéril como parecía a primera vista. Había allí más vida salvaje que la que Ash había visto durante todos sus días en el Punjab. Rebaños de gamos negros y *chinkara* vagaban por la llanura, y los pocos matorrales parecían estar llenos de perdices, codornices y palomas.

Llegó un cartero al campamento con un gran paquete de correspondencia dirigida al capitán Pelham-Martyn. En su mayor parte tenía poco interés, por lo que, después de hojear los papeles y dejarlos en un lugar adecuado, Ash se dedicó a las dos únicas cartas que le interesaban: una muy corta de Zarin y otra mucho más larga de Wally, quien francamente lo envidiaba y se quejaba del aburrimiento de Rawalpindi, deseando estar en el lugar de Ash.

«Yo te dije que sin duda las muchachas serían hermosas, pero tú no querías creerme –escribía Wally–. ¡Qué lástima que tengan que estar contigo!». Y luego demostraba que sus quejas eran infundadas al dar a Ash una descripción lírica de una tal señorita Laura Wendober, quien lamentablemente, ¿o quizá por suerte?, estaba comprometida con un ingeniero civil. También había un poema escrito en recuerdo de un compañero oficial que había muerto de enteritis, que comenzaba: «Dios mío, aun aquí su día lo ha alcanzado la mañana total», y continuaba en siete largos versos, cada uno peor que el anterior.

Sin embargo, la carta de seis páginas de Wally lo retrataba de cuerpo entero. Ash se rio mucho con ella y volvió a leerla, y por un momento casi deseó estar nuevamente en Rawalpindi.

En cambio, la carta de Zarin consistía en una sola página y era un curioso documento.

En primer lugar, estaba escrita en inglés, cosa sorprendente porque Zarin sabía que no era necesario: Ash había recibido dos cartas de él mientras estaba en Rawalpindi, ambas en escritura arábiga. Ésta, como las otras, había sido dictada a un escribiente de cartas profesional, y, aparte de los cumplidos habituales en estilo florido y las plegarias por la salud y la prosperidad de la persona a quien se dirigía la carta, sólo contenía algunas informaciones poco importantes sobre el regimiento. Terminaba diciendo que la madre de Zarin se encontraba muy bien y que deseaba que transmitiera sus saludos al *sahib* y le recordara que tomase precauciones especiales contra cosas tales como las serpientes, los ciempiés y los escorpiones que abundaban en las zonas salvajes de Rajputana...

Como hacía muchos años que la madre de Zarin había muerto, Ash llegó a la conclusión de que finalmente Zarin había descubierto que Karidkote y Gulkote eran una misma cosa, y trataba de comunicarle una advertencia. Sabía que al emplear el nombre de su madre llamaría la atención de Ash y lo pondría en guardia, suponiendo que él no lo hubiera descubierto ya por sí mismo, y sin duda el comentario sobre los escorpiones era una referencia a Biju-Ram, cuyo sobrenombre en el Hawa Mahal era *Bichchhu*; además, el hecho de que la carta estuviera escrita en inglés sugería que Zarin adoptaba precauciones contra la posibilidad de que la abrieran.

Evidentemente, había sido una medida muy acertada, ya que, al examinarlos, Ash observó que cada uno de los sobres entregados por el cartero había sido abierto... Un descubrimiento desagradable que no lo preocupó demasiado, porque estaba seguro de que en el campamento nadie sabía inglés lo suficientemente bien como para entender las cartas, pero probaba que los riesgos sobre los que quería advertirlo Zarin no eran totalmente imaginarios.

Ash apartó la carta de Wally; hizo pedazos la de Zarin arrojándola junto con las otras al cesto de los papeles, y fue a saludar al *tulakdar* local que había entregado una provisión de caña de azúcar para los elefantes.

El campamento se puso en marcha una semana después, cuando Ash abandonó la silla de manos e insistió en que ya estaba en perfectas condiciones de cabalgar. Se sentía impaciente por probar aquel soberbio caballo árabe, Baj-Raj («el corcel real»), que Maldeo Rai, en nombre del *panchayat*, le había regalado para reemplazar a Cardenal.

Podía cabalgar de nuevo gracias a la habilidad de Gobind y al tratamiento de Geeta, la *dai*; aunque el primer día a caballo lo cansó más de lo que quería admitir, el siguiente fue mejor y el siguiente mejor aún, y una semana después se encontraba en condiciones normales y se sentía en tan perfecto estado como antes del accidente. Pero el placer de no tener más dolores ni vendajes y no continuar en cama no era total, porque significaba que ya no necesitaría los tratamientos de la *dai*, y, una vez que cesaran sus visitas, sería demasiado peligroso para Juli ir a verlo sola.

Por el momento, no parecía haber otra alternativa que encontrarse en la tienda *durbar*, y Ash pensaba que era una solución muy poco satisfactoria; comparable a estar parado en la nieve y contemplar a través de la ventana una habitación cálida y un fuego encendido. Además, las reuniones por las tardes aún estaban sujetas a los caprichos de Shushila, y, ahora que el *sahib* ya no era un inválido, Kaka-ji habría preferido interrumpirlas, aunque no las prohibió y parecía disfrutar de ellas tanto como los demás cuando Shushila las convocaba. Pero Ash se había acostumbrado demasiado a ver a Juli a solas y a hablar con ella libremente, y no tenía intención de renunciar a eso. Debía de haber alguna otra forma de poder encontrarse.

Otra vez permanecía despierto por las noches haciendo planes, descartándolos y valorando riesgos. Pero podría haberse ahorrado la preocupación y las horas de sueño perdido porque Jhoti resolvió el problema sin darse cuenta, quejándose a Kaka-ji de que sus hermanas se volvían aburridas y soporíferas; y hasta Kairi, que nunca estaba enferma, había rehusado dos veces jugar al ajedrez con él porque tenía dolor de cabeza. Y no era de extrañar, declaró con sarcasmo, ¿qué podía esperarse? Permanecía durante horas encerrada en un *ruth* mal ventilado, o bien en una tienda *purdah*, y nunca tomaba el aire ni hacía ejercicio, ni caminaba más de diez pasos al día. De esta forma, cuando llegaran a Bhithor se sentiría tan mal como Shu-Shu, siempre enferma e inútil para todo. En cuanto a ésta, si no se cuidaba, nunca llegaría a su destino, porque, además de todos los males de que se quejaba, ahora ni siquiera comía bien, y si continuaba así se consumiría y moriría, y entonces el *rana* sólo recibiría a Kairi y probablemente se negaría a casarse con ella. Y entonces, agregaba Jhoti dando vía libre a su imaginación, todos tendrían que dar media vuelta y volver a Karidkote sin ninguna compensación por tantas molestias y gastos, y Nandu se pondría tan furioso que probablemente mandaría decapitar a todo el mundo, o los enviaría a prisión. O, quizá, hasta era posible que él sufriera un ataque y se muriera.

Este último vuelo de su fantasía divertía enormemente a Jhoti. Pero en su comentario anterior para alarmar a Kaka-ji había bastante de cierto, y la siguiente vez que Kaka-ji vio a sus sobrinas las miró con más atención y decidió que Jhoti tenía razón. Kairi-Bai parecía cansada, con ojeras, y mostraba una actitud de indiferencia que él jamás había observado antes. Se alarmó, porque si Kairi enfermaba, ¿qué sucedería con Shu-Shu? Ninguna de las otras mujeres podría ocupar su lugar y era fácil ver que, aunque lograba contener los accesos de su hermanita, esa tarea le resultaba muy exigente. La hermana más joven también parecía enferma: Kaka-ji observó que estaba adelgazando demasiado y que eso no le sentaba bien. Comenzaba a parecerse..., sí, a un monito escuálido, todo ojos.

La idea lo trastornó profundamente porque hasta ese momento siempre había considerado a Shushila una muchacha muy bella, y, aunque no sentía temor de que pudiera morir antes de llegar a Bhithor, como predecía tan sombríamente su hermano, sería un verdadero desastre que perdiera su atractivo. Después de todo, al *rana* no sólo le habían prometido una novia hermosa, sino que como parte del precio pagado por ella estaba obligado a aceptar también a su hermana mucho mayor; de manera que no se sabía cómo podría reaccionar si se sentía estafado en el negocio. Había que hacer algo de inmediato. Kaka-ji se apresuró a hablar con el *sahib* Pelham y pasó la siguiente media hora discutiendo este asunto con su interesado y comprensivo interlocutor. Desde el punto de vista de Ash, la situación parecía hecha a medida para él, por lo que, aprovechando la oportunidad, sugirió que ambas princesas hicieran más ejercicio. Una cabalgada diaria, quizá... preferentemente de noche, mientras se armaban las tiendas y el aire era fresco y estimulante. Una actividad de ese tipo sería buena para ellas, al final de un largo día sufriendo las incomodidades del viaje en medio del polvo y por un terreno tortuoso. Incluso las relajaría lo suficiente para abrirles el apetito y depararles un sueño reparador. Ash estaba seguro de que podían conseguir caballos mansos para la *rajkumari* Shushila, y de que no tendrían necesidad de una escolta para acompañarlas, pues Kaka-ji, Mulraj y él les brindarían suficiente protección. Además, sería buena idea que Jhoti diera lecciones de equitación a su hermana menor, e incluso había una posibilidad de que Shushila se convirtiera en una buena amazona e hiciera parte del viaje a caballo en lugar de ir todo el tiempo en el *ruth*.

Usando toda su habilidad y diplomacia, Ash logró transmitir la impresión de que el plan era, en realidad, idea de Kaka-ji, y que lo único que él había hecho era coincidir. Con el resultado de que más tarde, aquella noche, después de consultar a Gobind (quien estuvo de acuerdo en que el efecto del ejercicio moderado sería igual de reconfortante que el de los tónicos y purgas), el anciano caballero comunicó todo ello a Mulraj como si fuera su propia solución del problema, y le encargó que buscara caballos adecuados para las novias e hiciera los preparativos necesarios.

A Jhoti le encantaba la perspectiva de exhibirse ante Shushila, y estaba bien dispuesto a instruirla. El plan se puso en práctica al día siguiente y fue un éxito desde el comienzo; en particular, desde el punto de vista de Ash, porque las cabalgadas nocturnas eran infinitamente mejores que las reuniones en la tienda *durbar*: proporcionaban muchas más posibilidades para la conversación privada y estaban libres de los ojos vigilantes de las doncellas.

El *ruth* solía detenerse a un kilómetro y medio del lugar elegido para acampar, y Ash, junto con Jhoti, Mulraj y Kaka-ji, cabalgaba hasta allí llevando dos caballos más para las muchachas: uno lento, tranquilo y bien enseñado para Shushila-Bai, y otro más ágil para Anjuli.

Unas veces llevaban halcones, y otras una escopeta por si había posibilidades de cazar. Pero generalmente cabalgaban para hacer ejercicio y por placer. Shushila prefería ir al paso, o a lo sumo a un trote corto, mientras que Jhoti, en su papel de instructor, permanecía cerca de ella con Mulraj para vigilarlos a ambos; y Kaka-ji generalmente estaba demasiado cansado por todo un día a caballo para hacer algo más que seguirlos a cierta distancia, así que para Ash y Anjuli Bai era muy fácil tomar la delantera y explorar juntos el terreno sin despertar comentarios. Una vez más les fue posible hablar libremente, y ahora sin ningún temor de que pudieran oírlos; en campo abierto estaban seguros y Ash podía contemplar el rostro de Juli mientras ella hablaba, en lugar de sólo escuchar una voz susurrada en la oscuridad desde detrás de los pliegues de un burka.

Jhoti insistía en que Shushila llevara ropa de montar de hombre, ya que nadie, según él, podía cabalgar cómodamente (y por supuesto que nunca bien) envuelto en un sari. Y, aunque Kaka-ji protestó, no se atendió su protesta porque Shushila estaba encantada ante la perspectiva de disfrazarse, y, como también consideraba que era imposible cabalgar con un sari, señaló que despertaría menos curiosidad a los extraños que pudieran encontrarse en el camino si aparentaban ser un grupo de hombres que salía a dar un paseo nocturno.

Vestidas con ropas prestadas, Shushila se transformaba en un muchachito encantador y Anjuli en un joven apuesto. Y hasta Kaka-ji debió admitir que sus trajes difícilmente podían considerarse poco modestos, y que realmente eran más sensatos; aunque no advirtió que este cambio de indumentaria daba como resultado, inevitablemente, una atmósfera mucho más fácil e informal..., un fenómeno que puede observarse en cualquier baile de máscaras, donde el simple hecho de ponerse un bigote postizo o un disfraz parece convencer a quienes lo usan de que ya no los reconocen, y les permite perder sus inhibiciones y divertirse de una forma que jamás soñarían en cualquier otra ocasión.

El hecho de que las sobrinas de Kaka-ji vistieran lo que para ellas eran disfraces hacía posible que Anjuli-Bai cabalgara con el *sahib* Pelham, persiguiendo a un chacal o para ver qué había detrás de alguna elevación del terreno, sin que nadie, ni el propio Kaka-ji, pensara que había nada reprochable en ello. Kaka-ji se felicitaba del éxito de su plan porque no había duda de que la salud y el humor de ambas muchachas habían mejorado enormemente. Shushila ya no tenía aquel aspecto consumido que tanto lo había alarmado y pronto estaría tan bonita como siempre, y las mujeres que la atendían aseguraban que volvía a tener apetito y que sus nervios estaban mucho más relajados. Además, era evidente que disfrutaba de las lecciones de equitación no menos de lo que Jhoti gozaba dándolas, y al escuchar la voz aguda de su sobrino gritando alguna indicación o una palabra de estímulo, y la risa con que respondía Shushila, Kaka-ji sentía gran satisfacción por su ingeniosa idea.

Lo mismo podía decirse de Ash, que sólo encontraba un defecto en la situación actual: el hecho de que las cabalgadas nocturnas eran demasiado cortas y terminaban muy pronto. Las noches y los días largos y polvorientos se convirtieron en una preparación para esa única hora en que podía estar con Juli, aunque no esperaba pasar más que una parte de ese tiempo con ella, ya que el cuidado y los buenos modales obligaban a ambos a cabalgar y conversar con los otros al menos un rato. Además, no era siempre una hora, porque Ash, Jhoti, Mulraj y Kaka-ji también habían cabalgado todo el día, y a veces estaban demasiado cansados, aunque Ash jamás lo hubiese admitido. Cuando esto sucedía, la hora se reducía a la mitad o a un cuarto. Pero Ash agradecía cada minuto de aquel tiempo.

Cuando el campamento siguió hacia el sur a través de Rajputana como una vasta y colorida caravana circense (o, según pensaba a menudo Ash, como una nube de langostas), la temperatura se elevó y Ash se dio cuenta de que pronto haría demasiado calor para viajar con el sol en el cielo. Pero todavía no había necesidad de comenzar a planear eso, ya que las condiciones seguían siendo tolerables incluso a mediodía, y las noches eran frescas.

Los días pasaban en un soplo y Ash los disfrutaba intensamente, aunque rara vez tenía tiempo para descansar, porque cada jornada traía sus dificultades: desde las rutinas de aprovisionamiento (que incluían ocuparse de las reclamaciones por daños a las cosechas y los pastos que presentaban los iracundos jefes de los pueblos) hasta arbitrar en una gran variedad de disputas dentro del campamento, y, en más de una ocasión, ayudar a repeler un ataque de asaltantes armados.

Estos asuntos y muchos otros lo tenían muy ocupado. Pero no habría cambiado su lugar por el de nadie en el mundo, pues encontraba estimulantes esas constantes y variadas exigencias; y el hecho de que se hubiera intentado asesinar al joven Jhoti (lo que probablemente intentarían de nuevo) agregaba un sabor picante al viaje que eliminaba todo amago de aburrimiento. Y al final de cada día siempre estaba Juli: cabalgando junto a ella en la hora tranquila antes de oscurecer, Ash se relajaba y olvidaba sus responsabilidades con el campamento y con Jhoti, y volvía a ser Ashok en lugar del *sahib* Pelham.

Fue en una de esas noches, una calurosa y serena al final de un día aún más caluroso, cuando oyó por primera vez la historia de cómo Hira Lal había acompañado a Lalji y al viejo rajá a Calcuta, y había desaparecido de su tienda una noche sin que nunca más se volviera a saber de él. Decían que había sido atacado por un tigre hembra, un animal muy feroz que vagaba por la zona y ya había matado a más de doce nativos. La prueba fue un fragmento de las ropas ensangrentadas de Hira Lal encontrado entre los arbustos. Pero no se hallaron huellas de ningún tipo, y un cazador insistió con poco tacto en que no creía que fuese obra del animal. Más tarde, esa opinión fue apoyada por la noticia de que aquella noche el tigre había matado a un pastor cerca de un pueblo a unos cuarenta kilómetros de distancia. En la misma noche en que desapareció Hira Lal.

–Nadie lo cree tampoco en el Hawa Mahal –dijo Anjuli–, y hubo muchos que comentaron que lo habían asesinado por orden de la *rani*, aunque no lo decían en voz alta, sino en susurros. Por mi parte, creo que tenían razón. Todos sabían que ella se había puesto furiosa al enterarse de que mi padre había decidido llevar a Lalji con él cuando viajara a Calcuta a reclamar al virrey el trono de Karidarra, y no era ningún secreto que fue Hira Lal quien lo persuadió de que lo hiciera así, quizá porque temía que la *rani* mandara asesinar a Lalji tan pronto como mi padre volviera la espalda. Siempre tuvo celos de Lalji.

–Y me imagino que finalmente logró asesinarlo –observó Ash con aspereza–. A Lalji y también a Hira Lal. Uno casi desea que haya infierno después de todo; con una sección especial reservada a personas como Janoo-Rani, que realizan sus asesinatos a través de otros.

–¡No digas eso! –exclamó Anjuli en voz baja y estremecida–. No debes desearlo. Los dioses son justos y creo que ella pagó en esta vida todo el mal que hizo... y más. Mucho más, porque no murió de una manera fácil, y hacia el final gritó que Nandu la había envenenado, aunque no lo creo; ningún hijo pudo haber hecho semejante cosa. Sin embargo, si ella lo creía, qué terrible debe de haber sido morir pensándolo. No habría necesidad de infierno después de la muerte para Janoo-Rani, porque lo encontró allí; y, como sabemos que aquéllos que tuvieron una mala conducta alcanzan una reencarnación mala, también pagará por ello en su próxima vida y quizás en muchas posteriores, por cada mala acción que haya cometido en ésta.

–«Toma lo que quieras», dice Dios. «Y paga por ello» –citó Ash–. ¿Realmente crees en todo eso, Juli?

–¿En que debemos pagar por todo lo que hacemos?

–No; en que volvemos a nacer una y otra vez. En que tú y yo, por ejemplo, ya hemos vivido muchas vidas y viviremos muchas más.

–Si uno ha nacido una vez, ¿por qué no otra? –preguntó Juli–. Además, los *upanishads** nos dicen que es así, y, de acuerdo con esa enseñanza, sólo aquellos que llegan al conocimiento de la identidad del alma de Brahma alcanzan «el camino de los dioses» y no vuelven a la tierra. Por tanto, tú y yo no nos hemos liberado del ciclo del renacimiento; y como no creo que ninguno de nosotros persiga la santidad, o al menos no todavía, con seguridad volveremos a nacer.

–¿Como una lombriz o una rata o un perro vagabundo?

–Sólo si hemos cometido algún pecado terrible en nuestra vida. Si somos bondadosos y justos y damos limosnas a los pobres...

–Y a los sacerdotes –interrumpió Ash con tono irónico–. No te olvides de los sacerdotes.

–Y a los sacerdotes también –corrigió Anjuli con gravedad–. Entonces... ¿Quién sabe? Hasta es posible que volvamos a nacer como personas importantes. Tú, como un rey o un famoso guerrero, hasta como un *mahatma*. Y yo, como una reina... o una sacerdotisa.

* Parte de la literatura veda. (*N. de la A.*)

–Que los dioses no lo permitan –exclamó Ash riéndose.

Pero Anjuli no sonreía; con expresión muy seria, dijo, casi como si hablara consigo misma:

–Pero, había olvidado... Pronto seré reina en esta vida. La segunda *rani* de Bhithor...

Su voz se apagó en un susurro mientras seguían adelante sin hablar, hasta que Ash detuvo el caballo para observar el sol en el ocaso. Sabía que Juli se había parado junto a él, pero aunque no quería mirarla tenía una aguda conciencia de su presencia..., de la suave fragancia de pétalos de rosa secos que emanaba de ella, y de que si movía apenas una mano tocaría la de ella. El sol llegó al horizonte y desapareció, y desde el abrigo de unas hierbas altas un pavo real lanzó un chillido melancólico que llamaba al silencio. Ash oyó suspirar a la muchacha a su lado y dijo, sin mirarla todavía:

–¿En qué piensas, Juli?

–En el Dur Khaima –respondió Juli inesperadamente–. Es extraño pensar que nunca volveré a ver el Dur Khaima. Y tú tampoco, una vez que este viaje haya terminado.

El pavo real volvió a lanzar su chillido, y como un eco llegó la voz aguda de Jhoti que les gritaba que ya era hora de regresar, por lo que no tuvieron más remedio que volver sobre sus pasos y reunirse con los demás.

Ash permaneció en completo silencio mientras volvían al campamento. Aquella noche, por primera vez, adquirió conciencia de la situación e hizo un intento serio de examinar sus emociones y decidir qué pensaba hacer con respecto a Juli, si es que realmente quería hacer algo. O si podía.

Con gran consternación por parte de Gul Baz, anunció que daría un largo paseo en el que emplearía algunas horas, y, después de negarse bruscamente a permitir que nadie lo acompañara, se hundió en la oscuridad armado solamente de un *lathi* (bastón grueso, de hierro, como el que lleva la gente de campo).

–Déjalo, Gul Baz –aconsejó Mahdoo–. Es joven y hace demasiado calor para dormir. Además, creo que hay algo que lo preocupa, y puede ser que el aire de la noche lo ayude a aclarar la mente. Ve a acostarte y dile a Kunwar que esta noche yo seré *chowkidar*. No es necesario que los dos esperemos levantados al *sahib*.

La espera fue mucho más larga de lo que suponía Mahdoo, porque el *sahib* regresó casi al amanecer; mucho después de que el viejo se durmiera en su puesto, seguro de que Ash lo despertaría para entrar en la tienda y sin abrigar temores por la seguridad de alguien que había aprendido a ser cauteloso en la frontera, y que era perfectamente capaz de cuidar de sí mismo. La única ansiedad que sentía estaba relacionada con el estado mental de su *sahib*, que el viejo había adivinado con más exactitud de lo que hubiera supuesto Ash.

–A menos que me equivoque, y no lo creo –meditaba Mahdoo, hablando consigo mismo antes de que lo venciera el sueño–, mi muchacho está enamorado..., y de alguien a quien ve diariamente, pero que no puede ser suya... Sólo puede ser una de las dos *rajkumaris*. A menos que se trate de una de las mujeres de las *rajkumaris*..., bien pudiera ser. Pero, sea quien fuere, en esto sólo puede haber peligro y desilusión para él. Esperemos que lo haya comprendido y que esta caminata nocturna le sirva para enfriar la sangre y permitir que la prudencia prevalezca antes de que las cosas lleguen demasiado lejos.

Ash no sólo lo había comprendido. Había visto el peligro desde el comienzo y no lo había subestimado, pero, por una razón u otra, había demorado pensar en él. Se negaba tercamente a mirar hacia el futuro y ver adónde lo llevaría todo eso, o en qué terminaría..., quizá porque en el fondo de su mente lo sabía demasiado bien, pero no podía enfrentarlo.

En efecto, caminaba como dormido, y el comentario de Juli de que pronto sería reina..., «segunda *rani* de Bhithor», había actuado como un cubo de agua fría sobre él, y finalmente le había hecho advertir que su camino no era cómodo ni llano, sino un estrecho sendero al borde de un precipicio.

Las palabras de Juli le recordaron, además, otra cosa que había preferido ignorar: la rapidez con que pasaban los días y el hecho de que ya habían cubierto bastante más de dos tercios del viaje. En esos momentos habían dejado atrás la mitad del Rajpūtana; hacía días que habían bordeado los desiertos de Bikaner y pasado por los riscos cubiertos de rocas que guardan el gran lago Sambahal y las proximidades de Jaipur. Ahora que habían cruzado el río Luni y vadeado dos afluentes del Bañas, se dirigían una vez más hacia el sur, y no pasaría mucho tiempo antes de que llegaran al final de su viaje. Y entonces... entonces él presenciaría las ceremonias nupciales y vería a Juli caminar siete veces alrededor del fuego sagrado con el *rana* de Bhithor; y, cuando todo hubiera terminado, volvería solo al Punjab, sabiendo que esta vez la había perdido para siempre.

Le resultaba intolerable pensarlo. Pero ahora tendría que pensarlo.

Aquella noche no había luna, pero Ash veía en la oscuridad como un gato: la necesidad durante sus años en territorio de las tribus lo había ayudado a aguzar la vista, de manera que ahora podía caminar con seguridad donde muchos habrían ido a tientas por precaución. Llevaba el *lathi* como bastón y no como arma, porque no temía ser atacado, y, en cuanto a perderse en una zona desconocida, había poco riesgo de ello, pues ya la había recorrido unas horas antes y había advertido que a poco más de medio kilómetro, en línea recta desde su tienda, el suelo se estrechaba hasta formar un camino natural entre matorrales, hierbas altas y un ancho cinturón de rocas.

Como ése era el camino más corto y más fácil para llegar a campo abierto al otro lado, no era probable que se perdiera en la oscuridad, en particular porque las luces del campamento proporcionaban una señal que podía verse a varios kilómetros en la llanura.

El suelo era duro y seco, y una vez que sus ojos se acostumbraron a la luz de las estrellas comenzó a caminar con rapidez; sólo le interesaba poner la mayor distancia posible entre su persona y el campamento, porque le parecía imperativo salir del lugar donde podía ser oído y olido por hombres y animales, y dejar de ver las lámparas de petróleo y los fuegos encendidos antes de comenzar a pensar en Anjuli y en sí mismo.

Hasta ahora, los problemas del campamento siempre se habían interpuesto entre él y cualquier consideración seria de asuntos personales, puesto que no podía permitirse perder el tiempo. Debía resolver rápidamente todas las dificultades que surgían, por más triviales que parecieran, pues, si no se encontraban soluciones y se arreglaban las disputas en el tiempo más corto posible, era fácil llegar al caos. Pero con Juli era diferente. El problema que ella proponía era estrictamente personal y, por lo tanto, era posible tratarlo más tarde, no había prisa, porque la vería aquella noche..., y la noche siguiente, y la otra... Tenían mucho tiempo...

Y, de repente, ya nada podía aplazarse; el tiempo corría, y si había que decidir algo tenía que ser ahora. En una forma u otra.

El ruido del campamento disminuyó hasta convertirse en un ligero murmullo y luego se fue diluyendo hasta desaparecer. Por fin la noche estaba tranquila, tanto que, por primera vez en muchas semanas, Ash descubrió que podía oír el viento y montones de pequeños sonidos que se hacían audibles en el silencio.

Ahora sólo se veía la tierra vacía y un cielo lleno de estrellas; no tenía sentido seguir más adelante. Sin embargo, siguió caminando mecánicamente, y podría haber continuado durante otra hora si no hubiese llegado al lecho seco de un río, lleno de cantos rodados y piedrecillas redondeadas que podían hacerlo resbalar.

Cruzar ese trecho a la luz de la luna significaba el riesgo de torcerse un tobillo, de manera que se apartó, y, eligiendo una zona arenosa, se sentó con las piernas cruzadas en la clásica postura india de meditación; para pensar en Juli..., o eso era lo que pretendía. Sin embargo, sin saber por qué, se encontró pensando en Lily Briggs. Y no sólo en Lily, sino en sus tres sucesoras: la *soubrette* del concierto en la orilla del mar, la camarera pelirroja de Plough and Feathers y las muchachas provocativas de la sombrerería de Camberley, los nombres de las cuales no podía recordar.

Sus rostros surgían del pasado sin que los llamara y se presentaban ante él. Cuatro mujeres jóvenes, todas mayores y con más experiencia que él, y cuyo atractivo para los hombres era claramente erótico. Sin embargo, ninguna de ellas era avariciosa, por lo que resultaba irónico que Ash hubiera deseado casarse con Belinda Harlowe, que tenía alma de negociante. Por contraste, parecía la síntesis de todo lo que fuera dulce, bueno y virginal..., y además era una «dama». Ash se dijo que la había amado porque era «diferente», diferente de las cuatro muchachas excesivamente generosas cuyos cuerpos él había conocido íntimamente, pero de cuyas mentes nunca supo nada y jamás le interesaron... Le costó más de un año descubrir que tampoco sabía nada de la de Belinda, y que todas las admirables cualidades que él había imaginado en ella eran un puro invento, colocado en alguna imagen mental de su propia creación.

«¡Pobre Belinda!», pensó Ash, recordando con cierta ironía la imagen ideada por él mismo.

No había sido culpa de Belinda no poder acercarse a ese retrato idealizado; Ash dudaba de que alguien pudiera hacerlo. La Belinda real no era un ángel, sino una muchacha común y bastante tonta, que a la vez era bonita y que se envanecía de su belleza, y muy malcriada por los halagos y la adulación. Ahora lo veía claramente, y se daba cuenta también de que la superficialidad que le había hecho aceptar la proposición del señor Podmore-Smyth, y el estallido vengativo que había destruido al pobre George, difícilmente podían condenarse como fallas excepcionales cuando, en realidad, muchas otras personas las compartían.

Además, en su romance con Belinda no había habido sensualidad, mientras que el placer sexual fuera el único propósito de todos los romances anteriores. Habiendo experimentado ambos extremos, decidió que había aprendido todo lo referente a las mujeres, y, como no le gustaba lo que sabía, tenía miedo de volver a enamorarse (en esas circunstancias era una reacción comprensible, aunque no muy original). Pero ahora, como muchos amantes desilusionados antes que él, se había enamorado de nuevo. Le parecía que era la primera y la única vez. Y sabía sin dudas que sería la última.

En este descubrimiento no había alegría, porque era algo que él habría dado cualquier cosa por evitar. Y no tenía opción, tampoco ahora, de escapar de ello, pues no veía solución que no significara un desastre para él, para Juli o, posiblemente, para ambos. Pero no podía hacer nada al respecto; era tarde desde la noche en que le había devuelto su mitad del pececito de madreperla y la tomara en sus brazos. En ese instante supo que se pertenecían de la misma manera que las dos mitades del amuleto roto.

Juli era tan distinta de cualquier otra mujer que hubiese conocido como lo es un día claro en el Himalaya de un día gris en la llanura de

Salisbury. No había nada que él pudiera decirle y ella no entender, y perderla ahora sería como perder su corazón y su alma. ¿Y qué hombre puede vivir sin corazón, o esperar el paraíso sin alma?

«No puedo renunciar a ella –pensó Ash–. No puedo... ¡No puedo!».

Sabía que Juli compartía su propia sensación de estar completo y de pertenecer, sin necesidad de que se lo dijera. Así como sabía que ella le tenía más cariño que a ninguna otra persona en el mundo, como siempre había sucedido. Pero el cariño no era amor, y si lo que ahora sentía por él era sólo esa devoción que le había manifestado cuando apenas era una niñita que trotaba a su lado y pensaba que él era el más sabio y el mejor de todos los hermanos, no era suficiente. Y a menos que pudiera convertirlo en algo más profundo, seguramente la perdería.

No era como un hermano que podía pedirle que se jugara su destino por él y se enfrentara con las consecuencias: la desgracia, las dificultades y los incalculables peligros que podían surgir. Y su propio amor por ella no era en absoluto fraternal, la quería como esposa. Pero, aunque ella hubiera llegado a amarlo de la misma manera, ése era sólo el primer paso, porque seguía siendo Anjuli-Bai: una princesa y una hindú. Y, aunque la cuestión del rango pudiera parecerle trivial, la de la casta tal vez resultara demasiado fuerte para superarla.

La madre adoptiva de Ash era una hindú devota, y, como su hijo, había sido educada con conocimiento de los asuntos religiosos. Él había estudiado el *Rig Veda* y estaba familiarizado con la historia del sacrificio de Purusha, el primer hombre, de cuya inmolación vino toda la creación junto con las cuatro castas hindúes. Porque del aliento de Purusha procede la casta de los brahmanes, la de los sacerdotes; de sus brazos, los guerreros o chatrias; de sus muslos, los *vaisyas*, agricultores y comerciantes, y de sus pies, la casta servil, los *sudra*. Todos los demás hombres eran descastados, «intocables» cuya sola presencia contaminaba. Por lo tanto, para un hindú, la casta era lo más importante porque decretaba el estatus social de todas las personas y el trabajo que se les permitiría hacer, y afectaba de alguna manera todos los aspectos de su vida. Nada podía cambiarla. Si un hombre nacía *sudra*, la casta más baja, debía vivir y morir como un *sudra*; ninguna cantidad de riqueza ni de poder que adquiriera lo elevaría a una casta más alta, y sus hijos y nietos, y los hijos de éstos hasta el fin de los tiempos, serían *sudras*. Sólo una vida de gran piedad y buenas obras podía, después de su muerte, hacerlo renacer como miembro de una casta más alta. No había otra forma de escapar al destino.

Sita pertenecía a una familia de granjeros. Montañeses que decían tener sangre de *rajput*. Su marido también era un *vaisya*, y Sita crio a Ash estrictamente como si fuera su hijo. La madre de Juli, por otra parte, era una mestiza, y, por lo tanto, a los ojos de los hindúes ortodoxos, estaba manchada con sangre extranjera. Pero su padre había pertenecido a la casta de los guerreros, y como muchos chatrias consideraba que ellos, y no los brahmanes, debían enorgullecerse por derecho de su origen. Además era un autócrata, un *rajput* y un rajá. Por estos motivos se consideraba como alguien que está por encima de la casta, y si hubiera deseado casarse con la hija del más bajo de los intocables, probablemente lo hubiese hecho y con mucha dignidad. Sin embargo su hija, la *Feringhi-Rani*, por cuestiones de casta no habría considerado que el hijo adoptivo de la doncella, Sita, era el esposo conveniente para su hija. Tampoco el heredero del padre de Juli..., y de eso Ash estaba seguro, a pesar de los bajos orígenes de la propia madre de Nandu, o del estatus dudoso de su medio hermana: ello había causado tantas discusiones y problemas con los emisarios de Bhithor, que sólo con un gran soborno y la promesa de una cuantiosa dote se los convenció para que la aceptaran como esposa adecuada para su *rana*.

En esa fecha, sin embargo, la aprobación o desaprobación de Nandu carecía de importancia. Persistía el problema de que, como ya se habían firmado los contratos matrimoniales y se habían intercambiado regalos, sus hermanas eran en todo sentido propiedad legal del *rana*, y la ceremonia de las bodas sólo pondría el sello final a un negocio que ya se había aprobado y era irreversible. De manera que, excepto que se produjera un milagro, no había manera de resolver el asunto sin provocar un escándalo de grandes proporciones y muchos peligros. Y Ash no creía en milagros.

A menos que pudiera persuadir a Juli de que huyera con él, la boda se celebraría. Y, una vez que estuviera casada con el *rana*, nunca podría volver a verla ni hablarle, porque ella desaparecería en el mundo secreto de las habitaciones de las mujeres y la perdería como si hubiese muerto... Ni siquiera podría escribirle ni recibir noticias de ella excepto, quizá, a través de Kaka-ji... Aunque esto era muy improbable, porque Kaka-ji no consideraría correcto hablar de la esposa del *rana* con otro hombre, y la única información que probablemente daría le resultaría a Ash intolerable: que Anjuli-Bai era madre; o que había muerto... La idea de cualquiera de esas dos cosas resultaba tan insoportable que Ash se echó involuntariamente hacia atrás como si esquivara un golpe.

Él tenía pocos recuerdos del Hawa Mahal, ahora que lo pensaba. En ellos no figurara ella porque, aunque su actitud hacia Juli había sido una mezcla de irritación y condescendencia señorial, se había convertido en una parte de sus días, y si no hubiera sido por ella nunca habría salido vivo del palacio. Sí, tenía una gran deuda con Juli y no había hecho nada por pagársela... O quizás olvidar su promesa de volver a ella, porque la honestidad lo obligaba a admitir que habría sido mejor para Juli que él no hubiera vuelto a verla nunca, y que ella hubiese podido pensar que Ash estaba muerto. Ahora recordaba que incluso de niña ella nunca había discutido su destino, sino que lo aceptaba como inevitable, como decretado por los dioses... Y si él no hubiese vuelto, ella se habría sometido a tal destino y en todo caso hubiera disfrutado de cierta comodidad y seguridad como esposa de un príncipe gobernante. Pero ¿cómo sería su vida si se escapaba con un *feringhi*, un oficial de baja graduación de los Guías, y hasta dónde podrían escapar? Al fin y al cabo, ése era el meollo del problema.

«Supongo que no muy lejos», decidió Ash con amargura.

No podía cerrar los ojos al hecho de que todos en el campamento, y en realidad en toda la India, considerarían semejante escapada como indefendible: una traición desvergonzada que insultaba a Bhithor y llevaba la desgracia a Karidkote y al Raj.

La opinión de los británicos sería igualmente severa, aunque desde un ángulo diferente. No les importaría en absoluto lo referente a

Juli (pues ¿qué otra cosa se podía esperar de una pequeña analfabeta en *purdah*?). Pero no tendrían piedad con el capitán Ashton Pelham-Martyn, que había traicionado su confianza y abandonado a «los suyos» escapándose con una mujer (para mayor gravedad, una nativa) a quien se encargaba de escoltar por la India para entregarla sana y salva a su futuro marido.

«Me expulsarían del Ejército», pensó Ash.

Un año atrás había esperado enfrentarse con un consejo de guerra por su actuación en el asunto de Dilasah Kahn y los rifles robados, y sabía que a duras penas se había salvado de ello. Pero, si se escapaba con Juli, no podría evitarlo. Y lo expulsarían: «Su majestad ya no necesita de sus servicios».

Nunca volvería a ver Mardan, ni a Zarin, ni a Awal Sha, ni a Koda Dad. Los hombres de su sección y sus compañeros oficiales, el Cuerpo de Guías, y el viejo Mahdoo..., los perdería a todos. Y a Wally, porque ni siquiera ese eterno adorador de héroes aprobaría su conducta.

Wally podía hablar mucho de amor y romance, pero sus ideas en asuntos tales como el deber eran inflexibles, y consideraría aquello como la ruptura de un pacto. De un pacto sagrado, porque el deber era sagrado para él, y si se hubiera encontrado en la situación de Ash, sin duda habría podido decir, como Lovelace: «No podría amarte más, querida, si no amara más el honor». Porque jamás se le ocurriría que Juli ni ninguna otra mujer en el mundo pudiera valer más que el honor.

«También lo perdería a él», pensó Ash. Y por segunda vez aquella noche se estremeció ante la idea como si fuera un dolor físico. La amistad de Wally y la admiración de éste habían llegado a significar tanto para él que perderlas dejaría un vacío en su vida que no podría volver a llenar, ni olvidar. Y había otra cosa... ¿Por qué suponer que a Juli le gustaría vivir en Inglaterra, cuando a él no le había gustado?

Cuando los británicos de la India hablaban de su isla, invariablemente la llamaban «casa». Pero nunca había sido su casa para él, y al mirar hacia el pasado supo muy bien que, aunque Juli se fuera con él, no querría volver allí. Sin embargo, no podían permanecer en la India, porque, aparte del ostracismo social al que los condenarían tanto británicos como indios, estaba el peligro de las venganzas por parte de los gobernantes ofendidos de Bhithor y Karidkote.

La primera consideración no pesaba demasiado: a Ash nunca le había importado mucho la aprobación social o las opiniones de sus compañeros. Pero por Juli no podía arriesgarse a ser objeto de venganza, de manera que tendrían que marcharse del país y vivir en otra parte... Si no en Inglaterra, tal vez en Norteamérica. No, en Norteamérica, no... Los norteamericanos, como las *memsahibs*, eran opuestos a los matrimonios mixtos, e incluso en los estados del norte a Juli se la consideraría «una mujer de color» y se la trataría en consecuencia.

¿Sudamérica entonces? ¿Quizás Italia... o España?

Pero en el fondo de su corazón sabía que no habría diferencias en cuanto al país que eligieran, porque dondequiera que fuesen para ellos significaría lo mismo: el exilio. Pues la India era su país: tanto el de Ash como el de Juli. Y si la abandonaban, sentirían algo semejante a lo que había sentido él antes, cuando partió de Bombay a los doce años al cuidado del coronel Anderson.

Sólo que esta vez sabría que nunca regresaría a su hogar.

22

Ya estaba próximo el amanecer cuando Ash se puso de pie, se sacudió la arena de la ropa y, volviendo a tomar el *lathi*, dio media vuelta para regresar al campamento.

No pensaba estar fuera tanto tiempo, y sólo cuando un viento fresco comenzó a soplar junto a la orilla seca del río, removiendo la arena entre las piedrecillas y haciéndola volar hasta sus ojos, se dio cuenta de lo tarde que debía de ser; porque ése era el viento que sopla en Rajputana en la hora oscura previa al amanecer y que cesa antes de que salga el sol.

Detenido una vez más en la cresta del risco que lo había protegido de la vista desde el campamento, Ash observó que el millar de fogatas y lámparas que antes emitían un resplandor rojizo se habían apagado o extinguido hacía mucho. Ahora sólo quedaban algunos puntos de luz para mostrarle dónde se encontraban. Los necesitaría, ya que estaba mucho más oscuro que al partir; las estrellas ya habían comenzado a palidecer, y aunque había un trozo de luna en el cielo, era pálida y de color limón; y daba muy poca luz.

La oscuridad lo obligó a caminar con lentitud para no tropezar en las rocas o en los agujeros, pero eso no evitaba que su cerebro siguiera torturándose con el problema que lo había impulsado a escapar algunas horas antes, y que ahora llevaba de vuelta con él, sin resolver. A la ida no le había parecido tan complicado, sólo cuestión de aclarar la mente y decidir una línea de acción. Pero, en cuanto comprendió que no podía renunciar a Juli y comenzó a planear formas y medios de escaparse con ella, surgieron las enormes dificultades con que tendrían que enfrentarse. Volvía al campamento y los problemas se multiplicaban con cada paso...

Si intentaban escapar juntos, seguramente los perseguirían. Y esto no era Gran Bretaña, sino Rajputana, «el país del rey», una amalgama de estados soberanos gobernados por príncipes independientes donde la autoridad del Raj significaba poco. Los gobernantes nativos decían estar al servicio de la reina, pero, en realidad, hacían su voluntad y su rango los protegía de cualquier persecución de la justicia. Un gobierno paternalista les proporcionaba «asesores» llamados residentes, comisarios y oficiales políticos, que decidían en cuestiones tales como el número de salvas con que se saludaría en las ceremonias oficiales. Pero en otros aspectos no intervenían en absoluto, a menos que se vieran obligados, y una princesa que huía con su amante no dispondría de protección alguna.

Una vez que se propagara la noticia de su fuga, todos se volverían contra ellos y ningún estado en toda Rajputana les concedería asilo. Así que, por el momento, lo único que podían hacer era esperar la marcha de los acontecimientos y confiar en la inspiración. Quizá sucediera algo..., especialmente un milagro, porque Ash comenzaba a pensar que era lo único que podría salvarlos.

«Pero ¿qué he hecho yo para merecer un milagro?», pensó Ash.

No tenía respuesta; cuando media hora más tarde realmente sucedió algo, no fue el milagro que esperaba, sino una confirmación plena de todos sus temores y una prueba, si es que la necesitaba, de que los peligros que había sospechado estaban lejos de ser imaginarios.

Como todavía había poca luz, Ash debía caminar con cuidado y mirando al suelo, pues no se le había ocurrido pensar que sus movimientos interesarían a alguien, salvo a Mahdoo y a sus sirvientes, ni que podría ser atacado.

El disparo lo cogió por sorpresa, y por un momento no se dio cuenta de que él era el blanco. La bala chocó contra el *lathi* y se lo arrancó de la mano en el mismo instante en que escuchó el ruido; por instinto, se arrojó entre las piedras, aunque lo único que llegó a pensar es que se había interpuesto en la línea de fuego de algún cazador local que perseguía una pieza para su comida. Por eso, levantó la cabeza y gritó furiosamente en la oscuridad.

La respuesta fue un segundo disparo que pasó a menos de dos centímetros de su cabeza. Sintió silbar la bala, pero esta vez no se escuchó ruido alguno; si el primer disparo podía haber sido accidental, el segundo ya no lo fue. Había visto el fogonazo y se dio cuenta de que el agresor se hallaba a poco más de cincuenta metros y que no podía haber dejado de oír su grito ni confundirlo con el de un animal herido. Y en el instante siguiente, como para confirmarlo, oyó claramente en el silencio el clic metálico de un cerrojo al ser accionado.

Aquel sonido resultaba tan aterrador que aceleró los latidos de su corazón. Pero, al mismo tiempo, le aclaró la mente y lo hizo pensar con mucha más rapidez y serenidad que en los últimos días. La vacilación de las horas pasadas desapareció, y Ash se encontró evaluando la situación con tanta frialdad como si estuviera de maniobras en la llanura más allá de Mardan.

El atacante no era un pillo que disparaba a un desconocido por deporte o por maldad; las balas de rifle eran demasiado valiosas para malgastarlas sin recompensa, y Ash no llevaba nada que valiera la pena robar. Su atacante sabía sin duda que su víctima no tenía armas, porque había disparado confiadamente, de pie, oculto pero en modo alguno protegido por las hierbas, en el lugar por donde había esperado que pasara su objetivo.

De pronto, Ash tuvo esa certeza, porque era el único lugar donde la pendiente del terreno señalaba el camino, y quien deseara tender una trampa sabía que su víctima tenía forzosamente que pasar por allí; sólo debía esperar. Alguien estaba enterado de ello y lo esperaba; incluso en la oscuridad, el disparo debía de haber sido fácil, ya que a distancia tan corta las posibilidades de fallar eran mínimas. Además, Ash se había acercado caminando muy despacio y sin preocuparse de no hacer ruido, y de no haber sido por el *lathi* habría muerto o recibido graves heridas.

Pero el que acechaba con el arma quizás ignoraba que llevaba el *lathi*, y, al verlo caer, lo más probable es que supusiera que había dado en el blanco y que su víctima estaba muerta o agonizando... Seguramente esto último, así que había sido un error gritar. Por otra parte, muchos hombres lo hacían en el momento de ser heridos y, como no emitió ningún otro sonido, Ash podía esperar que su agresor lo creyera muerto y se abstuviera de gastar otra bala. Era la única posibilidad que tenía de salvarse y debía emplearla lo mejor posible.

Su atacante no hizo el menor movimiento durante casi cinco minutos; permaneció completamente inmóvil, protegido por las hierbas y los matorrales. Luego, finalmente, comenzó a arrastrarse hacia delante con la lentitud y la cautela de un felino, y deteniéndose tras cada paso para escuchar.

Era apenas una silueta oscura contra el fondo sombrío de vegetación, pero el cielo comenzaba a clarear y los objetos a tomar forma y revelarse como rocas y arbustos. Ash veía el cañón del rifle aún dirigido hacia él. Por el ángulo en que lo sostenían supo que el dedo del agresor estaba todavía apoyado en el gatillo y que si quería conservar la vida no debía siquiera respirar.

El aire había cesado al aproximarse el amanecer. Todo estaba tan tranquilo que se podía escuchar el crujido suave de la tierra seca y de las piedrecillas al ser pisadas por unos zapatos de cuero, y enseguida el sonido de la respiración del presunto asesino, rápida y entrecortada. Ahora, el agresor se encontraba a menos de un metro de distancia, lo que aún resultaba excesivo para contraatacar, pues el arma continuaba apuntando al cuerpo de Ash y dispuesta a hacer fuego, en esta ocasión sin posibilidad de error. El hombre continuaba inmóvil, escuchando, y hasta parecía imposible que no percibiera los latidos del corazón de su víctima, que resonaban en los oídos de Ash como martillazos sobre un yunque. Pero, aparentemente, no los escuchaba, ya que momentos después se acercó y tocó con el pie el supuesto cadáver. Como éste no se movió, le propinó una patada, esta vez con cierta violencia. Su pie estaba aún en el aire cuando una mano se cerró como un cepo alrededor de su tobillo y tiró de él con fuerza. El asesino perdió el equilibrio y cayó sobre el rifle, que se disparó con un ruido ensordecedor; la bala chocó contra una roca arrancando multitud de esquirlas, y una de ellas golpeó a Ash en la frente y le abrió una herida en la ceja de la que manó sangre abundante.

De no haber sido por eso, habría matado a su atacante, porque el puntapié lo había enfurecido como nunca le sucediera en su vida y hasta borró de su mente todo lo que había aprendido sobre las reglas del boxeo. Sólo deseaba matar... o que lo mataran, aunque había muchas posibilidades de que sucediera esto último. Su agresor podía ser peligroso con un arma en la mano, pero sin ella resultó muy inferior a Ash, pues no sólo era más bajo y un tanto grueso, sino que, a juzgar por sus entrecortados jadeos y la debilidad de sus músculos, su condición física era lamentable.

Sin embargo, luchó con uñas y dientes, con la desesperación de una fiera acorralada, mientras los dos rodaban sobre las piedras, hasta que, haciendo un último y agónico esfuerzo, logró zafarse y escapar. Ash intentó detenerlo, pero la sangre lo cegaba y comprendió que sería imposible.

Cuando consiguió limpiarse, el asesino había desaparecido. Y aunque ya se veía con claridad, resultaba difícil seguir al fugitivo a través de aquel laberinto de matorrales, arbustos y hierbas. Tampoco podía perseguirlo guiándose por el ruido que haría al desplazarse, ya que sería ahogado por el que él mismo produciría. Por tanto, sólo quedaba regresar al campamento lo más pronto posible y efectuar allí algunas averiguaciones.

Ash se vendó la herida como pudo, para contener la sangre, y luego recogió el *lathi*, o lo que quedaba de él, así como el arma que había abandonado el asesino. El destrozado *lathi* no tenía más utilidad que la de constituir una prueba evidente de lo sucedido. El arma era un rifle deportivo, poco corriente, del mismo modelo que el que él poseía. Por tanto, no sería difícil localizar a su dueño. En el campamento no podía haber muchas personas que tuviesen armas de esa clase y tampoco creía que su propietario fuese tan estúpido como para emplearla en un acto así, ni cederla a un sirviente o a alguien en quien no tuviera absoluta confianza.

No dudaba de que el dueño del arma había venido del campamento, y el rifle debía probarlo. Pero le preocupaba descubrir que tenía un enemigo que no sólo estaba dispuesto a matarlo, sino que con ese propósito lo había estado vigilando tan de cerca que, cuando Ash decidió salir a dar un paseo nocturno aquella noche, encontró la oportunidad de poner en práctica un plan probablemente trazado mucho tiempo antes: la muerte del capitán Ashton Pelham-Martyn.

Curiosamente, hasta ahora no se había preguntado quién sería el individuo que trataba de asesinarlo. Todo el incidente, desde el primer disparo hasta la huida del atacante, apenas había durado diez o quince minutos, y durante ese tiempo había tenido cosas más urgentes en que pensar que la identidad de su agresor. Pero resultaba de importancia vital. Al recordar sus propios actos durante los anteriores dos meses, Ash se preguntó por qué no se le había ocurrido que podía tener un enemigo en el campamento, cuando la persona o personas que habían intentado asesinar a Jhoti aún debían de estar allí, y, muy probablemente, lo odiarían por haber intentado evitar la muerte del pequeño y por los esfuerzos que había realizado después para vigilarlo. Y además estaba Juli...

No era improbable que otras personas, además de la anciana Geeta, se hubiesen enterado de las visitas de Juli a su tienda, y en tal caso podía considerarse una cuestión de honor matarlo, puesto que se supondría que la había seducido. Además, siempre existía la posibilidad de que alguien, quizá Biju-Ram, hubiese logrado encontrar una relación a través de los Guías con Zarin y Koda Dad, y, a partir de ellos, con el Hawa Mahal; y quizás hubiese reconocido al que en otro tiempo fuera sirviente del fallecido *yuveraj* de Gulkote: el pequeño Ashok.

Ash consideró esta hipótesis y la descartó por inverosímil. Ya nadie se acordaba de aquello, y como Lalji y Janoo-Rani habían muerto, no quedaba nadie en el estado que llevaba el nuevo nombre de Karidkote que pudiese obtener algún beneficio con su muerte, o que siquiera lo recordara. Sin embargo, después de descartar eso había varias razones que explicaban que pudiese tener un enemigo en el campamento; al darse cuenta de que quizás habría más de uno, Ash se preocupó durante el camino de regreso de mantenerse alejado de las rocas, arbustos o repliegues del terreno que pudieran ocultar a un hombre, y se juró no volver a salir del campamento sin armas.

La luz del amanecer bañaba la llanura cuando llegó a su tienda; encontró a Mahdoo roncando tranquilamente, pero no se movió cuando Ash pasó sobre él. La lámpara que colgaba del palo principal de la tienda se había apagado, aunque ya no era necesaria porque había luz suficiente. Así que Ash dejó el rifle y el *lathi* roto bajo su cama, se quitó los zapatos y la chaqueta, y se tendió en el catre, donde se quedó dormido de inmediato.

Le pareció que no era necesario despertar a Mahdoo, aunque tampoco se le ocurrió pensar que le hubiese dado el mayor susto de su vida, porque todavía no se había visto la cara en un espejo y no tenía idea del aspecto que ofrecía. Mahdoo se despertó media hora más tarde y entró en la tienda para ver si el *sahib* había regresado; durante un momento de verdadera pesadilla, pensó que estaba mirando un cadáver, y faltó poco para que sufriera un ataque cardíaco.

Tranquilizado por la respiración acompasada de Ash, salió a buscar a Gul Baz, que acudió a la carrera. Tras un breve examen, declaró que no había motivo para alarmarse demasiado, pues el *sahib* no estaba malherido.

–Creo que no ha sido más que una pelea –observó Gul Baz en tono tranquilizador–. Esas señales que tiene en las mejillas son arañazos o rasguños producidos por las piedras. Además, no hay mucha sangre en la tela con que se vendó la frente, y duerme tranquilamente.

Será mejor no despertarlo; más tarde le pondremos un trozo de carne fresca sobre el ojo para reducir la hinchazón.

Las heridas que sufría Ash eran superficiales y fueron curadas con remedios caseros. Así que algunos días más tarde no quedaban más huellas de lo sucedido que un tinte amoratado alrededor del ojo y una pequeña cicatriz en la frente que cualquiera hubiese confundido con una arruga prematura. Pero, por muy pronto que desaparecieran, las señales estaban allí para recordarle el incidente; y el hombre que había luchado con él debía de presentar otras similares, lo cual permitiría identificarlo fácilmente.

Sin embargo, no resultó tan sencillo, porque Ash había olvidado algo importante: en un campamento tan grande como aquél, muchos hombres sufrían heridas diariamente: unas a causa de accidentes fortuitos y otras debidas a peleas entre ellos, producto de simples discusiones que degeneraban en riñas serias.

–Si sólo hubiera cien hombres en el campamento, la tarea sería sencilla –comentó Mulraj–. Pero hay varios miles. Y, aun en el caso de que encontráramos al culpable, tendría cien testigos que declararían que la historia que nos contara era la pura verdad, y hasta estarían dispuestos a jurar que se las había producido fortuitamente. ¿Y cómo íbamos a probar lo contrario?

Lo único que pudo demostrarse sin dificultad fue quién era el dueño del rifle, por tratarse de un modelo deportivo: un Westley Richards capaz de gran precisión a una distancia de trescientos cincuenta metros. Ash estaba firmemente convencido de que en el campamento había pocas armas como aquélla, y tenía razón: sólo había una. La suya.

Descubrir que casi lo habían asesinado con su propio rifle lo trastornó aún más que el mismo ataque. La desvergüenza del hecho unía el insulto al delito, por lo que Ash se prometió que cuando localizara al autor le propinaría la mayor paliza de su vida. Pero que el arma hubiese sido arrebatada de su tienda sin que Mahdoo se diera cuenta ponía de relieve un aspecto peligroso de la cuestión: que disponía de poca o ninguna protección contra un asesino en potencia. Y además probaba que, como ya sospechaba, una persona o varias habían estado vigilándolo de cerca desde hacía tiempo.

Evidentemente, su agresor lo había visto salir solo la noche anterior, sin armas, si se descontaba el *lathi*, y había oído que pensaba pasar varias horas fuera, siendo tan sagaz como para darse cuenta de la excelente oportunidad que se le ofrecía para asesinarlo. Lógicamente, había visto retirarse a los sirvientes y cómo el anciano Mahdoo se situaba en la puerta de la tienda para vigilar, por lo que, una vez que el viejo se quedó dormido, le fue fácil deslizarse por debajo de la tela de la tienda. Lo más seguro es que la lámpara estuviera encendida, pero con la llama baja, con lo cual dispuso de luz suficiente para moverse sin formar ruido y apoderarse del rifle. Una vez en posesión del arma, sólo tuvo que escapar de la misma manera que había entrado. Después sería sencillo seguir los pasos de Ash y esperarlo entre los matorrales, en un lugar por donde tenía la seguridad de que su víctima pasaría más pronto o más tarde.

De nuevo se le ocurrió preguntarse cuántas personas habrían visto a Juli visitar su tienda. Esta idea le hizo sentir un escalofrío de temor e ira al mismo tiempo, y una aprensión insoportable. Si el intento de asesinato estaba relacionado con las visitas de Juli, había cometido un grave error al mencionarlo y comentarlo con Mahdoo, Gul Baz y Mulraj; y al hacer especulaciones con ellos sobre las posibles causas o motivos del hecho. Debió haber silenciado el asunto y contado alguna historia creíble, como una caída en la oscuridad o algo parecido.

Pero en aquellos momentos cruciales no estaba en condiciones de pensar en todo eso, ni de considerar la posibilidad de engañar a sus amigos. Especialmente cuando, al despertar tras varias horas de profunda modorra, encontró a Mulraj mirándolo con expresión preocupada mientras Mahdoo y Gul Baz se removían inquietos detrás de aquél. Simplemente les contó lo sucedido, sin pensar en otra cosa; luego, al verse la cara en un espejo, sólo se le ocurrió decirles que averiguaran quién presentaba marcas similares entre los hombres del campamento. Un individuo de mediana estatura y que fuese buen tirador...

Cuando Ash se volvía hacia la cama con la intención de tomar el rifle, Gul Baz sugirió que buscaría entre las *dhobis* por si alguna recordaba haber lavado ropa destrozada y manchada de sangre. Ash encontró acertada la idea, pero aquello le recordó que él también necesitaba un buen baño. Además, como ya era media tarde y no había comido nada desde la noche anterior, les pidió algo que llevarse a la boca.

Los dos sirvientes se apresuraron a traerle comida. Un *bheesti* comenzó entonces a verter agua en la bañera, y Ash sacó el rifle de debajo de la cama sin siquiera tiempo para echarle un vistazo. Se lo entregó a Mulraj sin más comentarios y continuó hablando con sus amigos desde el otro lado de la cortina de separación de la tienda, mientras se bañaba y afeitaba.

Mulraj dijo que efectivamente podía haber armas como aquélla en el campamento, y que no sería difícil localizar a su dueño.

–Es del mismo tipo que el que emplea para cazar gamos. Un rifle *angrezi* –explicó Mulraj, y volvió a dejar el arma debajo de la cama.

Quedó mucho más impresionado al inspeccionar el *lathi*. Tras su breve examen, afirmó que realmente el *sahib* tenía muy buena suerte, porque la bala había golpeado contra uno de los estrechos aros de hierro que reforzaban la caña de bambú; y con tal fuerza que, a pesar de que el proyectil había rebotado, el aro estaba casi aplastado y el bambú reducido a pulpa.

–Sin duda, los dioses estuvieron anoche de su lado –comentó Mulraj pensativamente.

Acto seguido, se marchó tras prometer que haría algunas averiguaciones por su cuenta. Sólo una hora después, una vez que Ash se hubo vestido y dado cuenta de su comida, efectuaron una revisión cuidadosa del rifle que reveló a quién pertenecía, pero entonces ya era demasiado tarde para rectificar.

No podía decir a Mulraj, ni siquiera a Mahdoo, que había cambiado de idea y ya no deseaba que lo ayudaran a buscar al hombre que había intentado asesinarlo, pues ellos desearían saber por qué. No podía confesarles la verdad, ya que en tal caso temía que ellos descubrieran el verdadero motivo; un motivo que no tenía nada que ver con Jhoti (ni siquiera con el hecho de que él, el *sahib* Pelham, había sido en otro tiempo un chico llamado Ashok), sino que sólo se refería a la *rajkumari* Anjuli-Bai y al honor de las casas reales de Karidkote y Bhithor. Representó un verdadero alivio oír decir a Mahdoo y Mulraj que era imposible encontrar a un hombre con arañazos y hematomas en un campamento donde había cerca de ocho mil personas y que la tarea era como buscar una aguja en un pajar. Más tarde regresó Gul Baz con la noticia de que las *dhobis* recibían tantas ropas destrozadas y manchadas que resultaba igualmente imposible recordar nada sobre una ropa determinada.

Todas las investigaciones, por muy cuidadosamente que se llevaran a cabo, despertarían curiosidad, por lo que Ash se sentía contento de no haber entregado a Gul Baz una prueba que las *dhobi* habrían reconocido de inmediato. Realmente, él no se había dado cuenta, o no lo hizo hasta mucho después, de que el trozo de tela que había utilizado como venda no era suyo, sino que pertenecía a su agresor: se trataba de un jirón de la camisa que el hombre había dejado en sus manos al librarse de él y escapar.

Seguramente, se lo ató alrededor de la frente de un modo mecánico y no volvió a verlo hasta que encontró la tela al lado del rifle. En aquellos momentos, se sintió satisfecho de que nadie más se hubiera interesado por aquel trozo de tela, una mezcla de algodón y seda tejida a mano en dos tonos de gris, que representaba una pista excelente para localizar a su enemigo. Así que lo más conveniente era que pocas personas supieran de su existencia.

A partir de ese momento, no hablaría de nuevas pistas; con suerte, la investigación que había puesto en marcha quedaría reducida a simples especulaciones y el asunto sería olvidado. Claro que él no lo olvidaría, como tampoco dejaría de intentar averiguar la identidad del hombre que había tratado de asesinarlo. Pero lo haría sin ayuda de nadie.

Había algo que el incidente contribuyó a hacer presente: tenía que decidirse con respecto a Juli, pues las vidas de ambos estaban en inminente peligro.

Ash no ignoraba los riesgos que creaba su posición en el campamento, pues, a diferencia de muchos de sus compatriotas de ambos sexos, que ya habían olvidado las lecciones del famoso levantamiento, él sabía que la India sentía poco afecto por el Raj. La India siempre había respetado la fuerza y aceptaba las realidades del poder, e incluso estaba dispuesta a tolerar y disfrutar de una situación que, por el momento, le convenía.

Como único representante de la autoridad del Raj y en su condición de único europeo en el campamento, la posición de Ash era necesariamente precaria, por lo cual había tomado ciertas precauciones para protegerse de un ataque. La situación de la tienda, por ejemplo, y la posición de ésta con respecto a la de sus sirvientes y los caballos; o el hecho de que dormía con un revólver bajo la almohada y un cuchillo afgano sobre la mesa que había junto a su cama. Una vez que la tienda quedaba instalada, siempre estaba de guardia alguno de sus sirvientes a menos que él se encontrara dentro.

Sin embargo, a pesar de todas esas precauciones, alguien había entrado en la tienda y se había llevado el rifle. Lo habían sometido a vigilancia. Le habían tendido una emboscada con la misma facilidad que si se hubiese tratado de un niño o un anciano. Pensaba que debía ser mucho más cuidadoso en el futuro, aunque comprendía que su enemigo siempre estaría en ventaja, pues podía elegir el mejor momento. Él, la víctima, por mucho que estuviese advertido, no podía permanecer continuamente en guardia y sospechando de cuantos lo rodeaban. Más pronto o más tarde se confiaría, y entonces...

Ash no sólo tenía ante sí la imagen de su propio cuerpo yacente y malherido en el suelo, sino también la del cuerpo de Juli. Y sabía que no podía llevarla a la muerte. No debía hacer nada para evitar que se casara con el *rana*, y quizá, después de todo, ella encontrase alguna clase de felicidad en la maternidad; aunque no en otra cosa, por más que tal pensamiento clavara un nuevo puñal en el corazón de Ash. Pero imaginar a Juli muerta era infinitamente peor; y al menos en Bhithor estaría con Shushila, y como *rani*, aun como *rani* segunda, poseería cierta influencia y prestigio, y viviría cómodamente rodeada de doncellas y sirvientas. Su vida podría ser soportable, y aunque al principio echaría de menos las montañas, el recuerdo de éstas desaparecería y hasta llegaría a olvidar la torre del Pavo Real y el balcón de la reina. Y también a Ashok.

Juli aceptaría su destino y lo soportaría sin quejarse. Y en el peor de los casos sería mejor que la muerte, porque en tanto se está vivo hay esperanza, aunque sólo fuera lo que Wally llamaría «una esperanza de luchar»; una esperanza de poder torcer el destino, de extraer algo de lo imposible, una posibilidad de que la vida adquiriera de repente un aspecto inesperado y el desastre se convirtiera en victoria. Pero morir y ser enterrada, o quemada..., eso era para los ancianos, no para una mujer joven, fuerte y hermosa como Juli. Y si ella huía con Ash ahora, la muerte los alcanzaría muy pronto.

Deberían haber huido antes, mientras estaban aún en la India británica... Ahora era demasiado tarde para pensarlo, y aunque lo hubieran hecho sólo habría significado postergar lo inevitable un poco más. Ash no había olvidado que los asesinos a sueldo de la *nautch* lo habían perseguido una vez por todo el Punjab, donde había tropas británicas en una docena de acantonamientos y un cuartel de policía en cada pueblo; y sabía que sin duda lo habrían atrapado si los Guías y el coronel Anderson no lo hubiesen transformado en un *sahib* y lo hubieran sacado del país.

Habría sido mucho más fácil encontrar a Juli que al pequeño sirviente que él había sido. ¿Y qué posibilidades tendría de escapar sin peligro del país si él ya estaba arrestado? Habría interminables demoras, y, mientras los funcionarios discutían y enredaban, Nandu actuaría. Al menos de eso estaba seguro, ya que en las historias que Ash oía sobre el nuevo gobernante de Karidkote nada sugería que permitiría a su medio hermana caer en desgracia de esa manera sin actuar de inmediato para limpiar la mancha. Y si Nandu tardaba en cobrar su venganza, el *rana* se encargaría de hacerlo de inmediato.

Con la India británica o sin ella perseguirían a Juli tan implacablemente como una manada de lobos, y mucho antes de que Ash pudiera conseguir que saliera del país, la habrían atrapado para matarla.

¿La muerte o el *rana*? Nunca sabría qué habría preferido Juli. Si lo amaba lo suficiente como para preferir la muerte o seguía considerándolo su hermano favorito. Pero, en cualquiera de los dos casos, él la habría perdido.

Ash apoyó la cabeza en los brazos y permaneció sentado e inmóvil durante largo tiempo, mirando hacia un futuro negro y carente de significado. Aquella noche no se unió al grupo para dar el acostumbrado paseo a caballo, sino que se excusó por motivos de trabajo.

Cuando por segunda vez no se unió al grupo para la cabalgada nocturna, los paseos fueron suspendidos. Shushila lo mandó avisar varias veces, invitándolo a la tienda *durbar*, pero Ash contestó que le dolía la cabeza y no fue. Sabía que no podía apartarse completamente del círculo de las princesas, pero era preferible fingir enfermedad y estar agobiado de trabajo, o aun arriesgarse a ofenderlas con su hostilidad, a ver demasiado a Juli.

Cuanto menos se vieran, mejor para ambos; en especial para ella, si el intento de asesinar a Ash había sido a causa de Juli. Pero ahora él ya no esperaba con ansia los paseos nocturnos; los días le parecían interminables y el trabajo en el campamento una carga intolerable. Cada vez se le hacía más difícil mantener la calma y escuchar con paciencia las innumerables quejas que le llegaban diariamente y debía resolver. Porque, aunque Mulraj y sus oficiales y jefes más ancianos, como Kaka-ji Rao, administraban justicia allí, Ash había llegado a ser considerado magistrado supremo de apelación, por lo que se solicitaba su intervención en un montón de casos.

Los hombres reñían y se agredían, robaban, mentían y hacían trampas, contraían deudas que no pagaban o se acusaban unos a otros de crímenes que iban desde el asesinato hasta engañar con el peso en los tenderetes de alimentos. Ash pasaba muchas horas mirando con expresión atenta al acusador y al acusado, que presentaban testigos y hablaban interminablemente. Y con frecuencia se daba cuenta de que no había oído una palabra de lo que le decían y no tenía idea del porqué de la discusión. Entonces se lo repetían, o, más frecuentemente, dejaba el caso «para decidir después» y pasaba al siguiente... Y a menudo tampoco de éste oía mucho.

El esfuerzo por no pensar en sus asuntos personales parecía afectar a su capacidad de pensar sobre cualquier otra cosa, aunque tal vez la fatiga tenía mucho que ver con ello. Dormía mal y siempre estaba cansado, y el clima no lo ayudaba porque cada día era más caluroso; ya había comenzado a soplar el *louh*, el viento abrasador que azota Rajputana cuando termina el tiempo frío y absorbe la humedad de los estanques, las plantas y los cuerpos de los hombres. Más tarde, cuando los ríos disminuyeron su caudal y la tierra estaba reseca por el calor, estallaron trombas: nubes densas, marrones, asfixiantes, que ocultaban el sol y convertían el mediodía en noche; y, aunque la estación para esas tormentas en realidad no había llegado, la perspectiva daba a Ash otra razón para pedir que se apresuraran. Sin embargo, en tales circunstancias, cualquier intento para acelerar la marcha era una pérdida de energías, ya que la caravana no podía moverse durante todo el día, sino solamente en las primeras horas de la mañana. A pesar de ello, por despacio que avanzasen, cada jornada de marcha los llevaba inexorablemente más cerca de la frontera con Bhithor, y pronto habrían llegado al final del viaje.

Para Ash nunca sería demasiado pronto, aunque una vez había deseado que no terminara nunca. Ahora quería llegar rápidamente a su meta. Las incomodidades físicas de la marcha ya eran suficientes como para poner a cualquiera de mal humor, pero, combinadas con el sufrimiento mental y los problemas cada vez mayores del campamento, lo llevaban al límite de lo tolerable.

Además de todo eso, ahora tenía una desagradable sensación de inseguridad, pues sólo tres días después del ataque penetraron de nuevo en su tienda, en esta ocasión a plena luz del día: la primera vez que el campamento se puso en marcha antes del amanecer, para protegerse del calor, y se detuvo al llegar el sol a su cénit.

Como de costumbre, la tienda de Ash fue montada bajo un árbol en la periferia del campamento, y las de sus sirvientes en un semicírculo poco más atrás. La hierba de mediana altura fue cortada o aplastada en veinte metros a la redonda para que nadie pudiera acercarse sin ser visto; y, sin embargo, en algún momento de las horas más calurosas del día, alguien entró en la tienda.

Al menos dos de los hombres de Ash estaban entonces de vigilancia, sentados a la sombra de un *neem* al borde de un claro desde donde podían observar la tienda. Pero no era sorprendente que nadie hubiera sospechado nada: los hombres llevaban despiertos desde las cuatro de la mañana, y después de comer estaban abotagados y se amodorraron a causa del calor y el viento abrasador. Los dos se adormecían a veces, seguros de que su simple presencia alejaría a cualquier intruso, y no pudieron oír ningún ruido extraño porque todo quedaba ahogado por los secos crujidos de las hojas de los árboles y las ramas de los arbustos.

Ash estaba ocupado en otro lugar, y al volver encontró sus cosas en completo desorden: las cerraduras de los cajones forzadas y el contenido esparcido por el suelo. Hasta habían quitado las ropas de la cama y toda la tienda mostraba señales de haber sido registrada con gran prisa, pero tan concienzudamente que Ash se inquietó. Los muebles habían sido movidos de su lugar y la alfombra enrollada para ver si había algo enterrado debajo de ella. El colchón había sido rasgado con un cuchillo y habían quitado las fundas de las almohadas. Pero la búsqueda había resultado infructuosa, pues aparte de algunas monedas de poco valor no había dinero ni armas de fuego en la tienda: Ash había tomado la costumbre de llevar siempre consigo un revólver, y había entregado dos cajas con dinero, el rifle, la escopeta y sus municiones a Mahdoo, quien las había escondido en un fardo que agregó a su propio equipaje.

La única circunstancia tranquilizadora, si podía llamársela así, era que la meticulosidad de la búsqueda parecía indicar que el ladrón buscaba dinero, y por tanto no era el mismo que le había robado el rifle. Era mejor que preguntarse si, otra vez, una de sus propias armas iba a ser usada contra él, y por qué razón. ¿Para hacer que un asesinato pareciera un suicidio? ¿O porque la sospecha recaería naturalmente en uno de sus sirvientes?

Esto último parecía la explicación más lógica, ya que todo el campamento sabía que la tienda del *sahib* se montaba aparte y que no era fácil aproximarse a ella sin ser visto. El único interrogante sería cuál de los sirvientes del *sahib* resultaría el asesino.

A Ash le habría gustado hablar de eso con Mulraj, y lo habría hecho si hubiera estado seguro de que el ladrón sólo buscaba dinero. Pero no estaba seguro, y por tanto se calló. Dijo a Mahdoo y a Gul Baz que no deseaba hablar del asunto. Gul Baz ordenó la tienda sin ayuda de nadie, y más tarde confesó a Mahdoo que cuanto antes terminaran con aquello y pudieran volver a Rawalpindi, mejor.

–Ya he tenido bastante de Rajputana –declaró Gul Baz–. Sobre todo de este campamento. Aquí hay algo que no entiendo: algo malo que amenaza al *sahib* y quizás a otros también. Roguemos porque podamos separarnos de esta gente de Karidkote y volver nuestras caras hacia el norte antes de que nos suceda una desgracia.

En la mente de Ash había pensamientos similares, pero con una diferencia: se hacía pocas ilusiones sobre sí mismo y sabía que debía rogar para no perder la paciencia y el control.

Antes del amanecer, hombres y animales se despertaban de mala gana. Ash montaba cansadamente y salía a disponer lo necesario para que el campamento se pusiera en marcha.

Ya no faltaba mucho para llegar a Bhithor. Ahora atravesaban un territorio menos llano; la región estaba cubierta de colinas y desprovista de vegetación, con laderas resbaladizas y promontorios rocosos. Era posible avanzar a pie sin gran dificultad, con lo cual se ahorrarían muchos kilómetros, pero resultaba imposible hacerlo en carruaje. El campamento debía evitar estas zonas y seguir un camino serpenteante por los amplios valles que había entre las colinas. Resultaba una forma fatigosa de avanzar, por lo que, cuando por fin llegaron a un lugar relativamente abierto, nadie se sorprendió de que la novia más joven exigiera un descanso de por lo menos tres días, anunciando que, si no se le concedía, se negaría a dar un paso más. Dijo que se daba cuenta de que pronto llegarían a las fronteras de Bhithor, pero no tenía intención de entrar en su nuevo país enferma de agotamiento, y, a menos que se le permitieran algunas noches de sueño ininterrumpido, realmente enfermaría.

El lugar en que debían acampar era inmejorable. Ash no encontró a nadie que lo apoyara cuando expresó su deseo de seguir adelante.

–¿Qué importan unos pocos días? –preguntó Kaka-ji, abanicándose–. No hay necesidad de apresurarse y todos nos beneficiaremos con un breve descanso. ¡Sí, hasta usted, *sahib*! Porque me temo que usted no está muy bien estos días. Lo veo mucho más delgado; apagado, ya no se ríe, ni conversa, ni sale a cabalgar con nosotros como antes. No, no... –Levantó una mano para acallar las disculpas de Ash–. Es el calor. El calor y este viento abrasador. Todos los sufrimos. Usted y Mulraj, que son fuertes, y yo, que soy viejo; y Jhoti, que es joven... y que quiere hacerme creer que es la temperatura y no el exceso de golosinas lo que le ha provocado ese dolor de estómago. También Shushila, que siempre ha sido de naturaleza enfermiza, aunque creo que ahora sufre por el miedo. Shu-Shu tiene miedo del futuro, y ahora que estamos tan cerca de Bhithor le gustaría retrasar la llegada, aunque sólo fuera un día o dos.

–Es todo culpa suya, *sahib* –comentó Mulraj, encogiéndose de hombros. En su voz había un tono poco habitual y no demostraba simpatía–. Usted conoce a Shushila-Bai; si hubiera tenido diversión y ocupaciones habría pensado menos en el futuro... y hubiese soportado mejor el calor.

–He estado muy atareado –comenzó Ash–. Tuve tantas cosas que... –Se interrumpió bruscamente y frunció el ceño–. ¿Qué sucede con Jhoti? ¿Por qué no vino más?

–En primer lugar, supongo que porque usted tampoco fue más a verlo. Y desde que se puso enfermo no ha podido venir.

–¿Está enfermo? ¿Desde cuándo? ¿Por qué no me lo dijeron?

Mulraj arqueó las cejas y, por un momento, se quedó mirándolo con asombro; luego entrecerró los ojos y respondió lentamente:

–Ya veo, usted ni siquiera escuchaba. Debí haberme dado cuenta cuando no me preguntó por él ni trató de verlo.

Su voz había cambiado y ya no sonaba desagradable:

–Se lo dije hace cuatro días, y hablé otra vez de ello a la mañana siguiente. Como usted no replicó, sino que sólo asintió con la cabeza, pensé que ya no deseaba que lo molestaran con esas cosas. Debí haberme dado cuenta. ¿Qué le sucede, *sahib*? Últimamente no parece el mismo. Desde que lo atacaron. No es agradable saber que alguien vigila y espera la oportunidad de meterle a uno una bala en la cabeza o un cuchillo en la espalda; lo sé muy bien. ¿Es eso, *sahib*? ¿O es otra cosa la que le preocupa? Dígame si puedo ayudarlo.

Ash se sonrojó y declaró apresuradamente:

–Lo sé. Pero no es nada, sólo la temperatura, y eso no puede cambiarse. Ahora háblame de Jhoti. Kaka-ji Rao dice que no soporta el calor.

–No es el calor –respondió Mulraj con tono irónico–. Datura... O eso creo. Aunque no se puede estar seguro.

La datura es una planta silvestre que crece en muchas regiones de la India, aunque muy especialmente en el sur. Es blanca, con flores como las del lirio, de dulce perfume y muy hermosas. Pero su semilla, redonda y verde, se conoce como «manzana de la muerte» porque es sumamente venenosa; y, como es muy fácil de obtener, ha sido usada durante siglos como método rápido para librarse de maridos, esposas o parientes ancianos poco deseados. Es uno de los venenos más comunes, que puede convertirse en polvo y mezclarse con cualquier comida (aunque el pan es la habitualmente elegida), y hacer que la muerte sobrevenga de forma rápida o lenta según la dosis que se haya tomado. Según Mulraj, Jhoti debía de haber ingerido gran cantidad, porque vomitó la mayor parte y por eso se salvó. Lo habían trasladado a la tienda de sus hermanas, donde se reponía rápidamente con los cuidados de la *dai* Geeta...

–Pero, ¿dónde estaba? –preguntó Ash–. ¿Dónde la habían puesto? ¿Han interrogado al *khansamah* y al resto de sus sirvientes? Sin duda, toda su gente come la misma comida, ¿verdad? No puede ser el único que haya enfermado.

Pero, al parecer, así era. El veneno, explicó Mulraj, seguramente estaba en unos *jellabis*, unos dulces fritos que a Jhoti le gustaban mucho y que encontró en su tienda. Afortunadamente, se los comió todos: más que suficientes para producir una indigestión a cualquier chico sin necesidad de ingredientes siniestros. También fue una suerte que uno de sus sirvientes, alarmado al verlo vomitar tanto, corriera de inmediato a buscar a Gobind en lugar de perder la cabeza como los demás.

–¿Gobind dijo que era datura? –preguntó Ash.

Mulraj hizo un gesto negativo.

–No. Sólo que podía serlo. Sus servidores dijeron que la causa de los vómitos había sido la excesiva cantidad de golosinas.

Aparentemente, Gobind no estaba seguro de eso. Aunque no había manifestado sus sospechas, trató al chico como si estuviera envenenado e investigó entre los sirvientes de dónde habían venido las golosinas. Pero, como dijo más tarde Mulraj, aunque los *jellabis* no hubieran contenido nada malo y sólo hubiesen sido dejados allí por alguien que quería al niño y deseaba darle una pequeña sorpresa, el simple hecho de que lo hubiesen perjudicado haría que nadie confesara saber algo de ellos. Y así ocurrió.

–Pero alguien debe de haber visto al chico mientras se los comía. ¿Gobind preguntó sobre eso?

–Por supuesto. Pero los que lo vieron pensaron, o al menos eso dijeron, que el *rajkumar* había traído los *jellabis* él mismo. Y a mí sólo me dijo que, en su opinión, el chico había sido probablemente envenenado con datura, y que de no haber sido tan glotón quizás habría muerto; que el exceso de grasa que contenían los dulces pudo haber formado una capa protectora en el estómago y evitado que el veneno se absorbiera demasiado pronto, y que la mezcla de grasa y azúcar fue lo que le provocó los vómitos, con lo cual expulsó el veneno, si lo había. Eso es lo que piensa Gobind, aunque dice que sería difícil probarlo. Después de hablar con él, preferí que Jhoti fuese atendido por sus hermanas. La mayor es una mujer sensata, y esto da a Shushila-Bai algo en que ocuparse aparte del calor y sus propios problemas.

Ash replicó:

–Pero hay un vigilante en la tienda del chico. ¿Cómo pudo alguien...? –y se interrumpió al recordar que también lo había en su propia tienda, y, sin embargo, dos veces un desconocido había entrado en ella sin ser visto. Se pasó una mano por los cabellos, preocupado y furioso, y dijo:

–Te dije que debíamos haber denunciado el primer intento de matar al chico, para que el responsable se enterara de que lo sabíamos y tuviera miedo de probar otra vez. Pero no quisiste, y ahora mira lo que ha sucedido: lo han intentado nuevamente. Esta vez deberías habérselo contado a todo el mundo.

–Se lo conté a usted, *sahib* –observó secamente Mulraj–. Pero, al parecer, usted estaba pensando en otra cosa y no me oyó.

Ash no respondió, porque sabía que últimamente, abrumado por el cansancio, muchas veces sólo fingía escuchar sin retener una palabra de lo que se le decía. Esto no le preocupaba demasiado, pues estaba seguro de que si le mencionaban algo verdaderamente importante lo recordaría. Y de no recordarlo, significaría que el tema carecía de interés; sin embargo, Mulraj le había hablado de Jhoti y él no se había enterado de nada. ¿Cuántas cosas más habría pasado por alto...? ¿Cuántas otras personas le habrían contado cosas sin que llegara a enterarse de ellas, mientras cumplía con sus obligaciones como en medio de una niebla, tratando de no pensar en sus propios problemas ni en nada, e imaginando que estaba haciendo un trabajo útil?

Mulraj, al observarlo, advirtió por primera vez que Ash estaba mucho más delgado; y no sólo eso, sino que también parecía más viejo... Algo que Kaka-ji ya había notado y comentado antes. Pero Mulraj, como Ash, tenía otras cosas en que pensar.

–Perdóneme –dijo Mulraj en tono de arrepentimiento–. No debí decir eso.

–¡Lo merezco! –admitió Ash, apenado–. Soy yo quien debe disculparse. Me he estado comportando como... como George.

–¿George? ¿Quién es George?

–Ah... alguien que conocí. Dramatizaba mucho. Es una mala costumbre. Bien, ¿qué haremos con Jhoti?

23

Se llegó a la conclusión de que era muy poco lo que podían hacer para proteger a Jhoti y evitar que lo asesinaran, aparte de lo que ya habían hecho, que tampoco era mucho.

No podían vigilar al chico minuto a minuto a menos que un grupo de guardias de las Fuerzas del Estado lo siguiera a todas partes; y, aunque Mulraj no lo habría admitido, no podía estar totalmente seguro de que incluso entre sus mejores hombres no hubiese algunos en quienes no se podía confiar. Al fin y al cabo, Nandu era el jefe de su estado y de sus destinos, y el deber de aquellos hombres era obedecer las órdenes de Nandu. Además, probablemente les ofrecería grandes recompensas, porque no hacía economías cuando se trataba de conseguir algo que deseaba. Algo como la muerte de su presunto heredero.

Mulraj no era un cínico, pero se hacía pocas ilusiones con respecto a la naturaleza humana. Sabía que era posible comprar a la mayoría de los hombres si el precio era suficientemente alto, y, por tanto, había decidido no decir nada sobre aquella primera tentativa de matar al pequeño *rajkumar*. Prefirió orar a los dioses y esperar a que la vigilancia lograra desbaratar un segundo intento.

Pero parecía que los dioses no lo habían escuchado, y como ese segundo intento no había sido frustrado gracias a él, ni a la intervención de Ash, esta vez deberían denunciar el hecho. Evidentemente, no se ganaba nada con guardar silencio, y, aunque no podían presentar muchas pruebas, el chico estaría al menos advertido del peligro y jamás volvería a descuidarse con lo que comiera o bebiera. Era lo que Ash había aconsejado en principio, pero, ahora que llegaban a ese punto, se opuso. Porque de nuevo recordó un rostro del pasado; esta vez no el de George, sino el del chico asustado que fuera medio hermano de Jhoti y *yuveraj* de Gulkote...

También Lalji vivía amenazado de muerte y aterrorizado. Se sobresaltaba ante una sombra y nunca sabía en quién podía confiar. Y aunque su anciana niñera, Dunmaya, no cesaba de advertirlo, eso no le había salvado la vida. Pero sí la convirtió en un verdadero infierno, y sus rabietas, su crueldad y sus venganzas no habían sido más que una reacción natural al miedo excesivo que debía soportar.

Jhoti conocía también el temor. Lo tenía la noche en que Ash lo vio por vez primera, y se asombró por su parecido con otro niño regordete y pálido que él recordaba. Tenía buenas razones para sentir miedo porque acababa de desafiar a Nandu al escaparse y conocía suficientemente a su hermano. Aunque no temía que lo asesinaran, pensó Ash, sólo que lo castigaran. Pero si supiera...

–No servirá de nada. No podemos hacerlo –declaró Ash con dureza–. Sería demasiado cruel. Es sólo un niño y se asustaría terriblemente si se enterase de que alguien en este campamento quiere matarlo, y no sólo lo ha intentado dos veces, sino que sin duda tratará de hacerlo de nuevo. Tendrá miedo de todo y de todos. Miedo de confiar en quienes lo rodean, de comer o de beber cualquier cosa, de dormir y de cabalgar. Es demasiado para un chico de su edad. Pero no hay motivos para que no se lo digamos a sus hermanas y a Kaka-ji. Ellos pueden encargarse de que alguien pruebe su comida antes de que él la toque. Y procuraremos que Gobind lo advierta de que no coma dulces ni nada que encuentre por ahí, porque los que le hicieron daño debían de estar pasados o en malas condiciones. Gobind sabrá qué decirle; él y las muchachas pueden ayudar a vigilar al niño. Es lo mejor que podemos hacer.

Mulraj frunció el ceño y se tiró del labio inferior, pero al final estuvo de acuerdo en que sería menos cruel no asustar al chiquillo; pero si deseaban mantenerlo en la ignorancia tampoco podían contárselo a Kaka-ji ni a Shushila-Bai..., en particular a ésta, ya que no sabría guardar silencio. Sólo conduciría a que sufriera otro ataque de histeria, y en pocas horas todo el campamento estaría enterado de lo que sucedía.

En cuanto a Kaka-ji, era demasiado viejo y frágil como para preocuparlo con problemas relacionados con hechos violentos; además, hablaba demasiado y era muy espontáneo. Sólo quedaba Anjuli-Bai...

–Jhoti la quiere mucho, y ella también a él –aseguró Mulraj–. Además, sé que es una mujer muy sensata que no pierde la cabeza con facilidad ni se desespera ante cualquier contratiempo. No he olvidado cómo reaccionó la noche en que el *ruth* estuvo a punto de volcarse y el conductor se ahogó. Ni gritó ni demostró temor, sino que se preocupó ante todo de salvar a su hermana. Y estoy seguro de que no haría menos por su hermano. Es demasiada responsabilidad para descargarla sobre los hombros de una mujer, pero necesitamos ayuda; quizás Anjuli-Bai sea la que mejor pueda prestárnosla. Al menos sabemos que podemos confiar en ella. Es más –agregó Mulraj con acritud–, no podemos decir lo mismo de muchas otras personas en el campamento.

Sí, se podía confiar en Juli, pensó Ash. Haría todo lo posible por proteger a su pequeño medio hermano de cualquier peligro, y no se asustaría ni hablaría de más ni perdería la cabeza en una crisis.

Lo asaltó otro pensamiento y dijo bruscamente:

–Pero Anjuli-Bai nunca está sola. ¿Cómo se lo dirás?

–¿Yo? –Mulraj parecía sorprendido–. *Nahin, sahib.* Tendrá que hacerlo usted; si lo hiciera yo, sin duda alguien podría oírme. Pero en nuestros paseos a caballo, que últimamente se han interrumpido, usted acostumbraba a galopar más adelante con la *rajkumari* Anjuli. Si volvemos a salir a cabalgar, podrá hacerlo nuevamente sin despertar sospechas. Es la única forma.

Así fue como Ash, a pesar de todas sus buenas intenciones, salió a cabalgar con Juli la noche siguiente.

En realidad, la había visto el día anterior, pues tras hablar con Mulraj había pedido ver a Jhoti, que seguía convaleciendo cuidado por sus hermanas. La tienda estaba llena de gente, porque en Oriente no se acepta la recomendación de que la soledad y la tranquilidad convienen a los enfermos; así que, además de las princesas y sus camareras y doncellas, se encontraban presentes Kaka-ji y Maldeo-Rai.

Jhoti estaba mejor de lo que esperaba y en vías de recuperarse totalmente. Pero, al responder al saludo de Ash, se notó cierto resentimiento en su voz. Sin duda estaba ofendido porque aquél no lo había visitado antes, y sólo olvidó el asunto cuando Ash culpó a Gobind, quien, dijo, le había prohibido ir a verlo hasta que se encontrara mejor. No se quedó mucho tiempo, por lo que no tuvo oportunidad de hablar con Juli aparte de los saludos de cortesía. Le pareció que estaba pálida y cansada, y, como Jhoti, un poco enfadada. Se sintió apenado.

«Pero lo hago por Jhoti», pensó Ash, discutiendo consigo mismo. Había tantas formas en que Juli podía ayudar... Era necesario hablarle de Jhoti, y como él era el único que podía hacerlo, no tenía otra opción.

Claro que existía un inconveniente en ese asunto, y Ash lo sabía. No era que Juli no pudiera ayudar, porque en realidad sí podía y haría más que nadie para proteger a su hermano de cualquier daño, por lo que su contribución sería inapreciable. Sin embargo, había un límite de tiempo para cualquier tipo de ayuda que pudiera prestar, y ese plazo era muy corto. En pocos días llegarían a Bhithor, y en unos pocos más se celebraría la boda; una vez casada ya no podría proteger a Jhoti, de manera que no tenía mucho sentido la idea.

«Debí habérselo contado hace mucho tiempo», pensó Ash. Ahora ya era demasiado tarde... Debía avisar de que no saldría a cabalgar la noche siguiente. No debía volver a verla. Con eso sólo conseguiría empeorar las cosas.

Pero sabía que iría porque no podía resistir el deseo de verla, y quería hablar con ella aunque fuese la última vez. La última.

Aquella noche se durmió nada más apoyar la cabeza en la almohada. A la mañana siguiente despertó sumamente descansado y bastante tranquilo, aunque el futuro, al analizarlo, se mostraba tan negro como siempre. Pero la vida no le parecía tan intolerable.

Hasta el tiempo había mejorado. A medida que el sol se elevaba en el horizonte y aumentaba el calor, las tiendas no eran agitadas por el viento, y tampoco se observaba la neblina producida por la arena que levantaba el aire. Por una vez, el *louh* no soplaba, y el descanso de verse libre de su aliento abrasador era algo semejante a un tambor ensordecedor que dejase de redoblar. Los nervios de los hombres del campamento se relajaron y reinó una atmósfera más apacible y serena, ya que se abría la posibilidad de disfrutar de unos días de descanso en un lugar donde disponían de sombra y agua abundante. Por la tarde, el calor era sofocante y un verdadero ejército de moscas que el viento había mantenido alejado volvió al campamento. Pero se consideraba un precio pequeño a cambio de las nuevas ventajas.

–Hará más fresco en la llanura –dijo Kaka-ji.

Pero no lo hizo. Al contrario, el bochorno era más intenso, porque, aparte del cinturón de árboles y las tierras cultivadas que bordeaban el río, la llanura era del otro lado seca y pedregosa, y las bajas colinas que la rodeaban y que durante todo el día habían absorbido el calor, ahora lo despedían como si se tratara de un hierro recién sacado del fuego.

El lugar elegido por Mulraj como punto de partida de la cabalgada se hallaba a poco más de un kilómetro del campamento. Él había salido muy de madrugada, acompañado por sus oficiales y un *shikari* local, a cazar gamos para la comida. Había visto aquel paraje y lo aconsejó para el paseo. Quedaba fuera del radio de visión del campamento y los pueblos cercanos y alejado del camino más transitado, pues, según el *shikari*, hacía tiempo que los antiguos habitantes de la comarca la habían despoblado: el río había cambiado de curso en una crecida y los había dejado casi sin agua potable. Así que allí sólo iba gente a cazar, pero no por la noche, pues ya al atardecer las piezas se desplazaban hacia el río y las tierras de cultivo.

Anjuli y su hermana habían salido del campamento en el *ruth*, junto con una de las doncellas de Shu-Shu; sus caballos las seguían conducidos por un *syce* de edad madura y dos miembros de la guardia, mientras que Ash, Kaka-ji y Mulraj cabalgaban delante. Jhoti no los acompañaba, aunque en principio estaba dispuesto a hacerlo porque se encontraba completamente restablecido.

Pero Gobind le había llevado un nuevo juego que el chico encontró fascinante, por lo que a última hora, y considerando también el terrible calor, decidió quedarse en el campamento. Así que dijo a sus hermanas que se marcharan sin él.

El *ruth* se detuvo junto a un montículo rocoso, cerca de la entrada de un anfiteatro de unos dos kilómetros de anchura, alrededor del cual se elevaban algunas colinas bajas. Los *syces* y los hombres de la escolta se volvieron discretamente mientras las princesas bajaban del vehículo. Luego, todos se dirigieron hacia la llanura.

Ash temió que, al no estar Jhoti para entretenerla, Shushila insistiera en que cabalgaran todos juntos, pero, por suerte, Kaka-ji resultó un excelente sustituto del principito. El anciano cabalgaba a su lado y la felicitaba por sus progresos en el arte de la equitación, le hacía útiles sugerencias y charlaba con ella sobre diversos incidentes del campamento, mientras Mulraj, como siempre, se mantenía cerca y a la expectativa. Sería tan fácil como siempre que Juli y Ash se adelantaran, pero menos conversar sobre Jhoti, pues, apenas se alejaron un poco, Juli comenzó a hablar.

–¿Por qué has estado tanto tiempo alejado de nosotros? –preguntó la joven–. No ha sido por el trabajo, y tampoco has estado enfermo. Le pedí a Geeta que lo averiguara. Te sucede algo, ¿qué es, Ashok?

Ash titubeó unos instantes, pues el ataque tan directo lo cogió desprevenido. Ella siempre había sido así, por lo que debía haber estado preparado y tener a punto una respuesta que la convenciera; pero ya no había tiempo de discurrirla y tampoco podía confesarle la verdad. De repente, el impulso de hacerlo fue tan potente que apretó los dientes con fuerza para evitar pronunciar las palabras. Anjuli debió de darse cuenta de sus esfuerzos, porque apareció una pequeña arruga en su entrecejo.

Hoy no podía soportar tenerla ante sí y verse obligado a ahogar todos sus sentimientos. Así que respondió rudamente que tenía cosas más importantes que hacer que acudir a charlar a la tienda *durbar*. Y que, aunque quizás ella no se había dado cuenta, por dos veces habían intentado asesinar a su hermano pequeño: la primera, con el caballo, y la segunda, hacía sólo unos días, con veneno.

No era de esa forma como había pensado comunicarle la noticia, y al verla palidecer se avergonzó de sí mismo. Pero no podía retractarse ahora, y ya era tarde para tratar de suavizar el golpe. Le contó la historia con crudeza y sin omitir detalles. Cuando terminó su relato, ella sólo se atrevió a decir:

–Deberías habérmelo contado la primera vez que sucedió, no ahora, cuando quedan tan pocos días.

Era lo que Ash pensaba, aunque en realidad no se le había ocurrido enseguida; y tampoco a Mulraj, a menos que éste considerara que la más pequeña ayuda valía la pena, cualquiera que fuese el tiempo durante el que pudiera ofrecerse. Pero Anjuli lo comprendió de inmediato y la arruga entre sus cejas se hizo más profunda, aunque su preocupación ahora no era por Ash, sino por Jhoti. Estaba pálida y temblorosa, y el joven observó, por vez primera, que tenía grandes ojeras, como si hubiese pasado la noche en vela.

–Perdóname, Juli –suplicó.

Mientras pronunciaba esas palabras, Ash pensó que era inútil excusarse en tales circunstancias. No se trataba de pedir disculpas por haber volcado una taza de té o haber pisado a alguien inadvertidamente. Era algo más importante y lo lamentaba desde lo más profundo de su ser. No sólo por haberle ocultado lo de Jhoti, sino también por otras muchas cosas. Quizá lo peor era haberle devuelto la mitad del pececillo de madreperla, pues eso había causado que se despertaran antiguos recuerdos y...

El sonido de la risa de Shushila, arrastrado por el viento, le recordó que, si no se decidía pronto, no dispondría de oportunidad para hablar con Juli a solas: durante la conversación, sus caballos habían avanzado muy despacio, y de seguir así permitirían que los demás los alcanzaran. Así que, de repente, gritó:

–¡Vamos! –Clavó las espuelas al caballo y lo puso al galope en dirección a un hueco que se abría entre las colinas. Se adentraron en un valle tranquilo, ya casi sumido en las sombras.

El terreno era menos áspero y pedregoso que en la llanura abierta, pero las faldas de las colinas aparecían cubiertas de rocas y en ellas se abría la boca de muchas cuevas, algunas de las cuales, sin duda, habían estado habitadas en otro tiempo por hombres y animales: las piedras mostraban huellas de viejas hogueras, y aquí y allá, en el suelo, había marcas dejadas por el estiércol del ganado, dispersado hacía tiempo por el sol, el viento y los moscardones. Ash observó atentamente el lugar, pero no apreció signos de que nadie lo habitara en ese momento, y, tras haberse asegurado de que no habían sido seguidos y de que el valle no estaba vigilado, tiró de las riendas y puso el caballo al paso, siendo imitado por Juli. Aunque ya no había peligro de que los oyeran, ambos permanecieron en silencio.

Ash miraba a Juli y comprendía que era la última vez que podrían estar a solas: aunque volvería a verla en los siguientes días, e incluso en el día de la boda, ya no tendría más oportunidades de mirarla a sus anchas.

La joven iba vestida como siempre en los paseos nocturnos a caballo, con ropas de hombre: pantalones y *achkan*, además de un pequeño turbante que le cubría el cabello, cuyo nacimiento sólo permitía ver en el punto donde se cruzaban los pliegues. La austeridad del pañuelo servía para realzar la belleza de sus rasgos, haciendo destacar las delicadas líneas de sus pómulos y su barbilla, y la profundidad de sus enormes ojos negros rodeados de largas pestañas. El rojo fuerte del turbante contrastaba con el tono marfileño de su piel, y se repetía en la cálida curva de sus labios y en la marca de casta entre las cejas. Ofrecía una elegante estampa erguida en la silla, pues la esbeltez de su cuerpo no mostraba ninguna de las suaves redondeces de su hermana Shushila.

Cualquiera que hubiera pasado casualmente por su lado la habría tomado por un apuesto joven, pues mantenía la cabeza elevada como un varón en lugar de inclinarla sumisamente, como correspondía a una mujer de buena crianza.

Pero las líneas rectas del *achkan* dejaban adivinar los senos que un sari hubiese ocultado, y su delicada cintura y sus caderas no eran las de un muchacho, aunque sus manos sí habrían podido serlo. Gran parte del carácter de Juli, pensó Ash, estaba escrito en sus manos. Las observó mientras ella las apoyaba sobre las crines del caballo, con las riendas sujetas entre sus fuertes dedos de punta cuadrada. Unas manos firmes y seguras.

Ash se había olvidado de Jhoti, pero Juli no. Así que cuando habló, lo hizo en tono bajo, como si estuviese pensando en voz alta:

–Esto es cosa de Nandu –dijo con voz calmada–. Tiene que serlo por fuerza, pues ¿quién ganaría algo con la muerte de Jhoti, o tendría alguna razón para desear matarlo? El campamento está lleno de hombres de Nandu, pero no puedo creer que haya muchos que estarían dispuestos a matar a un niño; claro que con uno o dos sería suficiente, y si no sabemos cuáles son resultará difícil vigilar. Debemos decidir quiénes merecen nuestra confianza y encargarnos de que siempre haya uno de ellos alerta.

Se volvió para mirar a Ash y agregó:

–¿Quién más está enterado del asunto, aparte de Mulraj, Hakim, Gobind Dass y tú?

–Nadie –contestó Ash. Le explicó por qué habían creído más conveniente mantener en secreto la primera tentativa de asesinato y sólo confiar en Juli y Gobind en este segundo caso. Anjuli asintió y replicó con aire pensativo:

–Sí, tienes razón. Esto sólo asustaría a Shu-Shu, y nunca creería que Nandu hubiese podido ordenar tal cosa; lo consideraría como parte de una maquinación para asesinarnos a todos..., a toda nuestra familia. Mi tío nos creería, pero ¿qué puede hacer él? Además, si lo supiera le resultaría difícil ocultar su preocupación a Shu-Shu o a Jhoti. Pero hay otras personas en quienes creo que podemos confiar. Por ejemplo, la vieja Geeta. Y el sirviente personal de Jhoti, Ramji, que ha estado a su lado desde que nació; su esposa es una de mis doncellas. Ramji debe de saber en quiénes de los otros criados se puede confiar, si es que hay alguno. Ahora, pensemos...

Los caballos avanzaban a su aire, sin que ninguno de los jinetes dirigiera su camino; de vez en cuando, se detenían para dar un mordisco a una mata de hierba y después continuaban al paso, mientras Ash y Juli discutían las formas y medios de evitar que Jhoti fuese asesinado. Entretanto, detrás de ellos, el cielo había adquirido un color negruzco y sombrío. Pronto sopló una fuerte ráfaga de viento que barrió toda la extensión del valle y arrancó el turbante de la cabeza de Anjuli. El cabello le azotó la cara y le cayó hacia delante, como las algas con la marea. Los caballos levantaron la cabeza, relincharon y se pusieron a trotar espontáneamente.

–Es hora de que regresemos –propuso Ash–. Será mejor que te ates algo a la cabeza o no verás por dónde vas. Toma...

Sacó el pañuelo del bolsillo de los pantalones de montar y se lo dio a la muchacha. Al dar la vuelta al caballo para regresar al campamento, contuvo el aliento y exclamó:

–¡Dios mío!

Habían estado demasiado ensimismados en la conversación para prestar atención a lo que los rodeaba; ninguno de ellos había pensado en mirar hacia atrás o en preguntarse por qué la luz disminuía con tanta rapidez. El cielo aparecía claro y tranquilo; incluso ahora, los últimos rayos del sol poniente bañaban las crestas de las colinas más próximas. Pero al volverse observaron que tras ellos sólo había oscuridad, una densa y ominosa oscuridad que cubría el horizonte de izquierda a derecha y avanzaba con tal rapidez que ya había ocultado la entrada del valle. El viento que la arrastraba no soplaba a ráfagas, sino continuamente, y ahora podían oler el polvo y ver el marrón siniestro sobre sus cabezas.

«Pero es muy pronto –pensó Ash, desconcertado–; falta todavía un mes...». Observó la tromba que se aproximaba sin dar crédito a lo que veía.

–¡Shushila! –Juli sollozó entrecortadamente–. ¡Shushila...!

Dejó caer los brazos, y el pañuelo que había intentado anudarse alrededor de la cabeza fue arrastrado por el viento y desapareció en medio de los remolinos. Empuñó las riendas y se lanzó al galope en dirección a la salida del valle, hacia el sombrío muro que había absorbido la llanura donde dejaran a Shushila. Ash reaccionó con suma rapidez. Nunca había aguijoneado a su montura con más que un suave golpe de espuelas, pero ahora las hundió profundamente en los flancos del animal, que saltó disparado hacia delante, y pronto se puso a la altura de la yegua de Juli, obligándola a cambiar de dirección.

–¡No! –gritó ella–. No... Debo ir con Shushila...

Aferraba las riendas intentando contener al asustado animal, pero Ash le tocó las muñecas con el látigo y gritó:

–¡No seas tonta, Mulraj cuidará de ella!

Luego golpeó con el látigo a su caballo, aunque el animal no necesitaba estímulos: nunca había visto una oscuridad efervescente e intranquilizadora como aquélla y deseaba escapar con tanta prisa como su jinete.

Ahora, la yegua de Anjuli galopaba como el viento en dirección opuesta a la tormenta. La joven había admitido que Ash tenía razón y que lo que intentaba hacer era una locura. En medio de una tormenta semejante, no podía ayudar a su hermana ni a nadie. Y sólo Mulraj podría proteger a Shu-Shu. Tendría que confiar en que él y los sirvientes la hubiesen auxiliado; probablemente, se habrían dado cuenta de la proximidad del peligro mucho antes que Ash y ella, y con toda seguridad habrían tenido tiempo de regresar al campamento. Pero ellos dos... Anjuli nunca había visto una tromba terrestre, pero no necesitaba que la advirtieran del peligro que corrían en campo abierto. Así que cabalgó como nunca lo había hecho, inclinada sobre el cuello del caballo, alentando a su montura para que galopase con la mayor rapidez y sin saber adónde se dirigían, medio cegada por el largo cabello que le flotaba alrededor de la cara.

Ash se proponía buscar refugio en una cueva que había entrevisto poco antes de oscurecer, cuando habían penetrado en el valle. No habría advertido su existencia de no haber estado iluminada por los moribundos rayos del sol, pues se encontraba a más de quinientos metros; pero él se había criado entre las montañas de la frontera, y a la luz del sol, aunque fuera escasa, sus ojos sabían distinguir entre la obra de la naturaleza y la de las manos del hombre.

Incluso a tal distancia había vislumbrado que, bajo un promontorio rocoso, alguien había cerrado la parte frontal de una gran caverna con bloques de barro, dejando una entrada suficientemente amplia para permitir el paso de un hombre o una vaca. Lo que llamó su atención fue la forma de dicha entrada, recta y alargada, además del color diferente al de las rocas de alrededor. Ash había entrecerrado los ojos para comprobar que la caverna estaba deshabitada; no se observaba el menor movimiento en el valle ni en las laderas de las colinas, y él sabía que, de haber hombres por allí, el humo delataría su presencia: ya eran horas de preparar la cena. El sol se ocultó enseguida y la cueva desapareció, tragada por la oscuridad. Luego, Ash se había vuelto a mirar a Juli y había olvidado todo lo demás.

Mientras hablaban, habrían recorrido la mitad de la distancia que separaba la entrada del valle de la caverna. Y ahora, acuciado por la gravedad de la situación, había recordado la existencia de la gruta.

Se abrían otras cuevas más cerca, pero ignoraba cuál sería su profundidad, y una demasiado pequeña no ofrecería protección a dos personas con semejante tormenta. Creía que si se habían tomado la molestia de tapar la entrada con una pared de barro, era porque la gruta se adentraba profundamente en la montaña y así evitaban que penetrase el polvo. Ash pensaba que si lograban llegar a ella antes de que los alcanzase la tormenta, tendrían posibilidades de sobrevivir. El aire estaba lleno de polvo, hojas y hierba seca que formaban como una espesa niebla que no permitía ver nada a más de dos pasos de distancia.

Para su suerte, el terreno era completamente llano y no había obstáculos en el camino que pudiesen provocar la caída de algún caballo condenándolos a una muerte segura. La mayor preocupación ahora era que pasaran de largo frente a la entrada de la gruta.

Ash, que marchaba en cabeza, tiró con violencia de las riendas al percibir confusamente la estrecha grieta de la entrada. El caballo respingó, elevándose sobre las patas traseras bruscamente, y Ash rodó por el suelo, pero enseguida saltó sobre las riendas de la yegua de Anjuli y la obligó a detenerse. Ella bajó tambaleándose de la silla. Los dos jóvenes aferraron las riendas de sus monturas y se adentraron en la oscuridad de la gruta.

No disponían de luz para hacerse una idea de las dimensiones de la cueva, pero, a juzgar por la resonancia de los cascos de los caballos, debía de ser grande y espaciosa. Al mirar hacia la entrada, tuvieron la impresión de que se había cerrado una oscura cortina a su espalda. La tormenta había llegado con toda su virulencia y recorría el valle como si galopara llevando de jinetes a las valquirias o las brujas de Brocken.

La furia del huracán llenaba la caverna de ruidos ensordecedores, que el eco convertía en un mosconeo hueco que parecía llegar de todos los sitios a la vez. El polvo penetraba en tal cantidad que el aire se hacía irrespirable por momentos. Anjuli comenzó a toser y a respirar ahogadamente. Oyó gritar a Ash, pero no pudo entender sus palabras, apagadas por el aullido del viento. Luego, la mano de él se cerró sobre el brazo de Anjuli, y ésta lo oyó gritar en su oído:

–Quítate la chaqueta y póntela sobre la cabeza. Y penetra en la caverna todo cuanto puedas. –Le apartó el sedoso cabello de la cara y agregó–: Ahora ten cuidado y procura no tropezar, Larla.

La antigua palabra cariñosa se le escapó sin querer, pero no se percató al tener tantas cosas en su mente: sobre todo los caballos, que relinchaban y trataban de escapar, aterrorizados. Los animales podían lastimarse o incluso herirlos a ellos en la oscuridad. Y, si huían, no dispondrían de medios para regresar al campamento; o quizá podrían hacerlo andando, si es que aún existía algún campamento. Ash no quería pensar en lo que podría estar sucediendo allí en aquellos momentos; en todo caso, no tenía sentido preocuparse por algo que ahora estaba totalmente fuera de su control.

Había entregado su pañuelo a Juli, de manera que ahora sólo le quedaba quitarse la camisa y hacerla tiras. Primero la rasgó con los dientes y se colocó el primer trozo sobre la nariz y la boca para que actuara como una especie de filtro. Así pudo respirar con más facilidad mientras mantenía los ojos cerrados para evitar que el polvo lo cegara todavía más. Terminó de romper la camisa a tientas y tranquilizó a los caballos. Luego les ató las riendas y los sujetó con unos trozos de trapo.

Entonces devolvió su atención a la gruta; quería comprobar si había espacio suficiente que les permitiera alejarse de la entrada y donde pudieran respirar un aire más puro. Avanzó cautelosamente en la oscuridad, palpando la pared de un lado de la cueva.

Sólo había caminado unos veinte metros cuando su mano tocó un objeto frío, sin duda algo de metal. Tanteó con más cuidado y comprobó que se trataba de una argolla. Los hombres que habían construido el muro de barro seguramente también habían clavado aquellas argollas en la pared, aunque ignoraba con qué propósito. Contó cinco, aunque quizás hubiese más fuera de su alcance. Al menos cuatro de ellas se encontraban a una altura razonable, por lo que Ash bendijo al desconocido o los desconocidos que las habían colocado allí; aunque parecían estar oxidadas, pues una de ellas se le rompió en las manos, el aire resultaba más respirable y podrían acomodar los caballos en aquel lugar.

Al parecer, la tormenta iba a durar. Ash lamentó no haber escuchado las advertencias de los jefes de los pueblos que encontraran en su viaje, quienes le habían hablado de vientos ardientes, trombas terrestres y otras inclemencias propias del clima de Rajputana. Pero al faltar bastante para la época de las tormentas se había confiado. Además, no deseaba alarmar a la gente del campamento y había esperado llegar al final del trayecto sin mayores contratiempos. Ahora se preguntaba cuánto tiempo continuaría aquello. ¿Horas? ¿O sólo algunos minutos?

Tenía la impresión de que ya habían pasado varias horas, pero dudaba de ella. No podían haber transcurrido más de diez minutos desde que empezara a hacer tiras su camisa y descubriera las argollas en las paredes.

Ash tenía un reloj de bolsillo en los pantalones de montar, pero no lo había consultado desde la salida del campamento y ahora, en la penumbra, no tenía posibilidad de hacerlo. Pensó que el regreso iba a resultar difícil con aquella oscuridad tan densa que se había abatido sobre la región, y en medio del laberinto de rocas y colinas que los rodeaban.

«Claro que Mulraj enviará gente a buscarnos», pensó; aunque esto era más una esperanza que una plena seguridad. Suponía que el campamento se habría convertido en un verdadero caos y que tanto Mulraj como los demás estarían demasiado atareados resolviendo la situación, por lo cual no podrían enviar ningún socorro hasta que fuese de día. Pero, para entonces, él y Juli ya habrían encontrado el camino de regreso por sus propios medios. Mientras tanto, debían permanecer refugiados allí y hacer frente a la situación como mejor pudieran.

Se quitó la tira de tela de la boca y la nariz, y aspiró un poco de aire, comprobando que era mucho más respirable que en la entrada de la caverna. Sin duda, aún sería más puro si se adentraba más en ella; incluso podría haber galerías laterales donde no hubiese penetrado el polvo. Además, también haría más fresco, pues los rayos del sol que habían calentado las paredes de la gruta que correspondían a las laderas de la colina no llegarían hasta el interior de la cavidad. Sin embargo, el descenso de la temperatura en el interior, tras el calor soportado en la llanura, podría provocar que Anjuli cogiera un enfriamiento: sólo vestía un delgado *achkan*, y quizá nada debajo.

Llamó a gritos a la joven, pero el eco sólo le devolvió sus gritos multiplicados desde varios ángulos en la oscuridad. Los ecos cesaron sin que pudiera asegurar que Juli había respondido a su llamada, pues el estruendo del viento también llegaba hasta allí. De repente, lo atenazó el temor de que la muchacha hubiese sufrido algún percance. Efectivamente, la había prevenido de que tuviese cuidado al avanzar en la negrura, pero cabía la posibilidad de que hubiera caído en algún pozo o grieta abierto en el suelo de la caverna. También podía haberse adentrado, sin darse cuenta, por alguna galería lateral y haberse extraviado en medio de un laberinto de grutas. Todos estos siniestros pensamientos se agolparon en su mente y lo aterrorizaron. Igualmente pensó que podía haber serpientes...

Ash fue presa del pánico unos instantes. Se lanzó hacia delante, con las manos extendidas, sin dejar de llamar a gritos a Juli. Pero nuevamente sólo el eco devolvió sus llamadas angustiadas, repitiendo una y otra vez: «Juli, Juli, Juli...».

En una ocasión, creyó oír su nombre, pero no podía asegurar de qué dirección procedía si era cierto. Cuánto hubiese dado en aquellos momentos por una luz o unos instantes de silencio. Mientras se esforzaba por oír algo, no dejaba de avanzar a ciegas, tambaleándose enloquecido, pero sólo encontraba rocas y tierra, o el vacío.

Seguramente se había introducido en alguna galería lateral, porque, de repente, el volumen de su voz disminuyó como si se hubiera cerrado una puerta a su espalda; también comprobó que el aire apenas contenía polvo. No oyó sonido alguno y la oscuridad continuaba siendo impenetrable, pero de pronto supo que ella estaba allí, pues percibió una leve fragancia de pétalos de rosa en el aire fresco. Se volvió en aquella dirección y la estrechó entre sus brazos.

Sintió los de Juli, y sus hombros, sus senos y su breve cintura, suaves, cálidos y desnudos contra su propia carne también desnuda, porque ella se había quitado el *achkan* para ponérselo sobre la cabeza, y seguramente después se había despojado de él para poder llamar a Ash y se le habría caído en la oscuridad. La mejilla que se apretaba contra la de él estaba húmeda por las lágrimas, y la muchacha respiraba entrecortadamente como si hubiese realizado una larga carrera. Ella había oído los apremiantes gritos de Ash, y temiendo que le hubiera ocurrido algún percance avanzó alocadamente hacia el lugar de donde creyó que procedían; pero, confundida por los ecos, perdió el sentido de la orientación y anduvo a tientas, golpeándose contra los salientes de las rocas, sin dejar de sollozar y llamar a gritos, a su vez, en la densa negrura que la rodeaba.

Permanecieron abrazados durante un largo rato sin pronunciar una palabra; luego, Ash la besó suavemente.

24

Si la tormenta no se hubiese presentado tan súbitamente..., si hubieran advertido a tiempo que se aproximaba..., si la caverna hubiese sido más pequeña...

Mucho después, Ash pensaría en todas esas posibilidades y se preguntó si todo ello habría establecido alguna diferencia en lo que pasó. Quizá. Pero lo más fácil era que no, si el anciano tío Akbar, de quien había recibido el nombre, tenía razón.

El tío Akbar y Koda Dad le habían asegurado que todos los hombres nacen con su destino atado al cuello y que eso es algo a lo que no pueden escapar.

«Lo que está escrito, escrito está».

¿Cuántas veces había oído repetir eso a Koda Dad? Y Akbar Khan lo había dicho antes. Aquella vez, cuando Ash miraba el cuerpo de un tigre contra el que había disparado cinco minutos antes desde el *machan* y al cual habían estado acechando durante muchas horas; o en aquella otra ocasión memorable, en el patio de la gran mezquita de Shah Jehan, en Delhi, donde se había concentrado tal multitud que dos hombres cayeron desde lo alto de la puerta y se mataron. En ambas ocasiones, Ash pidió explicaciones para tales hechos. Pero, en el caso presente, la cuestión de la predestinación contra el libre albedrío revestía puro interés académico: la realidad era que no se había percatado de la presencia de la tormenta, y como la caverna era muy grande y oscura, lo había invadido el pánico ante el temor de que Juli hubiera caído en algún pozo o hubiese sido atacada por una cobra.

De haber conservado el control de sus emociones, sin duda habría logrado también mantener sus buenas intenciones. En tal caso, los dos se hubiesen sentado en la caverna a esperar tranquilamente a que terminara la tormenta, sin tocarse en absoluto. Después, cuando el viento hubiese perdido fuerza, habrían regresado al campamento. Pero en ese supuesto no se habrían encontrado con Kaka-ji y el *ruth*, e, inocentemente, se hubieran visto envueltos en un gran escándalo y peligrosas acusaciones.

En tales circunstancias, perdieron la noción de todo. No supieron cuándo amainó la tormenta ni cuándo el viento perdió su virulencia. Quizá pasó una hora, o dos, o acaso diez.

–Yo no quería que sucediera esto –murmuró Ash.

Y era cierto lo que decía. Pero si quedaba alguna esperanza de que Ash hiciera un esfuerzo supremo por evitarlo, desapareció cuando

Juli no se apartó al ser abrazada, sino que le echó los brazos al cuello y se aferró a él. Y entonces la besó.

No hubo ternura en el beso. Fue duro y violento; sin embargo, aunque le lastimó los labios y la dejó sin aliento, Juli no lo rechazó, sino que se abrazó a él con más fuerza aún. Era un momento desesperado, como si intentaran luchar uno contra otro como enemigos, con el propósito de causarse dolor y sin que les importara recibirlo.

El breve frenesí terminó pronto. El cuerpo tenso de Juli se relajó a medida que superaba el acceso de pánico y quedó flácida y sumisa en los brazos de Ash. Desapareció la angustia para dar paso a un tibio deleite que se apoderaba de sus venas y sus nervios e invadía todas las fibras de su ser. Sus lágrimas eran saladas, y Ash sentía los cabellos de la muchacha en torno a su cara; mechones largos y sedosos que olían a rosas y se deslizaban sobre su piel como una capa de plumas, o se quedaban prendidos como si tuviesen vida. Los labios de Juli ya no estaban tensos a causa del terror, sino cálidos y ansiosos, dulcísimos, y él volvió a besarlos hasta que finalmente se abrieron bajo los suyos, y sintió como el cuerpo de la muchacha temblaba de deseo.

En ese momento, la habría tendido en el suelo de la caverna, pero, a la vez que aumentaba la presión de su abrazo, se controló e interrumpió el beso para hacer una pregunta que parecía superflua en aquellas circunstancias. Sin embargo, él también había sido presa del pánico en la oscuridad, y, como sabía que a ella le había sucedido lo mismo, quería estar seguro de que la respuesta apasionada a sus besos era algo más que una reacción emocional ante el terror. Le habló con dureza, haciendo un esfuerzo al pronunciar las palabras porque de repente tuvo miedo de lo que pudiera responder.

–Juli, ¿me amas? –preguntó temblorosamente.

La gran caverna y las que partían de ella repitieron su pregunta una y otra vez. «¿Me amas...? ¿Me amas... amas...?». Anjuli rio suavemente, pero con tal cariño que a Ash el corazón le latió alocadamente en el pecho. Ella respondió muy cerca de su oído, demasiado bajo para que el eco captara su voz.

–¿Cómo puedes preguntarme eso cuando sabes que te he amado toda mi vida? ¡Siempre! Desde el principio.

Las manos de Ash se apoyaron en los hombros de Juli y la agitaron bruscamente:

–¡Como a un hermano! Pero eso de nada me sirve. Quiero una amante... Una esposa. Te quiero toda..., toda para mí, para siempre. ¿Me amas así, Juli?

La joven apoyó su mejilla contra la mano izquierda de Ash, frotándola como en una caricia mientras se recostaba en su hombro. Y respondió lentamente, como si recitara un poema o repitiera una profesión de fe.

–Te amo. Siempre te he amado. Siempre he sido tuya y siempre lo seré. Y si al principio te quise como a un hermano, mientras crecía y me convertía en mujer, esperándote siempre, ese cariño fue transformándose en el de una amante apasionada. Y... y...

Se inclinó hacia delante para apretar su mejilla contra la de Ash, y éste sintió los pezones erguidos de la joven contra su pecho como las puntas de unos dedos.

–Esto no lo sabes, pero, cuando regresaste, te amé incluso antes de saber quién eras, pues cuando me sacaste del *ruth* aquella noche, en el río, y me abrazaste mientras esperábamos a mis doncellas, no podía casi respirar a causa de la forma como me latía el corazón. Y sentía vergüenza, porque creía que eras un desconocido, pero algo en mis venas y en todo mi ser se alegraba de aquel abrazo, y me hubiese gustado que me apretaras más y más. Así... –Apretó sus brazos más aún alrededor del cuello de Ash y lo besó en las mejillas, continuando con un suspiro entrecortado–. ¡Amor mío, ámame! Tómame ahora, antes de que sea demasiado tarde.

El susurro terminó en un jadeo angustioso cuando las manos de Ash se deslizaron desde sus hombros para estrecharla en un nuevo abrazo y tenderla en el suelo de la gruta.

La arena era seca y suave. El cabello largo de Juli se extendió como una manta sedosa al yacer ella en la oscuridad y sentir cómo las manos de Ash le quitaban la única prenda que le quedaba y se movían hacia arriba con lentitud acariciante: manos cálidas, firmes y seguras. Por un momento, sintió una punzada de temor, pero pasó tan rápidamente como había llegado, y, cuando él susurró que no la lastimaría, se limitó a apretar sus brazos alrededor de Ash y no gritó a pesar de la adorable crueldad que ponía fin a su virginidad.

–Yo no quería que sucediera esto –murmuró él.

Claro que eso fue varias horas más tarde. No sabían cuántas. Y después de que hubo sucedido otra vez. Y otra vez.

–Yo sí –contestó Juli, tranquila y relajada, apoyada en la curva del brazo de Ash.

–¿Cuándo, Larla?

Juli no contestó enseguida. Pero la mente de Ash ya estaba inmersa en otros pensamientos, sin prestar demasiada atención a la posible respuesta. Estaba tratando de recordar los mapas que había estudiado casi a diario mientras la caravana atravesaba la India y decidiendo cuál sería la ruta más segura, pues cuanto antes salieran de Rajputana y del sur, tanto mejor. Contaban con caballos, pero carecían de dinero. Y lo necesitarían; sin embargo, no podían volver al campamento. Notaba que Juli movía la cabeza y el contacto frío de la joya que llevaba en la oreja le recordó que las piedras eran rubíes engarzados en oro y que no sólo los llevaba en los aretes, sino como botones en el *achkan*. Si actuaban inteligentemente, podrían obtener una buena suma por ellos, sobre todo si iban vendiéndolos conforme lo fueran necesitando.

–Hace mucho tiempo –habló al fin Juli, respondiendo a la pregunta de Ash–. Un mes o quizá más, aunque no pensé nunca que sucedería de esta manera. ¿Cómo podía imaginar que los dioses iban a ser tan bondadosos como para enviarnos una tormenta que nos sorprendiera a los dos juntos y tuviésemos que buscar refugio en una gruta como ésta? Creerás que soy una desvergonzada, pero tenía pensado ir a tu tienda, si podía, y, si no me tomabas voluntariamente, pedírtelo yo... Porque estaba desesperada y pensaba que si al menos...

–¿De qué hablas? –preguntó Ash, interrumpiendo bruscamente sus propios pensamientos.

–El *rana* –murmuró Juli, y le temblaron los labios–. Yo no podía tolerar que mi virginidad se perdiera en manos de otro hombre, con alguien a quien no conocía ni amaba, pero que me utilizaría para ejercer un derecho... por lujuria o para conseguir un heredero de mi cuerpo. Un viejo desconocido...

Se estremeció y Ash la apretó de nuevo contra su pecho.

–Basta, Larla. No pienses más en eso. Jamás en tu vida.

–Pero debo pensarlo –insistió Juli con la voz alterada por la emoción–. No... Déjame hablar. Quiero que comprendas. Desde el principio he sabido que debo someterme a sus caprichos y también que, aunque no me encuentre deseable, utilizaría mi cuerpo, porque seré su esposa y él desea tener hijos varones. Sé que a eso no podría negarme, pero que él fuese el primero y el último... Que me tomara sin amor y que debiera aceptarlo con asco, y que nunca en mi vida llegara a saber lo que es estar con un amante y disfrutar de ser mujer... Eso es lo que no podía soportar, y, por tanto, amor mío, pensé pedirte, rogarte, si hubiera sido necesario, que me salvaras de eso. Ahora ya lo has hecho y estoy satisfecha. Nadie podrá ya quitarme estos momentos pasados a tu lado, ni estropearlos, ni mancharlos. Y ¿quién sabe? Los dioses pueden hacer algo más por nosotros esta noche y permitirme concebir un hijo. Rogaré para que así sea y que mi primogénito sea tuyo. Pero, si no fuese así, al menos he conocido el amor..., y tras eso puedo soportar la lujuria y la vergüenza, y ya no me importará demasiado.

–¡No tendrá que importarte en absoluto! –respondió Ash con violencia.

Introdujo sus dedos entre el cabello de Juli y le echó hacia atrás la cabeza para besarla: en los ojos, la frente, las sienes, las mejillas, la barbilla y finalmente la boca.

Hablaba mientras la iba besando:

–¡Amor mío, cariño! ¿Crees realmente que te voy a dejar marchar? Quizá podría haberlo hecho antes, pero ahora ya no puedo aceptarlo...

Le explicó que había pensado en pedirle que escapara con él, pero que luego había decidido no hacerlo a causa del enorme peligro a que se exponían, especialmente ella; y la tormenta había cambiado todos sus planes. Era el milagro que él tanto anhelaba, ya que les brindaba la oportunidad de huir sin que nadie sospechara y sin temor a ser seguidos. Disponían de caballos, por lo que, si salían tan pronto como amainara el viento, podrían haber recorrido muchos kilómetros para cuando fuese de día y estar lejos de cualquier grupo que saliera a perseguirlos. Además, dada la confusión que el huracán habría provocado en el campamento, no esperaba que nadie estuviese en disposición de buscarlos antes del amanecer. Y, al no encontrarlos, seguramente creerían que habrían muerto a causa de la tormenta y que estarían enterrados en algún barranco entre las colinas. También suponía que pronto abandonarían la búsqueda de los cadáveres al no poder localizarlos, ya que la gigantesca tormenta había modificado la topografía del terreno al rellenar hondonadas y abrir grietas en otros lugares.

–Al cabo de un par de días dejarán la búsqueda y continuarán viaje hacia Bhithor –explicó Ash–. Se verán obligados a hacerlo, aunque sólo sea por el calor. Ni siquiera tendremos que preocuparnos por no tener dinero, ya que podremos vender mi reloj y tus rubíes..., los aretes y los botones de tu *achkan*. Podemos vivir con eso durante meses, probablemente años. En algún lugar donde nadie nos conozca: en Outh o entre las colinas del norte, en el valle de Kulu. Allí podremos encontrar trabajo, y luego, cuando todos se hayan olvidado de nosotros...

Anjuli sacudió la cabeza.

–No se olvidarán. Podrían hacerlo de mí, porque no tengo demasiada importancia, pero contigo es distinto. Tú permanecerías escondido un año, o diez, pero cuando volvieras a aparecer aquí, o en cualquier otro sitio, incluso en Belait, cuando trataras de reclamar tu herencia, continuarías siendo un oficial del ejército del Raj que desertó. Sólo por eso te detendrían y castigarían. Y entonces todo se descubriría.

–Sí –contestó Ash con lentitud–. Sí, es cierto. –Había un matiz de sorpresa en su voz, como si acabara de hacer un descubrimiento desconcertante. En la embriaguez de las horas pasadas había olvidado realmente que pertenecía a los Guías–. Nunca podré volver. Pero... estaremos juntos, y...

Se interrumpió porque ella le había puesto una mano sobre la boca.

–No, Ashok. –Su voz era un murmullo de ruego–. No digas nada más. Por favor, por favor, no; porque no puedo acompañarte. No puedo hacerlo, porque he dado mi palabra. Además, está Shushila. Le prometí que permanecería a su lado. Se lo prometí y no puedo volverme atrás.

Durante un instante, Ash no la creyó. Pero, cuando trató de hablar, los dedos de Anjuli se apretaron con más fuerza contra su boca y su voz continuó apresuradamente en la oscuridad, explicando e implorando al mismo tiempo. Cada una de sus palabras era como un martillazo. Shu-Shu la quería y dependía de ella, pues sólo había accedido a casarse con el *rana* con la condición de que ella, Anjuli, no la abandonara. Ahora no podía dejarla sola para que se enfrentara con los terrores de una nueva vida. Shushila se encontraba consternada ante la perspectiva de un matrimonio con un desconocido de edad madura y de tener que vivir en medio de gentes extrañas, con unas costumbres totalmente diferentes y en un ambiente tan distinto al que ella había conocido hasta entonces. Shu-Shu apenas era una niña, una niña asustada y desconcertada...

–¿Cómo podría ser feliz sabiendo que la he abandonado? –susurró Anjuli–. Es mi hermana y la quiero; y ella también me quiere y confía en mí..., y me necesita... Siempre me ha necesitado, desde que era muy pequeñita. Shu-Shu me concedió su cariño en aquellos años en que yo no tenía a nadie, y si ahora la traicionara, cuando más necesidad tiene de mí, me sentiría culpable durante el resto de mi vida. Nunca me lo perdonaría; ni olvidaría jamás que escapé de su lado y la dejé abandonada, que no hice honor a mi palabra y la traicioné.

Ash la cogió por la muñeca y le apartó la mano.

–¡Pero yo te amo también! Y yo te necesito a mi lado. ¿Significa eso algo para ti? ¿Te importa ella más que yo?

–Sabes que no –respondió Anjuli con un sollozo–. Te amo más que a mi vida. Más que a nada y a nadie en este mundo. ¡Más allá de las palabras, más allá de la vergüenza! ¿No te lo he demostrado esta noche? Pero... tú eres fuerte, Ashok. Seguirás viviendo y algún día lograrás superar todo esto y reemprender una nueva vida sin mí...

–Nunca. Nunca. ¡Nunca! –la interrumpió Ash con vehemencia.

–Sí que lo harás. Y yo también. Porque los dos somos lo bastante fuertes para eso. Pero Shu-Shu, no. Si no estoy a su lado para infundirle valor cuando tenga miedo y para consolarla y cuidarla cuando esté enferma o triste, morirá.

–*Be-wakufi!* ¡Estupideces! –exclamó Ash en tono grosero–. Probablemente, Sushila es más fuerte de lo que supones, y aunque puede ser una niña en muchos aspectos, es digna hija de su madre en muchos otros. ¡Ay, Juli, querida mía!, sé que es tu hermana y que la amas mucho, pero, debajo de esa timidez y ese encanto, es una niña mimada y malcriada, egoísta y exigente, que siempre quiere imponer su voluntad, lo que tú le has permitido, pues te ha tiranizado en todo momento. Ya es hora de que la dejes sola para que se dé cuenta de que no es una chiquilla, sino una jovencita que pronto será la esposa de un hombre, dentro de un mes aproximadamente, y madre dentro de un año cuando menos. No morirá, no lo creas.

Anjuli guardó silencio unos minutos; luego dijo, con voz curiosamente neutra y sin emoción:

–Si le dicen a Shu-Shu que he muerto en la tormenta y que debe viajar sola a Bhithor, se volverá loca de pena y de terror, y no creo que nadie pueda consolarla. Nandu no está aquí y sólo él pudo dominarla en anteriores ocasiones. Te repito que la conozco, y tú no. Y, aunque la quiero, no dejo de ver sus defectos... ni los míos. Sé que es una niña malcriada y egoísta, y también terca: es hija de Janoo-Rani. Pero también es dulce, cariñosa y muy confiada, y no contribuiré a su muerte. Si lo hiciera, ¿cómo podrías quererme? ¡Pues en tal caso sería también egoísta y desagradecida! ¡Y cruel! Sería todas esas cosas y muchas más si estuviera dispuesta a poner en peligro la vida de mi hermana menor con tal de conseguir mi propia felicidad.

–¿Y mi felicidad? –replicó Ash, con voz áspera a causa del dolor–. ¿La mía no te importa?

No sirvió de nada. Empleó todos los argumentos y todas las súplicas que se le ocurrieron, sin resultado alguno. Por último, la tomó otra vez con violencia e intentando lastimarla, pero con la suficiente habilidad para forzar una respuesta que fue mitad dolor y mitad placer. Cuando todo terminó y quedaron tendidos, exhaustos y sin aliento, Juli aún logró decir:

–No puedo traicionarla.

Y Ash supo que Shushila había ganado y que él había perdido. Apartó los brazos del cuerpo de Anjuli y se tendió de espaldas con la vista perdida en la oscuridad, y durante un largo rato ninguno de los dos habló.

El silencio era tan intenso que Ash podía escuchar el ruido de su propia respiración. De algún lugar de la caverna llegaba el tintineo del metal al moverse uno de los caballos. Pero transcurrió bastante tiempo hasta que se dieron cuenta de su significado: el viento había cesado, seguramente hacía rato que no soplaba, pero no podían recordar cuándo habían escuchado por última vez su zumbido ensordecedor. En ese caso, sería mejor que regresaran al campamento cuando todavía era de noche, pues, con la confusión que posiblemente reinaría aún, su llegada quizá pasaría inadvertida.

Desde el punto de vista de Juli, ya sería bastante perjudicial haber permanecido ausente durante varias horas en compañía de un hombre. Pero el caos de la tormenta les daría una disculpa, y siempre que regresaran pronto habría posibilidad de evitar el escándalo: el desconcierto en el campamento impediría que las lenguas ociosas tuviesen tiempo para las habladurías y los comentarios. Con suerte, Juli saldría del asunto con una buena reprimenda por adelantarse demasiado a su hermana y a su tío, pero nadie sospecharía lo sucedido...

De repente, Ash habló con voz que sonaba como un chirrido:

–No puedes seguir adelante con esto, Juli. Es demasiado peligroso para ti. Él lo sabrá.

–¿Quién lo sabrá? –La voz de Anjuli parecía ahogada, como si hubiese estado llorando–. ¿Qué va a saber?

–El *rana*. Descubrirá que no eres virgen en cuanto se acueste contigo la primera vez, y las consecuencias serán terribles. Es poco probable que perdone una cosa así, ni que tome lo que otro hombre ha dejado. Querrá saber quién ha sido y cuándo. Si no lo confiesas, te azotará y te devolverá a tu medio hermano después de haberte cortado la nariz y haberse quedado con la dote. Y, cuando Nandu te ponga las manos encima, procurará que mueras lo más dolorosamente posible, o te cortará los pies para que vivas como una inválida y sirvas de escarmiento a otras mujeres. ¿Y de qué le servirás entonces a Shushila? No puedes hacerlo, Juli. Ahora has quemado tus naves y no puedes volver atrás.

–Debo y puedo hacerlo –respondió ella hoscamente–. No lo sabrá porque... –titubeó, pero logró rehacerse con un esfuerzo–. Porque hay medios.

–¿Qué medios? No sabes lo que dices. No puedes saberlo...

–Trucos de mujeres fáciles, de prostitutas. Los conozco –Ash pudo oír cómo tragaba saliva penosamente–. Olvidas que me crie entre las sirvientas en el sector de las mujeres y que un rajá tiene muchas otras amantes, además de sus esposas: concubinas que conocen todas las artes y recursos que pueden agradar a un hombre o engañarlo. Y que hablan de ello libremente porque no tienen otra cosa que hacer y porque creen que es justo que todas las demás sepan estas cuestiones... –La joven se interrumpió un instante, y luego continuó, en tono más firme–. No me gusta decirte esto, pero de no estar segura de que cuando llegara el momento podría engañar al *rana*, no me hubiese entregado a ti.

Estas palabras cayeron como un jarro de agua fría sobre Ash, que replicó con dureza y crueldad deliberada.

–Y supongo que también has pensado en lo que puede sucederle al niño, a mi hijo, si lo tienes. Su padre legal será el *rana*. ¿Y si decide criarlo como a otro Nandu o Lalji? ¿Si designa a escorpiones como Biju-Ram a su servicio..., perversos y malvados? ¿Has pensado en eso?

–Fue la *nautch* y no mi padre quien designó a Biju-Ram para la casa de Lalji. Y creo... que es la madre de un niño, si se lo propone, quien puede moldearlo en sus primeros años y dirigirlo en un determinado sentido, porque es ella a la que imita cuando es pequeño y no a su padre. Si los dioses me conceden un hijo tuyo, no lo traicionaré. Lo juro. Me encargaré de que crezca para que sea un príncipe del que podamos enorgullecernos.

–¿De qué me servirá eso a mí, si nunca podré verlo, y ni siquiera lo conoceré? ¡Si tal vez nunca me enteraré de que existe! –replicó Ash con amargura.

Por un momento, creyó que Juli no contestaría. Cuando lo hizo, sus palabras apenas resultaron audibles.

–Lo siento –manifestó Anjuli–. Yo... no pensaba... era por mi... por mi propia felicidad por lo que lo deseaba. He sido egoísta –sollozó, pero pronto su voz recuperó la firmeza–. Ahora ya está hecho; lo que suceda en el futuro no depende de nosotros.

–¡Sí! Depende de nosotros. Puedes venir conmigo. Por el niño, aunque no lo hagas por mí. Prométeme que, si sabes que tendrás un hijo, acudirás a mí. Eso sí puedes hacerlo, ¿verdad? No creo que Shu-Shu signifique más para ti que un hijo mío, ni que sacrificases el futuro de ese niño por ella. Prométemelo, Larla.

Sólo el eco respondió a sus palabras. Sin embargo, el silencio era suficientemente elocuente, repitiendo sin palabras lo que había dicho antes: que había hecho su promesa a Shushila y que no renegaría de ella ni la defraudaría. Y que una promesa como aquélla era sagrada. A Ash se le hizo un nudo en la garganta, pero de nuevo la furia lo hizo hablar.

–¿No entiendes lo que será mi vida sabiendo que mi hijo..., ¡mi hijo!, es propiedad de otro hombre que hará con él lo que quiera? ¿Que un día lo venderá en matrimonio a quien se le ocurra, como sucedió contigo y tus hermanas?

–Tú tendrás otros hijos... –susurró Anjuli.

–¡Nunca! –replicó él.

–Y no lo sabré –continuó Anjuli como si él no hubiese hablado–. Quizá ya tengas algunos, porque sé que los hombres son descuidados con su semen. Creen que carece de importancia acostarse con prostitutas o tener aventuras con mujeres fáciles, y se despreocupan de lo que pueda resultar de esas uniones. ¿Podrás jurarme que hasta esta noche no te habías acostado con ninguna otra mujer? –Hizo una pausa, y, como Ash no contestó, prosiguió con tristeza–: No, no creí que era yo la primera. Por lo que sé, tiene que haber habido más de una, quizá muchas. Y, en tal caso, ¿cómo puedes estar seguro de que alguna de ellas no tuvo un hijo que hoy te llamaría papá? Los hombres acostumbran a comprar su placer, y una vez que lo han satisfecho se alejan y no piensan más en ello. Y aunque dices que nunca te casarás, y quizá no lo hagas, no creo que estés dispuesto a convertirte en un asceta. Más pronto o más tarde, te acostarás con otras mujeres y quizá seas padre de otros hijos sin saberlo, o sin que te importe. Pero yo, si concibo uno, lo sabré y me preocuparé. Lo llevaré en mi seno durante nueve meses y sufriré todas las molestias del embarazo; por último, arriesgaré mi vida y soportaré terribles dolores al traerlo al mundo. Si pago ese precio, seguramente no podrás tener resentimiento hacia mí, ¿verdad? No podrías...

«No podrías», repitió el eco. Y Ash no podría, Juli tenía razón. Los hombres eran descuidados cuando se unían a una mujer; sin embargo, se reservaban el derecho de elegir acerca del fruto de sus uniones; de ignorar, repudiar o reclamar la paternidad según les convenía. A Ash nunca se le había ocurrido antes que podía ser padre de un niño, y ahora, al pensarlo, se horrorizaba por no haberse preocupado de adoptar precauciones al respecto, quizá por creer, como la mayoría de los hombres, que las precauciones eran cosa de mujeres.

Sí, suponía que era muy posible que en aquellos momentos hubiera un hijo suyo en el mundo, viviendo en los mercados de Pindi, o en alguna cabaña llena de humo en las montañas de la frontera, o en uno de los barrios más pobres de Londres. En tal caso, si Juli daba a luz un niño enfrentándose con los dolores y peligros del parto..., ¿con qué derecho podía él reclamarlo o insistir en que sería mejor padre que aquel *rana* desconocido?

Trató de hablar, pero comprobó que no podía articular palabra; le parecía tener la boca llena de tierra, aparte de que poco era lo que quedaba por decir. Los ecos se habían disipado y otra vez reinaba el silencio. Enseguida notó movimientos en la oscuridad y comprendió que Juli se estaba poniendo los pantalones de montar que él le había quitado... ¿Cuánto tiempo hacía de eso? De pronto, sintió que había transcurrido toda una vida y experimentó un ramalazo de frío y una terrible sensación de derrota, como si su cuerpo y su mente estuviesen vacíos. El aire de la gruta era gélido y le hizo castañetear los dientes. Pensó que, a menos que encontraran el *achkan* de Juli y su destrozada camisa, les quedaban pocas posibilidades de evitar un escándalo mayor, pues se verían obligados a regresar al campamento medio desnudos. Recuperó sus pantalones de montar y las botas, y se incorporó para ponérselos. Una vez que se abrochó el cinturón y tras asegurarse de que no se le había caído nada de los bolsillos, habló en tono seco:

–¿Qué pasó con tu chaqueta?

–No lo sé. –La fatiga de la muchacha resultaba tan evidente como la que él sentía–. Me la puse sobre la cabeza como me dijiste, pero luego debo de haberla perdido en la oscuridad cuando oí que me llamabas.

–Bien. No puedes regresar sin ella –declaró Ash sin amabilidad alguna–. Tendremos que caminar en círculos hasta que la encontremos. Dame la mano. Sería estúpido que ahora nos perdiéramos de nuevo en la oscuridad.

La mano de Juli estaba fría y parecía algo extrañamente impersonal. Ash no se la apretó, sino que se mantuvo en una actitud pasiva; sólo la sostenía como un medio para no perderse en las tinieblas de la cueva.

Les costó casi una hora encontrar el *achkan*, pero resultó más fácil localizar la destrozada camisa de Ash, ya que la había dejado caer cerca de los caballos en la caverna de la entrada. Ahora que ya había pasado la tormenta, esa entrada aparecía como una forma alargada de bordes afilados que les servía de referencia en medio de la oscuridad.

El interior de la cueva estaba frío, pero el aire de fuera era caliente y tranquilo, con un intenso olor a polvo. Las pocas estrellas que se veían brillaban como a través de una nebulosa, pero la tierra y el cielo parecían asombrosamente claros. Ash tardó cierto tiempo en darse cuenta de que no se debía únicamente a que la tormenta había extendido una especie de mortaja pálida de polvo y arena sobre el lecho del río y en muchos kilómetros a la redonda, sino a que se acercaba el amanecer.

Descubrirlo lo hizo sentirse muy mal. No había imaginado, ni por un momento, que fuese tan tarde ni que hubieran transcurrido tantas horas. Suponía que podrían ser las dos o las tres de la madrugada, las cuatro a lo sumo. Sin embargo, estaba ya próximo el amanecer, con lo cual se desvanecían sus esperanzas de introducir a Juli en el campamento amparados por la oscuridad y la confusión. Las estrellas ya palidecían, y a pesar del polvo se respiraba ese perfume leve e indefinible que indica que el día se aproxima.

–¡Vamos, rápido! –apremió a la muchacha.

Se lanzaron al galope, pero llevaban poco trecho recorrido cuando el caballo de Juli trastabilló y enseguida comenzó a cojear. Al ver que no lo seguía, Ash detuvo su montura y miró hacia atrás.

–Creo que se trata de una piedrecilla –dijo Juli, y se bajó de la yegua para averiguar lo que sucedía.

Era, efectivamente, una piedra, pero con bordes afilados como los de un cuchillo y hundida profundamente en el casco. Al no disponer de un instrumento adecuado ni de buena luz, Ash tardó más de diez minutos en extraerla. Pero, aun sin la piedra, el caballo continuó renqueando porque el corte era bastante profundo.

–Será mejor que montes en mi caballo –decidió Ash–. En realidad, en estas circunstancias es mejor que regreses sola. Puedes fingir que nos separamos al estallar la tormenta, que has pasado la noche sola y que emprendiste el regreso en cuanto se hizo de día. Será mejor así. No dudes en decirles que no sabes dónde estoy.

–¿Volviendo con tu caballo? ¿Y tú con el mío? Eso no se lo creería nadie –dijo Anjuli con sarcasmo–. Tampoco se creería nadie que permitiste que me perdiera en medio de la tormenta.

Ash gruñó algo y replicó:

–No, supongo que no. Pedirían demasiadas explicaciones y creo que no es una historia acertada. De todas maneras, supongo que será mejor que contemos las menos mentiras posibles.

–No necesitamos decir mentiras –replicó ella–. Diremos la verdad.

–¿Toda la verdad? –se burló Ash con cierta amargura.

Anjuli no respondió. Se limitó a montar de nuevo en su caballo y continuaron la marcha, esta vez al paso. A pesar de la escasa luz y de que no se oía más ruido que el crujido de las sillas y el de las herraduras de los caballos, Ash comprendió que la joven estaba llorando. Llorando mansamente, con los ojos muy abiertos, como hacía en los viejos tiempos en que era Kairi-Bai y tenía problemas.

¡Pobre pequeña Kairi-Bai! ¡Pobre Juli! Les había fallado a las dos: olvidando a la primera y ahora acusando a la otra porque había querido tener un breve momento de placer y felicidad dentro de la monotonía y servidumbre que era su vida, y había planeado mantenerlo en secreto; no por ella, sino por Shushila, porque, si caía en desgracia con el *rana* y éste la devolvía a Nandu, ¿qué le sucedería a su frágil, histérica y egoísta hermanita? Era injusto acusar a Juli. Pero la caída desde las alturas del amor y la felicidad y las esperanzas disparatadas había sido demasiado violenta; además, el cuadro de las criadas y concubinas instruyendo a las más jóvenes en los trucos sexuales lo había enfermado. Llegó a tal extremo en sus suposiciones que se preguntó si los instantes de éxtasis que había experimentado no habían sido hábilmente manipulados por lo que la propia Juli había llamado «trucos de prostitutas», y si su respuesta en el orgasmo había sido real o simplemente simulada para aumentar el placer de Ash.

Tal sospecha se desvaneció con la misma rapidez con que se había presentado. El vínculo que los unía y que en aquel momento le permitía adivinar que ella estaba llorando, no podía haberlo engañado mientras se abrazaban; pero todavía continuaba disgustado. Al menos lo suficiente para permanecer en silencio, aunque tuvo la suficiente hombría para reconocer que estaba avergonzado de sí mismo por haberla herido de aquella manera, y por su mutismo en lugar de tenderle una mano, consolarla y disculparse por sus palabras y su actitud.

Éste fue el triste epílogo de un episodio en el cual Juli había arriesgado mucho y del que esperaba guardar un recuerdo querido que la sostuviera en los años sin amor que se avecinaban para ella. Ash sabía que si se marchaba de su lado de aquella manera lo lamentaría el resto de su vida. Pero en ese momento no podía obligarse a hacer otra cosa, pues su desilusión era demasiado amarga. El cansancio y una intensa sensación de fracaso pesaban tanto sobre él que se sentía aturdido y apático, como un boxeador que ha recibido muchos golpes hasta caer de rodillas sobre la lona y tiene la vaga sensación de que debe levantarse antes de que termine la cuenta de protección, pero no es capaz de realizar el menor esfuerzo. Enseguida hablaría con Juli. Le diría que lo lamentaba, que la amaba como a nadie en este mundo y que siempre la seguiría amando, aunque ella no lo quisiera lo suficiente como para abandonar a Shushila por él... Era extraño pensar que, aunque Janoo-Rani estaba muerta, aún podía castigarlos a los dos a través de su hija, que destruiría sus posibilidades de felicidad y arruinaría sus vidas.

Ahora ya habían dejado atrás las colinas, y frente a ellos, en la distancia, se divisaba un montículo rocoso en medio de la llanura que recortaba su silueta contra el gris opaco que lo rodeaba. Era el lugar donde habían quedado el *ruth* y la escolta la noche anterior. Ash lo reconoció con alivio, porque la víspera había prestado poca atención y no estaba muy seguro de dónde se encontraba. Pero el montículo resultaba un hito inconfundible en medio de la aridez del terreno. A partir de allí, les sería fácil emprender el camino de regreso al campamento, pero el cielo comenzaba ya a adquirir tonalidades rosadas por el este y no tardaría mucho en ser completamente de día. Cuando la luz los iluminara plenamente, quedaría visible el lamentable aspecto que presentaban: ajados, sucios y con las ropas destrozadas.

Se volvió para mirar a Juli y observó que cabalgaba encorvada en la silla a causa de la fatiga y que dejaba avanzar al caballo con las riendas flojas. Al darse cuenta de que Ash la miraba, se irguió rápidamente y se secó la cara mojada por las lágrimas en un gesto tan espontáneo que hubiese podido engañar a cualquiera.

Pero no consiguió engañar a Ash, quien sintió que su corazón se inflamaba de amor. Había tanta nobleza en aquella acción tan nimia y aparentemente casual, y en la forma decidida y elegante en que se había erguido... No había solicitado piedad y no ocultaría su dolor; se enfrentaría al futuro con valor y decisión, sin proferir una queja.

Juli procedía de buena estirpe; en ella había una mezcla de determinación y coraje equilibrada por la herencia cosaca de su abuelo, el viejo Sergei Bodvinchenko; un aristócrata tenaz y un verdadero soldado de fortuna, un mercenario que se vendía al mejor postor y ganó batallas para Ranjit Singh y Holkar, y al que debía sus ojos con resplandores dorados y sus pómulos prominentes.

La sangre *rajput* y la cosaca formaban una combinación poco usual. Pero de ella había nacido Juli, que era a la vez cariñosa, fiel y apasionada, y poseía tanto valor como firmeza, lo que supera en mucho al mero arrojo inconsciente. También mantenía la convicción de ser fiel a una promesa, aunque ello significara sacrificar su propia felicidad.

Una vez, Ash le había hecho una promesa y no la había cumplido. Claro que tenía una excusa: sólo contaba once años en el momento de hacerla. Sin embargo, albergaba la extraña sensación de que si ella hubiese prometido algo similar, no lo habría olvidado a pesar de todos los avatares de su existencia. Juli, como Wally, se tomaba las cosas en su sentido literal. Ash pensó que, en cierta manera, eran muy parecidos.

Hizo una mueca de desprecio hacia sí mismo y tendió una mano para tomar la de Juli. Pero su gesto quedó en el aire, pues en ese instante ella tiró de las riendas y señaló algo que se movía a lo lejos, junto al montículo de rocas que tenían ante ellos: una especie de animal prehistórico con dos jorobas; el *ruth*.

–¡Mira! –gritó Anjuli–. Es Shu-Shu. Así que ellos tampoco regresaron al campamento...

Pero no se trataba de Shu-Shu, sino de Kaka-ji y el cochero.

Ash se elevó en los estribos y comenzó a gritar. Luego salió al galope en su dirección, dejando que Juli siguiera más despacio. Cuando se unió a ellos, Kaka-ji ya había contado a Ash lo que les había ocurrido a ellos, y Ash, por su parte, le relataba las vicisitudes que habían pasado. No tuvo necesidad de hacer sugerencia alguna, porque al anciano le bastó con mirar a Juli.

–*Arré-bap!* –exclamó Kaka-ji, desconcertado–. Entra enseguida en el *ruth*, hija mía.

La ayudó a bajar del caballo y luego se volvió a mirar a Ash, dándose cuenta entonces del aspecto desastroso que ofrecía.

–Será mejor –decidió Kaka-ji, llevando su mirada de uno a otro– que los dejemos creer que hemos pasado juntos toda la noche. No... –Levantó una mano con gesto perentorio, para evitar la menor discusión a lo que había decidido. Una vez que su sobrina entró en el *ruth*, se volvió hacia el cochero–. Budoo, si alguien pregunta, le dirás que el *sahib* volvió con la *rajkumari* nada más empezar la tormenta, que ella se refugió en el *ruth* y que nosotros nos resguardamos debajo del carro. Es una orden. Si oigo decir algo distinto, sabré en el acto quién ha hablado... y lo castigaré. ¿Entendido?

–*Hukum-hai, sahib* Rao –murmuró el cochero, levantando la palma de la mano hasta su frente en gesto de saludo.

Se trataba de un hombre de edad más que mediana, que había conseguido su puesto después de que el anterior conductor se ahogara en el río. Dado que llevaba muchos años con la familia, podía confiarse en que no desobedecería la orden y guardaría silencio.

–Y usted, *sahib* –continuó Kaka-ji en tono autoritario, volviéndose hacia Ash–, quítese esos harapos y póngase mi camisa. En el *ruth* hay algunas prendas con las cuales podré cubrirme, pero no está bien que llegue usted allí medio desnudo. Cuantos menos motivos demos para las habladurías, mejor. Y no me discuta nada.

Ash no se proponía hacer objeción alguna, por lo que, una vez se vistieron las ropas adecuadas, Kaka-ji ordenó al conductor que pusiera el carro en marcha.

Los bueyes emprendieron el camino lentamente. Ash cabalgaba a un lado del carro, manteniéndose apartado del polvo. Mientras escuchaba cómo Kaka-ji relataba a su sobrina los acontecimientos vividos por la noche, comprendió que el anciano estaba más preocupado por sus propias experiencias que por lo que les había sucedido a ellos.

Kaka-ji había aceptado sin hacer objeciones el relato conciso y sin excesivos detalles que Ash le había hecho, para entusiasmarse en contar sus propias aventuras durante la tormenta. Al parecer, ni él ni Shushila, ni tampoco Mulraj, se habían percatado de la proximidad de la tormenta. Sólo cuando Mulraj echó casualmente un vistazo atrás y observó el color amarronado que había tomado el cielo, comprendió el peligro que se cernía sobre ellos. La escolta y el conductor del *ruth* no se habían enterado de lo que se avecinaba, pues seguían charlando y fumando tranquilamente en una pequeña hondonada entre las rocas. La tormenta aún estaba lejos, pero resultaba evidente que se aproximaba a toda velocidad, por lo que debían ponerse en marcha con la mayor urgencia y no perder tiempo buscando a los miembros de la comitiva que faltaban.

Kaka-ji no lo confesó abiertamente, pero de sus palabras se podía deducir que, para Karidkote y para Bhithor, era vital que una de las novias llegara indemne y en perfectas condiciones: la joven y hermosa Shu-Shu, cuya belleza compensaría al *rana* (junto con la sustanciosa dote) por tener que casarse con la poco atractiva y en parte extranjera Kairi-Bai. Ni Nandu ni el *rana* perderían el sueño por la mayor de las princesas, pero que le sucediera algo a Shushila representaría una verdadera catástrofe para todos; aunque Kairi-Bai sobreviviera, el *rana* nunca la aceptaría como sustituta de su hermana.

No se celebraría el matrimonio y se habrían desperdiciado las enormes sumas que Nandu había gastado en regalos, sobornos, joyas y el ajuar de sus hermanas, así como la extravagante y absurda escolta enviada con ellas. Nandu enloquecería de cólera. Y caerían muchas cabezas. Mulraj y Kaka-ji lo sabían, y también que las suyas serían las primeras en peligrar. Así que lo importante era llevar a Shushila al campamento antes de que los alcanzara la tormenta en la llanura. También su tienda estaría expuesta a sufrir daño, pero sería distinto que le ocurriera algo fuera del campamento, pues en tal caso tendrían que dar muchas explicaciones.

Mulraj volvió al campamento con Shushila en la grupa del caballo, pero Kaka-ji decidió continuar allí. Indicó a Mulraj que se llevara su montura y la de su sobrina, y él permaneció en el *ruth* con el conductor. Así que buscaron protección en una hondonada rodeada de rocas, en la que acomodaron los bueyes y el carro.

–Esperaremos aquí a que regresen mi sobrina y el *sahib*. Creo que volverán enseguida y se asustarían muchísimo si vieran que todos nos hemos ido –dijo Kaka-ji, mirando ansiosamente en dirección a las colinas–. No es correcto que vean llegar a la *rajkumari* sola, acompañada únicamente por el *sahib*. Espero que regresen pronto.

El relato de los sufrimientos pasados por Kaka-ji fue muy vívido y se veía que lo complacía contarlo. Pero tampoco él sabía muy bien cuánto había durado la tormenta y cuándo se restableció la calma. Él y Budoo se habían quedado dormidos después y se despertaron cuando comenzaba a amanecer. Dijo que pensaba salir a buscarlos enseguida, pues temía que hubieran sido sorprendidos en campo abierto. Y que, tan pronto como decidieron ponerse en marcha, comenzaron a escuchar los gritos de Ash.

Kaka-ji no veía motivos para dudar del relato de Ash, por lo que no se le ocurrió hacer ninguna pregunta a su sobrina; aparte de que tenía el firme convencimiento de que no podía haber pasado nada entre ellos que pudiera ser motivo de reproche, pues ni el hombre más ardiente ni la mujer más casquivana podían haber pensado en realizar actos de tipo deshonesto con aquella tormenta. Bastante trabajo tenían con protegerse del viento y la arena y evitar la asfixia, con la ropa tapándose la cabeza para protegerse los ojos, la boca y la nariz. En su opinión, una tormenta así era mejor garantía de una conducta correcta que una docena de *duennas*; sin embargo, indicó a Juli que no permitiera sospechar a nadie que no había pasado la noche en el *ruth*. Ni siquiera a Shu-Shu.

–Porque te vas a casar pronto –intentó justificarse Kaka-ji–, y no está bien que una novia pase una noche sola con un hombre, aunque se trate de un *sahib*. Hay mucha gente chismosa que disfrutaría haciendo comentarios a tu costa, y podrían llegar a oídos del *rana* o de tu hermano y se enfadarían muchísimo. Así pues, explicarás que llegaste al *ruth* cuando estalló la tormenta y que permaneciste en él toda la noche. El *sahib*, Budoo y yo confirmaremos lo que tú digas.

Anjuli asintió en silencio, pues estaba demasiado cansada para hablar, pero se sentía agradecida al destino por la forma en que se habían desarrollado las cosas: primero, estallando la tormenta, que le había permitido pasar la noche con Ashok, y después, inspirando a su tío a permanecer allí, con lo cual se había salvado del escándalo. Pero sentía demasiada fatiga para continuar pensando...

Ahora el cielo aparecía despejado y salió el sol, cuyos rayos atravesaron las cortinas del carro e iluminaron su interior polvoriento. Juli se quedó dormida al instante, y aún continuaba durmiendo cuando llegaron al campamento.

La despertó Kaka-ji para comunicarle que Shushila había llegado bien y se encontraba perfectamente. Enseguida se dejó caer en brazos de Geeta y la llevaron a la cama.

25

La llegada del *ruth* despertó la natural curiosidad, pero tan sólo eso. En realidad, Ash había supuesto bien: el campamento se hallaba demasiado agitado como para que la gente prestara excesiva atención a un incidente aislado cuando había multitud de ellos de los que ocuparse.

Poco antes de que estallara la tormenta, todo el mundo se había dedicado a clavar más profundamente las estacas de las tiendas y a asegurar aquellos objetos que podrían ser arrastrados por el viento.

Por eso, cuando llegaron Shushila y Mulraj a caballo nadie reparó demasiado en ellos: era enorme la excitación general. Todos se cubrían la boca y las narices para protegerse contra el polvo, y con todas las medidas se había organizado un verdadero caos.

Al terminar la tormenta y llegar el *ruth*, poco después del amanecer, con la *rajkumari* Anjuli y su tío (que habían sido sorprendidos por la tormenta en la llanura), fue recibido con alivio, pero tampoco despertó excesiva curiosidad. Por su parte, la aparición de Ash llevando de las riendas la yegua coja sólo motivó que sus sirvientes acudieran presurosos a su encuentro.

Su tienda continuaba en pie, pero Ash, a diferencia de Anjuli, no pudo acostarse a descansar, ya que los innumerables problemas exigían una solución inmediata. Así que, en compañía de Mulraj y cuantos hombres estaban en disposición de colaborar, tuvo que dedicarse a la urgente tarea de reconstruir todo lo posible.

Tomando en cuenta el elevado número de hombres y mujeres que formaban la comitiva nupcial, debían estar agradecidos por haber tenido sólo tres muertos y unos cien heridos, ninguno de ellos de gravedad; únicamente golpes y contusiones sin importancia. Los que sí habían sufrido eran los animales: una gran parte de ellos habían quedado medio asfixiados por el polvo y otros se habían roto el cuello o una pata; algunos más huyeron en medio de la confusión y sólo unos pocos pudieron ser recuperados.

Ash, pese a todo, se sintió contento de que el río pudiera proporcionarles agua.

Gran número de tiendas habían sido desmanteladas totalmente o habían caído sobre sus ocupantes, pero la guardia de las princesas tuvo la precaución de desmontar la gran tienda *durbar* y reforzar con ella las más pequeñas, en las que dormían Shushila y sus doncellas. Así que ni éstas ni Jhoti pasaron peligro realmente, aunque ellos lo ignoraban. Sin embargo, la experiencia había sido provechosa y muy impactante, por lo cual la ausencia de Anjuli no originó demasiadas preguntas, por no decir ninguna, ya que todos estaban deseosos de relatar sus aventuras. Ella no tuvo que inventar mentira alguna; ni siquiera necesitó decirles nada, porque lo único que le pedían era que escuchara lo que querían contar.

–¡Qué suerte tuviste de estar fuera y protegida en el *ruth*! –dijo Shu-Shu, expresando la opinión de todos salvo Jhoti, que más bien la compadecía por haberse perdido tamaña diversión.

–¡No sabes cómo nos divertimos, Kairi! –exclamó el chico–. La tienda se agitaba y el polvo entraba en grandes cantidades, pero Shu-Shu y yo nos metimos debajo de mi cama y la cubrimos con chales, pues ella aullaba y gritaba diciendo que el techo caería sobre nosotros, y que nos ahogaríamos todos. ¡Qué jaleo!

–¡Yo no aullé! –protestó Shu-Shu, enojada.

–¡Sí aullaste..., como un chacal! Mejor, como seis chacales.

–¡No!

–¡Sí que lo hiciste!

Ya no hubo más cabalgadas nocturnas ni se celebraron más reuniones en la tienda *durbar*, pues tanto Ash como Mulraj estaban demasiado ocupados como para dedicar tiempo a reuniones sociales. Y como Jhoti los seguía todo el día por el campamento, sin dejar de hablar ni un instante y convencido de que les prestaba una gran ayuda, al caer la noche el joven estaba tan cansado que deseaba acostarse temprano, por lo que sólo Kaka-ji acudía a la tienda para charlar un rato; pero la conversación decaía enseguida y el anciano se retiraba pronto.

Para compensar quizá la prematura tormenta, el tiempo mejoró mucho y llegó una temperatura agradable, de menos de veinticinco grados durante el día y que refrescaba por la noche. Pero, como nadie deseaba ser sorprendido por un nuevo vendaval, todo el mundo se afanaba en reparar los daños para que el campamento se pusiera pronto en marcha. Además, la mayoría estaban cansados de llevar aquella existencia nómada y deseaban llegar a Bhithor, donde esperaban disfrutar de una vida regalada y de las fiestas que se celebrarían con motivo de la boda.

Consiguieron encontrar la mayor parte del ganado desperdigado, así como forraje y alimentos frescos en cantidad suficiente. Pero, a pesar de todos los esfuerzos, pasaría más de una semana antes de que consiguieran reemprender la marcha.

Realmente necesitaron unos ocho días para terminar todas las tareas, durante los cuales Ash no vio en absoluto a Juli y tampoco a su hermana Shu-Shu: las ocupaciones lo tuvieron absorbido totalmente. No obstante, se proponía hablar con Juli al menos una vez, aunque sólo fuera para hacer las paces. Claro que eso podía hacerlo incluso en presencia de la gente: tenían medios de comunicarse entre ellos en formas que nadie captaría. Pero Ash no podía soportar la idea de separarse de Juli sin que ésta supiera que estaba profundamente arrepentido de su actitud, y sin decirle que la amaría toda la vida. Era el único motivo por el que deseaba verla, ya que la entrevista agrandaría la herida que tenía abierta en su corazón. Y la de ella también.

Ash suponía que lo invitarían a visitar la tienda *durbar*, pero no recibió ninguna sugerencia en ese sentido. Cuando mencionó el tema al anciano Kaka-ji, éste contestó que no se preocupara en absoluto por ello.

–Le resultaría muy aburrido. Mis sobrinas están muy atareadas preparando la marcha y su próxima llegada a Bhithor. Ahora todas sus conversaciones tratan de saris, joyas y demás zarandajas.

Eso no parecía muy propio de Juli, y Ash no pudo menos que comentarlo. Kaka-ji dijo estar de acuerdo, pero añadió que, aunque era Shu-Shu la que promovía el tema de las ropas, Kairi le seguía la corriente para que se mantuviera entretenida durante aquellos días.

–Y tiene razón –aprobó el anciano–. Cualquier cosa que pueda distraer a mi sobrina pequeña y evitar que llore y se ponga histérica, es buena para todos.

Jhoti corroboró la opinión de su tío, pero utilizando palabras más duras (a él, todos aquellos problemas de la indumentaria le traían sin cuidado); por su parte, Mulraj aconsejó que, dado que estaban aproximándose a Bhithor, sería mejor que el *sahib* y él mismo se mantuvieran alejados de la tienda de las princesas, ya que sabía que el *rana* era muy estricto en cuestiones de etiqueta.

Al ver que fallaban los métodos indirectos, Ash envió un mensaje a las princesas preguntándoles cuándo podría visitarlas, recibiendo una respuesta amable, pero evasiva, en la que le decían que Shushila-Bai no se sentía suficientemente repuesta como para recibir visitas y que, por tanto, se veía obligada a postergarlas. La negativa venía endulzada con muchos cumplidos, pero continuaba siendo una negativa. ¿Quizá también Juli, como Mulraj, consideraba aconsejable que su hermana y ella se retiraran a un *purdah* estricto, ahora que casi habían llegado al territorio de su futuro marido? ¿O realmente pensaba volver a verlo? De cualquier manera, significaba que no podrían mejorar las cosas entre ellos, y el recuerdo de la forma en que se habían separado quedaría como una herida abierta durante el resto de sus días: un castigo... y un castigo justo.

Pero juzgaba mal a Anjuli. En su manera de ser no tenía cabida el rencor y no lo acusaba por aquel repentino rechazo. Ella había comprendido las razones tan claramente como si él le hubiera expresado sus sentimientos, y lo conocía demasiado bien como para imaginar que Ash no se arrepentía de su actitud y quizá se preguntaría también si ella le reprochaba algo. Bien, todavía quedaba una forma de decirle que no era así. Y muy sencilla.

Una noche, al final de un día largo y agotador a caballo, Ash recibió un cesto de naranjas que trajo uno de los sirvientes reales, quien explicó que era un regalo de la *rajkumari* Anjuli-Bai. La *rajkumari* lamentaba que debido al estado de salud de su hermana no pudieran recibir al *sahib*, pero confiaba en que él se encontraría bien y en que disfrutaría con el regalo. Ash observó las naranjas y, de pronto, su corazón se puso a latir violentamente. Tuvo que contenerse para no arrancar el cesto de las manos del criado y buscar allí mismo el mensaje que, estaba seguro, contenía. Pero consiguió dominarse y, después de recompensar al mensajero, llevó el cesto a su tienda y esparció las naranjas sobre la cama. Pero no encontró nada.

Sin embargo, allí debía de haber algo, porque de otro modo Juli, precisamente Juli, no se habría molestado en enviarle un regalo tan convencional. No había ningún escrito y el cortés recado verbal que acompañaba al cesto no contenía mensaje oculto alguno. Ash fue examinando las naranjas una por una. En la piel de una de ellas había una pequeña marca que parecía haber sido hecha con un cuchillo. Ash la abrió e inmediatamente se esfumó su desesperación. El malestar de los últimos días, el dolor de sus faltas y sus autoacusaciones, el provocado por la pérdida..., todos se calmaron de repente mientras miraba el mensaje de Juli y sentía que recuperaba la esperanza y las fuerzas.

Juli no le había escrito. No tenía necesidad de hacerlo, porque le había mandado algo que decía más que la carta más larga y expresiva: la mitad del pececito de madreperla que le había entregado en otro tiempo, la noche en que escapara de Gulkote.

Ash permaneció largo tiempo mirándola sin verla, reviviendo aquella noche, recordando el silencio y el miedo y las voces susurrantes, urgentes; veía otra vez la luz de la luna que brillaba sobre las cumbres nevadas del Dur Khaima e inundaba el balcón de la reina con una radiación fría que refulgía sobre la perla en la oreja de Hira Lal, y convertía en plata un trocito de concha tallada: la más preciada posesión de Juli.

Y ahora ella le devolvía su mitad, sabiendo que él comprendería lo que quería decir: que ellos eran aún dos mitades de un todo y que mientras vivieran siempre existiría la esperanza de que quizás algún día, en el futuro, cuando sus acciones dejaran de interesar a nadie, podrían reunirse de nuevo. Al menos constituía una leve esperanza. Pero, aunque nunca se materializara, el trocito de madreperla era en sí una prueba tangible de que Juli lo amaba aún y de que se lo había perdonado todo.

Ash tocó el amado objeto con tanta delicadeza como si fuera a desvanecerse y lo miró a través de una niebla de lágrimas. Sólo cuando se le aclaró la visión se dio cuenta de que Juli no le había enviado la parte que originalmente poseía Ash, sino la de ella. Lo oprimió contra su mejilla y sintió un enorme consuelo.

Una tos discreta le anunció el retorno de Gul Baz y de un *khidmatgar* con la cena. Ash se guardó el amuleto en el bolsillo, volvió a colocar apresuradamente las naranjas en el cesto y salió a comer con mejor apetito que el que había mostrado durante los últimos días.

Al final de la cena, mientras fumaba un cigarrillo y pensaba en Juli, Ash le hizo una promesa..., o se la hizo a sí mismo: que nunca se casaría con otra mujer, y que si no volvía a verla más, siempre pensaría en ella como en su esposa, y con las palabras del ritual nupcial: «Unido sólo a ella durante todo el tiempo que ambos vivan».

En su tienda habían encendido una lámpara y Ash oía a Gul Baz que trajinaba dentro mientras le preparaba la cama; de pronto tuvo una idea y lo llamó para que pidiera a Mahdoo la cajita metálica que desde el robo del rifle había estado al cuidado del anciano criado. Éste la trajo y se quedó un rato a fumar y charlar un poco. Cuando se fue, Ash llevó la cajita a la tienda y la colocó sobre la mesa. Después sacó el amuleto del bolsillo.

Retiró la llave de bronce de la cadena de su reloj y abrió la cajita. Quedó sorprendido cuando la tapa saltó como si hubiese estado sujeta por un resorte, pues realmente no había espacio para aquel trozo de tela sucio de sangre que él guardara en la caja días atrás; y entonces recordó que había tenido que forzar la tapa para cerrarla, aunque hasta ese momento no había vuelto a pensar en la tela que metiera allí con el propósito de destruirla más tarde.

La cajita metálica era lo único que había hallado a mano en su momento para ocultar el pedazo de tela de la mirada de Gul Baz, que se encargaba de todas las llaves. De manera que la había cerrado con llave, con la idea de sacar el jirón en la primera oportunidad que tuviera y quemarlo o enterrarlo, o simplemente tirarlo en algún lugar apartado. Pero luego había entregado la cajita a Mahdoo, juntamente con el dinero que poseía, las armas de fuego y las municiones, y se había olvidado de todo el asunto.

Ahora sacó la tela ensangrentada y la miró con una mueca de disgusto, preguntándose nuevamente a quién habría pertenecido y qué haría con ella. Sin embargo, no podía quemarla sin riesgo de que alguno de los criados acudiera al creer que se había prendido fuego a la tienda. Tampoco podía dejarla caer al suelo para que la tiraran, porque, al verla, Gul Baz recordaría inmediatamente el incidente que era preferible olvidar. Probablemente, lo mejor sería salir a dar un paseo por los alrededores y tirarla en algún lugar oscuro, lejos del resplandor de las hogueras que rodeaban el campamento.

Hizo una bola con el trozo de tela y se lo guardó en un bolsillo. Acudió a su mente un detalle que recordaba haber visto antes. Algo pequeño y duro unido a la tela, quizás un botón o un peso de plomo como los que usan los sastres indios para que no se tuerzan las costuras.

Ash nunca había contemplado con detalle el pedazo de tela, porque, una vez que decidió que se trataba de una evidencia que no deseaba mostrar a nadie, se apresuró a esconderlo antes de que alguno de sus criados o Mulraj se diera cuenta de lo que era y comenzara a hacer preguntas. Ahora, por primera vez, extendió el objeto y lo examinó atentamente.

La tela aparecía manchada y rígida por la sangre reseca, pues el corte que Ash se hiciera en la cabeza había sangrado mucho. Pero aquí y allá, entre las manchas, era posible apreciar su original color gris y que se trataba de un tejido de seda y algodón hilado a mano, seguramente caro. La tela era delgada y carecía de forro, y se había desprendido por la costura sin rasgar el tejido: todo el lado izquierdo de una chaqueta, arrancado por las costuras, con parte del cuello y de la manga. Tenía una fila de ojales y un bolsillo alto en el interior, colocado en un lugar bastante raro porque se hallaba más abajo de la sisa. El bolsillo llevaba una especie de solapa y Ash pudo observar que estaba cosido, probablemente para impedir que se cayera el objeto pequeño y duro que había en él.

Acaso una joya, pensó..., y valiosa, si su propietario se había tomado el trabajo de encargar que le hicieran bolsillos especiales en las chaquetas para llevarla consigo.

Ahora sólo cabía hacer conjeturas.

Ash buscó unas tijeras y, sin molestarse en descoser las puntadas, cortó el bolsillo por el centro. El objeto que contenía cayó y rodó por el borde de la mesa hasta el suelo, donde quedó dentro de un cuadrado de luz proyectado por la lámpara que colgaba del palo central de la tienda: una joya en forma de pera, con la iridiscencia humosa de una pluma de paloma...

Era el aro de Hira Lal.

Ash se quedó sin aliento, rígido, contemplando la joya durante unos minutos antes de inclinarse a recogerla.

Resultaba increíble que, después de tantos años, él hubiese pensado en el objeto apenas hacía unas horas y lo hubiera recordado claramente en su imaginación. La fabulosa perla negra que enfurecía de tal manera a Biju-Ram, quien sospechaba –y con razón– que su dueño la usaba para burlarse del único aro que él llevaba y que disminuía el atractivo del diamante del cortesano de Hanoo-Rani hasta convertirlo en una baratija sin valor.

La perla brillaba a la luz de la lámpara como si estuviese viva. Al mirarla, Ash supo, más allá de toda duda, quién había matado a Hira Lal. O quién había decretado su muerte.

Sin duda, Biju-Ram había acompañado a Lalji en su desgraciada visita a Calcuta, y Biju-Ram odiaba a Hira Lal y envidiaba su perla negra. El asesinato habría sido planeado por Janoo-Rani, quien, probablemente, lo preparó hasta el menor detalle antes de que partieran los viajeros; de manera que Biju-Ram sólo debió esperar a que llegaran a una comarca donde hubiera tigres, preferiblemente una zona donde se supiera que vagaba un animal sanguinario, y allí llevarlo a cabo. Pero Janoo-Rani debió de haber sabido que Biju-Ram no podría resistir la tentación de quedarse con la perla, aunque al conservarla quedara marcado como asesino y nunca se atreviera a usarla. Su belleza, así como su carácter excepcional y su valor, habrían influido más que otras consideraciones, y Biju-Ram se había decidido a correr el riesgo. Seguramente la llevaba consigo desde entonces.

De todas maneras, debía de haber muchísimas personas que incluso ahora reconocerían la perla cuando la vieran, pues nadie que la hubiese visto podría olvidarla en toda su vida. Era dudoso que se encontrara algo similar en toda la India, y sólo la avaricia (¿o el odio?)

podía haber hecho que Biju-Ram conservara una evidencia que lo condenaba. No era de extrañar que hubiese registrado la tienda de Ash para encontrarla. El objeto resultaba tan peligroso como un *krait*, esa pequeña serpiente de color marrón cuya mordedura significa la muerte inmediata.

Ash sopesó en su mano la perla y se preguntó por qué diablos no había descubierto de inmediato la identidad del hombre con quien había luchado en la oscuridad. Al recordar ese momento, pensó en tantas cosas que se lo habrían indicado...: detalles como la estatura, la constitución física... y el olor. Biju-Ram usaba siempre perfume y el asesino emboscado olía a raíz de lirio florentino. Pero, en aquellos momentos, Ash estaba demasiado furioso como para tener conciencia de cualquier cosa que no fuese un obsesivo deseo de matar, y sólo ahora recordaba aquel perfume y se daba cuenta también de que Biju-Ram ya no vestía ropas de colores tan vivos como en otro tiempo; por imitación consciente de su rival muerto, ahora siempre usaba trajes de color gris. Sólo gris.

El trozo de tela manchado de sangre olía mal, no a raíz de lirio. Ash lo arrojó por la puerta de la tienda, sin preocuparse de si alguien lo veía o despertaba curiosidad, porque sabía que no tenía nada que ver con Juli. Si Ash hubiese tenido la conciencia tranquila con respecto a ella, habría captado la razón verdadera del ataque asesino desde el primer momento y no habría perdido el tiempo ocultando claves a sus amigos y escondiendo la cabeza como el avestruz.

El motivo era muy sencillo. Simplemente, había considerado los hechos de manera errónea, y sólo al descubrir el arete de Hira Lal su cerebro había comenzado a coordinar las ideas con claridad. Ahora, de pronto, parecía como si lo hubieran colocado delante de un espejo y hallara sentido finalmente a algo que antes lo confundía porque estaba escrito en dirección contraria a lo habitual...

Biju-Ram no tenía ningún interés en Anjuli-Bai, ni había reconocido en el *sahib* Pelham al niño que alguna vez fuera blanco de sus bromas crueles. Quería matar a Ash precisamente por la misma razón por la que Janoo-Rani deseaba hacer desaparecer a Ashok: porque se interponía en una conspiración para asesinar al heredero, y continuaba haciéndolo. Era así de sencillo. Y Ash no se había dado cuenta de ello por estar obcecado por prejuicios anteriores.

Sabiendo que Biju-Ram había sido un hombre a sueldo de la fallecida *rani* durante muchos años, y que era ella quien lo había nombrado miembro de la corte personal de Jhoti, Ash persistía en su idea de que era un subordinado de la *nautch* y que Jhoti era hijo de ella. También Nandu, pero, si el rumor era cierto, Nandu había asesinado a su madre y más tarde (según confirmaban muchos testigos) se había peleado violentamente con Biju-Ram. La enemistad había alcanzado tales proporciones que, cuando Nandu se negó a permitir que su hermano pequeño acompañara a la comitiva de las novias a Bhithor, Biju-Ram incitó a Jhoti para que desafiara la orden y escapara; luego quemó sus propias naves acompañándolo en la huida.

Al considerar todos estos hechos (y teniendo en cuenta que Biju-Ram, en realidad, merecía tanta confianza como un escorpión), Ash decidió que su antiguo enemigo estaba mezclado en una conspiración para asesinar a Nandu; para defenestrarlo y sustituirlo por Jhoti, quien, a causa de su edad, durante algunos años sólo sería un gobernante títere y, por tanto, podría ser manejado a su antojo por quienes organizaban la intriga para conseguir sus propios fines. Era una suposición razonable, puesto que coincidía con todos los hechos conocidos, excepto en uno que Ash, conociendo a Biju-Ram, no debía haber pasado por alto: que Biju-Ram siempre había sabido lo que le convenía, y cuando comprendió que Nandu, y no la *nautch*, sería el poder real en el estado, no habría dudado en cambiar de bando.

Visto de esta manera, el modelo se alteraba como el dibujo de un caleidoscopio cuando se mueve el tubo. Las piezas eran las mismas, pero colocadas en orden diferente. Ash se daba cuenta ahora de por qué era necesario que tuviese lugar una pelea en público y por qué habían negado el permiso a Jhoti para que acompañara a sus hermanas y más tarde se le dieron facilidades para escapar. Y por qué después nadie se presentó a buscarlo para hacerlo regresar a Karidkote.

«Debí haberme dado cuenta antes», pensó Ash con amargura. Y era cierto, porque las razones estaban perfectamente claras y lo habrían estado todo el tiempo si él se hubiera preocupado de observar la evidencia en vez de juzgarla sólo por su aspecto externo. No representaba ningún consuelo darse cuenta de que otros habían sido igualmente engañados, pero él debía haber sido más perspicaz... Si esto era lo que le sucedía a uno cuando se enamoraba, entonces parecían justificadas las opiniones de los oficiales ingleses al respecto, expresadas en forma tan insultante por su comandante y el mayor Harlowe cuando Ash había querido casarse con Belinda.

Se sentó en un extremo del catre y miró los hechos desde otro ángulo; algo que debía haber hecho mucho tiempo atrás.

Nandu consideraba a su hermano un rival y un posible germen de descontento, y, por tanto, trataba de librarse de él. Pero ya se habían hecho muchas especulaciones desagradables sobre la muerte de Janoo-Rani, y si Jhoti moría repentinamente, el residente británico, que había mostrado cierta tendencia a hacer preguntas desagradables después de la muerte de Janoo, ahora preguntaría mucho más; luego, ¿quién podía saber qué tipo de problemas surgirían? Era mucho mejor dejar que Jhoti saliera de Karidkote y sufriera un accidente mortal en algún lugar al otro lado de la frontera. Luego, bastaría resaltar la inocencia de Nandu y agregar un toque magistral que serviría para convencer incluso a los más suspicaces: era preciso demostrar que el chico se había marchado contra los deseos de su hermano y en circunstancias que impedirían a Nandu enterarse de su «huida» a tiempo de evitarla, o hacerlo regresar. He aquí la conveniencia de que Nandu participara en la expedición de caza.

Se trataba de un plan excelente, basado en un conocimiento acertado del carácter de Jhoti y fundado en el supuesto de que nadie iba a creer que un hombre que lo ayudaba a escapar del palacio y que lo acompañaba en la aventura pudiera ser otra cosa que un buen amigo y un decidido partidario. Esto proporcionaba una coartada a Biju-Ram, quien, a los ojos de todos, aparecería como un aliado del presunto heredero (y, por tanto, un enemigo del maharajá), lo que lo haría quedar libre de toda sospecha cuando el chico sufriera un accidente mortal.

Evidentemente, los detalles del plan habían sido estudiados con sumo cuidado, y era lógico suponer que Biju-Ram tendría dos o tres colaboradores. Ash no consideraba probable que fuesen más, pues un número excesivo significaba aumentar el riesgo de que lo descubrieran. Mohn, Pran Krishna y quizá Sen Gupta, decidió, seleccionando mentalmente a los seguidores de Biju-Ram que formaban parte del séquito de Jhoti. Además, los criados personales de estos tres hombres serían propensos al soborno y, por tanto, resultaban igualmente sospechosos.

Pran Krishna era un antiguo sirviente personal de Biju-Ram, y en todo momento había manifestado admiración y simpatía hacia su amo. Era un jinete excelente y había formado parte de la expedición de caza el día que se rompió la correa de la silla de Jhoti. Él estaba en inmejorables condiciones para realizar las manipulaciones en la silla, así como para recuperar las pruebas antes de que cualquiera pensara en examinarlas, pues de haber muerto el niño se hubiese producido una tremenda confusión y la atención se habría centrado en el principito y no en el caballo.

Ash recordaba la conversación escuchada aquella tarde y se daba cuenta de cómo había actuado Biju-Ram: en lugar de disuadir al niño de que fuese a cabalgar solo, realmente lo que había hecho, conociendo su carácter, era incitarlo a que cumpliera su propósito. Y, transcurrido cierto tiempo sin que Jhoti regresara, Biju-Ram hubiese dado la voz de alarma y habría pedido ayuda para ir a buscarlo. Él, Pran Krishna y otros hombres del séquito hubieran formado parte del grupo de búsqueda que habría encontrado el cuerpo sin vida del muchacho. Entonces, todos ellos hubiesen mostrado gran dolor y habrían acusado al *syce*, mientras Pran Krishna se dedicaba a eliminar las pruebas simulando examinar la silla.

Pero pocos planes carecen de fisuras y éste no era una excepción, porque, aunque Jhoti no pudiera evitar que el caballo lo lanzara de la silla, era posible que sólo resultara herido y no muerto. Aunque esto también fue tenido en cuenta, casi con toda seguridad: si las heridas no resultaban mortales, fácilmente podrían administrarle una sobredosis de opio o algún tóxico similar que lo habría sumido en estado de coma y más tarde en la muerte..., algo de esperar en sus circunstancias y que no despertaría sospechas de nadie. De cualquier manera, el plan contaba con grandes posibilidades de éxito. Pero, cuando el muchacho salió a cabalgar solo, Ash lo estropeó todo al seguirlo y, sobre todo, al hacerlo acompañado de Mulraj. No era extraño que Biju-Ram estuviese lo bastante furioso como para tratar de eliminar a quien se había entrometido en sus proyectos.

Tanto Nandu como Biju-Ram debían de haber sabido desde el principio que un oficial británico acompañaría a la comitiva a Bhithor y probablemente lo considerarían un hecho afortunado, pues la presencia de un *sahib* sería una garantía de que cualquier accidente desgraciado que ocurriera al presunto heredero sería aceptado por las autoridades británicas como tal, y nada más. Y como su experiencia con los *sahibs* era escasa, seguramente esperaron que los acompañaría un oficial de baja graduación, inexperto y con un conocimiento mínimo de las lenguas y costumbres del país, por lo cual sería fácil de manejar.

Pero el *sahib* Pelham no sólo se apartaba de esta imagen, sino que, para empeorar las cosas, había desbaratado un plan muy bien elaborado y, además, se había hecho amigo de la víctima y demostraba un excesivo interés por el bienestar del muchacho. Por tanto, se había convertido en un obstáculo importante para ellos y Biju-Ram debió de decidir que fuera eliminado; pero esto sólo podría hacerse sin peligro cuando la expedición abandonara la India británica y estuviera en una parte del país donde no existieran ciudades suficientemente grandes como para contar con algún oficial británico o cualquier autoridad que decidiese investigar un accidente que costara la vida a un *sahib.* Porque, como es lógico, se trataría de un accidente.

Seguramente, Biju-Ram había pensado en varias opciones que podían ponerse en práctica, por lo que cada vez que se encontraban en una zona adecuada vigilaba atentamente a aquel *angrezi* entrometido con la esperanza de hallar la ocasión de eliminarlo sin peligro. Cuando ésta llegó, decidió aprovecharla con rapidez aterradora. Y Ash fue atacado con su propio rifle. Cabía la posibilidad de tropezar o de manejarlo con descuido, disparándose el arma por error..., y como los sirvientes de Biju-Ram no estaban familiarizados con aquel tipo de armas, *Bichchhu*, el escorpión, tuvo que actuar personalmente.

Ash se incorporó y fue hasta la puerta abierta de la tienda para contemplar la noche. Pero había demasiadas zonas de sombra y era imposible saber si en alguna de ellas se ocultaba alguien que lo vigilaba, aunque debía de ofrecer un blanco estupendo, recortado contra la luz amarilla de la lámpara. Eso no lo preocupaba, porque estaba convencido de que lo último que Biju-Ram y sus secuaces deseaban era atraer la atención de las autoridades británicas, y si algo lo conseguiría sería el asesinato de un oficial de los suyos. Debía ser un verdadero accidente. Y como sin duda se habría planeado otra tentativa, Ash tendría que actuar con suma cautela y no descuidarse si deseaba llegar vivo a Bhithor. Pero en esta ocasión debía estar seguro de no equivocarse y sólo se basaba en meras suposiciones. No bastaba con tener una seguridad interna, pues ésta ya le había fallado antes.

Su mirada cayó sobre el trozo de tela arrugado que había lanzado por la puerta de la tienda. Salió y lo recogió: se le había ocurrido una idea que pensaba poner en práctica.

26

Se produjo un retraso imprevisto al principio del nuevo día de marcha; fue a causa de una disputa entre un cochero y un *mahout*, por disparidad de criterios sobre la distribución del equipaje. Un asunto trivial, pero la gente estaba de mal humor y ambos contrincantes atrajeron a partidarios que empezaron a vociferar, hasta que la mitad de los cocheros y todos los *mahouts* se enzarzaron en una lucha a brazo partido.

Cuando se logró separar a los contendientes y restablecer la calma, se habían perdido dos horas y resultaba evidente que sólo llegarían al próximo lugar de acampada después de mediodía. Una perspectiva poco agradable por las elevadas temperaturas.

Shushila lloró y se quejó hasta que Jhoti, que compartía el *ruth* con su hermana, perdió la paciencia y le dio una bofetada.

–¡Cualquiera creería que eres la única que tiene calor y se siente incómoda! –gritó el niño–. ¡Bien, pues no es así! Y si crees que viajaré un instante más en este cajón con una llorona que forma más escándalo que una cabra enferma, te equivocas.

Saltó a tierra ignorando los ruegos para que volviera, mandó que le trajeran su caballo e insistió en cabalgar durante el resto del camino.

La bofetada y la repentina marcha de Jhoti fueron revulsivos para Shushila, quien reaccionaba favorablemente ante cualquier despliegue de violencia masculina. El incidente también resultó inesperadamente útil para Ash, que había hecho todo lo posible por evitar encontrarse con Biju-Ram durante semanas y ahora se preguntaba cómo lograría lo contrario sin que pareciese intencionado.

La súbita aparición de Jhoti a caballo resolvió el problema, porque su séquito, que también viajaba en carruaje cubierto, debió abandonarlo para cabalgar junto a su joven amo. Cuando Jhoti trató de despedirlos diciendo que no los necesitaba y que cabalgaría con el *sahib* y Mulraj, Ash intervino sugiriendo que sería útil que se quedaran con él, puesto que más tarde tendrían que adelantarse para ir en busca de comida. Como no había posibilidades de acampar para comer al mediodía, no les quedaba más remedio que hacerlo junto al camino.

En esta ocasión, Jhoti no discutió y continuaron adelante en grupo, de manera que, por primera vez desde el inicio del viaje, Ash pasó varias horas en compañía de Biju-Ram y hasta logró hablar con él como si mantuvieran excelentes relaciones. La conversación no prosperó porque la temperatura no favorecía el diálogo, pero, desde el punto de vista de Ash, la situación no podía ser mejor, ya que se había presentado de manera natural; más tarde le resultó sencillo quedarse atrás, con la excusa de que sería mejor llegar los últimos, cuando hubiesen montado las tiendas y se hubiera asentado el polvo. Aunque esto significaba marchar al paso, nadie, ni siquiera los caballos, se sentía con muchas energías, así que agradecieron avanzar con lentitud y alejados de la nube de polvo levantada por los que marchaban en cabeza.

El sol estaba casi en el cénit cuando encontraron un lugar adecuado donde detenerse a comer. Mohan y Biju-Ram continuaron adelante para mandar que les trajeran la comida. A su regreso, informaron de que el lugar para acampar se hallaba a menos de un kilómetro, y, como la mayor parte de la gente ya había llegado, gran número de tiendas estaban montadas y el resto lo estaría en una hora como máximo.

Ash esperaba que hiciese aire, pero aquel día el *louh* no sopló; a la larga, eso sería favorable, pero debía tener especial cuidado de que su acción pareciera completamente natural. El éxito de su plan dependía de la impresión de resultar casual, y también de que Biju-Ram observara lo que sucedía. Era igualmente fundamental que el lugar elegido fuese fácil de reconocer y no quedase muy lejos ni demasiado cerca del campamento.

Esperó hasta que terminaron de comer y se pusieron nuevamente en marcha, porque vio cerca de allí una palmera solitaria que se elevaba en el árido suelo, rodeada de algunas ralas matas de hierba y algún que otro matorral; era una buena referencia. Debía hacerlo ahora o nunca.

Ash aspiró profundamente y se volvió hacia Kaka-ji con una pregunta sobre Karidkote que sin duda conduciría a una conversación general y aseguraría que Biju-Ram prestase atención. Cuando llegaron a la palmera, se quitó el casco y, mientras hacía un comentario sobre el calor, sacó un pañuelo del bolsillo y comenzó a enjugarse el sudor del cuello y de la frente. Sólo que no se trataba de un pañuelo. Era un pedazo de tela arrugada que pertenecía a un elegante *achkan* gris y mostraba manchas de color marrón oscuro. Ash llamó la atención sobre este hecho, deteniéndose en mitad de una frase para mirar el trapo con sorpresa. Su expresión sugería que nunca lo había visto antes y que no comprendía cómo había llegado a su bolsillo. Se quedó mirándolo con el ceño fruncido, lo olió haciendo un gesto de asco y, sin darle más importancia, hizo una bola con él y lo arrojó entre los matorrales.

Ni siquiera miró a Biju-Ram hasta haber terminado la frase interrumpida. Acto seguido, buscó en otro bolsillo un pañuelo con el que se secó el sudor. Luego se lo colocó en la parte posterior del casco para evitar que el sol le diera en la nuca, continuando la conversación como si nada hubiese sucedido, aunque procuró en todo momento que Biju-Ram interviniera en ella para evitar que pudiera regresar a por el trozo de tela antes de que llegaran al campamento. Una vez allí, sería fácil impedir que fuera a buscarlo demasiado pronto, porque había indicado a Gul Baz que colocara su tienda en ese lado del perímetro del campamento, con la entrada de cara al mismo lado; de manera que si Biju-Ram decidía ir a buscar el jirón a plena luz del día tendría que hacerlo delante de Ash, pues éste pensaba sentarse bajo un toldo para observar la llanura con unos prismáticos con el pretexto de localizar algunos gamos. En tal situación sería difícil que el hombre se atreviera a acercarse allí. Al menos podría estar seguro de una cosa: siempre que hubiera reconocido el trozo de tela (y Ash le había dado las mejores oportunidades para ello), iría a buscarlo.

Llegaron a las afueras del campamento al cabo de unos quince minutos. El resto del día transcurrió sin novedad. El calor desanimaba a emprender cualquier actividad, y hombres y animales buscaron la sombra que pudieron encontrar y dormitaron durante las lentas horas del día hasta que el sol declinó. La palmera solitaria apenas parecía un palillo de dientes contra el cielo oscurecido, pero, a excepción de la reverberación del paisaje en medio de las olas de calor, allí no se movía ningún ser vivo. Y cuando al fin el campamento despertó y se iniciaron las tareas nocturnas, los cortadores de hierba no fueron en aquella dirección, sino que evitaron la ruta por la que habían venido esa mañana y se dirigieron a derecha e izquierda del camino, donde la hierba estaba menos cubierta de polvo.

Como de costumbre, Ash comió aquella noche al aire libre, aunque no se quedó fuera hasta tarde, sino que entró en su tienda en cuanto comenzaron a salir las estrellas. Después de despedir a Gul Baz, esperó hasta que oscureció totalmente y luego apagó la lámpara para que cualquiera que pudiese estar vigilando supusiera que se había acostado. Tenía mucho tiempo porque la luna estaba en cuarto menguante y no saldría hasta pasada una hora, pero no deseaba correr ningún riesgo.

Prefería llegar al lugar elegido demasiado pronto antes que exponerse a no sorprender al que esperaba. El cristal de la lámpara no se había enfriado aún cuando se deslizó por debajo de la tienda y, reptando sobre el vientre, se arrastró por el campo hacia la protección de los matorrales con un silencio y una rapidez que hasta Malik-Shah, que le había enseñado a hacerlo, hubiese aplaudido. A sus espaldas, el resplandor de lámparas, antorchas y fuegos del campamento iluminaba el cielo y convertía la noche en día, pero la llanura que tenía ante sus ojos era un mar de sombras con susurrantes islotes de hierba, y hasta los *kikares* más cercanos apenas se veían a la luz escasa de las estrellas.

Pronto divisó la columna de la palmera contra el cielo estrellado.

Abandonó el sendero para dirigirse hacia ella, y una vez allí se sentó con las piernas cruzadas, al estilo de los nativos, para esperar. La luna saldría media hora después, y como no era probable que Biju-Ram abandonara el campamento antes de que hubiera suficiente luz para ver (y tardaría por lo menos cuarenta y cinco minutos en cubrir la distancia), la espera sería larga.

Ash había aprendido a tener paciencia, pero nunca le resultaba fácil ponerla en práctica y aquella noche no fue una excepción. Porque, aunque había tenido el cuidado de memorizar el lugar donde había arrojado el trozo de tela, los islotes de hierba parecían haber adoptado formas diferentes a la luz de las estrellas, de manera que ahora no estaba tan seguro. No había forma de saber si la tela seguía estando allí o si un halcón o chacal se la había llevado, y no tenía sentido buscarla en la oscuridad. Pero, de continuar allí, Biju-Ram la encontraría pronto, y si no estaba carecía de importancia, pues sería suficiente con que hubiese ido a buscarla. Cuando al fin salió la luna, Ash distinguió el jirón cerca de un matorral, a unos diez pasos a su izquierda.

La luna delataba ahora su presencia porque la palmera ya no le servía de protección; así que decidió trasladarse adonde crecían unas matas altas, entre las cuales abrió un hueco para esconderse. Desde allí podía observar sin ser descubierto, y se dispuso nuevamente a esperar.

El escondrijo resultaba incómodo, pues el menor movimiento que hiciera movería las matas y revelaría su presencia, aparte de que la noche era tan silenciosa que cualquier ruido se oiría perfectamente. Sin embargo, el silencio representaba una ventaja para él, porque podría advertir la presencia de Biju-Ram mucho antes de que pudiera verlo. Sin embargo, a medida que pasaban las horas sin que apareciese nadie, comenzó a preguntarse si no se habría equivocado respecto a la identidad del propietario de la chaqueta gris, aunque estaba convencido de que era una de las de Biju-Ram. También temía no haberse mostrado convincente en la manera de arrojar el pedazo de tela. ¿Lo habría hecho demasiado rápidamente, sin darle tiempo a que lo reconociera? ¿O tal vez de forma tan casual que ni siquiera había despertado una mirada de curiosidad? ¿Quizás había exagerado la acción hasta el extremo de que diera la impresión de ser completamente falsa?

Biju-Ram no era tonto y parecía posible que, si le tendían una trampa, no correría riesgo alguno, por muy atractivo que fuese el cebo. Por otra parte, si Ash había conseguido engañarlo aquella mañana, nada lo detendría, ni encargaría a nadie que fuera a recoger la tela. Acudiría solo o no lo haría. No obstante, hacía dos horas que había salido la luna y no se observaban signos ni sonidos reveladores de la presencia de un ser humano. Si no aparecía podía significar que había sospechado una trampa, por lo que Ash debía tener en cuenta la posibilidad de caer en una emboscada en su regreso al campamento.

Se removió inquieto en su escondite y pensó en abandonar la vigilancia y regresar a su tienda dando un rodeo. Ya debía de ser cerca de la una de la madrugada y en unas tres horas se levantaría el campamento para ponerse en marcha. Además, él no necesitaba ninguna otra prueba de que era Biju-Ram quien había intentado asesinarlo, ni de que un trozo de su chaqueta se le había quedado entre las manos al escapar el agresor en la oscuridad. Tampoco de que era Biju-Ram, enviado por la *nautch*, quien había planeado la desaparición de Hira Lal y la muerte de Lalji, y ahora, a las órdenes de un nuevo amo, intentaba eliminar también al pequeño Jhoti. Sin duda no tenía necesidad de más pruebas, pero su sentido innato de la justicia lo empujaba a obtener una concreta e irrefutable antes de tomar medidas, y no basarse sólo en sospechas. ¿Qué haría con tal prueba, sino confirmar lo que ya sabía? ¿Y qué tenía que ver la justicia con Biju-Ram?

Nada, decidió Ash con furia. ¡Nada...!

Sin embargo, debía permanecer allí hasta que apareciera Biju-Ram. O hasta que no lo hiciera. La convicción parecía fuera de lugar, pero Ash no podía librarse de ella. El pasado actuaba sobre él con demasiada fuerza. Hilary y Akbar Khan habían sembrado mejor de lo que pensaban cuando convencieron a un niño pequeño de que la injusticia era un pecado imperdonable y de que debía ser justo a toda costa. Y las propias leyes inglesas mantenían el principio de que todo acusado de un delito es inocente mientras no se pruebe su culpabilidad.

«Ad vitam aut culpam», pensó Ash con ironía, recordando una de las frases favoritas del coronel Anderson, quien solía traducirla como «hasta que se prueba algún delito». El comandante de los Guías, refiriéndose a la administración de la justicia, acostumbraba a citar la opinión del juez de Dickens de que «lo que decía el soldado no constituía una prueba». Sin embargo, el caso contra Biju-Ram se apoyaba en comentarios y suposiciones, fuertemente influidas por una antipatía que se remontaba a los días de la infancia de Ashok, y éste no podía condenar a un hombre a muerte sólo por sospechas.

A muerte. Esas palabras le produjeron una extraña conmoción de sorpresa, porque, curiosamente, era la primera vez que tenía el convencimiento de que quería matar a Biju-Ram. Aquí, las influencias del Hawa Mahal y de las tribus de la frontera adquirieron preponderancia y Ash dejó de pensar como un inglés.

Enfrentados a una situación similar, noventa y nueve de cada cien oficiales británicos hubiesen arrestado a Biju-Ram y lo habrían entregado a las autoridades competentes para ser juzgado, mientras que el uno restante hubiera dejado que Mulraj y los miembros más importantes de la comitiva se encargaran del asunto. Ninguno de ellos habría siquiera soñado en tomarse la justicia por su mano, aunque Ash no veía nada malo en ello.

Si Biju-Ram era culpable de asesinato y de intento de asesinato, lo único que cabía hacer era acabar con el problema ya..., si aparecía.

Pero ¿y si no se presentaba? «Lo hará –pensó Ash–. Debe venir, no podrá resistirse a la tentación de recuperar la perla».

Las sombras habían disminuido conforme la luna avanzaba en el cielo, y ahora la luz era tan brillante que permitía ver los objetos a bastante distancia. Una luna en época calurosa sobre las llanuras de la India se parece muy poco al fresco globo de plata que flota sobre las tierras frías, y hasta se podía ver el más pequeño insecto polvoriento revoloteando entre las matas. El trozo de tela que Ash usaba como cebo aparecía ahora como una mancha negra en el polvo blanco, y el silencio era total.

Bostezó, cansado, y cerró los ojos; seguro que se adormiló unos instantes, porque cuando volvió a abrirlos soplaba una ligera brisa que agitaba las hierbas con un susurro como el de las olas lejanas sobre una playa arenosa. Y Biju-Ram estaba parado en una zona iluminada por la luna, a unos doce metros de donde él se encontraba.

Por un momento, Ash creyó que había descubierto su escondite, pues el hombre parecía estar mirando en su dirección; pero pronto la vista de Biju-Ram se dirigió a otros lugares. Miraba a su alrededor, desde la palmera hasta el campamento a más de un kilómetro de allí, y sin duda calculaba el camino que había recorrido. Era evidente que no sospechaba en absoluto que le habían tendido una trampa ni que nadie lo estaba observando, porque permaneció de pie en campo abierto, sin intentar ocultarse y con la chaqueta semiabrochada para que la brisa le refrescase el pecho.

Enseguida comenzó a avanzar entre las matas de hierba y los islotes de matorrales, buscando. Una o dos veces se inclinó a recoger algo, pero lo dejó caer con un gesto de asco. También hurgaba entre los arbustos con el bastón con mango de plata que empuñaba. Se hallaba casi a un metro del lugar donde se escondía Ash cuando vio lo que buscaba, y su exclamación ahogada de satisfacción se oyó incluso sobre el susurro de las hierbas. Durante bastante tiempo permaneció con los ojos muy abiertos y completamente rígido, mirando el pedazo de tela; luego dejó caer el bastón y corrió a recoger el jirón, que estrujó entre sus manos con ansiedad.

Los diamantes brillaron sobre el tejido con un resplandor helado y la perla negra parecía una gota de oscuridad centelleante. Un objeto lleno de belleza y esplendor que parecía reunir y reflejar la luz de la luna. Al mirarlo, Biju-Ram volvió a reír; aquella risita familiar que casi siempre era más una expresión de malicia satisfecha que de honesta diversión, y que ahora contenía una inconfundible nota de triunfo.

Estaba demasiado obsesionado con la joya perdida para notar la presencia cercana de otro ser humano, y ahora, al detenerse a recogerla, no se había dado cuenta de que la brisa había cesado tan repentinamente como había surgido y las hierbas seguían susurrando. Cuando vio la sombra era demasiado tarde.

Una mano como una trampa de acero se cerró alrededor de su muñeca y la retorció tan salvajemente que gritó de dolor y soltó la perla, que volvió a caer en el polvo.

Ash la recogió y se la guardó en el bolsillo. Soltó la mano de su contrincante y retrocedió.

Biju-Ram era rápido y astuto, y se había mostrado capaz de pensar con mucha rapidez y de traducir pensamiento en acción con igual velocidad. Pero esta vez fue atrapado sin defensas. Se había creído seguro y la sorpresa de la aparición repentina de Ash lo llevó a pronunciar palabras incautas.

–*Sahib!* ¿Qué? ¿Qué hace usted aquí? Yo no sabía... Salí a... a buscar esta chuchería que... perdí esta mañana. Devuélvamela, *sahib*. Es mía.

–¿Es suya? –preguntó Ash con aspereza–. Entonces la chaqueta en que estaba escondida también debe de ser suya. Lo cual significa que usted, por lo que sé, ha tratado dos veces de matarme.

–¿De matarlo? –Biju-Ram se estaba recobrando y su rostro y su voz expresaban el más absoluto desconcierto–. No comprendo, *sahib*. ¿Qué chaqueta?

–Ésta –replicó Ash, tocándola con el pie–. Esto es lo que usted dejó en mis manos cuando escapó..., después de no haber logrado matarme. Y más tarde invadió mi tienda para buscarla, porque usted sabía lo que contenía, pero anoche yo también lo descubrí, y por eso la arrojé aquí para que usted la encontrara, sabiendo que vendría a buscarla. Lo he observado y he visto cómo sacaba la perla, de manera que no vale la pena que gaste fuerzas fingiendo que no sabe de qué hablo, o asegurando que la chaqueta no era suya.

Una mezcla de emociones compuesta de rabia, miedo, indecisión y desconfianza apareció fugazmente en el rostro de Biju-Ram, seguida de una expresión casi cómica mientras sonreía y extendía las manos en un gesto de resignación.

–Ahora veo que tendré que contárselo todo –declaró con ironía.

–Bien –replicó Ash, sorprendido ante la rápida capitulación.

–Habría hablado hace mucho tiempo, *sahib*, si hubiera imaginado que usted sospechaba de mí. Pero no se me ocurrió semejante cosa, de manera que, cuando mi sirviente Karam me lo confesó todo y se puso en mis manos, me enteré de que no había cometido gran daño y no se habían presentado quejas, y como un tonto accedí a no traicionarlo, aunque no debe usted creer que no lo castigué. Le aseguro que lo hice, y muy severamente. Pero él me dijo, y lo creo, que nunca intentó robar el arma; que sólo la tomó prestada para tratar de cazar gamos negros que salen a pastar por la noche, porque en nuestro campamento hay quienes comen carne y pagan buen dinero por ella. Pensaba devolver el arma a su lugar antes de que nadie la echara de menos, pero en la oscuridad confundió al *sahib* con un gamo, e hizo fuego. Al descubrir su error, lo invadió el pánico, porque dijo que hasta que usted saltó sobre él creía que lo había matado; cuando por fin escapó, después de abandonar el arma y dejar un trozo de su ropa en sus manos, no dijo nada de todo esto, sino que comentó que se había herido al caerse. Yo nunca me hubiese enterado de nada si el día anterior no le hubiera dado una vieja chaqueta mía, olvidando que había dejado un aro en uno de sus bolsillos. Cuando me di cuenta de lo que había hecho, se la pedí, y entonces me lo confesó todo. *Sahib*..., puede usted imaginar mi horror...

Hizo una pausa, como si esperara algún comentario, y, como Ash permaneció en silencio, suspiró profundamente y sacudió la cabeza al recordar el momento.

–Debería haberlo llevado ante usted en ese mismo instante, lo sé –confesó Biju-Ram en tono condescendiente–. Pero me imploró entre lágrimas que tuviera compasión de él, y como usted, *sahib*, no había denunciado el asunto y por fortuna no estaba malherido, accedí a su petición y no tuve valor para denunciarlo. Además, prometió que encontraría y me devolvería mi aro, pero si yo hubiera sabido que para eso invadiría su tienda o que usted había reconocido la chaqueta como mía y sospechaba que yo era el culpable, hubiese ido a verlo de inmediato y le habría contado la verdad. Usted me hubiera devuelto mi aro y todo habría terminado sin problemas. La culpa fue mía..., lo admito. Fui demasiado blando con el pillo de mi criado, por lo cual le pido disculpas. Pero, de haber estado usted en mi lugar y si el atacante hubiera sido uno de sus hombres, ¿no habría hecho lo mismo? Estoy seguro de que sí. Y ahora, *sahib*, que se lo he contado todo, le ruego que me permita volver al campamento. Mañana, el *budmarsh* que tengo como criado se presentará ante usted para hacer una confesión completa de su delito y recibir el castigo que usted considere adecuado. Se lo prometo.

–Sí, claro que me lo promete –respondió Ash con ironía–. También estoy seguro de que él repetirá lo que usted me ha dicho, palabra por palabra, porque no se atreverá a hacer lo contrario. Además, me imagino que usted se encargará de recompensarlo bien por actuar como chivo expiatorio.

–El *sahib* comete una injusticia conmigo –protestó Biju-Ram, ofendido–. Sólo he dicho la verdad. Además, hay muchos testigos que pueden confirmar que no salí de mi tienda esa noche, y...

–Y que a la mañana siguiente su cara no mostraba signos de cortes ni arañazos –finalizó Ash–. Por supuesto. Aunque creo que me han dicho otra cosa. Pero no importa, aunque eso pudiera probarse, estoy seguro de que usted y sus amigos tendrían alguna historia plausible para explicarlo. Muy bien, entonces. Puesto que parece que usted puede presentar tantos testigos que juren que dice la verdad, supongamos que no fue usted, sino uno de sus sirvientes quien robó mi arma y trató de disparar contra mí, mientras llevaba, por casualidad, una prenda gastada que usted generosamente le había regalado el día anterior. Pero ¿y el aro? ¿Sus testigos pueden probar que es realmente suyo?

A la luz de la luna, Ash captó la mirada desconcertada de Biju-Ram, y supo que había tenido razón en pensar que nadie más podía saber el origen de aquella perla y que era imposible llevarla a la vista. Admitir que la poseía sería favorecer la extorsión, o incluso el asesinato. Porque, aun después de todos los años transcurridos, habría hombres que la reconocerían, y recordarían que la desaparición de su dueño nunca había sido satisfactoriamente explicada. Biju-Ram podía sobornar o amenazar a cualquier número de personas para que presentaran una falsa evidencia, pero no podía arriesgarse a mostrar la perla negra en público ni intentar comprar a nadie, ni al más venal de sus secuaces, para que atestiguara que él era dueño de aquella joya.

Hubo un largo intervalo antes de que Biju-Ram replicara a la pregunta. Luego ensayó una sonrisa y dijo:

–El *sahib* quiere bromear. ¿Para qué se necesitan testigos? Esa chuchería es mía, y sin duda el hecho de que vine a buscarla es prueba suficiente de ello, porque si yo no la hubiera colocado en un bolsillo interior de la chaqueta para que no se perdiera, ¿cómo podría saber que estaba allí? ¿O qué buscar? Además, dudo que mis criados la reconocieran, ya que nunca la he usado. Perteneció a mi padre, que me la dio en su lecho de muerte, de manera que me entristece mirarla, pero la he llevado conmigo desde entonces en su memoria. Representa un recuerdo de un hombre noble y bueno, y es un amuleto que me protege del mal.

–¡Qué tiernos sentimientos filiales! –comentó Ash–. Y muy interesantes también. Yo diría que el dueño de esa joya no tenía edad suficiente para ser su padre, ya que sólo debía de llevarle cinco años en todo caso. Pero quizá fuera un niño particularmente precoz.

La sonrisa de Biju-Ram se tornó un poco forzada, pero su voz siguió siendo suave y otra vez tendió las manos en un gesto de desamparo:

–Lo que usted dice es muy enigmático, *sahib*, y no lo entiendo. ¿Qué puede usted saber de mi padre?

–Nada –respondió Ash–. Pero conocí al hombre que era dueño de ese aro y que siempre lo llevaba puesto. Su nombre era Hira Lal.

El jadeo de Biju-Ram fue audible en el silencio. Se puso rígido y sus ojos se abrieron de nuevo de forma reveladora. Pero esta vez reflejaban conmoción y el comienzo de algo que participaba de la furia y el terror. Se pasó la lengua por los labios como si de pronto se le hubieran secado, y cuando por fin quiso hablar emitió un susurro que pareció escaparse contra su voluntad.

–No –dijo–. No... no es cierto. No es posible que usted... No es posible... –Lo agitó un estremecimiento, y pareció luchar contra una pesadilla. Luego prosiguió, bruscamente–: Algún enemigo le ha contado mentiras sobre mí, *sahib*. No las crea. Nada de eso es cierto, nada.

Ese hombre de quien usted habla, ese Mera..., no, Hira Lal, ¿así se llamaba? Debe de haber muchos con ese nombre en Karidkote. Es un nombre común y es posible que uno de ellos tenga un aro similar a éste. Pero ¿es ésa una razón para acusarme de robo y falsedad? *Sahib*, usted ha sido confundido por alguien que desea mi ruina, y si es usted un hombre justo..., y sabemos que todos los *sahibs* son justos..., me dirá el nombre de ese perjuro para que pueda carearme con él y hacerle admitir que miente. ¿Quién es el que me acusa? –preguntó Biju-Ram con voz entrecortada–. ¿Y de qué me acusan? Si sabe su nombre, dígalo. Exijo justicia.

–La tendrá –prometió Ash con acritud–. Su nombre es Ashok. Una vez estuvo al servicio del fallecido *yuveraj* de Gulkote, y usted, especialmente, debe de recordarlo muy bien.

–Pero... está muerto –jadeó Biju-Ram–. No es posible..., esto es una treta. Una treta torpe. Ha sido usted engañado por un impostor. Ese muchacho murió hace muchos años.

–¿Los hombres que usted envió a matarlo le dijeron eso? Si es así, le mintieron. Sin duda porque temían volver a admitir que habían fracasado. No, *Bichchhuji*... –Biju-Ram se estremeció como un caballo espantado al escuchar el viejo sobrenombre–. Sus hombres lo perdieron de vista, y, aunque su madre murió, él salvó la vida; y ahora ha vuelto para acusarlo del asesinato de su amigo Hira Lal, cuya perla usted robó, y del intento de asesinato del pequeño Jhoti y de mí mismo, a quien usted quería matar. También está el asunto de la muerte de Lalji, porque, aunque no puedo saber si fue su mano la que lo arrojó desde lo alto del muro, estoy seguro de que ordenó hacerlo. Usted y la madrastra de Lalji, quienes apresuraron la muerte de mi madre, Sita, persiguiéndonos por todo el Punjab hasta que ella falleció de agotamiento.

–¿Ustedes? ¿Su madre?

–Mi madre, *Bichchhu*. ¿No me reconoce? Míreme bien. ¿He cambiado tanto? Usted no. Lo reconocí en el mismo momento en que lo vi... Aquella primera noche en la tienda de Jhoti, así como reconocí la perla en el instante en que cayó del bolsillo oculto donde usted la guardaba, en el trozo de chaqueta que quedó en mis manos.

–Pero... pero usted es un *sahib* –susurró Biju-Ram a través de sus labios secos–. Un *sahib*.

–Que una vez fue Ashok –respondió Ash con suavidad.

Biju-Ram no apartaba los ojos de él; parecían salírsele de las órbitas, y grandes gotas de sudor que nada tenían que ver con el calor de la noche rodaban por su frente y brillaban a la luz de la luna.

–No, no es cierto... –Las palabras eran apenas un suspiro–. No puede ser... No es posible... No lo creo... –Pero las negativas murmuradas se contradecían por la expresión de reconocimiento en su rostro, hasta que de pronto dijo en voz alta–: Si es cierto, debe tener una cicatriz, una marca de fuego...

–Aún está aquí –respondió Ash, y se abrió su camisa para mostrar la marca plateada de un semicírculo, todavía visible en su piel bronceada por el sol. Una marca hecha largo tiempo atrás.

Ash oyó el «wah» involuntario de Biju-Ram y bajó la cabeza para mirar la cicatriz, lo cual no fue sensato. No debió haber apartado la mirada de un hombre a quien llamaban por algo el Escorpión, ni haberse aventurado a salir desarmado. El pesado bastón con mango de plata estaba fuera del alcance de Biju-Ram, pero llevaba un cuchillo letal en el bolsillo de su *achkan*, y cuando Ash bajó la mirada lo sacó y lo blandió con la rapidez del rayo.

El golpe no dio en el blanco porque Ash también se movió con celeridad, agachándose instintivamente hacia un lado de manera que la hoja pasó por encima de su hombro izquierdo sin herirlo. La inercia del movimiento hizo que Biju-Ram saliera disparado hacia delante, y Ash sólo tuvo que ponerle una zancadilla para que cayera al suelo cuan largo era.

Mientras yacía allí, retorcido y jadeante, Ash se volvió a recoger el cuchillo caído y tuvo la tentación de hundirlo en el cuerpo de su enemigo y terminar con el asunto; y si realmente hubiera tenido la sangre de Zarin lo habría hecho, porque los hijos del viejo Koda Dad carecían de escrúpulos cuando se trataba de atacar a un enemigo. Pero ahora, de repente, los antepasados de Ash y esos tediosos años pasados en el colegio británico lo traicionaban. No pudo dar el golpe: no porque habría sido un asesinato, sino por una razón más trivial..., porque él y sus educadores pensaban que no era «decente» apuñalar a un hombre por la espalda, golpear al caído ni atacar a alguien desarmado. Fue la presencia invisible del tío Matthew y una serie de pastores y maestros lo que detuvo su mano e hizo que retrocediera e instara a Biju-Ram a levantarse y pelear.

Pero parecía que Biju-Ram no tenía valor para luchar, porque, cuando recuperó el aliento y comenzó a ponerse de rodillas, la visión de Ash parado allí con el cuchillo en la mano lo hizo volver a caer con la cara contra el polvo y balbucear súplicas de piedad.

El espectáculo era patético, y aunque Ash siempre había sabido que Biju-Ram era una criatura vil, no se le había ocurrido que el ogro sádico de su infancia pudiera ser, en el fondo, un cobarde. Fue una conmoción descubrir que el placer de *Bichchhu* en infligir sufrimiento sólo era igualado por su aversión a soportarlo él mismo, y que podía desmoronarse así cuando se enfrentaba con su propia medicina. Privado de ayuda y de un arma, el ogro se convertía en un ratón.

Ash lo humilló, movió la figura temblorosa con su pie y recurrió a todos los insultos que podía recordar. Pero sin ningún efecto. Biju-Ram se negó a levantarse, porque el instinto le decía que una vez se pusiera de pie el *sahib* lo atacaría; y el *sahib* no sólo tenía el cuchillo, sino que además, por alguna brujería aterradora, era Ashok... Ashok que resurgía de entre los muertos. ¿Qué eran unos pocos insultos comparados con eso? Una combinación de temor supersticioso y miedo a la muerte mantenía a Biju-Ram con la cara pegada al suelo y sordo a todos los insultos, hasta que por fin Ash se apartó y le dijo rudamente que se levantara y volviera al campamento.

–Y mañana –prosiguió Ash– usted y sus amigos darán alguna excusa para separarse de nosotros. No me importa qué pretexto empleen siempre que se marchen, ni adónde van mientras que no sea a Bhithor ni de regreso a Karidkote. Pero, si alguna vez oigo que los han visto en alguno de estos estados, me dirigiré a las autoridades y les contaré todo lo que sé, y los mandarán ahorcar o expulsar. Y, si no lo hacen, yo me ocuparé del asunto y lo mataré con mis propias manos. ¡Lo juro! Ahora váyase..., y pronto, antes de que cambie de idea y le rompa la cabeza aquí y ahora, repugnante asesino ladrón. ¡Arriba, y corra, cerdo! ¡Vamos, fuera!

Su voz se elevó de tono y sonaba entrecortada a causa de una rabia dirigida tanto a sí mismo como al ser abatido que estaba a sus pies y había tratado de matarlo, pues sabía que no era ocasión de tener piedad; sin embargo, parecía que aún no se había emancipado de la tradición de aquellos odiados días de colegio y que seguía vagando por el limbo sin pertenecer totalmente a Oriente ni a Occidente, y aún era incapaz de reaccionar ante cualquier situación en forma íntegra.

Biju-Ram se puso de pie con dificultad y los ojos fijos en el cuchillo que Ash tenía en la mano, y comenzó a retroceder con suma cautela, poco a poco. Evidentemente, encontraba difícil creer que se le permitiera marchar, y no se atrevía a dar la espalda por temor a que el cuchillo se clavara entre sus omóplatos.

Apenas había dado tres pasos cuando tropezó con el bastón y casi volvió a caer. Ash dijo con sorna:

–Levántelo, *Bichchhu*. Se sentirá más valiente con un bastón en la mano.

Biju-Ram obedeció, tomando el bastón a tientas con la mano izquierda mientras sus ojos seguían fijos en el cuchillo. Aparentemente, Ash tenía razón, porque cuando se incorporó había recuperado gran parte de su confianza. Comenzó a hablar con una voz que era nuevamente suave y obsequiosa, llamando *huzoor* a Ash y agradeciéndole su clemencia, asegurándole que sus órdenes serían obedecidas punto por punto. Al día siguiente, al amanecer, se iría del campamento, aunque el *huzoor* lo juzgaba mal, porque él en ningún momento había intentado dañar a nadie. Todo era un terrible error..., un malentendido..., y si él hubiera sabido...

Sin dejar de hablar, continuó retrocediendo y pasó junto a una mata que había a unos diez pasos de distancia de Ash, hizo una pausa y dijo encogiéndose de hombros:

–Pero ¿de qué sirven las palabras? Yo soy el sirviente del *huzoor,* y obedeceré sus órdenes y me marcharé. Adiós, *sahib*... –Hizo una profunda reverencia, uniendo las manos en el gesto tradicional.

El gesto era tan familiar que el hecho de que aún tuviera el bastón en las manos no parecía importante, y por segunda vez aquella noche Ash se dejó atrapar con la guardia baja. Porque el bastón no era lo que parecía: era el trabajo de un armero especializado en fabricar juguetes mortales para los ricos, que había sido adquirido por el fallecido gobernante de Karidkote, cuya viuda, poco antes de su muerte, se lo había regalado a Biju-Ram como recompensa por servicios no especificados. Pero Ash lo ignoraba y no estaba preparado para lo que siguió.

Biju-Ram tenía el bastón en la mano izquierda y, al unir las dos manos, la derecha se dobló sobre la empuñadura de plata; cuando la enderezó, empuñaba en ella una pistola de delgado cañón.

La explosión resonó en el silencio acompañada de un brillante resplandor naranja, pero, aunque el blanco estaba a no más de seis o siete metros, los acontecimientos del último cuarto de hora habían agitado de tal manera a Biju-Ram que no sólo sus manos aparecían vacilantes, sino que en la agitación del momento había olvidado que el arma tendía a desviarse hacia la izquierda.

Como resultado, la bala destinada al corazón de Ash sólo chamuscó la manga de su camisa y le hizo un pequeño rasponazo en el brazo al pasar y perderse en la llanura.

–¡Puerco! –exclamó Ash con ira y en inglés.

Le arrojó el cuchillo, pero la rabia no es favorable para la puntería y él no acertó mejor que Biju-Ram. La punta del puñal pasó pegada a la garganta del oponente y junto al hueso tan bien protegido por la grasa que la hoja no llegó a tocarlo. Pero, mientras el cuchillo caía al suelo y manaban unas gotas de sangre de la herida, Biju-Ram dejó caer la pistola y comenzó a gritar agudamente, aterrorizado.

Había algo inhumano en aquel grito. Era tan repugnante el espectáculo de un hombre acometido por un acceso de pánico ante la vista de su propia sangre manando de un corte que apenas habría molestado a un niño, que la furia de Ash se convirtió en desprecio. En lugar de saltar sobre Biju-Ram para hacerlo caer y deshacerlo a golpes con su propio bastón, se quedó donde estaba y se echó a reír..., no por lo absurdo de la situación, sino porque le parecía increíble que aquella miserable carroña fuera capaz de aterrorizar a nadie. Al verlo, era difícil creer que semejante piltrafa hubiera asesinado a Hira Lal, y la risa de Ash, en cierto modo, era un sonido tan desagradable como aquellos gritos femeninos.

La sangre marcaba una línea oscura en el pálido pecho de Biju-Ram, quien dejó de gritar e inclinó la cabeza en un ridículo intento de succionar la herida. Pero el corte estaba demasiado alto para que su boca llegara a él, y cuando se dio cuenta volvió a gritar y comenzó a correr de aquí para allá como una gallina a la que han cortado la cabeza, agitándose entre las matas de hierba y las piedras en una actitud verdaderamente demencial, hasta que por fin tropezó y cayó, quedando una vez más retorciéndose en el suelo.

–¡Me muero! –sollozó–. Me muero...

–Se lo merece –respondió Ash con dureza–. Pero me temo que ese pequeño rasguño sólo le provocará cierto dolor en el hombro durante un par de días, y, como sigue disgustándome la idea de matar a nadie tan viscoso como usted a sangre fría, puede dejar de actuar, levantarse y emprender el regreso hacia el campamento. Se hace tarde. Levántese, *Bichchhu-Baba*. Nadie le hará daño.

Volvió a reír, pero Biju-Ram no confiaba en él o bien la agitación del segundo fracaso lo había dejado inerme, porque seguía retorciéndose y gimiendo.

–¡Ayúdeme! Tenga piedad, tenga piedad...

Su voz se apagó en un curioso lamento jadeante. Ash se acercó a él, siempre riéndose pero actuando con cautela en previsión de una trampa u otra arma insospechada. Pero, al mirar el rostro gris, contorsionado y cubierto de sudor de Biju-Ram, su risa se detuvo. Allí había algo que no entendía. Había oído decir que la gente que no puede soportar la vista de su propia sangre queda literalmente abrumada por ella, pero el hombre tendido en el suelo e invadido por el temor sufría también una verdadera agonía física. Su cuerpo se arqueaba y se retorcía convulsivamente, por lo que Ash se inclinó y le preguntó:

–¿Qué le pasa, *Bichchhu*?

–Veneno... –susurró Biju-Ram–. El cuchillo... –Ash se enderezó de un salto y dio un rápido paso hacia atrás, comprendiendo lo que ocurría.

Así que por eso el hombre se retorcía y temblaba. Había juzgado mal a Biju-Ram: no era miedo al dolor lo que lo hacía permanecer tendido en el suelo, sino el pánico a la muerte..., a una muerte rápida y horrible. Tampoco tenía miedo de Ash, sino del cuchillo que éste empuñaba. Su propio cuchillo con veneno en la hoja para asegurar que cualquier herida fuera fatal. No era de extrañar que lo mirase con terror hipnótico ni que chillara de espanto al ver el breve reguero de sangre. La herida era realmente pequeña, apenas un rasguño. Pero suficiente.

Biju-Ram había sido alcanzado por su propia arma y Ash no podía hacer nada. Ya era demasiado tarde para tratar de succionar el veneno de la herida, y no tenía antídoto ni ningún conocimiento de la clase de veneno usado. El campamento estaba a más de kilómetro y medio de distancia, y aunque hubiera estado a la mitad de esa distancia no habría podido llegar a él y volver a tiempo para ofrecer ayuda..., si era posible ofrecerla, lo que dudaba porque parecía evidente que el veneno era mortal.

Biju-Ram merecía pagar con su vida las que había quitado y los daños irreparables que había causado. Pero aun aquellos que tenían más motivos para odiarlo le habrían tenido lástima en ese momento. Sin embargo, Ash, al verlo morir, recordó el rostro joven y asustado de Lalji, y sus ojos angustiados..., y una piedra que se mueve y cae mientras un niño con una chaqueta de raso azul cabalga bajo la puerta de Charbagh en el mercado de Gulkote. Había también otros recuerdos. Varias carpas que flotaban panza arriba entre las hojas de los lirios en el estanque de un palacio; una cobra que de alguna manera había logrado entrar en el dormitorio del *yuveraj*; Sita muriendo de agotamiento bajo las rocas junto al río Jhelum; Hira Lal, que había perecido en la jungla, y Jhoti... Jhoti, que si no hubiera sido por la Providencia divina habría muerto semanas atrás, víctima de otro «accidente» preparado por Biju-Ram.

Recordando todo el mal que aquel hombre había causado era difícil sentir algo, excepto que se había merecido su destino. Él lo había atraído sobre sí mismo, porque Ash había hablado honestamente al decirle que era libre de marcharse siempre que abandonara el campamento y no fuera a Bhithor ni a Karidkote. Si se hubiese ido, habría vivido para hacer más daño y planear otros asesinatos durante muchos años en el futuro; pero, en cambio, había elegido disparar sobre Ash, y ese último acto de traición le había causado la muerte. Había vivido como un perro enloquecido y era justo que muriera de la misma manera, pensó Ash. Pero deseó que fuera pronto, porque no era agradable observarlo, y si hubiera tenido una segunda bala en aquella ingeniosa pistola la habría usado sin vacilar para acabar con los sufrimientos de Biju-Ram. Como no podía hacerlo, permaneció donde estaba, resistiendo el impulso de volverse y marcharse porque lo aterraba pensar que alguien pudiera morir así, tan solo... Al menos era un ser humano; y quizás el hecho de que era, o había sido, un enemigo ya no importaba.

Se quedó hasta que todo terminó. En realidad, no mucho tiempo. Después se inclinó y cerró los ojos sin vida al cadáver. Luego tomó el cuchillo y lo limpió cuidadosamente en la tierra para eliminar todo rastro de veneno. La pistola había caído en un matorral y tuvo cierta dificultad en encontrarla, pero, una vez que la halló, volvió a colocarla en su lugar y dejó el bastón cerca de la mano del cadáver.

Sólo se advertiría la ausencia de Biju-Ram unas horas después; y mucho antes de que hubiera alguna posibilidad de que encontraran su cuerpo, el viento de la madrugada habría borrado las huellas. Por tanto, no tenía sentido dejar pruebas que pudieran sugerir una pelea y condujeran a una investigación, y como resultaba evidente que la causa de la muerte era el veneno, sería mejor, desde cualquier punto de vista, que fuese atribuida a una mordedura de serpiente.

Recogió el cuchillo, lo manchó con la sangre que se secaba rápidamente, lo dejó caer otra vez y fue en busca de una de las ramas con largas espinas que crecen en los *kikares*. Volvió con la rama y la hundió en la carne del muerto justamente debajo de la herida. Los dos pequeños pinchazos eran casi exactamente como las marcas que deja una serpiente al morder, y el corte sobre esas marcas sería un intento fallido de la víctima de detener el veneno antes de que se extendiera hacia arriba. El único misterio sería por qué el hombre había dejado el campamento solo y por la noche para ir tan lejos. Pero seguramente se lo atribuirían al calor. Decidirían que Biju-Ram no podía dormir y que había salido a caminar a la luz de la luna, y que, al sentirse cansado, seguramente se habría sentado a descansar siendo mordido por una serpiente. Recordando que la muerte de Hira Lal había sido planeada de tal manera que pareciera obra de un tigre, era particularmente adecuado.

«Después de todo, los dioses son justos –pensó Ash–, porque, si lo hubieran dejado a mi cargo, yo habría sido lo suficientemente tonto como para dejarlo marchar».

Sólo quedaba el aro de Hira Lal.

Ash lo sacó de su bolsillo y lo miró. Vio cómo la perla negra recogía y reflejaba la luz de la luna como en aquella remota noche en el balcón de la reina. Y, mientras la miraba, las palabras que Hira Lal le había dicho volvieron a él; fue casi como si el hombre mismo estuviera hablándole nuevamente, en voz muy baja, y desde muy lejos:

«Apresúrate, muchacho. Se hace tarde y no tienes tiempo que perder. Vete ahora... y que los dioses te ayuden. *Namaste*».

Bien, él... o quizá la perla negra... habían vengado a Hira Lal. Pero la joya conservaba demasiados recuerdos, y, evocando cómo la había obtenido Biju-Ram, le pareció a Ash un objeto que traería mala suerte. Su posesión debía de haber dado poca satisfacción al ladrón, puesto que era una prueba de asesinato y había tenido que conservarla escondida, siempre con riesgo de que la descubrieran mientras quedara alguien que recordara a Hira Lal; finalmente, sólo le había provocado la muerte. La perla había hecho su obra y Ash deseaba desprenderse de ella de inmediato. Había una madriguera de ratas cerca de los matorrales donde había esperado a Biju-Ram, y, a juzgar por la falta de huellas, hacía tiempo que no tenía ocupantes. Ash volvió a ella, dejó caer allí el aro y lo tapó con tierra y piedrecitas que aplastó con los pies. Después de echar un puñado de polvo ya no quedaban señales del agujero ni rastro alguno de que había existido.

Se quedó unos momentos mirando el lugar y pensando que quizá, algún día, alguien que aún no había nacido desenterraría el aro y se preguntaría de dónde procedía. Pero nunca lo sabría; y de cualquier manera, para entonces el objeto casi no tendría valor, porque las perlas también pueden morir.

El viento de la madrugada había comenzado a agitar las hierbas cuando Ash dio media vuelta y emprendió el regreso al campamento. Pero el sol ya había salido cuando uno de los criados de Biju-Ram (el propio Karam, a quien se había asignado el papel de chivo expiatorio) informó de que su amo había desaparecido.

Karam explicó que lo había notado mucho antes, pero que imaginaba que su amo había salido temprano sin avisar y pronto volvería. No le correspondía a él vigilar las idas y venidas de su patrón, pero se puso cada vez más ansioso al examinar una tienda tras otra y observar que Biju-Ram no había vuelto a tomar el desayuno ni a dar ninguna orden para ese día. Se hicieron averiguaciones sin resultado entre los sirvientes y los miembros de la comitiva del joven príncipe, y finalmente Karam informó del asunto a un oficial de la guardia, quien dio la voz de alarma.

La búsqueda del hombre desaparecido se complicó por la enorme extensión del campamento y por el hecho de que en ese momento se disponían a levantarlo para ponerse en marcha; y lo más probable es que nunca se hubiera encontrado el cuerpo de Biju-Ram de no haber sido por los buitres. El sol aún no había asomado cuando el primer depredador alado bajó del cielo, seguido de otro y otro, y enseguida uno de los que buscaban los vio y se dirigió hacia el lugar donde volaban para investigar. El descubrimiento se hizo a tiempo, porque media hora más tarde no habría quedado nada que demostrara cómo había muerto Biju-Ram, y seguramente se habrían hecho investigaciones exhaustivas. Pero de esta manera, a pesar de que los picos y las garras habían hecho su obra, era posible ver que su muerte había sido causada por el veneno y que su cuerpo llevaba la marca de los colmillos de la serpiente: dos pequeñas picaduras cerca del hueso del cuello. Cómo o por qué había llegado Biju-Ram a aquel lugar no era fácil de explicar, pero, como Ash suponía, se atribuyó a una combinación de calor e insomnio y la conclusión pareció satisfacer a todos.

Mulraj había informado de que el campamento no se detendría hasta recibir nuevas órdenes. Más tarde, los restos de Biju-Ram fueron quemados con la debida ceremonia en una pira de *kikar* y pasto seco, recogidos rápidamente y empapados con *ghee*. A la mañana siguiente, cuando el viento de la noche había dispersado las cenizas y la tierra chamuscada se había enfriado, los restos que quedaban fueron cuidadosamente recogidos para llevarlos al Ganges y arrojarlos al río sagrado.

–Y como aquí no se encuentra ninguno de sus familiares, lo correcto es que sus amigos asuman esta obligación piadosa –declaró Mulraj–. Por tanto, he decidido que Pran, Mohan y Sen Gupta, con sus sirvientes y los de Biju-Ram, salgan de inmediato para Benarés. Porque, excepto Allahabad, no hay otro lugar sagrado en el que las cenizas de un hombre puedan ser enviadas a las aguas de la Madre Ganga.

Ash recibió ese anuncio maquiavélico con un respeto que rozaba la admiración, porque al morir Biju-Ram quedaba el problema de cómo alejar del campamento a todos aquellos que habían sido sus secuaces, y él no veía manera de hacerlo sin provocar discusiones y especulaciones peligrosas. La solución de Mulraj era admirablemente simple, aunque quizá tuviera una falla...

–¿Qué dirá Jhoti de esto? –preguntó Ash–. Esos hombres son de su comitiva... o, al menos, eso cree él..., y tal vez no esté de acuerdo en dejarlos ir.

–Ya lo ha aceptado –respondió Mulraj–. El príncipe comprende que no sería correcto que las cenizas de un hombre de su comitiva, de alguien que sirvió fielmente a su madre durante tantos años, sean arrojadas a cualquier río y en cualquier lugar. Por tanto, les permite marcharse.

–¿Pero lo harán?

–Sin duda alguna. ¿Cómo podrían negarse?

–Ah, *shabash, sahib bahdur* –murmuró Ash en voz baja–. Muy bien hecho, realmente. Te felicito.

Mulraj se permitió una leve sonrisa, y, devolviendo el saludo, dijo también en voz baja:

–También lo felicito yo a usted, *sahib*.

Ash lo miró con expresión interrogativa y Mulraj extendió la mano. En la palma había un pequeño botón de camisa de madreperla..., un objeto bastante común, sólo que era de manufactura europea y tenía un adorno de metal.

–Encontré esto por casualidad, a diez pasos del cuerpo –explicó Mulraj en voz baja–, lo toqué con el pie en el polvo. Más tarde se lo mostré a su asistente, diciendo que lo había encontrado en mi tienda; él dijo que era suyo, y que ayer se había dado cuenta de que faltaba uno en la camisa que usted había usado la noche anterior. Le dije que se lo devolvería yo mismo...

Ash guardó silencio durante unos momentos, comprendiendo que seguramente había arrancado el botón al abrir su camisa para mostrar la cicatriz en el pecho, y pensando que era una suerte que lo hubiera encontrado Mulraj y no uno de los secuaces de Biju-Ram... Aunque a ningún otro le habría interesado lo más mínimo. Extendió la mano y dijo, sin darle importancia:

–Debo de haberlo perdido mientras cabalgábamos de regreso al campamento.

–Quizá –respondió Mulraj, encogiéndose de hombros–. Aunque, si me hubieran preguntado, yo hubiese dicho que usted llevaba una camisa caqui con botones de hueso esta mañana. Pero no tiene importancia... Es mejor que yo no sepa nada. No volveremos a hablar de esto.

Y no volvieron a hacerlo. Ni entonces ni más tarde hizo Mulraj ninguna pregunta, ni Ash le facilitó ninguna información. Pran, Mohan y Sen Gupta, con sus sirvientes, salieron antes del amanecer del día siguiente hacia Benarés, y el campamento continuó la marcha. Pero, aunque era demasiado esperar que ahora estuvieran libres de espías y enemigos, los que quedaban probablemente no causarían ningún daño importante; en primer lugar, porque ahora no tenían jefe, pero también porque no sabían si la muerte de su líder y la repentina partida de sus colegas más próximos era una mera coincidencia, o, si no lo era, cuánto se conocía de sus andanzas. Al no estar seguros no intentarían nada, lo cual significaba, al menos por el momento, que Jhoti estaba a salvo. O lo más a salvo que podía estar.

Anjuli no aparecía, y Ash sabía que había pocas oportunidades de que volviera a verla excepto como una figura envuelta en un sari en la ceremonia de su boda: sólo quedaban unos pocos días para llegar al territorio del *rana* y ahora habían vuelto a imponerse las reglas estrictas que se debilitaran durante tanto tiempo. Ash ni siquiera podía enviarle un mensaje, porque las novias estaban literalmente recluidas. Había más guardias que de costumbre alrededor de su *ruth* durante la marcha y vigilaban sus tiendas en los lugares donde se detenían. Lo único que Ash podía hacer era llevar el amuleto abiertamente en la boda con la esperanza de que Anjuli lo viera, y, al saber que lo había encontrado, se percatara también de que él comprendía por qué se lo había devuelto.

La mitad del pececito de madreperla no era sólo un símbolo de que Anjuli lo perdonaba, sino también un recuerdo de que la otra mitad seguía en sus manos y quizás algún día, algún día..., pudieran unirse de nuevo.

Ash se consolaba como podía con ese pensamiento. No era mucho; y, sin embargo, tenía que ser suficiente porque no había otra cosa. En general, trataba de no pensar en Juli; tampoco en el futuro, porque un futuro sin ella sólo representaba años vacíos y estériles que se abrían frente a él como un camino interminable que no conducía a ninguna parte. Y la idea lo asustaba

LIBRO CUATRO
Bhithor

27

Cuando desde el campamento ya se divisaba la cadena de montañas bajas que formaban la frontera norte de Bhithor, llegó una embajada del *rana*.

Los emisarios traían regalos, guirnaldas y mensajes de bienvenida, y venían acompañados, lo cual era desconcertante; a primera vista parecía una horda de bandidos enmascarados, aunque resultaron ser criados leales que, de acuerdo con una costumbre local, llevaban los extremos de sus turbantes anudados alrededor de la nariz, la boca y el mentón a la manera de los tuaregs del Sáhara... Un efecto notable que sugería violencia, pero que en realidad era una señal de respeto en Bhithor: «Velar simbólicamente los rasgos humildes ante la gloria refulgente de los rostros de los de elevado nacimiento». De todas maneras, la visión de aquella banda sin cara resultaba inquietante, y Ash no fue el único que se preguntó a qué clase de país se dirigían. Pero ya era tarde para preocuparse por eso.

Sólo quedaba continuar adelante. Tres días después, la gran comitiva que había salido de Karidkote hacía tantas semanas, entró en el territorio del *rana* y fueron recibidos por una escolta de la Caballería del Estado y una serie de dignatarios encabezada por el *diwan* (el primer ministro), quien ofreció guirnaldas e hizo discursos largos y floridos. Pero si Ash había imaginado, por un momento, que sus preocupaciones habían terminado, sufrió una desilusión. Al contrario: volverían a comenzar enseguida.

Una vez que se retiró el *diwan*, Ash y Mulraj, y varios de los miembros más importantes del campamento, salieron a cabalgar con los hombres del *rana* para que les mostraran el sitio donde levantarían sus tiendas durante la estancia y donde, excepto algunos, vivirían hasta que llegara el momento de volver a Karidkote. El lugar, que había sido elegido personalmente por el *rana*, resultó ser un valle largo y llano a cuatro kilómetros y medio de la antigua ciudad amurallada de Bhithor, que tomaba su nombre del estado. A primera vista parecía una elección admirable: era suficientemente grande para instalar el campamento con comodidad y estaba cruzado por un arroyo que proporcionaría toda el agua necesaria. Mulraj y los demás expresaron su aprobación, pero Ash guardó silencio.

Como oficial de los Guías entrenado en las escaramuzas de la frontera, le pareció que el lugar presentaba ciertos inconvenientes que superaban sus ventajas. Por ejemplo, había por lo menos tres fortalezas en el valle. Dos eran claramente visibles en el extremo más alejado, en lo alto de las colinas que flanqueaban la ciudad y no sólo defendían los accesos a la capital, sino que dominaban una gran extensión del terreno llano. La tercera dominaba la hondonada profunda y estrecha por la que habían cabalgado para llegar al valle, y hasta un observador común, y Ash no lo era, podía ver que los antiguos muros estaban aún en excelente estado, y los bastiones armados con un buen número de pesados cañones.

Éstos, como el mismo Bhithor, eran reliquias de una época anterior y más bárbara: artefactos de color verde bronce fabricados durante el reinado de Akbar, el más grande de los mogoles y nieto de Barbur el Tigre, pero capaces aún de lanzar una mortal bala de cañón de hierro a cualquiera que intentara forzar el paso a través del foso.

Considerando todo eso, el valle mostraba la apariencia de una trampa. Ash observó el terreno con mirada preocupada y no le gustó la perspectiva de entrar en él, porque, aunque no tenía razones para desconfiar del *rana*, sabía muy bien que era corriente que se suscitaran disputas de último momento sobre asuntos tales como el pago o el impago del precio acordado por las novias, y transacciones monetarias similares relacionadas con las bodas. Como testigo del drama que había precedido al casamiento de Lalji, recordaba cuando los parientes de la novia habían reclamado de repente el doble de la suma establecida originalmente.

Tenía órdenes expresas de proteger los intereses de las hermanas del maharajá y encargarse de que se hicieran los pagos convenidos, por tanto no le pareció sensato permitir que ellas y su comitiva acamparan en un lugar tan vulnerable: una vez estuvieran bajo las armas del *rana*, las negociaciones serían difíciles o hasta imposibles, y, a menos que deseara arriesgarse a un derramamiento de sangre, era muy probable que se viera forzado a aceptar cualquier arreglo que el futuro novio pretendiera. A pesar del evidente disgusto de los dignatarios de Bhithor, no sólo se negó a trasladar el campamento de las novias al valle, sino que se retiró a un lugar que quedaba a unos tres kilómetros de la hondonada que daba acceso a él. Acto seguido, despachó a un mensajero especial con una carta al oficial político responsable de aquella parte de Rajputana, informándolo sobre lo que había hecho y por qué.

La decisión no fue bien recibida por nadie excepto por Mulraj y algunos de los jefes más sensatos, porque todo el campamento esperaba la oportunidad de recorrer los mercados de Bhithor y conocer la ciudad. De todas maneras podían hacerlo, pero recorriendo más de veinte kilómetros desde el campamento y en días muy calurosos. Por tanto, gruñeron y protestaron, y el *rana* envió a dos de sus familiares más allegados con otra delegación de funcionarios de alto rango para averiguar por qué el *sahib* no permitía a las novias y su comitiva instalar sus tiendas cerca de la ciudad y en el excelente lugar que él había elegido para ellas.

Los miembros de la delegación estaban ofendidos, y la respuesta de Ash de que el campamento estaba muy bien donde se encontraba no hizo nada por calmarlos. Se obstinaron tanto que Kaka-ji se asustó y sugirió que sería mejor acceder a los deseos del *rana*, porque si lo ofendían era posible que rescindiera totalmente el contrato de matrimonio. Ash pensaba que eso era totalmente improbable, considerando que la mitad del precio que ya había pagado por las novias y el de los preparativos para la boda debían de costar muy caros al Estado. Pero Unpora Bai y varios de los jefes se contagiaron de los temores de Kaka-ji, y pidieron a Ash que reconsiderara su decisión.

Hasta Mulraj comenzó a titubear, sobre todo cuando llegó la respuesta del oficial político. Fue una fría nota que declaraba que el capitán Pelham-Martyn era demasiado puntilloso y le aconsejaba que aceptase el lugar propuesto sin más demora.

Según el oficial político, semejante despliegue de precauciones sólo podía ofender al *rana*, quien de ninguna manera traicionaría sus obligaciones ni intentaría dictar términos inaceptables, y, por tanto, cuanto antes se trasladara el campamento a su lugar, mejor. La nota y el tono en que estaba escrita impedían que Ash ignorase la orden, de manera que, inclinándose ante lo inevitable, dio orden de marcha.

Dos días más tarde, el final de la larga columna pasó por la hondonada bajo los cañones del fuerte, para instalar sus tiendas en el valle. Y pasaron pocas horas antes de que los temores de Ash se materializaran totalmente y la confianza del oficial político resultase no tener fundamento.

El *rana* envió a un ministro joven a anunciar que los términos de los contratos de matrimonio acordados el año anterior con su alteza el maharajá de Karidkote eran, en realidad, insatisfactorios, y que el consejo había decidido que debían negociarse de nuevo en una escala más realista. Si el *sahib* y los jefes que decidieran acompañarlo querían presentarse en el palacio de la ciudad, el *rana* tendría sumo placer en recibirlos y discutir el asunto con más detalle, después de lo cual sin duda verían lo justo de sus reclamaciones y las cosas se solucionarían rápidamente para satisfacción de todos.

El ministro suavizaba el mensaje con algunos cumplidos, e ignorando hábilmente la declaración del *sahib* de que no había nada que discutir, fijó la hora de la reunión para la mañana siguiente y se retiró con cierta prisa.

–¿Qué les dije? –protestó Ash.

La pregunta no estaba exenta de cierta sombría satisfacción, porque no le gustaba la acusación de pusilanimidad apenas velada que se le hacía en el mensaje del oficial político por «precauciones indebidas e innecesarias». Ni las airadas protestas en el campamento y los reiterados temores de quienes habían coincidido con Kaka-ji en que el *rana* no debía ser molestado.

–Pero no puede hacernos esto –explotó un funcionario joven, cuando logró articular palabra–. Los términos estaban acordados. Todo estaba solucionado. Por una cuestión de honor no puede volverse atrás ahora.

–¿No puede? –replicó Ash con escepticismo–. Bien, todo lo que nos queda por hacer es esperar y ver qué dice antes de decidir lo que podemos hacer al respecto. Si tenemos suerte, tal vez las cosas no resulten tan malas como pensamos.

A la mañana siguiente, Kaka-ji y Mulraj, seguidos por una pequeña escolta, cabalgaron hacia la ciudad para encontrarse con el *rana*.

La cabalgada no fue agradable. El camino sin sombra era apenas una huella para carros, muy polvorienta y llena de hondonadas y pozos, y el sol abrasaba. El valle debía de tener unos tres kilómetros de anchura en el punto en que se había instalado el campamento, pero más cerca de la ciudad se estrechaba hasta que sus lados estaban a menos de la mitad de esa distancia, y el hueco entre ellos formaba un sendero natural que conducía a una amplia llanura circundada por colinas que contenía la fuente vital de Bhithor: el gran Rani Talad, el «lago de la reina». En el centro de ese espacio, a mitad de camino entre dos alturas coronadas por fortalezas, el primer *rana* había construido su capital en el reino de Krishna-Deva Raya.

La ciudad había cambiado poco desde entonces. Tan poco que si quienes la habían levantado hubieran podido volver se habrían encontrado en un escenario familiar, porque las viejas costumbres prevalecían, y las vidas de los habitantes se habían alterado tan escasamente como la piedra sólida en que estaba construida la población o el contorno escarpado de las colinas que circundaban el valle.

La conducta de los guardias que esperaban a la entrada del palacio dio una pista de que la entrevista no sería agradable. No se preocuparon por saludar a los que llegaban, y la única persona que los esperaba para conducirlos a palacio era un funcionario de inferior categoría. Eso era una descortesía que rayaba en el insulto, y Mulraj dijo entre dientes:

–Volvamos al campamento, *sahib*. Esperaremos allí hasta que estas personas (*yeh-log*, una expresión de desprecio) hayan aprendido buenos modales.

–No –replicó Ash con suavidad–. Esperaremos aquí. –Levantó una mano, y cuando la escolta se detuvo elevó la voz, dirigiéndose al solitario mensajero–: Me temo que en nuestra prisa por saludar al *rana* hemos llegado demasiado temprano y no lo hemos encontrado preparado. Quizá se quedó dormido, o sus criados se han demorado en atenderlo. Estas cosas suceden, ninguna corte es perfecta. Pero no tenemos prisa. Puedes decirle a tu amo que esperaremos aquí a la sombra hasta que sepamos que está preparado para recibirnos.

–Pero... –comenzó el hombre con vacilación.

Ash lo interrumpió bruscamente:

–No, no. No te disculpes, el descanso nos vendrá bien. *Yjazat Hai.*

Ash se volvió y comenzó a hablar con Kaka-ji. El hombre, incómodo, se aclaró la garganta como si fuera a hablar otra vez, pero Mulraj dijo con tono cortante:

–Ya oíste lo que dijo el *sahib*... Tienes permiso para marcharte.

El hombre se marchó, y durante los siguientes veinte minutos la delegación de Karidkote permaneció cómodamente sentada en sus sillas a la sombra del gran portón, mientras la escolta atraía a una multitud creciente de ciudadanos curiosos. Mulraj dirigió un largo monólogo a Kaka-ji, en voz baja pero claramente audible para la mayoría de los que lo rodeaban, deplorando la desorganización y la increíble falta de disciplina, además de la total ignorancia de los procedimientos diplomáticos que se observaban en muchos estados pequeños y atrasados.

Los hombres de la escolta sonreían y asentían. Kaka-ji agregó la injuria al insulto regañando a Mulraj por ser tan duro con hombres que no tenían sus ventajas y que, por tanto, no sabían actuar mejor. No era culpa de ellos, dijo Kaka-ji, que por ignorar las costumbres del gran mundo se comportaran de esa manera, y era cruel censurarlos por actuar de modo que parecía grosero a hombres de cultura superior.

El único que permaneció callado fue Ash, que no se hacía ilusiones con respecto a su posición. Era posible que ganaran un punto obligando al *rana* a hacer una demostración externa de cortesía, pero la victoria sería trivial. La verdadera lucha no había comenzado; se produciría cuando se discutieran los acuerdos sobre el matrimonio, y allí el *rana* contaba con todos los ases. Sólo quedaba ver si se atrevía a jugarlos... y hasta qué punto sería posible vencerlo.

El ruido de los cascos de los caballos anunció la llegada de la guardia personal del *rana* con dos ministros importantes y un pariente real anciano, quienes se disculparon profusamente por haber confundido la hora de la llegada de los invitados y, por tanto, no haber estado allí a tiempo para recibirlos. Todo se debía a un desgraciado error: al parecer, un secretario oficioso había informado mal, y aseguraron que el responsable sería severamente castigado, ya que nadie en Bhithor deseaba causar molestia alguna a huéspedes tan distinguidos.

Los distinguidos huéspedes aceptaron las disculpas y permitieron que se los escoltara a través de un laberinto de callejuelas hacia el palacio de la ciudad, donde el *rana* los esperaba.

Ash no había olvidado el Gulkote de su infancia, y en una u otra oportunidad había visto muchas ciudades indias. Pero ninguna como ésta. Las calles y los mercados de Gulkote eran ruidosos y coloridos, y tan llenas de gente y de vida como la conejera que era Peshawar o las viejas ciudades amuralladas de Delhi y Lahore, con sus tiendas y vendedores ambulantes y sus ciudadanos ágiles y charlatanes. Pero Bhithor era como algo de otra época. Una época más antigua y más peligrosa, llena de amenaza y misterio. Sus pálidas paredes de piedra mostraban un extraño aspecto desteñido, como si los soles ardientes de siglos les hubieran quitado el color, y las sombras eran más grises que azules o negras. El laberinto desordenado de las calles y las fachadas lisas y casi sin ventanas de las casas dieron a Ash una sensación incómoda de claustrofobia. Parecía imposible que el sol pudiera penetrar jamás en aquellas estrechas callejuelas, ni que los vientos soplaran a través de ellas, ni que la gente común pudiera vivir detrás de aquellas puertas atrancadas y ventanas con las persianas bajas. Sin embargo, fue consciente de los ojos que los espiaban a través de las persianas, seguramente femeninos, porque los pisos altos de las casas eran en toda la India territorio de las mujeres.

Había un número sorprendentemente escaso de mujeres en las calles, y las que andaban por ellas llevaban el rostro cubierto, sosteniendo los pañuelos que les cubrían las cabezas de manera que sólo pudieran verse sus ojos: ojos desconfiados y suspicaces. Y, aunque llevaban la ropa tradicional de Rajputana, faldas amplias y con estampados en negro, parecían preferir colores como el terracota, el ocre y el naranja oscuro, y Ash no vio ninguno de los azules y verdes vivos que resplandecían alegremente en las calles de los estados vecinos. En cuanto a los hombres, daban la impresión de estar velados, ya que aun en las calles de la ciudad había muchos que llevaban enrollados los bordes de sus turbantes alrededor de la parte inferior de sus rostros; y, juzgando por su mirada oblicua, un europeo era una novedad en Bhithor, y poco agradable.

Los ciudadanos miraban a Ash como si fuera un ser extraño, y las expresiones de los que tenían la cara descubierta mostraban más hostilidad que interés.

Ash pensaba que era como si un perro caminara por una callejuela llena de gatos, y sentía cierta incomodidad en la nuca como una respuesta animal a aquella antipatía silenciosa, la enemistad de mentes cerradas hacia todo lo que era extraño o nuevo.

–Se diría que hemos venido aquí con algún propósito malvado en lugar de hacerlo para una boda –murmuró Mulraj–. Éste es un lugar desagradable, y no hace falta que me digan que adoran a la Bebedora de Sangre. ¡Caramba! Mire allí...

Giró la cabeza en dirección a un santuario de Kali, que es también Stala, la diosa de la viruela, en el cruce de dos calles; y, al pasar junto a él, Ash vio a la terrorífica diosa en honor a la cual los *thugs* habían estrangulado a millares de víctimas, y cuyos templos se habían beneficiado con una parte de sus saqueos. La deidad de pesadilla, con su multiplicidad de brazos, sus brillantes globos oculares, su lengua colgante y su largo collar de cráneos humanos, era idolatrada en toda la India como esposa de Shiva, el Destructor. «Una patrona singularmente apropiada –pensó Ash–, para esta ciudad siniestra».

Un fuerte hedor a corrupción y una zumbadora nube de moscas mostraban que sus devotos no escatimaban ofrendas para satisfacer su sed de sangre. Ash llegó a pensar si sólo serían cabras las sacrificadas para calmar esa sed. Descartó el pensamiento con impaciencia, pero, de todas maneras, sintió un gran alivio cuando finalmente dejaron las calles atrás y desmontaron en el patio de entrada del palacio de la ciudad, el Rung Mahal, para ser conducidos a través de un laberinto de habitaciones polvorientas y oscuros pasillos de piedra a presencia del *rana*. Aunque también aquí se respiraba la misma atmósfera claustrofóbica que había en las calles; la misma quietud e idéntico calor sofocante; la misma sensación de un pasado no enterrado, de viejos tiempos y de un antiguo mal; los fantasmas inquietos de los reyes muertos y las reinas asesinadas.

Comparado con el palacio de los Vientos, el Rung Mahal («palacio pintado»), era una construcción modesta que comprendía media docena de patios, un jardín o dos, y no más de sesenta o setenta habitaciones (nadie las había contado en el palacio de los Vientos, aunque en la región se comentaba que eran seiscientas). Probablemente por esta razón, su dueño había comenzado por tratar a sus huéspedes de una forma calculada como para desanimar cualquier pretensión que tuvieran; y ahora continuaba deslumbrándolos con un despliegue de fuerza militar tan apabullante como Ash jamás había visto.

No fue ninguna sorpresa encontrar que los patios exteriores estaban llenos de hombres armados, pero el espectáculo de los guardaespaldas personales del *rana*, que vigilaban los interiores y formaban filas en los largos corredores oscuros, desconcertó bastante a Ash; no a causa de su número, aunque debían de ser varios centenares, sino por su extraña indumentaria y porque también llevaban los rostros enmascarados.

Los oficiales usaban yelmos parecidos a los que los sarracenos debían de haber empleado en los días de las Cruzadas. Antiguos cascos de hierro con largas prolongaciones para la nariz y aplicaciones de oro y plata, y cotas de malla que protegían la barbilla y el cuello y ocultaban parcialmente las mejillas, dejando visibles sólo los ojos. Los yelmos de los soldados rasos, aunque de estilo similar, eran de cuero, y el efecto a media luz era extrañamente inhumano, como si las macabras figuras que se alineaban en los corredores fueran verdugos enmascarados o cuerpos momificados de guerreros muertos. Sus sobrevestes también eran de malla metálica, y en lugar de espadas llevaban lanzas cortas. «Como lictores», pensó Ash con un estremecimiento.

Lamentó no haber traído su revólver, porque al ver aquellas figuras con armadura recordó que aquél era un lugar sin ley, en el sentido en que se entiende la ley en Occidente. Bhithor pertenecía a otra era y a otro mundo: sus normas estaban fuera del tiempo presente.

En una antecámara final, por lo menos cincuenta criados, vestidos con los colores del *rana* (escarlata, amarillo y naranja), se dividieron para permitir pasar a los visitantes, y con el familiar del gobernante y los funcionarios de alto rango fueron conducidos al Diwan-i-Am, recinto de audiencias públicas donde el *rana* y su primer ministro, el *diwan,* esperaban para recibirlos junto con los consejeros y cortesanos.

El Diwan-i-Am era un hermoso edificio, aunque en aquella estación del año no parecía adecuado para una audiencia por la mañana, ya que consistía en un pabellón abierto a ambos costados formado por una triple hilera de columnas, y cerrado sólo en los extremos. El sol caía sobre él y no soplaba la menor brisa, de manera que el calor bajo las arcadas con pilares era enorme, pero su belleza compensaba las deficiencias en comodidad. De cualquier modo, la temperatura no parecía preocupar a las filas de cortesanos y nobles sentados con las piernas cruzadas sobre el suelo sin alfombra, tan cerca unos de otros como sardinas en una lata, y vestidos con sus mejores ropas.

En el extremo más alejado del recinto, una escalera conducía a una plataforma más alta donde un escaño central servía de trono al gobernante cuando concedía audiencia, recibía a visitantes distinguidos o administraba justicia; detrás de ella había una sólida pared de mármol negro de superficie pulida que reflejaba la asamblea como un espejo. Los lados de la plataforma estaban cerrados por pantallas de mármol con orificios a través de los cuales las mujeres de la *zenana* podían observar las sesiones, pero en otros lugares la piedra estaba cubierta de *chunam* pulido y decorado en bajorrelieve con diseños de figuras de animales, pájaros y flores que alguna vez habían tenido colores brillantes, y habían desteñido con los siglos hasta convertirse en pálidos fantasmas de su pasada gloria. Sin embargo, al Diwan-i-Am no le faltaba color, ya que los cortesanos del *rana*, a diferencia de sus súbditos más humildes, estaban ataviados con vestimentas tan llamativas que un extranjero que accediera al recinto podría haber creído entrar en un país de hadas.

Turbantes de color escarlata y cereza, amarillo azufre, rosado y púrpura contrastaban con *achkanes* de todos los tonos de azul y violeta, turquesa, bermellón, verde hierba y naranja; el pasillo central aparecía decorado por una doble fila de sirvientes con turbantes carmesí y uniformes de muselina amarilla con lazos anaranjados, que llevaban enormes penachos de crin teñida de un rojo vivo.

Había más cortesanos en la plataforma elevada, dos de ellos tras el escaño, moviendo abanicos de plumas de pavo real, y el resto armados con *tulwares* desnudos, las largas espadas curvas de Rajputana. Y sobre el escaño mismo, sentado con las piernas cruzadas en una alfombra bordada con perlas, centelleante de joyas y vestido de oro de pies a cabeza, estaba el *rana* de Bhithor. Las razas guerreras de Rajputana eran famosas por su apostura, y resultaba dudoso que cualquier reunión similar de occidentales pudiera haber igualado a ésta en belleza física, distinción y lujo. Hasta los más ancianos entre ellos mostraban huellas de la belleza de los rostros de halcón que habían poseído en su juventud, y se mantenían tan erguidos como si estuvieran sentados en sillas y no con las piernas cruzadas en el suelo. Diseminados aquí y allá había hombres obesos, ajados y poco atractivos, y el más notable de ellos era el gobernante mismo.

La indumentaria, las joyas y la espada con empuñadura de diamantes del *rana* eran magníficas. Pero su persona no les hacía honor, y, al mirarlo desde el peldaño más bajo de la escalinata, Ash sufrió una violenta conmoción.

Eso... esa babosa mal hecha... era el novio que Nandu había elegido para Juli. Para Juli y Shushila... No. No podía ser... Debía de haber algún error: el hombre sentado en el escaño no podía tener menos de cuarenta años. Era viejo. Contaba por lo menos sesenta, o quizá setenta años; eso aparentaba. Y Ash sólo podía suponer que su modo de vida había sido terriblemente insano para darle tal aspecto de vejez antes de los cuarenta.

Prejuicios aparte, el *rana* ofrecía un espectáculo desagradable y Ash no podía ser la primera persona que observara su parecido con un mandril. Cualquiera que hubiese visitado un zoológico o hubiese estado en África lo advertiría sin ninguna duda, pero probablemente ningún ciudadano de Bhithor conocía tales lugares y no se daban cuenta de la notable semejanza de la estructura facial de su gobernante con la del primate: los ojos muy juntos, la nariz anormalmente larga y ancha, y las fosas nasales muy abiertas, como un mandril viejo, astuto y de mal genio. Y, por si eso no fuera suficiente, el rostro delgado, que parecía tallado a hachazos y casi sin mentón, estaba profundamente marcado por las arrugas del libertinaje y la corrupción, y los ojos hundidos eran vigilantes y fijos como los de una cobra... Su quietud contrastaba con el movimiento incesante de su larga boca, porque el *rana* masticaba pan. Tenía los labios manchados, y también los dientes, y zonas enrojecidas en los ángulos de la boca de manera que parecía estar bebiendo sangre, como Kali.

En conjunto, mostraba una figura repulsiva y la suntuosidad de su atavío parecía destacar los defectos físicos más que disimularlos.

Ash estaba preparado para muchas cosas, pero no para ésta. La conmoción lo dejó sin palabras, y, como el *rana* permaneció en silencio, Kaka-ji debió llenar el vacío con un agradable discurso al que el soberano replicó con mucha menos gracia.

No era un buen comienzo, y el resto de la mañana no hizo nada por modificarlo. Los cumplidos adecuados para la ocasión fueron intercambiados debidamente y en forma prolongada. Cuando por fin terminaron, el *rana* se incorporó, despidió a los cortesanos reunidos y se retiró al recinto de audiencias privadas, el Diwan-i-Khas, acompañado por su primer ministro, sus consejeros principales y los representantes de Karidkote.

El Diwan-i-Khas, a diferencia del Diwan-i-Am, estaba agradablemente fresco. Consistía en un pequeño pabellón de mármol levantado en medio de un verdadero jardín y rodeado por canales de agua con surtidores... Un lugar que no sólo agradaba a la vista y reducía la temperatura a límites confortables, sino que aseguraba la intimidad, ya que no había ningún arbusto lo suficientemente grande como para ocultar a un espía, y si por milagro algún intruso lograba entrar en el jardín sin ser visto, el ruido de las fuentes le habría impedido escuchar lo que se hablaba allí.

A Ash se le ofreció una silla, pero el *rana* ocupó un escaño con almohadones y alfombra similar al del Diwan-i-Am, mientras el resto de los reunidos se acomodaban en el fresco suelo de mármol. Criados uniformados trajeron vasos con refrescos, y durante un rato la atmósfera pareció amigable e informal, pero eso no duró. Tan pronto como se retiraron los criados, el *diwan*, actuando como portavoz del gobernante, procedió a justificar los peores temores de Ash.

Abordó el tema en forma oblicua, enmascarándolo con una nube de cumplidos y frases corteses. Pero, dejando a un lado la verborrea, el asunto era simple: el *rana* no tenía intención de pagar la totalidad del precio acordado por la *rajkumari* Shushila ni de casarse con su hermana Anjuli-Bai, a menos que la suma ofrecida se incrementara tres veces con respecto a la que se había prometido en principio (y ya había sido entregada), porque, después de todo, el origen de la muchacha apenas la calificaba para ser la esposa de un personaje tan sublime como el gobernante de Bhithor, cuya ascendencia era de las más antiguas y más honorables de toda Rajputana. Ya había hecho una gran concesión con sólo considerar la posibilidad de casarse con ella.

Para hacer justicia al *rana*, la suma que Nandu exigía como precio de boda por Shushila era enorme. Pero en vista del rango de la novia, por su notable belleza y su impresionante dote, era un artículo valioso en el mercado del matrimonio y otros habrían pagado lo mismo, si no más, por una esposa así: algunos de ellos, príncipes más importantes que el de Bhithor. Nandu, por sus maquiavélicas razones particulares, se había decidido en favor de este último, y los embajadores del *rana* no habían discutido el precio ni se habían retrasado en pagar la mitad por adelantado..., ni en ofrecer una promesa escrita de pagar el resto tan pronto como la novia llegara a Bhithor; porque, a pesar de que la suma era grande, había sido drásticamente reducida por el precio del consentimiento del *rana* de desposar a Anjuli-Bai, además de la adorable Shushila; y como se había descartado cualquier posibilidad de pagar algo por la segunda novia, en realidad el *rana* lo había obtenido todo por una bagatela.

Pero parecía que no estaba contento con eso y quería más. Mucho más. La suma adicional que ahora exigía por casarse con la hija de la *Feringhi-Rani* era superior a la mitad del precio de bodas de Shushila, y si se pagaba (y no se satisfacía la mitad que él debía) no sólo habría adquirido dos novias y sus dotes por nada, sino que, en realidad, obtendría grandes beneficios de la transacción.

La demanda era tan insultante que hasta Ash, que estaba preparado para algo así, no pudo al principio creer lo que había oído. Quizás era que el *diwan* se había excedido respecto a sus instrucciones. El hombre no podía pedir en serio lo que decía.

Pero, después de media hora de discusiones, quedó muy claro que el *diwan* sólo había expresado la voluntad de su amo, y que todos los consejeros estaban de acuerdo con él. Ahora era evidente que las novias y sus dotes habían caído virtualmente en una trampa, con sus fuerzas a merced de las armas de Bhithor y su campamento confinado en un valle del que no podían salir. Y Bhithor no veía razones para ceñirse a los términos del contrato. El consejo no sólo aprobó la exigencia de otro soborno por extorsión, sino que consideró claramente que su gobernante había demostrado ser un *chbuk-sawi*, un hombre inteligente que había engañado con éxito a un formidable oponente.

Ash no creía acertado prolongar una discusión que sólo conduciría a alterar los ánimos y a actitudes desagradables en uno u otro bando, porque rara vez se había sentido tan furioso. Ya era bastante malo saber que había perdido a Juli sin tener que descubrir, además, que su futuro marido era no sólo repulsivo en el aspecto físico y envejecido prematuramente por el libertinaje, sino también capaz de romper su palabra y recurrir a la extorsión; y que no dudaba en insultarla ante toda una concurrencia.

El hecho de que semejante ser se atreviera a exigir que se le pagara por el privilegio de casarse con Juli era insoportable. Ash se daba cuenta de que muy pronto iba a perder el precario control que tenía sobre su ánimo, y hablaría en términos que serían a la vez poco diplomáticos e inexcusables.

Por tanto, cerró bruscamente el diálogo anunciando que, lamentablemente, las condiciones expuestas por el *diwan* eran por completo inaceptables y no las admitirían. Para evitar discusiones, se puso de pie, hizo una breve reverencia al *rana* y se retiró con dignidad, seguido por los furiosos representantes de Karidkote.

28

La escolta los esperaba en el patio externo. Montaron en medio de un silencio tenso y no hablaron mientras cabalgaban por las estrechas calles y pasaban bajo la gran arcada de la puerta de los Elefantes, donde los centinelas sonrieron abiertamente al verlos.

El valle chispeaba bajo el calor y no había señales de vida en los fuertes que se levantaban en las colinas a izquierda y derecha de la ciudad, porque los soldados descansaban a la sombra. Pero las bocas de los cañones destacaban ominosamente contra la piedra bañada de sol. Ash las miró, y, advirtiendo su número, habló bruscamente, con voz furiosa:

–Es culpa mía. Debí haber impuesto mi propio criterio, en lugar de dejar que un pomposo oficial político me diera órdenes y me acusara de insultar a un príncipe gobernante con mis sospechas indignas. ¡Qué sabe él! Esa araña traidora lo tenía todo planeado, y hemos hecho exactamente lo que él deseaba que hiciéramos: entrar mansamente en su recinto.

–Es terrible... terrible –gimió Kaka-ji–. No puedo creerlo... ¿Cómo es posible que el *rana* se niegue a pagar? ¿Que nosotros tengamos que pagar?

–No se preocupe, *sahib* Rao. No pagaremos –respondió Ash brevemente–. Esto es una actuación teatral.

–¿Realmente piensa eso? –preguntó Mulraj–. Hum... Espero que esté seguro de lo que dice. Tiene suficientes armas en esos fuertes para hacer pedazos el valle y a todo nuestro campamento. Si hay lucha no tendremos oportunidad de salvarnos, porque ¿de qué nos servirán las espadas contra esas paredes de piedra y esos pesados cañones?

–No habrá lucha –saltó Ash–. No se atreverá.

–Esperemos que tenga usted razón. Pero yo no estaría tan seguro. Los príncipes de Rajputana pueden pensar que es prudente fingir sumisión al Raj, pero aún ejercen gran poder dentro de sus propios estados, y hasta los *sahibs* del Departamento Político, como ustedes han visto, prefieren fingir que no ven ni oyen muchas de las cosas que hacen.

Ash observó que les sería difícil no ver u oír en este caso, ya que él pensaba formar mucho ruido respecto al asunto. Se proponía escribir un informe completo al oficial político y enviar la carta con mensajero especial aquella misma tarde.

–Sería conveniente... –asintió Mulraj. Y agregó, pensativamente–: Aunque no creo que los mensajeros lleguen porque los caminos están bien vigilados. Además, mis espías me han contado una cosa que no me gusta: dicen que la ciudad y los fuertes pueden hablar entre sí sin palabras.

–¿Te refieres a las señales? –preguntó Ash, desconcertado–. De manera que pueden hacerlo. Me pregunto dónde diablos habrán aprendido eso.

–¿Entonces sabe de qué se trata? ¿Es posible?

–Por supuesto. Es muy simple. Se hace con banderas: señales con las banderas y..., ah, es muy largo de explicar. Te lo mostraré algún día.

–Pero esto no se hace con banderas. Esto se efectúa con pequeños escudos de plata pulida que reflejan la luz del sol y transmiten advertencias que pueden ser observadas a muchos kilómetros de distancia.

–Ésos son cuentos –se burló Ash, perdiendo interés.

Su escepticismo era comprensible, porque, aunque sabía que los indios de Norteamérica habían aprendido hacía ya mucho tiempo el medio de enviar mensajes visuales por medio de humo, el método bastante similar de comunicación descrito por Mulraj, que luego sería conocido como heliógrafo, aún era desconocido en el Ejército de la India, y sólo comenzó a emplearse muchos años después. Por tanto, Ash no creyó en él, y comentó que no era conveniente creer todo lo que a uno le decían.

–Yo no creo todo lo que me dicen –replicó Mulraj–. Pero mis espías me dicen que no es nada nuevo en Bhithor y que aquí se ha practicado desde hace tanto tiempo que nadie recuerda sus comienzos. Dicen que el secreto fue traído por un mercader de esta ciudad que era un gran viajero, y que aprendió el arte de los chinos muchos años antes de que el Raj de la compañía llegara al poder. Sea como fuere, es seguro que todos nuestros movimientos serán observados y denunciados, y que ningún mensajero que enviemos dejará de ser vigilado. Estarán preparados y esperándolo. Y, aun si alguno escapa a sus redes, apuesto cincuenta *mohures* de oro contra cinco rupias a que la única respuesta que traerá del *sahib* será una recomendación de que sea usted lo más cuidadoso posible y no haga nada que pueda molestar al *rana*.

–De acuerdo –replicó prontamente Ash–. Usted perderá, porque el oficial político tendrá que adoptar una decisión con respecto a esto.

–Ganaré, amigo mío, su Gobierno no desea pelear con los príncipes. Hacerlo significaría un derramamiento de sangre y un levantamiento armado, y eso requeriría el envío de tropas y un gran gasto de dinero.

Por desgracia, Mulraj tuvo razón en ambos aspectos.

Ash envió un informe detallado de los últimos acontecimientos, y sólo después de una semana sin noticias de su mensajero las averiguaciones revelaron que el hombre no había llegado más allá del extremo de la hondonada, donde lo habían detenido y luego hecho prisionero en el fuerte. Al parecer, lo habían «confundido con un famoso bandido» y el error fue lamentado profundamente. El segundo mensajero no fue solo, sino acompañado por dos soldados armados. Volvieron tres días más tarde a pie porque les habían tendido una emboscada unos treinta kilómetros más allá de la frontera, despojándolos de cuanto llevaban y quitándoles sus caballos: los dejaron desnudos, heridos y sin alimentos para que tomaran el camino de regreso.

Ash propagó el rumor de que el siguiente mensajero sería él, y llevaría una escolta armada de más de una docena de hombres de las Fuerzas del Estado de Karidkote, todos excelentes tiradores. Y aunque realmente no lo hizo, pues no deseaba abandonar el campamento a su suerte considerando la actitud del *rana* y de sus consejeros, y la furia que sentían contra sus huéspedes, fingió hacerlo, saliendo a caballo con el verdadero mensajero y la escolta hasta encontrarse bastante lejos de Bhithor.

No vio las señales luminosas de advertencia que parpadeaban frenéticamente a sus espaldas desde un terrado alto en la ciudad y las paredes exteriores de dos fuertes de vigilancia. Pero Mulraj sí, y sonrió mientras las miraba porque sus espías no habían estado ociosos y el código era muy simple... Mucho más que la complicación de puntos y líneas que el *sahib* llamaba morse, y que trataba de explicarle. Los bhithorianos no perdían el tiempo con esas cosas, y, como los pieles rojas, se limitaban a lo esencial. Su código consistía en un resplandor sostenido que significaba «enemigo» y, alternativamente, tres resplandores largos que significaban «amigo: no molestar»; iban seguidos de otros cortos que indicaban los números hasta veinte, y si se sobrepasaba esa cifra, cierta cantidad de resplandores breves. Si se agregaba un movimiento oscilante hacia ambos lados, significaba que el hombre u hombres en cuestión iban a caballo, mientras que varias vueltas circulares ordenaban «¡deténganlos!». En general, la respuesta era un solo resplandor que podía traducirse como «mensaje recibido y comprendido». No había otras señales porque, para Bhithor, éstas resultaban suficientes.

Mulraj observó las señales que indicaban «amigo: no molestar» y su sonrisa se convirtió en una carcajada, porque sabía que Ash pensaba regresar tan pronto como hubieran cruzado la frontera sin inconvenientes... Tenían la razonable certeza de que esta vez no se intentaría atacar al grupo, pues el *rana* jamás se arriesgaría a atacar a un conjunto de hombres bien armados encabezados por el *sahib* mismo, y cuando se descubriera que Ash ya no estaba con ellos, sería demasiado tarde para organizar otro lamentable «accidente».

En todo eso se perdieron muchos días, pero no fue en vano. Los que no poseían tienda se ocuparon de construir cabañas de hierba seca para protegerse de los ardorosos rayos del sol y del rocío de la noche, y aunque había abundancia de madera en Bhithor, Mulraj, anticipando una estancia prolongada y preocupado por los caballos ahora que había comenzado el tiempo caluroso, puso a trabajar a sus hombres podando hojas de palmera y *daks* escarlata, y pronto construyeron establos bien techados con las hojas y manojos de juncos del lago.

Ash y su *panchayat*, por su parte, hicieron repetidas visitas al palacio de la ciudad, donde conferenciaron interminablemente con el *diwan* y alguno de los principales ministros, y ocasionalmente también con el *rana*, en un esfuerzo por persuadirlo de que respetara el convenio o al menos moderara sus exigencias. También ofrecieron banquetes al *rana* y sus cortesanos, consejeros y oficiales. En una ocasión, cuando el gobernante comunicó que no podría asistir a causa de un absceso forunculoso que lo afectaba con frecuencia, le ofrecieron los servicios de Gobind con la esperanza de que el sabio *hakim* de Kaka-ji pudiera aliviarlo y ganar así su buena voluntad.

En realidad, Gobind no sólo logró aliviarlo, sino que también lo curó, algo que los propios *hakims* del *rana* nunca habían conseguido. Aunque el agradecido paciente lo recompensó con un puñado de *mohures* de oro y regaló a Kaka-ji un gran rubí engarzado en un anillo de oro, su actitud hacia los compromisos matrimoniales permaneció invariable. Los resultados que Ash y sus colegas obtuvieron habrían sido los mismos si se hubieran dirigido a las columnas del Diwan-i-Am o hubiesen dado banquetes a las palomas del lugar. Cuando por fin regresaron el mensajero y su escolta, resultó que la tan esperada respuesta del oficial político era exactamente la que había anticipado Mulraj.

El oficial confesaba estar muy trastornado por las noticias del capitán Pelham-Martyn. Él, el mayor Spiller, sólo podía suponer que el capitán Pelham-Martyn había entendido mal las propuestas del *rana*, o bien había sido muy poco paciente en su manejo del gobernante y sus ministros. No podía creer que el *rana* pretendiera faltar así a su palabra, pero, por otra parte, admitía la posibilidad de que ambas partes hubiesen procedido equivocadamente, y que lo más probable era que existiera un malentendido. Aconsejaba al capitán Pelham-Martyn que no se apresurara, sino que procediera con la mayor cautela, e insistió en la necesidad de ejercer el tacto, la cortesía y la comprensión. Terminaba diciendo que esperaba que el capitán hiciera todo lo posible para evitar un conflicto con un príncipe gobernante que siempre había sido un leal partidario del Raj, y por lo tanto...

Ash entregó cinco rupias a Mulraj sin hacer comentarios.

Le habían devuelto la pelota y se daba cuenta de que debería negociar un arreglo sin ayuda del Departamento Político. Si lo hacía con éxito, muy bien. Si no, él, y sólo él, cargaría con la responsabilidad de haber malogrado el asunto. En síntesis, el capitán Pelham-Martyn sería acusado de fracasar en el «ejercicio del tacto, la cortesía y la comprensión», mientras que las autoridades, con esta poderosa arma, seguirían en excelentes relaciones con Karidkote y con Bhithor. No era una perspectiva halagüeña.

–Si sale cara, ganan ellos; si sale cruz, pierdo yo –concluyó Ash con amargura.

Pasó otra noche sin dormir, y eran muchas últimamente, preguntándose cómo podía mandar un recado a Juli, y por qué ella no le había enviado ninguno, ya que no podía ignorar lo ansioso que estaba él por tener noticias suyas. ¿Era buena señal que no lo hubiera hecho, o mala? Si al menos tuviera una respuesta, para Ash habría sido más fácil continuar enfrentándose a los problemas. Como no era así, siempre albergaba el temor de que, si continuaba las negociaciones con la paciencia y cautela recomendadas por el oficial político, la demora podía terminar por destruir a Juli.

Lo que lo asustaba era el factor tiempo. La boda debía haber tenido lugar poco después de la llegada de las novias a Bhithor, y obviamente a Juli nunca se le había ocurrido, y tampoco a Ash, que podría no suceder así. Pero ya habían pasado tres semanas de conversaciones infructuosas, y casi dos meses desde la noche de la tormenta de tierra. Si los deseos de Juli se habían cumplido y estaba embarazada, pronto quedarían pocas probabilidades de que el niño fuese aceptado como un hijo del *rana* nacido prematuramente. Y si había alguna duda en ese aspecto, tanto Juli como el niño morirían: eso era seguro. Sería fácil; ninguna autoridad haría preguntas, porque la muerte en el parto era algo muy común y la noticia de que una *rani* segunda de Bhithor había muerto al dar a luz a un infante prematuro no causaría sorpresa. Si al menos Juli le enviara un mensaje... Ahora ya debía de saberlo, de una manera u otra...

Ash no cerró los ojos aquella noche. Había observado el lento movimiento de las estrellas en el cielo y las había visto palidecer en el resplandor amarillento de una nueva mañana. Cuando salió el sol, partió una vez más con Mulraj y los otros hacia la ciudad (era la cuarta vez aquella semana) para asistir a una reunión con el *diwan* que no resultó más fructífera que las precedentes.

Por cuarta vez consecutiva, esperaron en la antecámara durante más de una hora, y cuando por fin los hicieron pasar no obtuvieron ningún resultado positivo. La situación seguía igual porque el *rana* sabía que dominaba la situación y no tenía intención de volverse atrás en algo que consideraba una posición inexpugnable. Por el contrario, había señales de que podía exigir una suma muy superior por casarse con la «hija de una extranjera», ya que debería pagar un precio muy alto para hacerse «purificar» por los sacerdotes por tomar a una mujer así por esposa. La suma gastada sería considerable, sugirió el *diwan*, y en esas circunstancias resultaban lógicas las exigencias del novio.

Ash replicó en nombre de Karidkote que todo aquello había sido discutido hacía más de un año. Nada se había ocultado, y el trato se había realizado con plena satisfacción por ambos lados. ¿Debía concluirse que los emisarios del *rana* no habían expresado todo lo que él quería comunicar? ¿Para qué los habían enviado, entonces? Y, si los mensajeros se habían excedido en sus atribuciones, seguramente habría sido sencillo para el *rana*, al regreso de éstos, mandar un mensaje a Karidkote e interrumpir las negociaciones hasta que alguien más competente transmitiera sus deseos de reabrir las discusiones. O, al menos, podrían haber detenido a la comitiva nupcial antes de que atravesara las fronteras de su propio estado en lugar de permitirles completar el viaje. Semejante conducta, sugería Ash, no era compatible con la dignidad y el honor de un príncipe, y, como el gasto del viaje había sido elevado, no podían considerar renunciar a la otra mitad de la dote de la princesa Shushila, ni agregar nada a la suma ya pagada por su medio hermana, Anjuli-Bai.

El *diwan* respondió que comunicarían estas opiniones a su señor, y estaban seguros de que el asunto se arreglaría eventualmente para satisfacción de todos. Y con esa respuesta, ya demasiado familiar, terminó la reunión.

–Me pregunto cuánto tiempo prolongarán esto –comentó Ash mientras cabalgaban de regreso al campamento.

Mulraj se encogió de hombros y respondió:

–Hasta que capitulemos.

–Entonces creo que estaremos aquí durante largo tiempo, porque no permitiré que me extorsionen; y cuanto más pronto se den cuenta de ello, mejor.

–Pero, ¿qué otra cosa podemos hacer? –gimió Kaka-ji–. Quizá si le ofreciéramos...

–Ni un solo *anna* –interrumpió Ash con brusquedad–. Ni un *pi*. El *rana* pagará todo lo que debe. Y más... mucho más.

Mulraj sonrió y dijo:

–*Shabash, sahib*. ¡Qué bien habla! Pero ¿puedo preguntarle cómo piensa lograrlo? Quienes están metidos en una trampa no son ellos, sino nosotros. Y no podemos hacer nada contra esos fuertes, ni siquiera de noche.

–No intento saltar sobre los fuertes; menos que nada sobre los fuertes. Tampoco sobre mis defensas –agregó Ash con amargura–. Nadie podrá decir que he actuado con precipitación o que he sido impaciente. Pienso dar al *rana* todo el tiempo que quiera y ver si tiene más paciencia él o la tengo yo. O Bhithor.

–¿Bhithor?

–Por supuesto. ¿Acaso no somos todos huéspedes del Estado? Y como tales, ¿por qué debemos pagar nuestra estancia? Tenemos el privilegio de los huéspedes. En algún momento, los dueños de las tiendas, los granjeros y los pastores y todos los que nos proporcionan alimento, combustible y forraje, exigirán su pago. Y nosotros no les pagaremos, eso lo prometo. El *rana* y sus consejeros pronto descubrirán que les cuesta mucho más tenernos aquí que lo que tratan de obtener de nosotros, y al cabo de cierto tiempo decidirán que les sale más barato hacer concesiones.

Mulraj rio por primera vez en varias semanas y los rostros de los demás se tranquilizaron.

–*Arré*, eso es cierto –replicó–. No lo había pensado. Si nos quedamos el tiempo suficiente, esos cerdos tendrán que pagarnos para que nos vayamos.

–¿O tomar lo que quieren por la fuerza? –sugirió Kaka-ji con un gesto pesimista en dirección al fuerte más cercano–. Ah, sí, *sahib*... –Sacudió la cabeza en dirección a Ash–. Sé que usted piensa de otra manera y desearía pensar igual que usted. Pero no puedo estar seguro de que el *rana* se abstendrá de usar la violencia una vez descubra que no puede obtener lo que busca por medios más pacíficos.

–Por extorsión y engaño, quiere usted decir –dijo Ash–. Pero el engaño, padre mío, es un juego que se puede jugar entre dos, y eso es lo que estos imbéciles han olvidado. Bien, pues lo jugaremos con ellos.

Se negó a continuar, porque en realidad estaba firmemente decidido a resistirse a las exigencias del *rana* y conseguir que pagara hasta el último céntimo. Por el momento, prefería moverse con cautela, aunque sólo fuera para demostrar al mayor Spiller, el oficial político, que había hecho todo lo posible por llegar a una persuasión pacífica y demostrado paciencia suficiente como para despertar envidia en Job. Una vez que eso fuera evidente, y si el *rana* continuaba con su intransigencia, Ash no podría ser acusado de adoptar medidas duras para devolver a la razón al novio. Pero sucediera lo que sucediese, no debía descontrolarse.

Estuvo a punto de romper esa resolución dos días después, cuando en otra reunión en el Rung Mahal, convocada para discutir «nuevas propuestas», el *diwan*, que nuevamente los hizo esperar, anunció, en tono confidencial y con grandes gestos de pesadumbre, que, como resultado de conversaciones con los sacerdotes sobre el aspecto religioso del matrimonio del *rana* con la hermana de la novia, lamentablemente se hacía necesario pedir aún más dinero para pagar tal favor. Mencionó una suma que convertía en una minucia la demanda anterior...

–Estos sacerdotes son muy avaros –confesó el *diwan* con un tono resignado de hombre de mundo–. Hemos hablado con ellos, pero, por desgracia, sin resultado. Ahora exigen que mi señor construya un nuevo templo como precio para que den su consentimiento al matrimonio. Es inicuo, pero ¿cómo puede negarse? Es un hombre muy religioso y no puede ponerse en contra de sus sacerdotes. Sin embargo, construir un templo costará mucho dinero; de manera que ustedes comprenderán que no le queda otra opción que pedir a su alteza de Karidkote que se haga cargo de un gasto en el que tendrá que incurrir para casarse con la hermana de su alteza. Es muy lamentable... –El *diwan* sacudió la cabeza y tendió las manos en un gesto de impotencia–. Pero... ¿qué podemos hacer?

Ash pensó varias cosas. Pero la pregunta era evidentemente retórica, y en todo caso él no podía contestarla porque no se atrevía a hablar: era Juli quien recibía el insulto de aquellos despreciables extorsionadores. Se daba cuenta, en medio de su ira, de que Kaka-ji respondía al *diwan* con voz suave y digna; y pronto todos estuvieron de nuevo en el exterior, montaron en sus caballos y se alejaron. Pero Ash seguía sin saber qué respuesta había recibido el *diwan*.

–Bien. ¿Y ahora qué, *sahib*? –preguntó Mulraj.

Ash no contestó y Kaka-ji repitió la pregunta y exigió saber qué harían con aquel último insulto.

Ash salió de su ensoñación y dijo bruscamente:

–Debo hablar con ella.

El viejo lo miró trastornado.

–¿Con Shu-Shu? Pero, no creo...

–Con Anjuli-Bai. Usted debe ayudarme en esto, *sahib* Rao. Debo verla. Y a solas.

–¡Pero eso es imposible! –protestó Kaka-ji, espantado–. Durante el viaje era distinto. Entonces no importaba mucho. Pero no aquí en Bhithor. Seria muy imprudente y yo no puedo permitirlo.

–Tendrá que permitirlo –insistió Ash con firmeza–. Porque, si no, no volveré a tomar parte en estas negociaciones, sino que enviaré un mensaje al *sahib* Spiller diciendo que no puedo hacer nada más y que él y el *rana* deberán decidir el asunto entre ellos.

–¡Pero usted no puede hacer eso! –jadeó Kaka-ji–. ¿Y si acepta lo que dice el *rana* en aras de la paz? Bien podría hacerlo, como dijo Mulraj... Pero sería terrible, porque ¿cómo podríamos pagar esa suma? Aunque la tuviéramos, y no la tenemos, nos quedaríamos sin un céntimo, y sin dinero no podríamos hacer el viaje de regreso. Sé que Nandu jamás nos enviaría más, porque se enfurecería y...

Con la agitación, Kaka-ji hablaba frenéticamente y de una manera en que jamás habría soñado hacerlo en público. Al darse cuenta, se interrumpió, lanzó una mirada angustiada sobre su hombro a los otros cuatro miembros del grupo, que habían quedado atrás, y se tranquilizó al ver que no habían podido oírlo y que conversaban animadamente entre ellos.

–Además –prosiguió bajando la voz y volviendo a la discusión original–, ¿de qué le serviría a usted hablar con Anjuli-Bai? No hay forma de que pueda ayudarnos, y contarle lo que ha dicho el *rana* sería cruel, ya que no hay salida para ella ni para Shu-Shu.

–De todas maneras, debo verla –insistió Ash–. Ella tiene derecho a saber cómo están las cosas. Tiene derecho a una advertencia en caso de que...

Ash vaciló y Mulraj terminó la frase:

–En caso de que el *rana* se niegue a casarse con ella. Sí, creo que tiene usted razón, *sahib*.

–No –dijo Kaka-ji en tono fúnebre–. No es sensato ni está bien que usted haga eso; y no creo que sea necesario. Pero, como veo que los dos están en mi contra en este asunto, se lo diré yo mismo. ¿Así se conformarán?

Ash sacudió la cabeza.

–No, *sahib* Rao, no. Yo debo hablar con ella. No es que no confíe en usted, pero hay cosas que deseo decirle y que usted no podría. Pero sólo usted puede ayudarme en esto.

–No, *sahib*. Es imposible. Yo no puedo... Se sabría. Sería muy difícil...

–Sin embargo, usted lo hará; por mí. Porque yo se lo pido como un gran favor. Y porque, si no me equivoco, usted y el abuelo de Juli, Sergei, eran amigos, y usted conoció a su madre, quien... –Kaka-ji lo interrumpió levantando una mano.

–Suficiente, *sahib*. Es cierto. Admiré mucho a su abuelo ruso cuando yo era joven. Era un hombre extraño..., un hombre magnífico...

Lo temíamos por sus arranques de furia tanto como lo queríamos por su risa, y se reía a menudo. He oído decir que incluso en su lecho de muerte reía y no tenía miedo...

Kaka-ji suspiró y guardó silencio durante unos momentos. Luego dijo:

–Muy bien, *sahib*, haré lo que pueda. Pero con una condición: debo estar presente.

Nada de lo que dijo Ash logró hacerlo cambiar de idea en ese punto. El anciano estaba convencido de que el *rana* y su consejo se enterarían de que Anjuli-Bai había hablado a solas con un joven que no tenía parentesco con ella, y podían usarlo como excusa para expulsarla de Bhithor..., muy probablemente, sin su dote. Eran muy capaces de incautarse de ella como «compensación» por la pérdida de una novia, y el hecho de que el joven en cuestión fuera un *sahib* a quien el Gobierno había colocado al mando del campamento y conferido poderes para negociar sobre los arreglos matrimoniales no sería excusa en ningún sentido. El único factor importante sería su sexo, y un escándalo sólo fortalecería la mano del *rana* y endurecería su actitud sobre la cuestión del precio nupcial de Shushila.

–No tiene usted nada que temer –prometió Kaka-ji–. Yo no diré una palabra de lo que ustedes hablen delante de mí. Lo prometo. Pero si, por alguna extraña casualidad, esto se sabe, mi sobrina deberá estar protegida. Debo estar en condiciones de asegurar que yo, su tío, hermano de su padre, que fue maharajá de Karidkote, estuve presente todo el tiempo. Si usted no está de acuerdo con eso, entonces no puedo ayudarlo.

Ash lo miró largo rato pensativamente, recordando ciertos rumores que había oído sobre él, cosas viejas, olvidadas, lejanas, que podían ser ciertas o no. Si lo eran... Pero estaba claro que no se ganaba nada discutiendo con él ahora. Kaka-ji había hablado muy en serio y no se volvería atrás; y, como sería imposible hablar con Juli sin su ayuda, no le quedaba otro remedio que aceptar sus condiciones. Al menos podía confiar en que cumpliría su palabra de no repetir nada de lo que oyera.

–De acuerdo –respondió Ash.

–Bien. Entonces arreglaré el encuentro. Pero no puedo hacer promesas con respecto a mi sobrina. Quizás ella no desee verlo, y si es así, no podré hacer nada.

–Debe usted tratar de persuadirla –sugirió Ash–. Puede decirle que... No... Diga lo que sea necesario, y que yo no les habría pedido esto ni a ella ni a usted de no haber sido indispensable.

Kaka-ji concertó el encuentro. Tendría lugar en su tienda a la una de la mañana, hora en que todo el campamento dormía. Y, como Ash tendría que encontrar la forma de que no los vieran, sería conveniente, sugirió Kaka-ji, que se disfrazara de vigilante nocturno, porque era posible conseguir que se le diera una droga al *chowkidar* que patrullaba el campamento esa noche... Algo que lo hiciera dormir durante una hora aproximadamente.

–Gobind se ocupará de ello –dijo Kaka-ji–. Y también de que ninguno de mis criados vea u oiga nada. Se puede confiar en él y es necesario que yo confíe en alguien; pero debemos ser muy cuidadosos, de manera que tampoco él sabrá quién viene a mi tienda esta noche. Ahora escuche con cuidado, *sahib*...

Ash habría preferido un arreglo más sencillo y no veía motivos para tomar precauciones tan complicadas. Pero Kaka-ji fue inflexible, y, en lo referente al secreto, el encuentro no podía haber sido mejor: jamás se supo una palabra de ello, y tanto su sobrina como el *sahib* fueron a su tienda y volvieron a salir sin llamar la atención ni despertar la menor sospecha. Pero en todos los restantes aspectos constituyó un triste fracaso. Después, el anciano se lamentaría a menudo de no haber mantenido su negativa original de mezclarse en el asunto, y sobre todo de haber insistido en estar presente, ya que en otro caso habría permanecido en una feliz ignorancia de cosas que hubiera preferido no saber.

Su sobrina Anjuli llegó primero, envuelta en un burka de algodón oscuro, y se deslizó en la tienda tan silenciosamente como una sombra, seguida un momento después por una alta figura con turbante y un chal que le cubría la nariz y la boca a la manera de los *chowkidares*, quienes temen al aire de la noche. Kaka-ji observó con aprobación que se habían respetado sus instrucciones y que el *sahib* llevaba el *lathi* del vigilante nocturno y la cadena que hacían tintinear a intervalos para advertir de su presencia a los malhechores, y se felicitó de haber prestado atención a este detalle. Ahora sólo quedaba que el *sahib* dijera lo que quería sin pérdida de tiempo y que Anjuli no hiciera comentarios innecesarios, con lo que en menos de un cuarto de hora todo habría terminado y los dos estarían nuevamente en sus respectivas tiendas sin que se hubiera perdido nada.

Con un cálido sentimiento de complacencia, Kaka-ji se acomodó sobre una pila de almohadones y se preparó a escuchar sin interrupción mientras el *sahib* informaba a Anjuli sobre las exigencias del *rana* y las posibles consecuencias que podían tener para ella.

El anciano estaba demasiado preocupado por la incorrección y los peligros de semejante encuentro como para pensar qué se diría exactamente en él, o por qué el *sahib* había insistido tanto en que sólo él podía decirlo. Fue lamentable, ya que Kaka-ji habría podido estar mejor preparado para lo que siguió o haber tomado medidas más enérgicas para impedir el encuentro. El hecho es que la complacencia sólo le duró el tiempo que necesitó Ash para adaptar sus ojos a la penumbra de la tienda y descubrir la figura de Anjuli, que estaba inmóvil entre las sombras del otro lado de la lámpara. Ella no se había quitado el burka y los pliegues marrones se mezclaban con la tela de la tienda a sus espaldas; durante un momento, Ash no se dio cuenta de que ella estaba allí, aunque sí vio a Kaka-ji sentado con las piernas cruzadas y sin molestar a nadie en la parte más alejada de la tienda. La corriente de aire provocada por su entrada hizo que la lámpara se moviera, y su luz se reflejó en las paredes y el suelo de la tienda. El movimiento deslumbró a Ash, y sólo cuando la lámpara quedó inmóvil vio que una de las sombras era Anjuli. El sonido de un *lathi* y una cadena que caían al suelo fue enormemente intenso en el silencio de la espera. Aunque Kaka-ji no era un hombre imaginativo, le pareció que algo vital y elemental se estremecía entre aquellas dos figuras silenciosas: una emoción tan viva que era casi visible y que atraía al uno hacia el otro en forma tan irresistible como el imán al acero. Observó, rígido, cómo se aproximaron y cómo Ash levantó el burka con una mano y lo apartó del rostro de Anjuli.

No se hablaron ni se tocaron. Sólo se miraron, largamente y con ansiedad, como si mirarse fuera suficiente y no hubiera nadie más en la tienda ni en el mundo. Y lo que se reflejaba en sus caras hacía innecesario hablar, porque ninguna palabra, ninguna acción, ni el más apasionado de los abrazos, podrían haber transmitido tan claramente el amor.

Kaka-ji se quedó sin aliento e intentó levantarse, empujado por alguna idea nebulosa de interponerse entre ellos y romper el hechizo. Pero sus piernas se negaron a obedecerlo y se vio obligado a quedarse donde estaba, helado de espanto e incapaz de hacer otra cosa que mirarlos sin poder creer lo que veía. Y, cuando por fin el *sahib* habló, escuchó con horror:

–No es posible, cariño. No puedes casarte con él. Aunque no hubiera peligro de que lo hicieras después de tanto retraso, y eso es algo que aún no me has dicho. ¿No hay peligro? –Anjuli fingió no entender. Asintió sin decir palabra; pero el leve gesto fue tan desolador que Ash se avergonzó de su propio estremecimiento de alivio. Continuó–: Lo siento... –Y se quedó sin palabras.

–Yo también –susurró Anjuli–. Más de lo que puedo decirte. –Sus labios temblaron y los controló con visible esfuerzo, e inclinó la cabeza de manera que su boca y su mentón quedaron en la sombra–. ¿Era... era para eso para lo que querías verme?

–En parte. Pero hay algo más. Él no desea casarse contigo, amor mío. Aceptó tomarte por esposa porque sólo en esos términos podía conseguir a Shushila, y porque tu hermano lo sobornó con una gran suma de dinero, pero no pidió que pagara por casarse contigo.

–Lo sé –respondió Anjuli con una voz tan tranquila como la de Ash–. Lo supe desde el principio. Hay pocas cosas que pueden mantenerse en secreto en la *zenana*.

–¿Y no te importó?

Anjuli levantó la cabeza y lo miró con los ojos secos, pero su hermosa boca aparecía contraída.

–Un poco. Pero ¿qué diferencia hay? Debes saber que no podía elegir... Y que, aunque hubiera podido, habría accedido igualmente.

–Por Shu-Shu. Sí, lo sé. Pero ahora el *rana* dice que el dinero que aceptó de tu hermano era insuficiente, y que, a menos que se le pague tres veces más, no se casará contigo.

Los ojos de Anjuli se dilataron y se puso una mano en la garganta, pero no habló; y Ash prosiguió con dureza:

–Bien, no poseemos esa suma, y aunque la tuviéramos yo no podría autorizar semejante pago sin instrucciones de tu hermano, quien, por lo que sé, jamás aceptará entregarlo..., y con razón. Sin embargo, no creo que exija el regreso de sus dos hermanas. El costo de este viaje ha sido tan grande que mucho me temo que, cuando lo haya pensado, decidirá que a la larga será mejor tolerar la afrenta y permitir que se realice el matrimonio con Shushila.

–Y... ¿y yo? –preguntó Juli en un susurro.

–Tú volverás a Karidkote. Pero sin tu dote, que el *rana* seguramente reclamará como compensación por la pérdida de una novia que no desea. A menos que estemos preparados a arriesgar un derramamiento de sangre para evitar que se la quede.

–Pero... no puede hacer eso –murmuró Anjuli–. Está en contra de nuestra ley.

–¿Qué ley? La única ley aquí, en Bhithor, es la del *rana*.

–Hablo de la ley de Manú, que aun él, como hindú, debe obedecer. En esa ley se establece que las joyas de una novia sirven como herencia y que no es posible despojarla de ella. Manú escribió que «los ornamentos que pueden ser usados por las mujeres en vida de su marido, no serán divididos. Los que lo hagan serán proscritos».

–Pero tú no eres su esposa, de manera que él no necesita respetar esa ley. Ni lo hará –replicó Ash con acritud.

–Pero... yo no puedo volver. Tú sabes que no puedo... No puedo dejar a Shu-Shu.

–No tendrás otra opción.

–No es cierto. –Su voz se elevó. Anjuli retrocedió y dijo sin aliento–: El *rana* puede negarse a casarse conmigo, pero no se negará a permitir que me quede a cuidar a Shu-Shu, como... doncella, o como *ayah* si es necesario. Si se queda con mi dote, con eso podrá pagar lo poco que yo coma, aunque llegue a vieja. Y cuando vea que, a menos que me quede con ella, su mujer se debilitará y morirá, aceptará con gusto. Nandu no querrá que yo regrese, porque, después de esto, ¿quien querrá casarse con alguien que el *rana* de Bhithor ha rechazado?

–Hay alguien que estaría dispuesto –respondió Ash tranquilamente.

El rostro de Anjuli se contrajo como el de un niño herido; se apartó rápidamente de él y dijo en un susurro sofocado:

–Lo sé... Pero no puede ser; por lo tanto, dile a cualquiera que pregunte que no volveré a Karidkote y que nadie me obligará a hacerlo. Y que si no puedo quedarme en Bhithor como segunda esposa, me quedaré como doncella de mi hermana. Es todo lo que tengo que decir. Excepto... excepto que te agradezco el haberme advertido y...

Se le quebró la voz, movió la cabeza en un pequeño gesto más penoso que las palabras y, con manos temblorosas, comenzó a colocarse el burka.

Por un instante, el tiempo necesario para la caída de una lágrima, Ash vaciló. Luego tendió las manos y la tomó por los hombros; acto seguido, le arrancó el burka y la hizo volverse para verle la cara. Al observar sus mejillas húmedas, sintió un dolor en el corazón que lo hizo hablar con más violencia de la que quería:

–¡No seas tonta, Juli! ¿Imaginas, por un momento, que no se acostará contigo si te quedas como doncella de Shu-Shu en lugar de quedarte como su esposa? Por supuesto que sí. Una vez que estés bajo su techo serás de su propiedad como si te hubieras casado con él, pero sin el rango de una *rani*..., sin ningún rango. Podrá hacer contigo lo que le apetezca, y por lo que he visto en él probablemente apelará a su vanidad para usar a la hija de un maharajá como concubina, después de haberla rechazado como esposa. ¿No ves que tu posición sería intolerable?

–Eso me ha sucedido a menudo –replicó Anjuli con más compostura–. Sin embargo, lo he soportado. Y puedo volver a soportarlo. Pero Shu-Shu...

–¡Al diablo con Shu-Shu! –la interrumpió Ash con furia. La apretó con más fuerza y la sacudió tan salvajemente que le castañetearon los dientes–. De nada vale todo esto, Juli. No te lo permitiré.

Pensé que podría, pero no lo había visto todavía. No sabes cómo es. Es viejo... ¡Viejo! No en años quizá, pero de otra manera: su cuerpo y su cara están envejecidos por el mal. Está podrido por el vicio. No puedes unirte a una criatura así... Un simio horrible y despiadado que ha demostrado no tener honor ni escrúpulos. ¿Quieres dar a luz monstruos? Porque eso es lo que hará: crear monstruos...Y bastardos, además. No puedes arriesgarte a eso.

Un espasmo de dolor contorsionó el rostro húmedo de lágrimas de Anjuli, pero su voz era suave y de tono firme e inflexible.

–Debo hacerlo.Tú sabes por qué.Aunque tuvieras razón sobre su vanidad, seguramente se sentirá satisfecho de poder tratarme como a una criada, sin preocuparse de que sea su concubina, y mi vida no será del todo desgraciada.Al menos seré útil a mi hermana, mientras que en Karidkote no habría nada para mí: sólo la desgracia y el dolor, porque Nandu descargaría su ira sobre mí con más furia que sobre los otros que regresen.

–Hablas como si no tuvieras otra opción –replicó Ash–. Pero no es así, y lo sabes. ¡Ay, amor mío..., amor de mi vida! –Su voz se quebró–.Ven conmigo. Podríamos ser tan felices..., y aquí no hay nada para ti. Sólo servidumbre y humillación, y... no, no lo digas, sé que Shushila estará aquí, pero ya te he dicho que te equivocas sobre ella, que es una niña mimada que ha aprendido que las lágrimas y la histeria sirven para conseguir lo que desea y las usa como armas, en forma egoísta y cruel para obtener sus propios fines. Al cabo de cierto tiempo ni siquiera te necesitará ni te echará de menos... Cuando sea la *rani* de Bhithor con un montón de mujeres para atenderla, o cuando tenga hijos propios para amar y malcriar, y para jugar con ellos. ¿Y yo? ¿Y si yo no puedo vivir sin ti? Shu-Shu no es la única que te necesita, vida mía...Yo te necesito también, mucho más que ella. ¡Ay, Juli...!

Las lágrimas corrían por las mejillas de Anjuli, nublando su mirada y ahogando su voz de manera que durante unos instantes no pudo hablar; pero sacudió la cabeza y luego dijo con un suspiro entrecortado:

–Ya me lo has dicho antes y yo te respondí...Te respondí que eres fuerte, pero que Shu-Shu es débil y por eso no puedo traicionarla. Y si el *rana* es como dices será peor para ella. Sabes que te amo..., más que a nadie..., más que a la vida... Pero la amo a ella también; y te equivocas cuando dices que no me necesita. Siempre me ha necesitado. Ahora más que nunca. Y por lo tanto no puedo... no puedo...

Una vez más se le quebró la voz y Ash se dio cuenta, con terrible desesperación, de que hubiese contado con más posibilidades si le hubiera mentido... Si le hubiera hecho creer que el *rana* era apuesto y encantador, y que Shu-Shu sólo podía enamorarse locamente de él y estar mucho mejor sin ninguna medio hermana que interfiriera en su encantadora vida. Si Juli hubiera pensado eso, tal vez habría perdido firmeza. Pero la verdad resultó fatal porque Ash le mostró, con toda claridad, lo que le esperaba a Shushila, para quien no había posibilidades de escapar. Y, tratándose de Juli, eso era suficiente para fortalecer su resolución y para que le pareciera aún más necesario, ahora, quedarse y hacer todo lo posible por apoyar, consolar y estimular a su asustada hermanita, que debía casarse con un monstruo. Ash se había equivocado...

Durante unos segundos que parecieron siglos, observó el rostro afligido de la joven y sus grandes ojos anegados de lágrimas con pasión y dolor, hasta que, de pronto, no pudo soportarlo más. La tomó en sus brazos y cubrió su rostro de besos desesperados, estrechándola contra su pecho con la esperanza de que el contacto físico pudiera lograr lo que las palabras no conseguían, y se quebrase su resistencia.

Por un momento, le pareció que había ganado. Los brazos de Juli rodearon su cuello y sintió sus manos que le presionaban la nuca mientras se aferraba a él con una desesperación igual a la suya, y alzaba su boca para recibir y devolver aquellos besos frenéticos. El tiempo se detuvo. Habían olvidado a Kaka-ji, a todo y a todos. El mundo se había convertido en un pequeño círculo sin tiempo donde estaban solos y juntos, agarrándose el uno al otro de manera que el anciano sólo veía dos figuras convertidas en una: una llama o una sombra sacudida por el viento... Fue Anjuli quien rompió el encantamiento. Dejó caer los brazos y se echó hacia atrás alejando de ella el cuerpo de Ash. Y aunque habría sido fácil retenerla, él no lo intentó. Sabía que estaba vencido. La debilidad de Shushila había resultado más fuerte que su amor y su propia necesidad, y no quedaba nada que decir. Y nada que hacer, porque hacía largo tiempo que había abandonado toda esperanza de convencer a Juli, reconociendo que, aun con su consentimiento, las posibilidades de éxito serían mínimas y los riesgos espantosos, mientras que sin esa aceptación no habría posibilidad alguna: sólo la certeza de la muerte para ambos.

La dejó libre y retrocedió; vio cómo se inclinaba para recoger su burka a tientas. Le temblaban tanto las manos que tuvo dificultad para ponérselo, y sostuvo los voluminosos pliegues a los lados de su rostro para mirarlo con la terrible concentración de alguien que contempla por última vez al ser amado antes de que se cierre sobre él la tapa del ataúd; como si estuviera grabando su rostro en su cerebro, aprendiéndoselo de memoria para no olvidar nunca un solo detalle de sus rasgos y su expresión. El color de sus ojos y el arco de sus cejas, su boca que podía ser grave o agria, o increíblemente tierna, las arrugas profundas y nada juveniles que Belinda y George, y la vida y la muerte en el país de la frontera, le habían marcado... La textura de su piel y el único rizo oscuro que generalmente le cruzaba la frente y ocultaba una cicatriz blanquecina hecha con un cuchillo afgano...

Ash habló con voz monótona y controlada:

–Si alguna vez me necesitas, lo único que debes hacer es enviarme el amuleto y acudiré a tu lado. A menos que esté muerto, lo haré de inmediato.

–Lo sé –susurró Anjuli.

–Adiós... –La voz de Ash se rompió de repente–. Amor de mi vida... ¡Querida mía...! Pensaré en ti todas las horas de cada día y me sentiré dichoso por haberte conocido.

–Yo también. Adiós..., mi dueño, mi vida.

Los pliegues del burka cayeron sobre su cara y sólo quedó una figura velada en la luz proyectada por la lámpara colgante.

Pasó junto a él silenciosa como una sombra. Él se apartó y no volvió la cabeza cuando oyó levantarse la entrada de la tienda, ni cuando la lámpara se balanceó una vez más con la leve corriente de aire y proyectó una lluvia de estrellas en las paredes y el techo de la tienda.

Ash no supo cuánto tiempo permaneció allí sin ver nada ni pensar en nada, porque su mente estaba tan vacía como sus brazos y como su corazón.

Un movimiento en las sombras y el contacto de una mano lo despertaron por fin; se volvió lentamente y vio a Kaka-ji junto a él. No había enfado ni asombro en el rostro del anciano, sólo simpatía y comprensión. Y una gran tristeza.

–He estado ciego –dijo Kaka-ji en voz baja–. Ciego y estúpido. Debí haber sabido lo que sucedía, y hacer que ustedes no se encontraran. Lo lamento mucho, hijo mío. Pero Anjuli ha elegido bien..., para los dos, porque si hubiera consentido en marcharse con usted, estoy seguro de que ambos habrían muerto. Su hermano Nandu no perdona una injuria y los habría perseguido hasta la muerte. Y el *rana* lo hubiese ayudado; de manera que es mejor así. Y con el tiempo los dos olvidarán. Son jóvenes, olvidarán.

–¿Entonces usted olvidó a la madre de Anjuli? –preguntó Ash con dureza.

Kaka-ji se quedó sin aliento durante una fracción de segundo y sus dedos oprimieron el brazo de Ash.

–¿Cómo pudo usted...? –y se interrumpió bruscamente.

Soltó el brazo de Ash y dejó escapar el aire en un largo suspiro. Lo miró fijamente antes de continuar.

–No. No la olvidé. Pero entonces yo... ya no era joven. Ya era un hombre maduro cuando... *Chut!* ¡No importa! Es algo que aparté de mí. No había otro camino. Quizá, si yo hubiera hablado antes, las cosas habrían sido diferentes, porque su padre y yo éramos amigos. Pero ella era más joven que mis propias hijas, y yo la conocía desde su nacimiento y me parecía una niña... Demasiado joven para casarse, como los capullos de rosa que aún no se han abierto si se los arranca de la planta. Por lo tanto, no hablé, sino que esperé a que se convirtiera en mujer... sin darme cuenta de que ya lo era. Luego, un día mi hermano, que había oído rumores de su gran belleza, llegó a verla; y, al verla, la amó... Y ella a él...

Kaka-ji guardó silencio unos momentos; luego volvió a suspirar profundamente y agregó:

–Después del matrimonio abandoné el estado... Mis hijas se habían casado... Peregriné a lugares sagrados buscando una luz para mi espíritu. Y olvido, que no encontré. Y cuando por fin volví supe que había muerto hacía mucho tiempo, de tristeza, dejando una niñita por quien yo no podía hacer nada, porque ahora había una nueva *rani* en el palacio. Una mujer malvada, que había usurpado el lugar de aquella otra, y que, al dar hijos varones a su marido, había logrado gran influencia sobre él... Mientras que yo, que alguna vez había estado cerca de él, por mi propia estupidez me había convertido en un extraño sin importancia. Así, viendo que no podía ayudar a su hija Anjuli, me retiré a mis dominios y rara vez visitaba la corte. Y, aunque me lo pedían, no tomé una segunda esposa porque no podía olvidarla a ella. Ahora estoy viejo, pero aún no puedo olvidar.

–Sin embargo, usted me dice que olvidaré –respondió Ash con amargura.

–Ah, pero usted es joven, hijo mío, y tiene muchos años de vida por delante. Para usted será más fácil.

–¿Y ella? ¿Y Anjuli? ¿Será más fácil para ella?

Kaka-ji reaccionó a la pregunta haciendo un gesto de impotencia con sus manos pequeñas, y Ash dijo bruscamente:

–¡Usted sabe que no! *Sahib* Rao, escúcheme... Usted acaba de decirme que no pudo hacer nada por ayudarla cuando era una niña a causa de Janoo-Rani. Pero ahora no hay nadie que le impida ayudarla si usted lo desea, y ha visto lo suficiente de esa criatura vil que se hace llamar *rana* de Bhithor como para darse cuenta de la clase de persona que es y del poco respeto que tiene por el honor o las promesas. Nadie podría acusarlo después de todo lo que ha ocurrido si decide rescindir el contrato y llevarse a sus dos sobrinas de regreso a Karidkote.

–Pero... pero eso no es posible –jadeó Kaka-ji, horrorizado–. Sería una locura. No, no, eso no puedo hacerlo.

–¿Por qué no? –insistió Ash–. ¿Quién se lo impedirá? *Sahib* Rao, se lo ruego... Por Shushila tanto como por Anjuli. Nadie puede acusarlo. Sólo necesita...

–¡No! –replicó en voz alta Kaka-ji–. Es demasiado tarde. Usted no comprende. Usted no conoce a Nandu.

–No puede ser peor que el *rana*.

–¿Cree que no? Entonces, como le he dicho, usted no lo conoce. Si volviéramos ahora, llevando de regreso a las hermanas, sin casamiento, sin dote, habiendo perdido todo lo que él ya ha pagado y convirtiéndonos en el hazmerreír de toda la India, la venganza de Nandu caería terriblemente sobre todos nosotros. Mi propia vida cuenta poco, pero hay otros en quienes pensar: Mulraj y Maldeo Rai, y Suraj Lam y Bagwan Singh, y muchos otros. Incluso Unpora-Bai...

–No se atrevería a matarlos –interrumpió Ash–. El residente británico...

–¡Bah! –La exclamación de Kaka-ji interrumpió a Ash–. Ustedes, los *sahib-log*, piensan que su Raj puede hacer muchas cosas, y no es así. ¿He dicho yo que habría una ejecución pública? No sería necesario. Hay otras formas, muchas otras. Y aunque no muriésemos, nosotros y nuestras familias perderíamos todo lo que tenemos, hasta el techo sobre nuestras cabezas. En cuanto a mis sobrinas..., ¿quién querría casarse con ellas una vez que sus nombres estuvieran en boca de todo el mundo y todos se rieran de este asunto? Le aseguro que ambas tendrían en su hermano Nandu un carcelero más cruel que el *rana* de Bhithor, y terminarían por desear que les hubiéramos permitido quedarse. Si no lo cree, pregúnteselo a Mulraj... o a Maldeo Rai. Cualquiera de ellos se lo confirmará. *Sahib*, lo que usted sugiere no es posible. Debemos llegar a un arreglo con el *rana*. Es todo lo que podemos hacer.

–¿Aunque eso signifique permitir que Anjuli se sacrifique por la hija de una mala mujer...? Lo dijo usted mismo, *sahib* Rao... Que sustituyó a su madre y convirtió su infancia en una tortura... –replicó Ash con amargura.

–Es la elección de ella, hijo mío –recordó Kaka-ji evitando ofenderlo–. Y si cree usted que yo, que sólo soy su tío, puedo convencerla de lo contrario, cuando usted que la ama y a quien parece que ella ama no ha logrado hacerlo, entonces usted no la conoce como yo.

Ash esbozó una mueca y dijo en voz muy baja:

–La conozco. La conozco mejor que... nadie. Aun mejor que a mí mismo...

–Entonces sabrá usted que tengo razón.

Ash no respondió, pero su rostro habló por él. Tras observarlo, Kaka-ji dijo con suavidad:

–Lo lamento, hijo mío. Lo lamento por los dos. Pero no tengo otra opción..., y ella ha elegido su camino, y lo seguirá a pesar de todo lo que usted o yo podamos decirle. Lo máximo que podemos hacer por ella es tratar de que se quede aquí como esposa y no como una de las doncellas de su hermana. Los dioses saben que es muy poco cuando los dos le hemos provocado tanto sufrimiento... Usted, por robar su corazón y así convertir su futuro en algo más triste y desolado para ella; y yo, por negligencia y tontería al permitirle cabalgar y conversar con usted, y no prever lo que podía..., lo que ha sucedido. Soy muy culpable de todo esto.

Había tanto dolor en la voz del anciano que en cualquier otro momento habría despertado alguna reacción en Ash. Pero el joven estaba agotado. Su ira se había esfumado, y de pronto se sentía tan cansado que se habría dejado caer donde estaba. Ni siquiera podía pensar con claridad, y aunque sabía que lo que Kaka-ji había dicho era verdad, y que entre los dos habían causado un gran mal a Anjuli, su mente sólo podía registrar el hecho de que había jugado su última carta y había perdido. No podía soportar nada más aquella noche. Quizás al día siguiente... Sería un nuevo día. Pero un día sin Juli... Sin Juli para siempre. Para siempre... Amén.

Ash se volvió sin decir nada más y salió de la tienda tambaleándose; luego atravesó el campamento como un sonámbulo.

29

Adoptando una política de paciencia, Ash se concedió toda una semana sin hacer ningún movimiento para reanudar las negociaciones con el *rana* o para replicar a su última exigencia.

Todos los días seguían llegando mensajes y regalos de frutas y golosinas que eran recibidos con corteses expresiones de agradecimiento. Pero ninguna de las dos partes sugería una nueva reunión, y Ash comenzó a pensar que el *rana* también había decidido esperar.

–Ya ha dicho lo que quería decir, y nos está dando tiempo para que nos demos cuenta de que habla en serio. Y para que nos decidamos a pagar lo que pide –comentó Mulraj sombríamente. Ash replicó que, si el *rana* pensaba que eso era lo que estaban haciendo, pronto descubriría que se había equivocado–. Puede ser –respondió Mulraj encogiéndose de hombros–. Pero ¿y si entretanto nos morimos de hambre? Los campesinos y los comerciantes de la ciudad ya están exigiendo el pago, como usted predijo, y les hemos contestado que se dirijan al *diwan* y al consejo..., y ellos los han enviado de vuelta a nosotros. Ahora se niegan a proporcionar más alimentos a menos que les paguemos por adelantado. Y si no lo hacemos pasaremos hambre; aunque los dioses saben que no pueden impedirnos cortar forraje para nuestros animales, y aún tenemos suficiente ganado y cabras para contar con cierta cantidad de leche y manteca para todos si somos cuidadosos.

–Y suficiente grano como para vivir de pan durante cierto tiempo –agregó Ash con una fugaz sonrisa–. He guardado una gran cantidad por si se presentaba esta situación. Sin embargo, no lo tocaremos a menos que sea necesario, ya que puede llegar el día en que lo necesitemos más que ahora. Intenta hablar con los bhithorianos con buenas palabras y promesas, Mulraj, y comprueba si es posible persuadirlos de que nos concedan crédito por un tiempo más. Cuando se nieguen definitivamente, diles que sus cuentas y sus exigencias deben ser presentadas por escrito. Debemos tener una prueba escrita para presentársela al oficial político, que teme que no seamos suficientemente pacientes.

–Lo haré –respondió Mulraj con una mueca–. ¿Cuándo piensa usted solicitar otra reunión con el *rana* o con su *diwan*?

–No pienso hacerlo. Esta vez esperaremos a que la pidan ellos. Entretanto, vayamos a cazar con halcón, y mientras fingimos buscar piezas veremos si podemos encontrar algunos senderos de cabras en esas montañas por los que al menos algunos hombres puedan abandonar el valle sin ser vistos, en caso necesario. Puede resultar útil.

No lograron encontrar ninguno, pero pocos días después el *rana* los invitó a otra reunión en el palacio de la ciudad, en la cual presentó las mismas exigencias y las mismas excusas para justificarlas. Una vez más, éstas fueron declaradas inaceptables y la delegación de Karidkote se retiró en orden, quedando las cosas como estaban antes.

–El siguiente es nuestro turno –declaró Ash.

Unos días después pidió otra audiencia al *rana*, y a principios de la semana siguiente se presentó en el Rung Mahal para discutir el caso nuevamente, aunque sin mejores resultados. Después de eso, hubo una breve interrupción en las negociaciones; luego, como Bhithor parecía satisfecho de dejar la iniciativa a Karidkote y los visitantes encontraban cada vez más difícil obtener provisiones a crédito, Ash cambió de táctica y comenzó a presentarse diariamente en el palacio a conferenciar con el *rana*, o si éste no quería verlo con el *diwan*, para presionar en busca de términos más razonables. Llegó a ofrecer (pensando en el oficial político) algunas pequeñas concesiones, para evitar futuras acusaciones de inflexibilidad por parte del funcionario y su departamento al no haber hecho intentos de llegar a un acuerdo. Pero el resultado de tales esfuerzos, como era predecible, le sirvió para convencer al *rana* de que la oposición se debilitaba, y de que sólo le quedaba mantenerse firme para conseguir todas sus exigencias. Esta convicción fue compartida por su *diwan*, quien se atrevió a sugerir que si las peticiones de su señor no se aceptaban pronto, él podría reconsiderarlo. La diferencia era que el precio se elevaría, aunque Ash fingió no entenderlo. Observó con gravedad que esperaba sinceramente un acuerdo, ya que era hora de que él volviera a Rawalpindi y a sus deberes militares. Lo cual era muy cierto.

La doble boda se había concertado para principios de la primavera, y, aunque el viaje desde Karidkote había llevado más tiempo del previsto, aún podría haberse celebrado antes de que llegara la época más calurosa y la temperatura se hiciera intolerable. Pero habían pasado seis semanas desde que la comitiva nupcial montara sus tiendas en el valle, y el calor era ahora sofocante. La zona del campamento se había convertido en un infierno de bochorno, polvo y moscas, en el cual hombres y animales se agotaban y sufrían juntos. Un viento abrasador soplaba desde el amanecer hasta la noche haciendo ondear la tela de todas las tiendas. Cuando se calmaba, por la noche, las horas de oscuridad se llenaban del zumbido enloquecedor de los mosquitos, y los aullidos de los chacales y los perros vagabundos que corrían entre las tiendas en busca de restos de comida.

–¿Cuánto más podremos resistir? –gruñó Kaka-ji, que sufría un ataque de depresión aguda.

–No se preocupe, *sahib* Rao –replicó Ash–. Si todo marcha bien, pronto usted y todos los que están a su cargo se encontrarán instalados en las casas para huéspedes sobre el lago, donde podrán vivir con mucha mayor frescura y comodidad.

–Sí –repitió Kaka-ji con pesimismo–. Sin embargo, no veo señales de que el *rana* vaya a ceder y muy pronto tendremos escasez de agua. Si el arroyo se seca..., y mis sirvientes me dicen que disminuye su caudal a diario..., ¿qué haremos? ¿Sufriremos sed además de hambre?

–El arroyo no se secará. Está alimentado por manantiales en los valles y también por el lago, y aunque el lago está bajo, aún es profundo y ancho. No obstante, es hora de que emprendamos alguna acción, porque ni siquiera el oficial político puede acusarme ya de demostrar falta de paciencia.Volveremos a hablar con el *rana* mañana y veremos si ha cambiado de idea... Si es que tiene ideas.

–Ya verá usted que no –gruñó Mulraj–. ¿Para qué perder el tiempo con esto?

–En Belait –replicó Ash encogiéndose de hombros– suelen decir: «Si no logras algo la primera vez, prueba y prueba más veces».

–¡Bah! Hemos probado veinte veces... cuarenta –replicó Mulraj con disgusto–. *Hai-mai*. Pero estoy cansado de ese asunto.

Sin embargo, al día siguiente volvieron a cabalgar hasta la ciudad, y después de esperar más tiempo de lo habitual se enzarzaron en la misma discusión con la misma falta de éxito. Pero, esta vez, Ash pidió al *rana* que presentara sus exigencias por escrito, para justificarse (si accedía a ellas) en caso de que su alteza el maharajá de Karidkote, o las autoridades británicas, llegaran a dudar de que realmente esas exigencias eran ciertas. No fuesen a sospechar que inventaba la historia para ocultar que él y otros miembros de su grupo se habían incautado de la suma adicional y se la habían repartido entre ellos.

–A menos que podamos probar que se nos exigió esa suma, no podemos atrevernos a pagarla –explicó Ash–. Ésta es nuestra dificultad, y comprenderá que, en lo que respecta a mis compañeros, podría costarles la vida volver a Karidkote sin nada que apoye su palabra de que han gastado ese dinero en nombre de su alteza. Yo mismo me encontraría en grandes problemas con mis superiores, de modo que le pediría...

Para el *rana* y su *diwan*, y en realidad para todo el consejo, la petición parecía perfectamente sensata. El *rana*, creyendo que llegaba el momento de la victoria, accedió de inmediato a proporcionar al *sahib* un informe escrito de sus exigencias, e incluso, a petición de Ash, imprimió su huella digital como prueba de que el documento no era falso.

–Bien. ¿Y qué hemos ganado con esto? –preguntó Mulraj mientras cabalgaban a través de la puerta de los Elefantes. Aquel día Kaka-ji no los había acompañado porque estaba en cama resfriado.

–Es una prueba –replicó Ash, dándose palmaditas en el bolsillo de la chaqueta–. Esto saldrá esta noche con una carta al *sahib* Spiller, el oficial político. Y, en cuanto esté seguro de que la ha recibido, nos reiremos del *rana*. Ni siquiera el *sahib* Spiller puede pensar que es posible disculpar y aceptar un ejemplo tan grosero de extorsión.

Ash escribió la carta poco después de llegar al campamento, y, como estaba encolerizado y con prisa, no la redactó con todo el tacto que debió haber usado. Sus breves frases, si bien no eran insolentes, daban impresión de una irritación apenas disimulada por la actuación oficial, lo que había de provocar una grave ofensa y conduciría a repercusiones imprevistas. Pero Ash no lo sabía.

Cuando terminó de escribir la carta, la guardó en un sobre sellado junto con el documento que contenía las exigencias del *rana*; luego, una vez más, acompañó al mensajero hasta la frontera y lo puso en camino. Aunque quizá se trataba de una precaución innecesaria, ya que al *rana* le parecía natural que el *sahib* enviara un mensaje al oficial político como paso preliminar a la capitulación, y, por lo tanto, era improbable que hubiera algún intento de evitar que el correo llegara a su destino. Pero Ash prefería no correr riesgos. Permaneció observando al mensajero hasta que desapareció en la lejanía.

Sabía muy bien que la acción que tenía pensada no era más que una baladronada y que, si fallaba, el resultado podía ser desastroso. Pero era una carta que debía jugar, pues la única alternativa consistía en abandonar a Juli al destino que caería sobre ella si se quedaba en Bhithor sin desposarse, y sin más derechos que los de cualquier doncella del sector de las mujeres en el Rung Mahal. Eso no quería ni pensarlo: si ya era espantoso dejarla allí, abandonarla en tales circunstancias resultaba insoportable. Él haría todo lo posible para asegurarse de que quedara como *rani* de Bhithor. Era lo máximo que podía hacer por ella ahora.

Esperó dos días para dar tiempo a su mensajero de ponerse en contacto con el oficial político, y al tercero pidió audiencia para advertir al *rana* de que no debía alimentar falsas esperanzas y darle una última oportunidad de cambiar de idea. Se le concedió la audiencia; Ash cabalgó hasta el Rung Mahal acompañado sólo por Mulraj y una pequeña escolta, y fue recibido en una habitación privada del palacio por el gobernante y media docena de sus consejeros, además de algunos cortesanos favoritos.

La entrevista fue corta: aparte del habitual intercambio de cortesías, Ash sólo habló dos veces y el *rana* una, y ambos se limitaron a unas pocas palabras. Ash preguntó si el *rana* había reconsiderado sus exigencias y estaba preparado para aceptar los términos que originalmente se habían acordado en Karidkote. El gobernante replicó que no tenía intención de hacerlo, y que, en realidad, consideraba sus demandas no sólo justas, sino sumamente razonables. Su tono era insolente, y cuando sonreía los consejeros presentes lo hacían también, mientras uno o dos de los cortesanos más aduladores reían sin disimulo. Pero sería la última vez que cualquiera de ellos sonriese esa mañana.

–En ese caso –anunció Ash en tono cortante–, no tenemos otra alternativa que levantar el campamento y presentar todo el asunto al Gobierno de la India. Buenos días, *sahib rana*.

Hizo una pequeña reverencia, giró sobre sus talones y salió del recinto. Mulraj lo siguió con aire resignado, pero no habían ido muy lejos cuando los alcanzó un consejero sin aliento que traía un mensaje del *diwan*. Éste, dijo el consejero, deseaba hablar urgentemente con ellos en privado, y les rogaba que le concedieran algunos momentos. Como nada se ganaba con una negativa, volvieron y encontraron al primer ministro del *rana* esperándolos en una pequeña antecámara contigua al salón de donde habían salido pocos momentos antes.

El *diwan* se disculpó profusamente por lo que consideraba un «lamentable malentendido» y los obligó a aceptar un refrigerio mientras hablaba sin parar. Pero pronto resultó evidente que no tenía nada nuevo que ofrecer sobre las concesiones; nada que agregar a las interminables y poco convincentes excusas que había presentado antes en nombre del *rana*. Hasta que, al fin, a Ash se le terminó la paciencia y cortó el torrente de palabras con el brusco anuncio de que si el *diwan* tenía algo nuevo que ofrecer estaban preparados para escuchar. Y, si no, todos estaban perdiendo el tiempo y lamentaba tener que despedirse.

El *diwan* no parecía desear que se fueran, pero no estaban dispuestos a esperar más. Después de repetir muchas veces cuánto lo lamentaba, los acompañó personalmente hasta la entrada del patio exterior, donde siguió hablando mientras enviaba a un sirviente a buscar sus caballos y su escolta, atendidos por hombres de la guardia del palacio. Una hora después abandonaron el Rung Mahal y cabalgaron entre los centinelas. Mulraj dijo con aire pensativo:

–¿Cuál es el propósito de todo esto? El viejo granuja no tenía nada que decir, y ésta es la primera vez que se ha ofrecido hospitalidad a mis hombres en el palacio. ¿Qué supone usted que esperan ganar?

–Tiempo –respondió Ash sucintamente.

–Eso parece más claro. El viejo nos retuvo durante casi una hora y luego el sirviente empleó tanto tiempo para ir a buscar a nuestros hombres y nuestros caballos que no me sorprendería enterarme de que se quedó dormido por el camino. Querían retrasar nuestra partida... y lo lograron. Pero ¿por qué? ¿Con qué fin?

Lo supieron diez minutos después de salir de la ciudad.

El *rana* había actuado con enorme celeridad, porque en los fuertes gemelos sólo había, más temprano, un puñado de centinelas, y ahora se podía ver un gran número de artilleros que ocupaban totalmente las almenas y esperaban con sus armas preparadas; un espectáculo que la delegación de Karidkote, al regresar a su campamento, no podía dejar de ver, y que debía recordarles la vulnerabilidad de su posición al enfrentarse con aquella amenaza.

En el campamento ya lo habían observado, y grupos ansiosos de hombres, que normalmente estarían durmiendo la siesta de la tarde a la sombra, se encontraban bajo el sol abrasador mirando hacia los fuertes y especulando sobre las razones de aquella demostración de fuerza. Entre las tiendas circulaba una docena de explicaciones, cada una más alarmante que la otra, y muy pronto surgió el rumor de que el *rana* mandaría disparar contra el campamento para matar a todos y apoderarse del dinero y los objetos valiosos que habían traído de Karidkote. Cuando llegaron Ash y Mulraj, el pánico se había propagado a la velocidad del relámpago, y sólo una acción drástica por parte de Mulraj, que enseguida reunió a las tropas para mantener el orden con lanzas y *lathis*, logró evitar una revuelta. Pero no podía negarse que la situación era muy difícil. Una hora después de su regreso, Ash había despachado otro mensaje al palacio pidiendo una audiencia para el día siguiente... Esta vez en *durbar* público.

–¿Por qué enviarla tan pronto? –protestó Mulraj, que habría preferido ignorar la amenaza durante todo el tiempo posible–. ¿No podríamos haber esperado por lo menos hasta mañana antes de pedir una audiencia a ese embustero? Ahora todos creerán que sus armas nos han producido tal terror que no nos atrevemos a esperar un solo minuto por temor a que disparen sobre nosotros.

–Entonces se van a llevar un desengaño –saltó Ash, a quien costaba cada vez más mantenerse tranquilo–. Que piensen lo que quieran. Pero nosotros ya hemos perdido demasiado tiempo y no pienso perder más.

–Eso estaría bien –suspiró Kaka-ji– si tuviéramos algo que decir al *rana*. Pero, ¿qué nos queda por decir?

–Mucho que debimos haber dicho hace tiempo, si me hubieran dejado hacer las cosas a mi manera –replicó Ash–. Y confío en que usted se sienta lo bastante fuerte como para acompañarnos mañana, *sahib* Rao, para que también pueda oírlo.

Lo acompañaron no sólo Kaka-ji, sino todos aquellos que habían asistido al primer *durbar*. Y esta vez debían presentarse en el palacio de la ciudad a última hora de la tarde. Fueron vestidos con sus mejores ropas y escoltados por treinta lanceros espléndidamente uniformados. A pesar de que el termómetro de su tienda aún registraba una elevadísima temperatura, también Ash se puso el más lujoso de sus uniformes para cabalgar hasta el Rung Mahal, donde la primera vez los había recibido un oficial menor para conducirlos al salón de audiencias públicas. Ahora encontraron a toda la corte esperándolos, sentados en apretadas filas entre las arcadas pintadas.

En el Diwan-i-Am reinaba una penumbra que parecía aún mayor por contraste con la luz externa. Pero eso no impidió que Ash viera en los rostros de los allí reunidos una expresión de satisfacción maligna, e inmediatamente supo que esperaban presenciar la humillación pública de los emisarios de Karidkote y de su portavoz, aquel joven y estúpido *sahib*, y disfrutar de la habilidad con que su inteligente gobernante jugaría sus cartas y ganaría la partida a sus invitados. Ash fue directamente al grano.

–He advertido –dijo, dirigiéndose al *rana* con una voz que ninguno de los presentes le había oído usar antes– que su alteza ha decidido instalar tropas en los tres fuertes que hay sobre el valle. Por esa razón he solicitado esta asamblea: para informarlo, en *durbar* público, de que, si se dispara una sola de las armas sobre nuestro campamento, su estado será tomado por el Gobierno de la India y usted mismo será depuesto y expulsado para pasar el resto de su vida en el exilio. Además, deseo informarlo de que tengo la intención de levantar el campamento y trasladarnos a nuestra primera ubicación, fuera del valle, donde permaneceremos hasta que decida llegar a un acuerdo con nosotros. Según nuestros términos. Es todo lo que tengo que decir.

La dura firmeza de su voz le sorprendió a él mismo, porque tenía la boca seca, y en realidad no confiaba en absoluto en el deseo del Gobierno de poner en práctica semejante acción ni de ofrecer ningún apoyo. Pensó que era más probable que él recibiera una reprimenda por hacer amenazas no autorizadas en nombre del Gobierno y «excederse en sus instrucciones». Pero los allí reunidos no tenían por qué saberlo. La expresión del *diwan* se volvió muy seria y la del *rana* era un espectáculo de conmoción. De pronto parecía que todos los presentes contenían el aliento, porque, aunque se oía el ulular del viento, no se escuchaba otro sonido bajo las arcadas pintadas. Ash se dio cuenta de que cualquier cosa que se dijera después de eso reduciría el efecto de la amenaza, de manera que, sin dar tiempo para replicar al *rana*, hizo un movimiento de cabeza dirigido a quienes lo acompañaban y salió a grandes pasos del Diwan-i-Am; sus espuelas y su espada tintinearon en el silencio estupefacto que reinaba en la estancia.

Esta vez nadie se apresuró a seguirlos ni hubo intento alguno de retrasar su partida. La escolta y sus caballos estaban preparados esperándolos, y montaron sin pronunciar una palabra de despedida.

Kaka-ji fue el primero en hablar, pero sólo lo hizo cuando hubieron salido de las puertas de la ciudad y cabalgaban por el valle bajo el sol poniente; e incluso entonces bajó la voz como si tuviera miedo de que lo oyeran:

–*Sahib*, ¿es verdad lo que le dijo al *rana*? ¿Es cierto que el Gobierno realmente lo depondrá si usa sus armas contra nosotros?

–No lo sé –confesó Ash con una sonrisa irónica–. Es probable. Pero ¿cuántos de nosotros quedaríamos vivos si dijéramos la verdad? Lo que importa ahora es que el *rana* mismo crea que lo harían, pero eso es algo que sabremos en cuanto comencemos a trasladarnos.

–¿De manera que está dispuesto a trasladar el campamento? –preguntó Mulraj–. ¿Cuándo?

–Ahora. Inmediatamente. Mientras estén en el palacio tendrán miedo de que lo que yo he dicho sea verdad. Tendremos que salir de este valle y del alcance de esos fuertes antes de que vuelva a salir el sol.

–¿No será un riesgo demasiado grande? –protestó Kaka-ji, alarmado–. ¿Y si abren fuego sobre nosotros cuando vean que nos preparamos para marcharnos?

–No lo harán si albergan la menor duda en cuanto a la reacción del Gobierno; por eso no debemos perder un instante; hay que actuar de inmediato, mientras aún lo están debatiendo. Si hay un riesgo, debemos correrlo porque no nos queda otra cosa por hacer salvo capitular y dar al *rana* todo lo que pide. Y no quiero oír hablar de eso. Nos iremos en menos de una hora.

–No será fácil trasladarnos por la noche –observó Mulraj, mirando al sol poniente con los ojos entrecerrados–. No hay luna.

–Tanto mejor. Disparar en la oscuridad a un blanco móvil no será fácil tampoco; además, podría significar la destrucción de muchas riquezas; y quizá la muerte de las novias. Aparte de eso, con este calor, una marcha nocturna será más soportable que si la hacemos de día.

Cuando llegaron al campamento, la mitad del valle estaba en sombras y el viento había disminuido al aproximarse el crepúsculo. Ahora había sol en las alturas y sus rayos parecían concentrarse en las paredes de piedra del fuerte más cercano, dándoles un color dorado y arrancando destellos del cañón de bronce y de otros más pequeños.

El fuerte opuesto era sólo una forma color violeta contra el cielo de la noche, pero no por eso menos amenazador, y Ash sintió un estremecimiento en la espalda al mirarlo. ¿Y si se había equivocado, y sus palabras no habían conseguido engañar al *rana*? Bien, era demasiado tarde para preocuparse por eso; y, como había dicho a Kaka-ji, pronto sabrían cuál era la situación. Dio órdenes de levantar el campamento y fue a cambiarse su uniforme por ropas más adecuadas para el trabajo que le esperaba. Quedaba menos de hora y media de luz, pocos hombres habían tenido tiempo de cenar y lo habían hecho de pie, porque la amenaza que representaban los fuertes era demasiado real para todos. Se hallaban tan ansiosos por abandonar el valle como Ash mismo, y no sólo no discutieron la orden de marcha ni hicieron objeciones por la poca anticipación del aviso y las dificultades que ello implicaba, sino que todos los hombres, mujeres y niños se pusieron a la tarea con presteza; y trabajaron con tanto ahínco que apenas habían caído las sombras cuando el primer carruaje cargado se movió hacia la hondonada, precedido por un grupo de caballería.

A medianoche, el final de la larga columna partió del lugar, dejando los fuegos encendidos porque Ash había dado órdenes de no apagarlos para que los que vigilaban desde los fuertes no supieran con certeza cuántos hombres se habían marchado y cuántos quedaban atrás. Los que se marchaban tenían prohibido llevar luces, y vistos desde arriba resultaban casi invisibles porque el polvo que levantaban y que suponía una verdadera tortura servía de pantalla para ocultarlos más eficazmente.

Para Ash, que cabalgaba en medio de la multitud, el avance era tremendamente ruidoso; nadie hablaba excepto para dar una orden o azuzar a un animal que se quedaba atrás, y sólo en voz baja, pero había muchos otros ruidos que no podían evitarse: el chirrido de las ruedas y los látigos, el sonido de innumerables pasos y de los cascos de los caballos, los llantos de los niños y los quejidos de vacas, ovejas, camellos, caballos y elefantes... Además del continuo aullido de la jauría de perros que seguía al campamento y que era imposible alejar.

Ash se consolaba pensando que el ruido podía ser ensordecedor de cerca, pero que a medio kilómetro de distancia resultaría inaudible, aunque en ningún caso se había intentado ocultar a los hombres del *rana* que se realizaría el traslado. Se lo había comunicado él mismo. De todas maneras, prefería que no supieran con exactitud cuánto duraría la operación, porque, si subestimaban la rapidez con que podía efectuarse y esperaban encontrar al menos dos tercios del campamento en el valle por la mañana, tal vez no adoptaran ninguna acción precipitada aquella noche. La parte crítica del asunto sería el paso por la hondonada, porque allí el avance sería necesariamente lento y el fuerte que lo vigilaba estaba muy cerca. Se preguntó cuánto tiempo tardarían en llegar y si la pequeña fuerza que había enviado Mulraj para conducirlos habría conseguido pasar sin problemas. Y dónde estaría Juli... Había visto salir el *ruth*, rodeado por una escolta de guardias armados y precedido y seguido por hombres de caballería, junto con los carruajes cubiertos que llevaban a las doncellas de las novias, sirvientas y efectos personales. Mulraj y Kaka-ji cabalgaban junto al *ruth* y Jhoti iba con sus hermanas. Ash había visto el rostro excitado del chico a la luz humeante de una lámpara mientras subía al *ruth*, pero las novias eran apenas dos vagas figuras y no se distinguían de las otras mujeres; de no haber sido porque una de ellas era más alta que la otra, Ash ni siquiera habría reconocido a Juli. Un momento después, la escolta se cerró y el *ruth* partió en la oscuridad. Lo máximo que Ash podía hacer era disponer que si los fuertes abrían fuego o se llegaba a una lucha abierta, como sucedería si los soldados del *rana* intentaban cerrar el camino de la garganta, Juli, Shushila y Jhoti debían ser rescatados por Mulraj y un pequeño número de hombres a caballo, quienes intentarían encontrar un camino a través de las montañas. Él permanecía atrás para cubrir su retirada y entendérselas con el *rana* a la mañana siguiente.

Era un plan arriesgado y podía fracasar. Pero si se llegaba a lo peor, habría que intentarlo. Ash sólo deseaba que las cosas no alcanzaran ese punto, porque aunque él y Mulraj habían explorado la comarca todo lo posible durante las anteriores semanas, los únicos pasos que habían encontrado entre las montañas eran senderos de cabras que serpenteaban sin rumbo entre montículos de rocas y empinadas laderas cubiertas de matorrales. Pero no tenía sentido preocuparse por eso tampoco; la suerte estaba echada y el asunto ya no estaba en sus manos. No podían hacer más que esperar haber convencido al *rana* de que cualquier intento de usar la fuerza sería fatal.

«Si se llega a una lucha abierta –pensaba Ash–, no habrá boda. Después de eso no podrían seguir adelante... Ni siquiera Nandu lo consideraría. Ni el Gobierno podría pasar por alto algo semejante... Tendrían que adoptar alguna decisión, aunque no invadieran realmente el estado... Quizá designar otro gobernante, y ocuparse de que se devolviese a Nandu, si no todo, al menos lo que ha gastado en este lamentable asunto... Yo no debí haberme entrometido... Debí haberme ido solo, y entonces Juli habría...».

Pero sabía que no podía haber hecho otra cosa. No podría haber desestimado las órdenes recibidas y mantenerse a un lado, dejando las negociaciones y las decisiones a Kaka-ji y a sus compatriotas, quienes se habrían visto obligados finalmente a pagar al extorsionador todo cuanto pedía... y a desprenderse de la dote de Anjuli y dejarla sin boda. De todas maneras, Ash deseaba en parte que los soldados del *rana* les negaran el derecho a pasar por la hondonada, porque una lucha era lo único que pondría fin a las conversaciones sobre el casamiento. Pero, si llegaban a pelear, morirían hombres. Probablemente muchos...

De pronto, Ash sintió asco de sí mismo. ¿Realmente había caído tan bajo como para contemplar, aunque fuera por un momento, la muerte de hombres que conocía y que quería, hombres en cuya compañía había viajado hacia el sur durante todo el largo camino a Bhithor, sólo porque sus cadáveres podían ayudarlo a lograr un deseo puramente personal? Sabía que Juli jamás querría comprar la felicidad a semejante precio. Y él tampoco. Al tener tal pensamiento era como si Juli se apartara silenciosamente de él igual que había hecho al salir de la tienda de Kaka-ji. Los ruidos de la noche dejaron de susurrar su nombre y el polvo perdió su aroma de rosa mientras de la mente de Ash desaparecía su imagen. Ahora escuchaba de nuevo los muchos ruidos a su alrededor, alerta para captar el estampido de algún cañón lejano.

Ya no tenía por qué temer el cañón de los dos fuertes que quedaban tras ellos. Si las tropas pensaran abrir fuego, ya lo habrían hecho, en lugar de esperar a que el campamento estuviese fuera de su alcance. El peligro real estaba más adelante, en el corto trecho de medio kilómetro que daba la vuelta a la garganta bajo el tercer fuerte; allí sería muy fácil atrapar a una gran parte de la columna, dejando a aquéllos que todavía no habían entrado sin otra alternativa que retroceder y caer en la trampa más grande del valle.

«Si nos atacan allí –pensó Ash–, será el fin».

Pero la amenaza de que tomaran el estado y lo exiliaran había destruido la confianza del *rana*. No se le ocurrió que quizás el *sahib* había hablado de esa manera por su propia cuenta y sin ningún apoyo oficial. Suponía que actuaba como portavoz del oficial político, que a su vez lo era del Raj. Sabía también que había muchos precedentes de semejante acción. Demasiados como para que él pudiera seguir contando con el hecho de que, porque habían ocurrido en los días anteriores al Gran Levantamiento, cuando la East India Company gobernaba el país, no volverían a ocurrir bajo un Raj presidido por un virrey que representaba a la *padishah* Victoria. Si en el pasado estados tales como el gran reino de Outh habían podido ser anexionados, ¿cómo podía él estar seguro de que al suyo no le sucedería lo mismo, siendo como era un país pequeño y de ninguna manera poderoso? El *rana* y sus consejeros se estremecieron ante la sola idea y se despacharon urgentes mensajes a los comandantes de los fuertes, ordenándolos que se abstuvieran de toda acción que pudiera ser interpretada como hostil.

El campamento pasó por la hondonada sin ser molestado, y al salir el sol ya estaban levantando sus tiendas y encendiendo nuevos fuegos en su ubicación anterior, fuera del alcance del fuerte y en una posición ventajosa para defenderse de cualquier ataque; o, si era necesario, para retroceder hasta el otro lado de la frontera.

–Y ahora que nos amenacen esos chacales –dijo Mulraj con ira–. *Arré!* Pero estoy cansado. No soy cobarde y los dioses saben que pelearía con los mejores en cualquier circunstancia en lucha abierta. Pero créame, *sahib*, anoche pasé por una verdadera agonía mientras cruzábamos esa hondonada en la oscuridad, sabiendo que un simple puñado de hombres en los acantilados podía causar una terrible matanza entre nosotros, y esperando a cada momento oír el ruido de los cañones o ver llegar hombres armados para atacarnos. Bien, ahora todo ha terminado: hemos salido de la trampa. Pero ¿qué sucederá después?

–Eso depende del *rana* –respondió Ash–. Esperaremos a ver qué hace. Pero me inclino a pensar que no tendremos más problemas, y que fingirá que todo ha sido..., ¿cómo lo llama el *diwan*...?, «un lamentable malentendido». Mañana, o quizás hoy, enviará una delegación con regalos y mensajes tranquilizantes, de manera que lo mejor que podemos hacer es descansar antes de que lleguen. ¿Cómo está el joven Jhoti?

–Dormido. Y muy desilusionado. Esperaba que hubiera una gran batalla.

–¡Chiquillo sanguinario! –comentó Ash. Agregó que deseaba que el tío del chico también estuviera dormido, ya que el viejo había tenido que soportar mucho los últimos días y los acontecimientos de la noche anterior debían de haberlo afectado intensamente.

–Así es –asintió Mulraj–, pero una noche de incomodidad no aparta al *sahib* Rao de sus plegarias. Hace su *pujah* y sólo cuando la termina se va a descansar. En cuanto a mí, que soy menos devoto, seguiré el ejemplo del joven príncipe y dormiré lo que pueda antes de que los bhithorianos desciendan sobre nosotros con mentiras, excusas y falsas expresiones de buena voluntad.

–Y también disculpas, espero..., aunque lo dudo. No es necesario que interrumpamos nuestro descanso por ellos. Nos han hecho esperar muchas veces y no les hará ningún mal a ellos ni a ese mono del *rana* probar un poco de su propia medicina.

–¡Ah! *Sahib ka mizaj aj dahut garum hai* –recitó Mulraj con una mueca, repitiendo un comentario que había oído hacer a Gul Baz, en un aparte, al *syce* de Ash.

–Lo mismo te pasaría a ti si estuvieses de mal humor –replicó Ash– y si hubieras tenido que... –Se interrumpió y rio con un poco de vergüenza–. Tienes razón. Estoy de mal humor, y en este momento me gustaría asesinar a muchos de ellos, comenzando por el *rana*. La idea de tener que fingir que todos los insultos y malos tratos a que se nos ha sometido deben ser olvidados y perdonados, y que la boda debe tener lugar como si nada hubiera sucedido, me hace sentir enfermo, aunque... Supongo que será mejor que yo también duerma un poco, o no estaré bien para tener más conversaciones con nadie. Adelante, vete a la cama. *So-iana, bai*, que tus sueños sean felices.

Contempló a Mulraj, que se alejaba con paso cansado, y se dio cuenta de que él también estaba terriblemente fatigado, física y mentalmente... Tan fatigado que, de pronto, no pudo sentir más irritación. Su disgusto, junto con los temores y esperanzas que lo habían atormentado durante tanto tiempo, parecía haberse agotado, dejando un gran vacío. Había hecho todo lo posible por Juli. También, lo cual constituía una ironía, por Nandu: había salvado su orgullo y su dinero, junto con el honor de Juli, y (valiera lo que valiese) la reputación del *rana*, del oficial político y del capitán Pelham-Martyn de los Guías. Y nada de eso significaba nada. Ash dio media vuelta y entró en su tienda. Unos minutos después, el atribulado Mahdoo, que acudía apresuradamente con una taza de té muy caliente, lo encontró tendido en su catre, completamente vestido e inmerso en un sueño tan profundo que sólo lanzó un gruñido cuando el mismo Mahdoo y Gul Baz le quitaron la chaqueta y las botas de montar antes de cerrar la puerta de la tienda para que no entrasen los rayos del sol ascendente.

30

Ash cabalgaba por una llanura pedregosa rodeada de colinas bajas y sin vegetación, y Anjuli, en la grupa, se aferraba a él apremiándolo para que fuera más rápido... Ash no veía a los hombres a caballo que los perseguían, porque, cuando miraba atrás, el cabello suelto de Juli, ondeando al viento como un pañuelo, no le dejaba ver nada. Pero oía el ruido de los cascos que galopaban y se acercaban cada vez más, y reía porque los brazos de Juli lo rodeaban y nada podía dañarlos mientras estuvieran juntos. Luego, repentinamente, se dio cuenta de que el pañuelo de seda ya no era negro, sino amarillo. Miró sobre su hombro y vio con horror que la que iba detrás de él no era Juli, sino una muchacha tonta de ojos azules y rizos rubios que lo miraba afligida y decía:

–Rápido, Ashton. No quiero que papá nos alcance.

–¡Belinda...! –Se había escapado con Belinda, y ahora tendría que casarse con ella y estar ligado a ella durante el resto de su vida–. No. ¡Oh, no! –gritó Ash. Y se despertó, cubierto de sudor y temblando, y encontró a Mahdoo inclinado sobre él y la tienda iluminada, una vez más, por una lámpara de petróleo. Había dormido todo el día, y los mensajeros del *rana*, que habían llegado en el curso de la mañana, aún esperaban para hablar con él.

–El *sirdar* Mulraj dio órdenes de que ni usted ni él fueran molestados –explicó Mahdoo–, pero el *sirdar* sigue durmiendo, y ahora el *sahib* Rao desea saber qué debe hacer con ellos y si prepara alojamiento para que pasen la noche aquí.

–¿Por qué aquí? –preguntó Ash, desconcertado. Su mente aún estaba nublada con los restos de la pesadilla y se sentía absurdamente sacudido.

–Porque es tarde, y el camino a la ciudad es peligroso en la oscuridad –respondió Mahdoo.

Ash se agitó como un perro que sale del agua, y en sus ojos brilló una mirada astuta. Replicó:

–Eso tenemos buenas razones para saberlo. Pero, si nosotros pudimos atravesarlo, ellos también. Si el criado del *sahib* Rao está disponible, hablaré con él. Llámalo.

Mahdoo lo hizo, y el mayordomo principal del Kaka-ji entró y saludó.

–Dile al *sahib* Rao –comenzó Ash– que no hay razón por la cual deba ofrecer hospitalidad a esta gente, que personalmente les comunicaré que no podemos darles alojamiento por esta noche, y que, debido a la falta de sueño, aún no hemos tenido tiempo de poner en orden el campamento. De manera que sugiero que regresen a la ciudad y nos visiten de nuevo mañana; o, mejor, al día siguiente, cuando nos encontremos en mejor situación para recibirlos.

Hizo precisamente eso, y los enviados del *rana* regresaron a Bhithor a la luz de las estrellas y muy ansiosos, habiendo perdido la mayor parte del día sin poder hablar con una sola persona importante del campamento ni pronunciar los discursos tranquilizadores que se les habían encargado. Muy temprano a la mañana siguiente, informaron sobre el fracaso de su misión al *diwan*, quien, naturalmente, consideró que aquello era una prueba positiva de que el *sahib* actuaba con la total aprobación del Gobierno de la India... Porque, de otra manera, ¿se habría atrevido a comportarse así? El *rana* estaba totalmente de acuerdo con este punto de vista, y, después de otra urgente reunión con sus consejeros, ordenó que se enviaran importantes suministros de granos, frutas y hortalizas frescas al campamento, como regalo personal de su parte y como gesto de buena voluntad de los ciudadanos de Bhithor.

La llegada de esos víveres alivió a Ash de una causa seria de ansiedad, porque lo que él había logrado almacenar no duraría mucho tiempo; y si no contaba con medios de aumentarlo, el campamento se habría visto obligado a salir de Bhithor y arriesgarse a que no los invitaran a volver, lo cual habría representado un desastre para Karidkote. La larga hilera de carros bien cargados que entró en el campamento no sólo eliminó ese temor, sino que demostró que el *rana* había perdido vehemencia y que, hablando metafóricamente, izaba la bandera blanca.

Ese día no llegó ninguna delegación del palacio, pero al siguiente el propio *diwan*, acompañado por varios consejeros y nobles principales, se presentó en el campamento y fue recibido con toda ceremonia. De inmediato resultó evidente que no habría explicaciones ni disculpas, sino que todo lo de las semanas precedentes sería tratado como si nunca hubiera ocurrido. El *diwan* logró transmitir la sensación de que cualquier retraso en las negociaciones sólo se debía al hecho de que el sacerdote de la familia del *rana* no había llegado a un acuerdo con los sacerdotes del templo de la ciudad sobre una fecha propicia para la boda. Pero, como esta dificultad finalmente se había resuelto, sólo faltaba que los parientes de las novias eligieran entre dos fechas propuestas (ambas igualmente propicias) e inmediatamente se podrían poner en marcha los preparativos.

En ninguno de los dos lados se hizo referencia a los desacuerdos previos, y las conversaciones se celebraron en una atmósfera de cordialidad y entendimiento que parecía corresponder a un grupo de íntimos amigos. El *diwan* concluyó diciendo que las casas de huéspedes del estado, junto con el Moti Mahal, el palacio de las Perlas, estaban a disposición de las novias y su comitiva, y se esperaba que se instalaran allí lo más pronto posible.

Nadie en el campamento confiaba ya en el *rana*, y no podían evitar pensar en lo que podría hacer teniendo en su poder rehenes tan valiosos. Sin embargo, se aceptó el ofrecimiento; en gran parte porque Ash consideraba que el peligro había pasado y que no habría más intentos de extorsión o intimidación, pero también porque el palacio de las Perlas y las tres casas para huéspedes estaban en el Ram Bagh, un gran parque en las orillas del lago a más de kilómetro y medio de la ciudad.

–El Ram Bagh –explicó Ash– está amurallado. Se halla rodeado por una pared alta y bien construida que podría defendernos si estos bhithorianos traidores intentan nuevas escaramuzas. Además, está protegido de los fuertes por la ciudad, de manera que no estaremos amenazados por los cañones, y dejaremos un tercio de nuestras fuerzas aquí, haciendo saber que si se produce algún nuevo «malentendido» tienen órdenes de cruzar la frontera y llevar un informe completo del asunto al Gobierno. Sí, creo que podemos aceptar el ofrecimiento sin peligro.

Kaka-ji y los demás jefes estuvieron de acuerdo, y, después de consultar a su sacerdote, Kaka-ji se declaró en favor de la segunda de las dos fechas. Una vez que eso quedó decidido, dos tercios del campamento volvieron a atravesar la hondonada, y, marchando a lo largo del valle, rodearon la ciudad y se instalaron en el parque real; las novias, con su hermano, su tío y las doncellas y criadas que las atendían, en un pequeño palacio de mármol blanco sobre el borde del lago. Ash, Mulraj y otros personajes importantes, en las casas para huéspedes, mientras que el resto lo hacía en tiendas montadas a la sombra de los mangos, los *neems* y los *mohures* dorados.

El lugar elegido era mucho más fresco que el anterior. Tampoco se observaron problemas en la conducta del *rana* y sus súbditos, que ahora visitaban a sus huéspedes para ocuparse de que no les faltara nada. El gobernante, con generosidad inesperada, llegó a decretar que el parque se considerase territorio de Karidkote durante un período de seis semanas, de manera que los familiares y amigos de las novias pudieran sentirse como en su propia casa; y, en efecto, invitó al *barat* (el grupo del novio) para que asistiera a la boda allí.

–Un gesto considerado y cortés –aprobó Kaka-ji, agregando esperanzadamente que el *rana* también tenía sus virtudes, y que era probable que en los últimos tiempos hubiera sido mal aconsejado y ahora hubiese descubierto y despedido a esos malos consejeros–. Es posible que en el futuro sea más justo en sus tratos –dijo Kaka-ji–. Debemos creer que así será.

Ash no creía nada por el estilo, pero no le encontraba sentido a discutirlo. El viejo estaba cansado y ansioso, y si se consolaba con la esperanza de que el *rana* había cambiado, ¿por qué no dejarlo soñar?

Dios sabía que él, Ash, habría dado mucho por compartir tales esperanzas, pero no tenía dudas de que los consejeros del *rana* no hacían otra cosa que repetir los deseos de su amo, y que en Bhithor había un solo jefe. Si ahora ese jefe se comportaba mejor, era sólo porque estaba muy asustado; pero los leopardos no cambian de piel, y, una vez que terminara la boda y el molesto *sahib* Pelham hubiera partido, el *rana* volvería a la normalidad. Ash estaba seguro de eso.

Pero no podía hacer nada excepto guardar silencio sobre el tema, aunque señaló con cierta acritud que «el gesto cuidadoso y cortés» de otorgar derechos territoriales temporales sobre el parque a Karidkote indudablemente resultaría muy caro para Nandu, porque, por costumbre, la familia de la novia es la que recibe al grupo del novio, el *barat,* durante los tres días de las ceremonias nupciales. Y, aunque está establecido que ese grupo no debe exceder de doscientas personas, en este caso, como la boda tendría lugar en el propio estado del novio, ese número sería mucho mayor... Un hecho que no preocupaba en absoluto a la familia de la novia, ya que no podían actuar como anfitriones de quienes los recibían. Sin embargo, ahora, y como resultado del decreto del *rana*, tendrían que hacerlo... y pagar un precio muy alto por el privilegio.

Kaka-ji, que hasta ese momento no se había dado cuenta del problema, se desconcertó, y al comprender sus implicaciones observó con respeto que, indudablemente, el *rana* era un tipo astuto y que había que reconocerlo.

–Demasiado astuto para un viejo como yo –admitió Kaka-ji–. Bien, no podremos rechazar su ofrecimiento, de manera que tendremos que poner buena cara. Tampoco creo que tengamos que escatimarle esta pequeña victoria, considerando que lo hemos derrotado totalmente en todos los demás aspectos. Sólo espero que no tenga pensadas otras triquiñuelas.

Ash pensó que era muy posible: probablemente una decena de triquiñuelas más. Pero eludió la cuestión preguntando si el *sahib* Rao ya sabía cuántas personas habría en la comitiva del novio... El recinto *durbar* del palacio de las Perlas, donde tendría lugar la ceremonia de la boda, no era demasiado grande, y...

El *sahib* Rao, apartado de inmediato del tema principal, replicó que sólo los parientes y los amigos más íntimos estarían en el recinto del *durbar*, y que ya se estaban levantando varios *shamianahs* en los jardines del Moti Mahal para instalar al resto de los huéspedes. Llevó a Ash a inspeccionarlos, y, en medio del ruido y la excitación de los preparativos, la «pequeña victoria» del *rana* se olvidó con todo tacto.

No hubo más problemas con respecto al pago por las novias, y ahora la gente de Bhithor parecía esforzarse por atender muy bien a los visitantes. Invitaron al hermano y al tío de la novia, y a cualquier otro que lo deseara, a que se quedase después de la boda todo el tiempo que quisiera.

El ofrecimiento era generoso y Ash se dio cuenta, lamentándolo mucho, de que probablemente sería aceptado. Pero, por más que le disgustaba la idea de tener que permanecer en Bhithor un día más de lo necesario, podía ser conveniente, ya que no podía negarse que cuanto más tiempo Jhoti permaneciera fuera del alcance de Nandu, mejor. Biju-Ram estaba muerto y sus sirvientes y secuaces eliminados del campamento, pero aún había hombres en Karidkote dispuestos a matar a la más mínima señal de su jefe, y Ash esperaba, al menos en los días anteriores a su encuentro con el *rana*, que el nuevo cuñado del chico pudiera persuadirlo de que se quedara en Bhithor hasta que tuviera edad suficiente para defenderse él solo... O hasta que Nandu se excediera y fuera depuesto, lo cual no era improbable, considerando que el testimonio verbal que Ash tendría que dar a su regreso a Rawalpindi incluiría un informe de los atentados contra la vida de Jhoti, lo cual atraería la atención oficial a las actividades de Nandu, tanto pasadas como presentes.

Además, había que tener en cuenta el bienestar del campamento en conjunto, y Ash sabía muy bien que la gran mayoría de sus miembros, incluidos caballos, elefantes, animales de carga y demás, ganarían mucho permaneciendo en Bhithor hasta la llegada del monzón. Si todo hubiese marchado según el plan inicial, ahora estarían a mitad de camino hacia su estado, pero los retrasos en la marcha y las prolongadas negociaciones después de su llegada habían ocupado muchas semanas. Lo peor del tiempo caluroso ya había llegado, y comenzar el viaje de retorno con semejante temperatura significaría grandes calamidades para todos... En especial, para los viejos; Kaka-ji, por ejemplo, no estaba tan fuerte y saludable como para resistir algo así.

«Tendrán que quedarse», pensó Ash resignadamente. Todos tendrían que quedarse, incluso él. Estaba atado al campamento hasta que hubieran llegado nuevamente a Deenajung. Cuando se le hizo la propuesta la aceptó, aunque la idea de permanecer en Bhithor a la vista del Rung Mahal donde viviría Anjuli, casada y compartiendo la cama con aquel sátiro sin escrúpulos, era casi intolerable. Ash habría dado diez años de su vida por poder dar la espalda al lugar en aquel mismo momento y alejarse de él todo lo posible, y diez más por olvidar que alguna vez lo había visto.

Pero la noticia de que debían permanecer allí un mes más fue recibida con gran alegría por Jhoti, quien, ahora que se acercaba el día de la boda, había comenzado a pensar en el futuro y a preguntarse qué le haría Nandu cuando volviera a Karidkote. El pensamiento lo hacía temblar, y por tanto aceptó de buena gana la invitación del *rana*. Como sólo era un niño, olvidó que, en el mejor de los casos, su estancia sería temporal y que el tiempo pasaría muy pronto. Se puso de muy buen humor y comenzó a considerar al *rana* un benefactor, y no un ogro.

Kaka-ji estaba igualmente agradecido. Temía los rigores de un viaje de regreso en aquella estación del año, y no deseaba cambiar las frescas habitaciones de mármol del palacio de las Perlas por la tienda sin aire en medio del polvo y el calor ardiente de las llanuras desiertas. Pero Mulraj no sentía tanto entusiasmo, aunque estaba de acuerdo en que, en lo referente a Jhoti y a Kaka-ji, era una excelente idea.

–Pero no podemos quedarnos todos. Somos demasiados y sería un grave error abusar de esa manera de la hospitalidad del *rana* o de su paciencia. Además, no es necesario. Propongo que dividamos nuestro campamento en dos y que, tan pronto terminen los festejos, una mitad se traslade a las órdenes de Hira-Singh, quien puede velar por su seguridad y bienestar, llevando el equipaje pesado y marchando únicamente de noche... No tienen prisa alguna. Incluso es posible que si el monzón nos favorece, nosotros, los que nos quedamos aquí, podamos alcanzarlos antes de que lleguen a la frontera de Karidkote.

Ash dio su consentimiento al plan, pero no hizo nada para ponerlo en práctica. De pronto, los asuntos del campamento habían perdido sentido para él, de manera que tuvo que hacer un esfuerzo para demostrar algún interés en ellos y dejó a cargo de Mulraj y sus oficiales decidir los detalles y el centenar de arreglos que habría que hacer, mientras pasaba los días cazando grullas o cabalgando por los estrechos valles entre las montañas. Cualquier cosa era buena para escapar del pasado y del palacio de las Perlas, y el espectáculo y el ruido de los que se preparaban para la ceremonia nupcial.

En el suelo del recinto *durbar* del palacio se esparció estiércol de vaca fresco, que fue apisonado y secado para formar una superficie blanda de cuatro metros de lado. Sobre ella se formó un gran círculo con señales de buena suerte hecho con harina de arroz... Porque por fin había llegado el día.

En una habitación interior, las novias fueron bañadas y ungidas con aceite perfumado; las plantas de sus pies y las palmas de sus delicadas manos, teñidas con henna, y sus cabellos, peinados y trenzados por Unpora-Bai.

El día comenzó para ellas con una *pujah* al amanecer, para pedir a la deidad engendrar cien hijos y cien hijas, y no comieron nada porque debían ayunar hasta que terminara la ceremonia nupcial. Las rodeaban todas sus doncellas y camareras, riendo, bromeando y charlando como una bandada de cotorras de brillantes colores, mientras vestían a las novias con las rutilantes sedas y gasas de los trajes nupciales, pintaban sus ojos con kohl y les ponían las joyas que formaban parte de sus dotes: diamantes, esmeraldas, rubíes y collares de perlas del tesoro del Hawa Mahal.

La pequeña habitación estaba oscura y cargada de aromas de sándalo, jazmín y rosa. Los sollozos convulsivos de Shushila se perdían entre el barullo de las voces de las mujeres y se les prestaba tan poca atención como al goteo de un grifo. Jhoti había ido a ver a sus hermanas y a aconsejarlas sobre qué joyas usar, pero, como la multitud de mujeres excitadas no le hacía mucho caso, sólo se quedó el tiempo necesario para decir a Shushila que, si no dejaba de llorar, sería la novia más fea de toda la India... Un candor infantil que sólo sirvió para aumentar las lágrimas de Shu-Shu y por el que recibió una inesperada bofetada de Unpora-Bai. Jhoti escapó y fue a buscar a Ash; quería mostrarle sus ropas para la ceremonia y quejarse de la tontería de las mujeres.

–Lo que he dicho es verdad, *sahib*. No ha hecho más que llorar y tiene los ojos hinchados y la nariz tan roja como su sari. Causará muy mala impresión al *rana*. En cambio, Kairi dice...

Pero el *sahib* ya no escuchaba. Ash vivía ahora en un peculiar mundo personal, negándose a pensar y fatigándose a propósito con ejercicios físicos agotadores; o, cuando eso fallaba, escribiendo informes o jugando interminables partidas de ajedrez con Kaka-ji o Mulraj, o haciendo solitarios. Llegó a persuadirse de que lo peor había pasado y que podría enfrentar el día, cuando llegara, sin ninguna emoción. Y ahora Jhoti le había hablado de ella, y la mención del viejo sobrenombre había roto sus defensas como si fueran de papel de seda: se clavó en su corazón con un dolor tan intenso como el impacto de una bala que atraviesa la carne y el hueso. Por un momento, la habitación donde estaba se oscureció y las paredes y el cielorraso parecieron balancearse. Cuando volvió a verlos firmes, se dio cuenta de que Jhoti seguía hablando, aunque al principio sus palabras no eran más que un conjunto de sonidos sin significado.

–¿Le gusta mi *achkan*? –preguntó el chico girando lentamente para mostrarlo–. Iba a usar uno de brocado plateado, pero mi tío dijo que prefería el dorado. ¿Le parece bien, *sahib*?

Ash no respondió, y cuando Jhoti repitió la pregunta dio una respuesta al azar que demostró que no le había estado prestando la menor atención.

–¿No se siente bien? –preguntó Jhoti solícitamente–. ¿Es por el calor?

–¿Qué...? –Ash parecía regresar desde muy lejos–. Perdóneme, príncipe. Estaba pensando en otra cosa... ¿Qué decía usted?

–Nada, nada –respondió Jhoti, abandonando cortésmente el asunto con un gesto.

Había visto hombres que hablaban así y tenían ese aspecto después de tomar drogas, y supuso que el *sahib* había tomado opio por alguna molestia del estómago. Tenía cariño al *sahib* Pelham y lamentaba que se sintiera mal, pero había tantas cosas interesantes para ver y hacer ese día que no perdió el tiempo en preocuparse por ello, así que salió corriendo a mostrar la chaqueta de brocado de oro a Mulraj.

Ash apenas se dio cuenta de que el chico se había ido; luego, Gul Baz entró en la habitación y le dijo que debían salir. Salir... ¿hacia dónde?

–El *sahib* Rao le manda decir que la comitiva del novio ya debe de haber salido del Rung Mahal –informó Gul Baz.

Ash asintió, se pasó una mano por la frente y se desconcertó al descubrir que sus dedos temblaban incontrolablemente. Se miró entonces la mano, obligándola a ponerse firme con un esfuerzo de su voluntad. Luego tomó la adornada guerrera que Gul Baz le entregaba y que ese día daría una nota sobria entre el arcoíris de colores y los resplandores de hilos de oro y plata.

Aunque el día prometía ser largo y uno de los peores de su vida. Ya hacía un calor insufrible, y como *sahib* y como oficial debía soportarlo con su uniforme de gala, guantes, botas y espuelas, además de una espada ceremonial... Todo ello le parecía la gota que hacía rebosar la copa del sufrimiento en aquel malhadado asunto.

Ahora, sus manos estaban firmes, pero, cuando Gul Baz le entregó el casco blanco que se usaba con el uniforme de gala, lo tomó y se quedó mirándolo como había mirado a Jhoti. Como si no lo viera.

–Póngaselo, *sahib*. El sol calienta con mucha fuerza –explicó Gul Baz.

Ash obedeció mecánicamente y salió a reunirse con Kaka-ji y los otros que ya esperaban para recibir al novio y a su comitiva, en un patio cubierto junto a la entrada principal del palacio de las Perlas.

La espera resultó más larga de lo previsto, porque la información de que el novio y su *barat* habían salido del palacio de la ciudad y estaban en camino era demasiado optimista. Pensaban salir dos horas antes del mediodía, pero en Asia se siente muy poco respeto por el tiempo y ninguno por la puntualidad, por lo que la tarde ya estaba muy avanzada cuando se pusieron en marcha hacia el Ram Bagh. A su llegada al parque, el sol ya se había puesto y lo peor del calor había pasado.

Por fin, Jhoti, que había trepado a la azotea desde donde podía ver el camino entre las copas de los árboles, bajó corriendo a anunciar que la comitiva estaba entrando por las puertas del parque; ¿y dónde estaban las guirnaldas? La gente allí reunida se levantó para estirarse los *achkanes* y los turbantes, y Ash volvió a abrocharse el botón del cuello que había desabotonado, inspiró profundamente, apretó los dientes, y trató de no pensar en nada. Pero, de pronto, se encontró pensando en Wally y Zarin, y en los picos nevados del Dur Khaima...

El novio no venía a caballo desde la ciudad, sino sentado en unas andas con un palio de tela dorada bordeada de perlas, y transportado por doce pajes lujosamente vestidos. Su indumentaria también era dorada, como en el primer *durbar*, muchas semanas antes; pero hoy resultaba mucho más espléndida, porque el *achkan* de brocado tenía joyas aplicadas, y llevaba más en su turbante: un gran broche de diamantes y esmeraldas sujeto con una pluma a la tela de oro, e hilos de diamante con forma de pera que bajaban a la manera de las guirnaldas de un árbol de Navidad. También mostraba brillantes alhajas en sus dedos y en el oro sólido del cinturón de su espada, mientras que la espada misma, esa que el novio lleva para simbolizar que está preparado para defender a su novia contra todos los enemigos, tenía la empuñadura incrustada de diamantes y coronada por una sola esmeralda del tamaño de una rupia.

Más que un ser vivo, parecía un ídolo oriental llevado en procesión por sus adoradores.

El sacerdote de la familia de Kaka-ji comenzó a recitar himnos vedas para invocar la bendición de los dioses antes de llamar al tío de la novia para el *milni*, ceremonia oficial de presentación entre los padres de la novia y el novio; pero, como los cónyuges eran huérfanos, se realizó entre Kaka-ji y uno de los tíos maternos del *rana*. Los dos ancianos caballeros se abrazaron, y Jhoti, como hermano de las novias, ayudó al futuro contrayente a descender de las andas y lo condujo con sus amigos por el patio cubierto donde el grupo de las novias esperaba para colocar guirnaldas a los huéspedes y ofrecer regalos a los integrantes del *barat*.

A pesar de su elegante indumentaria, el *rana* parecía mucho menos imponente a pie. Ni siquiera el gran turbante con la pluma alta disimulaba su pequeña estatura, y Kaka-ji Rao, que no era un gigante, le llevaba media cabeza. Sin embargo, la figura del *rana* transmitía una sensación inquietante de poder. «Y de peligro», pensó Ash.

De pronto, Ash sintió que el sudor que mojaba su uniforme estaba frío, y tembló y oyó el castañeteo de sus dientes. Luego, el novio pasó junto a él y lo escoltaron hacia la arcada bajo el balcón para el *jai-mala*: el acto en que la novia coloca la guirnalda al novio.

La arcada daba a una estrecha entrada como un túnel donde Shushila y su hermana esperaban con las guirnaldas que una novia debía colocar alrededor del cuello del novio como símbolo de que lo acepta. Aun ahora, a las once de la noche, podía cancelarse la boda si la novia se negaba a hacerlo. Después de una pausa en que el *rana* esperaba y los que estaban detrás de él se empujaban para tratar de presenciar la escena, Ash tuvo un desesperado momento de ilusión, con la idea ridícula de que Shushila hubiese cambiado de idea y rechazara el matrimonio. Pero, aunque la pausa pareció larga a los que no veían la entrada y no sabían la causa del retraso, apenas debió de durar un minuto; luego, el novio se inclinó, y cuando volvió a enderezarse la guirnalda de la novia estaba alrededor de su cuello.

Un momento después, volvió a inclinarse, aunque esta vez muy poco, y los que estaban detrás vieron unas manos de mujer que levantaban una segunda guirnalda para pasarla por encima del turbante y la pluma. Las manos estaban enjoyadas y las palmas y las uñas teñidas de henna y cubiertas con una hoja de oro. Pero eran manos cuadradas y fuertes..., las inconfundibles manos de la niñita abandonada que Ash había conocido como Kairi-Bai. Al mirarlas, comprendió que, después de todo, podría observarla durante los ritos nupciales y verla partir hacia la casa de su marido sin inmutarse, porque nada podría ya lastimarlo como aquella visión de las manos de Juli.

Ahora, el sol estaba bajo y enseguida se levantó la brisa nocturna que sopló suavemente sobre el lago trayendo una esperada frescura al parque. Pero, dentro del palacio de las Perlas, el ambiente seguía siendo sofocante, y, ahora que el intenso olor de la comida se mezclaba con el aroma de las flores, la atmósfera resultaba irrespirable. Sin embargo, Ash no tuvo que soportarlo, porque evitó su presencia en esa parte de la ceremonia para ahorrar a Kaka-ji la molestia de tener que decirle lo que ya sabía: que la casta del *rana* le prohibía sentarse a comer con un extranjero.

Salió del palacio por una puerta lateral, y volvió a sus habitaciones en una de las casas para huéspedes para cenar solo y contemplar cómo se ponía el sol detrás de las montañas. Vio salir las estrellas en un cielo que se oscurecía rápidamente, y los fuegos artificiales que se lanzan en las festividades de la India.

El parque también había cobrado vida con las luces que parpadeaban según los caprichos de la brisa, y el palacio de las Perlas proyectaba un resplandor contra el cielo de la noche como el castillo encantado de un cuento de hadas.

Ash lo observó desde la galería frente a su habitación, y habría deseado que el linaje del *rana* le impidiera también estar presente en la ceremonia nupcial. Pero, al parecer, no era así. En todo caso, habría sido imposible no asistir, ya que además de que Kaka-ji y Mulraj habían insistido particularmente en que el *sahib* estuviera presente, las instrucciones recibidas en Rawalpindi establecían con claridad que el capitán debía ser testigo de que las dos hermanas de su alteza el maharajá de Karidkote quedaban desposadas sin inconveniente.

Había pasado una hora desde que Gul Baz se llevara la bandeja de café para reunirse con los asistentes a la fiesta, pero las celebraciones continuaban. Recordando la boda de Lalji, Ash se dio cuenta de que tendría que esperar un par de horas antes de que lo llamaran para presenciar la ceremonia del *shadi*. En el parque y en el palacio, las bandas de música seguían tocando con el mismo vigor. Ash se retiró a su habitación, cerró las puertas para no oír nada y se sentó a pasar el tiempo escribiendo a Wally y Zarin para comunicarles que permanecería en Bhithor durante por lo menos un mes. O quizá más tiempo, si el monzón llegaba tarde. Y que había pocas esperanzas de que volviera a verlos antes del final del verano, en el mejor de los casos.

Había concluido ambas cartas y comenzado una tercera, esta vez al oficial político, cuando llegó Mulraj para llevarlo al palacio de las Perlas, donde se realizaría el *shadi*. Volvieron a cruzar el parque. Ash vio que la luna había descendido y calculó que sería cerca de medianoche.

El recinto *durbar* estaba atestado e irrespirable después de haber disfrutado del aire de la noche. Pero al menos las bandas ya no tocaban, y excepto el murmullo de voces el recinto parecía razonablemente tranquilo. También muy oscuro, porque las lámparas eran de vidrios de colores y el petróleo ya se había quemado, de manera que Ash tardó unos momentos en acostumbrarse a la luz baja y en reconocer a sus amigos entre el mar de caras.

Habían colocado una silla para él cerca de la puerta y a la sombra de un pilar, lo suficientemente lejos como para que su presencia no resultara molesta. Pero le permitía ver las cabezas de los hombres sentados con las piernas cruzadas en el suelo en filas cerradas frente a él. Desde allí podía distinguir no sólo los cuatro pilares de plata con el palio dorado cubierto de flores, sino también el suelo bajo el palio donde el círculo dibujado con harina de arroz se destacaba en el cuadrado de estiércol de vaca seco. En una caldera de bronce pronto se encendería el fuego del sacrificio; junto a ella, los sacerdotes habían colocado un altar donde en aquellos instantes preparaban vasijas para el *pujah* con agua del Ganges, lámparas, estatuillas e incensarios. En los asientos bajos a un lado del cuadrado, con los rostros velados con flores, estaban el novio y las novias junto con Kaka-ji y Maldeo Rai (quienes representaban al fallecido padre de aquéllas), y la figura de la prima Unpora-Bai (que representaba a las fallecidas madres). Sin duda era bastante, pensó sarcásticamente el capitán Pelham-Martyn, como para que las cenizas de ambas damas se levantaran con furia de la tierra.

El murmullo de voces se hizo más débil, y enseguida fue silenciado por uno de los sacerdotes bajo el palio que comenzó el *havan*: el encendido del fuego sagrado. Las llamas iluminaban su rostro liso y afeitado que parecía de metal bruñido cuando se inclinó a alimentar el fuego con trozos de madera perfumada y granos de incienso. Cuando estuvo bien encendido, entregaron bandejas de plata llenas de sales perfumadas a los que estaban sentados cerca del círculo, y cada uno de ellos tomó una pizca y la arrojó al fuego. Las sales chisporrotearon y despidieron un fuerte aroma que provocó toses entre las mujeres invisibles que se encontraban en la galería *purdah* que daba al vestíbulo. Obedeciendo a una señal, el *rana* y Shushila se levantaron y fueron conducidos al círculo de harina de arroz.

Un sacerdote comenzó a entonar el *mantras*, pero Ash estaba demasiado lejos como para oír una sola palabra, y más tarde, cuando el religioso hizo una pausa para que la novia y el novio repitieran los votos después que él, sólo oyó la voz del *rana*. La de Shushila resultaba inaudible, pero los votos eran conocidos por todos los presentes: los miembros de la pareja prometían vivir según su credo, ser fieles el uno al otro y compartir las cargas, dar a luz hijos varones y ser firmes como una roca...

Incluso junto a su novio ya maduro, Shushila parecía increíblemente pequeña y menuda, como una criatura que se ha puesto las ropas nuevas de su madre... Iba vestida de color escarlata, como corresponde a una novia, pues el rojo es el color de la alegría, con las ropas de falda amplia de Bhithor y todo el Rajasthan. Los rubíes que rodeaban su cuello y sus muñecas, y los que estaban engarzados en sus anillos, reflejaban la luz de las llamas y brillaban como si estuvieran incendiándose. Aunque mantenía la cabeza baja y repitió los votos en un susurro, cumplió con su parte en la ceremonia sin desfallecer, para sorpresa y alivio de sus familiares y asistentes, que esperaban un desbordamiento de lágrimas o una escena de histeria.

Ash no pudo evitar preguntarse si se habría comportado tan bien de haber podido ver la cara de su novio o tener alguna idea de lo que ocultaban las flores. Pero, como la costumbre decretaba que los miembros de una pareja no debían verse hasta que terminara la ceremonia, y Shushila llevaba un velo de flores que tapaba su rostro, no le era posible distinguir mucho de nada. El «aro nupcial», un brazalete de hierro, fue colocado en su brazo y el collar de la felicidad alrededor de su cuello; enseguida, un extremo de su sari fue anudado al extremo del lazo del novio, y atados de esta manera dieron los siete pasos alrededor del fuego: los *sata padi*, que son la parte esencial de la ceremonia, pues sin ellos el matrimonio se puede anular ante la ley. Una vez dado el último paso, ya no es posible volver atrás.

Ahora, Shushila era esposa y *rani* de Bhithor, y su marido le dirigía las palabras del antiguo himno veda: «Que seas mi compañera así como has dado conmigo estos siete pasos. Apartado de ti no puedo vivir. Apartada de mí no puedes vivir. Compartiremos por igual todos los bienes y el poder. En mi casa tú mandarás».

La voz del *rana* se interrumpió y la pareja de recién casados volvió al círculo sagrado para recibir la bendición de sus parientes de más edad. Una vez hecho esto, volvieron a sentarse. El fuego fue nuevamente alimentado con madera e incienso, se volvió a oír el *mantras* y volvieron a presentarse las bandejas de plata, y toda la ceremonia se repitió. Pero esta vez con más prisa y otra novia.

Anjuli estaba sentada junto a su media hermana y oculta a los ojos de Ash por las formas voluminosas de Unpora-Bai. Ahora ella era conducida al círculo. El momento tan temido por Ash había llegado: debía ver casarse a Juli.

Casi inconscientemente, tensó el cuerpo como si esperara un ataque físico. Pero, después de todo, no era necesario. Quizá por la falta de esperanzas pudo relajar sus músculos y permanecer sentado, inmóvil y ausente, sin sentir nada... o casi nada. Porque, aunque habría dicho que la ceremonia de colocar las guirnaldas había extinguido su última ilusión, aún había guardado una chispa: la posibilidad de que Shu-Shu, la niña malcriada y nerviosa, agotada por los retrasos de las últimas semanas y su terror a casarse con un desconocido de un país extraño, estallara en el último momento y se negara a continuar con la ceremonia.

Era inconcebible que una novia hindú devota se negara a dar esos pasos finales alrededor del fuego sagrado y rara vez había sucedido algo así... o nunca. Pero Shu-Shu, según las pautas occidentales, era apenas una niña: una niña muy emotiva cuyas reacciones a menudo eran impredecibles, y muy capaz de armar un escándalo negándose a realizar el *sata padi*. Pero no lo había hecho; y, al dar los siete pasos, esa obstinada chispa de esperanza de Ash murió, liberándolo y permitiéndole presenciar la segunda ceremonia con algo aproximado a la indiferencia.

Lo ayudó el hecho de que no había nada familiar en aquella figura anónima y sin rostro cubierta por el brillante sari y el velo de capullos de flores. Desde el lugar donde estaba sentado veía su silueta como la de cualquier mujer india, exceptuando que era más alta que la mayoría de ellas y que el novio parecía ajado y temeroso a su lado.

Estaba menos espléndidamente vestida que su media hermana, lo cual era comprensible. No había allí nada de Juli: sólo un bulto informe de seda coronado por margaritas, repitiendo una serie de acciones que ya no parecían significativas ni cargadas de emoción alguna.

Los sacerdotes realizaron apresuradamente los ritos, el novio cantó el himno final y con eso terminó todo. Siguió una ceremonia en que el *rana* condujo a sus esposas para presentarlas a los miembros del *barat* que no habían estado presentes en la boda: simbolizaba que las novias ya no pertenecían a su propia familia, sino a la de su marido. Hecho esto, las dos mujeres, hambrientas y exhaustas, quedaron libres de volver a sus habitaciones, quitarse la ropa de gala y recibir el primer alimento en más de veinticuatro horas.

Kaka-ji y los otros hombres se llevaron al novio para una celebración en el más grande de los *shamianahs*, en el parque, y Ash fue a acostarse. Sorprendentemente, durmió, a pesar del ruido de las bandas de música, de los fuegos artificiales y de la multitud; como si estuviera drogado.

Había terminado el primer día de los tres que duraría la ceremonia. Y ya habían pasado varias horas del segundo cuando cesó la música y se apagaron los fuegos. Finalmente, el parque quedó en silencio.

31

Por tradición, los dos días siguientes se dedicaron a agasajar al *barat*. Pero, en la mañana posterior a la boda, Ash se excusó de asistir a las celebraciones y salió a cazar, acompañado por su *syce* Kalu-Ram y un *shikari* local.

Al volver fue recibido por un mensajero que había llegado más temprano aquel día y lo esperaba en la puerta de su habitación.

El hombre había recorrido muchos kilómetros y dormido poco en los días anteriores, pero, aunque aceptó que le sirvieran comida, se negó a descansar hasta haber entregado la carta al *sahib* en su propia mano, ya que le habían dicho que se trataba de un asunto de extrema urgencia. La habría entregado ya, explicó, si alguien le hubiera dicho en qué dirección se había marchado el *sahib*.

El sobre que presentó tenía gruesos sellos y, al reconocer la escritura, Ash se preocupó. Se sentía culpable del tono de su última carta al oficial político y esperaba una severa reprimenda. Aunque eso no sucediera, cualquier comunicación del mayor Spiller sería deprimente, y se preguntó qué le indicarían hacer o no hacer esta vez. Bien, fuera lo que fuese, era demasiado tarde: la boda había terminado y el precio por las novias ya se había pagado.

Despachó al mensajero, y, tras entregar su rifle a Gul Baz y un par de perdices a Mahdoo, fue con la carta junto a la lámpara y rompió los sellos con el pulgar. El sobre contenía una sola hoja de papel que Ash contempló con aburrimiento e irritación. Sin duda, el mensaje había sido escrito con prisa, porque difería del anterior que había recibido del oficial político, breve y conciso. Sin embargo, lo leyó dos veces antes de captarlo, y luego su primer pensamiento fue que había llegado demasiado tarde. Una semana antes, aún dos días antes, podría haberlo cambiado todo, pero ahora no había forma de volver atrás; todo estaba consumado. Lo invadió una oleada de amargura y golpeó la pared con los puños agradeciendo el dolor en los nudillos lastimados, pues de alguna manera servía para contrarrestar el padecimiento menos soportable que sentía en el corazón.

Permaneció con la vista perdida durante un rato, y sólo cuando Gul Baz entró en la habitación y lanzó una exclamación al ver su mano herida, se recuperó y fue a lavarse. El agua fría pareció aclarar su cerebro a la vez que calmaba la piel magullada, y se dio cuenta de que, probablemente, se equivocaba al pensar que las cosas habrían sido muy diferentes si las noticias hubieran llegado antes: después de tanto gasto de tiempo, dinero y esfuerzo, no habría sido posible dar marcha atrás.

Dejó que Gul Baz le vendara los nudillos, retrasó el baño y bebió algunos sorbos de coñac; luego tomó la carta y fue a leérsela a Mulraj.

Mulraj se estaba vistiendo para el banquete de aquella noche cuando Ash entró y le dijo que tenía que hablarle en privado. Al verle la cara, Mulraj despidió a los sirvientes. Al principio, tampoco él pudo dar crédito a las noticias enviadas quince días atrás al gobernador del Punjab y remitidas luego a las autoridades militares en Rawalpindi, desde donde habían sido telegrafiadas al oficial político responsable de los asuntos de Bhithor, quien, a su vez, las comunicó personalmente por un mensajero especial al capitán Pelham-Martyn con el rótulo de «Urgente - Para su atención inmediata».

Nandu, maharajá de Karidkote, cuya familia había sido víctima últimamente de una terrible serie de accidentes fatales, había sufrido uno él mismo: esta vez, un accidente auténtico. Estaba probando una de las antiguas armas del Hawa Mahal, que estalló en su rostro y lo mató en el acto. Como había muerto sin dejar descendencia, su hermano menor, el presunto heredero, era ahora maharajá, y se creía aconsejable que volviera inmediatamente a recibir su herencia. Por lo tanto, se indicaba al capitán Pelham-Martyn que escoltara a su alteza de regreso a Karidkote sin demora. La rapidez era esencial; viajarían con poca carga, llevando con ellos solamente los hombres que el capitán Pelham-Martyn juzgara suficientes para la protección y comodidad del joven a su cargo, y se dejaba a su discreción hacer los preparativos necesarios para el bienestar del resto de la comitiva nupcial, quienes retornarían en su momento y a su propio ritmo...

–De manera que todo ha sido inútil –comentó Ash con amargura.

–¿Por qué dice eso? –preguntó Mulraj, desconcertado.

–Las bodas. Fueron concertadas por Nandu porque temía que si casaba a sus hermanas cerca de su estado, llegaría el día en que se encontrara con un cuñado que aspirase al trono; de manera que se encargó de elegir a alguien que viviera lo suficientemente lejos como para que eso fuera imposible. Ahora está muerto, y esas pobres muchachas están atadas a ese esperpento por nada.

–No es así –respondió Mulraj–. Por lo menos, el chico se encuentra a salvo, y si no hubiera sido por este viaje a Bhithor no lo habría estado. Si se hubiese quedado en Karidkote, su hermano Nandu habría encontrado la forma de eliminarlo; y sin duda los dioses están de parte del chico, porque mientras su hermano viviera no habría estado seguro tampoco aquí. Siempre hay hombres a quienes se puede sobornar para que maten, con tal de que el soborno sea suficientemente grande.

–Y tú crees que Nandu no habría retrocedido ante la posibilidad de pagar a los asesinos –dijo Ash–. Yo también. Pero no debemos preocuparnos por estas cuestiones, porque esta noticia ha resuelto todos los problemas de Jhoti.

También había resuelto un problema de Ash, porque significaba que podía partir de Bhithor inmediatamente en lugar de verse forzado a permanecer allí durante un tiempo indefinido, a la vista del palacio del *rana* y sin otra cosa que hacer que esperar a que cambiara la temperatura y destrozarse el corazón por una muchacha que vivía a medio kilómetro... y que jamás estaría a su alcance; y tendría que encontrarse frecuentemente con su marido y ser cortés con él. También significaba que se ahorraría el largo y lento tormento de un viaje de retorno sin Juli, acampando en lugares familiares que estarían llenos de recuerdos, y pasando, una vez más, por el país que habían cruzado juntos en aquellas cabalgadas nocturnas... Ash temía eso; pero un pequeño grupo, sin mujeres ni niños y con escaso equipaje, podría avanzar más rápido y no estaría atado a una ruta dictada por las necesidades de un campamento de millares de personas.

Su ansia por marcharse era tan grande que, si hubiera sido posible, se habría puesto en camino aquella misma noche. Como no lo era, sugirió salir a la mañana siguiente. Pero Mulraj se opuso:

–No podemos partir mañana –dijo.

–¿Por qué no? Sé que habrá mucho trabajo que hacer, pero si nos lo proponemos estaremos listos.

–Quizá... Pero olvida usted que mañana es el último día de las festividades nupciales, y que al anochecer las novias se dirigirán a la casa de su marido.

Ash no lo había olvidado, pero no podía explicar que precisamente por evitar aquello estaba tan ansioso por partir. Mulraj insistió en que salir antes de que terminaran las celebraciones causaría gran ofensa al *rana* y a su gente. No era correcto ni necesario interrumpir las festividades del día final con preparativos para la partida, y como Nandu había muerto dos semanas atrás no existía gran diferencia en que Jhoti se marchara dos días después, o tres o cuatro.

–Además, podremos hacer mejor los preparativos si disponemos de más tiempo –añadió–. Porque, como usted dice, hay mucho que hacer.

Ash no pudo negarlo; finalmente acordaron no decir nada sobre la carta hasta un día después, a fin de no interrumpir los festejos con noticias que, en ese momento, seguramente serían consideradas de mal agüero, y, en cualquier caso, causarían dolor y desesperación a Shushila, aunque tal vez a nadie más. Había tiempo suficiente, dijo Mulraj, para revelarlas la mañana siguiente a la partida de las novias, cuando ellos también quedaran libres de hacer sus propios preparativos para la marcha.

Aquella noche el banquete fue ofrecido por Kaka-ji, quien invitó cortésmente al *sahib* a asistir y recibió una aceptación igualmente cortés. Con el honor satisfecho, Ash envió un mensaje lamentando que un repentino e intenso dolor de cabeza le impidiera estar presente, y, cuando Mulraj se marchó, volvió a sus habitaciones, mandó pedir los registros del campamento y pasó la mayor parte de la noche examinando listas de hombres, animales y transportes, y decidiendo cuántos llevaría con él, cuántos dejaría allí y qué había que hacer sobre muchos otros asuntos. Por supuesto, todo ello debía ser discutido con Mulraj y con el *panchayat*, pero ahorraría mucho tiempo si podía presentar un plan detallado para su aprobación tan pronto terminaran los festejos de las bodas. Su lámpara seguía encendida cuando los huéspedes de Kaka-ji volvieron del banquete y los gallos cantaron antes de que la apagara y fuera a acostarse.

El tercer y último día de la ceremonia se dedicó nuevamente a las celebraciones, pero Ash no abandonó esta vez el parque para ir a cabalgar o a cazar. Dio un largo paseo y por la noche recibió un recado de Kaka-ji, que lo llamaba al palacio de las Perlas; así que se puso nuevamente su uniforme de gala y fue a observar el acto final de la tragicomedia planeada por Nandu para protegerse de algo que sólo podía haber sido vislumbrado por una mente llena de suspicacia y celos.

Jhoti, sin embargo, jamás había pensado en ello, y a Ash se le ocurrió que si, como Mulraj parecía pensar, los dioses estaban de parte del muchacho, era una lástima que no tuvieran el menor interés en el destino de sus hermanas, porque si hubieran eliminado a Nandu un año antes nada de aquello habría sucedido. Es verdad que él tampoco habría vuelto a encontrarse con Juli, aunque, dadas las circunstancias, seguramente habría sido mucho mejor para los dos. Pero, al menos, Shushila hubiera sido más feliz y Biju-Ram seguiría vivo, y como Jhoti se parecía al lado paterno de su familia, no se habría preocupado por rivales imaginarios ni hubiese gastado los fondos de su estado en exhibirse ante los otros príncipes, como había hecho Nandu al mandar cruzar la mitad de la India a aquella comitiva nupcial absurdamente numerosa.

Sin embargo, ahora, mientras esperaba ver partir a Anjuli a la casa de su marido, Ash no podía lamentar haber vuelto a encontrarla, y haberla conocido y amado. Bien valía todo eso el dolor de la pérdida y la perspectiva de los largos años vacíos que les esperaban: Ash sabía que, si hubiera podido predecir el futuro cuando por primera vez descubrió que la *rajkumari* Anjuli de Karidkote, a quien él escoltaba para su boda en Bhithor, no era otra que la pequeña Kairi-Bai del balcón de la reina, no habría supuesto ninguna diferencia. De todas maneras, le había entregado su mitad del amuleto... y había aceptado las consecuencias con alegría y gratitud.

Wally, que siempre estaba enamorándose y desenamorándose, solía citar versos de algún poeta que afirmaban que «es preferible haber amado y haber perdido al ser amado que no haber amado nunca».

Bien, Wally... y Tennyson, o quien fuera, tenían razón. Era mejor, infinitamente mejor haber amado a Juli y haberla perdido que no haberla amado. Y, si Ash no hacía nada que valiera la pena en los años siguientes, habría valido la pena vivir la vida porque una vez había amado y había sido amado por ella...

Le costó mucho tiempo darse cuenta de eso, y le resultó curioso que no le hubiera sucedido antes, mientras esperaba verla por última vez.

La partida de las esposas y del marido fue un espectáculo magnífico que seguramente habría satisfecho la vanidad del fallecido maharajá de Karidkote. Sus elefantes, lujosamente ataviados, se encontraban a la luz de las antorchas ante la entrada principal del palacio de las Perlas, balanceándose suavemente de una pata a otra mientras esperaban que comenzara el cortejo.

El inicio ya se había retrasado una hora cuando Ash recibió el recado de Kaka-ji, y pasó otra hora más sin señales de que fuera a comenzar la marcha. Luego, todo sucedió rápidamente: una banda de música dio la señal, y, mientras los elefantes se arrodillaban, una guardia de jinetes festivamente vestidos partió en la noche. El *rana*, resplandeciente de joyas y rodeado por cortesanos y sirvientes uniformados, pasó por la entrada, seguido de cerca por un pequeño grupo de mujeres: las *ranis* de Bhithor y sus damas.

Aquella noche, el sari de Shushila era de gasa color fuego bordada de oro, y aunque le cubría el rostro, las piedras preciosas que resplandecían parecían arder. Caminaba con poca gracia, sostenida por dos mujeres y abrumada por el peso de las joyas que cubrían cada centímetro de su cuerpo delgado. A cada paso, el *rakhri* que llevaba sobre la frente temblaba y su piedra central, un enorme rubí, centelleaba como la sangre bajo la gasa.

Dos pasos atrás, la seguía Anjuli, alta, esbelta y vestida de verde. Su sari tenía un borde de perlas plateadas, pero una vez más quedaba empequeñecida por el brillo rutilante de Shushila. Llevaba una esmeralda en la frente apenas visible a través de la seda tejida, lo suficientemente fina como para dejar traslucir el cobre de sus cabellos y la delgada línea roja que coloreaba la raya..., el trazo de *kumkum* que sólo una esposa puede usar. Llevaba hilos de perlas entrelazados con el cabello trenzado, que le caía casi hasta las rodillas.

Al pasar junto a Ash, éste aspiró el aroma de pétalos de rosa secos que siempre asociaría con ella.

Anjuli debía de saber que Ash estaría entre los espectadores, pero mantuvo la cabeza baja y no miró a derecha ni a izquierda. El *rana* subió por una escalerilla de plata al primer elefante ayudado por dos sirvientes con turbantes color escarlata, y se acomodó en la *howdah*. Lo seguía Shu-Shu medio empujada, medio alzada por sus mujeres, que se sentó al lado de su esposo. Luego subió Anjuli, esbelta, erguida y principesca, con un resplandor de verde y plata en el extremo de una trenza de sus cabellos oscuros; con sus pies delgados del color del marfil y los finos tobillos cubiertos de joyas.

El *mahout* gritó una orden y el elefante se incorporó. Mientras se alejaba, Anjuli miró hacia abajo desde su asiento en el *kowdah* dorado. Sus ojos oscurecidos por el kohl parecían enormes sobre el borde del sari, y no buscó entre el mar de rostros que había abajo, sino que se dirigió sin vacilación a Ash, como si la compulsión de su propia mirada hubiera sido lo suficientemente fuerte como para decirle con exactitud dónde estaba él.

Durante un largo instante se miraron a los ojos con firmeza. Se miraron con amor y deseo, y sin pena, tratando de comunicarse todas las cosas que no era necesario decir porque ya las sabían:

«Te amo. Siempre te amaré. No me olvides».

Y en los grandes ojos de Juli, las palabras que había dicho mucho tiempo atrás en una noche de luna, mirándolo como lo miraba ahora: *Khuda Hafiz*. Que Dios te acompañe. Luego, los miembros del cortejo y los que llevaban las antorchas apretaron sus filas a ambos lados, otra banda de música comenzó a tocar y el *howdah* se balanceó mientras el elefante emprendía lentamente la marcha hacia las puertas del parque para recorrer la distancia que separaba la ciudad del Rung Mahal.

A Ash le quedó un recuerdo difuminado de lo que sucedió después. Retuvo una impresión confusa de otros elefantes que avanzaban majestuosamente llevando a los miembros principales del *barat*, y cierta vaga imagen de haber ayudado a Kaka-ji, Jhoti y Maldeo Rai a subir a un *howdah* dorado, y ver a Mulraj y otros del grupo de Karidkote subir a otro *howdah* y partir a su vez. Pensaba que seguramente se había quedado entre los espectadores frente al palacio de las Perlas y había charlado con ellos hasta el final, porque ya era medianoche cuando regresó a sus habitaciones en la atmósfera sofocante de la casa de huéspedes.

Había luchado para no pensar en Juli durante semanas, y aunque no siempre lo había logrado, en todo momento había puesto voluntad y esfuerzo para cerrar su mente siempre que la imagen de ella atravesaba sus defensas. Pero era una batalla constante, y sabía que tendría que seguir librándola hasta que el tiempo y la vejez lo liberaran de ella; que no podía pasar la vida escuchando ecos y viviendo de recuerdos. Era necesario vivir, y no podía compartir su existencia con Juli. Tendría que aceptarlo... Los dos deberían hacerlo. Pero aquella noche podía permitirse dedicarle algunas horas, y quizá sus pensamientos podrían ayudarlo a cruzar el kilómetro y medio que los separaba, y a que Juli supiera que él pensaba en ella, y se consolara.

En aquellos instantes, Juli ya estaría en el sector de la *zenana*, viendo por primera vez las habitaciones en las que pasaría el resto de sus días: sus doncellas estarían quitándole las joyas y la vestimenta de gala, y muy pronto...

La imaginación de Ash se interrumpió bruscamente, pues, aunque su mente trataba de evitar el pensamiento, se dio cuenta de que aquella noche no sería Juli, sino Sushila, quien compartiría el lecho del *rana*. El *rana* nunca había deseado a Juli y quizá nunca la desearía; y, si era así, ella podría llevar una existencia tranquila, atareada y sin que nadie la controlara, ocupándose de Shu-Shu y de los hijos de ésta. Aunque resultaba una perspectiva desalentadora para una muchacha como Juli, que era joven y hermosa, y hecha para amar...

Privarla de la maternidad y la felicidad en el mundo estrecho de la *zenana* era un crimen terrible, pero quizá Shu-Shu llegaría a darse cuenta del valor de ese sacrificio, y se lo retribuiría en la única forma posible: con amor. Era lo único que Ash podía esperar, aunque sin confiar mucho en ello, porque Shu-Shu había dependido de su media hermana durante tanto tiempo que estaba segura de su devoción, y sólo los sedientos o los hambrientos se sienten agradecidos por el pan o el agua.

Juli era el pan y el agua. Pero, cuando hubiera comida y vino y frutas jugosas, tal vez Shu-Shu perdiera el deseo por las cosas simples y terminara por considerarlas aburridas e innecesarias, y se apartaría de ellas. El problema era que no era posible confiar en Shu-Shu. Podía tener buenas intenciones, pero siempre había sido dominada por las emociones y nadie podía predecir en qué dirección la llevarían. Y, al fin y al cabo, no era más que una niña, y como la mayoría de los niños era sensible a los halagos. Entre tantos extranjeros, habría muchos que no ahorrarían energías para adular a la primera dama del palacio... y que se esforzarían por romper su dependencia de su media hermana y sustituir a Juli en los afectos de Shushila.

«¡Ay, querida mía! –pensó Ash–. Mi adorada Juli. ¿Qué será de ti? ¿Qué será de mí?».

Una vez más, el futuro se abría a la manera de un abismo, oscuro y frío como el espacio, e interminable; y no parecía tener sentido vivir si debía hacerlo sin Juli. Ash se llenó de amargura y autocompasión que lo hicieron sentirse más débil y menos hombre. Al mirar hacia abajo desde el parapeto donde se había apoyado para contemplar el lago, se le ocurrió por primera vez que sería fácil terminar con todo.

Lo impresionó la morbosidad de este pensamiento e hizo una mueca ante la imagen de sí mismo que se le presentaba: un cobarde que se revolcaba en sus padecimientos. Cómo lo despreciaría Juli si lo supiera. Y tendría razón en hacerlo, porque una cosa era cierta: la vida sería mucho mas fácil para él que para ella. Él no estaba condenado a permanecer en Bhithor, y había muchas formas en que podría llenar su vida. La frontera noroeste rara vez permanecía en paz durante tanto tiempo, y los Guías estaban más familiarizados con la guerra que con la paz. Tendrían lugar luchas en las montañas de la frontera, y batallas que debían ser planeadas, libradas y ganadas; podía cabalgar y explorar lugares extraños y salvajes; escalar montañas, hablar con amigos, beber y reír con Zarin, Wally y Koda Dad, Mahdoo y Mulraj y Kaka-ji, y muchos otros. Pero, para Juli, sólo estaría Shushila, y si Shu-Shu la traicionaba o se volvía contra ella, o si enfermaba y moría, no le quedaría nada.

La noche terminaba y pronto los gallos comenzarían a cantar. Era hora de retirarse a su habitación y tratar de descansar aunque sólo fuera una hora, mientras quedaba algún frescor en el aire. Una vez que saliera el sol, el calor le impediría dormir, y tendría mucho que hacer. Ash decidió que sería mejor enfrentar el día siguiente sin cansancio.

Se estiró fatigosamente y metió las manos en los bolsillos. Sus dedos encontraron algo redondo y áspero. Era una de las golosinas que se ofrecían a los huéspedes en los peldaños del palacio de las Perlas, y que él había aceptado por cortesía y luego había guardado con la idea de tirarla más tarde. La sacó, y al mirarla recordó otros días. Sonrió, destrozó la golosina y la arrojó sobre el parapeto; y, al hacerlo, miró por última vez la silueta distante del Rung Mahal y habló con voz muy baja en el silencio. No era la plegaria que solía decir cuando hacía ofrendas al Dur Khaima, pero, en cierto modo, era una plegaria. Una plegaria y una promesa.

–No te preocupes, querida mía –musitó–. Prometo que no te olvidaré. Te amaré siempre. Adiós, Juli. Adiós, mi único amor. *Khuda Hafiz*...

Se fue a su habitación, y dormía cuando apareció el primer resplandor del sol tras la silueta oscura de las montañas.

* * *

Dos días después, uno más de lo que Ash esperaba y varios menos de los que esperaba Mulraj, el nuevo maharajá de Karidkote partió hacia su tierra con un grupo de setenta hombres; veinticuatro de ellos eran soldados, doce oficiales y el resto, *syces* y sirvientes. Recibieron la autorización oficial para marcharse y fueron acompañados hasta la frontera de Bhithor por la que parecía ser la mitad de la población del estado, encabezada por el propio *rana*. Mientras atravesaban el valle, los cañones de los tres fuertes los saludaron con salvas.

Su marcha había estado precedida por entrevistas de despedida: una oficial en el Diwan-i-Khas, otra entre Jhoti y sus hermanas, y una tercera y privada entre Ash y Kaka-ji.

La despedida oficial consistió en gran parte en discursos y guirnaldas, y fue una experiencia exigente para Jhoti. Shushila admiraba genuinamente a su hermano mayor y ya había llorado hasta agotarse al enterarse de su muerte. Enfrentada ahora con la partida del menor, tuvo un ataque de histeria y se comportó de un manera tan frenética que, finalmente, Jhoti tuvo que darle una bofetada. Con el golpe se tranquilizó y Jhoti aprovechó la oportunidad para soltarle un discurso sobre las ventajas de saber dominar los nervios, y desapareció antes de que su hermana recuperara la capacidad de hablar.

La entrevista de Ash con Kaka-ji fue un asunto mucho más tranquilo. Al principio, el anciano había declarado que, por supuesto, acompañaría a su sobrino a Karidkote, pero Mulraj logró persuadirlo de que ahora sus sobrinas necesitarían mucho de su consuelo y apoyo, debido a la noticia de la muerte de su hermano mayor. Cuando Ash, más crudamente, señaló que su presencia sólo podía servir para que el viaje de regreso fuese más lento, Kaka-ji cedió y aceptó, no sin alivio, permanecer en Bhithor con el resto de la comitiva nupcial hasta la llegada del monzón. Más tarde, él y Ash hablaron a solas para despedirse antes de que saliera el grupo con Jhoti.

–Debo agradecerle muchas cosas, *sahib* Rao –dijo Ash–. Su amistad y su comprensión, pero más que nada su gran generosidad. Sé muy bien que usted podría haberme destruido con una palabra; y... también a ella. Sin embargo, no lo hizo, y siempre estaré en deuda con usted por eso. –Kaka-ji hizo un gesto como si el asunto no importara, y Ash rio y agregó–: Tal vez esto parezca un alarde fatuo, puesto que en este momento no estoy en condiciones de ayudar a nadie y usted es quien mejor lo sabe, *sahib* Rao. Hasta mi grado es sólo provisional, porque mientras estoy aquí represento al Raj y tan pronto como termine mi misión me convertiré nuevamente en un oficial de baja graduación, sin ninguna importancia para nadie. Sin embargo, espero que algún día estaré en posición de ayudar a mis amigos y pagar mis deudas, y cuando ese día llegue...

–La Madre Ganga habrá recibido ya mis cenizas –finalizó Kaka-ji, sonriendo–. No me debe usted nada, hijo mío. Ha sido usted amable con un viejo y a mí me ha satisfecho mucho su compañía. Además, somos nosotros quienes estamos doblemente en deuda: por salvar a mis sobrinas de ahogarse en el río y también por salvar sus matrimonios; junto con nuestro honor, que habríamos perdido si nos hubiéramos visto obligados a volver con ellas y con las manos vacías a Karidkote. En cuanto al otro asunto, ya no me acuerdo de él, y lo mejor que usted puede hacer, hijo mío, es olvidarlo también.

A Ash le tembló la boca y su rostro mostró todo lo que no expresaba en palabras. Kaka-ji le replicó como si hubiera hablado:

–Ya sé, ya sé –suspiró–. ¿Quién puede saberlo mejor que yo? Pero es porque hablo con conocimiento adquirido a través de mis propios errores por lo que puedo decirle ahora que no mire hacia atrás. El pasado es el último refugio de los derrotados... o de los viejos... Y no es necesario que usted se considere derrotado ni viejo. Dígase a sí mismo que lo hecho, hecho está; apártelo de su mente y olvídelo.

–Lo intentaré, *sahib* Rao –prometió Ash–. Y ahora debo marcharme. ¿Me dará su bendición?

–Claro que sí, aunque me temo que no le servirá de mucho. No le diré adiós porque espero que volveremos a encontrarnos; muchas veces.

–Yo también. ¿Vendrá a visitarme en Mardan, *sahib* Rao?

–No, no. Ya he viajado demasiado, y una vez que llegue a casa no desearé volver a marcharme. Pero sé que Jhoti le ha tomado mucha simpatía, y deseará que usted lo visite ahora que es maharajá. Seguramente lo veremos en Karidkote.

Ash no dijo que no, aunque sabía que no deseaba volver allí, y que una vez que hubiera escoltado a Jhoti hasta Karidkote, jamás regresaría. Pero eso era algo que no podía explicar a Kaka-ji.

Iba de uniforme como deferencia a la despedida oficial en el Rung Mahal, pero olvidó aquel detalle e hizo una reverencia a la manera de Oriente para tocar los pies del anciano.

–Que los dioses lo acompañen –le deseó Kaka-ji, y agregó con suavidad–: Y tenga la seguridad de que si alguna vez surge una... una necesidad..., le enviaré un mensaje.

No fue necesario que agregara que no se refería a una necesidad de él. Eso se sobreentendía. Abrazó a Ash y sin decir más le indicó que se retirara. Volverían a verse aquel día, porque Kaka-ji cabalgaría hasta la frontera con su sobrino y el grupo que lo acompañaba, pero no tendrían otra oportunidad de hablar en privado ni necesidad de hacerlo.

Dos tercios del grupo que regresaba habían partido al amanecer con los caballos de carga, para levantar el campamento a unos ocho kilómetros en el lado más alejado de la frontera; se preparaban para la llegada de los miembros más importantes, cuya partida probablemente se retrasaría por el protocolo y la ceremonia. En realidad, se retrasó aún más de lo que esperaba Ash, porque el sol ya se había puesto cuando la pequeña caravana llegó a la frontera de Bhithor. Ash se volvió en la silla para mirar por última vez a Kaka-ji y vio al resplandor de las antorchas que había lágrimas en las mejillas del anciano. Elevando una mano para saludarlo, se asombró al percibir que sus ojos también estaban húmedos.

–¡Adiós, tío! –gritó Jhoti–. ¡Adiós!

Los caballos emprendieron el galope corto y el coro de despedidas se perdió en el ruido de los cascos. Enseguida, el resplandor amarillento de las antorchas se apagó y siguieron cabalgando a la luz de la luna entre las sombras de las montañas. Atrás quedaban el sufrimiento, la traición y la claustrofobia de Bhithor. Una vez más, cabalgaban hacia el norte.

LIBRO CINCO

El paraíso de los tontos

32

–Dos días más y, si los dioses nos acompañan, estaremos durmiendo nuevamente en nuestras camas –comentó Mulraj.

–Dos días. Sólo dos días más –repitió Jhoti–. Dentro de dos días entraré en la ciudad..., mi propia ciudad..., y en mi propio palacio, y toda la gente gritará vivas cuando pase. Y después de eso realmente seré maharajá.

–Su alteza lo es desde la muerte de su hermano –replicó Mulraj.

–Lo sé. Sólo que no siento que lo soy. Pero cuando esté de regreso en mi propio estado lo sentiré. Quiero ser un gran rey. Mucho mejor que Nandu.

–Eso no será muy difícil –observó irónicamente Mulraj.

«Dos días más», pensó Ash, y deseó poder compartir el alivio de Mulraj y el entusiasmo de Jhoti.

La larga travesía desde el sur había estado notablemente libre de incidentes. Considerando el calor implacable que los había forzado a avanzar sólo entre el anochecer y la salida del sol, y descansar lo que pudieran durante el día abrasador, tardaron menos tiempo que lo que cualquiera de ellos esperaba. Aunque el trayecto fue una tortura para todos, también para los caballos, y especialmente para Mahdoo, quien se negó a que lo dejaran atrás a pesar de ser mayor que los demás y no muy buen jinete.

La única persona que disfrutó de todos los momentos del viaje fue Jhoti. Todos estaban preocupados por él y trataban de no ir a un ritmo demasiado rápido, pero al chico parecían sentarle bien el calor y el ejercicio físico..., tanto que, en ciertos momentos, su buen humor hacía que Ash se sintiera como un viejo de cien años, aunque en general disfrutaba de la activa compañía de Jhoti y de su conversación desenfadada, y soportaba sus interminables preguntas con gran paciencia. El chico había perdido sus temores y su aspecto regordete, y se había convertido en una persona diferente al niño miedoso a quien Biju-Ram había ayudado a «escapar» de Karidkote. Ash pensó, mientras lo observaba y escuchaba, que probablemente los súbditos de Karidkote serían muy afortunados con su nuevo gobernante.

Al acercarse al final del viaje, se dio cuenta de que él mismo no tenía ningún deseo de volver a ver a Gulkote, como parecía que seguían llamando al reino, y menos aún de entrar en el Hawa Mahal.

Nunca había deseado volver allí, porque siempre había tenido la convicción de que sería insensato hacerlo mientras viviera la *nautch*, y en cualquier caso sus recuerdos del lugar eran de todo menos agradables. Sus primeros años en la ciudad habían sido felices, pero luego se ensombrecieron con la miseria, el miedo y la humillación de los que siguieron en el Hawa Mahal, y, aunque incluso en esa época tuvo compensaciones, en general recordaba el palacio de los Vientos como una prisión de la que había escapado justo a tiempo para salvar la vida, y a Gulkote como un lugar de donde él y Sita habían huido en la noche en medio del terror a la captura y la muerte.

Ya no quedaba nada que le resultara atractivo para volver, aparte de unos picos nevados a los que solía recitar sus plegarias y el recuerdo de una niñita cuya devoción lo había consolado en cierto grado por la pérdida de su mangosta domesticada. La perspectiva de volver, precisamente ahora, había comenzado a llenarlo de algo parecido al pánico. Pero, como no había forma de evitarlo, tendría que ser fuerte y aceptar la situación. Si Kaka-ji tenía razón al decir que el pasado era el último refugio de los derrotados, cuanto antes se enfrentara con él, mejor.

Las llanuras fértiles habían quedado atrás y se encontraban en tierra desértica: una región áspera y desolada de piedras, riscos y hondonadas, donde crecía poca vegetación aparte de espinos y matorrales. Pero frente a ellos estaban las montañas, y detrás las colinas, que ya no eran una barrera borrosa en el horizonte, sino que aparecían cercanas, azules y sólidas. A veces, el aire caliente cargado de polvo traía un olor limpio de pinos, y al amanecer, o al llegar la noche, Ash veía los picos nevados del Dur Khaima.

Ése era el país al que Sita lo había traído después de escapar de Delhi en el año negro del Gran Levantamiento. Pero aquellos días no había camino, y Deenajung, que entonces se llamaba Deena, consistía en media docena de cabañas de barro amontonadas en el único lugar plano entre las llanuras y el río que formaban el límite sur de Gulkote. Sin embargo, a pesar de su entorno poco hospitalario, Deenajung era ahora una ciudad pujante, porque al unirse los territorios de Gulkote y Karidarra, en el reinado del padre de Lalji, el Gobierno había enviado a un residente británico para aconsejar a su alteza sobre asuntos de finanzas y política, y luego construyó un camino a través de las tierras desérticas y un puente de barcas en el río. La construcción de caminos trajo prosperidad a los pocos más de veinte habitantes de Deena, quienes vieron crecer su diminuta aldea hasta convertirse en una ciudad relativamente grande. Ash, mirando a su alrededor, ya no se sorprendía de no haber reconocido, en el otoño anterior, las fronteras de Gulkote mientras iba por el amplio camino a tomar el mando de una comitiva nupcial de un estado cuyo nombre no le era familiar, porque las montañas estaban ocultas por la niebla y las nubes.

Por primera vez desde la partida de Bhithor, levantaron el campamento al amanecer en lugar de hacerlo con el crepúsculo, y cabalgaron de día. El termómetro aún registraba una elevada temperatura a mediodía, pero la noche anterior había sido agradablemente fresca y Deenajung estaba casi a la vista. Podrían haber llegado allí antes de medianoche, pero acordaron no apresurarse, sino montar las tiendas al oscurecer y dormir por primera vez en muchos días a la luz de las estrellas.

Se levantaron descansados, se bañaron, dijeron sus plegarias y tomaron un frugal desayuno. Después enviaron a un mensajero para anunciar su llegada, se vistieron con sus mejores ropas, como correspondía a la escolta de un maharajá, y entraron en Deenajung a paso lento. Allí se encontraron con el oficial del distrito, una delegación de ciudadanos importantes y lo que parecía ser toda la población de la ciudad, ansiosa por presenciar cualquier forma de *tamarsha*.

Había varios rostros conocidos en la delegación: hombres que habían presentado cuentas o quejas cuando Ash estuviera por última vez en Deenajung. Pero el oficial del distrito no figuraba entre ellos: aparentemente, el *sahib* Carter había sufrido otro ataque de malaria al llegar el tiempo caluroso, y estaba de permiso por enfermedad en Mulree. Su sustituto, un tal Morcombe, informó a Ash de que el residente británico, junto con los miembros de su personal y por lo menos cincuenta nobles de Karidkote, esperaban para recibir al nuevo maharajá en un campamento instalado en el lado más lejano del puente de barcas, donde se había dispuesto que su alteza pasara la noche. La entrada en la capital tendría lugar al día siguiente, pero, lamentablemente, el capitán Pelham-Martyn no podría presenciarla porque se le ordenaba regresar de inmediato a Rawalpindi.

El oficial del distrito le entregó una carta que lo confirmaba, y en la que deploraban algo que pensaban representaría una desilusión para Ash.

–¡Qué mala suerte! –comentó el oficial mientras tomaban un vaso de cerveza del lugar–. Es lamentable haber traído a ese chico durante todo el largo camino y luego no poder presenciar el espectáculo. Y ¿quién sabe si cuando llegue usted a Pindi no le dicen que no había necesidad de apresurarse tanto? –Ash pensaba que era muy probable que fuera así, y estaba profundamente agradecido al responsable de la orden de retorno. Sin embargo, por cortesía, hizo lo posible por parecer desilusionado, aunque no lo suficiente como para estimular a Jhoti a insistir en que se quedara.

–No. Su alteza puede enviar un *tar* al *sahib un-i-tat* solicitando que me quede aquí –respondió Ash con firmeza–. O al virrey, o al gobernador del Punjab. De nada servirá. Sé que es usted un maharajá, pero yo sigo siendo un soldado, y, como le dirá Mulraj, un soldado debe obedecer las órdenes de sus oficiales de mayor rango. Los *sahibs* generales de Rawalpindi han ordenado mi regreso, y, a pesar de que su alteza desea que me quede, no puedo desobedecerlos. Mas espero que me escriba y me cuente las ceremonias y los festejos, y prometo que le escribiré lo más a menudo que pueda.

–Y me visitarás también –insistió Jhoti.

–Y lo visitaré también –asintió Ash, esperando que le fuera perdonada esa mentira..., si finalmente era mentira. Quizá no lo fuera. Quizá algún día sentiría de otra manera sobre el regreso a Gulkote y el Hawa Mahal, y de ser así...

Ash se despidió, y al hacerlo se dio cuenta de que los echaría de menos a todos: a Mulraj y a Jhoti, a Kaka-ji y a Gobind, y a muchos más. No sólo recordaría a Juli en los años que siguieran.

–Espero que volvamos a vernos muchas veces –dijo Mulraj–. Usted vendrá de permiso y saldremos a cazar con halcón en las llanuras, y lo pasaremos bien en nuestras montañas. Y cuando yo sea viejo, y usted un *sahib* general, aún nos encontraremos y hablaremos de los viejos tiempos juntos. Por tanto, no le digo «adiós», sino «vuelva pronto».

En el campamento no había más europeos que Ash, y, como nadie hablaba su idioma, a veces podía olvidar que era un *feringhi*. Pero no podría olvidarlo en Karidkote; especialmente porque allí habría un residente británico asistido por numerosos europeos y posiblemente una guardia de tropas británicas. También habría muchos hindúes viejos y ortodoxos que desaprobarían que Ash fuese tratado con la familiaridad de que había gozado en el viaje, e inevitablemente sus relaciones con Jhoti y Mulraj se resentirían. La camaradería del campamento sería reemplazada por cortesía, y muy probablemente todos sentirían alivio cuando él se marchara... Y eso no le gustaba.

No, era mucho mejor marcharse y que ellos siguieran pensando en él con afecto, como alguien que habían conocido y querido, y que esperaban volver a ver algún día. Y luego quizá, cuando Ash fuese viejo... cuando todos fueran viejos, y nada importara mucho ya porque la vida estaría casi terminada y sus partes malas olvidadas..., podría volver a hacerles una breve visita para hablar del pasado con cualquiera que lo recordara. Y para hacer una última ofrenda al Dur Khaima.

Más tarde, cuando la luz comenzó a disminuir y lo rodearon las primeras sombras, se detuvo y se volvió a mirar las montañas que ya estaban en penumbra y mostraban un tono intensamente violeta. Un grupo de picos aún estaba iluminado por el atardecer. La cima del Dur Khaima, rosada en el crepúsculo... Los Pabellones lejanos... El color cálido se esfumaba poco a poco, y un pico tras otro pasaron del rosa al lavanda hasta que finalmente sólo el Tara-Kilas, la torre de las estrellas, seguía iluminado. Luego también quedó a oscuras, toda la cadena perdió nitidez y se mezcló con la noche estrellada.

Los recuerdos lo invadían, lo ahogaban; y, casi sin darse cuenta, desmontó y juntó las palmas como hacía mucho tiempo atrás. Inclinó la cabeza y repitió la vieja plegaria del balcón de la reina que pide perdón por «los tres pecados debidos a las limitaciones humanas».

–Tú estás en todas partes –murmuró–, pero yo te adoro a ti: tú no tienes forma, pero a ti te idolatro en estas formas: no necesitas elogios; sin embargo, te ofrezco estas plegarias y salutaciones...

La primera brisa de la noche suspiró entre los matorrales y le trajo el aroma de pinos y humo. Volviendo a montar, dirigió su caballo para reunirse con Mahdoo, Gul Baz y Kulu-Ram, el *syce*, quienes se habían adelantado y seguramente ya habían elegido un lugar para montar las tiendas y preparar la cena.

Si hubieran viajado con tanta rapidez como durante el regreso de Bhithor, habrían llegado a Rawalpindi en menos de una semana. Pero, en opinión de Ash, ya no había necesidad de apresurarse, y la temperatura en las llanuras no bajaba de cuarenta y cinco grados durante el día y cuarenta durante la noche. Además de que Mahdoo estaba muy cansado de viajar a caballo. Avanzaban a paso lento, levantándose a las dos de la madrugada para cabalgar hasta la salida del sol, y entonces establecían el campamento y descansaban hasta la misma hora del día siguiente.

De esta manera, a un promedio de no más de treinta y cinco kilómetros diarios, recorrieron la última etapa del viaje. Y al amanecer del último día de mayo llegaron a Rawalpindi, donde Ash encontró a Wally esperándolo, como había esperado cada mañana de los anteriores ocho días, junto al tercer mojón en el camino de Pindi-Jhelum.

Ash había permanecido ausente ocho meses; durante ese período, tal vez había usado el inglés media docena de veces, y el resto había hablado, pensado y soñado en la lengua de su madre adoptiva, Sita.

Pindi, en junio, era un lugar del que escapar. El calor, el sol y el polvo lo transformaban en un infierno, y los que estaban atados a una oficina, a las barracas o al campo de ejercicios solían padecer una tediosa variedad de enfermedades producidas por el calor que iban desde la insolación hasta las fiebres contagiadas por algunos insectos.

–¿Cómo se siente uno al volver a ser un pobre teniente después de pavonearse como un gran capitán al mando de millares de personas? –preguntó Wally.

–Es aburrido –respondió Ash–. Aburrido, pero tranquilo. ¿Cuántos pares de calcetines me llevaré?

Había pasado casi una semana desde el regreso de Ash y se preparaba para partir otra vez, pero ahora con permiso. Se había presentado en el cuartel general para entregar un breve informe de su misión y una descripción detallada de la mala conducta del *rana* ante el coronel Dorton, cuyo hábito de dormir durante las horas de oficina le había valido el apodo de Marmota. El coronel, de acuerdo con su costumbre, permaneció durante toda la entrevista con los ojos cerrados, y sólo los abrió (tras guardar silencio durante dos minutos) para mirar vagamente al vacío y comentar que el señor Pelham-Martyn debía presentarse en el departamento del general ayudante, donde el mayor Boyle le encargaría alguna nueva misión. Pero la predicción hecha por el oficial del distrito de Deenajung resultó correcta: no había ninguna razón especial para volver a llamar a Ash. El mayor Boyle había tenido un grave ataque de disentería y en el departamento del general ayudante nadie más parecía haber oído hablar del teniente, últimamente capitán, Pelham-Martyn, ni tenía ninguna orden para él. Lo mismo hubiera sido que no regresara, y aparte de privarlo del grado honorario que había tenido durante los últimos ocho meses (y enviar un memorándum a esos efectos a la tesorería) nadie parecía saber qué hacer con él. Ash pidió que se le permitiera volver a su regimiento, pero le respondieron, un poco bruscamente, que ésa era una decisión que correspondía al comandante de Guías, quien lo llamaría cuando lo creyera conveniente.

En general, había sido un regreso deprimente. De no haber sido por Wally, Ash habría renunciado de inmediato a su comisión y se habría ido a explorar el Tíbet o a alistarse en algún buque de carga, haciendo cualquier cosa que lo alejara de la monotonía del acantonamiento y le permitiera calmar la inquietud que lo invadía desde que viera por última vez a Juli, frente al palacio de las Perlas. La rapidez del viaje por Rajputana y el Punjab hasta Deenajung había aplacado temporalmente esa ansiedad, pero aquí, en Rawalpindi, donde había poco o nada que hacer, volvía a atormentarlo, y sólo la alegre presencia de Wally y su vivo interés en todos los detalles de la aventura Karidkote-Bhithor lo consolaban en parte.

Ash volvió a contar a su amigo la historia que había despertado tan poco interés en el soñoliento coronel Dorton, pero esta vez con más detalles y suprimiendo menos cosas, aunque no dijo la verdad sobre Juli, y, lo cual era extraño, no mencionó el hecho de que Karidkote había resultado ser el Gulkote de su infancia. Ni con su amigo más íntimo hablaría (ni podría hablar) sobre Juli, y si hubiera podido eliminarla totalmente de la historia lo hubiese hecho. Como eso era imposible, sólo se refería a ella cuando era indispensable, y como si en lugar de un individuo fuera un problema abstracto que debía resolverse entre el gobernante de Bhithor y Ash. Pero ni él mismo se explicaba por qué guardaba silencio sobre el otro asunto. Al fin y al cabo, era lo más sorprendente de toda la historia, y Wally, que ya sabía de aquellos tempranos años de Gulkote, habría estado encantado de enterarse de que el estado de Karidkote era el mismo lugar que Ash le había descrito hacía un año, una noche de luna en Taxila.

Ash se guardó esa información vital, y sin ella el relato de la muerte de Biju-Ram perdía gran parte de su importancia. El resto no presentaba problemas especiales, y Wally escuchó e hizo preguntas con tanta avidez como Jhoti, y con el mismo entusiasmo.

Comparadas con estas aventuras, Wally declaró que sus propias hazañas durante el mismo período habían sido deplorablemente inútiles. Como era de suponer, se había enamorado de varias jóvenes encantadoras, había escrito una gran cantidad de poesía mala, se había fracturado una vértebra jugando al polo y había perdido el sueldo de un mes entero en una sola noche de póquer. Pero se guardaba para el final la noticia más importante: había sido promovido del empleo de teniente, y le habían ofrecido, y él había aceptado, una comisión en los Guías, a los que se incorporaría en agosto.

Después de las felicitaciones, agregó que había retrasado disfrutar de permiso esperando que Ash volviera a tiempo para que los dos lo pasaran juntos.

–Porque, por supuesto, ya tienes derecho a pedirlo. No has tenido permiso desde el verano pasado, de manera que, sin duda, te lo concederán si pides ahora un par de meses.

Eso no se le había ocurrido a Ash, en gran parte porque sentía que había disfrutado de una hermosa forma de licencia durante al menos dos tercios del tiempo transcurrido en el campamento de Karidkote, y pedir más le parecía una extorsión. Pero, teniendo en cuenta que el departamento del general ayudante no parecía tener órdenes para él y el mayor Boyle seguía enfermo, no veía ningún inconveniente en solicitarlo. Lo peor que podía suceder era que se lo negaran, pero tal vez recibirían bien la posibilidad de librarse de él durante algún tiempo más.

Por tanto, pidió de inmediato un permiso de seis semanas, y lejos de negárselo le dijeron que podía tomar ocho. Las dos semanas extras se las concedían como bonificación, considerando que había estado trabajando constantemente durante un período que incluía el Año Nuevo y las Navidades y la Semana Santa, además de la festividad hindú de Diwali y la celebración musulmana de Id-Ul-Fitr. Ash no se sintió particularmente agradecido por las dos semanas extras hasta que descubrió que la prohibición de entrar en la provincia de la frontera noroeste seguía vigente. Significaba que no podía visitar Mardan y que, a menos que lograra obtener unos días de permiso y trasladarse a Rawalpindi, tal vez no lo vería durante un año, quizá más tiempo, si el comandante de los Guías decidía que era mejor prolongar la prohibición por un período más largo.

Ash volvió al bungaló a contar las noticias a Wally y a escribir tres cartas: una para el comandante coronel Jenkins, pidiendo que le permitiera volver a su unidad; otra a Wigram Battye, rogándole que apoyara su petición, y la tercera a Zarin. El coronel Jenkins estaba de permiso y no pudo contestarla, pero su segundo le comunicó que la solicitud había sido tenida en cuenta y que seguramente recibiría la comprensiva consideración del comandante cuando éste volviera a Mardan; mientras que Wigram, en una carta amistosa llena de noticias sobre el regimiento, prometía hacer todo lo posible para que pronto llamaran a Ash. Zarin no escribió, pero envió un mensaje verbal por medio de un tratante de caballos que ambos conocían bien, y que se encontró con Ash en cierta casa de las afueras de Attock.

–El *risaldar* –Zarin había sido ascendido– no puede tomar su *chutti* en este momento –explicó el comerciante–, pero, como está permitido que se ausente por un día, saldrá al anochecer del próximo viernes. Si todo sale bien, llegará a Attock a medianoche. Si esto no fuera conveniente, el *sahib* sólo deberá enviar un *tar*.

El mensajero hizo el saludo oriental, y estaba a punto de retirarse cuando recordó algo y volvió a hablar:

–*Chut!* Casi me olvidaba: Zarin-Khan me llamó para decirme que si el *sahib* desea llevar a Ashok con él, todo puede arreglarse. ¿Es uno de los *syces* del *sahib*?

La pequeña ciudad de Attock se encuentra en la orilla este del Indo, y sólo hay que cruzar el río para entrar en la provincia de la frontera noroeste. Por tanto, era mejor que Ash no fuera visto allí: podía parecer que intentaba desafiar la prohibición, lo cual en ese momento podría perjudicar sus posibilidades de que le permitieran volver a los Guías en un futuro cercano. Sin embargo, Zarin sólo disponía de un día, por lo que encontrarse en Attock en lugar de en Rawalpindi, o en alguna casa a mitad de camino, les daría más tiempo para estar juntos.

Wally solicitó su permiso tan pronto como supo que se lo habían concedido a Ash, pero, mientras que a éste se le dijo que podía disfrutarlo de inmediato, el de Wally sólo le permitía partir diez días después.

–Probé todos los argumentos, pero el viejo estuvo inflexible –explicó con tristeza–. Parece que ahora no pueden desprenderse de su muchacho de ojos azules, porque Johnnie Reeves ha elegido este momento para unirse a las filas de la gran mayoría.

–¿Ha muerto? –preguntó Ash, desconcertado.

–No. Disentería. Y van seis. No hay forma de evitarlo, así que pienso que es mejor que te vayas tú primero. Podemos encontrarnos tan pronto como yo salga de aquí.

En realidad, ese programa era excelente para Ash, ya que le concedía libertad durante los días siguientes y de esa manera no tenía que explicar sus planes de visitar Attock; era algo que prefería no comentar con Wally. Los dos decidieron encontrarse en Murree, y desde allí ir a pie a Cachemira llevando solamente a un asistente de Wally, Tir-Paksh, y contratando otros sirvientes que pudieran necesitar, de manera que los que habían acompañado a Ash a Bhithor podían disfrutar de un permiso también.

Tanto Mahdoo como Gul Baz protestaron diciendo que no deseaban tomar *chutti*, pero finalmente se dejaron convencer. Ash encargó un asiento en la *tonga* del correo que iba hacia Abbottabad y fue a despedir a Mahdoo:

–Y cuando vuelvas, tomaremos un criado para ti, *cha-cha-ji*. Alguien a quien puedas instruir y que aprenderá a cocinar tan bien como tú; sólo tendrás que supervisarlo. Es hora de que trabajes menos.

–No es necesario –gruñó Mahdoo–. Todavía no estoy tan viejo como para no poder ganarme la vida. ¿O es que ya no está usted satisfecho conmigo?

Ash rio y le pidió que no dijera tonterías porque sabía que era indispensable.

Gul Baz, Kulu-Ram y los otros partieron a sus respectivos hogares aquel mismo día, y, cuando cayó la noche, Ash llamó a una *ekka* que pasaba e indicó al conductor que lo llevara a una casa en el mercado de Rawalpindi, donde debía resolver algunos asuntos. No volvió al bungaló hasta pasada la medianoche. Unas cinco horas después de desayunar con Wally, salió en una *tonga* con un modesto equipaje y la intención de ir a Murree.

Había varias casas de descanso en el camino a Murree, y Ash se detuvo en la menos frecuentada; después de pagar la *tonga* y elegir la habitación menos asfixiante, se tendió en la cama *narwar* y recuperó el sueño perdido. Se despertó en las últimas horas de la tarde con el ruido de dos jinetes que entraban en el lugar, y fue a saludar a un amigo suyo, un tal Kasin Ali, cuyo padre poseía la mitad de las tiendas de telas en el mercado de Rawalpindi, y a quien parecía haber estado esperando.

Los dos hombres cambiaron unas cuantas palabras, y, cuando el segundo jinete desmontó, Ash tomó su caballo y dijo al *khansamah* de la casa de descanso que permanecería fuera durante un par de noches, pero que el sirviente de su amigo cuidaría de su equipaje y que debía proporcionarle cama y comida. El caballo llevaba un pequeño paquete atado en la parte posterior. Una vez que llegó a un lugar solitario, Ash se detuvo entre los primeros árboles que encontró para cambiar sus ropas por las que contenía el paquete; luego continuó el camino disfrazado de *pundit* de Cachemira.

Llegó a Hasan Abdal al anochecer, compró comida en un tenderete, y dejó descansar y pastar a su caballo mientras comía en una ladera cubierta de hierba desde donde se veía la tumba de Lalla-Nookh. Aún debía recorrer otros cuarenta y cinco kilómetros, pero, como Zarin sólo saldría de Mardan antes del anochecer, no debía apresurarse. Permaneció un rato junto a la sepultura, observando al caballo que pastaba cerca de él y viendo cómo disminuía la luz en las montañas lejanas mientras el cielo se llenaba de estrellas, hasta que por fin salió la luna en la oscuridad con olor a polvo. Cuando el camino estuvo iluminado por una luz de color hueso, pudo marchar a paso más vivo, y el descanso y el aire fresco reanimaron de tal manera al caballo que condujo a Ash a la vieja casa en las afueras de Attock en menos tiempo del previsto.

La casa estaba rodeada por un jardín amurallado, y su propietaria, la hermana de Koda Dad, Fátima Begum, era una viuda de edad avanzada que a menudo alojaba en su casa a sus sobrinos y a los amigos de éstos; y no sería la primera vez que Ash se instalara bajo aquel techo hospitalario. Aquella noche, la anciana señora ya se había retirado, pero el hombre que vigilaba la puerta dijo que el *risaldar-sahib* Zarin Kahn aún no había llegado, así que Ash dejó su caballo y atravesó la ciudad dormida, pasando junto a los muros del gran fuerte de piedra del emperador Akbar que había vigilado la barcaza durante casi dos siglos. Los descendientes del primer hombre que trabajó allí aún seguían la tradición de sus antepasados, pero pronto desaparecería porque los ingleses habían construido un puente de barcas sobre el Indo y el noventa por ciento del tránsito circulaba ahora por allí. Ash se detuvo en una curva del camino desde donde podía ver el puente y se sentó a la sombra, con las piernas cruzadas, a esperar a Zarin. A aquella hora había poca gente en la calle, y, aparte de un centinela de guardia en un extremo del puente, sólo Ash parecía estar despierto y escuchando. La voz resonante del «padre de los ríos» que pasaba por la garganta de Attock llenaba la noche, pero el ruido de los cascos de los caballos se percibía desde lejos, y los oídos de Ash lo captaron por encima del rumor del agua.

Cuando el sonido se convirtió en un tamborileo hueco sobre las planchas de madera del puente, Ash vio que no venía un jinete, sino dos. La posición de la cabeza y los hombros de Zarin era inconfundible, pero había traído a alguien con él. A pesar del brillo de la luna, sólo cuando se acercaron mucho se dio cuenta Ash de quién era. Se puso en pie de un salto y corrió a abrazarse al estribo de Koda Dad con ambas manos y a tocar con la frente el pie del anciano.

–Vine a asegurarme de que estás bien, hijo mío –dijo Koda Dad, inclinándose para abrazarlo.

–Y también a oír noticias de lo que alguna vez fue Gulkote –agregó Zarin con una sonrisa, mientras desmontaba.

–También a eso –asintió Koda Dad en tono de reproche–. Pero he sentido temor por ti desde que supimos, demasiado tarde, a quiénes estabas escoltando a través del Hind. Si alguien te hubiese reconocido, podrías haber estado en peligro; es bueno comprobar que estás a salvo y bien.

Era como una bienvenida al hogar, pensó Ash mientras caminaba con Zarin a un lado y al otro Koda Dad cabalgando al paso. Después de los desiertos de Rajputana, el sonido mismo del río era refrescante y tranquilizador; y lo mejor era saber que estaba en compañía de dos personas con quienes podía hablar libremente de Gulkote, porque ambas habían estado tan íntimamente ligadas con su infancia que era muy poco lo que no sabían de ella.

Excepto algunos hechos relacionados con Juli, no había nada que Ash no pudiera decirles sobre los acontecimientos de los últimos ocho meses; y eso, aparte de su placer en volver a verlos, le producía una enorme sensación de alivio. La necesidad de confesarse con alguien que pudiera entender las complejidades de su situación había crecido en él en las anteriores semanas, aunque hasta pocos días atrás no se había dado cuenta de lo fuerte que se había vuelto. Era preciso para la paz de su espíritu poder contarlo todo y librarse de dudas, culpa y ansiedades, y también de fantasmas.

33

Aquella noche hablaron poco, porque los tres viajeros estaban cansados. Ash durmió mejor que durante las semanas anteriores.

Su cama se encontraba en una habitación parcialmente cerrada para obtener mayor frescura, y al despertar en el amanecer caluroso miró desde el parapeto y vio a Zarin haciendo sus plegarias en el jardín de abajo. Esperó a que terminara, y fue a reunirse con él para conversar y pasear bajo los árboles frutales llenos de pájaros que saludaban el nuevo día con un clamor de gorjeos y cantos. Hablaron principalmente del regimiento, porque el tema de Gulkote podía esperar hasta que Koda Dad estuviera dispuesto a escuchar, y Zarin cerró la brecha del pasado año poniendo al día a Ash sobre una serie de asuntos que, por una razón u otra, no había querido confiar a un escribiente de feria. Detalles referentes a su vida personal y noticias sobre varios hombres del escuadrón de Ash; la posibilidad de que hubiera problemas con los *jowaki-afridis* por la construcción de un camino para carros a través del Khyber y las andanzas de los que habían servido de escolta para el hijo mayor de la *padishah*, el príncipe de Gales, en su visita a Lahore durante la temporada fría.

Zarin contó que el príncipe había quedado tan complacido con la conducta de los Guías que escribió a su augusta madre, quien contestó nombrándolo coronel honorario del cuerpo y ordenando que, en el futuro, los Guías se llamaran Cuerpo de Guías de la Reina y usaran en sus banderas y designaciones la Cifra Real de la Liga (la traducción que Zarin hizo de esto habría desconcertado al College of Heralds). Después del desayuno, el sol ya estaba alto y presentaron sus respetos a la dueña de la casa, quien los recibió sentada detrás de un *chik* antiguo muy deteriorado a través del cual podía vérsela perfectamente, pero que conservaba, aunque sólo fuera en la parte técnica, las reglas del *purdah*. Luego quedaron libres de ir a buscar al padre de Zarin.

Ya hacía demasiado calor para salir, de manera que los tres hombres pasaron el día en la antigua habitación de techo alto destinada a Koda Dad porque era la más fresca de la casa. Allí, protegidos de la temperatura por cortinas de *kus-kus* y sentados con las piernas cruzadas sobre el suelo sin alfombra de *chuman* pulido, Ash narró por tercera vez la historia de su viaje a Bhithor, desde el comienzo y sin dejar nada fuera..., excepto que se había enamorado de una muchacha que alguna vez ellos habían conocido como Kairi-Bai.

Zarin interrumpió la historia con preguntas y exclamaciones, pero Koda Dad, que nunca había sido muy conversador, escuchó en silencio, aunque Ash le hablaba más a él que a Zarin. El descubrimiento del aro de Hira Lal le arrancó un gruñido de sorpresa, y el relato de la muerte de Biju-Ram un gesto de aprobación, mientras que con una sonrisa elogió el manejo por parte de Ash del intento de extorsión de *rana*. Aparte de eso, no hizo comentarios, y, cuando por fin el relato terminó, sólo dijo:

–Fue un mal día para Gulkote cuando el corazón de su rajá fue capturado por la belleza de una mujer maligna y ambiciosa, y muchos pagaron esa tontería con la vida. Sin embargo, a pesar de todas sus faltas, era un hombre bueno, lo sé bien. Lamento saber que está muerto, porque fue un buen amigo para mí durante los muchos años en que viví a su sombra: treinta y tres... Los dos éramos jóvenes cuando nos conocimos. Jóvenes y fuertes. Y sin cabeza..., sin cabeza...

Suspiró profundamente y volvió a guardar silencio; en unos instantes, Ash se dio cuenta, con una extraña sensación de pánico, de que Koda Dad había caído en el sueño ligero de la vejez. Sólo entonces advirtió por primera vez cuántos cambios físicos había experimentado desde el último encuentro: la delgadez del cuerpo apenas disimulada por el voluminoso traje de *pathan*, y las muchas arrugas que recorrían su rostro familiar; la apariencia curiosamente frágil de su piel color pergamino, que en otra época era bronceada y como el cuero, y el hecho de que, bajo la tintura color escarlata, su cabello y su barba ahora eran muy escasos y blancos como la nieve.

Ash lo habría notado de inmediato si no hubiera estado tan absorto en sus propios asuntos, pero ahora el cambio lo sacudía y asustaba, recordándole la brevedad de la vida humana y la terrible carrera del tiempo. Cuando apartó la mirada y se encontró con la de Zarin, había en ésta comprensión y compasión a la vez.

–A todos nos llega, Ashok –dijo Zarin en voz baja–. Ya ha pasado los setenta años. No hay muchos que vivan tanto, y pocos que estén tan contentos con su destino. Mi padre ha sido afortunado porque llevó una vida íntegra y abnegada, y sin duda eso es lo máximo que podemos pedir a Dios. Ojalá que a los dos se nos conceda lo mismo.

–*Ameen* –replicó Ash en un murmullo–. Pero... no me había dado cuenta... ¿Ha estado enfermo?

–¿Enfermo? Eso no es una enfermedad. A menos que así consideres la vejez. No es más que el peso de los años. ¿Y quién puede decir que no verá todavía muchos más? Pero, entre nosotros, llegar a los setenta es alcanzar una edad muy avanzada.

Ash sabía que era cierto. Los hombres de las montañas de la frontera llevaban una vida dura, y un miembro de una tribu se consideraba viejo a los cuarenta años, mientras que su esposa a menudo era abuela antes de los treinta. Y Koda Dad había excedido en treinta años lo que se prometía a los descendientes de Adán. Últimamente, Ash había comenzado a pensar que la vida era demasiado larga, y a verla en su imaginación como un camino interminable que se abría frente a él y no conducía a parte alguna, y por el que debía caminar solo. Pero ahora, de repente, veía que era también cruelmente breve, y quedó sacudido por este descubrimiento común. Zarin, que continuaba observándolo y lo conocía suficientemente bien como para saber en qué pensaba, dijo en tono consolador:

–Siempre estoy yo, Ashok. Y también el regimiento.

Ash asintió en silencio. Sí, aún estaban Zarin y el regimiento. Y cuando le permitieran volver a Mardan también estaría Wally, y el pueblo de Koda Dad ya no quedaría kilómetro y medio más allá de la frontera, sino a poca distancia. Koda Dad, que repentinamente había envejecido... Ash observó el rostro dormido del anciano *pathan* y vio las líneas del carácter grabadas tan claramente como las del tiempo: la bondad y la sabiduría, la firmeza, la integridad y el humor, todas nítidamente dibujadas. Un rostro fuerte y tranquilo. El de un hombre que ha tenido muchas experiencias y ha llegado a un acuerdo con la vida, aceptando lo malo junto con lo bueno, y considerando ambas cosas como parte de la existencia y de los inexplicables propósitos de Dios.

Repasando sus propios logros a la luz de la vida larga y aventurera de Koda Dad, Ash tuvo la sensación de que podían resumirse en una corta lista de fracasos lamentables. Había comenzado por convertirse en un tonto con Belinda y terminaba por perder a Juli. Y en ambas había fallado a George, había probado ser un oficial intratable e, indirectamente, había causado la muerte a Ala Yar. Porque, si no hubiera sido por su conducta quijotesca en el asunto de los rifles, Ala Yar aún estaría vivo, y quizá charlando cómodamente con Mahdoo en la galería trasera de un bungaló en Mardan.

Desde el punto de vista positivo, podía decirse que había salvado la vida a Jhoti, vengado las muertes de Hira Lal y Lalji, y logrado salvar la reputación y el tesoro de Karidkote del desastre. Pero era una pobre compensación por sus fracasos anteriores, o por el hecho de que su breve y apasionado amor por Juli sólo podía aumentar la desgracia de ella en la vida a la que la había condenado su propia lealtad... Una vida en la que Ash ni siquiera se atrevía a pensar.

En aquellos días había pocas cosas que deseara recordar, y menos aún anticipar. Pero entre las primeras siempre estaba Koda Dad, fuente de sabiduría y consuelo y una roca en que apoyarse. Koda Dad y Zarin, Mahdoo y Wally. Sólo cuatro seres humanos entre los millones de personas que había en el mundo, y, sin embargo, de enorme importancia para él. Y estaba a punto de perderlos. Cuando Koda Dad y Zarin volvieran a cruzar el Indo y Wally partiera hacia Mardan un mes después, él no podría seguirlos porque habrían entrado en un territorio del cual estaba excluido hasta que los Guías decidieran llamarlo de nuevo...Y, por lo que sabía, podía tardar años en suceder. En tal caso, probablemente sería ésta la última vez que vería a Koda Dad.

En cuanto a Mahdoo, se estaba volviendo viejo y frágil, y si Koda Dad, el inmutable, podía desmoronarse de esta forma, con mucha más razón le sucedería a Mahdoo, que no poseía ni la mitad del arrojo y resistencia del *pathan* y que al menos debía de tener la misma edad que él. Le resultaba intolerable pensar en ello. Sin embargo, lo pensaba, con amargura y desesperación, viendo su vida como una casa frágil y vacía, puesto que no estaba Juli, que alguna vez él había pensado en llenar con tesoros. Una casa sostenida por cuatro pilares, dos de los cuales estaban casi gastados y que, por el curso natural de las cosas, no durarían mucho tiempo... Cuando cayeran, como debía suceder algún día, tal vez las paredes continuaran en pie. Pero, si se derrumbaba un tercero, la situación sería desesperada; y, si se iban todos, la casa se desplomaría y se haría pedazos, exponiendo su interior.

La cabeza de Koda Dad cayó hacia delante, y el movimiento lo despertó:

–De modo que hay un nuevo gobernante en Gulkote –dijo el anciano, continuando la conversación donde había terminado al adormilarse–. Eso está bien. Siempre que no se parezca a su madre. Pero, si Dios lo permite, la sangre de su padre resultará más fuerte, y si es así, Gulkote... *Chut!* Ya no se llama así. No recuerdo el nuevo nombre, pero no importa. Para mí siempre será Gulkote y siempre que piense en ella será con afecto, porque, hasta que la madre de mis hijos murió, mis días allí fueron agradables. Una buena vida..., una buena vida. ¡Ah! Aquí está Habibah. No me había dado cuenta de que era tan tarde.

Cuando el sol se escondió detrás de las montañas y el aire comenzó a refrescar, Ash y Zarin salieron a cabalgar en la noche polvorienta. Al volver, observaron que la Begum había invitado a viejos amigos y conocidos de su hermano a cenar con ellos, de manera que no tuvieron oportunidad de seguir hablando aquella noche. El día siguiente era domingo, y Zarin debía regresar a Mardan a tiempo para prepararse para los ejercicios del lunes por la mañana, que por el tiempo caluroso comenzaban a las cinco y media. Así que padre e hijo partirían muy poco después del anochecer. Los tres pasaron el día como habían pasado el anterior, hablando de Koda Dad y descansando durante las horas tórridas de la tarde. Al anochecer, la Begum envió un sirviente a decir a Zarin que su tía deseaba verlo por algún asunto relacionado con la posible compra de tierras cerca de Hoti Mardan, y Ash y Koda Dad subieron a la terraza para tomar el fresco mientras el sol descendía tras las colinas.

Era la primera vez que estaban solos, y alrededor de una hora después Koda Dad se habría ido y no sabían cuándo volverían a encontrarse. Pero, aunque Ash habría dado mucho por poder pedir consejo y consuelo como había hecho tantas veces en el pasado, tanto de niño en Gulkote como de joven subalterno en Mardan, ahora no podía hacerlo. El problema era demasiado personal y la herida estaba demasiado abierta, por lo que ni siquiera lo intentó. En cambio, conversó: habló de su próximo permiso en Cachemira y de las perspectivas de cazar en un tono ligero y alegre que habría engañado a noventa y nueve de cien personas, pero que no podía engañar a Koda Dad.

El viejo *pathan* escuchaba y asentía en silencio, pero no hablaba. Luego, cuando el cielo se enrojeció con el sol poniente, la primera brisa de la noche trajo un grito agudo de la ciudad:

–*La Illah Ila Allah!* ¡No hay otro Dios que Dios! –decía la voz del muecín de una mezquita de Attock que llamaba a los fieles a orar. Koda Dad se puso de pie y, desenrollando una alfombrita que había llevado a la azotea, se volvió hacia La Meca y comenzó sus plegarias de la noche.

Ash no recitó su propia plegaria, la antigua invocación hindú que había adoptado tanto tiempo atrás. Pensaba hacerlo, pero, antes de que las palabras tomaran fuerza, la imagen mental de la diosa de su infancia se esfumó y se encontró pensando en Juli.

Le había dicho que pensaría en ella todas las horas de cada día; sin embargo, había tratado de no hacerlo, en parte porque no podía soportarlo y también porque había decidido que su única esperanza estaba en seguir el consejo del tío de ella y dejar atrás el pasado; pero, de pronto, lo que pensó fue que jamás volvería a verla.

Koda Dad terminó sus plegarias. Al volverse, vio a Ash detenido junto al parapeto mirando hacia el camino de Pindi. En el horizonte oriental, la luna llena ascendía lentamente mientras el sol caía en el occidente polvoriento. La rigidez de su espalda y las manos nerviosas de Ash, que se abrían y se cerraban, dijeron a Koda Dad casi tanto como la intencionada trivialidad de su conversación. El anciano preguntó en voz baja:

–¿Qué sucede, Ashok?

Ash se volvió rápidamente..., quizá demasiado, porque no le dio tiempo a controlar sus emociones. Koda Dad se quedó asombrado contemplando a aquel ser invadido por una agonía física.

–*Ai*, *Ai*, hijo mío..., no puede ser tan malo –dijo Koda Dad, entristecido–. No, no me mientas... –Su mano levantada detuvo la negativa automática de Ash–. Te conozco desde que tenías siete años. No estoy tan ciego como para no ver lo que está escrito en tu cara, ni tan sordo como para no oír lo que hay en tu voz. Tampoco soy tan viejo como para no recordar mi propia juventud. ¿Quién es ella, hijo mío?

–¿Ella...? –Ash se quedó mirándolo, desconcertado.

Koda Dad prosiguió con ironía:

–Olvidas que ya te he visto sufrir por el mismo motivo antes..., pero entonces era apenas una tontería de niño. En cambio, ahora..., ahora creo que es algo mucho más hondo, porque ya no eres un muchacho. Es Kairi-Bai, ¿verdad?

Ash palideció.

–¿Cómo sabía usted...? Pero no es posible... Yo no...

Se interrumpió. Koda Dad sacudió la cabeza y respondió:

–No, no te traicionaste con palabras. Las que no dijiste fueron las que me advirtieron de que algo andaba mal. Hablaste de dos novias y sólo dijiste el nombre de la más joven, describiéndola y contando cosas que ella había dicho y hecho. Pero, excepto cuando no podías evitarlo, no mencionabas a la mayor, y, cuando lo hiciste, tu voz cambió y no transmitía ningún sentimiento, hablabas como si algo te contuviera. No obstante, era la misma Kairi-Bai que todos conocimos y a quien debías tu huida del Hawa Mahal. Pero no nos contaste casi nada y hablaste de ella como lo habrías hecho de una extraña. Eso lo decía todo. Eso, y el cambio en ti. No podía ser otra cosa. ¿No tengo razón?

Ash sonrió torcidamente y replicó:

–Siempre tiene razón, padre mío. Pero me avergüenza saber que soy tan transparente y que es tan fácil leer mi rostro y mi voz.

–No es tan fácil –respondió Koda Dad con tranquilidad–. Sólo yo podía haberlo hecho..., y sólo porque te conozco y te quiero desde hace mucho tiempo, y porque recuerdo muy claramente los viejos días. No te obligaré a que me cuentes nada que no desees, pero estoy preocupado por ti, hijo mío. Me preocupa profundamente verte desdichado; si pudiera ayudarte de alguna manera...

–Usted siempre me ha ayudado –respondió Ash con tristeza–. Me apoyé en usted cuando era un niño y volví a hacerlo cuando era un joven recluta. Además, sé muy bien que si hubiera seguido sus consejos más a menudo me habría ahorrado muchos sufrimientos.

–Cuéntame –propuso Koda Dad.

Se sentó con las piernas cruzadas en la piedra tibia, preparado para escuchar, mientras Ash se inclinaba sobre el parapeto. Mirando el jardín de la Begum, habló de todas las cosas que no había mencionado en su historia del día anterior, omitiendo solamente lo sucedido la noche de la tormenta.

Cuando terminó, Koda Dad suspiró y dijo sin darle mucha importancia:

–Su padre era un hombre de gran valor y muchas buenas cualidades, que gobernó sabiamente a su pueblo..., pero no a la gente de su propia familia. En eso fue débil y haragán, porque no le gustaban las lágrimas ni las discusiones. *Hae-mae!* –Guardó silencio, sumergiéndose en el pasado, y enseguida continuó–: Sin embargo, él nunca quebrantó una promesa. Si daba su palabra, la mantenía, como corresponde a un *rajput*. Por tanto, es lógico que Kairi-Bai haga lo mismo, ya que, según lo que me has dicho, sólo ha heredado lo bueno. Tal vez esto te parezca una desgracia, pero con el tiempo creo que te darás cuenta de que es mejor para los dos que ella tenga el valor de ser fiel a su promesa, puesto que si hubiera hecho lo que tú deseabas y hubiese vivido para contarlo, lo cual me parece improbable, no habríais encontrado la felicidad juntos.

Ash dejó de contemplar el río que se oscurecía y replicó con dureza:

–¿Por qué dice eso? Yo habría hecho cualquier cosa..., cualquier cosa.

Una vez más, la mano delgada y autoritaria de Koda Dad lo detuvo:

–No hables como un niño, Ashok. No dudo de que habrías hecho todo lo posible por hacerla feliz. Pero no está en tus manos construir un nuevo mundo ni volver atrás en el tiempo. Sólo el único Dios podría hacer eso..., si fuera necesario. ¡Y sería muy necesario para ti! Yo mismo tuve poca experiencia o ninguna con tu gente, pero tengo hijos varones y familiares que conocen las costumbres de los *sahib-log*, y, como también tengo oídos para escuchar, he escuchado y aprendido mucho durante los años desde que partí de Gulkote. No creo que todo lo que me han dicho sean mentiras; por tanto, tú, Ashok, tendrás que escucharme.

Ash sonrió levemente e hizo un saludo irónico, pero Koda Dad lo interrumpió con un gesto y dijo en tono cortante:

–Esto no es broma, muchacho. Una vez hace muchos años, en los primeros tiempos de la compañía, cuando no había *memsahibs* en el Hind, los *sahibs* tomaban esposa entre las mujeres de esta tierra y ninguno decía nada en contra de ello. Pero, cuando la compañía trajo muchas *memsahibs* en sus barcos, ellas pusieron mala cara a esta práctica, y despreciaban abiertamente a todos los hombres relacionados con mujeres indias; especialmente a los que se casaban con ellas. Mostraban escarnio y desprecio hacia los hijos de sangre mixta. La gente del Hind se enfureció por este motivo y también ellos se opusieron a los casamientos mixtos, de manera que ahora ambas partes los consideran desfavorablemente. Además, ni la gente de Kairi ni la tuya habrían permitido un matrimonio entre vosotros.

–No podrían haberlo impedido –declaró Ash con enojo.

–Tal vez no. Pero lo hubiesen intentado. Y si hubieras insistido en casarte con ella habrías visto que las *mem-log* evitaban encontrarse con ella o invitarla a sus casas, o permitir que sus hijas entraran en la de ella, y nadie la trataría como una igual... Ni siquiera los suyos, que harían lo mismo y hablarían mal de ella a sus espaldas porque ella, hija del rey, debía aceptar semejante tratamiento de muchas mujeres *angrezi*, cuyos padres eran de linaje muy inferior al suyo. La despreciarían como hicieron el *rana* y sus nobles, porque su abuelo era un *feringhi* y su madre una media-casta; porque a este respecto, como habrás observado en Bhithor, su gente puede ser tan cruel como la tuya. Es una falla común a todas las razas, ya que se trata de una cuestión de instinto y es mucho más profundo que la razón: la desconfianza de los que tienen sangre pura hacia aquellos que tienen sangre mixta. Es difícil de superar, y si hubieras traído a Kairi-Bai contigo habrías descubierto muy pronto estas cosas..., y también que no habría refugio para ti aquí. Tu regimiento no habría deseado que volvieras, y otros regimientos no estarían muy ansiosos por aceptar a alguien rechazado por los Guías.

–Lo sé –replicó Ash, cansado–. Yo también lo había pensado. Pero no soy pobre, y nos habríamos tenido el uno al otro.

–Sin duda. Pero, a menos que hubieseis vivido en el desierto, o que hubierais construido un nuevo mundo, también tendríais vecinos..., nativos de los pueblos o ciudades para quienes seríais extranjeros. Tal vez te habrías adaptado a sus costumbres ganando su amistad y su aceptación, y finalmente hubieses vivido satisfecho. Pero la tolerancia es una flor rara que crece en pocos lugares y se marchita muy fácilmente. Sé que el camino por el que avanzas ahora es duro, pero creo que es el mejor para los dos; y si Kairi-Bai ha tenido el valor de elegirlo, ¿eres tú más cobarde, que no puedes aceptarlo?

–Ya lo he aceptado –respondió Ash, y agregó con ironía–: No había otra opción.

–Ninguna –asintió Koda Dad–. Por tanto, ¿de qué te sirve lamentarte? Lo que está escrito, escrito está. Más bien deberías dar gracias por lo bueno en lugar de perder el tiempo en lamentaciones infructuosas por lo que no puedes tener. Hay muchas cosas deseables en la vida, además de la posesión de una mujer o de un hombre: eso también debes saberlo. Si no fuera así, qué solitario y desolado sería el mundo para los muchos, los muchísimos que, por mala suerte, o por no ser favorecidos o por alguna otra causa, nunca encuentran a ese alguien. Eres más afortunado de lo que piensas. Y ahora –agregó con firmeza–, hablaremos de otros temas. Se hace tarde y tengo mucho que decirte antes de marcharme.

Ash esperaba que Koda Dad hablara de conocidos comunes en los pueblos más allá de la frontera, pero habló del lejano Kabul, donde, según dijo, agentes y espías de los *russ-log* se habían hecho tan numerosos que en la ciudad se decía, en broma, que de cada cinco hombres que uno encontraba en la calle, uno era un sirviente del zar, dos aceptaban sobornos de él y los otros dos tenían esperanzas de recibirlos. El emir, Shere Ali, sentía poco afecto por los británicos, y cuando lord Northbrook, el gobernador general recientemente retirado, se había negado a brindarle una firme seguridad de protección, se había vuelto hacia Rusia, con el resultado de que durante los tres años reciente las relaciones entre Gran Bretaña y Afganistán se habían deteriorado en forma alarmante.

–Es de esperar que el nuevo *lat-sahib-lat* conseguirá un mejor entendimiento con el emir –dijo Koda Dad–. De otra manera seguramente habrá una nueva guerra entre los afganos y el Raj... y la última que tuvimos debe de haber enseñado a ambos que ninguna de las partes obtendrá ventajas de este conflicto.

Ash observó con una sonrisa que según el tío de Kaki, el *sahib* Rao, nadie aprendía demasiado de los errores de sus padres y aún menos de los de sus abuelos, porque todos los hombres, al mirar hacia atrás, estaban convencidos de que actuarían mejor, y al tratar de probarlo terminaban cometiendo las mismas faltas, u otras, que sus hijos y los hijos de sus hijos criticarían a su vez.

–Me dijo –explicó Ash– que los ancianos olvidan, mientras que los jóvenes tienden a creer que los acontecimientos que ocurrieron antes de que ellos nacieran son historia antigua. Algo que ha sucedido hace mucho tiempo y que naturalmente fue mal manejado, considerando que todos los implicados (como puede verse al observar a los supervivientes) eran viejos decrépitos o tontos. En otras palabras, sus propios padres, abuelos, tíos y tías.

Koda Dad frunció el ceño ante la ligereza del tono, y dijo luego con cierta dureza:

–Puedes reírte, pero sería bueno que todos los que son como yo pudieran recordar esa primera guerra contra los afganos, y todos los que, como tú y mi hijo Zarin Khan, aún no habían nacido, consideraran ese conflicto y los resultados que tuvo.

–He leído sobre eso –replicó Ash con tono ligero–. No es una historia muy hermosa.

–¡Hermosa! –replicó Koda Dad con fastidio–. No, no fue hermosa, y todos los que participaron en ella sufrieron mucho. No sólo los afganos y los *angrezis*, sino también los *sikhs,* los *jais* y los punjabíes, y muchos otros que sirvieron en el gran ejército que envió el Raj contra el padre de Shere Ali, el emir Vost-Mohamml. El ejército logró una gran victoria matando a gran número de afganos y ocupando Kabul, donde permanecieron dos años y sin duda esperaban permanecer durante muchos más. Sin embargo, finalmente fueron obligados a abandonarlo y a retirarse a las montañas... casi diecisiete mil personas entre hombres, mujeres y niños, de los cuales ¿cuántos crees tú que llegaron hasta Jalalabad? ¡Uno! Sólo uno de esa gran multitud que salió de Kabul el año en que nació mi hijo Awal Shah. El resto, excepto algunos a quienes el emir tomó a su custodia, murieron en los pasos, asesinados por las tribus que caían sobre ellos como lobos sobre un rebaño de ovejas, porque estaban debilitados por el frío: era invierno y nevaba mucho. Unos cuatro meses más tarde, mi padre tuvo oportunidad de pasar por allí y vio sus huesos esparcidos a lo largo de muchos kilómetros entre las montañas, como si...

–Yo también –interrumpió Ash–. Porque después de todos estos años aún quedan muchos. Pero todo eso sucedió hace mucho tiempo, de manera que ¿para qué preocuparse por eso ahora? ¿Qué le sucede, Bapu-ji?

–Muchas cosas –respondió sucintamente Koda Dad–. La historia que acabo de contarte, por un lado. No es una historia tan antigua, puesto que muchos hombres que aún viven deben de haber visto lo que vio mi padre, y también ha de haber otros, mucho más jóvenes que yo, que tomaron parte en la gran matanza y más tarde relataron estas cosas a sus hijos y nietos.

–¿Y qué? No hay nada extraño en eso.

–No. Pero ¿por qué ahora, de pronto, y después de tantos años, la historia de la destrucción de ese ejército se cuenta de nuevo en todas las ciudades, los pueblos y las casas en Afganistán, y las tierras que lo rodean? Yo mismo la he oído contar más de veinte veces en las últimas semanas; y no anuncia nada bueno, porque contarla crea una falsa seguridad, y alienta a nuestros jóvenes a pensar con desprecio en el Raj y a subestimar su poder y las fuerzas de sus tropas. Y hay otra cosa curiosa: quien cuenta la historia generalmente es un forastero que pasa por el lugar. Quizás un comerciante, o un *powindah*, o un mendigo vagabundo; un hombre religioso en peregrinación o alguien que va a visitar a sus familiares en otra parte del país y ha pedido alojamiento por una noche. Esos forasteros cuentan bien la historia y la reviven en la mente de personas que la oyeron por primera vez hace diez, veinte o treinta años, y que casi la habían olvidado, pero que ahora vuelven a contársela unos a otros, y se enorgullecen de ella y no cesan de hablar del asunto. Últimamente he comenzado a preguntarme si no hay algo detrás de esto. Algún plan... o alguna persona.

–Por ejemplo, Shere Ali, o el zar de Rusia... –sugirió Ash–. Pero, ¿por qué? A Shere Ali no le convendría embarcarse en una guerra con los británicos.

–Es cierto. Pero podría agradar a los *russ-log* si lo hiciera, porque se apresuraría a aliarse con ellos para poder luego solicitar su ayuda. Toda la frontera sabe que los *russ-log* ya han invadido gran parte del territorio de los *khans*, y si logran una plataforma firme en Afganistán, ¿quién sabe si algún día no la usarán como base para la conquista del Hind? Yo, por mi parte, no deseo que los *russ-log* reemplacen al Raj... A decir verdad, hijo mío, preferiría que el Raj saliera de esta tierra y que el Gobierno volviera a las manos de aquéllos a quienes pertenece por derecho: los nativos del país.

–Yo también –observó Ash con una sonrisa.

–*Chut!*, sabes muy bien a qué me refiero..., a los hombres del Hind a quienes corresponde esta tierra que también perteneció a sus antepasados, no a conquistadores extranjeros.

–Tales como Bardur el mogol y otros seguidores del profeta –sugirió Ash con malignidad–. Ellos también eran extranjeros que conquistaron la tierra de los hindúes, de manera que, si el Raj se va, bien pudiera ser que aquéllos cuyos antepasados poseían la tierra no expulsen a todos los musulmanes.

Koda Dad se revolvió con furia, y luego, al percibir la veracidad de la observación, se relajó y respondió con una risa tímida:

–Confieso que no lo había pensado. Sí, es cierto. Los dos somos extranjeros. Yo soy un *pathan* y tú..., tú no perteneces a este país ni a Belait. Pero los musulmanes llegaron aquí hace muchos siglos, y el Hind se ha convertido en su tierra natal, por lo cual... –Se interrumpió, frunciendo el ceño, y agregó–: ¿Cómo hemos llegado a discutir estas cosas? Yo hablaba de Afganistán. Y me preocupa lo que está sucediendo al otro lado de la frontera, Ashok, y si fuera posible que dijeras algo a las autoridades...

–¿Quién, yo? –interrumpió Ash soltando una carcajada–. Bapu-ji, no hablas en serio. ¿Quién supones que me escucharía?

–Pero ¿acaso no hay muchos *burra-sahibs* en Rawalpindi, *sahibs* coroneles y generales que te conocen y te escucharían?

–¿A un oficial joven? ¿Y que no puede presentar pruebas?

–Pero yo mismo te he dicho que algunos hombres van de pueblo en pueblo en la zona de la frontera, relatando la historia de algo que sucedió mucho antes de que yo naciera.

–Sí, lo sé. Pero lo que cuenta otro no es una prueba. Necesitaría más que eso si espero que me crean... Mucho más. Si no, ellos se reirían de mí, o más bien me darían una seria reprimenda por hacerles perder su valioso tiempo con rumores sin fundamento y sospecharían que trato de hacerme importante.

–Pero, sin duda –insistió Koda Dad, desconcertado– tus superiores en Rawalpindi deben de tenerte en gran consideración ahora que has realizado una misión difícil con honor... Si no hubieran pensado bien de ti, jamás te habrían elegido para ella en primer lugar.

–Se equivoca usted, padre mío –respondió Ash con amargura–. Sólo me eligieron porque les daba la oportunidad de enviarme lo más lejos posible de mis amigos, y de la frontera. Porque el indostano es mi lengua materna y el trabajo requería a alguien que pudiera leerla y entenderla con facilidad. Eso fue todo.

–Pero ahora que has regresado y te ha ido bien...

–Ahora que estoy aquí, de nuevo deberán encontrar alguna otra forma de librarse de mí hasta que mi regimiento esté dispuesto a recibirme nuevamente. Hasta entonces tan sólo soy una molestia. No, Bapu-ji, lo mejor que usted podría hacer es pedir a Awal o a Zarin que hablen con el *sahib* Battye o con el comandante. Al menos, a ellos los escucharán; a mí no.

–¿Qué debo decir al *sahib* Battye? –preguntó la voz de Zarin a sus espaldas. No se habían oído sus pasos en la escalera de piedra porque Fátima Begum no permitía usar calzado dentro de la casa.

–*Bilrahi!* Con la vejez me estoy volviendo sordo –comentó Koda Dad, molesto–. Menos mal que no tengo enemigos, porque hasta podría ser atacado por un recién nacido. No te oí llegar; y Ashok, que debió de haberte oído, hablaba en voz tan alta que sus oídos estaban llenos del sonido de sus propias palabras tontas.

Zarin y Ash sonrieron. Éste replicó:

–¡Dios mío, Bapu-ji, no eran palabras tontas! Sigo sin gozar del favor de las autoridades, tanto en Rawalpindi como en Mardan, y hasta que haya cumplido mi sentencia no puedo esperar que mis palabras tengan ningún valor para ellos. Además, seguramente ya saben todo eso. Deben de tener espías en todas partes; y, si no los tienen, deberían tenerlos.

–¿De qué hablan? –preguntó Zarin, sentándose junto a su padre–. ¿Cuáles son las cosas que ya deberían saberse?

–Tu padre me dice que hay problemas en Afganistán, y que teme que, a menos que se resuelvan enseguida, podrían conducir a una alianza entre el emir y los *russ-log*, lo cual, a su vez, conduciría a otra guerra.

–¡Bien! No nos vendría mal –aprobó Zarin–. Hemos estado ociosos demasiado tiempo y es hora de que nos den nuevamente una oportunidad de luchar. Pero si el *sirkar* teme que Shere Ali permita a los *russ-log* ejercer dominio en Kabul, o que las tribus les permitan ocupar el país, entonces no saben nada del emir ni de su gente.

–Es verdad... Es verdad –concedió su padre–. Y si este nuevo *sahib-lat* (se refería a lord Lytton, quien había sucedido a lord Northbrook como virrey y gobernador general) se mueve con cuidado, con paciencia y amistad, y mucha sabiduría al tratar los problemas del emir y del pueblo de Afganistán, quizá todo vaya bien. Pero, si sus consejeros continúan con la tendencia actual, estoy seguro de que terminaremos en una guerra. Aunque cuando era joven disfrutaba con la pelea y el peligro, ahora que soy viejo me doy cuenta de que no deseo ver pueblos incendiados ni cosechas perdidas, ni los cadáveres sin enterrar de los que alguna vez vivieron allí, convertidos en alimento para los zorros y los cuervos.

–Sin embargo, los sacerdotes nos dicen que ningún hombre muere antes de su hora –respondió Zarin–. Nuestros destinos están escritos.

–Puede ser –admitió Koda Dad con tono dudoso–. Pero hay otra cosa de la que últimamente no estoy tan seguro; porque ¿cómo pueden los *mullahs...*, o incluso el profeta, leer la mente de Dios? Además..., aún tengo tres hijos, porque considero a Ashok como un hijo, todos ellos jóvenes que sirven en un regimiento que será de los primeros llamados a pelear si llega a haber otra guerra con Afganistán; y, aunque penséis que soy un tanto egoísta, prefiero que no pierdan la vida en plena juventud, sino que, como yo, vean crecer a sus hijos hasta convertirse en hombres y engendrar nietos; y que cuando por fin mueran estén llenos de ánimo y satisfacción como yo, su padre. Por tanto, me desespera oír los rumores que pasan de uno a otro lado de la frontera, y ver acumularse las nubes de la tormenta. Ahora bajemos, porque debo ver a mi hermana y también descansar un poco antes de que iniciemos el viaje de regreso.

Comieron juntos en un patio abierto, y luego subieron a presentar sus respetos a Fátima Begum y agradecerle su hospitalidad. La anciana señora los retuvo charlando durante más de una hora, antes de despedirlos para que pudieran dormir hasta medianoche. A esa hora, un sirviente los despertó, se levantaron y se vistieron. Salieron de la casa y se alejaron juntos a través de Attock hacia el puente de barcas.

Cuando desmontaron al llegar al puente, se abrazaron como suelen hacer los hijos y los hermanos en la zona de la frontera: sin palabras.

Ash ayudó a Koda Dad a montar nuevamente, tomó una mano del anciano entre las suyas, la oprimió contra su frente y la mantuvo allí durante un largo instante antes de retroceder para permitir que los dos hombres siguieran adelante y cruzaran el puente.

El centinela de guardia en el puente bostezó y encendió un cigarrillo barato de los que vendían en el mercado. Ash no se movió. Esperó hasta que los dos jinetes llegaron al lado opuesto del río, y, cuando tomaron el camino, vio que el más alto levantaba una mano para despedirse y el otro detenía su caballo para mirar hacia atrás. A esa distancia era imposible distinguir sus rasgos, pero la luz de la luna era lo bastante brillante para adivinar el gesto familiar de admonición. Ash sonrió y levantó las dos manos en señal de aceptación. Vio asentir a Koda Dad como si estuviera satisfecho. Después, padre e hijo siguieron adelante, y Ash los vio empequeñecerse hasta que llegaron a una curva en el camino a Peshawar donde fueron absorbidos por las sombras de la montaña.

–¿Entonces usted no va con sus amigos? –preguntó el centinela, por preguntar algo.

Por un momento, pareció que Ash no había escuchado la pregunta, pero luego se volvió y respondió:

–No... No, no puedo ir con ellos...

–¡Qué pena! –se lamentó el guardia con sincera simpatía, y volvió a bostezar.

Ash se despidió de él, montó en su caballo y volvió solo a la casa de la Begum, donde pasaría el resto de la noche y la mayor parte del día siguiente.

Por la mañana, la anciana lo mandó llamar y hablaron durante más de una hora. O, más bien, habló la Begum mientras Ash, separado de ella por la cortina de cañas, escuchaba, y respondía de vez en cuando una pregunta. El resto del tiempo estuvo solo. Y se sintió agradecido por ello, ya que le daba un tiempo de tranquilidad en el que pensar sobre lo que le había dicho Koda Dad con respecto a Anjuli. Cuando partió de la casa, poco después de salir la luna, se encontraba más animado de lo que había estado en mucho tiempo, y con el corazón más tranquilo. No apresuró a su caballo, sino que cubrió los noventa kilómetros a paso moderado. Tras haber cambiado sus ropas por otras más cómodas, llegó a la casa de descanso junto al camino de Murree mucho antes de que se ocultara la luna. La temperatura en la habitación era muy elevada y el *punkah* (ventilador rudimentario hecho con una cortina de tela o de juncos en movimiento) no funcionaba; pero pasó el día allí y partió a la mañana siguiente hacia los pinos y la brisa de Murree. Wally se reunió con él un día después, y los dos llegaron a Cachemira por el camino del Domel y la garganta de Jhelum. Pasaron un mes acampando y cazando entre las montañas más allá de Sopore. Durante ese tiempo, Wally se dejó crecer la barba, y Ash, un impresionante bigote como el que usaban los soldados de caballería.

Fue un amable interludio, porque hizo un tiempo excelente y había inagotables temas de conversación. Pero, aunque Ash, omitiendo siempre cualquier referencia a Juli, contó a Wally con cierto detalle su visita a la casa de Fátima Begum, curiosamente, o tal vez de forma comprensible considerando cuán preocupado estaba por sus asuntos personales, no se le ocurrió mencionar la historia de Koda Dad sobre los problemas que acontecían más allá de la frontera. Había dejado de pensar en eso porque, en realidad, no le había prestado demasiada atención: siempre había problemas en la frontera, y los de Afganistán no le interesaban tanto como los propios.

* * *

A mediados de julio, el tiempo cambió, y, tras soportar tres días de lluvia torrencial y niebla impenetrable en una ladera de montaña, los excursionistas regresaron apresuradamente a Srinagar, donde armaron sus tiendas en un monte de *chenares* cerca de la ciudad. Luego gestionaron el regreso en *tonga* por el camino de carruajes, ya que no los atraía la perspectiva de hacer largas marchas a pie en medio de las constantes lluvias.

Después de gozar del aire fresco y perfumado de pinos de las montañas, Srinagar les pareció desagradablemente caluroso y húmedo. La ciudad era un conjunto de casas sucias y semiderruidas, amontonadas y cruzadas por callejuelas sucias o por estrechos canales que olían como cloacas abiertas, lo que frecuentemente eran. Pero el lago Dal estaba repleto de flores de loto y de peces de colores, y se bañaron y disfrutaron con las cerezas, los melocotones, las guindas y los melones que hacían famoso el valle; también visitaron Shalimar y Nishat, los encantadores jardines de placer que el emperador mogol Jeahanjir, hijo del gran Akbar, había construido en las playas del Dal.

Pero muy pronto, como todas las épocas agradables, terminaron los días soleados y ociosos, y Ash y Wally volvieron a dar tumbos por el camino de carruajes a Paramullah en la entrada del valle. Y desde allí a las montañas y a las lluvias torrenciales, pasando por las grandes gargantas de roca y los bosques de pinos y cedros, por las calles de los pueblecitos de montaña y por senderos que apenas eran cornisas estrechas en las laderas que caían a pico hasta el río Jhelum, noventa metros más abajo.

Les agradó volver a ver Murree y poder dormir en camas secas y cómodas, aunque Murree también estaba invadido por la niebla y la lluvia del monzón. Pero, mientras avanzaban por las interminables curvas del camino de montaña, el cielo aparecía menos nublado y la temperatura comenzó a subir, y mucho antes de que llegaran al nivel de las llanuras ya sentían nuevamente el terrible calor de la estación.

Mahdoo ya había regresado de sus vacaciones en su pueblo natal de Mansera, más allá de Abbottabad, y decía sentirse descansado y muy bien. Pero, aunque en su aspecto era el mismo, resultaba evidente que el largo viaje a Bhithor y el de regreso en lo peor del tiempo caluroso habían dejado su marca en él, y que, como Koda Dad Khan, comenzaba a sentir la edad. Lo acompañaba un joven familiar: un chico agradable de dieciséis años con la cara marcada de viruela que respondía al nombre de Kadera, y que en el futuro, según Mahdoo, llegaría a ser un buen cocinero.

–Porque, ya que debo tener un discípulo, prefiero elegirlo yo y no tener problemas con algún muchacho que no sepa siquiera hervir agua, y que, por supuesto, ignore cómo preparar una *burra-khana*.

El bungaló olía a humedad y a petróleo de la lámpara, y sobre todo a flores que el jardinero había colocado en todos los jarrones en grandes ramos. Había un montón de cartas en la mesa del vestíbulo, la mayor parte de Inglaterra y dirigidas a Wally. Dos, que no estaban escritas en inglés, eran para Ash. Ambas habían sido enviadas más de seis semanas atrás, y describían las ceremonias y los festejos que habían acompañado la coronación del nuevo maharajá de Karidkote. Una era de Kaka-ji y la otra de Mulraj, y ambos agradecían nuevamente a Ash los servicios prestados a «su maharajá y al Estado»; le enviaban mensajes de Jhoti, quien parecía estar muy bien y deseaba saber cuándo podría visitarlo el *sahib* en Karidkote. Pero, aparte de la referencia a sus servicios, no había mención alguna de Bhithor.

«Bien, ¿qué esperaba yo?», pensó Ash, doblando las hojas de papel escritas a mano. En lo que se refería a Karidkote, el capítulo estaba terminado, y no tenía sentido volver atrás las páginas cuando había tantas cosas en que ocuparse en el futuro. Además, en la India el correo era aún muy lento e inseguro, y la distancia entre los estados de Karidkote y Bhithor era más o menos la misma que la que separa Londres de Viena o Madrid. También era improbable que el *rana*, habiendo fracasado en estafar al fallecido maharajá, deseara mantener correspondencia con su sucesor o alentara a hacerlo a las hermanas de Jhoti.

Aquella misma noche, la primera después de haber regresado de permiso, Wally sugirió que fueran al club a reunirse con algunos amigos y oír las últimas noticias del lugar, pero, como Ash prefirió quedarse para conversar con Mahdoo, fue solo. Volvió dos horas más tarde con un invitado inesperado: Wigram Battye, que también había regresado del permiso.

El teniente Battye había estado cazando en la frontera de Poonch, y Wally, que se encontró con él en el Mall y se enteró de que pensaba pasar un par de días en Pindi, insistió en que estarían mucho más cómodos en su bungaló que en el club, lo cual no era totalmente cierto, y lo trajo como un gran triunfo. Porque, aunque Ash seguía ocupando el primer lugar en los afectos de Wally, Wigram tenía el segundo; no sólo porque era un oficial simpático y popular, sino porque su hermano mayor, Quentin, muerto en acción durante el Gran Levantamiento, había sido especialmente apreciado por Wally.

Quentin Battye había tomado parte en la famosa marcha hasta las afueras de Delhi cuando los Guías, en lo peor de la época calurosa, cubrieron casi novecientos kilómetros en veintidós días, arrasando un pueblo rebelde por el camino y entrando en acción media hora después de su llegada a la colina de Delhi, a pesar de haber recorrido cuarenta y cinco kilómetros desde el amanecer. Esta batalla fue la primera y la última de Quentin. Recibió heridas mortales («noble Battye, siempre al frente», escribió el capitán en su diario aquella noche), y murió horas después murmurando con su último aliento las palabras de un famoso romano: «Dulce et desorum est, pro patria mori».

Wally, que era también un patriota y un romántico, quedó conmovido por la historia y compartía totalmente el sentimiento que transmitía. Él también consideraba que morir por su país sería algo bueno y espléndido, y, a sus ojos, los hermanos de Quentin, Wigram y Fred, que ahora servían en los Guías, estaban teñidos de los reflejos de su gloria; y también eran lo que él llamaba «tipos extraordinarios».

Wigram, por su parte, había tomado simpatía a Walter Hamilton desde la primera vez que se encontrara con él año y medio antes, lo cual no era poco homenaje al carácter y la personalidad de Wally, teniendo en cuenta que el encuentro había sido preparado por Ash, a quien Wigram consideraba demasiado salvaje. Por no mencionar que el joven Hamilton lo veía como una especie de héroe, en lugar de un oficial joven muy difícil e insubordinado que, en opinión de sus superiores (que incluían al teniente Battye), había tenido mucha suerte al lograr que no lo dieran de baja.

En esas circunstancias, habría sido lógico que Wigram decidiera mantenerse apartado del protegido de Pandy Martyn. Pero no le costó mucho tiempo darse cuenta de que no había nada de sumisión en la actitud del oficial más joven hacia Ashton, y que su admiración por él no significaba que trataría de emular sus hazañas. La cabeza de Walter podía estar en las nubes, pero sus pies pisaban firmemente el suelo, y tenía ideas propias.

«Un buen muchacho –pensó Wigram–. Sería un excelente oficial de frontera, y alguien a quien los hombres seguirían a cualquier parte porque siempre estará al frente..., como Quentin». Wigram trataba de ver al teniente Hamilton siempre que iba a Rawalpindi por obligación o por placer, y había hablado tan bien de él al comandante en jefe y al segundo comandante que, en gran medida, se había debido a sus esfuerzos que ofrecieran a Walter una plaza en el Cuerpo de Guías.

Ash percibía que Wigram, como soldado consagrado, lo juzgaba con cierta desaprobación, y, aunque estaban en relaciones tolerablemente amigables, Wigram disfrutaba más de la compañía de Walter, quien lo hacía reír, relajarse y comportarse como si también él fuera un joven teniente.

Al verlos bromear y conversar, Ash se sentía agradecido por la presencia de Wigram, aunque en otros momentos habría sentido celos de la clara admiración de Wally por Wigram y porque era evidente que durante los ocho meses de su ausencia se habían visto con frecuencia y se habían hecho amigos. Pero no se sentía muy feliz en esos días en el bungaló, con las habitaciones llenas de objetos que le recordaban la partida de Wally y la soledad que vendría después, y la presencia de Wigram no sólo contribuiría a que el tiempo pasara más rápido, sino que aliviaría el dolor de separarse del único amigo verdadero que había tenido entre los hombres de su raza.

También ayudaría a Wally, ya que Wigram se marcharía el mismo día y viajarían juntos, lo cual no sólo significaba que Wally tendría un compañero de viaje, sino que llegaría a Mardan en compañía de uno de los oficiales más populares del cuerpo. Eso le proporcionaba una ventaja, y su propia personalidad atractiva, junto con los informes que Zarin habría llevado a su regreso, haría el resto.

Ash no temía por el futuro de Wally en los Guías: el muchacho había nacido con buena estrella y algún día alcanzaría gran renombre. La fama que Ash alguna vez había imaginado que podría lograr para él.

* * *

El bungaló quedó muy silencioso después de la partida de Wally; ya no se oyeron más himnos marciales desde el baño por las mañanas. También parecía intolerablemente vacío... y demasiado grande, y muy deteriorado.

Ahora le resultaba sórdido y poco acogedor, y el olor a humedad, a polvo y a ratones lo invadía. La habitación que había sido el despacho y dormitorio de Wally ya aparentaba haber estado desocupada durante años, y la única prueba de que él había dormido y trabajado allí era un trozo de papel que parecía ser parte de una lista de ropa para lavar.

La mañana había sido oscura y nublada, y ahora un ráfaga del viento que precedía a las violentas tormentas del monzón, que anegaban periódicamente las llanuras, barrió la habitación desierta e hizo volar las cortinas de cañas. Con ella vino una nube de polvo y de hojas secas de *neem* de la galería. El trozo de papel, la única reliquia de Wally, voló hasta cerca de los pies de Ash, que se inclinó a cogerlo, lo alisó y vio que no era una lista de ropa para lavar. El poeta había escrito algunas rimas.

«Divino, vino, vino...».

«¿Qué más?», se preguntó Ash, divertido. ¿A quién estarían dirigidas aquellas palabras? Algún día conocería a la muchacha que había atraído las fantasías de Wally. «En realidad, se divierte cortejando a las muchachas bonitas –pensó Ash–, escribiendo poemas para quejarse de su crueldad, o elogiar sus cejas o sus tobillos o la forma en que se ríen, pero eso es todo, porque lo que realmente lo enamora es la gloria. La gloria militar. Dios lo ayude. Mientras no se libere de eso, ninguna muchacha tiene la menor posibilidad con él. ¡Ah! Bueno, tendrá que superarlo uno de estos días. Y yo también, supongo».

Dio la vuelta al papel y descubrió que en el otro lado había un ejercicio en lengua persa. Evidentemente, Wally había estado traduciendo un párrafo del Génesis a esa lengua, y a Ash se le ocurrió que ese fragmento de papel arrugado proporcionaba una idea del carácter del muchacho, y que era una evidencia de su religiosidad, sus intentos de escribir poesía, sus ligeros devaneos y su firme determinación de aprobar el último examen de lengua con honores. La traducción resultó ser sorprendentemente buena, y, al leer el hermoso alfabeto persa, Ash se dio cuenta de que Wally debía de haber estudiado mucho más de lo que él pensaba...

«Puso una marca sobre Caín para evitar que cualquiera que lo encontrara lo matase. Y Caín fue a la presencia del Señor, y vivió en la tierra de Nod, al este del Edén...». Ash se estremeció, hizo una bola con el papel y la arrojó como si le hubiera mordido. A pesar de su educación, creía en ciertas supersticiones y en los malos augurios. Koda Dad había hablado de problemas en Afganistán y había sido perturbado por la posibilidad de otra guerra afgana, porque las fuerzas de la frontera serían las primeras en entrar en liza; y Ash sabía que entre los hombres en la zona de la frontera, y en toda Asia Central, se creía que la llanura de Kabul era la tierra de Caín, el mismo Nod que se encuentra al este del Edén..., y que los huesos de Caín estaban enterrados bajo una colina al sur de la ciudad de Kabul, que se dice que él fundó.

La relación era lejana, y el hecho de que Wally hubiese elegido ese párrafo en particular para traducirlo difícilmente podía considerarse una coincidencia, porque en los últimos tiempos había estado leyendo las memorias del primer emperador mogol, Barbur el Tigre, y, al enterarse de la leyenda, sin duda se había interesado lo suficiente como para buscar la historia en el Génesis y luego usarla como ejercicio de traducción. No había nada notable en todo ello, decidió Ash, avergonzado de su estremecimiento supersticioso. De todas maneras, deseaba no haber leído el papel, porque esa parte de él que siempre sería Ashok lo veía como un mal augurio, y todo el escepticismo occidental de los Pelham-Martyn o los años en un colegio inglés no lograrían convencerlo de que aquello era absurdo.

Una segunda ráfaga arrastró la bolita de papel bajo la cortina de juncos y por la galería, y luego al patio, con lo cual se perdió la última huella de la presencia de Wally. Mientras Ash cerraba la puerta para que no siguiera entrando el viento, cayeron las primeras gotas de lluvia; y, poco después, el día se oscureció y se llenó del ruido del agua que caía.

34

Las lluvias duraron todo el fin de semana. Asentaron el polvo e hicieron descender la temperatura; también hicieron salir a la superficie a las serpientes que vivían en pozos bajo el bungaló y entre las raíces de los árboles, y que ahora se instalaron en el baño y entre las macetas de la galería... De allí fueron desalojadas por los sirvientes con acompañamiento de gritos y ruido.

Lamentablemente, no fue posible desalojar al capitán Lionel Crimpley, quien se trasladó al bungaló el lunes en lugar de Wally porque había dificultades de alojamiento en Rawalpindi en aquellos momentos. Pero, si no hubiera sido Crimpley, habría sido otro. Aunque Ash opinaba que cualquier otro habría sido preferible.

Lionel Crimpley tenía al menos diez años más que Ash, y consideraba que por ese motivo se le podían haber asignado mejores habitaciones. Estaba profundamente resentido por tener que compartir la mitad del bungaló con un oficial joven, y no lo ocultaba. Tampoco que todo en el lugar lo disgustaba, y que consideraba inferiores a sus habitantes, con independencia de su rango o posición. Quedó auténticamente horrorizado cuando, unos días después de su llegada, oyó voces y risas procedentes de la habitación de Ash y, al entrar sin llamar, descubrió que su ocupante se reía de un chiste del cocinero, quien para empeorar las cosas estaba fumando una *hookah*.

En realidad, Crimpley había supuesto que Ash estaba fuera y que sus servidores aprovechaban su ausencia para sentarse en su habitación y charlar. Se disculpó por entrar sin llamar y se marchó con aire espantado. Aquella noche, en el club, describió el desagradable incidente a un viejo de mentalidad parecida a la suya, un tal Raikes, a quien había conocido cuando sus respectivos regimientos se encontraban en Neerut.

El mayor Raikes dijo que no se sorprendía en absoluto, pues corrían rumores muy extraños sobre el joven Pandy Martyn.

–Creo que hay algo muy raro en ese tipo –declaró el mayor–. Habla demasiado bien la lengua nativa, para empezar. En realidad, creo que es conveniente saber hablarla bien aquí, pero eso no significa que haya que hablarla tan bien como para poder pasar por nativo si uno se cambia de color de piel.

–Así es –asintió Lionel Crimpley. Como todos los oficiales del Ejército, había debido aprobar varios exámenes de lenguas, pero nunca había logrado saber más que un escaso vocabulario ni superado un acento inconfundiblemente británico.

–De todas maneras –continuó el mayor Raikes, entusiasmándose con el tema–, no nos conviene intimar con estas personas. Lo que sucedió en 1857 podría volver a ocurrir si no nos preocupamos de que los nativos nos respeten como corresponde. Debe usted hablar con el joven Pandy Martyn, ¿sabe? Ya mismo, para que establezca la relación que corresponde con sus sirvientes.

El capitán Crimpley consideró que era un buen consejo y actuó de acuerdo con él a la primera oportunidad. Y Ash, que afortunadamente nunca se había enfrentado antes con ese particular punto de vista, pues los Crimpley y los Raikes no eran frecuentes, comenzó por divertirse; pero al descubrir, sin poder creerlo, que el oficial hablaba muy en serio, terminó por perder la paciencia. Hubo una escena lamentable, y Lionel Crimpley se puso furioso porque Ash le habló en términos injuriosos, y se trataba de un oficial de menor graduación que él. Se quejó al mayor de la brigada, exigiendo una disculpa inmediata e insistiendo en que él, Crimpley, fuera alojado en habitaciones más adecuadas, o, si eso no era posible, se expulsara en el acto al teniente Pelham-Martyn del bungaló: él se negaba a permanecer bajo el mismo techo que un individuo insolente y grosero que fumaba y charlaba con la servidumbre, y además...

Pensaba otras muchas cosas, y el mayor quedó poco complacido con el incidente. No apreciaba al capitán Crimpley ni sus ideas, pero tampoco aprobaba al teniente Pelham-Martyn, porque sus opiniones eran moderadas y lo disgustaban los extremismos. En su opinión, tanto la actitud de Crimpley como la de Pelham-Martyn eran igualmente insatisfactorias, y ninguno de los dos quedaba libre de culpa. Pero, como ningún oficial joven podía adoptar una actitud altanera con un oficial de mayor graduación, cualquiera que fuese la provocación, Ash recibió una severa reprimenda; Crimpley, por su parte, fue informado de que, de momento, tanto él como el teniente Pelham-Martyn permanecerían donde estaban, ya que era imposible encontrar otro alojamiento para cualquiera de los dos.

«Y les vendrá bien», pensó el mayor de la brigada, satisfecho consigo mismo por su juicio salomónico sin darse cuenta de que infligía un castigo muy severo a ambas partes.

Lo mejor que podían hacer era verse lo menos posible dentro de lo que permitía su pequeño alojamiento, pero los meses siguientes no fueron agradables, aunque el capitán sólo dormía en el bungaló y comía siempre en el cuartel o en el club.

–No podría tolerar comer o beber con un tipo de esas características –confesó el capitán a su amigo el mayor Raikes–. Y te diré que el Gobierno comete un gran error al permitir que ese tipo de gente extraña entre en este país. Deberían darse cuenta de la clase a la que pertenece y eliminarlo de inmediato.

«Crimpley –escribió Ash con furia en una carta a Wally– es precisamente el tipo de vanidoso cabeza dura a quien no se debería permitir poner el pie en este país, porque él y todos los de su calaña pueden arruinar el trabajo de toda una vida de miles de hombres buenos con su actitud engreída de grosería e insularidad. Gracias a Dios, hay pocos como él. Pero uno ya es demasiado, y resulta deprimente pensar que nuestros descendientes probablemente aceptarán la idea de que el querido Lionel era "un caso típico", y que todos nosotros, de Clive en adelante, fuimos un montón de imbéciles pomposos, dominantes y groseros».

Ash tenía muchos conocidos en el acantonamiento, pero ningún amigo íntimo. No lo había necesitado mientras Wally estaba allí. Ahora que éste se había marchado, no se preocupó por hacer otros entre los demás socios del club, en gran parte porque prefería ver a Crimpley lo menos posible, y éste siempre estaba en el club de Pindi fuera de las horas de servicio. En cambio, comenzó a pasar mucho de su tiempo libre en compañía de hombres como Kasin Ali o Ranjee Narayan, hijos de hombres de clase media de buena posición económica, que vivían con sus familias en grandes casas rodeadas por jardines en las afueras de la ciudad, o en viviendas de tejado plano en la ciudad misma. Comerciantes, banqueros, granjeros y terratenientes, contratistas y joyeros: la columna vertebral sólida y sensata de cualquier comunidad.

Ash sentía que su compañía era mucho más grata y su conversación más agradable que cualquier cosa que pudiera encontrar en las reuniones sociales dentro de los acantonamientos, porque cubría una gama mucho más amplia de temas; teología, filosofía, cultivos y comercio, los problemas del Gobierno y la administración locales... No se reducía a hablar de caballos, escándalos del lugar y temas militares; o a la política y los incidentes de las naciones democráticas en el otro extremo del mundo. Sin embargo, tampoco con ellos se hallaba completamente cómodo, porque, aunque las personas que lo invitaban eran siempre amables y trataban de que se sintiera como en su casa, Ash siempre tenía la sensación de que existía una barrera, cuidadosamente disimulada, pero que estaba allí. Ellos le tenían afecto. Se interesaban auténticamente por sus opiniones. Disfrutaban de su compañía y les agradaba que Ash hablara su lengua tan bien como ellos..., pero Ash no era uno de ellos. Podía ser un huésped bienvenido, pero era también un *feringhi*: un extranjero y miembro del Raj extranjero. Y no era ésa la única barrera.

Como Ash no pertenecía a su religión ni a su sangre, había ciertas cosas de las que no hablaban con él ni mencionaban en su presencia; y aunque sus hijos pequeños entraban y salían libremente y lo aceptaban sin objeciones, Ash jamás veía a sus mujeres. Cuando visitó la casa de Ranjee Narayan o las de los familiares y amigos de éste, existía también la barrera de la casta, porque muchos de los que pertenecían a la generación anterior no podían (como el capitán Crimpley) «aceptar comer o beber con un individuo de esa raza»; sus creencias religiosas se lo prohibían.

Ash no veía nada raro en ello, porque se daba cuenta de que es imposible cambiar actitudes ancestrales en una década o dos. Pero no podía negarse que dificultaba el intercambio social entre el ortodoxo y el forastero y lo convertía en un asunto delicado.

* * *

Durante la estación fría se habló de una importante reunión que se celebraría en Peshawar entre los representantes de Gran Bretaña y el emir de Afganistán sobre un tratado entre los dos países. Las implicaciones políticas fueron tema de numerosas discusiones en Rawalpindi y también en todo el Punjab del Norte, pero, a pesar de lo que Koda Dad le había dicho, Ash no le prestó mucha atención, principalmente porque rara vez iba al club o al cuartel y de esta manera no se enteraba de muchas cosas.

Zarin había logrado visitar Rawalpindi una o dos veces durante el otoño, y Wally obtuvo una semana de permiso en Navidad que él y Ash pasaron cazando patos y otras aves en el Chenab, cerca de Morala. La semana transcurrió muy agradablemente, pero, por contraste, los largos días que la siguieron le parecieron aún más aburridos, aunque Wally le escribía regularmente y Zarin también con frecuencia. De vez en cuando, recibía una carta de Kaka-ji que le comunicaba noticias de Karidkote y mensajes de Jhoti y Mulraj, pero sin mencionar a Anjuli o a Bhithor. Koda Dad también le escribió, aunque sólo para decirle que estaba bien y que todo se encontraba en el mismo estado que en el momento de su último encuentro. Ash lo tomó como una indicación de que aún existía la situación de la que le había hablado el verano anterior y que no había signos de que mejorara.

El capitán Crimpley, quien ocasionalmente vio alguna de esas cartas porque la correspondencia era colocada todos los días en la mesa del vestíbulo, habló mal en el club de la gente con quien se escribía Pandy Martyn, y sugirió que fueran investigados por el Servicio de Información. Pero, aparte del mayor Raikes, nadie prestó atención a esta sugerencia. El capitán y su amigo no gozaban de simpatías entre sus compañeros, y tal vez no habrían hecho mucho daño a Ash si no hubiera sido por el asunto del señor Adrian Porson, el conocido conferenciante y trotamundos.

Pasaron enero y febrero. Los días eran cálidos y soleados, y el señor Porson era la última de esas aves de paso que aparecían en Rawalpindi, ya que los que eran como él preferían estar fuera del país antes del primero de abril. Ya había estado varios meses recorriendo la India bajo la protección de personajes tan destacados como gobernadores, residentes y miembros del Consejo. Por entonces se hospedaba en casa del comisario de Rawalpindi, en camino hacia el puerto final de su recorrido, Peshawar, para luego volver a Bombay y finalmente a Inglaterra. El objeto de este viaje era adquirir material para una serie de conferencias críticas sobre «NUESTRO IMPERIO ORIENTAL»; en aquellos momentos se consideraba una autoridad en el tema, y había elegido exponer sus puntos de vista a un grupo de miembros del club de Pindi una tarde de marzo.

–El problema –dijo el señor Porson con una voz entrenada para llegar a las últimas filas de un auditorio–, tal como yo lo veo, es que los únicos indios que ustedes se preocupan por conocer son los maharajás o los campesinos. Ustedes no tendrían inconveniente en codearse con un príncipe gobernante y en declarar que es un tipo decente, pero uno se pregunta cómo es que no logran hacerse amigos de hombres y mujeres de la India de su propia clase social. Perdonen la expresión, pero es inexcusable, porque indica un grado de miopía y prejuicio que a cualquier persona sensata le resultaría sumamente ofensivo. En particular, cuando lo comparamos con la indulgencia paternal que ejercen ustedes con sus «fieles sirvientes», de quienes ustedes hablan tan bien..., los «tío Tom» que los atienden hasta el último detalle para comodidad de ustedes, los...

En ese punto, Ash, que había ido al club a pagar una cuenta y se había detenido a escuchar el discurso del señor Porson, se sintió impulsado a intervenir:

–Sería interesante, señor –observó en un tono particularmente cortante–, saber por qué desprecia usted la fidelidad. Yo siempre supuse que era una de las virtudes cristianas, pero obviamente me equivocaba.

Lo inesperado del ataque tomó por sorpresa al señor Porson, pero sólo un momento. Se recobró, se volvió a mirar a quien lo interrumpía, y luego respondió blandamente:

–En absoluto. Yo sólo quería ilustrar un punto: que en este país todos ustedes, los angloindios, se ve enseguida que se llevan estupendamente con sus inferiores y disfrutan de la compañía de sus superiores, pero no hacen ningún esfuerzo por hacerse amigos de sus iguales.

–¿Puedo preguntar, señor –interrogó Ash con engañosa suavidad–, cuántos años ha pasado usted en este país?

–Vamos, cállate, Pandy –murmuró un conocido de Ash, tirando ansiosamente de la manga de su chaqueta–. ¡Termina con eso!

Sin embargo, el señor Porson no se inmutó, no porque estuviera acostumbrado a que lo atacaran (el tipo de público al que estaba acostumbrado era demasiado educado para interrumpir al conferenciante), sino porque conocía a la clase de persona que interrumpe. Se apoyó en el respaldo de la silla, se alisó el chaleco y, uniendo sus pulgares regordetes, se preparó para enfrentarse a aquel angloindio tan poco cortés:

–La respuesta a su pregunta, querido señor, es ninguno. Sólo soy un visitante en estas costas, y...

–Es su primera visita, ¿verdad? –interrumpió Ash.

El señor Porson frunció el ceño, y luego, decidiendo ser tolerante, rio:

–Así es. Llegué a Bombay en noviembre, y, lamentablemente, me marcho a fin de mes; no puedo dedicar más tiempo a esta visita, como usted comprenderá. Pero alguien como yo, que soy un simple visitante y tengo la mente abierta, tal vez está mejor calificado para ver fallas en un sistema. Creo que es verdad lo que dicen de que el juego se ve mejor desde lejos.

–No en este caso –replicó brevemente Ash–. La falla en particular que usted ha mencionado ha sido advertida por muchos viajeros y visitantes temporales, pero, por lo que yo sé, ninguno de estos críticos se ha quedado el tiempo suficiente como para practicar lo que predican. Si lo hubieran hecho, pronto habrían descubierto que, en nueve de cada diez casos, el problema surge de la otra parte, porque la clase media en este país, como sus equivalentes en cualquier otro, es muy conservadora, y son ellos, más a menudo que los angloindios, quienes provocan la situación. Me temo, señor, que incurre usted en el error común a los observadores superficiales cuando acusa a compatriotas de no relacionarse con ellos. La cuestión no es tan simple, porque no es de ninguna manera unilateral.

–Si usted quiere oír lo que yo pienso –intervino el mayor Raikes con enojo–, entonces, por favor, me gustaría decir...

–Un momento, ¡por favor! –exclamó el señor Porson con tono autoritario, apoyando la interrupción con un gesto firme de su mano regordeta. Se volvió hacia Ash–. Pero, mi querido joven, por supuesto que estoy dispuesto a creer que muchos indios de esta clase podrían vacilar en invitar a sus casas a algunos de los británicos a quienes uno ha tenido oportunidad de conocer aquí. No es necesario particularizar, ¿verdad? No hay que dar nombres. Pero sin duda es obligación de cada uno de ustedes romper las barreras y establecer una relación con esas personas... Sólo haciéndolo así podrán llegar a entender los puntos de vista del otro, y ayudar a forjar esos lazos de lealtad y respeto mutuo sin los cuales nuestro Raj no puede esperar conservar su dominio en este país.

Esta vez fue Ash quien rio, y tan jovialmente que dio lugar a que el señor Porson pareciera realmente furioso.

–Según lo que usted dice, todo es muy fácil, señor, y yo no pretendo que sea imposible. Pero ¿qué le hace pensar que ellos realmente desean hacerse amigos nuestros? ¿Puede darme una buena razón, una sola, del motivo que tendrían?

–Bien, después de todo nosotros somos... –El señor Porson se interrumpió a tiempo, y se ruborizó hasta la raíz del cabello.

–¿Sus conquistadores? –completó Ash–. Ya veo. Usted cree que, como miembros de una raza sometida, deben estar agradecidos de que les hagamos invitaciones, y que tendrían que mostrarse ansiosos de recibirnos en sus hogares...

–¡Nada de eso! –saltó el señor Porson, cuyo semblante enrojecido demostraba claramente que era eso en realidad lo que había pensado, aunque sin duda lo habría expresado con palabras muy diferentes–. Sólo quiero... Lo que quería decir era... Bien, hay que admitir que estamos en... en una posición en que podemos ofrecer mucho en el sentido de... cultura occidental. Nuestra literatura. Nuestros descubrimientos en los campos de la medicina y la ciencia y... etcétera. Usted no tiene derecho a hacerme decir cosas que no deseo decir, señor...

–Pelham-Martyn –completó Ash.

El señor Porson quedó algo sorprendido, porque conocía a varios Pelham-Martyn y una vez había almorzado en Pelham-Abbas, donde, después de monopolizar la conversación durante dos platos, recibió una de las réplicas aplastantes de sir Matthew.

El episodio aún estaba vivo en su memoria, y si aquel joven elocuente estaba relacionado con esa familia...

–Perdóneme si he sido injusto con usted, señor –dijo Ash–. Era una suposición natural, ya que muchísimos visitantes parecen opinar que... –Si se hubiera detenido allí, habría tenido posibilidades de volver a Mardan aquel verano, y mucho de lo que sucedió después no habría ocurrido o habría sido diferente. Pero el tema que se discutía le interesaba mucho, y, por tanto, siguió adelante–: Pero usted podría modificarla –continuó– si tratara de ponerse en el lugar de la otra gente, aunque fuera por un minuto.

–¿Ponerme...? –El señor Porson estaba ofendido–. ¿En qué forma, si es usted tan amable de decírmelo?

–Bien, véalo de esta manera, señor –respondió Ash vivamente–. Imagínese que las islas británicas son territorio conquistado, como lo fueron en la época de los romanos, pero conquistado por el Imperio indio. Una colonia imperial donde los indios ocupan todos los puestos de verdadera autoridad, con un gobernador general y consejos indios que proclaman y promulgan leyes completamente ajenas a su forma de vivir y de pensar, pero que lo obligan a aprender su idioma si espera usted ocupar algún puesto razonablemente bien pagado. Los indios controlan todos los servicios públicos, sus tropas ocupan todo el territorio de su país y reclutan a sus compatriotas para que sirvan en las filas de los regimientos en los que ellos mismos son oficiales, y declaran agitador peligroso a cualquiera que protesta contra su autoridad, y aplastan cualquier levantamiento con todas las fuerzas de que disponen. Y no olvide, señor, que el último de estos levantamientos sólo ha ocurrido hace unos veinte años, cuando usted ya era adulto. Usted recordaría muy bien el levantamiento, porque, aunque no hubiera participado en la lucha, habría conocido gente que estuvo en ella, que murió o que fue ahorcada por complicidad, o por sospecha de complicidad, o, simplemente, porque tenía la piel blanca, en las represalias que siguieron. Teniendo todo esto en cuenta, ¿se sentiría deseoso de entablar amistad con los gobernadores indios? Si es así, sólo puedo decir que es usted una persona verdaderamente cristiana, y que ha sido un honor conocerlo. Su humilde servidor, señor.

Hizo una reverencia, giró sobre sus talones y salió sin esperar a enterarse de si el señor Porson tenía algo más que decir.

Pero el señor Porson no tenía nada que decir. Jamás había considerado el problema desde semejante ángulo, y, por el momento, guardaba silencio. Pero el mayor Raikes y su amigo el capitán Crimpley, que estaban entre los presentes, habían dicho mucho. A ninguno de ellos les gustaba el señor Porson, cuyas opiniones críticas sobre el tema de los angloindios consideraban ofensivas, pero las ideas de Ash (y su temeridad en expresarlas a un extraño que tenía edad suficiente para ser su padre y que había ido al club como invitado) los habían afectado en lo más íntimo.

–¡Qué impertinencia y qué pésimos modales! –comentó furiosamente Lionel Crimpley–. Intervenir en una conversación privada y expresar una serie de ideas sediciosas a un hombre a quien ni siquiera le han presentado. ¡Y que además es huésped del comisario! Esto es una afrenta calculada a todo el club, y la comisión debe obligar a ese joven atrevido a que se disculpe o se vaya.

–Ah, eso no tiene importancia –replicó el mayor Raikes, descartando a la comisión con un gesto de la mano–. La comisión puede cuidarse sola, y en cuanto a ese tonto de Porson no es más que un esnob de cabeza hueca. Pero ningún oficial tiene derecho a exponer en público la clase de cosas que ha dicho ese Pelham-Martyn, ni siquiera a pensarlas. Toda esa historia sobre suponer que las islas británicas están invadidas por tropas indias..., imbuirles ideas en la cabeza, eso es, e ideas traidoras, además. Ya es hora de que alguien le dé un buen puntapié en el trasero, y cuanto antes mejor.

En cualquier centro militar, como en cualquier pueblo o ciudad en cualquier parte del mundo, se encontrará siempre un grupo de matones aburridos que se complacen en la violencia y a quienes les encanta la sola idea de «dar una lección» a cualquier individuo cuyas opiniones no compartan. Por tanto, el mayor Raikes no tuvo dificultad en reunir a media docena de esos tipos, que dos noches después invadirían el dormitorio de Ash de madrugada para sacarlo de la cama y golpearlo hasta dejarlo inconsciente. O, al menos, ésa era la idea.

En este caso, no resultó exactamente como lo habían planeado, porque no tuvieron en cuenta el hecho de que Ash tenía el sueño ligero, y que, por necesidad, hacía tiempo que había aprendido a defenderse. Y que cuando se trataba de luchar no tenía respeto por las reglas del boxeo, ni ninguna falsa idea con respecto a portarse como un *sportsman*.

Además, lamentablemente, no tuvieron en cuenta que el ruido despertaría a los ocupantes del sector de servicio, y también al *chowkidar*, y que todos ellos, suponiendo que el bungaló era atacado por ladrones, tomaron la primera arma que encontraron y actuaron valientemente para ayudar al *sahib* Pelham. Y la cadena del *chowkidar* y su *lathi* tenían efectos mortales; además, Gul Baz usó una barra de hierro, mientras que Kulu-Ram, Mahdoo y otro de los sirvientes emplearon palos de polo y contundentes utensilios de cocina.

Cuando se encendieron luces y se restableció la normalidad, se observó que había víctimas por ambos lados; y por cierto que Ash no quedó intacto, aunque no, como se pretendía, por las atenciones del mayor Raikes y sus matones, sino como resultado de haber tropezado con una silla caída en la oscuridad y golpearse contra el ángulo de la cómoda. El mayor recibió un fuerte golpe en la nariz y se torció un tobillo, y ninguno de los combatientes, con la única excepción del ágil Kulu-Ram, salió del incidente sin huellas.

Se abrió una investigación. Reveló el hecho de que los sirvientes nativos habían tomado parte en la lucha, y que habían atacado y habían sido atacados por oficiales británicos. Las autoridades estaban horrorizadas:

–No podemos permitir que esto vuelva a suceder –declaró el comandante de la brigada, quien había servido con las fuerzas de Havelock, en Cawnpore y Lucknow, durante el Gran Levantamiento, y que jamás lo había olvidado–. Pueden conducir a cualquier cosa. ¡A cualquier cosa! Tendremos que librarnos de este joven revoltoso, y lo más rápido posible.

–¿Cuál? –preguntó un mayor de edad madura, razonablemente confundido–. Si se refiere usted a Pelham-Martyn, no veo por qué ha de hacérselo responsable de...

–Lo sé, lo sé –replicó con impaciencia el comandante de la brigada–. No digo que sea culpa suya. Aunque puede aducirse que él provocó el ataque hablando inoportunamente en el club, y mostrándose grosero con ese tipo hospedado en casa del comisario. Pero no se puede negar que, intencionadamente o no, es alguien que provoca desórdenes, siempre lo ha sido... Su propio regimiento lo trasladó y todavía no parecen desear que vuelva. Además, fueron *nauker-log* como él quienes atacaron a Raikes y compañía, no lo olvidemos. Puede tener todas las razones para hacerlo, y si esto se hubiera convertido realmente en un ataque por una banda de *dakoits*, habríamos dicho que eran sujetos leales que venían a rescatarlo. Pero, en estas circunstancias, ésta no es la clase de historia que deseamos que circule por los acantonamientos o que se cuente como un chiste en la ciudad, de manera que cuanto antes nos libremos de él, mejor.

El mayor Raikes, con la nariz vendada y el tobillo enyesado, recibió una severa reprimenda por su participación en el asunto, y se le ordenó tomar un permiso hasta que sanaran sus heridas. Sus aliados fueron confinados en sus respectivos cuarteles por un período similar, después de recibir un rapapolvo verbal que recordarían el resto de sus vidas. Pero Ash, quien como víctima y no agresor podría haber esperado escapar sin castigo, recibió la orden de preparar todas sus pertenencias en veinticuatro horas, pagar sus deudas y partir con sus sirvientes y su equipaje hacia Jhelum, donde tomaría el tren correo hasta Delhi y Bombay.

Iría destinado al Roper's Horse, regimiento de caballería con sede en Ahmadabad, en Gujerat, a casi seiscientos kilómetros al norte de Bombay, y a más de tres mil kilómetros por carretera y ferrocarril de Rawalpindi.

* * *

En términos generales, Ash no lamentó dejar Pindi. Echaría de menos algunas cosas: la compañía de varios amigos en la ciudad, las colinas a las que se llegaba fácilmente a caballo, la visión de las altas montañas recortadas contra el cielo y el leve aroma del humo y las agujas de los pinos que a veces perfumaba el ambiente cuando el viento soplaba del norte. Pero ahora no estaría a más de cien kilómetros de la frontera con Rajputana y a poco más de ciento cincuenta de Bhithor; estaría más cerca de Juli, y, aunque no podría entrar en el territorio del *rana*, eso le proporcionaba algún consuelo, como el hecho de que, por más injusta que considerase su arbitraria expulsión de Rawalpindi, no estaba dispuesto a discutir un veredicto que lo salvaba de compartir un bungaló con Lionel Crimpley.

También había cierto consuelo en la idea de que, de todas maneras, no podría ver a Wally ni a Zarin por algún tiempo, ya que todos los permisos para los Guías habían sido cancelados recientemente por rumores de inminentes problemas con los *jowaki-afridis*, quienes, al parecer, se oponían a algún cambio de planes con respecto a la subvención que les pagaba el Gobierno por mantener la paz. Una carta de Mardan llevó a Ash esa noticia sólo un día después de la invasión de su bungaló, y pensar que ninguno de sus amigos podría visitar Pindi hasta que se resolviera el asunto con los *jowaki* lo ayudó mucho a paliar el resentimiento por ser injustamente enviado a Ahmadabad. Pero, al releer la carta de Wally, recordó otra vez lo que le había dicho Koda Dad en la azotea de la casa de Fátima Begum, en Attock, y lo asustó la idea de que hubiera una guerra, ya que los Guías se verían, sin duda, implicados en ella. Enviarían a todas las unidades y algunos jamás volverían. Pero él, Ash, se vería al margen de la lucha; limitado a un acantonamiento lleno de polvo en el lejano Gujerat.

Era un pensamiento deprimente, pero, pensándolo bien, Ash no creía que ese asunto con los *jowaki-afridis* llegara a nada serio, ni que estuviera relacionado en modo alguno con los incidentes relatados por Koda Dad. La verdad era que Koda Dad estaba envejeciendo, y los viejos suelen agrandar las pequeñeces y tener una visión pesimista del futuro. No había motivos para tomarse muy en serio aquellas historias.

El último día de Ash en Rawalpindi fue muy activo. Concertó la venta de dos de sus caballos y envió a Baj-Raj para que se pusiera al servicio de Wally en Mardan. Hizo una serie de visitas de despedida a amigos en la ciudad y escribió varias cartas apresuradas para comunicar que salía hacia Gujerat y que probablemente pasaría allí dieciocho meses, si no más.

«Y si durante ese período llegara usted a visitar a su sobrina –escribió Ash a Kaka-ji–, espero que me haga el honor de viajar un poco más, para que disfrute de la felicidad de volver a verlo. La distancia restante no es excesiva. Creo que son sólo cincuenta *koss* en línea recta, y aunque por el camino tal vez llegue a setenta y cinco, supone sólo cuatro o cinco días de viaje. Yo recorrería dos tercios de ese trayecto para encontrarme con usted. Y más, si usted lo permite, aunque me temo que no será posible...».

Por cierto que Kaka-ji no lo permitiría. Ni Ash tenía ninguna esperanza real de que el anciano considerase realizar otro viaje a Bhithor. Sin embargo, había alguna posibilidad de que lo hiciera, y en ese caso vería a Juli y hablaría con ella, y aunque Ash no la mencionara en la carta, seguramente Kaka-ji no se negaría a hablar de ella si se encontraba con él: sabía que había momentos en que Ash estaría dispuesto a dar un ojo o una mano por saber que se encontraba bien y que no era demasiado desdichada. O por tener cualquier noticia de ella. Hasta las malas noticias habrían sido más fáciles de soportar que el silencio absoluto.

–Me estoy volviendo demasiado viejo para estos viajes –gruñó Mahdoo mientras colocaba su equipaje a bordo del tren correo la noche siguiente–; es hora de que reciba mi pensión y pase mis últimos días en paz en lugar de correr de aquí para allá por todo el Hind.

–¿Lo dices de veras, *cha-cha-ji*? –preguntó Ash.

–¿Por qué no? –saltó el viejo.

–Tal vez lo comentas para castigarme. Pero si lo dices en serio hay un *dâk-ghari* que sale por la mañana y que te llevaría a Abbottabad en tres días.

–¿Y qué será de ti si me voy? –preguntó Mahdoo, mirándolo con enojo–. ¿Le pedirás consejo a Gul Baz como me lo pides a mí? ¿O lo seguirás cuando te lo dé, como tantas veces has seguido el mío? Aunque es verdad que cuando me llegue la hora preferiría morir en el norte, donde un hombre puede oler el viento limpio que sopla de las altas cumbres.

–Eso será como Dios lo disponga –respondió Ash con ligereza–. Tampoco iré a Gujerat para toda la vida. Es sólo por un tiempo, *chacha*, y, cuando termine, con seguridad me permitirán volver a Mardan; luego tomarás tu permiso... o te retirarás, si debes hacerlo.

Aquella noche el tren iba medio vacío, y Ash se sintió aliviado al observar que era el único ocupante de un compartimento de cuatro literas.

El tren se movía mucho, y la lámpara se balanceaba y despedía un abominable olor a petróleo caliente. Ash se levantó y la apagó. Luego se tendió en la oscuridad y se preguntó cuánto tiempo pasaría hasta que volviera a ver el Khyber, y tuvo la incómoda ilusión de que oía una respuesta en el ruido de las ruedas... Una voz dura, burlona, que repetía con insistencia enloquecedora: «¡Nunca más! ¡Nunca más! ¡Nunca más!».

El viaje en tren a Bombay le pareció mucho más largo de lo que recordaba: la última vez que lo había hecho, más de cinco años atrás, viajaba en dirección contraria en compañía de Belinda y su madre, y del desdichado George. Cinco años... ¿Realmente sólo cinco años? Le parecían por lo menos doce... o veinte.

Se suponía que los ferrocarriles habían progresado mucho desde entonces, pero Ash veía muy poca diferencia. En realidad, una velocidad media de veintidós kilómetros por hora constituía un progreso, pero los coches continuaban tan polvorientos e incómodos como antes, las paradas eran igualmente frecuentes, y, como no había tren directo a Bombay, los pasajeros estaban obligados a hacer transbordo con tanta frecuencia como tiempo atrás. En cuanto a sus compañeros de viaje (porque no permaneció sin compañía durante mucho tiempo), no resultaban muy estimulantes. Pero en Bombay, donde el tren se detenía y Ash, con sus sirvientes y su equipaje, debía transbordar a otro que iba hacia Baroda y Ahmadabad, su suerte cambió. Le tocó compartir un camarote de dos literas con un caballero de pequeña estatura y aspecto inofensivo cuyos modales contrastaban con sus bigotes rojos y sus orejas salientes. Se presentó, con una voz tan dulce como sus ojos, como Bert Stiggins, exmiembro de la Marina de su majestad y ahora capitán y propietario de un pequeño barco mercante costero, el *Morala*, anclado en Porbandar, en la costa oeste de Gujerat.

Realmente, no había tal suavidad en el caballero: cuando el tren estaba a punto de partir, llegaron dos viajeros que entraron bruscamente en el departamento, afirmando a grandes voces que lo habían reservado para ellos y que Ash y el señor Stiggins lo ocupaban ilegalmente. Los intrusos pertenecían a una firma comercial muy conocida, y era evidente que habían cenado muy bien antes de salir hacia la estación, ya que parecían no comprender que el número de vagón que habían reservado no correspondía al que intentaban ocupar. O bien trataban de provocar una pelea, y, en tal caso, Ash estaba dispuesto a satisfacerlos. Pero le ganaron por la mano.

El señor Stiggins, que estaba tranquilamente sentado en su litera mientras Ash y el vigilante trataban de hacerlos entrar en razón, se puso de pie al ver que uno de los intrusos daba un puntapié en la pierna al vigilante y lo empujaba hacia la plataforma exterior. El otro intentaba golpear a Ash, que había saltado a ayudar al vigilante.

–Deja esto a mi cargo, hijito –aconsejó con tranquilidad el señor Stiggins, y apartó a un lado a Ash sin aparente esfuerzo.

Diez segundos más tarde, los dos intrusos estaban tendidos de espaldas en la plataforma, preguntándose cómo habían llegado allí, mientras el señor Stiggins arrojaba sus pertenencias fuera del coche, se disculpaba en nombre de ellos ante el vigilante, y cerraba y aseguraba la puerta del coche. Acto seguido, volvió plácidamente a su asiento.

–¡Bien! –jadeó Ash, sin poder creer lo que veía–. ¿Cómo se las arregló para hacerlo?

El señor Stiggins, que aún no había recuperado el aliento, parecía ligeramente molesto. Confesó que había aprendido a luchar en la Marina, y se había «entrenado» en bares y otros lugares, en especial, en Japón.

–Esos japoneses conocen todos los trucos; me han resultado muy útiles –explicó el señor Stiggins–. Además, como dice el libro sagrado, el vino es peligroso.

–¿Es usted abstemio, señor Stiggins? –preguntó Ash, contemplando a su pequeño compañero con cierta admiración.

–Capitán Stiggins –corrigió con suavidad el caballero–. No, me gusta tomar un trago de vez en cuando, pero no me agrada nadar en alcohol. Mi lema es moderación en todas las cosas.

El vigilante se vengó tocando el silbato, y el tren salió de la estación central de Bombay apenas con diez minutos de retraso, dejando atrás a los pasajeros que querían viajar en el tren y se quedaron lanzando exclamaciones y gimiendo en medio de sus equipajes y las sonrisas de los *coolies*.

Ash se enteró de muchas cosas sobre el pequeño capitán durante los siguientes días de viaje, y su admiración por la capacidad de pelea del hombre pronto fue igualada por su respeto por el hombre mismo. Herbert Stiggins, de sobrenombre Red por razones que no se reducían al color de su cabello, era conocido en toda la costa como el *Lal-yerai-wallah,* el «luchador rojo». Había ingresado en la Marina casi medio siglo atrás, cuando aún era un adolescente, y en la actualidad se ocupaba del comercio en la costa, principalmente entre Sind y Gujerat. El *Morala* había resultado averiado recientemente en un choque con un *dhow* que navegaba con las luces apagadas, y su propietario explicó a Ash que había ido a Bombay a ver a un abogado para reclamar los daños y perjuicios, y ahora regresaba.

Su conversación era tan vivaz y vigorizante como el mar, y mezclaba con frecuencia citas de la Biblia y del *Libro de oraciones*, las únicas obras impresas que había leído el capitán aparte de manuales sobre navegación. Resultó una compañía entretenida. Cuando por fin llegaron a Ahmadabad, los dos se habían hecho muy amigos.

35

Ahmadabad, la noble ciudad construida en la primera mitad del siglo XV por el sultán Ahmad Shah, conservaba pocas huellas de su esplendor y su legendaria belleza. Estaba rodeada por terrenos llanos cerca de las orillas del río Sabarmati, y la tierra fértil era tan diferente de la zona árida de color pardo de la frontera como los *sowares* de Roper's Horse lo eran, tanto en aspecto como en temperamento, de los hombres de las tropas de la frontera: los *gujeratis* eran, por naturaleza, gente amante de la paz, cuyo proverbio más conocido era «hazte amigo de tu enemigo».

Los oficiales de elevada graduación le parecieron a Ash sorprendentemente viejos y sosegados, y mucho más reservados que los de su propio regimiento; en cuanto al comandante en jefe, el coronel Pomfret, podría haber sido Rip van Winkle en persona, incluso con la barba blanca e ideas que estaban en boga cincuenta años atrás.

Sin embargo, el acantonamiento no era muy distinto de los muchos diseminados por toda la India: un antiguo fuerte, una zona de desfiles bañada por el sol, barracas y líneas de caballería, un pequeño mercado y algunos comercios europeos, y una serie de bungalós de oficiales en zonas sombreadas por los árboles, donde cotorras, palomas y cuervos hacían sus nidos y ardillitas rayadas corrían entre las raíces.

La vida en el acantonamiento seguía el modelo familiar del toque de diana, los establos, los ejercicios de tiro y el trabajo de oficina, pero Ash hizo un agradable descubrimiento en el aspecto social: la presencia de una vieja conocida de los días de Peshawar: nada menos que la señora Viccary, pues su marido había sido trasladado recientemente a Gujerat. El placer fue mutuo, y el bungaló de Edith Viccary pronto se convirtió en un segundo hogar para Ash, ya que la señora, como de costumbre, era alguien que escuchaba con interés y simpatía, y la última vez que Ash la había visto fue antes del abandono de Belinda y de su propia desaparición al cruzar la frontera de Afganistán. Así que tenía mucho que contarle.

Con respecto a su trabajo, Ash halló un gran inconveniente en el problema del idioma. Alguna vez, mucho tiempo atrás, había aprendido el *gujerati* de un miembro del campamento de su padre, pero hacía demasiado de aquello como para que lo recordara. Ahora debía comenzar otra vez desde el principio, y, como todo recién llegado, estudiar mucho para dominarlo. Haberlo hablado de niño tal vez lo ayudó a progresar más rápidamente. En realidad, sus compañeros, que no tenían ni idea de ese hecho aunque Ash seguía llevando el sobrenombre de Pandy, se asombraban de la velocidad con que aprendía el idioma. Pero su coronel, que treinta años antes había conocido al profesor Hilary Pelham-Martyn, y había leído al menos un volumen de la obra monumental del profesor *La lengua y dialectos del subcontinente indio*, no encontraba extraño que el hijo hubiera heredado el talento lingüístico del padre. Sólo podía esperar que el joven no hubiera heredado también las ideas poco ortodoxas de su progenitor.

Pero la conducta de Ash durante los primeros meses no dio motivo de alarma. Realizaba sus tareas de manera perfectamente satisfactoria, aunque sin demasiado entusiasmo, y se le tildó de aburrido entre los oficiales más jóvenes porque demostraba aún menos interés por los juegos de cartas y las noches de camaradería en el cuartel. Aunque coincidían en que podía deberse al calor, pues las temperaturas altas podían llegar a aplastar al más activo de los espíritus, y quizá cuando llegara la estación fría el joven se mostrase más afectuoso.

Sin embargo, la llegada del tiempo frío no estableció ninguna diferencia a este respecto, excepto que las proezas de Ash en el campo de polo eran lo suficientemente notables como para que se le perdonara su falta de sociabilidad y que continuara sin hacer ningún esfuerzo por tomar parte en las diversiones del acantonamiento. Pues siempre que le era posible rechazaba invitaciones para jugar a las cartas, realizar excursiones y otros entretenimientos o actuar en teatro de aficionados.

Las solteras del acantonamiento, que se interesaron mucho en el recién llegado, terminaron por estar de acuerdo con los oficiales más jóvenes en que era un tipo muy aburrido, o bien insoportablemente vanidoso. El veredicto dependía de la edad y el temperamento, pero en cualquier caso no servía para la sociedad del lugar. Una opinión reforzada por su desvergonzada conducta de invitar a un individuo vulgar, aparentemente dueño de un barco de carga, a cenar con él en el club inglés. Red Stiggins había hecho un breve viaje de negocios a Ahmadabad y se había encontrado casualmente con Ash en la ciudad.

Este episodio puso fin a cualquier intento de atraer o arrastrar a Ash a actividades puramente sociales, y de ahí en adelante se le permitió que hiciera lo que quisiese con su tiempo libre, lo cual lo satisfizo plenamente. Pasaba gran parte de ese tiempo estudiando, y mucho del resto explorando el campo que rodeaba la ciudad; un terreno lleno de reliquias de un gran pasado, ahora cubiertas por enredaderas y casi olvidadas: viejas sepulturas y ruinas de templos y de cisternas de agua, construidas en piedra extraída de la montaña a muchos kilómetros al norte.

La gran península de Gujerat era, en su mayor parte, llana y sin interés desde el punto de vista del paisaje, y, a causa de las abundantes lluvias, una tierra muy fértil con zonas verdes cubiertas de plátanos, mangos, naranjos y limoneros, palmeras y plantaciones de algodón. El lugar era muy distinto a la Rajputana que Ash recordaba tan bien, aunque las colinas bajas que lo bordeaban al noreste marcaban las fronteras del País de los Reyes. Y en el extremo más lejano, apenas a ciento cincuenta kilómetros, estaba Bhithor. Bhithor y Juli...

Ash trataba de no pensarlo, pero era difícil durante los lentos meses de calor. Había que comenzar el trabajo diario con las primeras luces del amanecer para terminarlo antes de que la temperatura llegara a un punto en que cualquier actividad física o mental resultaba casi imposible, y las horas entre media mañana y el anochecer transcurrían dentro de las casas con las persianas bajadas para atenuar el bochorno y el resplandor. No había otra cosa que hacer que quedarse quieto y, si era posible, dormir.

La mayoría de los ciudadanos, y todos los europeos, parecían poder hacerlo sin dificultad, pero, para Ash, esas horas calurosas y ociosas eran la peor parte del día. Demasiado largas. Le permitían pensar, recordar y lamentar. Así que estudiaba el *gujerati* en un esfuerzo por matar dos pájaros de un tiro, y dominó el idioma con una rapidez que asombró a su maestro y le granjeó la admiración de los *sowares*... Pero ni así podía evitar pensar en cosas inútiles.

Ya debería haberse acostumbrado a ello, porque hacía más de un año que se encontraba en esa situación. Pero de algún modo era más fácil aceptarla como irremediable cuando lo separaban cientos de kilómetros de Juli y no existía nada a su alrededor que se la recordara.

Aquí, en Ahmadabad, ya no era así, y a veces se preguntaba si el espacio, medido en kilómetros, podía tener algún efecto en los pensamientos. ¿Era porque ahora estaba tanto más cerca de ella en términos de distancia que su recuerdo se hacía de nuevo tan vívido y tan constante en su mente? Sólo había tres días de viaje desde allí a Bhithor..., cuatro a lo sumo... Si partiera ahora...

–¡Usted no presta atención, *sahib*! –lo reprendía el *munshi*–. Vuelva a leer esa oración... y recuerde lo que le dije sobre el tiempo verbal.

En octubre, cuando ya terminaba la estación calurosa, la perspectiva se tornó mucho más brillante. La estación fría era una época de intensa actividad militar, y ahora, como para compensar el inevitable ocio y letargo de los meses pasados, los campamentos, las maniobras y los ejercicios tomaron otro ritmo y todo el tiempo libre se dedicaba a pasatiempos activos como el polo, las carreras y las *gymkhanas*.

Lo mejor fue que Ash logró dos cosas que hicieron más que todo el resto para apartar su mente de los problemas personales y compensarlo por haber sido desterrado de la frontera y de los Guías: un amigo, Sarjevan Desai, hijo de un terrateniente local; y un caballo llamado Dagobaz.

Sarjevan, Sarji para sus íntimos, era sobrino nieto del mayor *risaldar*, un valeroso e inteligente guerrero de bigotes grises que en aquellos momentos ya era una especie de leyenda en Roper's Horse. Había servido en el regimiento desde su creación unos cuarenta años atrás, cuando él era un joven de quince y el país estaba gobernado por la East India Company.

El mayor *risaldar* era un buen militar y un excelente jinete, y parecía estar relacionado con la mayor parte de la aristocracia local, entre ellos el difunto padre de Sarjevan, único hijo de una de sus muchas hermanas. Sarji no era militar. Había heredado muchas tierras y la pasión de su padre por los caballos, que criaba más por placer que por beneficio y que se negaba a vender a nadie a quien no conociera personalmente y tuviera simpatía.

Su tío abuelo, que tenía una opinión favorable del oficial británico recién incorporado, presentó a Sarji al teniente Pelham-Martyn pidiéndole que se encargara de proporcionar caballos al *sahib* que no disminuyeran el buen nombre del regimiento ni el de Gujerat. Y, afortunadamente para Ash, ambos simpatizaron de inmediato. Tenían la misma edad y el mismo interés por los caballos, y la simpatía mutua pronto se convirtió en amistad. El resultado fue que, por una suma razonable, Ash adquirió un establo que provocaba la envidia a sus compañeros oficiales y que incluía un semental negro de ascendencia árabe llamado Dagobaz el Travieso.

Desde aquellos días en que era un niño que ayudaba en los establos de Duni-Chand, en Gulkote, Ash había visto, montado y poseído muchos caballos. Pero nunca había contemplado uno igual en belleza, fuerza y velocidad. Hasta Baj-Raj, que ahora estaba al cuidado de Wally en Mardan, parecía insignificante comparado con él. Dagobaz tenía casi tres años cuando llegó a Ash, y Sarji no había querido venderlo al principio; no sólo por su aspecto y sus asombrosas posibilidades, sino porque el semental no llevaba el nombre de Dagobaz por capricho. Podía tener la apariencia de la perfección, pero su carácter no estaba de acuerdo con aquélla; era un temperamento fogoso e inestable, y además no le gustaba que lo montaran. A pesar del paciente entrenamiento, este detalle no había sido superado.

–No diré que es malo –explicó Sarji–, ni que es imposible montarlo. Es posible. Pero, a diferencia de los otros, aún no ha superado su odio por la sensación de llevar a un hombre en el lomo. Quedas cautivado por su belleza; pero si lo compras, y yo no se lo vendería a nadie más, es posible que te arrepientas toda la vida. ¡No digas que no te lo advertí!

Ash sólo rio y compró el caballo negro por un precio que, teniendo en cuenta su aspecto y su genealogía, era ridículo. Y nunca tendría motivos para lamentarlo. Sarji siempre había sido bueno para estos animales y era un excelente jinete, pero también era el hijo de un hombre rico que no había adquirido su experiencia en forma ardua, como Ash, trabajando con los caballos de niño en el humilde oficio de mozo de establo.

Una vez establecida la relación, el resto fue relativamente fácil; aunque Ash sufrió algunos reveses y en alguna oportunidad tuvo que cubrir un trayecto de siete kilómetros y medio a pie para volver al acantonamiento. Pero, finalmente, hasta Sarji tuvo que admitir que el Travieso había recibido un sobrenombre equivocado y que debía llamarse el Santo. Ash, sin embargo, retuvo el primer nombre, porque en ciertos sentidos aún era aplicable. Dagobaz lo había aceptado como amigo y como amo, pero demostraba con claridad que era caballo de un solo hombre y que sus afectos y su obediencia estaban reservados únicamente a Ash. Con él sobre el lomo se comportaba de maravilla.

Dos meses después de haberlo adquirido, y a pesar de su conocido mal genio, Ash recibió por lo menos media docena de ofertas de compra del caballo, y todas excedían en gran medida la suma que había pagado por él... Pero todas fueron rechazadas.

Ash aseguraba que no había oro suficiente en la India para comprar a Dagobaz. En prueba de lo cual lo entrenó para saltar y lo hizo participar en una carrera local que ganó por quince cuerpos (con gran desesperación de los organizadores, quienes, sabiendo que el caballo nunca había participado antes en una carrera, apostaron mucho dinero contra él). Durante casi un mes lo montó en los desfiles en lugar de usar otro caballo más experimentado. Dagobaz no estaba familiarizado con los ejercicios, pero se adaptó a ellos, y, aparte de un intento de salir de la línea, se comportó como si hubiera sido adiestrado desde el comienzo.

–¡No hay nada que no pueda hacer! –exclamó Ash, alardeando de su actuación ante Sarji–. Este caballo es humano. Y mucho más inteligente que la mayoría de los seres humanos, además. Juro que entiende todas las palabras que digo. Usa su cabeza, también. Sería un excelente poni de polo, pero yo no necesito otro, de manera que prefiero tenerlo para cabalgar y... ¿viste la forma en que tomó ese canal de riego que tiene un pozo a un lado? Voló sobre él como un pájaro. Por Dios, debería llamarse Pegaso. El coronel dice que puedo hacerlo correr en Bombay cuando llegue la estación fría... Si todavía estoy aquí.

–¿Crees que te marcharás antes? –preguntó Sarji.

–No es que lo crea –corrigió irónicamente Ash–. Sólo lo deseo. ¿No te dijeron que estoy cumpliendo un castigo? Estoy aquí por un tiempo, y en marzo ya hará un año. Hay alguna posibilidad de que los poderes de Rawalpindi se ablanden y me comuniquen que puedo regresar a mi propio regimiento.

–¿Qué poderes son ésos? –preguntó Sarji, interesado.

–Los dioses –respondió Ash con ligereza–. Dioses de lata que le dicen a uno «ve», y uno va, y a otro «ven», y el otro viene. Recibí la primera orden y obedecí; ahora espero recibir la segunda.

–Ah, ¿sí? –Sarji estaba desconcertado, pero mantenía la cortesía–. ¿Y Dagobaz? ¿Te lo llevarás cuando te vayas?

–Por supuesto. No pensarás que me separaría de él, ¿verdad? Si no pudiera llevármelo de ninguna otra manera, iría montado en él. Pero, si me dejan pudrirme otro año más, pienso llevarlo a Bombay, a las carreras, y todo el regimiento apostará hasta el último centavo por él.

–¿De verdad?

–Sí. Apostarán hasta la última rupia que tengan.

–¡Ah! Yo también. Iré a Bombay contigo y volveré con un *lakh* de rupias por tu primera carrera, y haré una fortuna.

–Todos la haremos. Tú y yo, tu tío abuelo, el *sahib risaldar*, y todos los hombres del regimiento. Y Dagobaz recibirá una copa de plata grande como un balde en la que pueda beber agua.

La opinión de Ash sobre el caballo negro era compartida por muchos; aunque no por Mahdoo, quien se negaba a ver nada admirable en el animal y lamentaba abiertamente su compra.

–No está bien entregar el corazón a un animal, que no tiene alma. Deberías pasar menos tiempo hablando a una bestia, y más con los que se preocupan por tu bienestar. Por ejemplo, con el *sahib* Hamilton, a quien, como bien sabes, sólo has enviado una breve carta desde el día en que adquiriste a ese hijo de la perdición.

Ash se sobresaltó y se sintió un poco culpable:

–¿De veras? No me había dado cuenta... Le escribiré esta noche.

–Primero lee lo que te dice. Esto llegó con el *dâk* de la mañana, pero parece que tenías demasiada prisa como para mirar tu correspondencia antes de ir al establo de ese animal. Esta carta voluminosa es del *sahib* Hamilton, creo; y, además, a Gul Baz y a mí nos gustaría saber noticias de él y de nuestros amigos de Mardan.

Le presentó una bandeja de plata con media docena de cartas, y Ash tomó la más voluminosa. Abrió el sobre y lo llevó al bungaló iluminado por la lámpara.

«La caballería se ha aburrido mucho últimamente –escribía Wally–, pero la infantería, maldita sea, se ha divertido mucho. No recuerdo si te dije que hay problemas con los *jowaki-afridis* porque el Gobierno decidió repentinamente sobornarlos; perdón, debí haber dicho "pagarles" una retribución por mantener abierto el camino en el paso de Kohat; y les ofrecieron una suma equivalente por vigilar el camino de Khushalgarh y la línea telegráfica.

»No les gustó la idea, y después de un tiempo comenzaron a manifestar su descontento invadiendo e incendiando pueblos, y atacando escoltas y estaciones policiales. Luego quemaron un puente en el camino de Khushalgarh, y eso parece que disgustó a los poderes públicos... Fue demasiado. Decidieron que los chistosos *jowaki* debían recibir su merecido, y lamento decir que eso fue todo. Una rápida entrada en el territorio *jowaki* realizada por tres columnas, una de ellas la nuestra..., doscientas bayonetas con Campbell al mando, ayudado por Stuart, Hammond, Wigram y Fred, incendiaron uno o dos pueblos y regresaron. ¡Suficiente! Las columnas estuvieron en armas en medio de un calor insoportable durante veinticuatro horas, cubrieron casi cuarenta y cinco kilómetros y hasta tuvieron bajas... Nuestros compañeros tuvieron algunos heridos. Algo breve, y aparentemente una total pérdida de tiempo, porque los *jowakis* no se impresionaron y siguen actuando con el mismo vigor de siempre.

»Supongo que eso significa que volverán a atacar pronto. Si es así, espero que los Importantes permitan actuar a la caballería. Me gustaría un poco de acción, para variar. Zarin te envía sus *salaams* y me pide que te diga que teme que su padre tuviera razón. Dice que tú sabrás lo que quiere decir, y así lo espero, porque yo lo ignoro. Desearíamos recibir noticias tuyas. No has contestado mi última carta y hace meses que no sé nada de ti. Pero eso significa que no hay malas noticias; supongo que estás vivo y que te diviertes. Mis *salaams* a Mahdoo y Gul Baz...».

–Cuando le escribas, envíale nuestros saludos –dijo Mahdoo, y agregó con amargura–: Y pregúntale si necesita otro sirviente: un viejo que alguna vez fue buen cocinero.

Los otros criados se habían adaptado bien, porque disponían de comodidades suficientes en el acantonamiento de Ahmadabad. Ash tenía un bungaló para él solo con bastante espacio y lugar para la servidumbre, un lujo que raramente se brindaba a un oficial joven en un acuartelamiento. Kulu-Ram aprobó los establos, y Gul Baz, que había dejado a su esposa y su familia en Hoti-Mardan, se instaló cómodamente con una mujer de Ahmadabad en una cabaña, detrás del lugar que tenía asignado. La mujer era una persona silenciosa y solitaria, que cocinaba, lavaba y atendía a las necesidades de su protector temporal.

Pero Mahdoo era demasiado viejo para estas cosas, y eludía todo lo que tenía que ver con Gujerat; con la posible excepción de la Gran Mezquita de Ahmadabad, donde el fundador de la ciudad, el sultán Ahmad Shah, está enterrado. Por lo demás, detestaba el calor y la humedad, la exuberante vegetación del lugar y las nubes de lluvia que durante el monzón traían un viento con olor marino, y se vaciaban sobre los terrados y los caminos y los campos del acantonamiento hasta que toda el área quedaba inundada y, por momentos, los bungalós parecían islas que flotaban en un desierto de agua. No le sentaba bien la comida y desconfiaba de la gente del lugar, cuya lengua no comprendía y cuyas costumbres eran distintas de las suyas.

–Está demasiado viejo para cambiar –comentó Gul Baz, disculpando a Mahdoo–. Echa de menos los olores y los sonidos del norte, y la comida, la conversación y las costumbres de su propia gente.

–Lo mismo que tú –respondió Ash, y agregó en voz baja–: Y yo también.

–Yo también. Es verdad, *sahib.* Pero, si Dios es misericordioso y me quedan muchos años por vivir, y pasamos uno o dos en este lugar, ¿qué importa? Pero con Mahdoo-ji es diferente porque sabe que le quedan pocos años de vida.

–Yo no lo habría traído aquí –replicó Ash con remordimiento–. Pero, ¿cómo podía evitarlo, si él se negaba a que lo dejara atrás? Lo enviaría con licencia de inmediato si supiera que se iba a quedar en su casa hasta que volvamos a ir al norte, pero sé que no lo haría; de manera que si hemos de pasar otra estación calurosa en este lugar, será mejor para él quedarse aquí mientras está fresco, y partir hacia el norte en la primera mitad de febrero. De esta manera, se ahorrará los meses de mayor calor y lo peor del monzón; y, si aún estamos aquí cuando hayan pasado, todavía podría decirle que sólo debe esperar un poco más para reunirse con nosotros en Mardan. Porque para entonces seguramente sabré cuál es mi destino.

En este último aspecto, Ash no se equivocaba. Aunque no podía prever la forma en que ocurriría.

* * *

Durante toda la estación fría, siempre que el regimiento no estaba en el campo o de maniobras, Ash se levantaba al alba para sacar a Dagobaz a galopar. Y la mayor parte de las noches salía a cabalgar solo o con Sarji para explorar el campo circundante, y volvía al bungaló después del anochecer.

Había mucho que ver, porque Gujerat no sólo estaba lleno de historia, sino que era el lugar legendario de las hazañas principales y la muerte del dios Krishna, el Apolo indio. Cada colina y cada arroyo estaban ligados a algún hecho mitológico, y la tierra se hallaba cubierta de ruinas, tumbas y templos tan antiguos que los nombres de sus constructores habían sido olvidados mucho tiempo atrás. Entre los monumentos a los muertos, las magníficas cúpulas con pilares de los grandes y las lápidas de los más humildes, un curioso dibujo atrajo la atención de Ash, porque se repetía una y otra vez. Era un brazo de mujer, adornado con brazaletes y laboriosamente tallado.

–¿Eso? –dijo Sarji en respuesta a su pregunta–. Ah, conmemora a una *suttee.* Una viuda que se quemó viva en la pira funeraria de su marido. Es una costumbre muy antigua, que tu Gobierno ha prohibido..., y con razón, creo. Aunque aún hay quienes no están de acuerdo. Sin embargo, yo recuerdo que mi abuelo, que era un hombre estudioso y culto, decía que muchos pensadores, entre ellos él mismo, creían que esta práctica surgió por el error de un escribiente, cuando por primera vez se dio forma escrita a las leyes, hace muchos siglos. Dicen que la ley original establece que, cuando un hombre muere, su cuerpo debe ser entregado al fuego y que luego su esposa debe «entrar en casa». En otras palabras: vivir recluida durante el resto de su vida... Pero que un escribiente que tomó nota mucho después omitió las dos últimas palabras por error, de manera que llegó a creerse que «entrar» significaba entrar en la hoguera. Quizás es cierto; y si es así sería mejor que el Raj diera órdenes para que la práctica cese, porque morir quemado es una muerte cruel, aunque miles y miles de nuestras mujeres la han afrontado sin temor, considerándola un honor.

–Y muchas más habrán sido obligadas a soportarlo contra su voluntad, si la mitad de las historias que uno oye son ciertas –replicó Ash con dureza.

Sarji se encogió de hombros.

–Puede ser. Pero sus vidas hubiesen sido una carga para ellas si hubieran continuado viviendo, de manera que están mejor muertas, y no debes olvidar que la que hace *suttee* se vuelve sagrada. Su nombre es honrado, y sus cenizas mismas son veneradas... Mira allí –Señaló con su látigo una viva mancha de color contra la piedra oscura, y casi cubierta por la vegetación.

Alguien había colocado una guirnalda de flores frescas sobre uno de los brazos tallados corroído por el tiempo, que era un testigo silencioso de la horrible muerte de una esposa que había «completado una vida de ininterrumpida devoción conyugal con el acto del *sahagamana*», y acompañado al cadáver de su marido entre las llamas. La piedra estaba casi oculta por las hierbas y las plantas trepadoras, pero alguien, ¿otra mujer, quizá?, la había cubierto de flores. Aunque la tarde era serena y muy descolorida, Ash tembló y dijo con rabia:

–Bien, aunque no hayamos hecho otra cosa, al menos esto nos hace honor... Terminar con ese espanto.

Sarji volvió a encogerse de hombros, lo cual podía significar cualquier cosa, o nada, y se puso a hablar de otros temas mientras salían a campo abierto.

Los dos iban a cabalgar juntos al menos una o dos veces por semana, y a menudo los fines de semana o durante las vacaciones hacían viajes más largos. Pero sólo cuando iba sin compañía cabalgaba Ash hacia el norte, en dirección a las distantes cadenas azules que separaban Gujerat de Rajputana.

Sarji era un compañero alegre y entretenido, pero cuando Ash se dirigía hacia las montañas no quería acompañante, porque en esas ocasiones se encaminaba a un lugar solitario, coronado por ruinas, que daba al río más allá de Bijapur. Desde allí contemplaba el perfil quebrado de aquellas antiguas montañas, y sabía que, con sólo asomarse a una ventana del Rung Mahal, Juli podía verlas también.

El País de los Reyes era territorio prohibido para Ash, quien, como Moisés, podía contemplar la tierra prometida pero no entrar en ella.

Se quedaba durante horas en aquel lugar, absorto e inmóvil..., tan quieto que a menudo los pájaros, las ardillas y hasta los lagartos se paseaban al alcance de su mano, o alguna mariposa se posaba en su cabeza. Sólo cuando Dagobaz, al que soltaba para que anduviera entre las ruinas, se impacientaba, parecía Ash despertar de un sueño profundo; se ponía de pie con dificultad, montaba y volvía por las llanuras hasta Ahmadabad y el bungaló del acantonamiento.

En aquellos días, invariablemente encontraba a Mahdoo esperándolo, sentado con las piernas cruzadas en un rincón de la galería desde donde podía ver la puerta de entrada y, al mismo tiempo, vigilaba la cocina y el sector de los sirvientes por si su ayudante, el joven Kadera, abandonaba su trabajo.

Mahdoo no era feliz. Sentía el peso de los años y estaba muy preocupado por Ash. No tenía idea del lugar adonde iba el joven ni de lo que hacía en esas ocasiones. Pero, aunque tenía pocos conocimientos de geografía, conocía muy bien a Ash; y, una vez supo que la frontera de Rajputana estaba a menos de un día de marcha hacia el norte, su intuición le dio una respuesta que lo alarmó: Bhithor no estaba mucho más allá de esa frontera.

La proximidad con el reino del *rana* inquietaba mucho a Mahdoo, porque, aunque jamás había oído nada referente a Anjuli-Bai, hacía tiempo que se había dado cuenta de que allí había ocurrido algo mucho más serio que los intentos de extorsión y traición del *rana*. Algo profundamente personal del *sahib* Ash, que había destruido su felicidad y su paz espiritual.

Mahdoo no era tonto. Al contrario, era un viejo astuto que conocía y amaba a Ash desde hacía muchos años, y esa combinación de astucia, conocimiento y afecto le permitió adivinar la causa de las tribulaciones de su chico, aunque esperaba equivocarse. Porque, si no se equivocaba, la situación no era sólo trágica, sino muy perturbadora. A pesar de sus muchos años al servicio de los *sahib-log* y su larga estancia en el país de éstos, Mahdoo seguía sosteniendo que todas las mujeres decentes, en particular las jóvenes y bonitas, debían observar un *purdah* estricto... Exceptuando, por supuesto, a las europeas, cuyas costumbres eran diferentes y no podían ser acusadas de andar sin velo cuando sus hombres eran lo bastante tontos como para permitirles una conducta tan poco recatada.

Pero sí culpaba a los que habían permitido que las *rajkumaris* y sus mujeres se encontraran y hablaran con tanta libertad y frecuencia con el *sahib* Ash, quien, naturalmente (o así lo suponía Mahdoo), había terminado por enamorarse de una de ellas; y era terrible que eso hubiese sucedido. Pero al menos todo había terminado, y pronto el *sahib* olvidaría a aquella mujer, como había olvidado a la otra..., aquella *sahib-miss* de cabellos amarillos de Peshawar. Seguramente sucedería así, pensaba Mahdoo, considerando la gran distancia que separaba Rawalpindi de Bhithor y lo improbable de que alguna vez el *sahib* tuviera oportunidad de volver a entrar en Rajputana.

Sin embargo, poco más de un año después, por alguna extraña casualidad, fue enviado nuevamente al sur..., y justamente a Ahmadabad; de manera que allí estaban, otra vez cerca de aquel pequeño y siniestro estado medieval del cual Mahdoo, por su parte, había estado tan agradecido de escapar. Y, lo que era peor, el muchacho era desgraciado y solía experimentar extraños estados de ánimo, mientras que el propio Mahdoo albergaba malos augurios. Seguramente, el *sahib* Ash no sería tan tonto como para dirigirse hacia Rajputana y pretender entrar nuevamente en Bhithor... ¿O sí? Los jóvenes enamorados eran capaces de cualquier tontería; sin embargo, si Ash se aventuraba una vez más en el territorio del *rana*, y esta vez solo, sin el respaldo de hombres armados y de la autoridad, y sin permiso del Gobierno, era posible que no saliera vivo de allí.

Mahdoo opinaba que el *rana* no era hombre que perdonase a alguien que lo había derrotado, y mucho menos a alguien que lo había amenazado en presencia de sus consejeros y cortesanos, y nada le agradaría más que enterarse de que su adversario había regresado secretamente, quizá disfrazado, sin conocimiento o consentimiento de las autoridades. Porque, si el *sahib* simplemente desaparecía y nunca volvía a saberse de él, ¿cómo podrían hacerse acusaciones al Estado? Se limitarían a decir que se había perdido entre las montañas, que había muerto de sed o sufrido un accidente; y ¿quién podría probar que había entrado en Bhithor, o que había intentado hacerlo?

Mahdoo pasó muchas noches sin dormir preocupado por esas posibilidades, y, aunque en su vida sólo había servido a hombres solteros y siempre había tenido una pobre opinión de las *memsahibs* y sus costumbres, ahora comenzaba a desear que su muchacho conociera a alguna hermosa joven *sahib-miss* de la comunidad británica de Ahmadabad, quien le haría olvidar a la muchacha desconocida de Karidkote que tanto sufrimiento le había causado.

Pero Ash seguía saliendo solo a cabalgar en dirección a las montañas por lo menos una vez cada siete días, y parecía preferir la compañía de Sarji, o la del matrimonio Viccary, a la de cualquier *sahib-miss* del acantonamiento. Mahdoo continuaba inquieto por las posibles consecuencias de esas cabalgadas solitarias y temía lo peor; y cuando, hacia finales de enero, Ash le dijo que podía tomarse un permiso más largo para ir a su pueblo durante la estación calurosa, el viejo se indignó.

–¿Qué? ¿Y dejarte aquí al cuidado del joven Kadera, quien sin mi supervisión podría darte comida que te hiciera daño? ¡Nunca! Además, si yo no estuviera aquí, no habría nadie que se ocupara de que no cometieras tonterías. No, no, hijo mío. Me quedaré.

–Por la forma en que hablas, *cha-cha-ji* –replicó Ash entre divertido e irritado–, cualquiera pensaría que soy un niño tonto.

–Y no se equivocarían del todo, hijo mío –replicó rápidamente Mahdoo–, porque hay momentos en que te comportas como un niño tonto.

–¿De veras? Sin embargo, no es la primera vez que te marchas y me dejas para que me arregle solo, y nunca hiciste un escándalo por ese motivo antes.

–Quizá no. Pero entonces estabas en el Punjab y entre los tuyos, no aquí en Gujerat, que no es tu país ni el mío. Además, yo sé ciertas cosas, y no confío en que no te metas en dificultades en cuanto yo vuelva la espalda.

Ash sólo rio y dijo:

–Tío, si te prometo solemnemente que me comportaré con toda sobriedad y circunspección, como una abuela virtuosa hasta que vuelvas, ¿te irás? Sólo será por algunos meses, y si antes de eso mi suerte cambia y vuelven a llamarme a Mardan, podremos encontrarnos allí. Sabes muy bien que te hace falta un descanso y será mucho mejor si durante un par de meses gozas del buen aire de las montañas, con tu familia que guise para ti y te cuide en todo lo que necesites. Te irá bien la buena comida punjabí, y vigorizarte con los vientos limpios de las montañas después de haber soportado este aire caliente y pesado. *Hai-mai*, desearía poder acompañarte.

–Yo también –replicó Mahdoo con fervor.

Pero no presentó más objeciones porque también él esperaba que el período de exilio de Ash terminaría pronto, y que en cualquier momento volverían a llamarlo a su regimiento, con el *sahib* Hamilton y el *sahib* Battye para abogar por su causa y presionar para que volviera. Seguramente él estaría muy lejos ese día, y en tal caso, él, Mahdoo, tal vez nunca volvería a aquel lugar pestilente.

Se marchó el 10 de febrero, acompañado por uno de los *syces* que vivían cerca de Rawalpindi. Ash lo despidió en la estación de ferrocarril y se quedó en el andén lleno de gente, viendo cómo el tren partía y sintiéndose presa de emociones contradictorias. Lamentaba ver irse al anciano. Echaría de menos sus consejos y las charlas nocturnas salpicadas de habladurías y mezcladas con el ruido familiar de la *hookah*. Por otra parte, no podía negarse que, en cierta forma, era un alivio liberarse de su ansiosa vigilancia durante un tiempo. Obviamente, Mahdoo sabía o sospechaba demasiado, y comenzaba a demostrarlo con gran claridad, cosa que incomodaba a Ash. Una separación temporal sería buena para ambos, y sin duda la salud y el buen humor del viejo se habían alterado con el traslado a Gujerat y su disgusto por el lugar y su gente. De todas maneras...

Ash vio desvanecerse el tren a lo lejos, y mucho después que el último rastro de humo desapareciese continuó con la mirada fija tras él, recordando la primera vez que había visto a Mahdoo. A Mahdoo, Ala Yar y al coronel Anderson, quienes lo protegieron y fueron buenos con él cuando era un chico asustado que hablaba, sentía y pensaba de sí mismo como Ashok y no podía creer que, en realidad, era un *angrezi* con un nombre que ni siquiera podía pronunciar; ni que lo embarcaran hacia una tierra desconocida para ser convertido en un *sahib* por extraños que, según le habían dicho, pertenecían a la familia de su padre.

Recordando ese día, los rostros y las formas de aquellos tres hombres aparecieron claramente en su mente como si fueran de carne y hueso y estuvieran junto a él en la plataforma abarrotada: el coronel Anderson y Ala Yar, ahora ambos muertos, y Mahdoo, que aún estaba muy vivo y acababa de despedirse de él desde el tren que lo llevaba a Bombay y Baroda. Pero había un error en la imagen que tenía de sus rostros... Pronto se dio cuenta: no veía a Mahdoo como era ahora, con los cabellos grises, arrugado y encogido, sino como había sido cuando el coronel Anderson y Ala Yar vivían y los tres hombres eran altos, fuertes y corpulentos. Era como si de alguna manera Mahdoo los uniese y se convirtiera en parte del pasado, lo cual, por supuesto, era absurdo.

Gul Baz, que los había acompañado a la estación de tren, tosió discretamente para indicar que el tiempo pasaba. Ash despertó de su ensoñación, dio media vuelta y echó a andar con rapidez por el andén para salir al patio donde esperaba una *tonga* que lo llevaría de regreso al bungaló.

LIBRO SEIS

Juli

36

Quizá fue bueno que Mahdoo se hubiera marchado, porque su ansiedad por Ash habría aumentado considerablemente si hubiese estado presente dos días después, cuando el joven recibió una visita inesperada en el bungaló de los acantonamientos.

El regimiento había salido a hacer instrucción. Cuando Ash volvió, una hora después del atardecer, encontró una *tonga* de alquiler detenida entre las sombras cerca de la entrada, y a Gul Baz esperando en los escalones de la galería para informarlo de que tenía un visitante.

–Es el médico de Karidkote –anunció Gul Baz–. El *hakim* del *sahib* Rao, Gobind Dass. Lo espera dentro.

El repentino espasmo de terror que detuvo el corazón de Ash al oír su nombre se desvaneció al ver el rostro del hombre. No venía enviado por Kaka-ji a traer la noticia de que Juli estaba enferma o muriéndose, o muerta..., o de que su marido la maltrataba. Gobind tenía un aspecto reposado y sosegado, tan tranquilizador como siempre, y explicó que iba de camino a Bhithor a petición de la *rani* Shushila, quien estaba preocupada por la salud de su marido y no confiaba en el médico personal del *rana*, un individuo de setenta y ocho años cuyos métodos, aseguraba ella, tenían siglos de atraso.

–Y como la *rani* está esperando un niño, y al mismo tiempo es necesario ahorrarle cualquier ansiedad innecesaria –explicó Gobind–, mi amo, el *sahib* Rao, pensó que no era posible negarle este deseo. Por ese motivo me ve usted en camino a Bhithor. Aunque no sé de qué les serviré... o qué me permitirán hacer, ya que no creo que los propios *hakims* del *rana* se sientan complacidos con la presencia de un extraño llamado para tratarlo.

–¿Entonces está gravemente enfermo? –preguntó Ash, con una chispa de esperanza.

Gobind se encogió de hombros y extendió las manos en un gesto expresivo.

–¿Quién puede decirlo? Usted sabe cómo es la *rani* Shushila. Exagera el menor dolor o incomodidad, y lo más probable es que esté haciendo eso ahora. Sin embargo, me ha mandado llamar para ver qué puedo hacer y para que permanezca en Bhithor todo el tiempo que me necesiten.

Acompañado por un solo sirviente, un muchacho regordete con cara de tonto llamado Manilal, Gobind había viajado a Bombay, de donde llegó por el camino de Baroda y Ahmadabad.

–El *sahib* Rao, sabiendo que lo habían enviado a usted aquí, insistió en que viniera por esta ruta porque a sus sobrinas les agradaría tener noticias de usted, y seguramente usted también desearía saber algo de sus amigos de Karidkote. Le he traído cartas: el *sahib* Rao no confía en el *dâk* público, y por eso me las confió a mí con órdenes estrictas de que se las entregara personalmente, como acabo de hacer.

Traía tres cartas: además de Kaka-ji escribían Jhoti y Mulraj, aunque sólo brevemente, pues Gobind transmitiría a Ash todas las noticias. Ninguna de las cartas contenía nada que no pudiera leerse en voz alta a cualquiera. La de Jhoti se refería principalmente a los deportes y los caballos, y terminaba con una frívola descripción del residente británico, a quien parecía tener antipatía por el motivo trivial de que usaba quevedos y lo miraba por encima de los lentes. Mulraj sólo transmitía buenos deseos y la esperanza de que Ash pudiera visitarlos en su próximo permiso.

En cambio, la carta de Kaka-ji era sumamente interesante. Al leerla, Ash comprendió por qué había sido necesario enviarla por alguien tan digno de confianza como Gobind en lugar de usar el correo público, y también por qué resultaba esencial enviar a Gobind a Bhithor por el camino de Ahmadabad.

La primera parte del escrito sólo se refería con más detalle a lo que Gobind ya había comunicado: la urgente petición de Shushila de un médico en quien pudiera confiar y la necesidad de cumplir con ese deseo a causa del estado de la joven. Seguía la solicitud de que Ash ayudara a Gobind con los caballos y le proporcionara un guía y todo lo que pudiera necesitar para asegurar su llegada sin problemas a Bhithor; Gobind traía dinero para cubrir todos los gastos.

Una vez resueltas estas cuestiones, Kaka-ji confesaba que estaba preocupado por sus sobrinas, y que ésa, más que la expresada inicialmente, era la razón de que hubiera aceptado de inmediato enviar a Gobind a Bhithor

«No tienen a nadie en quien confiar –escribía Kaka-ji–, ni nadie que pueda traer informes veraces sobre su bienestar, ya que Shushila no sabe escribir y hasta el momento no hemos recibido cartas de su hermana, lo cual es extraño. Tenemos razones para creer que el eunuco que escribe por ellas no es digno de confianza, porque las pocas cartas que recibimos no dicen nada, excepto que están bien y son felices. Sin embargo, supimos que la *dai* Geeta y por lo menos dos más de las mujeres que las acompañaron desde Karidkote, todas las cuales eran fieles servidoras y muy apegadas a mis sobrinas, han muerto; y en ninguna carta se menciona nada de ello.

»Dudo mucho de que nos hubiéramos enterado si un comerciante que visitaba Bhithor no hubiera oído la historia y la hubiese repetido a otro en Ajmer, quien a su vez se la contó a un hombre que, por casualidad, tiene un primo que vive aquí, en Karidkote. Así llegó a nuestros oídos, como un relato de viajeros, pero las familias de las tres mujeres se enteraron, se perturbaron mucho y solicitaron a Jhoti que preguntara a su cuñado, el *rana*, si era cierto. Jhoti lo hizo, y, después de gran retraso, recibimos respuesta diciendo que las dos mujeres habían muerto de unas fiebres mientras que la *dai* se había desnucado al caer por una escalera.

»El *rana* declaró estar asombrado al saber que la *rani* principal y la segunda habían olvidado mencionar el asunto en sus cartas a su querido hermano, y sólo podía suponer que consideraban que la muerte de las sirvientas no merecía ser comunicada. El *rana* decía estar de acuerdo con ellas en esto.

»Pero usted y yo sabemos –escribía Kaka-ji– que, si hubieran tenido libertad para escribir como quisieran, no hubiesen dejado de mencionarlo. Por tanto, estoy seguro de que lo que escribe el eunuco son palabras dictadas por el *rana* o por sus secuaces, aunque es muy posible que yo esté demasiado preocupado y que en realidad las dos estén bien. Sin embargo, me sentiría mucho mejor si tuviera alguna forma de saber con seguridad que es así, y ahora parece que los dioses me han proporcionado un medio. El *rana* estaba contento con Gobind, quien, como usted recordará, le curó unos forúnculos que sus propios *hakims* no habían logrado curar; seguramente no se siente bien, ya que permite a Shushila-Bai que pida a Gobind acudir con la mayor rapidez a Bhithor para curarlo.

»Los dioses han escuchado mis plegarias, ya que Gobind podrá enterarse de cómo están realmente las hermanas de Jhoti, y le he indicado que busque alguna manera de comunicarle las noticias a usted, porque, como usted vive más allá de las fronteras del Rajasthan, podrá enviarlas sin peligro a Karidkote. No lo habría molestado con esto si no hubiera sabido que también usted tiene razones para preocuparse por este asunto, y que querrá saber, como yo, que todo marcha bien. Si no es así, podrá usted comunicárnoslo, y entonces Jhoti y sus consejeros decidirán sobre qué acción adoptar».

«Si es que se adopta alguna», pensó Ash con amargura. Porque, aunque los príncipes aún mantenían sus ejércitos privados, las Fuerzas del Estado, la enorme distancia que separaba Karidkote de Bhithor era suficiente para asegurar que no se emprendería ninguna acción militar entre ambos reinos, aun suponiendo que el Gobierno de la India hubiera permitido semejante cosa, lo cual era difícil de suponer. La única esperanza de Jhoti era presentar una queja por los conductos adecuados, en este caso, el residente británico, quien la transmitiría al Departamento Político, que a su vez la enviaría a Ajmer, solicitando al agente del gobernador general que indicase al oficial a cargo de la sección particular de Rajputana, que incluía a Bhithor, una investigación sobre la queja y un informe sobre ella.

Recordando los retrasos y la desconfianza del oficial político, y que había sido imposible hacerle pensar mal del *rana* o adoptar alguna actitud que pudiera ser criticada por sus superiores en Ajmer, Simla y Calcuta, Ash tenía pocas esperanzas de lograr algo útil. En particular, porque no era posible que se permitiera al oficial político (ni a ningún otro) ver o hablar con cualquiera de las dos esposas del *rana*, quienes, por supuesto, observaban un estricto *purdah*. Cualquier intento de forzar una entrevista conduciría a un escándalo, no sólo en Bhithor, sino en toda la India, y lo máximo que podría lograrse, aunque incluso eso resultaba poco probable, sería una entrevista con una mujer invisible sentada del otro lado de espesas cortinas e indudablemente rodeada por muchas personas, todas las cuales estarían a las órdenes del *rana* y controlarían cada palabra que ella dijera.

En semejantes condiciones era difícil que se dijera la verdad, y no habría prueba alguna de que la que hablaba era en realidad una de las *ranis* y no alguna mujer de la *zenana* cuidadosamente instruida.

Considerando todas estas cosas, Ash pensó que era una pena que Jhoti tuviera algún torpe resentimiento, propio de un chico, contra el residente de Karidkote.

Levantó los ojos de la carta, se encontró con la mirada tranquila de Gobind y dijo:

–¿Conoce usted el contenido de esta carta?

Gobind asintió.

–El *sahib* Rao me hizo el honor de leérmela antes de sellarla, para que comprendiera cuán necesario era guardarla con sumo cuidado y procurar que no cayera en manos de algún enemigo.

–Ah –dijo Ash, y fue a buscar la lámpara.

Acercó los papeles a la llama e inmediatamente se ennegrecieron y ardieron. Ash los volvió hacia uno y otro lado, viendo cómo se quemaban hasta que las llamas se acercaron a sus dedos. Dejó caer los fragmentos al suelo, los aplastó con el pie y los convirtió en polvo.

–Muy bien. Una de las causas de la ansiedad del *sahib* Rao está eliminada. En cuanto al resto, sus temores son bien fundados, pero llegan demasiado tarde. Si hubiera roto los contratos de matrimonio nadie lo habría acusado. Pero no lo hizo, y ahora el daño está hecho, porque las leyes y las costumbres del país están de parte del *rana*... y el *sahib* político también, como sabemos.

–Eso puede ser cierto –asintió tranquilamente Gobind–. Pero no es usted justo con el *sahib* Rao. Si usted hubiera conocido al fallecido maharajá se daría cuenta de que el *sahib* Rao no tenía otra opción, y debía permitir los matrimonios.

–Lo sé –admitió Ash con un suspiro–. Lo siento. No debí haber hablado así. Sé muy bien que, dadas las circunstancias, no podía hacer otra cosa. Además, todo está consumado y no podemos cambiar el pasado.

–Ni siquiera los dioses pueden cambiarlo –dijo Gobind con sobriedad–. Pero el *sahib* Rao espera, y yo también, que entre usted y yo, *sahib*, quizá podamos hacer algo en el sentido de orientar el futuro.

Aquella noche no hablaron más porque Gobind estaba muy cansado. Ni él ni su sirviente Manilal habían viajado en tren antes, y la experiencia los había dejado mareados y agotados. Ambos dormían aún cuando Ash salió para la revista la mañana siguiente. Sólo cuando terminó el servicio del día, ya muy avanzada la tarde, pudo volver a hablar con Gobind. Pero él había dormido muy poco la noche anterior, y dedicado mucho tiempo a pensar en las revelaciones de Kaka-ji. Cuando eso se le hizo intolerable a causa de los temores que le despertaba la seguridad de Juli, decidió pensar en asuntos más mundanos como las gestiones que debía realizar para que Gobind llegara sin riesgo a Bhithor. Fue la primera cosa de la que se ocupó a la mañana siguiente, enviando al subjefe de *syces*, Kulu-Ram, a elegir y comprar un par de caballos al tratante local, y mandar un mensaje a Sarji preguntándole si conocía a alguien que pudiera actuar como guía de los viajeros que deseaban ir a Bhithor y querían partir al día siguiente.

Los caballos y la respuesta de Sarji lo esperaban a su regreso al bungaló, y ambas cosas eran satisfactorias: Sarji escribía que enviaría a su *shikari* particular, Bukta, un cazador que conocía todos los caminos, senderos de caza y atajos de la montaña, para que guiara a los amigos de Ash a Bhithor; y los caballos comprados por Kulu-Ram eran fuertes y seguros, resistentes al viento y capaces, según dijo el hombre, de cubrir muchos *koss* diarios como deseaba el *sahib hakim*.

Sólo quedaba un asunto por resolver; el más importante de todos: cómo establecer algún método de comunicación entre Gobind en Bhithor y Ash en Ahmadabad sin despertar las sospechas del *rana*.

Los dos discutieron este punto durante horas cabalgando juntos a la orilla del río, con el propósito aparente de probar los caballos recién comprados, pero, en realidad, para asegurarse de que nadie los oyera. Más tarde hablaron en la vivienda de Ash hasta bien pasada la medianoche, en voz tan baja que Gul Baz, quien permanecía en la galería para advertirlos sobre la presencia de intrusos, apenas escuchaba un murmullo.

Tenían poco tiempo y mucho que hacer. Era esencial establecer un código de algún tipo para poder comunicarse. Algo lo suficientemente simple como para aprenderlo de memoria y que no despertara sospechas en caso de que se interceptara un mensaje... Una vez que resolvieron ese detalle de manera satisfactoria, debieron considerar formas y medios de obtener noticias de Bhithor, porque si el *rana* tenía algo que ocultar seguramente procuraría que Gobind estuviera estrechamente vigilado. Sin embargo, sólo el médico podría resolver este problema una vez que hubiese llegado a Bhithor y evaluado la situación para descubrir cuánta libertad se le permitía, en el caso de que se le permitiera alguna. Pero era necesario hacer planes porque, aunque la mayor parte de ellos resultaran ser impracticables cuando Gobind llegara a Bhithor, alguno quizá podría funcionar.

–También esta mi sirviente, Manilal –dijo Gobind–, quien, por su forma de hablar y su aspecto, parece un simplón; un muchacho bobo, incapaz de astucia alguna, lo cual está muy lejos de la verdad. Creo que es muy probable que nos sea útil.

Cuando el reloj dio las doce habían discutido al menos una docena de planes. Para llevar a cabo uno de ellos, Gobind salió a las nueve de la mañana siguiente en busca de cierto comerciante europeo de la ciudad.

–Si sucede lo peor, siempre podré decir que debo viajar a Ahmadabad para buscar más drogas con las cuales tratar a su alteza. ¿Hay alguna buena farmacia en esta ciudad? Preferiría una extranjera.

–Hay una en los acantonamientos: Jobbling & Sons, los farmacéuticos a los que todos los *sahibs* y *memsahibs* compran polvo dentífrico y lociones para el cabello, y muchas medicinas que llegan de Belait. Allí conseguirá usted cualquier medicina que desee. Pero el *rana* nunca le permitirá venir aquí a buscar algo personalmente.

–Quizá no. Pero cualquier persona que manden aquí tendrá que traer un papel donde yo haya escrito los nombres de las medicinas que necesito. Por tanto, mañana visitaré a ese farmacéutico y averiguaré qué medicinas vende, y veré también si puedo entablar buenas relaciones con el dueño del comercio.

Partió hacia Bhithor poco después de mediodía, llevando consigo una variedad de píldoras y pociones compradas por consejo del señor Pereiras, el gerente de la sucursal de Ahmadabad de Jobbling & Sons, con quien llegó a un arreglo amistoso. Ash volvió de la instrucción a tiempo para despedirlo, y los dos hablaron brevemente en la galería antes de que Gobind y Manilal, acompañados por el *shikari* de Sarji, Bukta, que debía guiarlos a Bhithor por el camino de Palanpore y las colinas al pie del monte Abu, se alejaran del bungaló y se perdieran de vista entre los árboles que bordeaban el largo camino del acantonamiento.

Diez días después, Sarji comunicó que el *shikari* estaba de regreso, y que había dejado al *hakim* y a su sirviente a un kilómetro y medio de la frontera de Bhithor. El *hakim* había recompensado generosamente a Bukta por sus servicios, y enviado un recado al *sahib* Pelham diciendo que rogaría a diario por su salud y su buena suerte y que todo marcharía bien en los meses siguientes. Una esperanza piadosa que no requería transmitirse en código.

A medida que los días se hacían más calurosos, Ash se levantaba más temprano para sacar a Dagobaz durante una o dos horas antes de comenzar la rutina en los establos; y ahora que había terminado el entrenamiento de la temporada había más trabajo de oficina. Por las tardes, Ash se dedicaba generalmente a practicar el polo, un juego que era nuevo en la frontera cuando su incorporación a los Guías, pero que se había difundido como un incendio, de manera que ahora los regimientos de caballería del sur lo habían adoptado, y Ash, que ya jugaba antes a él, era muy solicitado.

Su tiempo estaba totalmente ocupado, lo cual era una bendición, aunque él no lo veía así y probablemente no lo hubiese admitido. Pero al menos le impedía pensar demasiado en lo que podía estar sucediéndole a Juli, y por la noche estaba lo suficientemente cansado como para dormir en lugar de llegar a un estado de agotamiento mental que lo mantuviera despierto y preocupado por las informaciones recibidas en la carta de Kaka-ji y sus posibles implicaciones. El trabajo duro y el ejercicio violento lo distraían y debía estar agradecido por ello.

Mahdoo envió una carta redactada por un escribiente de mercado en la que decía que había llegado bien y que estaba contento de hallarse de nuevo en Mansera. Gozaba de buena salud y esperaba que Ash también, y que Gul Baz lo atendiera correctamente. Toda su familia, y ahora tenía otros tres bisnietos, dos de ellos varones, enviaba sus mejores deseos de que Ash estuviera bien, feliz y próspero, etcétera, etcétera.

Ash contestó la carta, pero sin mencionar la visita de Gobind. Y, curiosamente, tampoco la mencionó Gul Baz cuando escribió al anciano como había prometido para darle las últimas noticias del *sahib* Pelham y su casa, y para asegurar a Mahdoo que todo marchaba bien. Aunque, en el caso de Gul Baz, mantener silencio sobre este punto en particular fue una cuestión de puro instinto, ya que ni Ash ni Gobind le sugirieron que sería mejor no hablar de ello. Pero también él estaba preocupado.

Gul Baz, como Mahdoo, desconfiaba de Bhithor, y no deseaba ver al *sahib* nuevamente mezclado en nada que tuviera que ver con aquel estado funesto y sin ley o con su gobernante sin principios morales. Pero temía que esto fuera lo que trataba de hacer el *hakim* de Karidkote, aunque no podía adivinar por qué. Gul Baz sabía mucho menos sobre Ash que Mahdoo, y el prudente anciano había tenido mucho cuidado de guardarse sus sospechas.

La ansiedad despertada en él por la llegada sin previo aviso de Gobind debió de haber desaparecido tras la partida del médico. Pero no fue así, porque Gul Baz advirtió que, después de ella, Ash tomaba la costumbre de hacer muchas pequeñas compras en una farmacia cuyo dueño era un *angrezi*, el mismo negocio, casualmente (¿era en realidad una casualidad?), que el *hakim* había visitado la última mañana de su estancia y donde, según el conductor de la *tonga* de alquiler que lo había llevado allí (un individuo charlatán a quien Gul Baz interrogó luego), pasó más de media hora consultando al dueño del comercio y finalmente compró una serie de medicinas extranjeras.

No había nada extraño en eso. No era un secreto que el *hakim* había sido llamado para tratar al *rana* de Bhithor, a quien alguna vez había curado de una penosa enfermedad, ganando así su confianza. Pero ¿por qué el *sahib*, que gozaba de excelente salud, iba ahora a hacer compras allí tres o cuatro veces por semana, cuando antes solía dejar en manos de Gul Baz la tarea de comprar jabón, polvo dentífrico y cosas parecidas?

A Gul Baz no le gustó el asunto. Pero no podía hacer nada al respecto y no deseaba hablar de ello con nadie. Por tanto, sólo le quedaba esperar que llegara pronto la orden de Mardan llamando al *sahib* para que volviera a los Guías y a la frontera del nordeste. Porque ahora también él estaba ansioso por marcharse; por ver su propia tierra de la frontera y oír la lengua de su gente.

Por otra parte, Ash, quien poco tiempo atrás estaba igualmente impaciente por partir de Gujerat, de pronto temía tener que marcharse; porque, si volvían a llamarlo a Mardan antes de que Gobind pudiera transmitirle noticias desde Bhithor, era posible que jamás supiera lo que había sucedido allí, ni pudiera enviar un mensaje a Kakaji, ni hacer nada útil.

El mismo pensamiento era tan intolerable que en estas circunstancias realmente lo habría aliviado enterarse de que debía servir otros cinco años en Gujerat, o aun diez o veinte, porque marcharse ahora podría significar abandonar a Juli en el preciso momento en que ella más lo necesitaba; y cuando la vida misma de la muchacha podía depender de la presencia de Ash en Ahmadabad, y en su voluntad de hacer lo posible por ayudarla.

Ya la había abandonado antes dos veces: una en Gulkote, cuando era niña, y nuevamente en Bhithor..., aunque contra su voluntad. No la abandonaría por tercera vez. Pero, si lo ordenaban regresar a Mardan, ¿qué podría hacer? ¿Serviría de algo escribir a Wally y a Wigram

Battye pidiéndoles que usaran su influencia para que postergasen la orden de regreso si se enteraban de que la estaban considerando? Pero después de haberles repetido cuánto deseaba volver a los Guías, ¿cómo explicaría esta repentina marcha atrás?

«Lo siento, pero no puedo decirles por qué he cambiado de idea y prefiero no volver al cuerpo ahora, pero tendrán que creer en mi palabra porque es de importancia vital que yo pueda permanecer aquí por el momento...».

Pensarían que debía de estar enfermo o loco, y Wally, al menos, esperaría que le confiara la verdad. Pero como no podía hacerlo carecía de sentido escribir.

Ash se apoyó en sus esperanzas. Con buena suerte, los «dioses de lata» que lo habían exiliado en Gujerat se habrían olvidado de él y no volverían a llamarlo. O, mejor aún, Gobind lograría ponerse en contacto con él y le diría que sus temores carecían de fundamento y que las *ranis* de Bhithor estaban muy bien, caso en el que no importaría que lo llamaran pronto los Guías. En realidad, cuanto antes mejor, porque la última carta de Wally había intensificado su deseo de volver tanto como la última de Kaka-ji lo había hecho desear quedarse.

Wally escribió para informarlo de que los Guías estaban luchando de nuevo, y de que Zarin había sido herido, aunque no de gravedad. La carta daba una descripción detallada del conflicto, en el cual estaba implicada una banda de miembros de la tribu *utman khel*, que dos años antes habían asesinado a un grupo de *coolies* que trabajaba en las obras de canalización del río Swat. Elogiaba a su instigador, un tal capitán Cavagnari, comisario delegado de Peshawar, quien habiéndose enterado de que el cabecilla y varios miembros de la banda vivían en un pueblo llamado Sapri, a unos ocho kilómetros del fuerte Adazai y cerca de la frontera de los *utman khel*, envió un mensaje al jefe del pueblo exigiendo que se rindieran, y también una elevada suma de dinero para proporcionar pensiones a las familias de los *coolies* asesinados.

Los habitantes de Sapri, que creían que su pueblo era inexpugnable, replicaron en tono ofensivo, y el capitán Cavagnari decidió sorprenderlos e hizo sus planes en otro sentido. Al mando de Wigram

Battye, tres oficiales de los Guías, doscientos sesenta y cuatro *sowares* de caballería y una docena de cipayos de infantería (estos últimos montados en mulas) partieron una noche hacia Sapri, acompañados por Cavagnari, quien logró mantener toda la operación en secreto hasta el punto de que dos de los oficiales estuvieron jugando al tenis hasta el último momento y partieron prácticamente desde la pista.

La primera parte de la marcha fue sencilla, pero, al llegar a unos doce kilómetros de su meta, el terreno se hacía tan accidentado que caballos y mulas debieron ser enviados al fuerte Adazai mientras los Guías avanzaban a tientas en la oscuridad, a pie. Los habitantes de Sapri, que confiaban en el desierto de roca, precipicios y *nullahs* que los protegía, se despertaron rodeados y corrieron a buscar sus armas, pero, tras una breve lucha durante la cual los *coolies* asesinados fueron ampliamente vengados, los líderes de la banda y otros nueve implicados en la matanza fueron hechos prisioneros.

«Nuestras pérdidas fueron sólo siete heridos –escribía Wally–, y Wigram ha propuesto a Jaggat-Singh y Daffadar Tura Baz para la Orden del Mérito por "su demostrado valor en la lucha". De manera que ya ves que nuestra vida aquí no es del todo ociosa. ¿Y tú cómo estás? No me gusta decírtelo, pero en tus cartas hablas mucho de esa perla de caballo que has adquirido y muy poco sobre ti mismo, y lo que yo quiero saber es cómo estás tú y qué haces, no lo que hace tu caballo. ¿O es que nunca sucede nada en Ahmadabad? Wigram te envía sus *salaams*. Lo mismo Zarin. ¿Has oído hablar de ese tonto de Rikki Smith, del 75.° Regimiento? Bien, no podrías creerlo, pero...». El resto de la carta consistía en trivialidades.

Ash la dejó a un lado con un suspiro. Debía escribir a Zarin y decirle que se cuidara mejor en el futuro. Era estupendo tener noticias de Wally y del regimiento, pero sería mejor aún si pudiera volver a hablar con él y servir otra vez en una unidad que estaba siempre en acción, en lugar de permanecer en una donde no la había desde los días del levantamiento, y a la que se había incorporado temporalmente. Pero los días pasaban y no llegaba mensaje alguno de Bhithor, aunque ya era primavera, y había transcurrido más de un año desde que Ash llegara a Ahmadabad para una estancia temporal.

Hizo otra visita a la farmacia de Jobbling, donde compró un frasco de linimento para tratar una torcedura ficticia, y pasó todo un día con el señor Pereiras, un charlatán inveterado que nunca dejaría de mencionar algo interesante (como un pedido especial de medicinas para un príncipe) sin que se lo pidieran. El señor Pereiras charló tan volublemente como de costumbre, y Ash se enteró de varios detalles sobre las enfermedades de una serie de personas importantes, aunque no de la del *rana* de Bhithor. Pero aquella misma noche, al volver tarde a su bungaló, encontró en la galería a un hombre grueso con señales de fatiga del viaje: el sirviente personal de Gobind, Manilal, quien por fin traía noticias.

–Hace dos horas que este idiota está aquí –dijo Gul Baz con indignación en *pushtu* (¡otra vez Bhithor!)–, pero se niega a comer o beber hasta haber hablado con usted, aunque le he dicho veinte veces que cuando volviera el *sahib* sería para bañarse, cambiarse de ropa y cenar antes de hablar con nadie. Pero este hombre es un tonto, no me escucha.

–Es el sirviente del *hakim*, lo veré ahora –respondió Ash, haciendo una señal a Manilal de que lo siguiera–. Y en privado.

Las noticias de Bhithor no eran buenas ni malas, una circunstancia bien ilustrada por el hecho de que se le había permitido a Manilal viajar a Ahmadabad; pero Gobind no se había atrevido a enviar una carta con él por temor a que lo registraran.

Por tanto, el mensaje fue verbal.

El *rana*, informaba Gobind, sufría de una combinación de forúnculos, indigestión y jaquecas debidas, en gran medida, a un estreñimiento crónico. Su estado físico, como podía esperarse considerando su modo de vida, era malo, pero mejoraba... Las medicinas extranjeras habían resultado muy eficaces. En cuanto a las *ranis*, por lo que él sabía, se encontraban bien.

La *rani* principal, que pronto tendría un hijo, estaba en buen estado de salud y esperaba ansiosamente la llegada del niño, que sería varón según las predicciones de brujos, astrólogos y parteras. Ya se hacían preparativos para celebrar el venturoso acontecimiento con gran pompa. Un mensajero esperaba para llevar las noticias a la oficina de telégrafos más cercana (a una distancia de muchos kilómetros) desde donde sería transmitida a Karidkote. Pero Gobind se había enterado con preocupación de que éste no era, como él suponía, el primer embarazo de la *rani* principal, sino el tercero...

No comprendía por qué no se habían comunicado los embarazos anteriores a Karidkote, ya que era de esperar que una noticia tan agradable se difundiera de inmediato, pero el hecho era que la *rani* había tenido dos abortos en los primeros meses de embarazo. Gobind sospechaba que esto bien podía deberse a los sufrimientos padecidos por Shushila, ya que el primer aborto coincidió con las muertes de las dos mujeres que la asistían y el segundo con la de su fiel *dai*, Geeta. Era difícil pensar en una coincidencia, pero, aunque Gobind sospechaba que había algún misterio vinculado con esas muertes, una cosa estaba clara: la *rani* principal no recibía malos tratos ni era desdichada.

Aunque pareciera extraordinario, el matrimonio que había comenzado bajo tan negativos auspicios, si se podían creer las habladurías, y Gobind se inclinaba a creerlas, se había convertido en un gran éxito. La pequeña *rani* se había enamorado locamente de su marido mientras que el *rana*, por su parte, encontraba muy estimulante la combinación de exquisita belleza y extravagante adoración de su esposa y había perdido interés en los dos apuestos y degenerados jóvenes que hasta entonces eran sus compañeros favoritos. Todo esto eran buenas noticias.

En cambio, la *rani* segunda había sido menos afortunada. A diferencia de su hermana, no era favorecida por el *rana*, quien se había negado a consumar el matrimonio, declarando abiertamente que no deseaba engendrar un hijo de una media casta. Anjuli fue trasladada a un sector de uno de los palacios más pequeños en las afueras de la ciudad, que rara vez se usaba, y sólo un mes después fue llamada por insistencia de la *rani* principal. Más tarde la confinaron de nuevo en el sector de la *zenana*, esta vez el palacio de las Perlas, y la llamaron de nuevo después de algunos meses de separación. Desde entonces se le permitía estar en el Rung Mahal, y ahora vivía tranquila, confinada en sus habitaciones.

Gobind opinaba que probablemente el *rana* se divorciaría de ella, y la enviaría de regreso a Karidkote en cuanto la *rani* principal comenzara a depender menos de ella; y podía esperarse que eso sucediera cuando Shushila tuviera varios hijos pequeños de los que ocuparse. Pero, por supuesto, esto era sólo una conjetura, porque el *sahib* debía darse cuenta de que resultaba casi imposible (y sin duda muy peligroso), para cualquiera que estuviera en la posición de Gobind, hacer preguntas sobre las *ranis* de Bhithor o demostrar demasiado interés por su bienestar o sus relaciones con el *rana*. Por tanto, cabía esperar que se equivocara en éste y en otros asuntos. Pero, aunque Anjuli era esposa sólo nominalmente, al menos parecía encontrarse bien y gozar de buena salud, y era de esperar que pronto pudiera decirse lo mismo de la *rani* principal.

Gobind confiaba en que el *sahib* escribiría lo más pronto posible a Karidkote para tranquilizar al *sahib* Rao. Por el momento, no parecía haber motivos de ansiedad, y excepto el hecho de que las muertes de la *dai* y las mujeres de servicio habían sido ocultadas a sus familiares, Gobind habría dicho que en Bhithor no pasaba nada malo, al menos en lo concerniente a las *ranis*. Sin embargo, confesaba que esas muertes seguían preocupándolo: había algo extraño en ellas... Algo inexplicable.

–¿Qué querrá decir con eso? –preguntó entonces Ash–. ¿Qué es lo inexplicable?

Manilal se encogió de hombros y respondió:

–Se oyen demasiadas historias... Además, no hay dos que coincidan, y eso es lo extraño. Como mi amo, yo soy de Karidkote y, por lo tanto, soy un extraño y sospechoso. No puedo hacer demasiadas preguntas ni demostrar mucho interés; sólo puedo escuchar. Pero no es difícil orientar la conversación por ciertos canales sin que la gente se dé cuenta, y, al estar entre los sirvientes del palacio o vagar por los mercados durante la noche, he oído más de una vez una palabrita que es como una piedrecilla que cae en el agua y forma círculos alrededor... Si estas mujeres realmente murieron de fiebres, ¿por qué se sigue hablando de sus muertes? ¿Por qué alguien se preocuparía tanto por algo que sucede tan a menudo y a tanta gente? Sin embargo, nadie ha olvidado esas tres muertes, y quienes hablan de ellas lo hacen en susurros; algunos dicen que las mujeres murieron por una causa y otros por otra, pero sólo se ponen de acuerdo en un punto: que nadie conoce la verdadera causa.

–¿Qué dicen de la tercera mujer, la *dai* Geeta? –preguntó Ash, quien recordaba con gratitud a la anciana.

–Dicen que la versión oficial es que cayó por una escalera, o por una ventana, o desde el techo del palacio de la Reina... También estas historias son todas diferentes. Hay quienes murmuran que la empujaron y otros sostienen que estaba muerta antes de caer..., estrangulada o envenenada, o que la mataron dándole un golpe en la cabeza y luego la arrojaron desde un lugar alto para que su muerte pareciera un accidente. No obstante, nadie ha dado alguna razón de que fuera así, ni ha dicho quién ejecutó su muerte ni quién la ordenó. De manera que es posible que sólo se trate de chismorreos o de gente que pretende saber más que sus vecinos. Pero es curioso..., curioso que todavía se hable tanto de esto cuando ya hace más de un año de la muerte de las dos mujeres, y casi uno de la de la *dai*.

Ésas parecían ser todas las noticias de Bhithor, y, aparte de la muerte de la anciana Geeta, eran mejores de lo que Ash esperaba. Pero Manilal no estaba seguro de que le permitieran volver por segunda vez a Ahmadabad...

Los hombres que lo habían detenido lo interrogaron exhaustivamente, pero al fin lo habían dejado marchar, decidiendo que el sirviente era demasiado tonto como para recordar más de una cosa y que difícilmente podría llevar algún mensaje.

–Además –dijo Manilal pensativamente–, no creo que el *rana* siga desconfiando del *sahib hakim*, cuya capacidad y cuyos medicamentos le han proporcionado tanto alivio, porque cuando el médico dijo que necesitaba más cantidad de cierta *dewai angrezi*, y que deseaba que yo, que conocía el comercio de *dewais*, viniera a buscarlas, no puso objeciones. Aunque al principio querían hacerme comprar cincuenta o cien frascos, pero el *sahib hakim* dijo que se echaría a perder. Como los ocho que he comprado durarán, de todas maneras, mucho tiempo, mi amo ha seguido la sugerencia del *sahib* y me ha encargado comprar un par de palomas al amigo del *sahib* para que me las lleve conmigo.

Esto último se refería a uno de los muchos planes discutidos durante la breve visita de Gobind. Sarji tenía palomas mensajeras, y Ash había sugerido que Gobind se llevara un par de ellas a Bhithor.

Gobind se había negado a hacer algo tan tonto alegando que eso sólo daría origen a sospechas de que pensaba enviar mensajes a alguien fuera del estado. Pero estuvo de acuerdo en que no era mala idea, y decidió que, tan pronto como estuviera establecido en Bhithor, mostraría gran interés por las aves y coleccionaría cuantas pudiera, incluso palomas, que abundaban en cualquier ciudad de la India.

Si a Gobind le parecía bien, Ash no estaba dispuesto a discutirlo. Esa misma noche compró las dos aves, y le rogó a Sarji que mantuviera el secreto después de decirle lo menos posible sobre los motivos. Manilal partió a la mañana siguiente, con media docena de frascos del específico soberano de Potter para curar la indigestión, y dos de aceite de castor de Jobbling & Sons, junto con una variedad de frutas y golosinas y una gran canasta de mimbre que al ser inspeccionada resultó contener tres gallinas y un gallo. El hecho de que también contenía dos palomas pasó inadvertido gracias a un falso fondo astutamente ideado y a la presencia de las aves que cacareaban.

37

–Cualquiera pensaría que en Bhithor no hay huevos –gruñó Gul Baz, observando al sirviente del *hakim,* que se marchaba–. Y, como es un tonto, seguramente lo han engañado en el precio de las aves.

Gul Baz estaba contento de que se marchara Manilal, y temía que su visita tuviera algún efecto deprimente en el ánimo del *sahib* como la del *hakim*. Pero no tendría que haberse preocupado. Las noticias que había traído Manilal calmaron la zozobra de Ash, y su humor mejoró. Juli estaba segura y bien..., y no recibía «favores del *rana*».

El alivio que le produjeron estas últimas palabras fue tan grande que al oírlas, por un momento, se había sentido maravillosamente. Todas las cosas intolerables que había imaginado que le sucedían a Juli..., la idea de lo que se le pedía que soportara y las desagradables imágenes que aparecían en su mente cuando no podía dormir..., nada de eso sucedía. Juli no corría peligro con el *rana*, y quizá Gobind tenía razón al decir que, una vez que naciera el niño, Shu-Shu dejaría de aferrarse a su hermana, el *rana* se divorciaría de ella y la enviaría de regreso a Karidkote. Juli sería libre. Libre de volver a casarse...

Despierto en la oscuridad después de volver con las palomas, Ash sabía que ahora podía esperar, y sin impaciencia, porque el futuro que antes le parecía tan oscuro y falto de sentido se llenaba de pronto de esperanza; otra vez tenía algo por lo que vivir.

–Pandy parece estar de muy buen humor estos días –comentó el oficial subalterno una semana después. Miraba desde una ventana del cuartel a Ash, que bajaba corriendo la escalera, montaba rápidamente y partía cantando *Johnny era un lancero*–. ¿Qué le habrá pasado?

–Sea lo que fuere, es un progreso –observó el ayudante, mirando una copia estropeada de la *Gaceta de Bengala*–. No estaba lo que se dice muy brillante últimamente. Quizás alguien le ha dejado una herencia.

–No la necesita –intervino un capitán.

–Bien, no es así, porque en realidad yo se lo he preguntado –confesó ingenuamente el primero de los que habían hablado.

–¿Y qué respondió? –preguntó el ayudante, interesado.

–No lo entendí bien. Me contestó que le habían dado algo muchísimo mejor: un futuro. Me imagino que es su manera de decir «si haces preguntas tontas, recibirás respuestas tontas»... O, en otras palabras, «no te metas en lo que no te importa».

–¿De veras? –dijo el ayudante–. No estoy tan seguro. Sospecho que debe de haberse enterado de algo, aunque no sé cómo. Nosotros sólo lo hemos sabido hace una hora, y aún no se ha pasado el comunicado.

–¿Qué comunicado?

–Bien, no veo razón para que no lo sepas, ahora que Pandy obviamente lo sabe. Volverá a su regimiento. Llegó una orden con el *dâk* de esta mañana. Pero supongo que alguien que se encuentra en el cuartel general de Pindi lo difundió prematuramente y alguno de sus amigos le habrá comunicado la buena noticia hace cosa de una semana. Eso explicaría que ahora tenga mucho mejor humor.

El ayudante estaba equivocado. Al contrario, cuando Ash se enteró de su inminente partida, todo el cuartel y la mayoría de los soldados del Roper's Horse ya conocían la noticia, de manera que en realidad fue el último en ser informado. Pero, en lo que a él se refería, no podía haber llegado en mejor momento. Quince días atrás la habría recibido con desesperación, pero ahora ya no había ninguna razón urgente para que deseara quedarse allí; y lo oportuno de la novedad le pareció una señal de que por fin su suerte había cambiado.

Como para confirmar eso, la orden de su reincorporación terminaba con la excelente recomendación de que el teniente Pelham-Martyn debía disfrutar de cualquier permiso que le correspondiera antes y no después de reincorporarse. Esto significaba que podía tomarse hasta tres meses si lo deseaba, ya que, aparte de algún fin de semana y una breve visita a Kutch, no había gozado de ningún permiso desde el verano de 1876, cuando viajara a Cachemira con Wally. Los dos habían decidido postergar su permiso hasta el día en que Ash volviera a la frontera, cuando pudiesen hacer otro viaje juntos; esta vez al Spiti y a los altos pasos del Tíbet.

–¿Cuándo piensas marcharte, Pandy? –preguntó el ayudante cuando Ash pasó por su oficina tras ver al coronel.

–Tan pronto como sea oportuno –respondió enseguida Ash.

–Bien, pienso que es conveniente que te vayas ya. No tenemos demasiada actividad en este momento, de manera que tú decides. Y no es necesario que demuestres tanta alegría tampoco...

Ash rio y repuso:

–¿Se me ve contento? Lo siento. No es que me alegre de marcharme. Lo he pasado bastante bien aquí, pero... Bien, se podría decir que durante los últimos cuatro años he cumplido una condena. Ahora he terminado y puedo volver a mi antiguo regimiento, a mis viejos amigos y a mi propio lugar en el mundo, y no puedo evitar que eso me alegre. No tiene nada que ver con Roper's Horse. Es un buen regimiento.

–Gracias –respondió el ayudante–. Aunque creo que no se nos puede comparar con los Guías. Bien, supongo que sentiría lo mismo si estuviera en tu caso. Es extraño cómo se liga uno a su propio grupo de gente. ¿No querrás vender tu caballo?

–¿Dagobaz? ¡De ninguna manera!

–Me temía que no. Bueno, no diré que tu partida nos destroza el corazón, Pandy, pero echaremos de menos a ese demonio negro. Habría ganado todas las carreras en que lo inscribieras para la próxima temporada. ¿Cómo te lo llevarás a Mardan?

–Lo llevaré en tren. No le gustará, pero yo me encargaré de eso. Además, tendrá su propio *syce*.

Pero si Ash deseaba viajar en el mismo tren que Dagobaz, sólo podría salir de Ahmadabad al cabo de diez o quince días.

–Encontrar lugar para un cuadrúpedo es un asunto muy difícil y llevará tiempo, porque es necesario reservarlo con mucha anticipación –explicó el jefe de estación.

Ash esperaba marchar un par de días después, pero aceptó de buen grado la recomendación del jefe de estación. Decidió que no tenía tanta prisa.

Volvió al bungaló de buen humor y aquella noche escribió varias cartas antes de acostarse. Una larga a Wally, llena de planes para su partida, una breve a Zarin, con mensajes para Koda Dad en los que decía que esperaba volver a verlo pronto, y otra a Mahdoo, contándole las buenas noticias y pidiéndole que permaneciera donde estaba hasta recibir otra carta de él; y que se preparara para regresar a Mardan en dos o tres meses... Gul Baz, quien también saldría con permiso, volvería a buscarlo en el momento de la partida.

–El viejo estará encantado –comentó Gul Baz cuando recogió las cartas terminadas–. Me ocuparé de que Gokel lleve estas cartas al correo para que salgan con el *dâk* de la mañana y no sufran retraso.

Pocos días después llegó la respuesta de Wally por telégrafo:

«IMPOSIBLE OBTENER PERMISO ANTES FIN MAYO DEBIDO CIRCUNSTANCIAS IMPREVISTAS PUEDO ENCONTRARME CONTIGO LAHORE TREINTA A LAS TRES FELICIDADES TE ESCRIBO».

El telegrama llegó después de la sombría declaración del jefe de estación sobre el tiempo que se necesitaba para organizar el traslado de Dagobaz, y no fue tan deprimente como podía haber sido, porque a lo sumo significaba retrasar la partida unas semanas más. Otra opción era que Ash se marchara lo antes posible y fuera directamente a Mardan, desde donde podía llegar al pueblo de Koda Dad en un día y pasar allí el tiempo que faltaba hasta que Wally obtuviera su permiso.

Esa perspectiva era atractiva, pero finalmente Ash la descartó. En gran parte, porque se le ocurrió que, en vista de las razones de su exilio de cuatro años de la provincia de la frontera del noroeste, no sería muy diplomático celebrar el fin de la condena pasando los primeros días de permiso al otro lado de la frontera. Por otra parte, implicaba viajar de más, ya que evidentemente Lahore era el punto de partida para el recorrido que pensaba realizar.

Su razonamiento era correcto en ambos aspectos, pero la decisión resultaba vital, aunque entonces no se dio cuenta de ello. Sólo mucho después, al mirar atrás, entendió cuánto dependía de ella. Si hubiera decidido marcharse hacia el Punjab lo más pronto posible, no habría recibido el mensaje de Gobind, y en ese caso... Pero decidió quedarse y se le concedió permiso para tomar un mes de licencia local por su partida inminente, además de los tres que ya había solicitado. Salió a cazar una leona en el bosque de Gir con Sarji y su hábil *shikari*, Bukta, dejando que Gul Baz se encargara de hacer el equipaje.

La leona que intentaban cazar era sumamente sanguinaria y durante dos años había aterrorizado a un área más grande que la isla de Wight. Se decía que había matado a más de cincuenta personas. Habían puesto precio a su cabeza, y unos veinte deportistas y *shikaris* habían ido tras ella, pero se había vuelto muy astuta, y el último cazador que hasta ese momento la había llegado a ver no vivió para contarlo.

Ash triunfó donde muchos habían fracasado, y esto se debió, en parte, a la suerte del principiante, pero aún más al ingenio de Bukta, quien, como Sarji decía, sabía más de *shikar* con su dedo meñique que otros *shikaris* entre los golfos de Kutch y Cambay. En reconocimiento, y recordando sus servicios a Gobind y Manilal, Ash regaló al guía un rifle Lee-Enfield, el primero que había visto Bukta y que miraba con ojos codiciosos.

La alegría del hombre al recibir el rifle podía compararse con la satisfacción de Ash al abatir a la fiera sanguinaria, aunque su placer por el acontecimiento habría sido mayor si ese mismo día, antes de salir hacia el bosque, no hubiera vuelto una de las palomas que Manilal se había llevado con él a Bhithor.

Sarji la vio llegar al palomar, que se encontraba sobre los establos, y envió a un sirviente al bungaló de Ash con un paquete sellado que contenía un trozo de papel atado a la pata del ave.

El mensaje era breve: Shushila había dado a luz una niña y ambas estaban bien. Eso era todo. Pero, después de leer, Ash sintió que su corazón daba un vuelco. Una hija... una hija en lugar del esperado hijo varón... ¿Llenaría una niña el corazón y la mente de Shu-Shu como habría sucedido con un varón? ¿Sería suficiente para que perdiera su dependencia de Juli y le permitiera marcharse?

Ash trató de consolarse con la idea de que, hijo o hija, la criatura era el primogénito de Shushila; y si se parecía a la madre sería hermosa, de manera que ella podría superar su desilusión con respecto al sexo y quererla mucho. Pero, de todas maneras, quedaba una duda: una pequeña sombra en el fondo de su mente que estropeó parte de su goce en la jornada tensa, excitante y peligrosa en el bosque de Gir.

Al regresar en triunfo a Ahmadabad con la piel de la leona limpia y curada, Ash se encontró con una *ekka* que avanzaba en dirección opuesta; y casi la había dejado atrás cuando reconoció a uno de los ocupantes y lo llamó a gritos.

–¡Red! –gritó–. ¡Eh, capitán Red...!

La *ekka* se detuvo y Ash corrió hacia ella. Preguntó al capitán Stiggins qué hacía allí, adónde iba y por qué no lo había avisado de que visitaría Ahmadabad.

–He visto a un agente. Voy a Malia. Sólo supe que vendría aquí en el último momento –respondió el capitán. Agregó que había ido al bungaló de Ash el día anterior, y que Gul Baz le había dicho que el *sahib* estaba de cacería en el bosque de Gir, y que muy pronto regresaría a la frontera noroeste.

–¿Entonces, por qué no me esperó? Gul Baz debe de haberle dicho que yo regresaría hoy, y sabe muy bien que hay una cama preparada para usted cuando la necesite –respondió Ash con indignación.

–No podía, hijo. Debo regresar al viejo *Morala*. Vamos a despachar una gran carga de algodón a Kutch mañana. Pero lamenté mucho enterarme de que volvería a la frontera, y de que no podría despedirme ni desearle buena suerte.

–Vuelva conmigo, Red –pidió Ash–. Sin duda, el algodón puede esperar... Además, si hubiera un huracán o una niebla o algo así, no tendría más remedio que esperar, ¿verdad? Caramba. ¡Quizás ésta sea la última vez que nos veamos!

–No me sorprendería –asintió el capitán–. Pero así es la vida. Hoy estamos aquí y mañana allí. «El hombre vuela como una sombra y nunca permanece en el mismo lugar». No, hijo mío, es imposible. Ahora no. Pero tengo una idea mejor. Ya que tiene usted permiso, ¿por qué no se viene conmigo en este viaje? Regresaremos el próximo martes, si Dios quiere.

Ash aceptó con alegría y pasó los días siguientes a bordo del *Morala* como huésped del propietario, descansando en cubierta a la sombra de las velas, pescando tiburones y barracudas, y escuchando las historias del viejo escuadrón del East India en los días de grandeza de la John Company.

Fue un interludio apacible, y, cuando el capitán reveló que el *Morala* saldría pocas semanas después hacia la costa de Beluchistán, y sugirió que Ash y Gul Baz hicieran el viaje y bajaran en Kati, en el Indo, desde donde podrían seguir en barco hasta Attock, Ash se sintió tentado de aceptar. Pero debía pensar en Wally y en Dagobaz, ya que el *Morala* no tenía lugar adecuado para transportar un caballo.

Rechazó el ofrecimiento con pena, ya que veía improbable que volviera a encontrarse con Red Stiggins.

Eso era lo malo de hacerse de amigos como Red y Sarji: gente que no pertenecía al Club, esa sociedad cerrada de angloindios que existía en toda la extensión de la India, de manera que, con el tiempo, todos los socios llegaban a conocerse de nombre aunque nunca se hubieran encontrado.

Siempre había una posibilidad de que en el curso de su carrera militar Ash volviera a encontrarse con la señora Viccary o con uno u otro de los oficiales del Roper's Horse. Pero era difícil que volviera a ver a Sarji o a Red; y el pensamiento lo deprimía porque, en distintas formas, lo habían ayudado a pasarlo mejor en Gujerat.

Pero tampoco volvería a ver a Mahdoo. La carta que escribiera al anciano anunciándole su reincorporación en Mardan había llegado tarde, porque Mahdoo había muerto mientras dormía, menos de veinticuatro horas antes de llegar la carta. Para entonces ya lo habían enterrado. Sus familiares, que no sabían cómo funcionaba el telégrafo, enviaron la noticia por *dâk* al joven Kadera, su ayudante, y Gul Baz esperaba a Ash con la noticia cuando éste regresó a Ahmadabad.

–Es una gran pérdida para todos –dijo Gul Baz–. Era un hombre bueno. Pero vivió sus años y seguramente recibirá su recompensa, ya que en la sura dice el misericordioso: «¿Qué retribución tendrá la verdad sino algo bueno?». Por tanto, no se aflija por él, *sahib.*

Pero Ash estaba profundamente apenado por la muerte de Mahdoo, y lloraba la pérdida de alguien que había sido parte de su vida desde aquel día lejano en que lo habían puesto al cuidado del coronel Anderson.

Ahora se había ido, y Ash no podía soportar la idea de que no volvería a ver aquel bondadoso rostro arrugado ni a oír el burbujeo de su *hookah* al atardecer.

Sufrió mucho e intentó superar su dolor con largas cabalgadas solitarias por el campo, dando rienda suelta a Dagobaz y saltando las orillas del río, las zanjas de irrigación, los cercos espinosos y las hondonadas tal como venían. Y a una velocidad peligrosa, como si tratara de alejarse de sus pensamientos y sus recuerdos.

Pero por más lejos y velozmente que cabalgara, por más cansado que estuviera a su regreso, no podía dormir.

–No está bien que se aflija usted de esta manera –lo regañaba Gul Baz–, porque en el Libro está escrito que «todos los que viven en la tierra están destinados a morir». Por tanto, lamentarse así es discutir la sabiduría de Dios, quien en su bondad permitió a Mahdoo-ji vivir hasta una edad honorable y decidió la hora y la forma de su muerte. Calme su pena y agradezca todos los años en la tierra que disfrutó alguien que está ahora en el paraíso. Además, muy pronto habrá regresado a Mardan y nuevamente se encontrará entre sus amigos, y todo esto quedará atrás. Iré otra vez a la estación para averiguar si ya están dispuestos los vagones. Ya está todo preparado y podremos partir hoy mismo.

–Iré yo –replicó Ash. Fue a la estación y recibió la agradable noticia de que finalmente habían hecho las reservas solicitadas, pero para el jueves siguiente. Lo que significaba que debería pasar casi una semana más en Ahmadabad.

Al volver a su bungaló, encontró a Sarji esperándolo en la galería, cómodamente sentado en uno de los grandes sillones de mimbre.

–Tengo algo para ti –anunció Sarji, levantando una mano–. La segunda paloma regresó esta tarde, y como tenía cosas que hacer en la ciudad decidí que haría de mensajero y te traería el mensaje personalmente.

Ash le arrebató el papelito, lo desenrolló y leyó las primeras líneas con alegría: «El *rana* padece una enfermedad mortal y sólo vivirá unos días más», escribía Gobind. «Ya todos lo saben».

«¡Se muere! –pensó Ash, y sonrió sin darse cuenta... Una sonrisa amplia, amarga, que mostraba sus dientes apretados–. Tal vez ya haya muerto. Anjuli será viuda... Será libre». Ash no sentía simpatía por el *rana*. Ni por Shu-Shu, quien, según se decía, se había enamorado de aquel hombre. Sólo podía pensar en lo que esa muerte significaba para Juli y para sí mismo: ella viuda y libre.

Se incorporó y siguió leyendo. De pronto, dejó de sentir el calor del día y el brillo del sol, y notó un peso en el corazón:

«... y me he enterado de que, cuando muera, sus esposas serán *suttee;* arderán con él según la costumbre. Ya se ha hablado de ello porque el pueblo de Bhithor respeta las viejas leyes y no considera las del Raj, y, a menos que pueda usted impedirlo, sin duda esto se llevará a cabo. Trataré de mantenerlo vivo todo lo posible. Pero no será mucho tiempo. Por lo tanto, advierta a las autoridades de que deben actuar con rapidez. Manilal partirá para Ahmadabad en menos de una hora. Envíen más palomas».

Los renglones de diminuta caligrafía se emborronaron ante los ojos de Ash, que no pudo seguir leyendo. Se apartó ofuscado, buscó a tientas el respaldo de la silla más próxima, se aferró a él para mantenerse en pie y habló casi sin aliento:

–¡No... no es posible! ¡No pueden hacer eso!

Sus palabras apenas se oían, pero el horror que transmitían era evidente y conmocionaron a Sarji, que salió de su actitud perezosa:

–Malas noticias, ¿eh? ¿Qué sucede? ¿Qué es lo que no es posible?

–*Saha-gamama* –susurró Ash sin volverse–. *Suttee...* El *rana* se está muriendo y cuando fallezca piensan hacer que sus esposas ardan con él en la pira funeraria. Debo ver al comisario... al coronel... Debo...

–¡Ah, *chut*! –exclamó Sarji–. No te desesperes, amigo mío. No lo harán. Es ilegal.

Ash se volvió bruscamente y le lanzó una mirada terrible:

–¡No conoces Bhithor! –gritó. Gul Baz, que aparecía en la puerta con una bandeja de refrescos, quedó atónito al escuchar aquella palabra odiada–. Ni el *rana* ni... –Se interrumpió, se volvió y bajó corriendo los escalones de la galería gritando a Kulu-Ram que trajera a Dagobaz.

Un momento después, había montado y galopaba por el camino como un loco, levantando una nube de polvo. Sarji, Gul Baz y Kulu-Ram se quedaron boquiabiertos al verlo marchar de aquella forma.

38

–Sólo puedo creer que ha perdido usted la razón –contestó secamente el coronel Pomfret–. No, por supuesto que no puedo enviar a ninguno de mis hombres a Bhithor. Semejante actitud sería muy anormal; y tampoco lo haría si no lo fuera. Es preferible dejar esta clase de asuntos en manos de las autoridades civiles o la Policía, y no del Ejército. Aunque yo le aconsejaría no acudir a nadie de esta manera poco habitual por algún rumor que tal vez nadie tomará en serio. De todas maneras, no puedo comprender qué hace usted aquí. Pensé que estaba con permiso, cazando en alguna parte.

En las mejillas hundidas de Ash aparecieron dos manchas blancas, pero logró controlar su voz y respondió brevemente:

–Eso hacía, señor.

–Entonces será mejor que vuelva allí. No tiene sentido permanecer en los acantonamientos sin hacer nada. ¿Aún no ha podido obtener las reservas en los trenes?

–Sí, señor. Pero son para el jueves que viene. Y...

–Ajá. No le habría dado permiso si hubiera sabido que se quedaría sin hacer nada todo este tiempo. Bien, si eso es todo lo que tenía que decirme, le agradeceré que se retire. Tengo trabajo. Buenos días.

Ash se retiró, y sin atender al consejo del coronel se dirigió al comisario; pero éste compartía las opiniones de Pomfret, en especial cuando los oficiales jóvenes pedían verlo al mediodía, y, al decirles que la hora era inadecuada, lo obligaban a recibirlos para contarle alguna historia y exigir que él, como comisario, adoptara alguna acción inmediata.

–¡Tonterías! –gruñó–. No creo una palabra de todo esto, y, si usted conociera a esa gente tan bien como yo, tampoco lo creería. No tiene sentido dar crédito más que a una fracción de lo que dicen, porque la mayoría de ellos prefiere contar una mentira a decir la verdad, y tratar de descubrir qué sucedió realmente es como buscar esa proverbial aguja en el pajar. Ese amigo suyo..., Guptar o Gobind, o comoquiera que se llame..., le está gastando una broma, o él es demasiado inocente. Puedo asegurarle que actualmente nadie se atrevería a participar en lo que usted sugiere, y es fácil ver que su crédulo amigo ha sido víctima de una broma. ¡Y supongo que usted también! Bien, permítame recordarle que estamos en el año 1878 y que hace cuarenta que existe una ley contra el *suttee*.

–No creo que allí haya entrado el Raj británico, o, si ha entrado, que tenga nada que ver con ellos –dijo Ash.

–Vamos... –replicó el comisario, molesto. Almorzaba al mediodía y ya eran más de las doce y media–. Exagera usted. Es obvio que...

–Pero usted no ha estado allí –interrumpió Ash.

–¿Y eso qué tiene que ver? Bhithor no está en mi provincia ni pertenece a mi jurisdicción, de manera que aunque me inclinase a creer esta ridícula historia, y realmente no la creo, de todos modos no haría nada por ayudarlo. Será mejor que su informante se dirija al oficial político responsable de ese sector de Rajputana... Es decir, si realmente cree en esa historia, que lo dudo.

–Pero, señor, le he dicho que no puede recibir ningún mensaje de Bhithor –persistió Ash con desesperación–. No hay telégrafo ni oficina de correos, y aunque permitan a su sirviente venir aquí a comprar medicinas y drogas, jamás lo dejarían ir a ninguna otra parte. Si al menos usted enviara un telegrama al oficial político...

–No haré nada semejante –respondió tercamente el comisario, y se puso de pie para indicar que la entrevista había terminado–. Nunca en mi departamento hemos seguido la política de interferir en la administración de otras provincias o dar instrucciones a quienes están a cargo de ellas, que según creo están más capacitados que nadie para resolver sus propios asuntos.

Ash respondió con lentitud:

–Entonces... ¿usted no hará nada?

–No es cuestión de que «no haré», sino de que «no puedo». Y ahora, excúseme usted...

Ash ignoró la sugerencia y permaneció donde estaba, argumentando, rogando y explicando durante cinco minutos más. Pero sin resultado porque el comisario se había puesto de mal humor y lo informó, lisa y llanamente, de que estaba mezclándose en asuntos que no le importaban (y que, en todo caso, nada tenían que ver con él), y que finalmente le ordenaba que se retirase o lo haría expulsar por el centinela.

Ash se fue, dándose cuenta de que había perdido casi dos horas y de que si hubiera estado más tranquilo habría enviado un telegrama antes de intentar hablar con nadie.

La oficina de telégrafos estaba cerrada al público a mediodía y durante la hora de la siesta, pero Ash consiguió que un empleado enviara cuatro telegramas urgentes. Uno a Kaka-ji, otro a Jhoti, el tercero al mismo oficial político que había sido tan poco útil cuando el *rana* trataba de extorsionar por los contratos de matrimonio, y finalmente, por si el obstinado funcionario resultaba ser tan inepto ahora como en aquella oportunidad, un cuarto telegrama al honorable agente del gobernador general de Rajputana, conocido familiarmente como A. G. G., en Ajmer. Una idea que resultaría desastrosa, aunque en aquel momento le parecía excelente. Pero entonces Ash no tenía idea de a quién dirigirse y no se preocupó demasiado por aclararlo.

No fue fácil convencer al empleado de telégrafos de que transmitiera esos telegramas. El contenido de los cuatro lo alarmaba, y protestó enérgicamente contra la idea de hablar de «asuntos tan delicados» sin usar un código. Pensaba que los mensajes de este tipo debían cursarse por código o no enviarse.

–Le digo, señor, que los telegramas no son cosas secretas. De ninguna manera. Pasan de una oficina a otra, y en muchas de ellas hay tipos sin escrúpulos que los leen... y luego hablan de su contenido.

–Bien –replicó brevemente Ash–. Me alegro de saberlo. Cuanto más se hable de esto, mejor.

–Pero, señor... –gimió el empleado–, se harán muchos comentarios y estallará un escándalo. ¿Y si al fin y al cabo este *sahib rana* no se muere, y usted se encuentra con un montón de problemas por esto? Y yo también, que soy quien envía las acusaciones... Pueden culparme de esto y me veré en dificultades... ¿Y si pierdo mi empleo...?

Se necesitaron quince minutos y cincuenta rupias para superar los escrúpulos del empleado, y los telegramas fueron cursados. A continuación, Ash fue al bungaló del señor Pettigrew, comisario de policía del distrito, con la esperanza (ahora muy leve) de que la Policía colaborase más que los militares y los civiles.

En realidad, el señor Pettigrew fue menos escéptico que el coronel Pomfret o el comisario, pero también él señaló que el asunto debían resolverlo las autoridades de Rajputana. Agregó que probablemente ellos sabían mucho más sobre lo que sucedía de lo que pensaba el teniente Pelham-Martyn. Sin embargo, al menos prometió enviar un telegrama personal a un colega en Ajmer, un tal Carnaby, que era amigo suyo.

–Nada oficial, ¿comprende? –dijo Pettigrew–. No hay que meter la nariz ni dar la sensación de que uno se entromete. Y, a decir verdad, no me tomo muy en serio este mensaje traído por la paloma. Probablemente no hay nada cierto en él. Por otra parte, es posible que sí haya algo, de manera que no está mal que transmitamos una advertencia a Tim Carnaby para quedar más tranquilos. No es el tipo de persona que deja las cosas como están, de manera que realmente se ocupará del asunto. Le enviaré un cable de inmediato, y puede estar seguro de que, si es necesario hacer algo, él lo hará.

Ash le agradeció fervorosamente su buena disposición y se alejó del lugar bastante más tranquilo. Después de la desalentadora frustración de la mañana, era un consuelo encontrar a alguien que no pasaba por alto la advertencia de Gobind como si fuera una tontería, y que estaba preparado para a hacer algo al respecto, aunque sólo fuera una advertencia no oficial a un amigo personal.

Pero los hechos le demostraron luego que podría haberse ahorrado la visita, porque los esfuerzos del comisario no dieron buen resultado. El amigo se había ausentado con permiso tres días antes de que se enviara el telegrama, y, debido al ansia de Pettigrew de evitar toda sugerencia de interferir en el trabajo de otra persona, la información que contenía se le presentó en términos tan superficiales que no comunicaba ninguna sensación de urgencia. El oficial que sustituía a Tim Carnaby, por lo tanto, no pensó que valiera la pena enviárselo y lo guardó en el cajón junto con otras cartas que el titular leería a su regreso.

Los telegramas enviados por el propio Ash tuvieron la misma suerte. Jhoti, con la aprobación de Kaka-ji, había enviado uno al A. G. G. de Rajputana, y al recibirlo el A. G. G., a su vez, envió un cable al residente británico en Karidkote, cuya respuesta no lo comprometía en absoluto. Todos sabían, decía, que la salud del *rana* no era muy buena, pero era la primera vez que alguien en Karidkote oía que podía morirse, y había razones para creer que la fuente de tal información no era totalmente segura. Todo lo que llegara de ese sector debía ser tratado con reserva, ya que el oficial en cuestión no sólo parecía ejercer demasiada influencia sobre el joven maharajá, sino que tenía reputación de excéntrico e indisciplinado.

Lamentablemente, estas observaciones llegaron a Ajmer sólo unas horas después de una carta del oficial político, y al leerlas una después de la otra, ambas destruían la menor posibilidad de creer a Ash y de que sus advertencias se tomaran en serio.

Por un desgraciado capricho del destino, el agente del gobernador general recién designado, quien se había hecho cargo de sus funciones sólo unas semanas antes, resultó ser aquel Ambrose Podmore-Smyth, ahora sir Ambrose, que seis años antes se había casado con Belinda Harlowe. Y Belinda, su padre y las habladurías del club de Peshawar le habían inspirado una animadversión hacia el antiguo novio de su esposa que no había disminuido con el paso del tiempo.

Sir Ambrose desaprobaba a los ingleses que «se volvían nativos», y se había escandalizado de la historia que le contara su esposa sobre los primeros años de la vida de Ash, aunque, por suerte, ella no recordaba el nombre del estado en que el muchacho había vivido. Para sir Ambrose constituyó una desagradable sorpresa encontrar un telegrama de Ahmadabad donde constaba un informe claro y sorprendente firmado por Pelham-Martyn. No podía creer que fuera el mismo Pelham-Martyn, pero el nombre no era común y sería bueno verificarlo. Indicó a su ayudante personal que lo hiciera de inmediato, y también que enviara una copia del telegrama al oficial político cuya demarcación incluía Bhithor, pidiéndole una respuesta. Después de esto, consciente de haber hecho todo lo que se esperaba de él, fue a la sala de su esposa a tomar una copa antes del almuerzo, y allí mencionó la extraña coincidencia de aquel nombre del pasado.

–¿Te refieres a Ashton? –gritó Belinda; una Belinda a quien Ash difícilmente habría reconocido–. ¡Entonces finalmente salvó la vida! Bien, debo decir que nunca creí que se salvaría. Ni yo ni nadie. Papá dijo que se habían quitado de encima a un inservible. Pero yo no creo que Ashton fuera malo, sólo un poco salvaje. Imagínate que aparezca otra vez.

–No ha «aparecido» –respondió sir Ambrose en tono cortante–. No hay razón para creer que se trata de la misma persona. Podría ser un pariente, aunque lo dudo. Probablemente no tiene ninguna relación con él. Ya veremos...

–¡Claro que es Ashton...! Esto es típico de él. Siempre mezclándose en cosas que no le conciernen; y con nativos, además. –Se interrumpió, y, recostándose en el respaldo de su sillón, observó a su esposo con mirada insatisfecha.

El tiempo y el clima de la India no habían sido muy bondadosos con sir Ambrose. Habían convertido a un hombre apuesto y satisfecho de sí mismo en otro obeso, calvo e insufriblemente vanidoso. Ahora Belinda era lady Podmore-Smyth, esposa de un hombre medianamente rico e importante, y madre de dos niñas saludables. Sin embargo, no era feliz.

Su marido le resultaba aburrido y también la vida en un estado nativo.

–Me pregunto –dijo Belinda pensando en voz alta– qué aspecto tendrá ahora... Era muy apuesto, y estaba tan locamente enamorado de mí...

Belinda no se daba cuenta de que los años habían sido aún menos piadosos con ella que con su marido. Ya no era la muchacha esbelta y admirada por todos en Peshawar, sino una robusta matrona con los cabellos rubios desteñidos, lengua viperina y expresión descontenta.

–Por supuesto que siempre supe por qué lo hizo..., por qué se escapó de su regimiento. Siempre supe que fue por mí y que iba en busca de la muerte o del olvido. Pobre Ashton..., siempre he pensado que si yo hubiese sido un poco más bondadosa...

–Tonterías –replicó sir Ambrose con enojo–. Me extraña mucho que hayas pensado una sola vez en él desde aquellos días. Y si estaba locamente enamorado de ti... Vamos, vamos, Belinda, no es necesario hacer una escena por lo que te he dicho... No debería habértelo mencionado... ¡No estoy gritando!

Salió de la habitación hecho una furia, dando un portazo, y no se sintió mejor cuando su ayudante le comunicó que el autor del impertinente telegrama era realmente el mismo Ashton Pelham-Martyn que alguna vez había aspirado a la mano de su esposa, y que luego provocara tantas habladurías por comportarse de una manera que sólo podía describirse como desequilibrada. Luego, para empeorar las cosas, llegó la respuesta del oficial político a su petición de que dijera algo sobre el contenido del telegrama.

Spiller escribía que ya tenía experiencia con el capitán, ahora teniente Pelham-Martyn, y que consideraba que se trataba de alguien con tendencia a crear escándalos y causar disensiones. Pocos años antes, el tipo había hecho lo posible por empeorar las relaciones entre el Gobierno de la India y el estado de Bhithor, que hasta entonces habían sido muy cordiales, y si no hubiera sido por la firmeza de Spiller lo habría logrado. Ahora, otra vez, y por razones que sólo él debía de conocer, trataba de crear problemas. Sin embargo, como no había motivos para creer nada de lo que dijese, el mayor Spiller, por su parte, pensaba tratar los informes con el desprecio que merecían: en particular, en vista de que aquellos a quienes correspondía enterarse de lo que sucedía en Bhithor le habían asegurado que la enfermedad del *rana* era sólo un leve ataque de paludismo que lo afectaba de vez en cuando en los últimos años, y que no había el menor peligro de que sucumbiera a ello. Todo el asunto era una exageración, y lo mejor sería dar una buena reprimenda al teniente Pelham-Martyn para que no continuara entrometiéndose en asuntos que no le importaban; y era inexcusable que...

Sir Ambrose no se molestó en seguir leyendo, ya que la opinión del que escribía no hacía más que confirmar la suya. Arrojó toda la correspondencia a la papelera, dictó una respuesta tranquilizadora a su alteza el maharajá de Karidkote asegurándole que no había motivo para angustiarse, envió una carta al Cuartel General del Ejército quejándose de las «actividades subversivas» del teniente Pelham-Martyn, y sugirió que sería conveniente que tanto su situación actual como sus antecedentes personales fuesen investigados a fin de deportarlo como súbdito británico indeseable.

* * *

En aquellos momentos, Ash recibía a un fatigado viajero cubierto de polvo que había llegado por la mañana de Bhithor.

Manilal había partido hacia Ahmadabad menos de veinte minutos después de que Gobind soltara la segunda paloma. Pero el ave cubrió la distancia en pocas horas y a Manilal le costó casi un semana, porque su caballo sufría una lesión muscular y debía avanzar con lentitud. Además, los caminos estaban llenos de carruajes e inundados de polvo.

–¿Qué noticias traes? –preguntó Ash, que bajó corriendo la escalera mientras el fatigado viajero se apeaba a la sombra de un porche. Ash había salido tres días seguidos con la esperanza de encontrar a Manilal, y estaba cada vez más ansioso al no ver señales de él ni recibir respuesta del amigo del comisario de policía del distrito en Ajmer (no era tan optimista como para imaginar que sus propios telegramas recibirían contestación). Para tentar al destino, aquella mañana se quedó en la casa, y hacia el mediodía la suerte lo recompensó enviando al sirviente de Gobind al bungaló.

–Muy poco –respondió Manilal con la garganta seca por el polvo–. Excepto que seguía vivo cuando yo salí de Bhithor. Pero ¿quién sabe lo que puede haber sucedido desde entonces? ¿El *sahib* ha advertido al Gobierno de Karidkote de lo que puede suceder?

–Por supuesto, dentro de pocas horas esa paloma llegará a su destino. Hice lo que pude.

–Muy bien –respondió Manilal con voz ronca–. ¿Me da permiso, *sahib*, para comer y beber y quizá descansar un poco antes de seguir hablando? No he dormido desde que el caballo se lastimó, aterrorizado por un tigre que se le cruzó en el camino.

Durmió durante el resto del día y apareció después del atardecer, aún muy cansado, para contar a Ash todo lo que Gobind no había podido comunicar a través de la paloma mensajera. Al parecer, los médicos de palacio aún decían que el *rana* se recuperaría, e insistían en que sólo padecía un ataque bastante agudo de paludismo que lo aquejaba desde hacía muchos años. Pero, en la opinión de Gobind, no era una simple fiebre, sino una enfermedad orgánica que no tenía cura, y lo mejor que podía hacerse era administrarle drogas para aliviar el dolor... y esperar que se demorara el final hasta que el Gobierno enviase a alguna autoridad para evitar que se produjeran tres muertes en vez de una.

Aparentemente, Gobind logró enviar mensajes a la *rani* segunda a la *zenana*, pero recibió respuestas breves y poco explícitas que le hicieron pensar que las *ranis* estaban muy vigiladas.

Luego Shushila dio a luz, y a la mañana siguiente Gobind recibió una carta de Kairi-Bai que no respondía a ninguna de las suyas. Era una desesperada petición de ayuda, no para ella, sino para la *rani* Shushila, que estaba muy grave y debía recibir atención inmediatamente, si era posible, de una enfermera europea del hospital *angrezi* más cercano. Era un asunto de la mayor urgencia, y Gobind debía mandar a buscar una enfermera enseguida y en secreto, antes de que fuera demasiado tarde.

En el sobre había una flor de *dakh* marchita, que es un símbolo de peligro. Al verlo, Gobind tuvo la terrible sospecha de que la *rani* principal, al no haber engendrado un heredero, quizás estaba siendo envenenada como había sucedido con su antecesora.

–Pero ¿qué podía hacer *sahib hakim*? –preguntó Manilal encogiéndose de hombros–. No podía hacer lo que deseaba Kairi-Bai. Y, aunque hubiera podido enviar semejante mensaje, el *rana* jamás habría permitido que una extranjera, con título o sin él, entrara en la *zenana* para examinar a su esposa. Eso sólo sería posible si esa persona venía con una fuerte escolta de soldados, armas y *sahibs* policías, o si se pudiera persuadir al *rana* para que la llamara él mismo.

Gobind intentó valientemente este último camino, pero el *rana* no quiso saber nada de ello y se enfureció ante la sugerencia. Despreciaba a todos los extranjeros, a quienes consideraba bárbaros, y si por él hubiera sido se habría negado a permitir que ninguno de ellos pusiera el pie en su estado, y menos que tuviera algún contacto personal con él. ¿Acaso él, sólo él entre todos los príncipes vecinos, no se había negado a aparecer en los *durbars* organizados por el Raj para anunciar que la reina de Inglaterra había sido declarada *Kaiser-i-Hind* (emperatriz de la India), con la excusa de que estaba enfermo y lamentablemente no podía viajar?

La *dai* que asistiera a Shushila durante el parto aseguró que no había ningún tipo de complicaciones, y que la *rani* gozaba de buena salud. La desilusión por el sexo del recién nacido la había afectado, pero era comprensible que hubiera deseado mucho tener un hijo varón, y los astrólogos y adivinos, sin mencionar a sus propias mujeres, habían asegurado tontamente que tendría un hijo varón. Sin embargo, pronto superaría eso, y si los dioses la favorecían la vez siguiente tendría un niño. Había mucho tiempo porque era joven, y mucho más fuerte que lo que sugería su frágil aspecto.

Gobind llegó a la conclusión de que tal vez Kairi-Bai había oído comentarios desagradables sobre la muerte de la anterior esposa del *rana*, y por eso temía que a su hermana pudiera pasarle lo mismo por haber tenido una niña en lugar de un varón. Pero esto era muy improbable, aunque sólo fuera porque Shushila-Bai era una mujer excepcionalmente hermosa y amada por el *rana*, mientras que su predecesora, por lo que se decía, era fea, gorda y estúpida, y sin ningún atractivo.

Gobind envió una nota para tranquilizar a la *rani* segunda, pero no recibió respuesta. Una semana después, la niña murió.

También corrió el rumor en palacio de que la *dai* había muerto, aunque algunos decían que simplemente la habían despedido después de una discusión con la medio hermana de la *rani*, quien la había acusado de no cuidar bien a la criatura. Además se decía que el *rana*, furioso por la interferencia de la *rani* segunda, había dado orden de que se la confinara en sus habitaciones y no viera a su hermana ni hablara con ella hasta que se lo indicaran. Una orden que, temía Gobind, causaría aún más desesperación a la *rani* principal que a la segunda..., si era cierta.

Pero en el palacio corrían muchos rumores falsos. Sin embargo, todo lo que Gobind llegó a saber fue que no podía acusarse a nadie de la muerte de la recién nacida. Era una criatura pequeña y enfermiza con pocas esperanzas de vida desde su llegada al mundo, y la *rani* principal quedó postrada por el dolor de la pérdida, ya que se había encariñado mucho con ella desde que se había recuperado de su desilusión por tener una hija en lugar de un varón.

En cuanto a la *rani* segunda y la *dai*, no hubo más información, y Gobind sólo podía esperar que si era cierto que Kairi-Bai había sido nuevamente separada de su hermana, el *rana* anulara la orden por el bien de la madre atribulada... A menos que hubiese perdido interés en ella y usara este método para castigar a las dos mujeres: a una por entrometerse y a otra por no haberle dado un hijo varón. Esto era muy posible.

–Pero, sin duda, la doncella que llevó los mensajes, o su familia, podrían haberte dado a ti o a tu amo alguna noticia de la *rani* segunda, y también de la *dai*, ¿cierto? –preguntó Ash.

Manilal hizo un gesto negativo y replicó que aunque esa mujer, Nimi, había actuado como intermediaria para llevar y traer mensajes, en ningún momento había sido posible hablar con ella, y el único contacto del *sahib hakim* con esa persona había sido por medio de sus padres, que por dinero llevaban sus cartas y a través de los cuales recibía alguna respuesta. Pero tal vez ellos no sabían nada de lo que sucedía en la *zenana*, o consideraban menos peligroso fingir que lo ignoraban.

–Dicen que no saben nada –explicó Manilal–, y no nos han dicho nada, aparte de que su hija Nimi siente gran afecto por su ama, la *rani* segunda. Pero es realmente muy ambiciosa, porque pide cada vez más dinero por cada carta que lleva al sector de las mujeres o que trae de allí.

–Si sólo os comunicáis con los padres, es posible que la muchacha haga lo que hace por cariño y no sepa nada del dinero que ellos consiguen en su nombre –replicó Ash.

–Esperemos que así sea –contestó Manilal–, porque por cariño se corren muchos riesgos con alegría. Pero los que sólo los corren por dinero pueden convertirse en traidores si hay otro dispuesto a pagar más, y si se llega a saber que el *sahib hakim* mantiene correspondencia en secreto con la *rani* segunda, creo que todas nuestras vidas estarían en peligro. No solamente la del *hakim*, sino también la de ella... y la mía, y la de los familiares de la mujer. En cuanto a ésta, su vida valdría muy poco.

Manilal se estremeció involuntariamente y le castañetearon los dientes. Dijo a Ash que desde que el *rana* cayera enfermo no se habían enterado de nada más, y que pronto resultó evidente que la enfermedad podía ser mortal.

–Sólo entonces nos enteramos, por un rumor que corrió en el palacio y que luego se difundió por la ciudad y los mercados, de que, si muere, sus esposas arderán con él; porque excepto su padre, el viejo *rana*, que falleció de cólera, ningún gobernante de Bhithor ha ido solo a la pira funeraria..., y en ese caso fue porque no había esposas que hicieran *suttee*, ya que también ellas, y su concubina favorita, se habían contagiado y muerto de la enfermedad. Pero parece que cuando murió su predecesor, en el año en que Mahadaji Sindia volvió a tomar Delhi, catorce mujeres, entre esposas y concubinas, lo siguieron a las llamas, y antes de eso nunca menos de tres o cuatro, y algunas veces más de veinte. Dicen que ésta serán sólo dos, ya que no hay concubinas, sino solamente amistades homosexuales. Pero lo importante es que todos están seguros de que las *ranis* harán *suttee*, como todas las viudas en Bhithor.

–Bien, no morirán –replicó Ash–. ¿Cuándo regresas?

–En cuanto consiga más palomas y otros seis frascos de medicinas inútiles del *dewai-dukan*. Y además otro caballo, porque el mío no soportará cabalgar durante algunos días y no me atrevo a aplazar mi regreso. Ya he perdido demasiado tiempo. ¿El *sahib* podrá ayudarme con el caballo?

–Por supuesto. Déjalo de mi cuenta. Lo de las palomas y las medicinas también. Lo que necesitas es descansar, y será mejor que lo hagas mientras puedas. Dame los frascos vacíos. Gul Baz traerá lo que precisas mañana temprano, tan pronto como abra el comercio.

Manilal se los entregó, se retiró a su *charpoi* (cama generalmente de soga) y se quedó dormido pocos minutos después. Se despertó cuando ya había salido el sol. Hacía dos horas que Ash se había marchado, dejándole el recado de que preparara lo que necesitase y lo vería en casa de Sarji.

El recado fue entregado por Gul Baz, con tono de desaprobación, junto con media docena de frascos de medicina de Jobbling & Sons, farmacéuticos. Manilal se encaminó al mercado y allí compró un gran cesto de mimbre, comida, fruta fresca y tres gallinas. El cesto, como el que había llevado anteriormente a Bhithor, tenía un falso fondo. Pero esta vez no lo usó porque Ash tenía otros planes que no incluían palomas mensajeras.

A diferencia de Manilal, Ash pasó casi toda la noche despierto. Tenía muchas cosas en que pensar, pero su mente descartaba los problemas mayores para concentrarse en uno relativamente trivial: el curioso uso que hacía Manilal de un antiguo y poco amable sobrenombre: Kairi. ¿Quién podría haber sido lo suficientemente grosero como para que alguien como Manilal, al mezclarse con otros sirvientes en el Rung Mahal y escuchar los chismorreos, así como las habladurías de los mercados, pudiera usarlo automáticamente al hablar de ella? Era un pequeño detalle. Pero, igual que una paja vuela en la dirección en que sopla el viento, era una clara indicación del desprecio con que se consideraba a Juli entre la gente de su marido. Y lo más desconcertante era que sólo alguien de Karidkote podría haber repetido ese cruel sobrenombre y alentar su uso en la *zenana*, desde donde debía de haberse extendido al resto del palacio.

Unas seis mujeres de las que antes servían a Juli y a Shu-Shu habían permanecido con ellas, y Ash sólo podía esperar que la responsable estuviera entre las tres que habían muerto (aunque no creía que se tratara de Geeta); porque, si no, había una traidora entre las que estaban más cerca de las *ranis*: un duplicado femenino del espía de Nandu, Biju-Ram, que no despertaba sospechas en sus jóvenes amas porque procedía de Karidkote y recibía favores del *rana* denigrando a la esposa que él despreciaba. Era una idea desagradable y también amenazadora, porque significaba que, aunque el *rana* viviera o el Raj enviara tropas para hacer cumplir la ley contra la práctica de llevar a las viudas al fuego, Juli y su hermana quedarían expuestas a más peligros que los que sospechaba Gobind.

Ash no dudaba de que el Gobierno de la India procuraría que si el *rana* moría no hubiera *suttee*. Pero, si vivía, tal vez no pudieran proteger a Juli del castigo (ni a Gobind, ni a Manilal, si se descubría lo de las cartas) porque se trataría de un asunto puramente doméstico. Aunque los tres murieran o simplemente desaparecieran, era dudoso que las autoridades se enterasen nunca de ello. Y si se enteraban y hacían preguntas, no las harían con la rapidez suficiente, porque en un país de vastas distancias y malas comunicaciones estas cosas llevaban tiempo; y, una vez que el asunto se enfriaba, cualquier explicación, tal como una repentina fiebre, o la simple afirmación de que el *hakim* y su sirviente se habían marchado del estado y seguramente se hallaban de regreso a Karidkote, sería aceptada sin más discusiones. Porque no habría pruebas de lo contrario ni forma alguna de obtenerlas.

Ash se estremeció, como Manilal, y fue presa del pánico: «Debo ir yo mismo. No puedo quedarme aquí sin hacer nada mientras Juli... Manilal tenía razón: el Rung Mahal es el reino del mal, allí puede suceder cualquier cosa. Además, si Gobind puede hacerle llegar cartas, yo también... No desde aquí, pero desde allí sí... Podría advertirla para que se prevenga contra las mujeres de Karidkote que puedan ser desleales, y pregunte sobre la *dai* y se entere de qué sucede realmente. No quiso escaparse conmigo antes, pero puede que ahora sienta las cosas de otra manera, y si es así encontraré el medio de sacarla de allí... Y, si no, al menos me aseguraré de que la Policía y el Departamento Político tomen medidas para que, si ese animal muere, nadie trate de obligar a sus viudas a arder en la pira».

Con Shu-Shu tendrían que usar la fuerza, pensaba Ash. Se verían obligados a arrastrarla hasta la pira, y probablemente moriría de miedo mucho antes de llegar allí. Una vez, Juli le había dicho que Shu-Shu siempre se aterrorizaba ante la sola idea del *suttee*, y que ésa era la razón de que no quisiera casarse, porque su madre... Ash deseó con amargura que existiera un infierno especial para gente como Janoo-Rani.

Cuando Gul Baz trajo el té, al amanecer, encontró al *sahib* levantado y vestido. Estaba ocupado en llenar una *bistra,* un pequeño bolso de tela que llevaba con él en sus servicios nocturnos atado a la parte posterior de la montura. Pero una mirada le bastó para ver que su amo no pensaba estar fuera sólo una noche y un día. Ash se lo confirmó: saldría de viaje y tal vez no regresaría en un mes, aunque era muy posible que volviera en ocho o diez días... No tenía planes muy claros.

En ello no había nada raro; excepto que, antes, Gul Baz se encargaba de preparar lo que fuera y en general había algo más que un pequeño envoltorio de tela: varias mudas de ropa, para empezar. Pero esta vez observó que el *sahib* iba a viajar con carga ligera, pues sólo llevaba una pastilla de jabón, una navaja y una manta campesina, además de su revólver de reglamento y cincuenta cartuchos. También cuatro cajas pequeñas y anormalmente pesadas, cada una de las cuales contenía cincuenta balas de rifle.

Gul Baz se permitió pensar que el *sahib* sólo haría otro viaje al bosque de Gir, aunque no comprendía para qué llevaba el revólver y tal cantidad de municiones. Su esperanza murió al ver que Ash se dirigía hacia la cómoda, abría un cajón cerrado con llave, y sacaba y guardaba en el bolsillo una pequeña pistola y un puñado de balas (que no tenían ninguna utilidad en una expedición de caza) y una caja fuerte metálica que vació en la mesa. Comentó que era una suerte que el *sahib* Haddon hubiera decidido pagarle en efectivo el precio de los dos caballos de polo, porque así se ahorraba un viaje al banco. Comenzó a clasificar el dinero en pilas de monedas de oro, monedas de plata y billetes, contándolo en voz casi inaudible; y no levantó la mirada cuando Gul Baz dijo pesadamente:

–Entonces el *sahib* va a Bhithor.

–Sí –respondió Ash–, aunque eso sólo lo sabemos nosotros... Trescientos cincuenta, cuatrocientos, cuatrocientos cincuenta y nueve, quinientos..., seiscientos...

–Lo sabía –exclamó con amargura Gul Baz–. Eso es lo que temía Mahdoo-ji, y el día que vi a ese *hakim* de Karidkote en este bungaló supe que el viejo tenía razón. No vaya usted, *sahib*, se lo ruego. Nada bueno puede salir de inmiscuirse en los asuntos de ese maldito lugar.

Ash se encogió de hombros y siguió contando; enseguida Gul Baz agregó:

–Si es necesario que vaya, al menos permítame acompañarlo. Y también a Kulu-Ram.

Ash levantó la mirada para sonreír y sacudió la cabeza.

–Lo haría si pudiera. Pero sería peligroso... Podrían reconocerte.

–¿Y a usted no? –replicó con ira Gul Baz–. ¿Cree que lo habrán olvidado tan pronto, cuando les dio usted tantos motivos para que lo recordasen?

–Ah, pero esta vez no iré a Bhithor como un *sahib*. Iré disfrazado de comerciante europeo; o de viajero que va en peregrinaje a los templos del monte Abu. O quizá seré un *hakim* de Bombay... Creo que lo mejor será que sea un *hakim*, ya que eso me dará una excusa para encontrarme con un colega, Gobind Dass. Y puedes estar seguro de que nadie me reconocerá, aunque algunos podrían reconocerte a ti, y más aún a Kulu-Ram, que a menudo iba conmigo a la ciudad. Además, no iré solo. Manilal estará conmigo.

–¡Ese gordo tonto! –exclamó Gul Baz con desprecio.

Ash rio y replicó:

–Será gordo, pero no es tonto. Eso puedo asegurártelo. Si deja que la gente lo piense es por alguna buena razón, y créeme, en sus manos estaré seguro. Bien, veamos, ¿qué estaba haciendo? Setecientos... setecientos ochenta... ochocientos... novecientos... mil sesenta y dos...

Terminó de contar el dinero, guardó una gran parte en los bolsillos de su chaqueta de montar, volvió a poner el resto en la caja fuerte y se la entregó a Gul Baz, quien la recibió en silencio.

–Bien, aquí tienes. Con eso te alcanzará de sobra para cubrir los sueldos y los gastos de la casa hasta que yo vuelva.

–¿Y si no vuelve? –preguntó tercamente Gul Baz.

–He dejado dos cartas que encontrarás en el cajoncito más alto de mi escritorio. Si dentro de seis semanas no he regresado y tú no has recibido ningún mensaje mío, entrégaselas al *sahib* Pettigrew de la Policía. Él actuará según las indicaciones de las cartas y se ocupará de que tú y los demás no sufráis ningún inconveniente. Pero no te preocupes: volveré. En cuanto al sirviente del *hakim*, dile cuando se despierte que, en el momento en que esté listo para partir, vaya a la casa del *sirdar* Sarjevan Desai, cerca del pueblo de Janapat. Allí me encontraré con él. Y, además, que se lleve la yegua baya en lugar de su caballo, que está tullido. Dile a Kulu-Ram que se encargue de eso... No, mejor se lo diré yo mismo.

–No le gustará –dijo Gul Baz.

–Quizá no. Pero es necesario. No regañemos, Gul Baz. Esto es algo que debo hacer. Me corresponde.

Gul Baz suspiró y dijo, como hablando consigo mismo:

–Lo que está escrito, escrito está. –Y no discutió más.

Fue a decirle a Kulu-Ram que el *sahib* necesitaba alforjas para la silla y que trajera a Dagobaz al porche en un cuarto de hora. Luego sirvió té recién hecho, ya que el que había traído antes estaba frío. Pero, cuando quiso coger el rifle, Ash sacudió la cabeza y dijo que no lo necesitaba:

–No creo que un *hakim* use semejante arma.

–¿Entonces para qué lleva las balas?

–Porque las necesitaré. Son del mismo calibre que las que usan los regimientos de infantería; y durante muchos años han conseguido rifles del Gobierno, de manera que puedo llevar el otro sin riesgo. –Había tomado la carabina de caballería, y también su escopeta de caza y cincuenta cartuchos.

Gul Baz desarmó la escopeta y la guardó en la *bistra*. Cuando todo estuvo listo, llevó el pesado envoltorio al pórtico. Mientras contemplaba a Ash, que montaba a Dagobaz y se alejaba en la luz cristalina del amanecer, se preguntó qué habría hecho Mahdoo de haber estado allí.

¿Quizás él habría logrado convencer al *sahib* de que abandonara el intento? Gul Baz pensaba que eso no era probable. Sin embargo, por primera vez se alegró de que el viejo ya no estuviera vivo, de manera que él, Gul Baz, no se veía obligado a explicarle cómo había permitido que el *sahib* Pelham se encaminara hacia una muerte segura ante sus propios ojos.

39

Ash hizo su primera visita a la casa del comisario de policía del distrito, a quien encontró vestido con una bata liviana y pantuflas, tomando un desayuno frugal en la galería dc su casa. Aún no había salido el sol, pero el señor Pettigrew, un alma hospitalaria, no tuvo inconveniente en recibir a un visitante a hora tan temprana. Explicó con un gesto que Ash no debía disculparse e hizo traer otra taza y más café.

–No tiene importancia, querido amigo. Por supuesto que puede quedarse unos minutos. ¿Qué prisa hay? Sírvase un trozo de papaya... o quizás un mango... No, aún no he recibido ninguna comunicación del viejo Tim. No entiendo qué le pasa. Supuse que obtendría respuesta a ese telegrama. Pero quizás está muy ocupado. Sin embargo, no se preocupe, no es la clase de persona que lo arrojará a un cajón y se olvidará de él. En realidad, probablemente fue a Bhithor para procurar que no haya ningún problema. ¿Un poco más de café?

–No, gracias –respondió Ash, poniéndose de pie–. Debo irme. Tengo que hacer un par de cosas. –Vaciló un momento y luego agregó–: Voy a cazar al campo por unos días.

–Le envidio la suerte –respondió Pettigrew–. Yo desearía hacer lo mismo. Pero sólo me concederán permiso en agosto. Bien, que tenga suerte.

Ash no tuvo mejor fortuna en la oficina de telégrafos. El empleado de turno dijo que no había telegramas para él y le aseguró nuevamente que, de haberlos recibido, los habrían enviado inmediatamente a su bungaló.

El empleado parecía estar molesto, y Ash se disculpó y se fue. No le preocupaba especialmente la ausencia de respuestas. Se daba cuenta de que no era mucho lo que se podía decir sin peligro, y lo más que podía esperar era que se acusara recibo de sus comunicaciones. Pero había esperado encontrar algo, tal vez porque la experiencia le indicaba que, a veces, hasta los mensajes urgentes pueden perderse por error o descuido... La historia decía que el desesperado telegrama desde Delhi que advirtió del estallido del Gran Levantamiento había sido entregado durante una cena a un oficial de alta graduación, quien se lo guardó en el bolsillo sin leerlo y se olvidó de él hasta el día siguiente. Y entonces ya era demasiado tarde para hacer nada.

En las circunstancias actuales, Ash se habría conformado con cualquier tipo de respuesta, por escueta que fuese, para tranquilidad de su espíritu. Pero, como señaló el señor Pettigrew, no recibirla no significaba que no se estuviera actuando, sino que tal vez probaba lo contrario, y no había tiempo de enviar mensajes innecesarios.

La finca de Sarji quedaba a unos treinta kilómetros hacia el norte de Ahmadabad, en la orilla oeste del Sabarmutti, y Ash llegó a la casa de su amigo bien avanzada la mañana. Los sirvientes, que lo conocían bien, lo informaron de que su amo se había levantado al amanecer para observar el alumbramiento de una yegua de raza valiosa, y que acababa de regresar. En esos momentos, el *sirdar* estaba desayunando, pero si el *sahib* era tan amable de esperar...

No fue invitado a compartir la comida de Sarji ni lo esperaba. Porque, aunque Sarji tenía ideas abiertas, y cuando estaban de excursión o fuera de la casa abandonaba muchas reglas, aquí, en su propio hogar y bajo la mirada del sacerdote de la familia, la cuestión era diferente. Entre los suyos se esperaba una mayor observancia de las reglas, y, como su casta le prohibía sentarse a comer con alguien considerado un paria, su amigo *angrezi* debió comer solo... y usando tazas y platos exclusivamente reservados para él.

Sarji era un amigo íntimo, pero las reglas de la casta resultaban estrictas y no podían romperse con cualquier pretexto. Sin embargo, Ash no podía evitar sentir cierto dolor, que en parte lo sorprendía, cada vez que las ponían en práctica.

Mientras bebía un sorbete helado y comía curri de verduras, *kachoris* y *kelahalwa* en la planta baja de la casa de Sarji, se preguntó si el sacerdote de la familia sabría que Sarji había roto ese particular tabú cuando estaban juntos. En realidad, lo dudaba. Cuando se llevaron los platos y quedó solo nuevamente, encendió un cigarrillo y permaneció inmóvil, echando humo hacia el cielorraso y pensando.

Estaba recordando algo que Bukta, el *shikari* de Sarji que había guiado a Gobind y Manilal a Bhithor, le había dicho un día que salieron a cazar. Fue cuando él, Ash, habló de este viaje. Bukta mencionó la existencia de otro camino más corto para llegar al valle de Bhithor: una forma secreta de acceso que evitaba los fuertes y los puestos de la frontera, y llegaba apenas a un *koss* de la ciudad. Muchos años atrás se lo había enseñado un amigo, un bhithoriano, quien decía haberlo descubierto y usado para sacar objetos robados del territorio del *rana*.

–Principalmente caballos –aclaró Bukta con una sonrisa–. Se podía obtener un buen precio en Gujerat o en Baroda por un caballo robado en Bhithor, ya que su propietario nunca pensaría en ir a buscarlo allí porque nadie más (al menos, eso decía mi amigo) conocía ese camino. En aquellos días yo era joven y sentía poco respeto por la ley, y a menudo lo ayudaba... con mucho provecho para mí. Pero él murió, y yo me volví respetable. Sin embargo, aunque hace muchos años que seguí ese sendero secreto, aún lo tengo grabado en la mente y sé que lo encontraría con tanta facilidad como si lo hubiera usado ayer. No le hablé de él al *sahib hakim*, ya que no sería sensato ni adecuado que él llegara por ese camino.

Diez minutos más tarde, cuando el dueño de la casa apareció en la puerta, Ash estaba tan inmerso en sus pensamientos que ni siquiera oyó el tintineo de la cortina de cuentas.

Sarji entró disculpándose por haber hecho esperar a su invitado, pero algo en el rostro de Ash interrumpió las frases corteses que estaba diciendo, y le hizo comentar con agudeza:

–*Kia hogia, bhai?*

Ash levantó la mirada, sobresaltado; se puso de pie y respondió:

–No ha sucedido nada... todavía. Pero es necesario que vaya a Bhithor, y he venido a pedirte ayuda porque no puedo ir tal como estoy. Debo ir disfrazado... Lo más rápido posible. Necesito un guía que conozca los caminos secretos a través de la jungla y las colinas. ¿Puedo llevarme a tu *shikari* Bukta?

–Por supuesto –replicó prestamente Sarji–. ¿Cuándo partimos?

–¿Partimos? ¡Ah, no, Sarji! Esto no es una excursión de caza. Esto es algo serio.

–Lo sé. Lo supe por tu cara en cuanto entré. Además, si no puedes entrar en Bhithor sin ir disfrazado, eso sólo puede significar que es peligroso que vayas. Muy peligroso.

Ash se encogió de hombros con impaciencia y no respondió. Sarji agregó, pensativamente:

–Nunca te hice preguntas sobre Bhithor porque me parecía que no deseabas hablar de ello. Pero cuando me pediste que enviara a Bukta a guiar a un *hakim* que iba allí..., y más tarde, con el asunto de las palomas..., admito que hice conjeturas. No me digas nada si no lo deseas, pero si emprendes algo peligroso iré contigo; dos espadas serán mejor que una. ¿O es que no confías en que sepa mantener la boca cerrada?

Ash contestó en tono irritado:

–No digas tonterías, Sarji. Sabes que no es eso. Sólo que..., bien, esto me concierne a mí y a nadie más, y no deseo hablar de ello con nadie. Pero ya me has ayudado mucho; y ahora nuevamente estás dispuesto a ayudarme, y sin preguntar nada. Te estoy sumamente agradecido por eso, y es justo que te dé alguna explicación de... de lo que se avecina.

–No me digas nada si lo prefieres –contestó rápidamente Sarji–. Es lo mismo.

–¿Será lo mismo? Quizá no. Pero acaso sea mejor que sepas lo que pienso hacer antes de decidir si quieres ayudarme o no, ya que afecta a una costumbre que tu pueblo ha respetado durante muchos siglos. ¿Puede oírnos alguien?

Sarji arqueó las cejas, pero contestó brevemente:

–Nadie nos podrá oír si salimos a caminar entre los árboles.

Lo condujo por un jardín donde las rosas, los jazmines y los lirios se agostaban con el calor, y allí, donde no podían ser oídos por ningún sirviente holgazán, escuchó la historia de las dos princesas de Karidkote que un joven oficial británico había escoltado a sus bodas en Bhithor; de la tribulación y la traición que encontraron a su llegada y del terrible destino que las amenazaba ahora.

El relato fue incompleto y, en cierta medida, incorrecto. Ash no vio razón para mencionar su relación previa con el estado de Karidkote, y como no tenía intención de revelar su conexión con la princesa mayor, no pudo dar su razón principal para regresar a Bhithor, sino solamente la secundaria... Su necesidad de asegurarse de que se tomaran medidas para proteger a las esposas del *rana* y evitar que se convirtieran en *suttees* si él moría; lo cual era algo que Sarji, como hindú, podía no sentir inclinación a evitar, ya que se trataba de una costumbre apoyada en siglos de práctica y que probablemente sería considerada como un acto meritorio por sus sacerdotes y la gran mayoría de su pueblo.

Aparte de esas omisiones, la historia que contó Ash era verídica, e incluía un relato de sus inútiles entrevistas con el coronel Pomfret, el comisario político y el de Policía, y los telegramas enviados y no contestados.

–Así que comprenderás por qué debo ir personalmente –concluyó Ash–. No puedo quedarme aquí y esperar que no suceda nada malo cuando sé demasiado bien con cuánta lentitud y cautela actúa a veces el Raj; y qué pocos deseos tiene de interferir en los asuntos de los príncipes. Los oficiales del Raj exigen pruebas y no se mueven sin ellas. Pero, en un caso como éste, la prueba será un puñado de cenizas y huesos calcinados, y nada de lo que puedan hacer solucionará lo que ya se haya hecho, porque ni siquiera ellos pueden devolver la vida a los muertos... Una vez que hayan encendido la pira, será demasiado tarde para nada que no sea llevar a la cárcel a alguna gente, obligar al Estado a pagar una multa y excusarse por no haber actuado antes, lo cual no ayudará a esas pobres muchachas... Sarji, yo las llevé a Bhithor. Tú dirás que no podía hacer otra cosa, pero eso no sirve para que me sienta mejor, y si las queman vivas lo llevaré en mi conciencia hasta el fin de mi vida. Sin embargo, ésa no es una razón para que tú te mezcles en esto, y si crees que no debes tener nada que ver con ello..., es decir..., como hindú...

–*Chut!* –exclamó Sarji–. No soy tan fanático como para desear el retorno de una costumbre cruel que se declaró ilegal antes de que yo naciera. Los tiempos cambian, amigo mío, y los hombres cambian con ellos..., hasta los hindúes. ¿Tus cristianos de Belait siguen quemando brujas, o a los otros cristianos que no están de acuerdo en la forma en que deben idolatrar al mismo Dios? He oído contar que hubo una época en que se hacía, pero que esa costumbre ha sido desterrada.

–Por supuesto que sí. Pero...

–Pero tú piensas que en este país somos incapaces de un progreso similar... No es cierto... Aunque hay muchas cosas que no vemos de la misma manera que vosotros. Yo mismo no permitiría que ninguna viuda se quemara viva a menos que ella lo deseara por encima de todo lo demás, por haber amado tanto a su marido que no pudiera soportar la vida sin él y, por tanto, eligiera por propia voluntad seguirlo. Confieso que en ese caso no lo evitaría, ya que, a diferencia de tu gente, no considero que tenga derecho a decidir si un hombre o una mujer pueden quitarse la vida si desean hacerlo. Quizás es porque la vida es menos importante para nosotros que para vosotros, que al ser cristianos sólo tenéis una vida en este mundo, en tanto que nosotros tenemos muchas. Morimos y volvemos a nacer cien mil o un millón de veces; o quizá más. ¿Quién lo sabe? Por tanto, ¿qué importa si decidimos acortar una de esas vidas por nuestra propia voluntad?

Ash respondió:

–Pero el suicidio es un crimen.

–Para tu gente. No para la mía. Y éste es aún mi país, no el tuyo. Y mi vida es también la mía. Pero quitársela a otro es un asesinato, y eso no lo justifico. Y, como he visto y he hablado con el *hakim* de Karidkote, estoy dispuesto a creerlo cuando dice que las *ranis* de Bhithor están en peligro de ser obligadas a ir a la pira contra su voluntad, porque considero que es un hombre justo y no un mentiroso. Por tanto, haré todo lo que pueda para ayudarte y ayudarlo a él, y también a las ranis. Sólo debes decirme qué es lo que necesitas.

* * *

Manilal, que llegó a mediodía, fue recibido por el *shikari* Bukta y llevado a presencia del dueño de casa y de un hombre que no reconoció de inmediato, lo cual era comprensible. Sarji y Bukta se habían encargado con gran cuidado del disfraz de Ash, aplicando extracto de nueces para cambiar el color de su cara y manos, aunque no duraría demasiado tiempo. Además, Ash se afeitó el bigote y a nadie se le habría ocurrido que no era un compatriota de Sarjevar: un indio pacífico, de clase media, con algún antepasado procedente de la montaña, donde los hombres tienen la piel más clara que en las zonas más calurosas del país, y cuya indumentaria lo mostraba como un profesional en buena posición económica. Un *vakil* (abogado), quizá, o un *hakim* de algún lugar como Baroda o Bombay.

Manilal, una persona imperturbable, dejó escapar esta vez un jadeo de desconcierto y se quedó con la boca abierta, mirando a Ash como si no pudiera creer a sus ojos:

–*Ai-yah!* –exclamó–. Es maravilloso. Y, sin embargo... Sin embargo, se ha logrado sólo con ciertas ropas y una navaja. Pero, ¿qué significa todo esto, *sahib*?

–Ashok –corrigió Ash con una mueca–. Con este aspecto tengo otro nombre, y ya no soy un *sahib*.

–¿Qué significa Ashok? –preguntó Manilal.

Ash se lo dijo y Manilal escuchó con aire dubitativo. Después respondió con cautela que podría servir, pero que el *sahib*... Ashok... debía tener en cuenta que los bhithorianos eran gente desconfiada y suspicaz, y veían un espía en cualquier desconocido. Y más aún en las circunstancias del momento.

–No les gustan los desconocidos ni en las mejores épocas –explicó Manilal–, y, si su *rana* muere, no vacilarán en degollarnos si piensan que queremos impedirles cualquier cosa que deseen.

–Por ejemplo, un festival –replicó Ash–. Pero para otros..., quizá para todos..., será una ocasión sagrada, que dé mérito a cualquiera de los presentes.

–Por lo tanto, en cualquier sentido –opinó Manilal–, la gente de Bhithor se enfurecerá si hacemos cualquier intento para evitarlo, y sólo una fuerza poderosa de soldados bien armados o policías del Raj lograría contenerlos. Pero un hombre, o dos, o tres, no pueden hacer nada. Excepto perder sus vidas sin ningún provecho.

–Lo sé –respondió Ash con sobriedad–. Y lo he pensado cuidadosamente. Voy porque debo hacerlo. Me corresponde. Pero no hay razón para que nadie vaya conmigo, y mi amigo el *sirdar* lo sabe bien.

–También sabe –intervino Sarji– que cualquiera que monte un caballo como Dagobaz no puede viajar solo sin un sirviente o un *syce*. Puedo representar el papel de uno u otro; o, si es necesario, de ambos.

Ash rio y dijo:

–¿Ven ustedes? El *sirdar* viene por su propia voluntad y yo no puedo impedírselo. Como tampoco pueden impedírmelo ustedes. En cuanto a Bukta, sólo va para mostrarme los senderos secretos que conducen a Bhithor, de manera que podamos hacer el trayecto con rapidez y no perdernos entre las montañas o ser detenidos e interrogados, o quizás obligados a regresar, por quienes vigilan los caminos conocidos. Una vez que veamos libre nuestra senda, no será necesario que él siga más lejos y podrá volver aquí sin peligro. Tú, Manilal, puedes regresar a Bhithor por el camino normal y sin ocultarte. No sería conveniente que lo hicieras furtivamente.

–¿Y usted? –preguntó Manilal, aún vacilante–. Cuando haya llegado a la ciudad, ¿qué hará entonces?

–No lo sé. ¿Cómo puedo saberlo hasta que vea cuál es la situación y haya hablado con el *sahib hakim*, y me haya enterado de las medidas que ha tomado el *sirkar*?

–Si es que han tomado medidas –murmuró con escepticismo Manilal.

–Claro. Por eso voy. Quiero descubrir si lo han hecho, y, si no, dar los pasos necesarios para que lo hagan.

Manilal se encogió de hombros y capituló. Pero aconsejó a Ash que fuera muy cuidadoso al aproximarse a Gobind; su amo nunca había sido *persona grata* en el círculo de palacio en Bhithor, y los consejeros y cortesanos del *rana* le habían resultado hostiles desde el principio.

–El *sahib hakim* tiene muchos enemigos –declaró Manilal–. Algunos lo odian porque es de Karidkote, y algunos porque es mejor en el arte de curar que ellos, mientras que otros lo odian porque él, un desconocido, puede hablar con el *rana.* Yo no les agrado porque soy su criado..., pero afortunadamente me toman por tonto, lo cual significa que cualquier día podemos encontrarnos como desconocidos, y por casualidad, en el mercado principal de la calle de los Caldereros, donde siempre hay una verdadera multitud.

Durante el siguiente cuarto de hora hicieron planes con cierto detalle antes de que partiera Manilal, montando uno de los caballos de carga de Sarji en lugar de la yegua de Ash; se pensaba que era un animal demasiado vistoso para que lo hubiese adquirido el sirviente de un *hakim.* Tardaría más en llegar a Bhithor que los que pensaban ir allí por una ruta secreta a través de las colinas, pero calculaba que la diferencia sería sólo de unos pocos días: dos o tres a lo sumo.

En realidad fueron casi cinco. Porque nadie en todo Gujerat tenía mejor conocimiento de los senderos que atravesaban la selva y las colinas que Bukta, cuyo padre había escapado a Gujerat cuando era joven (según Bukta había matado a un hombre poderoso en su propio país, en algún punto de la India Central) y había enseñado a su hijo a cazar y seguir huellas casi desde el momento en que aprendió a caminar.

Bukta los hizo esperar media hora para que Manilal se adelantara, pero logró llevarlos hasta el borde de la selva al atardecer. A pesar de las dificultades del terreno, cubrieron casi setenta y cinco kilómetros en menos de seis horas, en el curso de las cuales cruzaron el Hathmati en una barcaza. Sarji dijo que a ese ritmo llegarían a Bhithor al día siguiente, pero Bukta sacudió la cabeza, diciendo que hasta ese momento el camino había sido fácil (Ash no lo habría descrito así). Una vez que entraran en las colinas cubiertas de matorrales, se volvería cada vez más difícil, y gran parte del trayecto sólo podría hacerse al paso.

Acamparon cerca de un arroyo, y como estaban cansados durmieron profundamente. Se turnaron para vigilar, ya que había tigres y leopardos en aquellos parajes, y Bukta temía por los caballos. Sarji, que hizo el último turno de la noche, los despertó al amanecer, y hacia media mañana habían dejado atrás la selva y estaban en las laderas de las montañas. Como había anticipado Bukta, allí sólo podían avanzar unos kilómetros por hora, moviéndose en fila india.

Ash llevaba una brújula, pero aun con ella se daba cuenta de que si lo hubieran dejado solo en aquellas montañas se habría perdido sin remedio en cuestión de minutos. Las gargantas y los riscos formaban un laberinto sin sentido. Pero Bukta parecía ver y reconocer señales que eran invisibles para sus compañeros y seguía adelante sin vacilar, cabalgando cuando el terreno lo permitía o avanzando a pie; conduciendo a su poni por una angosta cornisa o las empinadas laderas cubiertas de hierbas resbaladizas y descoloridas por el sol.

Se detuvieron durante una hora en un manantial, entre un montón de rocas, y más tarde, cuando la tarde avanzaba y los repliegues y las hondonadas se llenaban de sombras, descendieron por un precipicio aterrador y llegaron a un pequeño valle sombreado, de menos de medio kilómetro de largo, que parecía un oasis perdido entre las colinas ásperas y sin árboles. Otra fuente surgía aquí de las rocas y formaba una cascada de agua plateada que caía en un estanque profundo bordeado de hierbas y algas... Un espectáculo sorprendente en aquella tierra árida, y muy bien recibido, porque el día había sido muy caluroso y los caballos estaban verdaderamente sedientos.

Después de cavar entre las raíces de una vieja y retorcida higuera, Bukta desenterró unos huesos ennegrecidos, y anunció, con un gruñido de satisfacción, que era aquí donde él y sus amigos los contrabandistas solían encender fuego para preparar la comida.

–Entonces yo era un muchacho y ustedes ni siquiera habían nacido, porque esto pasó hace muchos años. Pero es evidente que sólo criaturas salvajes pueden haber venido a este lugar en mucho tiempo; y menos mal, porque puedo encender un fuego aquí sin peligro.

Pasaron allí la noche, manteniendo el fuego encendido como protección contra las criaturas salvajes de las que había hablado Bukta. Se pusieron en marcha nuevamente antes de que el sol dorara las crestas de las montañas, y el día fue una repetición del anterior; excepto que, como hubo lugares en los que fue posible hacer galopar a los caballos, avanzaron con más rapidez. Cuando llegó la noche, Ash insistió en seguir, pero fue imposible convencer a Bukta: dijo que todos estaban cansados, y que los hombres cansados muestran tendencia a cometer errores. Y los caballos cansados a caerse. Además, los kilómetros que faltaban eran los más difíciles, e intentar recorrerlos de noche sería como atraer el desastre, porque resultaría muy fácil equivocar el camino.

La idea de perderse en medio de aquel mar de colinas sin caminos no le gustaba a Bukta; y además, ¿no les había dicho el sirviente del *hakim* que en Bhithor acostumbraban a cerrar las puertas de la ciudad una hora antes de oscurecer? Si era así, no se ganaría nada con apresurarse, y en su opinión sería mejor que la llegada se produjera al atardecer del día siguiente, cuando hombres, ganado y manadas de cabras estuvieran regresando de los campos que rodeaban la ciudad. Entonces podrían pasar inadvertidos entre la multitud.

–Tiene razón, ¿sabes? –dijo Sarji–. Por la noche, cuando estén listos los fuegos para cocinar y el aire se llene de humo y de polvo, habrá menos luz, y los hombres se sienten menos inclinados a la curiosidad cuando sus pensamientos se fijan en el descanso y la comida.

Ash asintió de mala gana. Encontraron una caverna entre las rocas de una alta colina, y, después de soltar los caballos para que pastaran, tomaron una comida fría por temor a que el fuego atrajera la atención. Pasaron la noche allí, para partir de nuevo cuando el sol estaba ya alto en el cielo.

Bukta avanzaba en cabeza con tanta confianza como siempre, y los otros lo seguían.

Ahora no había manantiales, y desfallecían de sed cuando cruzaron un cerro a media tarde y, al mirar hacia abajo, vieron en una garganta rocosa un pequeño estanque que brillaba a la luz del sol poniente como una joya engarzada en bronce. Estaba sombreado por una palmera solitaria e incongruente que de alguna manera había logrado crecer entre las rocas, y que seguramente era alimentada por un manantial, porque el agua era muy fresca. A los hombres con la garganta seca y a los caballos sedientos les pareció un verdadero néctar, y, una vez que bebieron hasta hartarse, Bukta les permitió media hora de descanso antes de comenzar a ascender la ladera más lejana. Al llegar a la cumbre de otra colina, comenzaron a bajar de nuevo.

Pasaron por lugares escarpados que Ash dudaba que pudieran atravesar, pero finalmente se encontraron en espacio abierto, y frente al mismo valle en que había estado el campamento de Karidkote hacía dos largos años.

Bukta oyó la exclamación ahogada de Ash, y se volvió hacia él sonriendo:

–¿No le dije que el camino que llegaba hasta aquí estaba muy escondido? Nadie que no lo conociera soñaría que hay un sendero entre esas rocas ni pensaría en buscarlo.

Ash se volvió para estudiar con atención el lugar y la manera de reconocerlo en caso de necesidad, tomando nota de ciertas señales como una elevación de tres puntas en una cresta alta.

Más cerca, apenas a diez metros, había una piedra redonda de unos tres metros y medio de altura ensuciada por los pájaros y con un gran penacho de hierba surgiendo en la parte superior. Ash volvería a reconocer esa piedra porque, combinada con las líneas blancas paralelas, la hierba le daba la apariencia de un yelmo con plumas. Trató de recordar su posición en relación con las rocas que ocultaban la entrada del camino.

El viejo *shikari*, que lo observaba, asintió en señal de aprobación.

–El *sahib* hace bien en tomar buena nota de este lugar –comentó Bukta–, porque no es fácil volver a encontrarlo desde este lado. Bien, allí está el camino a la ciudad. Será mejor que me deje usted veinte balas, y además la escopeta y los cartuchos. La gente se asombrará si ustedes llevan más de un arma cada uno. Me quedaré aquí hasta que regresen.

–Podemos tardar mucho más de lo que piensa –observó Ash.

Bukta agitó una mano con negligencia.

–No importa. Hay agua y hierba aquí, y yo tengo comida y la escopeta del *sahib*, y no olvidemos el hermoso rifle *angrezi* nuevo que me regaló el *sahib*, y también el viejo... No pasaré hambre ni temeré un ataque, de manera que podré esperar largo tiempo. Además, supongo que tendrán que regresar con cierta prisa por este mismo camino, que es el único que no está vigilado, y no creo que encuentren la ruta de regreso a Gujerat sin mí.

–Eso es muy cierto –asintió Sarji con una sonrisa–. Quédate entonces y espéranos. Porque yo también creo que tendremos que salir de aquí con cierta premura.

La ciudad estaba a pocos kilómetros y el sol brillaba bastante alto sobre el horizonte. Volvieron al cañón y descansaron hasta que la luz disminuyó y las sombras de las colinas a sus espaldas avanzaron y rodearon el valle. Sólo entonces se incorporaron, llamaron a los caballos y los condujeron por el estrecho paso entre las rocas; montaron y, después de despedirse de Bukta, partieron por el valle hacia el sendero polvoriento que Ash recorría tan a menudo en los días en que él, Kaka-ji y Mulraj iban una y otra vez a discutir con el *diwan* y con los consejeros del *rana* sobre los contratos de matrimonio de las novias de Karidkote.

El valle no había cambiado, ni los fuertes que había sobre él, ni los ominosos muros, ni los tejados aplanados de Bhithor que bloqueaban su extremo más lejano y ocultaban el gran lago y el amplio anfiteatro cerrado de la llanura que había detrás. «Nada ha cambiado excepto yo mismo», pensó Ash con ironía. Su aspecto no se parecía al del joven oficial británico que había recorrido el mismo camino una mañana de primavera, encaminándose hacia el Rung Mahal y hacia la primera entrevista con el déspota que se convertiría en el marido de Anjuli.

Entonces llevaba el ostentoso uniforme de gala de su cuerpo, una espada que tintineaba en su cadera y espuelas en las botas, además de una escolta de veinte hombres armados tras él. Ahora avanzaba con un solo compañero, un hombre como él; un indio nada particular, de clase media, totalmente afeitado y sobriamente vestido, bien montado como correspondía a alguien que hace un viaje largo, y armado, como precaución contra los *dakoits* y otros malhechores, con una carabina oxidada de segunda mano. Un arma de un tipo que sólo se usaba en el Ejército, pero que podía adquirirse a cierto precio en cualquiera de los mercados de ladrones desde cabo Comorín hasta el Khyber.

Ash se encargó de dar al arma un aspecto de descuido, efecto que era puramente ilusorio y que de ninguna manera alteraba su rendimiento. Dagobaz había sufrido una transformación similar. Bukta había insistido en cambiarle el pelaje con tonos de blanco y una aplicación de tintura rojiza antes de salir, por si alguien reconocía al caballo, aunque no identificara al jinete. Era mejor que ambos estuvieran disfrazados, de manera que si les sucedía algún accidente no fuera fácil localizarlos.

El pelaje brillante del semental negro aparecía además cubierto de polvo, y la costosa silla inglesa había sido sustituida por una raída, aunque fuerte, que era la que normalmente usaban los criados de Sarji. De manera que su aspecto, como el de su jinete, no llamaba la atención en absoluto.

Ya estaban encendiendo la lámpara de bronce que colgaba bajo el arco de la puerta de los Elefantes, y dos de los tres guardias, que habían dejado sus armas a un lado, estaban sentados en la piedra junto al refugio del centinela, jugando a las cartas y sin prestar atención al ruido y el movimiento de hombres y animales.

El tercero estaba hablando con un hombre a cuyo carro se le había salido una rueda, y nadie detuvo a los dos cansados viajeros cubiertos de polvo, mezclados con la riada de personas que regresaba a sus casas.

Pocos advirtieron su presencia, y aun éstos no se interesaron por ellos lo suficiente como para mirarlos por segunda vez, pues sólo en los pueblos pequeños se conocen los nombres y rostros de todos los miembros de la comunidad, y Bhithor era una ciudad de casi treinta mil habitantes... Al menos una décima parte de ellos estaba vinculada a uno u otro trabajo en la corte, y, como vivían dentro de los límites del palacio real, muchos no eran conocidos para un gran número de ciudadanos, en particular para aquellos que vivían en las zonas más pobres de la población.

Ash tenía buenas razones para conocer todos los recodos de las callejuelas entre el Hathi-Pol y el Rung Mahal, ya que había ido demasiadas veces a dicho lugar como para olvidarlo; pero sabía muy poco del resto de la ciudad y debía confiar en la información que le había facilitado Manilal. No había posada ni mesón donde pasar la noche, porque Bhithor estaba lejos del camino más concurrido, y, al parecer, pocos viajeros visitaban el lugar, pues tampoco eran muy bien recibidos.

La facilidad con que Ash y Sarji entraron en la ciudad tuvo su contrapartida en la dificultad que tuvieron para encontrar alojamiento. Ya había caído la noche cuando lograron alquilar una habitación en la parte superior de una carbonería, con permiso para guardar sus caballos en un establo que ocupaba un rincón del patio de abajo.

El carbonero era viejo y enfermo, y como casi todos los bhithorianos desconfiaba por principio de los forasteros. Pero además era un hombre muy ambicioso, y aunque tenía mala vista y mal oído le bastaban para captar el brillo de la plata y el tintineo de las monedas. No hizo preguntas, y después de algún regateo aceptó alojarlos por una suma que en aquellas circunstancias no era excesiva, sin poner objeciones a que permanecieran allí todo el tiempo que quisieran siempre que pagaran cada día por adelantado.

Aceptaron las condiciones y pagaron el primer día de hospedaje. El hombre no se interesó más por ellos, y, afortunadamente para los huéspedes, el resto de la familia tampoco era muy curiosa. Consistía en tres mujeres (una esposa silenciosa y humilde, una suegra igualmente silenciosa y una anciana sirvienta) y el hijo del carbonero: un joven que ayudaba en el negocio y aparentaba ser un poco simplón, porque ni Ash ni Sarji lo oyeron hablar jamás.

El dueño de casa no se preocupó por preguntarles de dónde venían ni qué los traía a Bhithor, y por lo visto le daba igual. Además, y esto era mucho más importante, ni él ni su familia solían charlar con los vecinos.

–Pero no cometas el error de pensar –recordó Ash– que porque son viejos y poco observadores, y nosotros no les interesamos, son ejemplos típicos de los habitantes de esta ciudad. No lo son. Será bueno que lo recuerdes y que estés siempre en guardia cuando sales. No podemos llamar la atención.

En los días siguientes, dedicaron una hora cada mañana y cada tarde a ejercitar los caballos, y pasaron el resto del tiempo paseando por la ciudad, observando, escuchando y tomando nota de toda información que podían obtener de las conversaciones en mercados y tabernas. A los que hacían preguntas les contaban la historia que habían convenido: que eran miembros de un grupo que viajaba al monte Abu, que se habían separado de sus compañeros y que, al tratar de alcanzarlos, se habían perdido en las montañas. Ante la perspectiva de morir de sed, habían encontrado con gran alegría ese lugar saludable y hospitalario, y pensaban quedarse unos días más para recuperarse de los padecimientos y dar descanso a los caballos.

La historia parecía creíble y era aceptada sin problemas. Pero ése era el único alivio para Ash, porque quienes oían el relato hacían siempre el mismo comentario: que tendrían que resignarse a permanecer allí más que algunos días, ya que una semana atrás se había dictado un edicto que prohibía a todos los habitantes salir del estado hasta nuevo aviso, por orden del *diwan* y el consejo. Actuaban en nombre del *rana*, quien estaba «pasajeramente indispuesto». «De manera que tal vez pasen muchos días antes de que puedan ustedes continuar su viaje al monte Abu; quizás un mes, o incluso más...».

–Pero, ¿por qué? –preguntaba Ash, inquieto por las noticias–. ¿Por qué razón?

Como respuesta, la gente se encogía de hombros o daba la clásica contestación de quienes aceptan todos los dictados del Gobierno o del destino como algo que está más allá de su comprensión:

–¿Quién sabe?

Pero un hombre que había escuchado la conversación entre Ash y un vendedor de fruta habló un poco más.

Según aquel ciudadano, la razón era perfectamente evidente para cualquiera. El *diwan* (y todo el mundo en Bhithor) sabía que el *rana* se estaba muriendo, y no deseaba que esa noticia llegara a oídos de algún *feringhi* indiscreto, quien podría crear problemas con las autoridades y entrometerse en asuntos de interés puramente doméstico.

Por tanto, el *diwan* había hecho muy bien en «cerrar las puertas del estado» para asegurarse de que ningún espía al servicio del Gobierno de la India, ni cualquier charlatán, llevara historias y habladurías a los *sahib-log* de Ajmer, o a quien fuese.

–Porque lo que nosotros hacemos o no hacemos es asunto nuestro; y en Bhithor no toleramos interferencias de extranjeros.

De manera que así era: el *diwan* se aseguraba de que las únicas noticias que saliesen de Bhithor provinieran de sus consejeros, y fueran llevadas por sus propios hombres y por nadie más. Ash se preguntó si le negarían la entrada a Manilal, y en tal caso cómo conseguiría él, Ash, ponerse en contacto con Gobind. Pero ésa era una preocupación menor comparada con el hecho de que aún no había señales de ningún destacamento de Policía ni soldados de la India británica, ni la menor indicación de que el Gobierno pensara interesarse por los asuntos de Bhithor.

La experiencia vivida había llevado a Ash a hablar con desprecio de las agencias políticas: «no ven nada malo ni oyen nada malo». Ésa era su actitud hacia los estados independientes de Rajputana y su relación con los príncipes. Pero, sabiendo que la mayoría de los oficiales políticos hacían un trabajo inapreciable y no eran como él los describía, nunca había creído realmente que en el caso actual no actuarían con rapidez y firmeza una vez que se enterasen de lo que sucedía. Y, puesto que tanto él como el señor Pettigrew, de la Policía, habían tomado medidas para procurar que se enteraran, había llegado a Bhithor esperando encontrar un fuerte destacamento de tropas o policía acuartelado en la ciudad; o al menos comprobar que Spiller, el oficial político, ocupaba una de las casas reales en el Ram Bagh.

Lo último que esperaba era que no hubiese llegado a Bhithor ningún oficial que representara la autoridad del Raj... y, por lo que sabía, no pensaba venir. Y ahora que las «puertas del estado» se habían cerrado y él y Sarji, como Gobind, estaban aislados del mundo exterior, sería muy difícil, si no imposible, comunicarse con las autoridades británicas excepto por medio del camino de Bukta, lo cual significaría hacer un recorrido lento y tortuoso para llegar a Ajmer, que podría llevar demasiado tiempo como para resultar útil. Ya había empezado la estación calurosa, y si el *rana* moría lo incinerarían en cuestión de horas... Y también a Juli y a Shushila.

–No comprendo –decía Ash paseando en el cuarto como un lobo enjaulado–. Un telegrama puede haberse perdido, pero ¿cuatro...? No es posible. Kaka-ji o Jhoti deben hacer algo. Al menos ellos saben de qué son capaces esas personas, y Mulraj también. Tienen que haber advertido a Simla. En realidad, probablemente han telegrafiado al virrey, y también al A. G. G. de Rajputana. Sin embargo, nadie parece haber movido un dedo. No lo comprendo. ¡No lo comprendo!

–Ten calma, amigo mío –pidió Sarji–. ¿Quién sabe si el *sirkar* no ha enviado ya agentes disfrazados?

–¿De qué serviría eso? –preguntó Ash con cólera–. ¿Qué crees que podrían hacer dos o tres espías, o seis, o una docena, contra todo Bhithor? Lo que se necesita aquí es algún *sahib* importante del Departamento Político o la Policía y, por lo menos, dos compañías de soldados, o un fuerte destacamento policial, preferentemente *sikhs.* Pero no hay señales de que el Gobierno de la India piense actuar en ese sentido; y, ahora que se ha cerrado la frontera, sus espías, si es que los han enviado, no pueden salir. Y tú y yo no podemos hacer nada. ¡Nada!

–Excepto rogar que los dioses y tu amigo el *hakim* prolonguen la vida del *rana* hasta que los *burra-sahibs* de Simla y Ajmer decidan molestarse y hacer averiguaciones de lo que pasa en Bhithor –observó Sarji con desaliento.

Se marchó, dejando a Ash, y bajó a ver los caballos; luego vagó nuevamente por los mercados en busca de noticias y con la esperanza de encontrar un rostro gordo y tonto entre las multitudes allí reunidas. Pero no halló señales de Manilal y volvió al cuartito de la carbonería desanimado, convencido de que el sirviente del *hakim* debía de haber tenido algún accidente o tal vez había sido detenido por los guardias de la frontera y le habían negado permiso para volver a entrar en el Estado. En ese caso, el *sahib*, Ashok, indudablemente iría a casa del *hakim* y pediría verlo, atrayendo así la atención de los enemigos del médico: todos aquellos colegas envidiosos a quienes había derrotado, y los muchos cortesanos, consejeros y sacerdotes resentidos por el favor demostrado por su *rana* a aquel intruso del norte.

Despierto en la calurosa oscuridad y escuchando la tranquila respiración de Ash y los ronquidos del joven tonto en la tienda de abajo, Sarji se estremeció y deseó fervientemente estar de regreso en su casa, segura y agradable, entre las verdes praderas y los bosques de plataneros cerca de Janapat. La vida era hermosa y no tenía deseos de morir, en particular en manos de aquellos bhithorianos medievales. Recordó que aún les quedaba una ruta para escapar: el camino de Bukta. Al menos, ese sendero no estaba cerrado ni vigilado; y al día siguiente, si el sirviente gordo no aparecía, él, Sarji, pondría pies en polvorosa.

Hablaría francamente con Ashok y le haría comprender que en esas circunstancias era estúpido despertar sospechas permaneciendo más tiempo en Bhithor, y que lo más sensato era marcharse por donde habían venido y dirigirse a Ajmer por el camino de Deesa y Sirohi. Era verdad que eso llevaría tiempo, ya que significaba dar un gran rodeo. Pero, una vez allí, Ashok, sin disfraz, podría hablar con los representantes principales del Departamento Político y con la Policía, explicar la situación e informarlos (si es que no lo sabían ya) de que Bhithor estaba cerrado al mundo exterior y en esos momentos era virtualmente una fortaleza.

Sarji no confiaba en el telégrafo ni en los demás nuevos medios de comunicación, y no lo sorprendía en absoluto que los cables de su amigo no hubieran obtenido respuesta. Una carta enviada con un criado de confianza era, en su opinión, mucho más segura. Y mejor todavía una conversación cara a cara, porque de esta manera no había errores posibles.

Pero sucedió que no tuvieron necesidad de ir a Ajmer, porque Manilal ya estaba en Bhithor. Había llegado aquella noche, tarde, cuando las puertas se estaban cerrando. Y a la mañana siguiente fue a hacer algunas pequeñas compras al mercado, donde entabló conversación con dos visitantes de la ciudad: un hombre alto de rostro estrecho, de Baroda, y un *gujerati* delgado, que discutían la calidad de los mangos y las papayas con el dueño de una frutería.

40

Gobind no se alegró de ver al *sahib*.

El médico de Karidkote había deseado, aunque no lo creía posible, que cuando Manilal volviera trajera noticias de que llegaba ayuda. Durante la semana anterior había esperado ver al oficial político o algún *sahib* importante de la Policía pasando por la puerta de los Elefantes con un gran contingente de hombres armados. En cambio, se enteró de que el *sahib* Pelham, después de haber enviado varios telegramas urgentes que no habían recibido contestación, insistiera contra todo lo aconsejable en venir a Bhithor él mismo; y probablemente en ese momento estaba en algún lugar de la ciudad, disfrazado y acompañado de un amigo *gujerati* que pasaba por sirviente suyo.

La desesperación de Gobind ante la inercia oficial sólo era igualada por su alarma ante tal revelación, y aunque rara vez perdía el control, esta vez le sucedió. Pero era disculpable, ya que se encontraba bajo mucha presión y la presencia de Ash sólo servía para aumentarla. Gobind no pensaba que sirviera de nada que el *sahib* viniese a Bhithor en estas circunstancias a menos que hubiera podido hacerlo abiertamente, con pleno respaldo del Gobierno. Además de inútil era una tontería suicida, porque si reconocían a Ash sin duda lo matarían; y ni uno de los suyos se enteraría jamás de lo que le había sucedido, ya que, según Manilal, se había marchado sin comunicar a nadie sus intenciones.

En opinión de Gobind, toda la aventura era una estupidez rayana en la locura, y sólo podía agregar un peligro más a una situación ya extremadamente peligrosa. Gobind no podía comprenderlo. Hasta entonces había considerado que el *sahib* Pelham era un hombre con sentido común, y esperaba que fuera directamente a Ajmer para descubrir por sí mismo por qué no había recibido respuesta a sus advertencias por telegrama, y qué se había hecho o decidido. No que se disfrazara de hindú y viniera a representar una comedia en Bhithor, como si fuese posible que un hombre apartara de sus propósitos a varios millares.

–Debe marcharse de inmediato –declaró Gobind, volviéndose hacia Manilal–. Su presencia aquí nos pone en peligro a todos: a ti y a mí, y a las pocas mujeres de Karidkote que quedan. Así como a las *ranis*, cuyo riesgo ya es bastante grande sin esta locura. Si él y su amigo son desenmascarados, todos creerán que nosotros lo hemos mandado llamar y se ocuparán de que no salga vivo de Bhithor. Aquí no puede hacer nada útil, y, en cambio, puede causar mucho daño. Debiste habérselo dicho, y haber hecho todo lo posible para que renunciara a esta locura.

–Hice lo que pude –protestó Manilal–, pero estaba decidido y no quiso escucharme.

–Me escuchará a mí –replicó Gobind–. Lo traerás aquí mañana. Pero con mucho cuidado, porque, como sabes, nos vigilan y no podemos llamar la atención ni atraer sospechas.

Manilal fue muy cuidadoso. A la mañana siguiente, una hora después de su encuentro con Ash y Sarji en una frutería, la mitad del mercado sabía que él y el hombre de Baroda habían estudiado medicina ayurveda en la ciudad sagrada de Kashi (Benarés), y que esperaba llegar a practicar esa antigua ciencia. Así que a nadie le pareció raro que esa persona deseara conocer y hablar con un *hakim* de una escuela diferente, ya que se sabía que los profesionales de tendencias distintas se deleitaban en los debates y las discusiones. Se encargó especialmente de que cualquiera de los sospechosos que espiaban a su amo oyera la historia, y, para evitar cualquier insinuación de secreto, dispuso que el visitante fuera a ver abiertamente al *sahib hakim* a plena luz del día.

Eso no fue fácil, ya que poco antes de la hora decidida para la visita Gobind fue llamado al palacio, de donde sólo volvió a última hora de la tarde, cansado y desanimado, y sin deseos de recibir visitantes; en particular éste en quien había puesto tantas esperanzas y que sólo lo había decepcionado.

Recibió a Ash sin sonrisas, aceptó sin comentarios su explicación sobre por qué había creído necesario ir a Bhithor, y, cuando Ash terminó, dijo en tono inexpresivo:

–Esperaba que pudiera usted conseguir ayuda, y como no llegó ninguna temí que algún halcón hubiera matado a la última paloma antes de que llegara a su destino, y que mi sirviente hubiera sido detenido en la frontera y retenido con alguna acusación, o que hubiese sufrido un accidente que le impidiera llegar hasta usted. Pero jamás se me ocurrió que podría haber despachado advertencias a los *sahibs-log* en Ajmer y a su alteza de Karidkote, y a mi amo, el *sahib* Rao, y que no hubiera recibido ayuda de nadie. Es algo que no entiendo.

–Yo tampoco –confesó Ash con amargura.

–Lo que pienso –intervino Sarji, que había acompañado a Ash a la entrevista– es que el empleado que aceptó esos telegramas era un bribón, y que debe de haberse guardado el dinero en lugar de enviar los mensajes. No sería la primera vez que sucede una cosa así, y...

–Bien, ¿qué importa lo que pasó con ellos? –interrumpió Ash con impaciencia–. Algo sucedió, y eso es lo que importa. La pregunta es: ¿qué hacemos ahora?

–Salir de inmediato para Ajmer –respondió Sarji prestamente, repitiendo la solución a la que había llegado durante sus noches de vigilia–. Y cuando lleguemos allí, pedir audiencia al *sahib* agente general de inmediato, y a los *sahibs* policías también, y decirles...

Esta vez fue Gobind quien interrumpió bruscamente:

–Es demasiado tarde para eso –replicó.

–¿Porque las fronteras están cerradas? Hay otro camino para salir de Bhithor. El camino por el que llegamos. Sigue abierto porque aquí nadie lo conoce.

–Así me lo ha contado mi sirviente Manilal. Pero, aunque pudieran marcharse por el camino que eligieron, de todas maneras sería demasiado tarde. Porque el *rana* morirá esta noche.

Ash lanzó una exclamación ahogada. Al volverse hacia él, Gobind vio que había palidecido y se dio cuenta, sin poder creerlo, de que el *sahib* tenía miedo; mucho miedo. E inmediatamente, y con tanta seguridad como si se lo hubieran gritado, supo por qué.

De manera que ésa era la razón de la presencia del *sahib* en Bhithor. No había venido por tontería ni desafío, ni por la soberbia creencia de que un «negro» no se atrevería a poner las manos sobre un miembro de la raza conquistadora, y de que un *angrezi* debía poder asustar al *diwan* y al consejo e infundir el miedo al Raj en los habitantes locales. No... El *sahib* había venido porque no podía evitarlo. Porque tenía que hacerlo. Manilal sólo había dicho la verdad al declarar que «estaba decidido».

Era una complicación con la que Gobind jamás había contado, y el descubrimiento lo aterró como había espantado a Kaka-ji y a Mahdoo, y por las mismas razones. «Un hombre sin casta... un extranjero... un cristiano», pensó Gobind, sacudido hasta las profundidades de su alma ortodoxa. Eso es lo que sucedía por infringir las reglas del *purdah* y permitir a las jóvenes que se encontraran y hablaran libremente con un extraño, ya fuera *sahib* o no. Y si el hombre era joven y apuesto y las muchachas hermosas, ¿qué otra cosa podía esperarse? Jamás deberían haberlo permitido; y Gobind culpaba al *sahib* Rao, a Mulraj y al joven Jhoti, y a todos aquellos cuyo deber era encargarse de la seguridad y el bienestar de las futuras *ranis*. Más que a nadie, a Unpora-Bai.

Pero sabía que esos pensamientos eran inútiles. Lo hecho, hecho estaba; y, en cualquier caso, no había motivos para suponer que los sentimientos del *sahib* eran correspondidos, ya que muy probablemente aquélla a quien había entregado su corazón no tenía la menor idea de ello. O eso esperaba Gobind. Pero ese repentino conocimiento de los motivos del *sahib* no hizo nada por mejorar su propia inquietud. Sólo aumentaba su ansiedad, ya que ¿quién podía decir qué tontería sería capaz de cometer un hombre enamorado?

Por unos momentos reinó el silencio en la habitación, y ni Sarji parecía querer romperlo. Gobind vio volver lentamente la sangre a la cara del *sahib* y supo lo que diría antes de oírlo.

–Debo ver al *diwan* –articuló Ash, por fin–. Es nuestra única posibilidad.

–No servirá de nada –respondió brevemente Gobind–. Eso es todo lo que puedo decirle ahora. Si usted piensa de otra manera, no lo conoce, ni tiene idea del temperamento y el humor de sus consejeros y de la gente de esta ciudad.

–Quizá. Pero al menos puedo advertirlo de que, si permite que las *ranis* se quemen vivas, él y los otros consejeros serán responsables, y el Raj enviará un *sahib* político y un regimiento de Ajmer para arrestarlo, tomar el mando del Estado y convertirlo en parte de la India británica.

–No lo creerá –respondió Gobind en tono tranquilo–. Y tendrá razón: porque hasta este pequeño y remoto lugar han llegado rumores de inquietud en el norte y de que los *pultons* se preparan para la guerra. Usted debe de haberlo oído, ya que seguramente su propio *pulton* estará entre ellos, y también sabrá usted que el Raj no emprenderá acción alguna en este asunto una vez que se haya consumado y no se pueda volver atrás. No desearán moverse por una minucia en Rajasthan en un momento en que tienen problemas tan graves como Afganistán con que enfrentarse. Y piense, *sahib*: las noticias del *suttee* pueden no llegar a oídos de las autoridades durante muchos días, incluso semanas, y, cuando lleguen, será demasiado tarde para hacer otra cosa que enviar al *sahib* Spiller a hablar con el *diwan* y el consejo y quizás imponer una multa. Pero no se rompen cabezas con palabras duras, y una multa puede pagarse con fondos del tesoro o con impuestos al pueblo. Ni el *diwan* ni sus fondos sufrirán por eso.

–Hay otra cosa –intervino Sarji, dirigiéndose a Ash–. A menos que seas tonto sabrás muy bien que no has venido aquí como portavoz acreditado del Raj, porque en tal caso no habrías entrado en Bhithor en secreto. Como un ladrón, y disfrazado.

–Así es –confirmó Gobind–. Y, como el *diwan* no es idiota, usted no conseguirá apartarlo de su propósito y salvar a las *ranis* del fuego. Sólo sacrificar su propia vida sin ningún objeto... Y la nuestra también, porque usted y su amigo han llegado abiertamente a esta casa, que está vigilada, y, una vez que se conozca su identidad, todas nuestras cabezas caerán para asegurar que nadie pueda contar historias sobre su destino. Ni los que le dieron alojamiento se salvarán, pues podrían haber averiguado más de lo debido durante los últimos días, y sentir la tentación de hablar de ello.

Ash podría haber discutido algunos de los argumentos de Gobind, pero se vio forzado a reconocer la verdad de lo expuesto, y guardó silencio. Si sólo se hubiera tratado de arriesgar su propia vida en el intento de salvar la de Juli, lo habría hecho con alegría y sin pensarlo dos veces, pero no tenía derecho a exponer las vidas de otras ocho personas (porque el carbonero y su mujer no serían los únicos a quienes cortarían la cabeza por el crimen de haberle alquilado una habitación; los cinco morirían).

Se quedó mirando, absorto, por la ventana donde el sol poniente pintaba de rosa los muros externos del Rung Mahal. Su mente se concentraba desesperadamente en planes enloquecidos para rescatar a Juli, cada uno más arriesgado e impracticable que el otro.

Si sólo pudiera encontrar alguna forma de entrar en el palacio, mataría a tiros al guardia de la *zenana*, atrancaría la puerta tras él, se apoderaría de Juli y la haría bajar por los muros atada a una cuerda para que lo siguiera mientras el enemigo golpeaba la puerta; y luego... No..., eso era completamente imposible... Significaría que veinte mujeres se pondrían a chillar y, si las dejaban en libertad, abrirían la puerta en el mismo instante en que Ash volviera la espalda. Necesitaría ayuda...

Entre los dos, él y Sarji, podían usar cinco armas, mientras que Gobind y Manilal seguramente conseguirían uno o dos rifles. Luego, si Gobind no se equivocaba con respecto al *rana*, sería posible, en medio de la confusión que reinaría en el palacio esa noche, que cinco hombres decididos entraran por la fuerza en el sector de la *zenana* y liberaran a las dos mujeres, ya que todos estarían en la habitación del moribundo, o cerca de ella, y pocos prestarían atención a las damas. Sin duda habría menos vigilancia, y hasta sería posible entrar en palacio detrás de Gobind, quien sería admitido sin ninguna pregunta...

Pero, ¡por supuesto! ¡Así era como debían hacerlo! Gobind debía presentar a Ash como a otro médico, un conocido científico de la medicina ayurveda, cuya opinión sería valiosa en esa crisis. Sarji pasaría por ayudante suyo, mientras que Manilal, el sirviente del *hakim*, llevaría drogas, por lo que sería improbable que lo interrogaran. Una vez dentro del palacio, lo más difícil estaría hecho, ya que allí probablemente podrían pasar sin ser vistos por la puerta de la *zenana* y el resto sería relativamente sencillo. Si el *rana* hubiese muerto o se estuviera muriendo, los gritos y las lamentaciones del sector de las mujeres no resultarían extraños. Además, dispondrían de gran cantidad de sábanas y saris que podrían usar para amordazar y atar a las mujeres más violentas, y para hacer sogas con las que las *ranis* y sus salvadores pudieran descender hasta el pozo seco al pie de la pared exterior. Desde allí podrían escapar mientras la ciudad dormía. Era un plan de locos, pero podía dar resultado, y cualquier cosa, por más desesperada que fuera, era mejor que dejar a Juli entregada a su destino. Pero si fallaba...

«Debí haber ido directamente a Ajmer –pensó Ash–. Podría haber conseguido que me escucharan. Debí haberme dado cuenta de que sucedería esto, de que los telegramas podían perderse o alguien podía leerlos, o que podían haber sido transmitidos por algún imbécil que no se diera cuenta... Nunca debí... Juli, Dios mío... ¡Juli!, mi amor... Esto no puede suceder. Tiene que haber alguna forma, algo que yo pueda hacer. No puedo quedarme quieto y dejarla morir...».

No se dio cuenta de que había pronunciado las últimas palabras en voz alta hasta que Gobind preguntó:

–¿Dejarla? ¿Piensa usted que el plan es que una sola siga al cadáver de su marido a la pira y a la otra se le permita vivir?

Los ojos de Ash volvieron a brillar y aparecieron dos manchas de color en sus mejillas. Un tanto confundido, repuso:

–No, no quise decir... Supongo que morirán las dos. Pero no podemos permitir que se llegue a eso. He estado pensando...

Expuso su plan y los dos hombres lo escucharon: Gobind, impasible, y Sarji, más voluble, con algunos signos de asentimiento y otros de rechazo. Cuando terminó, fue Sarji quien habló primero:

–Es posible que tuviera éxito. Pero salir libremente del palacio no sería suficiente, porque las puertas de la ciudad están cerradas y atrancadas desde el anochecer. Podríamos quedar atrapados, pues, aunque atemos a todas las mujeres de la *zenana* para que sólo se dé la voz de alarma al amanecer, no podremos salir de la ciudad sin ser vistos.

Ash replicó:

–Tendríamos que dejar los caballos frente a los muros; en cuanto a salir de la ciudad, podríamos hacerlo de la misma forma en que entramos en el palacio..., descendiendo por el muro con cuerdas. Y, si todo sale bien, nos reuniríamos con Bukta y saldríamos del valle antes de que el cielo comience a iluminarse. Sé que será difícil y peligroso. Sé que correremos muchos riesgos y que muchas cosas irán mal. Pero es una posibilidad.

–No podemos permitirnos hacer eso –respondió secamente Gobind.

–Pero...

–No, *sahib*. Déjeme hablar. Quizá debí haberle dicho antes que ya no podré volver al Rung Mahal. Cuando salí hoy de allí, fue por última vez.

Según Gobind, los consejeros del *rana* lo apremiaban para que adoptara a un heredero, ya que se sabía que la *rani* principal había tenido una niña; y cuando cayó enfermo renovaron sus ruegos, pero sin resultado. El *rana* no creía que su enfermedad fuera mortal: se recuperaría y engendraría otros hijos, hijos varones que luego serían hombres fuertes..., ya lo verían. Entretanto, como no tenía familiares cercanos aparte de un par de hijas enfermizas (que no le habían dado nietos y a cuyos maridos él despreciaba), se negaba a amenazar el futuro de su descendencia adoptando al hijo de otro hombre. Su decisión estaba tomada.

Nada de lo que le dijeron había logrado cambiarla..., hasta aquella mañana. En algún momento del amanecer, por fin se percató de que se moría, y, aterrorizado por la perspectiva de descender a ese infierno llamado Pát, donde van los hombres que no tienen hijos varones para encender su pira, accedió a adoptar un heredero... Aunque no, como se temía, un hijo de la familia del *diwan*, ni ninguno de los favoritos corrientes.

Su elección, en cambio, recayó en el nieto más joven de un familiar lejano por parte de su madre... El mismo pariente que había sido enviado a saludar a las novias de Karidkote a su llegada a Bhithor. El muchacho fue llamado de inmediato y las ceremonias necesarias se realizaron con rapidez, porque, aunque la elección podía representar una desilusión para muchos, aun aquellos que alimentaban esperanzas con respecto a sus propios hijos varones preferían que el elegido fuese un niño de seis años, y no el hijo de algún rival. En realidad, el *rana* fue astuto hasta el final; pero el esfuerzo le costó las fuerzas que le quedaban, y una vez concluido el asunto cayó en estado de coma.

–Ya no me reconoce –dijo Gobind–. Ni a nadie. Así que sus sacerdotes y sus propios médicos, que siempre estuvieron tan resentidos conmigo, han aprovechado para expulsarme de su habitación. Además, han convencido al *diwan*, quien no siente ningún cariño por Karidkote, de que me prohíba volver a poner el pie en palacio. Créame, se encargarán de que ya no vuelva, de manera que usted no puede usarme para cubrir ningún intento de entrada en el Rung Mahal. Si piensa entrar a tiros, le diré que está loco; a los reyes no se les permite morir solos y en paz, y esta noche habrá más guardias y mucha más gente que antes vigilando en el edificio, ya que ahora todos saben que el *rana* se está muriendo. Todos los pasillos y los patios estarán atestados de hombres que esperarán oír que ha lanzado su último suspiro, y, como hay muchas cosas de valor en el palacio, el *diwan* ha ordenado mayor vigilancia en la puerta de cada habitación. Teme, según dicen, que algunas pequeñeces tales como jarrones de jade y ornamentos de oro y de marfil desaparezcan antes de que él haya tenido tiempo de decidir sobre ellas.

Ash no dijo nada, pero su rostro hablaba por él, y Gobind agregó con calma:

–*Sahib*, no estoy tan ligado a la vida como para vacilar en arriesgarla si supiera que existe la menor posibilidad de que su plan tenga éxito. Sólo porque sé que no la tiene deseo persuadirlo. Y también porque si falla, como sin duda sucederá, los mismos que usted espera salvar pueden convertirse en sospechosos de complicidad y condenados a una muerte peor que la del fuego. En cambio, si espera y no hace nada apresurado, es posible que en el último momento el *sirkar* pueda hacer algo por evitar la inmolación... ¡Sí, sí, *sahib*! Sé que no parece probable. Pero ¿cómo sabemos que ellos no han preparado también sus planes? No podemos estar seguros, y si desperdiciamos inútilmente nuestras vidas, matando a muchos en esa pelea, como haremos, y además poniendo en peligro a las *ranis*, podría resultar, como suele decirse, «que hemos perdido Delhi por un pez».

–Tiene razón –afirmó Sarji–. Si ya no puede entrar en palacio, no hay esperanzas de que nos admitan a nosotros, e intentar forzar la entrada sería una locura. Seré estúpido, pero no estoy loco... Y espero que tú tampoco lo estés.

La boca de Ash se torció en un simulacro de sonrisa y dijo:

–Todavía no, pero... pero no acepto la idea de que no se puede hacer nada, y que debo resignarme a ver...

Se interrumpió con un estremecimiento y guardó silencio. Gobind, observándolo con mirada profesional, decidió que no estaba muy lejos de volverse loco. Era evidente que el *sahib* había soportado mucho durante las últimas dos semanas, y que los efectos acumulados de la tensión, la ansiedad y una terca negativa a la desesperación, combinados con una gradual desaparición de las esperanzas, le habían destrozado los nervios. En su actitud actual representaba un peligro para todos, y lo que sugeriría sería, sin duda, algún plan demencial para raptar a las *ranis* mientras caminaban a través de las multitudes hacia las piras, actuando por sorpresa y con la esperanza de escapar entre el tumulto y la confusión que un acto semejante crearía en medio de tal masa de espectadores.

En realidad, Gobind ya había pensado en esa particular línea de acción; pero al considerarla con detenimiento se había visto obligado a rechazarla, dándose cuenta de que la multitud misma malograría semejante empresa: la gente de Bhithor estaría en un alto grado de excitación, y la amenaza de que los privaran del espectáculo que pensaban ver los convertiría en una turba enloquecida. Harían pedazos a los intrusos impíos y no habría esperanza de escapar de ellos. Gobind lo sabía, pero el *sahib* no, y sólo podía esperar convencerlo de que semejante intento sería peor que inútil. Pero no resultó necesario, aunque tenía razón al suponer que aquella idea ocupaba la mente de Ash.

En efecto, lo había pensado, pero llegando a la misma conclusión que Gobind. También él se daba cuenta de que una multitud excitada puede ser más peligrosa que un leopardo herido o un elefante salvaje..., y la muchedumbre tiene cabeza de hidra. Si había alguna forma de salvar a Juli, no era ésa. Se puso de pie como si le costara esfuerzo moverse, y declaró con voz grave:

–Creo que no hay nada más que decir. Si usted o Manilal pueden pensar en algún plan con posibilidades de éxito, les agradeceré que me lo comuniquen. Yo haré lo mismo. Aún tenemos algunas horas de luz y toda la noche para pensarlo. Y si el *rana* tiene más apego a la vida de lo que ustedes suponen aún contaremos con un día y una noche; ¿quién sabe?

–Sólo los dioses –respondió en tono sombrío Gobind–. Oremos para que mañana el *sirkar* nos envíe un regimiento, o, al menos, un *sahib* político de Ajmer. Si sigue usted mi consejo, *sahib*, tratará de dormir esta noche. Un hombre cansado comete errores de juicio y necesitaremos de toda su inteligencia y fuerza. Tenga la seguridad de que le enviaré a Manilal si hay alguna noticia, o si veo alguna forma de salir de este atolladero.

Hizo una grave reverencia sobre sus manos alzadas, con las palmas juntas, y Manilal los acompañó y atrancó la puerta al salir ellos.

–¿Adónde vas? –preguntó Sarji con suspicacia, al ver que Ash doblaba a la izquierda para entrar en una callejuela que iba en dirección opuesta al sector de la ciudad donde tenían su alojamiento.

–A la puerta del Suttee. Quiero ver el camino por donde vendrán y el que seguirán. Ya lo habría hecho si no hubiera estado tan seguro de que el *sirkar* entraría antes de que fuera tarde.

La callejuela bordeaba un costado del Rung Mahal donde estaba el sector de la *zenana*, y enseguida llegaron a una estrecha entrada abierta en el muro del palacio. Era poco visible, apenas lo bastante grande como para que pasaran por ella dos personas a la vez, y estaba decorada con un curioso dibujo que, al inspeccionarlo más de cerca, resultó ser el de las huellas de innumerables manos delicadas: manos de reinas y concubinas que a través de los siglos habían atravesado aquella puerta en su camino al fuego y a la santidad.

Ash lo había visto en su visita anterior a Bhithor, y ahora sólo le echó una mirada al pasar. Su interés no se centraba en la puerta, sino en la ruta que seguiría la comitiva desde allí hasta la pira. El lugar de la incineración estaba a cierta distancia de la ciudad, y, como las puertas se cerrarían una hora después de la puesta del sol, no había tiempo que perder. Ash empujó a Sarji hacia delante, observando todos los recovecos y curvas entre la puerta del Suttee del Rung Mahal y la puerta Mori, que era la más próxima a las de la ciudad.

Al cabo de unos diez minutos, estaban en campo abierto, caminando por un sendero polvoriento que llevaba directamente hacia las montañas. Allí no había casas ni refugio alguno, pero sí mucho movimiento, la mayoría de peatones, y todos marchaban hacia la ciudad.

Enseguida Ash dijo:

–Debe de haber algún camino que lleve a la derecha. Yo solía cabalgar por esta zona, pero nunca visité los *chattris* y el campo donde se encienden las piras. Entonces ni siquiera pensaba que... –dejó la frase sin terminar para detener a un pastor que conducía su rebaño de regreso a la ciudad, y preguntarle por dónde se iba a la zona de las piras.

–¿A Govidán, dice usted? ¿Son ustedes forasteros que no saben dónde se encienden las piras de los *ranas*? –preguntó el muchacho, mirándolos fijamente–. Es allí... donde están los *chattris.* Pueden verlos por encima de los árboles. El camino está muy cerca. ¿Son ustedes religiosos, o van a realizar la incineración del *rana*? Ah, será un gran *tamarsha.* Pero aún no ha muerto, porque cuando muera sonarán los gongs, y mi padre dice que se oyen hasta el Ram Bagh..., de manera que todos...

Ash puso un *anna* en la mano del chico y se apartó de él; pocos minutos después, llegaron al lugar de donde partía un sendero lateral, a la derecha del camino principal, para dirigirse hacia el lago. El sendero, como el camino, estaba cubierto de polvo, pero no había huellas de carros y pocas de ganado o cabras. Aunque era obvio que algunos jinetes habían pasado por allí y regresado luego hacía poco tiempo, porque el menor soplo de viento habría borrado las huellas.

–Vinieron a elegir un lugar para la pira funeraria –dijo Sarji.

Ash asintió en silencio, con la mirada fija en una zona verde que había más adelante.

Si venía hasta aquí tendría que dejar a Dagobaz atado en algún lugar más allá de la multitud, porque, aparte del gentío que acudiría al lugar a presenciar la ceremonia, miles de personas más acompañarían al coche fúnebre y su escolta, y serían una masa humana irresistible. Al imaginar la escena, Ash se dio cuenta de que lo mejor sería permanecer en el anonimato. Nadie le prestaría la menor atención si se incorporaba a esa multitud. Sería uno más de ellos, un curioso inadvertido por todos, siempre que viniera a pie. Un hombre a caballo llamaría mucho más la atención, y, en cualquier caso, Dagobaz no estaba acostumbrado a semejantes aglomeraciones y era impredecible cómo reaccionaría.

–No sería posible –murmuró Sarji, cuya mente sin duda trabajaba por caminos similares–. Si este lugar estuviera del otro lado de la ciudad, habría alguna posibilidad. Pero jamás podríamos salir de aquí aunque nos abriéramos paso entre la multitud, ya que estamos rodeados de colinas por un lado y por el otro está el lago, mientras que más allá –señaló hacia el este con el mentón– no hay salida; de manera que tendríamos que volver a la ciudad y allí nos apresarían.

–Sí, ya me he dado cuenta.

–¿Entonces para qué estamos aquí? –Había algo más que incomodidad en la voz de Sarji.

–Porque quería ver el lugar por mí mismo antes de decidir. Pensé que quizás habría alguna característica que pudiera resultar ventajosa, o que podría sugerirme algo. Tal vez la haya. En todo caso, no habremos perdido nada.

Las huellas de cascos se detenían en el borde de un denso bosque, y resultaba evidente que los jinetes habían desmontado y dejado allí sus caballos antes de entrar en la espesura a pie. Ash y Sarji, siguiendo el mismo sendero entre hileras de troncos de árboles y luego nuevamente al descubierto, se encontraron en un gran claro, en el centro de lo que parecía ser una ciudad abandonada: una ciudad de palacios o templos levantados entre los árboles.

Se veían construcciones por todas partes: *chattris* fúnebres. Vastas tumbas vacías erigidas con la piedra caliza característica de la región y adornadas con intrincados dibujos; algunas eran tan altas que sobresalían por encima de las copas de los árboles.

Cada *chattri* recordaba a un *rana* de Bhithor, y había sido levantado en el lugar donde ardiera su cuerpo. Y cada uno de ellos, a la manera de un templo, había sido construido frente o junto a un amplio estanque, de manera que quienes venían a orar podían realizar las abluciones correspondientes. Al parecer, venía poca gente, porque el agua del estanque estaba verde y llena de algas y peces, y muchos de los *chattris* aparecían semiderruidos. Palomas, loros y lechuzas habían construido sus nidos en las grietas de las piedras, pero, aparte de los pájaros y algunos monos, y un sacerdote solitario que recitaba sus plegarias sumergido hasta la cintura en el estanque, el lugar parecía abandonado. Ash lo contempló con la mirada de un general que planea una batalla.

Un espacio abierto que se veía desde allí era el sitio adecuado para instalar una nueva pira. A juzgar por las muchas huellas que se veían en el polvo de aquel punto, había sido inspeccionado el día anterior por numerosas personas que habían dado vueltas alrededor y permanecido allí durante un tiempo considerable. Luego se habían ido sin visitar ninguna otra parte del monte. Esas marcas eran una prueba de que allí sería incinerado el *rana* y luego se levantaría su *chattri*. Además, había suficiente espacio para varios millares de espectadores, así como para los protagonistas, y el lugar era un blanco excelente para cualquiera que estuviera situado a un nivel más alto que la multitud, por ejemplo, en la terraza de un *chattri* cercano.

Sarji tocó el brazo de su amigo y habló en un susurro, impuesto por la atmósfera tétrica del lugar:

–Mira, han colgado varios *chiks*. ¿Para qué serán?

La mirada de Ash siguió la dirección que señalaba el dedo de Sarji, y vio que uno de los pisos del *chattri* más cercano estaba cerrado por cortinas de caña que colgaban entre cada par de pilares, convirtiendo así el penúltimo piso del pabellón más próximo en una pequeña habitación.

–Probablemente, para alguna de las mujeres *purdah* que vienen a ver el espectáculo. La mujer y las hijas del *diwan*... Esa gente. Verán muy bien desde ahí –respondió Ash, y se apartó rápidamente, asqueado por la idea de que no sólo las mujeres ignorantes de origen humilde, sino también las aristócratas mimadas estarían ansiosas por ver a dos miembros de su propio sexo quemarse vivas... y se sentirían encantadas de estar presentes.

Dio una vuelta al monte, caminando entre los *chattris* y el estanque de agua silenciosa que reflejaba muros, terrazas y cúpulas construidos antes de los días de Clive Warren Hastings. Cuando volvió al claro central, éste ya estaba en sombras.

–Vámonos de aquí –pidió Sarji con un estremecimiento–. Ni por todo el tesoro del *rana* me gustaría que me atraparan en este lugar cuando caiga la noche. ¿Ya has visto todo lo que querías ver?

–Sí –respondió Ash–. Todo y mucho más. Podemos marcharnos ya.

No volvió a hablar durante todo el camino de regreso a la puerta Mori, y por una vez Sarji también demostró que no deseaba hablar. La visión de aquella silenciosa ciudad de tumbas rodeada de árboles lo había agotado más de lo que quería admitir, y una vez más se encontró pensando que le habría gustado no verse mezclado en aquel asunto. Si bien Ashok había reconocido que tenían que descartar el rescate de las víctimas en el último momento, Sarji sentía la incómoda convicción de que su amigo tenía otras ideas, ideas que pensaba llevar a cabo solo, sin pedir consejo ni ayuda a nadie. Bien, si quería hacerlo, que lo hiciera. Él no podía hacer mucho por evitarlo. Pero todo terminaría en un desastre, y, como había señalado el *hakim*, el fracaso sería seguro y conduciría a todos a la muerte. ¿Cuánto tiempo, se preguntaba Sarji, tardaría Bukta en darse cuenta de que su amo y el *sahib* no volverían nunca...?

Aquella noche había más gente de lo habitual en la ciudad, porque las noticias de que el *rana* se moría habían llegado a todos los pueblos y aldeas del estado; los súbditos acudían a la capital para presenciar las exequias y las *suttees* por la dignidad que representaba estar presentes en su santificación. En la calle se hablaba de esa ceremonia; todos los templos estaban llenos y, hacia la noche, la plaza frente al palacio aparecía atestada de gente de ciudad y campesinos que contemplaban la puerta principal del Rung Mahal mientras esperaban las noticias.

Hasta el carbonero y su silenciosa esposa parecían haberse contagiado algo de la excitación, porque recibieron el regreso de sus huéspedes con inesperada locuacidad y una lluvia de preguntas. ¿Dónde habían estado y qué habían visto y oído? ¿Era verdad que habían visitado al médico extranjero del *rana*, un *hakim* de Karidkote? Si así era, ¿les había dado alguna noticia?

¿Sabían que cuando moría un *rana* en Bhithor se hacían sonar los grandes gongs de bronce que colgaban de una torre sobre los muros del Rung Mahal para que todos se enteraran de su muerte?

Si los gongs sonaban de noche, en los fuertes gemelos que guardaban la ciudad se encenderían hogueras para dar la noticia a todas las aldeas y pueblos de Bhithor, mientras que en la ciudad las puertas externas se abrirían de inmediato para que el espíritu del gobernante pudiera pasar por ellas y elegir hacia dónde se dirigiría: este, oeste, norte o sur.

–Y también para que cualquiera que lo desee se sitúe en el camino por el que pasará el entierro –explicó el carbonero. Agregó que era una precaución necesaria, ya que de otro modo la gente que quería estar en primera fila se amontonaría cerca de las puertas antes del amanecer, causando gran confusión y probablemente heridos y muertos entre mujeres, niños y ancianos.

–Yo pienso ir a la puerta del Suttee y quedarme en la zanja junto a la pared. Desde allí se ve bien y les aconsejaría que hicieran lo mismo. Ya que así mirarán hacia arriba en lugar de esforzarse por ver sobre las cabezas de hombres más altos. Ah, valdrá la pena presenciarlo. No sucede a menudo que uno pueda ver a una *rani* sin velo, y dicen que ésta es muy bella. Aunque la otra, su hermana, a quien llaman Kairi-Bai, es torpe y nada bonita. Así me lo han dicho.

–Sí, así es –respondió Ash mecánicamente; pero su mente parecía tan ajena a lo que le decían que Sarji lo miró con preocupación, y el carbonero, ofendido, le dio la espalda y comenzó a gritar con furia al muchacho idiota. El ruido sirvió para arrancar a Ash de su abstracción, y preguntó bruscamente si alguien había dejado un mensaje para él. Pero no había mensaje alguno de Gobind, ni ninguna señal de que el Gobierno de la India pensara ejercer su autoridad y hacer cumplir las leyes.

–Todavía hay tiempo –lo consoló Sarji al salir del patio después de cuidar de los caballos, mientras precedía a Ash en la estrecha escalera llevando una lámpara encendida y la llave–. El *rana* aún no ha muerto, y por lo que sabemos puede llegar un *pulton* esta misma noche. Y, si ese viejo estúpido dice la verdad y han sonado los gongs, abrirán las puertas.

–Sí –respondió Ash pensativamente–. Eso facilitará mucho las cosas.

Sarji lo miró con una sonrisa, pensando que se trataba de un comentario sarcástico, pero el rostro de Ash estaba serio y atento como si se estuviera concentrando profundamente. En sus ojos había una mirada que a Sarji no le gustó; una mirada extraña y fija que no presagiaba nada bueno. ¿Qué había decidido hacer?, se preguntó Sarji con repentino terror. ¿No creería todavía que el *sirkar* enviaría un regimiento a Bhithor? ¿Qué tenían que ver las puertas con eso? ¿Qué sería más fácil? ¿Y para quién? Sarji tropezó en el último escalón y empleó un tiempo excesivo en introducir la llave en la tosca cerradura de hierro porque le temblaban las manos.

En el cuarto hacía un calor asfixiante y durante el día lo habían invadido el polvo de carbón y el olor de la comida. Ash abrió la única ventana para dejar entrar el aire de la noche, se apoyó en el alféizar, y sintió el olor familiar de los caballos. Abajo, el patio estaba en sombras y no veía las formas oscuras de Dagobaz, pero el pelaje gris de Moti-Raj se destacaba como una mancha pálida. Ash oía resoplar al primero, molesto por alguna rata o los mosquitos y furioso por no haber hecho sus ejercicios nocturnos.

–Esos dos estarán tan contentos como yo de salir de este lugar –observó Sarji, buscando fósforos a tientas en una alforja de la silla–. ¡Caramba! Este lugar es un horno y apesta a *ghee* malo y a repollo podrido... Y a cosas peores.

Ash se apartó de la ventana y respondió:

–Arriba ese ánimo. Si el *sahib hakim* tiene razón, ésta será la última noche que pasemos aquí, y mañana a esta hora estarás a veinte *koss* de distancia y durmiendo bajo las estrellas mientras el viejo Bukta vigila.

–¿Y tú? –dijo Sarji. Había encontrado los fósforos. Encendió una segunda lámpara de petróleo y la levantó para iluminar el rostro de Ash–. ¿Dónde estarás tú?

–¿Yo? Ah, también estaré durmiendo. ¿Qué más? –dijo Ash, y rio. Hacía muchos días que no se reía así, ni de ninguna otra manera, y Sarji se sorprendió porque la risa parecía totalmente natural. Un sonido alegre, relajado y estimulante.

–Me alegro de que aún puedas reír –observó Sarji–. Aunque no sé de qué te ríes. Los dioses saben que hay poco de que reírse.

–Si realmente quieres saberlo –dijo Ash–, me río porque he capitulado. He tirado la toalla, como dicen mis compatriotas. Reconozco que me han derrotado y es un alivio saber dónde estoy y ver el futuro con claridad. Dicen que ahogarse es muy agradable una vez que uno deja de luchar, y eso es lo que he hecho. Pero cambiemos de tema. ¿Hay algo de comer? Estoy hambriento.

–Yo también –rio Sarji, dirigiendo en el acto su atención a la comida, ya que no habían comido desde la mañana, y sólo un poco. La ansiedad estimula el apetito y los hombres habían pasado una noche inquieta–. Debe de haber un par de *chuppattis* o algunas *pekoras.* Es decir, siempre que no se los hayan comido las ratas.

Las ratas no se los habían comido, pero las hormigas habían estado más activas. Lo que quedaba tuvieron que tirarlo por la ventana, y, como Ash se negaba a ir a cualquiera de las casas de comida de la ciudad porque podían estar muy llenas de gente y no se sentía con disposición para esperar durante horas la posibilidad de obtener un sitio, Sarji salió a comprar lo que necesitaban en un tenderete, muy aliviado de que por fin su amigo hubiera entrado en razón y viera la inutilidad de tratar de luchar contra lo imposible. Ahora ni siquiera necesitaban esperar hasta que muriera el *rana*, porque, como no podrían impedir lo que vendría después, no tenía sentido que permanecieran en Bhithor un momento más de lo indispensable.

Se irían al amanecer, en cuanto se abrieran las puertas, y Ashok no tendría razones para culparse de nada. Había hecho todo lo que había podido y no estaba en sus manos lograr milagros. Si a alguien podía culparse era al Gobierno, que había sido advertido y se negaba a asumir acción alguna, y al *diwan* y sus consejeros, junto con los sacerdotes y el pueblo de Bhithor, que pretendían volver atrás en el tiempo y practicar viejas costumbres de una era ya superada.

A esa hora del día siguiente, él, Ashok y Bukta, y quizá también el *hakim* y su sirviente, estarían seguros entre las montañas. Y si se movían con rapidez y de noche (porque habría luna para ayudarlos), en dos días más cruzarían la frontera y estarían de regreso en Gujerat.

–Haré una ofrenda en mi templo en agradecimiento por haber regresado sanos y salvos: el peso, en plata, del mejor caballo de mi establo –prometió Sarji–. Y una vez que esté libre de este maldito lugar jamás volveré a poner el pie en él..., ni en el Rajasthan tampoco, si puedo evitarlo.

Trajo comida caliente: arroz humeante y curri de verduras, *dal, pekoras,* y media docena de *chuppattis* recién hechos. También *halwa-shrin* preparado al estilo persa, con miel y nueces, y un *anna* de *jellabis* crujientes y pegajosos. Le llevó bastante tiempo, porque, como Ash había predicho, los mercados estaban llenos de gente.

Subió cantando la estrecha escalera y abrió la puerta del cuarto alquilado. Pero al ver a Ash se detuvo bruscamente y arqueó las cejas, sorprendido.

Su amigo estaba sentado con las piernas cruzadas frente a una especie de escritorio hecho con la montura de Dagobaz, y escribía una carta... Parecía la última de una serie, porque en el piso junto a él había por lo menos cinco hojas de papel perfectamente dobladas. Usaba tinta y una pluma de junco que le habían prestado en la tienda de abajo, y escribía en páginas arrancadas a un bloc de notas. En eso no había nada sorprendente, excepto que lo hacía en inglés.

–¿Para quién es eso? –preguntó Sarji, espiando sobre el hombro de Ash–. Si es para algún *sahib* de Ajmer, no encontrarás mensajero que lo lleve. En particular a esta hora, ni mañana ni los días siguientes. ¿Has olvidado que nadie puede salir del estado?

–No –respondió Ash, y continuó escribiendo. Cuando terminó la carta, la releyó, hizo un par de correcciones, firmó al pie y entregó la pluma a Sarji–. ¿Quieres escribir tu nombre debajo del mío? Tu nombre completo. Sólo para probar que eres testigo de que yo mismo escribí esta carta, y de que ésta es mi firma.

Sarji lo miró por un momento con el ceño fruncido, luego se puso en cuclillas y agregó su nombre al papel, en el prolijo y estilizado alfabeto que contrastaba enormemente con el descuidado garabateo occidental. Sopló sobre la tinta fresca para secarla, y devolvió la carta diciendo:

–¿Me dirás ahora de qué se trata todo esto?

–Más tarde. Primero comamos y hablemos. ¿Por qué has tardado tanto? Creo que hace horas que saliste de aquí, y tengo el estómago vacío.

Comieron en amigable silencio. Cuando hubieron terminado, Ash arrojó los restos de la comida por la ventana para que los cuervos y los gorriones los comieran por la mañana, pero, cuando Sarji quiso hacer lo mismo, lo impidió con rapidez.

–No, no lo hagas. No debemos desperdiciar comida buena. Envuélvela y ponla en las alforjas de la silla. Tal vez la necesites, porque, si las multitudes son tan densas mañana como lo eran esta noche, quizá te sea difícil comprar algo más antes de marcharte; y en estos momentos Bukta no tendrá nada que darte.

Sarji estaba rígido, con la mano aún extendida y preguntando con la mirada lo que su lengua no se atrevía a pronunciar. Pero Ash le respondió como si hubiera hablado en voz alta:

–No, no iré contigo. Debo hacer algo aquí.

–Pero... pero tú dijiste...

–Que había capitulado. Y es cierto. Debo abandonar toda esperanza de rescatarla. Es imposible. Ahora lo veo. Pero al menos puedo salvarla de ser quemada viva.

–¿A ella? –repitió Sarji como sucediera aquella mañana en casa de Gobind, cuando Ash usó inconscientemente el singular en lugar del plural. Pero ahora no era lo mismo: lo había empleado deliberadamente, porque ya no tenía sentido disimular nada. Ya no tenía sentido..., así como no tenía sentido guardar silencio.

–A ella –dijo Ash con calma–. A Anjuli-Bai, la *rani* segunda.

–No –susurró Sarji, y la sílaba apenas audible transmitió el mismo horror que si la hubiera gritado. Ash lo entendió perfectamente y su sonrisa fue triste y algo amarga.

–Esto te conmociona, ¿verdad? Pero en Belait dicen que «un gato puede mirar a un rey», y hasta un *angrezi* sin casta puede perder la cabeza y el corazón por una princesa del Hind, y para siempre. Lo siento, Sarji. Si hubiera sabido que esto terminaría así, te lo habría dicho antes. Pero nunca soñé que podría acabar de este modo, y por tanto te conté sólo parte de la verdad. Lo que no dije, ni a ti ni a nadie, fue que llegué a amar a una de las novias a quienes me encargaba de traer a Bhithor..., a amarla más allá de la razón. Ella no tiene la culpa, porque no pudo evitarlo. Vi cómo se casaba con el *rana*... y me alejé, dejando atrás mi corazón. De esto hace más de dos años, pero aún le pertenece... y siempre le pertenecerá. Ahora ya sabes por qué tenía que venir aquí, y también por qué no puedo marcharme.

Sarji dejó escapar un largo suspiro y puso su mano sobre un brazo de Ash, oprimiéndolo.

–Perdóname, amigo mío. No quería insultarte. Ni a ella. Sé bien que los corazones no son como sirvientes contratados a quienes se les puede ordenar que hagan esto o aquello. Se quedan o se van según su voluntad, y no podemos retenerlos ni evitarlo. Los dioses saben que he perdido y recuperado el mío muchas veces, por lo cual tengo motivos para estar agradecido, ya que mi padre sólo lo perdió una vez: con mi madre. Después de morir ella, mi padre quedó vacío. Había sentido lo mismo que tú, pero no pudo evitar la muerte de mi madre igual que tú no puedes evitar la de la *rani*.

–Lo sé. Pero puedo salvarla y la salvaré de la muerte en el fuego –replicó Ash apretando los dientes.

–¿Cómo? –Los dedos de Sarji agarraron el brazo de Ash y lo sacudieron con furia–. No es posible, y lo sabes. Si quieres irrumpir en el palacio...

–No lo pienso. Mi idea es llegar al lugar de la pira antes que la multitud y situarme en la terraza de ese *chattri*, el que está frente al lugar donde encenderán el fuego. Desde allí podré ver por encima de la cabeza de la gente, y si cuando las mujeres llegan al claro no ha habido intervención del *sirkar*, y sé que se acerca el final, haré lo único que puedo hacer por ella... Le dispararé un tiro en el corazón. Mi puntería es lo suficientemente buena como para que sea imposible errar a esa distancia, y será una muerte rápida y mucho más piadosa que la del fuego. Ni siquiera se dará cuenta de que ha recibido una bala.

–¡Estás loco! –susurró Sarji con el rostro gris por la conmoción–. Loco. –Apartó la mano y elevó la voz–: ¿Crees que los que estén cerca no se enterarán de quién ha disparado? Te harán pedazos.

–A mi cadáver, quizá. Pero ¿qué importa eso? Hay seis balas en un revólver, de las cuales sólo necesitaré dos: la segunda será para mí. Una vez que haya disparado, no sabré ni me importará lo que hace la turba, y si, como dices, me hacen pedazos, tal vez será lo mejor que pueda suceder, porque entonces nadie podrá decir quién era yo o de dónde venía, ni siquiera si era un hombre. De manera que debemos esperar que así lo hagan. De todas maneras, lo mejor que puedes hacer es irte lo antes posible: tú, el *sahib hakim* y Manilal. He escrito al *hakim* diciéndole que te encontrarás con él en el lugar en que el camino se cruza con el arroyo y hay dos palmeras y un santuario a un lado del sendero. Manilal lo conocerá bien. Debéis salir de la ciudad por la puerta Mori para que parezca que os proponéis asistir a la ceremonia de incineración. Una vez estéis en campo abierto, os separaréis de la multitud sin ser observados, y os dirigiréis al valle. Despacharé esta carta antes de irme. Habrá demasiada gente en la plaza como para que los que vigilan controlen a todos los que pasan por la puerta del *sahib hakim*.

–¿Y las otras cartas? –preguntó lentamente Sarji, mirando la pila en el suelo.

–Éstas espero que las lleves contigo y las envíes en el *dak-khana* en Ahmadabad. –Ash las recogió y se las fue entregando una por una–: Ésta es la que tú has firmado: es mi testamento y está dirigida a mi abogado en Belait. Y ésta, que también está escrita en *angrezi*, es para un *sahib* capitán de mi regimiento de Mardan. Éstas dos son para un anciano, en Pathan, que fue como un padre para mí, y para su hijo, que ha sido mi amigo durante muchos años. Y ésta... No, ésta también la entregaré yo al *sahib hakim* para que la lleve a Karidkote, ya que es para el tío de las *ranis*. Esta última es para mi sirviente, Gul Baz. ¿Te encargarás de que la reciba? ¿Y de que él y los otros sirvientes vuelvan sin inconvenientes a sus casas?

Sarji asintió sin decir palabra, y, después de examinar cuidadosamente las cartas, las guardó bajo su camisa sin hacer ningún otro esfuerzo por discutir o rogar.

Ash prosiguió:

–Hay algo que puedes hacer por mí... como un gran favor. Me gustaría no tener que pedírtelo porque significará retrasar tu marcha, y la demora podría ser peligrosa. Pero no veo otra forma, porque, a menos que me arriesgue a caer en medio de las multitudes y no poder llegar al lugar desde donde la veré, debo adelantarme a los demás, lo cual significa que no puedo ir a pie. Pero, si es verdad que las puertas de la ciudad se abrirán cuando suenen los gongs para anunciar la muerte del *rana*, entonces sólo deberé ensillar a Dagobaz y cabalgar hasta la puerta más cercana, y desde allí seguir en el momento apropiado hasta los *chattris*. Cuanto antes me vaya, menos probabilidades habrá de que sea detenido por el gentío, pero lo mejor sería que tú vinieras después y con menos prisa, y... Si yo salgo una hora antes, dejaré a Dagobaz en la entrada del monte, en el lado más alejado de la ciudad y detrás del *chattri* derruido y la triple cúpula... Las multitudes no llegarán tan lejos y lo encontrarás fácilmente. ¿Lo llevarás contigo, Sarji? No te lo pediría si no fuese porque no soporto la idea de abandonarlo en un lugar como éste. ¿Harás eso por mí?

–No hace falta que lo preguntes –respondió Sarji bruscamente.

–Gracias. Eres un verdadero amigo. Y ahora, como tal vez haya mucho que hacer mañana, sigamos el consejo del *sahib hakim*, y durmamos.

–¿Podrás dormir? –preguntó Sarji con curiosidad.

–¿Por qué no? Hace muchas noches que no duermo porque no tenía paz. Pero, ahora que todos los problemas están resueltos y el camino a seguir es claro, no hay nada que me mantenga despierto. Además, si Gobind no se equivoca con respecto al *rana*, mañana necesitaré estar descansado y firme.

Ash se puso de pie, bostezó y se estiró, y fue hacia la ventana para mirar el cielo de la noche. Se preguntó qué haría Juli, y si estaría pensando en él. Probablemente no, ya que en aquellos momentos Shushila debía de estar medio loca de terror, y Juli debería dedicarse completamente a ella. No podría pensar en su amante ni en su viejo tío, ni en las montañas ni en los bosques de deodaras de Gulkote. Menos que nada en sí misma, aunque se enfrentaba al mismo destino que Shu-Shu. Siempre había sido así, y así sería hasta el final. Querida Juli... Querida, afectuosa, fiel Kairi-Bai. A Ash le resultaba difícil darse cuenta de que al día siguiente volvería a verla realmente, aunque sólo fuera por unos momentos, y luego...

¿El estampido del revólver los llevaría a la oscuridad y a la nada?

¿O después volverían a encontrarse y estarían juntos para siempre?

¿Habría una vida después de la muerte? Ash nunca había estado seguro, aunque todos sus amigos íntimos parecían saberlo con certeza. La fe de ellos era firme y los envidiaba. Wally, Zarin, Mahdoo, Koda Dad, Kaka-ji y Sarjevar podían diferir en la forma en que lo pensaban, pero ninguno de ellos dudaba de que había una vida después de la muerte. Bien, pronto sabría si tenían razón...

Wally era creyente. Creía en Dios y en la inmortalidad del alma; «en la resurrección del cuerpo y en la vida en el otro mundo». También en deidades anticuadas, tales como el deber y la valentía, la lealtad, el patriotismo y el regimiento. Por esta razón, aparte del hecho de que no tenía tiempo de escribir una carta larga, le había sido imposible decirle la verdad.

En realidad, quizás era un error haberle escrito, pensó Ash. A la larga, habría sido más bondadoso desaparecer de la vida de Wally sin una palabra o una señal, y dejar que pensara lo que quisiese. Pero la idea de él esperando y preguntándose qué le habría pasado, alimentando la esperanza de que algún día su amigo, su héroe, volvería, era insoportable; y, además, debía considerar otra cosa: el hecho de que Wally, y sólo Wally, haría todo lo que estuviera en sus manos por investigar la desaparición de su amigo, lo cual aseguraría que la incineración de las viudas del *rana* no se mantendría en secreto, como deseaba Bhithor...

Es verdad que Gobind sabría lo que había sucedido; y también Kaka-ji y Jhoti y algunos otros. Pero Ash no creía que Karidkote asumiera oficialmente el asunto una vez ocurrido. La familia de las *ranis* era, al fin y al cabo, de hindúes devotos, y no había por qué esperar que consideraran un *suttee* de la misma manera que los extranjeros. Sin duda habrían hecho lo posible por evitarlo, pero, al no lograrlo, no verían ningún beneficio en provocar un escándalo, en particular cuando en el fondo de su corazón ellos y la mayoría de sus correligionarios aún debían de creer que se trataba de una cuestión meritoria.

En cuanto a Koda Dad y Zarin, también guardarían silencio, con la idea de que lo que Ashok decidía hacer era asunto suyo. Y, aunque los Guías y las autoridades militares de Peshawar y Rawalpindi, por supuesto, harían investigaciones, su historia pasada estaría contra ellos, pues podría aducirse que ya había hecho esto antes: desaparecer durante casi dos años en los que se le creyó muerto. De manera que, al no volver a presentarse en su regimiento, nuevamente, lo declararían «ausente sin permiso»; y pasado cierto tiempo su nombre sería borrado de los registros y se le consideraría «desaparecido, presuntamente muerto».

Pero podía confiarse en que Wally siguiera esperando e interrogando a oficiales importantes del Ejército, importunando a funcionarios del Gobierno y escribiendo cartas a *The Times of India* y *The Pioneer*, hasta que, finalmente, alguien prestara atención al asunto. Y, aunque era improbable que alguna vez se descubriera la verdad sobre la desaparición del teniente Pelham-Martyn, al menos no habría más *suttees* en Bhithor.

Ash contempló la luz de la luna que trepaba por la fachada de una casa al fondo del patio, y recordó una noche entre las ruinas de Taxila cuando habló durante horas, contándole a Wally la increíble historia de su infancia como jamás había podido contársela a nadie excepto a la señora Viccary. Era extraño pensar que, de todos sus amigos, Wally era el único a quien no podía confesar la verdad ahora. Con los otros era distinto: por un lado, no tenían prejuicios contra el hecho de que un hombre se quitara la vida. No lo consideraban un pecado, como los cristianos. Ni sostenían que un hombre era el dueño de su destino.

Pero para Wally, un cristiano práctico, y un soldado devoto de su regimiento, el suicidio parecería imperdonable: un pecado no sólo contra Dios, sino contra los Guías, porque en ese momento particular, cuando guerras y rumores de guerras eran el tema de conversación en la frontera noroeste, se consideraría una forma de cobardía comparable a la deserción frente al enemigo. Si estallaban las hostilidades en escala similar a la del primer conflicto con Afganistán, los Guías necesitarían los servicios de todos los oficiales y de todos los hombres, y, como la cobardía y el «abandono» eran los dos pecados cardinales en el léxico de Wally, indudablemente pensaría que las necesidades de la reina y del país debían tener preferencia sobre cualquier conflicto personal, por más profundo que éste fuera, y que si Ash estaba decidido a morir, entonces la forma adecuada y honorable sería apresurarse a volver a Mardan y reasumir sus obligaciones, esperando caer en la batalla al mando de sus hombres.

Pero Wally jamás había conocido a Anjuli-Bai, princesa de Karidkote y *rani* de Bhithor, de manera que la carta dirigida a él era muy breve y le permitiría suponer (si se enteraba de que Ash había muerto) que lo había matado el populacho, después de un intento infructuoso de evitar que quemaran a una viuda. De esa manera podría seguir pensando que su amigo era un héroe y conservar sus ilusiones.

«Algún día las perderá –pensó Ash–. Y nadie más hablará. Sin duda, no los bhithorianos. Los bhithorianos mentirán, inventarán evasivas y adulterarán la verdad hasta que aun aquellos que estaban allí y vieron todo no estén muy seguros de lo sucedido..., si es que sucedió algo. Finalmente, terminarán por decir que las *ranis* murieron de fiebre tifoidea, e incluso las autoridades fingirán creerlo para ahorrarse problemas y no tener que actuar».

En cuanto a él, sólo unos pocos amigos se enterarían o se preocuparían por lo que le había ocurrido... «Mañana, a estas horas, todo habrá terminado», pensó; y se sorprendió al advertir que se enfrentaba con aquella perspectiva con tan poca emoción. Siempre había imaginado que la frase sobre «el condenado a muerte que toma un buen desayuno» era un chiste malo, pero ahora se daba cuenta de que probablemente fuera cierto, porque una vez se abandonaba toda esperanza lo invadía a uno una curiosa paz. Se acepta lo inevitable y se deja de luchar. Hacía días estaba destrozado por el miedo y las expectativas, y la necesidad de hacer planes que invariablemente resultaban imposibles de ejecutar; pero ahora que todo había terminado, sólo tenía una sensación de agotamiento y alivio. Como si lo hubieran liberado de un peso demasiado grande.

41

Gobind no se había equivocado: el *rana* murió aquella noche. Falleció en la hora oscura antes del amanecer, y poco después el silencio fue roto por el sonido de los grandes gongs de bronce que anunciaban la muerte de los gobernantes de Bhithor desde que Bika-Rae, el primer *rana*, fundara la ciudad.

El ruido despertó a la ciudad dormida y arrancó a Ash de su cama. Se vio instantáneamente despierto y alerta.

La pequeña habitación continuaba calurosa como un horno, porque el viento de la noche había cesado. Ahora tampoco brillaba la luna, que se había escondido tras las colinas dejando la estancia en una oscuridad tal que a Ash le llevó uno o dos minutos encontrar la lámpara y encenderla. El resto fue fácil, y cinco minutos más tarde estaba en el patio con Sarji, ensillando a Dagobaz.

No había necesidad de silencio o cautela. La noche estaba llena del sonido profundo de los gongs, en todas las casas se encendían lámparas y las multitudes que habían dormido al descubierto estaban despiertas y hablaban a gritos.

A Dagobaz no le importaban los gongs. Sus orejas estaban caídas y sus fosas nasales muy abiertas, como las de los caballos del Antiguo Testamento que se hacían oír entre las trompetas. Escuchaba «la batalla a lo lejos, el atronar de los capitanes y los gritos». Había levantado la cabeza y resopló al acercarse a Ash; y por una vez se quedó quieto, sin retroceder ni corcovear, ni hacer ninguna de sus travesuras habituales.

–Es la primera vez que se comporta tan bien –comentó Sarji–. Le encanta demostrar que tiene voluntad propia. Casi se diría que sabe que le espera un trabajo serio.

–Por supuesto que lo sabe. Tú lo sabes todo, ¿verdad, hijo mío?

Dagobaz bajó la cabeza para tocar el hombro de Ash a modo de afectuoso asentimiento. Ash frotó su mejilla contra la nariz aterciopelada y dijo, con la voz quebrada:

–Trátalo bien, Sarji. No dejes que... –Se interrumpió bruscamente, sintiendo un nudo en la garganta, y durante los minutos siguientes se ocupó de los arreos que faltaba ajustar. Cuando volvió a hablar su voz sonó firme y sin tono emocional:

–Bien, ya está. Te he dejado la carabina, Sarji. No precisaré de ella, pero tal vez la necesitéis tú y los otros, de manera que llévala contigo. Sabes cómo usarla, ¿verdad? No debemos vernos nuevamente. Hemos sido buenos amigos, y lamento tener que implicarte en este asunto y ponerte en peligro..., y que todo termine así. Nunca debí haberte permitido venir, pero entonces esperaba que... Bien, ahora eso no importa. Pero ten cuidado, Sarji..., ten mucho cuidado. Porque si llega a sucederte algo...

–No me sucederá nada –replicó Sarji con rapidez–. No te preocupes. Seré cuidadoso, lo prometo. Toma mi látigo. Puede serte útil para abrirte paso entre la multitud. ¿Tienes el revólver?

–Sí. Abre la puerta, ¿quieres? Adiós, Sarji... Buena suerte... y gracias.

Se abrazaron como hermanos. Luego Sarji salió delante con la lámpara, quitó la tranca a la puerta y la mantuvo abierta mientras Ash conducía a Dagobaz a la calle.

–Pronto será de día –dijo Sarji, sosteniendo las riendas mientras Ash montaba–. Las estrellas ya han palidecido y no falta mucho para el amanecer. Deseo...

Se interrumpió con un suspiro. Ash se inclinó desde la silla para oprimirle el hombro, por un breve instante; luego tocó a Dagobaz con el talón y salió sin mirar atrás.

Llegar a la casa de Gobind no resultó tan fácil como él pensaba porque el clamor parecía haber atraído a la mitad de la población de Bhithor al Rung Mahal. No sólo la plaza frente al palacio, sino también las calles y callejuelas que conducían a ella estaban repletas hasta el sofoco. Pero de alguna manera se las ingenió para abrirse paso usando sin piedad el látigo de Sarji, y avanzando con Dagobaz mientras la multitud gritaba y maldecía.

La puerta de la casa de Gobind estaba cerrada. Seguramente la persona encargada de vigilarla había sido arrastrada por la multitud minutos antes, como le habría sucedido a Ash si no hubiese llegado a caballo. Ir montado era una ventaja más, porque elevándose en los estribos pudo alcanzar una ventana del primer piso que había quedado abierta a causa del calor de la noche. En esa habitación no había luz... Ni, por lo que podía ver, en ningún otro lugar de la casa. Pero golpeó la persiana con el extremo del látigo y apareció en la abertura el rostro redondo y pálido de Manilal.

–¿Qué sucede? ¿Quién es?

Ash le arrojó las dos cartas a manera de contestación, y, sin hablar, obligó a Dagobaz a girar y abrirse camino por la calle contra el torrente del populacho. Diez minutos más tarde, había dejado atrás a la gente y cabalgaba por las callejuelas oscuras y casi desiertas hacia la puerta Mori. Allí también había luces: lámparas de petróleo, antorchas...Y más gente, aunque no demasiada; uno o dos guardias, serenos y pequeños grupos de campesinos de los alrededores que, evidentemente, habían acampado bajo la gran arcada y ahora preparaban la comida antes de ir a reunirse con la multitud que rodeaba el palacio.

El carbonero no había mentido sobre las puertas: estaban abiertas y sin vigilancia, para que el espíritu del gobernante muerto pudiera pasar por ellas si así lo deseaba...

La leyenda decía que la puerta más favorecida en estas ocasiones era la puerta Thakur, debido a su proximidad al templo de la ciudad. Pero, hasta ahora, nadie, ni siquiera los sacerdotes, decía haber visto pasar a un espíritu. Aquella noche, sin embargo, todos los que tuvieron la suerte de estar cerca de la puerta Mori declararían que realmente habían visto suceder eso: que el *rana* mismo, vestido de oro y montado en un caballo negro como el carbón cuyos cascos no hacían ruido, había pasado junto a ellos tan silenciosa y velozmente como una ráfaga de viento, y que se había desvanecido en el aire.

Lo del oro, por supuesto, era pura invención. Pero hay que recordar que los espectadores eran personas sencillas que sólo veían lo que esperaban ver. Para ellos, un *rana*, naturalmente, debía estar vestido de forma espléndida. También es posible que una combinación de las luces de las antorchas y el resplandor de los fuegos encendidos para cocinar que caía sobre las ropas de Ash, con la ayuda del humo, le hubieran dado una pasajera ilusión de fulgor. Pero, en cuanto a lo demás, el ruido de los cascos de Dagobaz había sido ahogado por el sonido fúnebre de los gongs. Para evitar cualquier riesgo de que lo detuvieran, Ash pasó por la puerta a todo galope, y, una vez lejos de la luz del fuego, caballo y jinete desaparecieron de la vista.

Con total inconsciencia de que había destruido una leyenda y creado otra que se contaría y volvería a contarse todo el tiempo que sobreviviera la superstición o que los hombres creyeran en fantasmas, Ash se alejó de la ciudad por el polvoriento camino del norte.

Durante un corto período de tiempo, olvidó lo que lo esperaba y fue invadido por la embriaguez familiar de la velocidad y de formar un solo ser con su caballo. Una gran excitación lo mantenía rígido, con las manos inmóviles en las riendas y los muslos apretados contra la silla. ¿Qué importaba si moría hoy o mañana? Había vivido. Estaba vivo ahora, gozosa e intensamente vivo..., y si ésta era la última mañana que veía, ¿qué mejor manera de pasarla?

–Eres una preciosidad –exclamó Ash–, ¡eres una maravilla! –Comenzó a cantar a voz en cuello, balanceándose en la silla con el mismo ritmo de la canción y del paso rápido y fácil del caballo:

> ¡Eras su roca, su fortaleza, su poder!
> Eras, Señor, su capitán, en la brava batalla.
> Tú, en el terror de la oscuridad, su única luz verdadera...
> ¡Aleluya...! ¡Aleluya...!

Lanzó una carcajada, al advertir que, sin pensarlo, estaba repitiendo uno de los himnos que oía cantar a Wally en el baño por la mañana, y en muchas otras ocasiones, cuando cabalgaban juntos por las llanuras de alrededor de Rawalpindi. Wally solía decir que los días muy hermosos eran «días para cantar himnos». Pero se le congeló la risa en la garganta al oír de pronto una voz muy lejana, débil, pero claramente audible por encima del ruido de los cascos, que canturreaba una respuesta:

–¡Aleluya!

Por un momento, el corazón se le detuvo y trató de controlar a Dagobaz, porque pensó que era Wally. Pero al tirar de las riendas se dio cuenta de que sólo había oído el eco de su propia voz que le llegaba desde las lejanas colinas. El descubrimiento lo tranquilizó; pero había pueblos entre las montañas, y al pensar que si el sonido había llegado allí tan vivamente, también podrían haber llegado otros, dejó de cantar. Pero parte de su alegría persistía, y en lugar de sentirse triste o asustado notaba una curiosa excitación: la excitación fría del soldado antes de la batalla.

Cuando Dagobaz disminuyó el ritmo de su carrera, ya habían pasado el monte oscuro de Govidán, y a su alrededor se veía el gran anfiteatro de las montañas bañadas de una luz color perla que no producía sombras. El lago reflejaba un cielo ya amarillento; y, a medida que la luminosidad crecía y las perdices y pavos reales se despertaban y comenzaban a cantar, los gongs de la ciudad fueron dejando de sonar. Ash se dirigió hacia el lugar de la incineración.

Cabalgaba con las riendas flojas, y Dagobaz, que había agotado su energía reprimida, se sentía contento de marchar al paso. No tenía prisa, ya que era improbable que el cadáver del *rana* llegara al lugar de las piras mucho antes de mediodía. Porque, aunque el funeral tendría lugar lo antes posible a causa del calor, se necesitaría tiempo para organizar la comitiva; y sin duda habría largos retrasos. Por otra parte, la multitud llegaría temprano para asegurarse buenos sitios, y ya había señal de actividad en el monte.

Al acercarse, Ash vio las figuras vestidas de color azafrán de unos sacerdotes, y mirando hacia la ciudad distinguió jinetes en el camino que cabalgaban al galope, a juzgar por la nube de polvo que levantaban y que oscurecía parcialmente a los grupos de peatones que los seguían. Sin duda, era tiempo de llegar al monte, y, obedeciendo a la presión de la rodilla de Ash, Dagobaz apresuró el paso.

Una vez alcanzó los árboles en la ladera oriental, Ash se apeó y condujo a su caballo hacia las ruinas de un antiguo *chattri* coronado por una triple cúpula. Había una especie de túneles en la construcción, y unos llevaban directamente al estanque central que no tenía techo, mientras que otros ascendían en aguda pendiente. En algunos seguramente había habido escaleras que conducían a la amplia terraza de arriba. Pero los escalones habían desaparecido mucho tiempo atrás, y ahora nadie visitaba el *chattri* derruido. Uno de los túneles, sin embargo, estaba aún en buenas condiciones, y como establo temporal sería mucho más fresco y cómodo que el de la carbonería.

Ash ató a Dagobaz a un trozo de mampostería y trajo agua del estanque en un balde de lona que llevaba. Además, había traído forraje y un manojo de paja en una bolsa de la montura, porque sabía que tal vez Sarji sólo podría ir a buscar el caballo un par de horas más tarde, y que luego no podría detenerse hasta salir del valle y haber recorrido un buen trecho del camino de la montaña. Por tanto, era necesario dar de comer y beber a Dagobaz ahora.

–Estarás bien con Sarji –aseguró Ash con voz conmovida–. Te cuidará... Estarás bien con él... –Rodeó la cabeza negra con el brazo. Luego apartó al caballo de él, dio media vuelta y echó a andar por la arcada en sombras para salir finalmente a la luz del sol.

Las laderas del monte aún estaban desiertas, pero cerca del centro el canto de los pájaros dio paso a las voces de los hombres. Donde terminaban los árboles detrás de los *chattris*, frente al espacio abierto para las piras, había grupos de personas que se movían de aquí para allá: vendedores de comida y bebida que instalaban sus puestos a la sombra y que ya atendían a algunos clientes. Pero, por el momento, no se veían muchos espectadores, y aunque había unos veinte sacerdotes y funcionarios, y algunos hombres de uniforme de la guardia del palacio en el claro, ninguno mostró interés en Ash: todos estaban demasiado ocupados en supervisar la construcción de la pira y hablar entre ellos.

El *chattri* que tenía más cerca era una versión más grande y más bellamente decorada del otro, mucho más antiguo, donde Ash había dejado a Dagobaz. Había sido construido en forma de cuadrado hueco alrededor de un gran estanque. Pero aquí las escalinatas en la pared externa estaban en excelentes condiciones, y Ash subió por una de ellas y llegó a la amplia terraza de piedra sin ser molestado; allí se situó en un rincón entre el parapeto externo y el muro de un pequeño pabellón que flanqueaba a otro central mucho más grande.

De pronto, el aire de la mañana perdió toda su frescura y el día se hizo insoportablemente caluroso.

«Pronto correrá la brisa», pensó Ash. Pero aquel día no había brisa. La superficie cristalina del estanque reflejaba todos los detalles del *chattri* con tanta claridad que, si Ash se hubiera trasladado al fondo de la terraza, no habría necesitado mirar hacia arriba, hacia las cortinas del *purdah* que formaban una especie de habitación en el segundo piso, porque lo habría podido ver todo en el agua.

Por el momento parecía desocupado, pues no se advertía movimiento detrás de las cortinas de caña que daban al lugar del fuego, pero ya había mucha gente en el monte: muchos curiosos que llegaban temprano desde los pueblos cercanos. Había varios *sathus* con el rostro manchado de ceniza y algunos funcionarios menores, imbuidos de su propia importancia, que daban órdenes a los hombres que traían los troncos y cuya tarea era contener a las multitudes y mantener abierto el camino para la comitiva fúnebre.

Fue acertado que Ash se hubiera colocado donde lo hizo, porque muy pronto la gota se convirtió en una inundación. Llegaban millares de personas de la ciudad, transformando el lugar en un mar de seres que se agrandaba a ambos lados del camino por el que habían llegado.

Más arriba había hombres arracimados como abejas en paredes y terrazas, escaleras, pabellones y tejados de los demás *chattris*, y pronto en cada rama de los árboles más cercanos hubo una carga de espectadores. La voz de la multitud sonaba como una sola... Un sonido profundo y ensordecedor que surgía y bajaba como el ronroneo de un gato gigante. Y aún no había brisa.

La multitud no parecía sentir las molestias del calor. Estaban habituados al polvo, a las altas temperaturas y a los hacinamientos, y no se les ofrecía a menudo la oportunidad de presenciar una ceremonia notable como la que allí los reunía. Suponía una cierta incomodidad, pero era un precio pequeño que pagar por el privilegio de estar presente y poder hablar de ello en los años que vinieran, y describirlo a generaciones que aún no habían nacido. Porque incluso aquí, en este rincón remoto del Rajasthan, había pocos que no sintieran, con cierto disgusto, que en la India del otro lado de la frontera cambiaban las viejas costumbres, y morían; y que si el Raj se imponía, éste sería tal vez el último *suttee* que se viera en Bhithor.

Ash, desde su ubicación en la terraza, no sentía el calor ni el polvo ni el ruido. Probablemente no se habría dado cuenta si de pronto hubiese comenzado a llover o a nevar, porque todas sus facultades estaban concentradas en mantenerse tranquilo y relajado. Era esencial que su visión fuera aguda y su mano firme porque no dispondría de una segunda oportunidad; y, recordando lo que le había dicho Kaka-ji sobre los beneficios de la meditación, fijó la mirada en una grieta de la parte superior del parapeto y contó los latidos de su corazón, respirando profunda y acompasadamente, obligándose a no pensar en nada.

La muchedumbre se apretujaba a la izquierda, pero Ash tenía apoyada la espalda contra la pared del pabellón, y el espacio entre sus rodillas y el borde del parapeto era demasiado pequeño como para acoger a nadie. Hasta ahora, aquel lado de la terraza seguía en sombras, y la piedra contra la que descansaba la espalda aún retenía algo de la frescura de la noche anterior. Ash se aflojó contra ella y sintió una extraña paz y cierta somnolencia, nada extraña considerando lo mal que había dormido desde la llegada de Manilal a Ahmadabad. Aunque en las circunstancias actuales, ante la perspectiva del sueño eterno en una hora o un poco más, parecía algo ridículo.

Sin embargo, probablemente se adormeció, despertando por el impacto repentino de algo sólido y un dolor agudo en el pie izquierdo. Abrió los ojos y observó que el sol ya estaba en lo alto y que la multitud no le daba la espalda, sino que se había vuelto y contemplaba el *chattri*.

En la terraza, media docena de miembros del palacio del *rana*, con cascos, trataban de abrir paso hacia la escalinata que conducía al segundo piso, y, cuando el gentío volvió a presionarlos, el grueso caballero que estaba a la izquierda de Ash había tenido que ceder sitio y lo había despertado al chocar contra él.

–Disculpe –jadeó el gordo, recuperando el equilibrio y luchando por permanecer derecho. Parecía estar en peligro inminente de caer hacia atrás sobre el parapeto y aterrizar sobre las cabezas de los ciudadanos seis metros más abajo. Ash tendió una mano para sostenerlo, y preguntó qué sucedía.

–Han llegado algunas mujeres de alto rango para presenciar la incineración –explicó el desconocido sin aliento, volviendo a colocarse el turbante que se le había caído con los forcejeos–. Sin duda, la familia del *diwan*. O quizá la del heredero. Mirarán desde arriba...

desde detrás de esos *chiks.* Aunque el muchacho mismo irá en la comitiva para encender la pira... Dicen que su madre...

El hombre siguió hablando y hablando, especulando y comentando. Ash asentía de vez en cuando, pero al cabo de un rato dejó de escuchar. Tenía la boca seca, y deseó haber traído su cantimplora en lugar de dejarla atada a la montura de Dagobaz. Pero una de las muchas cosas que había aprendido durante aquellos años en Afganistán, cuando andaba vestido de *pathan* y debía respetar el ayuno musulmán del ramadán, era a soportar la sed. Y como dicho período es de un mes, y durante ese tiempo no puede tomarse comida ni bebida entre el amanecer y el atardecer, cuando cae en tiempo caluroso se convierte en una verdadera prueba de resistencia.

«Juli también debe de tener sed», pensó. Un tormento más para agregar a lo que debía sufrir en aquella larga caminata final, en medio del polvo y al sol entre la multitud curiosa. Y debía de estar tan cansada..., tan, tan cansada... Era difícil creer que pronto volvería a verla realmente: la verdadera Juli, en lugar de la que viera en su imaginación en los anteriores dos años. Sus dulces ojos serenos y sus labios tiernos; la frente tranquila y las sienes hundidas, y las mejillas que Ash siempre deseaba besar. Se le encogió el corazón al pensarlo y sintió que valía la pena morir por verla nuevamente, aunque sólo fuera un momento...

Se preguntó qué hora sería. A juzgar por el sol, debía de ser más de mediodía, de manera que no pasaría mucho tiempo hasta que sacaran el cuerpo del *rana* del Rung Mahal para que comenzase su último trayecto desde la ciudad. Y detrás de él vendría Juli... Juli y Shushila, las *ranis* de Bhithor...

Irían vestidas con sus mejores galas: Juli, de amarillo y dorado, y Shu-Shu, de escarlata. Pero, esta vez, sus saris bordados de piedras preciosas no ocultarían sus rostros, sino que estarían echados hacia atrás para que todos pudieran verlas. Las *suttees.* Las sagradas.

Ash sabía que, en el pasado, a muchas viudas se les habían administrado drogas para que no se volvieran atrás o hicieran algún intento de evitar su destino, pero no creía que Juli fuese drogada hacia su muerte; aunque seguramente ella se encargaría de que Shu-Shu recibiera algo. Y él esperaba que fuera potente..., lo suficientemente potente como para confundir los sentidos de Shushila sobre la realidad, sin impedirle caminar. Porque tendrían que caminar; ésa era la costumbre.

Ash cerró los ojos ante el sol cegador, pero esta vez se dio cuenta de que no podía dejar de pensar. Se le formaban imágenes tras los párpados cerrados como si viera sombras reflejadas en una pantalla: Juli, con su vestido amarillo y dorado, y los cabellos negros sueltos que le caían hasta las rodillas, sosteniendo la figura vacilante, cargada de rubíes, de su hermanita... Las dos saliendo de la oscuridad del palacio de la Reina para irrumpir en la tarde ardiente, y caminando hacia la puerta del Suttee, y deteniéndose allí para sumergir sus manos en un recipiente de tintura roja antes de apretarlas contra los costados de piedra de la entrada, donde las huellas de sus palmas y sus dedos se unirían a las de muchas anteriores reinas de Bhithor que habían pasado aquella puerta cruel en su camino a la muerte.

Bien, al menos ya no habría más huellas, pensó Ash. Y quizás algún día en el siglo siguiente, cincuenta, sesenta o cien años después, cuando los rincones oscuros como ése se hubieran civilizado y convertido en lugares tan respetables y respetuosos de la ley como aburridos, grupos de trotamundos vendrían a contemplar la arcada y se les contaría la historia del último *suttee*. El último de Bhithor. Y de cómo un loco desconocido...

Un inesperado silencio interrumpió los sueños de Ash. Los espectadores habían visto nubes de humo blanco y resplandores brillantes en los fuertes que dominaban la ciudad, y, ahora que reinaba el silencio, oyeron el estampido de un cañón. Los fuertes disparaban una salva para saludar al *rana* muerto, que abandonaba definitivamente su capital.

Un hombre en medio de la multitud gritó:

–¡Atención! Ahí vienen.

Ash oyó un sonido lejano, pero nítido e indescriptiblemente triste... El sonido de un cuerno tocado por los brahmanes que avanzaban a la cabeza del cortejo fúnebre. Luego llegó otro sonido, también lejano y también inconfundible: el gran rugido de miles de voces que saludaban la aparición de las *suttees* con gritos de «Khaman Kher» «Khaman Kher» (¡Bien hecho!).

Ash no tenía forma de saber hasta dónde había avanzado la comitiva. Los árboles y los *chattris*, el polvo y el calor le impedían ver el camino, y tal vez estuvieran más cerca de lo que suponía. Sólo estaba seguro de que el cortejo avanzaría con gran lentitud, porque la gente presionaría hacia delante para arrojar guirnaldas sobre el ataúd y rendir culto a las viudas del muerto, luchando por tocar el borde de sus saris, rogando por sus plegarias e inclinándose a besar el suelo por el que habían pasado... Sí, sería un proceso lento. Y aun cuando el cortejo llegara al lugar de las piras pasaría mucho tiempo. Ash se había tomado el trabajo de aprender todo lo posible sobre los ritos que se iban a realizar.

La tradición decía que una *suttee* debía usar su vestido de novia y, además, ponerse sus más valiosas joyas; pero no era necesario que llevara esos objetos valiosos a las llamas. Al fin y al cabo, había que ser prácticos. Eso significaba que, en primer lugar, Juli se quitaría todos sus adornos brillantes; anillos, brazaletes, aros, prendedores, collares que habían formado parte de su dote... tendría que abandonarlos todos. Luego debía lavarse las manos con agua del Ganges y caminar tres veces alrededor de la pira antes de subir a ella. No habría necesidad de apresurarse, y Ash podría elegir su momento.

Sólo media hora... Quizá menos. Pero de pronto le pareció una eternidad y sintió que no podía esperar más. ¡Quería terminar con todo!

Luego, sin ninguna advertencia previa, sucedió lo increíble: alguien le cogió un brazo, y, suponiendo que era su vecino el charlatán, Ash se volvió con impaciencia. Vio que aquel caballero ya no estaba en el mismo lugar, sino que había sido reemplazado por uno de los sirvientes de palacio, y que era éste quien le oprimía el brazo. En el mismo momento lo asaltó la idea de que habían descubierto su plan e instintivamente trató de liberarse, pero no pudo porque estaba apoyado contra la pared y porque la presión en su brazo se había intensificado. Antes de que pudiera volver a moverse, una voz familiar le habló con urgencia desde detrás de los pliegues de muselina que cubrían la parte inferior del rostro del hombre:

–Soy yo, Ashok. Ven conmigo. Deprisa.

–¡Sarji! ¿Qué haces aquí? Te dije...

–¡Cállate! –murmuró Sarji, echando una mirada aprensiva sobre su hombro–. No hables. Sígueme.

–¡No! –Ash trató de liberarse de los dedos que lo aferraban y dijo con furia–: Si crees que puedes detenerme, pierdes el tiempo... Nada ni nadie me detendrá ahora. Todo lo que he dicho iba en serio y lo llevaré a cabo, de manera que...

–Pero es que no puedes; ya está aquí. Aquí..., con el *hakim*.

–¿Quién? Si esto es una treta para apartarme de aquí... –Se interrumpió bruscamente porque Sarji le había puesto algo en la mano. Algo pequeño y duro. Un trocito de madreperla tallado como un pez.

Ash se quedó mirándolo, trastornado y sin poder creerlo. Y su amigo aprovechó la oportunidad para arrastrarlo, ya sin resistencia, entre la apretada multitud que sólo los dejaba pasar gracias a la indumentaria de Sarji: el famoso traje escarlata y naranja de los sirvientes de palacio.

Detrás de la masa de espectadores, un gran número de soldados de las Fuerzas del Estado habían abierto un paso entre la salida lateral de la terraza y la escalinata que conducía al segundo piso cerrado del pabellón central. Pero también ellos reconocieron los colores del palacio y dejaron pasar a los dos hombres.

Sarji dobló a la derecha, y sin aflojar la presión sobre el brazo de Ash se dirigió hacia una escalera que bajaba hasta perderse en las sombras y terminaba en un nivel inferior; en un túnel corto similar al que Ash había elegido para dejar atado a Dagobaz. Sólo a los espectadores privilegiados se les había permitido usar esa ruta, y no había nadie en la escalera; los guardias estaban frente a la entrada, los de abajo esperaban la llegada del cortejo y los de la terraza contenían al público. A mitad de camino había una parte rota en la pared, y una entrada baja conducía a un estrecho pasillo que probablemente salía del estanque central, y allí tampoco había nadie por la misma razón. Sarji se introdujo en el pasillo, dejó libre a Ash, aflojó el extremo de su turbante de muselina y se apoyó en la pared, respirando agitadamente y con dificultad, como si hubiera estado corriendo.

–*Wah!* –jadeó, enjugándose el sudor de la cara–. Fue más fácil de lo que esperaba. Esperemos que el resto sea igual. –Se inclinó y recogió un bulto que había en el suelo–. Toma, ponte esto rápidamente. Tú también debes ser uno de los sirvientes del Rung Mahal, y no hay tiempo que perder.

Las ropas eran similares a las de Sarji, y, mientras Ash se las ponía, aquél le hizo un breve resumen de lo ocurrido, hablando en un susurro desarticulado y apenas audible.

Le contó que estaba preparándose para marchar cuando llegó Manilal a la carbonería con noticias y cambiaron todos sus planes. Parecía que la *rani* principal, dándose cuenta de que debía morir, había decidido usar la considerable influencia que aún poseía para salvar a su medio hermana, Anjuli-Bai, de compartir el mismo destino. Y lo había hecho.

La noche anterior había conseguido que sacaran en secreto a su hermana del Rung Mahal y la llevaran a una casa fuera de la ciudad, pidiendo solamente que Anjuli-Bai estuviera presente en las ceremonias finales. Con ese fin se había preparado un lugar cerrado para uso de Anjuli donde sería conducida el día del funeral por un grupo escogido de guardias y sirvientes, todos los cuales habían sido elegidos por su probada lealtad a la *rani* principal. Todo esto lo había notificado aquella misma mañana la sirvienta que con frecuencia había actuado como mediadora, y el *hakim* había enviado inmediatamente a Manilal a buscar al *sahib*, pero éste ya se había marchado.

–Así que regresamos a pie a la casa del *hakim* –dijo Sarji–, y fue él quien ideó todo esto. Incluso tenía la ropa preparada, porque, según él mismo dijo, hace muchas lunas que pensó que un día debería escaparse de Bhithor. ¿Y cómo mejor que con el atuendo de uno de los sirvientes del palacio, que iban a todas partes sin que nadie se fijara en ellos? De modo que pidió a Manilal que comprara ropa en el bazar y que preparara dos conjuntos para utilizarlos en caso de necesidad. Y más tarde, creyendo que podría llevarse con él a una o a ambas *ranis*, dos más, y después el quinto y el sexto por si alguien más de Karidkote se fuera a marchar. Nos pusimos esa ropa y vinimos aquí sin que nadie reparara en nosotros, ¿comprendes? Bien. Procura que el extremo del turbante no se te caiga y lo descubran. Ahora sígueme, y ruega a Dios que no nos den el alto.

Nadie los molestó. Todo resultó absurdamente fácil, ya que lo efectivo del plan de Gobind residía en el hecho de que el Rung Mahal y los otros palacios reales de Bhithor estaban llenos de servidumbre; quizá mucha más de lo necesario y, desde luego, demasiada para que cualquiera de ellos conociera de vista a más de un tercio del resto, aun cuando no estuvieran de servicio y pudieran llevar el rostro descubierto. También en esta ocasión había mucha atención en los guardias de la terraza como para advertir que dos hombres con atuendo de sirvientes reales habían subido por las escaleras, mientras que después sólo bajaba uno.

Tras la semioscuridad del pasadizo inferior, la luz resultó tan intensa que Ash tuvo que cerrar los ojos al seguir a Sarji al piso inferior del pabellón principal, donde había apostados media docena de miembros de la guardia de corps personal del *rana* para evitar que entrara la gente. Pero no se fijaron en un par de sirvientes palaciegos, y Sarji pasó con ligereza entre ellos y después subió por una escalera de caracol que conducía al segundo piso, donde colgaban unas cortinas de *purdah* entre las arcadas.

Ash, que seguía detrás de él, le oía murmurar algo. Se dio cuenta de que estaba rezando, sin duda en prueba de gratitud. Por fin, ambos llegaron arriba y Sarji levantó una pesada cortina haciéndole señales para que entrase.

42

Aquella habitación provisional era aún más fría de lo que se habría podido esperar.

También era muy oscura, porque todas las *chiks* de caña que tapaban la luz estaban forradas con una tela de color rojo ladrillo, bordada en negro y amarillo con unos circulitos de espejo cosidos, al estilo de Rajputana. La única excepción colgaba entre los dos pilares centrales situados frente al fuego, permitiendo en aquellas frágiles tablillas de la persiana el único paso de luz. Era asimismo un excelente observatorio para quien quisiera mirar hacia fuera, al tiempo que impedía a los de fuera ver el interior.

El sombrío recinto tenía unos cinco metros cuadrados y parecía lleno de gente; varios individuos estaban sentados, pero Ash sólo vio uno. Una delgada figura, situada algo aparte del resto, en una actitud curiosamente rígida. Le causó la viva impresión de que se trataba de un animal salvaje cautivo, inmovilizado por el terror.

Juli.

Hasta entonces, él no lo había creído realmente. Aun después de aquellas apresuradas explicaciones, y aunque tenía la prueba delante, no había estado seguro de que no se tratara de algún truco de Sarji y Gobind para engañarlo hasta que todo hubiese acabado y fuera demasiado tarde para que interviniese. Ella estaba de pie ante la persiana sin forrar, de modo que al principio sólo la vio como una figura oscura recortada contra la luz oblonga; una figura sin rostro, vestida como las otras, con el atuendo de los sirvientes palaciegos. A causa de aquella ropa, un extraño que hubiese entrado en aquella habitación la habría tomado por un hombre. Sin embargo, Ash la habría conocido al instante. Pensó que la habría llegado a conocer aunque hubiese estado ciego, porque el vínculo entre ambos era más fuerte que la vista e iba más allá de los detalles externos.

Él apartó los pliegues de muselina color naranja y rojo que habían cubierto su rostro y se miraron a la escasa luz de aquella estancia. Pero, aunque Ash se había quitado el extremo suelto de su turbante, Anjuli no siguió su ejemplo, y el rostro de ella permaneció oculto a excepción de los ojos.

Aquellos hermosos ojos con reflejos dorados, que él recordaba tan bien, eran aún bellos; nunca podrían ser de otro modo. Pero cuando su mirada se acomodó a la luz advirtió que en ellos no había satisfacción ni bienvenida. Aquella mirada habría sido la del niño Kay, en el cuento de Andersen *La Reina de las Nieves,* cuyo corazón había sido atravesado por un trozo de cristal. Era una mirada vacía y gélida que lo anonadó.

Hizo un movimiento para avanzar hacia ella, pero alguien lo retuvo por un brazo: Gobind, a quien era difícil reconocer porque llevaba las mismas ropas que Juli, pero con el rostro descubierto.

–Ashok –dijo Gobind.

No había levantado la voz, pero tanto el tono como el contacto transmitían una advertencia con tanta fuerza que Ash se reprimió, recordando a tiempo que, excepto Sarji y la propia Juli, ninguno de los presentes sabía que había algo entre la *rani* viuda y él..., y que no debían saberlo; especialmente en ese momento, ya que cualquiera de ellos se habría horrorizado igual que Sarji y Kaka-ji, y la situación ya era bastante peligrosa como para empeorarla perdiendo aliados.

Apartó sus ojos de Anjuli, aunque le costó un gran esfuerzo, y en cambio miró a Gobind, quien se permitió soltar un profundo suspiro de alivio. Había temido que el *sahib* avergonzara a la *rani* y molestara a todos con una demostración abierta de sus sentimientos. Al menos ese peligro había sido conjurado. Gobind retiró la mano y dijo:

–Agradezco a los dioses que haya venido usted; hay mucho que hacer, y los que están aquí necesitan atención. En especial la mujer, porque gritaría si pudiera y hay veinte guardias que podrían oírla... en el pabellón que está sobre el nuestro y también en el de abajo.

–¿Qué mujer? –preguntó Ash, que sólo había visto una.

Gobind hizo un gesto con la mano y Ash recordó que se encontraban otras personas en la habitación cerrada. Había siete, sin contar a Manilal, y sólo una de ellas era una mujer, probablemente una doncella de Juli. El hombre grueso de suaves mejillas y doble mentón, que parecía un niño, sólo podía ser uno de los eunucos de la *zenana*, y, en cuanto al resto, dos, por su indumentaria, debían de ser sirvientes de palacio; otros dos, soldados de las Fuerzas del Estado; uno, miembro de la escolta del *rana*... Todos ellos estaban sentados en el suelo y todos habían sido amordazados y atados, excepto el último, que estaba muerto. Tenía clavado un puñal en el ojo izquierdo.

«Obra de Gobind», pensó Ash. Nadie habría sabido dar un golpe mortal con tanta exactitud, pues era el único punto vulnerable. La sobrevesta de malla y el pesado casco de cuero habrían desafiado cualquier ataque. Sólo quedaba esa posibilidad...

–Sí –dijo Gobind respondiendo a la pregunta muda–. No pudimos quitarlo de en medio con un golpe en la cabeza como hicimos con los demás, de manera que fue necesario matarlo. Además, habló a través de la cortina con el eunuco, sin saber que estaba atado, y por lo que decía nos enteramos de que hay quienes desean que se castigue a Anjuli-Bai por haber escapado del fuego y, por tanto, de su deber como *rani* de Bhithor. No se le permitirá volver a Karidkote ni retirarse a uno de los palacios más pequeños, sino que deberá volver al sector de las mujeres del Rung Mahal, donde pasará el resto de su vida. Y, para que no encuentre esa vida demasiado placentera, se ha dispuesto que, en cuanto muera su hermana, la *rani* principal, y ya no pueda intervenir para salvarla, le arrancarán los ojos.

Ash quedó sin aliento, y Gobind prosiguió:

–Sí, es como para quedarse mudo. Pero eso es lo que pensaban hacer. Estaba todo preparado; lo harían una vez que se encendiera la pira. Lo llevarían a cabo en este lugar, el eunuco y esa carroña que yace allí con mi cuchillo en el cerebro, ayudados por la mujer y los demás. Cuando lo pienso, lamento no haberlos matado a todos.

–Eso puede remediarse –dijo Ash, apretando los dientes.

Lo agitaba una furia fría y asesina que le hacía desear llevar las manos a la garganta del eunuco, y también a la de la mujer, apretar hasta asfixiarlos..., a ellos y a los otros cuatro, aunque estaban atados e indefensos, por la tarea macabra que pensaban ejecutar con Juli. Pero la voz tranquila y autoritaria de Gobind detuvo la niebla asesina que oscurecía el cerebro de Ash y lo devolvió a la realidad.

–Déjelos –dijo–. No son más que herramientas. Los que dieron las órdenes o los sobornaron marcharán con el cortejo fúnebre y no podremos vengarnos de ellos. No es hacer justicia matar al esclavo que hace lo que se le ordena, mientras el amo a quien obedece queda libre. Además, no hay tiempo para venganzas. Si queremos salir de aquí vivos necesitaremos la ropa de ese hombre, y también la de uno de los sirvientes. Manilal y yo nos encargaremos de eso si usted y su amigo vigilan a los prisioneros.

No esperó respuesta; se volvió y comenzó a quitarle las ropas al muerto, comenzando por el casco de cuero. No estaba muy manchado de sangre porque tuvo el cuidado de no retirar el cuchillo y la herida había sangrado muy poco.

Ash echó una breve mirada a Juli, pero ella seguía contemplando el lugar de las piras y la multitud con la espalda vuelta hacia él, y era sólo una figura oscura contra la luz. Ash apartó de nuevo la mirada. Luego sacó su revólver y se dedicó a vigilar a los prisioneros mientras Sarji controlaba la entrada y Gobind y Manilal trabajaban de forma rápida y metódica.

A la vista del revólver, los prisioneros dejaron de esforzarse por librarse de sus ataduras y se quedaron quietos, con los ojos desorbitados de terror, mirando fijamente el arma extraña en la mano de Ash.

Gobind y Manilal terminaron de desvestir el cadáver y comenzaron a ayudar a Sarji a quitarse su librea de palacio para reemplazarla por la del muerto.

–Es una suerte que seas bastante alto –observó Gobind mientras le colocaba la chaqueta–, aunque tendrías que ser un poco más grueso. Bien, eso no tiene remedio, y, por suerte, los de afuera estarán demasiado interesados en las ceremonias del funeral como para advertir pequeños detalles.

–Así lo esperamos –corrigió Sarji con una breve sonrisa–. Pero, ¿y si se dan cuenta?

–Si se dan cuenta, moriremos –respondió Gobind con tono tranquilo–. Pero creo que viviremos. Ahora ocupémonos de esto... –Volvió su atención a los cautivos atados y los contempló ceñudo.

Ni Ash ni Sarji hubieran tenido el menor escrúpulo en terminar con todos de ser necesario para garantizar la seguridad de Anjuli, o la de ellos. Ambos estaban de acuerdo con Manilal, quien declaró:

–Lo mejor será matarlos a todos: es lo que se merecen, y lo que ellos harían si estuvieran en nuestro lugar. Matémoslos ahora y así estaremos seguros de que no darán la voz de alarma.

Pero Gobind había aprendido a conservar la vida, no a eliminarla, y no estuvo de acuerdo. Había matado al guardia del casco porque era la única forma de silenciarlo; había sido necesario y no lo lamentaba. Pero acabar con los demás a sangre fría no serviría para nada útil (siempre que se aseguraran de que no podrían pedir ayuda) y sólo podría considerarse un asesinato.

En ese momento, Manilal, que se había agachado para ajustar las ligaduras de la mujer, descubrió que llevaba algo duro y abultado en un pliegue de su ropa en la cintura. Se lo quitó y vio que era un collar de oro puro adornado con piedras y esmeraldas: un objeto de tal valor que era imposible que una doncella lo hubiera adquirido en forma honesta.

Manilal se lo entregó a Gobind con el comentario de que, aparentemente, la muy bribona era una ladrona, pero la mujer sacudió la cabeza en desesperada negativa y Gobind dijo que más bien le parecía que se trataba de un soborno.

–Mírenla... –La mujer se había encogido y los miraba como hipnotizada–. Esto es dinero pagado por el asesinato, en anticipación al sucio trabajo que ella había aceptado hacer.

Dejó caer el collar como si fuera una serpiente venenosa, y Ash se inclinó rápidamente y lo recogió. Ni Gobind ni Manilal podrían haber reconocido la fabulosa joya, pero Ash la había visto dos veces antes: una, cuando se revisara en su presencia una lista de los objetos más valiosos en las dotes de las novias de Karidkote, y otra cuando Anjuli la había usado en el momento de abandonar, ya casada, el palacio de las Perlas.

–Debe de haber también dos brazaletes –dijo–. Miren si los tiene el eunuco.

El eunuco no tenía los brazaletes (los encontrarían en poder de dos sirvientes del palacio), pero sí otra cosa que Ash reconoció sin dificultad: una gargantilla de diamantes rodeada de perlas.

La miró sin poder creerlo: ¡de manera que los cuervos ya se dividían los despojos! El *rana* había muerto la noche anterior, pero los enemigos de Juli no habían perdido el tiempo para lanzarse sobre sus pertenencias personales, y hasta habían usado sus propias joyas para sobornar a los que serían sus torturadores. La ironía podría resultar atractiva para alguien como el *diwan*, quien había esperado retener la dote de Juli y a la vez repudiar su contrato de matrimonio para hacerla volver en desgracia a Karidkote. Y porque conocía al hombre y su perversidad, Ash no creyó por un momento que el *diwan* estuviera dispuesto a pagar semejante soborno por algo que podía conseguir sin ninguna clase de gasto. Era mucho más probable que la elección de las joyas hubiera sido deliberada, porque, una vez perpetrado el hecho, el *diwan* podía negar que tenía la menor idea de él y hacer arrestar a la mujer y a sus cómplices. Luego, cuando los encontraran con las joyas, podrían ser acusados de haber arrancado los ojos a la *rani* para que ella no descubriera que le habían robado sus pertenencias, y después condenados a muerte. El *diwan* no tendría entonces nada que temer, y, muertos sus chivos expiatorios, podría volver a apoderarse de las joyas. «Un acto perfectamente maquiavélico», pensó Ash.

Contempló a las criaturas amordazadas y atadas que un minuto antes quería matar, y reflexionó:

«No. No es justo». Y, con esa antigua y conocida protesta de su infancia, murió una gran parte de su furia contra ellos. Eran viles y corruptos, pero Gobind tenía razón: no era justo vengarse en un simple instrumento mientras la mano y el cerebro que lo guiaba quedaba libre.

Se inclinó para tomar el turbante que había dejado Sarji, y, con él y los de los prisioneros, ató a éstos en círculo con las espaldas contra los pilares centrales.

–Bien, ya están seguros –dijo, apretando el último nudo–. Y ahora, por Dios, vamos. Ya hemos perdido demasiado tiempo, y cuanto antes salgamos de aquí, mejor.

Nadie se movió. La mujer atada respiraba ruidosamente con un extraño sonido burbujeante, y una ráfaga de viento sacudió las cortinas e hizo brillar los espejitos como ojos vigilantes. Abajo, en la terraza y en el lugar de las piras, la multitud estaba bastante silenciosa, mientras escuchaba el tumulto distante del cortejo que se aproximaba.

–Bien, vamos –repitió Ash, cuya voz revelaba el grado de sus tensiones internas–. No podemos permitirnos esperar. En cualquier momento llegará la comitiva y harán ruido suficiente como para cubrir cualquier sonido que hagan los prisioneros. Además, debemos salir del valle antes de que oscurezca; cuanto más tarde partamos, más fácil será que venga alguien aquí y descubra que la *rani* se ha ido. Debemos marcharnos de inmediato.

Sin embargo, nadie se movió. Ash pasó rápidamente la mirada de un rostro al siguiente, y quedó desconcertado ante la mezcla de exasperación, molestia e incomodidad que vio en ellos. También porque no lo miraban a él, sino a Anjuli. Se volvió enseguida para seguir la dirección de esas miradas, y vio que Anjuli seguía dándoles la espalda y que tampoco ella se había movido. Sin duda había oído las últimas palabras de Ash, porque él no se preocupó por bajar la voz. Sin embargo, ni siquiera había vuelto la cabeza.

Ash preguntó bruscamente:

–¿Qué sucede? ¿Qué pasa?

Su pregunta estaba dirigida a Anjuli más que a los tres hombres, pero fue Sarji quien le respondió:

–La *sahiba rani* no quiere irse –explicó exasperado–. Habíamos decidido que, si nuestro plan tenía éxito, el *sahib hakim* y Manilal se la llevarían tan pronto como se hubiera puesto el disfraz, y yo me quedaría para encontrarte a ti y luego seguirlos. Eso habría sido lo mejor para todos y ella estuvo de acuerdo al principio. Pero, de pronto, dijo que debía esperar para ver el *suttee* de su hermana y que no se marcharía antes. A ver si puedes tú hacerla cambiar de idea. Nosotros no podemos, aunque los dioses saben que hemos hecho todo lo posible.

Ash sintió que la furia lo invadía. Sin tener en cuenta los ojos que lo miraban, atravesó a grandes zancadas la habitación y, tomando a Anjuli por los hombros, la sacudió para obligarla a encararse con él:

–¿Es cierto?

La dureza de su voz no era más que una pequeña medida de la furia que lo poseía, y, como ella no respondió, la zarandeó violentamente:

–¡Respóndeme!

–Ella..., Shushila..., no comprende –susurró Anjuli con los ojos helados de horror–. No se da cuenta de... de cómo será, y cuando lo sienta...

–¡Shushila! –Ash escupió el nombre como si fuera una obscenidad–. Siempre Shushila..., y egoísta hasta el fin... Supongo que te obligó a prometerle esto... ¡Claro! Ah, sé que te salvó de morir quemada con ella, pero, si realmente te hubiera querido por todo lo que hiciste por ella, te habría ahorrado la venganza en manos del *diwan* haciéndote salir en secreto del estado, en lugar de rogarte que vinieras aquí para verla morir.

–No comprendes –tartamudeó Anjuli.

–Sí que comprendo. En eso te equivocas. Te comprendo demasiado bien. Sigues hipnotizada por esa pequeña egoísta histérica, y estás perfectamente dispuesta a arriesgar tus posibilidades de escapar de Bhithor y de una forma horrible de mutilación... y, además, arriesgar todas nuestras vidas, la de Gobind, la de Sarji, la de Manilal y la mía, para cumplir con los últimos deseos de tu hermanita y observar cómo se suicida. Bien, no me importa lo que ella te hizo prometer. No cumplirás la promesa. Te irás ahora, aunque tenga que arrastrarte.

Su furia era real; sin embargo, mientras hablaba, una parte de su cerebro le decía: «Ésta es Juli, a quien amo más que a nada en el mundo y a quien temía no volver a ver nunca. Está aquí por fin..., y lo único que se me ocurre es enfadarme con ella...». No tenía sentido. Y tampoco lo tenía su amenaza de arrastrarla, porque eso llamaría la atención de los demás. No podía hacerlo, y Juli tendría que ir caminando y por su propia voluntad. No había otra forma. Pero, ¿y si no quería...?

Ahora el cortejo fúnebre debía de estar muy cerca. La nota discordante de los cuernos y los gritos de «Khaman-Kher» y «Hari-Bol» se intensificaban minuto a minuto, y luego comenzaron a oírse voces aisladas en la muchedumbre que lanzaba los gritos.

Anjuli volvió la cabeza para escuchar, y el movimiento fue tan lento y vago que Ash advirtió de inmediato que en ese estado de amnesia su furia no llegaría a Juli. Inspiró profundamente y se serenó. Con las manos en los hombros de ella, recurrió a la ternura. Dijo con suavidad, como si hablara con una niña:

–¿No ves, querida, que mientras Shu-Shu piense que estás aquí mirando y orando por ella estará satisfecha...? Escúchame, Juli..., nunca sabrá que no has estado, porque, aunque tú y yo podemos ver a través de esta cortina de caña, ninguno de los que están al otro lado pueden vernos a nosotros, de manera que ni siquiera puedes hacerle una señal. Y si la llamaras en voz alta, probablemente no te oiría.

–Sí, lo sé. Pero...

–Juli, todo lo que puedes hacer es herirte cruelmente presenciando un espectáculo que puede perseguirte durante el resto de tu vida; y con eso no la ayudarás a ella.

–Sí, lo sé. Pero tú podrías. Tú podrías ayudarla.

–¿Yo? No, querida, no hay nada que yo ni los demás que estamos aquí podamos hacer por ella ahora. Lo siento, Juli, pero ésa es la verdad y debes aceptarla.

–No es cierto. No es cierto.

Las manos de Anjuli aferraron las muñecas de Ash, y ahora sus ojos ya no estaban helados, sino muy abiertos e implorantes, y por fin Ash vio su rostro porque el extremo del turbante se había soltado cuando él la zarandeó, y ahora le caía hasta la garganta.

La visión de su cara fue como un cuchillo hundido en el corazón de Ash, porque estaba terriblemente cambiada..., más de lo que era posible imaginar. Estaba consumida y carente de color, como si hubiera pasado dos años encerrada en una torre donde no penetrara un solo rayo de luz. Mostraba arrugas y concavidades que antes no tenía, y las sombras oscuras que rodeaban sus ojos no debían nada al uso del kohl o del antimonio, sino que revelaban miedo y una tensión intolerable. Y lágrimas. Un océano de lágrimas.

También ahora las había en sus ojos, y su voz sonaba ahogada e implorante. Ash habría dado cualquier cosa en el mundo por tomarla en sus brazos y borrar aquellas lágrimas con besos. Pero sabía que no debía hacerlo.

–Me habría ido –sollozó Anjuli–. Me habría marchado de inmediato con tus amigos porque no podía soportar ver lo que me habían traído a presenciar, y si ellos no hubieran venido habría cerrado mis ojos y mis oídos a ello. Luego ellos..., el *sahib hakim* y tu amigo..., me dijeron por qué no estabas con ellos, y lo que pensabas hacer por mí para que no me quemara viva, sino que muriera rápidamente y sin dolor. Puedes hacer eso por ella.

Ash dio un rápido paso hacia atrás para retirar sus manos, pero ahora era Anjuli quien lo retenía por las muñecas y no lo dejaba.

–Por favor... ¡Por favor, Ashok! No es mucho lo que te pido... Sólo que hagas por ella lo que habrías hecho por mí. Jamás pudo soportar el dolor y cuando... cuando las llamas... No puedo soportar la idea. Puedes salvarla de eso, y entonces me marcharé con alegría... con alegría.

Su voz se quebró al decir esta palabra y Ash respondió con voz ronca:

–No sabes lo que estás pidiendo. No es tan fácil. Habría sido diferente en tu caso, porque pensaba marcharme contigo; y Sarji, Gobind y Manilal habrían salido de aquí sin peligro, porque hubieran estado a gran distancia cuando llegara el momento. Pero ahora estaríamos todos aquí, y si se oyera el disparo y alguien viera de dónde procede, moriríamos de una forma mucho peor que la de Shushila.

–Pero no se oirá. No sobrepasará el ruido de la multitud, y ¿quién estaría mirando en esta dirección? Nadie... nadie, créeme; hazlo por mí. Te lo pido de rodillas, te lo ruego... –Soltó las muñecas de Ash, y antes de que él pudiera evitarlo, Anjuli estaba a sus pies y su turbante naranja y escarlata tocaba el suelo. Ash se inclinó con rapidez y la incorporó. Sarji, detrás de ellos, dijo lisa y llanamente:

–Haz lo que te dice. No podemos arrastrarla; de manera que, si no quiere venir con nosotros a menos que hagas lo que te pide, no hay otra opción.

–No, no la hay –asintió Ash–. Muy bien, ya que debo hacerlo, lo haré. Pero sólo si vosotros os marcháis ahora. Yo os seguiré después, cuando todo haya terminado. Nos reuniremos en el valle.

–¡No!

Había verdadero pánico en la voz de Anjuli. Pasó junto a él para dirigirse a Gobind, quien bajó los ojos ante el rostro descubierto de Juli:

–*Sahib hakim*, dígale que no debe permanecer aquí solo... Es una locura. No habría nadie para vigilar que no suban otros hombres aquí, o para rechazarlos o capturarlos como hicieron ustedes con estos otros. Dígale que debemos permanecer juntos.

Gobind guardó silencio por un segundo. Luego asintió, aunque no de muy buena gana, y dijo a Ash:

–Creo que la *sahiba rani* tiene razón. Debemos permanecer juntos porque un hombre solo que mira a través del *chik* a plena luz y eligiendo su momento no sabrá lo que pasa detrás de él ni oirá pasos en la escalera al mismo tiempo.

Sarji y Manilal también asintieron. Ash se encogió de hombros y capituló. Al fin y al cabo, era lo menos que podía hacer por la pobre y pequeña Shu-Shu, a quien había traído desde su hogar en el norte a un rincón remoto y medieval de las montañas áridas y las arenas ardientes de Rajputana; a quien había entregado a un marido cuyo final, que nadie lamentaba, provocaría su propia muerte.

Y quizás era lo menos que Juli podía hacer por ella, porque sólo por la histérica negativa de Shu-Shu de separarse de su medio hermana había llegado a esa encrucijada, pero finalmente la pequeña *rani* había hecho lo posible por reparar la situación. De no haber sido por su intervención, Juli estaría en medio del polvo bajo el resplandor del sol, caminando tras el cortejo fúnebre de su marido hacia el momento en que una bala del revólver de su amante le brindara una muerte rápida y piadosa. Y si Ash había estado dispuesto a hacer esto por Juli, no era justo negar la misma gracia a su hermanita... Sin embargo, la sola idea de hacerlo lo espantaba.

Porque amaba a Juli..., porque la amaba más que a la vida y porque ella era tan parte de él que sin ella la vida no tendría significado... Hubiese podido matarla sin un temblor y nunca habría sentido remordimientos por ello, pero atravesar la cabeza de Shushila con una bala era un asunto muy diferente, porque la piedad, por más fuerte que fuese, no proporcionaba el incentivo terrible del amor. Además, su propia vida no estaba en peligro. La bala siguiente no sería para él y eso sólo lo haría sentirse como un asesino..., o, en el mejor de los casos, como un verdugo. Lo cual era absurdo cuando sabía que Juli se habría enfrentado a las llamas con mucho menos terror y habría soportado el sufrimiento con más fortaleza que la pobre Shu-Shu, y, sin embargo, había decidido salvarla de tal agonía... Y ahora lo enfermaba la idea de hacer lo mismo por Shu-Shu.

Tres metros y medio más de altura; no sería fácil. Sarji hablaba como si se tratara de un disparo desde un *machan* (plataforma construida en un árbol para caza mayor) en una partida de caza en el bosque de Gir, y de alguna manera disminuyó el horror de aquella angustiosa situación. Porque empleaba la voz de la razón.

Ya que había que hacerlo, convenía hacerlo bien: sobre todo en el último momento, de manera que pareciera que, al llegar a la pira, Shushila se había desvanecido. Errar sería un desastre, no sólo para ella, sino para todos; porque, aunque había probabilidades de que el estampido de un único disparo se perdiera en el ruido de la multitud, un segundo o tercero atraerían fatalmente la atención y la gente descubriría el lugar desde donde se disparaba.

–¿Crees que podrás hacerlo? –preguntó Sarji, deteniéndose junto a él.

–Debo hacerlo. No puedo permitirme fallar. ¿Tienes un cuchillo? Para el *chik*...

–No, pero puedo hacer una abertura con esto... –Sarji se puso a trabajar con una pequeña lanza que llevaban todos los guardaespaldas del *rana*, y con ella abrió una rendija alargada en la cortina de cañas. –Ya está. Creo que servirá. No creo que las cañas desviaran el disparo, pero podría ser; es mejor no correr riesgos.

Observó a Ash, que sacaba el revólver y calculaba la orientación. Dijo en voz baja:

–Son unos cuarenta pasos. Nunca utilicé una de esas armas. ¿Alcanzará hasta allí?

–Sí. Pero no sé con cuánta exactitud. No fue fabricado para estas distancias, y yo... –Se volvió bruscamente–: No, Sarji, no me atrevo a arriesgarme desde aquí. Tendré que acercarme más. Escucha, si bajo allá otra vez, y tú y los demás... Eso es, ¿cómo no se me ocurrió antes? Saldremos todos ahora mismo, y cuando lleguemos a la terraza vosotros tres podéis adelantaros con la *sahiba rani*, mientras yo vuelvo a mi lugar cerca del parapeto y...

Sarji lo interrumpió bruscamente:

–No podrías llegar hasta allí. La multitud es demasiado densa. Lo más que pude hacer fue llevarte allí antes; incluso con esta librea no me dejarían pasar ahora. Además, es demasiado tarde. Escucha... Ya vienen.

Volvieron a sonar los cuernos. Pero ahora el gemido discordante era ensordecedoramente fuerte, y el rugido que lo siguió procedía de la gente que cubría el sendero que llevaba al mismo monte. Unos minutos después llegaría el cortejo fúnebre y ya no habría tiempo de ir a la terraza y tratar de abrirse paso hasta la parte delantera en medio del gentío apretado e histérico. Era demasiado tarde para eso.

La muchedumbre, en el espacio de abajo, se balanceaba atrás y adelante como una marea, empujando, esforzándose por ver sobre las cabezas de los que estaban delante, o tratando de esquivar los golpes indiscriminados de los hombres armados con *lathis* que debían mantener el camino despejado para la lenta comitiva. Y ahora aparecía la guardia que precedía al cortejo entre las sombras de los árboles, y salía al resplandor del sol de la tarde una falange de brahmanes con las cabezas afeitadas, collares de cuentas de *tulsi* sobre los pechos desnudos y la marca del tridente de Visnú en la frente.

Detrás de la vanguardia de soldados venía un grupo de hombres sagrados, quizá veinte o más: santos, *sadhus* y ascetas, tocando campanas y cantando; desnudos y manchados con ceniza o sobriamente vestidos con mantos flotantes color azafrán o naranja, rojo o blanco; unos con las cabezas afeitadas y otros cuyos cabellos y barbas, que nunca habían sido cortados, les llegaban a las rodillas. Tras ellos venía el túmulo mortuorio, llevado en alto por encima de la multitud, que se balanceaba al paso de los que lo transportaban como un barco en un mar encrespado.

El cadáver aparecía vestido de blanco y cubierto de guirnaldas, y Ash se asombró de lo pequeño que parecía. El *rana* nunca había sido un hombre alto, pero siempre estaba vestido con gran lujo y rutilante de joyas, y era el centro de una gran corte, lo cual tendía a hacerlo parecer mucho más grande de lo que era. Pero el pequeño cadáver con la mortaja blanca en el ataúd no parecía más grande que el de un chico desnutrido de diez años. Un objeto insignificante y muy solitario, porque no era el centro de la atención de la gente. La masa no había venido aquí a ver un hombre muerto, sino a una mujer todavía viva. Y ahora, por fin, llegaba ella, caminando detrás del ataúd, pero al verla se desató un verdadero pandemónium, hasta que incluso el material sólido de los *chattris* pareció temblar con el rugido de las gargantas humanas.

Ash no la había visto al principio. Su mirada estaba fija en el objeto encogido que alguna vez fuera su enemigo. Pero un movimiento cerca de él lo hizo volver la cabeza y vio que Anjuli había venido a colocarse a su lado. Ahora miraba a través del *chik* con una expresión de horror infinito, como si no pudiera soportar el espectáculo y, sin embargo, tampoco pudiese evitar contemplarlo. Y, siguiendo la dirección de su mirada doliente, Ash vio a Shushila. No a la Shushila que esperaba ver..., encorvada, sollozante y medio loca de terror, sino a una reina... Una *rani* de Bhithor.

Si se lo hubieran preguntado, Ash habría insistido en que Shu-Shu jamás sería capaz de caminar hasta la pira sin ayuda, y que si caminaba y no la traían en litera sería porque estaba drogada, por lo que deberían llevarla casi a rastras o en volandas. Pero la pequeña figura brillante que caminaba detrás del ataúd del *rana* no sólo avanzaba sola, sino que lo hacía erguida y sin vacilaciones; y en cada línea de su esbelto cuerpo había orgullo y dignidad.

Llevaba la cabeza levantada, y los pies descalzos, que nunca habían tocado algo más áspero que las alfombras persas y los mármoles pulidos, pisaban con lentitud y firmeza, marcando el polvo abrasador con pequeñas huellas que la multitud borraba con sus besos.

Estaba vestida como Ash la había visto el día de su casamiento, con el vestido escarlata y oro, y llevaba las mismas joyas que aquel día. Pero esta vez no vestía sari, y sus largos cabellos caían sueltos como para la noche de bodas. Parecía totalmente ajena a la multitud que la aplaudía, le pedía una bendición y se esforzaba por tocar el borde de su falda, y al mar de ojos que contemplaban ávidamente su rostro descubierto. Ash observó que sus labios se movían en la antigua invocación que acompaña el último viaje de los muertos: «Ram, Ram... Ram, Ram...».

Ash dijo en voz alta, y sin poder creerlo:

–Te equivocabas. No tiene miedo.

El clamor que llegaba desde abajo ahogó sus palabras, pero Anjuli las oyó e, imaginando que se dirigían a ella, dijo:

–Todavía no. Esto es todavía un juego para ella. No, no precisamente un juego... No quise decir eso. Pero algo que sólo sucede en su mente. Un papel que desempeña.

–¿Quieres decir que está drogada? No lo creo.

–No en el sentido en que lo dices, sino por la emoción... y por la desesperación, y la conmoción. Y... y quizás el triunfo.

«¡Triunfo!», pensó Ash. Sí, el desfile parecía más una marcha de triunfo que un funeral. Ash recordó que la madre de Shushila, en los días anteriores a su vida con el rajá, pertenecía a un grupo de artistas: hombres y mujeres que se ganaban la vida atrayendo la atención y el aplauso de un público como hacía su hija ahora. Shushila, diosa de Bhithor, hermosa como el amanecer, brillante de oro y joyas.

Junto a él, Anjuli también murmuraba para sí misma, repitiendo la misma invocación que Shushila:

–*Ram, Ram, Ram... Ram, Ram...* –era apenas un suspiro y apenas audible, pero distraía la atención de Ash. Aunque sabía que la plegaria no era por el muerto, sino por su hermana, le pidió que se callara.

Otra vez su mente estaba inmersa en un caos y llena de dudas. Porque, al mirar el avance decidido de la graciosa figura vestida de escarlata y oro, le pareció que no tenía derecho a intervenir en su destino. Habría sido inexcusable si la hubieran arrastrado, llorando y aterrorizada, o atontada con drogas. Pero no si ella no mostraba la menor señal de miedo.

Ahora, Shushila debía saber lo que le esperaba, y, si era así, tal vez las historias que Gobind había oído eran ciertas y Shushila se había enamorado del muerto... y, como lo amaba, prefería morir abrazada a su cadáver a vivir sin él... O bien se había fortalecido ante la situación, y se glorificaba con la forma de su muerte y la perspectiva de la santidad y la veneración. En cualquier caso, ¿qué derecho tenía Ash a interferir? Además, la agonía de Shushila terminaría pronto. Ash había visto formar la pira: los sacerdotes apilaban algodón entre los troncos y vertían aceite y manteca derretida. Ash pensó que, una vez que estuviera encendida, probablemente el humo sofocaría a la pobre Shu-Shu antes de que la tocara una llama.

–No puedo hacerlo –decidió Ash–. Y, si lo hago, no aceleraré mucho las cosas: Juli debe saberlo... Ah, Dios mío, ¿por qué no se apresuran? ¿Por qué no terminan de una vez, en lugar de dilatarlo tanto?

De pronto, todo su ser se llenó de odio por los que estaban allí: los sacerdotes, el público, los que gemían en el cortejo fúnebre e incluso el muerto y Shushila misma. Shushila más que nadie, porque...

No, no era justo, pensó Ash; ella sólo podía ser ella misma. De esa manera estaba hecha y no podía evitar usar a Juli más de lo que Juli se dejaba usar por ella. La gente era como era, y no cambiaba. Sin embargo, a pesar de todo su egoísmo, finalmente Shu-Shu había pensado en su hermana, y, en lugar de insistir en que la apoyara hasta el final, la había dejado marcharse... Quién sabe a qué precio para sí misma. Ash no podía volver a olvidar eso. La ira que lo había cegado momentáneamente desapareció. Observó que Shushila había avanzado y que en el lugar donde ella estaba antes había otra figura pequeña y solitaria. Pero esta vez era un niño: un chico de unos cinco o seis años que caminaba solo unos pasos detrás de Shushila. «El heredero, supongo –pensó Ash, agradecido de tener algo en que pensar–. No, no es el heredero... El nuevo *rana*, por supuesto. Pobre chiquillo. Parece exhausto».

El chico se caía de cansancio y evidentemente estaba asustado por lo extraordinario de lo que lo rodeaba y su repentina elevación de rango; un rango que se veía claramente en el hecho de que caminaba detrás de la *rani* viuda y varios pasos más adelante que el centenar de hombres que lo seguían... Los nobles, consejeros y jefes de Bhithor con los que terminaba el cortejo. El más notable de ellos era el *diwan*, que llevaba una antorcha encendida con la llama sagrada del templo de la ciudad.

En aquellos momentos, el ruido se había intensificado porque los que estaban más cerca de Shushila trataban de tocarla e imploraban su bendición, y otros comenzaban a gritar «Hari-Bol» o «Khaman Kher», o aullaban de dolor cuando los guardias descargaban sus látigos sobre ellos, forzándolos a retroceder.

–Al menos no se oirá el disparo –observó Sarji–. Menos mal. ¿Cuánto más piensas esperar?

Ash no contestó. Enseguida, Sarji murmuró en voz baja que era el momento de marcharse..., si les quedaba algo de sensatez en la cabeza. No deseaba que se oyeran sus palabras, pero el final de la frase fue notablemente audible; porque la multitud guardó de pronto silencio, y fue posible oír el jadeo de los prisioneros amordazados y el arrullo de las palomas en las cúpulas.

El cortejo había llegado a la pira y se colocó el ataúd sobre ella. Y ahora Shushila comenzó a quitarse sus joyas, una por una, y fue entregándoselas al niño, quien a su vez se las entregaba al *diwan*. Se las quitó con rapidez, casi con alegría, como si no fueran más que otras tantas flores marchitas o chucherías sin valor de las que se había cansado y quería librarse. El silencio era tan completo que sólo se oía el tintineo de las joyas a medida que el nuevo *rana* las recibía y el ex primer ministro las guardaba en un bolso bordado.

Hasta Ash, en el recinto cerrado, llegaba el tintineo, y se preguntó si el *diwan* alguna vez se desprendería de las joyas. Probablemente no; aunque procedían de Karidkote, y como parte de la dote de Shushila deberían devolverse. Pero le parecía improbable que los familiares de Shu-Shu o el nuevo *rana* volvieran a verlas una vez que el *diwan* hubiera puesto sus manos en ellas.

Cuando le quitaron todos los adornos, excepto un collar de semillas sagradas de *tulsi*, Shushila tendió sus delgadas manos sin anillos a un sacerdote, que vertió agua del Ganges sobre ellas. El agua brilló al sol del atardecer cuando Shushila sacudió las gotas de sus dedos, y los sacerdotes reunidos comenzaron a entonar sus cánticos.

Al sonido de ese canto, ella comenzó a caminar alrededor de la pira, y dio tres vueltas como en el día de su boda y con la misma indumentaria.

El himno terminó, y nuevamente el único sonido en el monte fue el arrullo de las palomas: ese sonido suave y monótono que, junto con el latido de un tam-tam y el crujido de la rueda del foso, es la voz de la India. La multitud silenciosa quedó expectante, y nadie se movió cuando la *suttee* subió a la pira y se sentó en la postura del loto. Arregló los amplios pliegues de su vestido escarlata, y luego levantó suavemente la cabeza del muerto para ponerla sobre su falda, con infinito cuidado, como si estuviera dormido y no quisiera despertarlo.

–Ahora –susurró Anjuli, y su voz se quebró en un sollozo–. Hazlo ahora... Rápido, antes... antes de que comience a tener miedo.

–¡No seas tonta! –La réplica sonó como un latigazo en la silenciosa habitación–. Haría tanto ruido como un cañón y todos caerían sobre nosotros. Además...

Quería decir «no voy a disparar», pero no lo dijo. No tenía sentido empeorar las cosas aún más para Juli. Pero la forma en que Shu-Shu había abrazado aquella horrible cabeza hizo que Ash se decidiera finalmente, pues no tenía intención de disparar. Juli confiaba demasiado: olvidaba que su medio hermana ya no era una niña enfermiza y frágil a quien hay que proteger y mimar... Y que ella misma ya no era responsable de Shushila. Shushila era una mujer adulta que sabía lo que hacía.

Además, era esposa y reina... Y probaba que sabía comportarse como tal. Esta vez, para bien o para mal, se le permitiría tomar su propia decisión.

Afuera, la muchedumbre también guardaba silencio, pero ahora un sacerdote comenzó a agitar una pesada campana del templo que había traído de la ciudad, y sus duras notas reverberaron en el monte y despertaron ecos de las paredes y cúpulas de los muchos *chattris*. Uno de los brahmanes rociaba al muerto y a su viuda con agua traída del sagrado río Ganges, la Madre Ganga, mientras otros vertían más *ghee* y aceite perfumado en los troncos de cedro y sándalo y sobre los pies del *rana*.

Las sombras habían comenzado a alargarse y el día que parecía interminable pronto habría acabado..., y con él, la vida de Shushila.

Había perdido a su padre y a su madre, y al hermano, que, para sus propios fines, la había entregado en matrimonio a un hombre que vivía tan lejos que le llevó meses y no semanas llegar a su nuevo hogar. Había sido esposa y reina, había tenido dos abortos y dado a luz a una niña que sólo vivió unos días; y ahora era viuda y debía morir... «Sólo tiene dieciséis años –se dijo Ash–. No es justo. ¡No es justo!». Pensó que si disparaba nadie sabría si la bala había dado en el blanco o no. Si Juli se consolaba pensando que su hermana había sido salvada de las llamas, todo lo que debía hacer era apretar el gatillo...

Pero los árboles en el extremo más distante del claro estaban cargados de hombres y muchachos colgados como monos de las ramas, y todos los *chattris* a la vista estaban llenos de espectadores, y hasta una bala perdida podía causar una muerte. Tendría que apuntar a la pira misma; era el único blanco seguro. Levantó el revólver y, sin volver la cabeza, dijo:

–Nos iremos en cuanto haya disparado. ¿Están listos para marcharse?

–Nosotros, los hombres, sí –respondió Gobind en voz muy baja–. Y si la *sahiba rani*...

Vaciló, y Ash terminó la frase por él:

–Si se cubre la cara, nos ahorrará tiempo. Además, ya ha visto bastante y no es necesario que siga mirando.

Habló con deliberada dureza, con la esperanza de que Juli se viera forzada a volver a atar el extremo de su turbante sobre la cara y se perdiera así el último acto de la tragedia. Pero Juli no hizo ningún movimiento por cubrir su rostro ni por apartarse. Quedó como adherida al suelo: con los ojos muy abiertos, temblando e incapaz de mover un pie o una mano, y, aparentemente, sin haber oído las palabras de Ash.

Apenas cuarenta pasos, había dicho Sarji. No parecía tan lejos, porque ahora que no había movimiento el polvo se había asentado; y, como el resplandor del sol ya no lo cegaba, veía con toda claridad los rostros de los principales actores de la tragedia, como si estuvieran a apenas seis metros de distancia.

El pequeño *rana* lloraba. Las lágrimas rodaban por su pálido rostro infantil contraído por el miedo y el agotamiento, y si el brahmán que estaba junto a él no hubiera sujetado firmemente la antorcha que llevaba en las manos, la habría dejado caer. Entonces Shushila levantó los ojos y su rostro cambió.

Quizá fue el brillo de la antorcha, o el crujido de las llamas en el aire quieto, lo que la despertó del mundo de ensueños en que se había estado moviendo. Su cabeza se alzó bruscamente y Ash vio abrirse los ojos en aquel rostro pequeño y pálido. Miró a su alrededor, ya no con calma, sino con la mirada aterrorizada de un animal perseguido, y Ash detectó el momento exacto en que la realidad rompió la ilusión y Shushila se dio cuenta, plenamente, de lo que significaba la llama.

Las manos del chico, guiadas por las del brahmán, bajaron la antorcha hasta que tocó la pira cerca de los pies del muerto. Brillantes flores de fuego surgieron de la madera y florecieron con tintes anaranjados, verdes y violetas; una vez que el nuevo *rana* hubo cumplido su deber con el viejo, su padre de adopción, el sacerdote tomó la antorcha y fue rápidamente hasta el otro extremo de la pira para tocar los troncos detrás de la *suttee*. Una lengua de fuego ascendió, y la multitud rugió su aprobación. Pero la diosa que idolatraban arrojó la cabeza que tenía en la falda, y de pronto estaba de pie, mirando las llamas y gritando... gritando...

El sonido de sus gritos interrumpió el clamor como el del violín la tempestad de tambores e instrumentos de viento y bronce. Anjuli gimió, y Ash levantó el brazo y disparó. Los gritos cesaron y la pequeña figura escarlata y dorada tendió una mano hacia delante, como buscando apoyo; luego cayó de rodillas sobre el cadáver que tenía a sus pies. Y, mientras caía, el brahmán arrojó la antorcha a la pira, surgieron llamas de la madera y arrojaron un velo de calor y humo entre los espectadores y la figura yacente de la muchacha que ahora llevaba un brillante vestido de fuego.

El ruido del disparo apenas se oyó en el pequeño espacio confinado. Ash guardó el revólver entre sus ropas, se volvió y exclamó:

–Bien, ¿qué esperan? Vamos... Vamos, Sarji... Tú primero.

Anjuli aún parecía mareada; Ash tiró bruscamente de la tela que le cubría la nariz y la boca para asegurarse de que estaba firme, y, después de ajustar la suya, tomó a Anjuli por los hombros y dijo:

–Escucha, Juli... Y deja de mirarme así. Has hecho todo cuanto pudiste por Shushila. Ya no está. Ha escapado; y si nosotros queremos escapar también, debemos dejar de pensar en ella para hacerlo en nosotros mismos. Ahora estamos primero. Todos nosotros. ¿Comprendes?

Anjuli asintió con un gesto.

–Bien. Entonces ve con Gobind y no mires atrás. ¡Vamos!

La hizo girar sobre sí misma y la empujó hacia el pesado *purdah* que Manilal mantenía abierto para ellos. Anjuli siguió a Sarji por la escalera de mármol que conducía a la terraza donde estaba reunida la multitud.

43

Ash cabalgaba por una llanura pedregosa entre colinas bajas y áridas y llevaba una muchacha en la grupa que lo abrazaba y le pedía que fuera más rápido... Más rápido. Una muchacha con cabellos largos sueltos que ondeaban al viento como una bandera de seda negra, de manera que cuando miraba hacia atrás no veía a los jinetes que lo perseguían, sino que sólo oía el estruendo de los cascos, cada vez más intenso y más cerca...

Y advirtió que el ruido de caballos que galopaban no era más que el latido de su propio corazón.

La pesadilla era familiar. Pero no el despertar, porque esta vez no estaba en su cama, sino tendido en el duro suelo. En una zona de sombra junto a una piedra.

Por un momento no pudo recordar cómo había llegado allí ni por qué. Luego volvieron los recuerdos como una riada, y Ash se sentó y miró las sombras. Sí. Anjuli estaba aún allí; una forma pálida, acurrucada, en el hueco que Bukta había preparado para ella entre dos piedras y forrado con su propia manta. Al menos estaba segura, y cuando Bukta volviera... Si volvía...

Ash dejó de pensar, deteniéndose bruscamente como un caballo que de pronto reconoce los peligros de una valla y se niega a saltarla; porque la posición de la luna le dijo que era mucho más de medianoche, y Bukta debería haber vuelto hacía ya dos horas.

Se puso de pie en silencio, moviéndose con extremo cuidado para evitar hacer cualquier ruido que perturbara a Anjuli, y miró sobre la piedra, pero nada se movía en la ladera desnuda de la colina, y el único sonido que oyó fue el del viento de la noche que susurraba entre las hierbas secas y las rocas caídas. No podía creer que hubiese dormido tan profundamente como para no oír a los que volvían, pero, si hubiera sido así, estarían los caballos...

No había caballos en la vasta extensión de la ladera, ni señal alguna de Bukta ni de ningún otro; aunque a lo lejos, en el cielo sobre el valle, un resplandor rojo indicaba que había hogueras encendidas y, por lo tanto, un gran grupo de soldados pasaría allí la noche y esperaría al amanecer para continuar su camino.

Ash apoyó los brazos en la piedra, y calculó sus posibilidades de supervivencia y las de Juli en una región casi sin agua, donde no había senderos ni marcas reconocibles; o que él pudiera reconocer, aunque hacía apenas una semana que había pasado por aquel mismo camino. Pero, si Bukta no volvía, tendría que encontrar el camino de vuelta en medio de aquel laberinto de colinas, y pasando por los pocos lugares donde hubiera manantiales en el desierto seco...Y luego, a través de las muchas montañas cubiertas de bosques en las fronteras del norte de Gujerat.

El camino no había sido fácil entonces, pero ahora...

Habían salido del *chattri* con Sarji a la cabeza, y bajado la estrecha escalera a la terraza donde la multitud, espectadores y centinelas, se esforzaba por ver los últimos momentos de la *suttee*. Invadida por la emoción, la gente oraba, gritaba o lloraba mientras las llamas ascendían y formaban una pirámide de fuego. Ninguno de los presentes prestó atención al pequeño grupo de cuatro sirvientes del palacio conducidos por un miembro de la guardia personal del *rana*. Salieron del *chattri* sin que los vieran ni les hicieran caso, y minutos después habían llegado al refugio de las construcciones viejas y más deterioradas.

Dagobaz estaba listo y atento; y, a pesar del rugido del fuego y de los gritos de la multitud, debió de oír los pasos de Ash y los reconoció, porque resopló a manera de saludo en cuanto lo vio. Había otros cuatro caballos atados a un árbol cercano, uno de los cuales era Moti-Raj, de Sarji, y otro el que él había prestado a Manilal para el viaje de regreso a Bhithor. El tercero pertenecía a Gobind y también el cuarto, pues lo había adquirido junto con otro unas semanas antes, con la esperanza de poder rescatar a ambas *ranis*.

–Compré uno para cada una de ellas –explicó Gobind en un aparte a Ash mientras apretaba las cinchas–, pero éste es el mejor de los dos, de manera que he dejado el otro, lo cual no significa una pérdida... No podemos cargar con caballos de más. Si la *sahiba rani* quisiera montar...

Salieron del monte y describieron un círculo por la llanura polvorienta hacia la entrada del valle, donde la pared amurallada se levantaba como un vasto bloque en el centro. El sol aún no se había puesto tras las montañas, y como aquí su ruta iba hacia el oeste avanzaron en esa dirección.

En esas circunstancias, cabalgando de cara al sol y medio cegado por el resplandor, Ash no vio la pequeña chispa en un tejado alto de la ciudad, ni otra en los muros del fuerte de la mano derecha, que podían traducirse como «mensaje comprendido». Y Sarji, que sí las vio, supuso que eran el reflejo de la luz solar en el vidrio de una ventana o de un cañón.

Ninguno de ellos supo nunca cómo se descubrió tan pronto su huida, aunque la explicación era muy simple, y probaba que el consejo de Manilal con respecto a matar a los prisioneros había sido correcto. Una mordaza, por eficiente que sea, no impide a un hombre o a una mujer hacer ciertos ruidos, y cuando seis personas gritan a coro, el bullicio que producen es bastante considerable. Los cautivos no podían moverse, pero podían gritar, y lo hicieron tan bien que pronto uno de los guardias de abajo, que se dirigía a la parte más alta del *chattri* donde esperaba ver mejor, se detuvo a escuchar junto a la entrada cerrada por una cortina. Suponiendo que el sonido procedía de la *rani* segunda, no pudo resistir correrla ligeramente hacia un lado y mirar por la abertura.

Minutos después, los seis prisioneros estaban libres y contando una historia terrible de asesinato, asalto y secuestro. Y pronto una veintena de soldados salieron en persecución de los fugitivos, guiados por la larga nube de polvo que Ash y sus compañeros levantaban al cabalgar y que parecía una cinta blanca a través de la llanura. Las posibilidades de alcanzarlos eran pocas, porque habían salido bastante antes y estaban ya lejos. Pero uno de los vigías poseía un escudo para hacer señales y su tarea consistía en mantenerse en contacto con la ciudad y los fuertes para informar sobre la llegada del cortejo funerario. Esta vez usó el escudo para transmitir una advertencia a ambos que decía: «Enemigo. Cinco. A caballo. Interceptar».

La señal fue vista y reconocida. Aunque los fuertes en las montañas podían hacer poco, en la ciudad se actuó de inmediato. Sólo había unas pocas tropas allí entonces, porque casi todas habían sido enviadas a mantener expedito el paso al cortejo fúnebre y contener al gentío en el lugar de la incineración. Pero los escasos soldados que habían quedado de guardia en el palacio fueron reunidos rápidamente y enviados a todo galope al Hathi-Pol, la puerta de los Elefantes, con instrucciones de detener a un grupo de cinco jinetes que supuestamente se dirigían a la frontera.

Si no hubiera sido por un celoso tirador apostado en el fuerte del lado derecho, lo habrían logrado. Los fugitivos cabalgaban por el espacio entre la ladera de la colina y la pared norte de la ciudad, y casi al mismo nivel de la puerta Mori. No vieron las señales ni advirtieron que habían descubierto su huida, y, por lo tanto, no exigieron demasiado a sus monturas.

La repentina aparición de un grupo de vociferantes jinetes, que habían salido por la puerta de los Elefantes y no sólo se les habían adelantado, sino que cabalgaban con la intención de cortarles el paso antes de que pudieran llegar al valle, fue un golpe inesperado; lo mismo que la serie de disparos que llegó de algún lugar a la derecha. Pero aun entonces, por un momento, todos pensaron que debía de ser un error y que no era posible que los hombres que gritaban pudieran tener ningún interés en ellos ni que los disparos les estuviesen dirigidos; porque no había habido tiempo... Pero muy pronto no tuvieron la menor duda de que ellos eran el objeto de la persecución.

Era demasiado tarde para volver, y no tenía sentido hacerlo, ya que ahora debía de haber otros hombres siguiéndolos. Lo único que quedaba era seguir adelante. Reaccionando como una sola persona, clavaron las espuelas y se dirigieron al estrecho paso al que trataban de llegar los hombres de la ciudad.

Era dudoso que lo fueran a alcanzar a tiempo. Pero éste fue el momento en que el destino, en la forma de un tirador del fuerte, intervino a favor de ellos.

La guarnición del fuerte había visto las señales solares y observaba con excitación cómo se acercaban los cinco fugitivos y el progreso de la persecución. Su posición en lo alto de las montañas les proporcionaba una ventaja que los perseguidos no tenían, pero desde allí no podían verlos a ellos, sino a los perseguidores que galopaban mucho más atrás y también al grupo de hombres armados que de pronto salió del Hathi-Pol y que ahora intentaban adelantarse.

Estos últimos fueron visibles para la guarnición desde el momento en que dejaron la ciudad. Pero, aunque el fuerte proporcionaba una excelente ubicación para ver el drama, los *jezails* anticuados con que la guarnición abrió fuego sobre los fugitivos eran casi inútiles a tal distancia, y el polvo y el intenso calor no ayudaban a los tiradores. Sus disparos no dieron en el blanco. Mirando desde las alturas, parecía que los huidos estaban en disposición de ganar la carrera y entrar en el valle.

Los grandes cañones de bronce ya habían disparado salvas aquel día, pero, como por tradición lo harían nuevamente para recibir al nuevo *rana* cuando volviera a la ciudad, estaban colocados en posición y preparados. Un hombre ansioso trepó para cargar uno de los cañones y otros más ayudaron a dirigir el monstruo hacia su objetivo. El rugido de la explosión fue tan impresionante como siempre. Pero, con la excitación del momento, los hombres calcularon mal la velocidad de los jinetes y el proyectil cayó en el sendero por donde venían los soldados de la ciudad.

Nadie resultó gravemente herido, pero el repentino e inesperado surtidor de polvo, suciedad y escombros saltó apenas dos metros más adelante, arrojando piedras y tierra sobre ellos, y asustó a los caballos ya excitados, que de inmediato retrocedieron y se encabritaron. Algunos jinetes fueron tirados al suelo, y mientras los otros trataban de sujetar a sus monturas, los fugitivos escaparon por el paso y siguieron a todo galope por la larga cinta del valle.

Fue una cabalgada increíble, aterradora, y al mismo tiempo tan llena de alegría que, si no hubiera sido por Juli, Ash realmente la habría disfrutado. Sarji, por cierto, la disfrutó: reía y cantaba, y estimulaba a Moti-Raj con gritos y palabras cariñosas para que se esforzara aún más. Dagobaz también estaba en su elemento, y si le hubieran dado libertad habría dejado atrás a sus compañeros. Pero había que pensar en Juli, y Ash sujetaba firmemente las riendas, mirando a cada momento por encima del hombro para ver si ella seguía bien.

El viento le había apartado los pliegues de muselina de la cara y Ash la vio firme y decidida: una máscara pálida en la que sólo los ojos estaban vivos. Manejaba su caballo de una manera que hacía honor a su abuelo cosaco, y Ash sintió una súbita gratitud hacia el viejo aventurero... y hacia el padre de Anjuli, el anciano rajá, quien a pesar de la oposición de Janoo-Rani había insistido en que su hija Kairi-Bai debía aprender a cabalgar: «Que Dios lo bendiga, dondequiera que esté», pensó Ash con fervor.

Gobind también era buen jinete. Pero Manilal sólo cabalgaba a duras penas y no toleraba muy bien aquella velocidad; sin embargo, se aferraba al caballo y dejaba que éste llevara la iniciativa. En cuanto a los perseguidores, por lo poco que podían ver en medio del polvo, aún estaban desorganizados y demasiado lejos como para representar una amenaza seria.

Evitaban cabalgar por el centro del camino, lleno de pozos y de huellas de carros, y se mantenían a un lado, el izquierdo, ya que en esa parte se hallaba la entrada al sendero de Bukta, y ya habían cubierto más de dos tercios de la distancia cuando el caballo de Anjuli pisó un agujero y cayó pesadamente, lanzándola por encima de la cabeza.

La caída la dejó sin aire y quedó allí tendida, tratando de respirar, mientras el animal se ponía de pie y esperaba con la cabeza agachada y los flancos palpitantes. Manilal, que venía detrás, tiró bruscamente de las riendas para no atropellarla, y la esquivó por escasos centímetros; siguió sin poder evitarlo hacia delante, completamente sin control y limitándose a aferrarse a la montura. Pero los otros tres jinetes se detuvieron.

Ash saltó de Dagobaz y tomó a Juli en sus brazos; por un segundo terrible pensó que estaba muerta, porque no se movía. Pero una mirada lo tranquilizó. Dio media vuelta con la muchacha en los brazos y observó que los perseguidores se acercaban peligrosamente.

Gobind también miraba hacia atrás. No se había apeado, pero sostenía las riendas de Dagobaz junto con las de Moti-Raj, mientras que Sarji examinaba al caballo herido y no hablaba. No era necesario, ya que todos tenían conciencia del peligro. Luego, dijo casi sin aliento:

–La pata delantera está muy dañada. Dagobaz tendrá que llevar a dos. Dame a la *rani* y vuelve a montar.

Ash obedeció, y aunque Juli seguía mareada por la caída volvía a respirar y no había perdido el conocimiento. Cuando Sarji la colocó en la grupa, ella rodeó la cintura de Ash con sus brazos y se aferró a él. Partieron otra vez a todo galope detrás de Manilal, que ahora se había alejado bastante. Gobind y Sarji siguieron algo más atrás, a izquierda y derecha, y a cierta distancia para no ahogarse con el polvo.

El peso adicional no suponía ninguna diferencia para Dagobaz, que corría con la velocidad de un halcón. Pero el retraso fue fatal, porque no sólo redujo la distancia que los separaba de sus perseguidores en varios cientos de metros, sino que además sirvió para quebrar el ímpetu de los otros dos caballos, de manera que ahora Gobind debía usar el látigo y las espuelas, mientras que Sarji cabalgaba encorvado como un yóquey sobre el cuello de Moti-Raj, y había dejado de cantar.

Ash oyó un disparo. Se dio cuenta de que uno de los perseguidores había hecho fuego contra ellos y que debía haberlo previsto al poner a Juli detrás de él. Debería haberla colocado delante, para protegerla con su cuerpo, pero era demasiado tarde para hacer nada; no podía detenerse. En cualquier caso, el riesgo de que acertaran era mínimo, porque un *jezail* era una mala arma para disparar sobre un caballo al galope, y era imposible recargarla en esas condiciones.

Era improbable que volvieran a hacer fuego; pero el disparo, aunque sin dar en el blanco, había demostrado que los perseguidores ganaban terreno; y le recordó a Ash que llevaba un revólver. Sabiendo que Dagobaz respondería a la menor presión de sus piernas, buscó entre sus ropas y, guiando al caballo con las rodillas, se inclinó para evitar la nube de polvo que se levantaba detrás de él. Tras indicar a Anjuli que se acercara más, se volvió en la silla y disparó a un hombre que los seguía. No acertó por casualidad. Koda Dad Khan había sido un buen maestro, y Ash no se detuvo a observar el efecto de su tiro. Volvió a mirar al frente, oyendo la caída y los chillidos furiosos detrás de él, y el grito de alegría de Sarji al ver pasar un caballo gris sin jinete junto a ellos.

Al frente tenían la elevación de tres puntas que indicaba la posición de una roca con un gran penacho de hierba cerca de la cual... ¡Por favor, Dios mío...! Bukta el *shikari* aún estaría esperándolos. Con una escopeta y dos cajas de cartuchos, además de cincuenta balas de rifle.

Si sólo pudieran conseguir un poco más de ventaja y llegar al paso entre las rocas con un minuto de delantera, podrían esquivar a cualquier número de perseguidores, ya que cuando cayera la noche era poco probable que los supervivientes los siguieran entre las montañas. Pero los gritos y el ruido de los cascos se acercaban y se hacían cada vez más intensos... Hasta que, con una violenta conmoción y una sensación de incredulidad, Ash se dio cuenta de que así era el sueño...

Todo había sucedido antes. Muchas veces. Sólo que en esta ocasión no era un sueño. Esta vez él estaba despierto y todo era real: la llanura pedregosa, las sierras bajas, el sonido de los cascos sobre el suelo duro y la muchacha en la grupa que alguna vez fuera Belinda..., excepto que ahora sus cabellos eran negros.

Por fin la pesadilla era real, y, como para probarlo, Juli comenzó a pedirle que cabalgara más rápido..., más rápido. Pero cuando Ash se volvió con el revólver en la mano, descubrió que no podía disparar, porque Anjuli había perdido el turbante al caer, y ahora sus cabellos sueltos ondeaban tras ella como una bandera negra en el viento y no podía ver a los hombres que galopaban detrás.

Esto era mucho peor que en cualquiera de los sueños que había tenido, porque sabía que no podía despertar bañado en sudor a causa del miedo, pero a salvo. Y no tenía idea de cómo terminaría. Sólo podía pedir a Dagobaz que fuera a mayor velocidad y rezar para que llegara a tiempo a las rocas.

El sol desapareció con la brusquedad de una vela que se apaga mientras avanzaban a la sombra de las montañas. Se acercaban a su meta. Poco más de medio kilómetro..., un cuarto..., ciento cincuenta metros... Se veía claramente la ladera púrpura de la colina. Había alguien parado junto a la roca con un penacho de hierba. Un hombre con un rifle. Bukta, con sus ropas de *shikari* casi invisibles entre las sombras. De manera que no se había ido. Los había esperado; y ahora estaba allí y los miraba por el visor de su amado Lee-Enfield.

Ash había visto a Bukta disparar a una rata a cincuenta pasos de distancia y acertar a un leopardo en plena carrera, a dos veces esa distancia entre las hierbas. Ahora, con la luz a su favor y los perseguidores que ignoraban su presencia, debía poder alcanzar al menos a uno antes de que advirtieran el peligro, y de esa manera sembrar suficiente confusión entre el resto como para permitir que los perseguidos encontraran refugio.

Faltaban pocos metros para llegar y Ash se echó a reír mientras esperaba el resplandor. Pero no lo hubo..., y de pronto se dio cuenta de que no lo habría, porque él, Sarji y Gobind estaban en la línea de fuego, y juntos protegían tan eficazmente al enemigo que el viejo *shikari* no se atrevería a arriesgar un disparo.

Habían olvidado a Manilal. El hombre había pasado más allá de las rocas donde esperaba Bukta, pero su caballo se estaba cansando y logró hacerlo volver hacia donde estaban los demás. Galopando en esa dirección, Manilal vio lo que sucedía y pudo captar la situación mucho más claramente que cualquiera de los otros actores del drama.

En lugar de dirigirse a las rocas, galopó hacia el grupo de soldados.

Ash lo vio pasar y oyó el ruido y la confusión mientras Manilal pasaba entre los perseguidores. Pero no tuvo tiempo de volverse para ver lo que pasaba. Sólo para detenerse y saltar al suelo, recibir a Anjuli cuando ésta saltó, tomarla por la muñeca, y obligar a Dagobaz a seguirlos mientras Sarji y Gobind brincaban de sus caballos y también los seguían. Bukta disparaba, recargaba su arma y volvía a disparar.

La hondonada en sombras detrás del muro de roca parecía un lugar apacible después del calor, el polvo y el frenesí de la enloquecida cabalgata. Allí había acampado Bukta durante la semana anterior, y sus pocas pertenencias junto con la escopeta, los cartuchos y las dos cajas de municiones estaban colocadas ordenadamente sobre una piedra. Su caballo pastaba y el lugar parecía curiosamente hogareño. Un rincón de paz y seguridad rodeado de acantilados, y al que sólo se llegaba por un paso tan angosto que, desde allí, un hombre solo con una buena espada, y mucho más con un revólver, podría haber resistido a un ejército.

Al menos, eso había pensado Ash alguna vez. Pero ahora, enfrentado con la realidad, no era tan optimista porque había un límite para el tiempo que pudieran resistir allí. Un límite impuesto por su provisión de municiones y agua. Quizá podía haber suficientes municiones, pero el agua no duraría mucho con aquel calor seco y tórrido, especialmente si se pensaba en los caballos. No podían acercarse al arroyo del valle y sólo contaban con el contenido de sus cantimploras, que podrían bastarles durante algún tiempo, pero que significaban poco para los animales. Y hacía varias horas que Dagobaz no bebía, y Ash todavía más.

De pronto, Ash tuvo conciencia de su propia sed, que hasta ahora no le había molestado mucho debido a las emociones del día. Pero no se atrevió a beber por temor a vaciar hasta la última gota de su cantimplora, que luego podría necesitar. Por la noche caería rocío y con eso mejorarían las cosas. Pero era evidente que no podían quedarse allí, porque sin agua el lugar ya no sería un refugio, sino una trampa; cuanto más pronto se marcharan, mejor, porque una vez que cayeran las sombras incluso a Bukta le sería imposible seguir las huellas apenas visibles entre las montañas, que se hundían, trepaban y cruzaban por pendientes aparentemente infranqueables.

Ash miró a Anjuli. Su rostro estaba tan consumido por el agotamiento que alguien que no la conociera podría pensar que era una vieja. No parecía posible que sólo tuviera veintiún años.

Él habría querido dejarla descansar un poco más. Parecía necesitarlo, igual que todos los demás, caballos y jinetes. Y, aunque el aire en el paso era casi irrespirable por el calor del día, al menos la sombra daba una ilusión de frescura, y los agotados caballos comenzaban a pastar. Pero tendrían que seguir adelante, porque a pesar de las empinadas laderas a ambos lados y de la pared de roca que había entre ellos y el valle, aún oían los estampidos del rifle de Bukta y los disparos que le respondían y los informaban de que los perseguidores se habían detenido y devolvían el fuego.

La carabina de Ash seguía atada a la silla de Sarji. La tomó y volvió a cargarla; cogió las cajas de municiones, las colocó en una de las alforjas de la montura y dijo:

–Sarji, tú y Gobind debéis ir delante con la *rani*, mientras yo reemplazo a Bukta para contener a esta turba. Él tendrá que acompañaros porque es el único que conoce el camino; y... –se interrumpió y miró a su alrededor–. ¿Dónde está Manilal? ¿Qué le sucedió?

Pero ni Sarji ni Gobind podían decírselo. No habían tenido tiempo de mirar atrás, ni de hacer otra cosa que espolear a los caballos que flaqueaban; y una vez que estuvieron entre las rocas ya no vieron lo que sucedía en el valle.

–Pero Bukta se habrá encargado de que no le suceda nada –dijo Sarji con confianza–. Jamás yerra, y pronto habrá muchos muertos allí. Dispara con tanta rapidez como carga. Si volvemos los tres y lo ayudamos podremos matarlos a todos.

Ash respondió vivamente:

–No, Sarji. Deja eso a mi cargo. Hemos venido aquí para salvar a la *rani*, y su seguridad es lo primero. No podemos permitirnos correr riesgos con su vida, y aunque sólo haya un puñado de hombres ahí ahora, pronto vendrán más desde el lugar de la cremación. Además, una vez que sea de noche ninguno de nosotros podrá moverse, de manera que haz lo que te digo y no discutas... No tenemos tiempo. Gobind, encárguese de que la *rani* esté lista para partir tan pronto como lleguen Bukta y Manilal. Tendrá que cabalgar detrás de uno de vosotros, de modo que, si hay alguna duda de que los otros caballos puedan soportar doble carga, Sarji deberá montar a Dagobaz y llevar a otro. Alcánzame esa escopeta; puedo llevarla también, y los cartuchos... Gracias, Sarji. Volveré en cuanto sea prudente hacerlo. No os detengáis a menos que sea indispensable. No estaréis seguros hasta que hayáis pasado la frontera.

Tomó las dos escopetas y la alforja con las municiones, y sin mirar a Anjuli se alejó.

El estrecho sendero entre las rocas estaba en sombras; ya la luz se retiraba del pequeño fragmento de cielo a la vista, y Ash pensó que mucho antes de que se ocultara el sol estaría oscuro en ese lugar: no se vería nada y eso sería una ventaja para él, ya que cualquiera que no conociera el paraje probablemente se detendría en la primera curva, imaginando que era un callejón sin salida, mientras que él podía buscar a tientas el camino de regreso sin mucha dificultad..., si volvía.

Y tendría que volver. No le quedaba otra alternativa, porque si los demás regresaban a Gujerat sin él podrían encontrarse en enormes dificultades, ya que no creerían muy fácilmente su historia (o, en todo caso, lo tomarían como el relato de una viuda histérica, el *hakim* de su tío y su sirviente, y un tratante de caballos, ninguno de los cuales sabía una palabra de inglés). Ash sabía que no era muy fácil convencer a los oficiales, y si de algo podía estar seguro era de que todos en Bhithor, desde el *diwan* hasta el más insignificante criado del palacio, mentirían con gran soltura para ocultar la verdad. Hasta era posible que sospecharan que sus amigos lo habían asesinado para robarle la escopeta y el rifle, si él no volvía.

Por un momento, estuvo tentado de volver. Pero no lo hizo. Sarji tenía muchos amigos en Gujerat y su familia poseía cierta influencia en la provincia, mientras que Juli era una princesa por derecho propio, y tanto ella como Gobind contarían con el apoyo de su hermano Jhoti, que era maharajá de Karidkote. Era el colmo del absurdo imaginar que no se arreglarían sin él.

Encontró a Bukta estratégicamente escondido entre dos grandes piedras, con el frente protegido por una roca donde había apoyado el cañón de su rifle. Había huecos en su cinturón de municiones y cartuchos gastados en el suelo junto a él. En el valle se veía una serie de caballos asustados galopando de aquí para allá con las monturas vacías y las riendas colgando. También se veían jinetes muertos entre las piedras y el polvo, como prueba de la afirmación de Sarji de que Bukta jamás fallaba. Pero, aunque la oposición se había reducido drásticamente, aún no estaba eliminada, y los supervivientes se habían refugiado y respondían a los disparos de Bukta.

Sus armas antiguas no podían compararse en cuanto a alcance y precisión con el Lee-Enfield, pero tenían la ventaja del número. Podían efectuar cuatro o cinco disparos por cada uno de los de Bukta, y para éste resultaba peligroso aventurarse a salir al descubierto. Podía retroceder para apartarse de la zona de peligro, pero eso era todo; y aunque el enemigo no estaba en mejor situación, el tiempo estaba de su parte, ya que pronto recibirían refuerzos.

Bukta echó una rápida mirada a Ash y dijo:

–Vuelva atrás, *sahib*. Aquí no puede hacer nada. Usted y los otros deben marchar rápidamente hacia las montañas. Es su única posibilidad. No pueden luchar contra un ejército, y vienen muchos... Mire allí.

Pero Ash ya los había visto. En efecto, era un verdadero ejército el que se acercaba hacia ellos por el valle. Parecía que habían enviado a la mitad de las Fuerzas del Estado para capturar a la *rani* viuda y a sus salvadores. Aún estaban a gran distancia, pero pronto llegarían.

Una bala chocó contra la roca a escasos centímetros de la cabeza de Ash, que se agachó para evitar la lluvia de esquirlas, y dijo:

–No podemos seguir sin guía. Tú lo sabes, Bukta. Me quedaré en tu lugar mientras tú conduces a los otros. Vamos, rápido.

Bukta no perdió el tiempo en discutir. Retrocedió, se incorporó junto a una piedra, se sacudió el polvo de la ropa, y replicó:

–No deje acercarse a nadie, *sahib*. Manténgalos a distancia y dispare lo más a menudo que pueda para que no sepan cuántos de nosotros hay entre las rocas. Cuando oscurezca salga de aquí. Si puedo, volveré a encontrarme con usted.

–Tendrás que traer uno de los caballos; porque si Manilal está herido...

–Está muerto –respondió Bukta–, y, si no fuera por él, todos ustedes lo estarían, porque esos perros estaban tan cerca que no podrían haberse apeado sin que los capturaran; y yo no podía disparar. Pero el sirviente del *hakim* se lanzó entre ellos e hizo caer a uno de los jinetes principales, y cayó él también. Enseguida, uno de los que venían detrás le separó la cabeza del cuerpo. Que vuelva a nacer como príncipe y guerrero. Regresaré por usted después de que salga la luna. Si no... –se encogió de hombros y se alejó. Ash se tendió detrás de una piedra y observó el campo de batalla con el rifle y la escopeta preparados.

Los refuerzos, que se habían acercado mucho, aún estaban fuera del alcance de Ash. Pero uno del grupo primitivo, al haber pasado dos minutos sin que el tirador oculto entre las rocas disparara, pensó que debía de estar muerto o que se había quedado sin municiones y tuvo el descuido de mostrarse. Ash disparó su carabina y el hombre se desplomó. Después de eso, sus compañeros tuvieron cuidado de mantener bien bajas las cabezas mientras seguían disparando repetidamente en dirección a la roca, lo cual permitió a Ash poner toda su atención en los jinetes que se aproximaban.

La carabina era eficaz hasta unos trescientos metros de distancia... Más lejos, sus resultados eran en parte cuestión de suerte. Pero, recordando el consejo de Bukta, Ash comenzó a disparar a distancia, y con efecto mortal, porque cuando el blanco está formado por cincuenta hombres que cabalgan en hileras de diez o quince, y en formación de falange sólida, es casi imposible fallar.

Aun a esa distancia, el primer disparo causó gran confusión. Ash la aumentó con algunos más, y estaba recargando por sexta vez cuando sintió que una mano tocaba su hombro y se volvió bruscamente, con el corazón en la boca.

–¡Sarji! ¡Dios mío, me has asustado! ¿Qué estás haciendo? ¿No te dije...?

Se detuvo en mitad de la frase porque detrás de Sarji estaba Gobind.

Sonaron otros disparos sobre sus cabezas, pero Ash no les prestó atención.

–¿Qué sucede?

–Nada –dijo Sarji tendiendo la mano para tomar la carabina–. Sólo que hemos decidido que eres tú quien debe seguir adelante con la *sahiba rani*, porque, si algo anda mal, tú, que eres un *sahib*, podrás hablar mejor para defenderla y defendernos a nosotros ante tus compatriotas, y conseguir justicia del Gobierno. Somos tres contra uno, Ashok, porque Bukta también está de acuerdo en que eso es lo más sensato. Irá contigo y se encargará de que regreséis sin peligro. Ahora vete; te están esperando y no partirán hasta que llegues.

–Pero Gobind no sabe usar un rifle –comenzó Ash–. Él...

–Yo los cargaré –dijo Gobind–, y con dos rifles su amigo podrá disparar con mayor rapidez, de manera que quizá lleguen a creer que somos más de los que pensaban. No pierda el tiempo, *sahib*; vuelva enseguida y ponga fuera de peligro a la *sahiba rani*. No tema por nosotros, pronto oscurecerá, y hasta podremos resistir contra todo Bhithor. Lleve esto con usted... –Puso un pequeño envoltorio en la mano de Ash–. Y ahora váyase.

Ash miró de uno a otro rostro, y lo que vio en ellos le hizo sentir la inutilidad de toda discusión. Además, tenían razón, porque eso era lo que él mismo había pensado. Probablemente, él podría hacer más que ellos por Juli.

–Tened cuidado –dijo.

–Sí –respondió Sarji.

Se estrecharon la mano y se sonrieron con la misma sonrisa de labios apretados. Gobind lo saludó con la cabeza, y Ash dio la vuelta obedientemente.

Hubo otros disparos del enemigo invisible. Ash oyó el ruido del rifle que les contestaba, y partió a la carrera.

Esta vez le resultó más fácil atravesar la abertura entre las rocas, pues no iba cargado con armas de fuego y municiones, y en el otro extremo lo esperaban Bukta y Anjuli. Sólo tuvo que montar a Dagobaz, hacer subir a Juli detrás de él y seguir al paso por la hendidura en sombras tras el pequeño poni de Bukta.

El sonido de los disparos disminuyó y pronto sólo oyeron los cascos de sus caballos en los pastos secos de la ladera. Únicamente al comenzar a subir recordó el paquete que le había dado Gobind; lo abrió y vio que contenía las cartas que había escrito la noche anterior. Todas. Y se dio cuenta de lo que eso significaba. Pero ya era demasiado tarde para volver, aunque hubiera podido hacerlo.

Continuaron el ascenso hasta que el valle quedó muy atrás, oculto por un mar de hierbas y colinas. Ahora, el aire ya no estaba enrarecido por el polvo y el viento soplaba más fresco. Pero Bukta no daba señales de detenerse y seguía avanzando con rapidez, conduciéndolos hacia delante y hacia arriba por senderos que para los ojos de Ash resultaban casi invisibles, y por grandes zonas de pizarra donde debían apearse y llevar a los caballos de las riendas, pues resbalaban entre las piedras sueltas.

Bukta los guio sin vacilar al único lugar en aquellas montañas desérticas donde podían aplacar su sed y reponer energías para seguir adelante. Pero para uno de ellos sería el final del camino.

Dagobaz no pudo haber visto el agua, pero seguramente la olió, y estaba desesperado de sed y muy cansado. El caballo de Bukta, que conocía el lugar y al que no le había faltado descanso ni agua ese día, bajó la pendiente empinada y pedregosa con la agilidad de un gato. Pero Dagobaz no andaba con tanta seguridad. Saltó repentinamente hacia delante pillando desprevenido a su dueño, y antes de que Ash pudiera hacer nada por contenerlo resbaló, tratando de mantener el equilibrio en medio de la tierra seca y las piedras sueltas. Arrastró a Ash con él y cayó finalmente entre las rocas al borde del agua.

Anjuli logró saltar a un lugar seguro y Ash sólo sufrió algunos cortes y golpes pequeños, pero Dagobaz no podía incorporarse: se había fracturado la pata delantera derecha y era imposible hacer nada por él.

Si esto hubiera sucedido en la llanura, tal vez habría sido posible llevarlo a la granja de Sarji donde algún veterinario experimentado lo hubiese tratado, y, aunque habría quedado cojo y jamás hubiera podido volver a cabalgar, al menos hubiese pasado el resto de su vida en un honorable retiro a la sombra de los árboles. Pero no había esperanzas para él.

Al principio, Ash no podía creerlo. Y, cuando por fin se convenció, le pareció que todo lo que había sucedido aquel día, las largas horas de espera en la terraza del *chattri*, la muerte de Shushila, la huida por el valle y la muerte de Manilal... caía sobre él en aquellos instantes, hasta que el peso acumulado le llegó a resultar intolerable. Cayó de rodillas junto al caballo, y, al tomarle la cabeza sudorosa entre los brazos y ocultar su rostro en ella, lloró como sólo había llorado una vez en su vida. La mañana de la muerte de Sita.

No supo cuánto tiempo permaneció allí porque perdió toda noción del tiempo. Pero, finalmente, una mano lo tomó por el hombro y la voz de Bukta dijo con severidad:

—¡Ya basta, *sahib*! Está oscureciendo y debemos salir de este lugar mientras podamos hacerlo; estamos en una hondonada, y si nos atrapan aquí no tendremos escapatoria. No debemos detenernos hasta que lleguemos a una zona más alta, donde podamos estar más seguros.

Ash se puso de pie con vacilación y permaneció un momento con los ojos cerrados, tratando de controlarse. Luego le quitó a Dagobaz el bocado y los arreos para dejarlo más cómodo. Sacó la cantimplora, vació el agua tibia que contenía y volvió a llenarla con agua fresca. Había olvidado sus propias necesidades. Sabía que Dagobaz había sido arrastrado al desastre por la sed y quería calmársela. El caballo negro estaba mareado, dolorido y muy cansado, pero bebió el agua con agradecimiento, y cuando el recipiente estuvo vacío, Ash lo entregó a Bukta para que volviera a llenarlo sin darse cuenta de que no era Bukta, sino Anjuli, quien estaba junto a él y lo hacía.

Bukta observaba con ansiedad que estaba oscureciendo. Cuando vio que Dagobaz ya no podía beber más, se adelantó y dijo:

–Deje esto de mi cuenta, *sahib*. No sentirá nada, se lo prometo. Ayude a la *sahiba rani* a montar mi poni y aléjese un poco.

Ash volvió la cabeza y respondió bruscamente:

–No es necesario. Si pude matar de un tiro a una muchacha que conocía bien, sin duda puedo hacer lo mismo con mi caballo.

Tomó su revólver, pero Bukta tendió la mano y dijo gravemente:

–No, *sahib*, es mejor que lo haga yo.

Cuando Bukta disparó, el caballo se estremeció una sola vez. Y eso fue todo.

–Vamos –dijo Bukta–. ¿Nos llevamos la silla y las riendas?

–No, déjalas.

Ash se puso de pie pesadamente, como si fuera un anciano, y acercándose a la charca hundió su rostro en el agua y bebió a grandes sorbos como un animal sediento. Anjuli ya estaba sentada en el poni, y Bukta se volvió sin decir palabra y emprendió la marcha.

Ash recogió la cantimplora y volvió a llenarla, y siguió a los otros sin mirar hacia el lugar donde Dagobaz dormía su último sueño entre las sombras.

Cuando llegaron a la colina ya habían salido las estrellas, pero Bukta les pidió que se apresuraran y sólo se detuvo cuando Anjuli se quedó dormida en la silla; se habría caído si no hubieran estado en una zona llana. Aun entonces, insistió en acampar en medio de unas piedras grandes que formaban una especie de círculo en el centro de una gran zona de pizarra, aunque no era un lugar especialmente cómodo ni resultaba fácil llegar a él.

–Pero allí podrá dormir sin peligro –dijo Bukta–, y sin necesidad de vigilar: ni una serpiente se aproximaría sin hacer caer piedras y despertarlo con el ruido.

Bukta preparó un lugar para que durmiera Anjuli, y después ofreció comida a todos: *chuppattis*, que él mismo había guisado aquella mañana, y *pekoras*, arroz frío y *huldoo*, que Sarji había comprado en la ciudad y trasladado a las alforjas de la silla de Bukta cuando decidió que él y Gobind se quedarían detrás.

Ni Ash ni Anjuli habían comido nada durante todo el día, pero ambos estaban tan agotados física y mentalmente que no deseaban comer. Bukta los obligó a hacerlo, diciendo que necesitarían de todas sus fuerzas para poder avanzar lo suficiente al día siguiente, y que si estaban débiles sólo conseguirían ayudar a sus enemigos.

–Además, dormirán mejor si comen algo, y se despertarán descansados.

Así que comieron lo que pudieron; luego, Juli se acurrucó en la manta de la silla que Bukta había extendido para ella y se durmió casi de inmediato. El viejo *shikari* expresó su aprobación con un gruñido e instó al *sahib* a seguir el ejemplo de Juli. Luego se dispuso a marcharse.

–¿Vuelves a buscarlos? –preguntó Ash en voz baja.

–¡Claro! Hemos convenido que me esperarían cerca del borde de la *nullah*, y que yo saldría tan pronto como hubiera traído a la *sahiba rani* y a usted a este lugar, que es tan seguro como cualquier otro en estas montañas.

–¿Vas a pie? –preguntó Ash, recordando que el caballo estaba atado en el otro extremo de la zona de pizarra.

Bukta asintió.

–Avanzaré más rápido a pie. Si fuera a caballo, tendría que esperar a que saliera la luna, ya que ahora está demasiado oscuro para cabalgar. La luna tardará una hora más en salir, y en ese tiempo ya estaré cerca de la *nullah*. Además, es imposible llevar dos caballos por estas montañas, y quizás el *sahib sirdar* o el *hakim* han resultado heridos o están demasiado fatigados; en tal caso, puedo guiarlos mientras ellos me siguen a caballo. Si todo va bien, regresaremos antes de medianoche, y estaremos nuevamente en marcha cuando amanezca. De manera que duerma mientras pueda hacerlo, *sahib*.

Se puso el rifle al hombro y partió.

Ash nunca había sentido menos ganas de dormir, pero sabía que Bukta tenía razón y que era sensato que descansara todo cuanto pudiera, de manera que se tendió entre las grandes piedras, cerró los ojos y trató de relajar sus músculos tensos y de no pensar en nada, ya que había tantas cosas que le resultaba insoportable pensar: Shushila, Manilal..., y ahora, Dagobaz... Pero seguramente estaba más cansado de lo que creía, porque el sueño lo invadió antes de que se diera cuenta; cuando llegó la pesadilla familiar, se despertó sudando de terror. La luna estaba alta en el cielo y las montañas bañadas por una luz de plata.

Juli seguía durmiendo. Al cabo de un rato, Ash dejó de contemplar la ladera desierta y se volvió a mirarla; no experimentó ninguna de las emociones que había esperado sentir ante la visión y la proximidad de Juli.

Allí estaba ella junto a él, liberada por fin de sus lazos con un marido odiado y una hermana adorada, y lo lógico hubiera sido que Ash estuviera lleno de alegría y de triunfo. En cambio, se sentía vacío de emociones; sólo podía mirarla desapasionadamente y pensar «pobre Juli»..., sintiendo pena por todo lo que ella había sufrido. Pero también sentía pena de sí mismo. Por haber tenido que matar a la pequeña Shushila y por la parte que le tocaba de las muertes de Manilal y Dagobaz, cuyos restos mortales pronto serían roídos por los chacales y los buitres.

¡Si al menos hubiera podido enterrarlos! O quemarlos, como se había quemado Shushila, para que los cuerpos se convirtieran en cenizas limpias en lugar de carne destrozada y huesos enrojecidos.

Era absurda, pero ésa era la idea que más le hacía sufrir.

¿Y Bukta? ¿Qué hacía? La luna aún no había salido cuando él partiera, pero ahora ya se ocultaba y comenzaba a soplar la brisa que anuncia el amanecer. Ya debería haber regresado. A menos que... Un pensamiento frío y desagradable se deslizó en la mente de Ash y le erizó la piel.

¿Y si Bukta había sufrido un accidente entre las piedras del camino?

¿Y si había tropezado y se había caído, igual que Dagobaz? En aquellos momentos, tal vez estaría al final de alguna pendiente, o tratando penosamente de ponerse de pie con un tobillo fracturado. Podía haberle sucedido cualquier cosa en aquellas montañas traicioneras, y como los otros no se atreverían a partir sin él, aún debían de estar en el estrecho sendero pedregoso, esperándolo. Pero ¿cuánto tiempo esperarían? «Debo ir a buscarlo», pensó Ash. Luego se volvió para mirar a Anjuli y supo que no debía ir. No podía dejarla sola, porque si le sucedía algo... Si él tropezaba o se perdía entre las montañas, y Bukta jamás regresaba..., ¿qué sería de ella? ¿Cuánto tiempo continuaría viva si la dejaba en medio de aquellas montañas desoladas?

Juli ni siquiera sabía en qué dirección estaba Gujerat, y no era imposible que volviera al valle, donde la capturarían y, casi con seguridad, la matarían. Ash no podía correr el riesgo de abandonarla. Tendría que quedarse y reprimir su impaciencia, y rogar por que Bukta y los demás aparecieran antes de que fuese de día.

Las horas que siguieron le parecieron interminables. Las sombras se alargaban a medida que la luna avanzaba por el cielo, y cuando se calmó la brisa, la noche quedó tan tranquila que se oía la suave respiración de Juli y muy a lo lejos el aullido de unos chacales. Pero, por más que se esforzara, Ash no oía ninguna otra cosa.

Cuando la luna palideció y desaparecieron las estrellas, llegó un resplandor amarillento desde el horizonte, y con él apareció una pequeña figura en la cresta de la colina, que pronto se recortó contra el cielo color azafrán antes de seguir avanzando, lenta y fatigosamente.

Ash corrió a encontrarse con él, tropezando en las piedras y gritando, aliviado y sin prestar ahora atención al ruido que hacía. Pero, al llegar a la mitad de la ladera cubierta de hierba, se detuvo y sintió que una garra fría se cerraba sobre su corazón. Se dio cuenta de que sólo había una persona. Bukta venía solo, y, al acercarse, Ash vio que sus ropas ya no tenían el color del polvo, sino que aparecían cubiertas de manchas oscuras.

–Los dos estaban muertos. –La voz de Bukta revelaba agotamiento y el hombre se dejó caer sobre la hierba. Pero la sangre seca de la chaqueta no era suya, porque, según dijo, llegó cuando todo había terminado.

–Era evidente que algunos de esos malditos subieron por las montañas y los cogieron por sorpresa. Se entabló una lucha en la *nullah*, y sus caballos también estaban muertos... Creo que igualmente deben de haber muerto muchos de sus enemigos, porque el camino entre las rocas y la *nullah* estaba enrojecido de sangre y había muchos cartuchos usados, tantos que dudo que hayan quedado muchos sin disparar. Pero, cuando yo llegué, los bhithorianos se habían llevado ya a sus propios muertos y heridos. Deben de haber necesitado muchos hombres para llevarlos de vuelta a la ciudad, ya que sólo quedaron cuatro para vigilar la entrada a la *nullah*.

Por el rostro moreno de Bukta pasó la sombra de una sonrisa y prosiguió con amargura:

–A esos cuatro los acuchillé yo. Uno detrás de otro, y sin ruido; porque los imbéciles dormían, creyéndose seguros... ¿Y por qué no? Habían matado a tres de nosotros y debieron de pensar que los otros dos, uno de los cuales era una mujer, habrían escapado ya entre las montañas. Sé que entonces debería haber regresado. Pero ¿cómo podía dejar los cadáveres de mi amo, el *sahib sirdar*, y del *hakim* y su sirviente sin quemar y a merced de esas bestias salvajes? No podía hacer eso; por lo tanto, los llevé uno por uno hasta una especie de cuadra vacía que hay cerca de la orilla del arroyo. Hice cuatro viajes porque no podía llevar el cuerpo y la cabeza de Manilal a la vez... Finalmente apilé un montón de madera seca, coloqué los cadáveres sobre ella y los rocié con polvo de mis cartuchos; luego traje agua del arroyo y dije las plegarias. Les prendí fuego y los dejé arder...

Su voz murió en un susurro y Ash pensó con dificultad: «Sí. Lo vi. Pensé que eran los fuegos del campamento. Pero no sabía...». Lo espantó pensar que había visto el resplandor y que no sabía que era Sarji que ardía... Sarji y Gobind, y Manilal...

Bukta dijo con voz debilitada:

–Ardieron rápidamente, porque la madera era vieja y seca. Y espero que, cuando haya ardido del todo, el viento transporte las cenizas del *sahib sirdar* y las de los otros al arroyo que está cerca, y que los dioses los lleven al mar.

Miró el rostro contraído de Ash y agregó con suavidad:

–No se altere, *sahib.* Para nosotros, que adoramos a los dioses, morir es muy poca cosa: sólo un breve alto en un viaje en el que el nacimiento y la muerte van seguidos de un nuevo nacimiento, y luego de otra muerte; y así sucesivamente, hasta que por fin llegamos al nirvana. Entonces, ¿para qué apenarse porque ellos hayan completado otra etapa de ese viaje, y tal vez ahora estén embarcándose en la siguiente?

Ash no habló y el viejo volvió a suspirar; quería mucho a Sarjevar. Además, estaba muy cansado; el trabajo de la noche habría agotado a un hombre más joven, y le habría gustado quedarse donde estaba a descansar un poco, pero no era posible.

Si todo hubiera salido bien, él y sus compañeros estarían ahora a muchos kilómetros de distancia sin temer ya ser perseguidos. Pero las cosas habían ido mal, y, para empeorarlas, había matado a los centinelas dormidos y se había llevado los cadáveres de Sarjevar y de los otros dos, de manera que pronto volvería a empezar la persecución... Aunque quizás esta vez no antes del amanecer.

Las llamas de la pira que había encendido se verían claramente desde la ciudad, pero no creía que enviaran a nadie a investigar, ya que pensarían que los hombres que habían quedado de guardia habrían prendido fuego a la cuadra abandonada, por mero entretenimiento o para espantar a los chacales y otros animales que pudieran haber sido atraídos por el olor de la sangre.

Pero al amanecer sin duda acudirían muchos hombres, esta vez perseguidores más experimentados, para poder seguir las huellas de la *rani* y de los supervivientes en las montañas. Encontrarían muertos a los cuatro que habían quedado vigilando y observarían que los cadáveres de los forasteros habían desaparecido, por lo que comprenderían que su presa no estaba lejos.

Bukta se puso de pie y dijo con voz ronca:

–Vamos, *sahib*, estamos perdiendo el tiempo. Debemos ir lejos y necesitamos apresurarnos; de ahora en adelante, usted y yo deberemos ir a pie porque sólo tenemos un poni.

Ash aún no había hablado. Se volvió sin decir palabra y comenzó a bajar la ladera a la luz del amanecer.

44

Finalmente fue Bukta y no Anjuli quien montó en el poni.

Ella se había despertado con el ruido de la partida tumultuosa de Ash. Y, cuando los dos hombres volvieron, la encontraron despierta, esperando. Sus ojos se agrandaron al ver las manchas de sangre en las ropas del *shikari*; miró el rostro de Ash y extrajo sus propias conclusiones. Los escasos colores que una noche de sueño había puesto en sus mejillas se desvanecieron y quedó más pálida y consumida que antes, pero no hizo preguntas; y les habría traído comida si Bukta no se hubiera negado a esperar. Dijo que podían comer más tarde, pero que ahora debían marcharse de inmediato y seguir lo más rápidamente que pudiesen, pues era probable que los siguieran.

Se echó las alforjas al hombro, y Anjuli lo siguió hasta el lugar donde el poni pastaba plácidamente.

Pero, cuando lo ensillaron y Ash le dijo que montara, ella se negó a hacerlo diciendo que era evidente que el *shikari* estaba exhausto, y que, si la velocidad era importante, avanzarían más deprisa si él iba a caballo; ella había descansado y no tenía ningún inconveniente en caminar. Bukta no intentó discutir. Estaba demasiado fatigado y ansioso para perder tiempo con algo que, al fin y al cabo, era sensato. Se limitó a asentir, y añadió que debían vigilarlo para que no se durmiera; porque, si eso sucedía, el poni elegiría su propio camino y podían perderse. La *sahiba rani* debía caminar junto a él para apoyarse en uno de los estribos en las laderas empinadas.

Bukta los instó a que anduvieran deprisa, y sólo cuando el calor de la mañana cayó sobre ellos y Anjuli mostró señales de cansancio se detuvo para cambiar de puesto con ella; dijo que ya había descansado lo suficiente como para seguir a pie. Pero no les permitió detenerse excepto durante un corto tiempo a mediodía, cuando hicieron una comida frugal a la sombra de una roca y durmieron un rato.

Terminada aquella corta siesta, Bukta insistió en que siguieran adelante, volviéndose cada vez que cruzaban una colina para ver si había signos de persecución.

–Han encontrado el arroyo –murmuró Bukta–, y ahora sabrán que sólo tenemos un caballo para los tres y que avanzamos despacio. Esperemos que dediquen algún tiempo a beber y a discutir quién se quedará con la silla y las riendas.

Tal vez hicieron eso. En todo caso, no alcanzaron a los fugitivos, y cuando se puso el sol era evidente que ya no los alcanzarían. Tan evidente que cuando por fin, a la luz de las estrellas, aquéllos llegaron al lugar donde antes acamparan con Bukta, en el valle lleno de árboles, incluso éste se sintió lo suficientemente seguro como para encender un fuego con el que guisar *chuppattis* y alejar a cualquier leopardo que merodeara por los alrededores. Y también para lavar sus ropas manchadas de sangre y tenderlas a secar.

Todos estaban demasiado rendidos para dormir bien aquella noche. Bukta y Ash se turnaron para vigilar, porque había huellas de perros salvajes en la tierra húmeda y no podían arriesgarse a perder el poni. Con las primeras luces del alba, se pusieron nuevamente en marcha, y, excepto que tenían menos sensación de urgencia y no se detenían con tanta frecuencia para mirar hacia atrás, el día fue una repetición del anterior, aunque aún más caluroso y agotador. Sólo descansaban cuando Bukta lo permitía, y por la noche todos tenían los pies lastimados y estaban jadeantes y sedientos, pero habían llegado al pie de las montañas. El viejo *shikari* durmió bien entonces y también Anjuli, débil por la larga jornada a caballo. Aunque Ash se sentía igualmente cansado, no durmió mucho y estuvo turbado por sus sueños, que esta vez no tenían que ver con Dagobaz, sino con Shushila. El mismo sueño se repetía sin cesar, y él se despertaba temblando sólo para volver a soñarlo en cuanto perdía la consciencia.

Cada vez que se dormía, Shushila aparecía ante él con su traje de novia rojo y dorado, y le imploraba, entre lágrimas, que no la matara, pero Ash se negaba a escuchar; levantaba el revólver, apretaba el gatillo y veía el hermoso rostro suplicante disolverse en sangre. Y volvía a despertarse...

«Pero, ¿qué otra cosa podía haber hecho?», pensaba irritado. ¿No era suficiente tener que cargar con la responsabilidad de la muerte de Sarji, para que además viniera a hacerle reproches el fantasma de

Shushila, cuyo fin él sólo había acelerado como Bukta había hecho con el de Dagobaz? Pero Shushila no era un animal, sino un ser humano que había decidido voluntariamente aceptar la muerte por el fuego y de esa manera lograr la santidad; y él, Ash, había decidido evitarlo sin que ella lo supiera.

Es más: había interferido en algo que era una cuestión de fe y un asunto muy personal; y ni siquiera podía estar seguro de que las convicciones de Shushila eran falsas, porque, ¿acaso el calendario cristiano no contenía los nombres de muchos hombres y mujeres quemados vivos por sus creencias y aclamados como santos y mártires?

«Si no podía salvarla, no debía haber intervenido», pensó Ash. Pero, como ya lo había hecho y no podía volverse atrás, decidió que tenía que apartarlo de su mente para siempre; se daba la vuelta y se dormía otra vez..., sólo para encontrarse de nuevo con una muchacha que se retorcía las manos y lloraba, y le suplicaba que no la matase. Fue una noche terrible.

Al amanecer del día siguiente habían cruzado la frontera. Tres jornadas después, Ash y Bukta estaban de regreso en la casa de Sarji, de donde habían partido con tanta prisa menos de tres semanas antes. Pero Anjuli no estaba con ellos: en la última noche en la jungla, Bukta esperó a que ella se quedara dormida, y, en voz muy baja, explicó que había pensado en el futuro y llegado a la conclusión de que sería mejor no revelar la identidad de la *sahiba rani*. Nadie la vería con simpatía, porque mucha gente no sólo aprobaba las antiguas costumbres y pensaba que todas las esposas debían sufrir *suttee* cuando su marido moría, sino que aun aquéllos que no opinaban así tendían a considerar a una viuda joven alguien que da mala suerte y poco mejor que una esclava.

Tampoco le parecía aconsejable contar a nadie la verdadera historia del *sirdar* Sarjevar. Sería mejor para todos si su familia y amigos ignoraban lo que había sucedido en Bhithor, ya que la identidad de Ash y la de los otros eran desconocidas allí; en opinión de Bukta, era conveniente que siguieran siéndolo, ya que no podía negarse que los tres habían entrado en Bhithor secretamente con la intención de llevarse a las esposas del fallecido *rana*; ni que una vez allí habían matado a un miembro de la guardia personal del rajá, y asaltado, amordazado y atado a varios sirvientes de palacio; ni que, tras haberse apoderado de la *rani* segunda, habían disparado contra los soldados locales (quienes legítimamente intentaban evitar su huida) y logrado matar a muchos de ellos...

–No sé qué piensa usted –dijo Bukta–, pero por mi parte no desearía ser llamado ante un *sahib* juez para responder a esas acusaciones, y quizá pasar el resto de mis días en la cárcel..., si es que no me ahorcan por los asesinatos. Sabemos que los bhithorianos mentirían sin ningún límite, y, aunque nadie los creyera, los *sahibs* dirían que no teníamos derecho a hacer justicia por nuestras propias manos y matar a esos cerdos. Por eso deberíamos recibir un castigo, y, aunque el suyo podría consistir solamente en algunas palabras duras de sus superiores, estoy seguro de que el mío sería la cárcel; y si alguna vez saliera libre, los bhithorianos se encargarían de que no viviera para disfrutar de mi libertad más de un día... Y también hay que pensar en eso, *sahib*: los hemos avergonzado, cosa que no olvidarán ni perdonarán, y si se enteran de los nombres de los implicados...

–Conocen el del *sahib hakim* –respondió Ash–. Y el de Manilal.

–Es cierto. Pero ellos eran de Karidkote, y, por tanto, supondrán que sus cómplices también venían de ese estado. Los bhithorianos no tienen razones para pensar de otra manera, porque nunca lo relacionarán a usted, un *sahib* oficial de un regimiento de Ahmadabad, con la huida de una de las viudas del fallecido *rana*. Tampoco tratarán de vengarse en la gente de la *rani*, que son sumamente poderosos y están demasiado lejos. Pero usted y yo no somos poderosos ni estamos lejos, y tampoco la *sahiba rani* hasta que vuelva a su propio estado, lo cual puede tardar semanas si se emprenden investigaciones policiales. La ley se mueve con lentitud, y una vez que se sepa que está en Gujerat y se le pida que proporcione datos sobre nosotros y sobre ella, su vida no valdrá un *anna*. Y la suya o la mía tampoco. Si piensa un poco, *sahib*, se dará cuenta de que lo que le digo es verdad.

–Sí... sí, lo sé –respondió Ash con lentitud.

Las autoridades británicas verían el asunto con muy poca simpatía, aunque en gran parte eran responsables de él, por no haber emprendido ninguna acción. Porque, de todas maneras, habían muerto muchos hombres, y los caballeros errantes no podían alegar que habían salvado a la *rani* de la muerte; Ash mismo había apresurado la de Shushila, mientras que Anjuli, por obra de su hermana, en todo caso habría escapado de ser quemada en la pira del *rana*. Hubiera quedado ciega a cambio, pero... ¿alguien creería esa historia cuando todo Bhithor la negara rotundamente?

El *diwan* y sus ministros también sostendrían, con cierta justificación, que la *rani* principal había insistido en su derecho a inmolarse en la pira de su marido, y que nadie había podido disuadirla; ni detenerla tampoco, ya que contaba con el apoyo del pueblo que no había permitido interferencias de oficiales o guardias. Todo eso sonaba muy plausible; mucho más que la propia historia de Ash. Finalmente, el tribunal impondría una multa a Bhithor, que inevitablemente la pagaría aumentando los impuestos a los campesinos. Y, como el nuevo *rana* era demasiado joven para hacerse responsable del Gobierno, el Departamento Político daría un sermón al *diwan* y sus cómplices sobre el error de no respetar la ley y las terribles consecuencias que tendrían otras conductas semejantes, y probablemente recomendarían que se instalara un destacamento de tropas angloindias en el estado durante un corto período para hacer una demostración de fuerza. Y eso sería todo con respecto a Bhithor.

Pero, ¿qué sucedería con el teniente Pelham-Martyn y Bukta, el *shikari*? ¿Cómo saldrían del asunto? ¿Y Juli? ¿Qué sería de ella si se conocía la verdad? Cuando se supiera que había escapado de Bhithor disfrazada de sirviente, con un grupo de hombres que ni siquiera estaban emparentados con ella y en cuya compañía pasó luego varios días y noches, ¿dirían que era una muchacha valiente y que merecía lástima o consideración? ¿O que era una desvergonzada, a quien no importaba nada de su rango y su reputación, que se había escapado con un *sahib*? ¿El mismo *sahib* que tres años atrás las había escoltado a ella y a su hermana a su boda?

Porque pronto se descubriría eso también; y, cuando ocurriera, la gente movería la cabeza y hablaría mucho, y en muy poco tiempo todos creerían que el *sahib* y la *rani* eran amantes desde hacía muchos años.

El nombre de Juli se convertiría en una abominación en la mitad del territorio de la India, ya que, aunque no hubiera nada de verdad en todo ello, la historia parecería aceptable. Si no, ¿cómo explicar la excesiva ansiedad del teniente Pelham-Martyn por las *ranis*? ¿Sus entrevistas con su comandante, con el comisario político y con el comisario de Policía del distrito? ¿Los telegramas que envió por su cuenta a varios funcionarios importantes, y su acción posterior al viajar a Bhithor disfrazado, sacar de allí a la *rani* segunda y disparar contra los que trataban de evitarlo?

El hecho de que realmente había mucho de cierto en ello significaba que tendría que medir sus palabras y mentir sobre sus motivos, y asegurarse de que sus mentiras fueron convincentes. Incluso así...

«Debo de haber estado loco», pensó Ash, recordando que había tenido intención de volver a Ahmadabad y atemorizar de tal modo a las autoridades con la historia de la muerte de Shu-Shu y los sufrimientos de Juli que inmediatamente emprenderían una acción punitiva contra Bhithor y tomarían las riendas del gobierno hasta que el nuevo *rana* fuese mayor de edad.

–¿Bien? –preguntó Bukta.

–Tienes razón –admitió trabajosamente Ash–, no podemos decir la verdad. Tendremos que contar mentiras. Y tendrán que ser buenas. Mañana hablaré con la *sahiba rani* y la convenceré de que acepte. En cuanto a nuestra historia, sólo debemos decir que nosotros dos y tu amo, el *sirdar*, fuimos a cazar a la jungla, como lo hicimos antes muchas veces, y que al atravesar las montañas él y su caballo cayeron a un precipicio y se mataron; y también mi caballo. Y que yo sólo recibí pequeñas heridas. Además, podemos explicar, y es verdad, que es imposible traer su cadáver porque lo quemamos cerca de un arroyo que llevará sus cenizas al mar.

–¿Y la *sahiba rani*? ¿Qué explicación daremos sobre ella?

Ash pensó durante unos minutos y luego dijo que Anjuli debería fingir que era la esposa de su sirviente Gul Baz; o, mejor aún, su hija viuda.

–Mañana, cuando salgamos de la selva y podamos comprar comida, tendrás que encontrarnos un lugar donde la *sahiba rani* y yo podamos permanecer mientras tú vas con el poni hasta los acantonamientos a buscar a Gul Baz..., y también un burka como los que usan las mujeres musulmanas, que será excelente para ocultar el rostro de la *sahiba rani*. Gul Baz y yo pensaremos alguna historia creíble. Cuando vuelvas a buscarnos, la *sahiba rani* podrá ir con él a mi bungaló mientras tú y yo vamos a la casa del *sahib sirdar* con las noticias.

–¿Y después?

–Eso lo decidirá la *rani*. Pero ella amaba a su hermana, la *suttee*, y, si acepta guardar silencio sobre la muerte de su hermana, ésta no será vengada y el *diwan* y los otros escaparán al castigo. Por lo tanto, por su hermana, es posible que prefiera hablar y afrontar las consecuencias.

Bukta se encogió de hombros y observó filosóficamente que nadie podía predecir lo que una mujer querría hacer o no, y que debían esperar que ésta fuera razonable, ya que, por más que amara a su hermana, no podía devolver la vida a una muerta.

–Volveremos a hablar de esto mañana, *sahib*. Es posible que mañana usted piense de otra manera. Aunque espero que no, porque los dos sabemos que la verdad es demasiado peligrosa como para contarla.

Al día siguiente, Ash no pensaba de modo distinto. El precio de su aventura había sido terriblemente alto: había costado la vida a Sarji, Gobind y Manilal, sin mencionar a Dagobaz y al amado Moti-Raj de Sarji, además de muchos bhithorianos. Demasiado coste por salvar la vida de Juli si ella había de perder su reputación y convertirse en pasto de habladurías de indios y británicos, mientras Bukta terminaba sus días en la cárcel y Ash era expulsado del Ejército y deportado. Por más sólidos que fueran los sentimientos de Anjuli por el destino de Shushila, sería necesario que razonara.

Ash preveía dificultades, y en consecuencia preparó sus argumentos; pero no fueron necesarios. Para su sorpresa, Anjuli no ofreció oposición y aceptó de inmediato todo lo que se le sugería, incluso vestir un burka y disfrazarse de mahometana, aunque Ash había señalado que eso significaría pasar más de una noche en las habitaciones de servicio al fondo del bungaló y fingir que era un pariente del criado de Ash.

–¿Qué importa eso? –respondió Anjuli con indiferencia–. Un lugar es lo mismo que otro..., y yo ya he sido sirvienta en todo excepto en el nombre...

Su asentimiento significó un gran alivio para Bukta, quien esperaba una fuerte oposición a la sugerencia de simular ser pariente de Gul Baz... Tanto por su casta como por su sangre real. Dijo a Ash que la *sahiba rani* no sólo era una mujer valiente, sino que tenía ideas claras; y eso era mucho más raro.

Se detuvo en las afueras del primer pueblo al que llegaron. Ash y Anjuli permanecieron escondidos mientras él iba a comprar comida y ropas más adecuadas, pues la indumentaria con que habían salido de Bhithor resultaría demasiado extraña en Gujerat. Continuaron su camino con los humildes atavíos de los trabajadores del lugar... Anjuli con ropa masculina, ya que Ash lo consideraba menos peligroso. También había tomado la precaución de quemar los llamativos uniformes de palacio porque no deseaba correr riesgos.

En las últimas horas de la tarde, Bukta los llevó cerca de una tumba abandonada donde preparó un escondrijo para ellos.

Dijo que tardaría lo menos posible pero que era poco probable que volviera mucho antes del atardecer del día siguiente, y si tardaba más no debían preocuparse... Tomando el fatigado poni, lo condujo entre los matorrales y las hierbas altas. Ash lo acompañó hasta el campo abierto y lo vio montar y partir a la luz polvorienta del atardecer hacia Ahmadabad. Sólo volvió a las ruinas cuando Bukta desapareció a lo lejos.

Encontró a Anjuli en lo alto de una escalera mirando hacia las verdaderas montañas, los altos Himalayas con sus vastos bosques, y sus cumbres nevadas que se erguían en el aire puro del norte.

Ash no hizo ruido, pero Anjuli se volvió rápidamente y lo miró. Una vez más, Ash percibió todo lo que le había quitado Bhithor.

La muchacha que había conocido y amado, y cuya imagen llevara en el corazón durante tres años, había desaparecido para dejar su lugar a una extraña. Una mujer delgada y consumida, con grandes ojos espantados y una enorme cantidad de canas en los negros cabellos, que tenía el aspecto de haber soportado torturas y hambre, y haber pasado largo tiempo en la cárcel, lejos del sol y del aire fresco. Además había otra cosa: algo menos definido. Una curiosa sensación de pérdida, de muerte. La adversidad y la pena no sólo habían destrozado a Anjuli, sino que la habían paralizado.

Ash experimentaba también una sensación de muerte en sus sentidos. Todavía la amaba: era Juli y no podía dejar de amarla, así como no podía dejar de respirar. Pero ahora, mientras se miraban, no sólo veía su rostro, sino los rostros de tres hombres, Sarji, Gobind y Manilal, que habían perdido la vida para que él y ella pudieran huir juntos. La tragedia de esas muertes era una herida abierta en la mente de Ash, y, por el momento, el amor parecía algo trivial en comparación con el cruel sacrificio que había exigido a sus amigos.

Al día siguiente... o al otro..., volvería Bukta, y entonces comenzarían las mentiras.

Anjuli había vuelto a su contemplación silenciosa de las montañas en el horizonte, y cuando por fin Ash se acercó y la tocó, se echó atrás bruscamente, levantando las manos como para defenderse. Las manos de Ash cayeron, frunció el ceño y la miró. Dijo con dureza:

–¿Qué crees que iba a hacer? No pensarás que quería dañarte. O... ¿o es que ya no me amas? No, no te apartes. –Volvió a extender la mano y le tomó las muñecas con tanta fuerza que ella no pudo liberarse–. ¡Mírame, Juli! Ahora dime la verdad. ¿Es que ya no me amas?

–He tratado de amarte –susurró Anjuli con voz inexpresiva–. Pero, pero parece... que no puedo... –Había tanta desesperación en sus palabras que era como si admitiese sufrir alguna incapacidad física, como la ceguera; algo que no podía curarse ni ignorarse y que debía aprender a aceptar. Pero no impresionó a Ash, porque sentía en forma parecida a Anjuli.

Sabía que, aunque el amor que se tenían había resistido y resistiría siempre, temporalmente estaría inmerso en la culpa y el horror, y que hasta que se hubiera liberado y pudiesen volver a respirar no tendrían deseos de hacer ninguna demostración activa de él. Ya volvería. Pero, por el momento, de alguna manera se sentían como extraños porque no sólo Anjuli había cambiado. Habían sucedido tantas cosas desde que se separaran que, aunque hubiesen vuelto a encontrarse en circunstancias mucho más felices, habría sido sorprendente que pudieran retomar el hilo en el punto en que lo habían dejado. Pero el tiempo estaba de su lado... Todo el tiempo del mundo. Habían soportado lo peor y estaban nuevamente juntos. El resto podía esperar.

Ash levantó las muñecas de Anjuli y las besó delicadamente para después soltarlas y decirle:

–Es todo lo que quería saber; ahora que lo sé, sé también que mientras estemos juntos nada podrá dañarnos realmente. Debes creerlo. Una vez que seas mi esposa...

–¿Tu esposa...?

–Por supuesto. No pensarás que me arriesgaré a perderte por segunda vez.

–Jamás te permitirán casarte conmigo –declaró Anjuli con convicción.

–¿Los bhithorianos? ¡No se atreverán a abrir la boca!

–No, los tuyos; y los míos, ya que pensarán igual.

–Quieres decir que tratarán de evitarlo. Pero es asunto suyo. Esto es asunto nuestro: tuyo y mío. Además, ¿acaso tu propio abuelo no se casó con una princesa del Hind, aunque era extranjero y de otra religión?

Anjuli suspiró y sacudió la cabeza nuevamente.

–Es cierto, pero eso fue en la época en que tu Raj no había adquirido plenos poderes. Aún había un mogol en el trono en Delhi, y Ranjit Singh dominaba todo el Punjab; y mi abuelo era un gran guerrero que tomó a mi abuela como botín de guerra sin pedir permiso a nadie, después de haber derrotado al ejército enemigo en la batalla. Me contaron que ella se fue con él por su propia voluntad, porque se amaban mucho. Pero los tiempos han cambiado y eso no podría suceder ahora.

–Sucederá ahora, amor mío. No hay nadie que pueda prohibirme casarme contigo. Ya no eres una muchacha soltera de quien se puede disponer según la conveniencia de otros. Nadie puede prohibirme que me case contigo.

Pero Anjuli no se dejaba convencer. No veía ninguna posibilidad de matrimonio basado en la religión, entre dos personas de creencias tan diferentes, y, en el caso de ellos, tampoco veía razón alguna. Ni para ningún lazo legal, ya que, por su parte, estaría muy satisfecha de pasar el resto de su vida con Ashok por amor, y ninguna ceremonia que implicara palabras pronunciadas por un sacerdote o un magistrado, y documentos para probar que había tenido lugar, establecería ninguna diferencia.

Ya había participado en una ceremonia así con la cual no se convirtió en esposa en sentido alguno, excepto el puramente legal: era una propiedad del *rana*... Una propiedad despreciada, en la que él jamás se dignó poner los ojos después de todas esas formalidades. Si no hubiera sido por Ashok, aún sería virgen, y él ya era dueño de su cuerpo, así como de su corazón y de su espíritu... para que hiciera con ellos lo que quisiera. De manera que no había necesidad de frases vacías que nada significarían para ellos ni de papeles que ella no podría leer. Además...

Se apartó para contemplar el sol poniente que pintaba de oro las copas de los árboles, y dijo en voz baja, como si hablara consigo misma más que con él:

–En Bhithor me habían puesto un nombre. Me llamaban la Mestiza.

Ash hizo un pequeño movimiento involuntario, y ella lo miró por encima del hombro y agregó sin sorpresa:

–Sí, supongo que tú también lo oíste. Ni siquiera la *nautch* me daba ese nombre. No se atrevía en vida de mi padre, y cuando él murió y pretendió usarlo, Nandu se lo impidió. Imagino que molestaba a su orgullo, ya que era mi hermanastro y por tanto no quería que se hablara de ello. Pero en Bhithor me lo arrojaban a la cara todos los días, y los sacerdotes no me permitían entrar en el templo de Lakshmi que está en los jardines de la casa de la Reina, donde las esposas y las mujeres al servicio del *rana* hacen sus oraciones.

Su voz se apagó en un susurro y Ash dijo con delicadeza:

–No te preocupes más por esas cosas, Larla. Apártalas de tu mente y olvídalas. Todo eso ha terminado.

–Sí, ha terminado; ya no debo preocuparme por ser una mestiza ni por lo que puedan decir los míos o mis sacerdotes, ya que parece que los he perdido a todos. Por lo tanto, de ahora en adelante seré una mestiza, y una mujer sin familia que no pertenece a ninguna parte... Y cuyo único dios es su marido.

–El hombre con quien se ha casado –insistió obstinadamente Ash.

Anjuli se volvió a mirarlo, con el rostro oscurecido por las sombras del atardecer.

–Puede ser... si verdaderamente lo deseas... Pero no sabrás si es posible hasta que hayas hablado con las autoridades y con tus sacerdotes, de manera que no pensemos en eso ahora. El sol casi se ha ocultado; debo preparar la comida mientras aún hay luz.

Anjuli bajó la oscura escalera y él dejó que se fuera sin intentar detenerla. Se paró junto al parapeto, con los brazos apoyados en él, miró hacia las montañas como había hecho Anjuli y sopesó todas las dificultades que les esperaban.

45

«Tendré que tener cuidado –pensó Ash–. Mucho cuidado».

La noche anterior, después de la partida de Bukta, había pensado en huir. Juli y él debían salir de Gujerat inmediatamente, y no volver de ninguna manera a Ahmadabad. Podían tomar el tren a Bombay en cualquier estación, y mucho antes de que los hombres del *diwan* encontraran su rastro ya habrían salido de la India Central y habrían dejado atrás el Punjab y cruzado el Indo; y estarían a salvo en Mardan.

Parecía evidente que eso era lo que debían hacer. Pero ahí estaba el problema; resultaba demasiado obvio. Era lo que cualquiera esperaría que hiciesen, y, por lo tanto, lo que debían evitar. Tendrían que hacer algo mucho más inteligente y rogar porque cualquier decisión que tomaran fuese acertada; porque, si no lo era, ni él ni Juli vivirían para lamentarlo.

Aún no se había decidido cuando Anjuli lo llamó para que bajara a comer. Había encendido un pequeño fuego en un rincón de la tumba, y, antes de que se apagara, Ash quemó el paquete de cartas que había escrito en el cuarto de la carbonería de Bhithor, y que Sarji y Gobind no se habían atrevido a conservar: en manos de los bhithorianos, habría sido una evidencia para condenarlo. Observó las cartas mientras se quemaban, y más tarde, cuando Anjuli ya dormía, salió sin hacer ruido a la luz de las estrellas y se sentó en una piedra a la entrada de la tumba, para pensar y hacer planes.

No dudaba de que Bhithor y su *diwan* exigirían venganza por las vidas de los hombres que habían perdido... Y una muerte cruenta para la *rani* viuda, a quien culparían de todo. Pedirían su captura, y no abandonarían la búsqueda hasta que los perseguidores se convencieran de que ella y los dos hombres que la habían rescatado se habían perdido entre las montañas y habían muerto de hambre y sed. Sólo entonces Juli estaría a salvo; Juli y Bukta. Y, en realidad, también Ash. Había permitido a Bukta suponer que los bhithorianos no tenían razones para relacionar a un *sahib* oficial de un regimiento de caballería de Ahmadabad con la desaparición de una de las viudas del *rana* muerto. Pero no era así, porque ¿acaso no había sido un *sahib* capitán Pelham-Martyn, de los Guías, quien había escoltado a las *ranis* a su boda y había ganado en el litigio con el *rana* y sus consejeros por el precio y las dotes de las novias? ¿Y acaso un oficial del mismo nombre no había advertido recientemente a los funcionarios británicos de Ahmadabad que cuando el *rana* muriera sus viudas arderían con él? ¿Y enviado varios telegramas con el mismo motivo...?

Además, como en Bhithor ya se sabía que el *sahib hakim* había llegado allí por el camino de Ahmadabad, y que luego su sirviente Manilal había visitado esa ciudad en dos oportunidades diferentes para comprar medicamentos, sin duda los bhithorianos no dejarían de enviar espías para buscar a la *rani* desaparecida. En realidad, lo más probable era que Ahmadabad fuese uno de los primeros lugares en que pensaran; y, una vez allí, hallarían numerosas pruebas de que Ash se había interesado por las viudas, y casi con seguridad descubrirían que Gobind y Manilal habían estado en su bungaló. Esto último podía ser el eslabón vital, y, a menos que Ash estuviera muy equivocado, sólo había un paso hasta el asesinato: el suyo, así como el de Juli y, probablemente, también el de Bukta.

Las posibilidades eran aterradoras, porque lo único seguro era que en Bhithor se moverían con rapidez. El *diwan* no podía permitirse demoras, y ya se estarían organizando grupos de búsqueda para cubrir todas las rutas de huida hacia Karidkote, mientras que otros estarían en camino a Gujerat. Después de pensarlo concienzudamente, Ash llegó a la conclusión de que lo mejor que podía hacer..., y en realidad lo único, era volver a su bungaló y enfrentarse con los hechos.

Juli tendría que marcharse primero con Gul Baz, y él la seguiría unos días después con Bukta, como si llegara desde Kathiawar en la mitad sur de la península, en lugar de regresar desde las zonas del norte que lindaban con Rajputana...Y con una mentira diferente para explicar la muerte de Sarji y la pérdida de los caballos.

Deberían decir que habían cambiado de planes y cabalgaron hacia el sur juntos, y que Sarji y los caballos se habían ahogado al cruzar un río caudaloso; que sus cuerpos habían sido arrastrados por la corriente hasta el mar y se habían perdido en las aguas del golfo de Kutch. Su propio dolor por la pérdida del amigo (totalmente genuino, Dios lo sabía), para no mencionar la pérdida de un caballo muy valioso, explicaría que no hubiera mostrado mayor interés en el destino de las *ranis* de Bhithor.

Aún le quedaba bastante tiempo de permiso: las semanas que había pensado pasar con Wally de vacaciones más allá del paso de Rotang. El viaje tendría que ser cancelado, porque Ash debía pasar la semana siguiente en los acantonamientos, deshaciéndose de pertenencias que no le interesaban y organizando tranquilamente el viaje a Mardan, para demostrar a cualquiera que se interesara por ellos que no tenía nada que ocultar ni prisa especial por dejar el lugar.

La presencia de otra mujer en las habitaciones de servicio no despertaría demasiado interés, aunque advirtieran su presencia. Porque ¿quién pensaría que una dama de alta alcurnia, hija de un maharajá y viuda de un *rana* de Bhithor, aceptaría vivir recluida entre los sirvientes mahometanos del *sahib*, disfrazada de esposa de su asistente? Nadie creería semejante cosa y ni los bhithorianos que la llamaban mestiza le darían crédito. Seguramente vigilarían a Ash durante algunos días observando cuidadosamente su conducta y cada uno de sus movimientos, y finalmente llegarían a la conclusión de que no podía haber tomado parte en la huida de las *ranis*, sino que había perdido interés en ellas después de enviar los telegramas y no pensó en hacer nada más para ayudarlas. Volverían a Bhithor e informarían de todo esto al *diwan*, con lo cual desviarían su atención y Juli estaría a salvo.

Wally quedaría desilusionado por no poder disfrutar el permiso con Ash. Pero comprendería que no había solución, y que podían hacerlo otro año. Tenían mucho tiempo.

Una vez tomada esta decisión, Ash se tendió frente a la entrada de la tumba para que ningún ser humano o animal pudiera entrar sin despertarlo, y se durmió antes de que saliera la luna. Pero, aunque ahora no lo perturbaban los sueños, no le sucedió lo mismo a Anjuli, quien se despertó tres veces durante la noche gritando en medio de una pesadilla. La primera vez, Ash, sacudido por el grito, se levantó y observó que la tumba estaba inundada de una luz fría. El brillo de la luna entraba por la cúpula rota, y permitió a Ash ver a Anjuli acurrucada contra una pared tapándose la cara con las manos, como si quisiera cerrar los ojos a alguna visión intolerable. Gemía:

–¡No! ¡No, Shu-Shu, no...! –Ash la tomó en sus brazos, meció su cuerpo tembloroso y murmuró palabras de cariño y consuelo, hasta que el terror desapareció y, por primera vez en todos aquellos días terribles, desesperados, Anjuli se echó a llorar.

Finalmente cesó la tormenta de lágrimas, que pareció llevarse parte de la tensión: Anjuli se relajó y se quedó quieta; y, pasados algunos minutos, Ash observó que había vuelto a dormirse. Moviéndose con cuidado para no despertarla, se tendió en el suelo, con ella en sus brazos, escuchando su débil respiración y asustado por su delgadez.

¿La habrían hecho pasar hambre...? Por lo que sabía del *rana* y el *diwan*, no le parecía imposible, y se llenó de furia al pensarlo mientras estrechaba en sus brazos aquel cuerpo esquelético que alguna vez había sido suave, firme y elegante, y que él había explorado con tanto deleite con las manos y los labios.

Menos de una hora después, Anjuli comenzó a moverse y de nuevo se sobresaltó gritando el nombre de Shu-Shu. Y poco antes del amanecer, cuando la tumba estaba oscura porque la luna ya no la iluminaba, la pesadilla la atrapó por tercera vez. Se despertó en la oscuridad, luchando desesperadamente por liberarse de los brazos de Ash como si imaginara que un enemigo la arrastraba a una pira... o a un brasero con un hierro al rojo para arrancarle los ojos.

Ash necesitó más tiempo para tranquilizarla después de este último sueño, y, como se aferraba a él, temblando de terror y rogándole que no la dejara, el deseo físico que alguna vez había sido una llama viva entre los dos, y que Ash creía desaparecido, surgió en él con tanta fuerza que en ese momento habría sacrificado sus esperanzas de escapar del peligro para poder tomar su cuerpo y obtener consuelo y alivio para el suyo... Y también olvidar por un rato todos los problemas que lo acosaban.

Pero no hubo respuesta en el ser agotado que tenía en los brazos, y Ash supo que sólo podría tomarla por la fuerza, porque ella se apartaría de él; y también que si daba rienda suelta a su deseo y lograba una reacción de Anjuli, su situación sería mucho peor de lo que era ahora, porque en cuanto cayeran las barreras les sería prácticamente imposible mantenerse separados los días sucesivos. Ninguno de los dos podría hacerlo, pero, para anular las sospechas, era esencial que Juli pasara los siguientes diez días en las habitaciones de servicio al fondo de su bungaló, y que él no se acercara para nada a ella. Si los veían juntos, podía ser fatal para ambos, y era mejor hacer las cosas de esa manera. Ya tendrían tiempo para el sexo cuando estuvieran casados y hubiesen terminado las pesadillas.

Por fin, Anjuli se durmió. Ash también lo hizo enseguida, y no despertó hasta que ella se movió entre sus brazos y se apartó de él, despabilada por el canto de los pájaros. Cuando salió el sol, y después de comer algo, Ash le habló de los planes que había hecho la noche anterior, y ella lo escuchó sin hacer objeciones y aparentemente dispuesta a aceptar cualquier decisión que él tomara: pero aparte de eso hablaron muy poco. Anjuli aún seguía bajo los efectos del *shock* y del agotamiento, y, para los dos, aquel largo día en la tumba en ruinas estuvo dominado por el recuerdo de Shushila. Ninguno de ellos había logrado apartarla de la mente; y, aunque Ash lo intentaba lo mejor que podía, su imagen volvía a él con tanta persistencia que casi estuvo tentado de creer que el pequeño fantasma los había seguido hasta allí y los observaba desde las sombras de los *kikares*.

En las últimas horas de la tarde volvió Bukta acompañado de Gul Baz y con dos caballos. Aunque Anjuli estaba despierta y había oído sus voces, permaneció en el tejado de la tumba y dejó hablar a los tres hombres. Bukta aprobó el nuevo plan, porque él y Gul Baz habían discutido largamente el asunto y habían llegado a una conclusión similar:

–Pero yo he dicho que esta historia de una esposa o una hija viuda no servirá –dijo Gul Baz–. Tengo un plan mejor...

Así era, y además había tomado medidas para ponerlo en marcha. Después de discutir el asunto con Bukta, habían decidido que lo único que cabía hacer era sustituir a la mujer tímida y silenciosa que Gul Baz había instalado hacía un año en la cabaña del extremo del patio por la *sahiba rani*... En todo caso, la mujer iba a marcharse muy pronto, ya que el *sahib* y su sirviente volverían a la provincia de la frontera noroeste, y ella siempre había sabido que la relación irregular, aunque útil, que tenía con el criado del *sahib* terminaría automáticamente cuando éste regresara a su país. Como ese día prácticamente ya había llegado, sólo se trataba de que Gul Baz diera por terminada la relación un poco antes, lo cual ya había hecho.

Aquella mañana, cuando salió del bungaló, Gul Baz tomó una *tonga* alquilada y llevó con él a la mujer diciendo que ella deseaba visitar a su madre en su pueblo natal, y que volvería tarde. En realidad, no regresaría nunca. La que lo haría sería la *sahiba rani*, y los demás criados no se darían cuenta de la sustitución: una mujer envuelta en un burka era igual a las demás. En cuanto a la otra, el *sahib* no tenía nada que temer: le había pagado bien y no existía peligro en ese sentido, porque, aparte de ser una mujer callada, no había probabilidades de que volviera al área del acantonamiento, ni siquiera a la ciudad, hasta que ellos hubiesen regresado a Mardan.

–Pero esta noche, cuando volvamos, todos verán que ella ha regresado conmigo como dije, de manera que si algún desconocido hace preguntas no se enterará de nada, ya que no habrá nada que contarle. Aquí tengo un burka para la *sahiba rani*, viejo pero limpio. Pertenecía a esa otra mujer. Yo se lo pedí, diciéndole que estaba demasiado viejo y remendado y que le compraría uno nuevo en el mercado, cosa que hice. Además, por fortuna es una mujer alta, porque el *shikari* me dice que la *sahiba rani* también es alta. Volveremos al anochecer y nadie advertirá la diferencia. Y, una vez instalada en la cabaña, la *sahiba rani* estará segura, porque yo diré que padece alguna pequeña enfermedad y que debe permanecer en cama. No será necesario que hable con nadie ni que nadie la vea.

–¿Y qué se hará para salir de Gujerat? –preguntó Ash.

–También hemos pensado en eso –respondió Bukta–. No habrá dificultad. Su criado sólo debe decir que esta mujer desea visitar a un familiar en el Punjab y que él la llevará consigo hasta Delhi o hasta Lahore, si lo prefiere; no tiene importancia. Él se encargará de eso. Tiene buena cabeza, ese *pathan*. Además, se sabe que la mujer ha vivido bajo su protección durante casi un año, mientras que la *sahiba rani* sólo ha desaparecido hace unos días. Ahora, en cuanto a nuestro regreso...

Unos veinte minutos después, un grupo de cuatro jinetes cabalgaba velozmente por las tierras de cultivos hacia Khed-Prahma y Ahmadabad, y al llegar a la ruta continuó en dirección al sur.

Al caer la noche estaban aún a muchos kilómetros de la ciudad de Ahmadabad. Pero avanzaron en el crepúsculo, y luego bajo las estrellas. Cuando por fin vieron las luces parpadeantes del acantonamiento, ya salía la luna. Se detuvieron junto a un montecillo de árboles y Ash ayudó a Juli a apearse. No hablaron porque ya habían dicho todo lo necesario; y, además, los cuatro estaban ansiosos y muy fatigados. Gul Baz entregó su caballo a Bukta e hizo un *salaam* a Ash, seguido por Anjuli, que caminaba un paso detrás de él como correspondía a una mujer. Luego partió a la luz de la luna hacia un pueblo en las afueras de los acantonamientos donde alquilaría una *tonga* para que los llevara de regreso al bungaló.

Cinco días después, Ash volvió a Ahmadabad montado en uno de los caballos de Sarji y asistido por uno de los *syces* de los establos de su amigo.

El *syce* fue hospedado por Kulu-Ram y otros antes de llevar de vuelta el caballo aquel mismo día. Pero, antes de marcharse, contó a quienes lo hospedaron, con gran lujo de detalles, la historia de la muerte de su amo, trágicamente ahogado mientras intentaba hacer cruzar a su caballo por uno de los muchos ríos caudalosos que desembocan en el golfo de Kutch; cómo se ahogó también el caballo del *sahib* y cómo éste sólo se salvó por milagro. La historia no se perdió, y Gul Baz dijo más tarde que ni a quien la contaba ni a ningún otro se le ocurrió dudar de ella.

–De manera que con esto hemos salvado ese obstáculo –dijo Gul Baz–. En cuanto al otro asunto, también está resuelto. Nadie pensó en averiguar la identidad de la que volvió allí conmigo. Ni la verán porque permanece en su habitación fingiendo estar enferma; creo que en parte es verdad, porque durante la segunda noche gritó tan fuerte durante el sueño que me desperté y corrí hasta su cabaña temiendo que hubiera sido descubierta e intentaran raptarla. Pero me dijo que sólo era un sueño... –Se interrumpió al ver la expresión de Ash, y agregó–: ¿Entonces ya ha sucedido antes?

–Sí. Tendría que habértelo advertido –dijo Ash, furioso consigo mismo por la omisión. Él ya no tenía pesadillas con Sushila, pero ella seguía pesando en su conciencia: su rostro pequeño y lleno de reproches se presentaba en momentos inesperados; y si eso le sucedía a él, cuánto peor debía de ser para Juli, que la había amado...

Preguntó si alguno de los otros criados se había despertado, pero Gul Baz creía que no.

–Porque, como usted sabe, mis habitaciones y las de Mahdoo-ji están apartadas de las demás, y la cabaña donde se encuentra la *sahiba rani* está detrás de ellas, y, por lo tanto, lejos de las que ocupan los otros sirvientes. Pero al día siguiente compré opio y preparé una poción para que la tomara después del atardecer, con lo que durmió profundamente y no volvió a gritar en mitad de la noche... Lo cual es conveniente, porque el *shikari* tenía razón al decir que es posible que espíen al *sahib*.

Según Gul Baz, varios desconocidos habían ido el día anterior al bungaló: uno a pedir trabajo, otro que decía ser vendedor de drogas y un tercero que hacía averiguaciones sobre su esposa desaparecida, quien, según dijo, parecía haberse escapado con el sirviente de algún *sahib*. Este último, al enterarse de que el *sahib* Pelham había partido para una excursión de caza en Kathiawar a principios de mes y aún no había vuelto, hizo muchas preguntas...

–Se las contestamos todas –explicó Gul Baz–. Lo compadecimos por su problema y le contamos muchas cosas, aunque me temo que ninguna de ellas le fue útil. En cuanto al vendedor de drogas, por fortuna volvió hoy, cuando el *sahib* ya había regresado, y se quedó a escuchar todo lo que pudo contarle el *syce*. Luego recogió sus cosas y se fue, diciendo que tenía muchos otros clientes que atender y no podía perder más tiempo. No creo que vuelva, porque ha comprobado personalmente que el *sahib* regresó solo, y se enteró por el *syce*, que parlotea como una vieja, de que no hubo un tercero que acompañara al *sahib* y al *shikari* cuando trajeron las malas noticias de las muertes de *sirdar* Sarjevar Desai a su familia.

–Habrá otros –observó Ash con pesimismo–. No creo que los espías del *diwan* se resignen tan fácilmente.

Gul Baz se encogió de hombros y dijo que, en su opinión, pronto se cansarían de andar por el lugar haciendo comentarios con gente que no tenía nada interesante que contarles y de seguir al *sahib* por los acantonamientos sólo para observar que se dedicaba a asuntos poco sospechosos y mundanos, como visitas sociales o fiestas de despedida, y las gestiones pesadas con funcionarios y empleados del ferrocarril necesarias para su viaje de regreso a Mardan.

–Todo lo que debe hacer –indicó Gul Baz– es demostrar que no tiene nada que ocultar y que no tiene prisa por marcharse, y quienes lo vigilan pronto se cansarán del juego. Con ocho o diez días más bastará; luego podrá usted sacudirse el polvo de este maldito lugar y tomar un tren a Bombay. Y que el Todopoderoso permita –agregó con fervor– que jamás tengamos motivos para volver aquí.

Ash asintió con aire ausente porque sus pensamientos se centraban en Juli, que debía pasar ocho o diez días más encerrada en la pequeña y calurosa cabaña, sin atreverse a salir a respirar un poco de aire y debiendo tomar opio para poder dormir. Pero siguió el consejo de

Gul Baz. En cada minuto de los días siguientes, estuvo ocupado en alguna actividad tranquila e inocua, porque pronto se dio cuenta de que una o probablemente más personas estaban interesadas en lo que hacía. Si bien tenía cuidado de no mirar hacia atrás para ver si lo seguían, percibía que, aunque no hubiese motivos para sospecharlo, era constantemente vigilado. Era una cuestión de instinto, el mismo que dice a las criaturas de la jungla que son acechadas por un tigre, o que puede hacer que un hombre despierte en medio de la oscuridad y el silencio con la certeza de que hay un intruso en su habitación.

Ash ya había experimentado antes esa sensación e hizo llevar su cama a la terraza del bungaló, donde cualquiera que lo deseara pudiera vigilarlo y observar que no tenía ningún encuentro furtivo por la noche.

El relato de la trágica muerte de Sarjevar y la pérdida del extraordinario Dagobaz se difundió por todo el acantonamiento, y Ash recibió muchas condolencias de oficiales y *sowares* de Roper's Horse, y varios miembros de la comunidad británica. También del tío abuelo del muerto, el mayor *risaldar*, quien se conmovió ante el dolor del *sahib* por la pérdida de su amigo y le rogó que no se culpara por ella... Algo que Ash no podía hacer, ya que sabía muy bien que él era culpable porque fácilmente podría haberse negado a que Sarji lo acompañara a Bhithor.

El hecho de que la familia y los amigos de Sarji creyeran la historia que él y Bukta habían inventado y repetido como verdadera a los que iban a darle el pésame, fue muy útil para Ash, pues transmitió la impresión de que todos sabían que los dos jóvenes habían ido a cazar a una zona que estaba mucho más al sur de Ahmadabad, en la frontera de Rajasthan.

Eso, unido a la conducta de Ash y a la ausencia de toda señal de que la viuda del *rana* estaba en Gujerat (o incluso de que seguía viva), sin duda logró convencer a los espías del *diwan* de que seguían una pista falsa: hacia el final de la semana, Gul Baz informó de que ya no vigilaban el bungaló.

Aquella noche no hubo ninguna figura agazapada entre las sombras, y a la mañana siguiente, cuando Ash salió a cabalgar, no necesitaron decirle que ya no lo seguían ni espiaban, porque lo sentía en sus huesos. De todas maneras, no corrió riesgos; se comportó como si el peligro aún existiera, y sólo cuando pasaron tres o cuatro noches sin señales de que lo observaban pudo relajarse y respirar nuevamente con libertad... Y comenzar a pensar en el futuro.

Ahora que ya no lo vigilaban, no había razón para permanecer en Ahmadabad un momento más de lo necesario. Pero no era posible salir de allí de inmediato, porque ya se habían perdido dos de las tres fechas indicadas por el jefe de estación en las que podía disponer de plazas en el tren a Bombay con paradas en Delhi y Lahore. La fecha que quedaba suponía un retraso de varios días, pero Ash tomó los pasajes e indicó a Gul Baz que se encargara de todas las gestiones necesarias para el traslado, ya que él tenía otras cosas que hacer.

A pesar de la intranquilidad que lo había atormentado durante los tensos días pasados desde su regreso a los acantonamientos, la necesidad de ocuparse de asuntos triviales resultó útil: junto con las largas horas de inactividad forzada y las noches aún más largas, le dio bastante tiempo para meditar sobre los problemas del futuro. Sin embargo, el principal seguía sin resolver: ¿qué hacer con Juli?

Antes todo parecía muy sencillo: si quedaba libre, él se casaría con ella. Bien, ahora estaba libre; libre del *rana* y de Shushila, y no debería haber nada que les impidiera hacerlo. Pero el hecho era que resultaba casi imposible cruzar el abismo entre los sueños sobre posibilidades remotas y la realidad.

Lo mismo podía decirse de los sentimientos de Ash por el Cuerpo de Guías, porque, en cierta etapa del inolvidable viaje con el campamento nupcial, él realmente había pensado en desertar... En abandonar la India con Juli para refugiarse en otro país y no volver a ver nunca Mardan, ni a Wally ni a Zarin. Ahora lo asombraba que aun con la primera fiebre de su pasión por Juli pudiera haber contemplado semejante cosa; aunque en esos momentos había caído en desgracia, separado del regimiento y de la frontera, y no tenía idea de cuánto duraría su exilio ni seguridad de que el futuro comandante no decidiría que sería mejor que no volviera. Pero ahora las cosas eran diferentes. Lo habían llamado nuevamente a Mardan para que se reincorporara a las obligaciones que había abandonado al unirse al grupo que buscaba a Dilasah Khan y las carabinas robadas, y no podía negarse a volver. Los lazos que lo ligaban a los Guías tenían profundas raíces en el pasado y eran demasiado sólidos como para romperlos, y ni siquiera por Juli podía pensar Ash en separarse de Wally y Zarin, y perderlos. Tampoco tenía ningún sentido hacerlo, ya que, aunque pudiera convencer a alguien de que lo casara con Juli, nunca podría proclamarla abiertamente su esposa.

–El problema es éste –explicó Ash, hablando del asunto con la señora Viccary. Además de ser la única persona en Gujerat a quien sentía que podía contarle la historia, no la revelaría a nadie y la escucharía sin prejuicios con respecto al origen de Juli o el de Ash.

Lo que él necesitaba no eran consejos (ya que sabía bien que, si eran contrarios a sus propios deseos, no los aceptaría), sino alguien con quien hablar. Alguien que fuera sensato y comprensivo, que amara a la India como él la amaba, y con quien pudiera analizar toda la situación y de esa manera aclararla en su propia mente. La señora Viccary no le falló: no elogió ni condenó, ni se sintió espantada ante el deseo de Ash de casarse con una viuda hindú, ni ante la idea de Anjuli de que no era necesario ningún matrimonio legal.

–Ya ve usted –resumió Ash–, una vez se supiera que estamos casados, ella no estaría fuera de peligro.

–Y usted tampoco –observó Edith Viccary–. La gente hablaría, y las noticias se difunden rápidamente en este país.

Por supuesto, ése era el problema. Y Ash se sentía profundamente agradecido a la señora Viccary por comprenderlo de inmediato, en lugar de presentar todos los sólidos argumentos que existían contra semejante matrimonio. El primero era que hasta que Ash llegara a los treinta años o al rango de mayor, no podía casarse sin el consentimiento de su oficial comandante (que en esas circunstancias sin duda no obtendría); y en un regimiento como el de los Guías, que reclutaba musulmanes, *sikhs*, hindúes y *gurkhas*, un oficial británico que se casara con una viuda hindú sería como maldito. Al hacerlo, Ash sembraría la disensión entre los hombres a sus órdenes, ofendiendo no sólo a la casta de los hindúes, sino quizá también a la de los *sikhs*, y haciendo que los musulmanes lo despreciaran por no tener en cuenta su religión. *Sikhs,* musulmanes y *gurkhas* sospecharían que Ash favorecía a los correligionarios de su esposa siempre que lo llamaran a decidir sobre una cuestión entre un hindú y un hombre de otra fe, o recomendara a uno u otro para su ascenso. Los Guías le pedirían que se marchara, y ningún otro regimiento del Ejército de la India lo aceptaría por las mismas razones.

Ash sabía todo eso y la señora Viccary también. Pero no valía la pena preocuparse por ello por la simple razón de que, aunque pudiera casarse con Juli, hacerlo abiertamente significaría firmar la sentencia de muerte de ella, además de la suya. Una vez que se hiciera público, ese matrimonio provocaría un gran escándalo y muchas habladurías. Y no pasaría mucho tiempo antes de que en Bhithor se enteraran de que el mismo oficial de los Guías que había escoltado a las esposas del fallecido *rana* a su boda (y que estaba en Gujerat en el momento de la muerte de aquél y la desaparición de una de sus *ranis*) se había casado luego con una viuda hindú. El *diwan* ataría cabos de inmediato y enviaría a alguien a investigar, después de lo cual la muerte de Juli sólo sería cuestión de tiempo... De muy poco tiempo. Porque Bhithor clamaría venganza por sus propios muertos, todos los que habían caído (seguramente muchos) en la lucha por defender la entrada al camino secreto de Bukta, y también por el insulto que significaba para ellos el rapto de la viuda del *rana* fallecido.

–Habrá que mantenerlo en secreto –concluyó Ash.

–¿Entonces aún piensa casarse con ella? ¿Aunque me dice que la joven no ve razones para ello?

Pero Ash era muy obstinado.

–¿Cómo no había de casarme? ¿Piensa usted que quiero que sea mi amante, mi concubina? Deseo saber que es mi esposa aunque no pueda reconocerla como tal. Es... es algo que debo hacer. No puedo explicarlo.

–No hace falta –respondió Edith Viccary–. Si yo estuviera en su lugar sentiría lo mismo. Por supuesto, debe casarse con ella. Pero no será fácil. La dificultad –continuó la señora Viccary– está en que, como el matrimonio es un sacramento de la Iglesia, ningún sacerdote accederá a unir a un cristiano con una hindú, a menos que se probara que ésta había abjurado de su religión; no se bromea con Dios, ¿sabe usted? –agregó la señora Viccary con delicadeza.

–No pienso en bromear. Pero nunca creí que Dios fuera inglés..., ni judío, ni indio, ni de ninguna otra nacionalidad que hayamos inventado nosotros. Tampoco creo que Él nos considere así. Pero me di cuenta, en cuanto comencé a pensarlo, de que la Iglesia nunca nos casaría, como tampoco lo harían los sacerdotes de Juli aunque me atreviera a pedírselo, y no me atrevo. Pero pensé que quizás un juez...

Edith Viccary hizo un gesto negativo. Conocía al juez británico local mucho mejor que Ash, y le aseguró que el señor Chadwick era la última persona que consentiría en semejante cosa. Además, sin duda informaría sobre la petición al comisario, quien aparte de quedar igualmente horrorizado haría muchas preguntas inconvenientes.

–Sí –respondió Ash con amargura–. No podemos arriesgarnos a eso.

No parecía haber solución. Era inconcebible... Injusto, totalmente injusto... que dos personas adultas que deseaban casarse no pudieran hacerlo cuando su matrimonio no perjudicaría a nadie. Era un asunto puramente personal, y si las personas podían casarse en el mar, sin la ayuda de jueces ni certificados, como la pareja del *Canterbury Castle*, debía de haber algún método igualmente simple para que los que estaban en tierra pudieran hacer lo mismo, y él...

–¡Por Dios, eso es lo que debo hacer! –gritó Ash explosivamente, poniéndose en pie de un salto–. Red Stiggins... El *Morala*. ¿Cómo diablos no se me ocurrió pensar en eso antes?

Red había dicho que saldría hacia Karachi en «unas semanas» y había invitado a Ash a acompañarlo en el viaje. Y si el *Morala* aún no había partido...

Ash dio un abrazo a la desconcertada señora Viccary y salió a la carrera de la sala, gritando a Kulu-Ram que le trajera su caballo. Diez minutos más tarde, cualquiera que estuviera en la calle a la hora más calurosa del día habría visto a un *sahib* a todo galope por el camino del acantonamiento hacia la ciudad.

El astuto *gujerati* que se ocupaba de los negocios del capitán Stiggins en la península tenía una pequeña oficina en una calle cerca de la puerta de Darigur, y estaba disfrutando de su habitual siesta de la tarde cuando el *sahib* irrumpió en el local, preguntándole si el *Morala* ya había salido para Karachi; y, si no, cuándo saldría y desde dónde. Ash tuvo suerte, porque el *Morala* aún no había desatracado, aunque lo haría muy pronto... Un día o dos más tarde, si todo marchaba bien, o, a lo sumo, a finales de semana. El barco se hallaba anclado en Cambay, en un extremo del golfo, y si el *sahib* deseaba enviar un mensaje...

Efectivamente, eso deseaba el *sahib*, y agradecía el ofrecimiento, ya que no tenía tiempo para escribir cartas.

–Dígale que acepto su invitación y que me espere mañana, pero que en ningún caso se vaya sin mí.

Había mucho que hacer y poco tiempo para hacerlo, porque el puerto de Cambay se encontraba a unos noventa kilómetros de Ahmadabad. Ash volvió al bungaló con la misma velocidad con que había dejado la casa de la señora Viccary.

46

El capitán Stiggins se rascó la barbilla con el pulgar y miró pensativamente a Ash unos minutos, considerando el asunto. Luego declaró con calma:

–Bien... No soy precisamente un marino elegante... Y el *Morala* tampoco es un barco de pasajeros de lujo. Pero soy el dueño de esta embarcación, de manera que no veo por qué no tendría derecho a hacer lo que hace cualquier tipo con chaqueta de gala y botones dorados en un barco grande.

–¿Entonces lo hará, Red?

–Bien, hijo, nunca he hecho nada parecido, de manera que no estoy seguro de que sea legal. Pero creo que eso es problema suyo, y no mío. Y, como somos amigos, estoy dispuesto a correr el riesgo... Bueno, bueno... Calma, hijo mío. He dicho que lo haría como favor, pero no lo haré aquí y ahora. No va a creerse que esta charca es el océano, de manera que tendrá que esperar hasta que estemos lejos de tierra y a que haya una buena distancia entre el barco y Chahbar, ¿se da cuenta? Así todo irá mucho mejor; y me parece, jovencito, que tendrá usted que esforzarse para que crean que esto es un verdadero barco. Ésas son mis condiciones, hijo. Si aún lo desea...

—¿Dónde diablos queda Chahbar? Creía que iba usted a Karachi.

—Así es, en el viaje de regreso. Pero ha habido un cambio de planes. Supongo que usted ha estado demasiado ocupado con sus propios asuntos como para enterarse de que hace tres años que hay hambre en el país, en particular en el sur. Por eso llevo una carga de algodón a Chahbar, que está sobre la costa de Mekrán, y a mi regreso traeré una carga de grano. Es un camino más largo, pero a la vuelta puedo dejarlo en la costa en cualquier lugar que se le ocurra. ¿De acuerdo?

Ash esperaba casarse lo más pronto posible, pero se dio cuenta de la sensatez de los argumentos del capitán Stiggins, y en cualquier caso no tenía otra opción. Se decidió que sería mejor postergar la ceremonia hasta que Sind y la desembocadura del Indo estuvieran bastante lejos y el *Morala* se dirigiera hacia el norte, hacia Ras-Jewan. Entretanto, Red cedió galantemente su propio camarote a Anjuli y se trasladó al de su ayudante, un tal McNulty, por todo lo que durara el viaje; aunque los tres hombres (y todos los demás que estaban a bordo) decidieron dormir en cubierta, y sólo Anjuli permaneció en su camarote.

El *Morala* sólo tenía cuatro camarotes, y, aunque sin duda el de Red era el mejor y el más grande, en aquella estación del año resultaba insoportablemente caluroso. Pero Anjuli pasó la mayor parte del viaje en él, porque el viaje por mar le sentaba mal y estuvo permanentemente mareada durante varios días. Cuando mejoró ya habían cruzado el trópico de Cáncer, y navegaban por un mar manchado con los sedimentos del Indo y sus otros cuatro grandes afluentes del Punjab.

Gul Baz, que insistió en acompañar a Ash, también se sintió muy mal, pero pronto se recuperó y pudo levantarse de la cama. En cambio, Anjuli se recuperó muy lentamente. Pasaba la mayor parte del día durmiendo porque seguía teniendo pesadillas. Como de día la asustaban menos, permanecía despierta por la noche con dos lámparas de petróleo que ardían desde el atardecer hasta la mañana, a pesar de que aumentaban el calor en el pequeño camarote.

Ash la cuidaba, y también él comenzó a dormir de día para poder acompañarla al menos durante una parte de la noche. Pero, aun después de superado el mareo, Ash observó que Anjuli no tenía ganas de hablar, y cualquier referencia a Bhithor o al pasado inmediato, por más lejana que fuera, volvían a provocarle aquella espantosa rigidez y aquella mirada helada. Por tanto, él se limitaba a hablar de los planes que tenía para el futuro en común, aunque sospechaba que la mitad de las veces Juli no lo oía porque estaba escuchando otras voces.

Ash lo confirmó en varias oportunidades interrumpiéndose en la mitad de una frase: Anjuli no se daba cuenta de que él había dejado de hablar. Cuando le preguntaba en qué pensaba, ella lo miraba con gravedad y respondía:

–En nada.

Hasta que una noche, cuando la pregunta la sorprendió en medio de sus meditaciones, dijo sin pensar:

–En Shushila.

Ash no podía esperar que Juli hubiera dejado de atormentarse con pensamientos sobre Shushila cuando él mismo no había podido hacerlo. Pero se levantó sin decir palabra y salió del camarote; media hora después, fue Gul Baz y no Ash quien golpeó a su puerta para traerle la comida de la noche, porque Ash estaba ocupado con otras cosas.

Había ido hablar de sus problemas con el capitán Stiggins, y, estimulado por el coñac del capitán, le contó toda la historia.

–El problema es que su hermana siempre ha estado primero, desde el comienzo –explicó Ash con amargura–. Yo creía que era el único a quien ella amaba realmente, y que lo que la mantenía junto a Shu-Shu era sólo afecto unido a un fuerte sentimiento de obligación. Pero parece que me equivocaba. Traté de conseguir que huyera conmigo, como usted sabe, pero no quería hacerlo por Shu-Shu... ¡Dios! ¡Cómo he llegado a odiar ese nombre!

–Usted estaba celoso –asintió Red.

–Claro que sí. ¿No lo habría estado usted en mi lugar? Caramba, Red, yo estaba enamorado de ella. Sigo estándolo. Siempre lo estaré. ¡Si no hubiese sido por esa dichosa hermana...!

–Bien, ahora la pobre muchacha está muerta, de manera que ya no tiene motivo para estar celoso de ella, ¿verdad? –sugirió Red como para apaciguarlo.

–Sí, lo estoy porque aún ahora..., en realidad ahora más que nunca..., ella se interpone entre nosotros. Créame, Red, es como si estuviera aquí, en este barco, consumiendo las pocas fuerzas que le quedan a Juli, y llorando y pidiendo que la cuiden y la quieran como antes. Hay momentos en que creo en los fantasmas. Creo que el fantasma de Shushila nos ha seguido y está aquí con nosotros para quitarme a Juli.

–¡No diga tonterías! –saltó el capitán con enojo–. Jamás he oído semejantes estupideces. ¡Fantasmas! ¿Qué más se le ocurrirá decir? –Empujó la botella hacia Ash y agregó–: Es mejor que tome otro trago, hijo. No le hará mal y ahogará sus penas, porque creo que últimamente ha estado pensando demasiado. Será mejor que se refresque un poco el cerebro. No tiene sentido mantener tantas cosas encerradas ahí y sentir celos de una pobre muchacha que ya ha muerto. No es sano.

–No es eso –respondió Ash, llenando su vaso con mano temblorosa–. Usted no me entiende, Red. Tengo miedo precisamente porque ahora está muerta... Tengo miedo... –Sus dientes chocaron contra el borde del vaso mientras tragaba el aguardiente.

–¿Miedo de qué? –preguntó Red frunciendo el ceño–. ¿De que Juli no olvide a su hermana? ¿Y eso qué tiene de malo? Si la olvidara, usted pensaría que no tiene corazón, y sería verdad. Concédale un poco de tiempo y ya verá que no tiene nada que temer, y que algún día dejará de sufrir.

Ash vació su copa y tendió nuevamente la mano hacia la botella, observando con impaciencia que, por supuesto, dejaría de sufrir y que no esperaba que Juli olvidara a su hermana. No era eso lo que temía.

–¿Qué es, entonces?

–Que no pueda olvidar que fui yo quien mató a Shushila.

–¡Qué dice! –exclamó Red, desconcertado.

–¿No le he contado que yo disparé contra ella? –replicó Ash.

Le explicó cómo había sucedido. Cuando terminó, Red jadeó unos momentos y se echó un buen trago al gaznate antes de replicar. Pero su respuesta no proporcionó mucho consuelo para Ash.

–No veo muy bien qué otra cosa podía haber hecho –declaró pensativamente el capitán Stiggins–. Pero comprendo lo que quiere decirme. En ese momento, ella sólo habrá pensado que usted ahorraba a su hermanita el dolor de quemarse viva. Pero ahora tal vez se culpe a sí misma por no dejar que la muchacha hiciera lo que quería... y a usted por actuar como verdugo, por así decirlo.

–Sí. Eso es lo que temo. En ese momento parecía muy decidida. Me imploró que lo hiciera, Pero ahora... ahora creo que no estaba en sus cabales. Estaba enloquecida por el dolor, y al recordar ese momento no estoy seguro de que yo estuviera en mi sano juicio tampoco. Tal vez ninguno de nosotros lo estaba... Pero fue mucho peor para ella, porque quería a Shu-Shu más que a nada en el mundo y no podía tolerar la idea de que sufriera. Quería que la matara de un tiro antes de que la tocasen las llamas, y eso hice. No debería haberlo hecho, porque le impedí alcanzar su santidad. Ahora creo que Juli no puede mirarme sin recordar que yo maté a su adorada Shu-Shu.

–¡Tonterías! –replicó Red.

–Ah, no quiero decir que me culpe por haberlo hecho. Sabe muy bien que sólo lo hice por ella, y que voluntariamente no habría pensado en arriesgar nuestras vidas esperando para disparar contra esa desdichada muchacha. Pero, por más claramente que lo vea con su razón, en el fondo de su corazón sabe que a mí me importaba un bledo Shu-Shu..., y ésa es la diferencia.

–Sí, comprendo –respondió Red con aire reflexivo–. Si usted hubiera querido a la muchacha y lo hubiese hecho por esa razón..., diríamos por amor..., no habría importado tanto que la matara.

–Eso es. Pero yo no la quería. Usted dirá que porque estaba celoso, pero era por algo más: odiaba la forma en que dominaba a Juli, y creo que ahora Juli recuerda eso, lo suma a lo demás, y descubre que, a pesar de sí misma, sus sentimientos hacia mí han cambiado. Nadie puede culparla, porque, aunque realmente no veo qué otra cosa podría haber hecho yo, jamás dejaré de lamentarme por haber disparado contra esa maldita muchacha... Y, si yo siento eso, ¿por qué no pensar que Juli también se siente involucrada? ¡Ah, Dios mío, qué complicado es esto! Abramos otra botella, Red... Seguiré su consejo de emborracharme.

Se emborracharon los dos: Red un poco menos que Ash porque estaba más acostumbrado. Y tal vez el consejo fue bueno, o el simple hecho de confesarlo fue saludable, porque después Ash se sintió mejor, más relajado y menos aprensivo sobre el futuro, aunque no volvió a cometer el error de preguntar a Anjuli qué estaba pensando. Ella aún seguía sumamente delgada y muy pálida, lo que Ash atribuía al calor sofocante del camarote de Red. Estaba seguro de que, una vez que se casaran y lograra animarla a que saliera a cubierta y tomara aire fresco, su salud mejoraría, junto con su estado de ánimo.

Se casaron dos horas después de que las costas del Sind desaparecieran de la vista y el *Morala* enfilara hacia Ras-Jewan y Chahbar. La ceremonia tuvo lugar a las dos y media de la tarde, en el pequeño salón atestado, y los testigos fueron el ayudante de Stiggins, Angus McNulty (que procedía de Dundee y admitió ser presbiteriano), y un viejo amigo de Red, un tal Hyem Ephraim: un judío de edad madura de Kutch, que tenía negocios en Persia, y navegaba con el capitán Stiggins hasta Chahbar. Red mismo se proclamó «librepensador» (aunque no se sabía bien qué significaba eso), pero hizo honor a la oportunidad poniéndose su mejor traje y hablando con voz tan grave que Gul Baz, que contempló la breve ceremonia desde la puerta, quedó convencido de que el capitán del *Morala* debía de ser, en su vida privada, un gurú particularmente sabio y santo.

Gul Baz, devoto mahometano, albergaba grandes temores. Pero no los expresó porque era demasiado tarde para eso. Era demasiado tarde desde el día en que el *hakim* de Karidkote y su gordo sirviente, Manilal, llegaron al bungaló del *sahib* en una *tonga* alquilada, y él, Gul Baz, no los echó. Esa viuda hindú no era en absoluto la clase de esposa que él esperaba para su *sahib*, y no aprobaba los matrimonios mixtos más que Koda Dad Khan o el señor Chadwick. Tampoco le gustaba la idea de tener que explicar a Koda Dad y a sus hijos cómo había sucedido eso, y la parte que él había desempeñado en el asunto; aunque no veía cómo podía haber negado su ayuda, ni impedido, en primer lugar, que su *sahib* fuera a Bhithor. Sin embargo, hizo sus propias plegarias privadas por la seguridad, el bienestar y la futura felicidad de los novios, y pidió al Todopoderoso que les concediera larga vida y muchos hijos varones sanos y fuertes.

Anjuli, que alguna vez fuera una hindú devota, no oraba desde hacía años, ya que había llegado a creer que los dioses no existían, o que, por razones que ella no comprendía, probablemente por la sangre extranjera que corría por sus venas, la habían abandonado. Tampoco oró ahora, y se puso el burka en lugar de un vestido de novia. Eso no resultó extraño a nadie, ya que las novias occidentales iban tradicionalmente vestidas de blanco y llevaban velo hasta el altar, mientras que en Oriente el luto de una viuda no es negro, sino blanco.

Ash hizo un corte a cada lado de la vestidura, parecida a una tienda de campaña, para poder tomarle la mano; todo lo demás quedaba oculto por el burka. Una mano pequeña y cuadrada fue todo lo que vieron los invitados de la novia. Sin embargo, cada uno de ellos, por esa sola evidencia, quedó convencido de inmediato de que la novia del teniente Pelham-Martyn era una mujer de rara belleza y encanto. Además, estaban seguros de que hablaba y entendía el inglés, porque Ash le enseñó las pocas palabras que debía decir y cuando llegó el momento las pronunció con voz clara, imitando la entonación del novio con tanta exactitud que cualquiera que no la conociese podría haber supuesto que el tosco burka de algodón ocultaba a alguna culta señorita victoriana.

Ash no había pensado en comprar un anillo en Ahmadabad, y, como no llevaba uno de sello, separó una parte de la cadena de su reloj y la usó para hacer un pequeño anillo de eslabones dorados. Eso fue lo que puso en el dedo de Anjuli: «Y con este anillo los declaro casados...». La breve ceremonia que la convertía en su esposa duró menos de diez minutos. Cuando terminó, Juli volvió a su camarote, dejando que Ash bebiera el vino traído por Red y aceptara las felicitaciones y los buenos augurios.

El día fue terriblemente caluroso, y, a pesar de que soplaba el viento del mar, la temperatura en el salón estaba por encima de los cuarenta grados. Pero descendió por la noche, cuando cayeron las sombras sobre una cubierta que sería un lugar agradable para pasar la luna de miel, siempre que Juli consintiera en dejar su camarote. Ash confiaba en que no le fuera difícil persuadirla, porque no tenía deseos de ahogarse de calor en el camarote. Ya era hora de que Juli dejara de pensar en la muerte de Shushila y comenzara a mirar hacia delante y a darse cuenta de que nada ganaba manteniendo el duelo. El duelo no podía devolver la vida a los muertos, y Juli no tenía nada que reprocharse. Había hecho todo lo posible por Shu-Shu; debía consolarse pensando en ello y tener el valor de dejar atrás aquellos años funestos y el amado fantasma de su hermanita.

Como primera medida, Ash pidió a Red que le permitiera usar la cubierta de popa sobre su camarote, y el bondadoso capitán no sólo consintió, sino que hizo que la cerraran con lona para proporcionar un pequeño toldo que los protegería del sol durante el día y del rocío por la noche.

Ash pensaba que la novia presentaría cierta oposición a sus planes, e iba dispuesto a hacer esfuerzos para persuadirla. Pero no fue necesario. Anjuli accedió a pasar la mayor parte del día en cubierta en lugar de continuar en el camarote. Pero con una indiferencia tal que hizo sentir a Ash que sus pensamientos seguían en otra parte y que aquella noche, su primera como marido y mujer, no tenía significado especial para ella, sino que era una noche más. Entonces, ¿qué importaba si la pasaba en cubierta con él o sola en el camarote? Durante un terrible instante, Ash realmente temió que, si le daban a elegir, Juli elegiría lo último, por lo que no se atrevió a preguntar.

La confianza de Ash en su capacidad de hacer que Juli olvidara el pasado y fuera feliz nuevamente se evaporó, y se preguntó si ella lo había amado alguna vez o si todos los acontecimientos de los anteriores años habían desgastado ese amor como el agua y el viento corroen una roca aparentemente fuerte. De repente, no lo sabía, y, aterrorizado por la duda, se apartó de ella y salió del camarote para pasar el resto de la tarde solo en la cubierta de popa, observando el lento ondear de las velas y temiendo la noche que se avecinaba por la posibilidad de que Juli lo rechazase... o se sometiera a él sin amor, lo cual sería mucho peor.

Hacia el atardecer, la brisa refrescó un poco, atemperando el calor salado del día. Gul Baz, con el rostro imperturbable, trajo una bandeja de comida a la cubierta y luego extendió una manta sobre las planchas de madera bajo el toldo, agregó algunas almohadas, y observó con voz inexpresiva que la *sahiba rani*..., perdón, la *memsahib*, ya había comido. ¿El *sahib* necesitaba algo más? El *sahib* no necesitaba nada más, y Gul Baz sirvió café en una taza de cobre y luego retiró la bandeja casi sin tocar. La campana del barco indicó la hora de descanso, las voces de Red, su ayudante y el viejo Ephraim le desearon buenas noches desde abajo, y todo quedó silencioso. Sólo se oía el ruido del mar y el crujido monótono de la madera del barco y de la tela de las velas.

Ash se quedó escuchando esos sonidos largo rato, sin deseos de moverse porque no quería saber cómo lo recibiría su esposa; temía ser rechazado. Aquel día se había cumplido un sueño suyo, y esa noche debía ser la coronación de una etapa de su vida. Sin embargo, allí estaba, atormentado por las dudas y la indecisión, y con tanto miedo como jamás había sentido antes. Porque si Juli se apartaba de él sería el fin de todo. Y el triunfo definitivo y permanente de Shushila.

Ash vacilaba, postergando el momento de la decisión, hasta que finalmente se dijo: «Bien, iré allí».

El pequeño camarote estaba brillantemente iluminado, y después de la frescura de la noche el aire de allí resultaba sofocante y con fuerte olor a petróleo. Anjuli estaba frente al ojo de buey contemplando la belleza del mar fosforescente, y no oyó entrar a Ash. Algo en su actitud, en la forma de inclinar la cabeza y la línea de sus hermosos cabellos negros, recordaba tan intensamente a la pequeña Kairi-Bai que, casi sin darse cuenta, él la llamó con ese nombre:

–Kairi...

Anjuli se volvió bruscamente y, por un segundo, apareció una mirada inconfundible en sus ojos. Desapareció de inmediato, pero Ash tuvo tiempo de reconocerla: el más absoluto terror. La misma mirada que alguna vez había visto en los ojos de Dilasah Khan, ladrón, traidor y en cierta época soldado de los Guías, a quien había acorralado una noche en las montañas del Spin Khab. La de Biju-Ram a la luz de la luna, tres años atrás. Y, más recientemente, la mirada de los cinco desgraciados atados y amordazados en el *chattri* de Bhithor.

Pero verla ahora en el rostro de Anjuli era como recibir un ataque repentino y cruel desde un ángulo totalmente inesperado. El impacto le detuvo un segundo el corazón, y palideció.

El rostro de la propia Anjuli estaba gris por la conmoción. Musitó:

–¿Por qué me has llamado con ese nombre? Tú nunca... –Se le quebró la voz y se llevó las manos a la garganta como si tuviera dificultades para respirar.

–Supongo... supongo que me recordaste a ella –dijo Ash, vacilante–. Lo siento. Debí haber recordado que a ti no te gustaba que te llamaran así. No pensé.

Anjuli sacudió la cabeza y dijo con voz entrecortada:

–No, no fue eso. No es que me importe. Sólo fue que... hablaste con tanta suavidad... y yo pensé... pensé que era...

Dejó de hablar, y Ash preguntó:

–¿Quién pensaste que era?

–Shushila.

Sin advertencia previa, la furia explotó en Ash, que cerró la puerta de un golpe, cruzó el camarote en dos zancadas, tomó a su esposa por los hombros y la sacudió con tal violencia que la dejó sin respiración.

–No volverás a repetir ese nombre. ¡Ni ahora ni nunca! ¿Comprendes? Estoy asqueado y cansado de él. Mientras vivía, yo debía quedar a un lado y ver cómo te sacrificabas y sacrificabas todo tu futuro por ella, y ahora que está muerta parece que estás decidida a terminar con el resto de nuestras vidas pensando, gimiendo por su recuerdo. Está muerta, pero te niegas a enfrentarlo, no quieres dejarla ir...

Empujó a Anjuli con tal fuerza que ella tuvo que apoyarse en la pared. Luego agregó con dureza:

–Bien, de ahora en adelante dejarás que esa pobre muchacha descanse en paz, en lugar de estimularla a que te persiga. Ahora eres mi esposa y te aseguro que no te compartiré con Shu-Shu. No tendré a dos mujeres en mi cama, aunque una de ellas sea un fantasma, de manera que decídete ahora mismo: yo o Shushila. No puedes tenernos a los dos. Y si Shu-Shu es todavía mucho más importante para ti que yo, o me acusas de haberla matado, entonces será mejor que vuelvas con tu hermano Jhoti y olvides que alguna vez me conociste, y también que te casaste conmigo.

Anjuli lo miraba como si no pudiera creer lo que oía. Cuando logró hablar, dijo en un jadeo:

–¡De manera que eso era lo que pensabas! –Y comenzó a reírse: una risa dura e histérica que sacudía tan violentamente su rostro consumido como lo habían hecho las manos de Ash. Y siguió y siguió..., hasta que Ash se asustó y la abofeteó en plena cara con la mano abierta. Entonces Juli se calló, temblando y tratando de respirar.

–Perdóname –dijo Ash–. No he debido hacerlo. Pero no permitiré que sigas comportándote de esa manera ni que la conviertas en un ídolo sagrado.

–¡Tonto! –gritó Anjuli–. ¡Tonto!

Se inclinó hacia delante y sus ojos ya no estaban vacíos y helados, sino llenos de burla.

–¿No hablaste con nadie en Bhithor? Deberías haberlo hecho y habrías sabido la verdad, porque no puedo creer que no se hablara de ello en el mercado. Y, aunque no fuera así, el *sahib hakim* debió de haberlo sabido... o, al menos, sospechado. Y, sin embargo, tú... tú creías que yo sufría por ella...

–¿Por quién, entonces? –preguntó Ash con dureza.

–Por mí misma, en todo caso. Por mi ceguera y mi estupidez en no ver lo que debí haber visto muchos años atrás, y mi vanidad al pensar que era indispensable para ella. Tú no sabes lo que ha sido... Nadie puede saberlo. Cuando Geeta murió, no quedó nadie en quien yo pudiera confiar..., nadie. Hubo momentos en que pensé que enloquecería de terror, y otros en que traté de matarme y me lo impidieron porque ella no quería que yo muriera... Eso habría sido demasiado fácil. Alguna vez me advertiste de que Shushila era hija de la *nautch* y yo nunca debía olvidarlo. Pero no te escuché. No podía creerlo.

Se le quebró la voz; Ash le cogió las manos y la condujo hasta la silla más próxima, la obligó a sentarse y le llevó un vaso de agua. Permaneció a su lado mientras bebía, y luego se sentó frente a ella en el borde de la litera y dijo con voz serena:

–Jamás lo pensé. Parece que hemos estado concentrados en cosas diferentes. Cuéntame, Larla.

47

Era una historia larga y desagradable. Y, al escucharla, Ash ya no se sorprendió de que la reina que él había arrancado de Bhithor tuviera tan poco parecido con la novia que había escoltado hasta allí apenas dos años antes. Porque él tenía razón sobre Shushila. Realmente resultó ser una verdadera hija de Janoo-Rani, la que alguna vez fuera *nautch*, que jamás permitió que nada se interpusiera entre ella y sus deseos, ni tenía el menor reparo en eliminar a cualquiera que considerase un obstáculo en su camino.

Anjuli lo contó como si desde el comienzo hubiera conocido la mentalidad de Shushila, aunque no era así.

–Debes comprender –dijo– que yo sólo descubrí todo esto casi al final. Y aun entonces hubo muchas cosas que sólo me resultaron claras después de haber escapado de Bhithor, cuando estaba oculta en la cabaña detrás de tu bungaló, y donde lo único que podía hacer era pensar... y recordar. Creo que ahora lo sé todo, de manera que si cuento la historia como si hubiera conocido los pensamientos y palabras de Shushila y los de las otras personas con quienes tuve poco contacto o ninguno, no pretendo saber lo que en realidad no pude haber sabido. Aunque de alguna manera los conocí, porque pocas cosas pueden guardarse en secreto en el sector de las mujeres, donde siempre hay veinte ojos y oídos atentos, y muchas lenguas que hablan. Geeta y mis dos doncellas, y una muchacha bhithoriana que también me tenía afecto, me contaban todo lo que oían. Y también ese ser malvado a quien dejaste atado y amordazado en el *chattri*, porque le encantaba contar historias y me las repetía con la esperanza de lastimarme. Pero yo no lograba pensar mal de Shushila, no podía. Creía que ella ignoraba todo lo que se hacía en su nombre, y estaba segura de que se trataba de órdenes del *rana*, sin su conocimiento ni su consentimiento. Creía que los que me querían y trataban de advertirme se equivocaban, y que los que me odiaban sólo me contaban esas cosas con la esperanza de herirme; de manera que cerraba los ojos y los oídos contra todos. Pero, al final, tuve que creerlo. Porque era Shushila misma, mi propia hermana..., quien me lo decía.

»Con respecto al *rana*, también debí haberme dado cuenta de lo que podía suceder, porque ya había visto cómo ocurría antes; sólo que entonces era nuestro hermano Nandu. Ya te he hablado de esto. Nandu la trataba con dureza, y todos pensaban que Shushila debía odiarlo por eso. En cambio, llegó a quererlo mucho, tanto que a veces me sentía un poco herida por su devoción y me avergonzaba de sentirme así. Sin embargo, eso no me enseñó nada. Cuando se enamoró de ese hombre malvado, perverso y enfermo que fue su marido, yo no podía entenderlo, aunque me alegraba por ella de que fuera así. No quería ver lo que vendría, y estaba agradecida a los dioses por permitir a Shushila encontrar felicidad en un matrimonio que había tratado de evitar y que había temido tanto.

Ash intervino:

–Creo cualquier cosa de tu hermanastra, pero no que haya amado al *rana*. Tal vez sólo lo fingía.

–No. Tú no lo entiendes. Shushila no sabía nada de los hombres y, por lo tanto, no podía juzgarlo. ¿Cómo podría hacerlo cuando, excepto su padre y sus hermanos Nandu y Jhoti, y su tío, a quien veía rara vez, los únicos que frecuentaban el sector de las mujeres eran los eunucos, dos individuos viejos y gordos? Sólo sabía que es deber sagrado de una mujer someterse en todo a su marido, idolatrarlo como a un dios, obedecer sus órdenes, traer hijos al mundo, y, a menos que él se dedique a las mujeres livianas, darle placer en la cama. En cuanto a eso, sé que Janoo-Rani se encargó de que Shushila recibiera instrucciones de una famosa cortesana para no desilusionar a su marido cuando llegara el momento de casarse. Tal vez así despertó en ella un apetito que yo no sospechaba, o bien nació con él y siempre me lo ocultó. De todas maneras, existía.

»Yo no habría creído que un hombre como el *rana*, que prefería a los jóvenes y los chicos antes que a las mujeres, pudiera haberla satisfecho. Sin embargo, debe de haber sido así, porque desde la primera noche en que durmieron juntos ella se entregó a él... en cuerpo y alma. Y, aunque yo no lo sabía, desde esa misma noche me odió, porque también yo era su esposa, y los eunucos que deseaban sembrar cizaña entre nosotras le habían susurrado que el *rana* admiraba a las mujeres altas porque se parecían más a los hombres, y que había hablado bien de mí. Esto no era cierto, pero despertó los celos de Shushila. Y, aunque él me trataba como a una descastada, a quien es infamante tocar, y ni me hablaba ni me veía, Shushila tuvo miedo (y yo también) de que alguna noche llegara a pensar en forma diferente y me llevara a su cama... Aunque sólo fuera para herirla, o porque estaba demasiado borracho o enloquecido por el *bhang*.

El primer año había sido el peor, pues, aunque Anjuli no esperaba demasiada felicidad en su nueva vida, nunca se le había ocurrido que Shushila se volvería contra ella. Trató de convencerse de que era sólo una fase pasajera que terminaría cuando se esfumara la primera pasión de Shu-Shu por su marido y descubriera, como necesariamente debía suceder, que el dios que idolatraba era un libertino de alma dura, pervertido por el vicio y capaz de una conducta que en un personaje menos eminente sería considerada inaceptable aun por los criminales.

Pero, en realidad, Anjuli nunca había entendido a Shushila. No era una persona analítica, y simplemente había amado a Shu-Shu desde el día en que por primera vez tomó a la niñita que lloraba en sus brazos y la pusieron a su cargo porque su madre no la quería, por el simple hecho de que era mujer y no deseaba tener problemas con ella. Y para Anjuli, el amor no era algo que se presta y vuelve a tomarse, o que se concede con la esperanza de una recompensa. Era un don; una parte del corazón de una persona que se entrega sin ninguna retribución, y que necesariamente implica lealtad.

Nunca había dejado de ver los defectos de Shushila. Pero atribuía la mayor parte de ellos a la mala educación y la tontería de las mujeres de la *zenana*, y el resto al temperamento nervioso de la pequeña y su salud inestable. Por lo tanto, no la culpaba ni se daba cuenta de que en ellos perduraban las semillas de cosas más oscuras que algún día germinarían.

La desorbitada pasión que el *rana* había despertado en su joven esposa hizo germinar esas semillas, que ahora crecían a velocidad aterradora y que, de la noche a la mañana, se convirtieron en plantas monstruosas, como ciertas hierbas con las primeras lluvias del monzón. Frente a esa fogosidad nueva y absorbente, todo el amor, el cuidado y la simpatía que Anjuli había brindado a su pequeña hermanastra durante años, se esfumaron barridos por una horrible marea de celos.

El *rana*, y todos los que lo habían apoyado en sus intentos de no tomar por esposa a la Mestiza, y que ahora, junto con las mujeres de la *zenana*, los eunucos y los sirvientes de palacio, estaban resentidos de que se la elevara al rango de *rani* y celosos de su influencia sobre la esposa principal, se unieron para humillarla. Hasta que la vida de Anjuli se convirtió en algo miserable.

Se dio orden de que, en el futuro, Kairi-Bai permaneciera recluida en sus habitaciones y no se le permitiera entrar en las de la *rani* principal a menos que la llamaran expresamente. Esas habitaciones eran dos celdas pequeñas, oscuras y sin ventanas, con puertas que se abrían a un patio interior de menos de tres metros de lado rodeado por altos muros. Le quitaron sus joyas, junto con la mayor parte de sus ropas, los alegres saris de seda y gasa, que fueron reemplazadas por prendas como las que usan las mujeres humildes.

Ningún arma parecía despreciable para usarla contra la joven que Shushila había insistido en llevar con ella a Bhithor, cuyo único crimen consistía en ser también esposa del *rana*. Anjuli debía permanecer oculta de la vista del gobernante, y si poseía alguna belleza (muy poca en la opinión general, aunque no había que tener en cuenta los gustos de los hombres) se esfumó con la pésima alimentación, hasta el punto de llegar a parecer una mujer mayor y demasiado delgada. Jamás debía usar su título, y por temor a que la vieja Geeta y sus dos servidoras de Karidkote pudieran mostrar demasiada consideración y lealtad hacia ella, se las llevaron y las sustituyeron por una tal Promila Devi, la mujer de rostro duro a quien Ash había atado y amordazado en el *chattri*.

La misión de Promila se parecía a las de un carcelero y un espía, más que a la de un sirviente, y ella fue quien informó de que las dos servidoras y la *dai* Geeta aún hacían visitas secretas a la Mestiza y robaban comida para ella. Las tres fueron azotadas, y después de eso ni la anciana y leal Geeta se atrevió a acercarse otra vez a los aposentos de Anjuli. Luego Shushila quedó embarazada, y por un tiempo su alegría y su triunfo fueron tan grandes que volvió a convertirse en la Shu-Shu de antes, exigiendo que su hermana estuviera con ella siempre que se sentía mal, y comportándose como si jamás hubiera habido perturbación alguna en su relación. Pero eso no duró. Unas semanas después, su embarazo se interrumpió después de un violento ataque de cólicos por comer demasiados mangos.

–Siempre le encantaron los mangos –explicó Anjuli–. Mi padre los hacía traer desde la llanura todos los años, recogidos cuando aún estaban verdes y envueltos en grandes *kintas* entre paja, y Shu-Shu nunca podía esperar a que maduraran bien. Luego sentía terribles dolores de vientre y gritaba, aullaba y echaba la culpa a alguna otra cosa..., manteca en mal estado o arroz mal cocido. Nunca a los mangos.

Ahora, Shushila se dedicaba nuevamente a comer su fruta favorita... y de esa manera había perdido el hijo que tanto deseaba. Debía saber que había sido por culpa suya, pero no podía aceptarlo, y, como esta vez los resultados de la glotonería fueron mucho peores que un dolor de vientre pasajero, no echó la culpa a la comida en mal estado o mal cocida, sino que se persuadió de que alguna persona celosa había tratado de envenenarla. ¿Y quién, sino Kairi-Bai?, susurraban las bhithorianas, temerosas de que las sospechas recayeran sobre ellas.

–Pero, afortunadamente, no tuve oportunidad de tocar la comida y la bebida en aquel momento –prosiguió Anjuli–, ya que Shu-Shu y sus damas habían ido a pasar tres días al palacio de las Perlas junto al lago, de manera que no pudieron acusarme. Pero las dos que habían sido mis servidoras no fueron tan afortunadas, porque estaban en el grupo y habían ayudado a recoger y lavar los mangos, que trajeron de un montecillo en las tierras del palacio. Además, ambas eran de Karidkote y habían venido a Bhithor a mi servicio. Por eso, las mujeres de Bhithor, temiendo quizá que el *rana* las acusara de permitir a su esposa comer mangos verdes, y con la esperanza de desviar su cólera, se unieron para culpar a las extranjeras.

Shushila estaba loca de dolor, pena y desilusión, y en su frenesí escuchó lo que se le decía e hizo envenenar a las dos mujeres.

–Eso me lo contó Promila –explicó Anjuli–. Aunque se dijo que habían muerto de fiebres, y yo traté de creer que era verdad; me obligué a creerlo. Para mí era mucho más fácil pensar que Promila mentía, y no que Shu-Shu podía hacer una cosa tan terrible.

Anjuli fue recluida en una de las casas más pequeñas, en el parque real, donde vivió prácticamente como una prisionera: privada de todas las comodidades y obligada a prepararse su escasa comida, mientras se difundía la historia de que había insistido en permanecer allí por temor a contraer la fiebre de que habían muerto las mujeres.

A finales de otoño, Shushila quedó de nuevo embarazada, pero esta vez su triunfo se estropeó por temor a perder el segundo niño. Las primeras etapas de ese embarazo fueron acompañadas por dolores de cabeza y náuseas matinales; se sentía mal y asustada, y con mucha necesidad de un consuelo que su marido era incapaz de proporcionarle. La extraña devoción del *rana* por su esposa aún no se había apagado, pero nunca había tenido mucha paciencia con los enfermos y prefería mantenerse a distancia cuando Shushila no se sentía bien. Esto añadió otro terror al de perder al niño: el pánico a que también pudiera perder el favor del *rana*. Atormentada por la enfermedad y la ansiedad, una vez más se volvió hacia su hermanastra, y Juli fue llevada al palacio de la ciudad, donde debió asumir el papel de protectora y consoladora como si nada hubiera sucedido.

Lo hizo lo mejor que pudo. Pero aún pensaba que el *rana* era responsable de todo lo que le sucedía, y que aunque Shushila no lo ignoraba totalmente, no se atrevía a tomar abiertamente partido por su hermana por temor a enfurecerlo y a que actuara con más dureza aún en el futuro. También Geeta recuperó sus favores y, aparentemente, se olvidó su reciente desgracia. Pero la anciana no apreciaba la nueva situación: no había olvidado las acusaciones de intento de envenenamiento después de los cólicos por los mangos, y su larga experiencia como *dai* la advertía de que el nuevo embarazo de Shushila-Bai probablemente duraría poco. Por eso vivía aterrorizada de que la obligaran a prescribir algún remedio para curar los dolores de cabeza de la *rani* o aliviarla de sus malestares. Cuando inevitablemente llegó la orden, tomó todas las precauciones posibles para protegerse a sí misma y a Anjuli.

–Me dijo que yo debía fingir estar muy descontenta con ella –explicó Anjuli–, y demostrar que no quería hablarle ni tener nada que ver con ella, para que después nadie pudiera decir que habíamos actuado como cómplices. Además, me advirtió de que nunca debía tocar nada de lo que mi hermana comía o bebía, y la obedecí. Entonces, yo también tenía miedo.

Para su propia protección, Geeta se negó a usar hierbas o drogas de su provisión de medicamentos. Pidió otras y las hizo pesar y preparar por otras mujeres; y siempre ante los ojos de toda la *zenana*. Pero no sirvió de nada.

Como había previsto Geeta, Shushila tuvo un segundo aborto y, como antes, se enfureció y lloró y buscó a alguien a quien culpar, mientras que las mujeres bhithorianas, necesitadas de un chivo expiatorio, hablaron de veneno y de mal de ojo. Aunque probablemente les habría gustado acusar a la Mestiza y de esta manera obtener favores del *rana* dándole una excusa para librarse de ella, Geeta y Anjuli habían desempeñado demasiado bien su papel. Su enemistad fue aceptada como cierta y a menudo se habló de ella, de modo que resultó imposible rectificar. Por tanto, señalaron a Geeta.

A pesar de todas sus precauciones, la vieja *dai* fue acusada de provocar ese segundo aborto con las pociones prescritas. Aquella noche fue asesinada por Promila Devi y uno de los eunucos, y su frágil cuerpo fue llevado hasta un techo que daba a los patios y arrojado desde allí para que pareciera que se había caído por accidente.

–Me enteré de esto mucho más tarde –narró Anjuli–. En ese momento me informaron de que había tenido un accidente. Y lo creí, porque hasta Promila lo dijo...

A la mañana siguiente, la Mestiza fue sacada nuevamente de palacio: por lo que se decía, algo solicitado por ella misma. Le dijeron que se le concedía «permiso para que se retirara por un tiempo al palacio de las Perlas», y efectivamente la llevaron allí. Pero la confinaron a la soledad de una habitación del piso bajo.

–Allí permanecí casi un año, y durante todo ese tiempo sólo vi a dos personas: a Promila, que era mi carcelera, y a una *mehdarani* encargada de limpiar a quien habían prohibido hablarme. Tampoco podía ver la luz del cielo ni me daban suficiente comida. Siempre tenía hambre..., tanta que me comía hasta la última miga de pan que me daban, aunque estaba tan rancia y dura que me enfermaba. Y durante todos esos meses debí usar las mismas ropas que llevaba cuando fui a la *zenana* porque no me facilitaron otras; ni agua para lavar las que usaba, que se convirtieron en harapos, y cogieron mal olor..., lo mismo que mis cabellos y todo mi cuerpo. Sólo cuando llegaron las lluvias pude lavarme un poco, porque las alcantarillas se inundaron y anegaron los patios, y el agua entró en mi celda hasta alcanzar varios centímetros de altura, de manera que pude bañarme con ella. Cuando terminaron las lluvias, se secó; y el invierno fue muy frío...

Juli tembló violentamente, como si aún tuviera frío, y Ash oyó cómo le castañeteaban los dientes.

A principios de febrero, Anjuli perdió toda noción del tiempo; comenzó a perder también toda esperanza, y por primera vez a tener dudas con respecto a Shushila y preguntarse si su hermanastra la había olvidado o prefería no saber qué había sido de ella. Sin duda, Shushila podría haber hecho algo para ayudarla, pero tenía mala condición: su madre había ordenado las muertes de su propio marido y de una segunda esposa, la cuarta mujer de él, mientras que su hermano Nandu era culpable de parricidio. ¿Era posible que Shushila fuese tan malvada? Anjuli no podía llegar a creerlo, porque, al fin y al cabo, Jhoti también era hijo de la *nautch*; aunque la verdad era que quería más a su padre. Sin embargo, persistían las dudas, que volvían a atormentarla cada vez con más intensidad por mucho que tratara de apartarlas de su mente.

A la celda no llegaba noticia alguna del mundo exterior, porque Promila Devi rara vez le hablaba, y la *mehdarani*, nunca. Por tanto, no sabía que su hermana había concebido nuevamente y que esta vez todos esperaban que el embarazo llegara a feliz término: no volvió a tener dolores de cabeza ni malestares, y, cuando se acercó el momento del parto, la *zenana* predijo un alumbramiento feliz, a la vez que sacerdotes y hechiceros se apresuraron a asegurar al *rana* que todos los augurios indicaban que tendría un hijo varón. Promila tampoco mencionó la enfermedad del *rana* y las dificultades de sus médicos en curarlo, ni que la *rani* principal había mandado llamar al *hakim* de su tío, Gobind Dass, para tratarlo.

Sólo cuando Anjuli fue llevada repentinamente a sus habitaciones del palacio de la ciudad se enteró de todas esas cosas, y se preguntó si no debía su liberación a la inminente llegada de Gobind más que a cualquier cambio de actitud por parte del *rana*. El médico personal de su tío sin duda preguntaría acerca de la salud y el bienestar de ambas *ranis*, para enviar noticias a Karidkote; de manera que sería mejor que se supiera que la *rani* segunda estaba en el sector de las mujeres del Rung Mahal con su hermana, y no sola en el palacio de las Perlas.

Por la razón que fuese, había vuelto al palacio de la ciudad, donde se le dieron ropas limpias y comida adecuada. Pero aún no se le permitía abandonar su habitación, excepto para dar un paseo por el pequeño patio cerrado frente a ella... Un espacio pavimentado no más grande que una alfombra y amurallado por los fondos de otros edificios. Pero, después de varios meses de semioscuridad en el palacio de las Perlas, para Anjuli era casi como el paraíso, en particular porque veía mucho menos a Promila, pues le habían asignado una segunda sirvienta: una muchacha lugareña, joven y poco práctica, que tenía labio leporino y era tan tímida que daba la impresión de ser un poco tonta. Anjuli trató de animarla a hablar, pero Nimi nunca decía nada por sí misma. Cuando Promila estaba presente, andaba por el lugar como un ratón aterrorizado, muda de miedo e incapaz de otra cosa que asentir o negar con la cabeza cuando le hablaban.

Aparte de Promila, Nimi y la inevitable *mehdarani*, ninguna otra mujer entraba jamás en el patio, pero Anjuli oía sus voces agudas y sus risas al otro lado de las paredes circundantes, o por la noche, desde las terrazas, cuando se reunían a charlar y disfrutar del fresco. Escuchando estas charlas, se enteró de la enfermedad del *rana* y de la llegada del *hakim* de su tío, Gobind Dass, y tuvo la desatinada esperanza de que alguien la ayudara a escapar.

Si al menos pudiera hablar con él, o mandarle una carta para explicarle su situación, seguramente no se negaría a ayudarla... Aunque él no pudiera hacer nada, tal vez hablara de ella a Jhoti y Kaka-ji, que siempre la habían querido y pedirían que se la enviara de regreso a Karidkote. O quizá podría ponerse en contacto con Ashok, quien la rescataría aunque Promila Devi fuera reemplazada por diez dragones y toda la guardia de palacio.

Pero, por más que lo intentaba, no podía imaginar medio alguno de ponerse en contacto con Gobind; y sabía que él, por su parte, nunca obtendría permiso para cruzar el umbral de la *zenana*, por más alto que estuviera en la estimación del *rana*; ni aunque Shushila se estuviese muriendo. Sin embargo, Juli no desesperaba; mientras Gobind permaneciera en Bhithor había esperanzas... Algún día, de alguna manera, por algún medio, ella podría ponerse en contacto con él.

Y entonces, una noche cálida, cuando acababan de encender las lámparas y el patio era un pozo de sombra, las esperanzas de Juli se vieron justificadas porque Nimi, junto con la comida de la noche, le trajo una carta del *hakim*...

Luego supo que era la segunda que él le escribía. Pero la primera nunca la había recibido. A su llegada a Bhithor, Gobind había enviado dos cartas, una a cada *rani*, con mensajes de Kaka-ji y de su hermano el maharajá. Las mandó abiertamente con el eunuco principal, y ambas fueron llevadas a Shushila, que las leyó y las rompió, y dio una respuesta verbal que supuestamente procedía de ambas *ranis*.

Esa tercera carta, dirigida a Anjuli, fue entregada a Shushila, y como su contenido era inocuo (pedía que le aseguraran que las dos hermanas estaban bien) se le ocurrió que sería conveniente permitir que Kairi la leyera y la contestara por sí misma. Si la respuesta contenía algo inadecuado, ella respondería al *hakim* y se ocuparía de que no hiciera más averiguaciones; además, sería una prueba de que Kairi-Bai era una traidora que conspiraba para crear problemas entre

Bhithor y Karidkote, y trataba de ensuciar los nombres de su marido y su hermanastra.

Volvió a colocar cuidadosamente el sello en la carta y se la entregó a Nimi, la sirvienta tonta, con instrucciones de que la entregara a su ama después del atardecer; debía decirle que se la había dado un desconocido a quien había visto en el mercado, y que le había prometido mucho dinero si se la entregaba a la *rani* segunda sin que nadie estuviera presente y le llevaba una respuesta cuando la muchacha volviera a ir a la ciudad. Obligó a la joven a repetir la historia hasta que la supo de memoria, y la advirtió de que no agregara nada ni respondiera preguntas que pudiera hacerle su ama, bajo amenaza de cortarle la lengua. Por otra parte, si hacía lo que se le decía, recibiría una recompensa adecuada... La espantosa coacción, unida a la promesa de una recompensa, debía haber sido más que suficiente para asegurarse la obediencia de la muchacha. Pero, aunque Nimi podía ser ignorante y tímida, no le faltaba sentido común, y tenía más carácter que lo que pensaban los demás. Anjuli-Bai había sido buena con ella (y ninguna otra persona, ni siquiera sus padres, le habían demostrado bondad), de manera que ella no la perjudicaría por nada del mundo... y estaba segura de que intentaban hacerle daño. Si no, ¿por qué le ordenaban que contara esa historia tonta sobre un desconocido, y la amenazaban con la tortura si no cumplía con lo ordenado? Entregaría la carta, pero además contaría exactamente a su señora cómo había llegado a ella, y lo que le habían indicado que dijera..., dejando que Anjuli-Bai decidiera qué hacer al respecto.

Eso último no fue fácil. Anjuli temía una trampa y no podía estar segura de que no se la tendían: ¿Nimi era leal con ella? ¿Su historia era cierta? Si lo era, confirmaba las dudas que albergaba sobre Shushila, y significaba que realmente se había vuelto contra ella... Aún era difícil creerlo, pero más difícil era creer que Nimi mentía, y si no era así... Quizá sería mejor no arriesgarse y no hacer nada. Pero, considerando el asunto, Anjuli se dio cuenta de que si Nimi no se lo hubiera advertido, ella habría creído, sin lugar a dudas, que la carta había llegado a ella en la forma esperada, y la habría contestado. Por tanto, podía tener una razonable seguridad de que si no hacía nada, se sospecharía que Nimi la había puesto en guardia y probablemente la torturarían para que lo confesara.

Le trajeron papel y pluma, y Anjuli compuso una respuesta cortés y trivial, agradeciendo al *hakim* su interés y asegurándole que, por lo que sabía, la *rani* principal gozaba de buena salud, y que ella también estaba bien. Nimi entregó la nota a Shushila, quien la leyó y la envió a Gobind. Y la vez siguiente que Nimi visitó a sus padres, les hizo la sugerencia de que si uno de ellos inventaba un método para aproximarse en secreto al médico de Karidkote, tal vez podrían ganar mucho dinero usándola como intermediaria... Una idea que no era de ella, sino de Anjuli. Los viejos se tragaron el anzuelo, y de entonces en adelante Nimi llevó otras cartas de Gobind a la *rani* segunda, y ésta las contestó..., aunque con gran cuidado, porque no podía estar segura de que no vigilaban a Nimi, ni de que esto no fuera tal vez otra trampa más retorcida.

Pero Shushila no se enteró de la correspondencia. Había visto la respuesta de su hermana a la primera carta, y llegó a la conclusión de que aparentemente la prisión y los malos tratos habían reducido a Kairi a un estado tal de sometimiento que nada podía temerse de ella. Se informó a Anjuli de que, siempre que no entrara en los aposentos ni en los jardines de la *rani* principal, no había motivo para que no se moviera libremente por el sector de las mujeres si deseaba hacerlo.

Cuando se acercó el momento del parto, las mujeres de la *zenana* entraron en un estado de intensa ansiedad y excitación, y la tensión creció diariamente hasta que Anjuli, una espectadora a quien nadie prestaba atención, se trastornó y comenzó a temer el efecto que podría tener todo ello sobre los nervios de su hermana. Pero, para sorpresa de todos, Shushila permaneció inmune a la alteración general. Nunca había estado de mejor humor, y lejos de dar salida a su histerismo, como habían esperado todos los que la conocían, siguió llena de salud y belleza, y aparentemente libre de temores. Sólo Anjuli, que se enteró de esto por la charla de las mujeres, sospechaba que se debía a los dos abortos, que habían sido tan tempranos que ni siquiera se los podía llamar pérdidas.

Pensaba que probablemente habían alentado a Shu-Shu a creer, o quizás ella sola se había persuadido de ello, que las molestias comparativamente pequeñas que había sufrido serían todo esta vez, y que ni la nueva *dai* ni ninguna de sus mujeres había tenido el valor de quitarle la ilusión. El problema comenzó con los primeros dolores del parto, y esta vez no estaba Geeta para ayudarla ni ninguna hermana cariñosa para consolarla y apoyarla.

Los dolores de Shushila comenzaron poco antes de las diez de una noche primaveral. Continuaron durante todo el día siguiente y parte de la noche. Sus gritos agónicos resonaban en todo el sector de las mujeres y hacían eco entre las columnas que rodeaban los jardines. En algún momento de aquel día interminable, una de las mujeres, agotada por el miedo y la falta de sueño, fue corriendo a buscar a Anjuli y le pidió que fuera de inmediato... La *sahiba rani* la llamaba.

Anjuli sólo podía obedecer. Aunque no se hacía ilusiones sobre el repentino deseo de Shushila de verla: estaba sufriendo y muy asustada, y eran el dolor y el temor los que la empujaban a llamar a la única persona que jamás la había traicionado y que instintivamente sabía que no la traicionaría ahora. Anjuli no ignoraba los riesgos que corría al entrar en los aposentos de su hermana en ese momento. Si algo iba mal, seguramente la culparían a ella, y no a los dioses o a causas naturales ni a ninguna de las bhithorianas: ella cargaría con la responsabilidad. Esta vez sería Kairi-Bai, la Mestiza, quien por maldad o celos, o deseos de vengarse por la forma en que había sido tratada, habría echado mal de ojo al niño o a la madre, y tendría que pagar por ello.

Incluso sabiéndolo, y aun si hubiera sido posible negarse, que no lo era, no hubiese dejado de acudir junto a Shushila. Sólo un sordo o alguien que tuviera un corazón de piedra podía no conmoverse ante aquellos horribles gritos, y Anjuli se conmovió. Se apresuró a ir junto a su hermana, y, durante el resto del agónico parto, Shushila se aferró a sus manos, estrechándolas hasta hacerlas sangrar e implorándole que llamara a Geeta para que le aliviara los dolores..., a la pobre Geeta, que supuestamente se había roto la cabeza en una caída hacía más de un año.

La *dai* que había reemplazado a Geeta era una mujer capaz y experimentada, pero no tenía la habilidad de su predecesora con las drogas. Además, nunca se le había pedido que tratara a una paciente que no sólo no hacía ningún intento de ayudar, sino todo lo posible para evitar que otros la ayudaran.

La *rani* principal se retorcía, gritaba y clavaba las uñas salvajemente en los rostros de quienes se inclinaban para aliviarla, y, si no hubiera sido por la oportuna llegada de su hermanastra, en opinión de la *dai* habría terminado por lastimarse seriamente o perder la razón. Pero la despreciada segunda esposa logró algo en lo que todos los demás habían fracasado: aunque los gritos continuaron, eran menos frecuentes y pronto la desesperada muchacha comenzó a tratar de soportar el dolor cuando llegaba y relajarse cuando se iba, y la *dai* volvió a respirar y a esperar que todo marchara bien.

Llegó la noche; pero pocas en el sector de las mujeres lograron dormir, y las que estaban junto a Shushila ni siquiera pudieron comer algo. Pero ahora la *rani* estaba agotada y con la garganta tan irritada que ya no podía gritar; sólo quedarse quieta y dormir. Pero seguía aferrándose a las manos de Anjuli como si en ello le fuera la vida, y Anjuli, dolorida por el cansancio, seguía inclinada sobre ella, animándola, consiguiendo que tragara algunas cucharadas de leche con hierbas para fortalecerla, o un poco de vino con especias. La acariciaba, la mimaba y se comportaba con ella como en el pasado.

–Y durante un rato..., un corto rato –dijo Anjuli, mientras narraba la historia de esa noche frenética–, era como si Shushila fuese otra vez una niña y fuéramos amigas de nuevo; aunque en el fondo de mi corazón yo sabía que no era así y que nunca volvería a ser así...

Aparte de la conducta desenfrenada e histérica de Shushila, no hubo mayores complicaciones, y cuando por fin, después de medianoche, nació la criatura, vino al mundo con facilidad: un recién nacido fuerte, sano, que lloraba vigorosamente y agitaba sus puñitos cerrados. Pero el rostro de la *dai* palideció al levantarlo, y las mujeres que se habían agrupado para mirar retrocedieron y quedaron en silencio: no era el esperado hijo varón que con tanta confianza habían prometido los hechiceros, sino una niña.

–Vi la cara de Shushila cuando se lo dijeron –contó Anjuli–, y tuve miedo. Miedo como nunca había sentido antes: por mí misma... y también por la niña... Porque era como si los muertos hubieran vuelto a la vida, y allí estuviera Janoo-Rani: Janoo-Rani en una de sus furias terribles, fría y mortal como una víbora. Antes nunca había visto el parecido. Pero entonces lo vi. Y en ese momento supe que en aquella habitación nadie estaba seguro. Yo menos que nadie. Shushila saltaría como una tigresa a la que le han robado sus cachorros. Ya lo había hecho antes (sí, ahora yo lo sabía) cuando no tuvo a su hijo, pero esta vez sería mucho peor: esta vez su rabia y su desilusión serían diez veces mayores, porque había llevado el embarazo a término y estaba segura de que tendría un hijo varón, y había soportado una agonía más allá de lo que jamás había soñado para dar a luz; y era una hija.

Juli volvió a temblar y su voz casi se convirtió en un murmullo.

–Cuando quisieron entregarle a su hija, la miró con odio, y, aunque estaba ronca de gritar y tan débil que apenas podía hablar, logró decir: «Esto es obra de un enemigo. No mía. Llévensela... ¡Y mátenla!». Luego apartó la cara para no volver a mirarla, aunque era su propia hija, su primogénita, su carne y su sangre. Yo jamás habría creído que nadie..., que ninguna mujer... Pero la *dai* dijo que esto sucedía a menudo con las que habían pasado un parto trabajoso y estaban desilusionadas por no haber tenido un hijo varón. Hablaban con dureza, pero eso no significaba nada; una vez que descansaban y tenían a su hijo en los brazos, llegaban a amarlo tiernamente. Pero yo conocía mejor a mi hermana que la *dai*, y tenía más miedo que ella. Entonces creo que llegué a odiarla... Pero ¿cómo se puede odiar a un niño, incluso a un niño cruel...? Y los niños pueden ser mucho más crueles que los mayores porque no comprenden igual que ellos, sólo sienten y golpean, no ven el final; y Shu-Shu era poco más que eso. Pero temí... temí...

La agotada *dai* dio a Shushila una fuerte droga para dormir, y, como pronto hizo efecto, las otras mujeres salieron a difundir la mala noticia al resto de la *zenana* mientras un eunuco tembloroso iba a informar al *rana* enfermo de que era padre de otra hija. Anjuli se quedó un rato para que la *dai* pudiera descansar y luego volvió a sus habitaciones antes de que Shushila despertara. Fue entonces cuando escribió la carta a Gobind implorando ayuda para Shu-Shu, y pidiéndole que usara su influencia con el *rana* para traer a una enfermera, una enfermera *angrezi* para que se hiciera cargo de la madre y la niña.

–Pensé que quizás una de ellas podría ser traída a Bhithor, podría curar a Shushila de su odio y sus furias, que en cierto modo eran una enfermedad, y persuadirla de que no se podía culpar a nadie por el sexo de la criatura, y menos aún a la propia niña.

Gobind recibió esa carta, pero no llamaron a Bhithor a ninguna europea; probablemente, admitió Anjuli, no habría tiempo. La *zenana* estaba llena de rumores y los que llegaron a sus oídos confirmaron sus peores temores: Shushila no había repetido su salvaje estallido contra la niña, pero aún se negaba a verla, argumentando que la criatura era tan frágil y enfermiza que a lo sumo viviría unos días, y que ella no podía soportar más dolor ni sufrimiento tomando afecto a una criatura que pronto iba a morir.

Pero al menos una docena de mujeres presentes al nacer la niña la habían visto y habían oído sus primeros gritos. Sin embargo, se repitió tan a menudo el rumor de que era una niña frágil y enfermiza que seguramente no viviría, que hasta los que tenían razones para pensar de otra manera comenzaron a creerlo. Pronto hubo pocos en Bhithor que no supieran que la pobre *rani*, desilusionada por no haber tenido un hijo varón, ahora debía sufrir el dolor de perder a su hija.

–No sé cómo murió –prosiguió Anjuli–. Quizá la dejaron morir de hambre. Aunque, como era una criatura fuerte, tal vez eso habría llevado demasiado tiempo, de manera que quizás eligieron una forma más rápida... Deseo que así fuera. Pero no importa qué mano lo hizo: fue por órdenes de Shushila... Luego, cuando llevaron el cadáver de la niña a incinerar, otras tres de las doncellas de Shushila y la *dai* cayeron enfermas y fueron sacadas de la *zenana* en palanquines por temor a que se propagara la enfermedad. Más tarde se dijo que las cuatro habían muerto, aunque tal vez no fuera cierto. En cualquier caso, jamás volvieron al sector de las mujeres; y cuando se supo que el *rana*, que estaba delicado, había sufrido una recaída, todos se olvidaron de ellas.

Shushila se recuperó rápidamente y se negó a creer que la enfermedad de su marido no podía curarse. Su fe en el *hakim* de su tío permanecía intacta e insistió en que la recaída sería sólo temporal y que un mes después el *rana* podría levantarse, completamente curado. No había por qué pensar que no sería así. Mientras tanto, Shushila volvió su atención a reparar los daños que le habían causado el embarazo y el parto, y a recuperar la esbeltez que deleitaba al *rana*, de manera que cuando estuviera bien la viera tan hermosa como siempre... y no tuviera ojos ni pensamientos para ninguna otra.

Sólo al final terminó por creer que el *rana* se moría, y cuando se vio forzada a creerlo trató de acercarse a él para tenerlo en sus brazos y protegerlo con su propio cuerpo del enemigo que lo amenazaba. Quería luchar con la propia muerte por el *rana*..., y habría peleado con uñas y dientes contra los que le impedían correr junto a su lecho. Su furia y su desesperación eran tan terribles que sus doncellas se alejaban de ella y se escondían en los rincones más alejados y más oscuros de la *zenana*, mientras que los eunucos escuchaban junto a la puerta y sacudían la cabeza murmurando que Shushila estaba loca y que sería necesario encerrarla. Pero, cuando pasó el primer frenesí de dolor, ella se encerró en sus aposentos a orar, negándose a comer y beber y no permitiendo que nadie se le acercara. Seguramente en esos momentos decidió morir como *suttee*, y también lo que pensaba hacer con su hermanastra. Porque, cuando le llevaron la noticia de que su marido había muerto, sus planes ya estaban hechos. Aparentemente, mandó llamar al *diwan* de inmediato, habló con él en presencia del eunuco principal y de Promila Devi (que se preocupó por describir esa entrevista a Anjuli), y lo informó de que pensaba morir en la pira de su marido.

Seguiría al cortejo fúnebre a pie, pero iría sola. No podía permitirse que la Mestiza contaminara las cenizas de su marido ardiendo con él, porque, al no ser su verdadera esposa, no podía compartir el honor de convertirse en *suttee*. Para ella se habían hecho otros planes.

Hasta el *diwan* debió de temblar al escuchar las órdenes, pero no se opuso a ellas, probablemente por no haber logrado revocar el contrato de matrimonio de la Mestiza y devolverla a su país sin dote. Anjuli sólo le inspiraba enemistad y resentimiento, y cólera por su propia derrota. En cualquier caso, aceptó lo decidido por la *rani* principal antes de apresurarse a consultar con los sacerdotes y sus consejeros sobre los preparativos para el funeral.

Cuando se marchó, Shushila mandó llamar a su hermanastra.

Anjuli no había visto a Shu-Shu desde la noche del parto ni había recibido mensaje alguno de ella. Cuando recibió el recado, supuso que era porque Shushila estaba desesperada de terror y necesitaba su ayuda. No creía que se hubiera hablado de *suttee* porque Ashok le había dicho que el Raj no permitía que las viudas se quemaran vivas y que ahora había una ley que lo prohibía. Hasta poco tiempo atrás, Anjuli había podido creer, o había querido creer, que Shushila era inocente de gran parte de lo que se la acusaba; pero ahora sabía que no era así... No sólo con la cabeza, sino también con el corazón. Esperaba encontrar a la reciente viuda llorando y desesperada, con el cabello revuelto y las vestiduras rasgadas, y a sus mujeres gimiendo a su alrededor. Pero no llegaba sonido alguno de los aposentos de la *rani*, y cuando entró se dio cuenta de que era la única persona que había allí: una pequeña figura erguida que por un momento ni siquiera reconoció.

–Me parecía increíble que tuviera aquel aspecto. Fea, mala... cruel. Cruel hasta lo indecible. Ni siquiera Janoo-Rani había tenido tal apariencia, porque Janoo era hermosa y esa mujer no. Tampoco parecía posible que hubiera sido hermosa jamás... ni joven. Me miró con expresión severa y se preguntó cómo me atrevía a comparecer en su presencia sin mostrar señales de dolor. Porque también en eso había pecado yo: le resultaba intolerable que escapara a la agonía de la pena que desgarraba su propio corazón... Dijo... Me lo contó..., me lo contó todo: cómo me había odiado desde el momento en que se enamoró de su marido, porque yo también era su esposa y no podía soportar esa idea; que me había hecho pasar hambre y prisión para que pagara por ese crimen, y también para que se me viera vieja y fea, de manera que si, por casualidad, el *rana* llegaba a recordar mi existencia, se apartase de mí con asco; que había ordenado el asesinato de mis dos doncellas y de la vieja Geeta... Me lo arrojó todo a la cara y cada palabra era un golpe, como si verme sufrir aliviara su propio dolor... ¿Y cómo podía yo no sufrir...? Cuando terminó me dijo que había resuelto hacer *suttee*, y que lo último que yo vería serían las llamas de su cuerpo unidas a las de su marido, porque había dado órdenes de que me arrancaran los ojos con hierro al rojo vivo... Después me llevarían a la *zenana* para que pasara allí el resto de mis días en la oscuridad... Traté de hacerla razonar. De rogarle. Me puse de rodillas y le imploré en nombre de todo lo que había entre nosotras: los años que pasamos juntas, el lazo de sangre y el afecto que nos teníamos en el pasado, el cariño... Pero se rio de todo eso, llamó a los eunucos y me hizo arrastrar fuera de la habitación.

La voz de Anjuli se apagó con la última palabra, y en el silencio que siguió Ash volvió a percibir el ruido del mar y todos los pequeños sonidos del barco, y el fuerte olor a petróleo y el de los *puris* fritos servidos con la cena. También quedaba aún olor a humo de cigarro en el lugar, lo cual le recordaba que aquél había sido el camarote de Red durante años. Pero en cubierta estaría fresco y brillarían las estrellas, porque los cielos del sur habían quedado atrás..., y con ellos, Bhithor y sus áridas montañas pedregosas, y todo lo que había sucedido allí.

Todo había terminado... terminado. *Khutan Hogia!* Shushila estaba muerta, y todo lo que quedaba de ella era la huella de su pequeña mano en la puerta del Suttee del Rung Mahal. Sarji, Gobind y Manilal se habían ido; y Dagobaz también... Todos formaban parte del pasado, y, aunque Ash no los olvidaría, sería mejor no pensar en ellos demasiado a menudo hasta que hubiese pasado tiempo suficiente como para hacerlo con calma y sin dolor.

Respiró profundamente, tendió una mano, tomó las de Anjuli y preguntó con dulzura:

–¿Por qué no me contaste todo esto antes, Larla?

–No podía. Era... era como si mi corazón y mi mente estuvieran tan lastimados que no pudieran soportar más emociones. Sólo deseaba que me dejaran tranquila; y no tener que responder preguntas ni contar esto. La amé durante mucho tiempo. Y pensaba que... que ella me quería. Incluso cuando pensaba que la odiaba, sentí que no podía olvidar lo que alguna vez había significado para mí... Qué dulce había sido cuando niña. Y entonces..., cuando la vi caminar hacia la pira, y supe lo que sucedería cuando se diera cuenta de lo que había hecho y no pudiera huir, yo... no pude soportar verla sufrir una muerte tan terrible. ¡No pude! Sin embargo, si me hubiera marchado cuando tú dijiste, quizá todos los otros no habrían muerto. Llevaba su sangre en mi cabeza y no podía soportarlo... ni soportaba oír mi propia voz relatando cosas que ni yo podía creer del todo... Quería ocultarlo; enterrarlo y fingir que no era cierto. Pero eso era imposible.

–Ahora lo haremos, amor mío –respondió Ash, y la tomó en sus brazos–. ¡Ay, amor mío, cuánto miedo he tenido! ¡Cuánto miedo! ¡No sabes! Durante todo este tiempo pensaba que sufrías por ella, y que habías descubierto que no podías reemplazarla porque se había llevado todo tu amor y que no te quedaba nada para mí. Pensé que te había perdido...

Se le quebró la voz, y pronto los brazos de Anjuli se apretaron alrededor de su cuello y la oyó llorar.

–No, no, no... No era así: siempre te amé, siempre, siempre. Más que a nadie en el mundo... –Y entonces llegaron las lágrimas.

Pero, esta vez, Ash sabía que las lágrimas le hacían bien, que se llevaban parte del horror, la amargura y la culpa de su corazón herido, y disminuían la terrible tensión en que había vivido durante largo tiempo. Cuando por fin dejó de llorar, le levantó la cabeza y la besó; enseguida salieron a la oscuridad fresca y estrellada, y, al menos por aquella noche, olvidaron el pasado y el futuro, y todo lo que no fuera ellos mismos.

48

Diez días después, en una mañana tranquila y luminosa, el *Morala* ancló frente a Keti, en el delta del Indo, y dejó allí a tres pasajeros: un *pathan* corpulento, un hombre delgado y afeitado cuya indumentaria y porte revelaban que era ciudadano de Afganistán, y una mujer con burka, que, al parecer, era la esposa de uno u otro.

El traje afgano había sido adquirido el día anterior por Gul Baz en el curso de una corta parada en Karachi, donde el *Morala* dejó una carga de cueros y fruta seca, recibida, junto con el grano, una semana antes en Chahbar. Fue Red quien sugirió la compra, porque Sind era una tierra inhóspita, con muy pocos habitantes, y su gente no destacaba por su generosidad con los forasteros.

–Pero tratan bien a los afganos, y como, por lo que me ha dicho, puede pasar por uno de ellos, le aconsejaría que lo hiciera ahora. Será mucho menos arriesgado.

El largo trayecto desde la costa del Sind hasta Attock se realizó sin peligro, aunque no con mucha comodidad.

Un *dundhi*, un bote plano que habitualmente se usa para llevar carga, alquilado por medio de uno de los muchos comerciantes de la costa amigos de Red, los llevó por el Indo, primero a vela (en las horas en que tenían la corriente a favor), y más tarde, cuando el viento cesó, empleando una cuerda.

Finalmente, en una noche de luna brillante, divisaron la cresta del Takht-i-Suliman, un lejano punto de plata muy por encima de las colinas de Beluchistán. Y Anjuli lloró de alegría al volver a ver la nieve.

Al principio, cansados de la inactividad, Ash y su esposa bajaban del bote y caminaban durante parte del trayecto. Pero ahora el tiempo era muy caluroso, y aun al fresco de la noche, o hacia el atardecer, el calor transformaba el burka en algo asfixiante. Ash consiguió comprar dos caballos, y de allí en adelante cabalgaban todos los días, alejándose de manera que Anjuli pudiera echar hacia atrás el burka, para regresar al bote al mediodía y descansar a la sombra del pequeño refugio de planchas de madera y cortinas de caña que servía como cabina.

Ash deseaba comprar un tercer caballo para Gul Baz, pero éste no quería cabalgar por el campo. Aprobaba el lento método de viaje y disfrutaba sentado bajo el toldo en el bote, aunque montaba uno de los caballos y llevaba el otro de las riendas siempre que el *sahib* y la *sahiba rani* decidían viajar en el bote.

Las incomodidades del viaje, y eran muchas, no significaban nada si se las comparaba con el deleite de estar juntos, libres de hablar y reír y hacer el amor sin miedo.

Después de las penurias sufridas en el Rung Mahal, a Anjuli no le importaba que la comida no fuera buena, ni tener que dormir en el suelo porque el lecho improvisado estaba lleno de pulgas y hubo que arrojarlo al agua.

Para Ash era suficiente ver que su esposa perdía aquella delgadez esquelética y recuperaba gran parte de la belleza, salud y serenidad que los años de Bhithor le habían quitado. Eso no sucedió de la noche a la mañana. El camino a la normalidad fue lento; casi tan lento como el avance por el «Padre de los ríos». Pero la narración de la verdadera historia de los años pasados había sido el primer paso, y aquellos largos días tranquilos en el *Morala*, las horas de conversación y de amigable silencio, las risas compartidas y las maravillosas noches estrelladas en que hacían el amor y se dormían con la música de las olas y de los vientos del mar, ayudaron a curar las crueles heridas que Shushila y Bhithor habían infligido a Anjuli. Ash veía renacer a la vida a su esposa y se sentía más feliz y satisfecho de lo que le hubiera parecido posible.

A veces veían grupos de jinetes en la llanura, galopando furiosamente hacia un horizonte oculto por el polvo. Y en el río mismo había siempre otros botes: botes cargados de forraje o grano, madera, caña de azúcar o verduras, y otros de ovejas o cabras; transbordadores que llevaban mercancías y pescadores con redes o trampas para peces; y los primeros días, a veces veían un vapor fluvial que avanzaba corriente arriba bajo una nube de humo negro.

Las lecciones de inglés y *pushtu* que comenzaran en el *Morala* se hicieron parte de la rutina diaria, y Anjuli resultó ser una buena alumna. Hizo rápidos progresos, asombrando a Ash por la exactitud y velocidad con que asimilaba palabras y frases y dominaba las complicadas reglas de la gramática, y se dio cuenta de que siempre debía de haber sido inteligente, aunque hasta entonces le había faltado oportunidad de usar aquella inteligencia... Las mujeres en *purdah* no debían interesarse por otra cosa que los quehaceres domésticos. Pero ahora que había escapado del mundo casi exclusivamente femenino de la *zenana*, su inteligencia aceptaba el desafío, y, para cuando avistaron las colinas del Kurram y las zonas salinas de Kundian, podía expresarse en la lengua de su marido con una fluidez que hacía honor a su instructor y, aún más, a su propia capacidad de concentración.

Como llegarían a Kala-Bagh casi un mes antes de que concluyera su permiso, Ash había pensado en atar el bote en algún lugar agradable y pasar el tiempo explorando la región a caballo en lugar de volver a Mardan antes de tener necesidad de hacerlo. Pero, al acercarse a la zona de las salinas entre altas orillas y sin brisa, hasta las noches eran calurosas; y de día la temperatura resultaba insoportable, pues hasta el suelo parecía recién cocido en un horno.

En esas condiciones, lo mejor sería instalar a Juli bajo techado en una casa con paredes sólidas y amplias galerías para combatir el calor, y cortinas de juncos para refrescar el aire. Entonces recordó a la tía de Zarin, Fátima Begum, y la casa tranquila junto al camino de Attock, protegida por altos muros y con un jardín lleno de árboles frutales. Dejaría allí a Juli, donde estaría segura, aunque eso significaba que tendría que confiar la situación a la Begum. Estaba seguro de que la anciana sabría guardar el secreto, y además inventaría alguna historia para satisfacer la curiosidad de la gente de la casa y evitar que los sirvientes hablaran.

Zarin podría ayudarlo; así que, aquella misma noche, Gul Baz salió en el caballo de Ash hacia Mardan para llevar un mensaje verbal a Zarin y una carta al *sahib* Hamilton, después de lo cual volvería a reunirse con el grupo en Attock. Pero Ash y Juli tardaron casi una semana en completar la última parte del viaje hasta Attock, y Ash llegó a la casa de Fátima Begum a la luz de la luna, como en su visita anterior; sólo que esta vez no iba solo.

El sendero que conducía a la casa era muy polvoriento, pero tal vez Ash hizo algún ruido al llegar a la vivienda, porque, antes de que tocara a la puerta, ésta se abrió y un hombre se adelantó a recibirlo.

–*Stare-Mah-Sheh!* –exclamó Zarin–. Le dije a Gul Baz que no te atreverías a venir por los remansos.

–*Khwah-Mah-Sheh?* –replicó Ash, devolviendo el saludo convencional–. Tenías razón. No me atreví al oír el ruido del agua y ver los remolinos, y preferí llegar con los zapatos secos por las montañas.

Dejó las riendas y se volvió a ayudar a Anjuli a apearse, y, aunque sabía que ella estaba agotada por el calor y las horas de cabalgar después de un largo día en el refugio asfixiante del bote, no intentó sostenerla: en Oriente, una mujer respetable, cuando hace una visita a otro lugar, es una figura anónima a la que no debe prestarse atención. Ash sabía que en un país donde la mayoría de las personas duermen al aire libre en la época calurosa, la noche está llena de ojos. Por la misma razón, no hizo presentaciones, sino que se apartó para tomar las riendas del caballo y acompañar a Zarin a través de la puerta, dejando a Anjuli que los siguiera a la manera tradicional que prevalece en todo el Islam.

Evidentemente, todos dormían en la casa, pero brillaba una luz débil en un patio interior donde la criada de más confianza de Fátima Begum, una mujer mayor y callada, esperaba con una lámpara para conducir rápidamente a Anjuli a una habitación del piso alto. Cuando se retiraron, los dos hombres se pusieron a hablar a la luz de una lámpara de petróleo que había quedado ardiendo en un nicho junto a la puerta; y ambos pensaron, con una extraña sensación de pérdida, cuánto había cambiado el otro desde la última vez que se encontraran en la misma casa.

Apenas hacía dos años, pero ahora había canas en la barba de Zarin. Y nuevas arrugas también..., y una cicatriz larga que iba desde su sien hasta el ángulo de la boca, y pasaba junto al ojo derecho: recuerdo de la acometida de un *tulwar* recibido, entre otras heridas, durante el ataque en Sipri. Zarin había sido ascendido a *risaldar* después de esa acción, y llevaba, además de la cicatriz, el sello indefinible que la autoridad y la responsabilidad dan a los que las ejercen.

En Ash, el cambio era menos evidente, y posiblemente no lo habría notado alguien que lo conociera menos; pero para Zarin resultaba muy llamativo. En su rostro ya no se veía aquel aspecto tenso, inquieto, que Zarin había encontrado tan perturbador la última vez que lo viera, y aunque estaba más delgado que nunca, los ojos, bajo las cejas negras, brillaban tranquilos y satisfechos.

«Ha encontrado la felicidad –pensó Zarin–. Esto lo cambia todo».

Se miraron atentamente, y un extraño habría dicho que se estaban diciendo adiós en lugar de saludándose tras una larga ausencia..., y en cierto sentido habría tenido razón. Porque ambos se daban cuenta de que alguien que habían conocido se había marchado para siempre. Luego, Ash sonrió, y el breve momento de pesar desapareció. Se abrazaron como antes, y Zarin tomó la lámpara y condujo a Ash a una habitación donde habían servido comida fría. Comieron, hablaron y hablaron...

Ash se enteró de que Koda Dad no había estado bien de salud últimamente, pero Zarin le había comunicado la llegada de Ash y si se sentía con fuerzas viajaría hacia Attock de inmediato. El *sahib* Hamilton estaba con permiso, y Gul Baz no los esperaba en la orilla del río, como pensaba Ash, sino en algún lugar cercano a Abbottabad donde había ido a buscar al *sahib*, ya que le habían dicho que estaba en camino de regreso desde el valle de Kangan.

–Dijo que le habías dado una carta para el *sahib* Hamilton y que le dijiste que se la entregara en propia mano –explicó Zarin–. Entonces, cuando se enteró de que se había ido, fue por su propia cuenta a Abbottabad. Debe de haber sufrido algún retraso en el camino. O quizás el *sahib* Hamilton aún no ha llegado allí y Gul Baz siguió un poco más adelante, al saber que yo estaría aquí para recibirte. He enviado a un hombre a vigilar el bote y he encargado que traigan tu equipaje.

Tenían mucho que hablar del regimiento y de la frontera, porque Ash no había recibido noticias desde la última carta de Wally, escrita casi tres meses atrás, y Zarin comentaba con frecuencia las perspectivas de guerra con Afganistán. Pero Ash no se refirió a sus propios asuntos ni mencionó a Anjuli, y Zarin tuvo la consideración de no hacer preguntas. El tema podía esperar hasta que Ashok se sintiera capaz de hablar de ello, probablemente después de una buena noche de descanso... Algo que era difícil obtener en el terrible calor del Indo.

Pero Ash durmió bien aquella noche, y al día siguiente narró toda la historia de los meses pasados, desde el momento de la repentina aparición de Gobind y Manilal en Ahmadabad hasta el día en que Anjuli y él se casaron en una breve ceremonia a bordo del *Morola*, junto con un resumen de los acontecimientos de los tres años anteriores que habían conducido a todo aquello. Primero contó el relato a Zarin y luego, por necesidad, a Fátima Begum, y los dos se mostraron profundamente interesados.

En cierta medida, Zarin había recibido una advertencia previa: Gul Baz le había dicho que la mujer para quien el *sahib* solicitaba la hospitalidad de Fátima Begum era una viuda hindú de clase elevada a quien había traído con él del sur, y con quien había participado en algún tipo de ceremonia que los convertía en marido y mujer, aunque como no se parecía a ninguna forma de casamiento de que Gul Baz tuviera noticia, ya que no había sacerdote y todo el asunto había durado menos de cinco minutos, no parecía algo que tomar en serio. Pero, naturalmente, a Zarin no se le ocurrió que la viuda en cuestión sería una mujer que él mismo conocía, o, más bien, que había conocido mucho tiempo atrás, cuando era la hija de la *Feringhi-Rani*: la pequeña Kairi-Bai.

La noticia de que Ashok se considerara casado lo entristeció, porque Zarin esperaba que su amigo se casase con alguna muchacha de su propia raza con quien resolvería su problema de identidad, y tuviera hijos varones fuertes que siguieran a su padre en los Guías y fueran oficiales ideales, ya que no podían dejar de heredar el amor y la comprensión de Ash por la India y sus pueblos. Pero si permanecía fiel a Kairi-Bai esto jamás sucedería, ya que sus hijos serían ilegítimos y mestizos (Zarin no consideraba que la ceremonia a bordo del barco mencionada por Gul Baz tuviera valor alguno), y, como tales, inadecuados para ingresar en el cuerpo.

Por otra parte, representó un alivio saber que, a pesar de su insistencia en que la ceremonia había sido legal y Kairi-Bai era su legítima esposa, Ash pensaba mantener el matrimonio en secreto e instalar a su esposa en alguna discreta casita en Hoti-Mardan, donde siempre que él fuera cuidadoso podría visitarla sin que nadie en el acantonamiento se enterara de ello. Sus razones para actuar de esa manera obviamente no implicaban dudas con respecto a la validez del matrimonio, sino que se debían a sus temores por la seguridad de la que él llamaba su esposa...; temores que Zarin, recordando a Janoo-Rani y todo lo que le habían contado de Bhithor, encontró justificados. Sin embargo, cualesquiera que fuesen los motivos, sólo podía estar agradecido de que fueran suficientemente fuertes como para evitar que

Ashok arruinase su carrera mostrando a la antigua *rani* en Mardan y exigiendo que el cuerpo la aceptara como su esposa, porque de algo estaba seguro Zarin: ninguno de ellos, desde el *sahib* comandante hasta el recluta más novato, la habrían aceptado. Y, conociendo a Ashok, se sentía agradecido al *diwan* de Bhithor y a sus cómplices asesinos.

Fátima Begum, una reliquia de una época anterior, no veía nada inconveniente en el deseo del *sahib* de mantener a una muchacha india en algún *bibi-gurh* (casa para mujeres) tranquilo, cerca de su lugar de trabajo, y eso dijo a su sobrino. Esas situaciones, explicó la Begum, eran bastante corrientes y no representaban ningún descrédito para el *sahib*. ¿Cuándo se había pensado mal de un hombre por tener una amante? Hizo un gesto con la mano para indicar que no daba importancia a la historia del matrimonio, ya que había estado hablando con Anjuli, a quien había tomado afecto, y ella misma, a pesar de lo que le aseguraba Ashok, jamás había creído que algo tan desprovisto de ritual y tan rápido como aquella extraña ceremonia a bordo del *Morala* pudiera tener valor legal.

La tía de Zarin insistió en que Anjuli y su marido pasaran el resto del permiso del *sahib* como huéspedes suyos, y dijo a su sobrino que ella se ocuparía de encontrar una casa adecuada para la mujer cerca de Mardan, donde ella podría vivir con tranquilidad y sin dificultades para mantener en secreto su verdadera identidad: ninguna esposa virtuosa, declaró la Begum, pensaría en averiguar los antecedentes de una cortesana, y como Anjuli no competiría con las otras podría vivir con tranquilidad en su reclusión.

Esto último no se lo dijeron a Ash, quien agradeció el ofrecimiento. Al día siguiente, como aún no había señales de Koda Dad ni de Gul Baz, Ash partió hacia Hasan Abdal, esperando encontrar a Wally en el camino de Abbottabad.

El ambiente aún era fresco, pero no soplaba aire y ya se sentía el calor que se avecinaba. Ash y Zarin se detuvieron en el cruce del sendero con el camino y durante unos momentos escucharon, esperando oír el galope lejano que anunciaría la llegada de Koda Dad o de Gul Baz. Pero la larga senda blanca aparecía desierta, y excepto el canto de los gallos y del río no había sonido alguno.

–Los encontraremos por el camino –dijo Zarin, respondiendo a la pregunta muda–. ¿Cuándo piensas llegar a Mardan?

–Dentro de tres semanas. Si tu padre aún no ha salido, envíale un mensaje para que se quede en su casa y dile que iré a verlo en cuanto pueda.

–Bien. Pero tal vez lo encuentres en el trayecto, y si es así te esperaré aquí, en casa de mi tía, cuando vuelvas. Ahora debemos seguir adelante. *Pa makbe dakha*, Ashok.

–*Ameen sera*, Zarin Khan.

Se tocaron brevemente las manos y partieron. Dos horas más tarde, cuando salió el sol, Ash pasó por Hasan Abdal. Se apartó de la ruta de Pindi y giró a la izquierda, hacia la que conducía a las montañas y a Abbottabad.

Wally estaba desayunando a la sombra de unos árboles junto al camino, cerca de la orilla de un arroyo que se encontraba a un kilómetro y medio de la ciudad. Al principio, no reconoció al *afridi* delgado y cubierto de polvo que se detuvo junto a él y desmontó a la sombra de las acacias.

LIBRO SIETE

Mi hermano Jonathan

49

–Supongo que me ha sucedido porque no te esperaba –explicó Wally, invitando a su amigo a tomar té, huevos duros y *chuppattis*–. Tu carta decía que debía aguardarte en Attock, de manera que esperaba encontrarte allí ataviado con uno de los trajes de Rankin a prueba de sol, y no con este disfraz cubierto de polvo. Siempre supe que serías capaz de hacerlo, pero no pensé que me engañarías a mí, y no sé cómo lo hiciste, porque tu cara no ha cambiado... O no mucho..., y no puede ser sólo por las ropas. Sin embargo, hasta que hablaste te tomé por otro hombre de la tribu. ¿Cómo te las has arreglado?

–No hay nada extraño en todo esto –replicó Ash, bebiendo té caliente–. O si lo hay, se trata de que uno llegue a pensar que es otra persona; eso no es difícil para alguien como yo, que durante la mayor parte de su infancia imaginó que era un nativo de este país. De todas maneras, la mayoría de la gente sólo ve lo que espera ver, y, si aparece un chico con traje de *tweed* y bastón, automáticamente piensa: «inglés». Mientras que si ven uno vestido con *shulwa* y turbante, una flor detrás de la oreja y una *caisora* colgando de su muñeca, por supuesto debe de ser un *afridi*. Es así de simple.

Ahora el sol estaba alto y el calor era tan intenso que habría sido una crueldad obligar a avanzar a los caballos, porque Wally también había cabalgado desde el amanecer tras acampar la noche anterior cerca de Haripur. Había alquilado una *tonga* para traer a su sirviente y su equipaje desde Abbottabad, y Gul Baz, que había cubierto una gran distancia en los últimos días, se alegró de terminar el viaje en el vehículo mientras el *sahib* seguía a caballo.

A diferencia de Wally, Gul Baz reconoció a Ash cuando aún estaba a bastante distancia, y de inmediato buscó una excusa para llevar al sirviente de Wally, Pir-Paksh, y al conductor de la *tonga* más adelante en el camino. A un lugar desde donde no pudieran presenciar el encuentro entre el *sahib* y su amigo, que no habría dejado de despertar la curiosidad del *tonga-wallah*.

Gul Baz opinaba que ya había demasiadas personas que sabían que el *sahib* Pelham podía pasar por hombre de una tribu de la frontera. La historia de la persecución de Dilasah Khan había trascendido, y había sido contada y vuelta a contar con muchos añadidos y adornos en los mercados desde Peshawar a Rawalpindi, y Gul Baz no deseaba que se reviviera. Por lo tanto, mantuvo a sus dos compañeros entretenidos en una conversación hasta que Wally lo llamó por su nombre, y entonces se apresuró a acercarse para recibir sus órdenes y volvió diciendo que el *sahib* se había encontrado con un conocido, comerciante de caballos *afridi*, y que, como el día era demasiado caluroso para cabalgar, se quedaría allí a hablar con el hombre y volvería más tarde al camino. Entretanto, deseaba que los sirvientes siguieran adelante con la *tonga* hasta el *dâk-bungalow* de Attock, donde alquilarían una habitación, pedirían comida para él y esperarían su llegada: no era necesario que se apresuraran, ya que él pensaba salir a última hora de la tarde.

–Lo cual significa que probablemente pasarán las próximas horas descansando en Hasan Abdal, y llegarán a Attock poco antes que nosotros –dijo Wally, mirando como la *tonga* pasaba y desaparecía en una curva del camino, antes de reanudar la conversación con el falso comerciante de caballos.

Hacía casi dos años que no se veían, pero, a pesar de todo lo sucedido durante ese tiempo, les parecía que se habían separado el día anterior y continuaban una charla pasajeramente interrumpida. La comunicación entre los dos seguía igual y era como si estuvieran otra vez en la casa que compartían en Pindi, hablando del trabajo del día; porque Ash no quiso entrar en explicaciones hasta haber oído todo lo que Wally tenía que contarle. En parte, porque deseaba restablecer los lazos con él antes de narrarle sus aventuras, pero, más que nada, porque sabía que, una vez que hablara de ello, ninguno de los dos trataría ya de otro tema.

De manera que Wally habló, mientras Ash escuchaba y reía al enterarse de montones de asuntos del regimiento, sociales y generales. Se enteró de que los Guías estaban en «excelentes condiciones», que el comandante y los otros oficiales eran «unos tipos magníficos» y que Wigram Battye (recientemente ascendido a capitán) era «un tipo estupendo». En realidad, la frase «Wigram dice» aparecía con tanta frecuencia que Ash sintió una punzada de celos, y pena por los viejos tiempos en que él monopolizaba la admiración de Wally y ocupaba el pedestal más alto en su panteón privado. Pero ese tiempo había pasado, y Wally había adquirido otros dioses y otros amigos, lo cual no resultaba sorprendente en una persona tan sociable.

Ahora hablaba con enorme entusiasmo del comisario delegado de Peshawar..., el mismo mayor Cavagnari que había instigado y planeado la operación contra los miembros de la tribu *utman khel* en la que Zarin resultó herido y otra posterior contra Sharkot, donde Wally tuvo su primera experiencia de combate real. Era evidente que la personalidad y el talento de aquel hombre de nombre extraño habían impresionado profundamente al sensible Wally.

–Es un tipo extraordinario. Y tenemos cierto parentesco. Los dos estamos vinculados con los Lawrence.

Wally pasó a describir las muchas excelencias de su héroe del momento, mientras Ash escuchaba observando su rostro y agradeciendo al cielo que al menos él no hubiese cambiado..., excepto en una cosa: el relato de lo que había hecho en los últimos dos años no incluía la mención del nombre de una sola muchacha.

Era evidente que los Guías y las cuestiones militares llenaban sus pensamientos con exclusión de todo lo demás, y los asuntos alegres y despreocupados de Pindi, que le habían inspirado tanta mala poesía, parecían ahora pertenecer al pasado. Si Wally seguía escribiendo poemas, pensó Ash, ya no estarían dirigidos a alguna damisela de ojos azules, sino que probablemente se referirían a temas abstractos, tales como el patriotismo o la inmortalidad. Y cuando volviera a enamorarse sería para siempre: se casaría con una muchacha y se convertiría en padre de familia. Pero para eso faltaba mucho. Resultaba claro que ahora estaba enamorado de los Guías y en romance con el Imperio.

Wally no preguntó a Ash qué había hecho durante su servicio en el Roper's Horse; las actividades de rutina de un regimiento destacado en un lugar pacífico como Ahmadabad tenían poco interés para los dos, y, como Ash había escrito bastante a menudo (y la mayor parte de sus cartas contenían alguna referencia al aburrimiento de la vida militar en la pacífica península), Wally se concentró en el tema más atractivo de la frontera en general y los Guías en particular. Sólo cuando ese tema estuvo más o menos agotado, Wally quiso saber por qué Ash venía disfrazado y qué le pasaba para desperdiciar tan estupendo permiso avanzando trabajosamente por el Indo en un *dundhi* en lugar de hacer la excursión que habían planeado, o, en todo caso, ir a pescar al valle de Kangan.

–Le pregunté a Gul Baz en qué andabas –dijo Wally–, pero sólo me respondió que sin duda el *sahib* tenía buenas razones para lo que hacía y que las explicaría él mismo. Bien, espero esa explicación, camarada, y, si quieres que te perdone, será mejor que sea buena.

–Es una historia larga –advirtió Ash.

–Tenemos todo el día por delante –replicó Wally tranquilamente y enrollando su chaqueta para que le sirviera de almohada; se tendió a la sombra y se preparó para escuchar–. Adelante, sargento mayor. Lo escuchamos.

La historia que Ash narró a Wally llevó más tiempo que la que había oído Zarin el día anterior, porque Zarin había conocido a Kairi-Bai y, por tanto, no necesitaba que le contaran nada sobre su ambiente o su gente, o sobre su devoción infantil por el pequeño Ashok. Pero cuando Ash había hablado por primera vez a Wally de su infancia en Gulkote no pensó en mencionar a Kairi-Bai, y más tarde ocultó intencionadamente el hecho de que el estado de Karidkote, cuyas princesas se había encargado de escoltar a Bhithor, era el mismo lugar con un nombre diferente. De manera que ahora había más cosas que explicar; y, después de los dos primeros minutos, Wally ya no estaba perezosamente tendido de espaldas, sino sentado y erguido, con los ojos y la boca muy abiertos.

Zarin había escuchado toda la historia sin un cambio notable en su expresión, pero no sucedió lo mismo con Wally: jamás había sido muy hábil para ocultar sus emociones, y ahora su rostro agradable y simpático traicionaba sus pensamientos, mostrándolos con tanta claridad como si estuvieran escritos con letras mayúsculas. Al leerlos, Ash se dio cuenta de que se había equivocado al pensar que su amigo no había cambiado.

El antiguo Wally habría estado fascinado con la historia y hubiese sentido profunda simpatía por Ash y por la triste princesita de Gulkote, quien, como la heroína de un cuento de hadas, había sufrido mucho en las manos de una madrastra malvada y una hermanastra celosa. Pero el Wally de ahora había adquirido nuevas lealtades y dejado a un lado muchas cosas infantiles.

Y además, como suponía Ash, se había enamorado de los Guías. Ahora, los Guías eran su propio cuerpo y parte integral de él, y creía auténticamente que los miembros de su escuadrón eran la flor y nata del Ejército de la India, y que hombres como Wigram Battye y el mayor *risaldar* Brend Singh eran la sal de la tierra. Había luchado a su lado, aprendiendo en su compañía los terrores y los fieros placeres de la batalla, había visto morir hombres..., y no hombres cualesquiera, los anónimos que se mencionan en los breves informes oficiales («nuestras víctimas fueron dos muertos y cinco heridos»), sino los hombres que conocía y con quienes hacía chistes, y cuyos nombres y rostros le eran familiares.

Ya no pensaba en despreciar sus costumbres y convicciones, ni en hacer nada que pudiera afectar a la reputación del regimiento en el que todos ellos tenían el honor de servir. Además, el primer enamoramiento con los Guías y la frontera no podía concebir un destino peor que ser expulsado de ambos. Y, si realmente Ash se había casado con una viuda hindú, esto era lo que le esperaba.

–¿Bien? –preguntó Ash cuando terminó y no recibió respuesta de Wally–. ¿No me deseas que sea feliz?

Wally se sonrojó como una muchacha y dijo rápidamente:

–Por supuesto que sí... Sólo que... –No sabía cómo terminar la frase.

–¿Qué, te he quitado el aliento? –dijo Ash con cierto enojo.

–Bien, ¿qué esperabas? –preguntó Wally, a la defensiva–. Debes admitir que esto es bastante fuerte. Después de todo, yo no sabía que las muchachas que llevabas a Bhithor tenían algo que ver con Gulkote, porque nunca dijiste una palabra sobre eso, de manera que nunca imaginé... Bien, ¿cómo podía imaginarlo? Por supuesto que deseo que seas feliz; tú lo sabes. Pero... pero aún te falta bastante para los treinta años, y sabes bien que no puedes casarte antes de esa edad sin el consentimiento del comandante, y...

–Pero me he casado –prosiguió Ash con calma–. Estoy casado, Wally. Eso nadie puede cambiarlo ya, pero no te preocupes; no abandonaré los Guías. ¿Realmente pensaste que lo haría?

–Pero cuando se enteren... –comenzó Wally.

–No se enterarán –respondió Ash, y luego explicó por qué.

–¡Gracias a Dios! –suspiró devotamente Wally cuando Ash terminó–. ¿Para qué me asustaste de esa manera?

–Tú y Zarin sois iguales. Él no lo dice abiertamente como tú, pero me di cuenta de que, aunque conocía a Juli desde que era una niñita, lo trastornó el hecho de que yo me hubiera casado con ella, porque ella es hindú. Pero debo admitir que pensaba que tú tenías menos prejuicios.

–¿Quién? ¿Yo? ¿Un irlandés? –Wally dejó escapar una risa sin alegría–. Bien, una vez una prima mía quiso casarse con un tipo que resultó ser católico, y no tienes idea del escándalo que se formó por eso. Todos los protestantes se pusieron histéricos y hablaron del Anticristo y de la mujer escarlata de Roma, mientras que otros llamaron hereje a Mary y dijeron a Michael que, si se casaba con ella, quedaría excomulgado y se condenaría por toda una eternidad, porque ella no estaba dispuesta a convertirse al catolicismo y no quería firmar un compromiso de que los hijos que tuvieran serían educados como católicos. Y, sin embargo, eran todos adultos y gente supuestamente inteligente, y todos se consideraban cristianos. ¡No me hables de prejuicios! Todos estamos llenos de prejuicios, cualquiera que sea el color de nuestra piel; y si aún no te has dado cuenta, querido, creo que es porque no quieres verlo.

–No, sólo yo estoy libre de esa forma particular de prejuicios –respondió Ash pensativamente–. Y ahora es demasiado tarde para que la adquiera.

Wally rio y observó que Ash no sabía lo feliz que era; después de una pausa bastante larga, agregó con cierta vacilación:

–¿Me contarás... me contarás algo más sobre ella? ¿Cómo es? No me refiero a su aspecto físico, ¿qué es lo que ves en ella?

–Integridad. Y tolerancia... Bondad. Lo que Koda Dad llamaba una «flor rara». Juli nunca hace juicios inflexibles; trata de comprender y de tolerar.

–¿Qué más? Debe de haber algo más.

–Por supuesto... Aunque sólo eso habría sido suficiente para la mayoría de la gente. Ella es... –Ash vaciló buscando las palabras para describir lo que Juli significaba para él, y luego dijo–: Es mi otra mitad; sin ella no estoy completo. No sé por qué es así, sólo sé que es así, y que no hay nada que no pueda decirle o de lo que no pueda hablar con ella. Cabalga como una valquiria y posee toda la valentía del mundo, y al mismo tiempo es como... como una habitación tranquila y hermosa donde uno puede refugiarse del ruido, las tormentas y las cosas feas, sentarse cómodamente y sentirse feliz y por completo satisfecho; una habitación que siempre estará allí y siempre será la misma... ¿Te parece muy aburrido? A mí no. Pero yo no deseo un cambio, una variedad y un estímulo constante en una esposa. De eso tengo mucho en mi vida cotidiana y lo veo a mi alrededor. Yo quiero amor y compañía, y he encontrado eso en Juli. Es cariñosa, leal y valiente. Es mi paz y mi descanso. ¿He respondido a lo que querías saber?

–Sí –dijo Wally–. Me gustaría conocerla.

–La conocerás. Esta noche, creo.

Wally estaba recostado con las piernas recogidas y los brazos cruzados sobre ellas, y ahora apoyó el mentón en las rodillas. Mirando a lo lejos, al resplandor del sol en el polvo blanco del camino, agregó con aire satisfecho:

–No sabes cuánto he esperado volver a verte. Y lo mismo les sucede a muchos otros; los hombres siempre hablan de ti, piden noticias tuyas y preguntan cuándo volverás. Te han puesto un nombre...

Te llaman «Pelham-Dulkhan», ¿lo sabías? Y cuando salimos para hacer ejercicios o maniobras cuentan tus historias de Afganistán alrededor del fuego. Yo los he oído..., y ahora realmente has vuelto... ¡No puedo creerlo...!

–Deja de fantasear y hablemos de cosas concretas. Cuéntame ese asunto de los afganos –dijo Ash.

Wally le devolvió la sonrisa y, dejando a un lado los asuntos personales, habló con profundo conocimiento y agudeza del problema que presentaba Afganistán... Un tema que en ese momento preocupaba mucho a los hombres que servían en las Fuerzas de Campaña de Peshawar.

Ash había estado apartado de los asuntos de la frontera durante muchos meses, y no había llegado demasiada información al respecto a Gujerat, donde los hombres tenían menos razones para preocuparse por lo que hacía el emir de un país salvaje e inaccesible que quedaba mucho más al norte, más allá de las montañas del Khyber y de las de Safed-Koh. Pero ahora recordó nuevamente lo que le había dicho Koda Dad en su última reunión... y Zarin el día anterior..., y, mientras escuchaba a Wally, sintió como si hubieran vivido en mundos diferentes.

* * *

En los últimos años, el emir de Afganistán, Shere Ali, se había encontrado encerrado entre Rusia y Gran Bretaña, y ambos países tenían sus planes con respecto al suyo.

Gran Bretaña ya se había anexionado el Punjab y la tierra de frontera más allá del Indo, en tanto que Rusia había absorbido los antiguos principados de Tashkent, Boleara, Kohkund y Kiva. Ahora, las tropas rusas se concentraban en las fronteras del norte de Afganistán, y un nuevo virrey, lord Lytton, que era una persona muy obstinada y con una gran ignorancia sobre aquel país, y deseaba extender los límites del Imperio para mayor gloria de su nación (y tal vez de sí mismo), había recibido instrucciones del Gobierno de su majestad de enviar inmediatamente un delegado a Afganistán con la misión de vencer «la aparente resistencia» del emir a que se establecieran agencias británicas en sus dominios.

Al parecer, a nadie se le había ocurrido que quizás el emir no deseaba establecer nada parecido ni recibir a ningún enviado extranjero, o bien no lo consideraron importante. Lord Lytton debía hacer entender al emir que los agentes del Gobierno de su majestad debían tener acceso indiscutible a las posiciones de la frontera (y de Afganistán) y, además, «medios adecuados de conversar en forma confidencial con el emir sobre todos los asuntos con respecto a los cuales la declaración propuesta reconocería una comunidad de intereses». Asimismo, debían tener derecho a «esperar una atención adecuada a su amistoso asesoramiento», y el propio emir «debía llegar a comprender el tema en toda su extensión, porque la condición del país y el carácter de su población, territorios dependientes en última instancia del poder británico para su propia defensa, no podían estar cerrados a los oficiales de la reina, ni a sus súbditos, que debían ser debidamente autorizados a entrar en ellos por el Gobierno británico».

Como retribución por aceptar estos términos humillantes, Shere Ali recibiría asesoramiento de los oficiales británicos sobre la forma de mejorar sus recursos militares, junto con la promesa de ayuda contra cualquier ataque no provocado por parte de una potencia extranjera; y, si el virrey* lo creía adecuado, recibiría una subvención.

Lord Lytton estaba totalmente convencido de que sólo poniendo a Afganistán bajo la influencia de los suyos, y convirtiendo así al turbulento país en un estado sometido, podría detenerse el avance de Rusia y lograrse la seguridad de la India. Y cuando el emir mostró resistencia a aceptar una misión británica en su capital de Kabul, el virrey lo advirtió de que su negativa atraería la enemistad de una potencia amistosa que podía hacer entrar un ejército en su país «antes de que un solo soldado ruso llegara a Kabul». Una amenaza que sólo logró reforzar las sospechas de Shere Ali de que los británicos pensaban invadir su nación y extender sus fronteras hasta el otro lado del Hindu Kush.

* Antes de que la India fuera traspasada de la East India Company a la Corona, el título era gobernador general. El último en ostentarlo y el primer virrey fue sir John Lawrence.

También los rusos presionaban al emir para que aceptara una misión, y ambas potencias se ofrecieron a firmar un tratado con él que incluía la promesa de ayudarlo si el otro lo atacaba. Pero Shere Ali dedujo, no sin razón, que, si se aliaba con una de las dos potencia, su pueblo sin duda se opondría a que entraran soldados extranjeros a su país, cualquiera que fuese el pretexto, ya que en ningún momento habían tenido simpatía por los intrusos.

Podría haber agregado, y era muy cierto, que se trataba de un pueblo fanáticamente independiente, con gran inclinación a la intriga, la traición y el asesinato, y que entre otras características nacionales figuraba una intolerancia a los gobernantes o, en todo caso, a cualquier forma de autoridad que no correspondiera a sus propios deseos. Por tanto, la insistencia del virrey ponía al emir en una posición muy difícil, y buscó todos los recursos que se le ocurrieron. Dilató su decisión, esperando que, si las negociaciones se demoraban durante tiempo suficiente, quizá podría suceder algo que lo salvara de la indignidad de verse obligado a aceptar y proteger a una misión británica permanente en Kabul. Algo que le granjearía el desprecio de sus orgullosos y levantiscos súbditos.

Pero cuantas más dilaciones proponía Shere Ali, más decidido estaba el virrey a obligarlo a aceptar la misión británica. Lord Lytton veía a Afganistán como un rincón no civilizado habitado por salvajes, y el hecho de que su gobernante tuviera la impertinencia de poner objeciones a que una nación poderosa como Gran Bretaña estableciera una misión en su bárbaro territorio no sólo era insultante, sino también risible.

El primer ministro de Shere Ali, Nur-Mohammed, viajó a Peshawar para exponer la posición de su jefe, y, aunque estaba enfermo y viejo y tenía un amargo resentimiento por las crueles presiones que ejercían sobre su emir, nadie podría haber hecho más de lo que hizo él. Pero sin ningún resultado. El nuevo virrey no vaciló en desechar cualquier promesa u obligación contraída durante las negociaciones con su predecesor, mientras que a la vez acusaba al emir de no respetar con exactitud sus propias palabras. Y, como Nur-Mohammed no quería ceder, el portavoz del virrey, sir Neville Chamberlain, se enfureció con él. El insultado primer ministro y viejo amigo del emir abandonó desesperado la sala de conferencias, sabiendo que sus argumentos y alegaciones habían fracasado y ya no le quedaba nada por que vivir.

Los británicos prefirieron creer que su enfermedad era sólo una excusa para ganar tiempo, pero Nur se estaba muriendo cuando llegó a Peshawar. Cuando falleció se extendió el rumor en todo Afganistán de que los *feringhis* lo habían envenenado. El emir comunicó que enviaría un nuevo delegado para reemplazarlo, pero el virrey ordenó que se interrumpieran las negociaciones por falta de un terreno común de acuerdo, y el nuevo delegado tuvo que volver a su país mientras lord Lytton centraba su atención en agitar a las tribus de la frontera, con vistas a lograr la caída de Shere Ali por medios más tenebrosos.

Ash sabía algo de ello, porque la conferencia de Peshawar ya se estaba celebrando antes de que él partiera hacia Gujerat, y los temas que se discutieron allí eran conocidos y calurosamente debatidos en todos los cuarteles, clubes y bungalós británicos en el norte del Punjab y en las provincias de la frontera; y también en las calles y comercios de las ciudades, pueblos y aldeas. Los británicos opinaban que el emir era un típico afgano traicionero, que tramaba intrigas con los rusos, y pensaba firmar un tratado de alianza con el zar que permitiría a sus ejércitos cruzar libremente por el paso del Khyber, mientras que los indios opinaban que el Raj británico, en forma típicamente desleal, planeaba derrocar al emir y anexionar Afganistán al Imperio.

Pero después de dejar atrás el Punjab, Ash había descubierto que los hombres hablaban menos de la «amenaza rusa» que de sus propios asuntos. Desde su llegada a Bombay y tras subir al lento tren que hacía el recorrido por la costa hacia Surat y Baroda, apenas había oído mencionar el tema y jamás una discusión seria al respecto... A pesar de que los dos principales periódicos en inglés publicaban de vez en cuando un editorial sobre el tema, criticando al Gobierno por no actuar o atacando a los «alarmistas» que hablaban de guerra.

Aislado por la distancia y por el ritmo de vida más lento de Gujerat, Ash pronto había perdido interés en las luchas políticas, por lo cual se sorprendió muchísimo al descubrir, por Zarin, que allí, en el norte, los hombres tomaban en serio el asunto y hablaban sin disimulos de una segunda guerra afgana.

–Pero no creo que se llegue a eso –explicó Wally, con cierta pena–. Una vez que el emir y sus consejeros se den cuenta de que el Raj no aceptará una respuesta negativa, tendrán que ceder y permitirnos enviar una misión a Kabul, y con eso terminará todo. En realidad, es una lástima... No, no quiero decir eso exactamente. Pero habría sido una experiencia extraordinaria luchar para abrirse camino en esos pasos. Me gustaría combatir en una verdadera batalla.

–Lo conseguirás –replicó Ash con ironía–. Aunque no haya una guerra general, sin duda las tribus provocarán problemas dentro de poco tiempo, porque si hay algo que realmente les gusta es poder atacar al Raj. Es su deporte favorito, como las corridas de toros entre los españoles. Nosotros somos el toro. Les aburre llevar una existencia pacífica, y si hay escasez de conflictos sangrientos, o algún *mullah* enfebrecido convoca a una guerra santa, toman sus *tulwares* y ¡olé...!

Wally rio. Luego volvió a ponerse serio y dijo con expresión pensativa:

–Dice Wigram que si el emir acepta que vaya una misión británica a Kabul llevará una escolta con ellos; y piensa que, como es casi seguro que Cavagnari sea uno de los miembros, posiblemente la escolta sea elegida entre los Guías. ¿A quiénes enviarán? ¡Por Dios, cuánto daría por ser uno de ellos! ¡Imagínate...! ¡Kabul! ¿No darías algo por poder ir?

–No. –El tono de Ash seguía siendo irónico–. Con una vez es suficiente.

–¿Una vez? Ah. Por supuesto, tú ya has estado allí. ¿Qué fue lo que no te gustó?

–Muchas cosas. Resulta bastante atractivo a su manera; especialmente en primavera, cuando los almendros están en flor y las montañas aún se hallan cubiertas de nieve. Pero las calles y los mercados son sucios y las casas están en ruinas, y ¡no se la llamó «Tierra de Caín» por capricho! Uno siente que el salvajismo está cerca de la superficie, y que puede surgir en cualquier momento como la lava de un volcán apagado; y que el límite entre la buena voluntad y la violencia sanguinaria es más débil allí que en ninguna parte del mundo. Kabul no pertenece al mundo moderno más que Bhithor... En realidad, tienen mucho en común: ambos viven en el pasado y son hostiles al cambio y a los extranjeros, y la mayoría de sus ciudadanos no sólo tienen aspecto de asesinos, sino que se comportan como tales si llegan a tomarte antipatía.

Ash agregó que, en su opinión, tal vez no era extraño que una ciudad que, según se decía, había sido fundada por el primer asesino del mundo tuviera una reputación de traición y violencia; ni que sus gobernantes hubieran sido fieles a la tradición de Caín y se hubieran entregado al asesinato y el fratricidio. La historia pasada de los emires era un largo relato sanguinario: padres que mataban a sus hijos, hijos que conspiraban contra sus padres y entre sí, y tíos que eliminaban a sus sobrinos.

–Es una historia terrible, y, si es cierto que los fantasmas son los espíritus inquietos de las personas que murieron en forma terrible... y los fantasmas existen..., Kabul debe estar llena de ellos. Es un lugar maldito y espero no volver a verlo nunca.

–Bien, lo verás si hay guerra –observó Wally–, porque los Guías con seguridad participarán en ella.

–Es verdad..., si hay guerra, pero, por lo que a mí se refiere... –La frase terminó en un bostezo, y Ash se recostó entre las raíces de los árboles y cerró los ojos al resplandor del día. Tranquilo y cómodo porque él y Wally estaban otra vez juntos, se quedó dormido.

Wally estuvo observándolo un largo rato, percibiendo los cambios que no había advertido al principio, y otras cosas que nunca se había preocupado por ver: la vulnerabilidad de aquel rostro delgado y despreocupado, la boca sensible que combinaba tan mal con el mentón obstinado, y la línea firme de las cejas negras que tampoco correspondía a una frente y unas sienes que deberían pertenecer a un poeta o a un soñador más que a un soldado. Era un rostro en lucha consigo mismo, bellamente tallado pero con cierta falta de cohesión. Wally pensó que, a pesar de las líneas marcadas y la cicatriz poco visible de aquella vieja herida, el muchacho dormido en cierto modo no había crecido. Aún veía las cosas como correctas o incorrectas, buenas o malas y justas o injustas..., como los niños antes de aprender que la vida era diferente. Todavía creía que podía hacer algo para cambiarlas.

De pronto, Wally se sintió muy apenado por su amigo, que, pensaba que cuando algo era injusto había que cambiarlo, y que como no podía considerar ningún problema desde un punto de vista estrictamente europeo o estrictamente asiático, se veía privado de la cómoda protección del prejuicio nacional y no tenía defensas contra los caprichos regionales de Oriente y Occidente.

Ash, como su padre Hilary, era un hombre civilizado y liberal con una mente alerta y curiosa. Pero, a diferencia de aquél, nunca había advertido que la mentalidad promedio no es liberal ni curiosa, sino en general intolerante hacia cualquier actitud que no sea la propia, firmemente arraigada. Ash tenía sus propios dioses, pero no eran ni cristianos ni paganos. Y él no era ni había sido nunca el héroe audaz, romántico y admirable de las primeras impresiones de Wally, sino un hombre tan sujeto a error como cualquiera... Y, a causa de sus comienzos no ortodoxos, quizá con más tendencia al error que la mayoría. Pero seguía siendo Ash, y nadie, ni siquiera Wigram, podría jamás ocupar su lugar en el afecto de Wally. Pronto éste siguió el ejemplo de Ash y se quedó dormido.

Cuando se despertaron, el sol ya había descendido y el campo estaba lleno de sombras. Ash trajo agua del arroyo y comieron lo que les había dejado Gul Baz. Decidieron que Wally pasaría la noche en el bungaló de Attock después de visitar la casa de Fátima Begum para conocer a Anjuli, y que regresaría a Mardan por la mañana.

Llegaron a la casa en un polvoriento atardecer color amatista, y el sirviente que estaba en la puerta los recibió sin curiosidad. En respuesta a la pregunta de Ash, dijo que Koda Dad Khan no había llegado... Sin duda, su hijo el *sahib risaldar* había logrado que su padre permaneciera en su casa. Se hizo cargo de los caballos mientras Ash enviaba un mensaje a la Begum, pidiéndole permiso para que su amigo, el *sahib* Hamilton, entrara en la casa y conociera a su mujer.

Si Anjuli hubiera sido musulmana, la sugerencia habría recibido una iracunda negativa de la Begum, que ahora se consideraba *in loco parentis* con respecto a la muchacha. Pero, como Anjuli no era musulmana ni soltera, y su llamado marido no sólo era cristiano, sino también extranjero, no podían aplicarse las reglas adecuadas. Si el *sahib* Pelham deseaba que sus amigos conocieran a su esposa, eso no le importaba a la Begum. Por tanto, envió a un criado para que condujera a los dos hombres a la habitación de Anjuli y dijera a Ash que, si deseaban comer juntos, la cena se serviría pocos minutos después.

Aún no habían encendido la lámparas, pero las cortinas de *kus-kus* estaban enrolladas hasta arriba. La habitación aparecía iluminada con los últimos resplandores del día y los primeros rayos de la luna llena que se elevaba sobre las sierras bajas, más allá de Attock.

Anjuli estaba junto a una ventana abierta, mirando al jardín. No oyó los pasos en la escalera porque los sonidos quedaban ahogados por los gorjeos de los pájaros, y sólo se volvió cuando se abrió la puerta. Vio a Ash, pero no al hombre parado en las sombras detrás de él, de manera que corrió a echarle los brazos al cuello. Y así la vio Wally por primera vez. Una muchacha alta, esbelta, que corría hacia él con los brazos extendidos y con el rostro iluminado por el amor. Le quitó el aliento... y conquistó su corazón.

Más tarde, sentado solo a la luz de la luna en la galería del bungaló, se dio cuenta de que no recordaba exactamente cómo era ella.

Sólo que era la criatura más hermosa que hubiera visto jamás...; una princesa de un cuento de hadas, de marfil, oro y azabache. Pero, en realidad, nunca había visto a una mujer india de clase elevada, y nada sabía de la riqueza de gracia y hermosura que se oculta detrás de las cortinas del *purdah*, celosamente defendida de la mirada de los desconocidos.

Pocos extranjeros tenían el privilegio de ver o conocer a estas mujeres; y esos pocos solían ser las esposas de los funcionarios británicos de más edad que no mostraban gran entusiasmo por los encantos de las «mujeres nativas», y que, a lo sumo, las miraban con condescendencia. De manera que, cuando Ash había tratado de describir a su esposa, Wally había pensado que escuchaba a un hombre enamorado, e imaginó, con indulgencia, que tal vez la novia fuese bonita, como lo eran una o dos de las cortesanas más costosas que conocía Ash, y que Wally había conocido también en aquellos primeros días despreocupados en Rawalpindi. Mujeres de piel oscura, que se pintaban los ojos con *kohl,* masticaban *pan* (nuez envuelta en una hoja) y se pintaban las palmas de las manos delicadas con henna; y cuyos cuerpos sinuosos, de huesos pequeños, olían a almizcle y madera de sándalo, y desprendían un aura de sensualidad.

Nada de lo que Wally había visto en la India lo había preparado para la visión de Anjuli. Esperaba ver a una mujer pequeña, de piel oscura, no a una diosa de miembros largos... Una Venus Afrodita con la piel más pálida que el trigo maduro, y bellos ojos de negras pestañas del color del agua cenagosa de los pantanos de Kerry.

Lo curioso es que no sugería el Oriente, sino más bien el norte: al mirarla, Wally recordó la nieve, los pinos y el viento fresco que sopla en las altas montañas... y un verso de un nuevo libro de poemas enviado recientemente por una tía solícita («Oscuro, verdadero y tierno es el norte...»). Oscuro, verdadero y tierno; sí, ésa era Anjuli. Todas las heroínas de ficción se hacían verdad en ella. Era Eva, era Julieta, ¡era Helena...! «Avanza en la belleza como la noche, de cielos sin nubes y llenos de estrellas. Y todo lo mejor de la oscuridad y la luz se encuentra en su aspecto y en sus ojos», declamó Wally, borracho de felicidad.

Ya no lo acusaba de haberse casado en forma apresurada, porque podía imaginarse haciendo exactamente lo mismo si llegaba a tener la suerte de Ash. No podía haber muchas mujeres en el mundo como Anjuli, y, después de haberla encontrado, sería una locura perderla por una carrera.

Sin embargo, Wally suspiró y parte de la euforia de las últimas horas lo abandonó. No, probablemente él no lo habría hecho... si hubiera tenido tiempo de darse cuenta de lo que podía significar para el futuro, porque los Guías ya significaban mucho para él. Además, desde que recordaba, él había alimentado sueños de gloria militar; había crecido con ellos y ahora eran una parte de sí mismo demasiado arraigada como para ser reemplazada por el amor de una mujer... Incluso por una mano como la que había visto aquella noche, que le había robado el corazón.

De pronto, se sintió lleno de gratitud hacia Ash y Anjuli; y hacia Dios, que había sido tan bondadoso como para hacerle conocer esa única mujer en el mundo, pero poniéndola fuera de su alcance. De manera que, al entregarle su corazón, estaba salvado para siempre (o, por lo menos, por largo tiempo) de enamorarse de alguna estrella menor y casarse y domesticarse y perder su gusto por la aventura, y con él, inevitablemente, una parte de su entusiasmo por su profesión y devoción a los hombres de su regimiento.

Wally preguntó a Ash si podía hablar a Wigram de Anjuli, y se alegró, aunque no dejó de sorprenderse, cuando Ash asintió. Todos querían a Wigram, y no podía negarse que sería un alivio poder contarle todas las aventuras de Ash y su matrimonio romántico en secreto, en particular ahora que él había conocido a la esposa y, por tanto, se sentía autorizado para hablar en defensa de la pareja y persuadir a Wigram de que adoptara una actitud tolerante con respecto a todo el asunto.

Wally se puso de pie, buscó algo para arrojar a un perro que aullaba monótonamente junto a la puerta, logró buena puntería con una maceta y se fue a la cama cantando «libra la buena pelea con todas tus fuerzas», lo cual, en tales circunstancias, era una señal de salud, porque demostraba que volvía a la normalidad después de las exigencias y el esfuerzo de una día lleno de emociones.

* * *

El sol ya había bajado cuando Wally cruzó el Indo y tomó el camino de Peshawar a la mañana siguiente, dejando que su sirviente Pir Baksh lo siguiera en una *tonga* con el equipaje. Una hora después, desayunó en el parador de Nowshera mientras su caballo descansaba antes de cruzar el río Kabul y dirigirse hacia Risalubur. Mardan era un oasis de sombra en una tierra calcinada: el fuerte y el campo de maniobras, el perfil familiar de las montañas Yufsafzai que se estremecía con el calor, y lejos, en la llanura, hacia Jamalgarhi, algún remolino de polvo que se levantaba de vez en cuando y volvía a caer. Pero en el acantonamiento no se movía una hoja, y el polvo del tiempo caluroso caía sobre cada rama, cada piedra y cada hoja de hierba, reduciendo los verdes y los marrones a un solo tono... El color que sir Henry Lawrence había elegido para los uniformes del Cuerpo de Guías reción creado en los días anteriores al Gran Levantamiento, y que llegó a conocerse como caqui.

Wally fue directamente a los aposentos de Wigram, pero él no estaba allí; había ido a una pequeña conferencia en Peshawar y volvería al atardecer. Sin embargo, regresó a tiempo para cenar en el cuartel y más tarde fue con Wally a las habitaciones de éste, donde permaneció hasta después de medianoche escuchando la historia de Ash y Anjuli-Bai.

Evidentemente, le interesó mucho, aunque la ceremonia de casamiento a bordo del *Morala* le arrancó una exclamación y un gesto de cólera. Después escuchó el resto con los labios apretados y el ceño fruncido, pero no hizo comentarios. Por último, dijo reflexivamente que recordaba como el comandante había dicho, cuando se discutía la cuestión de un consejo de guerra con respecto a la devolución de las carabinas, que Ashton Pelham-Martyn no sólo era un joven rebelde e insubordinado, sino un *enfant terrible* cuya inclinación a actuar de forma impulsiva lo hacía capaz de cometer cualquier tontería sin detenerse a pensar en sus consecuencias a largo plazo. Sin embargo, era necesario recordar también que esos mismos defectos a menudo resultaban muy valiosos en tiempo de guerra, en particular cuando iban acompañados, como en el caso de Ashton, de un gran valor.

–Creo que tenía razón –dijo Wigram–. Si hubiera una guerra, y ruego a Dios que no la haya, tal vez necesitemos esos defectos... y el valor que los acompaña.

Se recostó en su asiento y quedó en silencio largo rato, mordiendo el extremo de un cigarro apagado hacía tiempo y mirando al cielorraso con abstracción. Cuando volvió a hablar, hizo una pregunta:

–¿Entonces Ashton piensa pasar el resto de su permiso en Attock?

–Sí –confirmó Wally–. Él y su esposa han sido invitados a alojarse en la casa de la tía del *risaldar* Zarin Khan... La mujer tiene una casa grande rodeada por un jardín con muros, detrás del camino de Pindi, en la parte más lejana de la ciudad.

–Ajá. Me gustaría ir un día de éstos y conocer a la novia. Sería... –Fijó la mirada en el reloj y se puso de pie rápidamente–. Dios mío,

¿ese reloj va bien? No tenía idea de que era tan tarde. Ya es hora de que me vaya a dormir. Buenas noches, Wally.

Volvió a sus habitaciones, pero no a dormir.

En lugar de eso, cambió su uniforme por los pantalones cómodos que acostumbraba a ponerse por la noche en aquella época del año, salió a la galería, se dejó caer en un sillón y quedó inmerso en sus cavilaciones.

50

El capitán Battye miraba la luz de la luna sin verla, y las negras sombras, y pensaba en su hermano menor, Fred... En Fred, en Wally, en Ashton Pelham-Martyn, en Hammond y Hughes, Campbell, el coronel Jenkins, el comandante, los *risaldares* Prem, Singh y Mahmud Khan, el mayor Wordi Duni Chand y el *sowar* Dowlat Ram, y cientos de otros... Oficiales, suboficiales y hombres de los Guías; sus rostros pasaban ante él como en un desfile. Si había otra guerra afgana, ¿cuántos de ellos estarían vivos cuando terminase?

La primera se había librado mucho antes de que Fred y Wally hubieran nacido, y, aunque los afganos se acordaban de ella, los británicos rara vez la mencionaban. Los que la recordaban preferían fingir que la habían olvidado; y no era sorprendente, ya que era una historia humillante.

En los primeros años del siglo, cuando la John Company gobernaba la mitad de la India, un joven mediocre llamado Shah Shuja heredó el trono de Afganistán. Lo perdió después de un reinado breve, aun considerando las pautas de duración de los gobiernos en el país. Huyó a la India, donde el Gobierno le concedió asilo, y llevó una existencia pacífica como ciudadano particular. Mientras, después de su partida, sus súbditos de otro tiempo se entregaban a un período de revueltas y anarquía que terminó bruscamente cuando un hombre fuerte y capaz, un tal Dost Mohammed, del clan Barakzi, puso orden en el caos y se proclamó emir.

Por desgracia, el Gobierno de la India desconfiaba de los hombres capaces. Sospechaba que Dost sería difícil de manipular, y que si no tenían cuidado incluso podía llegar a aliarse con Rusia. Hablando de esta posibilidad en la atmósfera enrarecida de Simla, el gobernador general, lord Auckland, como sus consejeros favoritos, llegó a la conclusión de que sería buena idea eliminar a Dost (que no había hecho ningún daño y sí mucho bien a su país) y sustituirlo por el ahora viejo exemir Shah-Shuja. Su argumento era que este anciano sin importancia, al estar ligado a los campeones británicos por lazos de gratitud y por su propio interés, sería una herramienta fácil de manejar que firmaría sin resistencia cualquier tratado que ellos quisieran dictar.

Pero, aunque la guerra forzada sobre Afganistán por lord Auckland terminó en un desastre total para los británicos, la mayoría de los que ayudaron a lanzarla obtuvieron muchas ventajas, ya que la victoria inicial les proporcionó medallas, títulos y honores... que ya no perderían. Pero los muertos que se pudrían en los pasos de las montañas no recibieron condecoraciones; y dos años después, Dost Mohammed Khan era nuevamente emir de Afganistán.

«Qué ruina –pensó Wigram–, qué injusticia y estupidez, qué devastación cruel e insensata». Y todo para nada, porque otra vez, después de un lapso de casi cuarenta años, parecía que un grupo de hombres de Simla planeaban obligar a otro emir (el hijo menor del mismo Dost Mohammed) a aceptar una misión británica permanente en Kabul. Y lo peor era que en cierta época el emir habría estado realmente muy dispuesto a transigir. Cinco años atrás, desesperado por las amenazas de rebelión y el creciente poder de Rusia, Shere Ali había pedido protección a lord Northbrook contra cualquier agresor; pero su petición fue denegada. Resentido por este rechazo, decidió volverse hacia Rusia, que mostraba una gran disposición a discutir tratados de amistad y alianza con él. Y ahora los mismos *angrezis* que lo habían rechazado cuando pidiera ayuda exigían, como por derecho propio, que recibiese a un enviado británico en su capital y dejara de «tramar intrigas» con el zar.

«Si yo estuviera en su lugar, los mandaría a paseo», pensó Wigram. Pero se dio cuenta de que no tenía sentido pensar así. Ésa era la forma en que comenzaban las guerras.

Por aquel entonces, lord Auckland y sus amigos enviaron miles de hombres a la muerte por la mera sospecha de que el padre de Shere Ali podía considerar una alianza con Rusia. ¿Y ahora lord Lytton estaba dispuesto a hacer lo mismo, y sin más pruebas que antes, basando sus decisiones en habladurías, rumores e informes de espías pagados?

En el curso de los años anteriores, Wigram había visto con frecuencia al pariente de Wally, el comisario delegado de Peshawar, mayor Louis Cavagnari. Y hasta hacía poco tiempo su opinión sobre él era tan elevada como la de Wally. Pierre Louis Napoleon Cavagnari era una persona curiosa para ocupar semejante cargo, porque, como Wally había contado, su padre fuera un conde francés que había servido con el gran Napoleón antes de ser secretario militar de Jerónimo Bonaparte, rey de Westfalia. Y contrajo matrimonio con una dama irlandesa, Elizabeth, hija del deán Stewart Blacker de Carricklacker. Aunque, a pesar de sus nombres gaélicos, el comisario delegado, criado en Irlanda, siempre se había considerado británico y prefería que sus amigos lo llamaran Louis porque le parecía el menos extranjero de los tres nombres que tenía.

Durante veinte años había servido indistintamente en las tierras de la frontera de la India, en no menos de siete campañas, y adquirió la reputación envidiable de saber manejar a las tribus turbulentas, algunos de cuyos dialectos hablaba con gran fluidez. En cuanto a su aspecto, con su figura alta y su barba bien podía ser tomado por un profesor más que por un hombre de acción, pero los que lo conocían afirmaban que era una persona de gran valentía. Nadie lo había acusado jamás de falta de espíritu, y combinaba una personalidad dinámica con muchas y excelentes cualidades, aunque, como la mayoría de sus compañeros, estas cualidades quedaban ensombrecidas por otras menos admirables. En su caso, el egoísmo y la ambición personal, un carácter impulsivo y una tendencia a ver las cosas tal como las deseaba en lugar de cómo eran en realidad.

Sólo recientemente Wigram Battye había llegado a percibir esas fallas. Pero también tuvo oportunidad de ver a Cavagnari en acción. El éxito del asunto de Sipri, con su rápida marcha durante la noche y el ataque por sorpresa, se había debido totalmente a los planes imaginativos del comisario delegado y a su atención a los detalles; y eso, junto con otros incidentes similares, infundió en Wigram el mayor respeto por las cualidades del hombre. Últimamente, sin embargo, lo admiraba menos y le hacía más críticas; incluso debía admitir que sentía algo de aprensión, porque el comisario delegado apoyaba «la política expansionista», cuyos defensores consideraban que la única forma de proteger al Imperio de la «amenaza rusa» era convertir a Afganistán en un protectorado británico e instalar la Union Jack en el extremo más distante, el Hindu Kush.

Como éste era también el punto de vista del virrey (y se sabía que lord Lytton sentía gran respeto por el mayor Cavagnari y seguía sus consejos en asuntos de la frontera, más que los de otros hombres más viejos y cautelosos), no era sorprendente que Wigram Battye se sintiera incómodo al oír declarar al comisario delegado (tal como sucedió en una cena en Peshawar):

«Si Rusia entra en Afganistán dominará este país como ha hecho con los antiguos y orgullosos reinos de Asia Central; y, una vez que lo haya logrado, el camino hacia el Khyber estará abierto y nada podrá evitar que los ejércitos rusos ataquen y tomen Peshawar y el Punjab, como Barbur el Tigre hizo trescientos años atrás.

»No tengo nada contra los afganos: mi lucha es únicamente con el emir, quien al intrigar con el zar atrae un peligro que, si no podemos evitarlo, destruirá a su propio país y desde allí avanzará hacia el sur hasta haber consumido a toda la India...».

El uso que hacía Cavagnari de la primera persona del singular era característico en él, y en un contexto diferente Wigram no le habría prestado atención, pero ahora lo preocupaba profundamente. Su interés personal en la disputa entre el Gobierno de la India y el emir era totalmente apolítico; su preocupación se centraba en las consecuencias militares de una posible guerra con Afganistán y la parte que su propio cuerpo pudiera tener que desempeñar en ella. Al fin y al cabo, era un soldado profesional. Pero también poseía una conciencia, y su temor era que la política expansionista tratara de atraer al Raj a una segunda guerra afgana sin ninguna justificación real para hacerlo... Y sin comprender verdaderamente las enormes dificultades que se le presentarían a un ejército invasor.

Siempre había sostenido que la guerra afgana de 1839 era indefendible moralmente y por completo innecesaria, y lo horrorizaba descubrir que la historia parecía repetirse una vez más. En su opinión, era deber de todos los hombres honorables tratar de evitarla. La necesidad más imperiosa, para Wigram, consistía en obtener información exacta e inédita sobre las verdaderas intenciones del emir Shere Ali y su gente.

Si podía probarse que Shere Ali intrigaba con el zar y que estaba a punto de firmar un tratado que permitiría a los rusos instalar guarniciones militares en su país, entonces los hombres de la política expansionista tenían razón y cuanto antes interviniera Gran Bretaña para evitarlo, mejor. La perspectiva de un Afganistán controlado por Rusia, con ejércitos rusos instalados en la frontera noroeste de la India, era impensable. Pero ¿sería cierto? Wigram tenía la incómoda sensación de que hombres como Cavagnari y lord Lytton, y otros defensores de aquella política, eran engañados por informaciones facilitadas por espías afganos, quienes, sabiendo muy bien qué deseaban oír esos *sahibs* en particular, sólo repetían lo que podía agradarles y suprimían lo demás, tal vez por cortesía y deseo de complacer, más que por un intento deliberado de confundir.

Cavagnari no podía dejar de saberlo y (al menos eso deseaba Wigram) considerarlo. Pero ¿el virrey y sus consejeros se darían realmente cuenta de que los informes de esos espías, enviados a Simla por el comisario delegado de Peshawar, tal vez no fueran objetivos y no presentaran el cuadro real? ¿Y de que los espías, al fin y al cabo, eran pagados, y tal vez pensaran que se ganaban su dinero contando sólo las noticias que los otros querían oír? Este pensamiento perseguía a Wigram últimamente, y la historia de Wally sobre Ashton le dio una idea...

Ashton había pasado casi dos años en Afganistán, y probablemente había hecho muchos amigos allí, sin duda en el pueblo de su padre adoptivo Koda Dad Khan. Era notorio en Mardan que el *risaldar* Zarin Khan no era el único *pathan* de los Guías que lo consideraba casi como un hermano de sangre. Quizás Ashton pudiera persuadir a sus amigos de que organizaran alguna forma de servicio de espionaje dirigido a recoger información confiable que ellos le transmitirían, y que, a su vez, él pudiera transmitir al comandante o a Wigram mismo, para brindársela a Cavagnari, quien, cualesquiera que fuesen sus opiniones personales, la comunicaría a Simla. Con seguridad, los amigos de Ashton contarían la verdad a Pelham-Dulkhan (porque sabían que no pensaba de la misma manera que los *sahib-log*) y él repetiría palabra por palabra lo que le dijeran sin modificarlo para que no se adaptara a sus propias teorías ni a las de ningún otro. Al menos, era una idea, y podía dar resultado. En las actuales circunstancias, pensó Wigram, valía la pena probar cualquier cosa.

Impulsado por su sensación de que el tiempo apremiaba, lo probó en la primera oportunidad. Fue a Attack con Wally el fin de semana, y, para mantener las cosas en secreto, llegó después de oscurecer y se alojó en el *dâk-bungalow* con el pretexto de que pensaban salir a cazar al día siguiente. Pero sucedió que la idea de Wigram produjo un resultado que él no esperaba.

El *syce* de Wally había sido enviado a la casa de la Begum con una nota para Ash, y les entregaron la respuesta cuando se sentaron a cenar. Una hora después, los dos salieron del *dâk-bungalow* y caminaron a la luz de las estrellas por el camino de Pindi, para tomar enseguida un sendero lateral. Llegaron a un alto muro donde encontraron a un *afridi* que los esperaba con una antorcha; Wigram, que nunca había visto a Ash vestido de aquella manera, no se dio cuenta enseguida de quién era.

El capitán Battye había pensado mucho en los argumentos que usaría y en los puntos que deseaba aclarar, y creía que de esa manera lo había previsto todo. Pero no había tenido en cuenta a Juli Pelham-Martyn, Anjuli-Bai, princesa de Gulkote, porque el matrimonio le parecía mal y no deseaba conocer a la exviuda. Pero Ash llevó a sus huéspedes por el jardín en sombras hasta un pequeño pabellón de dos pisos, un *darra-durri*, en un claro entre los árboles frutales; los hizo subir una corta escalera hasta la habitación superior, y dijo:

–Juli, éste es otro amigo mío del regimiento. Mi esposa, Wigram...

Y Wigram debió estrechar la mano a la manera inglesa a una muchacha vestida de blanco, pensando, como había hecho Wally (aunque sin la emoción de éste) que era la joven más hermosa que había visto jamás.

La vio cambiar una mirada con Ash, y, aunque nunca había sido muy imaginativo, le pareció, como alguna vez le había parecido a Kaka-ji, que existía una corriente invisible entre los dos que los unía de manera que no necesitaban tocarse o hablar, ni siquiera sonreír, para probar que dos personas, en cierto momento, verdaderamente pueden ser una sola. También advirtió lo que había querido decir Wally con eso de que Juli era «apacible». Pero no esperaba que fuera tan joven... ni que pareciera tan vulnerable. Aquel ser delicado vestido con la *shulwa* blanca le pareció poco más que una criatura, y pensó confusamente que el calificativo «viuda» lo había desorientado: ninguna viuda podía ser tan joven como ésta, y sintió como si de pronto se abriera el suelo bajo sus pies, pero no habría podido explicar por qué le sucedía eso. El hecho fue que al verla desaparecieron muchas de sus ideas preconcebidas, y de pronto, como resultado, no se sintió seguro de la sugerencia que había venido a hacer.

Tal vez era muy ingenuo al esperar que Cavagnari, o cualquier otra persona, abandonara su política y sus opiniones basándose sólo en informaciones de fuentes no oficiales, suponiendo que las que se le ofrecieran no estuviesen de acuerdo con las propias. ¿Quizás él, Wigram, arriesgaba demasiado al imaginar que hombres como Cavagnari y el virrey, sin mencionar a otras personas importantes de Simla, no sabían en qué estaban y necesitaban ayuda y consejo de intrusos aficionados que no sabían nada de nada? Sin embargo, advirtió que Ash le había hecho una pregunta, y al dar una respuesta al azar vio un gesto de sorpresa en su rostro que le demostraba su falta de atención.

Wigram se sonrojó, y se disculpó con cierta confusión. Volviéndose hacia Juli dijo:

–Perdón, señora Pelham, creo que no estaba prestando atención. Es una grosería, y espero que me perdone mis malos modales. Es que... he venido a... a proponer algo a su marido, y estaba pensando en lugar de escuchar.

Anjuli lo estudió con gravedad; luego asintió con un pequeño gesto y dijo con cortesía:

–Comprendo. Usted deseará hablar a solas con mi esposo.

–Si usted lo permite.

Ella le brindó una breve sonrisa encantadora, se puso de pie, juntó las palmas, y luego, recordando que Ash le había dicho que los *angrezis* no solían hacer eso, rio, tendió la mano y dijo en su cuidadoso inglés:

–Buenas noches, capitán Battye.

Wigram le tomó la mano e inesperadamente hizo una reverencia en un gesto que le era tan ajeno como a ella el estrechar la mano, y que lo sorprendió casi más de lo que sorprendió a Ash y a Wally. Pero fue un tributo instintivo... Y también de alguna manera una disculpa muda por las cosas que había pensado de ella. Wigram se enderezó; miró a Juli a los ojos, y pensó que Wally tenía razón al decir que tenían estrías doradas... A menos que sólo fueran los reflejos de la lámpara de bronce que colgaba del techo y llenaba de estrellitas el pequeño pabellón. Pero no tuvo tiempo de comprobarlo, porque Anjuli retiró la mano y la ofreció a Wally antes de dar media vuelta y salir de la habitación. Al verla perderse entre las sombras, Wigram tuvo la extraña fantasía de que se llevaba la luz con ella.

De todas maneras, se sintió aliviado al verla marcharse, porque en su presencia no habría podido hablar y no tenía tiempo ni intención de someterse a las sensibilidades femeninas. Cuando sus pasos se perdieron en la escalera, oyó suspirar a Wally y enseguida Ash dijo:

–¿Bien?

–Es muy hermosa –dijo Wigram con lentitud–. Y muy... joven.

–Tiene veintiún años –informó lacónicamente Ash–. Pero yo no pensaba pedirte que me dijeras lo que piensas de ella. Me refería a la proposición que mencionaste.

–Sí, vamos –pidió Wally–. Me muero de curiosidad. ¿Qué es lo que te traes entre manos?

Wigram sonrió, pero dijo en tono defensivo que ahora había llegado a un punto en que ya no estaba seguro de que quisiera decir algo.

–Temo que os riais.

Pero Ash no se rio. Sabía mucho sobre la última guerra afgana, y cuando estaba en Gujerat había releído el libro de sir John Kaye sobre el tema y se había sentido enfurecido por la futilidad, la injusticia y la tragedia de aquel confuso intento de extender el poder de la East India Company, como le había sucedido a su padre, Hilary, más de treinta años antes.

Que algo así pudiera volver a suceder parecía tan imposible que, aun después de la advertencia de Koda Dad, no podía creer que cualquiera con el más mínimo sentido común pudiera considerarla, en gran parte porque, como la mayoría de los soldados de las tropas de la frontera, no se engañaba con respecto a las aptitudes para la guerra de los hombres de las tribus fronterizas ni sobre la topografía del país en que vivían. Y conocía muy bien los terribles problemas de aprovisionamiento y transporte (aparte de la lucha en sí) que debería enfrentar cualquier ejército moderno que intentara avanzar a través de una tierra hostil, donde todas las colinas y las gargantas, las rocas, las piedras y los repliegues del terreno podían ocultar a un tirador enemigo. Una tierra que, además, era tan improductiva que en la mejor de las épocas apenas daba alimento para los habitantes locales, y donde, por tanto, no había esperanzas de alimentar a gran número de tropas invasoras ni de conseguir forraje para caballos, mulas y otros animales que debían acompañarlas. Además, seguramente los generales, si no los civiles de Simla, debían de haber aprendido la lección de la guerra afgana anterior.

«Pero si es verdad que Shere Ali piensa dejar entrar a los rusos –pensó Ash, como había pensado Wigram–, Inglaterra tendrá que actuar, porque, una vez que los rusos ponen las manos sobre algo, no lo abandonan; y lo siguiente será la India».

La idea de que el zar anexionara la India a sus territorios cada vez más extensos..., sus pueblos y sus aldeas bajo el control de los *ispravnikas* y los *starostas*, con gobernantes rusos en todas las provincias y regimientos rusos acuartelados en todos los acantonamientos desde Peshawar hasta el cabo Comorin, lo hizo estremecerse. Pero conocía Afganistán aún mejor que hombres como Cavagnari, y ese conocimiento lo inclinaba a sentirse escéptico con respecto a los temores expresados por el comisario delegado y los demás que querían la guerra.

–Recuerdo haber leído en alguna parte –observó con aire pensativo–, que Enrique I de Francia dijo de España que si un gran ejército la invadía, ese ejército moriría de hambre, mientras que si la invadía un ejército pequeño, resultaría vencido por un pueblo hostil. Bien, lo mismo puede decirse de Afganistán. Es un país terrible para invadir, y a menos que los rusos piensen que pueden entrar en él sin resistencias, con el consentimiento de la población y del emir, no creo que lo intenten, como tampoco creo que Cavagnari sepa mucho sobre los afganos si piensa por un solo momento que los llamados «súbditos» del emir se someterán dócilmente a las fuerzas rusas acuarteladas en todo su país. Tal vez sean un montón de asesinos con una nada envidiable reputación de traición y crueldad, pero nadie negará que son muy valientes; y que no es fácil lograr que hagan lo que no desean. Y no les gusta ser mandados y gobernados por extranjeros..., ¡por ningún extranjero! Y por eso, en mi opinión, todo este miedo a los rusos sirve para ocultar otras cosas.

–Exactamente –asintió Wigram–. Eso es precisamente lo que me temo. Pero, aunque espero equivocarme, no puedo dejar de pensar que los fanáticos de la política expansionista están muy empeñados en convertir a Afganistán en un estado tapón para proteger a la India y que usan en este asunto a los rusos para encubrir su objetivo real. Aunque, por supuesto, si es cierto que el emir realmente piensa en firmar un tratado con el zar... –La frase quedó sin terminar, porque Wigram fue interrumpido por Wally, que se negaba a creer que su héroe del momento podía equivocarse en un asunto de importancia tan vital, o en nada que tuviera que ver con los territorios tribales de Afganistán. Cavagnari, insistía Wally, sabía más sobre ese país y sus pueblos que ninguna otra persona en la India..., o que ningún europeo, en todo caso. ¡Todos lo sabían!

Wigram comentó con ironía que seguramente muchos habían dicho lo mismo de Macnaghten en 1838, y que eso no había evitado que los afganos lo asesinaran tres años después; y que fuera responsable de lo sucedido, en gran parte por intentar llevar a Shah Shuja al trono, y también casi totalmente responsable de la matanza de gran cantidad de mujeres, niños y sirvientes británicos que se unieron a las fuerzas de ocupación en Kabul y murieron en los pasos del Kurd-Kabul, junto con tropas que se retiraban. Wally, que también había estudiado esa desastrosa campaña, se quedó callado unos momentos y se limitó a escuchar a Ash y a Wigram, que discutían la posibilidad de descubrir qué sucedía realmente en Kabul y si la amenaza rusa era real o sólo una pantalla usada por el bloque de la política expansionista para asustar al electorado y lograr que apoyara otra guerra de agresión.

–Pero ¿y si logramos la información? –preguntó Ash unos diez minutos después–. No tendríamos garantía alguna de que fuera aceptada si contradice lo que ellos quieren creer.

–Ninguna –confirmó Wigram–, excepto que si cuando hablas de «ellos» te refieres a Cavagnari, él no la suprimiría. De eso estoy seguro. Por supuesto, tiene sus propios espías, como siempre los hemos tenido nosotros... Pero me juego la cabeza a que cualquier cosa de naturaleza política que se le envía (cualquiera que tenga que ver con las relaciones de Shere Ali con Rusia, por ejemplo) será transmitida de inmediato a Simla, lo mismo que cualquier cosa de la que nosotros los informemos en ese sentido, contradiga o no sus propias teorías. En cualquier caso, hay que intentarlo. No podemos quedarnos de brazos cruzados mientras vemos cómo envían a un montón de gente hacia un precipicio sin tratar de advertírselo.

–No –asintió Ash–. Hay que hacer algo, aunque lo más probable es que resulte inútil.

–Sí, así es. Eso es lo que yo siento –suspiró Wigram, enormemente aliviado. Se recostó en su silla, sonrió a Ash y agregó–: Te recuerdo que cuando entraste en el cuerpo solíamos reírnos de ti por tu hábito de decir que tal o cual cosa era «injusta». Personalmente, no tengo nada contra una guerra: es mi oficio. Pero preferiría pensar que estamos librando una guerra justa, o, al menos, una que no puede evitarse. Y creo que ésta puede evitarse. No es demasiado tarde.

Ash guardó silencio y Wigram vio que su mirada parecía fijarse en la abertura de la puerta por donde había salido su esposa. Tenía la expresión vaga de aquel cuyos pensamientos han viajado muchos kilómetros, o quizá muchos años. Y, en realidad, Ash recordaba el pasado y oía una vez más, como en la sala de recepción de Lalji, en Gulkote, y en el *chattri*, en Bhithor, una voz desaparecida mucho tiempo atrás que exhortaba a un niño de cuatro años a no olvidar que la injusticia era el peor pecado del mundo, y que había que luchar contra ella donde se la encontrara..., «aunque sepas que no puedes ganar».

Wigram, que no conocía tan bien a Ash como Wally, sólo notó que estaba abstraído. Pero Wally vio algo en aquel rostro inmóvil que lo asustó: una señal de desolación, y el aspecto sombrío de un hombre a quien obligan a tomar una decisión contra su voluntad. Al mirarlo, tuvo una premonición de desastre tan fuerte que instintivamente extendió una mano como para evitarla..., y, en ese mismo momento, Ash dijo con calma:

–Tendré que ir personalmente.

Wigram discutió con él: los dos discutieron con él. Pero finalmente se pusieron de acuerdo en que tenía razón. Era más probable que creyeran a un oficial de los Guías que a cualquier afgano, ya que un afgano recibía dinero por los servicios prestados, y bien podía tener una antipatía personal o tribal con el Gobierno central de Kabul, y, por tanto, sentir la tentación de deformar o seleccionar la información recogida al otro lado de la frontera. Además, ahora no se trataba de si alguna tribu o un *mullah* local planeaba invadir la India o incitar a los fieles a asesinar a algunos infieles, sino de si un emir de Afganistán tramaba una conspiración con los rusos, y, en caso afirmativo, hasta dónde se había comprometido... ¿Realmente se disponía a recibir a una misión rusa en Kabul y firmar un tratado de alianza con el zar? ¿Y su pueblo lo apoyaría en esto?

Obtener información confidencial sobre esos puntos sería de enorme valor para los negociadores de Simla y Peshawar, y para los ministros de su majestad en Londres, porque ese conocimiento podía significar la diferencia entre la paz y la guerra... O sea, entre la vida y la muerte de miles de seres humanos. Y, como señaló Ash, en el reglamento de los Guías no había nada que impidiera a un oficial «recoger datos fidedignos de nuestro lado de la frontera y también del otro».

–De todas maneras, he vivido en el país y sé orientarme en él, así que no habrá ningún peligro real –aseguró Ash.

–¡Tonterías! –replicó Wally encolerizado–. No hables como si fuéramos un par de imbéciles. La vez anterior no estabas solo, pero esta vez lo estarás, lo que significa que si te agotas o te hieren, o tienes un accidente, no habrá nadie que te ayude. Serás un desconocido solitario, y, como tal, objeto de sospechas. Caramba, me ponéis enfermo..., pero Dios sabe que desearía ir contigo. ¿Cuándo piensas partir?

–En cuanto Wigram lo arregle con el comandante. No puedo ir sin su permiso, y es posible que él no quiera concedérmelo.

–Lo hará –dijo Wigram–. Está tan preocupado por todo este asunto como yo... y como la mitad de la fuerza de la frontera. Somos los que tendrán que participar en la batalla si los de Simla se equivocan y provocan gran agitación con todo esto. Tal vez cueste un poco de trabajo persuadirlo, pero creo que le parecerá una buena idea y una posible salvación. Y a Cavagnari le encantará. Estas cosas le agradan muchísimo.

Wigram no se equivocó.

Fue fácil convencer al comandante, y el comisario delegado mostró bastante entusiasmo por la idea. Le gustaban los hechos dramáticos, y la historia de Ash tal como se la relató el capitán Battye le apasionó.

–Pero si ha de trabajar para mí, debo verlo antes de que se marche, ya que será mejor que se comunique directamente conmigo a través del único agente a quien permito entrar en Peshawar, más que por medio de uno de sus hombres. Éste seguramente le llevará primero cualquier mensaje a usted o a su comandante, para que uno de ustedes me lo transmita. Y eso no servirá. Cuantas menos personas estén implicadas en esto, mejor..., especialmente para la seguridad del propio Pelham-Martyn, como espero que usted le explicará; y también a su comandante. Cuando la autoridad se divide hay confusiones, y, como el tipo de información que se requiere no tendrá utilidad a nivel del regimiento, prefiero que ese joven trabaje exclusivamente para mí. Si, como creo, aún está con permiso, sugeriría que no se le permitiera regresar a Mardan. Sería extraño que se reincorporase al servicio durante unos días para después salir nuevamente con permiso.

–Sí, señor. Ya hemos pensado en eso. Partirá para Attock: él mismo lo decidió.

–Una idea muy buena –aprobó Cavagnari–. Deseo verlo antes de que se vaya.

Wigram pensó que no tenía sentido decirle que cuando Ash se había ofrecido a ir a Afganistán como espía lo había hecho con dos condiciones, una de las cuales podría haber constituido un obstáculo para que se decidiera. Insistió en que debía permitírsele hablar de todo el proyecto con Koda Dad, y que si el anciano no lo aprobaba, tendría que abandonarlo. La otra condición era que los Guías debían prometer que se ocuparían de Anjuli, y de que gozara de los derechos de una esposa legal si él no regresaba.

Esta última condición fue aceptada, pero, cuando Wigram expresó dudas sobre si debían informar a cualquier otra persona sobre las actividades de Ash, éste replicó que Zarin sería informado en todo caso, y que confiaba en el padre de Zarin como en sí mismo.

–Lo conozco desde que tenía seis años, y valoro su opinión más que la de cualquier otra persona. Si él cree que puede servir de algo iré, pero debéis recordar que es un *pathan*, y, como tal, ciudadano de Afganistán; de manera que tal vez no piense bien de los espías..., aun de aquellos cuyas intenciones sean evitar una guerra: no lo sé. Pero debo hablar con él antes de decidirme.

Wigram se encogió de hombros y respondió:

–Haz lo que te parezca. Se trata de tu propia vida. ¿Cuál crees que será su veredicto?

–Bien, creo que probablemente estará de acuerdo y Zarin también. Admito que no tengo demasiadas esperanzas de que piense de otra manera. En realidad, probablemente estoy perdiendo mi tiempo y también el tuyo, pero debo estar seguro.

–Y recibir su bendición... –murmuró Wigram. Había pensado en voz alta sin darse cuenta y las palabras apenas fueron audibles, pero Ash las captó y replicó rápidamente con tono de sorpresa:

–Sí, ¿cómo lo sabes?

Wigram pareció alterarse y repuso un poco incómodo:

–Podrá ser absurdo en esta época, pero mi padre me dio su bendición antes de partir yo hacia la India, y a menudo me consuela recordarlo. Supongo que esto se remonta al Antiguo Testamento, cuando la bendición de un patriarca realmente significaba algo.

–«Y Esaú dijo: "Dame tu bendición también a mí, oh, padre mío"» –citó Wally, hablando por primera vez en largo rato–. Espero que te la dé, Ash, por todos nosotros... Si el comandante está de acuerdo, ¿cuándo crees que podrás partir?

–Eso depende de Koda Dad y de Cavagnari. ¿Regresáis a Mardan esta noche?

–No pensábamos hacerlo, pero es posible.

–Cuando lleguéis, mandadle un recado de mi parte a Zarin. Decidle que debo ver a su padre lo antes posible y que me comunique si el anciano está lo suficientemente bien como para recibirme... Sé que ha estado enfermo en los últimos meses. Si es así, quiero saber cuándo y dónde puede verme; pero prefiero que no sea en su pueblo, si puede evitarlo. No es necesario que envíe un mensaje aquí, decidle que estaré junto a una higuera en las afueras de Nowshera, mañana al atardecer, y que esperaré hasta que llegue. Quizás esté de guardia, pero supongo que conseguiréis que pueda salir.

Pero nadie supo jamás qué habría aconsejado Koda Dad, porque había muerto. Ocurrió aproximadamente a la misma hora en que Wally y Wigram Battye, en camino a Attock, partían de Mardan; y, como en esa época del año el tiempo era terriblemente caluroso, fue necesario enterrarlo antes del anochecer. De manera que cuando Ash llegó a la higuera en el camino de Nowshera, donde Zarin lo esperaba con las noticias, hacía veinticuatro horas que Koda Dad Khan, que una vez fuera caballerizo mayor en el pequeño principado de Gulkote, estaba enterrado.

* * *

Dos días después, el comisario delegado de Peshawar y el capitán Battye, de la caballería de los Guías, partieron juntos con el supuesto propósito de buscar lugares donde acampar en campo abierto en el sudeste de Peshawar.

Iban sin escolta, y a una hora del día en que todas las personas sensatas estaban durmiendo la siesta y la tierra aparecía desierta. Sin embargo, en el camino se encontraron con otro jinete y conversaron con él: un *afridi* solitario a quien hallaron descansando a la sombra de unas rocas, y que casi parecía haber estado esperándolos.

Al inicio, Cavagnari fue quien más habló, mientras que Ash se limitó a insistir en que sólo aceptaría recoger y enviar información si quedaba claramente entendido que informaría de la verdad tal como la encontrase, aunque resultara ser algo que los oficiales de Simla no deseaban oír.

–Si no puedo hacer eso no tiene sentido que vaya –declaró Ash.

Cavagnari replicó en tono un poco agrio que, naturalmente, esperaban que tuviera un criterio amplio, no hacía falta decirlo; y agregó que el comandante, con permiso de las autoridades competentes, había designado al teniente Pelham-Martyn para actuar como su oficial personal de información por un período de seis meses, independientemente de que durante ese tiempo se declarara la guerra o no, y dando a Cavagnari el derecho a cancelar la operación en cualquier momento si lo consideraba conveniente.

–En ese caso, por supuesto, usted volvería inmediatamente a sus tareas del regimiento. Con un ascenso, si lo desea; sin duda se lo habrá ganado, y el trabajador merece un pago.

Ash hizo un gesto de rechazo y replicó con dureza que no se prestaba al trabajo con la esperanza de obtener una recompensa; y que había pensado que lo más importante era contar con un espía que no recibiera pago. Sus servicios no se contrataban, y lo que hacía podía considerarse como una devolución por los beneficios recibidos, ya que los Guías habían sido muy bondadosos con él, y él no había hecho mucho por retribuirles esa bondad.

–Pronto tendrá oportunidad de hacerlo –observó Cavagnari con un gesto de aprobación antes de pasar a discutir otros asuntos.

Había muchos. Entre ellos, el problema de conseguir fondos, no sólo para Ash en Afganistán, sino para Juli en Attock, además de los diversos detalles que habría que tener en cuenta para que la historia de que el teniente Pelham-Martyn había sido enviado a hacer una excursión por el sur antes de volver a Mardan fuera creíble. La reunión duró bastante tiempo, y sólo al caer la tarde los dos ingleses volvieron a Peshawar mientras el *afridi* partía en dirección este con su poni, hacia Attock.

Ash había cruzado el Rubicón y ahora sólo le quedaba contárselo a Anjuli, cosa que había postergado todo lo posible para el caso de que no fuera necesario, ya que siempre existía la posibilidad de que Cavagnari, o quizás el comandante, cambiaran de idea en el último momento y cancelaran la aventura por considerarla demasiado peligrosa o impracticable. Aunque también había considerado que Koda Dad la desaprobara.

Contárselo fue lo más difícil de todo. Aún más de lo que pensaba Ash, porque Juli le suplicó que la llevara con él, insistiendo en que su lugar estaba a su lado ahora... Sobre todo si él iba a estar en peligro, porque, además de poder guisar para él y cuidarlo, su presencia serviría para eliminar sospechas: ¿quién esperaría que un espía fuera acompañado por su esposa? La idea misma era absurda y, por tanto, serviría para protegerlo.

–Y yo aprendería a tirar –suplicó Anjuli–. Sólo debes enseñarme.

–Pero no sabes hablar bien el *pushtu*, querida mía.

–Aprenderé... ¡Aprenderé! Te prometo que aprenderé.

–No hay tiempo, amor mío, debo partir de inmediato; y, si te llevara conmigo y no pudieras hablar libremente con las mujeres del lugar, comenzarían a hacer preguntas, y eso podría ser muy peligroso, tanto para nuestra seguridad como para el trabajo que debo hacer. Sabes que te llevaría conmigo si pudiera, pero no puedo, Larla; y sólo serán seis meses. Dejaré aquí a Gul Baz y estarás bien protegida al cuidado de la Begum; y... yo estaré mucho más seguro solo.

Este último argumento fue el que la persuadió, porque en el fondo de su corazón sabía que era cierto, y como estaba convencida no volvió a rogar a Ash que la llevara. Sólo añadió:

–Entonces mi corazón irá contigo... Tráelo pronto de vuelta y a salvo.

Ash le aseguró que no debía temer por él. Pero, aunque trataba de no transmitir temor en sus palabras, su cuerpo lo traicionaba. Aquella noche, cuando hicieron el amor, fue diferente de otras noches. Ash transmitía una sensación perturbadora de desesperación, casi como si tratara de aprovechar al máximo cada momento porque quizá no habría un mañana.

La noche siguiente, cuando todos en la casa dormían y aún no había aparecido la luna, Ash salió sigilosamente por la puerta trasera del jardín de Fátima Begum y se dirigió hacia las colinas. Menos de doce horas más tarde, había cruzado la frontera y desaparecido en Afganistán, tan por completo como una piedrecilla que cae en un profundo estanque.

51

En el verano de 1878, el hambre que había asolado el sur se propagó hacia el norte para entrar en el Punjab. Porque una vez más, y era el tercer año consecutivo, había fallado el monzón; y cuando por fin llegaron las lluvias no fueron abundantes como las necesitaba la tierra sedienta, sino ráfagas caprichosas que apenas llegaban a convertir en barro el polvo de la superficie, y dejaban la tierra dura como el hierro.

Hubo otras cosas, aparte de la pérdida de las cosechas y el temor de la guerra, que lo convirtieron en un año terrible, porque se extendían las revueltas y la enfermedad.

En Hardwar, donde el sagrado río Ganges entra en las llanuras y gran número de peregrinos de todas partes de la India se reúnen para bañarse en sus aguas santas, hubo una epidemia de cólera durante el festival anual y murieron millares de personas en cuestión de horas. La noticia de que Rusia había atacado a Turquía, y de sus victorias en el campo de batalla, alentó a un gran número de periodistas indios (siempre impresionados por el éxito del poder militar) a llenar columnas en la prensa vernácula con inflamadas palabras de elogio a los vencedores. Y, como el Gobierno no les prestó atención, cobraron audacia y comenzaron a llamar a la India a unir sus fuerzas con Rusia para derrocar al Raj, y a instar a sus compatriotas a que asesinaran a los oficiales británicos. En este punto, el Gobierno decidió que ese material hacía peligrar «la seguridad del Estado» y dictó la ley de prensa vernácula para silenciar los artículos periodísticos que no estaban publicados en inglés. Pero la ley produjo tanto malestar como los artículos que incitaban a las multitudes al asesinato; y los rumores ocuparon el lugar de la palabra impresa.

Circularon muchos aquel año, y muy poco alentadores, excepto tal vez los que apoyaban una guerra con Afganistán. Algunos decían que los ejércitos rusos avanzaban por el río Oxus en número creciente a medida que la historia pasaba de boca en boca. Un ejército de cincuenta mil... sesenta mil... No, ochenta mil...

–Tengo informaciones fidedignas –escribió el mayor Cavagnari en una carta a Simla– de que las fuerzas rusas que avanzan en estos momentos por el Oxus consisten en total en mil seiscientos hombres, divididos en tres columnas: dos de setecientos hombres y una de doscientos. También sabemos que una misión rusa, formada por el general Stolietoff y otros seis oficiales con una escolta de veintidós cosacos, salió de Tashkent a fines de mayo antes que las tropas. Se cree que la familia del emir y sus amigos, que temen que el conflicto ruso-turco pueda conducir a hostilidades entre Rusia y Gran Bretaña, han presionado al emir para que elija entre estos dos poderes rivales, pero que su alteza no puede decidirse y aún no lo ha hecho. Debo agregar que, en opinión de mi informante (opinión que es estrictamente personal), el emir preferiría no tener que elegir en un sentido u otro, ya que está convencido de que su país debe tratar de mantenerse independiente de ambos bandos. He entregado al representante del Gobierno en Peshawar una carta confidencial que le será enviada. La recibí de la misma persona, quien dice que se trata de una copia exacta de los términos expuestos por un enviado nativo ruso que visitó Kabul a fines del año pasado. Por supuesto, no puedo garantizar su exactitud, ni sería aconsejable que yo revelara la fuente de mi información. Pero puedo asegurarles que tengo todas las razones para creer que es de fiar.

El documento fue debidamente enviado a Simla y resultó tener gran interés. Las cláusulas establecían, entre otras cosas, que el emir debía permitir que se situaran agentes rusos en Kabul y en otros lugares dentro de su territorio; que las tropas rusas debían ser acuarteladas en «cuatro lugares adecuados» en las fronteras de Afganistán, y que debía permitirse al Gobierno ruso construir caminos e instalar líneas telegráficas que unieran Samarkanda con Kabul, y ésta con Herat y Kandahar. También que el Gobierno afgano debía situar agentes en las capitales de Rusia y Tashkent, y permitir el paso de tropas rusas a través de sus territorios, «si llegara a ser necesario que el Gobierno ruso envíe una expedición para hacer la guerra en la India».

Como contrapartida, se prometía al emir que Rusia consideraría a sus enemigos como enemigos propios, no interferiría en modo alguno en la administración y en los asuntos internos de su país, y «Afganistán seguiría dirigido por los representantes, sucesores y herederos del emir a perpetuidad».

El mayor Cavagnari admitía, aunque no de muy buena gana, que la persona anónima que había obtenido esa copia y la había sacado subrepticiamente de Afganistán, destacaba que, según creía, el documento original era auténtico y realmente se habían acordado esas condiciones, pero que no había evidencia que sugiriera que el emir las había visto o había pensado en aceptarlas; mientras que, por otra parte, existía la certeza de que su alteza estaba muy alarmado por el avance de las tropas rusas hacia sus fronteras, y furioso ante la noticia de que una misión rusa se dirigía a Kabul sin ser invitada.

–Hay momentos –observó el mayor Cavagnari al capitán Battye, quien estaba en Peshawar y había pedido noticias de Ash– en que comienzo a preguntarme de qué lado está su amigo. ¿Del nuestro o del lado del emir?

–Yo no diría que sea ésa la cuestión, señor. Más bien creo que no puede evitar ver ambos lados del asunto, mientras que la mayoría de nosotros sólo ve uno..., el propio. Además, siempre ha tenido la obsesión de ser justo. Si piensa que puede decirse algo a favor del emir, simplemente no se le ocurrirá ocultarlo.

–Lo sé, lo sé. Pero desearía que no lo dijera tan a menudo –replicó el comisario delegado–. Está muy bien lo de la justicia, pero no hay que olvidar que lo que dice en defensa del emir sólo puede basarse en habladurías, y lo que yo exijo es información y no teorías personales. En todo caso, sus opiniones no coinciden con los hechos, ya que sabemos que la misión del general Stolietoff está camino de Kabul, y no creo, ni por un momento, que vaya allí sin invitación. El Gobierno ruso jamás le habría permitido partir a menos que tuviera buenas razones para creer que será bien recibido en Kabul, porque no se arriesgarían a un rechazo; y, en mi opinión, es evidente que Shere Ali está aliado con ellos.

–Entonces usted no cree que Ashton... –aventuró Wigram.

–Akbar –corrigió rápidamente el mayor Cavagnari–. Considero esencial que no se le mencione con ningún otro nombre, incluso en el curso de una conversación privada. Es más seguro.

–Por supuesto, señor, que Akbar tiene razón en pensar que el emir no está contento con la noticia de que la misión está en camino...

–Eso es algo que Akbar no puede saber con seguridad. Y, francamente, algunos de sus informes están comenzando a resultarme perturbadores. Muestran una tendencia cada vez mayor a apoyar el punto de vista del emir más que el nuestro, y hay momentos en que no estoy totalmente seguro de que su posición sea la correcta.

Wigram replicó poniéndose rígido:

–Le aseguro que no hay el menor peligro de que se convierta en un traidor, si es eso lo que usted quiere decir, señor.

–¡No, no! –exclamó el mayor Cavagnari–. No quise decir semejante cosa. No se apresure. Pero debo confesar que, a pesar de su advertencia, suponía que, como inglés, podría reconocer el doble juego del emir en lugar de disculpar al hombre, que es lo que está haciendo. Me envía información, alguna de considerable interés, y luego lo confunde todo con su defensa del emir, cuyos problemas parecen inspirarle mucha simpatía. Pero hay una solución sencilla para esos problemas: que Shere Ali se alíe con Gran Bretaña y deje de coquetear con Rusia. Es su resistencia a lo primero y su insistencia en lo segundo lo que provoca la tensión actual, y no puedo estar de acuerdo con la opinión expuesta por... Akbar de que perdería el apoyo de sus súbditos si cediera a nuestras demandas, y que incluso podría ser depuesto. Una vez que se haya declarado abiertamente en favor de una alianza con nosotros, ya no habría peligro de una agresión rusa, como debe saber, ya que cualquier movimiento contra Afganistán significaría la guerra con Gran Bretaña. Y, eliminado ese peligro, sus tropas volverían a su lugar de origen y la situación se normalizaría.

–Excepto –comentó reflexivamente Wigram– que habría una misión británica y oficiales británicos en Kabul, en lugar de oficiales rusos.

El comisario delegado frunció el ceño, contempló largamente al capitán Battye con una mirada suspicaz y luego preguntó bruscamente si había recibido noticias directas de su amigo.

–¿De Ash... Akbar? No –respondió Wigram–. No son palabras de él. Hasta ahora no he tenido noticias suyas, y no sabía si usted las había tenido. En realidad, ni siquiera estaba seguro de que estuviese vivo. Por eso vine a preguntarle si sabía de él, y me alivia saber que es así. Pero lamento que no resulte tan útil como usted había esperado.

–Es útil. En cierto sentido, muy útil. Pero lo sería más si se ajustara a lo que realmente está sucediendo en Kabul, en lugar de hacer sus propias interpretaciones. Lo más importante es dónde se encuentra esa misión rusa. ¿Ha llegado a las fronteras de Afganistán ya, y se le negará la entrada en el país? ¿O el emir dejará de fingir, y se mostrará con su verdadera cara recibiéndola en Kabul y declarándose así nuestro enemigo? El tiempo lo dirá. Pero sabemos por varias fuentes que Stolietoff y su misión deben de estar acercándose al final de su viaje, y, si su amigo nos comunica que han sido bien recibidos, sabremos en qué terreno nos movemos. Y él también, espero. Al menos, le abrirá los ojos y le mostrará que es una tontería tratar de encontrar excusas para la conducta de Shere Ali.

El tiempo lo demostró aún más rápidamente de lo que esperaba el mayor Cavagnari, porque aquella misma noche recibió un breve mensaje que decía que la misión rusa había entrado en Afganistán y que se había acordado tributarle una recepción pública en Kabul.

Eso era todo. Pero la suerte estaba echada. Y, a partir de ese momento, la segunda guerra afgana fue inevitable.

Luego se recibieron más detalles. Aparentemente, la misión había sido recibida con todos los honores por el emir. Pero la confiada afirmación de Louis Cavagnari de que su espía ya no podría encontrar más excusas para Shere Ali resultó incorrecta.

Akbar encontró varias. Incluso sugirió que en tales circunstancias era elogiable que Shere Ali hubiera resistido durante tanto tiempo la presión rusa; y, en cuanto al desfile militar con que fuera recibida la misión, en su opinión se había hecho para ofrecer una demostración visual de la fuerza militar que Afganistán podía oponer a cualquier posible agresor...

«En Kabul se cree –escribía Akbar– que el emir no sólo no ha llegado a ningún arreglo con el enviado ruso, sino que, por el momento, únicamente trata de ganar tiempo para ver qué acción adoptará el Gobierno británico para contrarrestar este movimiento. Seguramente sabrán que ha hablado con gran amargura de la forma en que fue tratado por el Gobierno de su majestad, pero no he sabido que tenga ninguna intención de brindar a un nuevo amigo lo que ha negado a un viejo aliado, y debo insistir nuevamente en que todo lo que he visto y oído, tanto en Kabul como en otros lugares de Afganistán, confirma mi creencia de que Shere Ali no es prorruso ni probritánico, sino sólo un afgano que lucha por conservar la independencia de su país ante serios peligros... Por mencionar sólo dos, una revuelta de los *herati-ghilzais* y el hecho de que se cree que su sobrino Abdul Rahman, que ahora vive exiliado bajo protección rusa, está dispuesto a ceder a las condiciones que impongan los rusos a cambio del trono de su tío».

Pero nada podía calmar la conmoción y la cólera del virrey y sus consejeros al enterarse de que un enviado ruso había sido recibido por el emir, y con todos los honores, después de haber negado a Gran Bretaña el permiso para enviar una misión similar a Kabul. Era una afrenta que ningún inglés patriota podía tolerar, y se despacharon cartas urgentes a Londres pidiendo permiso para exigir que el pérfido Shere Ali accediera a recibir una misión británica en Kabul sin demora.

Ante el hecho irrefutable de que un enviado ruso había sido recibido por el emir, el secretario del Foreign Office dio su consentimiento, y el virrey se puso inmediatamente a la tarea de elegir miembros para la misión. El comandante en jefe del Ejército de Madrás, general sir Neville Chamberlain, fue designado para ponerse al frente de la misma, junto con dos oficiales: uno de ellos el mayor Louis Cavagnari, nombrado para acompañarlo en sus «tareas políticas». El grupo incluiría un secretario militar y dos ayudantes, además del teniente coronel Jenkins, que iría al mando de la escolta proveniente de su propio regimiento y formada por el mayor Stewart, el capitán Battye, cien soldados de caballería y cincuenta de infantería del Cuerpo de Guías de la Reina.

La misión debía partir hacia Kabul en septiembre, pero, entretanto, un emisario nativo saldría inmediatamente con una carta del virrey al emir en la que se le anunciaba la llegada del emisario británico y se pedía que se hiciera lo necesario para que la misión entrara sin problemas en el territorio de su alteza.

Para expresar el disgusto del Gobierno, el emisario elegido para esta delicada tarea fue un caballero que hacía unos catorce años, antes de la época de los virreyes, había sido designado por el entonces gobernador general, lord Lawrence, como comisionado nativo a Kabul, y luego sumariamente apartado de su cargo por abusar de éste intrigando contra el propio Shere Ali.

Como era de esperar, la elección del mensajero no ayudó a mejorar la disposición del emir hacia los británicos, y, para empeorar las cosas, Shere Ali estaba mal de salud y postrado por el dolor de la súbita muerte de su hijo favorito, el amado Mir Jan, a quien había elegido para que lo sucediera en el trono. El emisario no consiguió nada, y a mediados de septiembre escribió para comunicar al Gobierno que el emir estaba de muy mal talante, pero que sus ministros aún tenían la esperanza de llegar a una solución satisfactoria, y que él estaba convencido de que sería posible seguir discutiendo el asunto, siempre que la misión británica retrasara su partida.

No parecía necesario que destacara ese aspecto, porque el viaje era lento y sir Neville Chamberlain, el jefe de la misión, aún no había llegado a Peshawar. Cuando por fin lo hizo, se enteró de que, aunque el emir no había tomado ninguna decisión, el mayor Cavagnari, anticipando una posible negativa, ya comenzara a negociar con los *maliks*, jefes de las tribus del Khyber, para conseguir la entrada de la misión en los diversos territorios. Sus conversaciones, a diferencia de las de Kabul, marchaban bien, y casi se había llegado a un acuerdo cuando en la fortaleza de Ali Masjid, el gobernador del Khyber, un tal Faiz Mohammed, se enteró de ellas y envió órdenes perentorias a los *maliks* de que regresaran de inmediato a sus pueblos.

Como las tribus del Khyber eran súbditos nominales del emir y sus territorios (las tierras entre Peshawar y Ali Masjid) formaban parte de Afganistán, sólo había una forma de evitar que obedecieran esta orden: pagarles el subsidio anual que hasta ese momento recibían del emir y que sería suspendido si desafiaban la orden de Faiz Mohammed.

Pero nadie sabía mejor que Cavagnari que cualquier acción por parte del Gobierno sería considerada un intento indefendible de separar a las tribus de su alianza con el emir; y que semejante conducta hostil sólo serviría para convencer a Shere Ali de que la misión británica, lejos de ser «amistosa y pacífica», era en realidad la punta de lanza de un ejército invasor. Por tanto, abandonó sus conversaciones y transfirió el asunto al virrey, quien estuvo de acuerdo en que, hasta que el emir se decidiera en favor o en contra de la misión, cualquier negociación privada con las tribus le proporcionaría argumentos legítimos para quejarse; pero sugirió llevar las cosas a una crisis enviando una carta al gobernador Faiz Mohammed, informándolo de que la misión pensaba salir de inmediato hacia Kabul, y preguntándole si estaba dispuesto a garantizar que atravesaría sin riesgos el paso del Khyber. Si la respuesta no era favorable, sir Neville Chamberlain debía llegar a un acuerdo con las tribus del Khyber y avanzar sobre Ali Masjid...

Se remitió la carta, y Faiz Mohammed envió una respuesta cortés. Si su alteza no daba su aprobación y avanzaban sin ella, la guarnición de Ali Masjid se vería obligada a oponerse; por tanto, sugería que la misión retrasara su partida y permaneciera en Peshawar hasta que se conociera la decisión del emir.

Pero el enviado, como el virrey, se impacientó por las continuas dilaciones y llegó a creer que los británicos tenían motivos para enviar una misión a Afganistán y que el emir no podía negárselo. Mandó un telegrama a Simla anunciando que la misión partía de Peshawar hacia Jamrud, en los límites del territorio dominado por los británicos, y que desde allí el mayor Cavagnari, con el coronel Jenkins, los Guías y uno o dos hombres más, seguirían adelante hacia Ali Masjid para tantear la reacción afgana. Si Faiz Mohammed se negaba a permitirles el paso, se consideraría como un acto hostil equivalente a que se disparara sobre ellos, y entonces la misión podría retornar a Peshawar sin la humillación de verse expulsada.

Cavagnari y su grupo, que además del coronel Jenkins incluía a Wigram Battye, media docena de hombres de los Guías y algunos de los *maliks* del Khyber, salió hacia Ali Masjid. Una vez allí, el gobernador, cumpliendo con su promesa, los obligó a regresar, tras informar al mayor Cavagnari de que, considerando que había llegado sin permiso y tratado de que ciertos súbditos del emir los dejaran pasar por los territorios de su alteza (creando de esta manera una disensión entre los propios *afridis*), podía considerar una cortesía en recuerdo de la vieja amistad que él, Faiz Mohammed, no hubiera abierto fuego contra él por lo que había hecho su Gobierno.

–Después de lo cual –dijo Wigram, describiendo el incidente a Wally– nos estrechó la mano y volvimos a montar nuestros caballos, regresando a Jamrud con el rabo entre las piernas.

Wally lanzó un expresivo silbido. Wigram asintió y dijo:

–No, no es una experiencia que me gustaría repetir. Porque admitamos que el tipo tenía razón. Eso era lo más desagradable. Nuestro Gobierno no ha salido muy bien de este asunto, y no puedo evitar pensar que si yo hubiera sido un *afridi* habría sentido exactamente lo mismo que Faiz Mohammed..., y no sé si me habría comportado tan bien... Sin embargo, a pesar de que cumplió con su palabra y se negó a permitir el paso de la misión sin la autorización del emir, ahora dirán que Afganistán ha causado una afrenta intolerable al Gobierno de su majestad y que ha insultado a la Corona británica, de manera que no tenemos otro recurso que declarar la guerra.

–¿Realmente piensas eso? –preguntó Wally algo agitado. Se puso de pie como si le hubieran soltado un resorte y comenzó a pasear por la habitación–. En cierto modo, no me parece posible. Bien, uno se ha acostumbrado a los disturbios menores, pero la guerra... una verdadera guerra... y una guerra injusta... es inconcebible; no podemos permitir que suceda. Sin duda, Ash... ¿Has tenido noticias de él?

–Sólo que sigue en contacto con Cavagnari, lo cual significa que hasta el momento está bien.

Wally suspiró y dijo con tono inquieto:

–Me advirtió de que no podría comunicarnos cómo estaba porque sería demasiado arriesgado, y su esposa y Zarin estaban de acuerdo en esto. Dijo que nosotros tres seríamos los únicos que sabríamos..., aparte de ti, de Cavagnari y del comandante, por supuesto..., y que incluso un tipo que actúa como enlace entre él y Cavagnari, que es uno de los propios hombres de éste, no debía conocer su identidad... Es decir, que no es un afgano. Pero que Cavagnari probablemente te comunicaría que está en contacto con él, porque todo esto fue idea tuya.

–Bien, me lo ha comunicado, y está en contacto. De manera que no te preocupes más por Ashton.

–¿Puedo decírselo a su esposa?

–¿La verás? –Wigram parecía sorprendido y no muy complacido.

–No. Prometí a Ash que me ocuparía de ella, pero decidimos que sería mejor que no fuera a la casa. La vieja Begum no lo aprueba; piensa que puede dar mucho que hablar, y probablemente tiene razón. Pero puedo enviarle un mensaje a través de Zarin, ya que nadie se extrañará de que visite a su tía cuando hace años que lo hace. Querría que ella supiera que Ash está bien. Debe de ser muy duro para ella... no saber.

–Muy duro –asintió Wigram–. Sí, por supuesto que puedes decírselo. No sabía que ella aún estaba en Attock.

–Ash no pudo llevarla con él, de manera que la dejó con la Begum. Ella conocía a Zarin Khan y a su padre desde que era niña, así que supongo que se siente segura con la tía de Zarin. Sé que está aprendiendo a manejar armas de fuego y a hablar *pushtu* para el caso de que Ash pudiera llamarla. Desearía...

Se interrumpió bruscamente, dejando la frase sin terminar. Wigram preguntó con curiosidad:

–¿Qué es lo que desearías, Walter?

Los ojos de Wally volvieron a ponerse alerta, sacudió rápidamente la cabeza como con un estremecimiento y respondió en tono ligero:

–Que dejaras de moverte entre los grandes y volvieras al seno de tu regimiento. Mardan no parece el mismo ahora que tú, Stewart y el comandante estáis en Khyber ocupándoos de esa misión de la que tanto se habla. Sin embargo, después del fracaso en Ali Masjid, supongo que todos abandonaréis el asunto.

Wally suponía bien. Se envió un informe de lo sucedido en Ali Masjid al virrey, quien replicó anulando la misión.

Lord Lytton había obtenido lo que deseaba: una prueba. Una prueba de que «la amenaza rusa» no era cuento, sino una dura realidad con un enviado ya establecido en Kabul y un ejército que avanzaba hacia el Hindu Kush. Una prueba de que Shere Ali era un intrigante traidor, que había rechazado la amistad que le ofrecía Gran Bretaña y aceptaba la de Moscú, y que en esos mismos momentos tal vez estuviera firmando un tratado que permitiría el establecimiento de guarniciones militares rusas en las fronteras mismas de la India, y que las tropas rusas avanzaran por los pasos. Con el general Stolietoff y su séquito instalados en el palacio Bala Hissar, era posible cualquier cosa. Y, si se necesitaba más para confirmar la necesidad de una acción inmediata, estaba el insulto público al enviado de su majestad, sir Neville Chamberlain, y a una misión británica pacífica: no sólo se les había negado permiso para entrar en el territorio del emir, sino que se les había amenazado con la fuerza si intentaban hacerlo. No podía tolerarse semejante tratamiento, y lord Lytton no pensaba consentirlo.

Como respuesta inmediata al rechazo en Ali Masjid, el Cuerpo de Guías de Mardan fue enviado a Jamrud, una antigua fortaleza *sikh* que marcaba los límites del territorio dominado por los británicos; dos días después de ser disuelta la misión, se enviaron órdenes de que se reuniera una gran fuerza en Multan con el propósito de cruzar la frontera afgana y amenazar a Kandahar, y de que otros regimientos se concentraran en Thal, donde el río Kurran separaba el distrito de Kohat del territorio afgano. Un regimiento de *sikhs* y una batería de montaña fueron traídos de Kohat para reforzar la guarnición de Peshawar, y el mayor Cavagnari (que no veía grandes perspectivas en un intento de reanudar las negociaciones con los *maliks* de las tribus del Khyber) propuso un plan nuevo y revolucionario para atraerlos al lado de los británicos sin perder tiempo en conversaciones laboriosas e interminables negociaciones...

Se sabía que a los asiáticos los impresionaba profundamente el éxito, y que despreciaban a los perdedores; y, como no podía negarse que el poder británico no se había mostrado muy brillante en el reciente enfrentamiento en Ali Masjid, era necesario hacer algo para borrar esa impresión y conquistar la admiración de los jefes de las tribus. ¿Y qué mejor, sugería Louis Cavagnari, que asaltar y capturar, en un ataque sorpresa, la misma fortaleza cuyo gobernador y cuya guarnición se habían atrevido a negar el paso por el Khyber a una misión británica? No sólo serviría para dar una lección a los afganos, sino para mostrarles lo que podía hacer el Raj si se decidía.

Al virrey le encantó el plan, e ignorando las advertencias de su comandante en jefe y de sir Neville Chamberlain, quienes dijeron que había muchos más riesgos que ventajas en semejante acción, aprobó el proyecto. Al general Ross, al mando de Peshawar, que también protestó, se le informó brevemente de que Ali Masjid debía ser tomado y lo sería. El plan de acción significaba una marcha rápida por la noche, similar a la que había efectuado Cavagnari con tanto éxito contra los miembros de las tribus del *utman khel*, seguida de un ataque por sorpresa al amanecer realizado por una fuerza con los Guías y el 1.er Regimiento de Sikhs, al mando del coronel Jenkins y apoyada por mil soldados nativos y británicos de la guarnición de Peshawar, que llevaban tres cañones.

Como el éxito de la operación dependía de la celeridad y el secreto, había que tener gran cuidado de que no se supiera nada del inminente ataque; y, una vez tomada la fortaleza, las tropas debían retirarse, porque el Gobierno de la India no tenía intención de retener Ali Masjid y dejar allí una guarnición. Su objetivo no era la conquista, solamente demostrar con un hecho de armas rápido y brillante que no se podía insultar impunemente al Raj, y de qué eran capaces sus tropas.

–¡No lo creo! –exclamó el comandante del 1.er Regimiento de Sikhs cuando el coronel Jenkins lo informó sobre ello en el bungaló del coronel–. ¿Quieres decirme que debemos llevar a nuestros hombres a Afganistán para atacar y capturar un fuerte como Ali Masjid, y si lo conseguimos, que no estoy seguro de ello, regresaremos tranquilamente a Peshawar, dejando que los afganos despedacen a nuestros muertos y vuelvan a ocupar el fuerte en cuanto les demos la espalda? ¡Pero están locos! No es posible que todos se hayan vuelto chiflados en Simla.

–Lo sé, lo sé –suspiró el coronel Jenkins–. Pero, locos o no, tendremos que hacer lo que nos ordenan. «No nos corresponde razonar, sino hacerlo y morir».

–Pero... pero mi asistente siempre sabe dónde irá destacado el regimiento mucho antes que yo, y en un lugar como Peshawar, con la ciudad llena de *pathanes*, no me sorprendería que ya estén enterados de esto y envíen un mensaje a Faiz Mohammed y sus secuaces para que nos preparen una cálida bienvenida. ¿De qué «sorpresa» me hablas? Estarán preparados y esperándolo, y sólo por un milagro saldremos de eso sin pérdidas graves. ¿El general se habrá vuelto loco?

–No es idea suya –respondió el coronel Jenkins–. Ésta es una de las brillantes ideas de Cavagnari. Piensa que es un método más rápido y mejor de influir sobre las tribus del Khyber en favor nuestro que tratar de comprarlas una por una... Llenarlas de admiración por nuestra bravura, y encandilarlas con una victoria aplastante. Ha convencido al virrey, de manera que quizás el plan impresiona más por escrito.

–¡Entonces sólo puedo decir que es una lástima que la batalla no pueda librarse por escrito! –observó airadamente el comandante de los *sikhs.*

El coronel Jenkins no respondió. Estaba demasiado aterrado por el plan y sólo podía esperar que alguien, cualquiera, lograra devolver el sentido común al virrey y al comisario delegado de Peshawar antes de que fuese demasiado tarde.

Afortunadamente, su esperanza estaba justificada. El miembro militar del consejo del virrey, al enterarse de todo después de haber sido dada la orden, declaró abiertamente que, en su opinión, la decisión absurda de abandonar Ali Masjid después de capturarlo sólo era igualada por la locura de conquistarlo. Una protesta que podría haber sido ignorada de no ser por la oportuna llegada a Simla de un telegrama que informaba de que Ali Masjid había sido reforzada con tropas y artillería afganas.

Ante esta información, el virrey no tenía otra alternativa que cancelar el proyecto, y Louis Cavagnari, que ya no podía llevar a cabo su ansiado plan de asombrar a las tribus del Khyber con un golpe de mano que los hiciera decidirse por los británicos, recurrió una vez más, con enorme paciencia, a la tarea lenta y a menudo exasperante de intentar lograr el mismo fin con palabras en lugar de hechos: negociando con sus *maliks* uno por uno.

Pocos hombres podrían hacerlo mejor, pero la seducción, la discusión y el soborno llevaban tiempo. Demasiado tiempo. Y Cavagnari tenía clara conciencia de que tal vez quedara muy poco.

52

Aquel otoño, muchos hombres compartían la convicción de que se agotaba el tiempo. En especial el que en otra época fuera comandante del Cuerpo de Guías, Sam Browne; el mismo que había hablado del futuro del niño Ashton con el hermano mayor de Zarin, Awal-Shah, muchos años antes, y había decidido enviar al sobrino de William Ashton a Inglaterra al cuidado del coronel Anderson.

Sam Browne, ahora teniente general «Sam», y recientemente designado para mandar la Primera División de las Fuerzas de Campaña del valle de Peshawar, no estaba entre los que aprobaron el proyecto sensacional de Cavagnari para la captura de Ali Masjid. Pero se daba cuenta de que si se declaraba la guerra habría que tomar la fortaleza: no como un gesto destinado a impresionar a las tribus, sino por pura y simple necesidad militar. Además, habría que atacarlo en cuestión de horas, y no días después de la declaración, porque Ali Masjid era la clave para el paso del Khyber, y hasta que fuera conquistado el camino a Kabul permanecería inaccesible a los británicos.

En esas circunstancias, el general se asustó al descubrir qué poco se sabía del país por el que tal vez tendrían que avanzar sus tropas, y eso a pesar de que un ejército británico ya había pasado por allí antes y, al retirarse, había sufrido uno de los más terribles desastres que podían sucederle a un ejército invasor desde que la Grande Armée de Napoleón se disolviera en la agónica retirada desde Moscú.

–Esto es ridículo. Necesito un mapa –dijo el general Sam–. No podemos entrar en esas montañas sin saber nada sobre ellas. ¿De manera que no hay mapas? ¿Ningún mapa?

–Al parecer, no, señor; sólo algunos croquis, y creo que ninguno es muy exacto –respondió su ayudante, y agregó–: Las tribus no son muy amables con los extranjeros que vagan por sus territorios con brújulas y teodolitos, de manera que ya ve usted...

–No veo nada –saltó el general manco–. Pero el mayor Cavagnari me dice que ya ha llegado a un acuerdo con dos de las tribus para que nos permitan pasar por su territorio. Si es así, debe de ser posible enviar a algunos hombres a examinar el terreno. Por favor, ocúpese de eso.

El ayudante del general se encargó del asunto. Aquella misma noche, dos hombres, el capitán Stewart de los Guías y un tal señor Scott, del Departamento de Cartografía, salieron de Peshawar para reconocer la zona de la frontera y recoger toda la información que pudieran sobre el volumen y la disposición de las fuerzas de Faiz Mohammed Khan. Estuvieron ausentes durante casi dos semanas, y, pocos días después de su regreso, Louis Cavagnari sugirió que sería buena idea que los acompañara en un segundo reconocimiento para confirmar sus resultados:

–Y creo, señor, que sería conveniente que nos acompañaran uno o dos de los oficiales que estuvieron conmigo durante mi entrevista con el gobernador de Ali Masjid. Ya conocen algo de la zona, y una segunda visita los ayudaría a fijar muchos detalles importantes en la mente; creo que un buen conocimiento del terreno pronto será de incalculable valor para todos nosotros.

–En eso tiene razón –asintió con sequedad el general–. Cuanto más sepamos sobre el lugar, mejor. Llévese a quien quiera.

Pocos días más tarde, de madrugada, el coronel Jenkins y Wigram Battye se encontraban trepando por un sendero de cabras empinado y casi invisible del otro lado de la frontera, siguiendo al capitán Stewart, al señor Scott y al comisario delegado de Peshawar...

Los cinco hombres habían salido de Jamrud en la oscuridad helada que precede al amanecer y en el mayor secreto posible. Sus caballos y dos *sowares* de los Guías los esperaban frente a la entrada principal del fuerte, y el pequeño grupo montó y cabalgó en silencio. Una vez que llegaron a campo abierto, se apearon, dejaron sus caballos a cargo de los *sowares* y siguieron a pie.

Fue difícil ascender por el sendero, y la oscuridad no los ayudaba. Pero, cuando el cielo comenzó a clarear, llegaron a la cumbre de una colina de ciento cincuenta metros, donde Scott, que iba delante, se detuvo por fin, sin aliento. Cuando pudo hablar lo hizo en susurros, como si tuviera miedo de que aun en aquella cumbre remota y silenciosa hubiera alguien que escuchara:

–Creo, señor –dijo, dirigiéndose al mayor Cavagnari–, que éste es el lugar al que usted se refería.

Cavagnari asintió y respondió en voz igualmente baja:

–Sí, esperaremos aquí. –Y sus cuatro compañeros, que estaban acalorados, cansados y cubiertos de sudor, se dejaron caer en el suelo agradecidos. Luego miraron a su alrededor.

Estaban en territorio tribal: las tierras secretas y celosamente custodiadas de hombres que no reconocían otra ley que la de sus propios deseos, y cuyos antepasados habían asolado aquellas montañas como manadas de lobos para robar y destruir las aldeas en las llanuras cada vez que les apetecía. Miembros de las tribus que, aunque eran súbditos nominales del emir, siempre exigían un precio por conservar la paz y vigilar los pasos contra los enemigos de Afganistán... o que, alternativamente, recibían sobornos para dejar pasar a esos enemigos.

Aun con ayuda de los prismáticos, la luz todavía no era lo suficientemente intensa como para permitir que los cinco hombres en la cumbre detectaran muchos detalles en el laberinto de elevaciones y hondonadas que tenían a sus pies, o que reconocieran Ali Masjid entre las sierras que los rodeaban. Pero las partes más altas ya comenzaban a iluminarse con la luz del amanecer y se veían claramente contra el cielo pálido.

Las cimas más altas estaban nevadas, y detrás de ellas, muy lejos, Wigram veía el resplandor níveo y el alto pico de Sikaram, rey del Safed Koh. Pronto llegaría el invierno, pensó; las noches serían terriblemente frías, y, una vez que comenzara a caer la nieve, los pasos del norte quedarían bloqueados. Pensó que él no habría dicho que era un buen momento para iniciar una guerra en un país como Afganistán...

Miró a sus compañeros y advirtió por primera vez que, aunque Scott Stewart y el coronel Jenkins estaban tendidos entre las rocas, con los codos apoyados en la tierra para observar el terreno con sus prismáticos, Cavagnari permanecía de pie; y, a diferencia de los otros, no demostraba interés por la escena que tenía ante sus ojos. Su alta figura, recortada contra el cielo, transmitía una curiosa impresión de tensión, y su cabeza aparecía un poco inclinada hacia un lado como si estuviera escuchando algo. Instintivamente, Wigram también comenzó a escuchar, forzando a sus oídos a recoger cualquier cosa inesperada en el silencio del amanecer.

Al principio, no oyó nada, excepto el susurro del viento otoñal entre las rocas y los matorrales amarillentos; pero de pronto escuchó otro ruido: un ligero golpeteo de metal sobre la piedra, seguido por el sonido inconfundible de una piedra que rodaba por la ladera. Aparentemente, Cavagnari también lo había oído, y Wigram se dio cuenta de que eso era lo que esperaba el mayor, porque, aunque no hizo movimiento alguno, su tensión pareció aliviarse.

Alguien se acercaba a ellos desde el lado opuesto de la colina, y ahora los otros lo escucharon también. El coronel Jenkins había dejado sus gemelos y tenía un revólver en la mano, mientras que Scott y Stewart se ponían de rodillas y buscaban sus propias armas, pero

Cavagnari los detuvo con un gesto imperativo. Los cinco esperaron, en silencio y conteniendo el aliento para escuchar, mientras amanecía sobre las llanuras y las nieves lejanas se teñían de rosa con el primer resplandor del día.

El que subía la colina era obviamente un hombre experimentado, porque, considerando las dificultades del terreno, ascendía con rapidez; y, como para probar que la altura y el esfuerzo físico le hacían poco efecto, comenzó a entonar el *Zakmidil*, una vieja canción conocida por todos los *pathanes*. No en voz muy alta, sino chiflándola entre dientes..., porque los asiáticos no silban.

La melodía era apenas un hilo leve, pero en la quietud de la mañana resultaba claramente audible; al percibirla, Cavagnari dejó escapar un suspiro de alivio, y haciendo una señal a sus compañeros para que permanecieran donde estaban, bajó rápidamente la ladera. La melodía se interrumpió y un momento después oyeron el saludo del *pathan*, *Stare-mah-sheh*, y la réplica convencional. Entonces se pusieron de pie, miraron hacia abajo y vieron al mayor conversando con un miembro de la tribu, un hombre armado con un antiguo mosquete.

No era posible escuchar lo que decían, porque después del primer saludo sus voces bajaron hasta convertirse en un murmullo, pero era evidente que Cavagnari hacía preguntas y el *pathan* las contestaba; enseguida, al aumentar la luz, el hombre señaló en dirección a Ali Masjid, acompañando el gesto con un movimiento hacia arriba de la cabeza. Cavagnari asintió, se volvió y regresó a la colina mientras el desconocido lo seguía.

–Uno de mis hombres –explicó brevemente Cavagnari– dice que debemos tratar de que no nos vean, ya que Ali Masjid está vigilado. Además, hay un piquete a no más de tres kilómetros de distancia, y pronto, cuando salga el sol, los podremos ver nosotros.

El *pathan* inclinó la cabeza para saludar a los *sahib-log* y, obedeciendo a una palabra de Cavagnari, se retiró al otro lado de la colina donde se sentó a esperar. Más arriba, los cinco hombres se tendían entre las piedras y volvían a tomar sus prismáticos.

–Sí –dijo el coronel Jenkins–. Sí. Allí está Ali Masjid; como dice su amigo el *pathan*, parece estar muy vigilada.

El fuerte, que de pronto resultó visible, coronaba una colina cónica donde se veían trincheras bien defendidas. Al pie de la colina había un campamento de caballería, y enseguida surgió un pequeño grupo de jinetes de entre las tiendas que se encaminó por la meseta de Shagai hacia una pequeña torre cerca del camino de Matheson: probablemente, el piquete del que había hablado el *pathan*.

–Creo que es hora de que nos vayamos –decidió el mayor Cavagnari, dejando sus gemelos–. Esos tipos tienen ojos de halcón y es preferible que no nos vean. Vamos.

Encontraron al *pathan* todavía sentado con las piernas cruzadas, a la manera de la frontera, entre las rocas, con el *jezail* sobre las rodillas. Cavagnari hizo una seña a los demás de que siguieran adelante y fue a cambiar unas últimas palabras con él. Pocos minutos después se reunió con ellos, que bajaban por la ladera hacia la seguridad de las llanuras y su propio lado de la frontera. De pronto se detuvo y llamó a Wigram, quien a su vez dejó de andar y se volvió:

–¿Sí, señor?

–Lo siento, pero me olvidaba de algo... –Cavagnari sacó de su bolsillo un puñado de monedas y un paquete de cigarrillos del país, y se los arrojó a Wigram–. Hágame el favor, lléveselos a ese hombre. Suelo darle unas rupias y unos cigarrillos, y no me gustaría que fuera a Jamrud a pedirlos y lo reconocieran. No lo esperaremos... –Dio media vuelta y siguió bajando mientras Wigram comenzaba a ascender la empinada ladera.

Había pasado el fresco de la mañana y ahora el sol quemaba en los hombros de Wigram y había mariposas en la pendiente: mariposas comunes, de aspecto inglés. También pájaros que aleteaban entre los matorrales.

Ahora que el sol había ascendido, volver a subir la cuesta era más difícil que a la luz de las estrellas, y, mientras avanzaba, Wigram volvió a oír la melodía... *Zakmidil*, esa canción de amor tradicional de una tierra donde la homosexualidad siempre ha sido una parte aceptada de la vida: «Hay un muchacho del otro lado del río con un trasero como un melocotón, pero qué pena, no sé nadar...». La melodía era a medias tarareada y a medias cantada, pero a medida que Wigram se acercaba se convirtió en algo más familiar, y en aquellas circunstancias, totalmente inesperado:

–«No se ve a John Peel con su levita tan brillante...».

Wigram se detuvo bruscamente, contemplando la figura barbuda del hombre sentado a la sombra de las rocas.

–¡Pero, caramba...! –Echó a correr y llegó jadeando–. Ashton..., eres un demonio. No te he reconocido... No tenía idea... ¿Por qué diablos no dijiste algo? ¿Por qué...?

Ash se puso de pie para estrecharle la mano.

–Porque tu amigo Cavagnari no quería que los otros se enteraran. Tampoco iba a decírtelo a ti, pero yo insistí. Dije que debía hablar contigo, de manera que aceptó enviarte de vuelta. Siéntate y no hables tan alto. Es asombroso lo lejos que puede llegar un sonido en estas montañas.

Wigram se dejó caer en el suelo, con los pies destrozados, y Ash dijo:

–Ahora cuéntame las noticias. ¿Has sabido algo de mi esposa? ¿Está bien? No me atreví a comunicarme con ella por si... ¿Y cómo están Wally y Zarin? Y el cuerpo, y... bien, todo. ¡Me muero por saber!

Wigran lo tranquilizó con respecto a Anjuli, ya que uno de los sirvientes de la Begum había ido a Jamrud sólo tres días antes, llevando un mensaje a Zarin de su tía Fátima en el que decía que todos los que vivían bajo su techo estaban bien y con buen ánimo, y que esperaba oír lo mismo de él... y también de sus amigos. Como era una pregunta disimulada sobre si había noticias de Ash, Zarin envió una respuesta diciendo que nadie debía sentir preocupación en ese sentido, porque él y sus amigos gozaban de excelente salud.

–Porque yo le dije que enviabas mensajes a Cavagnari, de manera que obviamente estabas vivo y, como era de suponer, seguro y bien –explicó Wigram. Luego pasó a hablar de Wally y de lo que estaban haciendo los Guías, y a describir preparativos bélicos que creaban el caos en todos los territorios del noroeste.

–Parece algo tomado del infierno de Dante –dijo Wigram–, y las únicas personas que realmente disfrutan de esto son los pillos de todos los pueblos en muchos kilómetros a la redonda, que se dedican al saqueo. Y, lo que es peor, la mayoría de los soldados del sur han sido enviados con ropas para clima tropical, así que, a menos que pueda hacerse algo pronto, la mitad morirá de pulmonía.

Wigram contempló a Ash y dijo:

–Supongo que es la barba lo que te cambia tanto. No tenía la menor idea de que eras tú. De todas maneras, pensaba que estabas en Kabul.

–Estaba en Kabul. Pero quería ver a Cavagnari en lugar de escribirle o enviarle un mensaje verbal por los conductos habituales. Pensé que si podía hablar con él quizá lo persuadiera de que viese las cosas de otra forma, pero me equivocaba. En realidad, todo lo que he logrado es hacerle pensar que estoy cada vez más a favor del emir, y en grave peligro de convertirme en alguien «no confiable». Supongo que eso quiere decir traidor.

–¿Otra vez te has enfadado, Ashton? –preguntó Wigram con una débil sonrisa–. Porque estás diciendo tonterías, ¿sabes? Por supuesto que no piensa nada por el estilo. O si lo piensa, significa que tú te has esforzado por darle esa impresión. ¿Qué le has contado para alterarlo?

–La verdad –respondió sombríamente Ash–. Y podría haberme ahorrado el trabajo y haberme quedado en Kabul, porque no quiere creerla. Estoy comenzando a pensar que ninguno de ellos quiere creerla... Me refiero a la gente de Simla.

–¿Qué es lo que no quieren creer?

–Que no hay ningún peligro en que el emir deje a los rusos construir caminos e instalar bases militares en su país, y que, aunque estuviera lo suficientemente loco como para permitirlo, su pueblo no lo consentirá y eso es lo que cuenta. Le he dicho a Cavagnari, una y otra vez, que los afganos no desean apoyar a ninguno de nosotros: ni a Rusia ni al Raj... Sí, sí, sé lo que vas a decirme, él también lo dijo...: «Pero el emir recibió a la misión rusa en Kabul». Bien, ¿y qué? ¿Qué otra cosa podía hacer, considerando que había un ejército ruso al otro lado del Oxus que avanzaba hacia sus fronteras, y que la mitad de sus territorios se habían alzado, y que las noticias de las victorias rusas en Turquía se difundía por Asia como un incendio? Hizo cuanto pudo por librarse de Stolietoff y su gente, y luego trató de retrasar su visita;

pero, cuando resultó evidente que de todas maneras llegarían, hizo lo único que podía hacer, aparte de disparar contra ellos y sufrir las consecuencias: les presentó buena cara y les ofreció una bienvenida pública. Eso fue todo. No deseaba su visita más de lo que desea la nuestra, cosa que el virrey sabe... Y, si no lo sabe, ¡su servicio de información debe de ser el peor del mundo!

–Debes admitir que desde nuestro punto de vista no estaba muy bien lo que hizo –observó Wigram–. Después de todo, el emir se negó a recibir a una misión británica.

–¿Y por qué no? Siempre hablamos de nuestros «derechos» en Afganistán y de nuestros «derechos» a tener una misión en Kabul, pero ¿quién diablos nos da esos «derechos»? No es nuestro país y nunca ha sido una amenaza para nosotros... Excepto como posible aliado de Rusia y como base para un ataque ruso a la India, y todos saben ahora que cualquier peligro en este sentido, si alguna vez existió, terminó con la reciente firma del Tratado de Berlín. De manera que es una completa tontería pretender que tenemos algo que temer de Afganistán. Sin duda todo puede arreglarse en forma pacífica; no es demasiado tarde para ello. Aún hay tiempo. Pero, al parecer, preferimos considerarnos seriamente amenazados y fingir que hemos tratado de negociar pacíficamente con el emir, pero que ahora nuestra paciencia se ha agotado. Dios mío, Wigram, ¿realmente nuestros capitostes quieren una segunda guerra afgana?

Wigram se encogió de hombros y respondió:

–¿Por qué me lo preguntas a mí? No soy más que un pobre oficial de caballería que hace lo que le dicen y va donde lo mandan. Los mandamases no me confían lo que hacen, de manera que mi opinión no vale mucho; por lo que oigo, la respuesta es «sí»... Quieren una guerra.

–Eso pensaba. El imperialismo se les ha subido a la cabeza y ahora quieren ver más y más en el mapa pintado de rosa, y entrar en los libros de historia como grandes hombres; como modernos Alejandros. Me enferma...

–No debes culpar a Cavagnari –replicó Wigram–. Le oí decir a Faiz Mohammed, en Ali Masjid, que él sólo era un servidor del Gobierno, que hacía lo que se le indicaba. Y es la verdad, como lo es con respecto a mí.

–Quizá. Pero los hombres como él, hombres que realmente saben algo sobre las tribus del Khyber y pueden hablar con su gente en sus propios dialectos, deberían aconsejar al virrey y a sus compañeros que detengan sus caballos en lugar de obligarlos a seguir adelante. Que es lo que él parece hacer. Bien, actué lo mejor que pude, pero fue un error pensar que alguien podría hacerle creer algo que no desea creer.

–Valía la pena intentarlo –respondió Wigram a la defensiva.

–Supongo que sí –concedió Ash con un suspiro–. No quería volcarte toda mi amargura, ¿sabes? Sólo quería preguntar por mi esposa, y por Wally y Zarin y los demás, y pedirte que te encargues de que Zarin comunique a mi esposa que me has visto, que has hablado conmigo y que estoy bien..., etcétera. No quería hablar de estas tonterías, pero supongo que me preocupan mucho.

–No me sorprende –respondió Wigram comprensivamente–. A mí también me preocupan. ¡Y, además, me preocupas tú! Me he encontrado despierto por la noche preguntándome si hice bien en entrometerme y en mezclarte en esto, y si no habría sido mucho mejor callarme la boca y no cargar con tu muerte en mi conciencia.

–No sabía que tenías conciencia –se burló Ash, sonriendo–. No debes preocuparte, Wigram: puedo cuidarme solo. Pero admito que estaré muy contento cuando esto termine.

–¡Yo también! –asintió Wigram con fervor–. En realidad, hablaré con el comandante y veré si puedo pedirle que te hagan regresar.

La sonrisa de Ash se desvaneció y dijo con cierto pudor:

–No, Wigram, no me tientes. Yo entré en esto con los ojos abiertos y tú sabes tan bien como yo que debo continuarlo mientras haya la menor posibilidad de que, en el último momento, prevalezca el sentido común; porque Afganistán no es un país para hacerle la guerra... Y es imposible conservarlo, aunque se gane. Y, de todas maneras, me opongo, por principio, a la injusticia.

–No es justo realmente –murmuró Wigram en tono provocativo.

Ash rio, pero no se volvió atrás.

–Tienes razón. No es justo. Y si se declara la guerra, será una guerra injusta e injustificable, y no creo que Dios esté de nuestro lado. Bien, me alegro de haberte visto, Wigram. Trata de que esto llegue a mi esposa... –Le entregó un papel plegado y sellado–. Y saluda a Wally y a Zarin, y diles que el tío Akbar se ocupa seriamente de ellos. Y si tienes alguna influencia con Cavagnari, intenta persuadirlo de que no soy un mentiroso ni un renegado, y que hasta donde sé todo lo que le he dicho es estrictamente cierto.

–Lo intentaré –replicó Wigram–. Adiós... y buena suerte.

Se puso en pie y comenzó a bajar la pendiente. Llegó a la llanura sin problemas, montó en su caballo y regresó rápidamente a Jamrud bajo la luz brillante de la mañana.

Aquel mismo día habló con el mayor Cavagnari sobre Ash. Pero la conversación fue breve y no se llegó a ninguna conclusión. A Wigram le quedó la impresión de que habría sido mejor callarse.

En ese momento, ninguno de los dos hombres sabía que las opiniones de Ash eran compartidas nada menos que por el primer ministro de su majestad, lord Beacolsfield..., el amado Dizzy de Victoria..., quien durante un discurso pronunciado en el banquete del alcalde, en el Ayuntamiento de Londres, las expuso con todo detalle, aunque tuvo el cuidado de no mencionar nombres.

–Por lo que oímos, es de suponer –dijo Dizzy– que nuestro Imperio indio está a punto de ser invadido, y que estamos a punto de entrar en lucha con algún enemigo poderoso y desconocido. En primer lugar, señor alcalde, el Gobierno de su majestad no teme ninguna invasión de la India por nuestra frontera noroeste. La base de operaciones militares de cualquier posible enemigo es tan remota, las comunicaciones son tan difíciles y el terreno es tan escabroso que no creemos que en estas circunstancias sea factible una invasión.

Pero, aunque la invención del telégrafo permitía transmitir noticias de uno a otro extremo de la India a velocidad milagrosa, la comunicación con Inglaterra seguía siendo penosamente lenta, de manera que en la India nadie tenía conocimiento de esa manera de pensar. De todas maneras, los que planeaban la acción en Simla o los atareados generales de Peshawar, Quetta y Kohat no les habrían prestado demasiada atención de haber tenido conocimiento de ellas, porque, aunque el plan de Cavagnari de capturar a Ali Masjid había sido abandonado, sus efectos ulteriores resultaron catastróficos. El formidable número de refuerzos que Faiz Mohammed reunió rápidamente para su defensa alarmó seriamente a los consejeros militares del virrey, quienes decidieron que una fuerza tan grande visible desde la frontera representaba un peligro para la India y debía ser contrarrestada por una movilización similar de tropas del lado británico de la frontera.

Una vez más, los mensajeros de la India llevaron cartas a Kabul. Cartas que acusaban al emir de estar «impelido por motivos hostiles al Gobierno británico» al recibir a la misión rusa, y exigían una «disculpa completa y adecuada» por la acción del gobernador de Ali Masjid al negar el paso a una misión. Y, una vez más, se insistía en que las relaciones amistosas entre los dos países dependían de que el emir aceptara una misión británica permanente en su capital:

«A menos que ustedes acepten estas condiciones en forma completa y clara –escribió lord Lytton–, y yo reciba esa aceptación no más tarde del 20 de noviembre, me veré obligado a considerar que sus intenciones son hostiles, y a tratarlos como a un enemigo declarado del Gobierno británico».

Pero el infortunado Shere Ali, que una vez se reconociera a sí mismo como «una ollita de barro entre dos recipientes de hierro», y que en esos momentos había llegado a detestar a los británicos y desconfiar de sus motivos, no podía decidir cómo resolver el asunto. Lo único que hacía era vacilar, desconcertado, retorciéndose las manos y quejándose del destino, y pensando que si no adoptaba alguna decisión la crisis se disolvería de alguna manera, como había sucedido en casos anteriores. Porque, al fin y al cabo, los rusos se habían marchado de Kabul y ahora Stolietoff le escribía para recomendarle que hiciera las paces con los británicos... Stoliettoff, cuya insistencia por entrar en Afganistán sin invitación había causado todos esos problemas. ¡Era demasiado!

En Simla, el secretario privado del virrey, coronel Colley, que estaba tan deseoso de ir a la guerra como su amo y señor, escribía:

«Ahora, nuestra principal preocupación no es sino que el emir envíe una disculpa o que el Gobierno inglés interfiera».

El coronel Colley no tenía por qué sentirse inquieto. El 20 de noviembre llegó y pasó, y no se recibió ningún mensaje del emir. Y el día 21, declarando que no tenía nada contra el pueblo afgano, sino sólo contra su gobernante, lord Lytton ordenó a sus generales que avanzaran. Un ejército británico entró en Afganistán y comenzó la segunda guerra afgana.

53

En diciembre, la temperatura fue bastante moderada, pero con la llegada del año nuevo comenzó a descender. Un día, Ash se despertó de madrugada sintiendo el toque furtivo de unos dedos fríos en sus mejillas y sus párpados cerrados.

Otra vez había soñado, y en su sueño yacía medio dormido junto a un torrente de aguas furiosas en un valle entre las montañas. El valle de Sita. Era primavera y los perales estaban en flor, y soplaba una brisa entre las ramas que desprendía los pétalos y los hacía caer sobre su rostro.

El contacto fresco de esos pétalos que caían y el ruido del arroyo se combinaron para despertarlo. Entonces abrió los ojos y se dio cuenta de que seguramente había dormido largo tiempo, y entretanto se había levantado viento y nevaba.

Lo había temido la noche anterior. Pero entonces no soplaba viento, y Ash encendió un fuego en el fondo de la estrecha cueva entre las rocas, donde se preparó algo; cuando cayeron las sombras se envolvió en su manta y se durmió, abrigado y animado por el resplandor de las llamas. El viento comenzó horas después, y ahora soplaba entre las montañas y arrastraba enormes copos de nieve al interior de la cueva.

Ash contempló el paisaje gris en el exterior, y se dio cuenta de que pronto sería de día. Volvió al fondo de la cueva y encendió otro fuego con lo último que le quedaba de su provisión de carbón y un poco de leña que había recogido la noche anterior. No era mucho, pero sería suficiente para calentar agua y preparar té que sentaría bien a su estómago y normalizaría la circulación en sus pies y sus manos ateridas; y aún le quedaban casi dos *chuppattis*.

Ash pensó en todo lo que había sucedido durante las últimas semanas del año que había terminado y las primeras del nuevo, y se preguntó cuándo le permitirían volver a Mardan, y a Juli. Los errores no habían evitado la caída de Ali Masjid dos días después, de romperse las hostilidades, con una pérdida para los vencedores de sólo quince muertos y treinta y cuatro heridos. Pocos días después, vinieron la ocupación de Dakka y la posterior conquista de Jalalabad. El día de Año Nuevo, los británicos poseían estos tres puntos claves, y consiguieron éxitos similares en otros frentes, en especial en la ocupación, por parte de las tropas de campaña de Kurran al mando del mayor general sir Frederick Roberts, de los fuertes afganos en el valle de Kurran.

Pero en Año Nuevo ocurrió algo más. Algo que a Ash le pareció de importancia tan enorme que decidió que debía hablar una vez más con el mayor Cavagnari, quien habiendo acompañado al ejército victorioso con el cargo de oficial político estaba en esos momentos en Jalalabad. Allí se dirigió al *durbar* reunido por sir Sam Browne y trató de explicar, a los pocos jefes afganos que asistieron, las razones de la declaración de guerra del Gobierno británico y sus intenciones pacíficas hacia las tribus.

Ash creía que no tendría dificultad en organizar una entrevista con Cavagnari en Jalalabad, porque ahora los habitantes locales ya se habrían dado cuenta de que no había peligro de que los asesinaran los infieles invasores, y habrían vuelto a sus hogares con el propósito de vender mercancías a las tropas a precios muy elevados. Por lo tanto, la ciudad estaría nuevamente llena de *afridis*, y nadie le prestaría atención.

Pero no pensó en la nieve, y ahora se preguntaba si podría llegar a Jalalabad. Porque, si continuaba la tormenta, todos los senderos y señales que necesitaba para guiarse desaparecerían..., si es que no habían desaparecido ya. La idea era deprimente. Tendió sus manos hacia el fuego con un estremecimiento que no sólo se debía al frío. Pero tuvo suerte, porque había dejado de nevar cuando hubo luz suficiente para partir, y hacia el mediodía encontró a un pequeño grupo de *powindahs* que se encaminaba a Jalalabad. En su compañía llegó a las afueras de la ciudad amurallada una hora antes del atardecer.

Ponerse en contacto con el mayor Cavagnari le resultó bastante fácil. Y aquella noche, ya tarde, se encontró en un lugar cercano a los muros con una figura sombría protegida del frío de la noche por una manta de color pardo. Después de identificarse y responder algunas preguntas en voz baja, Ash siguió al hombre por la puerta de la ciudad y luego por callejuelas oscuras, hasta una puerta pequeña donde lo esperaba una segunda figura envuelta en una manta. Un minuto después lo hicieron pasar a una habitación iluminada con una lámpara donde el ex comisario delegado de Peshawar, ahora oficial político de las Fuerzas de Campaña del valle de Peshawar, trabajaba con algunos montones de informes que cubrían su escritorio.

Las noticias que traía Ash eran desconcertantes y trágicas, aunque su aspecto trágico no era captado por el mayor Cavagnari, que nunca había mostrado simpatía por Shere Ali.

El emir, al enterarse de que su réplica al ultimátum de lord Lytton había llegado demasiado tarde y que su país era invadido y sus fortalezas caían como frutas maduras, había perdido la cabeza y había decidido someterse al zar.

La presión cada vez mayor de los acontecimientos ya lo había forzado a reconocer a su hijo mayor, Yakoub Khan (a quien había mantenido bajo arresto domiciliario durante muchos años, y a quien aún odiaba), como su heredero y cogobernante ante el consejo, una experiencia amarga y humillante para él. La única forma en que pudo evitar el sufrimiento de tener que compartir sus decisiones con un hijo que no quería, mientras su corazón aún sangraba por la muerte de otro muy amado, fue tomar la determinación de marcharse de Kabul.

Al hacerlo, explicó que pensaba viajar a San Petersburgo para presentar su caso ante el emperador Alejandro, y exigir justicia y protección de todos los poderes europeos sensatos contra los ataque de Gran Bretaña...

–Sí, sé todo eso –respondió pacientemente el mayor Cavagnari, agregando con cierto desagrado que Ash no debía pensar que era la única fuente de información con respecto a los asuntos de Kabul–. Estamos enterados de las intenciones del emir. En realidad, él mismo escribió para informar al Gobierno británico sobre el paso que daba y nos desafió a escuchar sus intenciones en un congreso que se celebraría en San Petersburgo. Supongo que tomó la idea del congreso de Berlín, donde se discutieron y resolvieron nuestras diferencias con Rusia. Más tarde me informaron de que salió de Kabul el 22 de diciembre con destino desconocido.

–Fue a Mazar-i-Sharif, en la provincia del Turquestán –indicó Ash–. Llegó allí el día de Año Nuevo.

–¿Ah, sí? Bien, espero que pronto recibiré una confirmación oficial de eso.

–Con seguridad la recibirá. Pero, en estas circunstancias, pensé que debería usted saberlo lo antes posible, porque, naturalmente, esto cambia las cosas.

–¿En qué forma? –preguntó Cavagnari, siempre con mucha paciencia–. Ya sabíamos que estaba en muy buenas relaciones con los rusos, y esto sólo prueba que teníamos razón.

Ash lo miró con los ojos muy abiertos.

–Pero, señor..., ¿no ve usted que ese hombre ya no tiene ninguna importancia? Es un individuo acabado en lo que se refiere a su pueblo, que después de esto nunca podrá volver a Kabul ni sentarse de nuevo en el trono de Afganistán. Si se hubiera quedado y hubiese permanecido firme, lo habrían rodeado todos los afganos que odian a los infieles en su reino..., o sea el noventa y nueve por ciento de la población... Pero, en cambio, eligió dar media vuelta y huir, dejando que Yakoub Khan se enfrente con la situación. Le aseguro, señor, que está acabado; ¡acabado! Pero no es por eso por lo que vine aquí, eso ya no tiene ninguna importancia. Vine a decirle que jamás llegará a San Petersburgo porque se está muriendo.

–¿Se está muriendo? ¿Está usted seguro? –preguntó bruscamente Cavagnari.

–Sí, señor. Los que están cerca de él dicen que él lo sabe y que está apresurando su muerte negándose a comer y tomar medicinas. Dicen que es un hombre destrozado. Destrozado por el dolor de la pérdida del hijo que más quería y la humillación de tener que reconocer a ese heredero que detesta, y también por las intolerables presiones que ha tenido que sufrir por parte de Rusia y de nosotros. No le queda nada por lo que vivir, y nadie cree que alguna vez dejará el Turquestán ni que irá muy lejos si lo intenta, ya que sin duda los rusos no le permitirán entrar. Ahora que se han dado la mano con nosotros oficialmente, les da un poco de vergüenza el asunto de Afganistán, e imagino que prefieren olvidar la existencia del lugar hasta la próxima vez, por supuesto. También he sabido de buena fuente que Shere Ali escribió al general Kaufman pidiéndole que intercediera por él ante el zar, y que Kaufman le ha contestado que no salga de su reino y trate de llegar a un acuerdo con los británicos. De manera que ahora ya debe de saber que no puede esperar ayuda de Rusia, y que al salir de Kabul cometió un error fatal e irreparable. Sólo es posible tenerle lástima, pero al menos significa que ahora puede terminar la guerra y que nuestras tropas pueden volver a la India.

–¿Volver a la India? –Cavagnari frunció el ceño–. No entiendo.

–Pues claro, señor... ¿Acaso la proclama del virrey no decía que no luchábamos con el pueblo afgano, sino solamente con Shere Ali? Bien, Shere Ali se ha ido. Se ha marchado de Kabul y precisamente usted, que entiende a esta gente, debe saber que jamás le permitirán volver... ¡Yakoub Khan se ocupará de eso! Además, como le he dicho, ese hombre se está muriendo y cualquiera de estos días nos enteraremos de que ha muerto. Pero, aunque viva, ya no cuenta. De manera que, ¿contra quién estamos luchando?

Cavagnari no respondió. Instantes después, Ash rompió el silencio acaloradamente:

–Mire, señor, si es cierto que no luchamos con su pueblo, me gustaría saber qué diablos estamos haciendo aquí, semanas después de su capitulación... Me gustaría saber qué excusa tenemos ahora para invadir sus hogares y anexionarnos sus territorios, y, cuando resisten (lo cual no tiene por qué sorprendernos), disparar contra ellos, incendiar sus aldeas y sus campos para que sus mujeres, sus niños, sus ancianos y sus enfermos queden sin alimentos ni refugio... Y, además, en mitad del invierno. Porque eso es lo que estamos haciendo. Y si lord Lytton hablaba en serio cuando dijo que nuestra lucha no era con el pueblo afgano, ahora debe interrumpir de inmediato esta guerra, porque ya no hay ninguna razón para continuarla.

–Olvida usted –replicó fríamente el mayor Cavagnari– que, como Shere Ali designó a su hijo Yakoub Khan como cogobernante, ahora Yakoub estará actuando como regente. Por lo tanto, el país aún tiene gobernante.

–¡Pero no un emir! –Era casi un grito de dolor–. ¿Cómo podemos fingir que estamos en guerra con Yakoub, que estuvo preso durante años mientras nuestros propios funcionarios solicitaban su liberación? Sin duda, ahora que aparentemente es gobernante de Afganistán, al menos debería ser posible llegar a un pacto hasta que veamos cómo piensa comportarse. Eso no nos hará ningún daño y salvará muchas vidas. Pero, si hemos de continuar con esta guerra sin siquiera esperar a ver lo que hará, eliminaremos toda posibilidad de una amistad con él, y solamente conseguiremos que él también, como el padre que odiaba, se convierta en nuestro enemigo. ¿O es eso lo que queremos? ¿Es eso?

Una vez más, Cavagnari no respondió, por lo que Ash volvió a formular la pregunta, elevando peligrosamente la voz.

–¿Es eso lo que quieren ustedes realmente? ¿Usted y el virrey y el resto de los consejeros de su excelencia? ¿Todo este asunto sangriento no es más que una excusa para invadir Afganistán y agregarlo al Imperio..., y al diablo con su pueblo, con el que no tenemos motivo para luchar? ¿Es así? *¿Es así?* Porque entonces...

–Se olvida usted de sí mismo, teniente Pelham-Martyn –lo interrumpió Cavagnari con voz helada.

–Syeb Akbar –corrigió Ash con voz fría.

Cavagnari ignoró la corrección y siguió adelante:

–Y debo pedirle que no grite. Si no puede controlarse, será mejor que se vaya antes de que lo oigan. Aquí no estamos en la India británica, sino en Jalalabad, que está lleno de espías. También debo señalar que no nos corresponde a usted ni a mí criticar las órdenes que nos dan, ni discutir asuntos de política que quedan fuera de los límites de nuestro conocimiento. Nuestra obligación es hacer lo que se nos ordena, y si usted es incapaz de ello, entonces ya no me es útil ni es útil al Gobierno que tengo el honor de servir, y creo que lo mejor será que cortemos nuestras relaciones.

Ash suspiró profundamente con alivio. Sintió como si le hubieran quitado un peso de los hombros: un enorme peso de responsabilidad que, como el del Viejo del Mar de Simbad, había crecido y se hacía cada vez más difícil de llevar. Aunque tuvo el suficiente sentido común para darse cuenta de que era en gran parte por su culpa, por la presunción de imaginar que la información que tanto le había costado conseguir sería considerada lo bastante importante como para afectar las decisiones del consejo del virrey, y para pesar en la balanza del poder a favor de la paz y no de la guerra.

Su utilidad, si tenía alguna, sólo residía en que sus mensajes servían para confirmar o contradecir la exactitud de las historias enviadas por espías nativos con tendencia a exagerar, o de quienes se sospechaba que eran demasiado crédulos. Como control de estas teorías, sus propios esfuerzos probablemente fueron útiles, pero aparte de eso contaron muy poco, y no modificaban para nada las decisiones del virrey ni las de ningún otro. El tema vital de la paz o de la guerra seguramente ya se había decidido antes de que él se prestara a servir como espía, y no habría sido cambiado excepto por órdenes directas de Londres o por la completa y absoluta sumisión de Shere Ali a las demandas del virrey y del Gobierno de la India.

«No sé para qué me he molestado –pensó Ash–. He creído que yo era la Esperanza Blanca de Asia, y he imaginado que millares de vidas podían depender de lo que yo encontrara y del uso que hiciera de ello, cuando en realidad sólo he sido un informante más del Raj... y ni siquiera me han pagado por serlo».

De pronto, todo le pareció muy gracioso y rio por primera vez en muchas semanas; al observar el desconcierto y el desagrado en el rostro de Cavagnari, se disculpó:

–Lo siento, señor. No quería ofenderlo. Sólo que... últimamente me he tomado demasiado en serio. Me he visto como una especie de *deus ex machina* con el destino de mis amigos y de las dos naciones en mis manos. Tiene usted razón en librarse de mí. No estoy hecho para esta clase de trabajo, y no sé cómo permití que me convencieran de que lo llevara a cabo.

No esperaba que el mayor entendiera lo que sentía, pero Louis Cavagnari era inglés sólo por adopción. La sangre que corría por sus venas era francesa e irlandesa, y él también era un romántico... Veía la historia no sólo como el relato de tiempos pasados, sino como algo que se forja. Algo en lo que él mismo podía desempeñar un papel... Quizás un gran papel...

Su expresión se ablandó y dijo:

–No tiene por qué hablar así. Ha sido usted muy útil. Gran parte de la información que envió resultó valiosa, de manera que no debe pensar que sus esfuerzos se desperdiciaron. O que no le estoy profundamente agradecido por todo lo que ha hecho y todo lo que ha intentado hacer. Nadie sabe mejor que yo los graves riesgos que ha corrido y los peligros que ha enfrentado con alegría, y los sacrificios que ha hecho. En realidad, una vez que termine esta campaña, no vacilaré en recomendarlo para que le concedan una condecoración por su valentía.

–¡Tonterías! –replicó Ash en forma poco cortés–. Le ruego que no haga nada semejante, señor. No quisiera desilusionarlo, pero para alguien como yo ha existido muy poco peligro, porque nunca me sentí diferente de las personas que encontraba y con quienes hablaba mientras estuve aquí. No tuve necesidad de... dejar caer una piel, por así decirlo, o desarrollar otra nueva. Eso me facilitó las cosas. Y, además, el hecho es que el país ha estado tan perturbado con los acontecimientos de uno a otro extremo, que un desconocido en una de las zonas tribales ya no llama tanto la atención. De manera que realmente nunca he sentido miedo por mí mismo. Creo que no todos lo entienden, pero ha significado una gran diferencia. Lo único que temía, y que pesaba en mi mente, era mi responsabilidad, tal como yo la veía, de evitar un error desastroso: otro más... Ah, bien, usted sabe todo esto, de manera que no tiene sentido hablar de ello nuevamente.

–Ninguno –asintió brevemente Cavagnari–. En ese punto diferimos, pero repito que le estoy agradecido. Sinceramente. Lamento que debamos separarnos. Por supuesto, informaré a las autoridades sobre las noticias que usted me ha traído con respecto a la llegada de Shere Ali a Mazar-i-Sharif y del estado de su salud, y también su opinión personal sobre la situación. Tal vez haya alguna diferencia; no lo sé. Pero la dirección de esta guerra no está en mis manos. Si lo estuviera... Pero para qué pensar en eso. Entonces, adiós. Supongo que volverá usted a Mardan... Si le es útil de alguna manera, puedo hacer que vuelva a Peshawar en uno de nuestros vehículos.

–Gracias, señor, pero creo que será mejor que regrese por mi cuenta. Además, aún no estoy seguro de cuándo partiré. Eso dependerá de mi comandante.

Cavagnari lo miró con suspicacia, pero no hizo comentarios y los dos hombres se estrecharon las manos y se separaron.

El oficial político volvió de inmediato a su escritorio y al trabajo que exigía su atención, mientras su exagente era conducido a la calle por el sirviente confidencial que lo había llevado allí y que cerró con llave y atrancó la puerta una vez salió Ash.

Después del ambiente pesado de la oficina, el aire de la noche se sentía terriblemente frío, y el hombre que por orden de Cavagnari había hecho entrar a Ash en la ciudad fortificada, y a quien habían indicado esperar y conducirlo nuevamente fuera, se había refugiado para protegerse del viento en el umbral de una casa. Por un momento, Ash temió que se hubiera ido. Habló con ansiedad en la oscuridad:

–¿Zarin?

–Aquí estoy –respondió Zarin, avanzando–. Estuviste mucho tiempo hablando con el *sahib* y me muero de frío. ¿Le agradaron tus noticias?

–No especialmente. Ya conocía la mitad, y se enterará del resto dentro de un día o dos. Pero aquí no podemos hablar.

–No –asintió Zarin.

Condujo a Ash por las calles oscuras, moviéndose con la rapidez y el sigilo de un felino, y pronto se detuvo junto a un edificio bajo de ladrillos junto al muro externo. Ash oyó girar una llave de hierro en la cerradura, y luego lo hicieron pasar a una pequeña estancia iluminada por un solo *chirag* (una lamparita de barro usada en las fiestas) y el resplandor rojizo de un brasero con carbón, que llenaban de un agradable calor el espacio atestado de cosas.

–¿Tus aposentos? –preguntó Ash, poniéndose en cuclillas y extendiendo sus manos hacia los carbones encendidos.

–No. Me la ha prestado uno de los serenos que en estos momentos está de guardia. Sólo volverá al amanecer, de manera que estaremos seguros durante algunas horas; y hay muchas cosas que deseo oír. ¿Sabes que hace casi siete meses que no te veo? Más de medio año... Y en todo este tiempo no he sabido nada. Ni una palabra, excepto que el *sahib* Wigram te vio y habló contigo en la cima de la colina de Sarkai a principios de noviembre, y que tú le entregaste una carta para Attock.

Zarin había llevado personalmente la carta, y contó a Ash que Anjuli gozaba de buena salud y era muy querida por toda la gente de la casa, que había estudiado el *pushtu* con gran ahínco y que ya lo hablaba con fluidez. Además, ella y su tía oraban diariamente por la seguridad de Ash y por su pronto retorno, lo mismo que Gul Baz y todos los demás en la casa de la Begum.

–Bien. Ahora que te he contado lo que más deseabas saber, puedes comer más tranquilo. Aquí hay *chuppattis* y *jal-frazi* que he guardado para ti. No me das la impresión de haberte alimentado bien últimamente; en realidad, no sé si has comido en absoluto... Estás más flaco que un gato callejero.

–También lo estarías tú si hubieras venido a caballo y en camello y a pie por el Lataband, desde Charikar, más allá de Kabul, en poco menos de cinco días –replicó Ash lanzándose sobre la comida–. No es un viaje para hacer en invierno, y yo debía llegar pronto. He comido y dormido en la montura para no perder las noches.

Tomó un jarro lleno de té fuerte, lo endulzó abundantemente con *gur* (caña de azúcar sin refinar) y bebió con avidez. Zarin, que lo observaba, preguntó:

–¿Puedo saber cuáles son las noticias?

–¿Por qué no? Vine a decirle al *sahib* Cavagnari algo que él ya sabía: que el emir Shere Ali ha partido de Kabul y que pensaba viajar a Rusia para presentar su caso al zar. Y también algo que no sabía: que el emir está ahora en Mazar-i-Sharif y que no vivirá para cruzar el Oxus, y mucho menos para llegar a San Petersburgo, porque se está muriendo. Por lo tanto, su hijo, Yakoub Khan, ya es emir de Afganistán, aunque no le hayan dado todavía ese título.

Zarin asintió con un movimiento de cabeza.

–Sí. Sabía la primera parte; la noticia de la huida de Shere Ali llegó a Jalalabad por medio de uno de los nuestros, Nakshbanb Khan, que alguna vez fue *risaldar* de la caballería de los Guías y ahora vive en Kabul.

–Lo sé. Yo también he vivido en Kabul. Obtuve trabajo allí como escribiente, en el Bala Hissar mismo, y fui yo quien le pidió que llevara esa noticia al *sahib* Cavagnari.

–*Wah illah!* Debí haberme dado cuenta. Pero si es así, ¿por qué viniste aquí con tanta prisa?

–Vine porque esperaba aclarar que la huida del emir significa que ya no pretende gobernar Afganistán, y que, para él, éste es el final del camino; y que, por lo tanto, si existe alguna justicia también es el fin de la guerra que el *sahib* virrey decía que era sólo contra el emir. Supuse que eso significaba que ahora podía cesar la lucha, pero parece que no. La guerra continuará porque el *sahib Lap* y el *sahib Jung-i-Lat* y otros hombres con su misma mentalidad desean que continúe. En cuanto a mí, soy libre nuevamente. El *sahib* Cavagnari me ha dicho que ya no necesita de mis servicios.

–¿De veras? ¡Ésa sí que es una buena noticia!

–Quizá. No sé, porque aún falta decir algo al respecto. Zarin, ¿es posible que yo hable con el *sahib* Hamilton sin que nadie se entere?

–No, a menos que puedas permanecer en Jalalabad hasta que él regrese, y no sé cuándo volverá. Él y otros de nuestro *rissala* han acompañado a una expedición contra el clan *bazai* de los *mohmandos.* Se fueron ayer y no volverán en varios días.

–¿Y el *sahib* Battye? ¿Ha ido con ellos? Debo verlo.

–No, él está aquí. Pero no será fácil que lo veas sin que alguien se entere, porque hace poco tiempo ascendió a mayor y le dieron el mando del *rissala*, por eso tiene mucho trabajo y rara vez está solo, a diferencia del *sahib* Cavagnari, que tiene tantos visitantes que vienen a verlo, y a extrañas horas de la noche. Pero veré si puedo arreglarlo.

La noticia del ascenso de Wigram fue una sorpresa para Ash, que no sabía que el coronel Jenkins tenía el mando de una brigada recientemente formada con el 4.° de Artillería de Montaña, la infantería de los Guías y el 1.er Regimiento de Sikhs. Dijo a Zarin:

–Cuéntame qué ha sucedido aquí. No sé casi nada de lo que han hecho nuestras tropas, porque en el lugar de donde vengo siempre se habla del otro lado, y sólo supe que las fuerzas del emir causaron grandes pérdidas a los británicos antes de retirarse de sus posiciones con muy pocas bajas por su parte. También hablan del Peiwar Kotal como una gran victoria de los afganos, pero sólo ayer me enteré, por casualidad, de que no sucedió así, y de que fueron derrotados por nuestras tropas. Dime lo que tú sabes o has oído de primera mano.

Zarin sabía mucho, y durante la hora que siguió Ash se enteró de numerosas cosas que ignoraba, aunque sospechaba algunas de ellas. Los Guías, que formaban parte de las Fuerzas de Campaña del valle de Peshawar, no habían participado en la lucha por el Peiwar Kotal, pero sí un pariente de Zarin, que había intervenido en varios ataques. Como resultó herido y pasó una o dos semanas en el hospital, lo enviaron a su casa con permiso por enfermedad.

Zarin lo encontró casualmente en Dakka y escuchó un informe de la acción. Según el herido, el general Roberts, comandante de las Fuerzas de Campaña del valle de Kurram, fue engañado por los falsos informes de los espías de Turi, que trabajaban para los afganos, y llegó a creer que el enemigo se estaba retirando en desorden y que las alturas de Peiwar Kotal podían tomarse sin lucha. Sus tropas partieron desde los fuertes de Kurram, y al final de una larga marcha, cuando todos estaban cansados, helados y hambrientos, encontraron un gran número de afganos preparados y esperándolos, fuertemente atrincherados.

–Luego se enteraron, según me contó mi primo –dijo Zarin–, de que las fuerzas del enemigo habían aumentado mucho, con la llegada de cuatro regimientos y seis cañones de Kabul, de manera que en total eran unos cinco mil hombres con diecisiete cañones. Además dijo que luchaban con gran valor y furia, haciéndonos retroceder e infligiéndonos graves pérdidas, de manera que a nuestras tropas les llevó casi dos días capturar Peiwar Kotal. Por lo tanto, la victoria resultó muy costosa, tanto en sangre como en material de guerra.

Ash sospechaba que no todo marchaba muy bien para las fuerzas del Raj, y la mayor parte de lo que Zarin le contaba se lo confirmaba. Aparentemente, el avance victorioso sobre Kabul se había visto detenido por falta de medios de transporte, mientras que las tropas que acampaban en Jalalabad y el Kurram sufrían enfermedades provocadas por el intenso frío (los más afectados eran los regimientos británicos y los del sur del país, que no estaban acostumbrados a esas temperaturas tan bajas). También había escasez crónica de animales de carga, y tan poco forraje en el Khyber que, en las últimas semanas, el comisario de guerra se había quejado de que, a menos que pudiera enviar sus camellos a las llanuras para que pastaran durante dos semanas, necesitaría otros en la primavera para reemplazar a los miles que habrían muerto, y cuyos cadáveres en descomposición seguramente desencadenarían la peste.

Quejas similares, prosiguió Zarin, llegaban del frente de Kurram y también de Kandahar, donde parte de las fuerzas del general Steward que habían ocupado Khelat-i-Ghilzai fueron obligadas a retroceder y ahora habían tenido que acampar. La otra parte, que avanzaba sobre Herat, se había detenido en el Hermand, lo mismo que el general Sam Browne en Jalalabad. Los hombres habían informado a Zarin sobre una noticia llegada días atrás: en Dabar, Jacobadad y Quetta se estaba notando la misma paralizante falta de medios de transporte, y el desierto y los pasos estaban llenos de camellos muertos y posiciones abandonadas...

–Si yo fuera supersticioso –continuó Zarin–, que gracias al Todopoderoso no lo soy, diría que éste es un año de mala suerte y que lo hemos comenzado con mala estrella; no solamente aquí en Afganistán, sino también hacia el este. Porque hay noticias de que en todo Oudh, el Punjab y las provincias del noroeste han vuelto a escasear las lluvias, y que miles de personas se mueren de hambre. ¿Lo sabías?

Ash sacudió la cabeza, pero lo que sí sabía era que allí, en Afganistán, toda la población confiaba en la victoria, y que Shere Ali había presentado un *Firman Real* donde hablaba de las derrotas y las víctimas sufridas por los invasores y las victorias obtenidas por sus propios «guerreros devoradores de leones»: éstos, al luchar contra las tropas del Raj, habían desplegado tal bravura que ni uno de los que murieron fue al paraíso antes de haber matado al menos a tres enemigos. Ambas partes siempre hablaban así en tiempo de guerra; era de esperar. Sin embargo, a causa de la naturaleza del país y la falta de comunicación entre las tribus, y porque aún no habían sufrido una derrota importante, no había un afgano que no estuviera convencido de que sus fuerzas podían evitar fácilmente el avance sobre Kabul.

–Deben de saber bien que hemos capturado Ali Masjid y el Peiwar Kotal –opinó Zarin con gesto serio.

–Sí. Pero los hombres que lucharon contra nosotros dieron una visión tan unilateral de la lucha, alardeando de las pérdidas que nos infligieron y minimizando las propias, que no es sorprendente que quienes oigan su relato esperen aún otra victoria afgana, así como sus antecesores la obtuvieron cincuenta años atrás, cuando destruyeron a todo un ejército británico en pocos días. Nunca olvidaron esa historia, como tu padre mismo me advirtió y hoy se repite en todas partes: hasta los niños más pequeños la conocen. Sin embargo, no he encontrado a nadie que recuerde o haya oído la clamorosa defensa que hizo el general *sahib* Sale de esta ciudad de Jalalabad, ni la marcha victoriosa del *sahib* Pollack a través del paso del Khyber y su destrucción de la Gran Feria en Kabul. Ésos son asuntos que prefieren olvidar o que nunca han contado; y creo que en eso reside nuestro mayor peligro, porque mientras sigan confiando en que pueden derrotarnos con facilidad no llegarán a ningún acuerdo con nosotros... Piensan que nos han atrapado y que pueden destruirnos cuando lo deseen.

Zarin dejó escapar una breve carcajada y respondió:

–¡Que lo intenten! Pronto descubrirán que están equivocados.

Ash no respondió porque, después de algunas cosas que Zarin le había contado aquella noche, no estaba tan seguro de tener razón en eso. ¿Cómo podía moverse un ejército invasor sin transporte? ¿O mantener una fortaleza capturada sin armar y alimentar a una guarnición? Era necesario tirar de los carros y contar con animales de carga para transportar cosas tales como comida, municiones, tiendas de campaña y material sanitario, y también era preciso alimentar a esos animales. Por otra parte, los hombres que sufrían frío, enfermedades y hambre difícilmente podían ganar batallas, y, en opinión de Ash, lo mejor que lord Lytton podía hacer era aprovechar la oportunidad que le brindaba la huida de Shere Ali, y declarar un alto el fuego en aquel momento. Hacerlo no sólo probaría que había dicho la verdad al manifestar que la guerra era solamente contra Shere Ali, y no contra el pueblo de Afganistán; además, si lo hacía de inmediato, mientras los británicos aún dominaban Ali Masjid, el Peiwar Kotal y ciudades como ésta (y pudieran controlar los pasos del Khyber y Kurram), sería posible llegar a un acuerdo equitativo con Yakoub Khan cuando su padre muriese, lo cual podía suceder en cualquier momento. Eso bien podía conducir a una paz justa y duradera entre el Raj y Afganistán. Pero, si continuaba la guerra, Ash sólo veía un final para ella: otra matanza.

Zarin, que lo observaba, parecía leer sus pensamientos, porque agregó filosóficamente:

–Bien, lo que sea, será. Eso no está en nuestras manos. Ahora dime qué has estado haciendo.

Ash se lo contó, y Zarin preparó más té y lo sorbió lentamente mientras escuchaba; cuando Ash terminó, dijo:

–Te has ganado con creces tu liberación de servir al mayor Cavagnari. ¿Qué piensas hacer ahora? ¿Te incorporarás al *rissala* aquí? ¿O partirás hacia Attock por la mañana? Después de esto, seguramente te darán permiso.

–Eso lo decidirá el *sahib* comandante. Consigue que pueda tener una entrevista con él mañana, pero no en el campamento; sería arriesgado. Mejor a la orilla del río; yo podría acercarme hasta allí por la noche. ¿Puedo pasar la noche aquí?

–Por supuesto. Se lo diré al sereno, que es amigo mío. Y, en cuanto al *sahib* comandante, haré lo que pueda.

Zarin recogió la vajilla y se retiró. Ash se tendió a dormir satisfecho, sintiendo la calidez del fuego y la que le daba la convicción de que habían terminado sus pesares. Al día siguiente o al otro, le concederían permiso para volver a Attock, ver a Juli y disfrutar de unos días de bien ganado descanso, antes de regresar a Mardan como si volviera de una supuesta cacería en Poona.

* * *

Sin duda, si hubiera podido ver a Wigram aquella noche, o muy temprano a la mañana siguiente, Ash habría seguido ese programa. Pero el destino intervino adoptando la forma del mayor general Sam Browne. El general había invitado a Cavagnari a tomar el desayuno con él aquella mañana para discutir algunos asuntos en privado, antes de una conversación oficial que tendría lugar por la tarde. Y, en los momentos finales de esa charla informal, Cavagnari, recordando que el general había sido en otra época comandante de los Guías y podría resultarle interesante, habló de Ashton Pelham-Martyn y su reciente actuación como espía desde el interior de Afganistán.

El general, en efecto, estuvo más que interesado; hizo muchas preguntas, comentó que recordaba la llegada del muchacho a Mardan, y que, por Dios, era un asunto bastante raro... Resultaba curioso pensar que tantos de los hombres que habían estado allí, como Jenkins, Campbell y Battye, sólo eran subtenientes en aquella época.

Guardó silencio, y Cavagnari aprovechó la ocasión para marcharse. Tenía mucho que hacer aquella mañana y debía encontrar tiempo para escribir al mayor Campbell (que desempeñaba el cargo de comandante del Cuerpo de Guías durante la ausencia temporal del coronel Jenkins) informándolo de que él había prescindido de los servicios del teniente Pelham-Martyn, y de que el teniente era libre de volver a sus tareas del regimiento. Pero, mientras le escribía, el sustituto del coronel Jenkins estaba leyendo otra nota: una escrita por Sam Browne y enviada por mensajero pocos minutos después de la partida de Cavagnari, requiriendo la presencia del mayor Campbell en la residencia del general lo antes posible.

Campbell acudió inmediatamente, preguntándose qué planes se estarían discutiendo, y descubrió con sorpresa que el general quería hablarle de Ash.

–Entiendo que ahora está en Jalalabad; Cavagnari lo ha echado y parece que se presentará de inmediato en el regimiento. Bien, lamento desilusionarlo, pero tengo otros planes...

Las ideas del general probablemente no habrían agradado al mayor Cavagnari si las hubiera oído, porque eran contrarias a sus propias sensaciones sobre la veracidad de la información del teniente Pelham-Martyn. Pero, como señalara Browne, a él no le interesaba el aspecto puramente político, sino sólo el militar, y en esta esfera se consideraba que alguien como el joven Pelham-Martyn sería inapreciable.

–Cavagnari considera que se ha vuelto tan proafgano que su información es sospechosa por esa influencia, o quizá no veraz en absoluto. Bien, tengo mis dudas sobre eso. Pero el hecho es que el tipo de información que requerimos nosotros, los de las Fuerzas de Campaña del valle de Peshawar, nada tiene que ver con la política, y siempre que pueda usted asegurarme que Pelham-Martyn no se ha convertido en un traidor, entonces es precisamente lo que yo buscaba... Alguien que pueda mandarnos información rápida y correcta sobre la existencia y localización de las bandas hostiles de hombres de las tribus; su número y sus movimientos, si están bien o mal armados, etcétera. En un país como éste, esa información vale más que un cuerpo de ejército extra. En resumen, le pido que se encargue de que ese hombre continúe desempeñando su misión actual: sólo que para nosotros en lugar de para los políticos.

Chips Campbell, quien hasta ese momento no sabía nada sobre el trabajo de Ashton ni el lugar donde se encontraba, aunque suponía que estaba en Poona, estuvo de acuerdo con la solicitud del general; pero expresó la opinión de que para el pobre tipo era «una mala suerte».

–Pueden echarme la culpa a mí –dijo el general Sam–. Díganle que actúan por órdenes mías, lo cual es totalmente cierto. De todas maneras, hasta que Jenkins vuelva, usted es su oficial comandante, y yo el suyo; además, estamos en guerra. Ahora escuche...

Ash recibió la noticia con estoicismo. Se trataba de un golpe duro, pero no podía hacer nada al respecto. Era un oficial en servicio y se había prestado voluntariamente a ese trabajo, así que escuchó imperturbable mientras Wigram, enviado por Campbell para encontrarse con él como por casualidad en la orilla del río y durante una cabalgada nocturna, le dio una serie de instrucciones detalladas sobre el tipo de información que exigía el general y otros asuntos relevantes.

–No sabes cuánto lo lamento –concluyó Wigram–. Traté de hablar con Chips para que se opusiera al general Sam, pero dice que sería un pérdida de tiempo, y creo que tiene razón. A propósito, el general piensa que debes partir de Jalalabad lo antes posible y sugiere que continúes usando Kabul como base porque más tarde o más temprano tendremos que tomar ese lugar, a menos que los afganos griten «¡paz!» antes de entonces, por supuesto.

Ash hizo un gesto de asentimiento. Aquella noche, Zarin, que había concertado la entrevista, se encontró con él en el mismo lugar junto a los muros de la ciudad donde se habían reunido la noche anterior. Después de una breve conversación, lo vio desaparecer en la oscuridad con el paso ágil de un hombre de las montañas. Al día siguiente, Wally y sus *sowares* regresaron a Jalalabad, pero Ash ya estaba a treinta kilómetros de distancia, entre las montañas más allá de Gandamak.

* * *

Eso fue en enero, antes de que comenzaran las ventiscas y los pasos quedaran bloqueados por la nieve. Hacia finales de ese mes, una carta que Ash había dado a Zarin antes de salir de Jalalabad llegó por un camino muy tortuoso a casa de Fátima Begum, en Attock. Tres días más tarde, Anjuli partió hacia Kabul.

Aquellos días fueron terribles. Tanto la Begum como Gul Baz se horrorizaron ante la idea de que Anjuli intentara hacer semejante viaje; en particular, en tal época del año..., ¡y en tiempo de guerra además! Era inconcebible y no podían permitírselo, ya que una mujer sola que viajara hacia ese país salvaje seguramente sería atacada por bandidos, asesinos y ladrones.

–Pero no iré sola –dijo Anjuli–. Gul Baz me protegerá.

Gul Baz declaró que no deseaba tener nada que ver con semejante locura. Por lo cual, Anjuli anunció que en ese caso iría sola.

Si hubiera gritado y llorado, se habrían sentido más capaces de manejar la situación, pero ella estaba perfectamente tranquila. Ni siquiera alzó la voz ni se mostró histérica, sino que dijo que su lugar estaba junto a su marido, y que había aceptado una separación que podía durar medio año. La perspectiva de otros seis meses, y quizá más, era algo que no podía tolerar. Además, ahora que sabía hablar *pushtu* y pasaba por una mujer afgana, ya no habría riesgo ni obstáculos para Ash; en cuanto a los peligros a que se exponía, ¿qué podía temer en Afganistán comparado con lo que siempre había temido en la India? Nunca podía estar segura de que algún espía de Bhithor no daría con ella y la mataría; pero ningún bhithoriano soñaría con aventurarse del otro lado de la frontera para entrar en territorio tribal. Ya sabía que su marido había encontrado un hogar en Kabul bajo el techo de un amigo de Awal Shah, el *sirdar bahadur* Nakshband, de manera que sabía dónde ir y ellos no podrían detenerla.

Trataron de hacerlo, pero sin éxito. Begum, derramando lágrimas, la encerró en su habitación y puso de guardia a Gul Baz en el jardín de abajo por si Juli trataba de escapar por la ventana (en realidad, aunque hubiera podido descolgarse hasta el suelo, los muros eran demasiado altos para escalarlos). Anjuli se vengó negándose a comer y beber, y después de dos días así, comprendiendo que se encontraba ante una resolución mayor que la propia, la Begum capituló.

–Perdóneme, *sahiba* Begum..., queridísima tía..., ha sido usted tan buena conmigo, tan amable..., y yo la retribuyo causándole toda esta ansiedad. Pero si no voy me moriré de miedo, porque sé que Ash arriesga su vida, y que si lo traicionan morirá de una muerte lenta y terrible..., y yo no estaré a su lado. Tal vez no sabré durante meses, quizá durante años, si está vivo o muerto..., o prisionero en algún lugar horrible, sufriendo frío, hambre y tormentos como me sucedió a mí en otro tiempo. No podría soportarlo. Ayúdenme a llegar hasta él, y no me culpen demasiado. ¿No habría hecho usted lo mismo por su marido?

–Sí –admitió la Begum–. Sí, habría hecho lo mismo. No es fácil ser mujer y amar con todo el corazón: eso no lo entienden los hombres... Ellos tienen muchos amores, y disfrutan con el peligro y con la guerra... Te ayudaré.

Privado del apoyo de la Begum, Gul Baz se vio obligado a capitular ante aquella virtual extorsión, ya que no podía permitir que Anjuli viajara sola. Ni siquiera quiso esperar a conocer la opinión de Ash: habría llevado muchas semanas, porque, aunque hubiera sido posible que Zarin se arriesgara a sacar la carta de Afganistán, para nadie era fácil en Attock enviar un mensaje por ese medio, pues incluso Zarin, en Jalalabad, habría encontrado difícil ponerse en contacto con Syed Akbar. Por tanto, salieron hacia Kabul al día siguiente, llevando poco consigo aparte de comida, una pequeña suma de dinero y las joyas que habían constituido parte de la dote de Juli y que Ash había sacado del *chattri* junto al lugar de la incineración, en Bhithor.

La Begum dio a Anjuli un vestido afgano, un *poshteen* y unas botas *gilgit*, y encargó a Gul Baz que consiguiera dos caballos bastante viejos en el mercado: que fueran capaces de llevarlos, pero que no atrajeran la atención ni la envidia de ningún miembro de las tribus. Se quedó levantada para verlos partir sin hacer ruido y durante la noche, como había hecho Ash. Después, mientras atrancaba la pequeña puerta lateral, suspiró recordando su propia juventud y al joven apuesto que la había traído a aquella casa como novio muchos años atrás, y a quien había amado tanto.

«Sí, yo también habría hecho lo mismo –meditó–. Rogaré para que llegue a Kabul sin riesgos y encuentre allí a su hombre. Pero el tiempo es malo para viajar, y temo que el camino será duro».

Fue aún más duro de lo que temía la Begum, y en el viaje perdieron a uno de los caballos. El animal resbaló mientras lo conducían por un estrecho sendero en una cornisa de roca, y cayó por un precipicio unos nueve metros. Gul Baz se arriesgó a romperse la cabeza al bajar por la pendiente traicionera y helada, en medio de un fuerte viento, para rescatar las alforjas de la silla, pues no podían permitirse perder las provisiones que contenían. Le costó mucho trabajo volver con ellas sano y salvo. Luego fueron detenidos dos veces por la nieve durante varios días, pero las plegarias de la Begum recibieron respuesta: tras más de quince días de camino, llegaron a Kabul, golpearon en la puerta de una casa de cierta calle tranquila, a la sombra del Bala Hissar, y encontraron allí a Ash.

54

El 21 de febrero de 1879, Shere Ali murió en Mazar-i-Sharif, en el Turquestán afgano, y su hijo Yakoub Khan se convirtió en emir. Pero, lejos de firmar pactos con los británicos, ya estaba trabajando para reconstruir y reorganizar el Ejército afgano.

Los espías de Cavagnari informaron de que los que habían luchado en Kabul y Ghazi estaban decididos a vengar la captura de Ali Masjid y del Peiwar Kotal, y ya contaban con siete mil hombres de caballería y doce mil de infantería, además de unos sesenta cañones. Aunque estos datos y otros similares fueron recibidos con cierta dosis de escepticismo, ya que procedían de informantes nativos que mostraban tendencia a embrollar las noticias. Pero Wigram Battye tenía información privada sobre ello de alguien que firmaba «Akbar». El que escribía aseguraba que aun las tribus consideradas amigas se volvían inquietas y hostiles, y que los *afridis* de todas partes se preguntaban por qué, ahora que Shere Ali había muerto, el Gobierno indio continuaba manteniendo un ejército en Afganistán y construyendo fortalezas y trincheras en su país... ¿Significaba eso que los ingleses no pensaban mantener las promesas hechas al pueblo de Afganistán al comienzo de la guerra? «Yo aconsejaría –escribía Akbar– que hagan lo que puedan para persuadir a las autoridades de que éste no es momento para que el Departamento de Cartografía envíe montones de gente a dibujar mapas de la región; sólo servirá para provocar hostilidades y confirmar una sospecha generalizada de que los ingleses intentan tomar todo Afganistán, porque, como sabes, los *pathanes* tienen un odio inveterado por el topógrafo y creen que a los lugares donde el Gobierno envía uno lo seguirá un ejército. De manera que, por Dios, trata de que interrumpan todo esto».

Wigram hizo lo que pudo, pero sin éxito.

El señor Scott y sus ayudantes fueron salvajemente atacados mientras estudiaban las montañas, y cuatro hombres de su escolta resultaron muertos y otros dos heridos. Tres semanas más tarde, Wally tuvo un incidente similar cuando él y algunas tropas de caballería de Guías, junto con una compañía del 45.° Regimiento de Sikhs, recibieron órdenes de escoltar a otro grupo de reconocimiento. Una vez más, los lugareños enfurecidos atacaron a los cartógrafos, y el comandante de la compañía de los *sikhs* fue herido mortalmente.

–Lo siento por Barclay –dijo Wigram–. Era un buen tipo.

–Uno de los mejores –asintió Wally–. Además, parece inútil. Si hubiera sido en una batalla *pukka*, supongo que no nos parecería tan terrible, ¡pero esto! –Dio un puntapié a un arbolito frente a la tienda, y después agregó con amargura–: Ya las cosas son bastante peligrosas en estas regiones sin que provoquemos deliberadamente a la gente del lugar apareciendo armados con tablas de dibujo, compases y teodolitos, y haciéndoles ver que estamos elaborando mapas detallados de sus pueblos. Ash tenía razón: es una locura hacer algo así ahora. Supongo que no han vuelto a saber de él...

–Desde entonces, no. Imagino que no le debe de resultar fácil enviar cartas. Además, sabe que cada vez que lo hace corre el riesgo de que lo descubran los afganos o lo extorsionen para que dé todo lo que tiene a cambio del silencio. Y, de todas maneras, no puede tener garantías de que su carta ha sido entregada.

–No, supongo que no. Me gustaría verlo. Hace tanto tiempo que no lo veo..., y lo echo de menos. Además, estoy preocupado por él. No dejo de pensar lo que debe de ser estar solo y sin lugar fijo en este maldito país, semana tras semana durante meses, sabiendo que si da un paso en falso no vivirá para repetir el error. No entiendo cómo puede hacerlo. Por Dios, ¡sé que yo no podría!

–Ni yo –respondió sobriamente Wigram–. Dios sabe que no experimento demasiado placer en luchar, pero, si me dan la oportunidad, prefiero tomar parte en media docena de batallas duras que hacer el trabajo de espiar detrás de las líneas del enemigo. En una batalla uno puede pasar mucho miedo... Yo siempre lo siento... Pero ese otro trabajo requiere un tipo de valentía diferente: la valentía solitaria, y la sangre fría que muchos de nosotros no tenemos. Por otra parte, también hay que recordar que la mayoría de nosotros no somos camaleones humanos, y Ashton es un tipo muy especial porque puede pensar en *pushtu*. O en *hindi*, si se presenta la oportunidad... Sólo parece depender de dónde se encuentra en un momento determinado. Me pregunto si alguna vez sueña o piensa en inglés. No muy a menudo, me imagino.

Wally se apartó para levantar la entrada de la tienda y contemplar las montañas que rodeaban a Jalalabad, ahora a oscuras contra el cielo del atardecer, mientras el viento de marzo le desordenaba los cabellos y se arremolinaba alrededor de la tienda haciendo volar tarjetas y papeles.

–¿No estará en algún lugar cerca de aquí, observándonos desde esas montañas?

–No lo creo –respondió Wigram–. Probablemente se encuentra en Kabul. ¡Ah...! Parece que llega mi baño, después de tantos días. Los horrores del servicio activo. Bien, te veré a la hora de la cena.

Pero la suposición de Wally se acercaba más a la realidad que la de Wigram, porque en esos momentos Ash estaba en una aldea llamada Fatehabad, a menos de veinte kilómetros de distancia.

Desde el estallido de la guerra, cierto jefe *ghilzai*, un tal Azmatulla Khan, trabajaba activamente para fomentar un levantamiento contra los invasores británicos por parte de los habitantes del valle de Lagman. A finales de febrero, el coronel Jenkins y una pequeña columna habían dispersado las fuerzas de Azmatulla en el valle, pero sin lograr capturarlo. Ahora se sabía que había vuelto, y con una fuerza aún mayor. Y, el último día de marzo, Ash transmitió otra mala noticia a Jalalabad.

Los miembros de la tribu *khugiani*, cuyo territorio estaba a apenas veinticinco kilómetros al sur de Fatehabad, también se reunían en gran número en una de sus fortalezas de la frontera.

Al recibir esta información, el jefe de la división dio órdenes de que algunas unidades partieran de inmediato para eliminar el pequeño problema antes de que adquiriera mayor virulencia. Marcharían aquella misma noche, sin llevar tiendas ni equipo pesado, y se dividirían en tres columnas: una de infantería, otra que consistiría en dos escuadrones de caballería (procedentes, respectivamente, de los Lanceros de Bengala y del 10.º de Húsares) y una tercera de infantería y caballería combinadas. Esta última columna, que estaría al mando del general Gough e incluía dos escuadrones de Guías, marcharía sobre Fatehabad y dispersaría a los *khugianis*. De las dos columnas restantes, una atacaría a Azmatulla Khan y a sus hombres, y otra cruzaría las alturas del Sia Koh para cortar la retirada del enemigo.

La velocidad con que se planeó y se puso en marcha la operación, y el hecho de que las columnas partieran después de oscurecer darían como resultado, esperaba el general, que Azmatulla Khan y los *khugianis* fueran tomados por sorpresa; pero no fue así, porque Jalalabad estaba llena de espías afganos. Probablemente, había un centenar de ellos en la ciudad y otros tantos vigilando junto al río Kabul, y no era posible mover un sable sin que se supiera antes de una hora. Además, después de la ocupación de la ciudad, el coronel Jenkins, ahora brigadier general, había inspeccionado la parte del río por la que el 10.º de Húsares y los Lanceros de Bengala tendrían que cruzar en su camino hacia el valle de Lagman, y no sólo consideraba aquello poco seguro, sino que aconsejaba que nunca se intentara de noche, incluso si el caudal era escaso. Pero quizá su informe fue interceptado o se perdió, porque, aunque el río venía crecido, el plan no se alteró...

La luna aún estaba alta cuando los dos escuadrones de húsares y lanceros salieron del campamento, pero avanzaba rápidamente en el cielo, por lo que cuando llegaron al vado ya se había ocultado detrás de las colinas cercanas, y el valle estaba totalmente en sombras. Aquí, el río tenía casi un kilómetro de ancho y aparecía dividido en dos canales y una isla pedregosa en medio. Como el puente había sido levantado unas semanas antes para evitar que las aguas lo arrastraran (un desastre importante en un área donde no era fácil conseguir madera), la única forma de cruzar era por el vado: una franja que atravesaba el río entre peligrosos torrentes.

Mientras los escuadrones formaban en medias secciones de a cuatro en fondo sobre la orilla pedregosa, apenas se oían los ruidos de los cascos de los caballos sobre el rugido de la corriente. Pero el guía local entró confiadamente en el agua y pasó al otro lado seguido por los Lanceros de Bengala, cuyos hombres, acostumbrados desde la infancia a los traicioneros ríos de la India, llegaron a la orilla sin problemas. Pero, inevitablemente, la fuerza de la corriente obligó a la larga columna a desviarse, de manera que, cuando las mulas con las municiones y sus jinetes entraron en el río siguiendo a los lanceros, descubrieron que lo habían hecho en aguas profundas, perdieron el vado, y fueron arrastradas hacia las partes donde la corriente empujaba con fuerza. Sus gritos se confundieron con el fragor del río, y la oscuridad impidió que el 10.° de Húsares, que venía detrás y muy cerca de ellos, se percatara de lo que sucedía. El capitán Spottiswood de los Húsares, que marchaba en cabeza, obligó a su caballo a seguir adelante y sintió que perdía pie, lo recuperaba y volvía a perderlo. Minutos después, el río estaba lleno de hombres desesperados y caballos frenéticos que luchaban contra las furiosas aguas espumeantes.

Algunos, incluido el capitán, sobrevivieron. Pero otros muchos no. Ateridos por el frío y estorbados por los uniformes calados y las pesadas botas, los que escaparon de morir bajo los golpes de los que venían atrás fueron sumergidos por el peso de los sables, los cinturones y las bolsas de municiones, y arrastrados hacia abajo entre las piedras, sin poder hacer nada. Se ahogaron en las aguas profundas.

Cuarenta y dos soldados, un oficial y tres suboficiales murieron esa noche... de un escuadrón que apenas media hora antes había salido del campamento con más de setenta y cinco hombres. La noticia del desastre fue traída por caballos empapados, y durante toda la noche, a la luz de hogueras y antorchas, los hombres buscaron y gritaron a lo largo de las orillas del río. Al amanecer habían encontrado los cadáveres del oficial y de dieciocho soldados entre las rocas o boca abajo en las entradas de las orillas. Los demás fueron empujados por la corriente y jamás los volvieron a ver. En cuanto a Azmatulla Khan, sus espías le advirtieron lo que sucedía y se alejó rápidamente del valle de Lagman, y las dos columnas que habían sido enviadas para someterlo volvieron con las manos vacías.

Los *khugianis*, también informados por espías, fueron menos cautos.

La columna mixta que debía atacar a esta tribu salió en último lugar, como se había planeado. Pero su partida fue retrasada por el desastre en el vado y se llevó a cabo después de medianoche. Ya era la una cuando se pusieron en marcha, viendo al pasar el resplandor distante de las hogueras junto al río, en el lugar donde continuaba la búsqueda de supervivientes.

–He dicho que éste es un mal año –murmuró Zarin al *risaldar* Mahmud Khan de los Guías, mientras los escuadrones avanzaban en la oscuridad. Mahmud Khan replicó:

–Y aún falta mucho para que termine. Esperaremos que para muchos de esos *khugianis* no pase de mañana... y que nosotros vivamos para volver a ver Mardan, cobrar nuestras pensiones y ver cómo los hijos de nuestros hijos se convierten en *jemadares* y *risaldares* a su vez.

–*Ameen!* –murmuró devotamente Zarin.

Wigram y sus dos escuadrones lograron llegar a la aldea de Fatehabad y se detuvieron un kilómetro antes. Eligieron un lugar bajo unos árboles y se instalaron con cierta comodidad para pasar el tiempo que les quedaba.

Decían que la gente del pueblo no era hostil, pero al amanecer no vieron columnas de humo en ninguna parte y enviaron a un grupo a investigar: se descubrió que estaba desierto. Los pobladores se habían llevado toda la comida y los animales, y, excepto algunos perros vagabundos y un gato escuálido que espió a los *sowares* desde la puerta de una casa vacía, no se observaba el menor movimiento.

–Bien por nuestro servicio de información –observó Wigram mientras desayunaba a la sombra de un árbol–. «Amistosos», dijeron. ¡Muy amistosos, por cierto! Es evidente que todos ellos han ido a unirse al enemigo.

Envió patrullas al mando del *risaldar* Mahmud Khan para que informaran sobre el movimiento de los *khugianis*. Aunque no habían vuelto cuando aparecieron los cañones y la infantería a las diez de la mañana, ya entonces había recibido noticias de otra fuente.

–Ashton cree que lucharán –dijo Wigram, sacudiendo un arrugado pedazo de papel que Zarin acababa de entregarle.

El breve mensaje había sido traído por un cortador de hierba que decía haberlo recibido de una mujer anciana y desconocida en el pueblo, con instrucciones de llevarlo de inmediato al *risaldar* Zarin Khan, del *rissala* de los Guías, quien lo recompensaría. Suponía que era una carta de amor. Pero Zarin lo entendería mejor, porque estaba escrito en *angrezi*. Y, como sólo una persona podía haberlo enviado, no perdió tiempo en llevarlo a su oficial comandante.

«Enemigo atrincherado con grandes fuerzas en meseta sobre camino Gandanaka –leyó Wally–. Estimado cinco mil. Sin armas, pero excelente posición, defensas y espíritu. Cualquier intento frontal significará grandes pérdidas. Se podría bombardear. Si no, habrá que atraerlos a campo abierto, lo cual no será difícil, pero advierto de que darán trabajo y pelearán como demonios. "A"».

–¡Bien por Ash! ¿Estará allá arriba con ellos? No me parece imposible. Dios mío, cómo querría tenerlo aquí con nosotros. Si sólo... ¿Llevarás esto al general?

–Sí –respondió Wigram, escribiendo rápidamente en una hoja arrancada a un cuaderno. Dobló la hoja, llamó a su ordenanza y lo mandó con ella al general Gough–. En realidad, no será necesario, porque sus piquetes ya se lo habrán dicho. Pero no estará mal confirmarlo.

–¿Le dijiste que Ash piensa que deberíamos...?

–No, no se lo dije. No creo que deba enseñarle a cocinar a mi abuela. Créeme, Gough no es ningún tonto, y no necesita que Ashton ni ningún otro le enseñe lo que debe hacer. Ya lo habrá pensado solo.

En efecto, el general Gough lo había pensado. Había enviado muchas patrullas, y más tarde dialogó con todos los jefes locales de los *maliks* a quienes pudo convencer de que hablaran con él, en un esfuerzo por tantear el ánimo de la gente, y descubrir, si podía, cuáles tribus lucharían y cuáles permanecerían neutrales... o desaparecerían en las montañas como Azmatulla y sus hombres.

Pero, a medida que avanzaba el día, le fue resultando más claro que todo el lugar le era hostil, y cuando una patrulla tras otra lo informaron sobre nuevos refuerzos que acudían a ayudar a los *khugianis*, comenzó a planear la lucha que se avecinaba. No era mucho lo que podía hacer porque sus animales de carga aún no habían llegado, y sólo lo hicieron bastante después del atardecer..., avanzando pesadamente hacia el campamento mientras caían las sombras y los fuegos para cocinar llenaban el aire con el aroma de la leña y la comida.

Ahora, toda la columna sabía que tendría lugar una batalla al día siguiente y se preparaba para ella. Wigram durmió bien aquella noche, y Zarin también. Habían hecho cuanto estaba en sus manos, y podían descansar con la conciencia tranquila. Pero Wally permaneció despierto largo rato, contemplando las estrellas y pensando.

* * *

Tenía siete años cuando vio en la vidriera de una tienda de Dublín un grabado hecho a mano que representaba a un regimiento de caballería en acción en Waterloo. Los soldados llevaban sables en la mano y las plumas al viento, y en ese momento Wally decidió que de mayor sería oficial de caballería, y cabalgaría así a la cabeza de sus hombres para luchar contra los enemigos de su país. Ahora, por fin, al día siguiente, si Wigram no se equivocaba, el viejo sueño de su niñez se haría realidad. Porque, aunque antes había estado en acción, nunca había participado en una batalla importante, y hasta entonces su única experiencia de una carga de caballería eran las prácticas del entrenamiento del escuadrón. ¿La realidad sería muy diferente de lo que había imaginado? ¿No salvajemente excitante, sino fea y aterradora... y nada gloriosa?

Había oído incontables historias sobre los métodos de los afganos para enfrentarse a la caballería. Se tendían en el suelo con sus largos cuchillos afilados como navajas, y acuchillaban las patas y las panzas de los animales para hacer caer a los jinetes. Un recurso que podía ser muy eficaz, en particular en una acción desordenada. Wigram decía que entonces los sables y las lanzas servían de poco, y que lo mejor era usar una carabina o un revólver, ya que, ante la perspectiva de que dispararan contra ellos en el suelo, la mayoría de los afganos preferían luchar de pie. Era el tipo de cosa que no se aprende en ningunas maniobras. Pero al día siguiente sabría...

Se preguntó dónde estaría Ash y qué estaría haciendo. ¿Miraría la batalla desde algún lugar en lo alto de las montañas? ¡Si los dos pudieran cabalgar juntos al día siguiente! Wally contempló la oscuridad, y, recordando el pasado, se durmió repentinamente... para despertar con las primeras luces del amanecer y ver que el campamento ya se movía. Su oficial comandante lo sacudía por un hombro.

–Despiértate, bella durmiente –exhortó Wigram–. Las velas de la noche ya se han apagado y el alegre día se acerca de puntillas por las cumbres neblinosas... poniendo en pie de guerra a varios miles de hombres belicosos de las tribus, creo. El general sugiere que recorras la zona de los *khugianis*. Así que arriba, joven soñador. Vamos, haragán. Servirán el desayuno dentro de diez minutos.

Wally no recordaba haber visto a Wigram tan animoso antes. Era por naturaleza un hombre tranquilo, y excepto en raras ocasiones, como la fiesta en conmemoración del día de Delhi, nunca estaba eufórico. El día anterior, preocupado por sus tareas de mando y entristecido por la tragedia del vado, había estado más sosegado que de costumbre. Pero ahora parecía varios años más joven. Wally, poniéndose de pie horrorizado al descubrir que había estado durmiendo en medio de todo el ruido del campamento, se contagió de su alegría y rio en lugar de disculparse.

«Creo que el viejo está tan excitado como yo», decidió Wally al recordar, mientras se afeitaba y se vestía a toda prisa, que una vez Wigram le había confesado que su máxima ambición era llegar a ser jefe de la caballería de los Guías, y que todo lo que viniera después, por más importante que fuera, sería como un tranquilizante.

«Pensarás que no es mucho como ambición –había dicho Wigram–, pero es todo lo que he deseado siempre. Y, si lo obtengo, diré *nunc dimittis* y no me preocupará retirarme sin haber llegado nunca a coronel... porque habré tenido mi momento de gloria». «Bien, tiene lo que quería –pensó Wally–, y supongo que hoy será un día de fiesta para él como lo es para mí, porque, si realmente hay una batalla, será la primera vez para los dos. Mi primera carga de caballería y la primera vez que Wigram conduzca a la lucha a su amado escuadrón en una gran batalla».

55

El cielo sobre el pueblo desierto de Fatehabad resplandecía con el amanecer mientras los dos oficiales tomaban un rápido desayuno. Wigram explicó, entre bocado y bocado, que el general deseaba enviar a dos miembros de su personal hacia Khujah, el pueblo principal de los *khugianis*, para tantear las reacciones de la tribu, y que el teniente Hamilton y siete jinetes de la caballería de los Guías habían sido destacados para acompañarlos y procurar que llegaran allí... y que volvieran.

Un segundo grupo, con una escolta similar del 10.º de Húsares, reconocería el camino que conducía a Gandamak para informar sobre su estado; se esperaba que ambos grupos evitaran intervenir en un prematuro inicio de las hostilidades y volvieran a presentarse ante el general Gough lo más pronto posible.

–En otras palabras –dijo Wigram–, no tratéis de apresuraros con las armas ni comenzar batallas privadas por vuestra cuenta. Y, si los ciudadanos locales disparan contra vosotros, no esperéis órdenes de retirada y corred cuanto os permitan las piernas. Lo que el general necesita en este momento es información, no un montón de héroes muertos. De manera que mantened los ojos abiertos. Supongo que todo irá bien, siempre que no caigáis en una emboscada.

–No te preocupes, eso no sucederá –respondió alegremente Wally–. Zarin dice que Ash se encargará de que no suceda.

Wigram se sirvió un *chuppatti* y dijo con una sonrisa:

–Por supuesto. Había olvidado que él estará allí. Bien, me quita un peso de encima. Mira, aquí vienen los oficiales. Es tiempo de que partamos, Walter.

Eran las siete y media y el sol ya secaba el rocío de la ladera cercana cuando Wally montó en su caballo y se alejó con dos oficiales. Los treinta hombres de la escolta los seguían a paso lento. Una hora después, desde terreno alto, vio de pronto un gran *lashkar* de hombres de las tribus, apenas a un kilómetro y medio entre las montañas. No era un grupo pacífico porque Wally veía el aleteo de las banderas y el brillo del metal a la luz de la mañana, y estudiando el numeroso grupo con sus prismáticos llegó a la conclusión de que al menos debía de haber allí tres mil *khugianis*, y posiblemente muchos otros que estaban escondidos en los repliegues del terreno.

Un solo disparo, que no venía desde muy lejos, chocó contra una roca pocos metros más adelante, y, mientras Wally apartaba rápidamente sus gemelos y tomaba las riendas, la quietud de la mañana se rompió, una vez más, con disparos de mosquete. El enemigo no sólo los había visto, sino que obviamente había tomado la precaución de colocar centinelas; y uno de éstos, hábilmente oculto detrás de unas rocas a menos de quinientos metros, había abierto fuego contra los intrusos. Obedeciendo sus instrucciones, Wally no perdió el tiempo. Su pequeña fuerza dio media vuelta y galopó hasta perderse de vista. A las diez, todos habían vuelto al campamento.

El general, después de escuchar el informe de sus oficiales, ordenó que tomaran de inmediato la cima de una colina, desde donde los movimientos del enemigo podían verse y transmitirse por señales al campamento. Wally, que iba delante con su grupo y permaneció con ellos durante un rato, supuestamente para estudiar los movimientos de los *khugianis*, pensaba en realidad en la posibilidad de localizar a Ash, quien, según sospechaba, había efectuado aquel primer disparo a modo de advertencia, ya que no había llegado de un mosquete de los insurgentes.

Pero aun con la ayuda de sus prismáticos no le fue posible distinguir rostros individuales entre la masa de hombres reunidos en una franja de terreno elevado a más de un kilómetro y medio, mientras que una cuidadosa inspección de las laderas y elevaciones no mostró señales de vida. Aunque Wally no dudaba de que había por lo menos media docena de grupos ocultos entre las rocas, en la zona entre la colina donde él se encontraba y la ocupada por el enemigo.

Se guardó los binoculares con un suspiro y volvió al campamento a contar a Wigram que Ash tenía razón en lo que decía sobre los *khugianis*... Era evidente que pensaban luchar.

–Debe de haber miles allí, cuatro o cinco mil por lo menos, y tienen un gran estandarte rojo y varios blancos; y, a juzgar por la forma en que dispararon esta mañana, yo diría que también disponen de carabinas. ¿Qué diablos crees que esperan? ¿Por qué no comenzamos, en lugar de estar aquí sin hacer nada como si hubiéramos venido a ver el paisaje y disfrutar de una excursión?

–Mi querido Walter, dicen que la paciencia es una gran virtud. Debes cultivarla –replicó Wigram–. Nosotros, o más bien el general, esperamos escuchar qué dirán los que salieron esta mañana a reconocer el camino del Gandamak, y en cuanto tengamos su informe supongo que recibiremos órdenes de actuar. Pero aún no han regresado.

–¿No han regresado? –exclamó Wally, desconcertado–. Pero son las doce y media. Pensé que sólo recorrerían siete kilómetros por el valle... ¿No habrán caído en una emboscada, verdad?

–No, no lo creo. De ser así, se hubiesen escuchado disparos, y al menos algunos de ellos habrían podido volver a buscar ayuda. Además, Ashton lo habría sabido y hubiera hecho algo al respecto. No, solamente harán lo que se les ordenó: estudiar el terreno. Indudablemente llegarán a tiempo para su almuerzo, y nosotros también podremos comer con la conciencia tranquila.

Ya estaban sirviendo la comida del mediodía, pero Wally estaba impaciente por actuar y demasiado tenso como para sentir hambre. Tragó un par de bocados sin sentarse, y salió a ver si sus hombres habían comido y todo estaba listo para la orden de marcha. Wigram, ahora tan familiarizado como Ash con el hábito de Wally de cantar himnos cuando estaba de muy buen humor, advirtió, divertido, que tarareaba *Adelante, soldados de Cristo*, y pensó que en tales circunstancias era una elección bastante rara como canción de batalla, considerando que la mayoría de los *sowares* eran musulmanes o *sikhs*, y algunos hindúes, y que todos ellos, a los ojos de la religión del cantante, eran «paganos que adoraban ídolos».

Los Guías no esperaron mucho. Cuando, a la una, los hombres que faltaban aún no habían vuelto, el general Gough ordenó que se levantara el campamento y envió al mayor Battye con tres escuadrones de caballería a buscarlos. Él mismo los siguió con setecientos soldados de infantería *sikh*, punjabí y británica, cuatro cañones de la Artillería Real de Montaña y tres escuadrones del 10.° de Húsares.

–¡Bien! –dijo Wally con alegría, balanceándose en la montura.

Zarin, a quien había dirigido la exclamación, captó la importancia de lo que decía Wally a pesar de que no entendía su idioma, y sonrió mientras los escuadrones formaban de a cuatro en fondo y avanzaban en medio del calor sofocante del valle.

Se encontraron con los oficiales que faltaban y su escolta en un punto en que el camino cruzaba la ladera por debajo de una meseta donde se habían reunido los *khugianis*. Los dos grupos volvieron juntos a reunirse con el general, quien al oír lo que le comunicaban detuvo a su infantería en un lugar donde no podía ser vista por el enemigo y cabalgó hacia delante para valorar personalmente la posición. Le bastó con un breve recorrido, porque, como había dicho Wigram, Gough no necesitaba que nadie le enseñara lo que debía hacer ni lo aconsejara cómo manejar la situación.

Los *khugianis* habían elegido una posición defensiva perfecta. Sus líneas se extendían por el borde de la meseta, y las montañas que tenían a sus pies caían en forma empinada hasta unirse con una ladera más suave que llegaba al camino de Gandamak y a nivel relativamente llano en el lado más lejano. Ambos flancos de sus líneas estaban protegidos por acantilados, mientras que el frente había sido reforzado con trincheras de piedra. Si hubieran podido usar cañones, su posición habría sido prácticamente inexpugnable; de todas maneras, atacarla de frente sería suicida: simplemente destacar tropas para ello significaría debilitar seriamente los pequeños efectivos británicos, que ya eran superados en una proporción de cinco a uno. La última esperanza, como había dicho Ash y el general veía ahora, era atraer a los *khugianis* a campo abierto.

–Tendremos que arrancar una página del libro de Guillermo –observó pensativamente el general–. No hay otra forma...

–¿Guillermo, señor? –preguntó sin entender un asistente.

–El Conquistador... Véase batalla de Hastings, 1066. Harold y sus sajones debieron haber salido victoriosos, y así habría sido si no hubiera sucumbido a la tentación de abandonar su posición en el terreno más elevado para perseguir a los soldados que supuestamente escapaban. Debemos hacer lo mismo y tratar de atraer a esos tipos: que vengan aquí abajo. No creo que sepan nada de esa batalla, y aunque no conocen el miedo tampoco conocen la disciplina; creo que podemos apoyarnos en eso.

En consecuencia, envió a los Guías, al 10.º de Húsares y a la artillería hacia delante con órdenes de avanzar hasta llegar a menos de dos kilómetros del enemigo. La caballería se detendría mientras los demás seguían adelante unos quinientos metros, hacían los primeros disparos, y, a la primera señal de un avance, retrocederían una corta distancia antes de detenerse a disparar otra vez.

En opinión del general, ningún hombre de las tribus resistiría la visión de las tropas británicas en aparente retirada, así como la milicia de Harold no pudo resistir la visión de la infantería normanda que escapaba en fingida desbandada... Y esperaba que los *khugianis* abandonaran la protección de sus trincheras y corrieran a capturar las armas de las fuerzas en retirada. Luego, si se repetía la misma maniobra, sería posible atraer al enemigo lo bastante abajo como para permitir una carga de la caballería: entonces los atraparían en campo abierto, con pocas probabilidades de que pudieran volver a sus trincheras. Entretanto, mientras su atención se concentraba en las acciones pusilánimes de la artillería, la infantería avanzaría rápidamente por una *nullah*, desde donde, con suerte, saldrían sin ser vistos ni esperados por el flanco derecho del enemigo.

–Te dije que no necesitaría consejos –sonrió Wigram mientras los Guías se ponían en movimiento–. El general piensa rápido. –Se enjugó el sudor de los ojos con la mano y dijo–: ¡Caramba! ¡Qué calor hace! ¿No estás agradecido de no militar en la infantería?

–¡Dios mío, sí! –asintió Wally con entusiasmo–. Ha de ser terrible pasar por esa *nullah* con el sol sobre la espalda y todas las piedras al rojo. Tenemos suerte.

Se sintió aún mejor al colocarse a la cabeza de su tropa, cantando y olvidando totalmente que el sol brillaba con tanta fuerza sobre la ladera como en la *nullah* empinada y rocosa donde se encontraba la infantería, y que la tela de su uniforme ya estaba mojada por el sudor. Sólo tenía conciencia de un agradable estremecimiento de excitación y tensa anticipación, mientras los hombres montados formaban y salían al galope para enfrentarse al enemigo.

Sonó una trompeta, y, obedeciendo la señal, la caballería se detuvo en medio de una nube de polvo. Luego hubo momentos de completo silencio en los que Wally tuvo conciencia de muchos pequeños detalles. La forma en que brillaba el sol sobre los cañones de las armas; las pequeñas sombras proyectadas por cada piedra, y cómo la tierra árida parecía reflejar la luz como si fuese nieve; el olor de los caballos, del cuero y de los arneses, el del polvo, el sudor y la tierra calcinada; las figuras diminutas de los miles de hombres de las tribus, arracimados a lo largo del borde de la meseta, más arriba, y mucho más alto un solo aguilucho que bajaba en lentas espirales... Una solitaria mancha oscura en el enorme arco azul del cielo sin nubes.

Los uniformes de los soldados de artillería, a la derecha, daban una intensa nota de color en la desolación bañada por el sol de aquel paisaje árido, y más allá, casi escondidos por los grupos armados, veía los cascos color caqui del 10.° de Húsares, quienes, si era posible atraer a los *khugianis* a que bajaran desde sus alturas fortificadas, atacarían por el flanco izquierdo mientras los Guías lo hacían por el centro.

«Doscientos jóvenes –pensó Wally–, y subiremos por la pendiente para encontrar diez veces ese número de hombres fanáticos de la tribu, que nos odian y están ansiosos por saltar sobre nosotros».

La situación era tan crítica que debería asustarlo; pero, en cambio, tenía conciencia de una sensación de irrealidad, y ningún temor verdadero, ni animosidad alguna, hacia las figuritas que veía allá arriba, que poco después lucharían cara a cara con él y harían lo posible por matarlo... Como haría él también. Por un momento, le pareció un poco tonto y tuvo un fugaz deseo de echarse atrás, pero casi de inmediato le volvió la euforia y notó que la sangre se agolpaba en sus oídos. Se sentía ligero y alegre, y ya no notaba impaciencia.

El tiempo parecía haberse detenido como una vez se detuvo el sol para Josué. No había prisa.

Una ráfaga de viento sopló por el valle y dispersó el polvo, y el breve silencio fue roto por una seca orden del mayor Stewart de la artillería de montaña. Al oírla, sus hombres cobraron vida, movieron los látigos y las espuelas, y partieron al galope, mientras las ruedas de los cañones golpeaban contra el suelo pedregoso y levantaban una polvareda.

Avanzaron a la carrera unos quinientos metros; luego se detuvieron, instalaron los cañones y abrieron fuego sobre las masas compactas del enemigo en las alturas.

El brillo de la tarde se oscureció con las explosiones. El humo formó una pared blanca y sólida, como de algodón, y las laderas desnudas devolvieron el sonido que reverberó en todo el valle hasta que el aire mismo pareció estremecerse. El caballo de Wally, Mushki, echó atrás la cabeza y retrocedió un poco, relinchando. Pero los hombres de las tribus en las alturas lanzaron gritos de burla al ver que los disparos no los alcanzaban, y a su vez abrieron fuego con sus mosquetes mientras algunos, a la derecha, avanzaban audazmente protegidos por una colina y llevando con ellos el estandarte rojo.

Al verlos moverse, los artilleros de inmediato dieron media vuelta y volvieron a su posición original, y toda la línea, caballería y artillería juntas, retrocedió unos centenares de metros por la ladera. Fue suficiente. Como sospechaba el general, la visión de las tropas británicas en aparente retirada fue demasiado tentadora para los indisciplinados hombres de la tribu.

Convencidos de que, al ser su número infinitamente superior, los estúpidos *kafires* se habían aterrorizado, y al observar que tanto la infantería como la caballería huían, abandonaron toda precaución: chillando de alegría, salieron de sus trincheras para correr en una enorme horda aulladora, agitando las banderas, los mosquetes y los *tulwares*.

Más abajo, un segundo toque de trompeta sonó sobre el atronar de los cascos y los gritos triunfantes de los millares de guerreros que se acercaban. La caballería se detuvo al oírlo y dio media vuelta para atacar al enemigo, mientras los cañones volvían a rugir y cubrían de metralla a las huestes enemigas.

Poco después, un ruido de disparos en el sector más distante a la izquierda indicó que la infantería había llegado a su objetivo sin ser vista y atacaba al enemigo por el flanco. Pero los *khugianis* no dejaban de gritar y no los oían; tampoco aminoraron su marcha, aunque ahora ya podían ser alcanzados por los cañones. Enloquecidos por el placer de la batalla... o la perspectiva del paraíso, que se asegura a todos aquellos que matan a un infiel, no prestaban atención a los disparos de cañón o de carabina, sino que seguían avanzando como si cada uno de ellos compitiera en una carrera con su vecino por el honor de llegar primero al enemigo.

–¡Vamos, muchacho! –exhortó Wally, conteniendo a su caballo y jadeando mientras trataba de ver a través del polvo y el humo, con los ojos entrecerrados por el resplandor, aquel torrente desbordado de hombres que se abalanzaban hacia ellos blandiendo sus armas. Se dio cuenta de que mentalmente calculaba la distancia: seiscientos metros... quinientos... cuatrocientos...

El sol ardía en sus hombros y sentía resbalar el sudor por su cara debajo del casco, pero un estremecimiento helado le recorría la columna vertebral, y la alegría de un luchador nato ardía en sus ojos cuando comenzó a canturrear: *¡A la batalla, allá van nuestras banderas!*

Apartó sus ojos de la multitud que se acercaba y vio al oficial al mando de la artillería que se volvía y gritaba a la caballería:

–Es la última vez que disparo –chilló el mayor Stewart–. Luego les toca a ustedes.

Wigram Battye, que estaba sentado inmóvil en su caballo, al frente de su grupo, pasó las riendas a la mano izquierda y colocó la derecha en la empuñadura de su sable. Lo hizo sin prisa. Sus Guías siguieron el ejemplo de su comandante con una tensa sonrisa y se dispusieron a esperar.

Los cañones volvieron a disparar. Esta vez, el efecto fue mortal porque la metralla abrió grandes brechas entre las masas apretadas del enemigo. Y, mientras desaparecía el estruendo, el brazo derecho de

Wigram se alzó y en las filas detrás de él sonó y resplandeció el acero de doscientos jinetes levantando los sables. Wigram gritó una orden, y, con un alarido, la caballería avanzó.

Se lanzaron contra el enemigo con el ímpetu de un galope de cuatrocientos metros. Muy cerca unos de otros y con el sol brillando sobre sus sables. Ahora, por fin, los *khugianis* miraron por encima del hombro hacia las trincheras que habían dejado atrás y más arriba, comprendiendo demasiado tarde que había sido un error fatal abandonar sus defensas y permitir que los atraparan en campo abierto. Al ir a pie no tenían posibilidades de volver antes de que los alcanzara la caballería. Lo único que les quedaba por hacer era permanecer allí y luchar. Y lo hicieron: resistiendo y disparando una y otra vez contra los escuadrones de hombres a caballo.

En toda batalla sucede que los que están más cerca sólo ven una pequeña parte del conjunto, y Wally no fue una excepción.

Sabía que más adelante, fuera de su visión, la infantería debía de estar luchando, porque los había oído disparar; y también que el 10.° de Húsares debía de haber atacado en el mismo momento que los Guías. Pero los húsares estaban a la derecha de la línea, más allá de la artillería de montaña, y, como no tenía tiempo ni podía prestar atención a nada que no fuera su propio escuadrón y el enemigo que tenía delante, la batalla para él, del principio al final, quedó limitada a lo que veía, lo que a su vez estaba limitado por el polvo y la confusión de los hombres que rugían y peleaban.

La carga había llevado a los Guías a unos ciento cincuenta metros del enemigo, cuando Wally oyó el estampido de los mosquetes y sintió el silbido de las balas que pasaban junto a él como un enjambre de abejas furiosas. Entonces vio que el caballo de su comandante, lanzado al galope, se desplomaba con un balazo en el corazón.

Wigram saltó sobre la cabeza del caballo, y estuvo de pie en un instante. Pero trastabilló y volvió a caer cuando una segunda bala lo hirió en el muslo.

Instintivamente, al ver caer a su jefe, los *sikhs* lanzaron el grito ululante de su raza y se detuvieron. Wally también se frenó violentamente, con el rostro blanco.

–¿Por qué diablos se detienen? –gritó Wigram con furia, luchando por levantarse–. Estoy bien. Iré de inmediato. ¡Toma mi lugar, Walter! ¡No te preocupes por mí! ¡Vamos, muchacho!

Wally no se detuvo a discutir. Giró el cuerpo en la silla, gritando al escuadrón que lo siguiera, y levantó el sable por encima de su cabeza. Con un feroz bramido irlandés, clavó las espuelas para subir la ladera hacia el enemigo que esperaba; los Guías atronaron detrás de él al avanzar. Poco después, las dos fuerzas se mezclaban en un pandemónium de polvo y ruido, y Wally se encontró en lo más fuerte de la lucha, dando sablazos a izquierda y derecha mientras a su alrededor los hombres lanzaban maldiciones y levantaban grandes espadas curvas.

Wally hizo caer a uno tras cortarle media cara, y mientras el caballo tropezaba sobre el cuerpo caído oyó cómo el cráneo del hombre se partía como una nuez. Obligando a Mushki a enderezarse, lo apremió a seguir adelante, cantando con todas sus fuerzas y repartiendo espadazos como un cazador que azota a los perros. Olía a azufre y a sudor, a pólvora y a sangre fresca. Los cuchillos y los sables centelleaban y caían, y los hombres caían con ellos, mientras los caballos heridos trataban de incorporarse, relinchando de rabia y terror, o salían disparados en medio de la confusión pisoteando a todos los que se cruzaban en su camino.

La masa sólida del enemigo había sido convertida en pedazos por el impacto de la carga de caballería, y ahora los *khugianis* luchaban en pequeños grupos, aferrándose tenazmente a la ladera cubierta de hierba y de piedras y defendiendo el terreno con verdadero fanatismo. Wally vio fugazmente a Zarin, con los dientes apretados en una sonrisa fiera mientras hundía su sable en la garganta de un *gahzi*, y al *risaldar* Mahmud Khan, cuyo brazo colgaba inutilizado, empuñar su carabina con la mano izquierda y usarla como un machete.

Aquí y allá se habían formado pequeños remolinos alrededor de algún *sowar* sin caballo, que se defendía con la ferocidad de un jabalí herido contra los hombres de la tribu que lo rodeaban, esperando la oportunidad de acuchillarlo. Uno de ellos, el *sowar* Dowlat Ram, había quedado inmovilizado por su montura caída, y los tres *khugianis* que habían hecho caer al animal se lanzaron a matar al jinete que trataba de liberarse. Pero Wally lo había visto todo y acudió, agitando su sable manchado de sangre y gritando:

–*Daro mut, Dowlat Ram! Tagra ho jao, jawan! Sabash!* Bravo.

Los tres *khugianis* se volvieron como si fueran un solo hombre para enfrentar la amenaza. Pero Wally contaba con la ventaja de ir montado y era el mejor espadachín. Su sable hirió a un hombre en los ojos e inmovilizó el brazo derecho del segundo al tiempo que el primero caía hacia atrás, ciego y aullando. Dowlat Ram, aún atrapado por un pie, aferró a uno por la garganta mientras Wally esquivaba un golpe del tercero, y con un movimiento rápido le cortaba el cuello hasta casi separar su cabeza del cuerpo.

–*Sabash, sahib!* –aplaudió Dowlat Ram, liberándose con un último esfuerzo y logrando ponerse de pie–. Bien hecho. De no haber sido por usted, estaría muerto.

Levantó la mano para saludarlo y Wally respondió sin aliento:

–Lo estarás si no tienes cuidado. Vuelve a la retaguardia.

Los *khugianis* aún dominaban su terreno y luchaban fieramente, pero ahora se escuchaban pocos disparos. Después de la primera descarga, pocos tenían tiempo de recargar, y, en el frenesí y la confusión de la batalla, las armas de fuego resultaban difíciles de usar, pues no era posible asegurar que una bala dirigida a un enemigo no alcanzara a un amigo. Muchos usaban sus mosquetes como palos, pero un hombre al menos, un jefe *khugiani*, había conseguido recargar. Wally vio el mosquete apuntándolo y se echó a un lado; mientras la bala pasaba junto a él, clavó las espuelas a Mushki y fue hacia el enemigo con el sable goteando. Pero esta vez había encontrado a alguien tan bravo como él. El jefe *khugiani* era un experto guerrero y más rápido que los tres que habían hecho caer a Dowlat Ram. Como ya no podía recargar, permaneció donde estaba deteniendo los golpes de sable de rodillas, y, cuando el caballo pasó junto a él, le propinó un golpe con un largo cuchillo afgano.

La afilada hoja cortó la bota de montar de Wally, pero apenas le arañó la piel. Él echó hacia atrás a su montura y se lanzó nuevamente al ataque; en su joven rostro se veía la misma fiera alegría de la batalla que en la cara ansiosa y barbada del luchador que lo esperaba. Una vez más, el jefe se agachó para esquivar el golpe y luego saltó como un resorte, con el cuchillo en una mano y un *tulwar* en la otra.

Wally hizo girar al caballo a tiempo para eludir la acometida, pero el jefe saltó hacia atrás y esperó, con las rodillas flexionadas y su cuerpo ágil vibrando como el de una cobra antes de atacar. Mantuvo las armas bajas para que cuando su adversario se acercara pudiera golpear en el blanco más fácil de las patas o el vientre del animal, y derribar a la vez a caballo y jinete.

Ahora el duelo había atraído a un círculo de hombres de la tribu que, olvidando momentáneamente la lucha, permanecían observando con los cuchillos en la mano para ver cómo su campeón derribaba al *feringhi*. Pero el jefe cometió el error de repetir una maniobra que antes había tenido éxito, por lo que esta vez Wally la tuvo en cuenta al atacar: él también apuntó más abajo, al cuerpo en lugar de la cabeza. Y, en el momento en que el jefe cayó de rodillas para esquivar el golpe, el filo del pesado sable de caballería lo alcanzó en la sien izquierda y se desplomó de lado, con el rostro cubierto de sangre. Su *tulwar* arañó el flanco del caballo al caer, y, cuando Mushki retrocedió relinchando, los hombres de la tribu que se habían acercado se dispersaron y dejaron pasar al caballo y al jinete.

Minutos más tarde hubo un giro en la batalla.

Las filas del enemigo se rompieron y montones de *khugianis* echaron a correr desesperadamente hacia sus trincheras en la meseta. A medida que la caballería se lanzaba hacia delante, se fueron transformando en centenares y la batalla en una enorme confusión.

–¡Huyen! –gritó Wally, sin sombrero y triunfante–. *Sabash, jawanes! Maro!* ¡A matar! *Khalsa-ji-ki jai!* –Reunió inmediatamente a los escuadrones dispersos, se alzó en los estribos y dio la orden–: ¡Al galope! *Hamla Karo!*

Los Guías obedecieron, avanzando por el terreno irregular, hasta que Wally vio de pronto, por primera vez, algo que le había ocultado una elevación del terreno. Su corazón pareció detenerse.

Entre la base del terreno más empinado que caía desde el borde de la meseta y el lugar donde la ladera comenzaba a nivelarse, había un obstáculo natural que representaba un peligro mucho peor que las trincheras de roca construidas por el hombre: una profunda garganta en la ladera, paralela al borde, cortada por algún torrente de la montaña que se había secado y había dejado un reguero de piedras en el fondo de una caída a pico de unos dos metros y medio. Al otro lado, la ladera se elevaba bruscamente, y a lo largo de la cresta había trincheras que ahora volvían a llenarse con los hombres de las tribus, que aullaban su desafío y disparaban contra la caballería que los perseguía.

Era un espectáculo como para asustar a soldados mejores y más experimentados que el joven teniente Hamilton. Pero Wally estaba embriagado con el frenesí de la lucha y no vaciló. Usó sus espuelas con Mushki, que saltó la garganta y cayó sobre las piedras. Una vez abajo, los hombres se afanaban a izquierda y derecha buscando la forma de subir y seguir adelante, y en cuanto la encontraban se reunían y se lanzaban al ataque. Wally fue el primero en llegar a la cima donde la larga hilera de trincheras cortaba el camino hacia la tierra llana de la meseta. Aquí, los muchos hombres de las tribus que habían logrado volver dispararon sus mosquetes lo más rápido que pudieron. Pero el obstáculo no arredró a Mushki. El caballo lo saltó con la facilidad y la gracia de un cazador experto y, por milagro y la habilidad de su jinete, pasó a las laderas del otro lado con apenas un rasguño.

No hubo coordinación en la lucha, ni tiempo para esperar a que la infantería atacara por el flanco ni a que los cañones se colocaran en posición. Los Guías habían atacado por grupos separados y con una ferocidad que sacó a los indisciplinados hombres de las tribus de sus trincheras y los obligó a volver a la zona abierta de la meseta. Porque, aunque los *khugianis* peleaban fieramente, la mayoría de sus jefes y todos sus portaestandartes estaban muertos. Y sin jefes que los dirigieran no lograban reagruparse.

Sus trincheras fueron asaltadas en cuestión de minutos, y una vez más se dispersaron y corrieron por la meseta como hojas barridas por el viento de otoño, y huyeron sin aliento y con los músculos destrozados a buscar el incierto refugio de los fuertes y los pueblos en los valles cercanos.

Pero no podían huir libremente. Los cañones recibieron la orden de hacer fuego sobre cualquier concentración de hombres de las tribus, y la caballería, la de perseguirlos. Los Guías y los húsares, juntos, cortaron la retirada al enemigo, y sólo se detuvieron cuando casi habían llegado a los muros de la fortaleza *khugiani* de Koja-Khel.

La batalla de Fatehabad había terminado con la victoria de los británicos. Los vencedores volvieron a cruzar la planicie ensangrentada pasando junto a los trágicos restos de la guerra: los cadáveres mutilados de los muertos y los agonizantes, las armas abandonadas, los estandartes rotos, las pesadas sandalias de cuero, los turbantes y las cartucheras vacías...

La columna del general Gough había salido de Jalalabad con órdenes de «dispersar a los *khugianis*», y eso había hecho. Pero había sido una matanza terrible, porque los *khugianis* eran hombres valientes que, como había advertido Ash, pelearon como fieras. Aun cuando se dispersaron y corrieron, grupos de ellos se volvieron a disparar contra sus perseguidores, o a atacarlos sable en mano. Más de trescientos habían resultado muertos, y más de tres veces ese número heridos; pero fue difícil librarse de ellos. La pequeña fuerza de Gough perdió nueve hombres y tuvo cuarenta heridos, uno de los cuales murió más tarde de sus heridas; veintisiete eran Guías, y también siete de los muertos... Entre ellos, Wigram Battye y el *risaldar* Mahmud Khan.

Wally, que había visto caer a Wigram, supuso que lo habían llevado a la retaguardia y que estaba fuera de peligro. Pero el destino esperaba a Wigram ese día y no pudo escapar de él. Había ordenado a Wally, el único oficial británico aparte de él, que llevara adelante a los escuadrones, y el joven obedeció... Cargó en lo más duro de la batalla y salió de ella sano y salvo, sin ninguna huella, excepto un ligero arañazo y un corte en su bota de montar. Pero Wigram, que lo seguía lentamente y con mucho esfuerzo a pie con ayuda de uno de sus *sowares*, fue alcanzado de nuevo en la cadera. Al caer por tercera vez, un grupo de hombres de las tribus se abalanzó sobre él, pero fueron repelidos por el *sowar*, que llevaba una carabina y un sable de caballería; Wigram tenía su revólver. Cinco de los atacantes cayeron y el resto retrocedió, pero Wigram perdía sangre rápidamente. Recargó su revólver y, con enorme fuerza de voluntad, volvió a incorporarse sobre una rodilla. Pero, al hacerlo, una bala perdida, disparada por alguien en medio de la confusión, lo alcanzó en el pecho; cayó hacia delante y murió sin pronunciar una palabra.

Los atacantes supervivientes soltaron un grito y se lanzaron a destrozar el cadáver, porque, para un afgano, el cadáver de un enemigo merece la mutilación, especialmente cuando ese enemigo es un *feringhi* y un infiel. Pero no tuvieron en cuenta a Jiwan Singh, el *sowar*.

Jiwan Singh levantó el revólver y, colocándose junto al cadáver de su comandante, luchó contra ellos con esa arma y el sable. Permaneció allí más de una hora protegiendo el cuerpo de Wigram contra todos los que llegaban. Cuando terminó la batalla y los Guías supervivientes volvieron desde la meseta a contar sus muertos y heridos, lo encontraron aún haciendo guardia. A su alrededor, había un círculo de cadáveres de no menos de once *khugianis*.

Más tarde, cuando llegaron los informes oficiales, con los elogios y críticas correspondientes y las condecoraciones concedidas, y cuando los que no habían estado presentes ya habían señalado los errores de juicio y explicado cuánto mejor habrían manejado ellos el asunto, al *sowar* Jiwan Singh se le concedió la Orden del Mérito. Pero a Wigram Battye le correspondió un honor mucho mayor...

Cuando los heridos fueron trasladados en las camillas, y se dispusieron a colocar el cadáver del mayor en unas angarillas para llevarlo a Jalalabad (ya que cualquier tumba cerca del campo de batalla sería abierta y profanada en cuanto se hubiera retirado la columna), sus *sowares* se negaron a permitir que los hombres de la ambulancia lo tocaran.

–Un hombre como el *sahib* Battye no debe ser llevado por extraños –dijo uno de sus *sikh*–. Nosotros lo llevaremos.

Y eso hicieron.

La mayoría de ellos habían cabalgado desde el amanecer, y todos, en lo más caluroso del día, habían participado en dos cargas y librado una lucha desesperada de una hora en una situación tremenda. Estaban al borde del agotamiento y Jalalabad quedaba a más de treinta kilómetros por un camino que era apenas una senda pedregosa. Pero, durante toda aquella cálida noche de abril, distintos grupos de hombres avanzaron con el cadáver de Wigram sobre los hombros. No sobre una camilla de hospital, sino a hombros.

Zarin hizo su turno en la triste tarea, y durante un kilómetro o dos también Wally. Y, en una oportunidad, un hombre que no era *sowar*, pero que por su indumentaria podía ser un *shinwari*, salió de la oscuridad y ocupó el lugar de uno de los que lo llevaban. Curiosamente, nadie hizo el menor movimiento para evitarlo ni le preguntó qué derecho tenía a estar allí; parecía que lo conocían y lo esperaban, aunque sólo habló una vez, muy brevemente y en voz baja con Zarin, cuya respuesta fue asimismo breve e inaudible. Wally, que avanzaba con dificultad entre los últimos, con la mente embotada por la fatiga y la pena, fue el único que no advirtió la presencia de un desconocido en el cortejo. Y, la vez siguiente que se detuvieron, el hombre desapareció con tanta rapidez y discreción como había aparecido.

56

Llegaron a Jalalabad de madrugada, y pocas horas más tarde enterraron a Wigram Battye en el mismo lugar donde, cuarenta y seis años antes, los británicos habían enterrado a sus muertos cuando la primera guerra afgana. Y donde diecinueve nuevas tumbas señalaban el último sitio de reposo de dieciocho soldados y un oficial del 10.° de Húsares, cuyos cadáveres, extraídos del río Kabul sólo dos días antes, eran los únicos recuperados de los cuarenta y seis hombres ahogados al tratar de cruzar el vado. Cerca de Battye yacía un teniente muerto en el ataque por el flanco de la infantería. Pero el *risaldar* Mahmud Khan y los cinco *sowares* que también habían fallecido en la batalla de Fatehabad eran hombres de diferentes religiones; y, de acuerdo con ellas, sus cadáveres fueron llevados al cementerio musulmán para enterrarlos con los rituales y las plegarias correspondientes, o bien incinerarlos para recoger sus cenizas y arrojarlas al río Kabul, que las llevaría por las llanuras de la India y desde allí, con la gracia de Dios, al mar.

No sólo los regimientos observaron esa ceremonia. El ejército entero estuvo presente, y también los ciudadanos de Jalalabad y las aldeas próximas, y todos los viajeros que pasaban por el lugar. Entre estos últimos, inadvertido entre el gentío, estaba un *shinwari* flaco, con pantalones demasiado grandes, que, además de presenciar las exequias cristianas desde una discreta distancia, estuvo también entre los espectadores en el cementerio musulmán y en el lugar de la incineración.

Cuando todo terminó y la multitud se dispersó, el *shinwari* se dirigió a una casita en las afueras de la ciudad, donde se reunió con un *risaldar* de la caballería de los Guías que vestía ropas de paisano. Los dos hablaron durante una hora en *pushtu*, compartiendo una *hookah*, y cuando el *risaldar* volvió al campamento y a sus obligaciones llevaba con él una carta escrita en un tosco papel de manufactura local con una pluma de ganso, pero dirigida en inglés al teniente W. R. P. Hamilton, del Cuerpo de Guías de la Reina.

–No había necesidad de escribir ese nombre. Se la daré al *sahib* Hamilton en su propia mano –dijo Zarin, guardando cuidadosamente la carta entre los pliegues de su ropa–. Pero no sería sensato que vinieras al campamento a verlo ni que él hablara contigo. Si esperas entre los nogales detrás de la tumba de Mohamed Ishaq, traeré su respuesta aquí, poco después de que baje la luna. O quizás antes. No lo sé con seguridad.

–No importa. Estaré allí –respondió Ash.

Allí estaba cuando llegó Zarin con la carta que leyó más tarde aquella noche, a la luz de una lámpara de petróleo en una habitación que había alquilado aquella misma mañana. A diferencia de las cartas habituales de Wally, ésta era corta, y se refería en su mayor parte al dolor por la muerte de Wigram y la pérdida de Mahmud Khan y los otros que habían muerto en la batalla. Escribía que estaba encantado de saber que ahora Anjuli estaba en Kabul, le enviaba saludos, y terminaba pidiendo a Ash que se cuidara y expresando el deseo de que pronto volvieran a encontrarse en Mardan.

Una medida del dolor que le causaba la muerte de Wigram era que ni siquiera pensó en mencionar algo que poco tiempo atrás habría sido más importante que todo lo demás: que acababa de lograr su mayor ambición y la realización de un sueño antiguo y secreto.

El general Gough, que había observado toda la lucha desde la cumbre de una colina, lo había mandado llamar para expresarle su mayor admiración por el arrojo y el comportamiento de los Guías y para lamentar las fuertes pérdidas que habían sufrido; en particular, la muerte de su oficial comandante, el mayor Battye, que sería llorada no sólo por su propio cuerpo, sino por todos los que lo habían conocido. Pero eso no fue todo; el general habló calurosamente de las hazañas de Wally, y por último lo informó de que, en vista de que había tomado el mando al caer Wigram y había conducido la carga contra un número muy superior de enemigos, junto con su conducta en toda la batalla y su rescate del *sowar* Dowlat Ram, él, el general Gough, recomendaba personalmente en sus despachos que se concediera la Cruz Victoria al teniente Walter Richard Pollack Hamilton.

Sería falso decir que Wally no se conmovió ante esta noticia, o que la oyó sin sentir un estremecimiento en su corazón y una aceleración del pulso. Eso habría sido una imposibilidad física. Pero, mientras escuchaba esas palabras increíbles que le decían que su nombre recibiría el más alto honor que pueda concederse por un hecho de guerra, palideció nuevamente y comprendió que con gusto cambiaría esa codiciada cruz por la vida de Wigram... o por la de Mahmud Khan, o por la de cualquiera de aquellos otros hombres del escuadrón que nunca volverían a Mardan.

Siete muertos, veintisiete heridos (uno de los cuales dijo el médico que no sobreviviría) y cualquier cantidad de caballos muertos o inutilizados... No recordaba cuántos. Sin embargo, él, que había salido de todo aquello sin un arañazo, recibiría una pequeña cruz de bronce hecha con metal de un cañón capturado en Sebastopol, con una orgullosa inscripción: «Por su valor». No lo consideraba justo.

Este último pensamiento le recordó a Ash. Wally sonrió con cierta timidez mientras daba las gracias al general. Luego volvió a su tienda a escribir una breve nota a Ash antes de redactar una carta a sus padres con un informe de la batalla, diciéndoles que estaba a salvo y bien.

De manera que fue por medio de Zarin como Ash se enteró de que Wally había sido propuesto para la Cruz Victoria.

–Será un gran honor para todos en los Guías si el *Kaiser-i-Hind* brinda ese premio tan codiciado a uno de nuestros *sahibs* oficiales –dijo Zarin.

Pero sólo pudo decírselo la noche siguiente, cuando los dos volvieron a encontrarse entre los nogales. La alegría de Ash ante la noticia tenía una pequeña sombra de pena por no haberla podido oír de primera mano.

–Pronto podréis veros –lo consoló Zarin–, porque se dice en el campamento que el nuevo emir, Yakoub Khan, enseguida pedirá la paz, y que nuestros *pultons* volverán a sus acantonamientos antes de mediados del verano. No sé si es cierto, pero cualquiera se da cuenta de que no podemos permanecer aquí mucho más tiempo porque no tenemos suficientes alimentos para nuestras tropas, a menos que hagamos morir de hambre a los afganos. De manera que ruego que sea cierto, y, si es así, nos encontraremos dentro de pocos meses en Mardan.

–Así lo espero. Pero he recibido un mensaje del *sahib* general en el que me informa de que él va a Kabul, y por lo que dice es probable que deba quedarme allí algún tiempo más, lo cual no gustará a mi esposa, que se crio en las montañas y no ama las llanuras.

Zarin se encogió de hombros, tendió las manos en aceptación de lo inevitable y dijo:

–Entonces, ésta es la despedida. Cuídate, Ashok, y saluda de mi parte a Anjuli Begum, tu esposa, y también a Gul Baz. *Salaam alaikum, bhai.*

–*Wa'alaikoum salaam.*

Se abrazaron. Cuando Zarin se fue, Ash se envolvió en su manta y se tendió en el suelo polvoriento entre los nogales a dormir un par de horas antes de salir al camino que conducía, por Fatehabad y el paso del Lataband, a Kabul.

* * *

Unas seis semanas después, se firmó un tratado de paz en Gandamak por su alteza Mohammed Yakoub Khan, emir de Afganistán, y el mayor Pierre Louis Napoleon Cavagnari, oficial político en misión especial. Este último firmaba en virtud de los plenos poderes que le habían sido otorgados por el honorable Edward Robert Lytton, barón Lytton de Knebworth, virrey y gobernador general de la India.

Según los términos del tratado, el nuevo emir renunciaba a toda autoridad sobre el Khyber y los pasos de Michni y las diversas tribus en esa área, admitía la presencia continua de los británicos en el Kurram, se declaraba dispuesto a aceptar el asesoramiento del Gobierno británico en todas sus relaciones con otros países, y, entre otras cosas, aceptaba finalmente la exigencia que tanto se había esforzado su padre en resistir: el establecimiento de una misión británica en Kabul.

A cambio se le prometía un subsidio y se le ofrecían garantías incondicionales contra la agresión extranjera, mientras que el mayor Cavagnari, único responsable de obtener su firma a este documento, fue recompensado con la designación de jefe de la misión como enviado británico a su corte en Kabul.

Con vistas a calmar la suspicacia y la hostilidad de los afganos, se decidió que la comitiva del nuevo enviado sería comparativamente modesta. Pero aunque, aparte del mayor Cavagnari, aún no se habían mencionado nombres, los rumores que corrían en el campamento no ofrecían dudas al respecto. Y como las noticias viajan rápidamente en Oriente, un día después del regreso del emir a Kabul, un miembro de la guardia de su casa informó a un amigo personal (que anteriormente fuera *risaldar* mayor de los Guías y ahora era inválido de dicho cuerpo) de que su antiguo regimiento tendría el honor de proporcionar escolta a la misión *angrezi* y que cierto *sahib* oficial que se había distinguido en la batalla contra los *khugianis* iría al mando de ella.

El *sirdar bahadur* Nakshband Khan llevó a su vez esta información a un invitado de su casa, un tal Syed Akbar, a quien el amable *sirdar* había ofrecido hospitalidad, así como a su esposa y a un sirviente *pathan*.

Luego de ser despedido por Cavagnari, Ash había abandonado su puesto en el Bala Hissar, aunque obedeciendo los deseos del general continuaba residiendo en Kabul. Sin embargo, como el tipo de información requerido por las Fuerzas de Campaña del valle de Peshawar no se obtenía tan rápidamente en Kabul como en los alrededores de los cuarteles del ejército invasor, pronto salió de viaje, y Anjuli lo veía poco. Pero incluso eso la compensaba mil veces de las fatigas del viaje por los pasos nevados: era muchísimo mejor que no verlo en absoluto ni tener noticias de él, excepto algún indirecto mensaje verbal enviado por Zarin a su tía en Attock.

Esos días, cuando Ash se separaba de ella, nunca podía decirle con certeza cuánto tiempo estaría fuera, ni avisarla sobre su regreso, pero al menos significaba que cada día, cuando Anjuli se despertaba, podía pensar: «Quizá vendrá hoy...». De manera que siempre vivía esperanzada, y cuando la esperanza se materializaba, era sumamente feliz... Mucho más que los que aceptan la felicidad como algo seguro y no piensan que terminará. Además, como había dicho a la Begum, se sentía segura en Kabul, a salvo de la gente del *rana*, cuyos espías nunca la seguirían hasta allí; de manera que podía olvidar los temores que la asaltaban en la India. Y después del paisaje ardiente de Bhithor, y de las rocas y las tierras desérticas que rodeaban a Attock, el aire de Kabul y la visión de la nieve y las altas montañas era una perpetua fuente de descanso.

El dueño de casa, un hombre prudente y cauteloso, se preocupó de asegurarse de que nadie allí, ni su familia ni sus sirvientes, sospechara que Syed Akbar era otra cosa que lo que parecía. Y cuando Anjuli llegó en mitad del invierno y Ash declaró que deberían trasladarse a otra parte, el *sirdar* insistió en que se quedaran los dos, pero sugirió que, en caso de que la forma de hablar el *pushtu* de Anjuli no resultase apropiada cuando se la sometiera a la prueba de la conversación diaria con las mujeres de la casa, sería conveniente decir que era una dama turca, con lo que se explicarían los errores que pudiera cometer.

La gente de la casa no tuvo razones para extrañarse por esto y la aceptó. Llegaron a tomarle mucho afecto, como la Begum, y Anjuli pronto se convirtió en una de ellas. Aprendió sus costumbres y ayudaba en las numerosas tareas de la casa: guisar, hilar, bordar, moler especias y preparar conservas de frutas y verduras. Y, en su tiempo libre, estudiaba el Corán y aprendía lo máximo posible de memoria, porque no podía permitirse mostrar ignorancia en asuntos religiosos. Los niños la adoraban porque nunca le faltaba tiempo para construirles juguetes, lanzar cometas o contarles cuentos atractivos como había hecho con Shushila; y allí, en una tierra de mujeres altas y piel blanca, no se la consideraba extraña ni excesivamente grande, sino hermosa.

Si hubiera podido ver más a Ash, habría sido completamente feliz, y los momentos en que estaban juntos eran tan idílicos como los días de luna de miel en aquel largo viaje encantado del Indo. Nakshband Khan les había cedido unas habitaciones en el piso más alto de su casa, y allí podían retirarse a un mundo privado, separados del ruido de la vida cotidiana y de los pisos bajos.

Sin embargo, aun cuando estaba en Kabul, Ash debía trabajar y abandonar esas tranquilas habitaciones para ir a la ciudad a escuchar las conversaciones en los mercados y descubrir lo que se decía en las tiendas de café y las hosterías, y en los patios del Bala Hissar, donde un ejército de suboficiales, buscavidas y sirvientes ociosos pasaban los días en intrigas y habladurías, y donde podía hablar con conocidos y escuchar las opiniones de los ciudadanos y los hombres que pasaban por Kabul. Comerciantes con caravanas de Balkh, Herat y Bokahara, campesinos de los pueblos cercanos que traían mercancías, agentes rusos y otros espías extranjeros, soldados que volvían de luchar en el Kurram o el Khyber, turcomanos de ojos oblicuos del norte, comerciantes de caballos, faquires y peregrinos a alguna de las mezquitas de la ciudad.

De esta forma se enteró de que se había firmado el tratado de paz, y después de eso esperó hora tras hora el aviso de que volvían a llamarlo a Mardan, pero no llegó ninguno. En cambio, supo un día por el *sirdar* que una misión británica, dirigida por Cavagnari, vendría a Kabul y que su escolta seguramente habría sido elegida entre hombres de su propio cuerpo y mandada por su mejor amigo. Una hora después de oírlo, salió rápidamente hacia Jalalabad a ver al comandante de los Guías.

Ash había esperado estar de regreso una semana después. Pero, cuando llegó a Jalalabad, se enteró de que el coronel Jenkins, que ahora que las hostilidades habían terminado estaba nuevamente al mando del cuerpo, ya se había marchado; y también Cavagnari y el general Browne, y Wally... Porque, al ratificarse el tratado de paz a principios de junio, el ejército invasor comenzó a salir de Afganistán. Había que evacuar Jalalabad, y los regimientos aún acampados allí se preparaban para marchar.

–Llegas demasiado tarde –dijo Zarin–. El *sahib* Hamilton salió con el primer grupo, y el *sahib* comandante unos días antes. Si todo ha ido bien, ya deben de haber llegado a Mardan.

–Entonces yo también debo ir a Mardan –respondió Ash–. Porque, si es cierto que el *sahib* Cavagnari llevará una misión británica con una escolta de los Guías a Kabul, debo ver al *sahib* comandante de inmediato.

–Es cierto –confirmó Zarin–. Pero, si sigues mi consejo volverás, ya que si continúas adelante correrá peligro tu vida, y tienes que pensar en tu esposa. Todo iba bien cuando ella estaba en Attock y mi tía la cuidaba, pero ¿qué será de ella si mueres en el camino y queda sola en Kabul?

–Pero la guerra ha terminado –replicó Ash con impaciencia.

–Eso dicen. Aunque tengo mis dudas al respecto. Pero hay cosas peores que la guerra, y el cólera es una de ellas. Viviendo en Kabul tal vez no te hayas enterado de que el cólera negro ha invadido de tal manera Peshawar que, cuando llegó a la guarnición, las tropas *angrezi* fueron rápidamente trasladadas a un campamento a nueve kilómetros de los acantonamientos, pero sin resultado, porque esta vez la mayoría de las víctimas estaban entre los *angrezi-log* y pocos de los enfermos se recuperan. Mueren como moscas, y ahora la enfermedad invade los pasos y ataca a nuestro ejército que vuelve al Hind, de manera que parece que perderemos más vidas al salir de este país que las que perdimos al tomarlo. Me contaron que han muerto ya tantos de cólera que el camino está bordeado de tumbas.

–No lo sabía –respondió Ash.

–¡Ahora lo sabes! Junio siempre ha sido un mes malo para la marcha; pero aquí, con tan poca sombra y agua, y el calor y el polvo peores que en los desiertos del Sind, es como un anuncio del infierno. De manera que sigue mi consejo, Ashok, y vuelve con tu mujer.

Porque te aseguro que el camino por el paso del Khyber está lleno de tropas, armas y transportes, y tan plagado de enfermos y moribundos que aunque escaparas al cólera no podrías llegar a Jamrud en varios días. Irías más rápido a pie por las montañas que tratando de abrirte paso entre el tumulto que hay desde aquí hasta el Khyber. Si tu asunto con el *sahib* comandante es tan urgente, escríbele y yo me encargaré de llevar la carta.

–No. Una carta no serviría. Debo hablar con él cara a cara para convencerlo de que lo que digo es verdad. Además, tú mismo viajarás por ese camino y correrás el mismo peligro de contagiarte del cólera que yo.

–En ese caso, mis posibilidades de recuperarme serían mucho mayores que las tuyas, porque no soy *angrezi* –replicó Zarin con ironía–. Y, si muriera, mi mujer no quedaría sola y sin amigos en una tierra extraña. Pero no hay peligro de que yo enferme del cólera porque no viajaré por ese camino.

–¿Quieres decir que te quedarás aquí? Pero yo creía que Jalalabad sería evacuada... a caballo y a pie. Que todos se irían.

–Así es. Yo también me iré, pero por el río.

–Entonces iré contigo –respondió Ash.

–¿Como Ash? ¿O como Syed Akbar?

–Como Syed Akbar, porque debo regresar a Kabul y sería demasiado peligroso hacer otra cosa.

–Es cierto –dijo Zarin–. Veré qué se puede hacer.

Entre los Guías era tradicional que si un oficial moría mientras servía en el cuerpo, se lo enterraba, y si era posible, en Mardan. De manera que, cuando sus hombres pidieron que no se dejara atrás el cadáver de Battye, se acordó exhumar su ataúd. Pero, a causa de las dificultades para llevarlo con ellos en el calor de junio, se decidió intentar enviarlo en balsa por el río Kabul, al norte del Khyber, y por esa *terra incognita* del país Mallagori, a Nowshera.

El *risaldar* Zarin Khan y tres *sowares* fueron designados para escoltar el ataúd. Y, en el último momento, Zarin pidió permiso para llevar a un quinto hombre: un *afridi* que había llegado a Jalalabad la noche anterior y que, dijo Zarin, era un pariente lejano suyo y sería muy útil en la escolta, ya que había hecho aquel viaje antes y conocía todos los recodos y los peligros del río.

Se concedió el permiso, y, poco antes del amanecer, la balsa que llevaría los restos de Wigram a su último lugar de descanso en Mardan partió en un largo y azaroso viaje hacia las llanuras.

57

La luz comenzaba a declinar cuando el vigía, que había estado tendido todo el día en el borde de un acantilado sobre el río, levantó la cabeza y silbó. A unos sesenta metros de allí, un segundo hombre, oculto por un saliente rocoso, pasó la señal y la oyó repetir por un tercero.

Había más de doce vigías que esperaban junto a la orilla del río, pero ni siquiera un hombre con prismáticos los habría descubierto, y los hombres de la balsa no tenían prismáticos. Además, necesitaban concentrarse en mantener su pequeña embarcación lejos de las rocas y los remolinos, porque la nieve se derretía en las montañas del norte y el río Kabul corría caudaloso y rápido.

Había seis hombres en la balsa, cuatro de los cuales (un *pathan* alto, dos *sikhs* de barba negra y un corpulento punjabí musulmán) llevaban el uniforme pardo de los Guías. El quinto, un *afridi* flaco de barba rojiza, llevaba indumentaria menos formal y se ocupaba de manejar el palo de tres metros que servía para impulsar la balsa; a causa del calor y del esfuerzo que debía hacer, sólo llevaba una fina camisa sobre los anchos pantalones de algodón de su raza. El sexto era un oficial británico, pero estaba muerto. En realidad, había muerto casi dos meses atrás. El ataúd era de madera verde, y, a pesar de que lo habían envuelto en una lona para mayor protección, ni siquiera la brisa de la noche que soplaba en el río era suficiente para dispersar el nauseabundo olor a descomposición.

El *pathan* alto se volvió bruscamente.

–¡Abajo! Hay hombres entre esas rocas –dijo Zarin Khan, tomando su carabina–. *Mohmandos...* Que se vayan al infierno. No os levantéis: ofrecemos un blanco demasiado bueno. Pero hay poca luz y, si Alá nos ayuda, tal vez podremos pasar.

–Quizá no quieran atacarnos –dijo un *sikh*, comprobando la carga de su rifle–. No pueden saber quiénes somos y tal vez nos tomen por hombres de uno de sus pueblos.

El punjabí soltó una breve risa.

–No te engañes, Dayal Singh. Si hay hombres en los acantilados, saben muy bien quiénes somos y estarán esperándonos. Tal vez fue una suerte que Sher-Afzal haya caído de la balsa y se haya ahogado en estos torrentes, porque, si eso no nos hubiera retrasado, habríamos llegado a este lugar dos horas antes y hubiésemos ofrecido un blanco mucho más fácil. De todas maneras... –No terminó la frase, porque el primer tiro lo alcanzó en la garganta y saltó como impulsado por un resorte, con los brazos al aire, para caer de espaldas en el río.

El ruido del disparo y del cuerpo al caer sonaron al mismo tiempo en el río, y, por un instante, una mancha oscura tiñó el agua y fue arrastrada por la corriente; pero el cuerpo del punjabí no volvió a la superficie.

Se oyeron varios disparos más mientras la balsa continuaba deslizándose por el río, y los tres hombres de la escolta que quedaban permanecieron tendidos sobre los troncos y devolvieron los disparos con la precisión tranquila de la larga práctica, apuntando hacia los que los atacaban desde una docena de salientes en el acantilado. Pero era una lucha desigual: el enemigo podía tomarse tiempo para apuntar, mientras que los hombres de los Guías no contaban con ningún refugio y la balsa estaba constantemente en movimiento, y sólo tenían a su favor la velocidad y las sombras. El ataúd proporcionaba una pequeña protección, pero estaba atado en el centro de la embarcación, y si los tres hombres se refugiaban al otro lado, la balsa volcaría.

Siguieron disparando y algo que parecía un montón de ropas cayó entre gritos desde el saliente de una roca para golpear contra las piedras de la orilla. Zarin rio y dijo:

–*Shabash*, Suba Singh. Buen disparo. Casi demasiado bueno para un *pathan*.

Los tres hombres estaban de buen humor a pesar de la situación, porque su oficio era la guerra.

Un tiro dio en el ataúd y de pronto el aire se llenó con un intenso hedor de muerte.

–Gracias, *sahib* Battye –dijo en voz baja Suba Singh, saludando al ataúd–. Usted siempre se preocupó por sus hombres, y si no hubiera sido por usted ese disparo habría dado en mi cabeza. Veamos si puedo vengar esta descortesía hacia usted.

Levantó la cabeza, apuntó con cuidado y un hombre cerca de la parte más alta del acantilado alzó los brazos y cayó hacia delante, mientras su arma caía también junto con una lluvia de piedras.

–Dos a dos. Veremos qué haces ahora, *pathan* –dijo el *sikh*.

Zarin sonrió, e ignorando las balas que silbaban a su alrededor como abejas furiosas, apuntó hacia un lugar que habría sido invisible para alguien que no perteneciera a un país donde cada piedra puede ocultar a un enemigo: una estrecha prominencia entre dos rocas donde se veía asomar el cañón de un *jezail*. El disparo dio en el blanco sobre el pequeño círculo de metal y el cañón se bajó tan bruscamente que no dejó dudas sobre lo sucedido.

–Bien –dijo Zarin–. ¿Satisfecho?

No hubo respuesta; al volver la cabeza, se encontró con una mirada fija por encima del ataúd. El *sikh* no se había movido; su mentón seguía apoyado en el féretro y su boca estaba abierta como si estuviera a punto de hablar, pero mostraba un orificio de bala en su sien. Dayal Singh, tendido junto a él, ni se había dado cuenta de que su compatriota había sido alcanzado por una bala.

–¿Está muerto? –dijo Zarin, comprendiendo al momento que era una tontería preguntarlo.

–¿Quién? ¿El bribón a quien disparaste? Esperemos que sí –respondió Dayal Singh.

Buscó más municiones, y entonces el cuerpo de Suba Singh cayó a un lado y quedó tendido en la balsa con un brazo sumergido en el agua. Dayal Singh lo miró, inmóvil y jadeante. De pronto comenzó a temblar como si tuviera fiebre. Sus dedos cobraron vida nuevamente y cargó su carabina con furiosa prisa, lanzando maldiciones en un susurro. Se puso en pie de un salto y comenzó a disparar hacia el acantilado, recargando el arma con un puñado de balas que llevaba en el bolsillo. La balsa se inclinó peligrosamente con la fuerza de la corriente traicionera, y el que la impulsaba usó todo su peso para equilibrarla y gritó al *sikh* que se agachara. Pero Dayal Singh no podía razonar en aquellos momentos. La furia le impedía tomar precauciones y permaneció junto al cadáver de su compañero, mirando hacia el acantilado y maldiciendo a la vez que disparaba. Una bala lo alcanzó en la mandíbula y la sangre comenzó a correr por su barba oscura, y enseguida sus pantalones se tiñeron de rojo en el punto de su pierna en que impactó un segundo disparo. Recibió quizá media docena de balazos, pero no se echó atrás ni dejó de disparar mientras juraba furiosamente. Hasta que, por fin, una bala le dio en el pecho; trastabilló y dejó caer su carabina para desplomarse sobre el cuerpo de su compañero *sikh*.

Su caída hizo zozobrar violentamente la balsa, que se inundó. Rodó sobre el ataúd y una pila de latas y otros objetos; y, antes de que Zarin o el timonel pudieran enderezar la embarcación, los cuerpos de los dos muertos se deslizaron y desaparecieron en el río.

Aliviada de su carga, la balsa recuperó su posición. Zarin se puso de rodillas y, sacudiendo el agua de su uniforme, dijo con amargura:

–Ahí van dos hombres buenos; y en estos tiempos no podemos permitirnos estas pérdidas. Esta campaña ha sido muy costosa para los Guías. Muchos han muerto o han quedado malheridos, y ahora hay cuatro más que se han ido... y, si no oscurece pronto, tú y yo moriremos también. Malditos sean. Ojalá que yo... –Se interrumpió y sus ojos se entrecerraron–: ¡Estás herido!

–Sólo un rasguño. ¿Y tú?

–Yo no... todavía.

Pero no hubo más disparos desde el acantilado, quizá porque ahora había muy poca luz y la balsa ya no ofrecía buen blanco para los que estaban entre las rocas. El río era una cinta gris en la penumbra y la balsa, que apenas se movía, brillaba como una polilla o un murciélago en la corriente. Una hora más tarde, los dos hombres y su carga habían dejado atrás los acantilados y las aguas más agitadas, y seguían adelante a la luz de las estrellas en una zona menos apta para las emboscadas.

El día había sido muy caluroso, ya que el monzón aún no había llegado a aquellas latitudes, y entre las colinas resecas y sin árboles el suelo emanaba el calor del sol en ondas casi visibles, como si se hubieran abierto las puertas de un horno. Pero el río Kabul estaba alimentado por las nieves y los glaciares del Hindu Kush, y, cuando el viento de la noche comenzó a soplar, el timonel se estremeció.

–Quédese quieto, *sahib*, o lo perderemos en la próxima curva –gruñó Zarin, señalando al muerto en su ataúd–. ¿Hay un nudo en tu lado, Ashok?

–Dos –respondió el timonel–. Pero no me atrevo a apretarlos en la oscuridad. Si chocamos contra una roca mientras lo hago, el ataúd puede soltarse y arrojarnos al río. Habrá que esperar hasta el amanecer. Además, después de guiar la balsa todo el día, mis manos están demasiado rígidas como para atar lazos.

–Y eres hombre de montaña –se burló Zarin–. Dios mío, la noche es más calurosa que el infierno.

–Y el río helado –replicó Ash–. Es agua de deshielo, y he estado dos veces en ella, de manera que la conozco. Si hubiera advertido que la corriente era tan rápida y que los *mohmandos* nos esperaban, lo habría pensado dos veces antes de pedirte que vinieras en semejante viaje. Es una locura... De todas maneras, ¿qué diferencia existe sobre el lugar donde esté enterrado el cuerpo de un hombre? ¿Al *sahib* Battye le importará si descansa en la tierra junto a Jalalabad o en el cementerio de Mardan? ¡Seguro que no! Ni le habría importado si después de haberse ido los *afridis* lo hubieran desenterrado para escupir sobre él o desparramar sus huesos.

–Es a nosotros a quienes importa –respondió brevemente Zarin–. No permitiremos al enemigo que insulte a nuestros muertos.

–A nuestros muertos *angrezi* –corrigió Ash con cierto enojo–. Esta guerra nos costó las vidas de otros. Sin embargo, dejamos sus cadáveres entre las montañas afganas y sólo hemos traído éste.

Zarin se encogió de hombros y no respondió. Había descubierto mucho tiempo atrás que era inútil discutir con Ash, quien, aparentemente, no veía las cosas como los demás hombres. Pero enseguida dijo:

–¡Pero tú querías venir..., y no por mí, tampoco!

Ash sonrió en la oscuridad:

–No, hermano. Tú siempre has sido capaz de cuidarte solo. Como sabes, vine porque deseaba hablar con el *sahib* comandante antes de que sea demasiado tarde. Si logro verlo a tiempo, tal vez pueda persuadirlo de que esa misión de que habla está destinada al desastre y es necesario abandonarla; o, al menos, postergarla. Además, dicen que el Gobierno mandará una escolta de los Guías con el nuevo enviado a Kabul, y que ha ofrecido el mando al *sahib* Hamilton.

–Eso me han dicho –respondió Zarin–. ¿Y por qué no? Será una distinción más para él, y un gran honor para nosotros, los Guías.

–¿Morir como ratas en una trampa? ¡No, si yo puedo evitarlo! Haré lo que pueda para que no acepte.

–No lo conseguirás. No hay oficial en todos los ejércitos del Raj que rechace semejante honor. Ni regimiento, tampoco.

–Quizá. Pero lo intentaré. He tenido muy pocos amigos en mi vida..., y supongo que es culpa mía. De esos pocos, dos han significado mucho para mí. Tú y el *sahib* Hamilton; y no puedo soportar perderlos a ambos... No puedo.

–No los perderás –dijo Zarin con tono alentador–. Por un lado, tal vez no me envíen a Kabul. Y cuando... volvamos a Mardan, verás las cosas con más optimismo. Ahora estás agotado, y la vida ha sido muy dura para ti últimamente; por eso hablas así.

–No, no es eso. Hablo así porque he hablado con demasiados hombres que no conocen ni hablan con los *sahib-log* ni con los soldados del *sirkar*... Y también con muchos otros que ni siquiera han visto... y me han dicho cosas que me dieron miedo.

Zarin guardó silencio unos momentos y luego declaró con parsimonia:

–Creo que ésa ha sido tu gran desgracia: que puedes hablar con esa gente. Años atrás, cuando eras un niño, mi hermano Awal Shah dijo al *sahib* Browne, que era entonces nuestro comandante, que era una lástima que olvidaras hablar y pensar como uno de nosotros; hay pocos *sahibs* que pueden hacerlo, y uno así iba a ser muy útil para nuestro regimiento. Por lo tanto, a raíz de lo que él dijo, tratamos de que no olvidaras. Quizá fue un error, porque tu destino era no pertenecer a Oriente ni a Occidente, y, sin embargo, tener un pie en cada lado...

–Así es –asintió Ash con una breve carcajada–. Y caí entre ambos lados hace mucho tiempo, y me dividí en dos. Es hora de que trate de pertenecer solamente a mí mismo... Si es que no es tarde ya para eso. No obstante, si tuviera que vivirlo todo de nuevo...

–Harías lo mismo que has hecho; y lo sabes –dijo Zarin–. Al observar que el destino de cada hombre está atado a su cuello y que es imposible escapar a él. Dame el remo; por lo que se oye, hay corrientes rápidas más adelante, y, si no descansas, esa herida del brazo te causará problemas antes de que sea de día. No nos atacarán en la oscuridad y te despertaré antes de que salga la luna. Trata de dormir, porque mañana necesitaremos estar bien despiertos. Será mejor que ates el extremo de una de esas cuerdas a tu cintura cuando te acuestes, porque puedes deslizarte al agua si la balsa se ladea.

Ash hizo caso de la sugerencia y Zarin aprobó con un gruñido.

–Bien. Ahora toma esto. Puede ayudarte a dormir y te aliviará el dolor del brazo. –Le entregó varias cápsulas de opio que Ash tragó obedientemente–. ¡Uf! Qué mal huele el *sahib.* ¿Tenemos algo con que tapar ese agujero de bala?

Ash arrancó un trozo de tela de su turbante y Zarin tapó el agujero. No tenían nada que comer, porque las provisiones que habían traído con ellos se habían perdido al ladearse la balsa y arrojar los cadáveres de los *sikhs* al río. Pero los dos estaban demasiado cansados para sentir hambre y al menos tenían la seguridad de una abudante provisión de agua. Ash no podía dormir. Le dolía el brazo y pensaba en qué forma debía transmitir la información al coronel Jenkins..., si llegaban a Mardan. Le resultaba difícil pensar en argumentos para que lo creyeran. En cuanto el opio hizo efecto, se quedó dormido.

* * *

La corriente arrastró la balsa hasta sacarla de las sombras de las montañas de Mallagori, y comenzó a perder fuerza a medida que el río se ensanchaba. El ritmo más lento despertó a Ash, que observó que había amanecido y que la tierra era llana.

Poco después, quince o veinte minutos si tenían suerte, habrían cruzado la frontera invisible que dividía Afganistán de la provincia de la frontera noroeste; y luego sólo sería cuestión de flotar en las aguas que los harían pasar por Michni y Mian-Khel hasta Abazai, y siguiendo hacia el sur hasta Charsadda y Nowshera. Entonces estaría nuevamente en la India británica, y Zarin podría atar la balsa a la orilla y dormir un par de horas, pues no había pegado ojo en toda la noche.

Un rato más tarde se oyó el crujido de la arena y las piedrecillas bajo la embarcación, y se detuvieron. Ash supo entonces que estaban en territorio británico. Zarin no se habría arriesgado a detenerse si aún estuvieran en dominios tribales... o pudieran ser alcanzados por disparos desde allí.

Por fin Ash se movió y descubrió que estaba atado al ataúd con una cuerda. Había olvidado eso. Se incorporó, sintiéndose mareado y estúpido, y comenzó a desatar el lazo con los dedos entumecidos. Entretanto, una voz que apenas reconoció dijo roncamente:

–¡Bendito sea Alá! Entonces no estás muerto –y volviéndose a mirar por encima del ataúd vio el rostro de Zarin, gris y consumido por el agotamiento, que había perdido el turbante y la *bulla*, y con el uniforme empapado como si hubiera estado nadando en el río.

Hizo un esfuerzo para responder, pero no pudo hablar. Su amigo dijo con tono fatigado:

–No te moviste cuando caímos en los remolinos y dimos vueltas como un trompo. Estaba seguro de que habías muerto, porque te balanceabas en el extremo de esa cuerda como un cadáver y no levantaste la cabeza ni una mano, ni siquiera cuando te cubrían las olas.

–No... No dormía –replicó Ash entrecortadamente–. No puedo haber dormido. No cerré los ojos... Al menos, no creo que...

–Ah, fue el opio –dijo Zarin–. No debería haberte dado tanto. Pero por lo menos debes de haber descansado. Yo, que ya estoy viejo, espero no tener que soportar nunca otra noche así. Me siento completamente entumecido.

Zarin estaba hambriento, sediento, empapado y agotado. Pero, en lugar de calmar su sed en el río y luego ir a buscar algo de comer, como habría hecho un europeo, se lavó primero ritualmente y luego volvió el rostro hacia La Meca para comenzar las plegarias que los fieles recitan al amanecer.

Ash había aprendido esas plegarias mucho tiempo atrás. Era necesario que las supiera (y que lo vieran diciéndolas) durante los años en que había buscado a Dilasah Khan por todo Afganistán, y más recientemente, al volver allí disfrazado de *afridi* por instigación de Wigram Battye. Había recitado esas oraciones diariamente en los momentos indicados, ya que eran parte de su disfraz lo mismo que las ropas que llevaba y la lengua que hablaba; y abandonarlas ahora habría provocado comentarios. De manera que, instintivamente, viendo a Zarin que comenzaba el ritual, él también se volvió hacia La Meca y empezó a murmurar las plegarias familiares. Pero no las terminó. Zarin se interrumpió y, volviendo la cabeza, dijo enojado:

–*Chut!* Aquí estás seguro. No hay necesidad de representar comedias.

Ash se detuvo con la boca abierta, paralizado al ver el rostro de Zarin más que por el tono de sus palabras. Era una mirada que nunca había visto antes, y que no esperaba ver; una mezcla de rechazo y animosidad completamente inesperados que lo dejó sin aliento, como si hubiera chocado con algo duro en la oscuridad. Sintió que su corazón comenzaba a latir con fuerza, como un tambor en su pecho.

Zarin volvió de repente a sus rezos y Ash lo contempló como si viera algo que reconocía, pero que jamás habría esperado encontrar allí.

Porque siempre había sabido que para los hindúes, que tenían muchos dioses, la casta era lo más importante, y que la única forma de convertirse en hindú era nacer hindú; y había aceptado el hecho de que, en lo que a ellos se refería, él siempre estaría del otro lado de una línea invisible trazada por la religión y que era imposible cruzar. Pero con Koda Dad y Zarin, y los otros de su religión, que adoraban a un solo Dios, aceptaban conversos y no tenían inhibiciones con respecto a comer y beber con nadie, independientemente de su credo, nacionalidad o clase, no parecía haber ninguna barrera de ese tipo. Y aunque el Corán les enseñaba que matar a los infieles era un acto meritorio, recompensado con la entrada en el paraíso, siempre se había sentido cómodo con ellos. Hasta ahora.

La reacción en el rostro de Zarin le explicaba muchas cosas: la conquista de la India por los mogoles, la invasión árabe de España y las muchas guerras santas que tiñeron de sangre la tierra durante siglos. Además, lo ayudó a ver otro asunto; algo de lo que él siempre había tenido una vaga conciencia, pero que no se había molestado en pensar: el hecho de que la religión no hubiese traído amor, hermandad ni paz a la humanidad, sino, tal como prometió, una espada.

El vínculo entre Zarin y él había sido lo suficientemente fuerte como para soportar todas las tensiones, excepto el golpe de la espada. Porque, aunque en cierto nivel eran amigos y hermanos, en otro, más profundo, eran enemigos tradicionales: los «fieles», los seguidores del profeta, y los «infieles», los no creyentes a cuya destrucción se dedican los primeros. Porque está escrito: «Mata a aquellos que tienen otros dioses en cualquier lugar en que los encuentres, persíguelos, espéralos con cualquier clase de emboscada».

Zarin debía de saber que él, Ash, había observado cualquier ritual de la religión mahometana como parte de su disfraz, aunque nunca lo hubiese visto. Pero ahora, al presenciarlo por primera vez, y cuando ya no había necesidad de ello, sólo veía un sacrilegio; y a Ash, como a un infiel que se burlaba del verdadero Dios.

Era extraño, pensó Ash, que nunca se hubiera dado cuenta antes de que entre él y Zarin había un abismo tan vasto como el que lo separaba de los hindúes de todas las castas. Y de que tampoco podría cruzarlo nunca.

Se apartó, sintiéndose extrañamente desposeído, y más sacudido por esta repentina revelación de lo que habría considerado posible. Era como si el suelo se hubiera desintegrado bajo sus pies sin advertencia previa, y de pronto la mañana se llenara de una dolorosa sensación de pérdida y tristeza; porque algo de gran valor había desaparecido de su vida y nunca lo recobraría.

En ese momento de crisis, su mente se volvió hacia Juli con tanto agradecimiento como se vuelve un hombre hacia un fuego encendido en una habitación fría, tendiendo las manos hacia su calor reconfortante. Y con el primer resplandor de la mañana, que iluminó las nieves del Safed Koh, dijo sus propias plegarias, las mismas que había dicho con el rostro vuelto hacia el Dur Khaima cuando Zarin Khan era un corpulento joven de Gulkote y él un insignificante niño hindú al servicio del *yuveraj*: «Tú estás en todas partes pero yo te idolatro aquí... Tú no necesitas elogios, pero yo te ofrezco estas plegarias...».

Oró también por Juli, para que estuviera protegida de todo mal y él pudiera volver a ella sin peligro. Por Wally y Zarin, y por el descanso del alma de Wigram Battye y de todos los muertos en las colinas cerca de Fatehabad y en la emboscada de la noche anterior. No tenían comida en la balsa, de manera que no pudo hacer ofrendas; y reflexionó con ironía que era mejor porque Zarin, sin duda, lo habría reconocido como un rito hindú y habría sentido aún más desagrado.

Zarin terminó sus plegarias. Después de descansar un poco, Ash empuñó el remo y se alejó de la orilla. Mientras el sol subía y las nieblas de la mañana cubrían el río, vio frente a ellos los muros de Michni dorados por los rayos solares, y enseguida bajaron a tierra y compraron comida. Encontraron un hombre que llevara un mensaje a Mardan anunciando su llegada, y avisando de que se hicieran los preparativos necesarios para recibir la balsa en Nowshera y escoltar el cadáver del mayor Battye por tierra hasta el acantonamiento.

Vieron partir al mensajero, comieron y siguieron avanzando por el río.

Era un día terrible, aunque ahora el río discurría con suavidad y rapidez entre orillas bajas y por una zona tranquila. El sol ardía sobre sus cabezas y sus hombros como un martillo al rojo, y el olor del cadáver era cada vez más insoportable. Pero todas las cosas tienen un fin, y al atardecer llegaron al puente de barcas de Nowshera. Vieron a Wally con una escolta de la caballería de los Guías en el camino, esperando para llevar el cuerpo de Wigram a Mardan.

58

Como no sabía que Ash estaba en la balsa, Wally no lo reconoció en la semioscuridad y no pudieron hablar hasta mucho más tarde, porque el estado del cadáver hacía necesario enterrarlo de inmediato. Llevaron el ataúd a las afueras de Mardan, donde lo trasladaron a un carruaje. El funeral tuvo lugar esa misma noche a la luz de las antorchas.

Después del entierro de Wigram en el pequeño cementerio, Ash fue a entrevistarse con Wally a solas.

Había esperado ver primero al comandante, pero, como el coronel Jenkins era hospedado por dos oficiales de las fuerzas de la frontera, amigos de Wigram, que habían venido desde Risaltur para el funeral y pasarían allí la noche, la entrevista debió postergarse hasta el día siguiente; de manera que Zarin lo llevó a las habitaciones de Wally en el fuerte.

Wally estaba encantado de ver a Ash, pero la tensión emocional del segundo funeral de Wigram había deprimido su ánimo, y no estaba dispuesto a escuchar ninguna crítica a la propuesta misión británica a Afganistán; y menos a considerar negarse a asumir el mando de la escolta..., suponiendo que se lo ofrecieran, cosa que hasta el momento no había sucedido, o al menos no oficialmente. En aquellos momentos sólo era un rumor, aunque todos, según Wally, estaban de acuerdo en que Cavagnari sería la mejor elección como enviado si se mandaba una misión a Kabul.

–Me imagino que habrá recibido alguna insinuación al respecto del virrey, porque tuvo la bondad de decirme que, si le confiaban alguna misión, pediría que yo fuera su agregado militar al mando de una escolta de Guías. Y no creo que lo hubiera dicho a menos que estuviera bastante seguro de contar con ello. De todas maneras, no quiero hablar de eso antes de que sea un hecho.

–Si te queda algún sentido común –dijo Ash–, rogarás porque eso no suceda.

–¿Que no suceda? ¿Por qué diablos dices eso? –preguntó Wally sin entender.

–Quiero decir que cuando el fallecido emir Shere Ali estaba tratando de convencer a nuestros señores y amos de que su gente nunca aceptaría de buen grado el establecimiento de la presencia británica, o, en todo caso, de cualquier presencia extranjera en su país, señaló que ningún emir de Afganistán podría garantizar la seguridad de esos extranjeros «aun en su propia capital». Wally, ¿alguna vez lees alguna cosa que no sea poesía?

–No seas tonto. Sabes bien que sí.

–Entonces debes de haber leído la historia de Kaye, de la primera guerra afgana, y recordarás sus conclusiones, que deberían escribirse con letras de treinta centímetros de alto en la entrada del Departamento de Guerra, y en el despacho del virrey, y los cuarteles del Ejército en Simla también... Kaye dijo que, después de un enorme derramamiento de sangre y una gran pérdida de bienes, dejamos todo Afganistán lleno de enemigos. Antes de que el Ejército británico cruzara el Indo, el nombre de Inglaterra era honrado en Afganistán porque la gente lo asociaba con las vagas tradiciones del esplendor de la misión del señor Elthinstone; pero todo lo que recordaban ahora eran «hechos terribles de la invasión de un ejército destructor». Eso sigue siendo cierto ahora, Wally. Por eso esta misión debe ser cancelada. Debemos detenerla.

–Nadie la detendrá. Es demasiado tarde para eso. Además...

–Bien, entonces hay que postergarla..., retrasarla todo lo posible, para dar tiempo a que se hagan esfuerzos por crear confianza y establecer relaciones realmente amistosas con el emir y con su pueblo. Sobre todo, calmar sus temores de que los británicos quieren apoderarse de su país como se apoderaron de éste. Aún ahora, eso podría hacerse si hombres como Lytton, Colley y Cavagnari pudieran ser persuadidos de usar una aproximación diferente, dejando a un lado la actitud autoritaria y tratando de que prevalezcan la moderación y la buena voluntad. Pero te aseguro, Wally, que si Cavagnari realmente piensa llevar esta desastrosa misión a Kabul, jamás volverá vivo. Ni tú ni ningún otro que vaya con él... Tienes que creerlo.

Wally, que había escuchado con impaciencia mal disimulada, respondió:

–¡Ah, tonterías! El propio emir ha decidido aceptar la misión.

–Sólo bajo presiones –corrigió rápidamente Ash–. Y, si piensas que sus súbditos la han aceptado, estás muy equivocado. Están en contra de ella como lo han estado siempre; más, en todo caso, después de esta guerra. Y lo que cuenta son sus deseos y no los del emir; un hecho que él conoce tan bien que acudió a la Conferencia de Gandamak preparado para luchar contra ella, y nada de lo que pudieran decir los generales y los políticos lo hará cambiar de idea. Se puso en contra de todo, y sólo cuando Cavagnari exigió que se le permitiera hablar con él a solas, sin que ninguna otra persona estuviera presente, él...

–Lo sé. No es necesario que me lo digas. ¡Caramba! Yo estaba allí –interrumpió Wally con irritación–. Y Cavagnari lo convenció.

–¿De veras? Me permito dudarlo... Supongo que lo amenazó, y bastante seriamente. Lo que cualquiera sabe con seguridad es que obligó al emir a rendirse... y luego alardeó de haberlo comprado «como si hubiera sido un simple Kohat Malik». No te molestes en mover la cabeza porque es cierto. Si no me crees, pregúntaselo tú mismo... No lo negará. Pero habría sido mejor que se callara, porque la cosa se supo y no puedo creer que lo ayude a hacerse amigo del emir. Tampoco de su pueblo, que no está dispuesto a aceptar la presencia británica en Afganistán porque a sus ojos sólo significa una cosa: un preludio a la anexión de su tierra natal en la misma forma que los primeros puestos comerciales de la East India Company condujeron a la anexión de la India.

Wally observó fríamente que tendrían que tragárselo, y que, aunque se daba cuenta de que al principio la misión no sería popular, una vez que estuvieran allí, sus miembros tendrían que encargarse de entablar buenas relaciones con los afganos y demostrarles que no tenían nada que temer.

–Lo haremos lo mejor que podamos, te lo prometo. Y si alguien puede conseguirlo es Cavagnari. De eso estoy seguro.

–Te equivocas. Admito que puede haberlo hecho una vez, pero al tratar mal al emir ha perdido un aliado vital. Yakoub Khan no es de los que perdonan los insultos, y ahora le proporcionará muy poca ayuda, y probablemente intrigará contra él a sus espaldas. Wally, sé de qué estoy hablando. He vivido durante meses en ese maldito país, y sé lo que se dice allá... y también en lugares como Herat y Kandahar y Mazar-i-Sharif. Los afganos no quieren esta misión, y no están dispuestos a que los fuercen a aceptarla.

–Peor para ellos –respondió bruscamente Wally–. Porque tendrán que aceptarla, quieran o no. Además, les dimos una paliza tan terrible en el Khyber y el Kurram que tuvieron que pedir la paz. Creo que las tropas que resultaron tan ignominiosamente derrotadas habrán aprendido bien la lección y no tendrán demasiadas ganas de recibir otra dosis de la misma medicina.

Ash se aferró al respaldo de una silla con ambas manos hasta que los nudillos se le pusieron blancos, y explicó con voz controlada que el problema era que no habían aprendido nada... porque ni siquiera sabían que los habían derrotado.

–Ésa es una de las cosas que vine a decirle al comandante: hubo insurrecciones en el Turquestán y en Badakhshan, y, como las tropas derrotadas debieron ser enviadas para hacer frente a la situación allí, el emir debe reunir nuevas fuerzas para que ocupen su lugar, y esas fuerzas son una turba indisciplinada que nunca ha peleado contra el Ejército británico y no sabe nada de las derrotas. Al contrario, les han contado una serie de historias sobre «las gloriosas victorias afganas» y, lo que es peor, hace meses que no reciben su paga porque el emir insiste en que el Gobierno no tiene dinero para pagarles. De manera que saquean a la pobre gente de las aldeas, y representa una amenaza peor para ellos que no tener tropas en absoluto. Es evidente que están totalmente fuera de control y, en mi opinión, son un gran peligro para cualquier misión británica que cometa la estupidez de establecerse en Kabul y confiar en que mantendrá el orden. Porque no pueden hacerlo y, además, no lo harán...

Wally replicó con furia que seguramente Cavagnari había oído todo eso y que tendría montones de espías recogiendo información para él. Ash estuvo de acuerdo:

–Pero el problema es que vienen y van, y sólo alguien que realmente ha vivido en Kabul durante los últimos meses puede tener una idea de cuál es la situación allí. Es completamente inestable y muy peligrosa en potencia, porque no se puede esperar un comportamiento racional de una turba díscola y hambrienta que no ha participado en las anteriores hostilidades y piensa que la retirada de nuestro ejército significa una derrota, y que, por tanto, está firmemente convencida de que los británicos invasores fueron vencidos y huyen de Afganistán con el rabo entre las piernas. Ésa es la idea que tienen, y no ven ninguna razón para que el nuevo emir permita a un puñado de los derrotados, despreciados y odiados *angrezi-log* establecer una misión permanente en Kabul. Si lo hace, sencillamente lo considerarán una debilidad y pensarán mal de él; eso no mejorará las cosas tampoco.

Wally se apartó para sentarse en el borde de la mesa, balanceando una pierna y mirando por la ventana la luz de la luna que llenaba el interior del pequeño fuerte. Luego dijo:

–Wigram solía decir que no querría estar en tu lugar por nada del mundo... Porque tú no sabías a dónde pertenecías. Pero no creo que tuviera razón en ese sentido. Yo creo que te has decidido y has tomado partido; y que no es el nuestro el que has elegido.

Ash no replicó. Después de una pausa, Wally agregó:

–Siempre pensé que, cuando se tratara de asuntos militares, nos elegirías a nosotros. Nunca soñé... Bien, es así; no vale la pena hablar sobre eso. Nunca estaremos de acuerdo mientras aparentemente adoptes el punto de vista afgano en este asunto, porque yo no puedo evitar verlo desde el nuestro.

–Al decir «nuestro» te refieres a Cavagnari y a Lytton, y a todos ésos –saltó Ash.

Wally se encogió ligeramente de hombros.

–Bien, si quieres...

–No me gusta. ¿Cómo lo ves tú, Wally?

–¿Yo? Bien, creo que está claro. Tal vez no conozca a esa gente como tú..., me refiero a los hombres de las tribus..., pero sé que desprecian la debilidad, ¡como tú mismo acabas de señalar! Bien, entonces cualesquiera que sean tus puntos de vista con respecto a lo correcto y lo incorrecto, fuimos a la guerra y la ganamos. Los derrotamos. Logramos que su emir viniera a Gandamak a discutir los términos de la paz y firmar un tratado con nosotros, y el más importante de esos términos fue que nos permitieran establecer una misión británica en Kabul. No voy a discutir los pros y los contras contigo, porque, gracias a Dios, no soy político, pero si nos echamos atrás ahora pensarán que ni siquiera tenemos el valor de insistir en nuestros derechos como vencedores, y nos despreciarán por ese motivo... Tú sabes perfectamente que es cierto. No ganaríamos amistad y respeto, sino sólo escarnio, y aun los hombres de nuestro propio cuerpo nos despreciarían por ello y comenzarían a preguntarse si hemos perdido empuje. Pregúntales a Zarin y a Awal Shah, o a Kamar-Din o a cualquiera de ellos, qué es lo que piensan; y escucha lo que dicen. Te sorprenderá.

–No me sorprenderá –respondió Ash cansadamente–. Pensarán lo mismo que tú. Por todo este asunto vano de «conservar la imagen». Todos sufrimos de eso: y lo pagamos... con sangre. No nos atrevemos a «perder la imagen» aunque eso signifique dejar a un lado la justicia, la razón y el sentido común, y hacer algo que no sólo es tonto, sino terriblemente peligroso; y, en este caso, además, completamente innecesario.

Wally dejó escapar un suspiro de resignación y dijo con una sonrisa:

–«No es justo», en realidad. Que Dios nos ayude si no estás con eso otra vez. No sirve de nada, Ash. Pierdes el tiempo.

–Supongo que sí –admitió Ash–. Pero, como Wigram dijo una vez, «hay que intentarlo». Esperemos que el comandante comprenda la gravedad de la situación, y trate de persuadir a Cavagnari y a los muchachos de la política expansionista de que vuelvan a pensar en el tema de esta misión. Aunque admito que no tengo ninguna confianza en quienes toman las decisiones en Simla. ¡Ni en el *homo sapiens* en general, realmente!

Wally rio, y, por primera vez aquella noche, se le vio como en los viejos días de Rawalpindi: joven, alegre y despreocupado.

–Ojalá, pero eres un demonio siniestro. Me avergüenzo de ti. Vamos, vamos, Ash, no seas un Jeremías. Realmente no somos tan incapaces como piensas. Sé que nunca pensaste igual que Cavagnari, pero te apuesto lo que quieras a que convencerá a los afganos, que terminarán comiendo de su mano un mes después de nuestra llegada a Kabul. Los pondrá de su parte como hizo sir Henry Lawrence con los *sikhs* derrotados en los días anteriores al levantamiento... Ya verás.

–Sí..., sí, ya veré –dijo Ash perezosamente.

–Por supuesto, olvidaba que tú estarás en Kabul. ¿Cuándo vuelves?

–En cuanto haya visto al viejo. Espero que mañana. No tiene sentido que me quede más tiempo, ¿verdad?

–Si quieres decir que no lograrás persuadirme de que renuncie al mando de la escolta si tengo la mala suerte de que me lo ofrezcan, no, no tiene sentido.

–¿Cuándo crees que lo sabrás?

–Supongo que cuando Cavagnari vuelva de Simla.

–¡Simla! Tendría que haber sabido que estaba allí.

–Por Dios, pensé que lo sabías. Pasó el Khyber con el general Sam y fue directamente a informar al virrey.

–Y a ser recompensado por haber obligado a Yakoub Khan a aceptar las condiciones de ese maldito tratado de paz, sin duda –dijo Ash con tono algo colérico–. Al menos que lo nombren sir... Sir Louis Cavagnari, etcétera.

–¿Por qué no? –preguntó Wally, que comenzaba a enfadarse–. Se lo ha ganado.

–Sin duda. Pero, a menos que pueda persuadir a su compañero Lytton de que postergue la misión hasta que Yakoub Khan pueda restablecer algún tipo de ley y orden en Kabul, es probable que esto conduzca a la guerra. ¡Y a ti también, Wally! Para no mencionar a los *jawanes* y a todos los que lleve con él. ¿Ya han elegido a los miembros de la escolta?

–No oficialmente, aunque más o menos está decidido. ¿Por qué?

–Porque quería saber si irá Zarin.

–Que yo sepa, no. Awal Shah tampoco. En realidad, no irá ninguno de tus camaradas.

–Excepto tú.

–Bien, yo no tendré problemas –respondió Wally con aire trivial–. No te preocupes por mí..., he nacido con buena estrella. Debes preocuparte por ti. No puedes permanecer indefinidamente en un lugar problemático como Afganistán sólo para vigilar a tus amigos, de manera que seré yo quien te dará un consejo esta vez. Cuando veas al viejo, haz que te permita volver con nosotros. Ponte de rodillas si es necesario. Dile que te necesitamos... Y Dios sabe que es verdad.

Ash lo miró con cierta extrañeza y empezó a decir algo, pero cambió de idea y preguntó cuándo partiría la misión..., si es que lo hacía.

–Partirá, no hay la menor duda. Pensamos salir en cuanto Cavagnari vuelva de Simla. Pero como te dije, no se ha decidido nada todavía y, por lo que sé, el virrey puede tener otras ideas.

–Esperemos que así sea. No pueden ser peores que ésta –observó Ash con ironía–. Bien, adiós, Wally, no sé cuándo volveré a verte, mas espero por tu bien que no sea en Kabul.

Tendió la mano. Wally se la estrechó y dijo en tono amistoso:

–Dondequiera que sea, espero que sea pronto. Tú lo sabes. Y si es en Kabul, al menos sabrás que por nada del mundo habría querido perderme ir allí. Caramba, es una posibilidad que se da una vez en la vida. Además, si todo sale bien significará una promoción para Hamilton y un paso importante hacia la obtención del bastón de mariscal de campo. Me imagino que no querrás privarme de eso, ¿verdad? De manera que no me digas «adiós», sino «te veré en Kabul».

Zarin opinó igual que Wally cuando Ash le relató su conversación a la mañana siguiente. Y otra vez, como en la situación anterior, hubo en su voz una nota ominosa de cambio y advertencia. Una insinuación de impaciencia que llegaba a la irritación, y una sugerencia indefinible de separación, como si se hubiera retirado al otro lado de una barrera. Ash pensó, aterrado por la reflexión, que era como hablar con un extraño.

Zarin no le dijo que sus advertencias lo molestaban, pero lo expresó con su tono.

–Nosotros, tus amigos, ya no somos niños –dijo Zarin–. Somos todos hombres mayores y sabemos cuidarnos solos. Awal Shah me dice que ha hablado con el *sahib* comandante, que te verá esta tarde, cuando todos estén, si no durmiendo, al menos dentro de sus casas.

No miraba a los ojos de Ash; se levantó y salió a cumplir con sus obligaciones, diciendo que estaría de regreso antes de las dos para acompañar a Ash al bungaló del comandante. Le aconsejó que durmiera un rato, porque necesitaría estar descansado si quería salir para Kabul aquella noche, ya que hacía demasiado calor para viajar de día.

Pero Ash no durmió, porque, aparte de que la pequeña habitación de ladrillo de Zarin, detrás de las líneas de caballería, era intolerablemente calurosa, tenía muchas cosas en que pensar. Y también una decisión vital que tomar.

Ash había temido que su amistad con Zarin no sobreviviese a su regreso a Mardan como oficial. Pensó que no murió gracias, en gran parte, al sentido común y a la cordura del hijo menor de Koda Dad, más que a las cualidades que él poseía. Después de aquello le había parecido que podría sobrevivir a cualquier cosa, y jamás había previsto que terminara así.

Sin embargo, era el final. Lo veía claramente. No podían continuar viéndose y hablando juntos como antes, porque sus caminos se habían separado. Había llegado el momento en que Ash debía bailar al compás de la música que oía.

Era algo que Wigram le había dicho alguna vez, y las palabras perduraban en su mente:

«Si un hombre no conserva el mismo ritmo que sus compañeros, quizás es porque oye un tambor diferente; y será mejor que baile al son de la música que oye».

Era un buen consejo y el tiempo lo demostraba, porque ahora sabía que nunca había logrado conservar el mismo ritmo que sus compañeros, fueran europeos o asiáticos, porque él no era ni una cosa ni otra.

Había llegado el momento de cerrar el *Libro de Ashok, Akbar y Ashton Pelham-Martyn de los Guías*, dejarlo en un estante y comenzar uno nuevo: el *Libro de Juli*. O de Ash y Juli, su futuro y sus hijos. Quizás un día, cuando fuera viejo, tomaría ese primer tomo, le quitaría el polvo, lo hojearía y reviviría el pasado en su memoria... con cariño y sin resentimiento. Pero, por el momento, era mejor dejar todo aquello a un lado y olvidarlo. *Ab kutum hogia* (ahora ha terminado).

Cuando volvió Zarin, había tomado su decisión: aunque Ash no lo dijo, Zarin lo notó de inmediato. No porque hubiera tensión entre ellos, pues se hablaron con tanta confianza como siempre, como si nada hubiera cambiado. Pero, de alguna manera indefinible, Zarin se dio cuenta de que Ashok se había apartado de él, y supo, sin que se lo dijera, que muy probablemente nunca volverían a encontrarse.

«Quizá cuando seamos viejos», pensó Zarin como había hecho antes Ash. Apartó el pensamiento de su mente y habló con entusiasmo del presente, de cosas como una proyectada visita a Attock para ver a su tía Fátima y la necesidad de comprar nuevos caballos para reemplazar a los que habían perdido en la reciente campaña, hasta que llegó la hora en que Ash debía ir a ver al comandante.

La entrevista duró mucho más que la que había sostenido con Wally la noche anterior, porque, con la esperanza de convencer al coronel Jenkins de que tocara todos los resortes posibles para retrasar el envío de una misión británica a Afganistán (o, mejor aún, hacer que se abandonara el proyecto), Ash había considerado con todo detalle la situación dominante en Kabul. Y el comandante, que sabía bien que era muy probable que su propio cuerpo se viera involucrado, escuchó con gran atención. Después de formular unas cuantas preguntas pertinentes, prometió hacer lo que pudiera, aunque admitió que no confiaba demasiado en tener éxito.

Ash se lo agradeció y pasó a hablar de asuntos más personales. Quería hacer una petición, algo en lo que había pensado mucho durante los últimos meses, pero que finalmente había decidido aquella misma mañana, durante las horas pasadas en la vivienda de Zarin. Pedía que lo relevaran de sus obligaciones actuales, y también que le permitieran renunciar a su cargo y dejar no solamente los Guías, sino también el Ejército.

Explicó que no había tomado esa decisión con apresuramiento, ya que la convicción de que nunca podría convertirse en un verdadero oficial del Ejército crecía en él desde hacía algún tiempo. Suponía que Wigram, cuando era ayudante, debía de haber contado algo al comandante sobre Anjuli... El comandante asintió en silencio, y Ash se sintió aliviado y dijo que en ese caso comprendería las dificultades con que debía enfrentarse. Si hubiera podido volver a Mardan y vivir abiertamente con su esposa, tal vez habría podido aceptar las condiciones de la vida del Ejército en la India británica, pero, como existían diversas causas por las que no podía considerarse esa posibilidad, creía que había llegado el momento de tratar de comenzar una nueva vida para su esposa y para sí mismo.

Los largos meses de viaje a Bhithor, las semanas pasadas allí y los años en Afganistán le hacían intolerable la existencia estrecha de un oficial, incluso la de un oficial de un cuerpo como el de los Guías, y se daba cuenta de que nunca podría adaptarse a ella sobre una base de nacionalidad o de credo. Por tanto, lo único que le quedaba por hacer era cortar sus lazos con el pasado y empezar de nuevo, como un individuo que no era británico ni indio, sino, simplemente, un miembro de la raza humana.

La actitud del comandante fue amable y comprensiva, pues en su fuero interno se sentía aliviado. Teniendo en cuenta la historia peculiar de la viuda hindú con quien Ashton (según el pobre Wigram) decía haberse casado, y el escándalo que semejante historia causaría si llegaba a difundirse, le pareció que lo mejor para el cuerpo, así como para Ashton, era que el joven renunciara a su carrera y se retirase a la vida civil, donde podría hacer lo que quisiera. Discutieron el asunto racionalmente y sin animosidad: como ahora la guerra había terminado y el Ejército británico estaba en proceso de retirada de Afganistán (incluso el general Browne ya había salido del país), el comandante no vaciló en decir que Ash podía considerar terminada su misión como oficial de información de las Fuerzas de Campaña del valle de Peshawar. Aceptaba también la dimisión de Ash en los Guías y prometía encargarse de que no hubiera dificultades en cuanto a su renuncia a continuar en el servicio activo. Todo eso quedaba en sus manos, pero a cambio pedía a Ash un favor.

¿Aceptaría Ashton permanecer en Kabul algún tiempo más (quizás hasta un año) y actuar como agente de información para la escolta de los Guías? Siempre suponiendo que la proyectada misión británica se convirtiera en una realidad.

–Por cierto, me ocuparé de que toda la información que usted acaba de darme sea transmitida a Simla, y haré todo lo que pueda para que no se envíe la misión, aunque, como ya le he dicho, me temo que podré hacer muy poco. Pero, si va, casi con toda seguridad el joven Hamilton irá con ella como agregado militar, al mando de una escolta de Guías; y, después de lo que usted me ha contado, me gustaría saber que está usted cerca para darle cualquier información que necesite sobre la situación en Kabul, la actitud de la población local, etcétera. Si no se envía la misión, o la escolta asignada no pertenece a los Guías, se lo comunicaré inmediatamente. A partir de ese momento, podrá usted considerarse un civil, y ni siquiera necesita volver aquí a menos que lo desee.

–¿Y si no abandonan la idea, señor?

–Entonces le pediré que permanezca en Kabul mientras los Guías estén allí. En cuanto expire el tiempo que deben permanecer en el lugar y sean sustituidos por algún otro regimiento, será usted libre de marcharse. ¿Lo hará?

–Sí, señor –dijo Ash–. Sí, por supuesto.

En tales circunstancias habría sido difícil rechazar semejante solicitud aunque se le hubiera ocurrido, y no se le ocurrió. En realidad, le venía muy bien. Juli era feliz en Kabul... y, además, le daba más tiempo para decidir lo que pensaba hacer y adónde irían, porque, si el cuerpo enviaba una escolta a Kabul, el tiempo que debería permanecer allí no sería inferior a un año, lo cual también significaba que vería con frecuencia a Wally, a quien no haría falta decirle, antes de que terminara ese año, que él, Ash, había solicitado su baja de los Guías...

* * *

Ash partió por última vez de Mardan al salir la luna, y Zarin lo acompañó hasta la entrada de la ciudad antes de verlo alejarse por la llanura lechosa hacia las colinas de la frontera.

Se abrazaron e intercambiaron las frases formales de despedida como lo habían hecho tantas veces:

–*Fa makhe da kha*. Que tengas un brillante futuro.

–*Amin sara*. Y tú también.

Pero ambos sabían, en el fondo de su corazón, que se despedían por última vez. Que éste era un último adiós. Habían llegado al punto donde sus caminos se separaban, y ya no volverían a cruzarse por más brillantes que fueran sus futuros separadamente.

Ash se volvió una vez a mirar atrás, y vio que Zarin no se había movido, sino que permanecía allí: una pequeña sombra oscura contra los espacios bañados por la luna. Tras levantar un brazo en un breve saludo, giró sobre sí mismo y siguió adelante; ya no se detuvo hasta haber pasado Khan Mahi. Entonces Mardan ya había quedado oculto por la distancia y los pliegues del terreno.

Sólo le quedaba Wally... «Mi hermano Jonathan; ha sido muy bueno conmigo...».

Los cuatro pilares de su casa imaginaria caían uno por uno. Primero Mahdoo, luego Koda Dad y ahora Zarin. Sólo quedaba Wally; pero ya no era el apoyo firme que fuera en otro tiempo, porque se había apartado de él y adquirido otros intereses de valores diferentes. Ash se preguntaba cuánto tiempo pasaría hasta que también él quedara atrás... como Zarin. Todavía no, al menos; probablemente se encontrarían en Kabul en un futuro cercano. Además, no había razón para temer que perdería a Wally como había ocurrido con Zarin. Y, aunque así fuera, ¿importaría mucho, ahora que tenía a Juli?

Pensando en su esposa, vio su rostro con tanta claridad como si se hubiera materializado a la luz lunar: sus ojos cautivadores y dulces, sus labios tiernos, su frente serena y los hermosos pómulos prominentes. Juli era su quietud, su paz y su deleite. Le pareció que en la mirada de ella había un ligero reproche, y dijo en voz alta: «¿Es egoísta que los quiera a los dos?».

El sonido de su propia voz lo desconcertó. La noche calurosa era tan tranquila que, aunque había hablado en voz muy baja, el silencio amplió el sonido desproporcionadamente y sirvió para recordarle que quizá no fuera el único viajero aquella noche. La reflexión cambió de repente la dirección de sus pensamientos, porque sabía que la gente de la región no sentía simpatía por los extraños y que solían disparar primero y preguntar después; así que apresuró el paso y siguió adelante con la mente alerta en lugar de preocuparse con esperanzas y pesares nada útiles.

Poco antes del amanecer encontró un escondite seguro entre las rocas, donde pudo dormir la mayor parte del día. Y cuando soñaba no era con Zarin ni con Wally, ni con ninguna persona de la vida que dejaba atrás, sino con Anjuli.

Volvió a Kabul por el paso del Malakand y encontró la ciudad y la llanura sumidas en un calor y un polvo desacostumbrados que le hacían recordar las temperaturas que había dejado en Mardan; porque aunque Kabul estaba a mil ochocientos metros sobre el nivel del mar, las lluvias eran escasas y la tierra estaba agrietada por falta de humedad. Pero la brisa nocturna que soplaba desde los campos nevados del Hindu Kush refrescaba las habitaciones altas de la casa del *sirdar* y hacía agradables las noches. Y Juli lo esperaba.

No hablaron mucho aquella primera noche. Ash sólo se refirió brevemente a su malogrado viaje a Mardan y a su separación de Zarin. Pero al día siguiente, y en muchos de los largos días de junio que siguieron, hablaron del futuro, aunque de forma superficial y sin ninguna sensación de urgencia; porque Nakshband Khan insistía en que se quedaran, diciendo que, aunque no fuera ninguna misión británica a Kabul, no tenía ningún sentido que partieran antes de que terminase la época calurosa y llegara el otoño con días más frescos. No había prisa, tenían por delante todo el verano y mucho tiempo para decidir adónde irían cuando dejaran Afganistán... Si realmente se marchaban aquel año y no decidían pasar el invierno allí y partir en primavera, después que hubieran florecido los almendros. Eso sería lo mejor.

Llegó el mes de julio, y los relámpagos de las tormentas estivales centellearon entre las montañas y aparecieron las nubes. Pero cayeron pocas lluvias, y eso fue suficiente para que la hierba seca se pusiera verde nuevamente y Anjuli disfrutara de los días grises, porque el resplandor del sol y el cielo azul le recordaban a Bhithor. Ash, observándola, olvidaba hacer planes para el futuro porque encontraba el presente más satisfactorio.

Pero apenas había terminado julio cuando el futuro cayó sobre ellos: lo hizo en forma de historias inquietantes referidas al saqueo de pequeñas aldeas por bandas de soldados hambrientos e indisciplinados, que desde la firma del tratado de paz confluían en Kabul desde todas las partes de Afganistán.

Todos los días llegaban más hombres sin ley al valle, hasta que incluso el *sirdar* se alarmó y reforzó los barrotes en sus puertas y ventanas:

–Porque, si la mitad de lo que cuentan es cierto –dijo–, ninguno de nosotros está seguro. Esos hombres se llamarán soldados, pero hace semanas que no se les paga y se han convertido en una turba desordenada que lo mismo podría ser de bandidos. Saquean a la gente, se llevan todo lo que desean y disparan contra los que se les resisten.

–Lo sé –respondió Ash–. He estado entre ellos.

Así era; y había visto y oído lo suficiente como para admitir que los temores del *sirdar* tenían fundamento, porque la situación en el valle se había deteriorado mucho durante las últimas semanas. Había demasiados hombres armados sin nada que hacer en los pueblos y en el camino que conducía a la ciudad. Y en varias oportunidades pasó junto a multitudes numerosas a las que algún faquir exhortaba a hacer una guerra contra los infieles. En cuanto a la capital, estaba repleta de soldados miserables, de aspecto famélico, que recorrían las calles empujando a los ciudadanos más pacíficos y tomando sin pagar fruta y comida de los comercios y puestos del mercado.

La inquietud y la amenaza de violencia se mascaban en el aire, y hubo momentos en que Ash estuvo tentado de abandonar su puesto y llevarse a Juli, porque le parecía que Afganistán se convertía en un país demasiado peligroso para que ella permaneciera allí. Pero había dado su palabra al comandante y no podía romperla, porque en esos momentos ya no había nadie que no supiera que una misión británica, encabezada por el *sahib* Cavagnari y acompañada por una escolta del Cuerpo de Guías, había salido hacia Kabul.

LIBRO OCHO
La tierra de Caín

59

El pájaro solitario, con el pico abierto a causa del intenso calor, estaba dormitando en la rama de un pino cerca de la cresta del paso cuando oyó los primeros ruidos desde abajo. Abrió un ojo.

Todavía las voces y los sonidos de los cascos de los caballos estaban demasiado lejos para ser alarmantes, pero se acercaban, y, a medida que aumentaban en volumen y que el crujido de las sillas y el tintineo de los arneses se agregaban al ruido, el pájaro fue levantando la cabeza para escuchar el estrépito causado por un gran grupo de jinetes que subía por el sendero de la montaña. Debían de ser trescientos, de los cuales menos de un tercio eran ingleses. Los otros eran soldados indios y afganos. Cuando aparecieron los dos que conducían al grupo, el pájaro se asustó y se alejó volando con un graznido malhumorado.

El general se dio cuenta de que la distinguida figura que cabalgaba junto a él había levantado la mano a manera de saludo, murmurando algo en voz baja. Suponiendo que se dirigía a él, dijo:

–Perdón, ¿qué ha dicho?

–Ese pájaro. Mire...

El general miró en la dirección que le señalaban y respondió:

–Ah, sí. Una urraca. No se las ve a menudo en estas alturas. ¿Eso decía usted?

–No. Estaba contando hasta diez.

–¿Contando...? –El mayor general sir Frederick Roberts, a quien sus hombres llamaban Bobs, parecía desconcertado.

Cavagnari rio y lo miró:

–Bien, es una superstición tonta. Se supone que uno aleja a la mala suerte si cuenta de diez para abajo al ver a una urraca. ¿No lo hacen en Inglaterra? ¿Es sólo una superstición irlandesa?

–No lo sé. Nunca he oído eso en mi parte de Inglaterra. Aunque creo que las saludamos. A las urracas, quiero decir.

–No saludó usted a ésta.

–No. Bien, ahora ya es tarde. Se ha ido. De todas maneras, no soy una persona especialmente supersticiosa.

–No sé si yo lo soy... –meditó Cavagnari–. Habría dicho que no. Pero quizá lo sea, porque admito que preferiría no haber visto a ese pájaro. No le diga a mi mujer que vimos una urraca, ¿sabe? No le gustaría. Siempre ha sido muy crédula con estas cosas; cree que traen mala suerte y se preocupa por eso.

–No, por supuesto que no se lo diré –replicó despreocupadamente el general.

Pero aquello lo sorprendió, y se le ocurrió que el pobre Louis debía de tener menos confianza en esa misión a Kabul de la que se suponía, si un incidente trivial como aquél lo había alterado así... Y realmente estaba alterado. Se le veía sombrío y pensativo; y, de pronto, mucho más viejo...

El mayor Cavagnari había llegado a Simla a principios de junio para discutir la interpretación del Tratado de Gandamak con su amigo el virrey, y a recibir su recompensa por haber inducido al nuevo emir, Yakoub Khan, a firmarlo. Cuando volvió a partir en julio, era el mayor sir Louis Cavagnari, enviado de su majestad y ministro plenipotenciario en la corte de Kabul.

No era hombre dado a perder el tiempo, y en cuanto todo estuvo listo la misión británica partió para Kabul.

Considerando que se había librado una guerra para establecerla, la misión era sorprendentemente modesta. Pero Pierre Louis Napoleon no era tonto, y aunque el virrey, lord Lytton (que la consideraba el primer paso para establecer una presencia británica permanente en Afganistán, y por tanto un triunfo de la política expansionista), podía tener mucha confianza en su éxito, el enviado recientemente designado no era tan optimista.

A diferencia de lo que ocurría con Lytton, el trabajo había proporcionado a Louis Cavagnari bastante experiencia sobre los súbditos del emir, y, aunque Ash pensaba lo contrario, conocía los riesgos que implicaba forzar semejante presencia a una población que la rechazaba, y también que sólo un ejército podía garantizar la seguridad de cualquier misión británica. Por tanto, no veía razón en arriesgar más vidas que las necesarias y se había limitado al número mínimo, restringiendo su comitiva a sólo tres hombres: William Jenkins, secretario y ayudante político; un oficial médico, el mayor cirujano Ambrose Kelly; y un agregado militar, el teniente Walter Hamilton, ambos de los Guías y este último al mando de una escolta de veinticinco soldados de caballería y cincuenta y dos de infantería del mismo cuerpo.

Aparte de un solo enfermero y de los indispensables servidores del campamento (criados, *syces* y otros que acompañaban a la misión), eso era todo. Porque, aunque el enviado tuvo cuidado de no enfriar el entusiasmo del virrey, había admitido ante ciertos amigos íntimos de Simla que había cuatro posibilidades contra una de que nunca volviera de su misión, agregando que si su muerte conducía a «colocar la línea roja en el Hindu Kush» no se quejaría.

El tamaño de la misión había sido una desilusión para Wally, que había imaginado una comitiva mucho más grande e imponente, que impresionaría a los afganos y daría prestigio al Imperio británico. Lo reducido del grupo le pareció un ejemplo deprimente de la actitud del Gobierno, pero se consoló con la idea de que era una muestra del poder y prestigio del Raj enviar apenas un puñado de hombres cuando otras naciones menores habrían considerado necesario mandar una horda de funcionarios y una escolta numerosa. Además, cuanto más pequeño fuera el número, mayor sería la gloria.

No encontró extraño que Cavagnari propusiera viajar a Kabul a través del valle del Kurram y el paso de Shutergardan, y no por la ruta mucho más corta y fácil del Khyber. Él había marchado por el infierno en que el calor y el cólera habían convertido el camino cuando el Ejército se retiró de Afganistán, después de firmar el tratado de paz, y hombres y animales de carga caían y morían por miles en la línea de marcha. Los cadáveres de los primeros eran enterrados en tumbas poco profundas cavadas rápidamente al lado del camino, pero no fue posible hacer lo mismo con los cuerpos de mulas y camellos. Por eso, sabiendo que el Khyber aún sería un lugar de corrupción, Wally no deseaba pasar otra vez por aquel camino hasta que el tiempo y los comedores de carroña hubieran limpiado el lugar y sepultado todo aquello bajo una capa piadosa de polvo.

Por comparación, el valle de Kurram debía de ser un paraíso incluso en aquella estación del año. Y como ya no era parte de Afganistán (pues había sido cedido a los británicos por las cláusulas del tratado), las tropas victoriosas que lo vigilaban no habían sido retiradas, lo cual, pensaba Wally, aseguraría el paso sin problemas hasta la frontera afgana. Pero en esto se equivocaba.

Las tribus no tenían en cuenta cosas tales como tratados o acuerdos entre gobiernos rivales, y seguían persiguiendo a las guarniciones, asesinando soldados y robando rifles, municiones y animales de carga. Se llevaban los camellos bajo las mismas narices de los centinelas; las caravanas que transportaban fruta desde Afganistán a la India eran detenidas en el paso del Shutergardan y arrasadas por bandas de *gilzais*. Tan sólo en el mes de julio, un cirujano británico fue apuñalado y un oficial indio del 21.º de Punjabíes, junto con su ordenanza, fue atacado y asesinado a la vista de su escolta que venía detrás.

Incluso el propio general Roberts había escapado por poco de que lo capturaran los hombres de Ahmed Khel...

–Los matarán a todos. ¡A todos! –exclamó el que una vez fuera virrey de la India, John Lawrence, hermano del famoso sir Henry, cuando llevó la noticia a Londres de que la misión británica había partido para Kabul. Las condiciones en el Kurram eran grotescas, y la perspectiva lo suficientemente sombría como para justificar un comentario tan pesimista.

En realidad, pocas señales de paz había en el valle. Para asegurar la protección de la misión, se destacó a un escuadrón de Lanceros de Bengala y tres compañías de Highlanders y Gurkhas. Además, el general Roberts y no menos de cincuenta de sus oficiales que deseaban rendir honores al nuevo enviado se unieron a su grupo para abrirles paso.

Con esta escolta, sir Louis Cavagnari y los miembros de la misión llegaron a Kasim Khel, a siete kilómetros de la cima del paso del Shutergardan y apenas cuatro y medio de la frontera afgana... Los acantilados conocidos como Karatiga, la Roca Blanca. Allí acamparon esa noche, y ofrecieron al general y a sus hombres una cena de despedida: una reunión que resultó muy ruidosa y alegre a pesar de que al día siguiente se separarían y nadie estaba seguro de lo que le esperaba.

La fiesta terminó tarde. A la mañana siguiente, el representante del emir, *sirdar* Khushbil Khan, escoltado por un escuadrón del 9.° de Caballería afgana, entró en el campamento para acompañar a la misión en la última etapa de su viaje hacia la frontera.

El representante del emir iba acompañado por el jefe de la tribu *ghilzai*, un hombre de barba gris y enjuto llamado Pabshah Khan, de quien Wally desconfió nada más verlo. Pero no porque pensara mucho mejor de Khushbil Khan, cuyo aspecto siniestro y ojos astutos y evasivos le resultaban más desagradables que la cara de lobo del jefe ladrón.

–No me inspiran la menor confianza –dijo Wally en un susurro al mayor cirujano Kelly, quien sonrió con los labios apretados y replicó en voz baja que en adelante no tendrían otra alternativa que confiar en ellos, ya que, hasta que llegaran a Kabul, aquellos dos y el grupo de rufianes que habían traído eran los responsables de su seguridad. –Y debo admitir que no me siento muy tranquilo –agregó pensativamente el doctor.

El grupo al que se refería iba montado en caballos pequeños y flacos, y llevaba uniformes que parecían desechados por los dragones británicos, con cascos adquiridos a la artillería de Bengala. Iban armados con carabinas y *tulwares*, y Wally, observándolos con interés profesional, decidió que sus Guías tendrían que manejarlos con cuidado. Nunca había visto un grupo de guerreros tan extraño, y si no hubiera sido por sus rostros fieros y con barba, y el duro resplandor de sus ojos, el efecto lo habría hecho reír.

Pero a él no le parecía divertido. Se daba cuenta de que, a pesar de su apariencia ridícula y su indisciplina, no sabían lo que significaba miedo... ni piedad tampoco. Y, como al mayor Kelly, no le gustaba la idea de que éstos fueran los hombres que el emir de Afganistán enviaba para conservar la paz en Kabul y proteger las vidas del enviado británico y su comitiva.

«Podremos hacerles frente si intentan algo en el camino –pensó Wally–, pero siempre habrá otros que los reemplacen. Centenares..., millares..., y nosotros, los que protegemos la misión, somos menos de ochenta...».

Mientras se dirigían a Karatiga se le ocurrió que quizá, al fin y al cabo, la visión de Ash no fuese tan alarmista y la autoridad del nuevo emir fuera más fuerte de lo que parecía. Porque si un *sirdar* de mirada esquiva, un *ghilzai* con aspecto de lobo y aquel miserable escuadrón de caballería era lo mejor que podía enviar el gobernante para recibir una misión británica y encargarse de que llegara sin riesgos a Kabul, tal vez las condiciones fueran casi tan caóticas como había dicho su amigo. Si era así, Wally lo había juzgado mal. De todas maneras, no se habría comportado de forma diferente aunque hubiera creído todo lo que decía Ash..., y Ash lo sabía.

Por más grande que fuera el peligro, en ningún caso habría cambiado su lugar con nadie, y, mientras observaba como los que los habían acompañado hasta la frontera daban media vuelta y se alejaban, lo lamentó realmente por ellos, pues tendrían que regresar mansamente al Kurram y a los deberes de la guarnición..., mientras que él, Walter Hamilton, seguiría adelante hacia la aventura y la fabulosa ciudad de Kabul.

La delegación afgana les había levantado una tienda en una zona llana, cerca del pie del paso del Shutergardan, y allí, el representante del emir y el jefe de los *ghilzais* dieron un banquete en honor de sir Louis, su comitiva y el general Roberts y sus cincuenta oficiales británicos. Luego, todos volvieron a montar para subir a la cumbre, donde se extendieron alfombras y se sirvieron vasos de té. El aire en la cima del paso era fresco y estimulante, y el paisaje de los picos que lo rodeaban y el pacífico valle de Loger, mucho más abajo, podía elevar el espíritu de cualquiera que no fuese extremadamente pesimista. Pero el sol ya descendía en el cielo y Khushbil Khan instó a sus huéspedes a que siguieran adelante. Bajaron al campamento afgano y, tras intercambiar los últimos saludos, Roberts y sus oficiales se separaron de la misión.

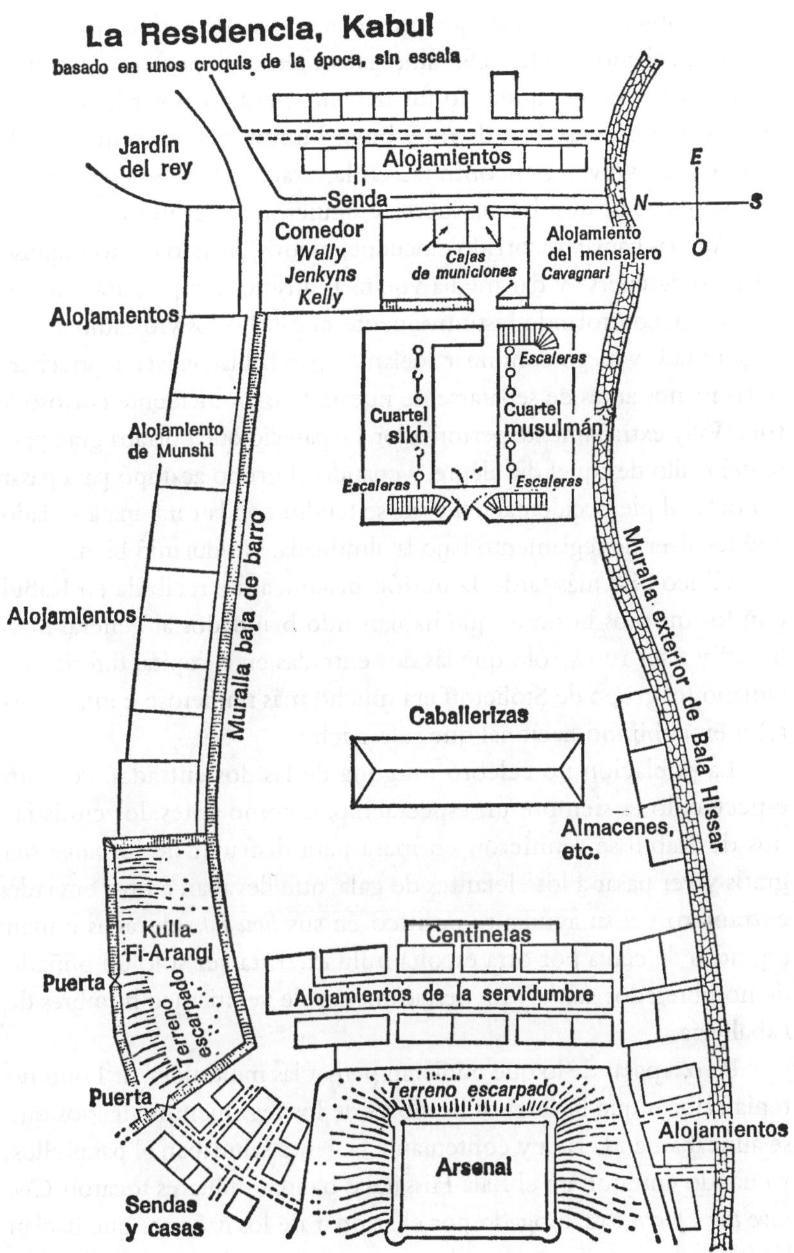
La Residencia, Kabul
basado en unos croquis de la época, sin escala
Jardín del rey
Alojamientos
Senda
E
N
S
O
Comedor
Wally
Jenkyns
Kelly
Cajas de municiones
Alojamiento del mensajero
Cavagnari
Alojamientos
Escaleras
Cuartel sikh
Cuartel musulmán
Escaleras
Escaleras
Alojamiento de Munshi
Alojamientos
Muralla baja de barro
Muralla exterior de Bala Hissar
Caballerizas
Almacenes, etc.
Kulla-Fi-Arangi
Centinelas
Alojamientos de la servidumbre
Puerta
Terreno escarpado
Puerta
Terreno escarpado
Arsenal
Alojamientos
Sendas y casas

Un observador casual que presenciara estas despedidas jamás habría sospechado que los jefes albergaban temores, porque Cavagnari había recobrado el equilibrio fugazmente perdido al ver la urraca, y ambos hombres estaban de muy buen humor cuando renovaron la promesa de volver a encontrarse en la estación fría. Se estrecharon la mano, se desearon buena suerte y siguieron sus caminos.

Apenas habían recorrido cincuenta metros, cuando cierto impulso los hizo detenerse y dar media vuelta al mismo tiempo para mirarse.

Wally, controlando instintivamente su caballo, los vio cambiar una larga mirada y luego continuar adelante, y, sin hablar, volver a estrecharse las manos antes de separarse de nuevo. Fue un incidente curioso, y para Wally, extrañamente perturbador. Le pareció que borraba gran parte del brillo de aquel día alegre, y cuando el grupo acampó para pasar la noche al pie occidental del paso, se tendió con la carabina a su lado y el revólver de reglamento bajo la almohada. No durmió bien.

Cinco días más tarde, la misión británica fue recibida en Kabul con los mismos honores que habían sido brindados al general Stolietoff y a sus rusos, sólo que las dos entradas en la capital diferían en tamaño (el grupo de Stolietoff era mucho más numeroso e imponente) y en el himno nacional que se escuchó.

La población no celebró ninguna de las dos entradas. Pero un espectáculo es siempre un espectáculo, y, como antes, los ciudadanos de Kabul se reunieron en masa para disfrutar de un *tamarsha* gratis y ver pasar a los elefantes de gala, que llevaban a otro enviado extranjero y a su ayudante político en sus *howdahs* doradas e iban seguidos de cerca por otra escolta militar... Esta vez sólo un puñado de hombres: dos *sahibs* y un destacamento de veinticinco hombres de caballería.

Pero, a pesar de lo que pudieran pensar las multitudes, sir Louis no tenía críticas que hacer. Los hombres de los regimientos afganos que se alineaban en la ruta y contenían a la gente saludaban al pasar ellos, y cuando entraron en el Bala Hissar, las bandas militares tocaron *God save the Queen* casi ahogado por el atronar de los cañones que hacían las salvas de rigor. Fue un recibimiento satisfactorio: la reivindicación triunfante de su política y el mejor momento de su vida.

Los cañones y las bandas, las multitudes de buen humor, los gritos de los niños y la afabilidad de los oficiales enviados con los elefantes para recibirlo y escoltarlo a la capital afgana, sirvieron para convencerlo de que había tenido razón en insistir en que el emir respetara el Tratado de Gandamak y aceptara la presencia británica en Kabul sin más demoras. Bien, ahora estaban allí, y evidentemente sería más fácil establecer esa presencia de lo que se había pensado. Desde el momento en que él y su grupo se instalaran en sus cuarteles, comenzaría a trabar una amistad personal con Yakoub Khan y a tratar de ponerse en buenas relaciones con sus ministros, como primer paso hacia la consolidación de lazos fuertes y duraderos entre Gran Bretaña y Afganistán. Todo saldría bien.

El enviado no fue el único en quedar complacido con la recepción brindada a la misión y estimulado por el buen humor de las multitudes que habían salido a recibirla.

Los miembros de su comitiva quedaron igualmente impresionados, y Wally, buscando entre el mar de rostros con la esperanza de ver a Ash, advirtió las expresiones en aquellas caras y pensó:

«A este muchacho le gusta asustar a todo el mundo. ¡Cómo me reiré de él cuando lo vea! Esta gente parece un grupo de niños en una fiesta escolar que esperan que les repartan pastel». La comparación era más exacta de lo que él pensaba.

En realidad, la población de Kabul, hablando metafóricamente, esperaba pastel, y si a Wally se le hubiera ocurrido volverse y mirar el camino que habían recorrido, habría notado que las expresiones ansiosas de los que miraban se transformaban en otras de desconcierto al observar que la misión británica sólo consistía en aquel puñado de hombres. Esperaban un despliegue de poder mucho más grande del Raj británico, y se sentían estafados. Pero Wally no pensó en mirar atrás, ni tampoco encontró el rostro que esperaba ver.

Ash no estaba entre la multitud que había ido a observar la llegada del enviado de su majestad británica y el ministro plenipotenciario de la corte de Kabul. No quería que ninguno de los visitantes lo reconociera (y atraer así una atención indeseada) y había preferido escuchar desde la terraza de la casa del *sirdar* Nakshband Khan la música de las bandas y el tronar de los cañones anunciando la llegada del enviado a la puerta de Shah-Shahie de la gran ciudadela de Kabul, el Bala Hissar.

Los sonidos se transmitían claramente en el aire quieto porque la casa del *sirdar* no estaba muy lejos de la ciudadela, y, como Wally, Ash quedó agradablemente sorprendido de la actitud de las multitudes que se dirigieron a observar la comitiva. Pero el *sirdar,* quien junto con otros miembros de la casa había salido a ver llegar la misión, informó de que su escaso número y la falta de pompa y magnificencia habían desilusionado a los de la ciudad, que esperaban algo mucho más brillante. Es verdad que había elefantes, pero sólo dos, y como procedían de las líneas de elefantes del emir, se los veía en todas las ocasiones de gala.

–Además, sólo hay tres *sahibs* aparte del *sahib* Cavagnari, y menos de ochenta hombres de mi antiguo regimiento. ¿Qué clase de embajada es ésta? Los *russ-log* eran muchos más. Además, usaban ricas pieles y grandes botas de cuero, y altos sombreros de piel de cordero, y en el frente de sus chaquetas llevaban varias hileras de cartuchos plateados. Ah, eso sí que fue un gran *tamarsha*. Pero esto... –El *sirdar* extendió su mano flaca e hizo un gesto que indicaba algo pequeño y cerca del suelo–. Esto es un espectáculo muy pobre. Debieron haber organizado algo mejor, porque muchos de los que miraban se preguntaban cómo era posible que un gobierno que no podía permitirse enviar una embajada más grande pudiera pagar a los soldados del emir todo lo que se les adeudaba, y si no...

–¿Cómo es eso? –interrumpió bruscamente Ash–. ¿Dónde ha oído eso?

–Ya se lo he dicho: de los que estaban entre la multitud cerca de la puerta de Shah-Shahie, donde fui a ver al *sahib* Cavagnari y a los que entraron con él en el Bala Hissar.

–No, me refiero a esa historia de que la misión tendrá que pagar los sueldos del Ejército. Eso no se menciona en el tratado.

–¿No? Entonces puedo decirle que muchos aquí creen que sí. También dicen que el *sahib* Cavagnari no sólo pagará al Ejército todo lo que se le debe, sino que terminará con el servicio militar obligatorio y reducirá los impuestos excesivos que últimamente han causado tantas estrecheces a nuestro pueblo. ¿Nada de eso es cierto?

–No lo creo. A menos que haya algún acuerdo secreto, pero no me parece probable. Los términos del tratado de paz se hicieron públicos, y la única mención de ayuda financiera fue una promesa por parte del Gobierno de pagar al emir un año de subsidio de seis *lakhs* de rupias.

–Entonces quizás el emir gastará esas rupias, cuando las reciba, en pagar a sus soldados. Pero no debe usted olvidar que pocos aquí conocen la existencia de ese tratado, y que menos aún lo habrán leído. Además, como usted y yo sabemos, la mitad de Afganistán cree que sus compatriotas consiguieron grandes victorias en la guerra y obligaron a los ejércitos del Raj a retirarse a la India, dejando atrás muchos miles de muertos; y, si creen eso, ¿por qué no creerían las otras cosas? Es muy probable que el emir mismo haya ayudado a difundir esas historias en el extranjero con la esperanza de persuadir al pueblo de que permita al *sahib* Cavagnari y a los que vienen con él que entren sin obstáculos, y que trate de que no los ataque, ya que sólo un tonto mata al hombre que le pagará. Por mi parte, sólo puedo decirle que la mitad de Kabul cree que el *sahib* Cavagnari está aquí para comprar al emir todo lo que ellos necesitan, ya sea en forma de reducción de impuestos y servicio militar o de cese de las depredaciones de su ejército hambriento; y por esta razón han quedado desconcertados al ver que ha traído una comitiva muy pequeña con él, y de inmediato han comenzado a dudar de que venga cargado de riquezas.

Las revelaciones del *sirdar* fueron un descubrimiento desagradable para Ash, quien, como no había oído antes esos comentarios, salió de inmediato a la ciudad para ver cuánto había de verdad en ellos. En media hora pudo confirmarlos todos. Y si necesitaba más desaliento lo recibió a su regreso, cuando el dueño de casa lo recibió con la noticia de que Munshi Bakhtiar Khan, el representante oficioso del Gobierno británico en Kabul, había muerto el día anterior.

–Dicen que murió de cólera –dijo el *sirdar*–, pero yo he oído otras cosas. Alguien me dijo en secreto..., alguien que conozco bien..., que fue envenenado para que no hablara con el *sahib* Cavagnari de ciertas cosas que sabía. Lo creo muy probable, porque no hay duda de que podría haberle contado mucho al *sahib*. Ahora, lo que sabía está enterrado con él. No era amigo del fallecido emir, y su designación provocó gran descontento en el Bala Hissar. Pero era inteligente y astuto a la vez, e hizo otros amigos aquí, varios de los cuales murmuran que su muerte fue provocada por enemigos, aunque dudo que nada de esto llegue a oídos de los *sahibs*.

Era suficiente que hubiera llegado a los de Ash. Al día siguiente rompió deliberadamente una promesa hecha a Anjuli, y se presentó en el puesto que una vez ocupara en esa ciudad: el de amanuense al servicio de Munshi Nain Shah, uno de los funcionarios de la corte, que vivía en el Bala Hissar mismo.

–Serán sólo unas horas por día, Larla –explicó a Anjuli cuando ella palideció y protestó porque Ash estaba metiendo la cabeza en la boca del tigre sin ningún sentido–. Y no estaré más en peligro allí que aquí, quizá menos, puesto que la mitad de Kabul sabe que el *sahib sirdar* es licenciado de los Guías, de manera que siempre es posible que sus invitados sean sospechosos. Pero, habiendo trabajado antes para Munshi Nain Shah, soy conocido por una serie de personas en el Bala Hissar, y nadie discutirá mi derecho a estar allí. Además, la ciudadela es como un gran hormiguero, y dudo que nadie pueda decir cuánta gente vive dentro de sus muros y cuántos van allí diariamente a trabajar o a pedir favores, a visitar familiares o a vender mercancías. Sólo seré uno más entre muchos.

Pero Anjuli, que durante la primavera y el principio del verano había sido tan feliz en Kabul, recientemente se sentía presa del terror, y la ciudad y sus alrededores, que alguna vez considerara amistosos y bonitos, de pronto se habían vuelto siniestros y amenazadores. Sabía que todo el valle estaba sujeto a temblores de tierra: el primero que experimentó apenas se percibía, pero últimamente se habían producido otros dos más. La alta casa se había balanceado de forma alarmante, y aunque los kabulíes consideraban los frecuentes terremotos como algo de todos los días, para Anjuli siempre habían sido espeluznantes. Además, en esos días encontraba poco alentador mirar por la ventana que daba a la calle y ver a los hombres que pasaban. Aquellos afganos con rostros de halcones, cabellos y barbas revueltos, cartucheras, escopetas y *tulwares* eran muy diferentes de los campesinos amables, amistosos y sin armas que recordaba de los días de su infancia en Gulkote. Y, aun teniendo en cuenta la crueldad que existía en Bhithor y que Janoo-Rani y Nandu practicaban en Karidkote, ahora le parecía que, comparados con Kabul, ambos eran lugares donde la mayoría de la gente vivía tranquila y segura, sin luchas sangrientas ni revueltas armadas contra sus gobernantes o enfrentamientos fratricidas entre una tribu y la vecina, como los que asolaban esta tierra violenta. El nombre mismo de la gran cadena de montañas que servían de límite a la Tierra de Caín, al norte, se había convertido en una amenaza para ella, porque el Hindu Kush significaba «asesino de hindúes», y ella era, o había sido, hindú.

Sabía que la casa del *sirdar* tenía gruesas paredes y puertas seguras, y que las pocas ventanas que daban a la angosta calle estaban protegidas por rejas labradas y barrotes de hierro, pero la sensación de peligro de las calles parecía introducirse en la casa por todas las rendijas, tan insidiosamente como el polvo y los malos olores de la ciudad. Y le bastaba mirar hacia arriba desde el techo de barro, o desde las ventanas de las habitaciones que ocupaban ella y Ashok, para ver la mole amenazante del Bala Hissar.

La gran ciudadela parecía gravitar sobre la casa del *sirdar*, con sus antiguas torres y sus interminables almenas que bloqueaban el sol de la mañana y no dejaban pasar al viento del sur y del este que podía refrescar los edificios más abajo; y últimamente, viviendo a su sombra, Juli había advertido que de nuevo sentía los terrores que la afligieran durante la huida de Bhithor y tanto tiempo después de la huida. Pero esta vez el origen y centro de su terror era el Bala Hissar, aunque ni siquiera podía explicarse a sí misma por qué. Era como si de él emanara algún mal, y la idea de que su marido entrara en aquel lugar le resultaba insoportable.

–Pero ¿por qué ir allí? –imploraba Juli, con los ojos oscuros de miedo–. ¿Qué necesidad tienes de hacerlo, cuando en la ciudad puedes enterarte de todo lo que deseas? Dices que volverás todas las noches, pero ¿y si esta gente organiza un levantamiento? Si eso sucede, los que viven en el Bala Hissar cerrarán las puertas y el lugar se convertirá en una trampa de la que tal vez no puedas escapar. ¡Ay, amor mío, tengo miedo...! ¡Tengo miedo!

–No hay por qué tener miedo, cariño. Te prometo que no me pondré en peligro –dijo Ash, abrazándola y meciéndola en sus brazos–. Pero, si he de ayudar a mis amigos, no es suficiente con que oiga las historias que corren por la ciudad porque la mitad de ellas son falsas. También debo oír lo que comentan en el palacio los que ven al emir o a sus ministros diariamente, y, por tanto, saben lo que dicen y piensan y cómo se proponen actuar. Los cuatro *sahibs* de la misión no se enterarán de esto, porque nadie se lo dirá, a menos que lo haga yo. Para eso estoy aquí. Pero te prometo que tendré cuidado y no correré riesgos.

–¿Cómo puedes decir eso, si sabes que cada vez que entres por su puerta estarás en peligro? –protestó Anjuli–. Mi amor, te suplico...

Pero Ash sacudió la cabeza y ahogó las palabras de Anjuli con besos. Cuando se liberó de ella fue para ir al Bala Hissar, donde, como bien sabía, desde su habitación de trabajo vería la residencia y el lugar donde habían alojado a la misión británica.

60

La antigua ciudadela de los emires de Afganistán había sido construida sobre las empinadas laderas de una colina fortificada, la Shere Dawaza, que dominaba la ciudad y gran parte del valle de Kabul.

Estaba rodeada por una larga pared externa, de unos nueve metros de alto, con cuatro entradas principales flanqueadas por torres y coronadas por almenas semiderruidas. Dentro de este muro había otros, uno de los cuales rodeaba el palacio del emir en la parte superior del Bala Hissar. Aún más arriba estaba el fuerte, y, por encima de él, toda la colina del Shere Dawaza se hallaba rodeada por un muro que ascendía por las laderas que seguían la línea de las alturas rocosas, de manera que los centinelas apostados allí veían el enorme círculo de la cadena montañosa, y más abajo el palacio y la ciudad, todo el valle y la ancha cinta ondulante del río Kabul.

La parte baja del Bala Hissar era una ciudad en sí misma, con las casas de los cortesanos y funcionarios y de todos los que trabajaban para ellos, y poseía sus propios comercios y mercados. En esta parte de la ciudadela se levantaba la residencia, y Ash podía ver todo el complejo desde su ventana. Las habitaciones de servicio y de depósito, los piquetes de caballería, los establos en el extremo más distante, casi a la sombra del gran arsenal del emir, y directamente, bajo el lugar en que él se encontraba, los cuarteles: una estructura oblonga como un fuerte que encerraba una hilera de aposentos cubiertos a cada lado, y que estaba dividida por un gran patio abierto al que se entraba por una arcada en un extremo y una pesada puerta en el otro.

Más allá de esa puerta, un estrecho sendero separaba los cuarteles de la residencia propiamente dicha, que consistía en dos construcciones separadas, una frente a la otra, por un patio amurallado. En la más cercana y más alta de las dos construcciones, Wally, el secretario Jenkins y el cirujano Kelly tenían sus habitaciones, mientras que Cavagnari ocupaba la otra: un edificio de dos pisos que por el lado sur formaba parte del muro exterior de la ciudadela, de manera que las ventanas daban directamente al foso y ofrecían una vista magnífica del valle y las nieves lejanas.

Ash compartía ese paisaje, ya que no sólo la casa del enviado, sino también la parte más alejada de toda la construcción terminaba en una pared de nueve metros, más allá de la cual estaban el campo abierto, el río y las colinas y el vasto panorama del Hindu Kush. Pero la belleza de la vista no le interesaba... Reservaba su atención para la construcción de más abajo, donde veía de vez en cuando al enviado y su comitiva. Observaba a sus sirvientes y a los hombres de la escolta que se dedicaban a sus tareas; observaba a los que visitaban la residencia y las idas y venidas de Wally.

Wally, como Anjuli, tenía una impresión desfavorable del Bala Hissar, aunque por razones diferentes. No lo encontraba siniestro, sino deplorablemente descuidado. Había esperado que la famosa ciudadela fuera un lugar magnífico e imponente (algo como el Fuerte Rojo de Shah Jehan en Delhi, sólo que mejor, ya que estaba construido sobre una colina), y le disgustó encontrar una conejera de edificios deteriorados y callejuelas malolientes detrás de una serie de muros irregulares, muchos de ellos en ruinas, en medio de una tierra estéril.

«La residencia» también resultaba una desilusión, ya que consistía en un conjunto de edificios de barro y ladrillos en un gran complejo rodeado por tres lados de casas construidas en terrenos más altos, y en el cuarto, por el muro sur de la ciudadela.

Ni siquiera había una buena entrada, y la única separación entre la residencia y las casas que lo rodeaban era una pared de barro que un niño de tres años podía escalar sin ninguna dificultad, lo cual causaba una falta completa de intimidad. Cualquiera que quisiese podía entrar sin permiso ni obstáculos a contemplar a la escolta, pasear por los establos mirando los caballos e incluso (si las puertas estaban abiertas) observar el gran patio central de la residencia.

–Caramba, esto es una combinación de pecera y ratonera, eso es lo que es –decidió Wally la primera tarde que pasó en el Bala Hissar, mientras él y el cirujano recorrían el lugar que sería el alojamiento de la misión británica. Su mirada crítica viajó hasta el arsenal, y desde allí hasta las casas de tejado aplanado de los afganos que se veían más arriba del complejo. Detrás se levantaban los muros y las ventanas del palacio, y aún más arriba, las alturas fortificadas del Shere Dawaza...

–¡Mire eso! –exclamó Wally, espantado–. Es como vivir en el ruedo de una plaza de toros o en el Circo Máximo, con todos los asientos llenos de espectadores que nos miran, observan cada uno de los movimientos que hacemos y esperan vernos morder el polvo. Además, pueden llegar aquí con toda facilidad, mientras que nosotros no podremos salir si a ellos se les ocurre detenernos... ¡Brrr! Es suficiente para hacerlo temblar a uno. Tendremos que hacer algo.

–¿Qué? ¿Qué es lo que podremos hacer? –preguntó el doctor Kelly con aire ausente, contemplando el lugar desde un punto de vista profesional que tenía en cuenta los desagües, los olores, los retretes (o la falta de ellos), la dirección del viento y la fuente de agua mientras Wally sólo se interesaba por el aspecto militar.

–Bien, poner al lugar en estado de defensa, para comenzar –respondió prestamente Wally–. Construir una buena pared sólida frente a la entrada del complejo, con una puerta que podamos atrancar desde nuestro lado; preferentemente de hierro. Y levantar otra en este lado de la arcada que conduce a los cuarteles, y cerrar ambos extremos del sendero que hay detrás de manera que podamos permanecer en la residencia, si hay problemas, o en los cuarteles, una vez que hayamos cerrado la puerta. Tal como estamos sentados ahora, seríamos víctimas muy fáciles si nos atacaran.

–Ah, vamos, vamos, nadie nos atacará –replicó tranquilamente el médico–. El emir no querrá otra guerra; como sabrá que ésa sería la mejor manera de que la hubiera, procurará que no haya problemas. Además, el Bala Hissar es su propia residencia, lo cual significa que somos sus huéspedes; y debe usted saber que los afganos son muy escrupulosos en materia de hospitalidad y trato de los huéspedes, de manera que deje de preocuparse y tranquilícese. En todo caso, no hay mucho que se pueda hacer al respecto, porque, si todos esos espectadores que usted menciona decidieran volverse contra nosotros, nos atraparían con absoluta facilidad.

–Eso es lo que acabo de decir –replicó Wally–. Dije que seríamos víctimas muy fáciles y no me gusta desempeñar este papel. Tampoco pienso que sea buena idea tentarlos. ¿Recuerda al comandante de aquel regimiento estacionado en Peshawar hace un par de años?

–¿El viejo Bloater Ramby? Sí..., aunque muy vagamente. Creía que había muerto.

–Así es. Murió durante un período de paz en que la brigada estaba realizando maniobras de otoño cerca de la frontera. Salió a pasear solo una noche con su mejor chaqueta de color rojo, porque alguna persona importante había venido de Peshawar aquel día, y estaba mirando el paisaje cuando lo atacó un miembro de una tribu. Los jefes de la tribu se disculparon, pero insistieron en que el *sahib* coronel tenía la culpa por haber proporcionado un blanco tan bueno que algún pobre *khan* había sido tentado, y no había podido resistir disparar contra él. Estaban seguros de que los *sahibs* comprenderían que el hombre había actuado sin maldad.

–Mmm... –El médico observó los techos y las pequeñas ventanas con barrotes o rejas que daban al complejo de la misión británica y dijo–: Sí, comprendo lo que quiere decir. Pero nada podemos hacer, Wally. No le quedará más remedio que soportarlo y confiar en que ningún tirador encuentre que constituimos un blanco atrayente. Porque no se puede hacer nada al respecto. Nada, nada.

–Ya lo veremos –replicó decididamente Wally.

Y aquella misma noche, cuando el enviado y su comitiva volvieron de hacer su primera visita oficial a palacio, habló sobre ello con William Jenkins y luego con sir Louis mismo, pero no recibió respuesta satisfactoria de ninguno de los dos. Como había dicho Ambrose Kelly, no se podía hacer nada y nada se haría, por la simple razón de que negarse a ocupar los aposentos que se les habían destinado sería una gran descortesía, y exigir que se tomaran medidas de seguridad contra un ataque se consideraría un insulto no sólo al emir, sino al comandante en jefe del Ejército afgano, general Daud-Shah, y prácticamente a todos los oficiales de alto rango de Kabul.

–En todo caso –dijo sir Louis–, no es malo que la residencia sea fácilmente accesible a cualquiera que desee entrar. Cuantos más visitantes tengamos, mejor. Nuestro primer deber es establecer relaciones amistosas con los afganos, y no quiero que se impida la entrada a nadie, ni que se haga nada que sugiera que no deseamos público y que queremos mantenernos a distancia. En realidad, como le decía al emir...

El emir había recibido al enviado británico y su comitiva con gran cordialidad y grandes gestos de amistad, y parecía muy dispuesto a acceder a cualquier petición. La solicitud de sir Louis de que los miembros de su misión fueran libres de recibir visitas de oficiales afganos y *sirdars* fue aprobada de inmediato. Sir Louis volvió a la residencia de excelente ánimo y dictó un telegrama al virrey que decía: «Todo bien. Tuve entrevista con emir y entregué regalo».

Después se sentó a redactar los primeros despachos desde Kabul, y aquella noche se retiró a descansar sintiéndose eufórico y confiado: todo marchaba bien y su misión en Afganistán sería un gran éxito.

Wally, despierto en la casa que se encontraba al otro lado del patio de la residencia, no estaba tan encantado de la vida al descubrir que su cama tenía habitantes. Ya le había causado bastante mala impresión recordar que otra misión rival había sido huésped oficial de la residencia (y no mucho tiempo antes), porque había encontrado nombres rusos escritos en las paredes de su habitación. Pero hallar insectos en la cama era demasiado. Deseó fervientemente que su predecesor ruso hubiera sufrido también por ese motivo, y decidió que si éstos eran los mejores aposentos que el emir de Afganistán podía ofrecer a los huéspedes extranjeros de alto rango, el resto del Bala Hissar debía de ser un suburbio. Wally pensó que había visto edificios mejores en otros lugares de la India.

Pronto descubriría que los grandes edificios de piedra, las torres altas y los minaretes de mármol no son adecuados para una zona sujeta a temblores de tierra, y aunque las casas de barro, madera y yeso no tienen aspecto muy lujoso, resultan más seguras. Prácticamente, la única construcción pétrea del complejo era la de los grandes cuarteles: una hilera de pilares de piedra que sostenía un tejado inclinado y formaba una arcada a ambos lados de un gran patio abierto, separando los aposentos asignados a los mahometanos de los *sikhs*. Aquí, desobedeciendo las órdenes de Cavagnari, Wally logró colocar una segunda puerta para cerrar el frente de la arcada abierta que conducía a él, con el pretexto de que contribuiría a mantener el lugar más caliente en invierno.

Esa arcada tenía una longitud de diez metros, como un túnel en miniatura que formaba un pórtico desde el cual salían dos escaleras, una a cada lado de la entrada, que conducían al tejado. El lado interior de este túnel ya tenía una pesada puerta de hierro, y Wally hizo colocar otra en la entrada exterior: una bastante frágil, ya que estaba construida de planchas de madera verde. Pero en caso de necesidad permitiría a sus hombres que usaran las escaleras sin ser vistos.

Había una tercera escalera en el extremo opuesto del largo patio, cerca de la puerta que se abría al camino de la residencia. Pero, como podía producirse un ataque desde enfrente, las escaleras de la arcada serían vitales para defender los cuarteles, ya que éstos eran la defensa de la residencia. No es que Wally creyera que había la menor probabilidad de ataque, pero, como era la primera vez que actuaba solo al mando de un destacamento, le correspondía tomar todas las precauciones que pudiera, aunque fueran pocas. Pero al menos ya había hecho un gesto en ese sentido.

Y haría otros.

–Una vez que estemos allí, trataremos de entablar buenas relaciones con la gente –había dicho a Ash aquella noche en Mardan.

Y ahora se disponía a hacerlo con entusiasmo organizando deportes a caballo, que requerían habilidad como jinete y, por tanto, atraerían a los afganos, a quienes invitó a competir con los Guías en diversos deportes de equitación. Los demás miembros de la comisión también trataron de fomentar las buenas relaciones: Ambrose Kelly hizo proyectos para abrir un dispensario, mientras que el enviado y su secretario mantenían conversaciones a diario con el emir, discusiones con los ministros e interminables visitas de cortesía de nobles funcionarios.

Sir Louis cabalgaba diariamente por las calles, aunque al mismo tiempo publicó un edicto que prohibía a todos los miembros de la misión subir a los tejados de cualquiera de los edificios de la residencia, y ordenó que se colocaran toldos de lona en el patio del cuartel; el objetivo de ambas medidas era no herir la susceptibilidad de los vecinos en el Bala Hissar y evitar que se sintieran ofendidos al ver a los extranjeros en plan doméstico.

«Éste es un país notable –escribía Wally en su respuesta a un primo que servía en la India y le había escrito para felicitarlo por ganar la Cruz Victoria, y que preguntaba cómo era Afganistán–. Pero Kabul no te gustaría mucho. Es un lugar miserable...».

La carta incluía una descripción divertida de un *Pagal-gymkhana* que él había organizado el día anterior, pero no comentaba nada de que los regimientos de *heratis* de la ciudad fueran una fuente continua de problemas. Sin embargo, el mensajero que llevó esta carta particular al puesto británico de Ali Khel, donde se enviaban y recibían todos los telegramas y cartas de la misión, ya había entregado un mensaje de sir Louis al virrey que decía: «Hoy he recibido informes alarmantes de varias fuentes sobre la conducta rebelde de los regimientos de Herat. Algunos de sus hombres han sido vistos en la ciudad con las espadas desenvainadas y usando un lenguaje injurioso contra el emir y sus visitantes ingleses, y me aconsejaron no salir para nada durante un día o dos. Mandé llamar al ministro de Relaciones Exteriores y, como él sostenía que los informes debían de ser exagerados, salimos como de costumbre. No dudo que hay malestar entre las tropas a causa del retraso en el cobro de sus haberes y especialmente por el servicio obligatorio, pero el emir y sus ministros confían en que podrán dominar la situación».

Otro telegrama, enviado al día siguiente, era considerablemente más corto: «Estado de cosas informado ayer continúa más atenuado. Emir expresa total confianza en mantener disciplina». Sin embargo, el diario que sir Louis escribía todas las noches y mandaba al final de cada semana al virrey, describía la llegada de los *heratis* rebeldes a Kabul exigiendo su sueldo y completamente indisciplinados.

Sir Louis disponía de sus propias fuentes de información y había recibido noticias fidedignas sobre la conducta de los descontentos, que implicaba mucho más que «cierto malestar». Además, había oído que las tropas se habían negado rotundamente a volver a sus bases hasta que cada uno de los hombres hubiera recibido hasta el último *anna* de su paga, pero que no había suficiente dinero en el Tesoro para pagarles. Nada de esto coincidía con las declaraciones optimistas del ministro de Relaciones Exteriores y del emir.

En cierto sentido, Ash tenía razón al pensar que sir Louis no calibraba totalmente el peligro en que se encontraban él y su misión.

El enviado no ignoraba lo que sucedía en Kabul, pero se negaba a tomarlo en serio. Prefería aceptar la declaración del ministro de que la situación estaba controlada, y sumergirse en planes para reformar la Administración de Afganistán, junto con proyectos para un viaje en otoño con el emir, en lugar de concentrarse en un problema mucho más urgente e inmediato: discurrir formas y medios para fortalecer la débil autoridad del gobernante frente a la creciente marea de desenfreno y violencia que inundaba el valle de Kabul, y que ahora amenazaba con invadir la ciudad, e incluso la ciudadela.

–No puede saber qué está sucediendo –dijo Ash–. Se lo ocultan. Es necesario decírselo, y usted es el que debe hacerlo, *sahib sirdar.* Él lo escuchará porque usted es un mayor *risaldar* de los Guías. Le ruego, en nombre de ellos, que vaya a la residencia y se lo advierta.

El *sirdar* fue y sir Louis escuchó atentamente todo lo que dijo; cuando terminó, sonrió y respondió con ligereza:

–Sólo pueden matar a los tres o cuatro que estamos aquí, y nuestras muertes serán vengadas.

Una observación que enfureció a Ash cuando la oyó, ya que estaba seguro de que, en caso de que hubiera problemas, no solamente ellos morirían, sino también toda la escolta, junto con los numerosos criados y ayudantes que habían acompañado a la misión a Kabul.

Ash no había oído el comentario que, según se decía, habría hecho Cavagnari antes de partir de Simla, afirmando que no le importaría morir si su muerte conducía a la anexión de Afganistán. Sin embargo, comenzó a preguntarse si últimamente el enviado no estaba un poco desequilibrado y quizá se veía a sí mismo como un mártir sacrificado en el altar de la expansión imperial. Era una sospecha demencial, por lo que la descartó de inmediato. Pero volvió a pensar en ello una y otra vez en los días que siguieron, porque en algunos momentos le parecía que no podía haber otra explicación para la altanera conducta del enviado ante todas las advertencias.

El *sirdar*, molesto por la insolencia de los *heratis* y preocupado por la seguridad de los Guías, hizo una segunda visita a la residencia para informar a sir Louis sobre ciertas cosas que él mismo había visto y oído.

–No repito habladurías, señor –dijo el *sirdar*–, sino sólo lo que he visto con mis propios ojos. Esos regimientos marchan por las calles con los oficiales a la cabeza, y gritan amenazas e insultos contra el emir y contra los regimientos de *kazilbashis* que son leales al emir; los acusan de cobardía y de servidumbre a los infieles, y les gritan que ellos, los *heratis*, mostrarán a los esclavos *kazilbashi* cómo tratar a los extranjeros. A usted, *sahib* excelencia, también lo insultan..., usando su propio nombre. Los he oído. Es necesario que usted lo sepa, porque esto no augura nada bueno y hay que detenerlo cuando todavía estamos a tiempo.

–Pero si ya lo sé –respondió Cavagnari–. Y también su alteza el emir, que conoce el asunto desde antes y me ha advertido que no vaya a la ciudad hasta que terminen los disturbios. En cuanto a los *heratis*, no debe usted temerlos, *sahib risaldar.* Perro que ladra no muerde.

–*Sahib* –dijo gravemente el ex mayor *risaldar*–. Estos perros muerden. Y yo, que conozco a mi gente, le aseguro que existe un gran peligro.

Sir Louis frunció el ceño ante la crítica implícita; luego, su rostro se aclaró, rio y respondió:

–Y yo vuelvo a decirle que lo máximo que pueden hacer es matarnos; y, si lo hacen, la venganza será terrible.

El *sirdar* se encogió de hombros y se rindió.

–No tenía sentido decir nada más –dijo a Ash–. De todas maneras, cuando me retiré vi al *sahib* Jenkins que salía del patio, lo seguí y le pedí permiso para hablarle a solas. Fuimos juntos hasta los establos en las líneas de caballería, donde le hablé de estos asuntos. Cuando terminé, me respondió rápidamente: «¿Ha hablado de esto con el *sahib* Cavagnari?». Cuando le contesté que acababa de hacerlo y le comuniqué la respuesta que había recibido, permaneció en silencio unos momentos, y luego dijo: «Lo que dice el *sahib* Cavagnari es cierto. Al Gobierno británico no lo dañará perder tres o cuatro de nosotros». Ahora yo le pregunto a usted, ¿qué puede hacer uno con hombres así? He perdido mi tiempo y el de ellos, porque es evidente que no quieren enterarse de nada.

A Ash no le fue mucho mejor con Wally, a quien logró ver en varias ocasiones y con bastante facilidad, ya que la política de sir Louis de fomentar las visitas y mantener la casa abierta significaba que la residencia estaba siempre llena de afganos que dejaban a sus criados en el complejo, donde conversaban con los sirvientes del lugar y los hombres de la escolta. Esto facilitó a Ash poder mezclarse con ellos y pasar un mensaje a Wally acordando encontrarse con él en cierto lugar donde pudieran hablar sin llamar la atención; y después de ese primer encuentro inventaron un sencillo código.

Pero, aunque Wally siempre se alegraba enormemente de verlo y se interesaba mucho por todo lo que decía Ash, no había la menor posibilidad de que intentara transmitir algo de lo que le comunicaba a sir Louis. El comandante con quien Ash había discutido este punto en Mardan admitía los problemas que podían surgir, y al hablar con Wally antes de partir le había dicho que el enviado contaría con sus propias fuentes de información, y que no le correspondía al teniente Hamilton proporcionarla. Si en algún momento tenía razones para suponer que sir Louis ignoraba algún asunto vital que Ashton había comunicado a Hamilton, debía mencionarlo al secretario del enviado y ayudante político, William Jenkins, quien decidiría si comunicarlo o no.

–Eso hice el otro día –confesó Wally con cierta vergüenza–, y nunca volveré a hacerlo; Willy me trató muy mal. Me dijo que sir Louis sabía mucho más que yo de lo que sucedía en Kabul y me sugirió que fuera a jugar con mis soldados... o algo por el estilo. Y, por supuesto, tiene razón.

Ash se encogió de hombros y comentó con poca amabilidad que esperaba sinceramente que así fuera. Se sentía preocupado y temeroso, no sólo a causa de las muchas cosas inquietantes que se decían y hacían en la ciudad, y sus temores por la seguridad de Wally y los Guías, sino porque tenía miedo por Juli. Había cólera en la ciudad. Aún no se habían dado casos en el Bala Hissar ni cerca de la tranquila calle donde se encontraba la casa de Nakshband Khan, pero la enfermedad hacía estragos en los barrios más pobres y más congestionados de Kabul; y llegó un día en que Ash se enteró por un amigo del *sirdar*, un hindú conocido cuyo hijo estaba al servicio del hermano del emir, Ibrahim Khan, de que había aparecido entre las tropas fuera de servicio.

Si no hubiera sido por el hecho de que la mitad de la India, como Ash sabía bien, también sufría una terrible epidemia de cólera aquel año, casi con seguridad se habría llevado a Anjuli enseguida y hubiese abandonado a Wally y a los Guías sin pensarlo dos veces. Pero no tenía adónde llevarla, y decidió que probablemente era menos peligroso que se quedara donde estaba, ya que, con suerte, el cólera no llegaría a aquel barrio de la ciudad; y, en cualquier caso, disminuiría drásticamente al comenzar el otoño. Pero fue una época de gran ansiedad y Ash enflaqueció por las tensiones; y cada vez encontraba más difícil hablar con Wally de los peligros que amenazaban a la misión.

De todas maneras, Wally se sentía apoyado al saber que su amigo pasaba una gran parte del día en una casa en el fondo del complejo de la residencia. Lo consolaba saber que con sólo mirar hacia cierta ventana podía confirmar si Ash estaba allí o no, porque cada mañana, cuando éste llegaba a trabajar, colocaba un florero azul con un ramo de flores o de hojas entre los dos barrotes centrales de su ventana, como señal de que no se había ausentado de Kabul.

Sin embargo, aun sin la información que recibía de Ash, Wally no podía dejar de percibir que la situación en la ciudad se deterioraba día a día. Sabía, y no podía ignorarlo, que ninguno de los criados ni los hombres de la escolta salían solos, ni siquiera en parejas, a bañarse o a lavar sus ropas en el río, sino que preferían ir en grupo y armados; que ni los musulmanes se atrevían ahora a ir solos a la ciudad, mientras que los *sikhs* y los hindúes jamás se dejaban ver en las calles, de manera que, excepto cuando estaban de guardia, permanecían dentro de los cuarteles. Lo que no sabía era que Ash ya había comenzado a actuar en una pequeña esfera para luchar contra el malestar desarrollado contra los extranjeros.

Era un asunto poco importante y significaba más riesgos de los que Ash podía permitirse. Pero hacía su efecto. Tomó parte en los deportes de equitación, con un caballo prestado y disfrazado de miembro de la tribu *ghilzai*, y ganó varios juegos para gran deleite de los nativos, que estaban resentidos por las proezas mostradas por los Guías, y convencidos de que las competiciones tenían como propósito demostrar la superioridad del ejército de los *sahibs* sobre el propio.

La habilidad de Ash en este tipo particular de deporte contribuyó a recuperar un poco el equilibrio. Pero no se atrevió a repetir la experiencia, aunque los comentarios de los espectadores seguían preocupándolo..., lo mismo que las conversaciones en los mercados. Estas últimas en tal grado que se acercó al amigo hindú del *sirdar* (quien, como decía éste, «conocía todas las idas y venidas en las casas de los grandes hombres») y le rogó que fuera a la residencia y hablara con sir Louis Cavagnari de la actitud cada vez más virulenta de los ciudadanos hacia la presencia de la misión extranjera.

–Porque su excelencia– explicó Ash–, hasta el momento, sólo ha hablado con afganos. ¿Y quién puede decir cuánto le han contado de verdad, o si prefieren hacerle creer que todo marcha bien? Pero usted, que es un hindú cuyo hijo está al servicio del propio hermano de su alteza el emir, logrará que lo escuche con atención; creerá lo que usted dice y tomará medidas para protegerse a sí mismo y a su grupo.

–¿Qué medidas? –preguntó el hindú con escepticismo–. Sólo hay una medida que serviría de algo: disolver esta misión y volver con ella a la India sin demora. Aunque no me atrevería a asegurar que llegaran allí a salvo, ya que las tribus podrían asaltarla por el camino.

–Eso no lo hará nunca –respondió Ash.

–No. Pero no hay mucho más que pueda hacer, ya que deben saber que los lugares donde viven él y su misión no pueden defenderse de un ataque. Por tanto, si toma todas las advertencias con ligereza y contesta a ellas con palabras audaces, será tal vez porque es inteligente, y no, como usted supone, porque es ciego y tonto. Debe saber que sus palabras serán repetidas y el hecho mismo de que sean audaces puede detener a los revoltosos; y eso es sabiduría, no estupidez. Ya he hablado con él antes, pero, si usted y el *sahib sirdar* lo desean, con mucho gusto volveré a hacerlo y veré si consigo que entienda lo referente a la mala voluntad contra la misión que prevalece en esta ciudad. Aunque creo que él ya lo sabe.

La prometida visita tuvo lugar aquel mismo día. Pero esta vez el visitante no logró ver al enviado británico, porque los centinelas afganos que por orden del emir hacían guardia en la entrada de los cuarteles (supuestamente para mayor seguridad y protección de la misión británica), no sólo le cortaron el paso, sino que lo insultaron y apedrearon cuando se marchaba.

–Recibí varios golpes –informó el hindú–, y, cuando me vieron trastabillar, se rieron. Este lugar ya no es seguro para hombres como yo, o para extranjeros de ningún origen. Creo que es hora de que me vaya por un tiempo de Kabul y me dirija al sur a visitar a mis parientes.

Se negó categóricamente a hacer ningún otro intento de ver a sir Louis, y cumplió con su palabra de salir de Kabul unos días después. Pero el relato del tratamiento recibido por su amigo por parte de los centinelas afganos trastornó al *sirdar* Nakshband Khan casi tanto como había afectado a Ash, y, aunque tras su visita anterior a la residencia también el *sirdar* había jurado que no volvería allí, volvió.

Sir Louis lo recibió bastante bien, pero le aclaró desde el principio que estaba ya informado de la situación en Kabul y que no necesitaba más datos sobre el particular, y aunque lo alegraba verlo, por desgracia estaba demasiado ocupado como para dedicar todo el tiempo que quisiera a visitas puramente sociales.

–Por supuesto. Comprendo –asintió cortésmente el *sirdar*–. Como también entiendo que tiene usted muchas fuentes de información y que, por lo tanto, sabe mucho de lo que sucede en la ciudad. Aunque no todo, creo. –Y contó a sir Louis que un hindú muy conocido y respetado, que se había presentado en la residencia para hablar con él, no había podido entrar y había sido insultado y alejado a pedradas por los centinelas afganos.

El rostro de sir Louis expresaba gran furia mientras escuchaba.

–Eso no es cierto –replicó–. ¡Ese hombre miente!

Pero el *sirdar* no se dejó intimidar por la irritación de Cavagnari.

–Si el *huzoor* no me cree –replicó con calma–, que pregunte a sus sirvientes, algunos de los cuales presenciaron el tratamiento recibido por el hindú, como también muchos de los Guías. El *huzoor* no tiene más que preguntar; y, cuando lo haga, se enterará de que es aproximadamente un prisionero. Pero «¿qué se gana con permanecer aquí si a uno no le permiten ver a los hombres que sólo desean contarle la verdad?».

La sugerencia de que no gozaban de plena libertad afectó muchísimo al enviado, porque Pierre Louis Cavagnari era un hombre muy orgulloso, hasta el punto de que, con frecuencia, los que no compartían sus opiniones o habían sido maltratados por él lo describían como insufriblemente arrogante.

Era cierto que tenía una alta opinión de su propia capacidad y que no le gustaban las críticas.

La historia del *sirdar* Nakshband Khan tocó su orgullo personal y su dignidad oficial como representante de su majestad británica, emperatriz de la India, y le habría gustado no creerla. En cambio, replicó fríamente que investigaría el asunto, despidió a su visitante, mandó llamar a William Jenkins, y ordenó al secretario que averiguara de inmediato si alguien en el complejo de la residencia había presenciado el incidente referido por Nakshband Khan.

William volvió quince minutos después. Informó de que, lamentablemente, la historia era cierta. No sólo la habían confirmado varios de los criados de la residencia, sino también dos jardineros y una docena de hombres de la escolta, incluidos el *jemadar* Diwand Singh, de la caballería de los Guías, y el *havildar* Hassam, de infantería.

–¿Por qué no me informaron antes? –preguntó Cavagnari, pálido de ira–. ¡Por Dios, tendré que enseñar disciplina a esos hombres! Debieron haberme informado de inmediato, y si no a mí, en todo caso a Hamilton, o a Kelly o a usted. Y si el joven Hamilton lo sabía, y no me lo dijo..., dígale que deseo hablar con él enseguida.

–Creo que no está aquí en este momento, señor. Creo que salió hace alrededor de una hora.

–Entonces que venga a verme inmediatamente en cuanto regrese. No tiene derecho a salir sin comunicármelo. ¿Dónde diablos ha ido?

–No tengo la menor idea, señor –respondió William sin inmutarse.

–Debería tenerla. No permitiré que mis oficiales salgan de la residencia cuando les parezca. No pueden andar por la ciudad en un momento como éste. No es que yo crea...

Dejó la frase sin terminar y despidió a Jenkins con un breve gesto.

Pero Wally no estaba paseando por la ciudad. Había ido a ver a Ash, con quien había acordado encontrarse en la ladera del sur de Kabul, donde estaba enterrado el emperador Barbur. Porque era 18 de agosto, su cumpleaños: aquel día cumplía veintitrés.

61

El último lugar de reposo de Barbur el Tigre, que invadió la Tierra de Caín sólo unos años después de que Colón descubriera América, conquistó luego la India y estableció una dinastía imperial que duró hasta la época de la vida del propio Ash, estaba en un jardín amurallado; en la ladera de una colina al suroeste de Shere Dawaza.

El paraje se conocía en tiempos de Barbur como «el lugar de las huellas», y era el rincón favorito de aquél hasta el punto de que, aunque murió en un lugar muy alejado de la India, en Agrá, dejó instrucciones de que su cadáver fuera llevado allí para enterrarlo. Eso lo cumplió su viuda, Bibi Mubarika, quien viajó a Agrá para reclamar el cuerpo de su esposo y trasladarlo a Kabul.

Ahora, el jardín se conocía como «el lugar de la tumba de Barbur» y poca gente lo visitaba en aquella época del año, porque el ramadán, el mes del ayuno, ya había comenzado. Pero se lo consideraba un parque de esparcimiento y a nadie le parecería raro que el joven *sahib* que mandaba la escolta india del enviado decidiera visitar este lugar histórico, o que una vez allí trabara conversación con uno de los visitantes locales. En realidad, Ash y Wally tenían el jardín para ellos solos, porque, aunque el día había sido bochornoso y nublado, aún no había comenzado a llover y el viento que arrastraba las nubes por el valle levantaba demasiado polvo como para que los kabulíes salieran de sus casas.

En una pequeña mezquita junto a la tumba de Barbur había aquel día un solo devoto, y únicamente cuando se levantó y se acercó a Wally se dio éste cuenta de que era Ash.

–¿Qué hacías allí? –preguntó mientras lo saludaba.

–Oraba por el Tigre, por que descanse en paz –respondió Ash–. Era un gran hombre. He vuelto a leer sus memorias, y me gusta pensar que sus huesos yacen bajo la hierba y que puedo sentarme junto a ellos y recordar la vida terrible que vivió, las cosas que vio e hizo, los peligros que corrió... Protejámonos del viento.

Había otras tumbas más humildes en el jardín. Ash pasó junto a ellas, se detuvo un momento junto a la de Barbur, y condujo a Wally a un lugar llano resguardado del viento por unos arbustos. Allí se sentó en el suelo con las piernas cruzadas.

–Feliz cumpleaños, Wally.

–Así que te acordaste –dijo su amigo, ruborizándose de placer.

–Claro que sí. Tengo un regalo para ti. –Ash buscó entre sus ropas y sacó un pequeño caballo de bronce: una obra de artesanía china que había comprado en el mercado de Kabul, sabiendo que agradaría a Wally. Y así fue; pero Ash no se sintió tan contento al descubrir que el teniente Hamilton había acudido a la cita sin escolta.

–¡Por Dios, Wally! ¿Estás loco? ¿Ni siquiera trajiste a tu *syce*?

–Si te refieres a Hosein, no. Pero tranquilízate porque le di el día libre para traer en su lugar a uno de nuestros soldados: el *sowar* Taimus. No lo reconocerías... Es un gran tipo, y muy valiente. Lo que él no sabe sobre Kabul y los kabulíes no vale la pena saberlo, y gracias a él logré salir sin problemas y sin que me siguieran soldados afganos. Espera fuera con los caballos. Si no le gusta el aspecto de alguien que se aproxime a este lugar, puedes estar seguro de que me lo dirá. De manera que cálmate.

–Insisto en que deberías haber traído por lo menos a tres de tus *sowares*. Y también a tu *syce* –repitió Ash–. Nunca habría aceptado encontrarme contigo si hubiera soñado que vendrías sin una buena escolta. Por Dios, creo que no os dais cuenta de lo que sucede aquí.

–¡Caramba, qué manera de hablar a un tipo el día de su cumpleaños! –sonrió Wally, impertérrito–. Sí, tonto, por supuesto que lo sabemos. Quiero que sepas que no somos tan estúpidos como crees. En realidad, por eso vine solamente con Taimus en lugar de atraer mucha atención y despertar las pasiones de la gente del lugar con una escolta armada detrás de mí.

–Pero sé que el emir ha aconsejado a tu jefe que evite cabalgar por las calles durante un tiempo –replicó Ash.

–Por las calles, sí. Su excelencia parece creer que sería mejor que no nos vieran en la ciudad, por ahora. Pero aquí no hay calles y estamos lejos de la ciudad... ¿Y dónde oíste eso? Pensé que ese consejo se lo habían dado a sir Louis en secreto. No es algo de lo que todo el mundo deba enterarse.

–No creo que lo sepan –respondió Ash–. Me lo dijo el mayor *risaldar* Nakshband Khan, quien, a su vez, se enteró por el propio sir Louis.

–Ah, ¿sí? –preguntó Wally tendiéndose en la hierba y cerrando los ojos–. Supongo que tú mismo hiciste que el viejo fuera a la residencia a advertirnos de que la ciudad estaba llena de muchachos groseros del Herat, y si no nos escondíamos en las casas hasta que se fueran, algunos podrían gritarnos palabrotas... Pero, caramba, hoy es mi cumpleaños, ¿no podemos olvidarnos un poco de la situación política y de todo este asunto del espionaje y hablar de otras cosas por una vez? De cosas agradables...

A Ash le habría encantado, pero se endureció para responder:

–No, Wally, me temo que no podemos, porque debo decirte varias cosas. Para comenzar, tendrás que interrumpir esos concursos de equitación que organizaste entre tus compañeros y los afganos.

Wally abandonó su actitud descansada y se incorporó como si tuviera un resorte, con expresión indignada.

–¿Interrumpirlos? ¿Por qué diablos? ¡Si a los afganos les encantan! Son excelentes jinetes y disfrutan de las competiciones contra mi gente. Es una magnífica forma de entablar buenas relaciones con ellos.

–Comprendo que lo creas así. Pero es que no entiendes lo que piensa esta gente. Lo ven en forma totalmente diferente, y eso no estimula sus sentimientos amistosos, sino que los ofende. La verdad, Wally, es que tus *sowares* son demasiado buenos en este tipo de deportes, y los kabulíes han dicho que los realizan sólo para probarles cuán fácilmente pueden derrotarlos, y que tus hombres sólo quieren demostrar cómo podrían tratar a sus enemigos..., en otras palabras, a los afganos. Si pudieras estar entre los espectadores y escuchar, como he hecho yo, lo que dicen entre ellos mientras presencian las competiciones, no hablarías con tanta ligereza de «entablar relaciones amistosas con los afganos» cuando, en realidad, lo que logras es empeorar esas relaciones; y Dios sabe que ya son bastante malas.

–¡Bien, esto ya es demasiado! –explotó Wally–. ¿De manera que para eso te disfrazaste y jugaste en el bando de nuestros adversarios?

–No pensé que me reconocerías –dijo Ash con cierto pudor.

¿No reconocerte? ¡Si conozco todos los recursos que siempre usas! Tú eres quien está loco, eso es. ¿Tienes idea de los riesgos que corres? No tiene importancia que yo te descubra, pero estoy seguro de que no hay un solo *jawan* en la escolta que no sepa quién eres.

–Supongo que saben mucho más de lo que piensas. Pero también saben mantener la boca cerrada. Por ejemplo, ¿alguno de ellos te ha dicho que siempre que aparecen fuera de la ciudadela, en Kabul, no sólo los insultan, sino que hacen toda clase de comentarios injuriosos contra ti, Kelly y Jenkins, y en particular contra Cavagnari? No, estoy seguro de que no..., y no pueden culparlos. Los avergonzaría comunicarte lo que dicen de ti en los mercados, lo cual es peor para ti, porque si te lo dijeran te enterarías de un par de cosas.

–¡Dios mío, qué gente! –dijo Wally con disgusto–. Ese *sikh* obviamente sabía de qué hablaba, después de todo.

–¿Qué *sikh*?

–Ah, un *havildar* del 3.º de Sikhs con quien hablé un día en Gandamak. Estaba escandalizado por el tratado de paz y porque sacábamos el ejército de Afganistán, y parecía creer que estábamos todos locos. Quería saber qué clase de guerra era ésta, y dijo: «*Sahib*, esta gente los odia y ustedes los han derrotado. Sólo hay un tratamiento para estos demonios: convertirlos en polvo». Quizás es lo que debimos haber hecho.

–Quizá. Pero ahora de nada sirve hablar de eso, porque lo principal que vine a decirte es mucho más importante que tus juegos de equitación. Sé que ya he hablado de esto, pero esta vez, te guste o no, tendrás que dialogar con Jenkins al respecto. Como ya te dije, el emir ha permitido que corra el rumor de que la misión sólo está aquí para actuar como benefactora: en otras palabras, para que le ordeñen rupias como a una vaca mansa. Casi todos creen que es así, de manera que, cuanto más pronto persuada sir Louis al virrey de que le permita representar ese papel, y le envíe suficiente dinero para pagar los sueldos que se deben a las tropas, mejor. Es lo único que se puede hacer para evitar que la cosa estalle, porque, en cuanto la turba hambrienta de Herat reciba lo que se le debe, se marchará de Kabul. Una vez que no estén aquí, los elementos rebeldes de la ciudad perderán fuerza y permitirán que el emir maneje con más firmeza este país e instaure un poco de respeto por la autoridad. No digo que una buena inyección de dinero resolverá todos los problemas de ese pobre tipo, pero al menos ayudará a consolidarlo en el cargo y a retrasar su caída..., y la de tu preciosa misión también.

Wally guardó silencio unos momentos; luego dijo con irritación:

–Eso significaría mucho dinero, y no veo cómo puede esperarse que paguemos los sueldos que se deben a las fuerzas armadas de un país que ha estado en guerra con nosotros... ¡Un país enemigo! ¿Quieres que les paguemos por luchar contra nosotros? ¿Por matar a Wigram? ¿Y a muchos otros de los nuestros? ¡No, es obsceno! Es una sugerencia monstruosa y no es posible que hables en serio.

–Hablo en serio, Wally. –La voz de Ash era tan dura como su rostro, y en ella había un tono que Wally reconoció como de miedo, de verdadero miedo–. Tal vez te parezca una sugerencia monstruosa, y ni siquiera estoy seguro de que daría buen resultado, excepto como medida temporal. Pero al menos eliminaría la amenaza inmediata y concedería un respiro a tu misión. Sólo por eso valdría la pena intentarlo. Lo que más necesita Cavagnari es tiempo, y creo que no lo conseguirá a menos que lo compre.

–Entonces, realmente sugieres que haga llamar a esos demonios rebeldes y les entregue...

–No, no. No sugiero que él, personalmente, pague nada en forma directa a los regimientos de *heratis* (quienes, por cierto, jamás actuaron contra nosotros y no creen que hayamos ganado una sola batalla). Pero estoy dispuesto a apostar que podría conseguir que el virrey enviara al emir, de inmediato, una suma suficiente para pagar lo que se debe a sus tropas. Ni siquiera tendría que ser un regalo, porque podría ser descontado como parte del subsidio anual que se le prometió según los términos del tratado de paz, lo cual significa seis *crores* por año. Caramba, Wally, son seis millones de rupias. Aun con una pequeña parte de esa cantidad se podría pagar la deuda del emir con sus tropas. Pero, si el dinero no llega pronto, no pasará mucho tiempo antes de que el Ejército afgano se enfrente con la alternativa de morirse de hambre o robar; y créeme que elegirán lo último como hicieron los *heratis*. Y como harías tú mismo, si estuvieras en su lugar...

–Todo eso está muy bien, pero...

–No hay «peros». El hambre hace que la gente actúe de una manera extraña. Lo sé por propia experiencia, y me gustaría poder hablar yo mismo con Cavagnari. Pero prometí al comandante que no lo haría, porque... Bien, de todas maneras, el joven Jenkins es nuestra única esperanza y, a pesar de todo, es el asesor político... Tendrás que comunicárselo... Decirle lo que has averiguado por el viejo Nakshband

Khan... Puedes contarle cualquier cosa. Pero, por Dios, trata de que entienda que éste es un asunto mortalmente serio y que si Cavagnari no se ha dado cuenta de ello ya, debe comprenderlo ahora mismo. En cuanto a ti, Wally, si aún te queda algo de sentido común, cancela esos deportes y avisa a Rosie de que debe olvidar su bien intencionado plan de abrir un dispensario gratuito, porque en la ciudad ya se dice que lo usará para envenenar a cualquiera que sea lo suficientemente estúpido como para acudir a él. –Era una referencia a Ambrose Kelly, quien, por razones obvias, era conocido entre los Guías y entre sus amigos como Rosie.

–Que les caiga la maldición negra de Shielygh –suspiró Wally–. Cuando pienso en todo lo que queríamos hacer... y en lo que haremos, carajo..., para ayudar a estos hijos de puta desagradecidos a que tengan una vida mejor y leyes más justas...

Ash frunció el ceño y observó, con cierta malignidad, que probablemente no querían ayuda de extranjeros, excepto la financiera. El dinero era lo único que podía ayudar al emir y a su gente, y salvar a los extraños de la residencia del desastre.

–Si los soldados reciben su paga, aún existe una posibilidad de que salgáis del asunto sin mayores daños. Si no, no garantizaría para nada la seguridad de la misión ni tampoco las futuras perspectivas del emir.

–¡Dios mío, qué optimista eres! –observó Wally con ironía–. Supongo que ahora me dirás que cada *mullah* del lugar pide una guerra santa...

–Es extraño, pero no es así. O quizá sólo unos pocos la piden. Hay un hombre en el Herat que habla mucho, y un faquir también muy charlatán. Pero, en general, la mayoría de los *mullahs* se han mostrado completamente pacíficos y parecen hacer lo posible por mantener la calma. Es una lástima que no tengan un emir mejor; uno no puede evitar sentir pena por el pobre tipo, pero no es ni la mitad del hombre que fue su padre..., y él, Dios lo sabe, tampoco era nada extraordinario. Lo que necesitan ahora los afganos es un hombre fuerte: otro Dost Mohammed.

–O un tipo como ése –dijo Wally, señalando con la cabeza la tumba de Barbur.

–¿El Tigre? ¡Dios no lo permita! –exclamó Ash con fervor–. Si él hubiera sido jefe aquí, no hubiéramos pasado de Al Masjid. Podrías escribir un poema épico sobre él: *Oda a un emperador muerto.*

La conversación pasó a temas más agradables y no volvieron a hablar de política.

De pronto, sintieron una ráfaga de viento entre los arbustos que levantó una nube de polvo y los hizo toser. Mezcladas con el polvo, cayeron unas gotas de lluvia... Wally se puso de pie, exclamando:

–¡Gracias a Dios! Creo que va a llover. Debemos estar agradecidos por ello. Nos vendría bien una buena lluvia, siempre que no convierta este lugar en un río de lodo... Bien, debo marcharme. Es hora de que vuelva a mis obligaciones si no quiero recibir una reprimenda de mi respetado jefe. Te veré la semana que viene. Entretanto, hablaré con William, y pensaré en lo de interrumpir los deportes... Aunque creo que exageras. No, no me acompañes hasta la puerta; Taimus está allí. *Salaam alikoum.*

–Lo mismo digo. Y, por Dios, no salgas otra vez al campo sin escolta. No es saludable.

–Eres un pesimista y no sé cómo te aguanto. –Wally rio y estrechó la mano de Ash–. Ahora quédate tranquilo; me cuidaré, lo prometo. La próxima vez traeré una gran escolta, armada hasta los dientes. ¿Así estarás satisfecho?

–No estaré satisfecho hasta que tú y Kelly y el resto de los nuestros estén de regreso en Mardan –replicó Ash con una cansada sonrisa–. Pero, por ahora, supongo que tendré que conformarme con una escolta armada.

62

La tormenta no estalló hasta el atardecer. Wally llegó a la residencia bajo unas pocas gotas de lluvia y de muy mal humor. Una vez allí, tuvo que volver bruscamente a la realidad porque encontró un recado que le ordenaba presentarse ante sir Louis Cavagnari en cuanto volviera.

Como la orden había sido dada dos horas antes, la recepción de su jefe no fue cordial. Sir Louis había sufrido un duro golpe en su amor propio y aún estaba furioso y dispuesto a lanzarse contra todos los que habían presenciado el maltrato al hindú por los centinelas afganos y no lo habían informado. En particular, al oficial al mando de la escolta, que debió haberse enterado del incidente e informar de ello de inmediato, ya fuera a él o a su secretario, Jenkins.

Si el joven Walter estaba enterado del asunto y no había dicho nada tendría que vérselas con él. Y si no lo sabía, peor aún. Sus oficiales indios tendrían que haberle comunicado el lamentable tratamiento dado a un caballero hindú que sólo había ido a presentar sus respetos al enviado británico. ¿A cuántos otros habían negado la entrada los afganos? ¿Sería éste el único visitante a quien se había impedido el acceso, o sólo el último?

Sir Louis necesitaba una respuesta a esas preguntas enseguida, y el hecho de que no se pudiera encontrar al teniente Hamilton cuando mandó a buscarlo no mejoró su humor. Wally, que nunca había visto a su héroe realmente enojado antes, y que creía que era un hombre a quien nada podía alterar, descubrió su error minutos después de su regreso.

El enviado descargó un huracán de preguntas en los oídos de Wally, y, cuando al fin le dio oportunidad de hablar, Wally contestó que no sabía nada del incidente con el hindú y prometió hablar con severidad a los que estaban bajo su mando, que lo habían visto y no lo habían informado. Sugirió que tal vez habían guardado silencio por consideración a sir Louis, ya que era un gran deshonor para el enviado y todos los miembros de la misión que los afganos hicieran esas cosas, y uno aún mayor hablar de ello y avergonzar de esa manera a los *sahibs*. Pero hablaría con ellos y les haría entender que debía ser informado de inmediato de cualquier incidente de ese tipo que volviera a ocurrir.

–Eso no será necesario –respondió sir Louis con tono helado–. Me aseguraré de que no haya más incidentes de ese tipo. Irá usted enseguida a ver a la guardia afgana y les comunicará que ya no preciso sus servicios, que están dispensados de ellos y que deben marcharse de inmediato. Por favor, ocúpese de ello. Y monte una doble guardia con sus propios hombres. Ahora envíeme a Jenkins.

Despidió a Wally con una pequeña inclinación de cabeza, y el joven salió con la extraña sensación de que acababa de ser atropellado por un tren.

El jefe de la guardia discutió la autoridad de Wally, e insistió en que sus hombres estaban allí por orden del emir y para proteger a los «extranjeros». Pero Wally hablaba perfectamente el *pushtu* (Ash se había encargado de ello) y, aún dolido por el ataque de su jefe, no estaba con ánimo para tolerar tonterías de los afganos. Así como Cavagnari había descargado su furia en la cabeza de Wally, éste encontró alivio para sus propios sentimientos en decir a los afganos lo que podían hacer y por qué. No se lo hicieron repetir.

Una vez hecho esto, habló severamente con sus *jawans* sobre la tontería de guardar silencio cuando se los deshonraba a ellos y a toda la misión británica. Pero las réplicas que recibió lo trastornaron, porque confirmaban lo que había dicho Ash sobre los insultos lanzados contra cualquier soldado o criado de la residencia que cometía la temeridad de aparecer en la ciudad, y las razones por las cuales no se había informado sobre esto a los *sahibs*.

–Nos avergonzaba repetir esas cosas a ustedes –dijo el *jemadar* Jiwand Singh, hablando en nombre de los Guías; más tarde, el propio asistente de Wally, el gordo Pir Baksh, empleó las mismas palabras actuando en nombre de los muchos sirvientes que habían acompañado a la misión británica a Kabul.

–Supongo que el jefe sabe lo que está sucediendo –dijo Wally con inquietud, al hablar del asunto aquella noche con el doctor Kelly mientras la tormenta que amenazaba desde la tarde rugía sobre Kabul–. Me refiero a..., bien, a cosas como el malestar contra nosotros..., la misión... entre los afganos, y todo lo que sucede en Kabul.

El doctor arqueó las cejas y respondió con tranquilidad:

–Por supuesto que sí. Tiene espías por todas partes. No sea tonto.

–No sabía que los guardias afganos habían impedido el paso a la gente –dijo Wally, preocupado–. Ninguno de nosotros lo sabía hasta hoy. Ninguno de nosotros cuatro, aunque aparentemente todo el resto conocía lo que sucedía en nuestro sector y ante nuestras propias narices. ¿Sabía usted que cualquiera de los nuestros que va a la ciudad es insultado por los kabulíes? Yo lo ignoraba y me pregunto cuánto nos han ocultado, y cuántos de los rumores que oímos son ciertos. O si el jefe alguna vez se entera de ellos. ¿Cree usted que los conoce?

–Puede usted estar seguro de que sí –insistió Rosie–. Siempre está al corriente de todo, y no tiene un pelo de tonto. De manera que no se preocupe por él. Es un gran hombre.

–Caramba, Rosie, no es que me preocupe –respondió Wally con indignación, ruborizándose hasta la raíz de los cabellos–. Pero... sólo hoy me enteré de que la población local piensa que los deportes de equitación tienen el único fin de demostrarles que los hombres del Raj pueden derrotarlos fácilmente, y que están resentidos por eso.

–¡Pobres imbéciles! –observó Rosie apasionadamente–. ¿Quién se lo dijo?

–Ah, un tipo que conozco.

–Bien, no tiene sentido creer todas las tonterías que se dicen, porque lo más probable es que su amigo haya oído a algún competidor disgustado porque le fue mal en el asunto.

–A decir verdad –confesó Wally–, yo también pensaba así al principio. Pero luego este asunto..., todo lo que he averiguado esta noche por nuestros compañeros, me ha hecho pensar de otra manera... Bien, él, ese tipo, me dijo también todas las otras cosas, y tenía razón. Y había algo más que dijo y que es absolutamente cierto. Dijo que usted debía abandonar la idea de abrir una clínica gratuita para tratar a los nativos, porque dicen que es una intriga para librarse de la mayor cantidad de gente posible dándoles veneno en lugar de medicinas.

–¡Pero no es posible! –exclamó el doctor explosivamente, y luego se echó a reír–. Tonterías, querido muchacho... ¡Tonterías! Por Dios, jamás oí estupideces semejantes en mi vida; puede decirle a su amigo que está completamente equivocado. Creo que se burla de usted. Ni el más bárbaro podría tener tan poca imaginación como para pensar que yo intentaría algo tan infantil. Deben tener algún sentido común.

Pero Wally seguía con el ceño fruncido, y cuando habló nuevamente su voz apenas se oía bajo el ruido del viento y de la lluvia; más bien parecía como si pensara en voz alta:

–Pero tenía razón en otras cosas. Y... es verdad que son tercos y bárbaros. Y que nos odian: realmente nos odian.

–¡Bueno, bueno! Esto se llama exagerar.

Ambrose Kelly hizo un gesto para terminar con el asunto, tomó una lata de tabaco y concentró su atención en volver a llenar su pipa. Wally rio un poco avergonzado, se apoyó en el respaldo del sillón de caña, y sintió que las tensiones acumuladas de las últimas horas abandonaban su mente y que sus músculos se relajaban bajo la influencia tranquila del optimismo de Rosie y el espectáculo tranquilizador del humo del tabaco.

Wally cerró los ojos mientras escuchaba, agradecido, el ruido de la lluvia. Pensaba en lo que William Jenkins diría aquella misma noche sobre el tema de las tropas que no habían recibido sus sueldos y la conveniencia de pagarles de inmediato, o, al menos, prometerles que el Gobierno de la India se encargaría de que les pagaran totalmente en un futuro cercano.

William estuvo de acuerdo en que probablemente había que hacerlo, y le confesó que el virrey ya le había insinuado si estaba dispuesto a ello.

–Todo irá bien, muchacho. Ya verás. El jefe está enterado de prácticamente todo lo que sucede en Kabul, y ya habrá hecho sus planes y habrá decidido cómo piensa manejar este problema particular, te lo aseguro.

Pero, aunque la convicción de William de que su excelencia el enviado sabía todo lo que sucedía en Kabul estaba justificada, su confianza en el jefe no tenía tan buenos fundamentos.

Era cierto que sir Louis estaba bien informado, y que el diario que enviaba a Simla al final de cada semana debería haber abierto los ojos a cualquiera que ignorase la inquietud existente en la ciudad capital del emir. Tanto él como lord Lytton, por intermedio de él, sabían lo que sucedía, pero ambos trataban el asunto con ligereza. Lord Lytton, por su parte, estaba tan poco preocupado por ello que dejó pasar diez días antes de enviar, sin comentarios, la descripción de sir Louis de la conducta de los *heratis* rebeldes al secretario de Estado, como si se tratara de una información trivial para archivar y olvidar.

En cuanto a sir Louis, a pesar de que se había enterado pronto (y había informado de inmediato al virrey) de que los kabulíes parecían esperar que él, entre otras cosas, pagara los sueldos que se debían al Ejército afgano, no había hecho movimiento alguno para encargarse de este problema particular; ni siquiera cuando recibió un telegrama del virrey que ofrecía proporcionar ayuda financiera al emir si el dinero podía ayudar a su alteza a salir de sus dificultades actuales.

El ofrecimiento no era totalmente altruista (lord Lytton señaló que, si era aceptado, probablemente daría al Gobierno la posibilidad de conseguir ciertas reformas administrativas que el emir no estaba dispuesto a conceder), pero al menos se hizo. El dinero que Ash veía como única solución para el problema de los *heratis* rebeldes y el odio y la inquietud que estaban creando en Kabul, lo tenían a su disposición. Sin embargo, sir Louis no lo usó..., quizá porque él también, como Wally, rechazaba la idea de pagar sueldos a un ejército que tan recientemente había estado involucrado en una guerra contra el Imperio británico.

Pero ni siquiera a William, quien descifraba todos los mensajes confidenciales del enviado, le explicó sus razones. Una omisión que preocupó a su leal secretario, ya que, para William, el ofrecimiento del virrey era como un envío celestial: una forma rápida y fácil de salir de una situación muy peligrosa y una solución admirable para el más urgente de los problemas que acosaban al emir, y también a su capital.

Nunca se le ocurrió a William que su jefe podría no ver el ofrecimiento de esta manera. Pero pasó el mes de agosto y sir Louis no hizo el menor gesto para aceptarlo, ni siquiera para discutir la posibilidad de hacerlo, aunque todos los días proporcionaban pruebas fehacientes de que las pasiones en la ciudad estaban a punto de estallar, y de que ahora el malestar ya era una verdadera revuelta entre los regimientos de guardia en el Bala Hissar.

Eso no era más que un rumor que había llegado recientemente a William de segunda mano, a través de Walter Hamilton, pero no podía dejar de preguntarse si sería cierto. ¿Era posible que los regimientos acuartelados en ese momento dentro del Bala Hissar fueran más dignos de confianza que los *heratis*, y que, en tal caso, el emir estuviera practicando un doble juego? No cabía duda de que se habían enfadado mucho con el asunto del hindú apedreado, pero no con los centinelas.

Su furia se había dirigido contra sir Louis por atreverse a despedirlos y negarse a permitir que los reemplazara. Y contra el teniente Hamilton, que había cumplido la orden de sir Louis.

¿El emir pensaba realmente hacer un viaje en otoño hasta sus fronteras del norte con sir Louis, dejando la capital a merced de los regimientos hambrientos y los ministros intrigantes? Aparentemente, sir Louis pensaba hacerlo, y hablaba de ello como si fuera un hecho aceptado.

Nadie podría haber deseado un apoyo más leal y una mayor admiración que los de sir William Jenkins. Pero al acercarse el fin del verano hubo momentos, cuando estaba despierto de madrugada, en que experimentaba dudas y se preguntaba si la repentina elevación de rango de Louis Cavagnari no habría afectado a su buen criterio y lo habría enceguecido ante cosas que jamás podrían haber escapado a su atención en otros tiempos.

Le extrañaba cada vez más la determinación de su jefe en ignorar lo que todos los otros miembros de la misión veían claramente (y también muchos que no pertenecían a ella, si se podían creer las palabras de advertencia de visitantes tales como el *sirdar* Nakshband Khan). Pero pasaban los días sin ninguna señal de que la tensión en la ciudad disminuyera, y sir Louis seguía dedicado a asuntos como reformar la administración, hacer proyectos para el próximo viaje o contemplar la perspectiva de cazar perdices en el *charman* (los campos agrestes del valle). Y, a pesar de las advertencias del emir, salía a cabalgar diariamente con una guardia de afganos para ver a los ciudadanos de Kabul y ser visto por ellos.

William pensó que lo que alguien había dicho en Simla sobre Louis Cavagnari era cierto: era el tipo de hombre orgulloso, valiente y fanático, con una suprema confianza en sí mismo, que desprecia a los que son inferiores a él.

La semana anterior se había producido un desagradable incidente en la ciudad a causa de una pelea en la que estuvo mezclada una mujer y cuatro *sowars* de los Guías. Los *sowars* habían sido atacados y rescatados con dificultad, y luego sir Louis dijo al teniente Hamilton que se encargara de que sus hombres no anduviesen por la ciudad hasta que se hubieran aplacado los ánimos. Pero, unos días después, su propio ordenanza Amal-Din, un *afridi* que llevaba con él muchos años, también se vio involucrado en una pelea; esta vez con un grupo de soldados afganos. Se presentó una queja formal en nombre de los soldados heridos, y sir Louis declaró que lo lamentaba con el tono más frío posible. Luego recompensó a Amal-Din... y permitió que se supiera.

Eso no lo había hecho más popular entre los afganos, meditaba William mientras se ocupaba de la correspondencia en la oficina del enviado la noche siguiente a este asunto. Pensó en las mujeres del lugar que los hombres hacían entrar secretamente en los cuarteles, aunque se les había advertido que no lo hicieran. Eso también podía crear problemas algún día, pero era difícil impedirlo.

En su habitación del otro lado del patio, Wally también escribía, porque el cartero saldría de madrugada a Ali Khel con la correspondencia de la residencia.

Wally terminó su última carta y tomó la copia en limpio de su poema *El pueblo de Bemarú*, que pensaba enviar junto con la carta a sus padres. Lo leyó en voz alta, complacido con el ritmo de sus propios versos:

> Cómo crecía la fama de Inglaterra
> y arrancaba laureles perdidos del ramo funerario
> y por fin se elevaba desde sus desgracias
> supremas... porque Dios y el derecho estaban de su lado.

De pronto se le ocurrió que tal vez Ash no aprobaría ese sentimiento final.

Ash jamás le había ocultado sus opiniones sobre la actuación de Inglaterra en Afganistán y se las había expresado con libertad, denunciándola como injusta e indefendible. Por lo tanto, era la última persona que aceptaría que «Dios y el derecho estaban de su lado». En opinión de Ash, Inglaterra nunca había tenido derecho a intervenir en Afganistán, y mucho menos atacarlo, y sin duda diría que Dios o Alá debían estar de parte de los afganos. Ash diría...

«Bueno, al diablo con Ash», pensó Wally con irritación. Colocó el poema con la carta, selló el sobre y escribió en él la dirección; acto seguido, agregó la carta al resto de la correspondencia y salió a vestirse para la cena.

Sir Louis Cavagnari fue otro de los que pasaron la última parte de aquella tarde y la mayor parte de la noche ante su escritorio, actualizando su diario y escribiendo cartas y telegramas para enviarlos a Ali Khel. Se sentía bastante más animoso últimamente, porque en el curso de una sola noche el cólera había matado a ciento cincuenta soldados *heratis* en la ciudad; y, aunque la noticia era terrible, para él representaba una bendición.

Los regimientos, invadidos por el pánico ante la repentina pérdida de un número tan elevado de sus camaradas, aceptaron recibir parte del sueldo que se les debía, más cuarenta días de permiso, para volver a sus casas; se apresuraron a entregar sus armas en el Bala Hissar y ni siquiera esperaron a obtener sus certificados de baja antes de marcharse de la ciudad, gritando amenazas e insultos contra el comandante en jefe, general Daud-Shah, que había venido a presenciar su marcha.

Desde el punto de vista de sir Louis, la situación era inmejorable. Habían causado graves problemas, y el esfuerzo de mantener la apariencia de que la conducta indisciplinada de una turba de tropas rebeldes le era indiferente y no le causaba ansiedad alguna, había sido agotador.

Representó un alivio saber que un gran número de ellos había recibido su paga (Cavagnari siempre había estado seguro de que el dinero aparecería en cuanto el emir y sus ministros se dieran cuenta de que no había otro medio de librarse de una molestia tan peligrosa), entregado sus armas y abandonado la ciudad. Sabía muy bien que el temor al cólera probablemente había desempeñado un papel más importante que el dinero en ese conveniente éxodo; y también que no todos los regimientos *heratis* se habían marchado: algunos seguían acampados fuera de la ciudad y muchos miembros de esas unidades ayudaban a vigilar el arsenal, lo cual no parecía muy sensato. Pero el emir le aseguró que eran hombres cuidadosamente seleccionados y que estaban bien dispuestos hacia él, y sir Louis entendió que probablemente se les había pagado algo a cuenta.

Quedaba el regimiento Ardal del Turquestán y tres unidades más, a las cuales también les adeudaban varios meses de sueldo. Ellos también insistían en que se les pagara, pero no habían mostrado señales de imitar la deplorable conducta de los *heratis*. Y como, aparentemente, el general Daud-Shah les había prometido que si tenían un poco de paciencia recibirían sus sueldos a principios de septiembre, sir Louis creía que estaba justificada una visión más optimista del futuro.

Por desgracia, el comienzo del ramadán de ese año cayó a mediados de agosto, y los hombres que han ayunado todo el día y no han podido beber agua en las jornadas calurosas y polvorientas propias de ese mes, en general, tienen mal genio. Pero agosto terminaría pronto, y con él, el verano largo y accidentado que había visto la metamorfosis del mayor Cavagnari en su excelencia sir Louis Cavagnari, enviado y ministro plenipotenciario. Una semana más y comenzaría septiembre.

Sir Louis deseaba que llegara el otoño. Había oído que era la mejor época del año en Kabul: no tan hermosa como la primavera, cuando los almendros estaban en flor y el valle aparecía todo blanco de capullos, pero con una belleza espectacular cuando las hojas de los árboles frutales y los álamos, los nogales y los sauces se ponían doradas, naranjas y escarlatas, se divisaba la nieve en las laderas de las montañas y pasaban miles de aves salvajes en su vuelo hacia el sur desde las tundras, más allá de las alturas del Hindu Kusk. En los puestos de los mercados de Kabul había pilas de manzanas, uvas, choclos, nueces y pimientos, y en las llanuras sin cultivar abundaban los animales de caza. La gente recuperaría su buen humor con la llegada de los días frescos.

El enviado sonrió mientras contemplaba lo que había escrito en su diario aquel día; dejó la pluma, se puso de pie y fue a detenerse junto a una de las ventanas que daban al sur para mirar la llanura que se oscurecía y los lejanos picos nevados, que poco tiempo atrás brillaban con los últimos resplandores del verano y ahora se veían plateados a la luz del cielo estrellado.

La noche estaba llena de sonidos. Después de la abstinencia del día, todo Kabul, liberado del ayuno por la puesta de sol, tomaba el *iftari*, la comida de la noche del ramadán, y la oscuridad zumbaba como una colmena. Cavagnari aspiró la brisa nocturna, y enseguida, al oír pasos en la escalera, dijo sin volverse:

–Entra, William, he terminado las cartas para el Dak, así que puedes guardar el libro de códigos; ya no lo necesitaremos esta noche. No tiene sentido enviar otro telegrama a Simla porque no hay nada nuevo de que informar. Todo lo que necesitan saber lo encontrarán en el próximo diario. ¿Qué día saldrá?

–El veintinueve por la mañana, señor.

–Bien, si surge algo de interés, antes de enviarlo mandaremos un telegrama. Pero, con suerte, creo que ya ha pasado lo peor ahora que los de Herat se han dispersado.

A medio kilómetro de distancia, sobre el tejado de la casa de Nakshband Khan, también Ash miraba hacia las montañas y pensaba, como Cavagnari, que había pasado lo peor. Después de las lluvias de los días anteriores, había más nieve en las montañas, y aquella noche era un anticipo del otoño con su aire fresco, de manera que era muy probable que hubiera quedado atrás lo más duro del cólera... Quizá pronto terminaría. Y, como sir Louis, Ash se sentía alentado por la partida de los regimientos rebeldes.

Ahora, si el emir pagaba a sus tropas lo que aún les debía, o el cólera los dispersaba..., o el enviado británico ganaba tiempo para él y para el emir insistiendo en que el Gobierno prestara suficiente dinero al Tesoro afgano para pagar a los soldados, había una razonable probabilidad de que la misión lograra vencer la hostilidad y la desconfianza de un pueblo resentido, y transformarla en algo parecido a la tolerancia e incluso un cierto grado de respeto, aunque no fuera afecto. Lo que necesitaban, tanto Cavagnari como el emir, era tiempo, y Ash aún opinaba que el tiempo podía comprarse con dinero; sólo con dinero.

«Pero si el emir pudo pagar a los *heratis*», razonaba Ash, «probablemente encontrará dinero suficiente para pagar a los otros. Debe de haberse percatado de que no puede evitar pagarles, y de que deberá reunir la suma de alguna manera, aunque tenga que arrancársela a los nobles y a los comerciantes ricos, o incluso a los prestamistas».

Quizá dijo esas palabras en voz alta sin darse cuenta, porque Anjuli, que estaba sentada junto a él con la cabeza apoyada en su hombro, se movió y dijo:

–Es verdad, querido mío. Es una situación difícil, pero, si no se termina con ella no habrá paz en Kabul...Y menos para los que están en la residencia o el palacio de Bala Hissar.

Anjuli se estremeció al decirlo, e instintivamente el brazo de Ash la apretó contra él, pero no habló porque pensaba en Wally...

No había hablado con su amigo desde la tarde que pasaron junto a la tumba de Barbur, aunque lo había visto con bastante frecuencia desde la ventana de la casa de Munshi. Debía concertar otra entrevista pronto, y tal vez ahora no sería tan fácil. Había sido bastante sencillo hasta el día en que Cavagnari provocó el enfado del emir insistiendo en que se retiraran los centinelas afganos, pero desde entonces ninguno de los cuatro miembros europeos de la misión había podido dar un paso fuera del complejo sin que los siguiera una doble guardia de caballería afgana, además de su propia escolta.

En estas circunstancias, a Wally le resultaba imposible ir a ninguna parte solo, y mucho menos detenerse y entablar conversación con un *afridi* aparentemente desconocido. Pero trabajar en el Bala Hissar tenía sus ventajas, porque últimamente Ash se había enterado de algo que aún no se sabía en la residencia: desde el primero de septiembre, la misión británica debería recoger el forraje para sus propios caballos.

Hasta ese momento, la hierba y la paja habían sido proporcionadas por el emir, pero no continuaría haciéndolo. En el futuro, los cortadores de hierba de los Guías tendrían que salir a recoger lo que necesitaran, y como sin duda, para su propia seguridad, irían acompañados por una escolta de *sowars*, no resultaría extraño que Wally saliera a cabalgar con ellos.

Por supuesto, la inevitable guardia afgana los vigilaría, pero lo más probable era que después de un par de días cediera la vigilancia y que Ash pudiera hablar con él sin despertar sospechas de nadie. Así podrían encontrarse al menos una o dos veces antes del fin del ramadán, y entonces, si la suerte los acompañaba, probablemente la ola de odio e inquietud que invadía las calles de Kabul habría desaparecido.

Al menos una persona parecía estar segura de que la ansiedad terminaría. Sir Louis Cavagnari estaba convencido de que ya había disminuido, por lo que el día 28 de septiembre indicó a William que enviara otro telegrama a Simla diciendo que todo marchaba bien en la embajada de Kabul. Dos días después escribió, en una carta privada a su amigo el virrey, que no tenía nada de que quejarse con respecto al emir y sus ministros: «Su autoridad es débil en todo Afganistán –escribió sir Louis–, pero, a pesar de todo lo que la gente dice en contra suya, personalmente creo que será muy buen aliado y que podremos hacer que cumpla lo prometido».

Ese día, el correo que salía llevó también una postal de Wally a su primo en la India, firmada sólo con una inicial. Había sido escrita con optimismo, pero William, que se encargaba de sellar el paquete del correo, leyó las palabras finales y quedó desconcertado por ellas, porque Wally terminaba de esta manera: «Scribe a votre cousin in exilis vale, y ahora me despido hasta...».

63

–¡Caramba, qué manera de comenzar el otoño! –exclamó Wally con indignación–. Podrían ocuparse un poco más de nosotros, ¿no te parece? ¡Qué gente más descuidada!

–Vamos, vamos, niño –protestó William–. Saben bien que tenemos nuestros propios cortadores de hierba y que no tienen obligación de proporcionarnos el forraje para nuestros caballos; sin embargo, nos lo han dado gratis desde que llegamos. Es justo que ahora que nos hemos establecido comencemos a ocuparnos de nuestras propias necesidades.

–Supongo que tienes razón –aceptó Wally–. Pero su alteza imperial afgana podía haber comunicado de antemano que pensaba cortarnos las provisiones a últimos de agosto, en lugar de esperar a principios de septiembre para darnos la noticia de que tendremos que buscarnos solos nuestro forraje. Porque no podemos hacerlo en forma inmediata, como sabes. Al menos, no en este país.

–Es mi problema –replicó secamente William–. Pero creo que tenemos provisiones para dos días, ¿verdad? El último envío alcanzará hasta mañana, de manera que no sé de qué te quejas. Hablaré con el jefe para preguntarle dónde pueden ir nuestros cortadores de hierba y pasado mañana comenzarán a trabajar. Supongo que enviarán una guardia para acompañarlos...

–No hay suposiciones al respecto –replicó Wally con amargura–. No darían un paso sin protección.

–No, ¿eh?

–Tú lo sabes. Hace semanas que nadie se arriesga a sacar la nariz de aquí a menos que vayan en grupos, y, preferentemente, acompañados por uno o dos *jawans*... Si es posible, musulmanes. Ni siquiera mis *sikhs* ni mis hindúes han salido mucho últimamente. ¿Me dirás que no lo sabías?

–Creo que sí, muchachito. ¿Por quién me tomas? Tengo unos años más que tú, pero aún estoy lúcido; y tengo buena vista y buen oído. Pero esperaba que la situación hubiera mejorado un poco, ahora que los del Herat han recibido su paga y se han marchado.

–Creo que ha mejorado. Pero es demasiado pronto para que se sientan los efectos. En tu caso, no enviaría a los cortadores de hierba sin gente que los proteja. En realidad, creo que iré yo mismo primero para asegurarme de que no habrá problemas. No quiero que vuelvan a los cuarteles con las manos vacías y aterrorizados porque algún patriota local los ha insultado y les ha arrojado una piedra.

–Claro que no –asintió William, y pasó a discutir una serie de cuestiones suscitadas por el brusco anuncio de que en el futuro la residencia debería encargarse de alimentar a sus propios caballos.

La decisión había constituido una sorpresa, pero, como había señalado William, no había razón para que el Gobierno afgano proporcionara forraje a los caballos de la misión británica, considerando que los Guías tenían sus propios cortadores de hierba y eran perfectamente capaces de obtenerla. Wally lo sabía, y su preocupación provenía únicamente de lo repentino del anuncio, que le parecía una descortesía innecesaria.

No entendía por qué no se había informado a la residencia de que sólo se le proporcionaba forraje en forma temporal y que eso terminaría a finales de agosto; pero, aparte de esto, no le parecía mal el cambio. En realidad, cuanto más lo pensaba, más le agradaba, porque le daría una excusa para salir a cabalgar por el valle y por las laderas más bajas de las montañas que aún no había visitado, además de brindarle muchas más oportunidades de encontrarse con Ash.

Wally fue hacia los establos en el extremo más lejano a la sombra del arsenal. Mientras caminaba, miró hacia arriba, con los ojos entrecerrados por el resplandor del sol, y vio las ventanas con rejas de las altas casas más allá del muro del complejo: ventanas pequeñas como ojos vigilantes que observaban desde las alturas lo que hacían los extraños que vivían en medio de ellos. Nadie que lo hubiese visto mirar hacia arriba habría dicho que su mirada se detenía en ninguna ventana en particular, ni que tenía el menor interés en alguna de las casas. Pero ese breve recorrido le mostró un jarrón azul con unas ramas en cierto alféizar, y mientras seguía caminando se preguntó si Ash ya sabría que, en el futuro, los Guías tendrían que enviar a sus propios cortadores de hierba a los lugares donde se les permitiera ir.

La última carga de forraje enviada por el emir había sido generosa, y el *jemadar* Jiwand Singh, oficial indio de alto rango de la caballería, opinó que duraría dos o tres días y que los cortadores de hierba sólo necesitarían salir al tercero.

–Pero hay que pensar en el invierno –había dicho Jiwand Singh–, y si, como dicen, hay más de un metro de nieve en el valle, tendremos que almacenar una gran cantidad de forraje. Para eso necesitaremos más espacio.

–Bien –respondió Wally con ligereza–, hoy es el primer día del otoño y la nieve sólo comenzará a caer a fines de noviembre. Pero hablaré con el *burra-sahib* esta noche y le diré que necesitamos otro almacén y espacio donde construirlo.

–Allí –respondió Jiwand Singh, girando la cabeza hacia una zona de tierra sin cultivar, conocida como el Kulla-Fi-Arangi, que estaba del otro lado del perímetro del complejo y separada de él sólo por una baja pared de barro–. Sería conveniente que nos dieran permiso para construir en ese terreno, ya que de esta manera podríamos cerrarlo para que no vinieran vagabundos, ladrones y *budmarshes*, que ahora lo usan para aproximarse aquí y entrar cuando quieren. Además, si alguna vez hay necesidad de defenderse, nos resultará muy útil.

Wally dio media vuelta para mirar el terreno con interés. Siempre lo había preocupado la facilidad con que se podía entrar en el complejo, y ahora murmuró en inglés:

–No es mala idea... ¿Por qué no lo habremos pensado antes? No hace falta levantar paredes, sino cobertizos; sólidos cobertizos y quizás algunas habitaciones más para los trabajadores. Quizá...

Meditó sobre el asunto y a la hora del té lo discutió con Rosie, quien estuvo de acuerdo en que el complejo resultaría más seguro si se reducía el acceso a una sola entrada..., preferentemente una entrada estrecha que pudiera cerrarse, en lugar de media docena de callejuelas y un gran terreno baldío.

–Y nadie –dijo Wally– podría acusarnos de levantar muros de defensa y barricadas si pedimos que construyan un cobertizo para guardar nuestro forraje para el invierno, y puede que un par de habitaciones más para los sirvientes.

–Nada de habitaciones para los sirvientes –replicó pensativamente Rosie–. Un gran dispensario. Vendrá bien. Sí, el plan no es malo y siempre que lo apruebe el jefe...

–Por supuesto que lo aprobará. ¿Por qué no? No puede sentirse más feliz que nosotros viviendo en un lugar tan vulnerable como éste. No quería molestar al emir permitiendo que se construyan defensas alrededor de todo el complejo, y lo comprendo. Pero esta idea es muy diferente, y si alguien puede convencer al emir es él. Se llevan muy bien y casi no pasa un día sin que tengan una larga charla... En este mismo momento la están teniendo. De manera que, como obviamente necesitaremos más espacio para almacenar el forraje, todo será muy sencillo. Veré si puedo hablar con el jefe cuando vuelva del palacio. Siempre está de muy buen humor después de charlar con el emir.

Pero, aquella noche, sir Louis llegó muy tarde del palacio, y con tan mal humor que Wally decidió que era uno de esos momentos en que los oficiales jóvenes debían pasar inadvertidos.

Normalmente, cuando sir Louis hacía una visita social al palacio, permanecía allí una hora y volvía de muy buen talante, en particular en las ocasiones en que, como aquel día, el tema de discusión era el proyectado viaje a las provincias del norte, que entusiasmaba al emir tanto como a él. Aquella noche debían ultimar los detalles, pero, cuando ya habían acordado la fecha de partida y las medidas necesarias, el emir anunció repentinamente que no podría ir.

Yakoub Khan declaró que no podía dejar su capital en un momento de gran inquietud: ¿cómo iba a marcharse cuando no se podía confiar en que sus regimientos en Kabul no se iban a rebelar? Muchas de sus provincias estaban en franca rebelión, su primo Abdul Rahman (un protegido de los rusos) planeaba invadir Kadahar y ocupar el trono, y su hermano Ibrahin Khan intrigaba contra él con el mismo objetivo... No tenía dinero y muy poca autoridad, y si se ausentaba de Kabul, aunque sólo fuera por una semana, estaba seguro de que jamás podría volver. En esas circunstancias, sin duda su buen amigo sir Louis comprendería las dificultades de la situación y estaría de acuerdo en que había que abandonar la idea de hacer un viaje en aquellos momentos.

Cualquiera habría pensado que sir Louis (que estaba perfectamente enterado de esas dificultades y que las había comunicado en una serie de telegramas y despachos oficiales durante las últimas semanas) habría sido el primero en estar de acuerdo en retrasar el viaje, pero no fue así: se alteró seriamente, porque veía ese viaje como una combinación de progreso real (una demostración pública de la amistad y confianza que ahora existía entre Gran Bretaña y Afganistán) y una manera sutil de recordar que eran los británicos quienes habían ganado la reciente guerra. Además, su enfado se agravaba por la incómoda sospecha de que aparecería como un tonto cuando los diversos funcionarios a quienes había escrito sobre el viaje se enteraran de que éste no tendría lugar.

Por lo tanto, hizo lo posible por convencer al emir de que cambiara de idea. Pero no dio resultado.

Wally percibió la situación, pensó que no era momento de hablar de asuntos nuevos y decidió no decir nada sobre la posibilidad de mejorar las defensas del complejo construyendo cobertizos o un dispensario. Se limitó a preguntar a William si había averiguado adónde podían salir a buscar forraje.

William respondió que podían tomar todo lo que necesitaban del *charman*, la tierra de pastos que formaba una gran parte de la llanura de Kabul; y sugería que comenzaran en la vecindad de Ben-i-Hissar, que no quedaba muy lejos de la ciudadela.

–Dije que enviaríamos a nuestros cortadores de hierba pasado mañana por la mañana –explicó William–. Necesitaban saberlo porque mandarán una guardia, aunque deben saber que nosotros también enviaremos la nuestra. De todas maneras, es preferible que estén cerca. No deseamos tener problemas con la gente del pueblo que luego pueda quejarse de que entramos sin permiso en sus campos y causamos daños en sus cultivos, y, mientras haya soldados de la caballería afgana que vigilen los procedimientos, eso probablemente no sucederá.

Wally coincidió con esta opinión, porque, si bien no le gustaba que lo siguieran los soldados afganos, su presencia en esta ocasión garantizaba que ni los aldeanos mas fanáticos se atreverían a arrojar piedras a los extranjeros. De todas maneras, pensaba acompañar a los cortadores de hierba para asegurarse de que no se acercaran a las tierras cultivadas; y también para estudiar el lugar y la conducta de la guardia afgana, y así poder calibrar las facilidades, o dificultades, que tendría para encontrarse con Ash y hablar con él en el curso de esas salidas.

Pensaba que sería sencillo una vez que el asunto dejara de ser novedad y recoger forraje en el *charman* se convirtiera en una rutina diaria. De todas maneras, decidió que sería mejor que no se encontraran el primer día. Los cortadores saldrían en días alternos y pronto los afganos se aburrirían de la cuestión.

Sólo al día siguiente se le ocurrió a Wally que Ash podría pasar por Ben-i-Hissar, por ejemplo en la mañana del día cinco, para tener alguna idea de la situación y evaluar las posibilidades que ofrecía.

Una breve mirada a la casa de Munshi le había mostrado que Ash estaba trabajando allí, de manera que cruzó hasta un puesto de fruta instalado en el borde del complejo y compró media docena de naranjas, cinco de las cuales colocó en el alféizar de la ventana de su sala antes de cerrar las persianas. La habitación daba al tejado de las habitaciones de los *sikhs* en el extremo más lejano del complejo, y las naranjas, que destacaban claramente contra las persianas blancas, serían divisadas desde una distancia considerable.

No había necesidad de dar indicaciones a Ash, porque, si él no lo sabía ya, no tendría dificultad en averiguar dónde iría el *sahib* Hamilton. Y, si no había inconvenientes, acudiría. En otro caso, seguramente la próxima vez, que sería el día siete, cuando probablemente ya no estaría presente la guardia afgana. Como el siete era viernes, día de fiesta para los musulmanes, probablemente éstos estarían practicando sus devociones en las mezquitas de la ciudad. Sir Louis estuvo de muy mal humor durante el desayuno, y como la sucesión habitual de visitantes que iban a saludarlo y a presentarle quejas contra el emir o contra uno u otro de los ministros lo había tenido ocupado hasta tarde (después de lo cual salió a cazar perdices con uno de los terratenientes locales), Wally no tuvo oportunidad de referirse al tema de los cobertizos, y no lo lamentó mucho. Seguía pensando que era un excelente plan, pero el instinto lo advertía de que sir Louis no recibiría muy bien la idea por su mal humor del momento, de manera que habló de ello con William, que era un civil muy atareado a quien no interesaban en absoluto asuntos que, desde el punto de vista de un soldado profesional, parecían muy importantes.

William se daba cuenta perfectamente de la situación precaria de la misión británica, y reconocía con tanta claridad como Wally la alarmante inseguridad del alojamiento que les proporcionaba el emir. Pero él, como Cavagnari, estaba convencido de que en su lugar actual era imposible intentar defensa alguna desde un punto de vista militar, y que, por lo tanto, debían recurrir a otros métodos. A la diplomacia y a una relación cuidadosa; a la eliminación paciente de la sospecha y la hostilidad, y a la estimulación de los vínculos amistosos.

Todo eso podía ser más útil que las defensas tangibles de ladrillo y yeso, que sólo servían para contener un ataque armado de una hora o dos, a lo sumo. Por lo tanto, no le entusiasmaba tanto la idea del cobertizo como había esperado Wally, aunque prometió hablar con sir Louis del tema. En su opinión, era probable que la reacción del enviado fuera favorable, porque, después de todo y por cuestiones de defensa o no, sin duda necesitaría almacenar forraje extra para los meses en que Kabul estaría cubierta de nieve. Pero faltaba bastante tiempo para esto.

La reacción fría de William ante su plan capital deprimió a Wally, pero se consoló con la idea de que, si lograba que sir Louis aceptara la propuesta y el emir concediera permiso, los cobertizos no tardarían mucho tiempo en construirse. Y, una vez que los hubieran levantado, se sentiría mucho más tranquilo con respecto a los hombres a su mando, ya que su seguridad y bienestar eran su responsabilidad personal; y ellos eran, a su vez, responsables de la protección de cada una de las personas alojadas en el complejo de la residencia, desde el enviado hasta el más humilde sirviente.

Más tarde, al volver a las habitaciones tras discutir detalles para el grupo que saldría a recoger forraje con el *jemadar* Jiwand Singh, levantó la mirada hacia la casa de Munshi y vio que el jarrón con las ramas ya no estaba en el centro de la ventana, sino que había sido trasladado al lado derecho. Eso podía traducirse brevemente como «es posible». El lado izquierdo significaba lo contrario.

Wally volvió a la residencia silbando una canción, entró en sus habitaciones y retiró las cinco naranjas que había colocado en el alféizar aquel mismo día.

* * *

También aquel mismo día, el enviado llevó a su secretario con él cuando salió a cazar perdices, mientras que el teniente Hamilton y el cirujano mayor Kelly, que no fueron invitados a la partida, salieron con una escolta de dos *sowars* y la inevitable guardia de afganos a cabalgar por las orillas del río Kabul hasta el lugar de los antiguos acantonamientos británicos, cerca de Sherpur.

El día había sido cálido y sin nubes, y aunque sólo soplaba una brisa ligera fue suficiente para levantar el polvo. La puesta del sol, a pesar del cielo claro, fue una de las más espectaculares que Wally viera jamás.

Sólo había estado en Kabul en verano y nunca había podido entender que Ash pensase que era un lugar hermoso; suponía que era porque había vivido allí con Juli.

Los picos nevados eran bellos, pero ninguno de ellos, a los ojos de Wally, podían competir con la imponente belleza del Nanga Parbat, la «diosa desnuda» que él viera por primera vez al amanecer desde una ladera en Barramulla. Tampoco soñaría en comparar las tierras llanas que rodeaban Kabul con el encantador valle de Cachemira. Pero ahora, de pronto, era como si sus ojos se hubieran abierto y viera Kabul por primera vez: no duro, desolado y del color de la tierra, sino radiante, con una belleza salvaje que quitaba el aliento.

Una combinación de la puesta de sol, el polvo y el humo de los fuegos encendidos para cocinar transformaba el valle en un mar de oro, y las colinas cercanas y las cumbres nevadas, más lejos, se elevaban en esplendorosas hileras bañadas por el resplandor del atardecer.

–«Y la ciudad era de oro puro, como el cristal transparente, y sus cimientos estaban adornados con toda clase de piedras preciosas» –murmuró Wally en voz muy baja.

–¿Qué dice? –preguntó Rosie, volviéndose para mirarlo.

Wally se sonrojó y respondió confusamente:

–Nada... Es que... se parece a la descripción de la Ciudad Sagrada, ¿verdad? La de las Revelaciones.

Su compañero se volvió para examinar el paisaje, y como tenía una mentalidad más prosaica que la de Walter observó que le recordaba la transformación escénica de una pantomima.

–Bonito –aprobó Rosie, y agregó que jamás habría creído que aquel lugar olvidado del mundo podía tener un aspecto amable.

–Ash solía hablar de una montaña llamada el Dur Khaima –dijo Wally sin apartar la mirada de los picos nevados–. Los Pabellones lejanos... No me había dado cuenta... –se interrumpió, y Rosie dijo con curiosidad:

–¿Habla usted de Pandy Martyn, por casualidad? Era amigo suyo, ¿no?

–Lo es –corrigió Wally.

Había mencionado sin querer el nombre de Ash y se sintió incómodo por haberlo hecho, porque, aunque Rosie nunca había servido con Ash, seguramente sabía mucho de él y podía interesarse lo suficiente para hacer preguntas molestas sobre el lugar donde se encontraba en la actualidad.

–Un tipo notable en todo sentido –observó Rosie–. La única vez que estuve con él fue en 1874, cuando apareció en Mardan con una fea herida que tuve que curarle. Fue un año después de mi ingreso en los Guías, recuerdo. No hablaba mucho. Pero no estaba muy bien en esa época, y en cuanto se mejoró lo trasladaron a Rawalpindi. Supe que había estado en Kabul, de manera que supongo que la montaña de la que él le hablaba era una de éstas. Magníficas, verdaderamente.

Wally hizo un gesto de asentimiento y no contradijo lo que William decía del Dur Khaima, sino que guardó silencio, contemplando el enorme panorama del Hindu Kush; viéndolo con todo detalle, como a través de un poderoso telescopio... o con los ojos de Dios. Y de pronto supo que ése era uno de esos momentos que, por razones desconocidas, uno recuerda siempre; de los que quedan indeleblemente impresos en la mente mientras otros más importantes se esfuman y se pierden.

A medida que disminuía la luz, el valle se llenaba de sombras y las altas crestas nevadas adquirían un color rojizo. Wally pensó que nunca se había dado cuenta de que el mundo era un lugar hermoso, lleno de maravillas. Quizás el hombre hiciera lo posible para arruinarlo, pero cada arbusto, cada piedra y cada rama estaba «llena de Dios».

Una discreta tosecilla de uno de los *sowars* lo trajo a la realidad y le recordó que había allí otras personas además de Ambrose Kelly... y que además era ramadán, y la escolta y la guardia afgana estaban impacientes por volver a los cuarteles para sus plegarias de la noche antes de que el atardecer les permitiera romper el ayuno del día.

–¡Vamos, Rosie, le echo una carrera hasta el río! –Wally se apartó de las ruinas del viejo acantonamiento, se lanzó al galope y volvió riendo al Bala Hissar, que se recortaba oscuro contra el dorado cielo de la tarde.

Ash, que había salido de la ciudadela un poco más tarde que de costumbre, pasó junto a él cuando el grupo de los Guías entró por la puerta Shah Shahie. Pero Wally no lo vio. El sol aún estaba por encima del horizonte, aunque el Bala Hissar se hallaba en sombras y el aire bajo la arcada oscura de la puerta estaba espeso de polvo y humo, de manera que Ash cruzó sin que advirtieran su presencia.

Él también estaba sediento, porque como era Syed Akbar debía respetar el ayuno. Además, aquel día había sido largo y agotador para todos los empleados de Munshi: uno de los regimientos alojados en el Bala Hissar, el de Ardal, había llegado recientemente del Turquestán, y exigía tres meses de pago; y el Munshi, entre otros, había recibido órdenes de ocuparse de eso, así que Ash y sus compañeros escribientes habían trabajado todo el día haciendo listas de nombres y categorías, junto con las diversas sumas que se debían para pagarlas en efectivo a cada hombre, y la suma total que había que extraer del Tesoro.

Con un plazo razonable, la tarea no habría sido ardua, pero había poco tiempo y era obligado ayunar..., y había que hacer la mayor parte del trabajo en una habitación pequeña, calurosa y sin aire. Fue imposible tomarse el descanso habitual a mediodía, por lo que Ash estaba cansado y sediento cuando terminó el trabajo y pudo retirar el jarrón azul y blanco de la ventana y volver a la casa del *sirdar* y Anjuli. Pero, a pesar de la fatiga, sentía un enorme alivio y un repentino renacer del optimismo y la esperanza.

El hecho de que se fuera a pagar al regimiento de Ardal demostraba que el emir y sus ministros se habían dado cuenta de que un ejército hambriento y rebelde era mucho más peligroso que no tener ejército en absoluto, y, a pesar de que se quejaban de no tener dinero, decidieron encontrarlo antes de que otro regimiento se rebelara. Era un paso muy importante en la dirección correcta y, para Ash, un excelente augurio para el futuro.

Además, estaba contento porque la señal de Wally demostraba que sus mentes trabajaban en idéntico sentido. Era agradable saber que se encontrarían pronto, y que sin la amenaza de insurrección para los extranjeros de la ciudadela, podrían hablar nuevamente de «cosas agradables».

La noticia de que se pagaría a las tropas corrió por Kabul como el viento, dispersando la tensión y la furia apenas reprimida durante tanto tiempo, y Ash sentía el cambio en todo su cuerpo. Cuando se ocultó en las sombras bajo la arcada de la puerta de Shah Shahie para permitir pasar a Wally y al doctor Kelly, oyó reír al primero en respuesta a las palabras del médico y se contagió del buen humor del joven. Pronto olvidó el cansancio y la sed, echó a andar con paso más rápido por el camino de tierra junto al muro de la ciudadela y luego por las angostas calles de la ciudad, y sintió que, por primera vez en muchos meses, el aire de la noche traía paz y tranquilidad.

El enviado y su secretario habían vuelto de la partida de caza, también de buen humor, y sir Louis había olvidado su molestia ante la repentina cancelación del viaje de otoño impuesta por el emir. Era muy buen cazador, y el terrateniente que había organizado la partida le aseguró que habría muchas más aves en cuanto refrescara el tiempo.

–Si es así –dijo sir Louis aquella noche durante la cena–, podremos alimentarnos con pato y ganso asado durante gran parte de la temporada fría.

Volviéndose hacia Wally, le preguntó sobre el grupo que saldría a recoger forraje a la mañana siguiente, y, al enterarse de que el teniente Hamilton pensaba acompañarlos para que no penetraran en ningún lugar indebido, aprobó complacido y sugirió que el cirujano mayor Kelly fuera también con él.

Rosie dijo que le encantaría hacerlo y a Wally no le quedó otra alternativa que aceptar, aunque no le agradó la sugerencia, porque si Rosie tomaba el hábito de acompañarlo le sería difícil encontrarse con Ash. Pero podría pensar en eso más tarde, y, por el momento, abordó el problema más importante del forraje para el invierno y los cobertizos que se necesitarían para almacenarlo. Pero sir Louis había comenzado a hablar con el doctor Kelly de la perspectiva de salir a cazar patos en un futuro cercano, y de allí pasaron a charlar de la caza en Country Down y de conocidos comunes en Ballynahinch. Después, la conversación se generalizó, y, como sir Louis se retiró a sus habitaciones para escribir su diario en cuanto terminó la comida, Wally no tuvo oportunidad de hablar de los cobertizos aquella noche.

Aunque hubiera podido hacerlo, resultaba dudoso que sir Louis hubiese acogido la idea con mucha simpatía. El buen humor despertado por la partida de caza aquella tarde había mejorado notablemente con la noticia, que le transmitiera un agente de confianza poco antes de la cena, de que al día siguiente el Regimiento de Abdal recibiría su sueldo completo: una información que tuvo el mismo efecto en el espíritu de sir Louis que en el de Ash, ya que confirmaba su creencia de que era posible encontrar dinero para pagar, y que pronto el resto del Ejército recibiría lo que se le debía y la ley y el orden volverían a reinar en Kabul. Inmediatamente, dio instrucciones a William para que enviara el telegrama habitual confirmando que todo marchaba bien en la residencia de la ciudad a primera hora de la mañana. En tales circunstancias, no habría tenido interés particular en un plan para mejorar las defensas militares de la residencia por medios tortuosos y complicados.

«Le preguntaré a Ash y veré qué piensa él», decidió Wally más tarde, mientras se disponía a acostarse. «Seguramente, él sabrá si sería útil; y si cree que no, y que estoy loco, me callaré la boca». Luego apagó la lámpara, aunque no se acostó de inmediato.

La conversación a la hora de la cena le había recordado a Inglaterra. Fue hasta la ventana, apoyó los brazos en el antepecho, y contempló el patio oscuro más abajo y el tejado plano de la casa del enviado, un poco más allá; y pensó en Inistioge.

El río que veía no era el Kabul, sino el Nore, porque había vuelto a Inistioge... Allí estaban los amados campos y los bosques, y las colinas azules de Kilkenny, y ésta no era la tumba de Shah Shahie, sino la pequeña iglesia de Donaghadee...

«Me gustaría saber –meditaba el teniente Walter Hamilton, de veintitrés años de edad– por qué los generales eligen el nombre de una de sus batallas cuando les dan un título nobiliario... Yo no haré eso... Elegiré Inistioge... Mariscal de campo lord Hamilton de Inistioge, V. C., K. G., G. C. B., G. C. S. I. Tal vez me den permiso para ir a

Inglaterra si me conceden la medalla de la Reina. ¿O tendré que esperar a que me licencien? Tal vez si me caso...».

Pensó que quizá nunca se casaría: a menos que encontrara a alguien exactamente igual a la Juli de Ash, lo cual no le parecía probable. Ash debería hacer que Juli se fuera de Kabul, porque, de todas maneras, aún había epidemia de cólera en la ciudad. Hablaría con él sobre eso el miércoles... Qué bueno sería volver a ver a Ash, y con suerte...

Un enorme bostezo interrumpió sus pensamientos. Se rio y se fue a la cama sintiéndose enormemente feliz.

64

El sol aún no había salido cuando sir Louis Cavagnari, que siempre se levantaba temprano, salió a dar su habitual paseo a caballo a la mañana siguiente; iba acompañado por su sirviente *afridi* Amal-Din, su *syce*, cuatro *sowars* de los Guías y media docena de soldados de caballería del emir.

El cartero se había marchado aún más temprano, y llevaba un telegrama que debía transmitirse desde Ali Khel a Simla. Poco después, una comitiva de veinticinco cortadores de hierba, con sogas y guadañas, salió también de la ciudadela dirigida por Kote-Daffadar Fatteh Mohammed y los *sowars* Akbar-Shah y Narain Singh, de los Guías, acompañados por cuatro soldados afganos. Wally y Ambrose Kelly los siguieron unos veinte minutos después, mientras Ash, que aquel día había llegado temprano porque se realizarían los pagos, colocaba el jarrón en su lugar en el alféizar de la ventana. Los vio pasar y deseó poder ir con ellos. El aire sería limpio y fresco en campo abierto, mientras que allí ya estaba pesado y caliente, y más aún en el espacio cerca del palacio donde se reuniría el Regimiento de Ardal para recibir su sueldo.

Ash suspiró, envidiando a Wally y a sus compañeros, que iban a recibir el amanecer en los campos cubiertos de rocío junto al río, y entre los montes de álamos, chenares y nogales que ocultaban Ben-i-Hissar del *charman* que había más allá. El cielo sin nubes aún aparecía pálido con la transparencia opalescente del amanecer, y la tierra tenía un color indefinido, sin sombras. Pero el sol oculto ya comenzaba a teñir las cumbres nevadas de color damasco. Sería un día hermoso. «Un día para cantar himnos», como habría dicho Wally.

Recordando aquellas melodiosas mañanas en Rawalpindi, Ash sonrió y comenzó a tararear *Todo es brillante y hermoso*. Pero se interrumpió bruscamente al darse cuenta, con un estremecimiento de terror, de que era algo tan completamente ajeno a la personalidad de Syed Akbar, escribiente, que si alguien lo hubiese oído realmente se habría traicionado.

Durante más de un año había sido cuidadoso, extremadamente cuidadoso, y jamás decía ni hacía nada que pudiera despertar sospechas, hasta que en todo sentido se había convertido en Syed Akbar. Pero ahora se daba cuenta de que no era así; y de pronto, al saberlo, sintió un intenso deseo de abandonar los fingimientos y ser él mismo... Sólo él mismo. Pero, ¿quién era él? ¿Ashton? ¿Ashok? ¿Akbar? ¿Cuál? ¿A cuál podía descartar? ¿O siempre debía ser una amalgama de los tres, unidos como... trillizos siameses?

Si era así, ¿había algún lugar en el mundo donde él y Juli pudieran vivir sin tener que recordar ni fingir? ¿Donde no necesitaran representar un papel, como hacían ahora; obligados a estar siempre en guardia por temor a cometer un error, a exponerse como impostores, y poner en peligro sus propias vidas? El tipo de desliz que acababa de cometer al comenzar a cantar un himno inglés. Le daba miedo pensar que podría haberlo hecho cuando hubiese alguien en la habitación, y que sólo por buena suerte se había salvado de que lo oyeran. Quedó profundamente trastornado por el incidente, y, cuando se apartó de la ventana para recoger los libros que necesitaría el Munshi, advirtió que sus manos estaban frías y temblorosas.

* * *

El sol ya estaba alto cuando Wally y su grupo llegaron a las afueras de Ben-i-Hissar, dieron un rodeo al pueblo y a las tierras cultivadas que lo circundaban, y eligieron una zona del *charman* sin cultivar donde los cortadores de hierba pudieran recoger todo lo que necesitaban sin infringir los derechos de los campesinos locales.

–¡Por Dios, qué día! –exclamó Wally, maravillado por la belleza de la mañana. Había caído mucho rocío durante la noche, y ahora todas las hojas, las ramas y la hierba mostraban diamantes que brillaban al sol, mientras que el Bala Hissar parecía bajo los rayos el palacio de Kubla-Khan construido sobre una colina de oro–. Mire eso, Rosie. Quién diría, viéndolo desde aquí, que ese lugar es un nido de ratas con casas de barro y yeso y paredes semiderruidas...

–Y no hablemos de la suciedad, los olores y las cloacas –gruñó Rosie–. No se olvide de eso. Me parece extraordinario que no hayamos muerto todos de tifus o cólera. Pero es verdad que desde arriba se ve un paisaje muy hermoso, y, como tengo el estómago vacío y es hora del desayuno, le sugiero que dejemos en libertad a esta gente y volvamos allí lo antes posible. A menos que tenga ganas de quedarse aquí un rato más...

–Por Dios, no. Ya no tendrán problemas. Además, el jefe dijo que quería desayunar temprano esta mañana... Lo más tardar, a las siete menos cuarto. Debe de ver a algún personaje importante a las ocho, creo.

Wally se volvió hacia Kote-Daffadar y le indicó que hiciera volver a los cortadores antes de que el sol calentara demasiado; saludó a la escolta y a los hombres del emir y partió al galope, cantando.

–Más despacio, joven loco –exhortó Rosie mientras atravesaban el *charman* a la carrera y pasaban nuevamente a tierra cultivada. Wally tiró de las riendas sin muchas ganas, se aproximaron a la ciudadela al trote y se dirigieron a la puerta de Shah Shahie al paso; se detuvo bajo el arco para intercambiar saludos con los centinelas afganos y hablar con un cipayo de la infantería de los Guías que pasaba, un tal Mohammed Dost, quien les explicó que iba al mercado de Kabul a comprar harina para la escolta.

El hecho de que fuera sin compañía, y de que aparentemente no la necesitara, era una indicación de cómo había cambiado últimamente el clima de la ciudad. Ambos oficiales lo percibieron. En consecuencia, volvieron al cuartel convencidos de que ahora la vida en Kabul sería mucho más agradable de lo que habían supuesto.

Sir Louis, que acababa de volver de su paseo matinal, ya se había bañado y cambiado, y estaba deambulando por el patio, y, aunque normalmente no era muy locuaz antes del desayuno, aquel día tenía muchos proyectos para la temporada invernal y tan buen humor que Wally se armó de valor y abordó, por fin, el tema del forraje para los meses de invierno y del espacio que se necesitaría para almacenarlo. Señaló que el terreno sin cultivar conocido como Kulla-Fi-Arangi proporcionaría amplio espacio para unos cobertizos, pero procuró no mencionar la cuestión de la defensa. Sir Louis admitió que había que hacer algo al respecto, y delegó el asunto en William, quien hizo un gesto a Wally y declaró que, con seguridad, los Guías encontrarían sitio para unos almacenes cerca de los establos.

A unos doscientos metros, en un edificio que daba a un espacio abierto donde tendría lugar el pago de los sueldos, el general Daud-Shah, comandante en jefe del Ejército afgano, ya estaba sentado ante una ventana abierta desde donde podía supervisar los procedimientos. En la planta baja, en una angosta galería que ocupaba todo el largo del edificio, Ash estaba sentado con las piernas cruzadas entre varios empleados. Observaba al Munshi y a algunos funcionarios menores que examinaban papeles mientras el espacio polvoriento ante ellos se llenaba de hombres.

Reinaba un ambiente festivo, y nada sugería severidad ni disciplina militar entre los miembros del Regimiento de Ardal que iban de a dos o de a tres, hablando y riendo y sin ningún intento de formar fila. Parecían un grupo de ciudadanos corrientes en una feria, porque no vestían uniforme y sólo portaban las armas que llevaría cualquier súbdito del emir al salir a caminar: un *tulwar* y un cuchillo afgano. Daud-Shah había ordenado prudentemente que todas las armas de fuego y las municiones se entregaran y se almacenaran en el arsenal, y hasta el regimiento de *heratis*, que estaba de guardia, obedecía la orden.

Ya el sol estaba alto, pero aunque apenas eran las siete hacía tanto calor que Ash se sentía agradecido por la sombra del techo enjalbegado y las arcadas de madera de la galería. Y aún más por el hecho de que el suelo cubierto de esteras estaba a casi dos metros sobre el nivel de la tierra, lo cual permitía a los que estaban sentados allí mirar a la multitud desde arriba y no sentirse ahogados por aquella marea de individuos sucios y barbudos.

También le daba la oportunidad de estudiar los rostros de los hombres arracimados más abajo, y tuvo conciencia de una cierta inquietud al reconocer a uno de ellos: un hombrecito delgado y arrugado con nariz ganchuda y ojos de fanático que no tenía motivos para estar allí, ya que no era soldado ni residente del Bala Hissar, sino un religioso: el faquir Buzurg-Shah, a quien Ash conocía como agitador que odiaba a todos los no creyentes y trabajaba incansablemente por una *jehad.* Se preguntó por qué el hombre estaba allí aquella mañana, y si plantaría buena semilla entre los soldados del Regimiento de Ardal como hacía entre los *heratis...* Ash esperaba que ese suelo resultara menos fértil.

Había comenzado a preguntarse cuánto tiempo duraría el desfile y si el Munshi le daría el resto del día libre cuando terminara, cuando un robusto funcionario del Tesoro se puso de pie y se colocó en la parte superior de la escalinata que conducía a la galería. Levantó una mano para pedir silencio, y, cuando lo logró, anunció que si los hombres hacían fila y avanzaban de a uno hasta el pie de la escalera recibirían su paga; pero... (hizo una pausa y golpeó las manos con furia para acallar los murmullos de aprobación), pero... tendrían que contentarse con un mes de sueldo en lugar de los tres que se les habían prometido, porque no había dinero en el Tesoro para cubrir la suma que se requería.

La noticia fue recibida con un silencio estupefacto que pareció durar minutos, pero que probablemente no superó los veinte segundos. Luego estalló el infierno, cuando los del Regimiento de Ardal se lanzaron hacia delante, empujando y gritando al hombre corpulento y a sus compañeros de la galería, quienes a su vez les gritaron que sería mejor que aceptaran lo que se les ofrecía, mientras pudieran..., ya que se había agotado el Tesoro para pagarles aquel mes, y que no había más dinero; ni un centavo más. ¿No lo entendían? No había dinero... Podían pasar a comprobarlo con sus propios ojos si no lo creían.

La explosión de furia que saludó este último anuncio parecía el rugido de un tigre gigantesco, hambriento, furioso y ansioso por saltar sobre su presa. Al oírlo, Ash se puso muy tenso y por un momento estuvo tentado de correr hacia la residencia y advertirlos de lo que pasaba. Pero la estrecha galería estaba tan llena de gente que no sería fácil salir de allí sin llamar la atención; y, además, ésta era una cuestión entre el Gobierno afgano y sus soldados, y no un asunto de la misión británica, que, de todas maneras, ya debía de saber que había problemas por el ruido.

El jaleo se intensificó inmediatamente. Un hombre de voz estruendosa en la primera fila de la multitud gritó:

–*Dam i charya!* –Y los que estaban a su alrededor repitieron el grito: ¡Sueldos y comida! Segundos después, la mitad de los hombres gritaba al unísono, y la demanda atronó bajo los arcos de la galería hasta que todo el edificio pareció vibrar con el sonido:

–*Dam i charya! Dam i charya! Dam i charya...!*

Luego comenzaron a volar piedras que los soldados hambrientos y estafados se agachaban a recoger y arrojaban a las ventanas más altas, donde se encontraba su comandante en jefe. Uno de sus generales y algunos de los oficiales del regimiento, que estaban parados formando un grupo junto a los peldaños centrales, comenzaron a moverse entre los hombres en un esfuerzo por calmarlos, pidiendo silencio a gritos y exhortándolos a recordar que eran soldados y no niños ni vagabundos. Pero pronto les resultó imposible hacerse oír, y enseguida uno de ellos volvió atrás, empujó a un lado a los funcionarios de la galería y entró en la casa a rogar al comandante en jefe que bajara a hablar con los hombres para tranquilizarlos.

Daud-Shah no vaciló. Había sufrido muchos insultos últimamente de los soldados del Ejército afgano, y sólo unos días atrás las tropas de *heratis* que partían le habían gritado y lo habían insultado. Pero era un hombre valiente y no solía buscar seguridad en la inactividad. Bajó de inmediato y fue hasta la parte superior de la escalera, donde levantó los brazos para pedir silencio.

Los hombres del regimiento se abalanzaron sobre él, y un momento después el comandante en jefe luchaba por su vida mientras lo arrastraban desde la galería y caían encima de él como una manada de lobos.

En un instante, todos los que estaban en la galería se pusieron en pie, Ash entre ellos. Estaba demasiado apartado para ver lo que sucedía, pero no podía moverse hacia delante porque se encontraba rodeado por civiles horrorizados: empleados y funcionarios menores que se empujaban entre sí mientras algunos trataban de ver mejor y otros luchaban por escapar de la galería y refugiarse en las habitaciones del fondo.

Ash mismo no sabía si marcharse o quedarse. Pero, con aquel clima entre los soldados, cualquier civil que tratara de escapar o de abrirse paso entre ellos probablemente sería golpeado salvajemente como Daud-Shah, de manera que le pareció mejor quedarse donde estaba y esperar. Por primera vez en muchos días, se alegró de llevar una pistola y un cuchillo, y lamentó no tener también su revólver con él, en lugar de decidir en el último momento que, como había menos tensión y una atmósfera más relajada en todo Kabul, ya no era necesario llevar un arma tan voluminosa y era preferible dejarla tranquilamente en su oficina.

Un error. Pero nadie había sospechado que se produciría esta situación... El mismo Daud-Shah no lo sospechara, y ahora probablemente pagaría con su vida aquel error de juicio. Si no murió fue más por suerte que por cualquier otra cosa, porque, después de golpearlo y patearlo hasta dejarlo sin respiración, uno de los furiosos *ardalis* le hundió su bayoneta. Ese acto salvaje los calmó; retrocedieron y guardaron silencio, mirando lo que habían hecho y sin impedir que quienes los rodeaban levantaran al herido y lo llevaran a su alojamiento.

Ash los vio al pasar, y le resultaba difícil creer que aquel sujeto abatido, sin turbante y apenas cubierto por unos harapos manchados de sangre pudiera estar vivo. Pero el indomable comandante en jefe había recuperado el aliento y lo usó para expresar su opinión sobre sus asaltantes.

–¡Carroña! ¡Inmundicias! ¡Hijos de perra! ¡Hijos del demonio! –rugía Daud-Shah entre gemidos de dolor mientras se lo llevaban, chorreando sangre que dejaba una huella escarlata sobre el polvo blanco bajo la galería.

Los exaltados soldados, que ahora ya no tenían en quien descargar su rabia y comprendían que nada ganarían atacando a los empleados de la galería, recordaron al emir, y, entre gritos y juramentos, se dirigieron al palacio. Pero los gobernantes de Afganistán habían tenido la precaución de fortificar la residencia real para casos como ése, y las puertas del edificio eran demasiado sólidas para forzarlas fácilmente, a la vez que los muros eran altos y firmes, bien preparados para resistir un ataque. Además, los dos regimientos de guardia eran leales al emir.

Los rebeldes encontraron las puertas cerradas y las armas de los soldados apuntadas hacia ellos, y sólo podían arrojar piedras y lanzar insultos a los guardias que los miraban desde lo alto de los muros, y renovar sus exigencias de pago y comida. Pero después de unos minutos los gritos comenzaron a debilitarse, y, aprovechando ese momento, un hombre desde lo alto de la pared (algunos decían que un general del Ejército afgano) les gritó furiosamente que si querían más dinero deberían pedírselo al *sahib* Cavagnari... Allí había dinero a montones.

Quizás el que habló no tenía mala intención, sino que simplemente estaba desesperado y hacía sugerencias sarcásticas... Pero el Regimiento de Ardal las recibió con una exclamación. ¡Por supuesto...! El *sahib* Cavagnari. Ése era el hombre. ¿Por qué no lo habían pensado antes? Todos sabían que el Raj inglés era sumamente rico, y ¿acaso el *sahib* Cavagnari no era el representante del Raj? ¿Por qué estaba aquí, en Kabul, sin que nadie lo invitara ni lo recibiese bien, si no era para hacer justicia a todos y ayudar al emir a salir de sus dificultades pagando los sueldos que debía a sus tropas? El *sahib* Cavagnari respondería a sus necesidades. ¡A la residencia, hermanos!

La multitud se volvió en un solo movimiento, y, gritando fieramente comenzó a correr por el camino que los había traído. Ash, todavía en la galería, los vio y oyó los gritos de «¡*Sahib* Cavagnari!». Y supo hacia dónde se dirigían.

No pudo pensar ordenadamente. No tuvo tiempo para eso y su reacción fue puramente automática. Había peldaños en cada extremo de la larga galería, pero no trató de llegar a la escalera más cercana, sino que empujó a un lado al hombre que tenía delante, saltó desde el borde de la barandilla y cayó en medio de una muchedumbre de hombres que corrían y vociferaban.

Sólo entonces supo que debía llegar a toda costa al complejo de la residencia antes que ellos, o al menos entre los primeros.

Tenía que advertir a la misión de que aquella multitud vociferante y aparentemente amenazadora aún no era hostil a ellos, sino que su enojo era contra su propio Gobierno, contra Daud-Shah y el emir, que les habían prometido tres meses de paga y ahora rompían su palabra y trataban de calmarlos con uno. Además, creían firmemente que el Gobierno *angrezi* era no sólo fabulosamente rico, sino también capaz de pagarles, y que el enviado podría obtener justicia para ellos...

Mientras corría, Ash percibió el clima de la multitud con tanta claridad como si hubiera sido uno de ellos. Pero sabía que sólo hacía falta algo nimio para que tal clima cambiara y aquello se convirtiera en una turba, y rogaba que Wally no permitiera hacer fuego a los Guías.

No debían disparar. Siempre que mantuvieran la calma y dieran tiempo a Cavagnari a hablar con los líderes de aquella horda ruidosa, todo iría bien... Él entendía a esta gente y hablaba su lengua con fluidez. Comprendería que no era momento de vacilar y que su única esperanza era prometer pagarles lo que se les debía, en ese mismo momento, si había dinero; y, si no lo había, dar su palabra de que lo haría en cuanto su Gobierno se lo enviara...

«¡Dios mío, que no disparen! –rogaba Ash–. Permíteme llegar antes que ellos... Si llego antes, podré advertir a los centinelas de que esto no es un ataque y que de ninguna manera deben perder la cabeza ni hacer ninguna tontería».

Podría haberlo logrado, porque algunos de los Guías lo conocían y lo habrían obedecido; pero cualquier posibilidad en esa dirección quedó eliminada por la sorprendente aparición de un grupo de hombres desde la izquierda. Los regimientos de guardia en el arsenal habían oído el desorden y habían visto a los *ardalis* rebeldes que se acercaban al complejo de la residencia, y corrían a unirse a ellos. Y Ash, junto con otros, fue bruscamente empujado a un lado cuando se unieron las dos corrientes en una sola.

Cuando logró ponerse de pie, golpeado, mareado y ahogado por el polvo, la columna había pasado y él estaba entre los últimos, por lo que ya no tenía esperanzas de llegar a tiempo al complejo, si es que llegaba. Debía de haber más de mil personas delante de él y no tenía ninguna posibilidad de abrirse paso.

Pero había subestimado a Wally. El joven comandante de la escolta era quizás un poeta pésimo y con una visión excesivamente romántica de la vida, pero poseía la virtud militar de conservar la cabeza fría en una crisis.

Los ocupantes de la residencia tuvieron la primera sospecha de que algo andaba mal cuando se oyó el rugido de furia al conocerse que el Gobierno del emir faltaría a su promesa. Todos los que estaban en la residencia oyeron el tumulto, abandonaron sus tareas y se quedaron inmóviles, escuchando.

No oyeron la sugerencia de que el *sahib* Cavagnari pagara, porque ésa había sido una sola voz. Pero el ruido que la precedió y el aplauso con que fue recibida, y sobre todo el grito de «Dam i charya» emitido al unísono por varios centenares de voces, fueron claramente audibles. Y cuando se dieron cuenta de que el alboroto no sólo aumentaba, sino que se acercaba cada vez más, comprendieron de inmediato hacia dónde se dirigía la multitud.

Excepto Wally, los Guías aún no se habían puesto el uniforme: los de infantería y los que no estaban de guardia se encontraban en los barracones. El propio Wally había bajado con los piquetes de caballería al otro lado de los establos, para inspeccionar los caballos y hablar con los soldados y los *syces*. Un cipayo de infantería, Hassan Gul, pasó corriendo junto a él sin que lo viera, y se dirigió a los barracones, al *havildar* de la Compañía B.

–Vienen hacia aquí –jadeó Hassan Gul al llegar a los barracones–. Yo estaba fuera y los he visto. ¡Rápido, cierre la puerta!

Era la puerta improvisada que Wally había hecho construir y colocar poco tiempo atrás, y que resultaba muy poco resistente. Pero el *havildar* la cerró mientras Hassan Gul penetraba por el acceso interior para pasar a un largo patio y cerrar y atrancar la puerta de entrada de la residencia.

También Wally había escuchado el tumulto mientras paseaba entre los caballos y hacía una caricia al suyo, Mushki, a la vez que charlaba con los *sowars*. Se volvió, frunciendo el ceño, a mirar al cipayo que corría, y al ver cerrar las puertas reaccionó con tanta rapidez y en forma tan instintiva como Ash.

–Mirú..., ve a decirle al *havildar* que abra esa puerta y la deje abierta. Que deje abiertas las tres, si es que las han cerrado. Y dile que, pase lo que pase, nadie debe disparar hasta que yo dé la orden. ¡Nadie!

El *sowar* Mirú salió corriendo y Wally se volvió hacia los demás y gritó:

–¡Nadie...! ¡Es una orden! –Y se dirigió rápidamente hacia la residencia por el patio de los barracones, que ahora tenía las puertas abiertas, a informar a sir Louis.

–Ya habéis oído lo que ha dicho el *sahib*: no disparéis –dijo el *jemadar* Jiwand Singh a sus soldados–. Además... –Pero no tuvo tiempo de seguir, porque repentinamente un alud de afganos agitados y vociferantes irrumpió en el pacífico complejo, exigiendo a gritos la presencia de Cavagnari, pidiendo dinero, amenazando e insultando, y empujando y golpeando a los Guías entre accesos de risas, como una banda de vagabundos borrachos en una fiesta.

Un humorista entre ellos dijo que, si allí tampoco les daban dinero, se llevarían lo que había en los establos, y la sugerencia fue recibida y ejecutada con entusiasmo: los invasores comenzaron a apoderarse de monturas, riendas, sables y lanzas, mantas de caballos, cubos y todo objeto transportable.

Minutos después, los establos habían quedado vacíos y estallaron peleas entre los saqueadores por los objetos más valiosos, como las sillas inglesas. Un *sowar* jadeante, con las ropas rasgadas y el turbante torcido, se abrió paso hasta un grupo de saqueadores y logró llegar a la residencia para informar a su comandante de que los afganos habían robado todo lo que había en los establos y ahora arrojaban piedras y se llevaban los caballos.

–¡Mushki! –gritó Wally–. Oh, no, Mushki no…

En ese momento habría dado cualquier cosa por poder volver corriendo a los establos, pero sabía muy bien que no podría quedarse sin hacer nada mientras robaban a Mushki, y que, aunque no levantara una mano para evitarlo, el ánimo de la multitud podía cambiar en un momento al ver a uno de los odiados *feringhis*; sería como un trapo rojo para un toro. Lo único que podía hacer era ordenar al *sowar* que volviera a decir a los Guías que debían salir de las líneas de caballería y volver a los barracones.

–Dile al *sahib jemadar* que no debemos temer por nuestros caballos, porque mañana el emir los recuperará y nos los devolverá –dijo Wally–. Pero nuestros hombres deben volver a los barracones antes de que uno de ellos comience una pelea.

El hombre saludó y corrió a sumergirse en el caos en que los caballos aterrorizados relinchaban y se encabritaban haciendo retroceder a los afganos, que se empujaban entre sí por apoderarse de cada animal o les daban sablazos por pura diversión mientras los *sowars* y los *syces* luchaban por salvarlos. Pero la orden fue transmitida, y, como los afganos estaban ocupados con el saqueo, todos los Guías menos uno pudieron obedecerla y retroceder a los barracones, furiosos y en desorden, pero sin sufrir daños.

Wally se acercó a ellos y ordenó que veinticuatro cipayos de infantería tomaran sus rifles y subieran al tejado para protegerse detrás del alto parapeto que lo circundaba, pero que mantuvieran sus rifles ocultos y que de ninguna manera abrieran fuego si no recibían la orden de hacerlo.

–Ni siquiera cuando esos villanos vengan hacia aquí, como harán cuando no les quede nada para robar en el cuartel ni en los establos. Tratad de que no encuentren armas aquí. Ahora, arriba… Y los demás que traigan sus armas y vengan a la residencia. Rápido.

Había actuado a tiempo. Cuando el último de los veinticuatro cipayos desapareció por la empinada escalera que llevaba al tejado y la puerta del patio de la residencia se cerró tras el resto de la escolta, la turba que se movía en el extremo más alejado del complejo, ávida de saqueo, comenzó a dispersarse.

Los que habían tenido la suerte de conseguir un caballo, una silla, un sable o cualquier otro objeto deseable, se apresuraron a marcharse con ellos antes de que sus camaradas menos afortunados se los arrebataran. Pero los que quedaron con las manos vacías, que eran varios centenares, abandonaron el cuartel y los establos desiertos, y, recordando de pronto para qué habían venido, fueron a reunirse frente a la residencia y a pedir dinero a gritos... Y la presencia de Cavagnari.

Más de un año antes, Wally, en una carta a Ash sobre su héroe del momento, había dicho que no creía que Cavagnari supiera lo que quería decir «miedo»: una afirmación exagerada que se ha hecho sobre muchos hombres, y que generalmente resulta falsa. Pero en este caso no era una exageración. El enviado ya había recibido una advertencia del emir, que, al enterarse de que las cosas se habían complicado en el momento del pago, envió apresuradamente un recado a sir Louis advirtiéndolo de que no permitiera que nadie entrara en el complejo de la misión aquel día. Pero el mensaje llegó sólo unos minutos antes que la multitud, y demasiado tarde como para que se pudiera actuar en consecuencia, aun suponiendo que hubiera alguna forma de evitar que entrase, que no la había.

La primera reacción del enviado ante el tumulto fue de ira. Consideraba que era una vergüenza que las autoridades afganas permitieran que la jurisdicción de la misión británica fuera invadida de esta manera por una horda de salvajes indisciplinados, y tendría que hablar severamente al respecto con el emir y el general Daud-Shah. Cuando el saqueo terminó y la turba volvió su atención hacia la residencia, y comenzó a gritar su nombre exigiendo dinero con amenazas y arrojando piedras a sus ventanas, su furia se transformó en asco. Los *chupprassis* se apresuraron a cerrar las persianas y él volvió a su dormitorio, donde William, que acudió corriendo desde su oficina en la planta baja, lo encontró poniéndose su uniforme político: no el blanco de verano, sino el de chaqueta azul oscuro que generalmente usaba en los meses fríos, con sus botones dorados, medallas, galón dorado y estrecho cinturón.

Sir Louis no parecía percibir el tumulto de abajo, y, ante la frialdad y el desprecio de su rostro, William sintió una mezcla de admiración y pánico que nada tenía que ver con la escandalosa horda ni con el ruido de las piedras que caían como granizo contra las persianas de madera. No era una persona muy imaginativa, pero mientras observaba cómo el enviado se ponía la chaqueta se le ocurrió que podría ser un noble de la época de Luis XIV.

William carraspeó, y, levantando la voz para que lo oyera a pesar del ruido, preguntó en tono vacilante:

–¿Piensa usted... hablar con ellos, señor?

–Por supuesto que sí. Es probable que no se vayan hasta que lo haga, y no podemos seguir tolerando esta ridícula forma de perturbación.

–Pero... Es que parece que son muchos, señor, y...

–¿Y eso qué tiene que ver? –preguntó sir Louis con voz gélida.

–Sólo que no sabemos cuánto quieren, y yo... me preguntaba si tendríamos suficiente. Porque nuestros propios compañeros...

–¿De qué diablos está hablando? –preguntó el enviado, ocupado en colocarse la espada de ceremonial.

–De dinero, señor, rupias. Creo que eso es lo que quieren; supongo que significa que no hubo suficiente con lo que tenían esta mañana, y por eso es que...

Sir Louis volvió a interrumpirlo.

–¿Dinero? –Levantó bruscamente la cabeza y miró con furia a su secretario antes de contestarle–. Querido Jenkins, si imagina usted, por un momento, que me dejaría extorsionar y permitiría extorsionar al Gobierno que tengo el honor de representar..., sí, eso digo..., extorsionar, por una turba de vagabundos incivilizados, le diré que se equivoca. Y también se equivocan esos salvajes que arrojan piedras. Mi *topi*, Amal-Din...

Su *afridi* se acercó rápidamente y le entregó el casco blanco con adornos dorados que un oficial político usaba con su uniforme, y, mientras se lo ajustaba a la cabeza con un barboquejo y caminaba hacia la puerta, William saltó hacia él diciéndole con desesperación:

–Señor..., si usted va allí abajo...

–Querido muchacho –dijo sir Louis con impaciencia, deteniéndose en la puerta–, no estoy loco. Yo también me doy cuenta de que si bajara sólo me verían los que están en primera fila, mientras que los que están más atrás seguirían gritando y nadie me oiría. Por supuesto que les hablaré desde el tejado. No, William, no necesito que venga conmigo. Iré con mi asistente, y será mejor que los demás no se asomen.

Llamó con un gesto a Amal-Din y los dos hombres salieron de la habitación, sir Louis delante y el *afridi* siguiéndolo un paso atrás, con la mano en la empuñadura de la espada.

–Es magnífico –dijo William con admiración–. Pero no estamos en situación de negarles nada, aunque esto signifique una extorsión. ¿No se da cuenta? Es un suicidio...

A diferencia de los barracones, el borde de los tejados planos de las dos casas de la residencia no tenía parapeto, aunque en la parte trasera había paredes de la altura de un hombre que los ocultaban a la vista del laberinto de construcciones que había detrás. Los otros tres lados tenían un reborde de ladrillo de pocos centímetros de altura, y sir Louis caminó hacia allí, donde todos los que estaban abajo pudieron verlo, y levantó una mano para pedir silencio.

No intentó hacerse oír por encima del ruido, sino que esperó, erguido y desdeñoso: una figura alta, imponente, de barba negra, con las galas del uniforme oficial. En su chaqueta brillaban las medallas, y la cinta dorada que adornaba las perneras de los pantalones refulgía al sol en aquella mañana, pero los ojos bajo la visera del casco blanco miraban con dureza y desprecio a la turba clamorosa de abajo.

La aparición del enviado en el terrado fue recibida con un alarido que habría hecho retroceder al más valiente de los hombres, pero sir Louis lo tomó como si fuera un susurro. Allí estaba, como una roca, esperando que la multitud decidiera dejar de gritar; y, al mirarlo, un hombre tras otro guardaron silencio, hasta que por fin bajó su mano, que en ningún momento había temblado, y preguntó en tono estentóreo a qué habían venido y qué querían.

Varios centenares de voces le contestaron, y una vez más elevó la mano y esperó, y, cuando quedaron en silencio, les pidió que eligieran un portavoz.

–Usted... Usted, el de la cicatriz en la mejilla... –Su índice delgado señalaba a uno de los líderes–. Pase adelante y hable por sus compañeros. ¿Qué significa este vergonzoso *gurrh burrh* y por qué han venido a golpear las puertas de alguien que es invitado del emir y está bajo la protección de su alteza?

–El emir... ¡Puaf! –El hombre de la cicatriz escupió en el suelo, y relató cómo había sido estafado su regimiento en el momento del cobro, y que como no habían obtenido satisfacción de su propio Gobierno habían pensado en pedir al *sahib* Cavagnari que hiciera justicia. Sólo le pedían que les pagara el dinero que se les debía–. Sabemos que vuestro Raj es rico, y que esto significará poco para vosotros. Pero nosotros hemos pasado hambre. Todo lo que pedimos es lo que se nos debe. Ni más ni menos. ¡Haga justicia, *sahib*!

A pesar del saqueo y de la conducta indigna de los rebeldes, era evidente, por el tono del que hablaba, que él y sus compañeros creían auténticamente que el enviado británico tenía posibilidades de solucionar sus problemas y brindarles lo que sus propias autoridades les negaban: sus sueldos. Pero la expresión del rostro de barba negra que los miraba no cambió, y la voz severa y dominante que les hablaba en su propia lengua con fluidez siguió inflexible:

–Lamento lo que les sucede –dijo sir Louis Cavagnari–. Pero lo que ustedes piden es imposible. No puedo entrometerme entre ustedes y su gobernante ni participar en un asunto que es de la sola incumbencia del emir y su Ejército. No tengo poder para hacerlo, y no me parecería bien intentarlo. Lo lamento.

Y sostuvo lo que acababa de decir a pesar de los gritos de furia y del creciente coro de amenazas. Volvió a explicar, en las pausas del tumulto, que era una cuestión que debían arreglar con el emir o con su comandante en jefe, y que aunque él simpatizara con ellos no podía interferir. Sólo cuando Amal-Din, que estaba detrás de él, lo advirtió con los dientes apretados de que algunos *shaitans* de abajo estaban arrojando piedras, se volvió y abandonó el terrado. Y sólo entonces se dio cuenta de que si seguía esperando se convertiría en un blanco fácil; y en otro caso les permitiría suponer que lo habían obligado a retirarse y buscar refugio abajo.

–¡Bárbaros! –comentó sir Louis con frialdad, mientras se quitaba el uniforme en la seguridad de su dormitorio y lo sustituía por una ropa más cómoda–. Creo, William, que será mejor que envíe un mensaje al emir. Es hora de que mande a alguna persona responsable a controlar a esa turba. No sé en qué piensa Daud-Shah. Aquí no hay disciplina, ése es el problema.

Pasó a su oficina, y estaba a punto de sentarse a escribir el mensaje cuando una voz que no venía desde abajo, sino desde el tejado del barracón de enfrente, donde los veinticuatro hombres de infantería de los Guías se encontraban detrás del parapeto, gritó que había estallado una pelea junto a los establos y que los rebeldes habían matado a un *syce* y estaban atacando al *sowar* Mal-Singh... Que Mal-Singh había caído... Que estaba herido...

La multitud frente a la residencia rugía, y mientras algunos comenzaban a correr hacia los establos, otros se lanzaban contra la puerta donde Wally, esperando con los Guías en el patio de atrás, se movía entre sus hombres repitiendo que nadie debía disparar hasta que él ordenara hacerlo e instándolos a que mantuvieran la calma. Cuando la delgada madera comenzó a astillarse y las oxidadas bisagras se doblaron y se rompieron, corrieron a apoyar el hombro contra la puerta, empujando contra el peso de los rebeldes de fuera, pero era imposible resistir. Cuando saltó la última bisagra, la puerta cayó sobre ellos y la multitud irrumpió en el patio. Al mismo tiempo, en el exterior sonó un disparo.

65

El sonido agudo y cortante se oyó a pesar del griterío , y produjo silencio con tanta rapidez y eficacia como una bofetada en el rostro de una histérica. Wally pensó automáticamente: «jezail», porque un moderno rifle importado no hace el mismo ruido que un *jezail* de cañón largo de la India.

El silencio no duró más de diez segundos. Luego, otra vez aquello se convirtió en un manicomio y la multitud, momentáneamente detenida por el ruido del disparo, comenzó a lanzarse hacia delante para entrar en el patio de la residencia gritando: «¡Maten a los *kafirs*! ¡Mátenlos! ¡Mátenlos!». Sin embargo, Wally no quería dar la orden de disparar.

Aunque lo hubiera hecho, tal vez no lo habrían oído en medio del clamor frenético. Pero de pronto, en el caos sonó una carabina, y luego otra, y otra... Y repentinamente los atacantes se volvieron y escaparon, trastabillando y pisoteando los cuerpos de los hombres caídos y la puerta destrozada, y pidiendo a gritos armas de fuego, mosquetes y rifles para acabar con los infieles.

–¡Vuelvan a buscar las armas! ¡Vamos! ¡Vamos! –gritaban los rebeldes mientras salían de la residencia y volvían al complejo, algunos dirigiéndose hacia el arsenal y el resto hacia sus propios acantonamientos fuera de los límites de la ciudad.

Una vez más, la brillante mañana quedó tranquila y calma... Y, en esa quietud, los hombres de la misión británica, ahora solos, respiraron profundamente y contaron a los muertos. Nueve rebeldes y uno de sus propios *syces*; y el *sowar* Mal-Singh, que aún estaba vivo cuando lo encontraron junto a los establos, pero que había muerto mientras lo trasladaban a la residencia, y cuyo sable había hecho caer a tres de los enemigos por ir a defender al *syce* sin la menor probabilidad de salir vivo. De los otros seis, cuatro habían recibido heridas y dos habían muerto luchando cuerpo a cuerpo, *tulwar* contra sable. Siete de la escolta resultaron heridos. Los Guías se miraron y comprendieron que aquello no era el fin, sino sólo el comienzo, y que el enemigo pronto volvería. Y esta vez los afganos traerían más armas.

«Quince minutos –pensó Wally–, a lo sumo. Quince minutos a lo sumo». Luego dijo en voz alta:

–Cerrad las puertas y sacad las municiones. Bloquead los extremos del sendero... No, no con balas de paja, que arderán fácilmente. Usad troncos, cualquier cosa... Traed las barreras de los establos. Y tendremos que hacer aberturas en los parapetos...

Trabajaron desesperadamente. Oficiales, sirvientes, *syces*; soldados y civiles, luchando por salvar sus vidas. Arrastrando carretillas y cajas de municiones vacías, barriles de harina, leños, monturas, tiendas de campaña y todo lo que pudiera servir para reforzar la entrada del complejo y formar una barricada en el extremo del sendero. Apilaron bolsas de forraje para formar una frágil pared en el espacio abierto detrás de los establos, abrieron aspilleras en los muros de la residencia y del parapeto que rodeaba el complejo, arrojaron los cadáveres de los enemigos muertos en una pendiente que había en un extremo, y colocaron a sus dos muertos en catres en la habitación vacía de Amal-Din.

Cavagnari envió un mensaje urgente al emir informándolo de que sus tropas habían atacado la residencia sin ser provocadas, a la vez que solicitaba la protección que debía a sus huéspedes. Mientras esperaban que su mensajero volviera del palacio, se dedicaron a construir un parapeto con tierra, muebles y alfombras, sobre los tejados de las dos casas de la residencia.

Pero el mensajero no volvió.

El hombre llegó a palacio y allí lo hicieron pasar a una habitación y le dijeron que esperara; en cambio, se envió un mensaje por medio de uno de los sirvientes de palacio.

«Bajo la protección de Dios, estoy haciendo preparativos», escribió su alteza el emir Yakoub Khan. Pero no envió guardias, ni siquiera un puñado de sus leales *kazilbashis*.

Había otros que también hacían preparativos.

Ayudado por su sanitario del hospital y por un heterogéneo grupo de sirvientes, camareros, cocineros y pinches, Ambrose Kelly preparaba habitaciones en el piso alto del cuartel para acomodar heridos e improvisar una sala de operaciones, mientras William Jenkins y media docena de cipayos se movían de acá para allá vaciando un depósito de municiones que, junto con un segundo depósito que contenía equipaje, había sido arrojado fuera para mayor seguridad en el patio de la residencia. Lo dividieron entre los barracones y una habitación de la planta baja de la casa del enviado, desde donde sería menos expuesto disparar con rifle que desde los tejados y las ventanas de las muchas casas que daban a la residencia y el complejo de la misión. Desde la más cercana, aunque ellos no lo sabían, otro oficial de los Guías los observaba en esos mismos momentos.

Ash había advertido que era inútil intentar entrar en el complejo detrás de varios centenares de soldados enfurecidos cuando se había hecho demasiado tarde para advertir o aconsejar. Y, al ver que los invasores no eran recibidos con disparos, se dio cuenta de que no hacían falta consejos ni advertencias. Wally seguramente ya habría ordenado a los Guías que no dispararan. No había peligro de que perdiera la cabeza y precipitara una lucha reaccionando con demasiada energía. Era evidente que el muchacho tenía autoridad sobre sus hombres, y, con un poco de suerte, la situación no se desmandaría antes de que Cavagnari pudiera hablar con la soldadesca afgana.

Una vez que el enviado hablara con ellos, sus temores disminuirían. Sólo debía prometerles que él se ocuparía de que se respetaran sus derechos y recibieran el sueldo que se les debía... Si no del emir, del Gobierno británico, y, como las tribus respetaban su nombre, lo creerían. Aceptarían la palabra del *sahib* Cavagnari.

Ash volvió a su oficina en la casa del Munshi. Desde su ventana, presenció el saqueo de los establos, el robo de los caballos de los piquetes de caballería y la carrera posterior hacia la residencia. También vio la figura alta con el casco blanco en el techo de la casa del enviado, que caminó con calma hasta el borde para apaciguar a la multitud furibunda. Y pensó, como William: «Dios, es extraordinario».

Nunca había tenido mucha simpatía a Louis Cavagnari, y había llegado a discutir su política. Pero al verlo en ese momento se había llenado de admiración por la tranquilidad y el valor de un hombre que salía al exterior, desarmado y solo, excepto por la compañía de su asistente afgano, y observaba con calma la turba amenazadora que arrojaba piedras, sin mostrar la menor señal de alarma.

«No sé si yo habría podido hacerlo –pensó Ash–. Wally tiene razón: es un gran hombre y los sacará del apuro. Saldrán de esto... Todo irá bien. Todo irá bien».

La acústica de esa parte del Bala Hissar era muy peculiar, algo que no sólo percibían los habitantes del complejo de la residencia, aunque Ash había advertido a Wally al respecto; y la razón era que la situación del conjunto lo convertía en un teatro natural, a la manera de la antigua Grecia, donde los escalones de piedra ascendían en un semicírculo desde el escenario para formar una caja de resonancia que permitía oír aún a los que estaban en las partes más alejadas de los actores.

Aquí, en lugar de asientos, había paredes sólidas de casas construidas en terreno pendiente, y por tanto producían un efecto muy similar. Y, aunque sería una exageración decir que cada palabra que se pronunciaba en el complejo era escuchada por los ocupantes de esas casas, las órdenes a gritos, las voces altas, las risas y algunos fragmentos de conversación eran claramente audibles para cualquiera que estuviera en uno de los edificios cercanos y se detuviera junto a una ventana, como hacía Ash, y escuchara. En particular, cuando la brisa soplaba del sur, como aquel día.

Ash captó cada una de las palabras del portavoz de los rebeldes, y cada sílaba de la respuesta de sir Louis. Y durante un minuto entero no pudo creer lo que había oído. Tenía que haber algún error... Seguramente había oído mal. No era posible que Cavagnari...

Pero no podía haber error en el aullido de furia que surgió de la multitud cuando el enviado dejó de hablar. Ni en los gritos «¡maten a los *kafirs*!», «¡mátenlos, mátenlos!», que siguieron. Sus oídos no lo engañaban. Cavagnari se había vuelto loco y ahora ya no se podía saber qué haría la multitud.

Vio cómo el enviado se volvía y abandonaba el tejado, pero su visión del patio de la residencia estaba limitada por la pared oeste del cuartel de tres pisos, donde Wally, Jenkins y Kelly tenían sus habitaciones, y sólo veía la mitad más distante de la casa del enviado, y las cabezas con turbantes de los miembros de la escolta que esperaban allí. A aquella distancia no se los distinguía de los sirvientes, ya que aún no se habían puesto los uniformes al producirse la invasión. Pero Ash localizó rápidamente a Wally porque llevaba la cabeza descubierta.

Lo vio moverse entre los Guías y advirtió que les pedía que conservaran la calma y no dispararan de ninguna manera. Luego, de pronto, los gritos frenéticos de los cipayos situados en el terrado de los barracones atrajeron su atención...

Los cipayos vociferaban y señalaban algo, y, mirando en la dirección de los brazos extendidos, Ash vio a un solo hombre, presumiblemente un *sowar*, porque llevaba un sable de caballería, parado junto al cuerpo abatido de un *syce* y rodeado de un grupo de afganos que lo atacaban por todas partes con cuchillos y *tulwars,* y que saltaban hacia atrás cuando él los acometía con su filo luchando como un leopardo acorralado. Ya había abatido a dos de sus asaltantes y herido a otros, pero había sufrido un terrible castigo: tenía las ropas desgarradas en muchos lugares y manchadas de sangre, y en poco tiempo los atacantes se acercarían a él. El final llegó cuando tres hombres lo atacaron a la vez y, mientras se defendía, un cuarto saltó sobre él desde atrás y le clavó el cuchillo por la espalda. Cuando cayó, el grupo se cerró a su alrededor y surgió un grito de furia de los cipayos que miraban desde el techo del barracón.

Ash vio como uno de ellos se apartaba del parapeto y corría a lo largo del tejado del cuartel de los musulmanes para gritar las noticias a la residencia, y oyó rugir a la multitud que se lanzaba al ataque contra la puerta del patio, arrojándose una y otra vez contra ella.

No vio quién había hecho el primer disparo, aunque también él se dio cuenta de que procedía de un mosquete anticuado y no de un rifle. Supuso que uno de los hombres del arsenal llevaba un *jezail*, además de un *tulwar*, y lo había descargado para desanimar a cualquiera de los compañeros del *syce* herido que acudieran en su ayuda. Pero el momentáneo silencio que siguió al disparo intensificó la fuerza del aullido, y los gritos furiosos de «¡mátenlos, mátenlos!» revelaron a Ash que ya se había perdido la última oportunidad de persuadir a la multitud por medios pacíficos.

Había llegado la hora de la violencia, y si los rebeldes lograban entrar en la residencia, la saquearían como había hecho con los establos; sólo que esta vez no lo harían a empujones y golpes. Ese momento había pasado. Las espadas y los cuchillos estaban en alto, y ahora los afganos matarían.

Fuera, el ruido era tan intenso que fue increíble que Ash oyera abrirse la puerta de su pequeña oficina. Pero estaba demasiado acostumbrado a esperar el peligro como para no tener en cuenta los sonidos ligeros, y giró sobre sí mismo... para encontrarse nada menos que con el mayor *risaldar* Nakshband Khan, detenido en la puerta.

Por lo que Ash sabía, el *sirdar* nunca había visitado la casa del Munshi, pero no fue lo inesperado de su llegada lo que lo desconcertó, sino que sus ropas estaban desgarradas y cubiertas de polvo, andaba descalzo y respiraba pesadamente, como si hubiera corrido mucho.

–¿Qué sucede? –preguntó Ash–. ¿Qué hace usted aquí?

El *sirdar* entró y cerró la puerta tras él. Luego se apoyó en ella y dijo entrecortadamente:

–Me enteré que el Regimiento de Ardal se había rebelado y atacado al general Daud-Shah, y que sitiaron el palacio con la esperanza de obtener dinero del emir. Pero, como sé que el emir no tiene nada que darles, corrí de inmediato a advertir al *sahib* Cavagnari y al *sahib* joven que está al mando de los Guías que procuraran que los *ardalis* no entraran en el complejo. Pero llegué demasiado tarde, y cuando seguí a esos perros y traté de razonar con ellos, se lanzaron contra mí y me llamaron traidor, espía y partidario de los *feringhis*. Me costó mucho escapar, pero lo logré y vine a advertirlo de que no salga de esta habitación hasta que termine el *gurrh-burrh*, ya que aquí hay demasiados que sabrán que es usted huésped en mi casa..., y la mitad de Kabul sabe que yo soy licenciado de los Guías que ahora son atacados. No me atrevo a volver a mi casa mientras dure el desorden. Me harían pedazos en la calle, de manera que pienso refugiarme en la casa de un amigo que vive aquí, en el Bala Hissar, muy cerca, y volver más tarde cuando no haya peligro... Tal vez no antes de que oscurezca. Usted quédese aquí, y no se aventure a salir hasta que... ¡Alá! ¿Qué es eso?

Era el estampido de una carabina, y el hombre corrió a reunirse con Ash junto a la ventana.

Permanecieron los dos contemplando el patio de la residencia donde los Guías, obligados a retroceder por una simple cuestión de número, cedían terreno ante los *tulwars* y los cuchillos de la turba vociferante, enfrentándose a ellos con sus sables. Pero era evidente que el disparo había causado efecto en varios sentidos.

Aparte del hecho de que, disparando en medio de tanta gente, casi con seguridad se había matado o herido a varios de los invasores, el impacto del sonido en el espacio cerrado les recordó de inmediato que los *tulwars* eran inútiles contra las balas. Y los tres disparos que siguieron terminaron de convencerlos. El patio quedó vacío como por arte de magia; y Ash y el *sirdar*, que vieron escapar a los rebeldes, sabían que no se trataba de una retirada, sino que los hombres corrían a buscar mosquetes y rifles... y no tardarían en volver.

–Que Alá se apiade de ellos –suspiró el *sirdar*–. Esto es el fin... –Y agregó de inmediato–: ¿Adónde va?

–Al palacio –respondió brevemente Ash–. Hay que decirle al emir...

El *sirdar* lo tomó por un brazo y lo obligó a volver.

–Es verdad. Pero no es usted quien irá. Ahora no. Le sucedería lo mismo que a mí... Lo matarían. Además, el *sahib* Cavagnari enviará un mensaje de inmediato, si es que no lo ha hecho ya. Usted no puede hacer nada.

–Puedo bajar y luchar con ellos. Obedecerán mis órdenes porque me conocen. Son mis propios hombres... Es mi propio cuerpo, y si el emir no envía ayuda estarán perdidos. Morirán como ratas en una trampa.

–¡Y usted con ellos! –exclamó Nakshband Khan, luchando con Ash.

–Será mejor que quedarme aquí y verlos morir. Déjeme, *sahib sirdar*. Déjeme ir.

–¿Y su esposa? –preguntó furiosamente el *sirdar*–. ¿No ha pensado en ella? ¿De lo que le sucederá si usted muere?

«Juli...», pensó Ash con horror, y se quedó quieto.

En realidad, se había olvidado de ella. Era increíble, pero en medio del desorden y el pánico de la media hora anterior no se había acordado una sola vez de ella. Sólo había pensado en Wally y en los Guías, y en el terrible peligro que los amenazaba, y no había tenido tiempo de pensar en nadie más. Ni siquiera en Anjuli...

–No tiene familia aquí y éste no es su país –dijo severamente el *sirdar*, aliviado al haber encontrado un argumento que parecía influir en Ash–. Pero, si usted muere, y su esposa viuda desea volver con su propia gente, le resultará difícil hacerlo; y aún más difícil permanecer entre extraños. ¿Ha previsto el porvenir que le aguarda a ella? ¿Ha pensado...?

Ash apartó la mano del hombre de su brazo y, alejándose de la puerta, respondió con dureza:

–No, he pensado demasiado y durante excesivo tiempo en mis amigos del regimiento, y no mucho en ella. Pero soy un soldado, *sahib sirdar.* Y ella es la esposa de un soldado... y nieta de otro. No le gustaría que abandonara mis deberes con el regimiento por mi amor por ella. De eso estoy seguro, porque su padre era un *rajput.* Si... si no vuelvo, dígale que he dicho esto..., que usted y Gul Baz y los Guías se encargarán de ella, y de que no sufra daño alguno.

–Lo haré –respondió el *sirdar.* Se encaminó hacia la puerta, y, antes de que Ash tuviera tiempo de volverse, la abrió, salió y dio un portazo. La pesada llave de hierro estaba del lado de afuera, y Ash la oyó girar en la cerradura mientras saltaba hacia ella.

Estaba atrapado y lo sabía. La puerta era demasiado resistente como para echarla abajo y la reja de la ventana era de hierro: imposible doblarla. Sin embargo, se aferró frenéticamente a la madera y gritó a Nakshband Khan que lo dejara salir. Pero la única respuesta fue un ruido metálico mientras el *sirdar* quitaba la llave de la cerradura. Luego oyó su voz que le hablaba con serenidad:

–Es mejor así, *sahib.* Yo iré ahora a casa de Mohammed Wai, donde estaré seguro. Está muy cerca de aquí, de manera que llegaré allí mucho antes de que vuelvan esos *shaitans*; cuando todo esté tranquilo, volveré y lo dejaré salir.

–¿Y los Guías? –preguntó furiosamente Ash–. ¿Cuántos piensa usted que quedarán vivos entonces?

–Eso está en las manos de Dios –replicó el *sirdar*, con voz casi inaudible–. Y no hay frontera ni límite para la piedad de Alá.

Ash dejó de golpear la puerta y comenzó a rogar, pero no obtuvo respuesta, y enseguida comprendió que Nakshband Khan se había ido, llevándose la llave con él.

La habitación era estrecha, con una puerta en un extremo y una ventana en el otro, y todo el edificio, como los que estaban a cada lado de él, era muy diferente de las frágiles casas de la residencia porque provenía de una época muy anterior y alguna vez había formado parte de las defensas internas. Ash no tenía la menor posibilidad de salir a buscar ayuda del palacio ni de unirse a Wally y los Guías para defender la residencia; tampoco de volver junto a Juli en la casa de la ciudad. Estaba atrapado como los miembros de la misión británica en Afganistán, que hacían frenéticos esfuerzos por prepararse para el ataque que llegaría en cualquier momento; un ataque del que tendrían que defenderse solos, a menos que el emir enviara tropas o evitara el regreso de los rebeldes, y cerrara las puertas de Bala Hissar a los *heratis* y a otros que se dirigían a sus acantonamientos a buscar sus armas.

Pero el emir no hizo nada.

Yakoub Khan era un individuo débil, no poseía nada de la bravura y el valor de su abuelo el gran Dost Mohammed, y pocas de las buenas cualidades, y eran muchas, de su desdichado padre, el fallecido Shere Ali, quien podría haber sido un excelente gobernante si no hubiera sido despiadadamente perseguido por un virrey ambicioso. Yakoub Khan tenía grandes recursos militares a su disposición: su arsenal estaba lleno de rifles, municiones y pólvora, y, aparte de los regimientos rebeldes, contaba con dos mil soldados leales en el Bala Hissar: los *kazilbashis*, la artillería y la Guardia del Tesoro. Si hubiera dado una orden, aquéllos habrían cerrado la ciudadela contra las tropas de los acantonamientos y hubiesen actuado contra los hombres sublevados que irrumpían en el arsenal para llevarse rifles y municiones, entregando armas de fuego a cualquiera que quisiera unirse a ellos.

Apenas un centenar de *kazilbashis*, o dos cañones y sus artilleros, enviados a cerrar el paso al complejo de la misión, podrían haber detenido a la multitud y casi con seguridad los habrían disuadido de atacar. Pero Yakoub Khan estaba mucho más preocupado por su propia seguridad que por la de los huéspedes que había jurado proteger, y lo único que acertaba a hacer era gemir y retorcerse las manos, y lamentarse de su destino.

–Mi destino es malo –sollozaba el emir a los *mullahs* y *syeds* de Kabul, quienes habían ido a palacio a pedirle que adoptara medidas de inmediato para salvar a sus huéspedes.

–Sus lágrimas no los ayudarán –replicó severamente el *mullah* principal–. Debe usted enviar soldados que protejan las proximidades del complejo y rechacen a los rebeldes. Si no lo hace, los asesinarán.

–No será por culpa mía... Nunca lo deseé. Pongo a Alá por testigo de que no será por mi culpa, porque yo no puedo hacer nada... nada.

–Puede cerrar las puertas –dijo el *mullah.*

–¿De qué servirá, cuando hay tantos de esos villanos en la ciudadela ya?

–Entonces dé órdenes de que trasladen esos cañones a algún lugar desde donde puedan dispararlos contra las tropas cuando regresen a sus acantonamientos y así impedirá que vuelvan a entrar.

–¿Cómo puedo hacer eso, sabiendo que si lo hago toda la ciudad se levantará contra mí y los malvados entrarán por la fuerza y nos eliminarán a todos? No, no, no puedo hacer nada... Créame, mi destino es malo. No puedo luchar contra mi destino.

–Entonces será mejor que muera antes que humillar al Islam –dijo el *mullah* con dureza.

Pero el sollozante emir había perdido toda vergüenza, y ningún argumento, ninguna apelación al honor ni a la hospitalidad hacia quienes debía proteger como huéspedes, serviría para obligarlo a actuar. El salvaje levantamiento y el ataque a Daud-Shah como resultado de la concentración de soldados para cobrar sus haberes lo había aterrorizado de tal manera que no se atrevía a dar órdenes por temor a que lo desobedecieran. Porque, si no... No, no, cualquier cosa antes que eso. Sin prestar atención a la mirada despreciativa de los *mullahs*, ministros y nobles que lo observaban, se tiró de los cabellos, se desgarró las ropas, estalló en nuevas lágrimas y, finalmente, se apartó de ellos y se encaminó a sus habitaciones privadas en el palacio.

Pero, pusilánime o no, seguía siendo el emir, y, por tanto, al menos nominalmente, jefe del Gobierno y señor de todo Afganistán. Nadie se atrevió a dar las órdenes que él no quería dar, y, sin mirarse, los demás lo siguieron al palacio. Cuando llegó el mensajero del enviado británico con una carta en que le pedía ayuda y exigía su protección, uno de los principales ministros se la llevó, y la respuesta consistió en esta única frase: «Dios sabe que estoy haciendo preparativos», lo cual ni siquiera era cierto, a menos que se refiriera a hacer preparativos para salvar su propio pellejo.

Sir Louis leyó sin poder creer esta respuesta pueril a su urgente petición.

–Haciendo preparativos... ¡Dios mío! ¿Eso es todo lo que puede decir? –exclamó.

Sólo dos o tres días atrás había escrito: «Personalmente creo que será un buen aliado», y el emir era un débil, un cobarde en quien no se podía confiar. Por fin, Cavagnari vio claramente la futilidad de su misión y el carácter mortal de la trampa a la que había conducido con tanto orgullo a sus hombres: la «misión de su majestad británica a la corte de Kabul» había durado exactamente seis semanas... Nada más; sólo cuarenta y dos días...

Alguna vez todo había parecido tan factible... Los valientes planes para establecer la presencia británica en Afganistán como primer paso para anexionarse la parte más lejana del Hindu Kush... Pero ahora, de pronto, Cavagnari ya no estaba tan seguro de que aquel extraño personaje llamado Pelham-Martyn, Akbar, que era amigo del pobre Wigram Battye, estuviera tan equivocado cuando hablaba con tanta vehemencia en contra de la política expansionista, insistiendo en que los afganos eran gente orgullosa y bravía que jamás aceptaría un gobierno de una nación extranjera, excepto por un tiempo limitado, a lo sumo un año o dos... Y citando antecedentes para probar lo que decía.

«Pero seremos vengados –pensó sir Louis con amargura–. Lytton enviará un ejército para ocupar Kabul y deponer al emir. Pero ¿cuánto tiempo podrán quedarse aquí? ¿Y cuántas vidas se perderán antes de que... de que se retiren? Debo escribir nuevamente al emir. Debo hacerle ver que se trata de sus intereses lo mismo que de los nuestros, porque, si nosotros caemos, él caerá con nosotros. Debo escribirle ahora mismo...».

No tuvo tiempo. Los rebeldes que habían entrado en el arsenal volvieron armados con rifles, mosquetes y cartuchos, y la mayoría se dirigieron al complejo, disparando mientras corrían. Al mismo tiempo, otros tomaban posiciones en los terrados de las casas cercanas, desde donde podían disparar directamente contra la guarnición. Y, cuando la primera bala silbó sobre el complejo, sir Louis se despojó del político y del diplomático y se convirtió nuevamente en soldado. Arrojó el papel arrugado que conservaba en la mano, tomó un rifle, y subió al terrado del cuartel donde había estado ayudando a levantar un parapeto. Tendiéndose boca abajo, apuntó cuidadosamente hacia un grupo de hombres que habían comenzado a disparar contra la residencia.

El terrado del cuartel era el lugar más alto del complejo de la misión, y desde allí se veía perfectamente el gran arsenal. Estaba apenas a doscientos metros; y había un hombre en la puerta entregando dos mosquetes...

Sir Louis disparó y lo vio levantar las manos y caer; recargó rápidamente su arma y volvió a disparar, apuntando con calma y sin prestar atención a la lluvia de balas que llegaban desde los terrados vecinos. Abajo, varias mujeres de la ciudad, que estaban escondidas en las habitaciones de los sirvientes, donde no debían estar, salieron corriendo como gallinas conducidas por un cipayo y uno de los *khidmatjars* al *hamman*, la casa de baños construida en parte bajo tierra y donde la mayoría de los criados se habían refugiado ya. Sir Louis los oyó, pero no los miró.

Si el complejo hubiera estado en terreno más alto, habría constituido una excelente posición defensiva, porque contenía una serie de patios separados por paredes bajas de barro donde era muy fácil practicar aberturas; y los defensores podrían haber contenido a cualquier número de atacantes, infligiendo enormes pérdidas al enemigo mientras duraran las municiones. Pero su posición era como el ruedo de una plaza de toros, de manera que las paredes que habrían proporcionado protección contra un ataque frontal eran inútiles contra un enemigo que podía disparar desde arriba; y ahora, en los terrados de las casas y a lo largo de todo un costado de la residencia (en las ventanas altas y en los parapetos del arsenal, e incluso en los terrados de muchos edificios del Bala Hissar), se arracimaban hombres que disparaban sin cesar, aullando su triunfo cada vez que acertaban.

Pero sir Louis Cavagnari parecía no verlos. Seguía concentrado en su práctica de tiro como si sólo le importara obtener una buena puntuación. Disparaba y recargaba con rapidez y con método, apuntando a los hombres que salían del arsenal, y eligiendo a los que estaban más adelante para que los que venían atrás tropezaran con sus cadáveres al caer.

Era un tirador extraordinario, y sus primeros nueve disparos dieron cuenta de nueve hombres del enemigo. Entonces una bala rebotada, que golpeó contra el borde de ladrillos del techo, a pocos centímetros de su cara, le dio en la frente. Su cabeza se ladeó y su largo cuerpo se sacudió una vez y quedó inmóvil, mientras el rifle se deslizaba de sus manos y caía en el sendero.

El enemigo lanzó un grito de alegría, y Ash, que observaba desde la ventana de su oficina, pensó: «¡Dios mío, le han dado...!». Y un minuto después: «¡No!». Porque el herido comenzaba a incorporarse lentamente, poniéndose primero de rodillas, y luego, con un enorme esfuerzo, de pie.

La sangre de la herida en la frente le cubría la mitad de la cara y le manchaba el hombro de rojo. Veinte disparos sonaron a su alrededor y chocaron contra la superficie del terrado. Pero, como por milagro, ninguno lo alcanzó. Un momento después se volvió, caminó con paso vacilante hacia la escalera y desapareció de la vista.

El cuartel estaba lleno de sirvientes que habían ido a refugiarse a la residencia, y de Guías que disparaban por las aberturas de las paredes y de las persianas de madera, y no se volvieron cuando el enviado herido llegó a la curva de la escalera. Prosiguió sin ayuda hasta el dormitorio más cercano, que era el de Wally, y dijo a un *mesalchi* tembloroso, a quien encontró escondido allí, que fuera a buscar inmediatamente al *sahib* médico. El muchacho salió corriendo y minutos después llegó Rosie, esperando, por la descripción del *mesalchi*, encontrar a su jefe muerto o agonizante.

–Es sólo un rasguño –dijo sir Louis con impaciencia–. Pero hace que me dé vueltas la cabeza. Por favor, póngame una venda y envíe a uno de esos idiotas a buscar a William. Debemos enviar otra carta al emir. Es nuestra única esperanza, y... Ah, estás aquí, William. No, estoy bien. No es más que un rasguño. Toma lápiz y papel, y escribe mientras Kelly me venda... Rápido. ¿Estás listo?

Comenzó a dictar mientras William, que había traído lápiz y papel del escritorio de la habitación contigua, escribía rápidamente y Rosie le limpiaba y le vendaba la cabeza. Luego lo ayudó a cambiarse la camisa manchada por una de las de Wally.

—¿A quién la entregamos, señor? —preguntó William, sellando rápidamente la hoja de papel—. No será fácil enviar a nadie ahora; estamos rodeados.

—Ghulam Nabi la llevará —respondió sir Louis—. Dile que suba y hablaré con él. Tendremos que hacerlo salir por la puerta del fondo del patio y rogar a Dios que no haya nadie allí todavía.

Ghulam Nabi era oriundo de Kabul y había pertenecido a los Guías. Su hermano era en aquellos momentos mayor *wordi* de la caballería de los Guías en Mardan. Aceptó de inmediato llevar a palacio la carta del *sahib* Cavagnari. William lo acompañó hasta el patio y se quedó junto a él con un revólver mientras retiraban la tranca de una puerta pequeña, poco usada, en el fondo del patio.

La pared misma era delgada y daba a una calle estrecha que formaba parte de una red de callejuelas y casas, con los terrados llenos de excitados espectadores, muchos de los cuales se habían armado con antiguos *jezails* y disparaban contra los infieles con el espíritu de la *jehad*. Por tanto, la calle estaba casi desierta, y Ghulam Nabi se deslizó por la puertecilla y, cruzando al lado de enfrente, donde sería un blanco difícil para cualquier tirador, corrió en dirección al palacio en la parte alta del Bala Hissar.

Pero, mientras desaparecía en una esquina, escuchó a sus espaldas gritos y disparos que le demostraron que lo habían visto.

Minutos después se reunió una multitud en el otro lado que arremetió contra la puerta, y aunque ésta era más pesada que la puerta principal que daba al patio, no se sabía cuánto tiempo resistiría.

—Tendremos que bloquearla —jadeó William.

Y lo hicieron enseguida con todo lo que encontraron a mano: mesas, baúles, cajas metálicas con ropa de invierno, un sofá, un armario de caoba importado..., mientras Ghulam Nabi, después de deshacerse de sus perseguidores en el laberinto de callejuelas, llegaba sin sufrir daños a palacio por el Shah Bagh, el Jardín del Rey.

Pero, aunque le dejaron entregar la carta de sir Louis, no se le permitió volver con una respuesta. En cambio, como al mensajero anterior, lo ordenaron esperar en una de las pequeñas antecámaras mientras el emir consideraba qué contestación enviaría. Y allí esperó todo el día.

En la llanura cerca de Ben-i-Hissar, los cortadores de hierba y su escolta oyeron el ruido de los disparos, y Kote-Daffadar Fatteh Mohammed, percibiendo de dónde venían y consciente del odio de los regimientos *herati* y de la ciudad contra los extranjeros en el Bala Hissar, tuvo la incómoda sensación de que significaban un peligro para la misión británica. Se volvió rápidamente hacia los hombres que recogían forraje y puso a todos, excepto dos, a cargo de los cuatro soldados afganos, con instrucciones de que los llevaran de inmediato al comandante del regimiento de caballería afgano, un tal Ibrahim Khan que había servido antes en la caballería de Bengala y ahora se encontraba cerca de Ben-i-Hissar. Los dos que quedaban, con los *sowars* Akbar Shah y Narain Singh, volverían rápidamente con él a la ciudadela.

Cabalgando a toda velocidad, pronto divisaron la pared sur de la ciudad y los terrados de la residencia, e inmediatamente se desvanecieron todas las esperanzas que les quedaban: porque las azoteas donde se les prohibía aparecer por temor a ofender la sensibilidad de sus vecinos estaban ahora llenas de hombres, y eso lo explicaba todo. Supieron que estaban atacando el complejo, y se apresuraron a ir hacia allí con la intención de pasar por la puerta de Shah Shahie. Pero era demasiado tarde. La turba se les había adelantado.

La mitad de la ciudad había oído los disparos y visto a los regimientos rebeldes que corrían a sus acantonamientos a buscar armas, y la masa, captando la situación, no perdió el tiempo. Se apoderaron de todas las armas que pudieron encontrar para unirse al ataque contra los odiados intrusos, y ya se acercaban a la puerta conducidos por un faquir que agitaba una bandera verde y los instaba a seguir adelante con frenéticos gritos. Detrás de ellos venían otros, muchos más: la escoria de esa antigua ciudad, que salía de todas las cuevas, senderos y callejuelas malolientes, alentada por la esperanza de saqueo y la impaciencia de la matanza.

El Kote-Daffadar tiró salvajemente de las riendas, comprendiendo que cualquier intento de llegar primero a la puerta o de mezclarse con aquella horda asesina significaría un suicidio, y que buscar un refugio en la ciudad sería igualmente fatal. Su mejor posibilidad, si no la única, sería dirigirse al fuerte que estaba al mando del suegro del emir Yayhiha Khan; después de gritar una breve orden, hizo girar a su caballo y se lanzó al galope por la llanura, con sus cuatro compañeros detrás. Pero, cuando ya tenía su objetivo a la vista, los interceptaron cuatro soldados afganos, quienes, después de dejar a los cortadores de hierba al cuidado de Ibrahim Khan, los habían seguido con el propósito de matar al *sowar sikh* Narain Singh, y pensaban que sus cuatro camaradas musulmanes se unirían a ellos con mucho gusto (¿acaso los fieles no deben matar a los infieles?). Enseguida llegó la desilusión.

Los dos cortadores de hierba no tenían más armas que las guadañas, que pueden resultar armas temibles en una pelea, pero los tres Guías llevaban carabinas de caballería.

–Vamos, adelante –invitó el Kote-Daffadar, con el cañón de su arma dirigido al pecho del que hablaba y el dedo en el gatillo.

Los afganos miraron las tres carabinas y las dos guadañas, y retrocedieron, maldiciendo y gruñendo. Esperaban que sus compañeros musulmanes al menos permanecieran neutrales, ya que no los ayudaban a matar al *sikh*, y, como eran cuatro contra uno, no habrían vacilado en atacar a un hombre solo armado con una carabina, dado que éste sólo podía disparar una vez y lo abatirían antes de que pudiera recargar. Pero ahora eran cuatro contra cinco, y si intentaban atacar a ese grupo de hombres decididos sólo uno de ellos sobreviviría para huir; y ¿qué posibilidades tendría armado únicamente con un *tulwar*?

Sin dejar de lanzar insultos, se volvieron y se dirigieron a la ciudadela y a las hordas ansiosas que se apresuraban a unirse al ataque contra la residencia, dejando al Kote-Daffadar y a sus compañeros que cabalgaran hacia el fuerte, donde los acompañó la suerte: una buena proporción de la guarnición era de *kazilhashis*, hombres del Kote-Daffadar y de la propia tribu de Akbar-Shah, que llevaron a los cinco a la seguridad del Murad-Khana, su propio lugar amurallado de la ciudad.

Ash, que los miraba desde su ventana, divisó las cinco figuras empequeñecidas por la distancia que levantaban una nube de polvo blanco mientras regresaban al galope desde Ben-i-Hissar, y adivinó quiénes eran. Pero no sabía por qué se habían apartado hasta que observó la primera oleada de rufianes que, desde la ciudad, llegaba por su derecha. Los barrotes de la ventana estaban demasiado cerca unos de otros como para permitirle asomarse, así que no veía el arsenal y tampoco el Kulla-Fi-Arangi: el lugar vacío donde Wally quería construir cobertizos para forraje y habitaciones para los sirvientes, de manera que no pudiera usarse como camino para entrar al complejo ni, en caso de hostilidades, ser ocupado por el enemigo.

66

Wally estaba hablando con los cipayos en el terrado del barracón cuando llegaron los *budmarshes* de la ciudad y se unieron a los insurgentes. Vio a muchos rebeldes alentados por los refuerzos, que comenzaban a correr del arsenal al Kulla-Fi-Arangi, desde donde, si se les permitía ocuparlo, pronto se habrían adueñado de dos tercios del complejo. Era necesario desalojarlos y sólo había una forma de hacerlo.

Wally corrió por el sendero hasta el patio de la residencia y subió a la oficina del enviado, donde encontró a Cavagnari y William: el enviado, con la cabeza vendada, disparaba por una rendija de la persiana, mientras su asistente actuaba como cargador, tomando su rifle vacío y entregándole otro cargado con tanta velocidad como Cavagnari disparaba, y en forma tan metódica como si estuvieran cazando patos.

Devolvían los disparos efectuados por un grupo de hombres desde el terrado de una casa, y la habitación estaba llena de cartuchos usados y de olor a pólvora.

–Señor –dijo Wally sin aliento–, están tratando de ocupar este lugar del Kulla a la izquierda, y, si lo logran, estamos vencidos. Creo que podríamos expulsarlos de allí si los atacamos, pero tendremos que hacerlo con rapidez. Si William...

Pero Cavagnari había arrojado su rifle y ya había cruzado hasta la mitad de la habitación.

–Vamos, William. –Tomó su espada y su revólver, y ya bajaba las escaleras gritando a Rosie, que estaba atendiendo a un herido, que acudiera–. Vamos, Kelly, deje a ese hombre. Tenemos que echar a esos bastardos. No, un rifle no, su revólver. Y una espada, hombre..., una espada.

Wally, adelantándosele, reunió al *jemadar* Mehtab Singh y a veinticinco hombres, les explicó brevemente la posición, observó como los *sowars* y los cipayos tomaban sus armas y dos hombres corrieron a abrir las puertas en la arcada en el extremo del patio.

–Ahora les mostraremos a esos hijos de perra cómo pelean los Guías –dijo Wally con alegría–. *Argi, bhaian Pah Makhe...* ¡Guías *ki-jai*! Adelante, hermanos, adelante... ¡Victoria para los Guías!

Ash los vio avanzar por el sendero y entrar en los barracones, donde el toldo de lona los ocultó de su vista hasta que salieron por la arcada los cuatro ingleses, con Wally a la cabeza, corriendo seguidos por los Guías; los cipayos con sus bayonetas y los *sowars* con rifles y pistolas.

Entraron con gritos de excitación en el complejo, y la luz del sol brillaba en las hojas de sus espadas; en medio de todo el tumulto de aullidos y disparos, oyó a Wally que cantaba a voz en cuello: «¡Los corazones nuevamente valientes y las armas valerosas, aleluya! ¡Aleluya...!».

«Un día para cantar himnos –pensó Ash, recordando–. ¡Dios mío, un día para cantar himnos...!».

Dos de los Guías cayeron antes de llegar a las líneas de caballería, uno de ellos hacia delante; se recobró casi al instante, rodando hacia un lado para que no lo pisotearan y cojeando penosamente hacia la protección de los establos. Otro cayó lentamente de rodillas, luego sobre un costado, y quedó inmóvil. El resto se desvió para evitar pasar sobre su cuerpo y siguió corriendo hasta desaparecer a la vista de Ash, quien oyó cesar bruscamente el tiroteo y se dio cuenta de que tanto el enemigo como los cipayos de los barracones se habían visto obligados a detener el fuego por temor a matar a sus propios hombres.

No vio alcanzar su objetivo al grupo atacante. Pero Nakshband Khan sí, porque el terreno baldío del Kulla-Fi-Arangi se encontraba frente a la casa donde se había refugiado, y el *sirdar*, espiando desde una ventana alta, los vio saltar sobre la pared baja que la rodeaba y subir la ladera, empujando al enemigo delante de ellos:

–Los afganos corrían como ovejas perseguidas por lobos –contaría el *sirdar* describiendo la escena más tarde.

Ash los vio volver, ahora caminando, porque traían consigo tres heridos, pero se movían con rapidez y confianza como soldados que han actuado bien y han conseguido una victoria, aunque todos ellos debían saber que sólo sería temporal.

El *sowar* que cayó en primer lugar logró ponerse de pie y llegar a los barracones con una pierna fracturada, pero el segundo hombre estaba muerto, y dos de sus camaradas se detuvieron a recoger su arma y llevar el cadáver a una hondonada cercana. Luego siguieron a los otros a los barracones, donde Wally esperaba bajo la arcada, con el sable ensangrentado en la mano, para asegurarse de que todos entraran antes de que se cerrasen las puertas y volvieran a la residencia.

El tiroteo, que había enmudecido durante el ataque en el Kulla-Fi-Arangi, estalló otra vez con mayor virulencia cuando Kelly volvió con los heridos. Cavagnari entró en el comedor y pidió un vaso de agua. Cuando se lo trajeron, recordó que, con guerra o sin ella, los musulmanes que habían peleado con él respetaban el ayuno de ramadán y dejó el vaso sin tocarlo. Jenkins, el civil, que no tenía semejantes escrúpulos, bebió ansiosamente, se secó la boca con la mano y preguntó:

–¿Cuáles fueron nuestras pérdidas, Wally?

–Un muerto y cuatro heridos... Dos de ellos leves. Paras-Ram tiene una pierna destrozada, pero dice que, si el doctor se la entablilla y lo ayuda a asomarse a una ventana, puede continuar disparando.

–Ése es el espíritu que hay que tener aprobó William–. Hemos salido bastante bien del asunto considerando el daño que debemos de haber causado. Creo que por lo menos hemos matado a una docena, y herido a más del doble que trataban de salir por la entrada o por encima de la pared. Era como disparar contra un almiar. Creo que esto los mantendrá alejados durante algún tiempo.

–Con suerte, quince minutos –observó Wally.

–¿Quince...? Pero, Dios mío, ¿no puede usted enviar a algunos de sus cipayos a contenerlos?

–¿Contra quinientos rifles y mosquetes y ningún lugar donde refugiarse? No hay la menor posibilidad.

–Entonces, Dios mío, ¿qué haremos? No podemos permitirles entrar allí.

–En cuanto lo intenten volveremos a salir y a perseguirlos. Y, cuando vuelvan, lo haremos nuevamente... Y, si es necesario, otra vez más. Es nuestra única esperanza, y quizá sirva para cansarlos lo suficiente antes de que nos cansemos nosotros.

Wally le sonrió y se alejó. William comentó con amargura:

–Casi se diría que disfruta con esto. ¿Tal vez no se da cuenta...?

–Se da perfecta cuenta –respondió Cavagnari con tono sombrío–, probablemente mejor que cualquiera de nosotros. Inglaterra perderá a un soldado de primera clase con ese muchacho. Escúchelo ahora... Hace chistes con los hombres ahí fuera. Amal-Din me cuenta que los Guías harán cualquier cosa que les pida el *sahib* Hamilton, porque saben que nunca les pedirá que hagan nada que no haría él mismo. Es un buen muchacho y un líder nato. Es una lástima... Bien, será mejor que vuelva a mi agujero.

Se levantó con dificultad de la silla donde se había arrojado a su regreso, y quedó apoyado en el respaldo. William preguntó ansiosamente:

–¿De veras está usted bien, señor? ¿No debería acostarse?

Cavagnari dejó escapar una carcajada.

–¡Querido muchacho! ¿En un momento como éste? Si un *jawan* con una pierna fracturada está dispuesto a sentarse ante una ventana a disparar contra el enemigo si alguien lo coloca allí, sin duda yo, que sólo tengo un rasguño en la cabeza, puedo hacer lo mismo. –Se apartó y, seguido de William, volvió a subir la escalera para ocupar la posición en la que había sido reemplazado por dos soldados de la escolta mientras estuviera ausente.

Otro grupo más numeroso, situado en el terrado del cuartel frente a ellos, había vuelto su atención hacia las casas que se encontraban inmediatamente detrás de la residencia, y Wally, que corrió a ver cómo estaban y a enterarse de la situación, vio que su reciente estimación de quince minutos había sido demasiado generosa. Los rebeldes ya volvían a entrar en el Kulla-Fi-Arangi, y lo único que se podía hacer era efectuar una segunda salida y echarlos nuevamente.

Bajó corriendo la escalera, reunió a un nuevo grupo de Guías e hizo que Rosie dejara de atender la pierna de Paras-Ram, disculpándose al mismo tiempo con el herido y asegurándole que el doctor volvería pronto. Luego cruzó corriendo el patio y subió la escalera del enviado para ir a buscar a William y a Cavagnari. Pero la expresión en el rostro del hombre más viejo lo hizo cambiar de idea.

Wally no había perdido nada de su vieja admiración por su jefe, pero ante todo era un soldado, y no deseaba poner en peligro a sus hombres innecesariamente. Necesitaba a William, pero se negó firmemente a permitir que Cavagnari lo acompañara:

–No, lo siento, señor, pero cualquiera puede ver que usted no está en condiciones y yo no puedo arriesgarme –declaró Wally con firmeza–. Si usted cayera, tendríamos que detenernos a levantarlo, y eso significaría perder las vidas de varios hombres valiosos. Además, no resultaría conveniente que lo vieran caer. Vamos, William, no tenemos todo el día por delante...

Ash y Nakshband Khan, junto con varios centenares de hombres del enemigo, presenciaron esta segunda salida, y, viendo que sólo tres de los cuatro *sahibs* tomaban parte en ella, sacaron sus propias conclusiones. El enemigo, convencido de que uno de los *sahibs* había sido herido, cobró grandes ánimos, mientras que Ash y el *sirdar*, que había advertido la venda en la cabeza de Cavagnari y se daba cuenta de que lo habían herido, estaban desesperados. Sabían que, si él moría, el espíritu de la castigada guarnición sufriría un grave golpe.

Una vez más, el tiroteo disminuyó por necesidad, y una vez más quedó desierto el terreno baldío. Pero ahora al precio de dos vidas y otros cuatro heridos, dos de ellos graves.

–No podemos seguir así, Wally –jadeó Rosie, secándose el sudor de los ojos mientras daba indicaciones a los camilleros para que llevaran a los heridos a las habitaciones que había dispuesto como salas de hospital–. ¿Se da cuenta de que, además de éstos, tenemos ya más de doce muertos y Dios sabe cuántos heridos?

–Lo sé. Pero hemos contado diez de ellos por cada uno de nosotros..., si eso le sirve de algún consuelo.

–En absoluto... Cuando sé que esos demonios nos superan numéricamente en una proporción de veinte a uno, y que, en cuanto el grupo que salió para sus acantonamientos vuelva aquí, la relación será de cincuenta o de cien a uno... Ya voy, ya voy...

El médico se alejó rápidamente y Wally entregó el rifle a su asistente Pir Baksh. Llevando con él al *havildar*, fue hacia los barracones a ver cómo andaban las cosas con los cipayos que disparaban desde el refugio de los parapetos, y si podía hacerse algo para mejorar las defensas de esa construcción contra el ataque masivo que seguramente se produciría si el emir no enviaba ayuda. Aún no había respuesta a la carta llevada por el *chupprassi* Ghulam Nabi, y ahora sir Louis había escrito otra que envió con uno de los sirvientes mahometanos, quien se ofreció a intentar pasar por el Kulla-Fi-Arangi, todavía despejado, y desde allí por el Jardín del Rey.

–Avance por el lado sur de los barracones, y todo lo que pueda entre allí y los establos –explicó sir Louis–. Los *jawans* distraerán al enemigo con fuego rápido hasta que usted llegue a la pared. Que Dios lo acompañe.

William envió un asistente a que comunicara a Wally lo que se había planeado, y a pedirle que los cubriera. En cuanto el mensajero salió, acompañado por una salva de disparos, corrió hacia la parte abierta del complejo entre los barracones y la pared más cercana del Kulla-Fi-Arangi, saltó la pared... y no se le vio más.

En algún lugar entre el bajo muro de barro y el palacio, el destino que, según se dice, Alá ata al cuello de sus criaturas probablemente lo esperaba; quizá tenía amigos o parientes en Kabul, o en algún otro lugar de Afganistán, y decidió refugiarse con ellos en lugar de cumplir con una misión tan sumamente peligrosa. Lo cierto es que su mensaje nunca llegó al palacio y que él mismo desapareció en forma tan completa como si se lo hubiera tragado la tierra.

En los barracones, Wally y el *havildar* Hassan, ayudados por media docena de cipayos, varios *syces* y algunos de los sirvientes de la residencia, formaron barricadas en las escaleras de ambos extremos de la arcada hasta las partes del terrado que rodeaban el patio central. De esta manera les quedaba una sola escalera, la del extremo más alejado cerca de la puerta que daba al camino de la residencia; al menos, en caso de un ataque masivo desde el frente, los hombres que estaban en el terrado no deberían preocuparse si el enemigo entraba desde abajo cuando cediera la frágil puerta exterior de Wally.

Su posición ya era bastante precaria sin eso, y Rosie se había equivocado al imaginar que Wally no se daba cuenta de la cantidad de bajas sufridas por la guarnición. El joven no sólo las conocía, sino que tachaba mentalmente uno por uno y reordenaba la disposición de su pequeña fuerza, dirigiendo cuidadosamente sus recursos y haciendo todo lo que podía por evitar arriesgar la vida de un solo hombre sin necesidad, o permitir que perdiera coraje. Él continuaba de buen ánimo, porque el jarrón azul y blanco le decía que Ash estaba cerca y confiaba en que no permanecería ocioso.

Podía confiar en que Ash se encargaría de informar al emir sobre la desesperada situación de la misión británica, aunque cada ministro y alto funcionario del Gobierno afgano se empeñara en ocultarla. Ash se las arreglaría de alguna manera, y enviaría ayuda. Sólo se trataba de resistir lo suficiente y de no fatigarse demasiado... Se detuvo, escuchando un nuevo sonido: un rugido profundo, que se intensificaba lentamente, y que llegaba desde el límite noroeste del complejo. Indudablemente, se acercaba. Esta vez no era «Dam i charya», sino «Ya-charya», el grito de guerra de la secta *suri* de los musulmanes que se oía cada vez más próximo y más fiero, hasta que las sólidas paredes del barracón parecieron sacudirse con el trueno rítmico de aquel alarido de batalla...

–Son las tropas de los acantonamientos –dijo Wally–. Atrancad las puertas y volved todos a la residencia. Que digan al *jemadar* Jiwan Singh que elija a sus hombres y se prepare para otro ataque. Es probable que tengamos que volver a echarlos de ese terreno. –Se volvió y se encaminó a la escalera en el extremo más alejado del patio, subió corriendo y siguió a lo largo del terrado sobre el cuartel de los mahometanos hasta la zona más estrecha del mismo sobre la arcada.

Mirando por encima del parapeto agujereado y de los cipayos arrodillados que disparaban desde abajo, vio que la zona alta junto al arsenal era una masa de humanidad frenética que avanzaba hacia delante, empujada por algunos millares más que los seguían, hacia las débiles barricadas que separaban el complejo de la misión de los senderos y casas circundantes. Las tropas amotinadas que habían vuelto corriendo a sus cuarteles a buscar armas estaban de regreso, y no solas... Habían traído más gente, otros regimientos *herati* que estaban acantonados allí y miles de *budmarshes* de la ciudad. Llegaron a las barricadas, las derribaron, pasaron por las líneas de caballería y ocuparon los establos.

Frente a ellos, a la cabeza, corría una figura enjuta que hacía ondear una bandera verde y gritaba a quienes lo seguían que mataran a los infieles sin piedad. Wally no lo reconoció, pero, a pesar de la distancia, Ash sí. Era el faquir al que había visto antes, aquel mismo día, en el momento del pago: Buzurg-Shah, a quien también viera en otras ocasiones pidiendo un *jehad* en las zonas más inflamables de la ciudad.

–¡Destruidlos! ¡Barred a los infieles! ¡Matadlos! ¡Matadlos! –gritaba el faquir–. ¡En nombre del profeta, matad y no perdonéis! ¡Por la fe! ¡Por la fe! ¡Golpead! ¡Matad!

–*Ya-charya! Ya-charya!* –aullaban sus partidarios mientras invadían el complejo y comenzaban a disparar contra los cipayos situados detrás del parapeto de los barracones.

Wally vio caer hacia atrás a uno de sus hombres, con un disparo entre los ojos, y a un segundo con una bala en el hombro, y no esperó más. Ya no se trataba de despejar el lugar, sino de expulsar a las turbas de allí; tres minutos más tarde, Ash lo vio conducir un tercer ataque, corriendo a través de la arcada de los barracones con William a su lado. Pero, esta vez, ni Kelly ni Cavagnari iban con ellos: Cavagnari porque Wally no había querido que lo acompañara, y Rosie porque estaba demasiado ocupado cuidando a los heridos como para permitirle tomar parte en otro ataque.

La lucha fue más salvaje que las dos anteriores en el terreno baldío, porque, aunque una vez más los tiradores desde los terrados, tanto dentro del complejo como fuera, se vieron obligados a detener el fuego por temor a matar a sus propios hombres, las posibilidades de la guarnición eran mucho peores. El enemigo superaba a los Guías en una proporción de cincuenta a uno, y la diferencia habría sido aún mayor si lo hubiera permitido el espacio, ya que las fuerzas que se les oponían incluían a tres regimientos completos de soldados armados y rebeldes, y también ciudadanos de Kabul muy hostiles y sedientos de sangre. Pero el número mismo resultó un inconveniente para los afganos, porque no sólo se molestaban entre sí, sino que, en la furia y la tensión de la batalla, ninguno de los atacantes podía estar seguro de no herir a alguien de su propio bando: a excepción de Wally, sus contrincantes no llevaban uniforme.

Los Guías, en cambio, se conocían demasiado bien como para cometer semejantes errores. Además, los cipayos llevaban rifles con bayonetas fijas, mientras que los dos ingleses y los oficiales indios iban armados con revólveres reglamentarios y también sables; y, en la lucha cuerpo a cuerpo que siguió, todos los revólveres dispararon, pues, al saber que no había posibilidad de recargar, los hombres de la escolta evitaron hacer fuego hasta el último momento. Pero la multitud no siguió su ejemplo, y en la carrera inicial para alcanzar el complejo de la misión todos los afganos descargaron sus armas, muchos de ellos al aire, de manera que ahora sólo podían oponer la espada a los rifles y las balas de revólver de sus adversarios.

Los Guías usaron lo mejor posible este error táctico, y continuaron empleando ferozmente sus bayonetas y rifles de manera que los afganos cedieron terreno ante la furia de su ataque. Incapaces de escapar por la presión de los que tenían detrás, que no veían lo que sucedía y los empujaban a seguir adelante, entorpecidos por los cadáveres y los heridos a los que pisoteaban en medio de la batalla, finalmente se volvieron y comenzaron a atacar a los que tenían detrás. De pronto cundió el pánico como un incendio en la hierba seca y los hombres de la turba se volvieron unos contra otros en su intento de escapar. La retirada se convirtió en una carnicería, y segundos después el complejo quedó vacío, excepto los muertos y heridos.

El pequeño grupo de Guías había disparado exactamente treinta y siete veces en el curso del breve encuentro. La mayoría de las balas, disparadas con rifles Lee-Enfield a una distancia de menos de seis metros, habían dado en el pecho de un soldado enemigo y matado también al que estaba detrás de él. El resto dio cuenta de un hombre por disparo, mientras que doce hombres más fueron muertos con bayoneta y ocho con sable.

La carnicería resultante no era agradable de ver: había montones de hombres muertos en el suelo ensangrentado, y aquí y allá un herido trataba de incorporarse y arrastrarse como un animal hacia la sombra, para liberarse del agobiante calor del sol.

Los Guías causaron gran número de bajas y casi igualaron las marcas. Pero pagaron un alto precio por aquella corta victoria que mal podían permitirse con su pequeño número de hombres. De los veinte que tomaron parte en el tercer ataque, sólo volvieron catorce; y de éstos había seis que casi no podían caminar. Prácticamente todos recibieron alguna herida, aunque algunas eran sólo superficiales.

Los cipayos del terrado de la barraca cubrieron su regreso con disparos de rifle, y otros miembros de la escolta los esperaban bajo la arcada para atrancar las puertas tras ellos antes de seguirlos a la residencia. Pero esta vez los vencedores avanzaban con claras señales de agotamiento y no había euforia en sus rostros, sólo amargura. La amargura de los hombres que saben que los frutos de su victoria no pueden ser conservados, sino que habrá que luchar una y otra vez... con recursos cada vez menores, o bien abandonarse al enemigo, lo cual significará un desastre.

Habían estado poco tiempo fuera; durante ese breve intervalo, cinco de los hombres apostados en los terrados de las dos casas de la residencia resultaron muertos y otros seis heridos, porque los frágiles parapetos les proporcionaban escasa protección frente a los tiradores situados en lugares cercanos más altos, y parecía llover plomo del cielo. Ayudaron a los heridos llevándolos al lugar donde el desesperado Kelly y su único sanitario, Rahmal Baksh, trabajaban como poseídos... En mangas de camisa, salpicados de sangre de pies a cabeza como carniceros, cortaban y cosían, aplicaban torniquetes y administraban anestésicos y sedantes en habitaciones atestadas donde los heridos permanecían sentados o tendidos, o apoyados contra las paredes; con el rostro cubierto de polvo y consumidos por el cansancio y el dolor, pero sin quejarse.

Los cadáveres fueron utilizados para reforzar los parapetos. Porque los Guías eran realistas. En una crisis como aquélla, no había razones para que sus camaradas no continuaran sirviendo al cuerpo hasta el final; y el final no parecía estar muy lejos, porque ahora había menos de diez hombres vivos en los terrados. Y al enemigo no le faltaban hombres ni municiones...

–¿Ya hubo respuesta del emir, señor? –preguntó William, quitándose la chaqueta manchada, mientras entraba renqueando en la oficina, donde encontró a su jefe con el rostro gris por el dolor, pero siempre disparando metódicamente a través de la persiana rota.

–No. Tendremos que enviar otro. ¿Estás herido?

–Sólo un golpe en la pierna, señor. Nada importante. –William se sentó y se puso a hacer tiras de su pañuelo y a atarlas unas con otras–. Pero creo que hemos perdido seis hombres, y algunos más están malheridos.

–¿El joven Hamilton está bien? –preguntó rápidamente sir Louis.

–Sí, apenas tiene unos rasguños. Es un gran luchador ese chico. Peleó como diez y cantaba al mismo tiempo. ¡Cantaba himnos! A los hombres parecía gustarles. No sé si sabían qué era lo que estaba cantando... Quizá pensaban que eran cantos de guerra... Tal vez lo son, pensándolo bien: «El Hijo de Dios va a la guerra...».

–¿Eso era lo que cantaba? –preguntó Cavagnari, apuntando con cuidado. Apretó el gatillo y dejó escapar un gruñido de satisfacción–: ¡Le di!

–No –dijo William, mientras se vendaba un corte en la mano izquierda con la venda que acababa de fabricar–. Era algo sobre atacar por el Dios de la Batalla y dispersar a los enemigos... –Usó los dientes para hacer el nudo, volvió a ponerse la chaqueta y agregó–: ¿Quiere que escriba otra carta, señor?

–Sí. Que sea corta. Y dile a ese miserable que, si nos deja morir, él también morirá; porque el *sirkar* enviará un ejército para tomar este país... No, es mejor que no le digas eso. Sólo ruégale, en nombre de la hospitalidad y del honor, que venga a ayudarnos antes de que nos asesinen a todos. Dile que la situación es desesperada.

William se sentó para escribir nuevamente al emir, mientras Cavagnari enviaba a un sirviente a preguntar si había alguien que conociera bien el Bala Hissar y estuviera dispuesto a correr el riesgo de llevar la carta a palacio... Que no fuera un soldado, porque todos los soldados eran necesarios. El riesgo era grave, porque había una barricada en la pared del fondo, todos los terrados visibles estaban ocupados por tiradores enemigos, y las vías para aproximarse al complejo tomadas por los rebeldes. Había pocas probabilidades de que alguien pudiera pasar por allí. Sin embargo, apenas William terminó de escribir el mensaje, el sirviente volvió con uno de los empleados de oficina, un hindú de edad madura y voz tranquila que tenía familiares en Kabul, sabía orientarse en el Bala Hissar y profesaba la indiferencia de los hindúes hacia la muerte. Él fue quien se prestó como voluntario para llevar el mensaje.

William bajó con él al patio, mientras Wally enviaba un hombre a los barracones y dos más a los terrados de la residencia, a comunicar a los *jawans* que estaban allí que dejaran de disparar mientras el mensajero hacía su intento.

Ayudaron al hindú a pasar sobre la barricada que rodeaba el extremo sur del sendero entre la residencia y los barracones; luego dobló a la derecha y siguió adelante junto a la pared sin ventanas del cuartel de los musulmanes, donde quedaba temporalmente protegido del enemigo situado en la parte superior de las casas que daban al norte. Pero una vez que pasó los barracones tuvo que correr hacia terreno abierto; y ya varios hombres del enemigo habían vuelto a entrar en el complejo para refugiarse en las líneas de caballería y detrás de las paredes de barro que rodeaban los piquetes. Unos veinte, conducidos por el faquir, corrieron a interceptarlo antes de que pudiera llegar al Kulla-Fi-Arangi, mientras otros le cortaban la retirada. Y aunque mostró la carta, gritándoles que no iba armado y que llevaba un mensaje a su emir, cayeron sobre él con cuchillos y *tulwars* y literalmente lo hicieron pedazos ante los ojos de toda la guarnición.

El brutal asesinato no quedó sin venganza porque los cipayos se pusieron de pie de un salto e hicieron varias descargas contra los asesinos; y Wally, que miraba desde la azotea del cuartel, envió al *jemadar* Jiwand Singh y veinte Guías a sacarlos del complejo. Fue el cuarto ataque de los Guías esa mañana, que vengaron con sangre al mensajero muerto.

Wally había visto muchas cosas repugnantes en el último año, y se creía inmune a ellas. Pero el salvaje y bárbaro descuartizamiento del desafortunado hindú le revolvió el estómago y corrió por el terrado con la intención de dirigir él mismo el ataque. Pero al llegar al patio recibió la noticia de que en la retaguardia, al no poder derribar la pequeña puerta en el fondo del patio de la residencia, el enemigo había roto partes de la pared y ya estaba entrando por dos lugares.

La amenaza era demasiado grave como para ignorarla, de manera que envió al *jemadar* a dirigir la defensa y se dedicó a esta nueva amenaza. Ya era bastante difícil tener que defenderse de los ataques desde el frente y la derecha, y recibir disparos desde los terrados circundantes; pero, si el enemigo entraba por atrás y sus tropas invadían la parte más baja, la guarnición se vería obligada a abandonar la residencia, junto con los heridos, y retirarse a los barracones, que eran la única posición que les quedaba. Y, de todas maneras, una posición insostenible, ya que no sería posible retenerlos una vez perdida la residencia, porque el enemigo podría concentrar el fuego sobre ellos desde una distancia de pocos metros. Y, una vez acorralados dentro, no podrían ver nada ni enterarse de lo que hacían los afganos.

La pared del fondo era muy fácil de romper porque era muy delgada, y los hombres que llenaban la estrecha callejuela del otro lado estaban perfectamente seguros, porque era imposible disparar sobre ellos excepto desde los terrados. Esto último requería detenerse sobre la pared de la casa del enviado o en el borde extremo del cuartel, y apuntar directamente hacia abajo, y, como los tres primeros *jawans* que lo habían intentado resultaron muertos de inmediato por tiradores enemigos ocultos, no volvieron a probarlo. Los que rompían la pared abajo ya habían trabajado durante un tiempo cuando se advirtió el peligro, porque el ruido continuo de los disparos, junto con el de una multitud cuya furia contra los infieles y su natural placer en la lucha habían sido inflamados por el largo ayuno del ramadán, había enmascarado los sonidos de los picos. La existencia de esta nueva amenaza mortal sólo fue percibida cuando un grupo de sirvientes, arrodillados en una habitación de la planta baja de la casa del enviado, vieron aparecer un agujero cerca del suelo. Uno de ellos subió corriendo las escaleras para dar la alarma, e imploró al enviado que abandonara su oficina y fuera a la otra casa.

–Mi señor, si estos *shaitans* entran por atrás, estamos atrapados. Y ¿qué será de nosotros? Usted es nuestro padre y nuestra madre, y si lo perdemos, todos estamos perdidos... ¡Todos estamos perdidos! –tartamudeó el hombre, aterrorizado, golpeando su cabeza contra el piso.

–¡Tonterías! –exclamó furiosamente Cavagnari–. Levántate. Con llorar no salvarás tu vida, pero si trabajas tal vez sí. Vamos, William... Y ustedes también... Los necesitaremos abajo.

Avanzó hacia la escalera seguido por William y los dos *jawans* que estaban disparando por rendijas de las persianas, y el sirviente sollozante detrás de ellos. Pero Wally, observando el rostro gris y los ojos de mirada vaga de su jefe y comprendiendo que esta vez no podía negarle su ayuda, logró persuadirlo de que sería mucho mejor estar en el piso alto del cuartel, disparando por un agujero a la multitud que rodeaba al arsenal para desalentarlos de que volvieran a invadir el complejo.

Cavagnari no se opuso. Comenzaba a sufrir los efectos del golpe, y no sospechaba que la verdadera razón del teniente Hamilton para pedirle que ocupara esa posición particular era que el piso superior del cuartel le parecía a Wally un lugar mucho más seguro que el patio, y quería asegurarse de que su jefe herido no sufriera riesgos innecesarios.

Como para probar que su precaución estaba justificada, apenas había salido sir Louis del patio cuando dispararon una bala de fusil. El tiro hirió a dos hombres y creó gran confusión entre los demás, porque parecía proceder del interior de la tienda de campaña que contenía municiones; sólo cuando se oyeron dos nuevos disparos comprendió la guarnición que el enemigo tiraba a través de la pared que había detrás de la tienda vacía, a ciegas, desde la calle tras la residencia. El patio quedó desierto como por arte de magia, y William envió a Naik-Mehr-Dil y a los cipayos Hassan Gui, y Udin Singh a bloquear la abertura, a la que no se pudo llegar hasta echar abajo la tienda.

Los tres *jawans* lograron desmantelarla y cubrir la abertura de la pared con pliegues de la pesada tela, después de lo cual reforzaron la inadecuada barricada con una gran caja metálica que contenía ropa de invierno de su oficial comandante, y un biombo de madera y cuero del comedor. Pero Naik fue alcanzado por un disparo en el brazo, de manera que, en cuanto terminaron el trabajo, Hassan Gul llevó al herido al cuartel, al *sahib* médico, porque el brazo de Mehr-Dil había quedado inmovilizado y sangraba por debajo del torniquete improvisado.

Encontraron las habitaciones de la planta baja llenas de muertos, heridos y moribundos, pero no había señales del *sahib* médico, y su agotado sanitario Rahman Baksh dijo que el *sahib* había sido llamado al piso alto y que sería mejor que Hassan Gul llevara allá a Naik... Ya no había lugar allí para más heridos.

Los dos *jawans* subieron la escalera en busca del médico, y, al mirar por la puerta abierta, lo vieron inclinado sobre sir Louis, que estaba tendido en una cama con las rodillas levantadas y una mano debajo de la cabeza. El espectáculo no los desesperó, porque todos sabían que el *burra-sahib* había sido herido en la cabeza al comienzo de la batalla y suponían que sufría los efectos de la herida. No se atrevieron a llamar al médico que atendía a un paciente tan importante, por lo que bajaron a esperar a que volviese.

Había recibido otra herida, esta vez en el estómago: una bala que pasó a través de la persiana de madera de la habitación donde se encontraba. Una bala de uno de los rifles fabricados en Inglaterra que un virrey anterior, lord Mayo, había regalado al padre de Yakoub Khan, Shere Ali, como obsequio de buena voluntad del Gobierno británico.

Sir Louis logró llegar a la cama, y el *sowar* que disparaba por una abertura a un lado de la ventana había corrido a buscar al cirujano Kelly. Pero Rosie no podía hacer otra cosa que ofrecerle agua, porque tenía mucha sed, y un calmante para mitigar el dolor. Y esperar que el fin llegara pronto. Ni siquiera podía quedarse con él, porque había otros muchos que necesitaban su ayuda, algunos de los cuales podían recuperarse lo suficiente para seguir luchando. Tampoco tenía sentido difundir la noticia de que el *sahib* Cavagnari estaba herido de muerte, porque sólo contribuiría a desalentar a toda la guarnición, y la situación ya era suficientemente grave: la turba en la calle y en los tejados comenzaba a llamar a sus hermanos musulmanes para que se unieran a ellos exhortándolos a matar a los cuatro *sahibs* y a llevarse el tesoro de la residencia...

–¡Matad a los infieles y uníos a nosotros! –gritaban las voces estentóreas de los hombres que estaban del otro lado de la pared–. No tenemos nada contra vosotros. Sois nuestros hermanos y no os deseamos mal. Dejad a los *angrezis* de nuestra cuenta y quedaréis libres. ¡Venid con nosotros, venid con nosotros!

«Menos mal que está el joven Wally –pensó Rosie, escuchando las continuas exhortaciones–. Si no fuera por él, algunos de los nuestros sentirían la tentación de hacerlo y salvar el pellejo».

Pero Wally parecía saber cómo contrarrestar aquellas llamadas a la deserción y mantener el espíritu de la guarnición; no sólo el de sus propios *jawans,* sino el de los incontables no combatientes que se habían refugiado en la residencia: sirvientes y empleados. También parecía dominar el arte de estar en media docena de lugares a la vez: ahora en el terrado, un momento después en una de las dos casas, luego en los barracones del patio, en las habitaciones donde se encontraban los heridos y los moribundos..., elogiando, alentando, consolando; animando a los caídos; haciendo chistes; cantando mientras subía de dos en dos las escaleras para estimular al grupo de Guías que continuaba en el terrado; yendo a los barracones para hablar a los que estaban arrodillados disparando contra los insurgentes, detrás del precario refugio de los parapetos...

Rosie se inclinó a mirar al enviado moribundo en su lecho, y pensó: «Cuando expire, toda la responsabilidad de la defensa de esta ratonera caerá sobre los hombros del joven Wally... Ya la tiene. Bien, no podría estar en mejores manos». Se volvió y salió, cerrando la puerta tras él, y llamó a uno de los criados para que se sentara frente a ella y no permitiera a nadie entrar en la habitación. Al *burra-sahib* le dolía la cabeza y necesitaba descansar.

La habitación era interior y relativamente fresca, y Rosie sintió al salir el calor y el hedor de fuera, porque ahora el sol estaba en lo alto y había poca sombra en el patio cerrado... y nada en las azoteas donde se encontraban los Guías. La frescura de las primeras horas de la mañana se había desvanecido hacía rato, y el aire caliente olía a azufre y polvo. De las habitaciones de la planta baja de ambas casas surgía el nauseabundo tufo a sangre y yodoformo..., y otros olores peores, que Rosie sabía que se intensificarían a medida que avanzara el día.

«Pronto nos quedaremos sin medicamentos –pensó–. Y sin vendas. Y sin hombres...». Miró por encima del hombro a la puerta cerrada tras él y levantó la mano en un gesto automático de saludo. Luego se volvió y bajó de nuevo las escaleras hacia el calor asfixiante y la fetidez de las habitaciones de abajo, donde una nube de moscas se agregaba a los tormentos de los heridos, que no se quejaban.

Muchos de los rebeldes habían entrado nuevamente en el complejo y se refugiaban en los establos y detrás de las numerosas paredes de barro en las que ahora practicaban aberturas para poder hacer fuego a los barracones y a la residencia, pero Wally ya no tenía suficientes hombres como para intentar otro ataque contra ellos. Entre el enemigo dentro del complejo y el número cada vez mayor en los terrados circundantes, sus precarias defensas quedaban sometidas a una lluvia de fuego; era extraordinario que alguien sobreviviera todavía en la guarnición. Sin embargo, sobrevivían, aunque en número cada vez más reducido. El hecho de que el enemigo hubiera sufrido pérdidas aun más graves no era un consuelo, sabiendo que ellos tenían reservas inagotables y que, aunque los Guías los obligaran a retroceder muchas veces y mataran a muchos de ellos, serían reemplazados por centenares. Pero nadie sustituiría a los muertos y heridos de la residencia. Y continuaban sin recibir noticias del palacio ni ninguna señal de ayuda...

* * *

Wally había adoptado medidas para contrarrestar la acción de los que practicaban aberturas en el lado más alejado de la pared del patio, cuando un *sowar* sin aliento bajó corriendo desde el terrado del cuartel para comunicarle que la multitud de la calle había traído escaleras y las colocaban atravesadas desde las casas más distantes, para formar puentes por los que trepaban como monos. Algunos ya habían llegado al terrado... ¿Qué harían los que lo defendían? No podrían resistir contra el número de hombres que cruzaban.

–Diles que se retiren por la escalera –indicó Wally de inmediato–. Pero lentamente, para que los afganos los sigan.

El hombre se alejó corriendo, y Wally envió un mensaje similar a los Guías que estaban en el terrado de la casa del enviado, y llamó al *jemadar* Mehtab Singh para que lo siguiera con todos los *jawans* que quedaban.

Los Guías habían logrado soltar la primera de las dos escaleras, que cayó sobre las cabezas de la multitud de abajo. Pero había otras, por lo menos media docena, y, aunque los primeros afganos que llegaron al terrado cayeron bajo los disparos de los defensores, fue imposible repetirlo con los que venían detrás, y los supervivientes del pequeño grupo de los Guías se retiraron a la escalera y la fueron bajando peldaño a peldaño.

Wally los recibió en el descansillo superior, con refuerzos, y, aunque tenía un revólver, no disparó, sino que les hizo señas de que siguieran bajando, dando instrucciones que apenas eran audibles a causa de los gritos de los afganos, quienes, al verlos en retirada, se lanzaron contra ellos por la escalera con sus *tulwars* y empujándose unos a otros con las prisas. Los Guías seguían retrocediendo, en aparente desorden, mirando por encima del hombro...

–¡Ahora! –gritó Wally, trepando a una silla de mimbre que había en la puerta de su dormitorio–. *Maro!* –Y, mientras los Guías se volvían en el estrecho corredor y caían sobre los primeros afganos, disparó por encima de sus cabezas a los que se arracimaban detrás de ellos y no podían volverse por la presión de los que venían detrás.

Era imposible fallar a esa distancia, y Wally era muy buen tirador. En pocos segundos, media docena de afganos cayeron por la escalera con una bala en la cabeza, y muchos otros que caían sobre los cadáveres eran abatidos por los sables y las bayonetas de los Guías.

Ambrose Kelly había oído el ruido de la lucha, y, comprendiendo que el enemigo debía de haber entrado en el cuartel, abandonó su escalpelo para tomar un revólver y correr arriba... Pero fue rechazado por una masa de hombres que luchaban entre sí o usaban sus carabinas y rifles como garrotes, ya que no había tiempo para recargarlos ni para que nadie en la posición de Rosie usara un revólver. Pero Wally, que estaba situado a un nivel superior a los demás, lo vio, y, al comprender que no se atrevía a disparar, saltó de la silla y le arrebató el arma. Rápidamente, subió de nuevo a la silla y comenzó a usar el revólver con excelentes resultados.

Los disparos, las caídas y el ruido y la confusión de la lucha hicieron comprender a los invasores que sus líderes habían sido derrotados. Se detuvieron en lo alto de la escalera, y algunos de ellos perdieron la cabeza y dispararon salvajemente contra los que estaban abajo, mientras otros retrocedían y no hacían más intentos de invadir la residencia desde arriba. Pero de sus camaradas que se habían precipitado con tanta audacia por los estrechos escalones no volvió ninguno.

–Vamos, Rosie –gritó Wally sin aliento, arrojando el revólver vacío y recargando rápidamente el suyo–, ya se acercan. Ésta es nuestra oportunidad de expulsarlos del terrado.

Se volvió a Hassan Gul, quien se apoyaba en la pared del descansillo jadeando por el esfuerzo, y le dijo que reuniera a los otros y subieran a despejar el terrado. Pero el cipayo sacudió la cabeza y respondió con voz ronca:

–No podemos, *sahib.* Somos muy pocos... El *jemadar* Mehtab Sing está muerto y el *havildar* Karak Sing también... Los mataron en la lucha en la escalera... Y de los que estaban en el terrado sólo quedan dos. No sé cuántos puede haber en la otra casa, pero aquí no somos más que siete...

Siete. Sólo siete para defender los tres pisos de aquella gran ratonera de barro y yeso agujereada por las balas y llena de heridos.

–Entonces debemos bloquear la escalera –dijo Wally.

–¿Con qué? –preguntó fatigosamente Rosie–. Ya hemos usado casi todo lo que encontramos para hacer barricadas. Hasta las puertas.

–Tenemos ésta... –Wally se volvió hacia ella, pero el médico lo tomó del brazo y le dijo con firmeza:

–¡No! Déjala, Wally. Déjala en paz.

–¿A quién? ¿Quién está allí? Ah, el jefe. No le importará. Sólo tiene... –Se detuvo bruscamente mirando a Rosie, horrorizado de repente–. ¿Entonces es grave? Pero... Era sólo una herida superficial. No es posible...

–Recibió una bala en el estómago hace poco. Lo único que pude hacer fue darle todo el opio que tenía y dejarlo morir en paz.

–Paz –dijo Wally airadamente–. ¿Cómo puede morir en paz, si...?

Se interrumpió y cambió la expresión de su rostro. Luego, liberando el brazo, giró el picaporte y entró en la habitación oscurecida donde sólo penetraba luz por las rendijas de las persianas y los agujeros en las paredes que aún mostraban los nombres de los rusos que habían estado allí... Huéspedes más afortunados de otro emir de Afganistán.

La puerta cerrada mantenía fresca la estancia, pero no había logrado contener a las moscas ni apagar los ruidos de la batalla. Y aquí también había un olor asfixiante a sangre y a pólvora.

El hombre que estaba en la cama seguía en la misma posición y, aunque pareciera increíble, aún estaba vivo. No movió la cabeza, pero Rosie, que entró detrás de Wally y cerró la puerta tras él, le vio girar lentamente los ojos y pensó: «No nos reconocerá. Está semiinconsciente, y demasiado drogado».

La mirada del moribundo era inexpresiva y parecía que el movimiento de sus ojos era un simple acto reflejo. Luego volvió a ellos un destello de inteligencia mediante un gigantesco esfuerzo de voluntad, y Louis Cavagnari forzó a su mente a regresar de las sombras que se cerraban sobre ella. Con las últimas fuerzas que le quedaban, habló con voz ronca:

–Hola, Walter. ¿Estamos...? –Le faltó el aliento, pero Wally respondió la pregunta inconclusa.

–Bien, señor. Vine a decirle que el emir ha enviado dos regimientos de *kazilbashis* para ayudarnos, y que la multitud se aleja ya. Creo que pronto no quedará ninguno en el lugar, de manera que no debe usted preocuparse. Ahora puede descansar, porque los hemos vencido.

–Buen muchacho –dijo sir Louis con voz clara y fuerte.

Volvieron los colores a su rostro pálido y demacrado, y trató de sonreír, pero tuvo un agudo espasmo de dolor que convirtió la sonrisa en una mueca. Una vez más, quedó sin aliento, y Wally se inclinó a escuchar las palabras que trataba de decir:

–El... emir –murmuró sir Louis– no es mal tipo después de todo, ahora todo... irá bien. Dile a William... que le agradezco y... telegrafía al virrey... Dile... a mi esposa... –La figura encogida se agitó convulsivamente y quedó inmóvil.

Unos momentos después, Wally lo enderezó y percibió el zumbido enloquecedor de las moscas y el rugido de la multitud y los disparos.

–Era un gran hombre –musitó Wally–. Un hombre extraordinario. Por eso... no quería que muriera pensando que...

–No –respondió Rosie–. Tranquilízate, Wally, el Señor te perdonará la mentira.

–Sí. Pero ahora él ya debe de saber que fue una mentira.

–En el lugar donde está ahora, eso no importará.

–No, es cierto. Deseo...

Una bala de mosquete entró por una de las persianas e hizo caer una lluvia de astillas en el suelo. Wally se volvió y salió rápidamente de la habitación sin ver adónde iba porque tenía los ojos llenos de lágrimas.

Rosie se detuvo un momento a cubrir el rostro del enviado, y observó que Wally ya estaba tratando de bloquear el camino al terrado con el único material de que disponía: los cadáveres y las armas rotas...; *tulwars*, mosquetes y *jezails* de los afganos que habían matado en las escaleras.

–Que por lo menos sirvan para algo –dijo Wally con dureza mientras ayudaba a apilar los cadáveres, sosteniéndolos con los mosquetes de largo cañón y construyendo un eficaz caballo de frisa con las hojas de los *tulwars* y los cuchillos afganos a los que antes quitaba las empuñaduras–. No creo que esto resista mucho, pero es lo mejor que podemos hacer, no tenemos otra cosa. Debo ver a William y averiguar cuántos de los nuestros están en la otra casa. Ahora escucha, Khairulla. –Se volvió hacia uno de los *sowars*–. Tú y otros quedaos aquí y evitad que el enemigo retire estos cadáveres. Pero no gastéis más municiones que las necesarias. Con un disparo o dos habrá suficiente.

Los dejó y bajó la escalera para atravesar el patio abierto y dar la noticia a William de que sir Louis había muerto.

–Siempre tuvo suerte –observó William en voz baja.

El rostro del secretario, como el de Wally y el de todos, era una máscara de sangre y suciedad con estrías de pólvora negra. Pero sus ojos estaban tan tranquilos como su voz, y, aunque había estado disparando y luchando sin descanso durante horas, mostraba el aspecto de lo que era: un civil y un hombre de paz. Preguntó:

–¿Cuánto más crees que podremos resistir, Wally? Siguen haciendo túneles como topos. En cuanto bloqueamos uno, abren otro. Hasta ahora no nos han creado demasiadas dificultades porque sabemos lo que hacen: en cuanto vemos caer un poco de yeso, nos apartamos y luego disparamos por allí cuando el agujero es suficientemente amplio. Pero se necesitarían muchos hombres para vigilar toda la longitud de la pared del patio y además el interior de ambas casas. Y no hay muchos más en el patio, supongo.

–Catorce –confirmó brevemente Wally–. Acabo de contarlos. Abdula, mi corneta, dice que cree que aún quedan entre quince y veinte en los barracones, más siete en el cuartel...

–¡Siete! –exclamó William–. Pero yo creía... ¿Qué ha ocurrido?

–Escaleras de mano. ¿No las viste? Esos perros consiguieron las escaleras y lograron subir al terrado y barrer de allí a los nuestros. Entraron en la casa y nos dieron un mal rato, pero nos los sacamos de encima. Por ahora, en todo caso.

–No lo sabía –respondió William–. Pero si están en el terrado eso significa que estamos rodeados.

–Así creo. Lo que nos queda por hacer ahora es inmovilizar al grupo que está en el cuartel, colocando a un par de muchachos con rifles en las ventanas de la oficina del jefe para que disparen en cuanto alguien asome la nariz. Puede que hayan logrado entrar, pero no les servirá de nada si tienen que arrastrarse sobre el estómago hasta los rincones más alejados. Será mejor que te quedes aquí y te encargues de los que intentan horadar la pared, mientras yo... –Se interrumpió, oliendo el aire viciado, y dijo con intranquilidad–: ¿Huele a humo?

–Sí. Viene de la calle de atrás. Entró un poco por los agujeros que han estado haciendo esas ratas. Supongo que debe de haber un incendio en una de esas casas. No es sorprendente, si piensas en la cantidad de armas arcaicas que se disparan en todas direcciones.

–Mientras quede del otro lado de la pared... –dijo Wally, y estaba a punto de salir cuando William lo detuvo.

–Mira, Wally, creo que debemos tratar de enviar un nuevo mensaje al emir. No es posible que haya recibido los anteriores. No puedo creer que, si conoce la gravedad de lo que sucede aquí, no haga nada por ayudarnos. Debemos encontrar a alguien que lleve esta carta.

Encontraron un voluntario, y en esta ocasión el mensajero logró pasar fingiendo pertenecer al enemigo. Vestido con ropas manchadas de sangre, con una artística venda en la cabeza, realmente logró entregar la carta de Williams. Pero la confusión que encontró en el palacio era mucho peor que cuando Ghulam Nabi (que aún esperaba ansiosamente en una antecámara) había llevado la segunda carta de sir Louis, horas antes. A este último mensajero también se le dijo que esperara una respuesta, pero nunca la recibió, porque ahora el emir estaba convencido de que cuando las turbas de la ciudad hubieran terminado con la misión británica se volverían contra él por haber permitido a los infieles venir a Kabul, y que él y su familia pagarían con su vida por ello.

–Me matarán –gemía el emir a los *mullahs*, quienes finalmente habían logrado otra audiencia–. Nos matarán a todos.

Una vez más, el cabecilla de los *mullahs* le rogó que salvara a sus huéspedes y que ordenara a su artillería que disparase sobre las turbas. Y, una vez más, el emir se negó, insistiendo histéricamente en que si lo hiciera la multitud inmediatamente atacaría el palacio y lo asesinaría.

Pasado bastante rato, avergonzado por los reproches, llamó a su hijo de ocho años, Yahya Khan, lo hizo montar a caballo y lo mandó, acompañado por su cuñado Sirdars, su tutor (este último con un ejemplar del Corán levantado sobre su cabeza para que todos lo vieran), a implorar a la multitud enloquecida, en nombre de Alá y su profeta, que guardaran sus espadas y volvieran a sus casas.

Pero los rebeldes, que habían gritado tan fervientemente por la sangre de los infieles, no abandonarían su salvaje deporte ante la simple visión del libro sagrado o el rostro asustado del niño, aunque fuera heredero del trono. Obligaron al tutor a bajar del caballo, le arrancaron el Corán de las manos, lo arrojaron al suelo y lo pisotearon mientras gritaban insultos y amenazas a los desdichados embajadores, empujándolos y golpeándolos hasta que dieron media vuelta y huyeron a palacio, temiendo por sus vidas.

Pero aún quedaba un afgano que no temía a los rebeldes.

El indomable comandante en jefe, Daud-Shah, a pesar de que estaba herido, se levantó de la cama. Llamó a algunos de sus soldados fieles y salió a hacer frente a la escoria de la ciudad con tanto valor como había mostrado ante los sublevados del Regimiento de Ardal en la mañana del mismo día. Pero a la multitud le importaba tan poco la autoridad del Ejército como el libro sagrado de su fe tan fervorosamente proclamada. Su interés se concentraba en matar y saquear; así que se volvieron contra el valiente general como una manada de perros rabiosos que atacan a un gato, y él se defendió con uñas y dientes, como un animal salvaje.

Durante unos momentos, el bravo militar y sus soldados lograron contenerlos, pero la diferencia numérica era enorme. Lo hicieron caer del caballo, y, una vez en el suelo, la multitud lo rodeó y lo cubrió de golpes y pedradas. Sólo la intervención de un piquete de sus hombres, que lo habían visto salir y ahora acudían a rescatarlo dando sablazos con tanta furia que hicieron retroceder a la multitud, salvó al general y a su pequeña escolta de la muerte. Pero no tuvieron otra opción que replegarse, y, sosteniendo a su comandante herido, buscaron refugio en palacio.

–Es todo lo que podemos hacer –dijeron los *mullahs* que observaban la escena.

Tras estas palabras, y aceptando finalmente la inutilidad de toda intervención humana, abandonaron el palacio y volvieron a sus mezquitas a orar.

67

Mientras Ash se exprimía el cerebro buscando la forma de escapar, tenía la sensación de estar atrapado para toda la vida en aquella celda pequeña y asfixiante... ¿El tiempo se habría movido con la misma lentitud para los Guías que habían luchado durante toda la mañana calurosa, interminable, y luego por la tarde, sin un momento de respiro, o ni siquiera se daban cuenta de ello, porque a cada instante temían que ésa podía ser la última vez que respiraran, y, al saberlo, vivían sólo para el momento y eso por la gracia de Dios?

Debía de haber alguna forma de salir... Debía de haberla.

Horas antes, Ash consideraba la posibilidad de abrirse paso a hachazos por el techo de barro, hasta que el ruido de pasos sobre el *mutti* duro del terrado le advirtió que había hombres allí, y muchos, a juzgar por el clamor de sus voces y el ruido de sus armas. Tantos como en todos los terrados de las otras casas y en todas las ventanas que veía, sin mencionar lo que no llegaba a ver.

Después de eso, volvió su atención al suelo. Sería comparativamente fácil abrir un boquete, ya que todos los pisos del edificio consistían en planchas de madera de pino sujetas por gruesas vigas y unidas con una mezcla de barro y paja; y si no hubiera sido demasiado evidente que la habitación de abajo ya estaba ocupada por el enemigo, que disparaba por la ventana debajo de la suya, el largo cuchillo afgano de Ash habría servido para hacer ese trabajo en el barro seco, y le habría permitido desprender una plancha y luego otra contigua. Pero el cuchillo resultaba inútil con la ventana.

Ash pasó algún tiempo junto a esa ventana, e incluso fabricó una cuerda para descolgarse desde ella con tiras arrancadas a una lona que cubría la plataforma donde un amanuense solía sentarse a trabajar. Pero no podía hacer nada con los barrotes. Y aunque las paredes interiores a ambos lados eran bastante delgadas, a diferencia de aquélla donde estaba la puerta, de nada le habría servido poder abrir un agujero en una u otra, porque la habitación a su derecha era un depósito sin ventilación lleno hasta el techo de viejas carpetas, y la de la izquierda contenía la biblioteca del Munshi, y ambas estaban siempre cerradas con llave.

A pesar de que lo sabía, Ash perdió mucho tiempo y energía tratando de agujerear esta última pared, con la esperanza de que los barrotes de la ventana o la cerradura de la biblioteca fueran más frágiles que los de su habitación. Pero, cuando por fin logró abrir un hueco lo suficientemente grande como para pasar por él, descubrió que la cerradura era del mismo tipo, y la ventana, además de tener fuertes rejas, resultaba aún más pequeña que la de su propia habitación.

Volvió a su actitud pasiva, observando y escuchando, alimentando vanas esperanzas y rogando porque se produjera un milagro.

Había visto los cuatro ataques, y, aunque a diferencia del *sirdar* no había podido observar el primero de los dos que obligaron a los rebeldes a salir del terreno baldío del Kulla-Fi-Arangi, vio la totalidad del tercer encuentro. Y, mientras lo hacía, recordó que no sólo tenía una pistola, sino también un revólver y cincuenta cartuchos escondidos en una de las numerosas cajas apiladas contra las paredes.

Si no podía bajar y luchar con los Guías, al menos podría hacer algo para ayudarlos. Tomó rápidamente el revólver y apuntó, pero advirtió enseguida por qué ambas partes habían cesado de disparar. Mientras duraba la batalla y los protagonistas estaban concentrados en una lucha cuerpo a cuerpo, nadie podía tener claro a quién alcanzaría la bala, y, por tanto, debía interrumpir el fuego. Incluso cuando el enemigo se dispersó y huyó, Ash resistió la tentación, porque la distancia era demasiado grande como para que estuviera seguro de dar en el blanco, y su provisión de municiones era limitada y demasiado valiosa para desperdiciarla.

Las veintitrés balas que utilizó aquella mañana no se perdieron, ni existían riesgos de que se descubriera que partían de su ventana. Había demasiados disparos como para que alguien pudiera advertirlo. Cinco sirvieron para abatir a otros tantos enemigos que estaban disparando desde otra abertura con menos barrotes, más abajo y a la derecha, y que se asomaron peligrosamente para apuntar a los cipayos que ocupaban el terrado del barracón. Catorce más causaron varias muertes y daños considerables entre los rebeldes que asesinaron al empleado hindú, mientras que los últimos cuatro dieron cuenta del mismo número de rebeldes que durante el ataque conducido por el *jemadar* Jiwand Singh intentaron, en la confusión de la lucha, avanzar hacia los barracones arrastrándose junto a la pared que separaba la casa del Munshi del complejo de la misión británica.

Koda Dad Khan habría aprobado la actuación de su discípulo. Pero, como no se puede disparar a larga distancia con un revólver, el campo de tiro de Ash era muy limitado, y sabía que, contra la enorme cantidad de enemigos que atacaba la residencia, cualquier ayuda que pudiera prestar sería ridícula.

El complejo se extendía ante él como un escenario brillantemente iluminado que se ve desde el palco principal de un teatro, y si hubiera podido usar un rifle en lugar de un revólver, o incluso un mosquete, podría haber ayudado a reducir el fuego dirigido contra los barracones y la residencia desde todos los terrados dentro de un radio de trescientos o cuatrocientos metros. Pero, tal como estaban las cosas, no podía hacer casi nada. Sólo observar, inmerso en una agonía de miedo y frustración, como el enemigo horadaba la pared del complejo, lo cual le permitía disparar contra la guarnición sin ningún riesgo, mientras que los miembros de la multitud que habían sido expulsados en el último ataque comenzaban a entrar de nuevo, al principio de dos en dos o de tres en tres, y luego, más audazmente, en grupos de diez y de veinte, hasta que por fin varios centenares invadieron los establos y las habitaciones vacías de los sirvientes, y el laberinto de paredes semiderruidas.

Ash pensó que era como una marea que avanza en un día sin viento, inexorablemente, hasta inundar la tierra; sólo que ésta era una marea humana, no silenciosa, sino acompañada de disparos y gritos que se mezclaban en un rugido continuo; un rugido que se elevaba y bajaba tan monótonamente como las olas en la playa. «Ya-charya! Ya-charya! Maten a los infieles. ¡Mátenlos! ¡Mátenlos...! Maro! Maro!».

Gradualmente, a medida que avanzaba el día y las gargantas enronquecían con los continuos gritos, el polvo y el humo de la pólvora, los alaridos de guerra comenzaron a apagarse, y la voz de la multitud se redujo a un gruñido amenazante; el ruido de las armas de fuego aumentó, como las agudas exhortaciones del faquir Buzurg-Shah, que seguía arengando a sus seguidores con el mismo ardor, instando a los fieles a que mataran y no perdonaran, y recordándoles que todos los que murieran aquel día irían al paraíso.

Ash habría dado mucho por ayudar al faquir a conseguir eso para sí mismo, y esperó pacientemente a que el hombre estuviera más cerca. Pero el fanático no parecía tener prisa por entrar en el paraíso, porque permanecía entre los últimos de la multitud, en el lado más alejado de los establos, donde los Guías que ocupaban los parapetos de los barracones y las ventanas de la residencia no podían verlo; quedaba fuera del alcance del revólver de Ash, aunque, lamentablemente, todos podían oírlo. Su aguda letanía de odio tenía la cualidad de un cuerno de caza, y sus repetidos gritos de «¡Matadlos! ¡Matadlos! ¡Matadlos!» ponían a prueba los nervios de Ash y casi lo obligaron a cerrar las persianas de madera.

Estaba a punto de hacerlo, a pesar de que así eliminaba la luz del día y dejaba de ver el complejo, cuando otro sonido lo detuvo: al principio era sólo un murmullo distante, pero enseguida creció hasta que Ash lo identificó como vítores de la muchedumbre que aclamaba a alguien o a algo, y como aplauso que se acercaba cada vez más hasta ahogar los gritos del faquir y el estruendo de los disparos. A Ash le dio un salto el corazón porque pensó que el emir había enviado a los regimientos de *kazilbashis* para proteger finalmente a la maltrecha misión británica.

Pero su esperanza desapareció en cuanto vio al faquir y a la turba que lo rodeaba saltando y gritando, y extendiendo los brazos en una frenética bienvenida. Enseguida comprendió que ésa no era una fuerza para ayudar a la misión británica, sino alguna forma de refuerzo del enemigo; probablemente un nuevo contingente de tropas rebeldes de los acantonamientos.

No vio las armas manejadas por montones de hombres en los estrechos senderos junto al arsenal. Pero los Guías en el terrado del barracón las habían visto, y, mientras un cipayo corría a comunicar al *sahib* Hamilton este nuevo peligro, el resto hacía fuego contra los afganos que arrastraban y empujaban dos cañones hacia los barracones.

Las noticias del cipayo se difundieron por toda la residencia con la rapidez del rayo. Pero una de las ventajas de la vida militar es que, en momentos de crisis, se definen claramente las situaciones, y a menudo un soldado se encuentra ante una alternativa simple: luchar o morir. Nadie necesitó esperar órdenes. Cuando Wally y los hombres que habían estado con él en el piso superior de la casa del enviado llegaron al patio, William y todos los cipayos y *sowars* de la residencia ya estaban reunidos allí.

Sólo fue necesario decir al *jawan* que había traído las noticias que advirtiera a los compañeros que concentraran el fuego sobre el enemigo más allá del perímetro, y enviar a dos hombres a abrir las puertas que cerraban la arcada del patio de los barracones. Pero, mientras corrían por el sendero, los cañones fueron disparados simultáneamente. Los hombres se tambalearon con el estallido ensordecedor de la doble explosión, pero siguieron adelante tosiendo y ahogándose, en medio de un infierno de humo y escombros.

Los ecos del bramido resonaron en todo el complejo y llegaron hasta las paredes más alejadas del Bala Hissar, arrancando un grito de triunfo a la multitud que veía estallar las granadas contra el ángulo del bloque de los barracones. Pero, a diferencia de las dos construcciones de la residencia, aquéllos no tenían las paredes externas de barro y yeso, sino de ladrillos con un espesor de más de un metro ochenta, mientras que los dos ángulos del extremo oeste estaban protegidos, además, por una escalera de piedra que conducía a la azotea.

Por tanto, las granadas del cañón hicieron poco daño a los hombres que estaban detrás de los parapetos, quienes, aunque momentáneamente cegados por el humo y los escombros, y ensordecidos por el ruido, obedecieron las órdenes y siguieron disparando contra el enemigo mientras Wally y William, junto con veintiún Guías, salían por la arcada y corrían hacia los cañones.

La lucha fue corta, porque los rebeldes que habían colocado los cañones en posición y los habían disparado estaban agotados por el esfuerzo, mientras que la turba de la ciudad no seguía de cerca a los artilleros y huyó al ver a los Guías. Al cabo de diez minutos de enfrentamiento, los rebeldes siguieron su ejemplo abandonando los cañones y dejando tras ellos más de veinte muertos y heridos.

El precio para los Guías fue de dos hombres muertos y cuatro heridos. En comparación, era una cifra mucho mayor para una fuerza cuyo número se reducía con inquietante rapidez; aunque habían capturado los cañones, y junto con ellos las balas traídas del arsenal y abandonadas cuando los artilleros huyeron, también resultó una victoria pequeña. Porque los cañones eran demasiado pesados y la distancia hasta los barracones excesiva, y ahora muchos rifles y mosquetes del enemigo abrían fuego de nuevo.

A pesar de la lluvia de balas, los Guías lucharon desesperadamente por llevarse las piezas de artillería, atándose a ellas con cuerdas y tratando de arrastrar las pesadas armas por el suelo polvoriento y pedregoso. Pero pronto comprendieron que era una tarea imposible: llevaría demasiado tiempo, y, si persistían, todo el grupo moriría.

Se llevaron las granadas, aunque era poco consuelo, porque sin duda pronto traerían más del arsenal, y ni siquiera pudieron inutilizar los cañones, pues, con el calor y la urgencia del momento, Wally olvidó un detalle vital: aunque él era el único de sus hombres que llevaba uniforme cuando los rebeldes invadieron el complejo, no se había puesto el cinturón, ni pensó en ponérselo después, ni tuvo tiempo para ello. No tenía los «clavos» que pueden usarse, entre otras cosas, para inutilizar cañones.

–Es culpa mía –dijo Wally con amargura–. Tendría que haberlo pensado. Había olvidado que no teníamos el uniforme completo. Bien, lo único que podemos hacer es concentrar todo el fuego en esos malditos cañones y lograr que no puedan cargarlos otra vez.

Las puertas de la arcada habían sido cerradas y atrancadas nuevamente, y los supervivientes saciaron su sed con *chattis* de agua traídas del *hamman*; los musulmanes y los no creyentes, porque el *mulvi* del regimiento declaró que era tiempo de guerra, y que en esos momentos se permite a los soldados que participan en la lucha que rompan el ayuno del ramadán.

Los Guías volvieron a la residencia, de la que habían salido apenas un cuarto de hora antes, y la encontraron llena de humo, porque el enemigo del otro lado de la pared no había estado ocioso en su ausencia. Habían traído más escaleras desde los terrados de las casas en el lado opuesto de la calle, y mientras los afganos, avanzando por esos peligrosos puentes, reforzaban a los supervivientes de la lucha en la escalera, sus amigos en la calle de abajo se abrían paso a través de las delgadas paredes y arrojaban carbones encendidos y trapos empapados en petróleo por los agujeros.

La residencia y el complejo, ya rodeados por tres lados, eran asaltados ahora desde arriba y desde abajo, ya que, además de apropiarse de los establos, de las líneas de caballería y de todos los terrados cercanos, el enemigo se había establecido en el tejado del cuartel y había irrumpido en éste.

El patio, las habitaciones de la planta baja y el barracón estaban llenos de muertos y moribundos, y de los setenta y siete Guías que habían visto salir el sol aquella mañana sólo quedaban treinta. Treinta..., y las «tropas de Madián» que asolaban el lugar eran... ¿Cuántos millares? ¿Cuatro? ¿Seis, ocho mil hombres?

Por primera vez aquel día, Wally se descorazonó, pero enseguida recuperó la serenidad y se aprestó a hacer frente al futuro con firmeza. Pero William, como miembro del Departamento Político y de Relaciones Exteriores, y como apóstol de la paz por la negociación y el compromiso, no estaba dispuesto a hacerlo.

William volvió del malogrado ataque contra los cañones para cambiar el sable y el revólver de servicio por su carabina, y llenarse rápidamente el bolsillo de cartuchos; luego subió al terrado de la casa del enviado para disparar contra los afganos que se amontonaban en el de la casa más alta del lado opuesto del patio. Sólo entonces advirtió la cantidad de humo que surgía de las habitaciones de la planta baja del cuartel, y comprendió que si se incendiaba estaban perdidos.

Ni siquiera entonces perdió las esperanzas, pero, una vez más, tendido en el terrado entre cinco *jawans* quc también luchaban contra los hombres reunidos en la azotea del cuartel, garabateó otro mensaje desesperado al emir, usando una página en blanco arrancada a una agenda que llevaba en el bolsillo. No podrían resistir mucho más, escribió William, y, si su alteza no acudía en su ayuda, su destino, y también el del emir, estaría sellado. No podían creer que su alteza estuviera dispuesto a permanecer indiferente y a no hacer nada mientras asesinaban a sus huéspedes...

–Lleva esto al *sahib* Hamilton –dijo William, arrancando la página y entregándola a uno de los *jawans*–. Dile que debe encontrar a alguien entre los sirvientes que lo entregue al emir.

–No irán, señor –respondió el hombre, moviendo negativamente la cabeza–. Saben que cuatro musulmanes han llevado cartas y ninguno ha vuelto, y que el hindú fue hecho pedazos a la vista de todos. Sin embargo...

Se guardó el mensaje en el cinturón, se dirigió a la escalera, y desapareció en busca de su oficial comandante, a quien encontró en el cuartel, disparando desde una ventana del primer piso contra un grupo de rebeldes que trataban de recargar sus armas. Wally tomó el papel, despidió al mensajero con un breve movimiento de cabeza, lo leyó y se preguntó con curiosidad por qué William pensaba que valía la pena enviar otra petición de ayuda al emir, cuando el único resultado hasta el momento había sido una respuesta evasiva que sólo revelaba debilidad e hipocresía. En todo caso, ninguno de los mensajeros había vuelto, de manera que era muy probable que todos ellos hubieran encontrado el mismo destino que el desdichado hindú, y a Wally le parecía inútil enviar otro hombre a que lo mataran. Pero, aunque toda la responsabilidad por la defensa de la residencia había recaído sobre sus hombros, el joven Jenkins, como secretario del enviado y ayudante político, aún representaba la autoridad civil, y, por tanto, si William deseaba enviar su carta, había que hacerlo.

–Taimus –llamó Wally.

–*Sahib?* –El *sowar* que estaba disparando desde la otra ventana bajó la carabina y se volvió a mirar a su jefe.

Wally dijo:

–El *sahib* Jenkins acaba de escribir otra carta al emir pidiendo ayuda. ¿Crees que podrás llegar al palacio?

–Puedo intentarlo –respondió Taimus. Dejó su carabina y fue a tomar el papel, que dobló varias veces para luego esconderlo entre sus ropas.

Wally sonrió y dijo en voz baja:

–*Sukria, shahzada. Khuda Hafiz!*

El hombre sonrió, saludó y se dirigió hacia los barracones para observar la situación desde el terrado, pero le bastó medio minuto para hacerse cargo de la imposibilidad de intentar salir del complejo, porque ahora la multitud estaba en todas partes y nadie podía pasar.

Lo único que quedaba por hacer era volver a la residencia y ver si podía encontrar alguna otra forma de salida. La puerta del fondo había sido bloqueada hacía mucho tiempo, y, como abrirla habría significado dejar entrar una multitud de afganos armados al patio, volvió desesperado a la casa del enviado y subió al terrado, donde uno de los *jawanes* que aún estaban allí lo ayudó a trepar por la pared que protegía la azotea de las casas del otro lado de la residencia.

Desde allí tuvo una visión total del enemigo en las alturas del cuartel y en la calle de abajo; y, al contemplar aquel mar de rostros vociferantes y distorsionados, sintió de pronto el mismo desprecio por la turba que Cavagnari había sentido. Porque el *sowar* Taimus, que servía como soldado de los Guías, era también un príncipe de sangre real: un *shahzada*... y un afgano. Hizo un gesto de desdén al mirar aquellas caras contorsionadas, inspiró profundamente y saltó, cayendo sobre las cabezas y los hombros de los que estaban abajo.

La multitud, momentáneamente sorprendida, se recobró y se lanzó sobre él con un aullido de furia, pero consiguió abrirse paso gritando que era príncipe y afgano, y que llevaba un mensaje al emir, lo cual no le habría salvado si no lo hubiese reconocido un amigo, quien, con golpes e insultos, logró arrancarlo de las garras de la multitud... Magullado y sangrando, pero vivo, pudo llegar a palacio. Pero, una vez allí, no le fue mejor que a los demás.

El emir se había encerrado y lloraba rodeado de sus mujeres; aunque finalmente accedió a ver al *shahzada* Taimus y leer el mensaje que llevaba, no hacía más que quejarse de su destino, repetir que éste era malo y que no podía culpársele de lo que sucedía. Él no podía hacer nada. Nada.

Dio órdenes de que detuvieran al *shahzada*. Pero, aunque el destino del emir sin duda era malo, el de Taimus resultó ser muy diferente, porque en la habitación donde lo arrojaron los guardias del palacio había un afgano con un balazo en la espalda, recibido durante el primer ataque al complejo. El herido no tenía quien lo atendiera, y, aunque sufría mucho, nadie había hecho nada por ayudarlo a causa del pánico que reinaba en el palacio. Taimus había aprendido algo sobre el tratamiento de las heridas durante su servicio en los Guías y le extrajo la bala con un cuchillo, lavó la zona y logró contener la hemorragia; luego lo vendó con tiras de la ropa de la víctima.

Su agradecido paciente, que resultó ser un hombre de cierta importancia, pagó su deuda haciéndolo salir del palacio y logrando que escapara de Kabul. Y el destino fue doblemente bondadoso con él aquel día, porque, apenas cinco minutos después de saltar del terrado de la casa del enviado, y cuando aún trataba de abrirse paso en medio de la multitud frenética con gran peligro de su vida, a sus espaldas, en la residencia, la guarnición que había luchado de forma igualmente frenética por apagar el incendio en el cuartel, debió retroceder ante las llamas y las nubes sofocantes de humo; y, segundos más tarde, todo el piso bajo ardía.

No podía pensarse en salvar a los heridos; el fuego se había extendido de forma demasiado repentina y violenta como para permitir que nadie lo intentara. Los que podían hacerlo huyeron para salvar su vida, y, chamuscados, asfixiados y medio ciegos, corrieron por el patio lleno de humo para refugiarse en la casa del enviado.

Los afganos que estaban en el terrado del edificio incendiado, percatándose de la rapidez con que las llamas destruirían aquella estructura de madera y yeso, escaparon por las escaleras, e instantáneamente dedicaron su atención a la casa de enfrente. Colocaron otras escaleras contra el parapeto desde donde había saltado Taimus, cruzaron y saltaron entre la media docena de hombres que aún resistían allí. Los cabecillas murieron antes de llegar, al caer de costado a la calle o de cabeza en el terrado, pero los que venían atrás seguían empujando, y, aunque William y los *jawans* los rechazaban, volvían al ataque.

No había esperanzas de seguir resistiendo en el terrado, aunque Wally y todos los Guías que quedaban en la residencia subieron y trataron de rechazar la horda de invasores que trepaba desde el parapeto como una bandada de monos. El número de los asaltantes hacía imposible la tarea y la conclusión era previsible.

La guarnición, cerrando filas y usando sus armas de fuego como garrotes, se retiró hacia la escalera, y los obligó a bajar peldaño a peldaño, hasta que el último hombre cerró de un golpe la puerta al pie de la escalera y colocó la barra en su lugar. Pero esa puerta, como todas las demás en el antiguo y deteriorado edificio, no podía resistir un ataque decisivo, y no tenían tiempo ni materiales para reforzarla.

Pronto la casa estaría ardiendo, porque, si los afganos que atacaban desde abajo no lograban incendiarla, lo más probable era que las llamas y las chispas que salían por todas las puertas y ventanas del cuartel realizaran esa tarea; incluso si esto no sucedía, la guarnición ya no podría resistir allí, porque el enemigo, aprovechando las luchas en el terrado y el humo, abrió otra brecha en la pared del fondo del patio, la agrandó y comenzó a entrar.

Wally los vio como en una pesadilla a través de las nubes de humo, disparando sobre un grupo de sirvientes aterrorizados que habían debido abandonar el cuartel a causa del fuego y se habían refugiado junto a una pila de equipaje usada como barricada en la puerta del fondo; entre ellos estaban el asistente de sir Louis y su propio *pir baksh*, que se defendía con un cuchillo en una mano y un bastón en la otra. Pero Wally no podía hacer nada por ellos, y se apartó con una intensa sensación de náusea. Se acercó a una de las ventanas que daban al complejo, cerró las persianas y subió al alféizar.

–¡Vamos! –gritó, haciendo señas a sus compañeros de que se adelantaran. Al mismo tiempo saltó por la ventana a un estrecho pasaje y de allí al terrado de los barracones.

Lo siguieron sin vacilar, saltando como él por el hueco, Jenkins, Kelly y los *jawans* que habían sobrevivido a la pelea en el terrado, además de media docena de no combatientes que habían ayudado a luchar contra el fuego y venían del piso de abajo.

Apenas saltó el último hombre, el terrado del cuartel se desplomó con un rugido como el de los cañones, y al volverse todos vieron una brillante fuente de chispas que saltaban de la pila donde se consumía el cuerpo de Louis Cavagnari y, con él, un gran número de soldados y sirvientes que lo habían acompañado a Kabul.

«Como un jefe vikingo que va hacia el Valhalla con sus guerreros y sirvientes a su alrededor», pensó Wally.

Se volvió para ordenar a su pequeña fuerza que saliera del terrado y bajara a los barracones. Porque, ahora que había caído la residencia y el enemigo se hallaba en la casa del enviado, los afganos podrían disparar desde las ventanas por las que él y los otros supervivientes de la guarnición acababan de saltar... y desde un ángulo que neutralizaba la escasa protección de los parapetos. Pero, allá abajo, las puertas originales del bloque eran de construcción tan sólida como sus paredes exteriores, mientras que los toldos de lona que daban sombra al gran patio central, aunque no constituían una protección contra las balas, al menos impedían al enemigo ver lo que sucedía allí.

–Aquí tendríamos que resistir durante bastante tiempo –dijo William sin aliento, mirando a su alrededor los sólidos pilares de piedra y las arcadas de ladrillo que daban a las celdas frescas y sin ventanas del cuartel de los soldados–. No hay mucho que incendiar. Excepto las puertas, por supuesto. No sé por qué no vinimos antes.

–Porque desde aquí no vemos lo que sucede fuera ni podemos disparar, ni hacer nada excepto tratar de evitar que esos demonios tiren abajo las puertas. Por eso –saltó Rosie, que había trabajado como un demonio para tratar de llevar a los heridos al patio de la residencia, y finalmente debió abandonarlos para defender la casa del enviado. Ahora sentía que los había dejado para que los asesinaran los afganos o para que se quemaran vivos en el cuartel.

–Sí. Supongo que tiene razón. No lo había pensado. Pero al menos podremos impedirles que entren, siempre que no quemen las puertas...

–O abran un agujero en la pared –dijo Rosie.

Se volvió inmediatamente cuando comenzaron a rugir de nuevo los cañones, y los pilares se estremecieron con el impacto y el sonido de las balas que golpeaban contra la pared frontal de los barracones, convirtiendo la escalera del lado este en un montón de escombros.

No hacía falta ser un tirador profesional para darse cuenta de que esta segunda descarga había sido disparada desde mucho más cerca que la primera, y todos los que estaban en los barracones comprendieron que los rebeldes, liberados de los cipayos que los habían molestado desde los parapetos, se habían apresurado a cargar los cañones y avanzar con ellos. La siguiente salva probablemente sería disparada desde el lado opuesto de la arcada, con lo cual quedarían destruidas ambas puertas y el enemigo tendría el camino libre para entrar.

Nuevamente cayeron escombros, y el médico, exhausto, se abrazó a un pilar y se sentó, apoyado contra él. Vio a Walter Hamilton y al *daffadar* Hira-Singh abalanzarse hacia la puerta interior de la arcada y abrirla; pensó, ofuscado, que debían de haber quedado aturdidos por la conmoción de las explosiones, y que trataban de salir y atacar a los rebeldes antes de que pudieran cargar de nuevo los cañones. Pero no tocaron la puerta nueva, ahora tan agujereada por las balas que parecía un colador. En cambio, se volvieron a conferenciar brevemente con el *havildar* Hassan y Lance-Naik Janki, y enseguida Wally hizo un breve gesto afirmativo y, volviéndose hacia William y Rosie, dijo:

–Tenemos que llegar hasta esos cañones. ¡Tenemos que hacerlo! No hay forma de impedir que los usen. Es necesario capturarlos. Si podemos llegar hasta allí, volaremos el arsenal... y, con él, a la mayor parte de los rebeldes y también la mitad del Bala Hissar. Con una sola bala que dé en el blanco, todas las municiones y la pólvora del arsenal estallarán de una vez y no quedará nada en un radio de varios cientos de metros.

–Incluidos nosotros –comentó William con ironía.

–¿Qué diablos importa eso? –replicó Wally con impaciencia–. No sucederá porque estamos a un nivel mucho más bajo, y estas paredes son muy gruesas. Sé que parece una idea demencial, pero vale la pena intentarlo... En este momento vale la pena intentar cualquier cosa. Si podemos apoderarnos de esos cañones, tendremos posibilidades de luchar, pero si no... Bien, podemos empezar a rezar.

William parpadeó y su rostro juvenil palideció bajo la máscara de sangre y polvo. Dijo con fatiga:

–No podemos, Wally. Ya lo hemos probado.

–La vez anterior no teníamos suficientes cuerdas. Además, los cañones estaban entonces demasiado lejos. Pero ahora no, y estoy seguro de que cada vez los acercan más, porque esos hijos de perra de ahí fuera están seguros de que nos han derrotado y no podemos hacer nada. Mi *havildar* dice que hay un faquir que los ha incitado durante toda la tarde, y que les grita que vuelen la puerta para poder hacer fuego directamente contra los barracones y tirar abajo la pared del fondo, de manera que sus amigos de la residencia se abalancen sobre nosotros desde atrás. Por eso dejé abierta la puerta interior, pues si destrozan la de enfrente podemos recurrir a ella.

Rosie respondió:

–Estás loco. ¿Qué usaríamos como municiones, aunque consiguiéramos un cañón? ¿Balas de fusil?

–Las granadas que nos trajimos la vez pasada, por supuesto. Las dejamos aquí, en una de las habitaciones... Son doce. Seis para cada cañón. ¡Piensa en lo que podríamos hacer con eso!

Pero William no se convencía.

–No tengo inconveniente en volver a cargarlos –dijo William–, pero si logramos llegar a ellos, por Dios, inutilicémoslos, en lugar de tratar de traerlos aquí.

–¡No! –insistió apasionadamente Wally–. Si hacemos eso todo habrá terminado para nosotros, porque ellos tienen otras armas. Y ya cuentan con todas las municiones que necesitan, mientras que a nosotros se nos están terminando; cuando eso suceda y vean que ya no disparamos, entrarán en este lugar por la fuerza y moriremos en cinco minutos. No, sólo queda una cosa por hacer: debemos cortarles la fuente de suministros, y la única forma en que podemos hacerlo es volando el arsenal... y matando a todos los que podamos en el proceso. ¡Te digo que debemos conseguir esos cañones! Por lo menos uno. Inutilizaremos el segundo... Haré que Thakur Singh lo haga, mientras el resto de nosotros se concentra en conseguir el otro. Debemos lograrlo. Sí, sé que parece una locura, pero es mejor que quedarnos aquí escondidos hasta que se percaten de que nos hemos quedado sin municiones y con unas cuantas escaleras de mano pueden caer sobre nosotros desde el terrado, como hicieron en la residencia. ¿Te gustaría morir así?

El cirujano mayor Kelly dejó escapar una ronca carcajada, se puso de pie con esfuerzo y dijo:

–Tranquilízate, muchacho, estamos contigo. Sin duda es una locura; lo es. Pero nadie puede decir que no dará resultado. Y, si no corremos el riesgo, moriremos de todas maneras. Bien, si hemos de intentarlo será mejor que nos digas qué debemos hacer y cuándo comenzamos.

Wally tenía razón en lo que decía sobre los cañones. Mientras hablaban, los rebeldes los habían acercado cada vez más y ahora estaban a menos de setenta metros, cargados y frente a la pared izquierda de la arcada, listos para ser disparados...

Una vez más, la doble explosión fue seguida de gritos de alegría. Pero, mientras se apagaban los ecos, la multitud guardó silencio, y desde su prisión allá arriba Ash oyó, en medio del fragor de los disparos, el rugido de la madera que ardía, el graznar de los cuervos y la voz aguda del faquir alentando a los rebeldes que empujaban los cañones hacia la arcada.

No vio abrirse las puertas del barracón. De pronto apareció Wally, corriendo con William y Rosie y una docena de Guías detrás de ellos; se sumergieron en el huracán de balas y volaron por el polvoriento espacio abierto hacia los cañones.

Por segunda vez aquel día, consiguieron alejar a los hombres que estaban junto a las piezas. Luego, ocho de ellos giraron uno de los cañones hacia la multitud, y, con seis hombres atados a las cuerdas y otros dos empujando las ruedas con los hombros, comenzaron a arrastrarlo hacia los barracones, mientras el resto contenía al enemigo con los revólveres y las espadas. Un *jawan* solitario se arrojó hacia el otro cañón con intención de inutilizarlo. Pero, una vez más, la tarea resultó superior a ellos. La lluvia de balas mató a dos de los hombres atados al cañón y al *sowar* que intentaba anular el otro.

Otros cuatro hombres resultaron heridos. Entonces Wally gritó a los demás que corrieran con él, y, envainando su sable, descargó rápidamente su revólver. William y Rosie siguieron su ejemplo, y cuando los hombres se liberaron de las cuerdas y corrieron hacia los barracones, llevando a los heridos con ellos, los tres ingleses cubrieron su retirada, caminando hacia atrás y disparando sin cesar con efecto tan mortífero que los afganos vacilaron y retrocedieron, permitiendo que el pequeño grupo llegara al refugio de la arcada sin daños.

En el último momento, Wally se volvió, miró hacia la ventana de Ash y levantó su brazo en un saludo romano. Pero el gesto de despedida no obtuvo respuesta porque Ash no estaba allí. La desesperación que lo había atenazado al ver los cañones había servido para que su cerebro se pusiera nuevamente en efervescencia y, por centésima vez aquel día, trató de hallar una forma de escapar; pero esta vez recordó algo. Algo que no se le había ocurrido antes: el plano del piso de abajo.

Sabía cuál era la habitación que había debajo de la suya, pero no había recordado las que estaban a cada lado, y al hacerlo se dio cuenta de que debajo de la biblioteca del Munshi había una pequeña estancia abandonada que en otro tiempo tuviera una ventana con antepecho. Éste se había derrumbado y la ventana había sido cegada con tablas, pero ahora probablemente esas tablas estarían podridas, y, una vez que Ash hubiese abierto el piso de la biblioteca y se hubiera dejado caer por el agujero, no sería difícil arrancarlas. Después podría usar una cuerda para descolgarse desde una altura de seis metros hasta el suelo.

Cualquier afgano que lo viera deslizarse desde la ventana lo supondría un aliado ansioso por lanzarse sobre el adversario. El único peligro era ser visto por alguno de los soldados del barracón que, al creerlo enemigo, disparara contra él antes de que pudiera llegar al suelo y al refugio de la pared baja que separaba la hilera de casas del complejo de la residencia.

Pero era un riesgo que debía correr y no se detuvo a pensarlo; segundos después, había vuelto a la biblioteca del Munshi y trataba de romper las maderas del piso.

William, que había visto el gesto y llegado a una conclusión equivocada, tomó a Wally del brazo y preguntó sin aliento:

–¿A quién estabas saludando? ¿Alguien trataba de enviarnos una señal? ¿El emir? ¿Ellos?

–No –jadeó Wally, lanzando todo su peso contra la puerta para ayudar a cerrarla–. Es sólo... Ash...

William lo miró sin comprender: el nombre no significaba nada para él, y su repentina llama de esperanza murió de inmediato. Se apartó y se dejó caer en el suelo, pero Ambrose Kelly levantó la mirada del cipayo herido a quien atendía y preguntó:

–¿Ash? No querrás decir... ¿Te refieres a Pelham-Martyn?

–Sí –jadeó Wally, aún atareado con los barrotes de la puerta exterior–. Está allá arriba..., en una de esas casas.

–¿En...? ¡Dios mío! ¿Entonces por qué no hace algo por nosotros?

–Si pudiera ya lo habría hecho. Lo habrá intentado de todas las maneras. Y Dios sabe que nos advirtió muchas veces sobre esto, pero nadie quiso escucharlo... Ni siquiera el jefe. Lleve a ese muchacho a una de las habitaciones, Rosie. Estamos demasiado cerca de la puerta y es probable que disparen otra vez. Alejaos... todos.

Los rebeldes sólo esperaron a que se cerrara la puerta antes de lanzarse a recuperar los cañones y arrastrarlos para colocarlos en posición frente a la arcada, mientras desde las azoteas sus aliados hacían caer una tormenta de balas sobre las paredes sin ventanas de los barracones, el terrado desierto y los toldos de lona desgarrados y agujereados.

Había muy poca luz dentro de los barracones. El sol ya se había puesto tras las alturas del Shere Dawaza, y ahora todo el complejo estaba en sombras. Las llamas de la residencia se hacían más brillantes, y, cuando los cañones volvieron a disparar, el resplandor no quedó atenuado por el del sol, sino que cegó los ojos anunciando brevemente la ensordecedora explosión que siguió.

Esta vez no hubo intento de disparar los dos cañones a la vez. La primera granada fue para romper ambas puertas de la arcada, y los rebeldes creyeron que lo habían logrado porque no se habían dado cuenta de que la segunda había quedado abierta. Vieron desintegrarse la madera de la puerta exterior, y cuando se despejó el humo la arcada se abrió para mostrar el largo patio central y la pared del fondo.

Con salvajes gritos de alegría, dispararon el segundo cañón y la granada pasó por el centro de los barracones, abriendo un agujero que daba acceso al pasaje. Detrás de la brecha estaba el patio de la residencia, ahora lleno de sus victoriosos hermanos, que sólo debían cruzar el pasaje y caer sobre los infieles mientras sus aliados del complejo los atacaban por el frente. Pero, aunque el plan era bueno, tenía dos serias fallas, y una se hizo evidente de inmediato: la puerta interior, que era la más resistente de la arcada, no había sido destruida y se cerró de golpe.

La otra falla era aún más grave, y fue advertida por la guarnición, pero aún no por los rebeldes. Al incendiar la residencia, los afganos ya no podían permanecer en ella, de manera que en lugar de concentrarse allí se dispersaron para alejarse de las llamas. Por lo tanto, la posibilidad de un ataque desde esa dirección era mínima, y Wally pudo permitirse descartarla y concentrarse en un ataque frontal, ya que ahora no disparaban desde la residencia, y el humo del edificio incendiado confundiría el objetivo de muchos de los tiradores de los terrados cercanos.

Sintiéndose seguro al saberlo, su primera acción, después de retirarse a los barracones y cerrar la débil puerta exterior, fue ordenar a cuatro de sus hombres que subieran la escalera en el extremo más distante, con instrucciones de mantenerse ocultos hasta que disparasen los cañones. Luego deberían correr hacia delante entre el humo para adoptar sus posiciones anteriores detrás del parapeto sobre la arcada, desde donde abrirían fuego sobre los que accionaban los cañones para impedir que los recargaran.

El resto de su pequeña fuerza se había diseminado a izquierda y derecha; nadie se hacía ilusiones sobre lo que sucedería después. Pero no tardó mucho en ocurrir. La puerta exterior se derrumbó y la granada que la demolió afectó también a uno de los pilares de piedra e hizo caer una lluvia de ladrillos, aunque sin herir a nadie.

Esperaron con gran tensión el segundo disparo, y, en cuanto llegó, corrieron hacia delante para cerrar y atrancar la pesada puerta, mientras los cuatro *jawans* acurrucados en la parte superior de la escalera se ponían en pie, y, ocultos por el humo, corrían para refugiarse detrás del parapeto y abrir fuego sobre los artilleros.

Cargar y disparar artillería pesada no es tarea fácil para hombres sin experiencia, y los rebeldes no eran expertos. Se trata de una tarea que exige tiempo, y que puede ser sumamente difícil y peligrosa cuando los hombres que se ocupan de ello están expuestos a disparos desde corta distancia.

Si las paredes de los barracones hubieran poseído aberturas apropiadas que ofrecieran protección y una distancia razonable para disparar, habría sido fácil para la guarnición evitar que volvieran a usarse los cañones. Pero, como el único lugar desde donde podían hacer fuego era detrás de los parapetos que rodeaban un terrado amenazado por el enemigo, la artillería era una carta fuerte que podía arriesgarse, y Wally lo sabía.

Sabía también que no pasaría mucho tiempo antes de que los cuatro que estaban en el terrado se quedaran sin municiones, y el resto tenía muy pocas. Cuando se terminaran, el enemigo cargaría los cañones sin ser molestado y volaría la puerta.

El final se veía con claridad, y Wally se dio cuenta de que hacía mucho tiempo que lo sabía, y de que había basado todas sus acciones en ese conocimiento.

Si debían morir, al menos que lo hicieran de una forma que contribuyera a aumentar el renombre de los Guías y de las tradiciones que mantenían: seguir luchando, y así agregar fama a su cuerpo y convertirse en leyenda y en inspiración para futuras generaciones de los Guías. Era lo único que podían hacer.

Wally sabía que le quedaba muy poco tiempo y que éste corría muy rápido; pero, por un segundo, permaneció en silencio, con la mirada perdida y pensando en muchas cosas... En Inistioge, y en sus padres y hermanas; en la cara de su madre cuando lo había besado al despedirse; en Ash y en Wigram, y en todos los magníficos compañeros de los Guías... Su vida había sido buena..., maravillosa. Aun ahora no la habría cambiado por la de ningún otro.

Un montón de recuerdos desfilaron por su mente, todos vívidos y brillantes. Cuando salía a buscar nidos con sus hermanos en Wimbledon. Un baile en la Academia Militar. El largo viaje a Bombay y su primera visión de la India. Los días felices en el bungaló de Rawal pindi, y más tarde en Mardan, y las encantadoras vacaciones que él y Ash habían pasado juntos... El trabajo y el placer, la charla, las risas y la diversión... Todas las muchachas bonitas de las que se había enamorado... Muchachas alegres, serias, tímidas, pícaras... Todos sus rostros se fundían en uno solo: el de Anjuli. Le sonrió y pensó que había sido una suerte haberla conocido.

Nunca se casaría, y tal vez eso no estaba mal; habría sido difícil encontrar a alguien que respondiera al ideal representado por Anjuli. Además, no sufriría la tristeza de descubrir que el amor no dura y que el tiempo, que destruye la belleza, la juventud y la fuerza, puede también deteriorar muchas cosas de mayor valor. Nunca conocería la desilusión, el fracaso, ni viviría para ver caer a los dioses que idolatraba y que tenían pies de barro...

Para él, éste era el fin del camino, pero no lo lamentaba... Ni siquiera por la pérdida de esa figura imaginaria, el mariscal de campo lord Hamilton de Inistioge, porque, ¿acaso no había ganado el máximo galardón, la Cruz Victoria? Eso sólo era gloria suficiente para compensar todo lo demás, y, por otra parte, los Guías lo recordarían. Quizás un día, si dejaba un nombre limpio, su espada se exhibiría en el cuartel de Mardan y los hombres del cuerpo que aún no habían nacido la tocarían y escucharían una vieja historia. La historia de cómo una vez, mucho tiempo atrás, setenta y siete hombres de los Guías, al mando de un tal Walter Hamilton, habían sido sitiados en la residencia británica en Kabul y la defendieron durante casi un día..., y murieron todos...

Ese día le había tocado engrandecer la fama de los Guías, y Ash lo comprendería. Era bueno saber que Ash estaba cerca y que veía y aprobaba... Que comprendía que Wally había actuado lo mejor posible, y que había estado con él en espíritu. No podía haber tenido un amigo mejor, y sabía que no era culpa de Ash si no había llegado ayuda. Si hubiera podido...

El joven oficial hizo un esfuerzo por concentrar sus pensamientos y miró a los espantapájaros harapientos, manchados de sangre, que era todo lo que quedaba de más de setenta hombres que había reunido aquella mañana. No tenía idea de cuánto había estado detenido allí, en silencio y pensando en otras cosas, ni de qué hora era, porque había bajado el sol y los barracones estaban en la sombra. No había tiempo que perder.

El teniente Walter Hamilton se enderezó, respiró profundamente y llamó a sus hombres en indostano, que era la lengua común de un cuerpo que incluía *sikhs,* hindúes y punjabíes, además de *pathanes* que hablaban *pushtu.*

Les dijo que habían luchado como héroes y que habían mantenido espléndidamente el honor de los Guías. Ningún hombre podría haber hecho más. Ahora todo lo que les quedaba por hacer era morir de la misma manera, luchando con el enemigo. La alternativa era que los mataran como ratas en una trampa. No había opción, y no necesitaba preguntarles qué elegirían. Por tanto, proponía que hicieran un último esfuerzo por capturar un cañón. Pero esta vez tendrían que atarse todos a él, mientras que Wally permanecería solo para resistir al enemigo y cubrir la retirada de los demás.

–Cargaremos solamente sobre el cañón de la izquierda –dijo Wally–. Y, cuando lleguemos a él, no apartéis la mirada ni por un momento: os ataréis a él y apoyaréis los hombros contra las ruedas, para traerlo aquí. No os detengáis por nada... ¿Comprendéis? No debéis volveros a mirar atrás y yo haré lo que pueda por cubriros. Si lográis traerlo, apuntadlo al arsenal. Si no, no importa si caigo o cuántos de vosotros caéis; de todas maneras, recordad que los que queden siguen teniendo en sus manos el honor de los Guías. No lo vendáis por poco. Dicen que un gran guerrero que conquistó esta tierra y la mitad del mundo centenares de años atrás, Sikandar Dulkhan, Alejandro el Grande, de quien todos habéis oído hablar, dijo: «Es hermoso vivir con valentía y morir dejando atrás un recuerdo perdurable». Todos habéis vivido con valentía y lo de hoy os dará renombre perdurable, porque vuestras acciones no serán olvidadas mientras se recuerde a los Guías. Los hijos de vuestros hijos contarán su historia a sus nietos y alardearán de lo que habéis hecho. No os rindáis, hermanos... Nunca os rindáis. ¡Guías, *ki-jai*!

El grito fue recibido con una aclamación que hizo eco bajo las arcadas y resonó como si los fantasmas de todos los Guías que habían muerto aquel día gritaran con los pocos que aún vivían. Y, cuando se apagaron los ecos, William aulló:

–¡Escocia para siempre! ¡Departamento Político, *ki-jai*! –Y los hombres rieron y tomaron los sables y las cuerdas que habían dejado.

Ambrose Kelly se puso en pie con dificultad y se estiró. Era el mayor del grupo y, como Gobind, su talento y su entrenamiento habían estado dedicados a salvar vidas y no a quitarlas. Pero ahora cargó su revólver y, desenvainando la espada que nunca había aprendido a usar, dijo:

–Bien, no diré que es un gran alivio terminar con esto, pero el día ha sido largo y estoy cansadísimo... Y, como dijo algún poeta, «¿qué mejor manera de morir que enfrentado a un terrible destino?». *Hakim ki-jai!*

Los Guías volvieron a reír, y su risa llenó de orgullo el corazón de Wally, que sintió un nudo en la garganta mientras les sonreía con admiración y afecto demasiado profundos para expresarlos en palabras. Sí, valía la pena vivir, aunque sólo fuera para servir y pelear con hombres como éstos. Había sido un privilegio mandarlos..., un enorme privilegio. Y sería aún mayor el de morir con ellos. Eran la sal de la tierra. Eran los Guías. Nuevamente se le hizo un nudo en la garganta, pero sus ojos brillaban cuando tomó su sable, y dijo, casi con alegría:

–¿Listos? Bien. Entonces abrid las puertas...

Un cipayo saltó a levantar la pesada barra de hierro y otros dos empujaron las puertas. Y, con un grito de «¡Guías, *ki-jai*!», el pequeño grupo salió por la arcada y corrió hacia el cañón de la izquierda, con Wally a la cabeza, seis pasos más adelante.

Su aparición causó un curioso efecto en los rebeldes: después del fracaso en el último ataque, todos confiaban en que los extranjeros no volverían a salir, pero allí estaban, atacando nuevamente y con igual ferocidad. Era increíble..., inhumano... Por un momento, los rebeldes miraron a aquellas figuras harapientas con espanto y admiración casi supersticiosos, y un segundo después se dispersaron como hojas secas ante el ímpetu del ataque de Wally, que caía sobre ellos con el sable centelleante y el revólver escupiendo muerte.

Un afgano solitario y sin turbante, con el cabello y las ropas blancas de yeso y polvo de ladrillo, corrió desde la izquierda a unirse a él, y fue reconocido por dos *sowars* con un grito: «¡*Sahib-bahadur* Pelham!».

Wally oyó el recibimiento sobre el fragor de la batalla. Echó una rápida mirada a un costado y vio a Ash peleando junto a él, con un cuchillo en una mano y un *tulwar* arrancado a un *herati* muerto en la otra. Rio triunfante mientras gritaba:

–¡Ash! Sabía que vendrías. ¡Ahora les demostraremos...!

Ash también rio, invadido por la embriaguez de la batalla y el alivio del ayuno: una acción violenta después de las frustraciones de aquel largo día de mirar sin poder hacer nada..., de ver morir a sus camaradas uno por uno sin poder levantar una mano para ayudarlos.

Contagió su salvaje alegría a Wally, quien de pronto comenzó a luchar con una rara inspiración.

Los afganos no son hombres pequeños, pero el joven oficial parecía elevarse sobre ellos, manejando su sable como un maestro... Como uno de los paladines de Carlomagno. Y cantaba mientras combatía. Como siempre, un himno religioso: el mismo que cantaba Ash mientras galopaba con Dagobaz por la llanura de Bhithor, en la mañana del funeral del *rana*. Pero ahora, al oírlo, sentía saltar su corazón, porque no era un verso que Wally hubiera cantado jamás, y al escucharlo se dio cuenta de que el muchacho no alentaba falsas esperanzas. Ésta era su última batalla y lo sabía, y su elección de aquel verso en particular era deliberada: una despedida. Porque la calma y la tranquilidad nunca habían sido atractivas para Wally, pero ahora cantaba a ambas a voz en grito y con euforia, para que sus palabras se oyeran sobre el clamor de la batalla.

«La tarde de oro brilla en Occidente», cantaba Wally blandiendo su sable mortal. «Pronto, pronto llegará el descanso para los guerreros fieles. Dulce es la calma del paraíso bendito. ¡Aleluya! ¡A-le-lu..!».

–¡Cuidado, Wally! –gritó Ash, y esquivando a un atacante saltó sobre el afgano armado con un largo cuchillo que se había acercado por detrás sin que lo vieran.

Pero, aunque Wally lo hubiese oído, la advertencia llegaba demasiado tarde. El cuchillo penetró hasta el mango entre sus omóplatos. Mientras el *tulwar* de Ash cortaba el cuello de su atacante, vaciló, y, disparando por última vez, arrojó el revólver contra un rostro barbudo. El hombre trastabilló y cayó. Wally se pasó el sable a la mano izquierda, pero su brazo se había debilitado y no podía sostenerlo. Cayó con la punta hacia abajo, y Wally se desplomó hacia delante.

En el mismo momento, la culata de un *jezali* cayó con fuerza sobre la cabeza de Ash, quien, por un segundo, sintió estallar miles de lucecitas dentro de su cabeza antes de hundirse en la oscuridad. Luego centellearon los *tulwars* y el polvo levantó una nube cegadora al acercarse los rebeldes.

Unos pasos detrás de ellos, William había caído con una cimitarra hundida en el cráneo y el brazo derecho destrozado por debajo del codo. Y Rosie también había muerto; su cuerpo acurrucado yacía a un metro de la arcada del barracón, donde había sido abatido por una bala de mosquete en la sien mientras corría detrás de Wally.

Del resto, dos, como el sargento mayor Kelly, habían muerto antes de llegar al cañón, y tres más estaban heridos. Pero los supervivientes obedecieron las órdenes de su comandante al pie de la letra: no miraron a los lados ni intentaron luchar, sino que se ataron al cañón y forzaron cada nervio y cada músculo para arrastrarlo. Mientras jadeaban, cayeron algunos de ellos; el suelo estaba cubierto de cadáveres, armas y cartuchos, y el polvo, pegajoso de sangre, de manera que la tarea era imposible para tan pocos hombres. Los que quedaban no pudieron mover la pieza; se vieron obligados a abandonar y volvieron a los barracones, exhaustos.

Cerraron y atrancaron la gran puerta detrás de ellos, mientras se oía un grito de triunfo de los rebeldes al advertir que los tres *feringhis* estaban muertos.

Por centenares comenzaron a llegar a los barracones conducidos por el faquir, quien, abandonando el refugio de los establos, corría a la cabeza agitando su bandera, mientras la multitud en las azoteas dejaba de disparar y se ponía a bailar y gritar y agitar sus mosquetes. Pero los tres *jawans* que quedaban de los cuatro que Wally había mandado a los terrados seguían disparando; aunque con intermitencia, porque les quedaban pocas municiones.

Los rebeldes habían olvidado a aquellos cuatro hombres. Pero los recordaron cuando tres de los suyos cayeron muertos, y dos más, inmediatamente después, fueron heridos por las mismas balas de plomo. Como los afganos detuvieron el fuego, los rifles volvieron a dejarse oír y cayeron otros tres atacantes, porque los Guías disparaban sobre una masa sólida de hombres a una distancia de menos de cincuenta metros, y era imposible fallar. Muy pronto, una bala alcanzó al faquir en pleno rostro. Levantó los brazos y cayó hacia atrás, siendo pisoteado por sus seguidores, que no pudieron detenerse a tiempo.

68

Varias circunstancias contribuyeron a que Ash salvara la vida. Por un lado, llevaba ropas afganas y un *tulwar*; y, por otro, sólo los que estaban en primera línea en la lucha se dieron cuenta de que un hombre que parecía ser ciudadano de Kabul había luchado junto a un oficial *angrezi*. Y luego, en el ataque final para terminar con el *sahib* mortalmente herido, su cuerpo inconsciente había sido apartado a un lado, de manera que cuando se asentó el polvo ya no estaba donde había caído, sino a cierta distancia; no en medio de los cuerpos de los Guías, sino entre media docena de cadáveres enemigos. Su cara aparecía irreconocible bajo una máscara de sangre y suciedad, y sus ropas, teñidas de rojo por la yugular cortada de un soldado *herati* cuyo cuerpo había quedado tendido sobre el suyo.

El golpe en la cabeza fue duro, suficientemente violento como para dejarlo inconsciente, pero por poco tiempo; cuando recuperó el sentido, descubrió que tenía dos cadáveres sobre él; el segundo era el de un afgano corpulento, con un balazo en la cabeza recibido de uno de los *jawans* apostados en el terrado de los barracones un minuto antes.

Los dos cuerpos inertes lo aplastaban contra el suelo. No podía moverse, y permaneció un rato quieto, mareado y sin comprender; sin tener idea de quién era ni qué le había sucedido. Recordaba vagamente haber pasado por un agujero..., un agujero en una pared. Después de eso, nada... Pero su mente se aclaraba poco a poco, y recordó a Wally. Intentó moverse sin conseguirlo; no tenía suficientes fuerzas.

Le dolían terriblemente la cabeza y todo el cuerpo, que sentía débil como una hoja de papel. Poco a poco pudo pensar otra vez, y se dio cuenta de que probablemente no había recibido heridas, sino sólo un golpe en la cabeza y algunos puntapiés de los rebeldes. Entonces nada le impediría liberarse del peso que lo aplastaba, y volver al ataque en cuanto reuniese fuerzas y se recuperara de aquel terrible mareo. Ponerse de pie vacilante como un borracho significaría la muerte inmediata, y no podría ayudar a nadie.

El rugido de los rebeldes y el ruido constante de mosquetes y carabinas le indicó que la lucha no había terminado, y, aunque tenía el rostro tumefacto y las pestañas pegadas por el polvo y la sangre que no podía limpiar, pues aún estaba demasiado débil para liberar los brazos, consiguió abrir los ojos haciendo un enorme esfuerzo.

Al principio no podía fijar la mirada, pero poco después su visión, como su cerebro, comenzó a aclararse, y se dio cuenta de que estaba a uno o dos metros del grupo enemigo, contenido por el fuego constante de los tres cipayos que quedaban en el barracón. Pero sus disparos llegaban a intervalos cada vez más largos, y Ash percibió confusamente que debían de estar quedándose sin municiones. Luego advirtió que los rebeldes que había junto a los cañones abandonados discutían algo.

Uno de ellos, un miembro del Regimiento de Ardal, a juzgar por su indumentaria, trepó a uno de los cañones y ató en él un trapo blanco que agitaba como bandera, gritando:

–Por favor, ya basta. ¡Basta!

Cesó el ruido de los disparos y los cipayos arrodillados detrás del parapeto interrumpieron el fuego. En medio del silencio, el hombre bajó el cañón, y, avanzando en el espacio abierto frente a los barracones, pidió a la guarnición que conferenciara con sus jefes.

Hubo una breve pausa durante la cual los cipayos hablaron entre sí, luego, uno de ellos dejó su rifle y se puso de pie. Caminando hasta el borde interior del terrado, se dirigió a los supervivientes que quedaban en el cuartel.

Minutos más tarde, otros tres Guías subieron a rendirse con él: juntos avanzaron hasta detrás del parapeto de la arcada, erguidos y sin armas.

–Aquí estamos –dijo el *jawan* elegido como portavoz, porque era un *pathan* y podía hablar libremente con los afganos en su propia lengua, y porque no quedaba vivo ninguno que tuviera categoría superior–. ¿Qué quieren decirnos? Hablen.

Un hombre que estaba a un metro de distancia de Ash dijo en un susurro:

–¿No quedan más que ésos? No es posible que sólo queden seis. Quizás haya otro dentro.

«Seis...», pensó Ash con dificultad. Pero la palabra no significaba nada para él.

–Sus *sahibs* están todos muertos –gritó el rebelde que tenía la bandera–, y con ustedes, los que quedan, no tenemos por qué pelear. ¿De qué sirve continuar la batalla? Si arrojan las armas, les permitiremos volver a sus casas. Han luchado con honor. Ríndanse ahora y quedarán libres.

Uno de los Guías rio, y los rostros endurecidos de sus compañeros se relajaron y rieron con él, con sarcasmo, hasta que los que escuchaban rechinaron los dientes y comenzaron a apuntar con sus armas.

El *jawan* que habló por todos no había bebido nada durante muchas horas y tenía la boca seca. Pero logró juntar saliva y escupir deliberadamente sobre el borde del parapeto. Acto seguido, elevando la voz, preguntó en voz alta:

–¿Qué clase de hombres son ustedes que pueden pedirnos que traicionemos nuestro honor y avergoncemos a nuestros muertos? ¿Acaso somos perros para traicionar a los que nos alimentaron? Nuestro *sahib* nos dijo que lucháramos hasta el final. Y eso haremos. Ésa es la respuesta... ¡Perros!

Volvió a escupir y giró sobre sí mismo. El resto lo siguió, y, mientras los rebeldes aullaban de furia, los seis recorrieron el terrado hasta la escalera que daba al patio del barracón. Allí no perdieron tiempo, sino que sólo se detuvieron para alinearse hombro con hombro: musulmanes, *sikhs* y un hindú... *Sowars* y cipayos del Cuerpo de Guías de la Reina. Levantaron las trancas y abrieron las puertas. Desenfundaron los sables y marcharon bajo la arcada hacia la muerte con tanta firmeza como si estuvieran en un desfile.

El afgano que había hablado dijo, casi sin aliento, como si le arrancaran las palabras:

–*Wah-illah!* ¡Pero éstos son hombres!

«Son los Guías», pensó Ash lleno de orgullo, y luchó desesperadamente por levantarse y unirse a ellos. Pero, mientras trataba de liberarse, un grupo de hombres lo hizo caer, dejándolo sin respiración y pisoteándolo con sus *chupplis*. Tenía una vaga conciencia del ruido del acero y los roncos gritos, y de pronto una voz clara gritó:

–¡Guías, *ki-jai*!

Luego recibió un puntapié en una sien y nuevamente perdió el conocimiento.

* * *

Esta vez le costó más tiempo recuperarse, y cuando por fin resurgió lentamente de la oscuridad advirtió que, aunque aún oía un clamor de voces que llegaban desde la residencia, el fuego había cesado, y, excepto por los muertos, la parte del complejo donde él se encontraba parecía desierta.

Sin embargo, no intentó moverse de inmediato, sino que permaneció donde estaba consciente del dolor y de un enorme cansancio, y, al cabo de unos minutos, de la necesidad de actuar. Su cerebro estaba lento y no respondían sus músculos, y el esfuerzo de pensar le parecía demasiado grande. Pero sabía que debía obligarse a hacerlo. Pronto los resortes de su mente funcionaron y recuperó la memoria...Y con ella el ancestral instinto de conservación.

En algún momento durante la matanza final, los cadáveres que tenía sobre él habían sido desplazados; después de un cauteloso intento, descubrió que aún podía moverse, aunque sólo un poco. No podía ponerse en pie, pero sí arrastrarse. Así que comenzó a deslizarse con dificultad, sobre manos y rodillas, entre los cadáveres, en dirección al refugio más próximo: los establos.

Otros habían tenido la misma idea, por lo que los establos estaban llenos de afganos muertos y heridos: hombres de la ciudad y del Bala Hissar, y también soldados de los regimientos de Ardal y de *heratis*, amontonados sobre la paja. Ash, que sufría una contusión leve, traumatismos múltiples y agotamiento mental y físico, cayó entre ellos y durmió casi una hora, para ser despertado finalmente por la mano que lo tomó por los hombros y lo sacudió rudamente.

El dolor del movimiento lo devolvió a la conciencia con tanta eficacia como un balde de agua helada arrojado a la cara, y oyó decir:

–Por Alá, aquí hay otro que está vivo. Arriba ese ánimo, amigo; aún no estás muerto, y pronto podrás romper tu ayuno...

Al abrir los ojos se encontró frente a un afgano corpulento, cuyos rasgos le resultaban vagamente familiares, aunque en aquel momento no podía reconocerlo.

–Soy empleado del primer secretario del ministro –informó el desconocido–, y creo que tú eres Syed Akbar, al servicio del Munshi Nain Shah: te he visto en su oficina. Vamos, levántate... Se hace tarde. Cógete de mi brazo.

El caritativo desconocido ayudó a Ash a levantarse y lo guio para salir del complejo y dirigirse hacia la puerta de Shah Shahie, sin dejar de hablar todo el tiempo.

Anochecía, y las nieves lejanas ya estaban teñidas de rosa por el sol poniente; pero allí, en las callejuelas llenas de humo entre las casas, los gritos de las turbas seguían siendo audibles. Ash dijo confusamente:

–Debo volver... Gracias por tu ayuda, pero... pero debo volver. No puedo marcharme...

–Ya es tarde, amigo mío –replicó el hombre con calma–, tus amigos están todos muertos. Pero como ahora la multitud saquea las casas, y están demasiado ocupados robando y destruyendo como para preocuparse por ninguna otra cosa, si nos marchamos rápido no nos molestarán.

–¿Quién eres? –preguntó Ash en un ronco susurro, tirando del brazo que lo urgía a seguir adelante–. ¿Quién eres?

–Aquí me conocen como Sobhat Khan, aunque ése no es mi nombre. Y, como tú, soy sirviente del *sirkar*, que recibe noticias para los *sahib-log*.

Ash abrió la boca para negar lo que había escuchado, pero luego volvió a cerrarla sin hablar. Al notarlo, el hombre sonrió y dijo:

–No, no te habría creído, porque hace una hora hablé con el *sirdar bahadur* Nakshband Khan, en casa de Wali Mohammed. Fue él quien me dio una llave y me dijo que te abriera la puerta en cuanto terminara la batalla, cosa que hice... Pero la habitación estaba vacía y había un agujero en una pared, lo suficientemente grande como para que un hombre pasara por él. Pasé por ese agujero y comprobé que habías levantado las tablas del piso. Mirando hacia abajo, vi también por dónde habías escapado. De inmediato vine al complejo a buscarte entre los muertos, pero, por fortuna, te encontré vivo. Ahora salgamos de este lugar mientras podamos hacerlo, porque, cuando se haya puesto el sol, los saqueadores sentirán hambre y correrán a sus casas a romper el ayuno del día. Atención...

Giró la cabeza, escuchando el ruido lejano de los gritos y las risas que acompañaban la obra de la destrucción. Empujando a Ash para que avanzara, agregó en tono desdeñoso:

–Los imbéciles piensan que con la muerte de los cuatro *angrezis* han liberado a este país de los extranjeros. Pero cuando en la India se conozcan las noticias de lo que ha ocurrido hoy, los ingleses vendrán a Kabul, lo cual será un desastre para ellos y su emir. Y también para los ingleses... ¡Con toda seguridad!

–¿Cómo? –preguntó Ash con indiferencia, mientras avanzaba despacio y descubría con alivio que estaba recuperando las fuerzas y que su cerebro se aclaraba a cada paso que daba.

–Porque derrocarán al emir –replicó el espía Sobhat–. Y no creo que pongan a su hijo en el trono en su lugar. Afganistán no es un país para ser gobernado por un niño. Quedan sus hermanos, que no tienen influencia y no durarían mucho si los ingleses trataran de colocarlos en el trono; su primo Abdul Rahman, a pesar de que es un hombre audaz y un buen luchador, no cuenta con su confianza, porque se refugió con los *russ-log*. Por lo tanto, haré una profecía: en el plazo de cinco años, quizá menos, Abdul Rahman será emir de Afganistán. Y entonces este país, en el cual los ingleses han hecho dos veces la guerra porque, según dicen, temían que cayera en manos de los *russ-log* y, por tanto, que hiciera peligrar su dominio en el Indostán, será gobernado por un hombre que se lo debe todo a esos mismos *russ-log* y... Ah, es como yo pensaba: los centinelas se han marchado para unirse al saqueo y no hay nadie que nos detenga.

Empujó a Ash por la puerta sin vigilancia y siguieron por un camino polvoriento en dirección a la casa de Nakshband Khan.

–Por lo tanto –continuó el espía–, toda esta guerra y esta matanza habrán sido en vano, porque mis compatriotas tienen buena memoria, y ni Abdul Rahman ni sus herederos, ni la gente que ha luchado en dos guerras y en incontables batallas de frontera con los ingleses, olvidarán estas cosas. En los próximos años seguirán recordando a los ingleses como enemigos... Enemigos a quienes derrotaron. Pero los *russ-log*, con los que nunca pelearon y a quienes no derrotaron, serán para ellos amigos y aliados. Eso le dije al *sahib* Cavagnari cuando le advertí que no era momento para enviar una misión británica a Kabul, pero no quiso creerme.

–No –respondió lentamente Ash–. Yo también...

–Ah, ¿de manera que eras uno de los hombres del *sahib* Cavagnari? Eso creía. Fue un gran *sirdar*, y hablaba todas las lenguas de este país. Pero, a pesar de su astucia y su gran sabiduría, no conocía el verdadero corazón y la mente de Afganistán; de otro modo no habría insistido en venir aquí. Bien, ahora está muerto..., como todos los que trajo con él. Ha sido una gran matanza y pronto se producirán más... Muchas más. Éste ha sido un día negro para Kabul, un día maldito. No permanezcas aquí mucho tiempo, amigo mío. No es lugar seguro para gente como tú o yo. ¿Puedes seguir solo desde aquí? Bien. Entonces te dejo, porque tengo mucho que hacer. No, no, no me des las gracias. *Par makhe da kha.*

Se volvió y se alejó por el campo en dirección al río. Ash siguió solo y llegó a la casa de Nakshband Khan sin problemas.

* * *

El *sirdar* había vuelto media hora antes; su amigo Wali Mohammed lo había hecho salir del Bala Hissar disfrazado en cuanto cesó el fuego. Pero Ash no deseaba verlo.

Había una sola persona a quien quería ver... Aunque ni siquiera con ella toleraba hablar de lo que había visto aquel día. Tampoco fue a verla enseguida, porque la expresión horrorizada del sirviente que le abrió la puerta le demostró a las claras que su rostro y sus ropas cubiertas de sangre sugerían que era un hombre mortalmente herido. Aunque Juli ya debía de saber que había estado encerrado y, por lo que sabía el *sirdar*, no podía haberle sucedido nada, aparecer ante ella en aquel estado sólo serviría para aumentar los terrores que había soportado durante un día trágico e interminable.

Ash mandó llamar a Gul Baz, que había pasado la mayor parte del día haciendo guardia junto a la puerta que conducía a las habitaciones que Nakshband Khan había destinado a sus huéspedes, para evitar que Anjuli-Begum escapara a la calle y fuera al lugar de trabajo del *sahib* en el Bala Hissar. Algo que ella intentó una vez que resultó evidente que la residencia estaba sitiada. Finalmente, prevaleció la razón, pero Gul Baz no quería correr riesgos, por lo que permaneció en su puesto hasta que volvió el *sirdar* con la buena noticia de que se habían tomado medidas para la seguridad del *sahib*. El aspecto del *sahib* en aquellos momentos parecía desmentirlo.

Pero Gul Baz no hizo preguntas. Cuando Ash subió a ver a su mujer, lo más aparatoso de las lesiones que había sufrido estaba reparado y oculto, y aparecía limpio. Sin embargo, Anjuli, que estaba sentada en una butaca junto a la ventana y saltó de alegría cuando oyó los pasos de Ash en la escalera, volvió a caer en el asiento cuando vio su rostro. Le flaquearon los rodillas por la conmoción y se llevó las manos a la garganta, porque tuvo la impresión de que su marido había envejecido treinta años desde que lo viera por última vez, al amanecer de aquel mismo día, y había vuelto a ella como un viejo. Tan viejo y alterado que casi resultaba un desconocido.

Anjuli dejó escapar un grito y tendió los brazos hacia él. Ash avanzó hacia ella caminando como un borracho, cayó de rodillas, ocultó el rostro en su falda y lloró.

El cuarto se oscureció, y en el exterior comenzaron a encenderse las luces en las ventanas de la ciudad y en las empinadas laderas del Bala Hissar, mientras los hombres, las mujeres y los niños de Kabul terminaban sus plegarias de la noche y se sentaban a hacer su primera comida del día. Porque, aunque la residencia aún ardía y aquel día habían muerto muchos centenares de hombres, de todas maneras había que preparar la comida vespertina de ramadán. Como había previsto el espía Sobhat, los rebeldes hambrientos habían abandonado las ruinas saqueadas y teñidas de sangre que aquella misma mañana eran el complejo, para correr a sus casas a comer y beber con sus familias y alardear de las acciones del día.

A la misma hora, en el otro extremo del mundo, entregaban un telegrama en el Foreign Office londinense que decía: «Todo bien en la Embajada de Kabul».

* * *

Finalmente, Ash suspiró y levantó la cabeza. Anjuli tomó su rostro lívido entre las frescas palmas de sus manos y se inclinó a besarlo, todavía sin hablar. Sólo cuando se sentaron uno junto a otro en la alfombra al lado de la ventana, cogidos de la mano, la cabeza de Anjuli en el hombro de Ash, ella dijo en voz baja:

–Entonces está muerto.

–Sí.

–¿Y los otros?

–También ellos. Están todos muertos; y yo... Yo tuve que permanecer allí y verlos morir uno por uno sin poder hacer nada para ayudarlos. Mi mejor amigo y casi ochenta hombres de mi propio regimiento. Y otros también..., tantos otros...

Anjuli sintió el estremecimiento que lo recorría y preguntó:

–¿Quieres hablarme de eso?

–Ahora no. Algún día, quizá. Pero no ahora...

Se oyó toser en la puerta y una voz pidió permiso para entrar. Anjuli se retiró a la habitación interna y Gul Baz entró con lámparas y acompañado por dos sirvientes de la casa. Uno de ellos traía bandejas con comida, fruta y vasos con refrescos, y un recado de su patrón diciendo que después de las exigencias de aquel día seguramente sus huéspedes preferirían comer solos.

Ash se lo agradeció, ya que durante el ramadán era costumbre de la casa que los hombres comieran juntos, mientras las mujeres hacían lo mismo en la *zenana*, y no quería verse obligado a escuchar una discusión sobre los terribles acontecimientos del día o, peor aún, a tomar parte en ella. Pero más tarde, cuando terminaron de comer y Gul Baz vino a retirar las bandejas, otro sirviente llamó a la puerta para preguntar si Syed Akbar podía dedicar tiempo a ver al *sahib sirdar*, que deseaba mucho hablar con él. Aunque Ash habría querido excusarse, Gul Baz había hablado por él, aceptando la invitación y diciendo que su amo bajaría enseguida.

El sirviente se retiró, y, mientras oía alejarse sus pasos, Ash dijo con furia:

–¿Quién te dio permiso para hablar por mí? Ve ahora mismo y dile al *sahib sirdar* que me disculpe porque no lo veré esta noche. No veré a nadie, ¿me oyes?

–Sí –respondió tranquilamente Gul Baz–. Pero tendrá que verlo, porque debe decirle algo de gran importancia, de manera que...

–Puede decírmelo mañana –interrumpió bruscamente Ash–. No quiero más conversaciones. Puedes irte.

–Todos debemos irnos –dijo Gul Baz con acritud–. Usted y la *memsahib*, y yo también. Y debemos irnos esta noche.

–¿Nosotros? ¿De qué hablas? No te entiendo. ¿Quién lo dice?

–Todos los de la casa –replicó Gul Baz–. Las mujeres con más firmeza que los demás. Y, como presionan tanto con eso, el *sirdar bahadur* no tiene más remedio que comunicárselo esta noche. Estaba seguro de eso antes de que usted volviera, porque hablé con algunos criados del amigo del *sirdar* Wali Mohammed Khan, con quien se refugió hoy, cuando lo trajeron de vuelta a esta casa. Desde entonces he oído muchas conversaciones y me enteré de cosas que usted aún no sabe. ¿Quiere oírlas?

Ash lo miró unos momentos; luego le indicó que se sentara mientras él tomaba asiento, a su vez, en la butaca de Anjuli. Gul Baz se acomodó en el suelo y empezó a hablar. Según él, Wali Mohammed Khan pensaba lo mismo que el espía Sobhat y había decidido que la mejor forma en que su amigo podía salir del Bala Hissar y llegar a su propia casa sin riesgos era hacerlo mientras los rebeldes saqueaban la residencia. Lo puso en práctica de inmediato, y, al parecer, estaba muy ansioso por librarse de su huésped...

–Porque tiene mucho miedo –prosiguió Gul Baz– de que, una vez que terminen la matanza y el saqueo, muchos de los que tomaron parte en ellos se dediquen a buscar fugitivos, porque ya se dice que dos cipayos que fueron capturados en la batalla y no pudieron volver con sus compañeros fueron salvados de la muerte por amigos que estaban entre los rebeldes, y que ahora se ocultan en la ciudad... O quizás en el Bala Hissar mismo. También se sabe que otro cipayo fue al mercado principal a comprar *atta* antes de que comenzara la batalla, y no pudo volver, lo mismo que tres *sowars* que salieron con los cortadores de hierba. Eso nos contaron los sirvientes de Wali Mohammed Khan cuando trajeron a nuestro *sirdar* disfrazado, una vez terminada la lucha en la residencia Koti. Y, al oírlo, la gente de esta casa también se asustó. Temen que mañana los rebeldes se pongan a buscar a los fugitivos y ataquen a cualquier sospechoso de protegerlos o de ser «cavagnarista». Y que la vida del *sirdar bahadur* pueda estar en peligro, porque en otro tiempo sirvió con los Guías. Por todo esto, le han pedido que se marche de inmediato a su casa en Aoshar y que permanezca allí recluido hasta que termine este problema. Aceptó hacerlo, porque esta mañana lo reconocieron y lo trataron muy mal.

–Lo sé. Lo vi –respondió Ash–. Y creo que hace bien en marcharse. Pero, ¿por qué nosotros?

–La gente de la casa insiste en que usted y la *memsahib* deben marcharse... esta noche. Porque dicen que si alguien viene aquí a hacer preguntas y quiere allanar la casa, sospecharán cuando encuentren extranjeros que no pueden dar buenas explicaciones sobre sí mismos... Tales como un hombre que no es de Kabul y que bien puede ser un espía, y una mujer que dice ser turca; extranjeros...

–¡Dios mío! –susurró Ash–. ¡También aquí!

Gul Baz se encogió de hombros y extendió las manos.

–*Sahib*, la mayoría de los hombres y todas las mujeres pueden ser duros y crueles cuando sus hogares y sus familias se ven amenazados. Además, los ignorantes en todas partes sospechan de los extranjeros o de aquellos que de alguna manera son diferentes.

–Eso lo he aprendido con mi propio sufrimiento –replicó Ash con amargura–. Pero no pensaba que el *sahib sirdar* me haría esto.

–No lo hará –respondió Gul Baz–. Ha dicho que las leyes de la hospitalidad son sagradas, y no las romperá. Ha cerrado sus oídos y se niega a escuchar los ruegos y los argumentos de su familia y sus sirvientes.

–¿Entonces por qué...? –comenzó Ash, y se interrumpió–. Sí. Ya veo, ya veo. Hiciste bien en decírmelo. El *sirdar* ha sido un buen amigo para mí y debo corresponderlo. Y su gente tiene razón: nuestra presencia en esta casa podría poner en peligro a todos. Lo veré ahora y le diré que creo que será mejor que nos vayamos de inmediato... Por nuestra propia seguridad. No necesitas decirle que me lo has contado todo.

–Eso pensaba –asintió Gul Baz; y se puso de pie–. Iré a preparar las cosas. –Saludó y se retiró.

Ash oyó abrirse la puerta de la habitación interior y, al volverse, vio a Anjuli parada en el umbral.

–Lo has oído todo, ¿verdad?

Anjuli hizo un gesto afirmativo y se acercó a Ash, que se levantó y la tomó en sus brazos, y al mirar su rostro pensó qué hermosa era: más hermosa que nunca aquella noche, porque ya no mostraba la ansiedad ni la tensión que había visto tan a menudo en su cara en los últimos tiempos, y sus ojos cándidos aparecían serenos y claros. A la luz de la lámpara, su piel era de un color dorado pálido y su sonrisa le oprimió el corazón.

Inclinó la cabeza y la besó; después dijo:

–¿No tienes miedo, Larla?

–¿De dejar Kabul? ¿Por qué? Estaré contigo. Tenía miedo de Kabul y de su ciudadela. Y, después de lo que ha sucedido hoy, eres libre de marcharte... y debes sentirte feliz de hacerlo.

–Sí –respondió Ash con lentitud–. No lo había pensado... Soy libre... Y puedo irme ahora. Pero... pero lo que dijo Gul Baz es cierto: la gente de todas partes sospecha de los extranjeros y es hostil hacia cualquiera que sea diferente, y nosotros somos dos extraños, Larla. Mi gente no te aceptaría, porque eres a la vez india y mestiza, mientras que la tuya no me aceptaría porque no soy hindú y, por lo tanto, soy un hombre sin casta. En cuanto a los musulmanes, para ellos somos infieles..., *kafirs*...

–Lo sé, amor mío. Sin embargo, muchas personas de diferentes religiones han sido buenas con nosotros.

–Han sido buenas, sí. Pero no nos han aceptado como uno de ellos. Ah, Dios mío, cómo me enferma todo esto... La intolerancia y el prejuicio, y... Si al menos hubiera algún lugar donde pudiéramos ir y vivir en paz y ser felices, sin ser perseguidos por reglas ni trivialidades, por antiguos tabúes tribales que deben romperse... Algún lugar donde no importe qué dioses adoramos o no adoramos, siempre que no perjudiquemos a nadie, y que seamos buenos y no tratemos de obligar a nadie a entrar en nuestro propio molde. Tiene que haber algún lugar así... Algún lugar donde podamos ser nosotros mismos. ¿Adónde iremos, Larla?

–Al valle, ¿adónde, si no? –respondió Anjuli.

–¿Al valle?

–Al valle de tu madre. Al valle del que me hablabas, donde construiríamos una casa y plantaríamos árboles frutales y tendríamos una cabra y un asno. ¡No es posible que lo hayas olvidado! Yo no lo he olvidado nunca.

–Pero, mi vida, eso no es más que un cuento. O... o lo ha sido. Yo creía que era cierto y que mi madre sabía dónde estaba, pero luego no estuve tan seguro. Ahora creo que sólo era un cuento.

–¿Qué importa? –dijo Juli–. Podemos hacer que se vuelva realidad. Debe de haber cientos de valles perdidos entre las montañas: miles. Valles con arroyos que los cruzan y que molerían nuestro cereal, y donde podríamos plantar árboles frutales y tener cabras y construir una casa. Sólo debemos buscarlo, eso es todo... –Y, por primera vez en muchas semanas, Anjuli rio; con aquella risa rara, encantadora, que Ash no había oído desde el día en que la misión británica llegara a Kabul. Pero él no sonrió:

–Es cierto, pero... Sería una vida dura. Nieve y hielo en el invierno, y...

–Y hogueras de troncos de deodara, como en todos los pueblos de la montaña. Además, los montañeses del Himalaya son gente buena, alegre y caritativa con todos los caminantes. No usan armas ni tienen luchas sangrientas..., ni se hacen la guerra entre ellos. Tampoco tendríamos que permanecer demasiado aislados, porque ¿qué son veinte kilómetros para un montañés que puede caminar el doble de esa distancia cada día? Y nadie nos impediría vivir en un valle virgen, alejado del pueblo donde los animales pastarían o las mujeres recogerían forraje. Nuestras montañas no son duras y estériles como las de Afganistán o las de Bhithor, sino verdes, con bosques y arroyos.

–Y animales salvajes –dijo Ash–. Tigres y leopardos..., y osos. ¡No te olvides de eso!

–Al menos, esos animales sólo matan para comer. No por odio o venganza; ni porque uno se vuelve hacia La Meca y otros queman incienso ante los dioses. Además, ¿cuándo hemos estado nosotros seguros entre los hombres? Tu madre adoptiva debió escapar contigo y refugiarse en Gulkote para salvarte de que te mataran, porque tú, un niño, eras un *angrezi*; y, más tarde, los dos tuvisteis que huir porque Janoo-Rani quería mataros..., como tú y yo huimos de Bhithor temiendo la muerte a manos de los hombres del *diwan*. Y ahora, aunque nos creíamos libres en esta casa, debemos dejarla de un momento a otro porque nuestra presencia pone en peligro a todos los que viven en ella y si nos quedamos pueden matarnos... A ti y a mí por ser «extranjeros», y a los otros, por habernos alojado. No, querido mío, prefiero a los animales salvajes. Nunca nos faltará dinero porque tenemos las joyas que eran parte de mi *istri-dham*, y podemos venderlas poco a poco; una piedra cada vez cuando tengamos la necesidad. De manera que busquemos nuestro valle y construyamos nuestro propio mundo.

Ash guardó silencio unos momentos; luego respondió:

–Nuestro propio reino, donde todos los extranjeros serán bienvenidos... ¿Por qué no? Podríamos ir hacia el norte, hacia el Chitral..., que será menos peligroso en esta época que tratar de cruzar la frontera y volver a la India británica. Y desde allí, por Cachemira y Jammu, hacia el Dur Khaima...

El peso de la desesperación que había caído sobre él desde que supo que Wally había muerto, y que había aumentado con cada palabra dicha por Gul Baz, desapareció de pronto, y recuperó una parte de la juventud y la esperanza que había perdido aquel día. Anjuli vio volver los colores a su rostro exhausto y el brillo a sus ojos, y sintió los brazos de Ash que la estrechaban. La besó, la ayudó a ponerse de pie, la condujo a la habitación interior y se sentaron en la cama, abrazados. Ash habló con los labios hundidos en los cabellos de Anjuli.

–Una vez, hace muchos años, el *Mir Akor* de tu padre, Koda Dad Khan, me dijo algo que jamás olvidé. Yo me quejaba de que, como estaba atado a esta tierra por el afecto y a Belait por la sangre, debía descubrir en mí a una tercera persona..., alguien que no era Ashok ni el *sahib* Pelham, sino otro íntegro y completo: yo mismo. Si tenía razón, entonces acabo de encontrar a esa tercera persona. Porque el *sahib* Pelham ha muerto: murió hoy con sus amigos y los hombres de su regimiento, a quienes no pudo ayudar. En cuanto a Ashok y el espía Syed Akbar, esos dos murieron hace muchas semanas... Una mañana muy temprano, en una balsa en el río Kabul, cerca de Michni... Olvidemos a los tres, y en su lugar encontremos a un hombre con un corazón no dividido: tu esposo, Larla.

–¿Qué son los nombres para mí? –susurró ella, con los brazos apretados alrededor del cuello de Ash–. Iré donde tú vayas y viviré donde vivas, y rogaré a los dioses que me permitan morir antes que tú, porque sin ti no puedo vivir. Pero ¿estás seguro de que si vuelves la espalda a tu vida anterior no lo lamentarás?

Ash respondió con calma:

–No creo que nadie esté libre de lamentar algunas cosas... Quizás hay momentos en que Dios lamenta haber creado al hombre. Pero es posible apartar esas cosas de la mente y no ocuparse de ellas; y te tendré a ti, Larla... Eso sólo es suficiente felicidad para un hombre.

La besó larga y apasionadamente, y luego permanecieron en silencio. Cuando por fin Ash volvió a hablar, dijo que debía bajar enseguida a ver al *sirdar*.

La noticia de que sus huéspedes habían decidido que ya no estaban seguros en Kabul y debían marcharse enseguida fue muy bien recibida por el atribulado dueño de casa. Pero Nakshband Khan era demasiado cortés como para demostrarlo: aunque admitió que, si la multitud iniciaba una búsqueda de los fugitivos casa por casa o sospechaba de los «cavagnaristas», todos podrían encontrarse en peligro, insistió en que, en lo que a él se refería, podían quedarse si lo deseaban y él haría todo lo posible por protegerlos. Como Ash y Anjuli estaban decididos a marcharse, ofreció ayudarlos en lo que necesitaran y, además, dio buenos consejos a Ash.

–Yo también saldré de la ciudad hoy –confesó el *sirdar*–. Porque, hasta que se hayan aplacado los ánimos, Kabul no es lugar para alguien que ha servido al *sirkar*. Pero no partiré hasta después de medianoche, cuando todos duerman... Incluso los ladrones y los asesinos, que hoy han estado muy ocupados, necesitan descansar. Le aconsejaría que hiciera lo mismo, porque la luna sólo saldrá dentro de una hora, y aunque mi camino es corto y fácil de seguir incluso en una noche oscura, el de ustedes no lo será; y una vez que salgan de la ciudad necesitarán la luz. ¿Adónde irán?

–Iremos a encontrar nuestro reino, *sahib sirdar*. Nuestro propio Dur Khaima... Nuestro último refugio, los Pabellones lejanos.

–¿Sus...?

El *sirdar* parecía tan desconcertado que Ash sonrió al responder:

–Más bien diría que esperamos encontrarlos. Iremos en busca de algún lugar donde podamos vivir y trabajar en paz, y donde los hombres no se maten ni se persigan por deporte o por mandato de los gobiernos..., o porque otros no piensan o hablan o rezan como ellos, o tienen piel de diferente color. No sé si ese lugar existe, o, en caso de que lo encontremos, si no será demasiado duro vivir allí, construir nuestra propia casa, obtener nuestros propios alimentos y criar y enseñar a nuestros hijos. Pero muchos otros lo han hecho en el pasado. Muchísimos otros, desde el día en que nuestros primeros padres fueron expulsados del paraíso. Y lo que hicieron otros antes podemos hacerlo nosotros.

Nakshband Khan no expresó sorpresa ni desaprobación. Un europeo habría expuesto su posición; él sólo hizo un gesto de afirmación. Al saber que la meta de Ash era un valle en el Himalaya, le indicó que lo mejor sería que siguieran la ruta del Chitral y desde allí cruzaran los pasos a Cachemira.

–Pero no podrá llevar sus caballos –dijo el *sirdar*–. No están preparados para la montaña. Además, llamarían mucho la atención. Le daré cuatro de los míos... Los necesitará. Son animales pequeños, de aspecto pobre comparados con los suyos, pero fuertes y resistentes como yaks y de andar tan seguro como las cabras monteses. También necesitarán *poshteens* y botas *gilgit*, porque, a medida que avancen hacia el norte, las noches serán más frías.

Se negó a recibir ningún pago por su hospitalidad, diciendo que la diferencia de valor entre los tres caballos de Ash y los toscos animales que él les daba a cambio compensaban ampliamente.

–Y ahora deben dormir –dijo el *sirdar*–, porque tendrán que recorrer una gran distancia y alejarse lo más posible de Kabul antes de que salga el sol. Enviaré un criado a despertarlos a la una de la madrugada.

Ese consejo también parecía bueno; Ash volvió junto a Juli y le dijo que descansara todo lo que pudiera, ya que no saldrían antes de la una. Habló también con Gul Baz, explicándole lo que intentaba hacer y pidiéndole que se lo comunicara a Zarin cuando volviese a Mardan.

–Nuestros caminos se separan aquí –dijo Ash–. Como sabes, he dispuesto lo necesario para que recibas una pensión mientras vivas. Eso está asegurado. Pero ninguna cantidad de dinero sería suficiente para pagarte lo que has hecho por mí y por mi esposa. Sólo puedo agradecértelo. No te olvidaré.

–Ni yo a usted, *sahib* –respondió Gul Baz–. Y si no fuera porque tengo mujer e hijos en Hoti Mardan, y muchos parientes en el país del Yusufzai, iría con usted a buscar su reino..., y quizá viviría allí también. Pero no puedo. Sin embargo, no nos separaremos esta noche; no es momento para que la *memsahib* viaje por Afganistán con una sola espada para protegerla. Iré con usted hasta Cachemira, y, una vez que esté en camino, volveré desde allí a Mardan por el camino de Murree a Rawalpindi.

Ash no discutió con él, porque, aparte de que estaba convencido de que sería una pérdida de tiempo, Gul Baz significaría una ayuda inapreciable, en particular en la primera etapa del viaje. Estuvieron hablando un rato más antes de que Ash se reuniera con su esposa en la pequeña habitación, donde los dos se durmieron enseguida, agotados por el terrible esfuerzo de aquel día agónico. Anjuli se sentía enormemente tranquilizada ante la perspectiva de abandonar la ciudad violenta y ensangrentada de Kabul, y partir por fin hacia las escenas familiares de su infancia. Esos grandes bosques de pinos y deodaras, castaños y rododendros, con el aire perfumado de rosas silvestres del Himalaya y helechos, donde se oía el susurro del viento en las copas de los árboles y el sonido del agua de los arroyos, y se veía, alta y lejana, la nieve serena y la maravilla blanca del Dur Khaima.

Pensando en esas cosas, Anjuli se quedó dormida, más feliz de lo que había sido en muchos días. Ash también durmió bien y se despertó descansado.

Salió de la casa media hora antes que su mujer y Gul Baz, porque debía llevar a cabo una misión y no deseaba la presencia de ninguna otra persona. Ni siquiera la de Juli. Dijo adiós al *sirdar* y partió a pie, armado sólo con el revólver que llevaba cuidadosamente oculto.

* * *

En las calles sólo se veían las ratas que se escurrían por las alcantarillas y algunos gatos flacos. Ash no encontró a nadie, ni siquiera un vigilante nocturno. Todo Kabul parecía dormir detrás de persianas cerradas, porque, aunque la noche era cálida, casi ningún ciudadano se atrevía a dejar una ventana abierta y las casas parecían verdaderas fortalezas. Sólo las puertas de la ciudadela estaban abiertas sin vigilancia. Los centinelas que hacían guardia cuando se rebeló el regimiento de Ardal habían dejado sus puestos para unirse al ataque contra la residencia y no habían vuelto. Cuando los que debían relevarlos hicieron lo mismo, nadie pensó, después de la matanza, en mandar nuevos guardias u ordenar cerrar las puertas.

Se veía un resplandor en el cielo sobre el Bala Hissar, pero allí las casas, como las de la ciudad, estaban herméticamente cerradas y en la oscuridad; excepto algunas lámparas en el palacio, donde el emir insomne consultaba con sus ministros. En el complejo de la residencia, el cuartel aún ardía con un resplandor rojizo que se elevaba y caía y volvía a ascender, dando a los rostros de los muertos la curiosa ilusión de la vida.

El complejo se hallaba tan silencioso y desierto como las calles, y tampoco allí se movía nada excepto el viento de la noche y la sombra; el único sonido era el crujido constante de las llamas, y, en algún lugar del otro lado del muro de la ciudadela, el grito de un pájaro nocturno.

Los afganos victoriosos se habían dedicado con tanto afán a saquear las casas y mutilar los cadáveres de sus enemigos que se hizo de noche antes de que lo advirtieran y no tuvieron tiempo de retirar siquiera sus propios muertos. Aún había muchos tendidos en los establos y cerca de la entrada del complejo, y no era demasiado fácil distinguir entre ellos y los *jawans* que habían sido musulmanes y en muchos casos *pathanes*, que llevaban indumentaria parecida. Pero Wally vestía uniforme, y a pesar de la escasa luz fue fácil reconocerlo.

Estaba tirado boca abajo cerca del cañón que esperaba capturar, con el sable roto aún en la mano y la cabeza un poco ladeada como si durmiera. Un joven alto, esbelto, de cabello castaño, que sólo dos semanas atrás había celebrado su vigésimo tercer aniversario.

Había recibido heridas terribles, pero, a diferencia de William, cuyo cadáver casi irreconocible yacía a unos metros de distancia, no había sido mutilado después de morir, y Ash sólo podía suponer que sus enemigos habían admirado el valor del muchacho y no le habían infligido la acostumbrada degradación como tributo a alguien que ha luchado con arrojo.

Arrodillado junto a él, le dio la vuelta con cuidado.

Los ojos de Wally estaban cerrados, y el *rigor mortis* aún no había endurecido su largo cuerpo. Tenía el rostro manchado de humo y pólvora, sangre y sudor, pero, aparte de un corte superficial en la frente, no presentaba heridas.

Y sonreía.

Ash le ordenó el cabello enredado y lleno de polvo, se puso en pie y fue hasta los barracones, caminando entre los cadáveres amontonados hacia la arcada.

Había una cisterna en el patio. Se quitó el chaleco, arrancó una tira, la empapó en agua y volvió donde estaba Wally para lavar la sangre y la suciedad con tanta delicadeza y cuidado como si temiera que un toque brusco lo perturbara. Cuando el joven rostro sonriente quedó nuevamente limpio, sacudió el polvo de la guerrera arrugada, enderezó el cinturón con el sable sobre la tela roja del uniforme de los Guías, y abrochó el cuello abierto.

No podía hacer nada más para ocultar las heridas y los oscuros coágulos de sangre que las rodeaban. Pero eran heridas honorables. Luego, tomó la mano fría de Wally en la suya, se sentó junto a él y le habló como si estuviera vivo: le dijo que lo que había hecho jamás sería olvidado mientras los hombres recordaran a los Guías, y que podía descansar en paz porque se había ganado el descanso... Y porque lo había obtenido como deseaba, dirigiendo a sus hombres en la batalla. Le dijo que él, Ash, siempre lo recordaría, y que si tenía un hijo varón lo llamaría Walter..., «aunque siempre te dije que era un nombre horrible, ¿verdad, Wally...? No importa. Si llega a ser la mitad de lo que fuiste tú, tendremos todas las razones para estar orgullosos de él».

Habló también de Juli y del nuevo mundo que construirían para ellos... El reino donde los extranjeros no serían mirados con suspicacia y donde no se les cerraría ninguna puerta. Y de ese futuro en el que Wally no participaría excepto como el imborrable recuerdo de la juventud y la risa, y el valor invencible.

–Lo pasamos bien juntos muchas veces, ¿verdad? –dijo Ash–. Es bueno recordarlo...

Ash no se dio cuenta del tiempo que había pasado y de la rapidez con que transcurrió. Había ido a la residencia con la intención de quemar o enterrar el cadáver de Wally para que no se pudriera al sol ni fuera destrozado ni desfigurado por los cuervos, pero ahora se daba cuenta de que no podía hacerlo: el suelo estaba demasiado duro para cavar una tumba y la residencia aún ardía con tanta intensidad que le sería imposible transportar el cuerpo hasta allí sin quemarse él mismo, o asfixiarse con el humo y el calor.

Además, si el cadáver desaparecía, correrían rumores de que el *sahib* teniente no había muerto, sino que se había recuperado lo suficiente para escapar del complejo durante la noche y debía de estar oculto en alguna parte. Y eso, sin duda, provocaría una búsqueda casa por casa y la posible muerte de muchos inocentes. De todas maneras, Wally no sabría ni le importaría lo que sucedía con su cuerpo ahora que lo había abandonado.

Ash dejó la mano inmóvil, se puso en pie, se inclinó y levantó a Wally. Lo llevó hasta el cañón y lo colocó sobre él con cuidado para que no se cayera. Había conducido tres ataques para tomar aquel cañón, de manera que era justo que le sirviera de féretro. Y, cuando lo encontraran allí, sólo pensarían que alguien de los suyos lo había colocado en aquel lugar por la misma razón por la que le habían ahorrado las mutilaciones.

En reconocimiento de su valentía.

–Adiós, viejo –dijo Ash en voz baja–. ¡Que duermas bien!

Levantó la mano en un gesto de despedida. Sólo al volverse advirtió que las estrellas comenzaban a palidecer y que la luna debía de estar ya alta en el cielo. Se había quedado más tiempo del que pensaba, y Juli y Gul Baz estarían esperándolo y preguntándose si no le habría sucedido algo; Juli pensaría...

Echó a correr, y al llegar a las sombras de las casas que rodeaban al arsenal siguió por la red de estrechas callejuelas hasta la puerta de Shah Shahie, aún sin vigilancia, que se abría sobre el valle y las montañas de Kabul, grises a la luz de las estrellas y los primeros rayos de la luna.

Anjuli y Gul Baz lo aguardaban junto al bosquecillo de árboles al lado del camino. Pero, aunque habían esperado más de una hora con creciente miedo y ansiedad, no hicieron preguntas.

Ash se sintió más agradecido por eso que por cualquier otra cosa que hubieran hecho por él.

No podía besar a Juli porque ella llevaba un burka, pero la rodeó con su brazo y la oprimió un instante antes de apartarse para cambiar las ropas que vestía por las que Gul Baz le había traído. No era conveniente viajar con su atuendo de empleado de oficina. Cuando montó uno de los ponis tenía toda la apariencia de un *afridi*, con su rifle, su bandolera y su *tulwar*, y el cuchillo que llevan todos los hombres de Afganistán.

–Estoy listo –anunció–. Vamos. Debemos recorrer un largo camino antes del amanecer, y ya huelo la mañana.

Partieron juntos desde las sombras de los árboles, dejando atrás el Bala Hissar y la antorcha encendida de la residencia. Avanzaron rápidamente por las tierras llanas hacia las montañas.

Es posible que encontraran su reino.

Esta edición de *Pabellones lejanos,*
de M. M. Kaye,
se terminó de imprimir en Huertas Industrias Gráficas, S.A.,
el 30 de septiembre de 2025